ディケンズ全集

The Letters of Charles Dickens

書簡集Ⅲ

1842–1843年

田辺洋子 訳

萌書房

凡　例

1　本訳書『ディケンズ全集　書簡集Ⅲ 1842‐1843年』は *The Letters of Charles Dickens*. Volume Three. Ed. Madeline House, Graham Storey and Kathleen Tillotson. Oxford University Press, 1974. を原典とする。

2　注は主として原典の頭注（書状見出し直後に付された編者による注釈）並びに脚注を訳出した。頭注は【　】で括り，脚注は後注形式で示すが，適宜割愛・要約または一括した。原典巻末 Appendix A. Dicken's Diary（以下，日誌）等も参照した。

　なお，原典内の注の日本語への訳出に対する許諾を得るため，原著出版社を通し再三にわたり原典編集者との契約を交わすべく試みたが，所在が不明との回答だった。そのため，原典内の頭注・脚注にかかわらず，著作権が発生すると思われる部分についても，適宜割愛して訳出した。

3　訳注は後注においてキッコー（〔　〕）で括り，補足説明を加えた。

4　書状見出し内のブラケット（[　]）は推定的日付。末尾の＊は従来未発表，†は従来一部未発表の書簡を示す。なお，ブラケットが書中にある場合は，推定的補足もしくは草稿損傷による欠落箇所。適宜注釈を施す。原典巻末「正誤表」も参照した。

5　傍点は原典ではイタリック体であり，直筆の書中では下線が引かれている。下線が二重三重の場合はさらに注を付す。

6　挿絵・写真等は原典，ディケンズ作品挿絵，F. G. Kitton, *Charles Dickens by Pen & Pencil*, 1890, *Dickens and his Illustrators,* 1899. の画像等を転載した。

7　頭注・脚注内での文献の略語は以下の通り。

　F, 1872-4　John Forster, *The Life of Charles Dickens*, 3 vols, 1872-4.

　F　John Forster, *The Life of Charles Dickens*, edited by J. W. T. Ley, 1928. なお，「F, 1872-4」と「F」直後のローマ数字大文字・ローマ数字小文字・算用数字は，それぞれ編（book）・章（chapter）・頁（page）を示す。

　MDGH　*The Letters of Charles Dickens*, edited by his Sister-in-law and his Eldest Daughter（Vols Ⅰ& Ⅱ, 1880. Vol Ⅲ, 1882），（2 vols, 1882），（1 vol, 1893）.

　N　*The Letters of Charles Dickens*, edited by Walter Dexter, 3 vols, Nonesuch Press, 1938.

8　頭注・後注で言及されるマクレディの日誌は*The Diaries of William Charles Macready 1833–51*, edited by William Toynbee, 2 vols, 1912.を原典とする（以下，『日誌』）。

9　訳出に際してはフォースター著／宮崎孝一監訳『定本チャールズ・ディケンズの生涯』全二巻（研友社，1987）を参照した。

10　原典共編者による「諸言（Preface）」は貴重なディケンズ研究成果を多く含んでおり，訳出の上，本書に収めることを切望していたが，上記2で示したと同じ理由で断念せざるを得なかった。そのため，訳者による「概説――序に代えて」という形で，研究成果のうちより重要と思われるものを盛り込んだが，部分的に抄訳に近い形にならざるを得なかったことをお断りしておきたい。

概説——序に代えて

1969年の第二巻刊行以来，把握されている書簡総数は12,758から13,074へと300通以上増えたという。第三巻には（抜粋や言及も含め）772通収録されている。内264通は初刊であり，先行の書簡集には収められていないものも多数ある。509通の原文は原本或いは原本の写真から謄写されている。

ディケンズの訪米とその余波が当然の如く第三巻の主題である。新たに刊行された書簡の内約60通はこの滞在の四か月間に書かれ，かくて彼の社交生活の全貌をより明らかにするのに大きく寄与したものも少なくない。以降の，これまで未刊行或いは未所収の書簡には彼がアメリカに見出した幾多の現実への率直な反感が綴られている。とは言え幻滅は，まずもって到着数週間後，とあるアメリカ人——彼が気心を交わせたボストン市長ジョナサン・チャプマン——へ宛てた既刊の書簡に早くも明らかである。今や提示された一連の脈絡は以前より遙かに克明に様々な旅の様相，のみならず昂揚した満足感から幻滅，さらには嫌悪へと移ろう反応における変化を跡づける。

編者によると，ディケンズのフォースターへ宛てた書簡は依然，最も十全たる記録として残っている——固より『アメリカ探訪』〔拙訳『アメリカ探訪／イタリア小景』に収載。以下『探訪』と略記。〕の典拠として用いられる構想があっただけに。訪米の大半の期間，ディケンズは時間の許す限り長い件を認め，これら（間々，格別な郵便定期船に間に合うよう締め括っては投函された）手紙は前週の出来事その他を要約し，時には他の文通相手に既に綴られた事実や描写を反復することもあった。

フォースターは『生涯』を執筆するに際し，書簡から広範に引用したが，既に『探訪』において審らかにされている内容は繰り返さない「則」を自らに定めた。ディケンズは国際版権への言及，歓待や個人の描写を全て省略したため，ここはフォースターの自由な領域であった。がこの種の件の外にも依然活字にし得る記述の豊かさに驚嘆した。「この素晴らしき訪米の『個人的物語』は手紙にしか綴られていない」と彼は述べ（F, Ⅲ, v, 244），自らに課した上述の「則（のり）」を悔い，事実，破った。例えば，セント・ルイスへ向かう汽船上での赤子を抱いた「小さな女」の描写は書簡に限らず，ディケンズの著作中最も愛らしき一齣と呼んでも過言ではなかろう。運河或いは汽船で暇な折々認（したた）められた日誌-書簡はフォースターのわけても讃歎したそれであり，彼はくだんの書簡を「文学」と見なし，「正しく第一印象の瑞々しさをもって書かれたままに」引用した。して某かの件（くだり）——わけてもナイアガラの描写——は「『探訪』の修辞的な付加」による強調を免かれていると強く感じた。フォースターが自ら引用する書簡を「編集」したとはまず考えられない。それらとディケンズがアメリカから送った他の手紙との間に如何なる齟齬も認められず，日付の誤っているのは僅か一通，本書で「2月4日?」と推断されている書簡のみということだ。

依然祖国にいる内に，ディケンズは早メイン-カナダ国境論争を巡る英米の緊張関係に気づき，当初は自らの間近に迫った訪米を如何なる「戦争或いはその風聞」によっても妨まれぬ場合にのみ実行可能と見なしていた（『第二巻』原典p. 405，訳書502-3頁，並びに原典p. 415，訳書514頁参照）。反目は続いたものの，8月9日のウェブスター－アシュバートン協定調印後，関係は改善された。

出航に先立ち，ディケンズは書簡からも明らかな通り，ハリエット・マーティノー著三巻本『アメリカの社会』（1837）やマリアット著『アメリカ日誌』（1839）等を参考書として丹念に読んでいた。わけても前者の共和主義的実験に傾ける情熱に共感を覚え，ボストンにおけるアン・ウォレン・ウェストンとの会話の中で同著を「アメリカについて書かれた……最高の書」と称えたと伝えられる。

ディケンズが僅か四か月半のアメリカ／カナダ滞在で様々な場所を訪えたのは先人の旅行記から広範な知識を得ていたからに違いない。マクレディの言葉によれば対象を「引っ摑まんばかりの眼」で，またフォースター曰くの「観察眼の稀有の鋭さと，無数の事物の中から核心的なそれを摑み取る類稀な能力（F, Ⅲ, v, 245）」で，ディケンズは目の当たりにする全てを直観的に描く。が彼の滞在にはその短さに内在する限界が伴っていた。彼はヴァージニア州，リッチモンドの訪問において奴隷州へはほとんど立ち入らなかった上，バッファロー滞在中も近隣のインディアン指定居住地を訪おうとはしなかった。

一冊ならざる「アメリカ案内書」を携え，ディケンズは1842年1月4日汽船「ブリタニア号」で出帆，ボストンに1月22日上陸。一躍「時の人」となるや，盛大な公式正餐会を催され，賑やかな舞踏会にキャサリンと共に貴賓として招かれ，あらゆる新聞紙上で取り上げられた。

ニューヨークではより趣向を凝らした派手やかな歓迎——2月14日開催「ボズ舞踏会」——が上流社交人によって着々と準備されていた。ただしこの過剰な歓待を公然と揶揄する新聞欄もあれば，片や彼がボストンとハートフォードで行なったスピーチにおいてアメリカによる英国著作物の剽窃に触れ，国際版権を強く要請した事実に憤った批判を加えるそれもあった。ディケンズ自身，嘲弄にも批判にも無頓着ではいられなかったろうが，依然陶酔状態にあり，舞踏会の務めも果たした。が終に病に倒れる。

アメリカに対する感情の変化はディケンズが2月15日から17日までホテルに閉じ籠もり，新聞記事や論説を読み，それらについて思いを馳せる余裕のできた合間に出来する。例えば自分が「覗き絡繰」として利用されているといった記事には屈辱を覚えたろうが，最も大きな衝撃を受けたのは国際版権のような微妙な主題に公式スピーチで触れたことへの攻撃であり，暗にそれこそが訪米の主たる目的に違いないとまで当てこすられた。この時を境にアメリカに対する彼の姿勢は一変する。

ディケンズは今やプライバシーを求めたが，滞在先の多くで謁見の儀（レヴィー）を催さざるを得なかった。「極西部地方」へ向かってなおシンシナティやセントルイスにおける何時間もに及ぶ握手会を始め，幾多の謁見の儀（レヴィー）が待ち受けていた。彼はまた喀痰，不衛生，ストーブの燻り，早食いといった当時のアメリカ人の日常生活の不快な付随事項をも避ける術（すべ）がなかった。

アメリカにおける慌ただしい旅の後での，ナイアガラ（の「英国」側）で過ごされた二週間と，カナダの他処における一か月間はありがたき休息であった。『探訪』においてディケンズはアメリカの「社会的様相」とカナダのそれとを比較する意図のないことを明らかにしているが，書簡においては然まで拘束されていなかった。「英国的親切はアメリカ的なそれと大いに異なる」と彼は5月12日付書簡でフォースターに綴る。「人々は自分の馬車を馬ごと使うよう送って寄越すが，代償とし絶えず相手の鼻先にいる権利を強要したりはしない」

帰国すると，ディケンズは一週間と経たぬ内に国際版権法を求める運動に立ち返るべく，4月27日に一部のアメリカ紙へ送られた建白書に，『モーニング・クロニクル』（7月7日付）掲載「英国人作家及び新聞・雑誌」への強硬な廻章で追い撃ちをかける。次いでチャプマン＆ホールに約束していたものの（『第二巻』原典p. 383，訳書476頁参照），アメリカの友人には誰一人打ち明けていなかった本の執筆に取りかかる——新聞では間々「彼は我々を俎上に上すつもりだろうか？」との問いが発せられてはいたが。

ディケンズの序章（フォースターの忠言に則り削除されながらも，F, III, viii, 284-6に引用）からは，彼の著作が先人の英国人旅行者の著した書物同様，わけても彼の忌み嫌うかの新聞欄から受けるやもしれぬ敵意を意識していたことが窺われる。この忌避が如何に故無しとせぬか，は彼がアメリカを去って二か月後，明白となる。8月11日，『ニューヨーク・イヴニング・タトラー』はディケンズが7月15日に『モーニング・クロニクル』宛書いた手紙と称し，甚だしき捏造文書を掲載し，彼がアメリカで受けた歓待への全き忘恩と持て成し手達への侮蔑を示そうと画策した。これは剽窃を常とする「巨大（マンモス）」誌の編集主幹を攻撃する件（くだり）においてディケンズが一切手心を加えなかった「英国人作家」へ宛てた真正の『モーニング・クロニクル』書簡（7月7日付）と混同され，彼を今一度「ならず者」としてアメリカ舞台の脚光の下（もと）へと引きずり出した。次いで——『探訪』到着に先立ち——フォースターのアメリカ報道界への（無署名の）苛烈な攻撃の掲載された『フォリン・クォータリ・レヴュー』（10月号）が発刊。これもまた当初，ディケンズの投稿と見なされ，忿怒を煽った。

『探訪』が終に11月6日到着した際，誰しも我勝ちに買い求め，売上げは数千部にも及んだ（ジョナサン・チャプマン宛書簡（10月15日付）注参照）。ワシントン市の描写はジョージ・ウォタストン（ウォタストン宛書簡（3月12日付）参照）の義憤を掻き立て，彼は作品全体を仮借なく弾劾し，奴隷制に関する章と喀痰（及び豚）を巡る件(くだり)は他の点では同著を堪能した幾多の読者をも嘆かせた。が依然として共和主義的実験の初期段階にある大国に関し，然に短期間の滞在の後(のち)に書かれた本の皮相性は，大西洋の両岸で指摘された。

奴隷制に費やされた一章は確かに廃止論を唱える雑誌には好意的に迎えられた。実はその大半はW. W. ウェルド著『アメリカ奴隷制の現状』（1839）からの抜粋，並びに（エドワード・チャプマンが蒐集した）新聞の切抜き（9月16日付同氏宛書簡参照）を典拠としていたものの。が片やリッチモンドを扱う箇所には奴隷農園と奴隷工場を訪れた際の実地報告が含まれる。その折の書簡が明らかにする通り，南部にいる間は奴隷制という主題には触れぬようとの警告を受けていたにもかかわらず，リッチモンドにて彼は「おとなしくさせて」もらえぬのを痛感する。「この忌まわしく疎ましい体制」に背を向けられた時，大きな安堵を覚えたのも無理からぬ（フォースター宛書簡（3月21日付）参照）。

祖国の友人は7月9日，グリニッヂにおける一大正餐会でディケンズの帰国を祝し，彼は直ちに昔ながらの営みに引き戻されると同時に，昔ながら以上の生気を込めて新たな仕事に乗り出した。『探訪』の完結と出版との僅かな合間にはロングフェローがデヴォンシャー・テラスに滞在し，その後ディケンズの帰国の内輪の祝賀――「海の向うにいる間(ま)に彼の目にしたものへのある種挑戦として」（F, III, viii, 278）計画されたフォースター，マクリース，スタンフィールドとのコーンウォールへの遠出――が実行に移される。してこの「生まれてこの方……腹を抱えたためし」のないほど（フェロン宛書簡（12月31日付）参照）愉快な小旅行を最後に，ディケンズは本腰を入れて1月刊行開始予定の新たな小説の執筆に取りかかる。

『マーティン・チャズルウィット』の最初の四号の内，物語が読者に「英国の生活と流儀」以外の何物かに関わろうと暗示するものは何一つなかった。がアメリカは本来の計画に一切含まれていなかったにもかかわらず，その可能性の先触れはあった。ディケンズの意図の萌芽は，フォースターにナイアガラの僻陬から「こと紀行を物する一件がらみでは本務が目眩く分かたれなお分かたれているのが見て取れる。おお！　手持ちのネタから諧謔の昇華された精髄を抽出できるものなら！」と書き送った際（4月26日付書簡参照），紛うことなく存在していた。

アメリカからのディケンズの手紙を読めば事実『探訪』では使われなかった，或いはごく僅かしか触れられなかった滑稽な素材の豊かな宝庫が存在し，さらに帰国後の冬にはそれを用いずにいられぬ衝動が募っていたことは明らかだ。フォースターの次のような指摘は正鵠を射ていよう――即ち，ディケンズを左右したのは『チャズルウィット』の初期の号の期待外れの売上げというよりむしろ「郵便船という郵便船が大西洋の向うの仮借なき襲撃の便りからもたらしていた『探訪』の真価を実証せんとの挑戦心」(F, IV, ii, 302) であった。ディケンズの決断はフォースターの主張するほど唐突ではないにせよ，3月中旬までには下されていたに違いない。アメリカへ行こうとのマーティンの「自棄的な決意」は5月号の正しく掉尾に劇的に配され，未決状態が綿密に保たれつつ，予期は6月号を通して引き延ばされ，終に当号は航海と共に締め括られる。

7月号はマーティンとマーク・タプリーのニューヨーク到着で幕を開ける。旅人達の自由の国に対する第一印象は売り種を触れ回りながらどっと汽船へ押し寄せる無数の新聞少年であり，彼らが最初に出会うのは『ラウディ・ジャーナル』のダイヴァー大佐である〔「ラウディ (“rowdy”)」の原義は「粗野な」，「囂しい」〕。自らの体験の暗黒面に全力を注ごうとするディケンズの決意に疑いの余地はなく，旅人達の最初の24時間に彼の疎む全てが盛り込まれている片や，シェリー・コブラーを措いて好むものは何一つ審らかにされていない。

ディケンズが9月号をほぼ書き終えた頃，アメリカの報道界における誹謗の奔出の報せが届いた。かつて彼を持て成した人々への忘恩の誹りは胸中蟠っていたが，彼は依然として着せられる欲得尽くの動機の汚名にも憤りを覚えていたに違いない。アメリカを「金儲けの思惑」で――「ギニー稼ぎの本」を書くのみならず，国際版権法獲得により自らの懐を肥やすために――訪れたとの告発が否応なく息を吹き返した。して双方の投機に失敗したために忿懣遣る方ないのだろうと。かくて帰国後一年経っても依然，彼の私事へのアメリカのジャーナリストの差し出がましい干渉は続いていた。

ディケンズの訪米と無関係の，或いは間接的にしか関わりのない幾多の手紙は，フォースターの「彼はより視野を広め……精神的に成熟して帰国した」

(F, IV, ii, 307) との追想の信憑性を裏づける。アメリカの政治・社会体制は打解策ではなかったが，何らかの打解策が講じられねばならなかった——「良識ある全ての人が望む如く，狭まる代わり，日々広がるばかりの，かくも大きな深淵が貧富の間に横たわっている当今にあっては」(『モーニング・クロニクル』宛書簡 (42年7月25日付) 参照)。公共衛生，工場規制，就中一般教育の問題は全てディケンズの注意と実際的関心を惹いた。最終的に，彼はアメリカ人の功績によって突きつけられる課題を痛感していたに違いない (マクレディ宛書簡 (42年3月22日付) 参照)。のみならず彼らが貧者の教育において「教義や信条」を巡る論争から比較的自由である点にも共感を覚えていた。チャニング〔フレデリック・A. フィットウェル宛書簡 (1842年1月22日付) 注参照〕への讃歎の念は，国教会に対し募る一方の嫌悪に劣らず，彼のユニテリアン派加入の決断に明らかに影響を及ぼした (フェルトン宛書簡 (3月2日付) 参照)。現今の「改善」のための企画において，ディケンズは一層活動的になり，委員会への参加，演説，匿名記事の執筆等，労を惜しまなかった。ロンドンデリー侯による「鉱山・炭鉱法案」阻止を批判する辛辣な書簡は政治的論争への最も直接的な介入だが〔拙訳『ディケンズ寄稿集』第十五稿参照〕，劣らず肝要かつ，虚構への影響においてより広範に及ぶのは「児童雇用問題委員会第二報告」への熱情的な反応 (サウスウッド・スミス宛書簡 (43年3月6日付) 参照)，フィールド・レーンのステアリー貧民学校（ラギッド・スクール）に対する支援活動 (クーツ嬢宛書簡 (43年9月16日付)，フォースター宛書簡 (9月24日付) 参照) であった。「教義と形式」はかようの子供達の「荒廃した」状況には不適切だと確信させることで，英国国教会信者クーツ嬢の支援を求める書簡や，マンチェスター・アシニーアム「夜会（ソワレ）」でのスピーチは彼が数年にわたって続けることになる聖戦のさらなる段階を跡づける。1843年における最も鮮烈な鉄鎚はスクルージの見た二人の子供——「無知」と「欠乏」——の幻影であり，『クリスマス・キャロル』執筆はその年に正しく付き付きしいクライマックスである。

12月までにアメリカは，マーティン・チャズルウィットにとってと同様ディケンズにとっても「後方の大海原の一片（ひとひら）の雲」(『チャズルウィット』第三十四章) となっていた。さらなる (しかも論争に巻き込まれまい諸国における)

旅により「経験と観察を一層積まん（フォースター宛書簡（43年11月1日付）」〔「経験（“experience”）」は原典p. 587及びF, IV, ii, 304では「描写（“description”）」〕との新たな決意における，訪米のなお遙か懸け離れた結果は翌年を待たねばならない。

編者によると，書簡の日付に関する問題は『第三巻』においては比較的容易く，ディケンズは依然として時折，曜日しか記さないことがあったが，概ね外的事象や他の書簡からこれらの日付は難なく突き止められた。最も興味深いのは合衆国における最初の二週間の彼自身の誤記であり，歓迎の興奮と多忙な社交生活により時間の感覚が甚だしく混乱を来したため，誕生日の日付すら失念し，一再ならず2月8日と記す（アレキサンダー宛書簡（1月27日？付）参照)。

ディケンズの句読法と綴りに関する手続きは第一，二巻に準じ，彼自身の綴り違(たが)えに関してと同様，秘書G. P. パトナムによって認められた書簡におけるそれらは書面ではなく脚注で訂正が施されている。

ディケンズ略年譜　1842-1843年

1842年1月2日	ロンドンを発ち，リヴァプールへ。
1月4日	キャサリンとアン・ブラウンと共に汽船「ブリタニア号」でボストンへ出帆。
1月22日 ー2月5日	ボストン（2月1日スピーチ）。
2月5日ー12日	ウスター，スプリングフィールド，ハートフォード（2月8日スピーチ），ニュー・ヘイヴン。
2月12日 ー3月5日	ニューヨーク（2月14日「ボズ舞踏会」；2月18日スピーチ）。
3月5日ー9日	フィラデルフィア。
3月9日 ー4月1日	ワシントン，リッチモンド，ボルティモア；ハリスバーグ，ピッツバーグ（運河船にて）。
4月1日ー26日	シンシナティ，ルイヴィル，カイロ，セントルイス（汽船にて）；大草原（プレーリー），レバノン，コロンブス，サンダスキー，バッファロー。
4月26日 ー5月4日	ナイアガラの滝。
5月4日ー30日	カナダ：クィーンズタウン，トロント，キングストン，モントリオール，ケベック。
6月1日ー7日	ニューヨークとノース川遡上。
6月7日	「ジョージ・ワシントン号」にてニューヨーク出航。
6月29日	ロンドン到着。
8月1日 ー9月30日	キャサリンと子供達と共にブロードステアーズ滞在。
8月初旬	ニューヨークで「捏造書簡」出版。
10月19日	『アメリカ探訪』出版。
10月20日	ロンドンデリー侯爵著『アシュリー卿への書簡』書評が『モーニング・クロニクル』に掲載。
10月21日	ブリストルにて，フォースターと共にロングフェローを見送る。
10月27日 ー11月4日	フォースター，マクリース，スタンフィールドと共にコーンウォールへ。
12月10日	マーストン作『総督の娘』（前口上はディケンズ作）上演。
12月31日	『マーティン・チャズルウィット』月刊分冊第一号発刊（1844年6月30日まで刊行）。

1843年1月21日 —24日	キャサリンと共にバース滞在。
3月4日	劇評「『ベネディック』役マクレディ」が『イグザミナー』に掲載。
3月21日までに	フィンチリー，コブリー農場にて恐らく四半期，部屋を賃借。
6月3日	「オクスフォード大学に様々な形で関与する人物の状況を調査すべく任ぜられた委員会報告」が『イグザミナー』に掲載。
7月1日 —18日？	キャサリンとジョージーナと共にヨークシャー，イーストホープ・ホールにて，スミスサン家を訪う。
8月1日？ —10月2日	キャサリンと子供達と共にブロードステアーズ滞在。
10月4日—6日	アシニーアム一周年記念夜会(ソワレ)（10月5日開催）のため，マンチェスター滞在。
10月8日	ロンドンへ戻る。 『ラ・ファヴォリタ』書評が『イグザミナー』に掲載。
11月1日	フォースターに1844-5年，ヨーロッパに旅行を兼ねて滞在する決意を告げる。
11月4日	「季節の言葉」が『キープセイク』に掲載。
12月19日	『クリスマス・キャロル』出版。

目　次

ディケンズ全集

書簡集Ⅲ 1842-43年

チャプマン＆ホール両氏宛　1842年1月1日付[†]

ストランド186番地。1842年1月1日

拝啓

アメリカに関する本と11月に開始予定の月刊小説の内金とし，貴兄方の前金と小生の受領高に関する我々の立場の明瞭な諒解を文書にすべく以下，本件を正規の順序に則り記させて頂きます。

アメリカに関する本の内金とし，小生は〆て£885受領し，総額はその刊行に伴う最初の収益から差し引かれることになっています。

新著に関し，我々の間で合意の成されている月払いの内金とし，貴兄方はクーツ銀行に総額£800を納入しておいでです。この総額にかてて加えて，何卒小生の渡米中，裏面にて綴っている額をお払い込み頂きますよう。帰国に際し，互いの間で貸借を差引き致せばよろしいかと。

上記の払込みに関し付言させて頂けば，貴兄方は愚弟フレデリックの手づから，3月末に105ギニー，6月末に105ギニー受領なさいましょうから，この額で上記の払込みを相殺し，然るべく小生の貸方につけて頂きたく。

これら前渡し金の担保とし，貴兄方は小生がブリタニア生命保険会社との手続き完了後に受け取った保険証券三枚をお持ちです。

[a]本状の事務的要件を処理し果すに及び，もしや今一度かく心より申し上げねばおよそ安らかな気持ちで祖国を発つこと能いますまい，即ちこの折を始め他の全ての折々，貴兄方の御高配は誉れ高く，雄々しく，鷹揚であり，小生祖国を離れている間(かん)如何なる椿事が身に降り懸かろうと当該証言を記録に留めるを聖なる本務と心得て参りました。上記は我が子の保証のために作成した遺書の一項をも成しています――子供達には貴兄方が如何ほど徳高く，小生が御恩を如何ほどありがたく存じていたことか理解できるほどに長じた暁にはその旨しかと胆に銘じてもらいたいだけに。

敬具[a]

チャールズ・ディケンズ

（裏面へ）

上述の，小生が祖国を離れている間(かん)に行なわれるべき支払いとは，愚弟フレデリックによって真正たること証明された，我が子と召使いの週極めの勘定書き，彼らの間借り代としての月10ポンド，召使いの給料，持ち家の賃借料と税金であります。他の支払いも何か小生の遺漏或いは不慮の状況によって必要となるやもしれませんが，貴兄方が何を支払われようと，またお支払いになる全てに対し，愚弟フレデリックの謝意を小生のそれとお受け留め頂き，遺言執行者にして破産管財人にはありとあらゆる場合において同上を十二分な領収かつ履行と，これらの点における貴兄方の申し立ての正しさの証と見なして頂きたく。

チャールズ・ディケンズ

（注） エドワード・チャプマンとウィリアム・ホールについては『第一巻』原典p. 128脚注，訳書161頁注参照。宛先ストランド186番地はチャプマン＆ホール事務所。冒頭「アメリカに関する本」とはディケンズが初めてチャプマン＆ホールに訪米の意図を明らかにした際，アメリカから携えて帰国するかもしれぬと仄めかしていた「一巻本を——例えば10と6ペンス物(もの)のような」(ホール宛書簡（41年9月14日付)，『第二巻』原典p. 383，訳書476頁参照)。帰国と共に執筆された『探訪』は実際は42年10月19日，二巻本（各巻10シリング6ペンス）にて出版。「11月に開始予定の月刊小説」についてはディケンズがチャプマン＆ホールと交わした協定（41年9月7日署名)，並びに『ハンフリー親方の時計』における声明（『第二巻』原典p. 389脚注，訳書484頁注，並びに原典Appendix B，p. 478）参照。新著の月刊分冊第一号は42年11月1日刊行予定だったが，協定調印から二週間と経たぬ内にディケンズは早くもアメリカへ行き，彼(か)の地に関する本を著す意を決していた。42年1月の時点で依然新著の11月刊行開始を想定している所からして，彼は『探訪』を——滞在中つけるであろう日誌と様々な叙景的書簡を参照しつつ——恐らく僅か二か月で書き上げるつもりだったと思われる。これが不可能と判明するに及び，『マーティン・チャズルウィット』創刊号出版は43年1月1日まで延期。第二段落「£885」は41年10月から12月にかけてチャプマン＆ホールによって支払われた。草稿の空白に点が二つ打たれている所からしてディケンズは算定後，初めて数字を記入したものと思われる。『探訪』に関する正規の協定は結ばれていなかった（ブラッドベリー＆エヴァンズ宛書簡（44年5月8日付）参照)。第三段落「£800」はディケンズの12か月に及ぶ休養の間(かん)月極£150融通される合意の成されていた£1,800の内の前金（協定（41年9月7日付)（『第二巻』原典Appendix B，pp. 480-1）参照)。前渡し金清算に係る契約書の但書き，及び『チャズルウィッド』の最初の六号の売上げ不振によってもたらされたその後の紛糾についてはフォースター宛書簡（43年6月28日付）参照。44年5月8日までにディケンズは依然チャプマン＆ホールに£1,500の借財があった。第四段落フレデリック・ウィリアム・ディケンズについては『第一巻』原典p. 47

脚注，訳書59頁注参照。チャプマン＆ホールがそれぞれ3月末と6月末に受け取ろう「105ギニー」とはデヴォンシャー・テラス1番地の賃貸料（『第二巻』原典p. 404脚注，訳書501頁注参照）。第五段落ディケンズがチャプマン＆ホールに渡していた保険証券の内二通については『第二巻』原典p. 346脚注，訳書426頁注参照。第三の証券は恐らくブリタニア保険会社宛に41年12月，不詳の筆跡で草案の認（したた）められ，524番と記された文書から作成されたそれ。aaはN, I, 371に（MDGHからの）抜粋あり。それ以外は従来未発表。

トマス・ミトン宛　1842年1月1日付

1842年。元旦

親愛なるミトン

5時にもちろん家（うち）に来てくれるな？　こんな書類を持って来たのはただポケットをパンパンに膨れ上がらさずに済むようと思ったまでのことだ。

不一

CD.

（注）トマス・ミトンについては『第一巻』原典p. 35脚注，訳書45頁注参照。「持って来た」のはミトンの事務所へ。「書類」は恐らくチャプマン＆ホールとの決算に関わる報告書。「ポケットを……済むよう」の原文“might have not (the inconvenience. . . pockets)”は正しくは“might not have”。

ダニエル・マクリース宛　1842年1月1日付*

デヴォンシャー・テラス。1842年1月1日

親愛なるマクリース

貴兄の憂ひのせいで我々の旅には正しく暗雲が垂れ籠めています。がお悔やみは一言たり口に致さずにおきましょう。と申すのも我々同士のような友人の間では無用でしょうから。

貴兄と握手を交わさずして，親愛なる貴兄，旅立つこと能いません。本日2時から3時にかけて，何としても拝眉の上握手させて頂きたく。

不一

チャールズ・ディケンズ

ダニエル・マクリース殿

（注） ダニエル・マクリースについては『第一巻』原典p. 201脚注，訳書251頁注参照。本状は同日マクリースから届いていた母親［レベッカ・マクリース（享年五十九歳）］の訃報への返信。マクリースは「筆舌に尽くし難いほど憂はしい」と綴っていた。

エドワード・エヴァリット宛 1842年1月1日付*

デヴォンシャー・テラス。1842年。元旦夜

拝復

仮に忝き御高配にお礼致せるものなら，お礼の言葉を述べさせて頂きたく。

敬具

チャールズ・ディケンズ

エドワード・エヴァリット殿

（注） エドワード・エヴァリット（1794-1865）はハーヴァード大学ギリシア語教授・『ノース・アメリカン・レヴュー』編集長（1819-24）・ホイッグ党国会議員（1825-35）・駐英アメリカ公使（1841-5）・ハーヴァード大学長（1846-9）。エヴァリットは41年12月30日付書簡で，ディケンズほどの人物に紹介状は無用に違いなかろうがと断った上でチャニング博士を始め著名人へのそれを同封していた。

ジェフリー卿宛 1842年1月1日付

デヴォンシャー・テラス。1842年元旦夜

親愛なるジェフリー卿

ボストンから便りを！ ではないでしょうか。――小生「さよなら」だけは言えそうにありません，して其は己に関し期待と信頼を措いて何かあるから，ではなく友人方を心より愛していればこそ。

貴兄に神の御加護のありますよう！

心より敬具

チャールズ・ディケンズ

（注）　フランシス・ジェフリーについては『第一巻』原典p. 479脚注，訳書609頁注参照。本状はジェフリー卿からの二通の手紙（12月28日，31日付）への返信。一通目の追而書きで，卿は「アメリカへ到着したら一筆賜りますようとお願いするのは甚だ無躾と言おうか烏滸がましいでしょうか」と問うていた。ディケンズは本状に『バーナビ・ラッジ』献本を同封。

マッキーアン夫人宛［1842年1月1日付］

【原文はグッドスピーズ・ブック・ショップ目録56番（1907）より。】

親愛なるマッキーアン夫人

同封の拙著を謹呈致すに貴女ほど相応しい方がお見えでしょうか，と申すのも其に麗しき永遠の息吹を与えて下さったからには。拙著を愛おしむが故に然なるお力添えを賜った貴女は定めしその著者故に，本書をお受け取り下さいましょう。

匆々

チャールズ・ディケンズ

マッキーアン夫人

（注）　ファニー・マッキーアンは夫ロバート・マッキーアン（『第二巻』原典p. 309脚注，訳書377頁注参照）同様，画家・スチュアート王家支持者。専門とする画題は（やはり夫同様）高地地方（ハイランズ）の歴史と生活。「同封の拙著」は『骨董屋』。「永遠の息吹」とは即ち，夫人画「墓碑銘を読むネル」（ディケンズへ謹呈。1842年『ネルと寡婦』の名の下（もと）王立美術院出展）。

チャールズ・スミスサン夫人宛　1842年1月1日付*

デヴォンシャー・テラス。1842年元旦夜

今しも去りつつある

親愛なるスミスサン夫人

貴女に神の御加護のありますよう──くれぐれも夫君並びに麗しの姉上に御鶴声のほどを。時折我々に思いを馳せ，不肖小生のために同封の拙著をお受け

取り頂きますよう。

匆々

チャールズ・ディケンズ

スミスサン夫人

（注） エリザベス・ドロシー・スミスサン（1811?–60）はトマス・ジェイムズ・トムソン（『第一巻』原典p.416脚注，訳書527頁注参照）の姉。チャールズ・スミスサンについては『第一巻』原典p. 427脚注，訳書542頁注参照。「麗しの姉上（the Beauteous）」はスミスサン夫人の姉アミーリア・トムソン（1809？生）。ディケンズは40年9月ブロードステアーズで度々会っていた（『第二巻』原典p. 120脚注，訳書147頁注参照）。41年12月20日付スミスサン宛書簡では“beauteous Bill” と，43年5月10日付同書簡では“Beauteous Billa” と呼ばれる――恐らくは「アミーリア（Amelia）」約（つづ）めて「ミリー（Milly）」の転訛とし。「同封の拙著」は『骨董屋』献本。

サウスウッド・スミス博士［1842年］1月1日付

【ディケンズ・ハウス所蔵不詳の目録切抜きに抜粋あり。草稿は1頁。日付は「デヴォンシャー・テラス，元旦夜」――1842年は「療養所（サナトリウム）」への言及からの推断。】

小生を副会長に，タルファドとマクレディを我が独断にて同上に任じて下さいますよう。御多幸をお祈り申し上げます！ ……願わくは時に小生のことを思い浮かべ，帰国を待ち侘びられんことを。

（注） トマス・サウスウッド・スミスについては『第二巻』原典p. 164脚注，訳書202頁注参照。「副会長」とはデヴォンシャー・プレイスに4月開館予定の「療養所（サナトリウム）」のそれ（『第二巻』原典p. 165脚注，訳書202頁注参照）。トマス・ヌーン・タルファドについては『第一巻』原典p. 290脚注，訳書365頁注参照。ウィリアム・チャールズ・マクレディについては『第一巻』原典p. 279脚注，訳書351頁注参照。二人は41年6月，ディケンズ率先の下（もと），療養所（サナトリウム）委員会メンバーになっていた（『第二巻』原典p. 293脚注，訳書358頁注参照）。

ブルーム卿宛　1842年1月3日付*

リヴァプール，アデルフィ・ホテル

1842年1月3日月曜

親愛なるブルーム卿

先日，以下のお願いを致すのをすっかり失念していました。——或いは，何か「協会」によって出版される書物の提案が，チャプマン・アンド・ホールを介しホガース殿（小生の岳父）によりて小生の不在中いつ何時であれ為されぬとも限りません，よって小生が氏は音楽と歴史に関する卓抜した専門書を著し，多種多様にして広範な知識を具えた殿方だと申し上げていた由記憶に留めておいて頂けましょうか？　御芳名は偉大な画家のそれによりても忘れ難き名かと。

出帆は明日2時。との状況に免じて突然のお願いをお許し頂くと共に，情状酌量賜りますよう。

親愛なるブルーム卿

敬具

チャールズ・ディケンズ

ブルーム卿

（注）　初代ブルーム・アンド・ヴォークス男爵，ヘンリー・ピーター・ブルームについては『第二巻』原典p. 373脚注，訳書465頁注参照。「協会」はブルームが会長を務める「有益な知識普及協会」（『第二巻』原典p. 371脚注，訳書460頁注参照）。ジョージ・ホガースについては『第一巻』原典p. 54脚注，訳書68頁注参照。〔「偉大な画家」とは諷刺的風俗画で知られる英国の銅版画家ウィリアム・ホガース（1697-1764）。〕ディケンズの念頭にはチャプマン＆ホールとの会談（41年12月23日）において，ホガースの何らかの著作の出版について相談する意図があったと思われる。それ故(ゆえ)同日，ホガースに宛て，翌日の面会を請う手紙を認(したた)めたものか（『第二巻』原典pp. 450-1，訳書560-1頁参照）。ただし協会がホガースの著作を出版した形跡はなし。

フレデリック・ディケンズ宛　1842年1月3日付*

リヴァプール。アデルフィ・ホテル

1842年1月3日月曜

親愛なるフレッド

ここへは快適至極，元気潑溂やって来た。ホテルに着いたのが7時。アルフ

汽船「ブリタニア号」
クラークソン・スタンフィールド画

レッドとはバーミンガムで別れたが，こっちへディナーにやって来ると言っていた，まだお越しでないが。ファニーは今朝早くやって来た。今晩泊まって明日の船出を見送ってくれる。

明日「ブリタニア」は回漕の邪魔にならず，中流に出ていられるよう，1マイルかそこら沖で碇泊する。ぼく達は1時に小型汽船でそっちへ向かう。客が乗船し次第出帆だ。乗客の友人は今のその小型汽船で同行し，錨が引き揚げられるや引き返す。噂では七十人とか言っているが，まさか。順風満帆に違いないとも。神よ願わくは仰せの通りでありますよう。

ぼく達の船室はちょっとやそっとでは思い浮かべられないほどちんちくりんだ。旅行鞄はどっちもどんな文明の利器を用いようといっかな突っ込まれて下さろうとしない。ドアが開け放たれるや，体の向きを変えるはお手上げ。そいつが閉(た)て切られるや，きれいなシャツを着るのも薄汚れたそいつを脱ぐのもお手上げ。昼間は薄暗い。日が沈むとひんやりする。談話室(サルーン)は「コービン船長の

『令名号（フェイム）』」のそれより遙かに小さい。ベッドはどいつもこいつも，枕とシーツと毛布ごと，郵便局経由でここからあそこへ，ほんの二倍料金で運んでもらえよう。とは言え，揺れと，アンが寝泊まりすることになる御婦人用船室と隣合わせである点にかけてはケチのつけようがない。そいつはデヴォンシャー・テラスの朝餉の間（ま）より大きめの，全くもって快適な部屋で，明るい照明，ソファ，鏡等々設えられている。そいつの扉からぼく達の扉までは文字通りほんの一跨ぎ——しかも大きくだけはない。

ヒューイット船長はまだ乗船していないが，乗組員は皆息を吐く間もなく肉と青物や，ミルク用のどデカい牝牛を積み込んでいた。旅客係の女はスコットランド生まれで，もう十七度も大西洋を渡っている。というにめっぽう若く，丸ぽちゃだ。

ところでサー・ジョン・ウィルソンへの領収書二枚は渡したろうか——日付は入れてないが一枚は3月，もう一枚は6月の？　渡し忘れていたら適当な時に記入してくれ。

フォースターは水曜の朝早く帰宅し，ぼく達の出立がらみでは一から十まで垂れ込もう。愛しい可愛い子供達に，ケイトとぼくに成り代わって何度も何度もキスを。（くれぐれもよろしく頼む，などという水臭い真似は止しにして）——

親愛なるフレッド
兄より愛を込めて
チャールズ・ディケンズ

フレデリック・ディケンズ殿

ケイトの顔は好くなった。すこぶるつきの上機嫌。

フレッチャーもここだ。

トムソンにはまだ電報を打っていない。

ファニーは一泊して，明日ぼく達を見送る。

つい書きそびれていたが，エリオットソンに会った。先生は夜であれ昼であれ，いつお呼びがかかろうと大丈夫だそうだ。モーガンはあまり信用しないよう。マクレディへのぼくの熱い思いは知っているな。とことんしがみつけ。外のどいつも構うことはない。

（注） ディケンズの次弟アルフレッド・ラマート・ディケンズについては『第一巻』原典p. 44脚注，訳書55頁注参照。バーミンガムで鉄道測量技士として働いていた（ビアード宛書簡（7月11日付）注参照）。ディケンズの姉ファニー（ヘンリー・バーネット夫人）については『第一巻』原典p. 4脚注，訳書6頁注参照。夫と共に41年10月からマンチェスターに移り住んでいた。第二段落「乗客の友人」の原語“passengers (friends)”は正しくは“passengers'”。この折の乗客は八十六名（フォースター宛書簡（1月17日付）参照）。ただし収容能力は115名（『第二巻』原典p. 422脚注，訳書523頁注参照）。第三段落「昼間は」の原語“(When) its (day)”は正しくは“it's”。「令名号（フェイム）」はロンドンーラムズゲイト往復汽船。キャサリンの小間使いアン・ブラウンについては『第二巻』原典p. 392脚注，訳書488頁注参照。「そいつの扉」の原語“*it's* (door)”は正しくは“*its*”。第四段落ジョン・ヒューイット（1812？生）は「ブリタニア号」船長（41年10月-47年4月）。『探訪』第一章において，その「澄んだ，青い，正直そうな目は己のキラキラ輝く似姿を中に拝まして頂くだに結構至極」と形容される〔拙訳書8頁参照〕。（ディケンズは間々“Hewitt”を“Hewett”と綴り違（たが）える。）「旅客係の女」ビーン夫人——「にこやかな笑みを堪えて心地好いスコットランド訛りで話しかけ，かくて小生の道連れの耳に懐かしの『我が家』の調べを奏でて下さる」——については同拙訳書4頁参照。第五段落フレッドが受領後チャプマン＆ホール宛転送することになっている賃貸料については両氏宛書簡（1月1日付）参照。追而書き「ケイトの顔」は歯痛への言及。アンガス・フレッチャーについては『第一巻』原典p. 514脚注，訳書654頁注等参照。トマス・ジェイムズ・トムソンについては『第一巻』原典p. 416脚注，訳書527頁注参照。ディケンズを見送った記録は残っていない。ジョン・エリオットソンについては『第一巻』原典p. 461脚注，訳書586頁注参照。エリオットソンはそれまでディケンズ家の主治医を務めたことはない。両親の不在中，子供達を診察したか否かは定かでないが，帰国と同時に出来したチャーリーの痙攣の処置に呼ばれたのは彼である（プレスコット宛書簡（7月31日付）参照）。「モーガン」は恐らく乳母。子供達（チャーリー，メイミィ，ケイティ，ウォルター）はフレッドと共に暮らすことになっていたが，ディケンズ夫妻はマクレディが事実上世話を引き受けたため大いに安堵していた（『第二巻』原典p. 390脚注，訳書486頁注参照）。とは言え子供達は必ずしもマクレディの屋敷を日々喜んで訪ねていた訳ではない（チャプマン宛書簡（8月3日付）注参照）。

ダニエル・マクリース宛　1842年1月［3日付］*

【月曜は1月3日。消印「1月4日」によっても裏づけ。】

リヴァプール，アデルフィ・ホテル

1842年1月2日月曜

親愛なるマック

申すまでもなく小生，「死」の主たる有為（ゆうい）と趣意（しゅい）は我々の情をより深く通わせ，現し世における存在の束の間にそれだけ一層互いの絆を強めることだと信じようと努めています。先日お別れした時ほどついぞ，このことの「真理」を痛感したためしはありません。

貴兄からかくお聞きすれば——事実くだんの外つ国にてお便りを頂くに及び——如何ほど慶ばしかりましょう——「御一家」はかつての平穏に戻られたと，父上は諦観と幸福の境地に至られたと，影の世なるこの影は過ぎ去ったと。何一つ省かれぬよう。思いつく限りのことをお報せ下さい。一言一言がかの，小生を愛する馴染みに繋ぎ止める大いなる錨鎖への新たな環となりましょう。

貴兄に，マック，我々の「船室」の途轍もなき馬鹿馬鹿しさを思い描いて頂けるものなら，してその目で御覧の上呑み込んで頂ける状況にあられるものならと願い——して如何とも綴らずにはいられません——たとい本状を手にするや如何ほど憂はしき心持ちになられようと。果たして何に準えたものか。喫茶室の小さな仕切り席では大きに過ぎましょう。辻の貸馬車（ハクニー・コーチ）もまた然り。軽装馬車（チャリオト・キャブ）もまた然り。むしろ後部から乗り込む例の辻馬車（キャブ）の一台めいてはいますが，そいつの中でならばシャツは着れましょう。が，この部屋では土台叶わぬ相談。部屋には馬尾毛（ばす）の椅子が壁に——互いに向かい合わせに——備えつけられています。いずれもやかん載せとしてならばモノを言ってくれようかと。寝台（もちろん二段のそれ）は二台併せて一枚切手を足せば郵便にて易々貴兄の下（もと）へ届けて頂けるやもしれません。枕はクランペットとどっこいどっこい薄っぺらで，シーツと毛布に至っては審らかにするだに噴飯物です。

我々の手荷物は全て積み終えました。乗船すると，皆で「牛乳を積み込んで」いました——とは巨大な牝牛を！　パンや，トランクや，青物や，スープ用の牡牛の頭が甲板にあちこち所狭しと散らかっていました。壮大な印象は船の小ささです。談話室（サルーン）などラムズゲイト船のそれとは似ても似つきません——そらっ！

何としょっちゅう皆して貴兄がここにお見えならと願って参ったことか！　何としょっちゅう皆して同じことを，（今日ではなく）その折1，2マイル沖の潮の中流に碇泊しているはずの「メリキン」に乗船すべく諸共小型汽船で明日向かう段には願おうことか！　晴れて帰国した暁には——正しく晴れて——もしも貴兄とフォースターがほんのリヴァプールへお越しになり，ほんの水先船にて横付けになって下さりさえすれば，文字通り天にも昇るようでありましょう。

貴兄に神の御加護の幾度(いくど)となくありますよう。明日2時，大西洋が我々の眼前に広がっています。その刻限には，して以降幾度(いくど)となく，我々のことを思い浮かべて下さいますよう。親愛なるマック

不一

チャールズ・ディケンズ

（注）　第二段落マクリースの父アレキサンダー・マクリース（1853歿）はスコットランド高地地方(ハイランズ)生まれの元兵卒。革鞣(かわなめ)しと靴造りを生業としていた。「思いつく限りのことを」と請われながらも，マクリースは畢竟，肩透かしを食わせざるを得なかったと思われる。第三段落「後部から乗り込む例の辻馬車(キャブ)」は即ち「辻の一頭立て二人乗り二輪(ハクニー・キャブリオレー)」〔『探訪』第一章3頁参照〕。〔「クランペット」は鉄板で焼く，丸く平たい小型パン。〕第五段落「メリキン」はアメリカ船ではなく「アメリカ行きの船」（『ピクウィック・ペーパーズ』第三十一章〔拙訳書下巻30頁〕参照）。「メリキン（“Merrikin”）」の後の関係代名詞“which”は草稿では“on which”と読める。本状最後の署名のすぐ下，畳まれた一枚の便箋の第三辺から空白の第二辺へかけて，フォースターの筆跡で月曜夜アデルフィ・ホテルからマクリースへ宛てた書状が続き，上記船室の小ささの真正たること，出帆準備の模様と併せて審らかにすべく，ロンドンへ戻り次第会いたい旨綴られている。

チャプマン＆ホール両氏宛［1842年1月3日？付］

【次書簡追而書きに言及あり。日付はチャプマン＆ホール宛書簡（1月1日付）の一部ではなく，1月2日ディケンズはリヴァプールへの旅路にあったことからの推断。】

トマス・ミトン宛　1842年1月3日付†

リヴァプール，アデルフィ・ホテル

1842年1月3日月曜

親愛なるミトン

こいつは短い手紙だが，金言を地で行くに陽気なそいつにするつもりだ。

ぼく達は快適至極にやって来た。手荷物は今や無事積み込まれた。ぼく達の船室の大きさほどとことん途轍もなく馬鹿げた代物を，我が家でのん気に暮らす如何なる英国紳士も片時たり思い描けまい。くだんの大きさの水洗トイレと来ては惟みるだに噴飯物だ。**旅行鞄はどっちもどっちいっかな入って下さろうとしない**——そらっ！

これらキュナード社の定期船(パケット)は君も知っての通り，事実さして大きくはないが，寝棚がのさばっているせいで遙かにせせこましく，かくて談話室(サルーン)などラムズゲイト船の一艘に突っ込もうとおよそどデカいどころではない。御婦人用船室はぼく達の船室にそれはひたとくっついているものだから，連中がベッドと呼ばわる，がぼくはぺしゃんこに拉げたマフィンたること信じて疑わぬ代物から這いずり出すまでもなくドアを押し開けられそうだ。こいつは，とびきりの（船の中で唯一まっとうな）部屋だけに，居心地は抜群だし，もしやケイト以外にもう一人しか御婦人がお見えでないなら，とは旅客係の女の惟みる如く，四六時中入り浸れそうだ。

皆の話では乗客は〆て70人とのことだが，まさかそんなには乗り込まないだろう。おまけに（こっちの方が遙かに要を得ているが），去年もこの時期すこぶるつきだっただけに，順風満帆の船旅に違いなかろうとのことだ。神よ八卦が見事ズボシとなりますよう！　ぼく達は上機嫌もいい所で，正しく期待に胸を膨らませている。さすがに「船室(キャビン)」を目にした時は**正直**面食らったが，ぼくはすかさず我に返るやそれはカンラカラ，そいつのとんでもない大きさに腹を抱えたものだから，船中(ふねじゅう)に笑い声がワンワン鳴り響いたかもな。

君に神の御加護がありますよう！　仰(のっ)けに機会あり次第一筆頼む。ぼくも右に倣わせて頂く。ではいつもながら心より不一

チャールズ・ディケンズ

[a]チャプマン・アンド・ホールに君から申し出があれば，オーガスタスの学費

として£10渡すよう一筆認めておいた。では改めて，達者で。[a]

（注） 第二段落「我が家でのん気に暮らす如何なる英国紳士も」は十七世紀に遡る俗謡「汝ら英国紳士」より。トムソン宛書簡（40年2月9日？付）（『第二巻』原典p. 22，訳書26頁）参照。aaは従来未発表部分。ディケンズの末弟オーガスタス・ニューナム・ディケンズについては『第一巻』原典p. 485脚注，訳書615頁注参照。オーガスタスが通っていたのは恐らくエクセターのマウント・ラドフォード・カレッジ（『第二巻』原典p. 289，訳書352頁参照）。

名宛人不詳　1842年1月3日付*

リヴァプール，アデルフィ・ホテル
1842年1月3日月曜

親愛なる［　　］殿

芳牘を一通ならず賜り忝う存じます。子供達の屋敷はオズナバーグ・ストリート25番地にて。

妻がくれぐれもよろしくお伝えするよう，お名残惜しゅうと申しています。

敬具

チャールズ・ディケンズ

ジョン・［　　］殿

（注） 書状出だしと結びの姓はいずれも草稿から切り取られている。

ウェブ氏宛　1842年1月3日付*

アデルフィ・ホテル。1842年1月3日

チャールズ・ディケンズ殿は謹んでウェブ殿に御挨拶申し上げると共に，お心遣い並びに御高配に篤く御礼申し上げます。

（注） ウェブは恐らく地所差配人トマス・チャプマンの共同経営者W.ウェブ（『第二巻』原典p. 89脚注，訳書107頁注参照）。

ジョン・フォースター宛［1842年1月17日付］

【F, Ⅲ, ⅱ, 201-3に抜粋あり。日付はフォースターによると1月17日。ニューファンドランド沖「ブリタニア号」より。】

ディケンズは時化の航海，1月10日に一晩中荒れ狂った颶風（ハリケーン），嵐に揉まれる汽船の様子を審らかにする。

二，三時間ぼく達は万事休したものと観念し，君や，子供達や，心にいっとう近しき他の人々へ千々に思いを馳せつつ自若として最悪を待ち受けた。ぼくはよもや二度と再び日輪を拝めようとは思ってもみず，能う限りひたすら神に我が身を委ねた。祖国へ残して来た一途でひたむきな馴染み達のことを思い浮かべるだに，愛しい我が子らは何一つ不自由すまいと得心できるとは大いなる慰めだった。

乗客は86名。してかほどに色取り取りの四つ脚がノアの方舟の日々以来，大海原で一緒くたになったためしはなかったろう。ぼくは初日以来一度も談話室（サルーン）に行っていない。騒音と，臭気と，人いきれと来てはたまったものではないだけに。甲板に出たのも一度こっきり！——その時でさえ眺望（パノラマ）のせせこましさに泡から肩透かしから食った。大海原は今しも，してこれまで同様，満ちては引いているとあって，実に途方もなく，天穹かどこか遙か高みより見はるかせば蓋し渺茫たるには違いない。が水浸しにして横揺れの甚だしき甲板から，当該天候にして当該状況の下（もと）眺むれば，せいぜいクラクラと目眩いを起こした上から鳥肌を立てるが落ち。いそいそ踵を返すや船室へ戻ったのは言うまでもない。

仰（のっ）けからぼくは御婦人用船室に居座っている——そいつのことは忘れていまいが？　以下，相部屋人（にん）並びに，我々の暇のつぶし方を審らかにすれば——

まず第一に，相部屋人（にん）に関し。ケイトと，ぼくと，アン——ただし床（とこ）を抜けている折の，というのはめったにない。風変わりなスコットランド生まれの小柄なP——夫人。御亭主はニューヨークで銀細工師としてメシを食っている。三年前にグラスゴーで連れ添ったが，祝言の翌日姿を晦ました。大借金を（嫁さんにはオクビにも出さず）抱えていたせいで。爾来嫁さんはお袋さんと暮らして来たが，今や一年間，物は試しに従兄付添いの下（もと），海を渡っている所だ。挙句やっぱり上手く行かないようなら郷（さと）へ帰るつもりらしい。それから歳の頃二十（はたち）のB――夫人。御亭主も一緒に乗船している。英国生まれの青年で，ニューヨークに腰を据えているが，生業は（ぼくに判じられる限り）毛織物商だ。連れ添ってまだ二週間しか経っていない。それからC――夫妻。絵に画いたようなオシドリ夫婦――で一覧は仕舞いだ。C夫人――はぼくの目星をつけている所，居酒屋の亭主の娘で，C――氏は上さんと――銭箱に，酒場の炉棚から失敬した置時計に，お袋さんの枕許の小袋（ポケット）の金時計に，その他あれやこれやの身上ごと――駆落ちしている真っ最中（さなか）。女性方はべっぴん揃い――すこぶるつきの。これまでどこでだってこんなべっぴんさんが一緒の所を拝ましてもらったためしはない。

こと横揺れに関せば，言いそびれていたがホイストをする段には，そっくり失せてしまわないよう，場札（トリック）をポケットに突っ込まなければならないし，ラバーをする度（たび）みんな五，六度は椅子から押っ放り出され，ゴロゴロあちこちの扉から転がり出したが最後，転がり続ける――晴れて船室係につまみ上げて頂くまで。がこれぞ今や日常茶飯事，よってぼく達は平気の平左掻い潜り，またもやソファの上で枕の突っ支いをあてがわれるや，おしゃべりなり，ゲームなり，待ったのかかった所から仕切り直す。

こと噂話はと言えば，存外事欠かない。ある男は昨日談話室（サルーン）で張った二十一（ヴァンタン）で14ポンド擂（す）ったとか，別の男はディナーの済まぬとうの先からへべれけに酔っ払ったとか，別の男は船室係にぶっかけられたロブスター・ソースで目つぶしを食らったとか，また別の男は甲板でツルリと転んだなり気を失ったとか。船の調理人は昨日の朝（塩水で尻座（へた）ったウィスキーに手を出した挙句）正体がなくなり，さらば船長は甲板長に命じて男に消防ポンプのホースをあてがわせ，男め終に慈悲を乞うて叫（おら）び上げた――が骨折り損の何とやら，何せ大外套も着ないまま，四晩続けて四時間ぶっ通しで見張りに立たされ，グロッグ御法度の灸まで据えられたとあらば。ディナーでは4ダースからの皿が割れた。とある船室係は牛のもも肉ごと船室階段を転げ落ち，足首をひどく捻挫した。また別の船室係はやっこさんの後から転げ落ち，ぱっくり瞼を切った。パン係は船酔いに祟られ，焼き菓子職人もまた然り。新米が，同じくほとほと御逸品に祟られているものの，後者の職人の後釜に座るようお呼びがかかり，床（とこ）から引こずり出されるや甲板の上の小さな掘立て小屋に両脇から樽の突っ支いをあてがわれた上から押し込められ，パイ皮を捏ねて伸ばせと（船長監視の下）命ぜられるが，目に一杯涙を浮かべたなり，こんなにムカついていたのではそいつの顔を見るだけでイッカンの終わりだと突っぱねている。12ダースからの瓶詰めポーターが甲板の上で野放しになり，連中，頭上でゴロゴロ，気も狂れんばかりに転げ回っている。マルグレイヴ卿は（ところで見た目も男前なら，頼りがいのある，すこぶる気のいいヤツだが）昨夜（ゆうべ）二十五人の男相手に賭けをした——連中の寝棚も卿のそいつ同様，甲板を過ってでなければ辿り着けない前部船室だが——自分の塒に真っ先に駆け戻ろうと。いざ時計の針が船長のそいつに合わせられるや，皆外套と時化（しけ）帽子に身を固めたなり繰り出した。が巨浪がそれは滅多無性に船の上で砕け散るものだから，**二十五分もの長きにわたり**波がざんぶりかかる度ずぶ濡れになりながら，右舷外輪被いの欄干にしがみつかずばおれず，先へ進もうとも引き返そうともしなかった——船外へうっちゃられては元も子もなかろうと。特ダネだと！　街で1ダースから人殺しが持ち上がろうと，こんなに手に汗握りはしないだろうな。

（注）　ジョン・フォースターについては『第一巻』原典p. 239脚注，訳書299頁注参照。ディケンズは彼にアメリカから就中長く詳細な手紙を書き送るが，これらは固より『探訪』執筆のための資料として用いるべく返却される意図の下（もと）認められたに違いない（F, III, viii, 279参照）。書状に先立つ，嵐に揉まれる汽船の描写は『探訪』第二章で審らかにされているため，フォースターは敢えて要約に留める。第四段落「相部屋人（にん）」の頭文字はフォースターによると，いずれの場合も本名とは無関係（F, III, ii, 202*n*）。第六段落トランプで「14ポンド擂（す）った」のは外交販売員・素人画家のピエール・モランド（当時およそ二十四歳）。「ブリタニア号」でディケンズと乗り合わせ，航海記「とある同船者によるチャールズ・ディケンズ初訪米の思い出」を著す。マルグレイヴ卿はジョージ・コンスタンティン・フィップス（1819–90）。父親（初代ノーマンビ侯爵）の跡を継いで以降はマルグレイヴ伯爵（1838–63）として親しまれる。航海中にディケンズと知り合い，モランドによると，「彼が常々談笑しながら共に甲板を歩いていた三，四人の乗客」の内一人。後に祖国でも親交を深める。

ジョン・フォースター宛［1842年1月21日付］

【F, III, ii, 203-5に抜粋あり。日付はフォースターによると1月21日（1月17日付書簡の続き）。ファンディ湾にて「ブリタニア号」より。】

水曜の晩，ぼく達はほとんど風もないまま皓々たる月明かりの下ハリファックス港へと入りつつあり，港の外っ縁の入口の灯台が早，目に入り，船を水先案内人に任せ果していたこともあり，誰も彼もがすこぶるつきの上機嫌で（何せ海はここ数日まだしもお手柔らかだっただけに，甲板はまずまず乾き，外にもあれこれいつにない御利益に与っていたからだが）ラバーに興じていた。するといきなりガツンと暗礁へ乗り上げた。もちろんどっとばかり皆は甲板に駆け登り，男共は（とはつまり乗組員は！　などと考えてもみてくれ）岸へ泳ぎ着くお膳立てに靴を脱ぐ側からジャケットをかなぐり捨て，水先案内人は生きた空もなく，乗客は慌てふためき，辺りは上を下への大騒ぎと相成った。砕け波が前方で哮り狂い，陸はつい数百ヤード先に見え，汽船はいくら外輪を後転させ，奴の針路に待ったをかけるべく八方手を尽くそうと，寄せ波に乗ってひた進んでいる。錨を準備万端整えておくのは，どうやら，汽船の常の習いではないらしい。我らがそいつを船縁越しに下ろす上で何か椿事が持ち上がり，かくて半時間というもの皆は狼煙を打ち揚げたり，青花火を焚いたり，遭難信号をぶっ放っしたりした。がどいつもこいつも，木々の大枝が揺れているのが見えるほど岸はつい目と鼻の先だというに，応答なしではあった。この間も終始，我々がクルクル，クルクル向きを変える片やとある乗員が二分毎に測鉛を投じていた。水深は見る間に浅くなり，誰一人として，ヒューイットをさておけば，動顛していない者はない。連中はとうとう錨を下ろし，小舟を一艘陸宛送り出した——一体目下どこにいるものか突き止めるべく，四等航海士と水先案内人と水夫を四人載せたなり。水先案内人には皆目見当もつかなかったが，ヒューイットは海図のとある箇所に小指を当てるや（生まれてこの方ついぞその辺りを航海したためしはなかったものの）まるで物心ついた時からそこいらで暮らしてでもいたかのように図星たること得心しきっていた。およそ一時間後，小舟が戻ってみれば，さすが船長の御明察通りであった。ぼく達は靄がいきなり

ディケンズの北アメリカ旅行略図（1842）

立ち籠めた所へもって水先案内人が間抜けなばっかりに，いつしか「東(ひがし)航路」と呼ばれる場所に紛れ込んでいた。泥州(どろす)に乗り上げ，ありとあらゆる手合いの堆(たい)や岩や浅瀬に取り囲まれた，ほんの猫の額ほどの小さな池——その辺りで唯一安全なポチもどき——に押しやられて。との朗報に胸を撫で下ろし，そこへもって潮は干潮を過ぎた由太鼓判を捺され，ぼく達は午前三時就寝(ターンイン)し，朝までぐっすり眠りこけた。

ディケンズは1月20日，ハリファックスに上陸した模様を綴る。

それから，何と，船に早乗り込んではまたもや出て行っていた男が，息せき切ってやって来ながら，盲滅法突っ切る間(ま)にもぼくの名を大声で呼び立てる。ぼくはひたと，牡蠣を賞味すべく陸(おか)へ連れ出していた小柄な船医と腕を組んだなり足を止める。息せき切った男は下院「議長」の名乗りを挙げ，ぼくを何としても屋敷へ引っ立て，顔をパンパンに腫れ上がらせて床に臥しているケイトを迎えに何としても馬車を妻君ごと寄越させてくれとせっつく。それからぼくを総督の屋敷へと（フォークランド卿が総督だが），それから神のみぞ知るどこかへと，とどの詰まりは両院へと，引っ立てる。何せ御両人たまたまその日が会期初日に当たり，グレイ卿の子息の一人を副官に，その他大勢の将校をグルリに従えた総督により玉座より宣われる似非勅語で幕を開けるものだから。せめて君に有象無象がどんなに歓呼の声を上げ，通りから通りで比類なき奴(イニミタブル)を迎えたことかお目にかけられていたならな。せめて判事や，法務官や，主教や，立法者諸兄がどんなに比類なき奴(イニミタブル)を歓迎したことかお目にかけられていたならな。せめて比類なき奴(イニミタブル)がどんなに議長玉座の脇のどデカい肘掛け椅子に案内され，下院の床のど真ん中に独りきり，万人の賛美の的たりて座り，模範的なしかつべらしさでこの世にまたとないほど珍妙な演説に耳を傾け，というについ我知らずニタリと，我が家とリンカンズ-イン・フィールズと「ジャック・ストローの城亭」用に取っておきの当該「千一夜物語」第一話を思い浮かべるだに口許を綻ばせていたことかお目にかけられていたならな。——ああ，フォースター！　晴れて祖国にまたもや戻った暁には！——

（注） 第一信ヒューイットの冷静沈着に関し，「ブリタニア号」船上実質最終日，幾多の乗客（主として英国人）が船長への謝意を表すべく記念品購入のための寄附を企画（議長はマルグレイヴ卿，ディケンズが秘書兼会計係）。1月29日ボストン，トレモント劇場大広間にて，観衆を前にディケンズが委員会を代表しヒューイットに銀器一式——水差し，盆，酒盃——を贈呈。第二信「小柄な船医」は恐らくディケンズが船上で懇意になったF.ワイリ。ヨークシャー，フィットビーの開業医（1847-50）。「議長」はノーヴァ・スコゥシャ下院議長（1842-3），ジョウゼフ・ハウ（1804-73）。ディケンズとは数年前，イングランドで面識があった。キャサリンの腫れ上がった「顔」についてはフレッド・ディケンズ宛書簡（1月3日付）参照。フォークランド卿は第十代フォークランド子爵，リューシャス・ベンティンク・ケアリ（1803-84）。ノーヴァ・スコゥシャ副総督（1840-6）。グレイ卿の「子息の一人」は第二代グレイ伯爵の次男チャールズ・グレイ中佐（1804-70）。1849-61年にはアルバート殿下，1861-70年にはヴィクトリア女王の個人秘書。「比類なき奴（イニミタブル）」はフォースターによると「かつてジャイルズ校長（『第一巻』原典p. 429脚注，訳書544頁注参照）によってつけられ，長きにわたり互いの間で用いられていた」ディケンズの渾名（F, III, ii, 205*n*参照）。「万人の賛美の的」は『ハムレット』第三幕第一場154行オフィーリアの台詞より。

T. C. グラトン宛　1842年1月22日付†

トレモント・ハウス。1842年。1月22日土曜夜

拝復

芳牘をありがたく拝受致すと共に，是非とも握手を交わさせて頂きたく。ただし明日はディナーを御一緒させて頂くこと叶いません，と申すものモングレイヴ卿が（月曜朝，連隊と合流すべくモントリオールへ向かわれますが）我々と同宿にして，[a]大時化の航海の疲労と危難[a]を掻い潜った後というなら水入らずでディナーを共にしようとの厳粛同盟を互いに結び合っているもので。とは申せ貴兄には改めて御高誼に与るまたの機を与えて頂けるものと念じて已みません。

妻がくれぐれも令室によろしくお伝えするよう申しています。何卒小生からも御鶴声賜りますよう。明日のいつかお目にかかれるのを楽しみに致しています。

敬具

チャールズ・ディケンズ

T. C.グラトン殿

（注） トマス・コリー・グラトン（1792-1864）は1839年以来ボストンの英国領事。紀行作家・歴史小説家。主著にフランス旅行記『大路小路』（1823-7，全三集）。ボストンにおけるディケンズの案内役の一人として，1月24日には州会議事堂，2月3日にはローウェルへ随行。とあるスピーチにおけるアメリカ人への追従に対するディケンズとフッドの憤慨についてはフッド宛書簡（42年10月13日付）注参照。「トレモント・ハウス」は当時アメリカ随一と目されていた，ボストンの高級ホテル（1829年創業）。aaはN, I, 376に引用あり。それ以外は従来未発表。

フレデリック・A. フィットウェル宛［1842年］1月22日付*

【宛先チェスナット・ストリートの原語“Chestnut”は草稿では“Chesnut”と読める。日付の「1841年」（恐らくはうわの空で綴られた）は正しくは「1842年」。】

トレモント・ハウス。1841年1月22日。土曜夜

拝復

御丁寧なお申し出に篤く御礼申し上げます――常々チャニング博士には深甚なる敬意を抱いている上，正しくこよなき崇敬の念に駆られているとあらばなおのこと。

生憎，されど，未だ航海の疲労の癒えぬ身とあって我々明朝は礼拝致せる状態にはなかろうかと――手荷物が依然船上故，手許に着替えがないのは言うに及ばず。

さりとてお心遣いをありがたく存ず気持ちに変わりはありません。妻がくれぐれも貴兄並びに妹御によろしくお伝えするよう申しています――小生からも併せて御鶴声賜りますよう。

敬具

チャールズ・ディケンズ

フレデク・A.フィットウェル殿

（注） フレデリック・オーガスタス・フィットウェル（1820-1912）は後に傑出したボストン商人。ディケンズと「ブリタニア号」に同船していた。ウィリアム・エラリー・チャ

ニング（1780-1842）は1803年以降ボストン，フェデラル・ストリート教会のユニテリアン派牧師。英米両国で文人・社会思想家として広く敬愛された。ディケンズの師に対する憧憬について詳しくは『探訪』第三章参照。チャニングはボストン正餐会には出席しなかったが，2月2日ディケンズ夫妻と朝食を共にする。彼の死去に際す，チャニングについての（ディケンズの断ることになる）随想依頼についてはジョージ・アームストロング師宛書簡（42年11月5-8日？付）参照。第二段落チャニングの説教に欠席するディケンズの理由——「着替え」の不備——に対するサムエル・ウォレンの侮蔑についてはフェルトン宛書簡（42年12月31日付）注参照。末尾「妹御」はソフィア・L.フィットウェル（1821生）。

G. W. ミンズ宛　1842年1月23日付

【フィラデルフィア図書館組合にかつて所蔵されていた書簡からの抜粋。日付は「ボストン，トレモント・ハウス，42年1月23日」。】

委員会にくれぐれも御礼申し上げて頂きますよう。10時半にお迎え致したくと続けて。

（注）　ジョージ・ワシントン・ミンズ（1813-95）はボストンの弁護士・教育理論家。「ボストンの若人」からのディケンズへの招待状の筆頭署名者。2月1日の正餐会では歓迎スピーチ。ボストン到着の夕べに招待状を呈されたディケンズは処女作素描（スケッチ）——「ミンズ氏といとこ」——の表題に言及したという。「委員会」は「ボストンの若人」のそれ。ディケンズを公式正餐会に招待すべく41年11月27日発足。イングランド出立前から歓迎の挨拶状を送っていた。「10時半」は恐らく当日晩。

［ヘンリー・デクスター］宛［1842年1月25日付］

【名宛人は明らかにヘンリー・デクスター。ディケンズがアメリカで胸像モデルを務めることに同意していたのはデクスターとアレキサンダーのみであり，なおかつ25日（火曜）アレキサンダーのモデルは務めているため。恐らくデクスターとは同日早目にトレモント・ハウスにて朝食を認めている間（かん）胸像を手がけてもらう手筈が整えられていたと思われる。日付はそこからの推断。】

トレモント・ハウス。火曜朝

拝啓

チャールズ・ディケンズ（1842年）
ヘンリー・デクスター制作胸像より

全くもって遺憾ながら小生，書簡の返信に追われ，かつ今朝は（昨日の疲労から）起床が遅れたため，肖像画のお約束を明日の同じ刻限まで延ばさざるを得ません。

敬具

チャールズ・ディケンズ

（注） ヘンリー・デクスター（1806-76）は独学の彫刻家。貧しい家庭に育ち，1822-35年は鍛冶師として生計を立てる。28年フランシス・アレキサンダー〔アレキサンダー宛書簡（1月27日？付）注参照〕の姪と結婚。36年にボストンに移り住んでからはアレキサンダー尽力の下(もと)胸像制作を開始。ほどなく一躍名を馳せ，ロングフェロー，フェルトン〔フェルトン宛書簡（1月27日付）注参照〕等，200名近い著名人の胸像を手がける。「昨日の疲労」は具体的には午前中の接客，午後の国会議事堂見学，夕刻のトレモント劇場

での観劇を指す。「ざるを得ません（*obliged*）」には二重下線。デクスターは，G. W. パトナム〔アレキサンダー宛書簡（1月27日？付）注参照〕によると，ディケンズが朝食を認め，手紙を読み，返事を［パトナムが秘書を務め始めて以降は］口述している片や，制作に励み，しばしば様々な角度から眺めたり，目鼻立ちを測径両脚器（カリパス）で計ったりすべく近寄っていたという。ディケンズ自身，滞在中に幾度となく「見事な芸術作品」として言及し，42年11月にはロングフェローによりデクスターによる大理石彫像を制作，ディケンズ夫人へ贈呈するため寄附を募る計画まで立てられたが，実行に移されず。デクスターの孫娘が所蔵していた塑造は最終的に1962年，ダウティ・ストリートのディケンズ・ハウスへ寄贈。

ジョージ・バンクロフト夫妻宛　1842年1月25日付

【サムエル・T. フリーマン商会目録（1937年4月）に抜粋あり。草稿（三人称）は1頁。日付は「トレモント・ハウス，42年1月25日」。】

ディケンズ夫妻は来る木曜夕刻へのバンクロフト夫妻の忝き御招待を喜んでお受けさせて頂きたく。

（注）　ジョージ・バンクロフト（1800-91）は歴史家・外交官。ディケンズがボストンで出会った数少ない民主主義者の一人。かくてホイッグ党陶片追放（オストラシズム）を受ける（マクレディ宛書簡（3月22日付）参照）。主著に『合衆国史』（1834-40）。ディケンズとは1849年，再び旧交を暖める。バンクロフトは37年の先妻の死後，翌年エリザベス・デイヴィス（1866歿）と再婚。ディケンズは1月27日（木曜），まずはアレキサンダー夫人のいとこフランシス・C. グレイ邸にて多数の来客と共に会食，その後キャサリン同伴にてR. G. ショー邸での夜会に出席。その後でバンクロフト夫妻の屋敷へ向かった。ボストンの「概ねディナーは2時に始まる」社交生活に関する簡潔な要約は『探訪』第三章〔拙訳書58頁〕参照。

ジョウゼフ・M. フィールド宛　1842年1月25日付

トレモント・ハウス。1842年1月25日

チャールズ・ディケンズ殿は謹んでフィールド殿に御挨拶致すと共に，昨晩御恵投賜った玉稿に篤く御礼申し上げます。ディケンズ殿はたといフィールド殿の礼節と高配の然なる証を受け取っていまいと，極めて独創的な賛辞に謝意

を表すを愉悦にして本務と心得ていたでありましょう，かくて無上の満足と興趣を催させて頂いたとあらば。

（注）　ジョウゼフ・M.フィールド（1810–56）はアイルランド生まれの男優・劇作家・ジャーナリスト。幼くしてアメリカへ移住し，30年代中頃までには名男優の地位を築いていた。フィールド脚色『ニクルビー』は39年3月トレモント劇場で初演，1月24日ディケンズ訪米を祝し第一幕が（彼をマンタリーニ，妻をスマイク役に配し）再演。同夜「ボズ！　骨相学的仮面劇」においては「ボズ」を演ずる。「玉稿」は献辞「チャールズ・ディケンズ殿のボストン到着を祝して物されし／ボストン。1842年1月22日」の添えられた「ボズ！」のそれ。登場人物として名を挙げられているのはボズ自身，彼の小説の登場人物，様々な骨相学的「機能」（「独自性」，「陽気」，「驚嘆」等）。

チャールズ・サムナー宛　1842年1月25日付*

トレモント・ハウス。1842年1月25日

拝復

芳牘を賜り忝う存じます。今朝方お目にかかりたいと思っていましたが，終日身動きならぬほど取り囲まれた上から引っぱりダコでした。明日は貴兄の根城（デン）に我が身を預けられようかと。或いは明日が叶わねば，明後日は。我が意は吾を彼方（あち）へ誘（いざな）い，我が客人（まろうど）は吾を此方（こち）に引き留む。当地を発つ前に，せめて一日（ひとひ）静かに御一緒致せるよう智恵を絞れぬものか？

敬具

チャールズ・ディケンズ

チャールズ・サムナー殿

（注）　チャールズ・サムナー（1811–74）は政治家・奴隷制反対ホイッグ党員首領。ジョージ・S.ヒラードと共に弁護士を開業する傍らハーヴァード法学部で教鞭を執り（1835–7），40年4月西欧旅行から帰国後は主として著述業に専念。25日朝，ディケンズはアレキサンダーの幾多の友人に紹介された後（のち），彼のアトリエで胸像のモデルを務める。出入りの際に人集りの注目の的となるだけでなく，日々ディケンズがアトリエから出て来る所を一目見ようと，礼儀知らずの少女や女が街角で待ち構えていたという。「貴兄の『根城（デン）』」とはロングフェロー，フェルトン等文人仲間がボストン本営として利用していた彼の（ヒラード共有）法律事務所。サムナーはボストンにおけるディケンズの主たる

アメリカ人案内役。1月24日グラトンと共に州会議事堂へ，29日ボストン市長ジョナサン・チャプマンを招きパーキンズ盲人施設その他南ボストン慈善施設へ，30日にはロングフェローと共にテイラー師の説教を聴くべく「海員の神の家（ベテル）」へ案内する（『探訪』第三章〔拙訳書29-53頁，56-8頁〕参照）。

W. W. グリーノウ宛　1842年1月26日付*

トレモント・ハウス。1842年1月26日

拝復

遺憾千万ながら貴倶楽部に成り代わって賜った忝き御招待をお受けすること能いません。書状を作成下さった倶楽部員諸兄に小生の名にて心より篤く御礼申し上げて下さる折，何卒もしや僅か一日とて予定のなき日があれば（とは無いものねだりというもの）皆様と共にさぞや誇らかにして慶ばしく過させて頂いていたろうものをとお伝え下さいますよう。諸兄へ御鶴声賜ると共に——

敬具

チャールズ・ディケンズ

W. W.グリーノウ殿

（注）　ウィリアム・フィットウェル・グリーノウ（1818-99）はボストン商人。38年ハーヴァード大学卒業，43年アメリカ東洋協会共同設立者。後にボストン市議会議員。「貴倶楽部」は或いはグリーノウの祖父が1770年代に創設者-倶楽部員の一人だった「水曜夕べの会」か。「倶楽部員諸兄」の原語 “gentlemen” は草稿では “gentleman” と読める。

チェスター・ハーディン宛　1842年1月26日付*

トレモント・ハウス。1842年1月26日

拝復

御要望，たいそう光栄にして忝く存じます。もしや時間があれば——もしや我が身の快楽，健康，運動をいささかたり慮ってなお叶うものなら——喜んでお受けさせて頂こうものを。が蓋し叶いません。誓って，不如意千万なれど。

敬具

チャールズ・ディケンズ

チェスター・ハーディン殿

（注） チェスター・ハーディン（1792-1866）は貧困家庭に育ち，軍楽隊鼓手，家具職人・室内装飾師，看板屋を経て大成した肖像画家。冒頭「御要望」は明らかに肖像のモデル依頼。

トゥイッグズ将軍宛　1842年1月26日付

トレモント・ハウス。1842年1月26日

拝復

御都合よろしければ，是非とも本日午後4時貴兄並びに御友人にお目にかかりたく。

敬具

チャールズ・ディケンズ

（注） トゥイッグズ将軍は恐らくデイヴィッド・エマニュエル・トゥイッグズ大佐（1790-1862）。1836年以降米軍第二竜騎兵連隊長。メキシコ戦争の武勲を称え，少将に名誉進級。本状は「敬具」と署名のみディケンズ，後はキャサリンの筆跡。宛名書きの“Twigg”は正しくは“Twiggs”。

R. H. コリア博士宛　1842年1月27日付

【原文は『ボストン・モーニング・ポスト』（42年2月1日付）より。】

トレモント・ハウス。1842年1月27日

拝復

もしや互いに手筈が整えられるようなら，博士がボストンへお越しの際，是非とも症例を拝見させて頂きたく。こと催眠術なる主題に纏わる私見に関せば，何ら躊躇うことなく申し上げるに，小生エリオットソン博士の実験を初めから具に見て参りました――博士は最も親しき畏友の一人であり――先生の徳義，人格，才能に全幅の信頼を寄せているからには，いつ何時であれこの身を先生

の御手に委ねましょう――して事実目にしたものを目にし，事実五感で認めたものを認めてなお，万が一片時たり小生信者である由，幾多の先入主にもかかわらず信者になった由，断言するに二の足を踏むとすらば，博士にも己自身にも不義を働くことになりましょう。

敬具

チャールズ・ディケンズ

コリア博士

（注） ロバート・ハナム・コリアは医師・催眠術師。1833-5年ロンドン大学でエリオットソンに師事，36年にアメリカ定住，39年マサチューセッツ，バークシャー医科大学卒業。39-41年，数々の実験で成功を収めてからは麻酔術発見者を自称。頭蓋骨相学や催眠術に関する著作多数。わけても『アメリカ生活の光と影』［1844？］では（この唯一の文通を拠に）「我が友人ディケンズ」に言及する。コリアは42年1月13，15，20，22日ボストンで講演したが，4月まで戻っていない所からしてディケンズとは会っていないと思われる。ディケンズのエリオットソンによる実験見学については『第一巻』原典p. 461，訳書585-6頁参照。ピッツバーグにおいてディケンズがキャサリンに施した催眠術についてはフォースター宛書簡（4月2日付）参照。本状の新聞掲載後，ディケンズの催眠術への傾倒については賛否両論巻き起こる。コリア自身4月14日，ボストンにおける講演では自分の手紙と併せ，ディケンズの返信も読み上げ，さらにイングランドにおいては少なくとももとある講演でディケンズの手紙を公開したという。著名な骨相学者O. S.ファウラーはコリア批判の立場を取る。ウスターでディケンズの骨相を調べた弟L. N.ファウラーについてはフォースター宛書簡（2月17日付）注参照。

エドマンド・B. グリーン宛　1842年1月27日付

【原文は『ニューイングランド・ウィークリー・レヴュー』（42年2月5日付）より。】

ボストン，トレモント・ハウス。1842年1月27日

拝復

何卒ハートフォードの我が馴染み方に小生皆様の忝き御招待を心より喜んでお受けさせて頂くに――貴兄には再来週の月曜スプリングフィールドにてお目にかかる手筈を整え，皆様とはその次の水曜にディナーを共にさせて頂く予定にてとお伝え頂きますよう。して末筆ながら御鶴声賜れば幸いにて，小生「三

十回目の誕生日」(間(はざま)なる火曜)を現在，過去，未来を通じ他の全ての誕生日の就中，皆様の厚意と祝意の時節として末永く記憶に留めましょうと。

敬具

チャールズ・ディケンズ

エドマンド・B.グリーン殿

(注) エドマンド・ブルースター・グリーン(1814-52)はハートフォード，ホイッグ党機関誌『ニューイングランド・ウィークリー・レヴュー』編集長兼共同経営者。日付が本状——Tremont House, Boston. Twenty Seventh January, 1842——のように省略のない場合はディケンズの直筆。片や同日付フェルトン，及びロバーツ宛書簡におけるようにTremont House Jan 27のみの場合は秘書パトナムのスタイル。グリーンは恐らく2月7日スプリングフィールドでディケンズ夫妻を出迎え，汽船でハートフォードまで案内した「二人の使節」の内一人(フォースター宛書簡(2月17日付)参照)。ディケンズのためのハートフォード正餐会開催委員会メンバーでもあり，スピーチを行なう。本状以外の三通(29日付フォースター宛，30日付フレッド・ディケンズ宛，31日付マクレディ宛)でディケンズはハートフォード正餐会を水曜と記すが，実際に(シティ・ホテルで)催されたのは2月8日(火)。ディケンズは本状で誕生日(2月7日(月))を「火曜」と記し，8日の正餐会でもその日を「誕生日」と呼んでいる所からして日付に混乱を来していたと思われる。正餐会における「国際版権」を巡るディケンズのスピーチについてはフォースター宛書簡(2月14日付)参照。

ジェイリッド・スパークス宛[1842年]1月27日付

【アメリカン・アート・アソシエーション目録(1926年11月)に言及あり。草稿は1頁。日付は「トレモント・ハウス，1月27日」。】

ボストンを発つ前にキャサリンと共に訪う予定の旨告げて。

(注) ジェイリッド・スパークス(1789-1866)は歴史学者・『ノース・アメリカン・レヴュー』経営者兼編集主幹(1823-9)。後年は主としてジョージ・ワシントン，ベンジャミン・フランクリン等の著作の編集を手がける。ディケンズは同27日夕，F. C. グレイ邸でのディナーで対面。

名宛人不詳　1842年1月27日付*

トレマント・ハウス。1842年1月27日

拝復

せっかくのお申し出をお断り致さねばなりませんが，小生生憎，疲労困憊にして，散歩も乗馬も一切ままならぬ状況故，アメリカ滞在中は最早どなたのモデルも務めぬ意を（他の賢しらな意の就中）決した次第にて。

敬具

チャールズ・ディケンズ

N. P. ウィリス宛［1842年］1月27日付

【マディガンズ・オートグラフ・ブルティン（日付無し）［1931-2？］に抜粋あり。日付は「ボストン，トレモント・ハウス，1月27日」。】

心暖まる歓迎のお言葉を賜り篤く御礼申し上げます。是非とも旧交を暖めさせて頂きたく。ただ我々の動静は極めて目まぐるしく，定かならぬ故，貴兄の田舎家（コティヂ）にてお持て成し頂くこと叶いますまいが，せめて拝眉の上，妻を令室にお引き合わせ頂ければ幸甚にて。

（注）　ナサニエル・パーカー・ウィリス（1806-67）は詩人・ジャーナリスト。1832-7年『ニューヨーク・ミラー』特派員として諸国を歴巡り，イングランド社交人とも交流を深める。わけても版権問題ではディケンズに同調。「旧交」——35年11月におけるディケンズとの対面——に関しては『第一巻』原典p. 88脚注，訳書108頁注参照。「田舎家（コティヂ）」はニューヨーク，オズウィーゴ入江のグレンメアリ。ウィリスの妻メアリ・ステイス（旧姓）は英国生まれ（35年結婚）。ディケンズ夫妻のニューヨーク滞在中はグレンメアリにいたため，夫妻に会っていないが，ウィリスはキャサリンを名所へ案内する。彼がキャサリンにマクリース画「ディケンズ家の子供達」〔『第二巻』訳書489頁挿絵〕を所望した経緯についてはマクリース宛書簡（3月22日付）注参照。

ニューヨーク正餐会委員会宛　1842年1月27日？付

【原文は『ニューヨーク・トリビューン』（42年2月9日付）より。日付は，印刷物典

拠の日付が明らかにディケンズの常の流儀に則っている所からして正しいと思われる（1月27日付の他の書簡に関する疑念については次書簡頭注・脚注参照）。】

ボストン，トレモント・ハウス。1842年1月27日

拝復

貴会より賜った招待状を小生，如何ほど得も言われず誇らかにして慶ばしく受け取ったことか改めて申すまでもなかりましょうし，其の認められている文言に如何ほど感極まり得心致したことか言葉には尽くせません。心濃やかにしてひたむきなお言葉に深く感銘を覚え――かくて己は蓋し諸兄の直中にあって見ず知らずの他処者ではないと感じ入り，御芳名を古馴染みの面（おもて）さながら幾々度となく眺めている次第にて。

小生恐らくニューヨークへは2月12日土曜日もしくはその一日前に到着致す予定です。翌週末ならばいつなり，貴会の御都合に合わせられようかと。

誓って御指定の何時（なんどき）であれ我が人生の暦における晴れやかな日となりましょうし，ありとあらゆる刻限と時節はいずれ劣らず小生にとりて忝い限りであります。

改めて御厚情に篤く御礼申し上げます。

敬具

チャールズ・ディケンズ

ニューヨーク，委員会等々等々御中

（注）委員会は1月24日，正餐会への招待状にてディケンズには必ずや「見ず知らずの他処者」ではないものと感じて頂けよう旨綴り，末尾にワシントン・アーヴィング，ブライアント〔詩人・ジャーナリスト〕，フィリップ・ホーン（9月16日付書簡参照）を始め四十一人の署名を寄せていた。ディケンズは2月12日にニューヨーク着，正餐会は18日，アーヴィングを司会者としシティ・ホテルにて開催。

フランシス・アレキサンダー宛［1842年1月27日？付］

【日付はディケンズの「水曜」が正しければ1月26日。ただしパトナム（「秘書による……チャールズ・ディケンズとの四か月」（『アトランティック・マンスリー』XXVI［1870］，477））によると，ディケンズがアレキサンダーに秘書を必要とする旨告げた

ディケンズ肖像
アレキサンダー画

のは木曜（1月27日）の「午前」。さらに同日，下記の短信――恐らくはF. C.グレイ邸でのディナーと二度の夜会へキャサリンと連れ立つ間に認められた（バンクロフト宛書簡（1月25日付）注参照）――で念を押したと思われる。】

トレモント・ハウス。水曜夜

拝啓

差し支えなければ（つい今しがたお尋ねするのを失念致していたもので）パトナム殿に小生に成り代わってお口添え頂き，ボストン滞在中の御尽力を予めお願いして頂けないでしょうか？　仮に何かと重宝するようなら――さらば先方に悪しからぬ形で旅に同行して頂くことになるやもしれません。

申すまでもなく氏にもしや明朝早目にお越し願えれば，ありがたい限りにて。

令室に御鶴声賜ると共に

敬具

（当座へとへとの）

ボズ

（注）　フランシス・アレキサンダー（1800-81？）はディケンズがボストンに「到着後直ち

に」モデルを務めようと約束していた肖像画家（『第二巻』原典pp. 438-9，訳書543-4頁参照）。彼が「ブリタニア号」が埠頭に着くや乗船し，ディケンズ夫妻とマルグレイヴ卿をトレモント・ハウスへ馬車で連れて行った時の模様についてはフォースター宛書簡（1月29日付）参照。1月25日火曜制作を開始したディケンズの肖像画——アメリカ滞在中に描かれた唯一のそれ——ペンを手に俯きがちに，折しも書きつけたものから面（おもて）を上げている——は表情が軟弱で，個性に欠ける。現在はボストン造形芸術館所蔵。キャサリンのアレキサンダー宛書簡（「木曜朝」付）には夫が多忙を極めるためモデルを務められない由綴られている。文通に忙殺されることが秘書雇用の急務の引き鉄となったと思われる。キャサリンの「木曜」はパトナムの日付と附合する限り，ディケンズの「水曜」より信憑性が高い——わけても上陸後最初の二週間の興奮状態にあってディケンズの日付の感覚は平常でなかっただけに。ジョージ・ワシントン・パトナム（1812-96）は十二歳でマサチューセッツ，セイレムの薬屋店員，馬車塗装等を学んだ後（のち）41年までにはアレキサンダーの下（もと）肖像画の修行を積む。ただし大成せず，67年11月ボストンにてディケンズを訪問した際はマサチューセッツ，リンで室内装飾師として働いていた。本状が届くとパトナムはアレキサンダーと共に——翌朝を待たず——ほど遠からぬトレモント・ハウスまで出向き，その場で翌日から秘書として働く手筈が整えられた。「金曜朝」とパトナムは記す（前掲誌）「私は約束の刻限，9時に伺候した」。『探訪』においてディケンズは彼に「ボストン友人」として言及している所からして，秘書を有能かつ愉快な話し相手と見なしていたと思われる。パトナムの月収は当初＄10（フレッド・ディケンズ宛書簡（1月30日付）参照）——後に＄20に昇給（ミトン宛書簡（4月4日付）参照）。末尾「令室」は旧姓ルーシャ・グレイ・スウェット。類稀な美貌を具えた女性だったと言われる。わけてもラスキンとの親交についてはアレキサンダー夫人宛書簡（2月25日付）注参照。署名前の「（当座……）」の原語“pro. tem.”は同じ意の“temporalily（正しくはtemporarily）”を削除した後から訂正——疲労のため綴りに自信がなくなったものか。

C. C. フェルトン宛［1842年］1月27日付*

トレモント・ハウス1月27日

拝復

ディケンズ夫人共々是非とも来る火曜5時ディナーを御一緒させて頂きたく。

敬具

チャールズ・ディケンズ

フェルトン教授

（注）　コーニーリアス・コンウェイ・フェルトン（1807-62）は1834年からハーヴァード大学ギリシア文学教授・学長（1860-2）。イギリス文学への造詣も深く，ヨーロッパの数か国語を巧みに操ったと言われる。アメリカにおけるディケンズの最も親しい友人となり，以降も文通が続く。果敢な『探訪』擁護論（『ノース・アメリカン・レヴュー』（43年1月号）掲載）についてはフェルトン宛書簡（43年3月2日付）注参照。1月27日付書簡の内，本状と次書簡のみ「敬具」と署名を除きパトナムの筆跡。ディケンズは27日に走り書きしたメモをパトナムが仕事を開始した28日，彼に清書させ，パトナムが日付もそのまま写したか，或いは（より蓋然性の高いことに）ディケンズはパトナムがアレキサンダーとトレモント・ハウスを訪れた際，公式に仕事を開始する前夜，試しに清書させたものか。「来る火曜」はディケンズの勘違い。2月1日（火）はボストン正餐会（5時開始）の日。恐らくフェルトンは曜日ではなく日付（31日）で，国立劇場での観劇前にディケンズ夫妻をディナーに招待したと思われる。同日午後はディケンズと名所見物へ連れ立つ。

G. W. ロバーツ宛［1842年］1月27日付

トレモント・ハウス1月27日

拝復

御厚意忝う存じます。明日3時差し障りありませんので，お目にかかりたく。こと仕事の要件に関し一言申し添えておけば小生，アメリカ滞在中は一度（ひとたび）「ニッカーボッカー」に寄稿するのをさておけば執筆するつもりはありません。して出版の手筈はロンドンの版元に一任致しています。

敬具

チャールズ・ディケンズ

G. W.ロバーツ殿

（注）　ジョージ・W.ロバーツ（1803-63）は『ボストン・ノーション』と『ボストン・デイリー・タイムズ』経営者・版元。『ノーション』は39年，『ニクルビー』を（恐らくは海賊版にて）連載。概ねディケンズに好意的だった同誌は42年2月から4月にかけてボストンにおけるディケンズの活動関連記事を多数掲載。本状は前書簡同様「敬具」と署名を除きパトナムの筆跡。執筆された時と状況も同じと思われる。「明日」の原語 “tom-morrow” は正しくは “tomorrow”。即ち（ディケンズに時間の余裕があるとは思われぬ）土曜ではなく金曜の謂――短信は直ちに手づから届けられたであろう故。「ニッカーボッカー」寄稿の意は終に果たされなかった。

ロバート・H. モリス宛　1842年1月28日付

【原文は『ニューヨーク・トリビューン』(42年2月3日付) より。】

ボストン，トレモント・ハウス。1842年1月28日

拝復

何卒，貴兄がその長たる殿方諸兄の委員会へこよなく忝き祝意に対す深甚なる謝意，並びに諸兄より賜らんとす栄誉を喜んでお受け致したき旨お伝え頂きますよう。

貴兄の代理の方には既にお会い致し，小生の動静と手筈を審らかにさせて頂きました。

何卒御安心下さいますよう，代理の方に小生の予定を説明頂いた上，御指定賜ろう如何なる折であれ栄誉千万にして心より悦んで拝眉仕りたく。

改めて貴兄並びに委員諸兄に篤く御礼申し上げます。

敬具

チャールズ・ディケンズ

ロバート・H.モリス殿

(注)　ロバート・ハンター・モリス (1802-55) は弁護士，1833年政界入り，三度ニューヨーク市長 (1841-3)。「殿方諸兄の委員会」はディケンズをニューヨークにおける公式舞踏会へ招待すべく1月26日に結成されたそれ。招待状起草者は元ニューヨーク市長フィリップ・ホーン，送達予定者はデイヴィッド・C.コールデン (次書簡参照)。結成式出席者四十四人の署名入り。第二段落，コールデンが体調を崩したため，市長の「代理の方」とは即ち彼の友人ブレイク。本状と次書簡は明らかにブレイクによってニューヨークへ持ち帰られ，29日にコールデンは再び委員会を代表し書状を認める。

デイヴィッド・C. コールデン　1842年1月28日付

【コールデンのディケンズ宛書簡 (42年1月29日付) に言及あり。】

舞踏会委員会招待状に触れ，コールデンにニューヨークへは12日まで到着せぬ旨伝えて。

（注） デイヴィッド・キャドウォーラダ・コールデン（1797-1850）は法律家・博愛主義者・ニューヨーク市長C. D.コールデンの息子。1840年マクレディ邸でディケンズと会っていたこともあり，ニューヨークでディケンズを最も熱烈に歓迎した人物の一人。以降ロンドンでも数度再会。本状への返信とし，コールデンは1月29日にディケンズの手紙を前日拝受した由，してニューヨーク到着が早くとも2月12日であり，日程は舞踏会委員会次第ならば「14日月曜開催」と定めさせて頂きたき旨伝える。

H. F. ［ハリントン］師宛［1842年］1月28日付*

トレモント・ハウス1月28日

拝復

せっかくここへお見え下さった際お目にかかれず残念でなりません。プロヴィデンスの若人からの便りをお届け頂き忝い限りにして，目下の所皆様とお会い致し，濃やかなお気持ちに身をもって応えさせて頂くこと能わぬとは遺憾千万に存じます。ボストンからごく僅かしか離れていないとは申せ，当地に滞在中は片時たり休む間もなく，朝な夕な予約が詰まっているとあって旅は小生の手には蓋し余ります。

何卒師が成り代わってお便りを賜った若人の皆様に小生の深甚なる謝意をお伝え頂くと共に，小生来る6月，帰途にお会いするのを依然心待ちに致している由お伝え下さいますよう。

果たしてひたむきな芳牘のかの，拙著の御自身の人生に及ぼして来た感化について触れておいでの件（くだり）に関し何と申し上げたものか定かではありませんが，こちらは包み隠しなく申し上げられるに，小生ついぞ公私にかかわらず，如何なる方面からであれ拙著の意義をかほどに強く心に刻む証を――ひたすら同じ道を歩めよとの，より末永く記憶に留められよう励ましを――賜ったためしはありません。

敬具

チャールズ・ディケンズ

R. I.プロヴィデンス。ヘンリー・F. ハニントン師

（注） ヘンリー・フランシス・ハリントン（ディケンズは恐らくハリントン（Harrington）

の署名を読み違(たが)え，末尾署名にてハニントン（Hannington）と誤記）はプロヴィデンス〔ロードアイランド州首都・海港〕のユニテリアン派司祭。オールバニィ，トロイ，ニューヨーク，ローレンスに同派教会を相次ぎ創設。本状は「敬具」と署名を除きパトナムの筆跡。ボストン–プロヴィデンス間は約40マイル。第一，二段落の要約は『プロヴィデンス・デイリー・ジャーナル』（42年1月31日付）に掲載。ただしディケンズは6月，ボストンに立ち寄ることなくニューヨークから帰途に着く。

W.E. チャニング師宛　1842年1月29日付*

トレモント・ハウス。1842年。1月29日

親愛なるチャニング博士

是非とも博士のおっしゃっている屈託のない気さくな物腰にて握手を交わさせて頂きたいと存じます。就いてはもしや博士と令室にあられては水曜朝，我々朝食を共に致すべく伺わせて頂き，果たして何時にお伺い致せば好いか一言お報せ下さるようなら，喜んで拝眉仕りたく。

他方の約束については，或いは我々の時間は悉く塞がっているやもしれませんが，その点はお目にかかった際にでも片がつけられようかと。

それまでは，してつゆ変わることなく，深甚なる敬意を込め

敬具

チャールズ・ディケンズ

チャニング博士

（注）本状は「敬具」と署名を除きパトナムの筆跡。チャニング夫妻は従姉弟同士。両夫妻が会食したのはマウント・ヴァーノン・ストリートのチャニング邸。第二段落，この折以外ディケンズとチャニングが顔を合わせた記録は残っていない。

リチャード・ヘンリー・デイナ[, Sr ？] 宛　1842年1月29日付

【R. F.ルーシド編『R. H.デイナ，Jr日誌』に如何なる訪問もしくは訪問の誘いも記されていないことから，名宛人は2月4日付書簡同様R. H.デイナ，Srと思われる。】

トレモント・ハウス。1842年1月29日

拝復
もしや御都合よろしければ，是非とも月曜朝11時お目にかかりたく。

敬具

チャールズ・ディケンズ

リチャード・デイナ殿

（注） リチャード・ヘンリー・デイナ，Sr（1787–1879）は詩人・随筆家。詩集を二篇出版（1827，33）。1839–40年にボストン，ニューヨーク等で行なわれたシェイクスピア公開講座は好評を博す。書面通り1月31日（月曜）ディケンズの下を訪い，翌日の歓迎正餐会にてスピーチ。

ジョージ・ヒラード夫人宛　1842年1月29日付

【次書簡に名宛人無しで言及あり。フェルトンのサムナー宛書簡（2月8日付）（ハーヴァード大学ホートン図書館所蔵）によっても裏づけ。】

疲労を理由に当夜開催予定のヒラード夫人邸でのパーティを断って。

（注） ジョージ・スティルマン・ヒラード（1808–79）の妻はスーザン・トレイシー・ハウ（旧姓）。ヒラードは弁護士・文人・35年からホイッグ党下院議員。ロングフェロー，フェルトン，サムナーの親友。フェルトンはサムナーへ宛て（頭注参照），「ディケンズ来訪の機を喪った」ヒラード夫人への弔意を表す。29日午前ディケンズはサムナー，ジョナサン・チャプマンと共にパーキンズ盲人施設──『探訪』第三章にて詳述──を始め幾多の施設を訪う（フォースター宛書簡（2月4日？付）注参照）。さらに昼下がりにはトレモント劇場にてヒューイット船長に「ブリタニア号」乗客を代表し記念品を贈呈すると共にスピーチを行なった。連夜の歓迎パーティ出席も重なっての欠席理由──「疲労」。ボストン正餐会（2月1日）におけるヒラードのスピーチについてはフォースター宛書簡（2月17日付）注参照。

ジョン・フォースター宛［1842年1月29日付］

【F, III, ii, 205–7（1月17日に始まり，21日まで続く書簡の仕切り直し）に抜粋あり。日付はフォースターによると「1月28日土曜」（F, III, ii, 205）だが，1月28日は金曜。ディケンズが第三段落冒頭でボストンを発つ日を「次の土曜」と記している所からして，手紙を書いているのは恐らく28日金曜ではなく29日土曜──フォースター自身の説明「英国行き郵便船が出航するまでにもう二日しかなかった」(F, III, ii, 206) によっても決定づけ。「ブリタニア号」は2月1日ボストン出港。トレモント・ハウスより。】

キュナード社の船には税関に自社の埠頭があるが，埠頭はせせこましいそれだったので，ぼく達はジリジリ船を付けるのにかなり（少なくとも一時間は）手間取った。ぼくは身形を整え，船長と肩を並べて外輪被いの上に立ったなり，四方八方へ目を凝らしていた。するといきなり，船が埠頭に繋留されぬとうの先から，1ダースからの連中が死に物狂いでドヤドヤ，大きな新聞束を小脇に抱え，首に（ヨレヨレに擦り切れた）梳毛マフラーを巻き等々のなり，船に飛び乗って来るではないか。「あはあ！」とぼくは独りごつ。「こいつはお国のロンドン橋の焼き直しと」てっきりこれら闖入者共，新聞小僧と思い込み。が何と連中「編集長」とはどう思う？　ばかりかぼくの方へ遮二無二突っかかって来るや，気でも狂れたみたように握手しにかかるとは？　おうっ！　君にお目にかけられていたならな，ぼくがどんなに連中の手首を握り締めてやったことか！　してほんの分かってもらえていたならな，ぼくがどんなにとある，泥まみれのゲートルを穿いた，とんでもなく出っ歯の男に鼻を摘(つま)んだことか，何せ男と来ては後からやって来る連中皆に「だから君らは我らが馴染みディケンズとお近づきになったという訳かね──えっ？」と吹っかけているもので。が中に事実気の利く男がいて──某誌の編集主幹のS博士とかいう──ここから（2マイルは下らぬ）すっ飛んで行ったかと思うと，部屋とディナーを注文してくれた。とこうする内ケイトと，ぼくと，（月曜にモントリオールの連隊へ戻る予定で，それまでは起居を共にしようと言っている）マルグレイヴ卿とは広々とした豪勢な部屋で，馳走の供し方の風変わりなのをさておけば，すこぶる豪勢なディナーに舌鼓を打ち，いつしか船のことなどすっかり忘れていた。とあるアレキサンダー氏という画家が，実はイングランドから一筆，肖像画のモデルを務めようと約束してあったこともあり，ぼく達が陸(おか)へ着いたか着かぬか船に乗り込み，自家用の馬車でここまで連れて来てくれていた訳だが。それから氏はとびきりきれいな花の贈り物を届けさすや，我々を三人きりにしてくれ，我々としても心から礼を述べた。

一体どうやって君にくだんの初日以来持ち上がっていることを伝えればいい？　一体どうやってちらとでも思い寄ってもらえばいい――ここでのぼくの歓待振りを，日がな一日どっと押し寄せては出て行く人波を，表に出るやズラリと街路に出来る人垣を，劇場に足を運ぶや一斉に起こった拍手喝采を，短い詩歌に，祝賀の手紙に，果てしのないありとあらゆる手合いの歓迎に，舞踏会に，正餐会に，集会を？　次の火曜にはここボストンでぼくのための公式正餐会が催されることになっているが，入場券が（各英貨3ポンドという）べらぼうな値とあって不満タラタラの声があちこちで上がっている。再来週の月曜にはニューヨークで舞踏会が催されることになっているが，委員会名簿には150人の名が列ねられている。同じ再来週，同じニューヨークで，正餐会が催されることになっているが，アメリカ中の名立たる御芳名のごっそり記された招待状を頂戴している。とは言えことこれら諸々のネタのどいつがらみであれ君にちょっとでもぼくの受けている熱烈な歓迎が，国中駆け巡っている歓声が，どんなものか分からせてくれよう一体何を伝えればいい！　ぼくは早，遙か2,000マイル以上の彼方からお越しの「極西部地方」の代表団を，湖の，河の，奥地の，丸太小屋の，都市や工場や村や町の，代表団を迎えて来た。合衆国のほぼ全州の権威から手紙を受け取っている。ありとあらゆる手合いと類の，公私を問わぬ大学，協会，理事会，団体から挨拶状が舞い込んでいる。「是ぞおよそ戯事でもなければ，ありきたりの感情でもなく」とチャニング博士の昨日，一筆賜わるに。「真情の迸りかと。今だかつてかほどの凱歌の挙げられたためしのなく，金輪際挙げられまいとあらば」してまんざらでもないのでは……思い描くだにぼくにも君にもこよなき満足をもたらして来たあれら心象が，その全ての核にあると思えば？　この騒ぎと慌ただしさ全ての直中にあってくだんの想念の作用を見守れば，ぼくはたといペンを手に，それら想念を初めて書き記すべく腰を下ろそうとて叶わぬほど心和み，より内気な，冷めた，物静かな男になる。してこの歓迎の最善の様相に，何かしらかの，ぼくの人生を導き，この四年以上もの間深い悲しみを通じ不変の指にて上方を指し示して来た霊魂の存在と影響を感ずる。してもしや己が心をしかと知っていれば，この二十層倍の称賛によってすら愚行へは駆り立てられまい。……

ぼく達はここを次の土曜に発つ。75マイルほど離れたウスターという名の場所へ行き，当地の知事の屋敷で明くる日曜はずっと過ごす。月曜には50マイルほど鉄道でスプリングフィールドという名の町まで行き，そこにてもう20マイル離れたハートフォードからお越しの「歓迎委員会」に出迎えられ，黒山のような人だかりに掻っさらわれる。果たして何故(なにゆえ)か，はさっぱりだが，たとい凱旋車ごと姿を見せようとて一向驚くまいな。水曜日にそこで公式正餐会がある。金曜日には30マイルほど離れたニューヘイヴンと呼ばれる場所で，またしても公の場に駆り出される。土曜の夕方にはニューヨークに着き，そこで十日か二週間過ごす。どれほど予定がぎっしりかは推して知るべし。今しも肖像画と胸像のモデルを務めている。国務長官から手紙を受け取ってもいれば，上流贔屓の医者との約束もある。旅に同行する秘書を雇った所だ。Qという名の青年で，ケチのつけようのないお墨付きを頂戴した。実に控え目で，重宝で，物静かで，気が利き，テキパキ仕事をこなす。旅をしている時の食費と宿賃はぼく持ちで，手当は月10ドル——英貨にしておよそ2ポンド5。ワシントン，フィラデルフィア，ボルティモア，できっとどこでもかしこでも，正餐会や舞踏会が催されるだろう。カナダでは，寄附興行のために劇場で将校達と演ずる約束がしてある。ぼく達はとうに時折，口では言えないくらいくったくたのことがあり，こいつには嘘も方便とばかりケリをつける。あるパーティの約束があったが，ぼく達二人共ひどく体調を崩してしまった旨一筆認めておいた。……「はむ」と君がつぶやいているのが瞼に浮かぶようだ。「だが彼のボストンとアメリカ人についての印象は？」——こと後者にかけては，もっとたくさんの人に会ったり，奥地へ分け入ったりするまで一言も言わずにおこう。今はただ未だ一度こっきり共同テーブルで食事を取るハメになったためしはないと，これまでの所ぼく達の部屋はここでは，クラレンドンでもそうだろうが，ぼく達自身の部屋同然だと，たまに妙な言い回し(フレーズ)に出会すのをさておけば——例えば「しばれる冷え込み(スナップ・オブ・コールド)」，だとかおしゃべりな奴の意の「ぺらぺら男(タンギー・マン)」，だとか独り言めいた訝しみとしての「まさか？(ポシブル)」，だとかほんとに(インディード)の代わりの「ほお？(イエス)」だとか——ここまでの所御当地の手合いと後に残して来たそいつらとの間に差らしい差はないとだけ言えば事足りよう。女性はすこぶるべっぴんだが，あっという間に色香が褪せる。作法は一般に堅苦しくも差し出がましくもない。人は皆並べて気さくだ。もしもとある場所への道筋を——どいつかまるで見ず知らずの水辺人足に——尋ねようものなら，やっこさんクルリと踵を返すやそこまで付き合ってくれる。御婦人方は一様に恭しい態度で接せられ，いつ何時であれまるきりエスコートなしでその辺りを歩き回る。……このホテルはフィンズベリー - スクエアより気持ち小さく，管が廊下という廊下伝(づて)走っている竈もどきなる手立てにて忌々しいほど（とは腹立ち紛れの物言いではなく）暑苦しいものだから，たまったものじゃない。寝台にも寝室の窓にもカーテンはない。聞く所によるとアメリカ中，ほとんどものの一枚かかっていないそうだ。寝室の調度は全くもって寒々としている。ぼく達の寝室は君の大広間とほとんどいい対(たい)広々としているが，備付けの彩色衣裳ダンスと来ては祖国の夜警の番小屋とどっこいどっこい（Kに聞いてみてくれ）どデカい。ぼくはこの部屋に二晩，てっきりこいつめシャワー浴室なものと思い込んだなり寝泊まりした。

（注）　ディケンズが「鼻を摘(つま)んだ」男は恐らく（E. F. ペイン『ディケンズのボストン暦(ごよみ)』（1927）によると）『ボストン・デイリー・メイル』編集主幹——1月24日付同誌にて「この著名な客人(まろうど)への紹介の栄に与り，彼が我らが岸に一歩たり踏み出さぬ内に懇ろな握手を交わした」旨触れ回っている所からして。「某誌の編集主幹のS博士」は（やはりペインによると）『ボストン・トランスクリプト』記者兼編集長代理ジョウゼフ・パーマー（1796-1871）。翌夕1時間ほどディケンズと会見し，24日付同誌に「尊大とも勿体らしさとも無縁の，我々が未だかつて出会ったためしのないほど気さくで，人好きのする，気高い心根の紳士の一人」との印象を寄せる。第二段落ディケンズの足を運んだ「劇場」はトレモント劇場（フィールド宛書簡（1月25日付）注参照）。高額の正餐会入場券への不満の声は，例えば「ニコラス・ニクルビー」の署名入りで『ボストン・デイリー・タイムズ』（2月5日付）に掲載された投書——「ボストンでは純粋に『公式の』正餐会が催されるべきではないか」——のような形で上げられることになる。「遙か2,000マイル以上の彼方からお越しの『極西部地方』の代表団」とは恐らくセントルイスからの招聘団（フォースター宛書簡（3月21日付）参照）。アメリカの「僻陬の地」或いは「遙か僻陬の荒野」にて愛読者を得ている悦びについてはそれぞれ『第二巻』原典p. 218，訳書268頁，並びに原典p. 394，訳書490頁参照。第三段落ウスターの「知事」はホイッグ党マサチューセッツ州知事ジョン・デイヴィス（1787-1854）。強硬な反

民主主義者だが，バンクロフト（1月25日付書簡参照）とは互いの姉妹と結婚。デイヴィスと共に過ごした「明くる日曜」についてはフォースター宛書簡（2月17日付）注参照。ディケンズ夫妻は「二名の代表団」に迎えられ，ハートフォードへ汽船で連れて行かれる（フォースター宛書簡（2月17日付）参照）。「水曜」は正しくは「火曜」（グリーン宛書簡（1月27日付）注参照）。コネティカット州ニューヘイヴンには2月11日到着。「Qという名の青年」はG. W.パトナム。フォースターは必ずや，ディケンズの記す“P”または“Putnam”の代わりにイニシャルQを用いる。マルグレイヴ卿と交わされた「寄附興行」の約束は5月25日果たされる。パーティ出席を約束しながらも「体調不良」を口実とする欠礼についてはヒラード夫人宛書簡（1月29日付）参照。「共同テーブル」とはホテルの食堂の相席――そこで食事を取ることの忌避こそ，アメリカ人の観点に立てば英国人の最も鼻持ちならぬ特質の一つ。「クラレンドン」はロンドン一と称されるニュー・ボンド・ストリート169番地の高級ホテル。「ぺらぺら男（タンギー・マン）」が登場するのは，例えば『マーティン・チャズルウィット』第二十一章〔拙訳書上巻425頁〕。「あっという間に色香が褪せる」女性美についてはフォースター宛書簡（2月24日付）最終段落参照。〔「女性（はすこぶるべっぴんだ）」の原語“woman”は正しくは“women”（F, Ⅲ, ⅱ, 207）。〕ディケンズ評「（御婦人方への）恭しい態度」とは裏腹に，ハリエット・マーティノーにおける女性「蔑視」観についてはマクレディ宛書簡（3月22日付）注参照。

［友愛会幹事？］宛［1842年1月下旬？］

【『コレクター』（1894年12月）Ⅷ, 35に抜粋あり。日付は「トレモント・ハウス，1842」――ニューヘイヴン要件への言及のある次書簡より明らかに前。】

何卒「友愛会」諸兄より賜った栄誉を心から誇らかにしてありがたくお受け致したき由お伝え下さいますよう。

（注）「友愛会」はイェール大学の二大主要文学・討論サークルの一つ（1768年発足）。ディケンズはただし，2月11日までハートフォードに滞在することにしたため，10日開催予定の歓迎会出席を取り止める（フォースター宛書簡（2月17日付）参照）。

フレデリック・ディケンズ宛　1842年1月30日付*

親愛なるフレッド。お前の言う通りで，公生活からは好きなだけとっとと相応の収入の下（もと）引退するのも悪くないかもしれない。ヒューイットは外輪被いの上に事実――真鍮製の拡声器を手に――立ち，そいつ越し海員に指示を出し，指示は立派な軍服姿の将校に次から次へと，然るべき先へ辿り着くまで伝えられた。お前にもこれら巨大な客船の内一艘の機関（エンジン）を見せてやれたらな。そいつだけでもかかりっきりの男が三十人からいる。海は港を出てからずっとそれは荒れに荒れたものだから，晴れてボストンに着いてみれば，本当なら赤いはずの煙筒は天辺まで海塩で真っ白になっていた。あれほど見るからにぶちのめされた船をちょっとやそっとでは思い描けまい。ハリファックスに入港した際，ぼく達の壊れた救命艇の成れの果ては依然甲板に吊り下がっていた。航海中に哀れ「プレジデント号」の救命艇の一艘の残骸を海上で拾い上げたらしいとの噂が誰彼となく口伝（くちづて）に広まっていたせいで，そいつの木端目当てに皆がどっと，珍奇な掘出し物とばかり押し寄せるとは！

ぼくは五日間――ケイトは六日間――船酔いに祟られていた。が峠を越すや大いにぼく達自身に面目を施しもすればキュナード社の懐を傷めもすることに，健啖振りを存分発揮した。冬時で，しかもかほどの荒天とあって，実に惨めな航海だった――口では言えないほど悲惨で不快な。

ここでは連中がぼくを歓迎するのにどんな手を打っているか，事ある毎に――通りで――劇場で――屋内で――ぼくがどこへ行こうと――どんな具合に歓呼し喝采を挙げることか，数え上げれば切りがない。がフォースターが，耳寄りなネタをみんなに垂れ込めるよう，ぼくの送った新聞を手許に置いている。ぼくには曲がりなりにも手紙らしい手紙をせいぜい一通書く暇（いとま）しかない。彼がそいつを持っているから，何もかも教えてくれるだろう。

ぼく達はここを土曜に発ち，知事と一緒にウスターという場所へ行き，日曜は丸一日そこで過ごす。月曜にスプリングフィールドという場所へ行き，そこでハートフォードの市民に公式の出迎えを受け，彼（か）の地へ連れ行かれ，そこにて――水曜に――公式正餐会が催される。木曜にぼくはニューヘイヴンでまた別の公式の歓迎を受ける。土曜にぼく達はニューヨークへ到着。月曜にそこで一大舞踏会が開催され，そいつの委員会だけでも人員150を擁するとは。その同じ週に一大公式正餐会と，ま［た別の］とある倶楽部との正餐会がある。きっとこいつが合衆国中で続くに違いない。さして暇（いとま）がないのは難なく察し［がつこ］う。

実に有能で控え目な秘書を雇った。青年は道［中］ぼく達と起居を共にし，手当は月10ドル。そつなく仕事をこなし，ぼくも大いに気に入っている。

お前と愛しい子供達に神の御加護のありますよう。我が家が懐かしい。

不一

C. D.

ジニリルの領収書を同封する。パークは船でぼく達を見送ってくれたこともあり，彼の下を訪ね——ぼくからよろしくと——定期船（パケット）が港を出る前に一筆認める暇（いとま）がなかった旨伝え——耳寄りなネタをそっくりバラしてやってくれないか？　今のその同じ手続きを，時をかわさずスタンフィールドにも踏んでくれるか？

（注）　本状の日付はキャサリンによる。ディケンズの手紙は四つ折の便箋の二頁目から始まり，一頁目と二頁目の六分の五までは，十八日間に及ぶ苛酷な航海を終えた安堵と子供達への愛おしさの綴られたキャサリンからの便り。汽船「プレジデント号」は41年3-4月，ニューヨークからリヴァプールへ向かう途上大西洋大強風に遭い難破。遭難の痕跡を一切留めぬまま消息は完全に絶たれていた。第三段落「劇場」の原語は複数形“Theatres”だが，この時点でディケンズの行った劇場は唯一，1月24日のトレモント劇場のみ。第四段落「水曜」は正しくは「火曜」。「ま［た別の］」，「察し［がつこ］う」，「道［中］」，の原語“a[nother]”，“sup[pose]”，“w[hen]”は恐らく封蠟を剝がした際に生じた三角形の欠損に伴う推断的読み。「とある倶楽部」はディケンズに敬意を表し，主としてニューヨークのジャーナリストによって結成された「新案物（ノヴェルティズ）」。ディケンズ帰国後も長らく活動を続けることになる。2月24日アスタ・ハウスにて約50名の倶楽部員により私的な歓迎正餐会が催される。追而書き〔「ジニリル（Giniril）」は「ジェネラル（General）」のおどけた表記。〕同封の「領収書」はサー・ジョン・ウィルソン将軍に賃貸しているデヴォンシャー・テラス1番地のそれ。パークは恐らく，ディケンズが1840-1年にモデルを務めた彫刻家パトリック・パーク（1811-55）（『第二巻』原典p. 138脚注，訳書168頁注，並びに原典p. 285，訳書348頁参照）。海洋・風景画家クラークソン・スタンフィールドについては『第一巻』原典p. 553脚注，訳書708頁注参照。

ジョン・フォースター宛［1842年1月30日付］

【F, Ⅲ, ii, 207-8・F, Ⅲ, i, 200に抜粋あり（1月17日に書き始められ，21日，29日に改めて書き加えられた手紙の最終的な追記）。日付はフォースターによると「1月29

日となっている」――即ちディケンズが誤って28日と記したものの，正しくは29日に綴った部分の翌日に認められた書状（フォースター宛書簡（1月29日付）頭注参照）。】

一体何をこの長たらしく取り留めのない物語に付け加えれば好いというのだろう。例の『平水夫としての二年間』の著者デイナはめっぽう気さくな奴で，風貌は予想とはコロリと違う。小柄で，見るからに温厚で，面立ちは心労にやつれている。親父さんは一晩浮かれ騒いだ後のジョージ・クルックシャンクそっくりだ――ただ背が低いだけのことで。ケンブリッジの大学の教授陣，ロングフェロー，フェルトン，ジェイリッド・スパークスは錚々たる面々で，ケニアンの友人のティクノーもまた然り。バンクロフトは全くもっての傑人で，心根は率直で，雄々しくひたむきだ。そこへもって君のことを頻りに話題に上すもので，何ともありがたい。チャニング博士に関しては次の水曜，二人きりで朝食を取ってからもっとあれこれ垂れ込もう。……サムナーは実に重宝だ。……ここの上院議長は火曜のぼくの正餐会の司会を務める。マルグレイヴ卿は先週の火曜までぼく達と一緒にいたが（月曜には我らが小さな船長をディナーに招き），それからカナダへ発った。ケイトは元気一杯で，アンもまた然り，それにしてもあの娘の目から鼻に抜けるようだと言えば，とても信じられない。二人ともえらく家（うち）を恋しがっている，かく言うぼくも他人（ひと）のことは言えないが。

もちろん新聞にはぼく達の航海がどんなものだったか本当の記事は載らないはずだ，何せ連中，船旅の危険は，たといあっても，とことん伏せようとするもので。ぼくは汽船につきものの危なっかしさをそれはどっさり拝ませてもらったせいで，帰りはニューヨーク定期船（ライナー）にすまいかどうか依然決めかねている。時化の晩，ぼくは胸中，もしや煙筒が船外へ吹き飛ばされたら一体どういうことになるものやらと気を揉んでいた。何せそうでもした日には船が舳先から艫まで立ち所に火の手に巻かれようこと一目瞭然とあって。明くる日甲板に出てみれば，そいつは夜中の内に括りつけられた鎖だのロープだので雁字搦めになっていた。ヒューイットはぼくに（陸（おか）へ上がって初めて）実は水夫を綱で縛ったなり高々と吊り上げ，そこにて突風が吹き荒れる間中ブーラリブーラリ揺られながらもくだんの太索（ステー）を括りつけさせていた由垂れ込んでくれた。とは物騒な話もあったものでは――えっ？

……[a]初めて君が例のヨレヨレの上着を着てみせた時，何とこれきり思いも寄らなかったことか，よもやそいつをくだんの小さな汽艇の外輪被いの傍で目にした際のような悲しい連想をその背（せな）との間で働かせようなど。[a]

（注）リチャード・ヘンリー・デイナ，Jr（1815-82）はR. H.デイナ（デイナ宛書簡（1月29日付）参照）の息子。弁護士・著述家・親英家・英国国教会員。「ボストンの若人」委員会メンバーとしてディケンズ歓迎正餐会にてスピーチ。『探訪』評についてはプレスコット宛書簡（10月15日付）注（原典p. 348）参照。『平水夫としての二年間』（1840）は1834年二等水夫としてホーン岬を航行した際の体験記。フォースターは「デフォーによく似ていると思い，彼〔ディケンズ〕に大いに推奨していた」との注釈をつけている。ディケンズ自身69年8月30日に行なったスピーチで「恐らく英語で書かれた最高の航海記」として言及。デイナのディケンズ評の変化――優越感から称賛への――は彼の日誌に克明に跡づけられる。ディケンズ到着四日前の1月18日，彼は町を挙げての熱狂に苛立ちを覚え，晴れて26日当人の要請を受けてディケンズを訪うた際には人の気を逸らさぬ魅力は認めながらも品性に欠ける風貌・態度に失望を覚える。がやがて親交を重ねるにつれて生来のさりげなさに好感を抱き，2月5日ボストン滞在最後の日に訪問した後では「未だかつて出会ったためしのないほど聡明な男」と結論づける。「ケンブリッジ〔マサチューセッツ州東部都市〕の大学」は即ちハーヴァード大学。ヘンリー・ウォズワース・ロングフェロー（1807-82）は『夜の声』（1839），『エヴァンジェリン』（1847），『ハイアワサの歌』（1855）等で知られる米国詩人。35年にハーヴァード大学近代語・純文学教授。1月26日，サムナーと共にディケンズ表敬のためトレモント・ハウスへ伺候，30日にはやはりサムナーと共にディケンズをテイラー神父の説教と10マイルの散策へ連れ出す。2月4日朝ディケンズはケンブリッジ，クレイギ・ハウスの彼の部屋でフェルトン，サムナー，ロングフェローの末弟サムエルやハーヴァード大教授等と会食。朝食後はハーヴァード大学長ジョウサイア・クィンシーを訪ね，図書館で学生にも紹介される。ジョン・ケニアンは詩人・博愛主義者（『第一巻』原典p. 554脚注，訳書709頁注参照）。ジョージ・ティクノー（1791-1871）はハーヴァード大学仏語・スペイン語・純文学教授（1819-35）。ヨーロッパ旅行（1835-8）後，『スペイン文学史』（1849）を上梓。ディケンズとは27日F. C.グレイ邸で，28日W. H.プレスコット邸で会食。「君のことを頻りに話題に上す」とはフォースター著『イギリス共和国政治家列伝』を指して。サムナーのディケンズへの「尽力」――ボストン案内や知人への紹介――についてはサムナー宛書簡（1月25日付）注参照。「ここの上院議長」はジョウサイア・クィンシー，Jr（1802-82）。弁護士・マサチューセッツ上院議長（1842）・ボストン市長（1846-8）。ディケンズは1月24日グラトンによりマルグレイヴ卿とヒューイット船長と共に州会議事堂にて紹介される。第二段落「ニューヨーク定期船（ライナー）」は即ち大型定

期帆船——半年後に事実，帰国した如く。汽船災上に纏わるディケンズの恐怖についてはフォースター宛書簡（2月24日付）参照。aaはフォースターによると「アメリカからの初の便りの締め括り」（F, III, i, 200）。Nでは省略。「くだんの小さな汽艇」とはフォースターが「ブリタニア号」の甲板でディケンズを見送った後(のち)引き返したそれ。フォースターの述懐によると「私はただの一度もそちらを振り返らなかった」——よって「背(せな)」。

ダニエル・マクリース宛［1842年1月30日または31日？付］

【マクリースのフォースター宛書簡（日付無し）とディケンズのマクリース宛書簡（3月22日付）に言及あり。3月22日付書簡にてディケンズはマクリースに既に二通手紙を出したと綴る——一通は2月27日付。恐らく他方の（所在不詳の）手紙はディケンズが2月1日郵便船に間に合うようマクレディ，ミトン，フレッド・ディケンズ，フォースター宛に急ぎ手紙を書き送った1月末に認められた書状と思われる。】

（注）　マクリースは2月8日付フォースター宛書簡（母親の喪中初期を示す極めて太い黒枠便箋）にてディケンズに言及しているものの，その後の細い黒枠便箋で初めてディケンズから便りが「一言」——恐らくは本状——あった由告げる。

デイヴィッド・C. コールデン　1842年1月31日付*

ボストン，トレモント・ハウス。1842年1月31日

拝復

貴委員会の御厚情に篤く御礼申し上げると共に，14日月曜は舞踏会の予定を入れました。くだんの夕べに他の約束を交わすことは誓って，なかりましょう。

ことニューヨークにおける我が馴染み方へのお目見得に関せば小生，初めて皆様に会う機に乗じられるとは然に誇らしく感じているものですから，まずは我が身をそっくり貴委員会の御手に委ね，晴れて諸兄が「初舞台を踏ませて」下さるまでひっそり世を拗ねていたいと存じます。

日曜には是非ともディナーのみならず，礼拝にも御一緒させて頂きたく——もしや前週の要件が重なり，然るべく早く床を抜けられぬほど疲れ切っていなければ。

妻もくれぐれもよろしくお伝えするよう申しています。

敬具

チャールズ・ディケンズ

デイヴィッド・コールデン殿

（注）　14日（日）開催予定の舞踏会についてはコールデン宛書簡（1月28日付）注参照。第二段落コールデンの29日付書簡に照らせば，委員会がディケンズに「初舞台を踏ませ」るのは委員会の側の希望でもあった。第三段落「礼拝」への同行についてはモリス宛書簡（1月28日付）注参照。

トマス・ミトン宛　1842年1月31日付

ボストン，トレモント・ハウス。1842年1月31日

親愛なるミトン

ぼくはここで送らざるを得ない生活でそれはくったくたにくたびれ果てているもので，ともかくぼく達の動静を伝えるのに，曲がりなりにもその名に値する手紙を一通書くのが精一杯だ。フォースターが，君に特ダネをそっくり垂れ込んでくれるというので，御逸品を手にしているが，彼はぼくが折好く送った新聞も数紙持っているはずだから，それを読めばぼく達がどんな具合にやっているか詳しいことは分かってもらえよう。

航海はひどいものだった――連中ですらこれまでお目にかかったためしのないほど（と士官がみんな口を揃えて言っている通り）とんでもない。海を渡るのに都合十八日かかり，凄まじい嵐が吹き荒れたせいで外輪被いは掻っさらわれ，救命艇にはこっぽり穴が空いた。ばかりか汽船はハリファックス沖で岩礁や砕け波の直中にて坐礁し，お蔭で一晩中投錨しなくてはならなかった。イギリス海峡を後にして以来，晴れた日はほんの一日。そこへもって不都合極まりないことに86名も客を積んでいる。ぼくは五日ほど船酔いに祟られ――ケイトは六日――とは言え実の所，彼女は顔が腫れ上がり，こっちへ来るまでずっと難行苦行だった。

ぼくがここでどんなに熱烈な歓迎を受けていることかちょっとやそっとでは

分かってもらえないだろうな。未だかつてこの世にぼくほど歓呼の声で迎えられ，群衆に付き従われ，華々しい舞踏会や正餐会で大っぴらに持て成され，ありとあらゆる手合いの公の団体や派遣団に傅かれた国王も皇帝も一人こっきりいないはずだ。とある「極西部地方」の団体は，はるばる2,000マイルの彼方からお越しとは！　馬車で出かければ，グルリに人集りが出来たが最後，ホテルまで送り届けて下さる。劇場へ足を運べば，客は（天井まで満員の）一斉に立ち上がり，棰（たるき）はつられてワンワン鳴り響く。とはどんなものか想像できるかい。この時点で一大公式正餐会が五つもお待ちかねで，合衆国中のありとあらゆる町や村や都市から招待を受けている。

ここはこと筆にモノを言わす点にかけては，ネタは掃いて捨てるほどある。ぼくは大きく目を瞠っているとあって，祖国に戻る時までには無駄に瞠ってだけはいないだろう。

次に便りをくれる時には――そう，次に。というのも仰（のっ）けのそいつはほどなくこっちへの旅路に着いていようから――ニューヨークのデイヴィッド・コールデン殿気付でぼく宛頼む。彼なら手紙を一通残らずいっとう早い手立てで転送してくれ，ぼくの動静にもそっくり通じているはずだ。

不一

チャールズ・ディケンズ

トマス・ミトン殿

（注）　ディケンズがフォースターへ送った新聞「数紙」には例えばディケンズの風貌を熱狂的に伝える『ボストン・デイリー・メイル』(24日付)，その夜のトレモント劇場での観劇を触れ回る『ボストン・デイリー・イブニング・トランスクリプト』(24日付)，マサチューセッツ州議会訪問を報ずる『ニューヨーク・エクスプレス』(29日付）等が挙げられよう。ただし1月付の如何なるアメリカ新聞もフォースター・コレクション（V&A）には所蔵されていない。新聞は次書簡，及び3月22日付タルファド，ブルーム，レディ・ホランド，ロジャーズ宛四通に照らせば，ミトンとマクレディ以外にも（ディケンズ諒解の下）くだんの四者へ回覧されていたと思われる。第二段落「イギリス海峡」はここではウェールズ-アイルランド間セント・ジョージズ海峡の謂。ケイトの顔が「腫れ上が」っていたのは歯痛のため（マクリース宛書簡（1月3日付）注参照）。第三段落「極西部地方」はミズーリ州セント・ルイス。ボストン，ハートフォード，ニューヨークにおける「一大公式正餐会」の外にディケンズが受けていたのはセント・ルイ

スでのより小規模な正餐会への招待のみ。

W. C. マクレディ宛　1842年1月31日付*

ボストン，トレモント・ハウス。1842年1月31日

親愛なるマクレディ

当地では小生ほとんど服を着て——脱いで——床に就く暇すらありません。今の所，体を動かす暇は全く。さらば物を書く暇に事欠くのは推して知るべし。是ぞわけても大きな癪の種ではあります。

かなり長い手紙を，とは言え，認めフォースターに送りました——貴兄に垂れ込んで頂きたいからというので。折に触れて綴っているだけに，耳寄りな話も一つならず盛り込まれていようかと。併せて小さな手紙の箱を，或いは興味を催して頂けるかと，送りました——中にはデイヴィッド・コールデンからの，正しく疲れ知らずを絵に画いたような男ですが，手紙も数通紛れています。今のその急送便に新聞も入れておきました。

小生がここでどれほど熱狂的歓迎を受けていることかちょっと口では申し上げられません。人々は劇場で，通りで，屋内外で，歓呼をもって迎えます。当地では明日公式正餐会が——水曜にはハートフォードでまた別の正餐会が——木曜にはニューヘイヴンでまた別の正餐会が——14日月曜にはニューヨークで一大舞踏会が——同じ週に同じ場所で一大公式正餐会が——同上の場所ではとある倶楽部とのまた別の正餐会が——詰まる所，合衆国中で，先行きの，ありとあらゆる手合いの催しが待ち受けています。代表団や委員会が毎日のように伺候し——2,000マイルの彼方からはるばるお越しの面々まで——小生を肩車に乗せて全国隈なく連れ回す，と申すか恰も偶像ででもあるかのようにグルリに群がるなどと申したとて詮なかりましょう。心暖まる歓迎振りを一体何に準えたものか——願わくはせめて一目御覧頂けるものなら。

さらに先へ進むまでアメリカ人については一言とて申し上げますまい。目下はただ，これまで目にした如何なる優れた英国人にも劣らず繊細で思いやり深く，心証を害さぬよう細心の注意を払っているとだけ申せば事足りようかと。

御婦人方に対する態度は我が同国人のそれより遙かに好もしく，彼らの施設を小生心より敬い，愛し，尊んでいます。

航海は苛酷を極めました——令室宛のケイトの手紙でいずれお分かり頂けよう如く。小生ニューヨークからはまだしも詳しいお便りを出したいと存じます。

何と貴兄からの手紙の待ち遠しいことか！　何と幾度となくドゥルアリー・レーンのことを思い浮かべ，貴兄は今何をしておいでだろうと惟み，かく独りごちていることか。「さあ，幕が上がりつつある——さあ，そろそろ半額だ——さあ，皆してマクレディを呼び立てている」我々は当地の時計と祖国のそれとに何ら差のないものと思い込むことにし，いたく得心しきっています。

親愛なるマクレディ　貴兄のお蔭でどれほど安心致していることか，どれほど愛しい我が子らが手篤く世話を焼かれ，何一つ不自由なく過ごしているものと信じて疑わずにいられることか，礼は申し上げますまい。一言とて口を利かぬとの戒めの下(もと)貴兄の手を握り締められるものなら——恰も連中，かくて御伽噺の魔法の鏡に，そこに居合わさぬ者達の姿を映し出してみせた如く——小生数知れぬ手紙にとて込められぬほどの思いの丈を一度(ひとたび)の握手に込めようものを。

ドゥルアリー・レーンのことを知りたくてたまりません。一体如何様にして定期船(パケット)の到着時刻が近づくにつれ我と我が身に抑えを利かせられるものか。

貴兄に神の御加護のありますよう親愛なるマクレディ！

敬具

チャールズ・ディケンズ

W. C. マクレディ殿

（注）　第二段落「デイヴィッド・コールデンからの……手紙」は1月27日付と29日付の二通（モリス宛書簡（1月28日付），コールデン宛書簡（31日付）参照）。「疲れ知らず（*hearty*）」には二重下線。「新聞」については前書簡注参照。第三段落「劇場」の複数形“Theatres”についてはフレッド・ディケンズ宛書簡（1月30日付）注参照。ただし1月31日の晩（6時45分）ディケンズは国立劇場でサムエル・ウォレン作J. S. ジョーンズ脚色『年10,000』を観劇してはいる（従ってその後で手紙を綴ったとすれば「複数形」の可能性も完全には否定し難い）。「水曜」は正しくは「火曜」（グリーン宛書簡（1月27日付）注参照。ニューヘイヴンで予定されている「また別の」は正餐会でなく公式歓迎会（フレッド・ディケンズ宛書簡（1月30日付）参照）——出席はキャサリンの顔面の腫

れのため取り止め（フォースター宛書簡（2月17日付）参照）。第四段落「施設」についてはフォースター宛書簡（2月4日？付）注参照。第六段落〔入場料は通常8時もしくは8時半を過ぎると「半額」になる。〕アメリカ東部標準時は英国時間（グリニッヂ標準時）より五時間遅い。〔原典p. 44脚注 "Which〔the clocks at home〕were five hours behind American Eastern time" は逆と思われる。〕第七段落ディケンズの引用は「御伽噺」ではなくスコット作「マーガレット伯母の鏡」より。物語の中で「鏡を覗き込む者は口を利いてはならない，さなくば不在の者の幻は立ち所に消え，観る者達の身に危険が降り懸かろう」との戒めが告げられる。

ジェフリー卿宛［1842年1月下旬］

【コールデン宛書簡（4月4日付）追而書きに「2月2日ボストンより発送」の記述あり。】

W. W. グリーノウ宛　1842年2月1日付*

トレモント・ハウス1842年2月1日

拝復

御指定の時刻に委員会をお待ち致したく。然に至れり尽くせりの手筈に何ら変更のお願いはありません。

敬具

チャールズ・ディケンズ

W. W.グリーノウ殿

（注）G. T.ビギロー始め五名の歓迎委員会メンバーは同夜パパンティズ・ホールでの正餐会へディケンズをエスコートすることになっていた。正餐会についてはフォースター宛書簡（2月17日付）参照。

フランシス・デイナ博士宛［1842年］2月2日付*

トレモント・ハウス2月2日

拝復

お尋ねの件ですが小生，タウンゼンド博士ならよく存じ上げています。博士は社会において確乎たる資産と地位を築き，卓越した様々な素養を具えた殿方であられます。蛇足ながら，博士のおっしゃることは何であれ嘘偽りなく，御高著にて審らかにされている説明のどれ一つ小生，何ら疑念を抱いていません。

敬具

チャールズ・ディケンズ

デイナ博士

（注） フランシス・デイナ（1806-72）はハーヴァード大学医学博士（1831）・歯科医（R. H.デイナの従弟）。1832-41年マサチューセッツ州グリーンフィールドで，41年からはボストンで，開業。患者に麻酔をかけるために催眠術を用いた。チョーンシ・ヘア・タウンゼンドについては『第二巻』原典p. 110，訳書133頁参照。「御高著」は『催眠術の事実，冷静な探究の論拠と併せて』（1840）。アメリカ版編者コリア（1月27日付書簡参照）は同書に強く影響を受けた医師の一人。本状は「敬具」，署名，結びの宛名を除きパトナムの筆跡。

A. R. ダントン　1842年2月2日付

【原文は『ボストン・デイリー・メイル』（42年3月3日付）より。】

トレモント・ハウス。1842年2月2日

拝復

貴兄より賜った麗しく艶やかな書法と挨拶状の手本に妻共々篤く御礼申し上げます。目にした友人は銅版刷りにも匹敵しようと口々に申し立てます。祖国にてもニューイングランド人の器用さの手本として披露するのを楽しみに致しています。末筆ながら貴兄の今後ますますの御活躍を祈念しつつ

敬具

チャールズ・ディケンズ

A. R.ダントン殿

（注） アルヴィン・R.ダントン（1812-89）は書道教師・自称「アメリカ書法規範」考案者。

シーアダ・デイヴィス・フォスター嬢宛　1842年2月2日付

【原文はソロン・ブッシュ著『シーアダ・デイヴィス・フォスター・ブッシュの追想』(1890) p. 27より。】

ボストン，トレモント・ハウス。1842年2月2日

親愛なるマダム

たいそう興味深い芳牘に何と御返事致せば好いものか？　かくてこよなき得心と真の悦びを賜ったとでも？　それならば貴女はとうに，御存じのはず。

小生篤く御礼申し上げることしか叶いませんが，心より御礼申し上げるからには拙き文言にも某かの価値は附与されるやもしれません。して同じ心根にて我が見知らぬ馴染みよ

匆々

チャールズ・ディケンズ

T. D. F.様

（注）　シーアダ・デイヴィス・フォスター（1811-88）は終生のユニテリアン派信者。『ニッカーボッカー』，『ガーランド』等への寄稿あり。1849年にユニテリアン派牧師ソロン・ブッシュと結婚。「芳牘」とは病床にある従兄弟が彼女に「幾度となく」ディケンズ作品――わけてもネルの臨終の場面――を読み聞かせてもらい，如何に慰められていることか著者に伝えて欲しがっているとのそれ。結びの宛名からして，フォスター嬢は頭文字しか記していなかったと思われる。

マサチューセッツ州プリマスの不詳の御婦人方宛［1842年］2月2日付

【原文は『ニューヨーク・ヘラルド』(42年2月27日付) より。】

トレモント・ハウス，2月2日

親愛なる御婦人方

叶うことなら我が頭（こうべ）を丸ごと貴女方の直中に連れ行くものを，が生憎（他処へ行く約束が既に交わされているため）叶わぬもので，正直に胸の内を明かせば，頭髪を一房お送り致すのは如何とも躊躇われます，と申すのも然なる前例

は極めて剣呑にして由々しき手合いのそれにして，小生早晩ツルツルの禿頭になるが落ちでしょうから。

貴女方には何と小生公明正大に身を処していることかお分かり頂けるのではなかりましょうか。もしや根っからの二枚舌ならば，給仕の一人から髪の房をせしめ，同上を転送するほどお易い御用もまたなかりましょうから。

が芳牘を賜り恭悦至極に存ずると共に，貴女方にならば何もかも包み隠さず申し上げて差し支えなかろうと惟みればこそ，敢えて御要望に副いかねる由お伝えし，もってありがたき御寛恕におすがり致す次第にて。

親愛なる御婦人方

匆々

チャールズ・ディケンズ

（注） 宛先の「御婦人方」については不詳だが，ディケンズの手紙の要約（『ボストン・モーニング・ポスト』（2月11日付））によれば本状は「プリマスの三，四名の御婦人方」への返信。「禿頭」の軽口はその後「禿頭摩擦用特効薬」のススメを説く広告の掲載された『スピリット・オブ・ザ・タイムズ』諸誌で取り上げられる。コールデン夫人宛書簡（2月24日付）注参照。

モーゼ・スチュアート師宛　1842年2月2日付*

トレモント・ハウス1842年2月2日

拝復

愉快な芳牘を賜りありがとう存じます。貴兄をお訪ね致せれば好いものを。束の間の当市の滞在中半時間でもあれば，と申すか半時間でもあったならば。

帰途こちらへ立ち寄れるやもしれません。さらば，お目にかかれる日を楽しみに致しています。それまでは妻共々，御家族の皆様に御鶴声賜りますよう。

敬具

チャールズ・ディケンズ

モーゼ・スチュアート師

（注） モーゼ・スチュアート（1780-1852）は会衆派司祭・聖書学者・マサチューセッツ州

アンドヴァ神学校聖文学教授（1810-48）。アメリカへのヘブライ語及びドイツ神学導入に貢献。熱心な禁酒運動支持者。本状は「敬具」と署名を除きパトナムの筆跡。

ジョージ・ティクノー宛　1842年2月2日付†

ボストン，トレモント・ハウス。1842年2月2日

拝復

御親切な芳牘を賜りありがとう存じます。

[a]生憎（おおせめて小生がどれほど「先約」で身動き取れぬかお分かり頂けるものなら！）帰途当地へ立ち寄るまで同行致すこと能うまいかと——是非ともくだんの機に恵まれたいと存じつつも。[a] とは申せ忝く存ずる気持ちに，と申すか是非ともありがたきお言葉に甘えさせて頂きたき気持ちに，つゆ変わりはありません。

敬具

チャールズ・ディケンズ

ジョージ・ティクノー殿

（注） aaは目録を典拠とするN, I, 381に抜粋あり。他は従来未発表部分。「先約」は具体的には同日朝のチャニングとの朝食（夕刻のペイジ夫妻主催正餐会は欠席），3日のローウェルでの工場視察（フォースター宛書簡（2月4日？付）参照），4日のロングフェローとの朝食，ハーヴァード大学訪問等を指す。ディケンズは5日ボストンを発つ。

『バンカー－ヒル・オーロラ』編集長宛［1842年2月上旬］

【『バンカー－ヒル・オーロラ』（42年2月5日付）からの要約。】

同誌先週号に掲載された来歴の概要には自分の一切与り知らぬ出自と家系，及び妻のそれに纏わる件（くだり）が散見される旨抗議して。

（注） 『バンカー－ヒル・オーロラ・アンド・ボストン・ミラー』はボストン，チャールズタウン地区を中心に販売されていた週刊誌（1827年創業）。編集長兼経営者はW. W.フィールドン。問題の記事（1月29日付）——「『ボズ』訪米——来歴の概要（スケッチ）」——

は明らかにディケンズ家とホガース家を混同。『オーロラ』原文と『ニューイングランド・ウィークリー・レヴュー』(2月12日付) に掲載された「『ボズ』の来歴」——事実上同一にして明らかに同じ典拠から引かれた——についてはグリーン宛書簡 (2月14日付) 注参照。

リチャード・ヘンリー・デイナ宛　1842年2月4日付

ボストン，トレモント・ハウス。1842年2月4日

拝復

今朝方の忝き芳牘，並びに謹呈賜ったブライアントの詩集に篤く御礼申し上げます。高著は貴兄故にこそかけがえのないものとなりましょうが，併せて心優しく濃やかなお言葉をも深く心に刻みたいと存じます。

貴国を発つ前に是非とも再びお目にかかりたく。とは申せ祖国におけようと貴国におけようと，必ずや我々の束の間の交遊を顧みては喜びに浸ることでありましょう。してつゆ変わることなく心より

敬具

チャールズ・ディケンズ

リチャード・デイナ殿

(注) リチャード・ヘンリー・デイナは明らかにR. H. デイナ，Sr——ウィリアム・カリン・ブライアント (2月14日付書簡参照) の親友。本状は前日付デイナの書簡——別れを惜しみ，帰途の再会を心待ちにする——への返信。デイナはブライアントの詩と共にディケンズ夫人のために娘の拾った木の葉を同封していた。「ブライアントの (詩集)」の原語 “Bryants” は正しくは “Bryant's”。Richd. H. Danaの署名入り献本はブライアント『詩集』(1832) 第六版 (1840)。初版本は元来ワシントン・アーヴィングによる序とサムエル・ロジャーズへの献題の下(もと)ロンドンにて出版されていた。

ジェイムズ・T. フィールズ宛 [1842年] 2月4日付*

【名宛人はグッドスピーズ・ブック・ショップ目録 (日付無し) の切抜きによる。】

トレモント・ハウス2月4日

拝復

原著が手許にないため「ピクウィック・ペーパーズ」発刊日は実の所定かでありません。が分冊第一号が世に出てから，確か来月の31日で六年になろうかと。

敬具

チャールズ・ディケンズ

（注） ジェイムズ・トマス・フィールズ（1817-81）は著述家・出版業者。1839年からティクノー，リード＆フィールズ出版社（後にディケンズのアメリカ主要版元）の下級社員（ジュニア・パートナー）。2月1日のボストン正餐会では他の若者と共に下座にて列席。「発刊日」は単にディケンズの直筆を求める手立てとして尋ねられたにすぎない。本状は「敬具」と署名を除きパトナムの筆跡。

ジョン・フォースター宛［1842年2月4日？付］

【F, Ⅲ, ii, 208-9に抜粋あり。日付はフォースターによると，2月1日「ブリタニア号」で急送された，1月17日に書き始められ，1月30日に締め括られた手紙の最後として引用されているが，認められたのは明らかにそれより後。彼自身混乱を来しているものの，ディケンズが2月1日火曜まで自分の誕生日に「次の火曜」として言及するとは想像し難い。さらに彼がボストンから訪問した記録の残っている唯一の工場は2月3日のローウェルにおけるそれらのみである。恐らく本状（と追加）は5日にボストンを発つ少し前に認められたが，次の火曜に（ハートフォード）で投函される代わり，2月14日にニューヨークで投函されることになる書簡――フォースターがディケンズの「第二通」と明言する――の一部を成していたと思われる。】

果たして君は次の火曜がぼくの誕生日だということを思い出してくれるだろうか。この手紙はその朝，ここを発つはずだ。

これら原稿用紙（シート）を読み返してみれば何とほんの少ししか綴っていないことか，というに何と今ですら，君に口伝（くちづ）てに語れようネタがどっさりあることか，は我ながら驚くばかりだ。アメリカの貧しい人々，アメリカの工場，ありとあらゆる手合いの施設――ぼくには早一冊分の用意がある。この町には，と言おうかこのニューイングランドという州には日々メラメラと燃え盛る炉と肉のディナーにありつけぬ者は一人とていない。空中で火を吹く剣（つるぎ）ですら路上の物乞いほど人目を惹きはしないだろう。くだんの盲学校には施しの制服もなければ，どちらを向こうと同じ不様な醜い仕着せのうんざりするような焼き直しもない。皆彼ら自身の趣味に応じて身形を整え，どの少年も少女も彼ら自身の我が家でお目にかかろうに劣らず際立った十全たる個性を具えている。劇場では，御婦人は一人残らず枡席の最前列に座る。天井桟敷(ギャラリー)は懐かしのドゥルアリー・レーンの二階正面桟敷(ドレス・サークル)に勝るとも劣らぬほど静かだ。七つ頭(がしら)の男とて，読み書きのできない男と比べれば物珍しくも何ともない。

愛しい我が子らのことはオクビにも出すまい（「オクビに」だと！　いっそ出せるものなら），というのもひたすら心待ちにしているくだんの祖国からの便りを受け取ればどれほどどっさりネタを仕込めようことか百も承知のからには。

（注）「誕生日」は次の「火曜」ではなく「月曜」（グリーン宛書簡（1月27日付）参照）。第二段落「これら原稿用紙(シート)を読み返してみれば」と記されている所からして，本状には元来『探訪』第三章の内容――例えばボストンの社交習慣，テイラー神父の説教等――が盛り込まれていたと思われる。ディケンズは「一日がかりで」〔拙訳書60頁〕工業都市ローウェルを訪ね，小旅行の模様を『探訪』第四章に充てる。わけても深い感銘を覚えた女工同人誌『ローウェル文芸』はいずれ43年1月号に『探訪』の極めて好意的な書評を掲載することになる。南ボストンでディケンズの訪れた「施設」並びに「くだんの盲学校」についての詳細は『探訪』第三章参照。フォースターは「盲学校」の脚注とし「この学校とローラ・ブリッジマンの事例に関する描写は『探訪』において見出されよう。よってここにては割愛されている」（F, III, ii, 208）と記すが，ディケンズが書中，ごく些細な描写以上のそれを認めていたとは俄には信じ難い。というのも『探訪』第三章におけるローラに纏わる件(くだり)はほぼ全てパーキンズ慈善院院長サムエル・グリドリー・ハウ執筆年次報告から逐語的に引用されたものであり，この小冊子に印を入れ，フォースター宛送達しているだけに（フェルトン宛書簡（9月1日付）注参照）。

ウィリアム・ウェットモア・ストーリー宛［1842年］2月4日付

【グッドスピーズ・ブック・ショップ目録174番に抜粋あり。日付はアンダーソン・ギャラリーズ目録2201番に「トレモント・ハウス，2月4日」として記載。】

忝き芳牘並びに紹介状を賜り篤く御礼申し上げます。紹介状は申すまでもなく，必ずや送達させて頂きたく。御尊父への手紙と小冊子は既にブルーム卿より頂いています。晴れてお届け致せる機が熟せば，蓋し恭悦至極に存じましょう。

（注） ウィリアム・ウェットモア・ストーリー（1819-95）は彫刻家・随筆家・詩人。この時点ではボストンで弁護士として開業。ディケンズ歓迎ボストン正餐会招待委員会メンバー。「御尊父」即ちジョウゼフ・ストーリー（1779-1845）は1811年以来合衆国連邦最高裁判所判事・ハーヴァード大学法学部の事実上創設者。わけても『バーナビ・ラッジ』を愛読し，サムナー宛書簡（2月6日付）によるとディケンズに是非ともワシントンで会いたがっていたという。41年12月20日ブルーム卿より託された「手紙と小冊子」については『第二巻』原典p. 447脚注，訳書555頁注参照。「小冊子」は恐らく『1月29日，2月20日，3月6日，上院にてブルーム卿によりて為されし，奴隷制，黒人徒弟，奴隷売買に関す三度（みたび）の演説』（1838）。ストーリーは弁護士としてのブルーム卿に敬服していたものの，卿の政治的判断には懐疑的だった。

タシル嬢宛　1842年2月7日付*

ハートフォード，シティ・ホテル。1842年2月7日

チャールズ・ディケンズ殿は謹んでタシル嬢に御挨拶申し上げると共に，高著並びにこよなく忝き芳牘を賜りましたこと篤く御礼申し上げます。ディケンズ殿は敢えて「親愛なるマダム」と呼びかけるのが憚られます，と申すのも目下の挨拶より杓子定規な響きすらありましょうから。――氏はタシル嬢に心より謝意を表すと共に，贈り物はさぞやありがたく拝受されようと思って頂いて差し支えなきこと請け合わせて頂きたく。

（注） コーネリア・ルイーザ・タシル（1820-70）はニューヘイヴンの牧師と女流作家夫妻の長女。宗教書や童話を著し，サウジ『教会の書』（1843）の要約を出版。ハートフォード（Hertford）は正しくはHartford。〔Hartfordは英国のHertford（原義は雄鹿（hart）＋浅瀬（ford））に因む。〕ディケンズは当地到着までは正しく綴っていたものの，滞在中も含め以降は綴り違（たが）える。ウスターでの週末（2月5-7日）についてはフォースター宛書簡（2月17日付）参照。本状の日付までに出版されたタシル嬢の「高著」については不詳。

R. C. ウォーターストン師宛　1842年2月7日付*

親展

ハートフォード。シティ・ホテル。1842年2月7日

拝復

御賢察通り，小生幼子に深く強い関心を寄せています，してその寄る辺無さ故に我々の優しさと慈悲に訴える生きとし生ける者の内――わけても幼子に。彼らは祖国イングランドにおいて事実恵まれているより多くの友を必要としています。

小生が喪(うしな)ったのは実の妹ではなく，義妹でした。神も御存じの通り如何なる血の縁(えにし)といえども彼女を小生により近しく結びつけられも，より愛おしく思わせられもしなかったでありましょう。わずか十七歳で身罷り，一夜(ひとよ)の内に身罷りました。願ってもないほど健やかにして麗しく床(とこ)に就き，二度と再び，「霊」としてをさておけば，蘇りませんでした。

小生が四年前の5月，義妹に先立たれ，如何ほど辛い思いをしたことかは今更申し上げるまでもなかりましょう――ひたむきにして情愛濃やかな選りすぐりの話し相手たる義妹を如何ほど深く愛していたことか――如何なる点においてこの悲しみのお蔭でいつしかよりまっとうな人間になったのではなかろうかと惟みていることか――して如何に「墓」の彼方を見はるかす術(すべ)を学び――とある拙著において其よりその恐怖を幾許かなり拭い去ろうと努めて来たことかは。目下はただかく申せば事足りようかと，小生貴兄が綴りお送り下さったものを身に沁みて感じ，かくて心を揺すぶられ，改めて篤く御礼申し上げます。

いずれ貴兄と共にボストンの貧しき人々を訪わせて頂く日を楽しみに致しています。それまでは，してつゆ変わることなく貴兄並びに令室の御健勝を妻共々祈りつつ――

敬具

チャールズ・ディケンズ

R. C. ウォーターストン師

（注） ロバート・キャシー・ウォーターストン（1812–93）はボストン，ピッツ・ストリート礼拝堂の福音主義司祭。一時期テイラー神父（サムナー宛書簡（1月25日付）注参照）の下ベテル日曜学校長を務めていた。第二段落「実の妹」を喪った——とは『バンカー-ヒル・オーロラ』（1月29日付）掲載略伝によれば。第四段落ディケンズはこの時点では依然，帰途ボストンへ立ち寄り「貧しき人々を訪う」つもりでいた。「令室」はハーヴァード大学長ジョサイア・クィンシー，Srの末娘，旧姓アンナ・キャボット・ローウェル・クィンシー（1899歿）。

アーサー・リヴァモア宛　1842年2月8日付*

ハートフォード，シティ・ホテル。1842年2月8日

拝復

気さくにして持て成し心に篤き招待状を賜り心より御礼申し上げます。生憎予定の進路に照らせば（本街道と都市に限られている訳ではないにせよ）拝眉仕る機はなかろうかと。さりとて御高配を忝く存ず気持ちにつゆ変わりはありません。

妻がくれぐれもよろしくお伝えするよう申しています。

敬具

チャールズ・ディケンズ

アーサー・リヴァモア殿

（注） アーサー・リヴァモア，Jr（1811–1905）はニューハンプシャー，バースの弁護士（1839–59）・アイルランド米領事（1865–85）。ディケンズは結局ニューハンプシャーには立ち寄らなかった。

ニューヘイヴン，「若人の会」宛［1842年2月8日？付］

【『アメリカン・トラヴェラー』（42年2月15日付）に言及あり。日付はハートフォード到着後間もなく。手紙は予め届いていた。】

「若人の会」を前にした講演（2月10日木曜）依頼への返事とし，これまでついぞ講演を行なったためしはないものの，当夜喜んで講演を拝聴致したくと伝えて。

（注） この時点でディケンズは恐らく2月10日における「友愛会」との約束の前後で時間調整を図れると思っていた。

［ジョージ？・］グリフィン宛［1842年2月8日？付］

【次書簡に言及あり。日付はその前日。】

（注） ジョージ・グリフィン（1778?-1860）はニューヨークの著名弁護士。当初，シガニー夫人（次書簡参照）の出版社との契約の多くを手配していたと思われる。

リディア・シガニー夫人宛 1842年2月［9日？］付

【1842年2月10日は水曜ではなく木曜。シガニー夫人は自作のディケンズ歓迎の詩の朗詠された2月8日開催ハートフォード正餐会でディケンズと対面しているはず。従ってディケンズは翌9日水曜に本状を認め，明くる10日に再会する約束を交わしていると思われる——11日はハートフォード滞在最終日であり，午前中の牢獄と精神病院視察を終え，午後5時ニューヘイヴンへ出立する多忙な日程に照らしても（フォースター宛書簡（2月17日付）参照）。】

ハートフォード，シティ・ホテル。1842年2月10日水曜

親愛なるシガニー夫人

誠に遺憾ながら当方の秘書の側（がわ）なる手違いで，グリフィン殿への書状は昨夜ニューヨークへ郵送されてしまいました。

是非とも貴女には明日12時から2時にかけてお目にかかりたく。——妻もずい分回復し，くれぐれもよろしくお伝えするよう申しています。

匆々

チャールズ・ディケンズ

シガニー夫人

（注） リディア・ハワード・シガニー（旧姓ハントリー）（1791-1865）は半世紀に及びアメリカで最も人気を博した女流詩人。ノリッジとハートフォードで学校を経営（1811-19）。1819年の結婚後は宗教書・童話に加え詩集や素描集を多数刊行，雑誌・年鑑への寄稿多。ディケンズ訪米に寄す賦（うた）の書出し四行は以下の通り——「ようこそ！ 紺碧の

海原を越え／ようこそ若き西部へ／熱き心と真(まこと)の魂は／汝を迎う寵愛の客人(まろうど)として」。当週の日付に関するディケンズの混乱についてはグリーン宛書簡（1月27日付）注参照。「グリフィン殿への書状」——自らのハートフォード滞在中に面会を求める手紙への返信——は恐らく住所がニューヨークとなっていたためパトナムが返信の宛先を誤ったと思われる。キャサリンの「歯痛による顔面の腫れ」についてはミトン宛書簡（1月31日付）参照。腫れはただし，ハートフォード到着までに甚だしく悪化していたため，ディケンズはニューヘイヴンの約束を取り止める（フォースター宛書簡（2月17日付）参照）。

［友愛会幹事？］宛［1842年2月9日？付］

【フォースター宛書簡（2月17日付）に言及あり。日付は恐らく本来ならばニューヘイヴンへ出立するつもりであった日の前日。】

妻の体調が優れず，もう一日ハートフォードに滞在せねばならぬため2月10日木曜の約束を取り消して。

（注） ニューヘイヴン到着の晩（2月11日午後8時），ディケンズはイェール大学の学生と教授のために謁見(レヴィー)の儀を催し，その後大学聖歌隊員により小夜曲(セレナーデ)で迎えられる（フォースター宛書簡（2月17日付参照）。

I. H. アダムズ宛　1842年2月10日付

ハートフォード，シティ・ホテル。1842年2月10日

拝啓

こよなく麗しき「小夜曲(セレナーデ)」に（昨夜賜った至福は偏に貴兄のお蔭と存ずるだけに）心より篤く御礼申し上げます。かくて我々が如何ほど愉悦に浸ったことか，貴兄の魅惑的な詠唱が我が家と其をこよなく愛おしくさす者達に纏わる如何ほど幾多の連想を喚び覚ましたことかお分かり頂けるものなら，この謝辞が如何ほど言葉足らずか——我々が感じているにほとんど劣らず——お察し頂けるのではなかりましょうか。

妻共々，貴兄がかほどに甘美な歌声もて馴染み方の心を高邁にし洗練すべくいついつまでもお健やかであられますよう，して傷つき易く憂はしき者への思

いやりが生まれながらの表現力及び「詩人」の趣意の非の打ち所無き鑑賞より悲しき源に端を発すことのなきよう祈りつつ

敬具

キャサリン・ディケンズ

チャールズ・ディケンズ

I. H. アダムズ殿

蛇足ながら御友人のベーデンハーレ殿にも感謝申し上げていた由よろしくお伝え下さいますよう。

（注） アイザック・ハル・アダムズ〔1813-1900〕は米国第六代大統領ジョン・クィンシー・アダムズ〔3月10日または11日付書簡参照〕の甥。太平洋沿岸地方測量技師として功を成す。テナーの美声で知られ，間々二重唱も歌った。ベーデンハーレはフォースター宛書簡（2月17日）に言及のあるドイツ生まれの友人。

ジョウゼフ・S. スミス宛　1842年2月12日付

親展

ニューヨーク，カールトン・ハウス。1842年2月12日

拝復

芳牘への御返事と致し申し上げさせて頂けば，ネルの流離いと，来歴と，死は全く架空にして飽くまで虚構であります。

このささやかな物語から芽生え，其によりて示唆を受ける感情の幾多が小生にとりて馴染み深いそれたることは言うまでもありません。墓は小生自身の極めて深い情愛と強い愛着の上に閉ざされています。そこまでは，してそこまでに限り，「真実」が存します。

小生常々この点に関するお問い合わせには然まで腹蔵なくお答え致さぬことにしています。が芳牘は嘘偽りなき書信に違いなく。それ故，嘘偽りなき返事を認めさせて頂いた次第にて。

敬具

チャールズ・ディケンズ

ジョス・S. スミス殿

（注） ジョウゼフ・スタンリー・スミスはニューヨーク，オールバニー在住，（1852年の時点では）『オールバニー・ステイト・レジスター』編集長。ディケンズのハートフォード滞在（2月8-11日），ニューヘイヴン宿泊（11日夜），ニューヨーク到着（12日午後2時）についてはフォースター宛書簡（2月17日付）参照。

ジョナサン・チャプマン宛［1842年2月12日？付］

【チャプマンのディケンズ宛書簡（2月14日付）に言及あり。チャプマンはディケンズから受け取ったばかりの，恐らくはニューヨーク到着当日（12日）に認められた短信へ返事を出したと思われる。14日付書簡についてはチャプマン宛書簡（2月22日付）注参照。】

恐らくはチャプマンにボストンにおける高配への礼を述べると共に，互いの友情を「盟約」と見なそう旨申し出て。

（注） ジョナサン・チャプマン（1807-48）はホイッグ党ボストン市長（1840-2）。1月26日の舞踏会にてディケンズを歓迎，ボストン施設案内役の一人を務める。2月1日開催正餐会でスピーチ。

カスバート・C. ゴードン宛［1842年］2月13日付

カールトン・ハウス。2月13日

拝復――

忝き芳牘は昨日当方にて小生を待ち受けていました。ボストンへは彼（か）の地を発った後（のち）漸う届いていた模様で。

この度は御丁寧に「商人図書館協会」理事諸兄の晴れがましき御挨拶をお伝え頂き誠にありがとう存じます。何卒理事諸兄に皆様より賜った栄誉を衷心より誇らしく存じている由，また必ずや機会あり次第貴協会を訪わせて頂きたき由御鶴声賜りますよう。

末筆ながら貴兄御自身には紛うことなき愉悦と得心を賜りましたこと――心より篤く御礼申し上げます。

敬具

チャールズ・ディケンズ

カスバート・C.ゴードン殿

（注） カスバート・C.ゴードンは42年1月以降ニューヨーク，「商人図書館協会」通信担当秘書・理事会メンバー（43年）。「協会」は1820年発足，40年の時点でニューヨークの5,000名を越える小売商店員により構成されていた。蔵書は約22,000冊に上り，講演・講習も運営。名誉会員にフェルトンやコールデン等も名を列ねる。本状は「敬具」と署名を除きパトナムの筆跡。

リー&ブランチャード両氏宛 1842年2月13日付

ニューヨーク，カールトン・ホテル。1842年2月13日

拝復

誠に忝くも記憶に留めて頂き，書籍を一箱御恵送賜りましたこと篤く御礼申し上げます。深甚なる謝意を表す次第にて。

是非ともフィラデルフィア訪問の暁には拝眉の上，握手を交わさせて頂きたく。御地へは（僅か数日の滞在ながら）遅くとも二週間後には到着の予定です。

併せて目下念頭にある仕事の要件について何らかの情報も――無論暗々裡に――賜れれば幸甚にて。

憂ひ顔の情報は芳牘を受け取る前に小耳に挟んでいました。小生のせいで御尊顔の然たるとは申し訳ない限りにて，今一度晴れんことを衷心よりお祈り申し上げます。

敬具

チャールズ・ディケンズ

リー・アンド・ブランチャード殿

（注） リー&ブランチャードはフィラデルフィアの出版業者（元来はケアリ，リー&ブランチャード（『第一巻』原典p. 322脚注，訳書405頁注，並びにフォースター宛書簡（42年3月13日付）注参照）。ディケンズが唯一交渉を持っていたアメリカの版元（『第二巻』原典p. 56脚注，訳書66頁注参照）。献本の中にはキャサリンが後ほどアン・ブラウンに贈るウィリアム・G.シムズ『ビーチャム』全二巻（リー&ブランチャード社刊，

1842）が含まれていたと思われる（ニール・ハウス宛書簡（4月19日？付）注参照）。他の書籍に関してはリー＆ブランチャード宛書簡（6月2日付）参照。第二段落ディケンズはフィラデルフィアには3月5日到着。8日，前社長ヘンリー・C.ケアリに歓待される。第三段落「目下念頭にある仕事の要件」とは恐らく次作のアメリカにおける出版に関し。最終段落「憂ひ顔」とはディケンズがボストンとハートフォードで行なったスピーチにおいて国際版権問題に触れたことによって招かれた反感・不満の表情の謂（フォースター宛書簡（2月14日付）参照）。この問題に対するヘンリー・ケアリの姿勢についてはフォースター宛書簡（3月13日付）注参照。

サムエル・ウォード宛　1842年2月13日付*

842年2月13日。日曜

拝復

我々は——七日ではなく十四日間滞在しますが，くだんの二週間は丸ごと予約が入っています。よって一応水曜——ということに致そうでは。

実は小生，本状を盥の水に両手を浸したなり認めている次第にて。今しも外出の身仕度を整えている真っ最中(さなか)故。妻もくれぐれもよろしくと申しています。

敬具

（最も短い名にて）

ボズ

サムエル・ウォード殿

（注）　サムエル・ウォード（1814-84）は女流作家ジュリア・ウォード（後にパーキンズ慈善院院長S. G.ハウの妻（43年））の兄。父親の銀行を後継，破産を経てカリフォルニアのゴールドラッシュ，続いて西部でも一攫千金の投機に走った所謂典型的米国人(アンクル・サム)。「我々は——七日ではなく（We are——not seven）」はワーズワースの詩「みんなで七人（We are Seven）」〔『抒情民謡集』（1798）所収〕の捩(もじ)り。ウォードは明らかにディケンズはニューヨークに一週間しか滞在しないと思っていた。ロングフェローはウォード宛書簡（1月30日付）でディケンズのニューヨーク到着当日（12日）におけるアーヴィング等との会食の手筈を整えるよう依頼すると共に，18日（金）自分がディケンズとの間で予定している朝食への臨席を促していた——計画はいずれも実現せずに終わるが。ウォードは片や16日（水）における自宅での会食並びに舞踏会の準備を進めていたものの，結局ディケンズは喉頭炎のため欠席。ディケンズのさらなるウォードとの約束の解消についてはウォード宛書簡（2月21日付）参照。

ウィリアム・カリン・ブライアント宛　1842年2月14日付

【原文はパーク・ゴドウィン『ウィリアム・カリン・ブライアント伝』(1883), I, 395 より。】

カールトン・ハウス。1842年2月14日付

拝啓

お一方を除き（とはアーヴィングですが）貴兄ほど小生，アメリカでお目にかかりたかった方はありません。ここへ二度もお見えになった，というにお目にかかれなかったとは。ただし責めは小生にはありません。と申すのも到着した夕べ，委員会-諸兄が延々と出入りなさり，挙句ずい分後になって初めて，貴兄の名刺を手に突っ込まれたにすぎぬもので。小生こよなく切に希っていた機を失ったからには，貴兄の寛恕ではなく，憐憫をこそ求めたいと存じます。という訳で，いつ小生と朝食を共にすべくお越しになれようかお報せ頂きますよう。小生貴兄を固より敬愛する余り杓子定規に身を処すつもりのないだけに，まずもってかくお尋ねせずして扉に名刺を残すべくお訪ねするを潔しとしません。拙宅には余りに擦り切れているものですから背に金（きん）を着せた「B」の一文字と「y」の名残りらしきものしか留めぬ，親指の垢にまみれた本が一冊あります。が小生の信任状は其の麗しき内容へのひたむきな称賛の念に存しましょう。来る月曜或いは来る日曜以外ならばいつなり。刻限は，10時半。ただ一筆賜りますよう――「親愛なるディケンズ，斯く斯くの日に。不一」とでも？

敬具

チャールズ・ディケンズ

（注）　ウィリアム・カリン・ブライアント（1794-1878）は詩人・ジャーナリスト。「死の考察（サナトプシス）」(1817)，『詩集』(1821，1832）でアメリカを代表する詩人としての地位を揺ぎないものとする。1842，44年にも詩集を刊行。『フォリン・クォータリー・レヴュー』(44年1月号）掲載アメリカ詩書評（執筆者はほぼ確実にフォースター）で称賛された数少ない詩人の一人（ポー宛書簡（3月6日付）注参照）。1829年から『ニューヨーク・イヴニング・ポスト』編集主幹（36年から共同経営者）。R. H.デイナ宛書簡（42年4月19日付）等によるとディケンズに純粋な好意，強い共感を抱いていたことが窺われるが，『イヴニング・ポスト』(42年11月9日付）ではディケンズの『探訪』における徹

底的なアメリカ報道界弾劾に批判を加える。以降少なくとも四度(よたび)にわたりロンドンを訪ねたにもかかわらずディケンズと会っていない所からして，ディケンズが『チャズルウィット』を通して失ったアメリカ友人の一人に数えられよう。アーヴィングについてはフォースター宛書簡（2月17日付）参照。『ブライアント伝』I, 395によると，ボストンに上陸したディケンズの第一声は「ブライアントはどこだ？」だったという。「擦り切れ」た愛読書の言及とは裏腹に，ディケンズの死亡時，蔵書には2月3日のデイナによる献本しかなかった。ブライアントがディケンズの要望に応じたのは2月22日（火曜）。同日の朝食にディケンズは後ほどハレックも招待する（2月17日付書簡参照）。

ジョン・フォースター宛［1842年2月14日付］

【F, III, iii, 214に抜粋と要約，フォースター宛書簡（2月17日付）に言及あり。恐らく２月４日？に書き始められた手紙の締め括り。日付はフォースターによると2月14日。ニューヨーク，カールトン・ホテルより。】

公の席で二度国際版権について触れたと伝えて，かくて当地の編集者の内幾人(いくたり)かの大いなる顰蹙を買ったことに，何せ連中くだんの廉でぼくを右からも左からも責め立てるもので，さらにありとあらゆる一流人士がほんの一度(ひとたび)イングランドにて追い撃ちをかけられさえすれば，今や下された鉄鎚は法の改正をもたらすやもしれぬと太鼓判を捺してくれていると続け——かようの案件においては如何ほどの一流人士とて極悪人に太刀打ちできるやもしれぬとのお目出度な錯覚に囚われているだけに——フォースターに是非とも結集し得る限りの戦力を徴募し，わけても（ディケンズはスコットの申し立てを鬨の声としていただけに）ロックハートを戦場に狩り出すよう求めて。彼はとある新聞とボズ舞踏会に関する舞踏会委員会報告を同封して来た。

（注）「公の席で二度」とは即ち2月1日開催ボストン正餐会と8日開催ハートフォード正餐会。ディケンズはいずれの正餐会においても国際版権法制定への訴えで締め括る。ディケンズ批判を逸早く掲載したのは『ハートフォード・デイリー・タイムズ』と『ニュー・ワールド』（2月12日付）。わけても後者はボストン正餐会スピーチに関し，「時と場所と場合を考慮に入れると，能う限り最悪の趣味で成された」と痛罵する。ディケンズを遙かに憤慨させた翌週の『ニュー・ワールド』記事についてはフォースター宛書簡（2月24日付）参照。「ありとあらゆる一流人士」とは言え，例えばフェルトンはサムナー宛書簡（2月13日付）でディケンズが国際版権に触れたことに遺憾の意を表し，「彼は

最終的には好もしからざる印象を残して我が国を去ることになろう」と悔やむ。「ボズ舞踏会」についてはフォースター宛書簡（2月17日付）注参照。

エドマンド・B. グリーン宛　1842年2月14日付

【原文は『ニュー・ワールド』（42年2月26日付）より。】

ニューヨーク，カールトン・ハウス。1842年2月14日

拝啓

貴誌掲載の小生の来歴を拝見致しました。略伝はあまりに荒唐無稽にして，小生自身にとりてあまりにどこからどこまで目新しいものですから，（初めて同上を目にした）「バンカー－ヒル・オーロラ」編集長に一筆，その著者——己自身と妻双方に纏わる荒唐無稽な伝記と来ては未だかつて出会したためしのないほど途轍もなき絵空事たる——の豊かな空想力に世辞を述べるべく認め（したた）ざるを得ませんでした。

仮に小生，其が現時点に至る我が人生の厳密に真正の記述として受け取られることに異議を申し立てるとすれば，それは偏に早晩己自身を荒らかな手にかける——換言すらば自害する——衝動に駆られぬとも限らぬからであり，然なる事態と相成れば，無名氏殿は小生と真っ向から齟齬を来す権威として引用されることとなりましょう。

敬具

チャールズ・ディケンズ

エドマンド・B. グリーン殿

（注）「『ボズ』の来歴」は『ニュー・イングランド・ウィークリー・レヴュー』（2月12日付）掲載。『バンカー－ヒル・オーロラ』掲載「『ボズ』訪米——来歴の概要（スケッチ）」は内容の若干の差異，順序立ての相違等はあるものの「来歴」と同じ典拠——恐らくは『ニューヨーク・ユニオン』リヴァプール特派員シェルトン・マッケンジー（『第一巻』原典p. 367脚注，訳書463頁注参照）による略伝——から引かれたもの。いずれにもジョン・ディケンズとホガースとの，ディケンズ自身とフォースターとの混同，ディケンズの結婚年の誤記，ディケンズが執筆中断を余儀なくされた「実妹」の急死等誤謬が散見される。〔「自害する」の原文“attempt my own life”は「小生自身の自伝を試みる」

との両義を懸けて。〕ディケンズの「自害」の言葉尻を捉え，『ニュー・ワールド』は本状の前置きとし「以下の投書より察するに，どうやら我らが持て成し心に篤き市民はディケンズ殿を持ち前の礼節もて体調不良にさすだけでは慊らず，命をも危めようとしたと思しい」との但書きを添える。

ルイス・ゲイロード・クラーク宛　1842年2月15日付*

カールトン・ハウス。1842年2月15日

拝啓

誠に申し訳ありませんが，朝食を一両日延ばさねばなりません。激しい喉頭痛のため終日床に臥せ——医者を呼ばねばならず——およそ本調子とは申せません。もしやくだんの意を決すだけで効験灼というなら明日にでも本復致そうものを。

何卒令室に御鶴声賜りますよう——妻もくれぐれもよろしくお伝えするよう申しています。

敬具

チャールズ・ディケンズ

[L.] ゲイロード・クラーク殿

（注）ルイス・ゲイロード・クラークについては『第一巻』原典p. 469脚注，訳書596頁注参照。「令室」は旧姓エラ・マライア・カーティス。1834年，十七歳で嫁ぐ。イニシャル[L.]は草稿では混乱を来し，むしろ“T”と読める。結びの宛名「ゲイロード(Gaylord)」はディケンズ自身によりGarlordに書き改められた跡。ディケンズは恐らくこれまでの書簡は全て『ニッカーボッカー・マガジン』編集長宛に出していたため(『第一巻』原典p. 558，訳書716頁，並びに『第二巻』原典p. 55，訳書65頁参照)，クラークの本名が定かでなかったと思われる。

チャールズ・A. デイヴィス宛［1842年2月15日付］

【A.ネヴィンズ編『フィリップ・ホーンの日誌(1828-1851)』(1936)，p. 588に言及あり。日付はディケンズの前日の詫びへの言及のある2月16日記載からの推断。】

喉頭炎のため部屋に閉じ籠もり，医者に外出を禁じられている故，同日夕べのデイヴィス邸での正餐会に出席できぬことを詫びて。

（注） チャールズ・オーガスタス・デイヴィス（1795-1867）は富裕なニューヨーク商人。ハレックや他の『ニッカーボッカー』作家と深交を結ぶ。ニューヨーク舞踏会・正餐会委員会メンバー。

名宛人不詳［1842年］2月15日付

【C. F. リビー目録（1904年4月）に言及あり。草稿は1頁。日付は「2月15日」，ニューヨークより。】

事務的書簡。

フィラデルフィア紳士委員会宛［1842年2月15日？付］

【当日朝付『クロニクル』引用記事の掲載された『フィラデルフィア・ガゼット』（2月16日水曜午後付）に言及あり。日付は舞踏会当日ではなく，ボズ舞踏会で疲労困憊し，喉頭炎で臥せていた15日（フォースター宛書簡（2月17日付）参照）。】

フィラデルフィア紳士委員会主催公式正餐会を断り，滞在が短いため一般庶民に会いたいと述べて。

（注）「委員会」には既に面識のあったインガソル（3月6日付書簡参照）も名を列ねていたと思われる。『ガゼット』は2月24日付と3月1日付の二度にわたり，華々しい公式歓迎よりむしろ市民の控え目な持て成しに応じようとするディケンズの姿勢に賛辞を送っていた。期待を裏切られた同誌の遺憾と義憤についてはモール宛書簡（3月10日付）注参照。

ボルティモア若人の会宛［1842年2月15日？付］

【フォースター宛書簡（2月24日付）に言及あり。デイナは，ディケンズがボストンを去った後の2月10日，ボルティモアから託された要件についてのディケンズ宛書状を認め，これを言わば紹介状としてニューヨーク在住弁護士W.ワトソンへ送る。ワトソンはディケンズのニューヨーク到着後間もなく書状を届けるが，ディケンズはフィラデルフィア正餐会出席を断ったと同日，本状を認めたと思われる。日付は上記からの推断。】

公式正餐会への招待を断って。

（注）「ボルティモア若人の会」は文学を趣味とする主に法曹界に属する二，三十人の若者を会員とした。ディケンズが結局ボルティモアに到着するのは（当初計画していた3月4日ではなく）3月21日。

チャールズ・H. デラヴァン宛［1842年］2月16日付

【原文は『ニューヨーク・トリビューン』(42年2月23日付）より。】

カールトン・ハウス，2月16日

拝復

誠に遺憾ながら，して妻も思いを同じくしていますが，数知れぬ予定が控えているため，ニューヨーク職工学校の忝き御招待をお受け致すこと能いません。わけても，ワシントンの誕生日に皆様を集わす高邁な趣意，並びに最も価値ある社会層へ及ぼす貴学の多大な感化に日頃より深甚なる敬意を抱いていればこそ遺憾千万でなりません。

敬具

チャールズ・ディケンズ

チャールズ・H.デレヴァン殿

（注）チャールズ・H.デラヴァン（1810-92）はワシントンとラファイエットの友人ダニエル・デラヴァン将軍の息子。ニューヨーク州禁酒会共同創設者E. C.デラヴァンの従弟。ニューヨーク職工学校は1830-31年開学，33年法人化。49年までに会員数は（開設時の45名から）3,000名以上に増え，講演，集会，討論会等も積極的に開催。ディケンズの受けた招待は禁酒を主題とするデラヴァンの講演（2月22日開催予定)。結びの宛名デレヴァン（Delevan）は『トリビューン』における誤植。正しくはDelavan。

[ウィリアム・]ミッチェル宛[1842年]2月16日付*

【名宛人は明らかにウィリアム・ミッチェルだが，結びの宛名“J. B. Mitchell Esq.”からしてディケンズはファースト・ネームを失念していたと思われる(4月30日付書簡における宛名“R. Mitchell Esquire”参照)。】

カールトン・ハウス2月16日

拝復

気さくにして丁重な芳牘に篤く御礼申し上げます。せめて，忙しなくも束の間の滞在中，妻共々ほんの一度(ひとたび)なり貴兄の愉快な劇場へ逃れられるものなら，是非ともそうさせて頂きたく，と申すのも「演劇(ドラマ)」はロンドンにおける我々の常日頃の娯楽の一つにして，こよなく近しき馴染みの幾人(いくたり)かは同上に直接携わっているもので。

小生自身に関せば恐らく思いも寄られぬほど貴兄に強い関心を寄せて参りました。遙か「流離いの吟遊詩人」や「救貧院の叛乱」の時代，小生は女王陛下劇場における貴兄の極めて志操堅固な崇拝者でした(し当時は身銭を切ってもいました)。くだんの折の前も後も，ストランド劇場にて絶えず貴兄と共にありました。貴兄をコヴェント・ガーデンへと追い，さらば貴兄は「ヤツの仰(のっ)けの会戦」のめっぽう悪しき役所(やくどころ)にてすこぶる見事な演技を賜っておいででした。そこより小生は貴兄の跡をブレイアムの劇場までつけ，その辺りにて行方を失い，終に先日の晩，舞踏会にてお目にかかった次第にて。

小生至る所で貴兄が当然の如く成功に恵まれておいでの由耳に致し同慶の至りであります。願わくは貴兄の晴れて再び，財を築きて，祖国の地を踏んで差し支えなきと思し召すまで末永くいよよ御健勝たられんことを。

敬具

チャールズ・ディケンズ

J. B.ミッチェル殿

(注)　ウィリアム・ミッチェル(1798-1856)は英国生まれの男優・劇作家・舞台主任。初舞台はニューカッスル-オン-タイン，1831年にロンドン，ストランド劇場，34年にコヴバーグ劇場(男優兼舞台主任)。36年8月ニューヨークへ移住。国立劇場・ブロード

ウェイ，オリンピック劇場（39以降）にて座元兼俳優。ディケンズ作品の喜劇的役所としてはサム・ウェラー，スクィアーズ，トム・スパークス等が挙げられる（ミッチェル宛書簡（4月30日付）注参照）。「寄席演芸（ボードヴィル）と滑稽寸劇（バーレスク）のための小さな芝屋」オリンピック劇場とその経営者——「静かなユーモアと豊かな独創性に恵まれた，ロンドンの演劇通にはお馴染みの，ウケのいい喜劇役者」ミッチェル氏——については『探訪』第六章〔拙訳書95頁〕参照。ただしディケンズが夫妻で「愉快な劇場」を訪れた形跡はなく，『探訪』での描写は恐らくミッチェルへの共感から，風聞を元に書かれたと思われる。第一段落末尾「もので」の原語“as”は草稿では“As”と読める。第二段落「女王陛下劇場」の原語“Queens（Theatre）”は正しくは“Queen's”。『流離いの吟遊詩人』は34年1月16日，ロイヤル・フィツロイ劇場（後に女王陛下劇場）にて初演のヘンリー・メイヒュー作喜歌劇（バーレッタ）。ミッチェルはジム・バッグズ役。『救貧院の叛乱』は34年2月24日初演のギルバート・ア・ベケット作「バーレスク風バラッド・オペラ」。ミッチェルはモル・チャブ役。「ヤツの仰（のっ）けの会戦」は32年10月1日コヴェント・ガーデンにて初演のJ. R. プランシェ作軍事スペクタクル——初代モルバラ公爵の青春時代の逸話に基づく。ミッチェルは下卑た喜劇的登場人物，アイルランド生まれの従軍商人ブラナガンの上さん役。「ブレイアムの劇場」（原語“Brahams”は正しくは“Braham's”）は即ちジョン・ブレイアム経営セント・ジェイムジズ劇場（『第一巻』原典p. 118脚注，訳書147頁注参照）。ミッチェルは35年12月から36年3月まで当劇場で様々な笑劇，喜歌劇等に出演するが，36年9月のディケンズ作『見知らぬ殿方』，『村の婀娜娘』の下稽古（リハーサル）開始前に英国を去る。第三段落ミッチェルは1850年までオリンピック劇場経営で大成功を収めるが，その後破産し，ニューヨークにて赤貧の内に死亡。本状は「敬具」と署名を除きパトナムの筆跡。

エドマンド・S. シンプソン宛　1842年2月16日付*

カールトン・ハウス。1842年2月16日

拝復

小生本状を寝台にて認めています。して遺憾千万ながら，喉頭炎のため今晩の舞踏会に出席致せぬ由お報せすべく然に致している次第にて。かくて昨日は一日中ホテルに閉じ籠もらざるを得ず，本日も到底部屋を離れられそうにありません。

この不如意千万な事態を如何ほど口惜しく存じていることか，ともかく無鉄砲ならずして然に致せるものなら如何ほど劇場へ足を運ぶべく労を惜しまぬことか，は今更申し上げるまでもなかりましょう。が同封の書状を御覧になれば，

主治医が殊更外出を禁じている由お分かり頂けましょうし，もしや小生を御覧になれば，医者の禁止令の謂れが如何ほど当を得ているか難なくお察し頂けようかと。

敬具

チャールズ・ディケンズ

——シンプソン殿

（注）　エドマンド・ショー・シンプソン（1784-1848）は英国生まれの男優兼支配人，1840年以降はニューヨーク，パーク劇場賃借人。遍く敬意を集めながらも，最期まで経営難に苦しむ。「今晩の舞踏会」は2月14日開催「ボズ舞踏会」の言わば「再演」（フォースター宛書簡（2月17日）参照）。チケットは半額。ディケンズはウォード邸での正餐・舞踏会の後しばし儀礼的に姿を見せるつもりだったと思われる（ウォード宛書簡（2月13日付）注参照。第二段落「同封の書状」はコールデン夫人の兄ジョージ・ウィルクス医師からの症状報告の短信（2月16日付）——参加者からディケンズ欠席理由を求められた際の用心とし，コールデンから依頼されたもの。医師の診断書はコールデンの発案，かつディケンズにより自発的に同封されたにもかかわらず，2月17日『ニューヨーク・ヘラルド』等に掲載されると，パーク劇場経営陣批判——例えば「参加者を納得させるために患者の病状に関する医師の説明書が必要と見なす低俗な判断」（『ボストン・プレス・アンド・ポスト』（22日付）——が巻き起こった。

ジョン・フォースター宛　1842年2月17日付

【F, Ⅲ, ⅲ, 214-18に抜粋あり。】

ニューヨーク，カールトン・ハウス。1842年，2月17日，木曜

明日ここからイングランドへ向け（船主方によりては）超高速の帆船なる折紙付きの帆走定期船（セイリング・パケット）が出る上，来月のキュナード汽船よりまず間違いなく一足お先に祖国（ホーム）へ（という言葉を綴るだに胸が疼くが）着きそうなもので，取り急ぎこの手紙を認めている。してこいつがひょっとしてここからこないだの月曜に出したもう一通より早く着いてはと，まずもって断っておけば，ぼくはその日君宛の短信を新聞と「ボズ」舞踏会に纏わる小冊子と一緒に事実出し，ボストンの郵便局で（君も覚えていようが）くだんの街から君宛綴った際には今しも開かれるばかりだった正餐会の記事の載っている別の新聞を投函した。

正餐会は文字通り一大行事で，スピーチと来ては驚くばかり。実の所，こっちの公の場でのスピーチの才たるや英国人の嫌でも目に留めざるを得ない特質の就中際立ったそれに数えられよう。誰も彼もがいつの日か国会議員になるのを当て込んでいるとあって，誰も彼もがスピーチの準備万端整えている。結果は，よって，目を瞠るばかり。君はとある妙な習いに気づくだろう——つまり，乾杯の音頭にここぞとばかり所信を披瀝するという。そいつはぼく達の間ではとうに廃れてしまっているが，ここではどいつもこいつも当然の如く警句の備えがあることになっている。

ぼく達は5日にボストンを発ち，その街の知事と共に彼のウスターの屋敷で月曜まで過ごすべく出立した。知事はバンクロフトの姉と連れ添っている関係で，バンクロフトの妹が同行した。ウスターの村はニューイングランドで最も愛らしき村の一つだ。……月曜の朝9時，ぼく達はまたもや鉄道で出立し，スプリングフィールドまで行き，そこにては二名の代表団がお待ちかねで，何もかもが至れり尽くせり万端整えられていた。日和が穏やかなせいでコネチカット川は「オープン」，即ち氷結していなかったので，連中ハートフォード行きの汽艇を用意してくれていた。かくて距離にしてものの25マイルながら，一年のこの時節ともなれば12時間近くは要そうかという道また道の陸路の旅を御容赦頂いた！　汽艇はめっぽう小さく，川には至る所氷塊が浮かび，ぼく達が（流氷と早瀬を避けるべく）取っている針路の水深はせいぜい数インチ。2時間半に及ぶ当該風変わりな航行の後（のち），ハートフォードへ着いた。さらばそこにては，ズブの——必ずや居心地の芳しからざる寝室をさておけば——英国風旅籠と，これまでお出ましになったためしのないほど手際のいい委員会がお待ちかねではないか。連中，ぼくがここまで相手にせねばならなかったどんな委員会よりぼく達をそっとしておいてくれ，自分達自身にすら締出しを食わすほどの思いやりと気配りを見せてくれた。ケイトの顔は腫れに腫れていたものだから，ぼくはここでしばらく休養さす肚を固め，よってくだんの申し立ての下，ニューヘイヴンでの約束を御破算にすべく一筆認めた。ぼく達はこの町に11日まで滞在し，毎日2時間ほど公式の謁見（レヴィー）の儀を行ない，その都度200から300の人々を迎えた。11日の午後5時，ニューヘイヴンへと（依然鉄道にて）出立し，およそ8時到着。お茶を飲み終えたか終えぬか，ぼく達は（合衆国一大きな）大学の学生並びに教授や，町の人々のためにこの日二度目の謁見（レヴィー）の儀を開くよう催促された。確か床に就くまでに，500人どころではない仰山な連中と握手を交わしたのではないだろうか。しかもぼくは当然の如く，ずっと立ちん坊で。……

さて，例の二名の代表団はハートフォードからぼく達に同行していた。してニューヘイヴンでは別の委員会がお待ちかねで，以上一切合切の途轍もない疲労と気苦労と来ては筆紙に余る。午前中牢獄と聾啞施設を見て回り，道すがらウォリングフォードという場所で停車した。何せ町中がぼくを一目見たさに繰り出し，町人（まちにん）の好奇心を満たすべく汽車がそのためわざわざブレーキをかけたもので。木曜は（今日は金曜だが）丸一日散々頭に血を上らせたり骨を折ったりで口では言えないほどくたびれ果てた。でとうとう床に就き，「いよいよ」ぐっすり眠りかけたその矢先，大学聖歌隊が一挙，窓の下へと繰り出し，小夜曲（セレナーデ）を御披露賜るとは！　小夜曲（セレナーデ）と言えば，ところで，ハートフォードでも一曲，アダムズという人物（ジョン・クィンシー・アダムズの甥御）とドイツ人の友人から賜ってはいたが。御両人それにしても素晴らしい歌声で，いざ夜の黙に，ぼく達の部屋の扉の外の長い谺催いの旋律的な廊下で，我が家やここに居合わさぬ馴染みやその他ぼく達の興をそそろうこと請け合いのネタがらみでギターに合わせて低い声を震わせ始めるや，言葉には尽くせぬほど心を揺さぶられた。かくも感極まった真っ最中（さなか），ところが，とある思いがふと脳裏を過り，お蔭でぼくは不届き千万にも腹を抱え出し，已むなく掛け布団を頭から引っ被らずばおれなくなった。「いやはや！」とケイトに宣うに。「ぼくのブーツの奴，扉の外で何たる途轍もなく馬鹿馬鹿しくもやたらありきたりの面（つら）を下げているに違いないことよ！」ぼくは生まれてこの方ブーツなるものの不条理をかほどに嫌と言うほど思い知らされたためしはない。

ニューヘイヴン小夜曲（セレナーデ）はさまで感心しなかった――なるほどその数あまたに上る声が入り混じり，「歴たる（レグラー）」楽団ではあったものの。要するに，他方の心に欠けていた。6時にならぬ内に，ぼく達は大童で着替えをし，出立の仕度を整えていた。何せ汽艇まで馬車で20分の道程で，出航時刻は9時だったから。

そそくさと朝食を掻っ込むや，してまたもや甲板で（蓋し甲板で）謁見の儀（レヴィー）を催し，「ディケンズ殿に万歳三唱を三度（みたび）」賜るや，いざニューヨークへと向かった。

乗船してみればボストンで知り合いになったフェルトン殿という人物と乗り合わせていたので，ぼくは快哉を叫んだ。彼はケンブリッジの大学のギリシア教授で，舞踏・正餐会へ向かう所だった。これまで出会った彼と同じ階層の男性の御多分に洩れず，実に愉快な人物で――さりげなく，親切で，温厚で，ほがらかな――正しくとびきりの手合いの英国人を地で行っている。ぼく達は船に積んである限りのポーターを飲み干し，冷製ポークとチーズを食べ尽くし，全くもって浮かれ返った。然るべき場所で言っておくべきだったが，ハートフォードでもニューヘイヴンでもぼくの掛かりには全額，これら委員会によってズブの銀行分の寄附が募られていた。酒場で勘定書きはこれきり受け取れない，何もかも支払い済みだ。がぼくとしてはこいつは罷りならなかったから，Q氏が亭主の手づから勘定書きを受け取り，最後のビタ一文に至るまで皆済するまで頑として1インチたり譲らなかった。どうやらぼくのホゾを緩めるは土台叶わぬ相談と見て取るや連中，ぼくにとびきり不承不承ながら，我を通させては下さった。

およそ2時半，ぼく達はここへ到着。30分かそこらでこのホテルに着いてみれば，最高級の続きの間（ま）が用意され，そこにては何もかもがすこぶる快適で，定めし（ボストンにおけると同様）ベラボウ高値だったろう。ディナーに腰を下ろした途端，デイヴィッド・コールデンが現われ，彼が立ち去り，ワインに舌鼓を打っていると，ワシントン・アーヴィングが大きく腕を広げて独りきり入って来た。してここに，夜の10時までいた。晴れてここまで辿り着いたからには，話を四つに分けるとしよう。第一に，舞踏会。第二に，アメリカ人におけるとある個性の様相のちょっとした適例。第三に，国際版権。第四に，ぼくのここでの生活と，滞在中実行に移したいと思っている諸々の計画。

まず第一に，舞踏会。開催されたのは去る月曜（小冊子（パンフレット）参照）。「正9時15分」（刷り物の式次第を引用すれば），「デイヴィッド・コールデン殿とジョージ・モリス将軍」が伺候。前者は盛装の夜会服，後者は国民軍何連隊かは神のみぞ知る正装軍服の出立ちなる。将軍がケイトを連れ，コールデンがぼくに腕を貸し，かくて玄関に横付けになっている馬車へと降りて行き，そのなり劇場の楽屋口に乗りつけた――折しも正面玄関を攻囲し，耳を聾さぬばかりに騒ぎ立てている黒山のような人集りに大いなる肩透かしを食わせたことに。ぼく達が姿を見せるに及んでの光景と来ては目も眩まんばかり。3,000人もの盛装の人々が待ち受け，館内は床から天井に至るまでキラびやかに飾り立てられ，何と目映いばかりの照明がキラめき，ギラつき，大きなどよめきと歓声の上がったことか，は到底筆紙に余る。ぼく達はそのためわざわざ正面の外してある，中央特等枡席の中央から入り，かくて舞台後方へ回り，そこにて市長を始め高位貴顕に迎えられ，それからだだっ広い舞踏室を二周，大群衆の得心の行くよう練り歩かされた。そいつに片がつくや，いざステップを踏み始めた――一体どうやって踏み果したものか，は神のみぞ知る。何せ足の踏み場もないとあらば。してぼく達は踊り続け，挙句これきり立ってさえいられなくなったもので，スルリとその場を後にし，ホテルに引き返した。当該尋常ならざる（全くもって当地では前代未聞の）祝祭に纏わる記事はそっくり取ってある。という訳で，このネタ一つ取っても晴れて帰国の暁には君に披瀝するものが山ほどあるはずだ。夕食の献立表は，その量と品揃えにおいて，絵に画いたような珍奇に外なるまい。

さて，ぼくにとってとびきり愉快なアメリカ人気質（かたぎ）の様相は当該一大行事に纏わる状況によってその就中愉快な形（なり）にて立ち現われた。それ以前から気づいていたし，爾来気づいてもいるが，当該テーマに触れるのが一番手取り早い例証の方法だろう。もちろんぼくは何を為そうと何らかの形で新聞沙汰にされずにはおかない。色取り取りの嘘八百が紙面に登場し，時に真実とて然に捻じ曲げられるものだから，そいつが正真正銘の事実と似ても似つかぬは，クィルプの大御脚がターリオゥニのそれに似ても似つかぬが如し。が当該舞踏会がいよいよ持ち上がるに及び，連中挙って常にないほど，などということがあり得るとすらば冗舌になるに，ぼくがらみで，して去る土曜の晩と日曜にぼくが何を見たり，言ったり，為したりしたか書き立てる上で，ぼくの物腰，話し方，服装等々審らかにして下さる。かくて審らかにする上で，ぼくは（もちろん）めっぽうチャーミングな奴で，身に具わった流儀はめっぽう屈託がなく気さくで，「同上は」と連中の宣うに，「当初は少数の上流社交人を愉快がらせた」ものの，ほどなく彼らも手放しで褒めそやし出した由報じる。また別の，舞踏会の後で出た新聞はその豪華絢爛たる威容をクダクダしく並べ立て，ディケンズの目にした一から十までがらみで己自身並びに読者に祝意を表し，掉尾を飾るにしかつべらしくも，ディケンズはニューヨークで目の当たりにしているほどの社交界とついぞイングランドにては交わったためしのなく，その高邁かつ際立った格調は必ずや終生忘れ得ぬ印象を刻もうとの確信を表明する！　同じ謂れにてぼくは公衆の面前に姿を見せると必ずや，「たいそう蒼ざめて」，「見るからに大きな衝撃を受け」，目の当たりにする万事に当惑しきっている様が描かれる。……君には以上一から十までの根っこにある妙な虚栄心が見て取れよう？　そいつがらみでは帰国の暁に面白おかしがらせて進ぜる逸話がゴマンとある。

（注）本状がニューヨーク出港「超高速の帆船」に間に合わなかった経緯については書簡の続き（2月24日付）参照。同封の「新聞」は恐らくハートフォード正餐会の詳細が7縦欄(コラム)半にわたって報じられている『ニューイングランド・ウィークリー・レヴュー』。同誌に併せて掲載された「ボズ略伝」についてのディケンズの編集主幹宛苦情についてはグリーン宛書簡（2月14日付）参照。「『ボズ』舞踏会に纏わる小冊子」は『ようこそ，チャールズ・ディケンズ』と題される委員会報告。8頁に及ぶ小冊子には舞踏会準備の全容，87人の「総会」会員名，「準備委員会」決議・報告が詳述されている。ディケンズへの招待状等詳細についてはモリス宛書簡（1月28日付）参照。「ボストンの郵便局で」投函した別の新聞は，第一面全てと第二面2縦欄(コラム)半に及び2月1日にパパンティズ・ホールで催された正餐会関連記事の掲載された『ボストン・セミ-ウィークリー・アドヴァタイザー』（2月5日付）。第二段落，全スピーチの原文を含む正餐会の全容は『ボストンにて1842年2月1日，チャールズ・ディケンズのために催された正餐会報告』と題する小冊子の形で出版。著者は『ボストン・モーニング・ポスト』記者トマス・ギルとウィリアム・イングリッシュ。夕刻5時に始まり深夜1時近くまで続いた宴でスピーチを行なったのはジョサイア・クィンシー父子，T. C.グラトン，R. H.デイナ父子，G. S.ヒラード等。「警句」の例としてはデイナ，Jrの音頭「現代文学のコロンブス――自ら数々の新世界を我々に切り拓いてみせた氏よ，新世界へようこそ」が挙げられよう。第三段落「バンクロフトの姉」はイライザ・バンクロフト（1791-1872）。「バンクロフトの妹」はルクリーシャ・バンクロフト（1803生）。1845年にウェルカム・ファーナムと結婚。2月6日ディケンズは彼女のために『骨董屋』第七十一章からの（アメリカ人に直筆を贈る際に通常選んでいた）二件(ふたくだり)――「愛しく，優しく，辛抱強く，気

高きネルは綷切れていた。……」〔拙訳書670頁参照〕と「おおかようの死が……教えを胸に刻むは苛酷なれど」を署名入りで謹呈〔後者は第七十一章ではなく，第七十二章（拙訳書676頁参照）〕。「ニューイングランドで最も愛らしき」町ウスターの描写については『探訪』第五章〔拙訳書69-70頁〕参照。「汽艇」は1842年の時点で唯一コネチカット川上流を航行していた「マサチューセッツ号」。「ズブの……英国風旅籠」はシティ・ホテル。「ニューヘイヴンでの約束」については「友愛会幹事」宛書簡（1月下旬?，2月9日?付）参照。「（合衆国一大きな）大学」はイエール大学――1887年まで呼び習わされていた通り。ニューヘイヴンでの宿はトンタイン・ホテル。第四段落，「牢獄と聾唖施設」については『探訪』第五章参照。「アダムズという人物」は即ちアイザック・ハル・アダムズ（2月10日付書簡参照）。ジョン・クィンシー・アダムズについてはアダムズ宛書簡（3月10日または11日付）参照。クィンシー（Quincey）は正しくは“Quincy”。（F, Ⅲ, ⅲ, 216，フォンブランク宛書簡（3月12日付）双方においても綴り違え。）第七段落，ブロードウェイ，カールトン・ハウス・ホテルの「続きの間」はブロードウェイとレナード・ストリートを見はるかす居間，客間，並びに寝室二部屋より成る。ワシントン・アーヴィングについては『第二巻』原典p. 55脚注，訳書66頁注参照。第八段落，ジョージ・ポープ・モリス（1802-64）はジャーナリスト・詩人。1837年以降ニューヨーク州国民軍准将。1824年以降『ニューヨーク・ミラー』編集長，40年代にはウィリス（1月27日付書簡参照）と共に『ニュー・ミラー』，『イヴニング・ミラー』，46年からは『ホーム・ジャーナル』編集に携わる。6月1日ディケンズはアメリカ版『骨董屋』，『バーナビ』を謹呈。キラびやかに飾り立てられた「劇場」において，天井からはシャンデリアや幔幕の花綵飾りが垂れ，白モスリンの垂れ布で覆われた壁にはディケンズ作品を象る，薔薇飾りや銀星章の鏤められた円形浮彫りがあしらわれ，中央には嘴に月桂冠を銜えた鷲を頂くディケンズの肖像画が据えられた。150×70フィートの「舞踏室」は一階席全体を覆うよう舞台を拡張して仮設された。「当該尋常ならざる……祝祭に纏わる記事」の就中主要なそれは『ニューヨーク・ヘラルド』「舞踏会」特集号――『エクストラ・ボズ・ヘラルド』（2月15日付）。マクリース宛送った「献立表」については2月27日付書簡参照。第九段落マリー・ターリオゥニ（1804-84）はイタリア系スウェーデン人バレエダンサー。1830年以降度々イングランドの舞台を踏んでいた。「ボズ」舞踏会についてはその準備も含め，各紙が詳細な記事を掲載したが，ディケンズがニューヨークに到着する以前から過剰歓迎・報道には自粛が促されていた。彼の一挙手一投足を論う新聞としてディケンズが念頭に置いていたのは恐らく彼の言動に纏わるそれ以前の記事における放縦の捩りを掲載した『ニューヨーク・オーロラ』（2月14日付）。ディケンズ自身は舞踏会を――して第二のそれをも（シンプソン宛書簡（2月16日付）参照）――批判的或いは否定的に受け留めていなかったものの，識者の中には，例えばW.ワトソンのようにR. H.デイナ宛書簡（2月16日付）において，その見世物的な仰々しさを「思わず赤面せざるを得ぬほど甚だしき礼儀作法への違法」と慨歎する者もあった。「ディケンズ殿が祖国にては未だかつて目にしたためしのなく，今後も目にすまいほどその数あまたに上るボストンとニューヨークにおける特権階級」を巡る記事は『ニューヨーク・オーロラ』(2月17日付) 等に掲載。『エクストラ・ボズ・ヘラルド』(2月15日付) は「ボズは見るからに蒼ざめ，大きな衝撃を受け――魅惑的な妻君は正しく茫然としていた」と報ずる。

フィッツ-グリーン・ハレック宛　1842年2月17日付

カールトン・ハウス。1842年2月17日

拝復

22日火曜10時半，当方へお越しの上，朝食を御一緒願えましょうか？　何卒イエスとお答えを。本来ならば是非とも今晩 (独りきりということもあり) 歓談させて頂きたかったものを，医者の申すには万が一今夕，男であれ女であれ子供であれ相手に口を利こうものなら，明日は定めし黙す運命たらんとのことです。

敬具

チャールズ・ディケンズ

フィッツグリーン・ハレック殿

(注)　フィッツ-グリーン・ハレック (1790-1867) は詩人。コネチカットで生まれ，生涯の長きにわたりジョン・ジェイコブ・アスター〔資本家・皮革商 (1763-1848)〕の下で働く。1837年に作家倶楽部初代副会長・アスター図書館受託者。「ボズ舞踏会」参加，ニューヨーク正餐会委員会メンバー，アスター・ハウスでのノベルティーズ倶楽部正餐会 (2月24日) に出席。ディケンズとは後に二度目の訪米に際し再会を楽しみにしていたが (ディケンズのJ. G. ウィルソン将軍宛書簡 (68年1月11日付) 参照)，彼がボストンに上陸した当日 (67年11月19日) 逝去。「朝食」にはブライアントとフェルトンも招かれる (ブライアント宛書簡 (2月14日付) 注参照)。

『ニューヨーク・ヘラルド』編集長宛　1842年2月19日付

【『ニューヨーク・ヘラルド』(42年2月20日付) に要約あり。】

前晩のニューヨーク正餐会でのスピーチの草稿記事を返却すると共に，「その正確無比に最大級の賛辞」を送って。

（注） 編集長はJ. G.ベネット（フォースター宛書簡（2月24日付）注参照）。『ニューヨーク・ヘラルド』によると，逐語的報道にはディケンズにより「ほんの些細な字句上の修正が二，三」加えられるにすぎなかった。

J. P. ゲイブラー，J. M. デイヴィス，T. B. フローレンス，J. G. ブレスリー宛［1842年］2月20日付

【原文は『フィラデルフィア・パブリック・レジャー』（42年2月23日付）より】

カールトン・ハウス，2月20日

拝復

芳牘をありがたく拝受致しました。貴兄方の成り代わっておいでのくだんの社会層の重要性に関し表明しておいでの所見に小生ほど心より賛同致している者もなかりましょうし，誓って，貴兄方にかくも御高評賜るとは蓋し，光栄に存じます。

小生既にフィラデルフィアにおける公式歓迎会への様々な招待をお断りして参りましたが，晴れて御地へ到着した暁には是非とも諸兄と握手を交わさせて頂きたく。何卒くだんの機を賜りますよう。

敬具

チャールズ・ディケンズ

ジョン・P. ゲイブラー，ジェイムズ・M. デイヴィス，
トマス・B. フローレンス，ジョン・G. ブレスリー殿

（注） J. P.ゲイブラーはフィラデルフィア北13番街9番地の印刷業者，J. M.デイヴィスはチェスナット・ストリート201番地の製本師，トマス・バーチ・フローレンス（1812-75）はジャーナリスト・政治家・帽子製造会社社長（1833-41）――ディケンズはパトナム宛書簡（51年7月24日付）において「黒々とした頬髭を蓄えた小柄な帽子屋」と形容する。J. G.ブレスリー（Bresley）は恐らくプロスペラス・アリー11番地ジョン・ブレスロー（Breslaw）の綴り違（たが）え。『フィラデルフィア・ガゼット』（3月9日付）によると，「芳牘」には同市の「自称大立て者」がボズを占有しようとする不遜への異議等が綴られていた。「くだんの社会層」とは即ちジャーナリストや印刷業者のそれ。第二段落「公式歓迎会」招待への断りについてはディケンズの2月15日？付書簡（複数）参照。本状の結びの言葉を笠に着て――また第一通目の「誤解」を訴える第二の書状（フローレ

ンス宛書簡（2月24日付））にもかかわらず――ディケンズが10時半から11時半まで謁見会を催す旨の――明らかにフローレンス並びに友人達によって挿入された――告示が3月8日（火曜）朝，『フィラデルフィア・パブリック・レジャー』に掲載される。かくてディケンズは意に反し，ユナイテッド・ステイツ・ホテルの客間でフローレンスが500名に上る人々を紹介する片や，（パトナムによれば延々二時間に及び）握手に応ずることになる。『マーティン・チャズルウィット』第二十二章においてマーティンがケジック大尉に謁見会を強いられる一齣は明らかにこの体験に基づく〔拙訳書上巻437-41頁参照〕。

サムエル・ウォード宛　1842年2月21日付*

サムエル・ウォード殿

カールトン・ハウス。1842年2月21日

神よ赦し賜え！　小生既に日曜には先約がありました。或いは辛うじて小生とて――神に捧げられし贅たる――とある朝（あした）くらい自由に過ごせるものと思っていました。何卒憐れと思し召し，御容赦賜りますよう，惨めな，が悔悛の情に駆られたる

ボズを。

いずれ当地へ戻った折には朝食にお招き頂きますよう――是非とも。

（注）「日曜」はディケンズが21日ウォードの事務所を訪れた際，朝食を共にする約束をしていた27日（日曜）。6月半ばニューヨークに束の間戻った際も，彼はウォードを訪わなかった。

M. F. フィッティア宛［1842年］2月21日付

【ジョン・アンダーソンJr.目録152番，並びにジョージ・D.スミス目録（日付無し）［1907年?］に言及あり。草稿は1頁。日付は「カールトン・ハウス，2月21日」。】

書状に礼を述べて。敬具，チャールズ・ディケンズ

（注）　マシュー・フランクリン・フィッティア（1812-83）は詩人ジョン・グリーンリーフ・フィッティアの弟。兄同様クエーカー教徒・奴隷制反対論者。目録によると，「敬

具」と署名のみディケンズの筆跡。

ジョナサン・チャプマン宛　1842年2月22日付

ニューヨーク，カールトン・ハウス。1842年2月22日

親愛なる馴染みよ

誓って。――我々の盟約は成就しました。大海原が互いの間で如何ほど高々と逆巻こうと我々はなお高々と昇ろうでは。して晴れてイングランドへお越しの暁には，長の歳月の別離を償おうほど共に歩き語らんかな。

小生ここにて送っている生活に死ぬほど倦んで――心身共に疲れ切って――ほとほと悩ましくもうんざり来ています。公的手合いの，今後の招待は早悉く断り，以降は固めたホゾをいささかたり緩めぬ構えであります。小生どうやら老人とロバに纏わる寓話の叡智を見事に地で行っているようでは。求められている場所へ事実足を運べば，半分の人間が気を悪くし，足を運ばねば，残りの半分が気を悪くします。という訳で今後は，己自身の願望にのみ諮り，北半球の他の何人(なんぴと)のそれをも斟酌すまいかと。

小生，生まれてこの方「国際版権」なる問題に関し，ここ（つまりアメリカ）にて受けた処遇によるほど大きな衝撃に見舞われ，嫌悪を催した，と言おうか胸づはらしく心を傷めたためしはありません。いざ小生が――目下の法律によってかほどに不利益を蒙っている者もなかりましょうが――すこぶる上機嫌にして独り善がりならず（と申すのも神のみぞ知る，旧弊がこの目の黒い内に変わるとはほとんど期待していないからには）いずれ世の「作家」が公平に扱われる日の来らんことをと口にするや否や，そら，貴国の数知れぬ新聞が小生に襲いかかるに，噯気に出すだにこの血が胆汁に変わろうかという思惑を小生に帰し，如何なる殺人犯をとて弾劾すまいほど口さがない罵詈(ばり)讒謗(ざんぼう)を浴びすとは。天地神明に誓って，当該卑劣にして偏狭な処遇の下(もと)感じて参った侮蔑と忿怒のせいで小生，生まれてこの方味わったためしのないほどの苦悶に苛まれることとなりました。とは申せ禍を転じて福となすに，かくて当該主題に関しては鉄の如く非情に徹したが最後，一音節口にし得る，或いはペンを握り得る

限り，口上にせよ書面にせよ，貴国にても祖国にても，鉄の如く非情に徹し続けましょう。

小生，御覧の通り，貴兄には胸襟をそっくり開いています！　貴兄には全幅の信頼を寄せて綴っているだけに，本件に関し感じて参った全てを包み隠さず打ち明けています——同上については一言も，妻にとて口にしていないものの。是ぞ貴兄自ら御身に招かれた事態の先触れではありますが。

小生，3月6日か7日頃ワシントンに到着予定にて。彼の地に滞在中お便りを差し上げます。就いてはさらに南部へと向かう前に是非とも貴兄の筆跡にお目にかかりたく。何と叶うことなら貴兄がボストン市長ならず，彼の地にて我々と合流の上，5月末まで共に旅をして頂きたいものか！

敬具，して衷心より友情を込め
チャールズ・ディケンズ

ジョナサン・チャプマン殿

（注）　チャプマンはディケンズからの書簡（12日付）への返信とし，14日（「ボズ舞踏会」の晩）「親愛なる馴染みよ」と呼ぶ誘惑の已み難く，「直ちに心より（ディケンズの提案していた）『盟約』を結ばせて頂きたく」と綴っていた。本状の書出しはくだんの呼称を受けて。「晴れてイングランドへお越しの暁には」の期待にもかかわらず，チャプマンがイングランドを訪うことはなかった。〔第二段落「老人とロバ」は一般にはイソップ寓話とされているが，元来はポッジョ『笑話集』に収録されていた小品。父子が飼っていたロバを売りに行く道すがら周囲の人々から受ける忠言や批判に翻弄された挙句ロバを溺れ死にさせてしまう諷刺掌篇。〕第三段落新聞紙上における「口さがない罵詈讒謗」についてはフォースター宛書簡（2月14日付）注参照。第四段落「全幅の信頼」とある通り，他の如何なるアメリカの友人にもディケンズはかほどに忌憚ないアメリカ評を綴ったためしはなかったが，本状に対するチャプマンの返信には返事を出さず（チャプマン宛書簡（6月2日付）参照），両者の文通は42年末以降跡絶える。第五段落ワシントン到着は，キャサリンの体調不良のため（パトナム宛書簡（3月1日，2日付）参照）3月9日に延期。ディケンズとチャプマンの再会は，後者がディケンズ夫妻の「ジョージ・ワシントン号」での出港を見送る一行に加わった際。

チャールズ・ウィルソン・ピール宛［1842年］2月22日付

【ドッド，ミード商会目録90番に抜粋あり。草稿は1頁。日付は「カールトン・ハウ

ス，2月22日」。】

貴兄の店を訪う御招待ありがたく拝受致しました。誠に遺憾ながら，されど，言い添えさせて頂くに，短いニューヨーク市滞在の向後片時たり自由な暇(いとま)はなく，よってせっかくのお言葉に甘えさせて頂くこと能いません。

（注） チャールズ・ウィルソン・ピールは恐らくニューヨーク，ブロードウェイ468 ½番地「骨董屋」経営者。目録によると署名はディケンズ。原文はパトナムの筆跡に違いない。

メアリ・グリフィス夫人宛［1842年］2月23日付*

カールトン・ハウス2月23日

親愛なるマダム

たいそう興味深く忝き芳牘並びに同封の高著を御恵投賜り篤く御礼申し上げます。

叶うことなら拝眉仕るものを，胸中願う何一つ致す暇(いとま)がなく，その点についても御礼申し上げることしか叶いません。

して末筆ながら娘御への紹介状まで賜り忝い限りではありますが，フィルダには3日間しか滞在致す予定になく，御高配に与る機がなかろうかと。

もしやかようの機に恵まれれば，是非とも御高誼に与らせて頂きたく。

匆々

チャールズ・ディケンズ

メアリ・グリフィス夫人

（注） メアリ・グリフィスはニューヨークの雑文家。著書に『我らが界隈』（ニューヨーク，1831），『キャンパーダウン』（フィラデルフィア，1836），『二名の不履行者』（ニューヨーク，1842）。「高著」は恐らく夫人の自著。ただしディケンズ死亡時ギャズ・ヒル蔵書には一冊もなし。第三段落「娘御」については不詳。本状は「匆々」と署名を除きパトナムの筆跡。

ヘンリー・ウォズワース・ロングフェロー宛　1842年2月23日付*

カールトン・ハウス。1842年2月23日

親愛なるロングフェロー

貴兄はほら，イングランドへお越しとのこと。――さてこれから申し上げることにお耳を拝借。神の思し召しあらば，ロンドンにお戻りになる際，小生もそこへ戻っていましょう。大陸から一筆認め，いつお持ち致せば好いかお報せ下さい。我々はひっそり――何一つ不自由なく――暮らしています。彼らが貴兄とお近づきになりたがろうに劣らず，定めて貴兄も近づきになりたいとお思いになろう人々に囲まれて。拙宅以外には宿を取らず――ドイツへの道すがら街では何一つ御覧にならず――小生をこそ貴兄のロンドン宿主(ホスト)兼観光案内人(チチャロウニ)にして下さいますよう。ということで手締めと？

敬具

チャールズ・ディケンズ

ロングフェロー教授

（注）ロングフェローのデヴォンシャー・テラス1番地滞在については42年10月付書簡参照。本状はフェルトンの手づからニューヨークにおける（ヒラード曰くの）「浮かれ騒ぎ」のほとぼりの冷めやらぬ内ロングフェローに届けられ，ロングフェローはウォード宛書簡（2月27日付）に返事を同封――仮にディケンズが未だニューヨークを発っていないなら手渡すよう――もしや発った後なら――「代理人等々たる」コールデンに渡すよう依頼した上。ただしウォードは二度とディケンズに会うことはなかった（2月21日付書簡注参照）。

不詳の書店主宛［1842年2月23日付］

【フォースター宛書簡（42年2月24日付）に言及あり。】

金銭的援助を断って。

（注）本状に関しては，さらに次書簡参照。

ジョン・S. バートレット宛　1842年2月24日付

私信・親展

カールトン・ハウス。1842年2月24日

拝復

我らが馴染みクラークが芳牘を見せてくれました。然に蓋し鷹揚かつ雄々しく，然にまっとうな精神にて綴られているものですから，折返し，敢えて本状を認めずにはいられませんでした。

小生よもや国際版権法における何らかの改正が，とうに小生自身「正義」にせよ「不正」にせよその感覚を失い，我が子らがこの世を自力で懸命に渡っていよう時分まで出来（しゅったい）するとは思っていません。「版権法」が改正されるまで何一つ，「普遍的な廉直」と「誠意」を通しては為され得ないでしょう。ということはくだんの主題に言及したからというので小生に貴国にて加えられて来た浅ましき攻撃に顕著な「寛大」，「徳義」，「真実」の欠如からして歴然としています。

貴兄の率直な書状を小生，にもかかわらず，ありがたく拝読すると共に，かようの文言を紙面に綴らす感情に心より敬服致します。

小生とある短信を受け取ったばかりにして，くだんの書状と来ては現行の体制の就中声高な称揚者に対する絶妙の諷刺たる故，如何せん貴兄宛お送り致さざるを得ません――気が向き次第随意に活字にして頂くこととし。同上を受け取った経緯を審らかにすれば――とある男が一昨日ここへ参り，自分は呼売り書籍商にして拙著を呼売りすることにて糊口を凌いで来たとの根拠の下，小生の秘書を務めている殿方から金銭的援助を申し立てました――然り，請い願うのではなく――申し立てました。殿方の物腰は極めて不快かつ高圧的であり，小生実の所殿方の要求の妥当性をしかとは解しかねたため，前述の殿方に以下の如き趣意の返信を先方宛認めるよう申しました。即ち，小生来る日も来る日もその数あまたに上る同様の申請を受けていると（とは申すまでもなく，嘘偽りなく）――たとい小生，巨万の富を有す資産家だったとて，融資を訴えてお見えの方々皆に手を差し延べること能わず――よって誠に遺憾ながら御当人に

も同上を差し延べられそうにないと。当該書簡を受け取るや，この方は同封の返信を送って来られました。明日中にはくだんの書状を郵便にてお返し頂けましょうか，イングランドへ持ち帰りたいもので？　手放すには余りに好く出来た代物では。

敬具

チャールズ・ディケンズ

ジョン・S.バートレット殿

（注） ジョン・シェラン・バートレットは『アルビオン，オア・ブリティッシュ・コロニアル・アンド・フォリン・ウィークリー・ガゼット』編集長（『第二巻』原典p. 421脚注，訳書522頁注参照）。ディケンズ夫妻は前夜ルイス・ゲイロード・クラークと会食していた——クラーク宛書簡（43年3月2日付）にて回想されている如く。『ハーパーズ・ニュー・マンスリー』（62年8月号）掲載クラーク執筆記事によると，他の会食者はアーヴィング，ブライアント，ハレック，ヘンリー・ブラボート，肖像画家ヘンリー・インマン，ニューヨーク主教ジョナサン・メイヒュー・ウェインライト，フェルトン等。会話は主として様々な刑事事件を巡って展開したという。第三段落バートレットは恐らくクラーク宛に一筆ディケンズにかつての『素描集』剽窃を詫びると共に，国際版権に関し彼の取っている立場への共感を伝えるよう認めていたと思われる。『アルビオン』はディケンズの滞米中終始彼に鷹揚な配慮を示していた。「呼売り書籍商」の手紙を結局バートレットは公表しなかった。手紙の概要についてはフォースター宛書簡（2月24日付）参照。パトナムによると，男はアイルランド生まれの行商人で，ディケンズに書店を構えるための融資を求めていたという。

ウィリアム・C. バートン宛［1842年］2月24日付*

カールトン・ハウス2月24日

拝復

芳牘をたいそうありがたく拝読致し篤く御礼申し上げます。

貴兄の御質問にいささか驚いているのは，物語の趣旨と意図は全てくだんの結末へと——他の如何なるそれへとでもなく——向かっていたからであります。ネルの死についてはリー・アンド・ブランチャード版拙著352頁の最終段落に見出されようそれ以上に然るべき謂れはお示し致せまいかと。

敬具

チャールズ・ディケンズ

Wm. C.バートン殿

(注) ウィリアム・ポール・クリラン・バートン(1786-1856)は植物学者・海軍医。著書に『北アメリカ植物誌』(1821-3)等。本状は「敬具」と署名を除きパトナムの筆跡。「最終段落」は『骨董屋』第七十二章「おお！　かようの死の授く教えを胸に刻むは苛酷なれど」で始まる段落〔拙訳書676頁参照〕。バートンはネルの死の必然に疑問を呈していたとして知られる少数のアメリカ人の一人。

デイヴィッド・C. コールデン夫人宛　1842年2月24日付

カールトン・ハウス。1842年2月24日

親愛なるコールデン夫人

ケイトの話では小生が先日散髪した際，貴女は某か御所望になった由。小生固より貴女の記憶に，して敬愛して已まぬ夫君並びに御家族の記憶に，留められんと切に願えばこそ，憚りながらほんの僅かの頭髪を同封の小さなブローチに収めさせて頂いた次第にて。同上を御多幸への言葉に尽くせぬ祈念，文字には託し得ぬ衷心よりの趣意と共に御笑納賜れば幸いです。

(注) コールデン夫人は旧姓フランシス・ウィルクス(1796？生)，ニューヨークの銀行家チャールズ・ウィルクスの娘。ジョン・ウィルクス〔英国の著名な政治家・政治評論家(1727-97)〕は大伯父に当たる。1819年にコールデンと結婚(モリス宛書簡(1月28日付)注参照)。ディケンズ歓迎のニューヨーク正餐会におけるスピーチを聴くためキャサリンと共に列席した御婦人グループの一人。宛名の前に「小さな包み在中」の上書き。その下に「(ディケンズ殿の頭髪の収められたブローチ)」と不詳の筆跡で記されている。ディケンズを散髪したのはニューヨークの名立たる理髪師，メイドン・レーンのマーテル。『ベイ・ステイト・デモクラット』(2月25日付)によると，彼はディケンズの髪を求める御婦人方に取り囲まれ，「U. S.銀行株1,000株と引き替えに売却できていたろうに，数知れぬ女性顧客に無料で進呈した」という。本状には鉛筆で「署名は引きちぎられて欠損」の裏書き。

トマス・B. フローレンス宛［1842年］2月24日付

【原文はアメリカン・アート・アソシエーション目録(1924年11月)より。草稿は2

頁。】

カールトン・ハウス。2月24日

何卒再度小生の先の書状をお読み頂きますよう，どうやら誤解しておいでの御様子故。小生如何なる手合いの如何なる公式歓迎会も晩餐会も畏みてお断り致したく存じていましたし，依然存じています。よって衷心より当該願い出を繰り返させて頂く次第にて。

敬具

チャールズ・ディケンズ

（注）「先の書状」は即ち2月20日付ゲブラー，フローレンス他宛書簡。本状はグッドスピーズ・ブック・ショップ目録396番によると，署名のみディケンズの筆跡。

W. B. スプレイグ師宛［1842年］2月24日付

【アンダーソン・ギャラリーズ目録2029番（1926）に言及あり。草稿は2頁。日付は「カールトン・ハウス，2月24日」。】

オールバニには6月以前に到着予定の由伝えて。

（注） ウィリアム・ビューアル・スプレイグ（1795-1876）は会衆派司祭・多作の著述家・熱心な直筆蒐集家。アメリカ最多にして最も重要な蒐集と言われる署名は約40,000点に上る。本状においてディケンズは同時にとある招待も断っていたと思われる（フォースター宛書簡（2月24日付）参照）。

ジョン・フォースター宛［1842年］2月24日付

【F, III, iii, 218-23に抜粋あり（2月17日に書き始められた書簡の続き）。】

2月24日

言うまでもなく……この手紙は例の帆走定期船（セイリング・パケット）では海を渡らなかったもので，キュナード船でお越しになるはずだ。舞踏会の後でぼくはめっぽうひどい喉頭炎に祟られ，お蔭で丸四日というものホテルから一歩も外へ出られなかった。

筆を執るどころか，実の所うつらうつら微睡んではレモネードを飲む外何一つお手上げとあって，船に間に合わなかった。……今もってひどい風邪が抜けず，ケイトもそうだが，それ以外は二人共すこぶる快調だ。ではこれから第三の点——国際版権問題——に移るとしよう。

ぼくの信じて疑わぬことに，この地の表にこの国ほど，こと大きな意見の食い違いのある如何なる主題に関せよ意見を自由に述べられない国はない。——そら！——などという文言をぼくは不承不承，落胆と悲嘆に暮れて綴っているが，心の奥底からそう信じ切っていることに変わりはない。君も知っての通り，ボストンで国際版権について思う所を述べ，ハートフォードでまたもや俎上に上せた。馴染み達はよくもそんな不届き千万な暴言が吐けたものだと呆気に取られた。アメリカでこのぼくが，孤立無援の男が，敢えてアメリカ人相手に彼らが同国人に対しても我々に対してもまっとうならざる点が一つあると臆面もなく言ってのけるだに如何ほど太っ腹な男とて蓋し，唖然とした！　ワシントン・アーヴィング，プレスコット，ホフマン，ブライアント，ハレック，デイナ，ワシントン・オールスタン——この国で文筆に勤しむ者は誰しも——この問題に懸命に取り組んでいる，というに誰一人として敢えて声を大にし，掟の不条理に異を唱えようとする者はない。生きとし生ける者の内ぼくほどお蔭で不利益を蒙っている人間はいないなどということは物の数でない。ぼくには当然の如く口を利き，自説に耳を傾けてもらう権利があるなどということは物の数でない。ただ驚嘆すべきは，ともかく大胆不敵にもアメリカ人に向かって彼らは不正を働いて来たやもしれぬと仄めかせる人間がこの世に存するということに外ならない。せめて君がいざぼくがスコットについて語り始めるや，ハートフォードのテーブルの両側にズラリと並んだ顔また顔に浮かんだ表情をその目で拝まして頂いていたならな。せめて君がぼくがどんなに思いの丈を歯に衣着せずぶちまけたかその耳で聞かせて頂いていたならな。ぼくは不埒千万な不当を惟みるだにこの血がそれは煮え滾ったものだから，連中には願い下げの苦言を一気呵成にまくし立てた際にはまるで身の丈丈余(たけじょうよ)の大男になりでもしたかのような気がしたさ。

ぼくが今のその第二の演説をぶち果すが早いか，英国人には到底思いも寄らないほど猛烈な抗議の声が（この街で二度と同じような真似をさせてはならじと）上がり始めた。匿名の手紙，口頭での諫止，コゥルト（ここにては大いなる関心の的たる殺人犯）をすらぼくとの比較においては天使に仕立て上げよう新聞紙上での攻撃，ぼくはおよそ紳士どころではなく，ほんの金に目の眩んだならず者にすぎぬとの申し立てがどっと――訪米の意図と目的に纏わる不埒極まりなき事実の歪曲と一緒くたになって――この身に毎日のように押し寄せて来た。当地の正餐会実行委員会は（アメリカで第一等の紳士より成る，ということは忘れないでくれ）それは度を失ったものだからどうかくだんのネタを，一人残らずぼくに与しているというに蒸し返さないで欲しと持ちかけて来た。ぼくはいや，その気だと答えた。待ったは無用と。……恥辱は彼らの側であってぼくの側にはない。帰国の折には手心加えぬ気でいるからには，当地にても封じ込められる訳には行かぬと。よって，くだんの晩がやって来ると，ぼくは表情，物腰，文言において御逸品に威厳を具わすべく狩り出せる限りの手立てを尽くして己が権利を申し立てた。もしや君にぼくの姿を目にし，訴えを耳にできていたなら，さぞやこれまで惚れ込んだたためしのないほどぼくに心底惚れ込んでくれていたろうな。

『ニューヨーク・ヘラルド』を君はこの手紙と一緒に受け取るだろうが，言わばアメリカの『サティリスト』だと思ってくれ。とは言え（その通商情報と速報故に）厖大な販売部数を誇っているだけによりすぐりの報道記者を抱える余裕がある。……ぼくのスピーチは，概して，驚くほど正確に報道されている。なるほど誤植は数え切れず，一言二言欠けていたり，とある言葉が別の言葉にすげ替えられていたりで，語気に欠けることもしょっちゅうだ。かくてぼくは自分の権利を「要求する」ではなく「断固申し立てる」と言い，自分には公然と私見を表明する「某かの権利」があるではなく「極めて正当な権利」があると言った。が総じて記事は実に正確だ。

この版権騒動丸ごとは少なくとも挙句，一件の賛否両サイドで大きな物議を醸し，良識ある新聞，書評は他方がぼく相手に棍棒を揮うに劣らず果敢にぼくのためにそいつを揮っている。ならず者共の中にはぼくの本を新聞紙上に載せることにて著者を有名にしてやったからというので手柄顔を下げる連中もいる

(堪忍袋の緒を締めよ！）まるでこの世にはイングランドも，スコットランドも，ドイツも，アメリカ以外はどこも存在しないかのように。この手の戯言(たわこと)への恰好の諷刺が持ち上がったばかりだ。とある男が昨日ここへやって来るなり，金銭的援助を申し立て，然り願い出るのではなく申し立て，Q氏を脅して正しく金を巻き上げようとした。ぼくはホテルに戻ると，次の趣旨の手紙を口述した——かようの申し込みは日々夥しく舞い込むと，たとい大資産家であろうと，助けを求める者皆に救いの手を差し延べる訳には行かないと，与えられる限りの援助が己自身の努力一つにかかっている身としては，残念ながら融通をつける余裕はないと。さらば，くだんの御仁は腰を下ろすやかく一筆認める——自分は本の呼売り商人で，ニューヨークでぼくの本を売った最初の男だと，がぼくが贅に耽っているその同じ街で困窮に喘いでいると，『ニクルビー』を書いた男が全く温情を持ち併さぬとは妙な話もあったものではないか，くれぐれも「後悔せぬよう気をつけるがいい」と。君はこいつをどう思う——とマックならカマをかけるだろうな。ぼくは是ぞすこぶるつきの注釈と思ったものだから，当地では唯一英国系新聞の編集主幹宛手紙を送り付け，気が向けば活字にして構わぬ旨伝えた。

さてこのぼくがどういう気でいるかと言えば，君，君ならぼくと同じ見極めをつけようと必ずや仮定しての話，その手の文書を手配してもらえないだろうか。つまり，国際版権請願書に署名した目ぼしい祖国の作家にぼく宛短信を綴ってもらって欲しい——ぼくは名分のために本務を全うしているとの総意を表明した。ぼくはそれだけのことをしてもらって当然だが，だからと言って一筆認めて欲しいというのではない。ただ，手紙がここの第一級の新聞雑誌に掲載されれば効果覿面に違いなかろうからというので。いざ籠手が投げられたからには，挑み続けるまでだ。クレイは早ワシントンからわざわざ遣いの殿方を寄越し（彼(か)の地へは来月6日か7日に到着予定だが），一件には大いに関心があり，一件がらみでぼくの踏んだ「雄々しき」手続きに心から賛同すると，叶うことなら自分も何か事を起こしたいと言って来た。ぼくはメラメラと，それは大きな炎を燃え上がらせているものだから，この街で先達ての晩，反対陣営の主立った人々による（ぼく個人には，誓って，実に恭しく穏当に取り仕切られた）

集会が催されたほどだ。という訳で鉄が然に熱い今や，渾身の力を振り絞って打たない手はないだろう。

やっと，していよいよ，ここでの生活と，先行きの心づもりだが。ぼくはしたいことは何一つできない，行きたい所へはどこへも行けない，見たいものは何一つ見られない。通りへ出ればゾロゾロ，人集りがついて来る。蟄居を極め込めば，ホテルはお祭りよろしく訪問客でごった返す。たった一人きりの馴染みと公の施設を訪えば，所長共があたふたやって来て，中庭でぼくを待ち伏せし，長たらしいスピーチをぶつ。夕方パーティへ出かければ，グルリをそれはひしと取り囲まれるものだから，どこに突っ立とうと息苦しくてくたびれ果てる。外でディナーを認めれば，誰も彼もとあれやこれやがらみで花を咲かさねばならない。せめてもの静けさを求めて教会へ行けば，ぼくの腰を下ろす家族専用席の界隈にはどっと会衆が押し寄せ，牧師はぼく宛説教を垂れる。鉄道の客車の席に着けば，車掌にしてからがいっかなぼくをそっとしておこうとしない。駅で降り，水を飲もうと思えば必ずや，100人からの野次馬がぼくのゴクリとやるべく口を開ける側(そば)から喉の奥まで覗き込む。これら一から十までが一体どんなものか考えてもみてくれ！　かと思えば郵便毎に一通残らず戯言(たわこと)だらけの，というに一通残らず即答をお望みの手紙また手紙が舞い込む。この男は奴の屋敷に寝泊まりせぬからというので気を悪くする。あの男はぼくが一晩にせいぜい四度(よたび)しか外出しようとしないからというのでほとほと愛想を尽かす。ぼくには片時の休息も平穏もなく，四六時中クサクサ気を揉んでばかりだ。

当該熱っぽい――御当地の気候がわけても打ってつけたる――状況の下，ぼくはとうとう合衆国滞在中は如何なる手合いの公的な持て成しにも晩餐会にもこれきり出席しないホゾを（ぼくのホゾがともかく一件と関わりのある限り）固め，かくて決した意に則りフィラデルフィア，ボルティモア，ワシントン，ヴァージニア，オールバニ，プロヴィデンスからの招待を突っぱねている。果たしてぼくの我(が)が通るか否か，は神のみぞ知る。が結果はほどなく歴としよう，というのも28日月曜の朝，ぼく達はフィラデルフィアへと出立するからだ。そこには，三日間しか滞在しない。それからボルティモアへ行き，そこにも三日間しか滞在しない。それからワシントン。そこには多分，十日ほど滞在するかもしれないが，ひょっとするとそんなに長くはないかもな。それからヴァージニア。そこには一日しかいないかもしれず，それからチャールストンへ。そこで一週間ほど過ごすやもしれず，そこに多分，君の3月付の手紙がデイヴィッド・コールデン伝(づて)届くまで居座ることになるだろう。ぼくは当初チャールストンからサウス・キャロライナの首都コロンビアまで行き，そこにて馬車と，手荷物係兼，同上の見張りの黒ん坊少年と，ぼく個人が手綱を取る乗用馬を借り受け——当該隊商(キャラバン)ごと「ただちに(ライト・アウェイ)」，とはここの連中の言い種ではないが，西部へ——ケンタッキーとテネシーの荒野を突っ切り，アレゲーニー山脈を越えて——向かい，かくて湖水地方に至るや，晴れてカナダへ乗り込むつもりだった。がその筋の連中に言われた，今のそのルートは旅商人(たびあきうど)にしか知られていない進路で，道は悪く，辺り一帯は凄まじく荒れ果て，旅籠と言ってもほんの丸太小屋にすぎず，旅はケイトには命取りにもなりかねないそいつだと。ぼくはさすがに弱腰になったが，思い止まってはいない。もしや滞在中に可能なようなら断固決行する気でいる——何かそんな羽目でも外さない限り，何一つ思い通りにはできないだろうし，土産話のネタになりそうな何一つこの目では見られっこあるまいから。

ぼく達は——汽船ではなく——定期船(パケット)で帰国するつもりだ。その名も「ジョージ・ワシントン号」という。6月7日，ここからリヴァプールへ向けて出航する。一年のその時節ともなると，めったなことでは航海にせいぜい三週間しかかからない。だしぼくとしては，もしや神の思し召しあらば，二度と汽船で大海原にこの身を委ねるのは真っ平だ。ぼくが例の「ブリタニア号」の上で目の当たりにした一から十までをバラせば，さぞかし腰を抜かしそうなほどびっくりするだろうな。一方，汽船の旅に伴う最たる危険を二点ほど思い浮かべてみてくれ。まず第一に，もしや煙筒が船外へ吹き飛ばされたら，船は立ち所に，舳先から艫まで火の手に巻かれるに違いない。そんな顚末を呑み込むにはほんのそいつは高さ40フィート以上もあり，夜には天辺から2，3フィート上まで真っ赤な炎が燃え上がっているのが見えると分かってもらいさえすればいい。この煙筒が強風によって吹き倒される様を想像し，さらば甲板が如何なる火の海と化そうことか思い描いてみてくれ。して強風なるものまず煙筒を吹き倒すこと請け合いということは，何はさておきそいつが脳裏を過るや嵐の中で煙筒を支えるべく講ぜられる予防措置からして一目瞭然。第二に，これら汽船はロンドン－ハリファックス間で700トンから石炭を焚く。して総積載量僅か1,200トンの船におけるこの重量の厖大な差からして，船は出港時には重すぎるか，入港時には軽すぎるのは火を見るより明らかだ。船が石炭を焚くにつれて日々横揺れの具合が変わって来るとは不気味ではないか。かてて加えて，夜となく昼となく船は炎と乗客で溢れ返っている，というに救命艇一艘積んでいない，してくだんの巨大な絡繰の奴，怒濤に揉まれて四苦八苦踠けば今にもバラバラに砕け散ってしまいそうだ——かくてこいつはてんでイタダけないとのやたらめえっ－ぽうクソ忌々しいほどぶっちぎりの手合いの朧げな感懐に見舞われる——お蔭で智恵がしこたまめわりそうにだけはないとの，っくべつ目から鼻に抜けるようでもてんでぶっちぎりどころでもこれきりしゃべくりっぽい（即ち四方山話に花を咲かす）気分にはなれないとの——いくら生まれついての荒くれだろうと，ハンパない，とっこ－とんぶちのめされ，ガタガタ揺すぶられればいっそエンジンの奴を呪（のろ）いたい気になろうとの！——以上どいつもこいつも，蛇足ながら，第一級の混じりっ気のない米国語法（アメリカニズム）ではある。

ボルティモアに着けば，奴隷区域に入ることになる。奴隷制はそこにては最も衝撃的ならず，最も穏やかな形（なり）にて存在するが，存在することに変わりはない。彼らはここにてはヒソヒソ囁く（連中，ほら，ほんのヒソヒソとしか囁こうとせぬし，それも息を潜めて），彼（か）の地では，して南部の至る所，正しくくだんの文言が記されてでもいるかのような懶い叢雲がずっしり垂れ籠めていると。近い将来，ぼくは奴隷制の存在する如何なる土地においても公的な表敬には応じなかったと報告できよう——とはまんざらでもなく。

アメリカの御婦人は文句なく，確かに美しい。顔色は英国婦人のそれには及ばないし，美貌は然まで長持ちせず，姿形も見劣りがする。がとびきり美しいのは確かだ。ぼくは依然として国民性についての私見は差し控えている——単に声を潜めて，ここへやって来る急進派のことが気が気でないと，仮に主義として，理性と内省に照らして，正義感故に急進派でない限りはとつぶやくきりで。もしやそれ以外の代物ならば，定めて保守派に宗旨替えして帰国することになろうから。……くだんの主題に関しては向後二か月間口をつぐむつもりだ，ただ未だかつて自由に下されたためしのないほど重き鉄鎚がこの国によりてその全世界に対す鑑の蹉跌において，下されようというきり。目下国会で繰り広げられている光景は全て合衆国解体を思わすだけに，それは深い嫌悪に駆られざるを得ないものだから，正しくワシントンという（つまり，人ではなく場所）の名すら疎ましく，そいつに近づくと惟みるだに虫唾が走る。

（注） 第一段落「キュナード船」は「アカディア号」。2月17日に書き始められ，本状（24日付）で締め括りとなる書状全体はまずボストンへ，そこから3月1日「ユニコン号」でハリファックスへ送られ，そこにて郵便物は3月11日リヴァプール行き「アカディア号」に移された。第二段落「国際版権」については大きく賛否両論に分かれ，剽窃により厖大な利潤を上げていた書籍商や新興「巨大（マンモス）」誌からは反発が予測される片や，アメリカ人作家・編集長自身の間でも意見が分かれていた――例えば「巨大（マンモス）」誌編集長の中には論説や請願書においては国際版権を支持しながらも，大規模な剽窃を行なう者が少なからずいたことに象徴的される如く。ハートフォードでのスピーチに関してはフォースター宛書簡（2月14日付）注参照。チャールズ・フェノー・ホフマン（1806-84）は詩人・小説家・『ニッカーボッカー』初代編集長（1833）。35年から48年にかけてニューヨークの文芸雑誌に寄稿多数。49年に精神に異常を来し，晩年の35年間は精神病院で過ごす。熱烈な国際版権支持者で，ディケンズとも彼の帰国前日この問題について論じ合う。ワシントン・オールスタン（1779-1843）は著述家としてよりむしろ画家として著名。1801-3年ロンドン王立美術院でベンジャミン・ウェストに師事，1804-8年イタリアにてアーヴィング，コールリッジと親交を結ぶ。彼の手がけたコールリッジ肖像画は現在ロンドン国立肖像美術館に展示。最初の妻はW. E.チャニングの，後妻はデイナの妹。ディケンズの会った多くのアメリカ人作家――クレイ，フランシス・リーバ，L. G.クラーク，ブライアント等――は37年以来国際版権確立に積極的に取り組んでいたが，誰一人としてディケンズ自身ほど公然と法の改正を訴え，これを当然の「権利」として強硬に要求する者はなかった。ハートフォードでのスピーチにおいて，ディケンズは法の不正のために労苦の報いを受けることなく死んで行ったスコットの臨終を比喩的に描写してみせる。ただしその部分的妥当性の欠如についてはフォースター宛書簡（3月13日付）注参照。第三段落冒頭「抗議の声」について具体的にはフォースター宛書簡（2月14日付）注参照。ジョン・コールドウェル・コウルト（1810-42）は42年1月サムエル・アダムズ殺害の廉で有罪判決。『ニューヨーク・ヘラルド』にはフォースター評する「卑劣極まりなき」審理報道（『フォリン・クォータリー・レヴュー』（42年10月号）が掲載される。ディケンズの「訪米の意図と目的」を例えば『ニュー・ワールド』（2月19日付）は「国会による国際版権法案通過を決定づける或いは決定づけるのに手を貸す」ことにあると公言した。ディケンズが『エディンバラ・レヴュー』掲載『探

訪』書評に関して最も憤慨したのもこの「動機の歪曲」であった(『タイムズ』宛書簡(43年1月15日付), ネイピア宛書簡(43年1月21日付)参照)。ディケンズに版権問題を再度提起せぬよう「持ちかけて来た」のは恐らくディケンズと最も懇意にしている委員会メンバー, コールデン。第三のスピーチには, ディケンズの側(がわ)での自らに課した抑制を利かせ,「威厳」を保ちつつ国際版権を訴えることで, ハートフォードでのスピーチが掻き立てた敵愾心を和らげようとする意図が窺われた。第三段落末尾でディケンズは暗に, ボストンとハートフォードにおける正餐会同様, 彼独りが敢えて国際版権に触れたかのような表現を用いているが, 委員会は恐らく儀礼上の問題として別の手筈を整え, 司会者アーヴィングが「国際版権」を祝して乾盃の音頭を取ると, コーニーリアス・マシューズ(42年12月28日付書簡注参照)は返礼とし, 版権擁護に熱烈な長広舌を揮った。第四段落ディケンズが送付したのはニューヨーク正餐会の模様を報ずる『ニューヨーク・ヘラルド』(2月20日付)。『サティリスト・オア・センサー・オブ・ザ・タイムズ』――バーナード・グレゴリー(フォースター宛書簡(43年2月14日付)参照)経営・編集(1831-49)のロンドン週刊誌――は下卑た口汚なさで悪名を馳せていた。『ヘラルド』を彼自身被害を蒙っていたに違いないマリアットは「特筆すべきはその猥褻と……個人攻撃的中傷におい品性と真実を悉く無視している点である」と酷評。創刊者兼編集長ゴードン・ベネット(1795-1872)は煽情主義で激しい批判に晒されていたが, 42年2月15日ニューヨークの判事二人に対する名誉毀損の廉で＄350の罰金を課せられる。『ヘラルド』(1835年創業)は30,000近い販売部数を誇るアメリカ最大規模の週刊誌。逸早く為替相場を掲載するなど, わけても市場関連報道に優れていた。『ヘラルド』の「正確さ」に関しては編集長宛書簡(2月19日付)参照。『ニューヨーク・アメリカン』(同日付)記事も誤植が劣らず少なかったと伝えられる。フォースターは本段落と次段落との間に(恐らくはフェルトンから聞いたと思われる)アーヴィングに纏わる逸話を紹介(F, III, iii, 219-20)。アーヴィングは準備段階からの危惧が的中し, 乾盃の音頭の途中で言い淀み, 結局満足に締め括ることさえできなかったが, ディケンズがこの状況を書面で審らかにしなかったのは彼が如何にアーヴィングに敬愛の情を抱いていたかの証と指摘する。第五段落「良識ある新聞, 書評」の代表的なものとしては, 二度にわたって編集主幹グリーリー自身が執筆したと思われる国際版権擁護社説を掲載した『トリビューン』(42年2月14日付, 21日付)が挙げられる。片や『ニュー・ワールド』(2月12日付)等「ならず者」ついてはフォースター宛書簡(2月14日付)注参照。「スコットランド」における熱狂的な歓迎は即ち41年6月25日開催エディンバラ正餐会(『第二巻』原典p. 310-1, 訳書378-9頁, 並びにフォースター宛書簡(41年6月26日付)参照)。「ドイツ」において例えば1839年ライプニッツのF.フライシャは英語版ディケンズ「全集」を宣伝し, 49年までに彼の作品は全て少なくとも三度(みたび)翻訳されていた。「君はこいつをどう思う」はマクリース宛書簡(3月22日付), ミトン宛書簡(同日付), コールドン宛書簡(4月29日付)でも繰り返される, ある種奇抜なキャッチフレーズ。例えば「君はこいつをどう思う, ニャンちゃん?　君はこいつをどう思う, ワンちゃん?」はフッドの詩「チョンガーの夢」の折り返し句(リフレイン)。「唯一英国系新聞」即ち『アルビオン』

についてはバートレット宛書簡（2月24日付）参照。第六段落冒頭でディケンズの要望するぼく宛の「短信」――十二名の英国人作家の署名入り――をフォースターはブルワー援助の下，「アメリカ国民」へ宛てた同上の署名入り国際版権建白書，並びにカーライルからの別箇の書状と併せて準備する（フェルトン宛書簡（4月29日付）参照）。「国際版権請願書」は即ち37年2月2日，トマス・ムアを筆頭に五十六名の英国人作家の署名入りでヘンリー・クレイ（後述）により上院に提出されたそれ。五十六名の内ディケンズ宛送られた建白書に署名したのはカーライルを除き僅か六名。ヘンリー・クレイ（1777-1852）は，ケンタッキー選出上院議員・国会の中で最も強硬な国際版権唱道者。第六代大統領アダムズの下国務大臣（1824-28），1840年以降ホイッグ政権党首。3月10日にワシントンで彼に対面した時のディケンズの印象についてはフォンブランク宛書簡（3月12日付）参照。クレイが初めて国際版権法改正議案を提出したのは37年2月。爾来四度――37年12月，38年12月，40年1月，42年1月――提起したが通過せず。42年3月ディケンズにより彼に手渡されたアメリカ人作家の請願書についてはフォースター宛書簡（2月27日付）注参照。第六段落末尾「反対陣営の……集会」とは『ニューヨーク・イヴニング・ポスト』（2月11日付）で報道された前日の「ホーム・リーグ」集会。同盟は国際版権により紙の需要が減るのではないかとの製紙業者の危惧を受諾し，反版権建白書を国会に提出することを約す。第七段落「喉の奥まで覗き込」まれる不快についてはマーティンの「エッ見会」における体験（『マーティン・チャズルウィット』第二十二章）参照――「彼が話をしようと口を開ければ，同上の御仁が目の前にて片膝を突き，歯医者顔負けにしげしげ歯を覗き込んだ」〔拙訳書上巻440頁〕。第八段落冒頭の「ホゾ」をディケンズは2月18日に催されたニューヨーク正餐会で公言していた。『ニュー・ワールド』等，既に「ボズ熱狂」に批判的だった各紙はディケンズの「英断」（同2月26日付）に賛同を惜しまなかった。正餐会へのディケンズの辞退の記録が箇々に残っているのはフィラデルフィア（2月15日？），ボルティモア（2月15日？），そして恐らくオールバニ（2月24日）のみ。フィラデルフィアにおけるディケンズの意に返した「接見会」についてはゲブラー他宛書簡（2月20日付）注参照。ブリタニア生命保険証券（38年7月17日付）の裏書き（42年1月4日付）によると，チャールストンがディケンズの許されていた旅程南限（『第二巻』原典p. 414脚注，訳書513頁注参照）。結局ディケンズはヴァージニア州，リッチモンド以南には行かなかった（フォースター宛書簡（3月13日付）参照）。ケンタッキーとテネシーを陸路で踏破する代わり，ディケンズ一行は主として運河船と汽船を利用した。大半が「悪い」道にあって，1842年唯一整備された国道はヴァンデイリア（イリノイ州）への国有有料道路のみであった。第九段落ディケンズが「二度と汽船で大海原にこの身を委ね」ない意を決すのは，『ニュー・ワールド』（3月5日付）によると，安全性ではなく劣悪な乗客用設備が原因。「舳先から艫まで火の手に巻かれる」恐怖を，ディケンズはフォースター宛書簡（1月30日付）において同じ文言で綴っている。汽船が消費する石炭「700トン」の概算は一日当たりの消費量「38トン」に照らせば，恐らく過大（『第二巻』原典p. 422脚注参照）。「しゃべくりっぽい」の後の括弧は恐らくフォースターによる，有らずもがなの注釈。この語についてのディケンズ自身による説明〔ぺらぺら男(タンギー・マン)〕は1月29日付書簡参照。「荒くれ」の原語“rowdy”は“rowdyism”,“rowdyish”と併せディケンズ自身の外見の描写の多くに用いられた形容——例えば ‘his dress had “rather a rowdy aspect”’(出立ちは「むしろ荒くれた」様相を呈し), ‘his hair was long and dark, and had a “rowdyish” appearance’(髪は長く暗褐色で,「荒くれた」風情を漂わせた)等。第十一段落アメリカ女性の「美貌」とその移ろい易さ——通常は気候に帰せられるが,不健康な生活習慣故と考える者もあった——は大半の英国人旅行者の目に留まる特質だった。「主義として……急進派」としてディケンズの念頭にあったのは恐らくアメリカの未来について飽くまで楽観的であり続けたハリエット・マーティノー(マクレディ宛書簡(3月22日付)注参照)。彼自身の見解に出来した変化は『チャズルウィット』の頁また頁を追う毎に顕著であろう。「国会で繰り広げられている……合衆国解体」は2月7日まで続いていた,J. Q. アダムズ提起「連合分離」請願(1月24日)に端を発す下院での激しい論争(フォンブランク宛書簡(3月12日付)注参照)への言及。主たる分離主義者争点は奴隷制であった。

フランシス・アレキサンダー宛　1842年2月25日付

ニューヨーク,カールトン・ハウス。1842年2月25日

親愛なるアレキサンダー殿

本日貴兄の麗しくも忝き贈り物を無事拝受致しました。神の思し召しあらば我が家の私室へ掛け——そこにて是非とも御覧頂きたいと存じます。

如何にも。小生蓋し「絶対禁酒誓約」を守っています。して飽くまで守り通す所存であります。

P氏は最早新しい箒ではないながら,依然実にきれいに掃き清め,務めを実に手際好く——しかも必ずや陽気に快く——こなしてくれます。

彼を始め,賜った幾多の御高配に改めて篤く御礼申し上げる次第にて!

敬具

チャールズ・ディケンズ

フランシス・アレキサンダー殿

裏面へ

(注)　冒頭「麗しくも忝き贈り物」は恐らくクリスティーズ目録(70年7月9日)に「ディケンズ氏の初訪米の間(かん)画家〔不詳〕によりて贈呈」として記録されている絵画『令名』。

第二段落「絶対禁酒誓約」とはフォースターに立てたばかりの，アメリカ滞在中は以降二度と公的招待に応じぬとの誓い（前書簡参照）。第三段落「P氏」即ちパトナムは2月以降は秘書というよりむしろ供人（クリア）の役を務めていたが，四社のアメリカ紙へ送る版権文書の写しを取る際には本来の役所（やくどころ）を果たすこととなる（4月27日付書簡参照）。〔「新しい箒ではないながら……」は俚諺“A new broom sweeps clean”（「新しい箒はきれいに掃ける」）転じて「新任者は仕事振りが好い」を踏まえて。〕本状は四つ折の便箋の第一頁に綴られ，第三頁にアレキサンダー夫人宛書簡が綴られている（次書簡参照）。

アレキサンダー夫人宛　1842年2月25日付

ニューヨーク，カールトン・ハウス。1842年2月25日

親愛なるアレキサンダー夫人

麗しき御本を賜り心より篤く御礼申し上げると共に，貴女故にこそ必ずや大切に手許に置かせて頂きたいと存じます。かほどに麗しき透作の数々を頂戴致すとは恐縮千万ながら――それでいて如何ほどの犠牲を払ってでも手に入れたいと存じましょう。

妻は生憎悪性の風邪を患っていますが，皆様に愛を込めてくれぐれもよろしくとのことです。して彼女の名の下（もと）に「ファン」へキスをと。もしやファンに小生の名の下（もと）に貴女へ（夫君が明後日（あさって）の方を向いてのおいでの隙に）キスをとお伝え頂ければ小生常にも増していよよ忝い限りではありましょう。

匆々

チャールズ・ディケンズ

（注）「麗しき御本」はアレキサンダー夫人による小さな腐食銅版細密画集。ディケンズの死去に際し夫人はキャサリンへの悔み状の中で画集の返却を求める。キャサリンは一旦は十二年前に離婚した故（ゆえ）本の所在は定かでなき旨返事を認めるが（70年8月22日），最終的にディケンズ蔵書に含まれていないことから，この件を受遺者チャーリーに託し，かくて夫人の希望通りに事が運ばれたと思われる。第二段落「ファン」はアレキサンダー夫妻の娘エスタ・フランチェスカ（1837-1917）。後に英国の著述家ラスキンの被保護者（プロテジェ）。82年10月フィレンチェで母娘に会ったラスキンは彼女の類稀な純真さに惹かれ，翌年はオクスフォード大学にてフランチェスカの筆墨画について講義を行なう。

ジョージ・C. ベーカー　1842年2月27日付

【ドッド，ミード商会目録（1901年11月）に言及あり。草稿は1頁。日付は「ニューヨーク，カールトン・ハウス，42年2月27日」。】

（注）　ジョージ・C.ベーカーはニューヨーク，パール・ストリート158番地の書店。

ジョン・フォースター宛［1842年］2月27日付

【F, Ⅲ, ⅲ, 224に抜粋あり（2月17日に書き始められ，24日に仕切り直された書状の締め括り。ニューヨークより。】

2月27日。日曜

こっちでは（確か）4日にリヴァプールを発ったキュナード定期船（パケット）がらみでずい分ヤキモキ気が揉まれている。未だ到着していないもので。かく言うぼく達も祖国からの便りが待ち遠しくて矢も楯もたまらない。ぼくは冗談抜きで，一刻も早く手紙を受け取りたいばっかりにいっそ独りきり，ボストンへ引き返そうかと思ったほどだ。万が一なかなかお越しにならないようなら，火曜の午後までここに留まり，明日の朝Q氏だけ手荷物ごとフィラデルフィアへ行ってもらうことにした。神よ願わくは難破していませぬよう。が船が港へ入って来る度，14日の晩はそれこそひどい時化だったと（陸（おか）にいてすらさもありなんというほど）触れ回られ，船長連中も（もちろん勝手な思い込みの無きにしも非ず）あれほどの猛威の真っ直中に巻き込まれていたなら，まずもってどんな汽船も掻い潜れなかったろうと言ってのける。仮に「カレドニア号」が到着しなければ英国行きの定期汽船（スティーム・パケット）は出ないから，仕方なし手紙を明日の朝早く出帆するギャリック社の船で送ることにする。という訳でぼくはこいつを大童で書き上げ，大至急郵便局へ届けなくてはならない。書きたいことは何帖（じょう）分もたまっている，というのにこんなにいきなり待った（プル・アップ）がかかるとは癪な話もあったものでは。

今ぼくの旅行鞄にはワシントン・アーヴィングを筆頭に主立ったアメリカ人作家皆の署名の入った，国際版権法制定請願書が入っている。彼らの言うには，そいつを提出すべくクレイに手渡し，ぼくが然るべきと思う所見は何なり裏書きしてくれとのことだ。という訳で「いよっ，金看板（プリンシプル）ばんぜえ，ってなあ為替の字（プリンシプル）づらだきゃ書きけえねえって突っぱねた時の金貸しの言い種じゃねえがよ」。

君に神の御加護のありますよう。……ぼくが我が家と愛しい子供達がらみで何と言いたいか，は言わずもがな。幾々度となく君に神の御加護のありますよう。……アシュバートン卿のことでも皆ハラハラ気を揉んでいる。これきり音沙汰ないもので。

（注） 冒頭「キュナード定期船（パケット）」は「ブリタニア号」，「アカディア号」，「コロンビア号」の姉妹船「カレドニア号」。「こんなにいきなり待（ブル・アップ）ったがかかるとは」はトニー・ウェラーの台詞――「そりゃえろういきなり待（ブル・アップ）ったがかかったもんでは，えっ，サミーや」(『ピクウィック・ペーパーズ』第三十三章〔拙訳書下巻64頁〕参照)。第二段落アーヴィングを始めホフマン，ブライアント等二十五名の署名入り「請願書」起草者はフレデリック・ソーンダーズ (3月16日付書簡注参照)。クレイの「提出」についてはフォースター宛書簡 (3月15日付) 参照。「いよっ，金看板（プリンシプル）ばんぜえ……」はサム・ウェラーの台詞 (『ピクウィック』第三十五章〔拙訳書下巻101頁〕参照。) 末尾，初代アシュバートン男爵アレキサンダー・ベアリング (1774–1848) はアメリカ–カナダ北東国境調停委員として2月10日ポーツマスを出航，時化でワイト島へ押し戻され，結局アメリカ到着は4月2日。ディケンズの彼に纏わる好印象についてはフォースター宛書簡 (4月4日付) 参照。

ダニエル・マクリース宛　1842年2月27日付†

ニューヨーク，カールトン・ハウス。1842年2月27日

親愛なるマック。すげない手紙を御容赦。――火曜か水曜まで手許に置いておく代わり，いきなり明日帆船で出さなくてはならなくなりました。というのも4日にリヴァプールを発った汽船「カレドニア号」が未だ到着せず，あちこちで頻りに安否が気づかわれ始めているもので――14日の晩にひどい嵐が吹き荒れ，この辺りの岸辺には難破船の残骸が四方八方打ち揚げられていることもあり。果たして，親愛なるマック，貴兄の手紙が今や深海の水底（みなそこ）に沈んでいるか否か，は神のみぞ知る。乗客や，船を指揮する恐いもの知らず達のことや，

何とつい最近我々自身同じ危険に身を晒していたことか惟みるだに，我が意気は沮喪せざるを得ません。

小生実は明日，フィラデルフィアへ向けて出立致す予定にしていました。が秘書と手荷物をまずもって先に遣り，あれでも哀れ汽船が無事到着するやもしれぬとの淡い期待を胸に，火曜午後まで当地に留まるホゾを固めた所です。特筆すべきことに小生，上陸後ほどなく――航海中，くだんの悪魔のわけても晒されがちな幾多の危険を目の当たりにしていただけに――汽船では帰国せぬ旨「聖なる誓いを立て」ました。実の所小生にあって不可思議でならぬのは如何で連中，事実これまでやってのけて来た如く荒天を衝き大海原を踏み越えられるものか。世の船の習いで巨浪の天辺に乗る代わり，そいつらを正しく掻っ裂くかのように突き進み，終始海面下に沈んでいるでは。貴兄に一度でも――せめて一度なり――汽船の甲板で大海原の轟音を耳にし，何とそいつがひたと止まったが最後木の葉のように打ち震えるものか身をもって感じて頂けるものなら。おお！　是ぞ渺茫たる大海原の水面(みなも)なるこよなく忌まわしき文明の利器かな――「プレジデント号」にて海の藻屑と化せし者皆の亡霊にかけて，蓋し。

[a]我々は6月7日にここから出航する旨宣伝されている「船(シップ)」――「ジョージ・ワシントン号」――で帰国する予定です。当初は明日，南方へ向かうつもりでしたが，あれでもまだ愛しい和やかな懐かしの我が家から手紙が届くやもしれぬと，火曜午後まで当地に留まることに致しました。

本状に「正餐会」の模様を伝えるとある新聞を（アメリカの言はば「サティリスト」ながら，ここではとびきりのそれを）同封致します。「舞踏会」は正しく筆舌に尽くすこと能いません。ただ貴兄には「三千人」もの人々が集うていたと，して貴兄の――然り，貴兄ですら，マック――していやはや親愛なるダン，貴兄は何たる目をお持ちのことか――およそ思い浮かべられまいほどキラびやかで豪勢で華やかな一大事だったとのみ申し上げましょう。

おお「ジャック・ストロー亭」よ！　おおジャックよ！　おおトッピングよ！――おおチャーリー，メイミィ，ケイティよ――書斎に，日曜のディナーに，「我が家」での生活に纏わる何であれ何もかもよ！　何と嬉々として小生この自由と痰壺の――群衆と騒音と引きも切らず押しかける赤の他人の――何もかもが公的にして何一つ私的なもののなき――のべつ幕なしの持て成しと，来る日も来る日も500人からの連中を迎える謁見（レヴィー）の儀の――国から，「デナー・テラス」の如何にちっぽけな取るに足らぬ愉悦へとて向き直ろうことか！小生くだんの（何処へ行こうと必ずや威儀を正して掲げられる）絵の方へ目を向け，3,000マイル彼方の「我が家」に恋焦れています。おおマックよ，マックよ！

フォースターと便りを交換して下さい――「交換」と言っているのは，本状に彼の一切与り知らぬ文書を同封しているもので。舞踏会夜食の「献立表」を。貴兄に神の御加護のありますよう。親愛なるマック，[a]

馴染みより愛を込めて

CD.

（注）「カレドニア号」は嵐で甚大な損傷を受けたためコーク〔アイルランド共和国南部マンスター地方コーク州首都・海港〕へ引き返さざるを得ず，そこにて乗客は「アカディア号」へ移乗。第二段落「聖なる誓いを立て（"registered a vow"）」のフレーズについては『第二巻』原典p. 443，訳書551-2頁参照。aaは従来未発表部分。第四段落「アメリカの言はば『サティリスト』」は即ち『ニューヨーク・ヘラルド』（フォースター宛書簡（2月24日付）参照）。「貴兄は何たる目をお持ちのことか」はマクリース宛書簡（3月22日付）でも繰り返される頓呼――恐らく（彼自身ポープ『アーバスノット宛書簡集』1. 118を反復していると思われる）フォースターの捩（もじ）り。第五段落「ジャック」はフォースターの謂。これがディケンズがフォースターをかく呼ぶ初めて（にして恐らく唯一）の折。ウィリアム・トッピングはディケンズの馬丁（『第二巻』原典p. 42脚注，訳書49頁注参照）。「チャーリー，メイミィ，ケイティ」はディケンズの長男チャールズ・カリフォード・ボズ，長女メアリ，次女ケイト・マクレディ。「デナー・テラス（Den'ner Terrace）」はデヴォンシャー・テラス（Devonshire Terrace）の子供達流呼び名。「くだんの……絵」はマクリースが訪米に際しキャサリンの願いに応じて物した四人の子供とワタリガラスのクレヨン画（『第二巻』原典p. 393，訳書488-9頁参照）。最終段落「一切（*nothing*）」には二重下線。末尾イニシャルの下にディケンズはボズ舞踏会に纏わる『エクストラ・ボズ・ヘラルド』からの切抜きを貼附。「献立表」には料理・デザート・飲み物の詳細が記され，他の切抜きは舞踏会の手筈・装飾等関連記事。結びとし，ディケンズの筆跡で「上記は全て特ダネ」。彼はフォースター宛書簡（2月17日付）で献立表に言及しながらも記事そのものは送っていなかった。

トマス・ミトン宛　1842年2月27日付

ニューヨーク，カールトン・ハウス。1842年2月27日

親愛なる馴染みよ

ほんの一筆認める間しかない。今月の文通のぼくの心づもりはそっくり，「カレドニア号」がやって来ないせいでてんで狂ってしまったもので。ひょっとして沈没したのではないかと皆気を揉んでいる。まだ，お越しになるかもしれないが，もしも予定通りイングランドを発ったとすれば，二十三日も航海中ということになる。

君に今朝ここを出港した定期帆船で新聞を届ける。4月の汽船の便では，もっと詳しいことを報せよう。

不一

CD.

トマス・ミトン殿

（注） 3月22日，ディケンズはミトンに長い手紙を書く。

ジョン・フォースター宛　1842年2月28日付

【F, III, iii, 224-6に抜粋あり。フォースターによると「外交用文書袋」で届けられた「短信」。】

ニューヨーク，カールトン-ハウス。1842年，2月28日

「カレドニア号」は残念至極ながら，まだお越しになっていない。もしもイングランドを予定通り発ったなら，もう二十四日も航海を続けていることになる。さっぱり音沙汰がない上，14日と18日の晩にひどい嵐が吹き荒れたもので，最悪の事態が起こったとしても一向不思議ではない。ことぼくに関せば，サジを投げたも同然だ。事実航海中に散々な目に会っているだけに，荒天の際に汽船が大海原を渡るほど一か八かの危なっかしい博奕もまたなかろうという気がする。

今月はもうイングランド行きの汽船は一艘も出そうにないもので（順当に行けば「カレドニア号」は3月2日郵便物ごと引き返していたろうから），昨日そそくさと手紙をまとめてギャリック社の船で送った。そいつは航海に三週間ほどかかるかもしれないが，それ以上かかることはまずないだろう。がキュナード社の持ち船で「ユニコン号」という船があり，そいつは夏時にはセント・ローレンスを上り，ハリファックスで英国汽船や北米汽船へ乗り込ますべくカナダから乗客を連れて来る。冬時には今のそのハリファックスに碇泊しているが，そこから今朝のこと，郵便物を受け取りにそいつをボストンまで遣った旨報せが入った——通信を跡絶えさすよりいっそ哀れ「カレドニア号」の代わりに急遽イングランドへ送り出そうというので。こいつはそれ自体，ところで，無鉄砲極まりない。何せ「ユニコン号」は元々リヴァプールとグラスゴーを往復するようにしか出来ていない上，大西洋向きでないのはカレー行き定期船（パケット・ボート）が向いていないのとどっこいどっこいなもので。なるほどいつぞや大西洋を夏時に，渡ったことはあるものの。

という訳で船主連中が「カレドニア号」の到着がらみではどんな思いを巡らせているか，は推して知る可し。ぼく達だって予定が少しでも狂っていたなら，そいつに乗り込んでいたろうとは！

ちょっと口では言えないくらいだ，親愛なる君，かくてぼく達はどんな思いを胸に刻むこととなった，と言おうかどんなにハラハラ，ヤキモキ気を揉みながら祖国からの君の便りを待っていることか。本当なら今日，皆で南部へ向かうはずだったが，あれでもまだ何か報せが入るかもしれないと（秘書と手荷物だけ先へ遣って）ぼく達は明日の午後までここに留まることにした。親愛なるマクレディに，親愛なるマックに，愛しい誰も彼もによろしく伝えてくれ。可愛い子供達のことは言わずもがな。今となってはもうあいつらのことをこれきり教えてもらえそうにないような気さえする。……

追而　ワシントン・アーヴィングは全くもっての傑物だ。一緒に腹の皮が捩れるほど笑った。寸分予想に違（たが）わぬ男だ。チャニング博士もまた然り——最後にボストンで別れて以来愉快なやり取りが続いている。ハレックは陽気な小男。ブライアントは逆にえらく口数の少ない，陰気臭い男だ。画家のワシントン・

オールスタン（『モナルディ』の著者）は映えある老天才の見事な雛型と言った所か。ロングフェローは，君のために詩集を手に入れておいたが，優れた詩人であるだけでなく嗜み深い気さくな男で，「来秋」ロンドンへやって来るそうだ。マクレディに一言伝えてくれないか，こっちの物価は彼がいた時以来ずい分上がっているに違いないと。ぼくは昨夜，二週間分の勘定を払った。ぼく達は毎日ディナーは（ぼくが喉頭炎で床に臥せている折をさておけば）他処で持て成されたし，ワインも都合四本しか空けていない，というのに何と勘定は英貨でメて70ポンドとは!!!

もう一通別の手紙で，君にはぼく達がどんなに宴から馳走からに与っていることか，どんなに国際版権がらみでは血戦が繰り広げられていることか，どんなにぼくはとことん思う所を述べ，封じ込められるを潔しとせぬか分かってもらえると思う。……

おお，我が家からの便りよ！　如何せん思い描かざるを得ない，思いやりと友情で然に溢れんばかりの――して多分，チャーリーかメイミィのちょっとした落書きのある――君の便りが海神(わたつみ)の水底(みなそこ)に沈んでいる様を。して恰もそいつらいつぞやは血の通った生き物だったかのように，悲しみに打ち拉がれる。――はむ！　まだ，お越しにならぬとも限らぬが。

（注）　第二段落「ユニコン号」は1836年グラスゴーにて造船され，セント・ローレンス，ピクトン－ケベック間郵便船としてキュナード社に買い取られた地廻り汽船。40年5月16日ハリファックスとボストンへ初航行。追而書きチャニング博士との「やり取り」の内残存するのはチャニング宛書簡（1月29日付）のみ。博士のディケンズ宛書簡の原本は一通も残っていない。『モナルディ：とある物語』はイタリアを舞台とするゴシック風伝奇小説。出版は1841年だが，22年までには書き上げられていた。「詩集」は恐らくロングフェローの最新刊『物語詩(バラッド)他』(1841)。

セアラ・ムア嬢宛　1842年2月28日付*

カールトン・ハウス1842年2月28日

チャールズ・ディケンズ殿は謹んでセアラ・ムア嬢に御挨拶申し上げると共に，同封の紹介状を転送する上でお断りさせて頂けば，滞在中は片時たり暇(いとま)がなく，徒にM嬢をお煩わせ致したくなかったもので，街を離れるまで然に致すを繰延べにしていました。

（注） セアラ・ムア嬢については不詳。本状はパトナムの筆跡。「徒に」の原語 “unnescessarily” は正しくは “unnecessarily”，「繰延べにして」の原語 “defered” は正しくは “deferred”。秘書の綴り違（たが）えは敢えて訂正されなかったと思われる。ディケンズは暗に本状を認めている28日（当初の予定通り）ニューヨークを発つかのように綴っているが，実際に去るのは――キャサリンと共に床に臥していたため――3月5日（パトナム宛書簡（3月4日付）参照）。

ジョン・マクヴィカー師宛　1842年2月28日付

【原文はジョン・ブレット・ロングスタッフ『進取の気象：ジョン・マクヴィカー（1787-1868）伝』（1961）p. 272より】

カールトン・ハウス。1842年2月28日

チャールズ・ディケンズ殿は謹んでマクヴィカー師教授に御挨拶申し上げると共に，同封の紹介状を転送する上でお断りさせて頂けば，滞在中は片時たり暇（いとま）がなく，徒にマクヴィカー殿をお煩わせ致したくなかったもので，街を離れるまで然に致すを繰延べにしていました。

（注） ジョン・マクヴィカー（1787-1868）は聖公会派司祭・経済学者・コロンビア大学倫理学教授（1817-57）。

ジョージ・W. パトナム宛　1842年3月1日付*

ニューヨーク，カールトン・ハウス。1842年3月1日

親愛なるパトナム殿

妻が悪性喉頭炎のためたいそう体調を崩しているもので，小生明日まで当地に滞在しなくてはなりません。明日午後5時にここを発つ列車で，妻同伴にせよでないにせよ，出立したいとは存じますが。

それまでにインガソル殿に会ったらくれぐれもよろしくお伝え下さい――つい今しがたこの便箋に書付けがあるのに気づきました。それ故見苦しくはあり

ますが棒引きせざるを得ず，かくて上記の美しき様相を呈している次第にて。

不一

CD.

G. W.パトナム殿

（注）「明日午後5時」出立の変更については次書簡参照。第二段落インガソルについては3月6日付書簡注参照。「……お伝え下さい」に続き，本状とは無関係の一行半ほどの件（くだり）がインクで濃く抹消。

ジョージ・W. パトナム宛　1842年3月2日付*

カールトン・ハウス。1842年3月2日

親愛なるパトナム殿

医師は妻が床を離れることを固く禁じ，小生としてももしやかほどに祖国から遠く離れた場所で独りきり置き去りにすれば妻はたいそう心細かろうという気がするもので，同行致せるようになるまで当地に留まることにしました。明後日までには旅をやりこなせるほど回復致しましょうが，明日改めて御連絡致したく。

妻は喉頭に潰瘍が生じているそうです。さほど悪性ではありませんが。いつも春先にはこの種の疾患に罹り易く，それもあって医師は常にも増して慎重を期しているようです。

相変わらず「カレドニア号」は音沙汰ありません――ただ「ユニコン号」が行方を尋ねて巡航に出たのをさておけば。漁師がボストンで報じた所によると，数日前の朝方，持ち船で沖へ出た際，ハリファックスから程遠からぬ緯度にて航行不能の大型汽船が帆も張っていなければ煙筒からこれきり煙も上げぬまま，海神（わたつみ）に木の葉さながら揉まれている様を目にした由。果たして当該幻は唯一漁師の脳裏にのみ存在していたものか，或いは他の船なものか，或いは（哀れ「プレジデント号」におけるが如く）人々の空想は「さ迷えるオランダ船」流儀にて大海原をあちこち漂い始めたものか，は神のみぞ知る。かくて足留めを食った後だけに，フィラデルフィア滞在はせいぜい二日までとし――ボルティモアをものの一日で打っちゃり——ワシントンには一週間で片をつける所存です。

不一

CD.

（注） ディケンズは当初2月28日月曜，フィラデルフィアへ向けてニューヨークを発つ予定にしていたが（フォースター宛書簡（2月24日付）参照），3月1日火曜に後を追うつもりで，パトナムのみ28日，手荷物ごと先へ行かせていた（フォースター宛書簡（2月27日付）参照）。漁師の目にした「航行不能の大型汽船」は「カレドニア号」——既にコークに押し戻されている——ではない。「さ迷えるオランダ船」は喜望峰付近に出没したと伝えられる，オランダの幽霊船。これを見るのは不吉の兆と考えられていた。

トマス・S. ギブズ宛　1842年3月3日付

【サザビーズ目録（1968年4月）に抜粋あり。草稿は1頁。日付は「ニューヨーク，42年3月3日」。】

招待に礼を述べつつも，たといニューヨークに然まで長らく留まろうとはおよそ定かでありませんが翌日は終日予定が詰まっている由伝えて。

（注） トマス・ギブズはニューヨーク，サウス・ストリート28番地の商人。

ジョージ・W. パトナム宛　1842年3月4日付*

ニューヨーク，カールトン・ハウス。1842年3月4日

親愛なるパトナム殿

妻は快方へ向かっています。よって明日（土曜日）5時の列車で——願わくは，必ずや——そちらへ向かいます。

何卒断じて何人(なんぴと)にも小生がフィラデルフィアにはせいぜい二日しか留まらぬと気取らせぬよう。足踏みは無用，先へ進まねば。今や果たしてボルティモアにて小休止するか否かも怪しい限りにて。と申すのも彼(か)の地に通じた人々の話では，もしや大至急チャールストンへ向かわねば，定めて茹だるような暑さに

耐えられなくなりそうなもので。何卒我々の機動については，何人（なんぴと）にも，フィラデルフィアに関する限りをさておけば，口外せぬよう。当地でここ二，三日（概ね月曜には早ニューヨークを発ったと思われているお蔭で）恵まれている静けさを大いに堪能しているだけに，これまで以上に長閑に旅を続けたい気持ちが募っています。

貴兄の手紙は今朝方受け取りました。

ホテルでは気を利かせ，ブロードウェイの見はるかせる部屋と換えてくれました。部屋はこれまでのより陽気で明るい雰囲気です——煙が下りて来る代わり上へ立ち昇るまっとうな暖炉が設えられているのは言うに及ばず。

フィラデルフィアの宿の主（あるじ）には予め我々の機動を——つまり水曜の朝発つつもりでいることを——報せておいてもらった方が好いかもしれません。ただしくれぐれも我々のお越しが喧しく取り沙汰されぬよう——兵站部に常にも増して黒山のような人集りが出来てはかないません。

不一

チャールズ・ディケンズ

（注） 第二段落ディケンズは結局フィラデルフィアには3月5日から9日朝まで滞在。ボルティモアに滞在するものの，チャールストンまでは足を伸ばさず。「長閑に旅を」の願いにもかかわらず，ディケンズは8日（火曜）フィラデルフィアで500人に上る人々との握手会（フローレンス等宛書簡（2月20日付），フォースター宛書簡（3月13日付）参照），懲治監視察，パーティ出席等に追われる，わけても苛酷な一日を過ごす。最終段落，3月5日の到着は暗々裡に行なわれ，かくて『フィラデルフィア・ガゼット』（3月7日付）は彼がニューヨークから「昨日午後」到着した由報ずることとなる。

アズベリー・ディケンズ宛　1842年3月6日付

【ジョン・アンダーソンJr.目録297番に言及あり。草稿は1頁。日付は「フィラデルフィア，42年3月6日」。】

（注） アズベリー・ディケンズ（1773-1861）は1836年から歿年まで上院書記官。ディケンズに3月10日における大統領・上院訪問の招待状を送ったのも恐らく彼と思われる（同日付コールデン宛書簡参照）。

ジョン・フォースター宛　1842年3月6日付

【F, III, iv, 230-5に抜粋あり。】

フィラデルフィア，ユナイティッド-ステイツ-ホテル
1842年3月6日，日曜

しばらくこれほど静かな日は過ごせそうにないもので，ひたすら君に手紙を書こうと思う。未だ君からは何の音沙汰もないが★，せめてもの慰めたるに「コロンビア号」が今や航海に出たそうだ。ぼく達がニューヨークを発った昨日の午後の時点で「カレドニア号」は消息を絶ったままだ。ぼく達は本当ならくだんの街には先週の火曜，暇（いとま）を乞うはずだったが，ケイトがおとなしく床に就いていなければならないほどひどい喉頭炎に祟られたせいで丸一週間足留めを食う羽目になった。昨日の午後5時に発ち，こっちへは昨夜11時に着いた。こっちは，ところで，暑いと言ったら正直茹だるようだ。

ロンドンのアメリカ人にしょっちゅう尋ねていたものだ，どちらの鉄道が——我々のと貴国のとでは——優れているか？　連中しばし思いを巡らせ，概ね，篤と惟みた末，どちらかと言えばイングランドではなかろうかと答える——駅に定刻通りに着き，比較的起伏が少ない点に照らせば。ぼくが今や目の当たりにするに至ったあちこちでは，アメリカの鉄道が一体如何なる代物か君にも見せてやれたらな。一体如何なる代物か感じさせてやれたらなとは言うまい，何せそれではキリスト教徒に悖る非情な高望みというものだろうから。鉄道はこれきり囲い込まれても柵で仕切られてもいない。君は大きな街の目抜き通りを歩いて行く，さらば通りのど真ん中をひたぶる，真っ逆様に，盲滅法——正しく軌条（レール）のすぐ際では豚が鼻面で穴を掘り，小僧が凧揚げやビー玉遊びにかまけ，男が紫煙をくゆらし，女が噂話に花を咲かせ，赤子が這いずり回っているのも何のその——そらっ，気の狂れた機関車がゾロリと車両を引っ連れ，赤熱の火の粉を（そいつの薪の罐（かま）から）四方八方へ撒き散らし——金切り声を上げてはシュッシュと舌打ちしては喚き立てってはゼエゼエ喘ぎながらやって来る，が誰一人としてこれきり，そいつめ100マイル彼方ででもあるかのように

歯牙にもかけぬ。君は踏切-道路を過るが，遮断機もなければお巡りもいなければ信号もない——徒(かち)の旅人や物静かな旅行者を遠退けようとする何一つ——ただ大きな文字でデカデカ「機関車に注意」と触れ回る木造りの拱門(アーチ)をさておけば。してもしや男であれ女であれ赤子であれ注意せねば，ああそいつは御当人のせいにして，ほんのそれしきのことだ。

車両はてんでみすぼらしい乗合い馬車そっくりだ——ただし六十人から七十人は乗れようから，もっと大きいが。座席は縦に伸びる代わり，後ろ前の横並びで，二人掛けだ。こいつらが幌馬車(キャラヴァン)の両側にズイと走り，ど真ん中をせせこましい通路が縫う。窓は通常，一枚残らず閉て切られ，おまけにやたらしょっちゅう茹だるような，むっと息詰まる，てんで鼻持ちならぬ木炭ストーブが赤々と燃え盛っている。その熱さと息苦しさと来ては全くもってお手上げだ。が是ぞありとあらゆるアメリカの屋敷の，ありとあらゆる公共施設，礼拝堂，劇場，牢獄の特記事項。これら獣じみた竈にひっきりなし堅い無煙炭を焼べるせいで，この国では目新しい手合いの病気がお目見得しつつある。そいつらの英国人に及ぼす効験をかいつまむは訳ない話。男は四六時中およそ軽々ならざる吐き気と目眩に見舞われ，朝，昼，晩となく耐え難い頭痛に悩まされる。

御婦人用車両では，喫煙は御法度。婦人同伴の殿方は皆この車両に乗り込み，よってそいつは概ねギュウギュウ詰めだ。御婦人用車両の前には殿方用車両があり，気持ちせせこましい。昨日のことぼくはこの殿方用車両を見はるかす窓の間際に座っていたせいで，否応なしに，そっちをやたらしょっちゅう見やることとなった。道中ずっと窓という窓からそれはのべつ幕なし延々と唾が飛び散っているものだから，てっきり連中，車内で羽根布団を搔っ裂き，後はどうなと風に中身をくれてやっているかと見紛うばかり。がこの喀痰の習いは何処も同じ。法廷にて，判事は席に痰壺を置き，弁護士には弁護士の，証人には証人の，囚人には囚人の，廷吏には廷吏の，御逸品がある。陪審員は三人に一つ痰壺(スピトゥーン)と言おうか痰入れ(スピット・ボックス)（とここでは呼ばわれる）があてがわれ，傍聴席の野次馬は自然の成り行きで間断なく喀痰するその数だけの男として，不自由だけはすまい。ありとあらゆる汽船に，酒場に，大衆食堂に，事務所に，盛り場に，ともかく，痰入れ(スピット・ボックス)の用意がある。病院では，医学生が立て札にて，階段に唾を吐く代わり，そのため設えられている痰入れ（ボックス）を用いるよう請われている。ぼくはこの目で二度も，ニューヨークの夜会の席で，殿方が四方山話に花を咲かせていぬ隙に，脇を向きざまペッと客間の絨毯の上に喀痰する所を目の当たりにした。してありとあらゆる酒場やホテルの廊下にて石の床は恰も口を空けた牡蠣殻で敷き詰められてでもいるかと見紛うばかり――然に夥しき当該手合いの澱にて一面切嵌（きりばめ）細工が施されているとあって。……

ボストンとハートフォードの施設は実に素晴らしい。手を加えるは，蓋し，お易い御用どころではなかろう。がニューヨークではそうは問屋が卸さず，管理の杜撰な精神病院もあれば，劣悪な牢獄もあれば，陰気臭い救貧院もあれば，疎ましいことこの上もない警察の留置所もある。男は通りで酔っ払っている所を見つかると，地下の――真っ暗闇の――独房へぶち込まれる。してそいつと来ては然に厭わしい蒸気が立ち籠めているものだから，ロウソクを手に一歩足を踏み入れると光のグルリに，ちょうど雨催いの曇った晩に月の周りに出来るのとそっくりな暈が見える。のみならずその芬々たる悪臭において然に悍しくも不快極まりないものだから，正しく胸クソが悪くなりそうだ。男は誰一人とて留まる者のなき一列（ひとつら）なりの丸天井の通路の，鉄の扉の向こうに閉じ込められたが最後，水一滴，光一筋，面会人一人，如何なる手合いの助けにとて見限られたなり，ひたすら治安判事のお越しを待ち受ける。もしやポックリ行けば（とはつい最近男が事実ポックリ行った如く）ものの一時間でネズミに半分方（がた）食われる（とはくだんの男が事実食われた如く）。ぼくは先達ての晩こうした独房を目の当たりにするに及び思わず，自づと湧いた不快の念を口にせずにはいられなかった。「はむ。はてさて」と夜警のお巡りの返して曰く――そいつは，因みに国民的返答だが――「はむ。はてさて。わたしはここに一時（いちどき）に二十六人からの尼っちょを，しかもべっぴん揃いの，ぶち込んだことがあります，冗談抜きで」独房はデヴォンシャー・テラスのワイン蔵と蓋し，どっこいどっこいの大きさで，天井は少なくとも3フィートは低く，並の下水渠よろしき悪臭が鼻を突く。その折は，女が一人閉じ込められていた。治安判事は朝5時に審理を始め，見張りは夜7時に立てられる。もしや囚人は警官にしょっぴかれていたとすれば，9時か10時より前に連れ出されることはまずなく，その間（かん）くだんの場所にたといどいつか発作か失神を起こし，助けを求めて声を上げようと，恰も男の声が一旦墓に棺桶ごと葬られたが最後これきり地上に届くまいに劣らず取り合って頂けぬままじっとしていなければならない。

同じ街には，して実の所同じ建物には，牢獄があり，そこにて重罪犯は審理を待ち，そこへと再拘留とならば送り返される。時に男もしくは女はここに十二か月間，再審理申請の結果を待ちつつ，或いは判決阻止にて等々故に監禁されることもある。ぼくは先日ここを訪れた，何ら予告も準備もないまま。さなくばありのままの連中の不意を討つのはお易い御用ではなかろうから。ぼくはグルリに一段また一段と四段の回廊の巡らされた，長く，せせこましい，聳やかな建物の中に立つ。それぞれの回廊には橋が架かり，そこに看守がその時次第でウツラウツラ舟を漕いだり何か文字を追ったりしながら座っている。天井からは対（つい）の風取り（ウィンドスル）がゲンナリ，ダラリと，役立たずのなり力なく垂れている。天窓はぴっちり閉て切られ，夏時（なつどき）に使われるようにしか出来ていない。建物のど真ん中では例の永久（とこしへ）のストーブが燃え盛り，各回廊の両側にはズラリと鉄扉が並んでいる――めっぽう小さいだけに竈の扉そっくりだが，まるで中の火はそっくり消えてしまってでもいるかのように黒々としてひんやりしている。

鍵束を提げた男が，ぼく達を案内すべく姿を見せる。なかなかの男前で，奴なり礼儀正しく如才ない。

「仮に男はここに十二か月間閉じ込められているとします。とはつまりあの小さな鉄扉からは一歩も外へ出ないということでしょうか」

「少し散歩は，多分，するかもしれません――がさして」

「二，三人見せて頂けるでしょうか？」

「ああ！　何なら，一人残らず」

看守はとある扉を開け，ぼくは中を覗き込む。老人がベッドの上に腰をかけ，何か読んでいる。明かりは壁の遙か上方の，小さな割れ目から射し込む。部屋を横方（よこざま）汚物を運び去る太い鉄管が走り，どデカい漏斗（じょうご）といった態の代物を差し込む穴が空き，漏斗（じょうご）の上には蛇口が取りつけられている。是ぞ老人の洗面用具にして水洗トイレなり。なるほど清（すが）しくはないながら，さして疎ましくもない。老人はこちらへ顔を上げたと思いきやブルリと，しぶとくも妙な具合に体を揺すぶり，またもや本にじっと目を凝らす。ぼくが外へ出ると，扉は閉てられ，錠が下ろされる。老人はかれこれ一月（ひとつき）前にぶち込まれ，もう一月（ひとつき）審理を待たねばなるまいという。「さて，例えば今の男は散歩をしたことは？」「いえ」……
「イングランドでは，囚人はたとい死刑判決を受けていようと，所定の刻限に散歩をする中庭があてがわれています」
「ほお？」
……かく，全くもって曰く言い難くも筆舌に尽くし難き，してこの国ならではの淡々たる風情でかく返すや，看守は女囚房（ぼう）の方へと，道すがら今のその男に纏わる一部始終を垂れ込みながら——どうやら女房殺しの廉で縛り首に処せられる定めらしいが——ぼくの先へ立って行った。女囚房（ぼう）の扉には小さな四角い穴が空いている。とある穴を覗き込むと，十（とお）か十二（じゅうに）の愛らしい少年が閉じ込められていたが，やたら寂しげな惨めったらしい面を——宜なるかな——下げている。「あの少年が一体何をしたというのです？」とぼくは尋ねる。「何も」と馴染みは返す。「何もですって！」とぼくだ。「ええ」と馴染みだ。「ただどこにも行ってしまわないよう保護しているだけです。父親が母親を殺す所を見ていただけに，証人に立たせようというので——つい今しがた御覧になったのが父親です」「けれど目撃者にとってはひどい仕打ちではありませんか？」——「はむ！　はてさて。賑やかすぎていけないことだけはありません。というのは確かに」かくて我が馴染みは——それなりとびきりいい奴で，めっぽう如才なく，おまけに男前の若僧だが——ぼくをなお一人ならざる興味津々たる囚人（めしうど）を御覧じろとばかり引っ立てた。実にありがたいことに。というのもそこは茹だるように暑く，ぼくは目が眩む余り立っているのもままならなかったからだ。……
男はニューヨークで縊られるとなると，これら独房の一つから真っ直ぐ，死刑囚説教（コンデムド・サーモン）にも他の宗教的儀式にも一切与らぬまま，せせこましい，幅にしてクランボーン横丁そこそこの牢の中庭へと連れ出される。そこに絞首刑台が建てられているが，実に風変わりな造りをしている。というのも咎人は首に縄を巻いたなり地べたに立ち，縄は「絞首台（ツリー）」（『ニューゲイト監獄歴報』諸処（パシム）参照）の天辺の滑車越しに男より気持ち重たい錘に括りつけられているからだ。

この錘がいきなり放たれるや縄は諸共落下し，勢い重罪犯は一気に14フィート上空へと吊るし上げられる。片や（法律上立会いの求められている）判事と陪審員と二十五名の市民が，後日事実に証を立てるべく傍に立つ。当該中庭は実に憂はしい場所で，そいつを目の当たりに，ぼくはくだんの習いは我々のそれより遙かに厳粛かつ，遙かに屈辱的でも猥りがわしくもないとあって，比べものにならないほど優れているような気がした。

ニューヨーク近郊にはまた別の，懲治監たる牢獄がある。囚人は間近の石切り場で汗水垂らすが，牢には屋根付の中庭，と言おうか作業場がないため，雨が降ると（ちょうどぼくが視察した折のように）それぞれ日がな一日御当人の小さな独房に閉じ込められる。これら独房は，ぼくの見て回った懲治監全てにおいて，画一的な設計に則っている——以下の如く。

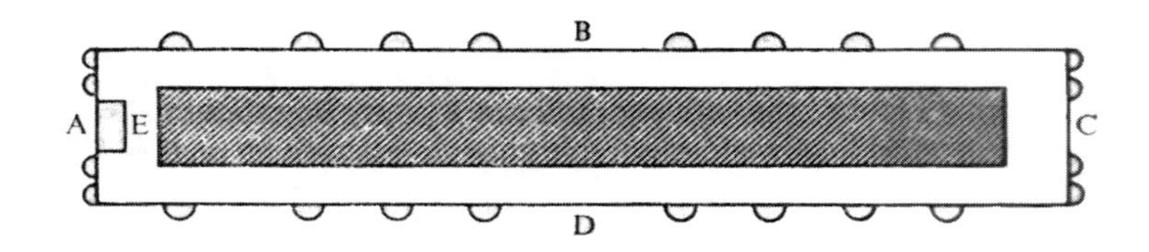

A，B，C，Dは遙か高みに窓のある，牢壁だ。中央の斜線の部分は一階また一階と重なり，各々鉄格子の扉のついた四階の独房を表し，各階には細目の格子の嵌まった回廊が巡らされている。Bの向かいには四階，Dの向かいには四階，かくてくだんの手立てにて君はグルリと一巡りすれば〆て八階に及ぶ独房を見て回ることになる。中間の空白の箇所を，これら回廊を見上げながら歩き，かくて，扉Eから入り，右なり左なりまたもや扉に戻って来るまで進めば，とある屋根の下（もと），とある聳やかな部屋の独房は全て掌中に収めたも同然だ。独房は数にしてざっと四百，その一つ一つに男が一人ずつ閉じ込められている様を想像してみよ——この男は両手を格子の桟越しに突き出しているかと思えば，この男はベッドに（昼の日中に，いいかい）潜っているかと思えば，あの男は野獣よろしく桟に頭をぶち当てたなりどうと床に身を投げ出している。して外では滝のように篠突く雨を降らせ，ど真ん中には例の，魔女の銅釜よろしく真

っ紅に火照り上がり，濛々たる湯烟の立ち昇る，むっと息詰まるような永久のストーブを据え，そこへもってずぶ濡れの一千本もの白カビだらけの雨傘と，カビ臭いジメついたヨレヨレの一千箇もの薄汚れた洗濯物袋から立ち籠めよう手合いの芳香を一緒くたに漂わせてみよ，さらば一週間前の昨日の当該獄の何たるか何がなし――誓って，ほんの朧げながら――分かってもらえよう。君ももちろん先刻御承知の通り，ぼく達は牢規制にはアメリカを鑑に，手を加えた。が私見では，アメリカの牢を誰より口を極めて褒めそやしている物書きにしてからが，チェスタトンもしくはトレイシーの版図をついぞ目にしたためしがないのではあるまいか。我らが祖国のこれら両監獄の，ぼくがこれまでここで見て来たどいつとも似て非なるは，当地の管理者の，くだんの殿方御両人と似て非なるが如し。イングランドにては確かに囚人に有益な労働をあてがうは至難の業（固より我々の方が歴史が古く，その数あまたに上る仕事にアブれた職人を抱えているからには宜なるかな）。がその点を不問に付せば，我々の体制の方がありとあらゆる点においてより完璧にして厳粛にして得心が行く。なるほど未だマウント・オーバーンを視察していないだけに，最高の体制にはお目にかかっていないのやもしれぬ。晴れてお目にかかれば審らかにしよう。のみならずくだんの，マーティノー嬢によりて――少なからず曖昧模糊と――言及されている，亭主の文人への憧憬の念の為せる業，連中の宿賃を割引くとかの旅籠に出会せば。ぼくの体験はここまでの所，立場上文句の言えた柄ではない男に（恐らくは同上の謂れにて）目が飛び出すほど途轍もないベラボウな額を吹っかけるそいつらに限られているだけに。

（注）Fにおいて冒頭「未だ君からは何の音沙汰もないが★」のアステリスクによって当該件と結びつけられている追而書きについては3月15日付書簡aa（本書164頁）参照。「コロンビア号」はフォースターの脚注によると，「輪番において『カレドニア号』の次にリヴァプールを出航する船」（F, III, iv, 230*n*）。第二段落におけるアメリカ鉄道の描写は『探訪』第四章においてより詳しく再現されるが，ボストン―ローウェル間のそれとして〔拙訳『探訪』61-3頁参照〕。第四段落「道中ずっと窓という窓から……見紛うばかり」の準えは『探訪』第七章〔拙訳書97頁〕参照。第五段落「ボストン」の施設についてはフォースター宛書簡（2月4日？付）注参照。「管理の杜撰な精神病院」は『探訪』第六章においては「ロング・アイランドの」と形容されているが，厳密にはロン

グ・アイランド沖，マンハッタン島東，イースト川に位置するブラックウェルズ・アイランド（現ウェルフェア島）に1839年，ニューヨーク州によって貧民を対象に創設された初の州立精神病院。「劣悪な牢獄」はディケンズが2月27日，精神病院，救貧院と共に視察したブラックウェルズ・アイランドの市立懲治監。彼はこれら三施設に懲治監囚人の漕ぐボートで案内される〔拙訳書94頁参照〕。「陰気臭い救貧院」はブラックウェルズ・アイランドから¼マイル離れた，イースト川に位置する「換気も照明も粗末な」ベルヴュー慈善院〔拙訳書93頁参照〕。「地下の……独房」は市立番小屋のそれ。第六段落「牢獄」はディケンズが3月2日に視察したニューヨーク未決檻「トゥーム」（1838年創設）。原義「墓」はエジプト皇陵を模した建築様式に由来する〔拙訳書81-3頁参照〕。第七段落冒頭「鍵束を提げた男が……如才ない。」の後，フォースターは「以下，既に『探訪』にその趣旨が再録されている会話は省き，本状にて初めて世に出る件（くだり）のみを印刷に付す」と但書きを添えているが（F, III, iv, 233），以下の描写は事実上『探訪』において順序こそ異なれ，既出。第九段落に関し，当時青少年犯罪者は成人と一緒に拘置されていたため，1846年，「トゥーム」に収監された十歳未満の児童は282名，十歳から二十歳の青少年はおよそ4,000名に上ったという。「看守」はニューヨーク州知事W. H.シューアド〔サムナー宛書簡（3月13日付）注参照〕によるとジョーンズ大佐。「世界に名立たる作家に丁重に接すべく最善を尽くしたものの」，本段落末尾の賛辞――「かくて我が馴染みは……実にありがたいことに」――の記述の見られぬ『探訪』において「全く異なる観点から描かれているのは心外だった」という。第十段落（『ニューゲイト監獄歴報』諸処（パシム）参照）の原文“see *Newgate Calender* passim”は明らかにフォースターによる注釈。〔『ニューゲイト監獄歴報』は十八世紀から十九世紀初頭に至る，ニューゲイト監獄重罪囚人の来歴記録。「クランボーン横丁」は西ロンドン，ロング・エーカーとレスター・スクエアの間の小路。〕第十一段落ニューヨーク近郊の「また別の」牢は即ちブラックウェルズ・アイランドの感化院。図面，説明共に『探訪』では省略。「数にしてざっと四百」は『探訪』では「およそ二百から三百」〔拙訳書94頁〕。「四百」は『探訪』では言及のある女囚を含めての数か。イングランドが「鑑」とした体制とは「オーバーン」即ち「沈黙」制度。ただしこの体制は本来イングランドのグロスター感化院に倣ったものであるとのT. B. L.ベイカーによる指摘についてはベイカー宛書簡（43年2月3日）注参照。ジョージ・ラヴァル・チェスタトン（コールドバース・フィールズ，ミドルセックス矯正院所長）については『第一巻』原典p. 101脚注，訳書126頁注参照。オーガスタス・フレデリック・トレイシー大尉（トティル・フィールズ，ウェストミンスター矯正院所長）については『第二巻』原典p. 270脚注，訳書330頁注参照）。「当地の管理者」即ちオーバーン体制牢獄所長として最も著名なのはその事実上の創設者であるイーラム・リンズ大佐（1784-1855）。1821年以降オーバーンとシンシンで二度刑務所長を務め，いずれも苛酷の廉で辞職。44年残虐と州資産濫用の摘発を受け最終的に免職。囚人に「有益な」労働をあてがうことの是非については『探訪』第三章においても疑問が投げかけられているが〔拙訳書50頁参照〕，第七章での東部懲治監（イースタン・ペニテンシャリー）の描写に例証される通り，本状と『探訪』執筆の間（かん）にディケンズの見解はより肯定的になったと思われる。「マウント・オーバーン」は即ちニューヨーク，ケイユーガ郡，オーバーン州立監獄（以降の版では訂正されるものの，『探訪』第六章でも，誤って「マウント・オーバーン」と表記）。1819年の創設後ほどなく，徹底的な沈黙の下での日中の共同作業・夜間の隔離を課すオーバーン沈黙制度を採用。刑罰学者・牢改革者の中には感銘を覚える者が少なからずいる一方，ディケンズは一般旅行者としては珍しく，フィラデルフィアの独房監禁制よりその実効性を認めていた。「くだんの，マーティノー嬢により……旅籠」はニューヨーク州エルブリッジの旅籠におけるマーティノー嬢の体験——彼女を含めた六人分の豪勢な朝食の料金は「僅か2ドル25セント」だった（*Society in America,* III, 88）——を踏まえて。ただし逸話において「文人」への言及はない。本状末尾「ベラボウな額を吹っかける」旅籠とは逆の（ハリスバーグにおける）体験談についてはフォースター宛書簡（3月28日付）参照。

ハリー・インガソル宛　1842年3月6日付*

ユナイテッド・ステイツ・ホテル。1842年3月6日日曜朝

拝復

妻もお蔭様で同伴故，是非とも共々忝きお招き通り明日ディナーを御一緒させて頂きたく。

もしやお時間が許せば，明朝ライオン巡りの計画を立てたいと存じますが，一件についてはお目にかかった上，御相談に乗って頂ければ幸いです。——ワシントンへは必ずや来る水曜向かう予定にて。

つゆ変わることなく親愛なる賢兄

敬具

チャールズ・ディケンズ

ここにて宿の設いは快適極まりなく，改めて御高配に篤く御礼申し上げます。

（注）　ハリー・インガソル（1809-86）はフィラデルフィアの名門出の米海軍大尉。服務していた地中海から賜暇で帰国の途上，「ブリタニア号」にディケンズと同乗。「ユナイテッド・ステイツ・ホテル」はチェスナット・ストリートのホテル。キャサリン「同伴」の未定についてはパトナム宛書簡（3月1日付）参照。第二段落「ライオン巡り（"lion-inspecting"）」は即ち「名所見物（"sight-seeing"）」。

エドガー・アラン・ポー宛　1842年3月6日付*

親展

ユナイテッド・ステイツ・ホテル。1842年3月6日

拝啓

貴兄のお越し頂けるいつなりと，是非ともお目にかかりたく。概ね11時半から12時にかけては外出致すこともより稀かとは存じますが。

御恵投賜った高著に一渡り目を通すと共に，わけても注意を喚起頂いた書評を拝読致しました。それ故いよよ是非とも拝眉仕りたく存じます。

こと「ケイレブ・ウィリアムズ」の「構築」に関せば。果たして御存じでしょうか，ゴドウィンは同書を逆に——まずは最終巻から——書き始め，ケイレブの追跡と「悲劇的結末（カタストロフィー）」を執筆し果すや，自ら成就した顚末を説明する手立てを考えあぐねて，何か月も待たねばならなかったということを？

敬具

チャールズ・ディケンズ

エドガー・A. ポー殿

（注）エドガー・アラン・ポー（1809-49）はアメリカの詩人・小説家。この時点で早，後年の傑作——「アッシャー家の崩壊」，「ウィリアム・ウィルソン」，「黒猫」等——に先立ち詩集三巻，『怪奇的・幻想的物語』全二巻（1840）を世に出していた。『サザン・リテラリ・メッセンジャー』，『バートンズ・ジェントルマンズ・マガジン』，『グレアムズ・マガジン』等へ評論・書評を多数寄稿。ディケンズの真価を逸早く見出し，論考において他の作家を判断する規範として用いるのみならず，自らの物語や詩の着想を『ハンフリー親方の時計』第三号掲載「甥殺しの物語」や『ピクウィック・ペーパーズ』第十一章「ある狂人の手記」等より得ていたと思われる。ディケンズへの英国の出版社紹介斡旋依頼についてはポー宛書簡（42年11月27日付）参照。ディケンズとポーは二度にわたって長時間会談し，主としてアメリカ詩について論じ合う。その内容が『フォリン・クォータリー・レヴュー』（44年1月号）に掲載された「アメリカ詩」を巡る論考——R. W.グリズウォールド『アメリカの詩人と詩』（1842），ロングフェロー『夜の声』（1843），ブライアント『詩集』等を辛辣な俎上に上す——の趣旨に極似していたことから，ポーはJ. R.ローウェル〔詩人・文芸批評家・外交官（1819-91）〕宛書簡（44年7月2日付）において，書評子をディケンズと決めつける。のみならず実の所，ポーも例外ならずアメリカの「三文詩人」全般への酷評を寄せたのは（ローウェルの推察通り，恐ら

くはディケンズから暗に助言を受けていたに違いない）フォースター。第二段落「高著」は恐らく最新刊の『物語』全二巻。ただしディケンズの死亡時，蔵書には『詩集』(1853) しかなかった。注意の喚起された「書評」は第三段落における「ケイレブ・ウィリアムズ」への言及からして『グレアムズ・マガジン』(42年2月) 掲載『バーナビ』書評。『あるがままの出来事，或いはケイレブ・ウィリアムズの冒険』全三巻 (1794) はウィリアム・ゴドウィン〔英国の社会思想家・小説家 (1756-1836)〕の代表作。「構築」はポーの『バーナビ』書評の締め括りの件（くだり）――「『ケイレブ・ウィリアムズ』はその気高さにおいて『骨董屋』に遠く及ばぬものの，ディケンズ氏は恰もゴドウィン氏が後者を夢想だにし得なかったろう如く，前者を構築し得なかったであろう」――を踏まえて。ゴドウィンは1832年版『フリートウッド』序文において『ケイレブ・ウィリアムズ』の構想を練る上で (「思いつきを書き留めながら」) 第三巻から取りかかり，逆に書き進めたと述懐しているが，日誌の記載に照らせば小説そのものは通常の順序で執筆された。

アイザック・リー宛　1842年3月7日付*

U. S. ホテル。1842年3月7日

拝復

芳牘を忝く拝受致しました。予め至れり尽くせり手筈を整えて下さっていたからにはこの上お時間を頂戴する謂れは何らないながら，お目にかかれれば幸甚にて――小生水曜朝発つ上，明日はほぼ終日予定が詰まっているもので，明朝10時にお越し頂く御都合は如何でしょうか，もしやくだんの刻限に握手を交わして頂くに差し支えなければ。

敬具

チャールズ・ディケンズ

アイザック・リー殿

(注) アイザック・リー (1792-1886) は出版業者・科学者。出版社創業・経営者マシュー・ケアリは義父。フィラデルフィア自然科学協会会長 (1858-63)。

ジョン・M. パトン他宛 [1842年] 3月7日付

ユナイテッド・ステイツ・ホテル，3月7日

拝復

誠に忝くも友愛の情を込めリッチモンドにおける公式正餐会に御招待頂き篤く御礼申し上げます。

遺憾千万ながら，されど，貴国における短い滞在期間中最早公的な持て成しは（自らの心の趣きに軽々ならざる抑えを利かせ）お受け致さぬ意を決さねばならぬと心得るに至った次第にて。当該決意へ誠を尽くすに，既に不如意千万ながら他処にても幾多の心大らかな馴染み方より賜った歓待の申し出をお断り致して参りました。よって諸兄のお招きも同様にお断りせざるを得ません。

誓って，忝き御厚情に改めて衷心より御礼申し上げます。

敬具

チャールズ・ディケンズ

ジョン・M. パトン殿等々，等々

（注） ジョン・マーサー・パトン（1797-1858）は弁護士・政治家。民主共和党国会議員（1830-8），バージニア州行政委員，州知事代理（1841）を経てリッチモンド弁護士界を主導すべく政界を退く。リッチモンドにおける公式正餐会への招待状は2月25日付十二名の委員の署名の入ったそれ（『リッチモンド・インクワイアラー』（3月19日付）掲載）。ディケンズは本状の断りにもかかわらず，リッチモンドに到着した3月17日，同夕開催の「親睦の夕べ」の招待に応ずる。〔ただしフォースター宛書簡（3月21日付）注によると，夕食会開催は到着翌日（18日）。〕

ピーター・リッチングズ宛　1842年3月7日付

【ジョン・アンダーソンJr目録141番（1902）に抜粋あり。日付は「42年3月7日」。】

小生，如何なる公式観劇もお断り致さねばなりません。

敬具

チャールズ・ディケンズ

（注） ピーター・リッチングズ（旧姓ピュージェット）（1798-1871）は男優・歌手・劇場支配人。英国生まれ——ほぼ間違いなく〔ジョージ・バンクーバー探検隊副官〕ピーター・ピュージェット船長（後に海軍少将）の息子。（ピュージェット入江〔ワシントン州北西部，太平洋岸小湾〕は船長の姓に因む。）1821年にニューヨークへ移住，21-34年パ

ーク劇場で大成功を収める。40年にフィラデルフィアへ転居。国立劇場で男優，ウォルナット・ストリート劇場，チェスナット・ストリート劇場で支配人。本状の筆跡は目録によるとパトナム。

ジョウゼフ・ストーリー宛　1842年3月9日付*

フラーズ・ホテル。1842年3月9日水曜

チャールズ・ディケンズ殿は謹んでストーリー判事殿に御挨拶申し上げると共に，同封の書状を転送させて頂きたく。内一通（ブルーム卿の書状）は外封筒から取り出す際うっかり封蠟が剥がれてしまいましたが。してディケンズ殿は誠に遺憾ながら言い添えさせて頂くに，ブルーム卿よりストーリー判事殿にお渡しするよう預かった小冊子を生憎他の書類と共にニューヨークに置いて来てしまいました。二，三週間の遅れにてストーリー判事殿に御迷惑がかからぬよう願って已みません。

（注）ワシントン，フラーズ・ホテルについては『探訪』第八章〔拙訳書115-6頁〕参照。「小冊子」についてはW. W.ストーリー宛書簡（2月4日付）注参照。

デイヴィッド・C. コールデン宛　1842年3月10日付

ワシントン，フラーズ・ホテル。1842年3月10日

親愛なるコールデン

当地へは昨晩無事着きました——ほんの道中，フィラデルフィアからボルティモアへの車両にてこの世にまたとないほど利かぬ気な子供と乗り合わすほどの差し障りにしか出会さぬまま。くだんのおチビさんが後者で下車するやまた別のいずれ劣らず利かぬ気な子供が後釜に座り，その愉快な同席の下（もと）恙無く当地へ到着した次第にて。チビ助は（少年故）ボルティモアで然に盲滅法ムズかりにかかったもので小生到底長くは持つまいと高を括りました——わけても馴染み方が折に触れてはブリキのマグに入った水割りミルクやバスケットに詰めたお八つ等々でなだめすかしていたからには。が豈図らんや，何と40マイル

ぶっ通しで泣き喚き続け，晴れて駅にて連れ下ろされた際には頭の天辺が真っ紅なニキビだらけになっていました――超自然的奮闘の為せる業。

フィラデルフィアのホテルは実に快適でした――とはさもありなん，亭主は宿泊を当てにしていた期間中の部屋代の半額のみならず（とは宜なるかな），我々――即ちケイトと，小間使いと，小生――から同上の期間中の賄いまで取り立てて下さったからには。我々がニューヨークにて食費を叩いている片や，御当人こそくだんの掛かりを叩いていたとの申し立ては如何せん愉快な絵空事，と言おうか賢しらな戯言の観点にて捉えざるを得なかったもので，小生事実雑用係伝くだんの異をめっぽう遠回しにしてそれとなく唱えました。是ぞどうやら，しかしながら，「仕来り」らしく，他処者も郷に入っては郷に従う如く，小生慎ましやかに仕来りに平伏し，身銭を切ったという次第です。

小生は懲治監で丸一日過ごしました――そこにては，御存じの通り――独房監禁制がありとあらゆる事例において，厳格極まりないやり口で遵守されています。囚人の内事実小生が目にしたほど幾多の者を目にし，言葉を交わすのは得も言われず辛くはありますが，ある程度この体制は善いそれかもしれません。「かもしれません」という表現を用いたのは，かほどの精神的苦悶を同胞に課さねばならぬとは惟みるだに身の毛もよだつようだからです。とは言え御教示賜った限りでは功を奏し，時にかの，天にては至福をもたらす矯正を成し遂げるかのようです。実に長きにわたる監禁の場合，しかしながら，如何ほど意図は慈悲深くまっとうたろうと，蓋し残忍と思わずにはいられません。ある男は十二年近く，同じ「独房」に独りきり閉じ込められていました。ほどなく刑期が切れようとしています。小生は釈放を間近に控えどのような心持ちか尋ねてみました――すると男は――妙な具合に指につかみかかり，苛立たしげに壁や床を見渡しながら――どうでもと，今となってはまるきり同じことだと，いつぞやは楽しみにしていたが，あんまりとうの昔なもので何一つこれっぽっちお構いなしになったと返しました。かくて深々と溜め息を吐くや，仕事に精を出しにかかり，それきり口を利こうとはしませんでした。間々，かようの男は一分間の内に一年分の苦悩を感じたに違いないと言われるのを耳にします。がもしや十二年に及ぶこよなく苛烈な精神的苦悩がほんの限られたちっぽけなとある面(おもて)に刻まれるとすらば，小生は其をこの囚人の面(おもて)にこそ目の当たりにしました。実の所，男囚は如何ほど生来は異なっていようと，この場所に閉じ込められたが最後，似通って，しかも凄まじく似通って，来ます。一人残らず同じギラついた目と，げっそり痩せこけた面差しをしています。して曰く言い難い気(け)色(しき)が——どことなく盲人において目にする注意深くも憂はしい表情に似ていなくもない——して金輪際忘れ得べくもない——それが漂っています。女囚は男囚より自若として凌いでいるものか，辛抱強く控え目な面差しを浮かべるに至り，なるほど目の当たりにすらばたいそう悲しい思いはするものの，傷ましくてならぬほどではありません。各々，人が我ながら然たると感じているよりまっとうな存在のように思われます。せめてもの慰めたるに。牢それ自体は美しく——見事に——管理され，一点の非の打ち所もなく取り仕切られていますが，小生は生まれてこの方厳密に己自身の悲嘆ならざる何ものによりても当該光景によるほど強く心を衝き動かされたためしがありません。くだんの光景は終生記憶に刻み続けられることでしょうし，いずれ彼(か)の地にての束の間の体験を貴兄に語る段には，貴兄もまた度々瞼に浮かべられることとなりましょう。

小生は本日，上・下院共に見学し，生身・剝製にかかわらず，その数あまたに上る名士(ライオン)にお目にかかりました。当地に滞在する限り毎日足を運ぶ所存です。

今朝方は上院書記官たる我が同姓氏と共に大統領官邸へも行きました。彼（つまり大統領）は美男で，物腰は実に穏やかで慇懃です。小生がかくも若々しいとは少なからず驚いておいででした。小生も世辞をお返しする所ではあったでしょう。が憔悴の色，然に濃いため，くだんの一言は如何せん，マクベスのアーメンよろしく喉元で閊えました。

階下の部屋ではおよそ二十名の殿方が拝謁の順を待っていました。なるほど連中，蓋し夥しく喀痰していました。小生がそこにいる間(ま)にすら絨毯の模様をガラリと変えてしまうほど。——一つ忘れぬ内に，お尋ねさせて頂けば，貴兄ならばドルにして年酬如何ほどでくだんの職を奉じられましょう？　安値で——それとも高値で？

我々は来週の水曜チャールストンへ向かいます。それまでにもしや哀れ「カレドニア号」にせよ，我々の手紙にせよ，何か貴兄の下に報せが届くようなら，今更申し上げるまでもなく何と御一報賜りたいことか，何といつ如何なる時であれ時節であれお便りを賜れば幸せに存じようことか。祖国に残して参ったかのたいそう小さな愛し子達と来ては我々の胸中，巨人の持ち場を占めています。恐らくそれ故でありましょう，祖国を偲べば常に胸が一杯になるのは。

我々はチャールストンにて貴兄がお送り下さろう，して今やリヴァプールより3月汽船にて貴兄の下へ向かっている他の手紙を待つつもりです。当地とチャールストンとの間ではどこと言って取り立てて申すほど長らくは滞在致すまいだけに，ここを引き払った後(のち)は下記の宛先にてお便りを頂けましょうか――

S.C. チャールストン，ペイジーズ・ホテル

その後(ご)の針路は――果たしてニューヨークへ戻り，かくてカナダへ向かうか，或いはボルティモアへ戻るか，或いはフィラデルフィアへ戻り，そこからピッツバーグ及びその周辺へ向かうかは――未だ決めていません。がチャールストンから，そこにて貴兄の小包を受け取り次第改めて手紙を出すことに致します――細大洩らさず詳細を審らかにし。

貴兄に神の御加護のありますよう。妻共々くれぐれも令室並びにウィルクス夫人へ，「S夫人」，ウィルクス博士始め友人方皆へ御鶴声賜りますよう――無論，愛しいお子達をお忘れなく，わけてもニーラ・ギブズには小生よりくれぐれもよろしくと。貴兄や御家族のことをよく話題に上せます。ニューヨークばかりかチャールストンにもお住まいならばと，さらばそこに参った際皆様もおいでになれようにと心底敬虔に願って已みません。がもしや我々の願いが叶うようなら，皆様は正しく流離えるジャクターでは，よって我々の願いはほんの慕わしき吐息たるに如くはなかりましょう。つゆ変わることなく親愛なるコールデン

敬具

チャールズ・ディケンズ

（注） フィラデルフィアからボルティモアへの旅路の他の詳細については『探訪』第八章参照。一行はフィラデルフィアを午前6時汽船で発ち，船上にて朝食――午前9時汽車

に乗り換え，正午に「また別の汽船で大きな川［サスケハーナ川］」を渡り，ボルティモア着――そこにて「初めて奴隷に傅かれて」ディナーを認め，鉄道でワシントンに6時30分着。第三段落「懲治監」については『探訪』第七章参照。囚人との面会についてはフォースター宛書簡（3月13日付）参照。「天にては至福をもたらす」は『ルカ』15：7より。「十二年近く」監禁されている男囚――船乗り――については『探訪』第七章〔拙訳書104頁〕参照。男がまたしても「精を出しに」かかった，即ち囚人が獄内で習得する「仕事」は主に機織りと靴造り。第四段落「上・下院共」の見学についてはフォンブランク宛書簡（3月12日付）及び『探訪』第八章参照。第五段落「大統領官邸」の原語"the Presidents"は正しくは"the President's"。ディケンズが拝謁したのは第十代大統領ジョン・タイラー（1790-1862）。ウィリアム・ヘンリー・ハリソンの下（もと）副大統領を務めるが，ハリソンの執務僅か一か月後の急死に伴い41年4月4日大統領に就任。大統領としての苦境についてはフォースター宛書簡（3月15日付）注参照。「我が同姓氏」はアズベリー・ディケンズ（3月6日付書簡注参照）。3月12日付返信にてキャサリンはA.ディケンズより受けた［リッチモンドへ発つ］水曜のディナーへの招待に対し，他の誘い同様断らざるを得ぬが，午前中，夫と共に伺候したき由認める。〔「マクベスのアーメンよろしく喉元で閊え」は『マクベス』第二幕第二場29行マクベスの台詞より。〕第七段落「来週の水曜チャールストンへ」向かう予定は変更され，一行はリッチモンドへ出立（フォースター宛書簡（3月13日付）参照）。〔第八段落「S. C.チャールストン」のS. C.はSouth Carolinaの略。〕ウィルクス夫人はコールデン夫人の義姉妹。「S夫人」は恐らくチャールズ・セジウィック夫人（コールデン宛書簡（4月29日付）参照）。「ニーラ・ギブズ」は不詳だが，恐らくトマス・S.ギブズ（3月3日付書簡参照）の娘。「ジャクター（Jactar(s)）」は「水夫（Jack Tar (s)）」のおどけた表記。

ジョン・T. モール宛　1842年3月10日付*

ワシントン。1842年3月10日

拝復

フィラデルフィアにて芳牘を拝受致し忝う存じます。が彼（か）の地を然に慌ただしく発ったためより早急に御返事致せませんでした。改めて御厚情に篤く御礼申し上げます。

敬具

チャールズ・ディケンズ

ジョン・T. モール殿

（注）　ジョン・トゥルーバット・モール（1817-92）はフィラデルフィアの弁護士。宛名は

畳まれた便箋の表にパトナムの筆跡にて記されている。ディケンズ一行は9日朝——公的に報じられている限りにおいては——僅か丸二日間の滞在後（パトナム宛書簡（3月4日付）注参照），フィラデルフィアを発つ。『フィラデルフィア・ガゼット』（9日付）は同市民，わけてもゲブラー，フローレンス他（2月20日付書簡参照）が単に自己の興味を満足させるために私人の時間或いは留意を侵害したことでは遺憾の念を表明する。

名宛人不詳　1842年3月10日付

【ジョン・ハイサ目録（1943年12月）に言及あり。日付は「フラーズ・ホテル，42年3月10日」。】

遺憾ながら招待に応ずること能わぬ由伝えて。

ジョン・クィンシー・アダムズ宛［1842年3月10または11日付］

【ロバート・C.ウィンスロップ著私家版『外国旅行の思い出』（1894）p. 62に言及あり。日付はアダムズが12日（土曜）までには本状を受け取っていたであろうことからの推断（注参照）。】

ディナーの招待は断りながらも，是非とも日曜午餐会には妻同伴にて伺候したき旨伝えて。

（注）　ジョン・クィンシー・アダムズ（1767-1848）は米国第六代大統領（1825-9）・第二代大統領ジョン・アダムズの息子。ディケンズによる描写についてはフォンブランク宛書簡（3月12日付）参照。ロバート・チャールズ・ウィンスロップ（1809-94）はマサチューセッツ州選出ホイッグ党国会議員（1840-50）・エヴァリットの「最も親しい政友」（エヴァリット宛書簡（42年1月1日付）注参照）。ウィンスロップによるとアダムズは3月12日，ディケンズからの手紙に触れ，「独りで会うつもりはないので君とソールトンストール殿に同席して欲しい」と告げたという。かくて両氏は列席。ディケンズはキャサリン同伴で遅刻して到着，にもかかわらずロバート・グリーンハウ（国務省翻訳家）とのディナー（5時半開始）の着替えのため中座（ディナーの約束についてはマクレディ宛書簡（3月22日付）参照）。ウィンスロップは恐らくボストンとニューヨークで受けた歓待の結果であろう，ディケンズの時折示す無愛想や気紛れ，それ故の取り澄ました勿体の印象を綴る。

H. D. ギルピン宛　1842年3月11日付*

ワシントン，フラーズ・ホテル。1842年3月11日

拝復

紹介状並びに御自身の心暖まるお手紙に篤く御礼申し上げます。わけても芳牘を賜り恭悦至極に存じます。

フィラデルフィアには今しばらく滞在致したかったものを，如何せん――我が意ではなく――時の乏しさ故に旅を急がねばならず，その独裁にこそ然に多大の愉悦を負うているかの名にし負う君主(サルタン)のある種顰みに倣い，夜っぴて友情を暖めては夜の明ける度連中の首を斬り続けねばなりません。

たとい我々の愉快な親睦が唐突にして立ち所に断たれようと，向後小生のことを思い起こして頂く機が訪れるならば，是非とも記憶に留めて頂くと共に，貴兄にも誓って劣らぬ礼を返させて頂きたく。

妻が貴兄並びに御令室にくれぐれもよろしくお伝えするよう申しています――して何卒小生からも御鶴声賜りますよう――つゆ変わることなく親愛なるギルピン殿

敬具

チャールズ・ディケンズ

（注）ヘンリー・ディルワース・ギルピン（1801-60）はフィラデルフィア在住弁護士・政治家・第七代大統領アンドルー・ジャクソン派民主党員。第八代大統領ヴァン・ビューレン政権の下(もと)法務長官（1840-1）として政界を辞す。「アミスタッド号」黒人奴隷事件審理においてはJ. Q. アダムズに敗れる（W. W. ストーリー宛書簡（2月4日付）注参照）。42年以降は主として文筆活動・古典学に専念。書状冒頭「紹介状」は恐らくギルピンのワシントンの友人達へのそれ。第二段落「我が意ではなく――時の乏しさ故に」は『ロミオとジュリエット』第五幕第一場75行薬屋の台詞――「お受けするのは私の貧乏，心ではありません」――の捩(もじ)り。「その独裁にこそ……斬り続けねばなりません」はディケンズが三日後アリゲイニー倶楽部主催正餐会，さらには3月18日リッチモンド「社交の夕べ」においても再び繰り返す『アラビア夜話』緒言への言及。末尾ギルピン夫人はノース・キャロライナ出身，旧姓イライザ・シブリー。ルイジアナ州上院議員ジョサイア・S. ジョンストン未亡人。

S. J. ヘイル夫人宛　1842年3月11日付

親展

ワシントン，フラーズ・ホテル。1842年3月11日

親愛なるマダム

小生フィラデルフィアを然に慌ただしく発ったものですから，奥方の忝くもひたむきな芳牘に御返事致す暇(いとま)がありませんでした。

誓って，くだんの麗しき行(くだり)を拝読致すに及び如何せん心を揺すぶられずにはいられませんでしたし，奥方とてかようの賛辞を物すほどかくて小生をして恭悦至極に存じさす手立てを見出すこと能わなかったでありましょう。何とお礼申したものか。されど小生かの，誰しも然るべく言葉に尽くせぬと宜なるかな感じよう，してむしろ言葉足らずなほど多くが語れるやもしれぬ身の上にあるものですから，後はただ心より篤く御礼申し上げますと付け加えるに留めさせて頂きたく。

――改めて惟みれば，しかしながら，以上の文言に劣らず嘘偽りなく衷心よりの誓いを添えさせて頂かねばなりません。即ち，我々が共に抱き，小生に貴女の崇敬と称賛をもたらすに至ったかの共感を軽んずることだけは断じてなかりましょうとの。

妻もくれぐれもよろしくお伝えするよう申しています。つゆ変わることなく

親愛なるマダム

匆々

チャールズ・ディケンズ

S. J. ヘイル夫人

(注)　セアラ・ジョウシーファ・ヘイル（旧姓ビューアル）(1788-1879) は『レディーズ・マガジン』(ボストン) 編者を経て『ゴウディーズ・レディーズ・ブック』(フィラデルフィア) 文芸欄編者 (1837-77)。1822年に五人の幼子を抱えて未亡人となって以降は韻文・随筆・素描等多作の著述家・婦人教育の熱心な唱道者。ディケンズとはボストンにおける歓迎舞踏会で対面。第二段落「賛辞」は脚韻詩「チャールズ・ディケンズへ，フィラデルフィアへようこそ」(2月22日付)。第三段落「共感」は恐らく同詩第四連

「何となならば貴兄は……貧しき孤児(みなしご)を護る，聖なる感情を喚び覚まし……」への言及。

デイヴィッド・C. コールデン宛　1842年3月12日付

【不詳の目録（4月4日付）に言及あり。草稿は1頁。日付は「ワシントン，42年3月12日」。】

（注）本状の内容は恐らく自分達宛の手紙は前便（3月10日付）で手配されていた如くチャールストンではなく，リッチモンドへ転送するようとの依頼。計画の変更についてはフォースター宛書簡（3月13日付）参照。

オールバニ・フォンブランク宛　1842年3月12日［及び21日?］付

【3月21日?付書簡末尾については原典p. 120脚注，訳書149頁注参照。ミトン宛書簡（3月22日付）同様，イングランドの消印は「42年4月21日」。】

ワシントン（フラーズ・ホテル）。1842年3月12日

親愛なるフォンブランク。恐らく貴兄は何よりこの国の政治的奇矯について某かお知りになりたかろうと，当地へ参るまで貴兄宛火蓋を切るのを差し控えていました。定めし小生の冒険譚の眼目は聞き及んでおいでに違いなく――例えば如何様に十八日間に及ぶ時化催いの航海を凌いだことか――如何様に小生はここかしこで正餐会され，舞踏会され（会場には何と3,000もの人々が集まっていましたが），饗宴されたことか――如何様に一歩足を踏み出せばゾロゾロと，黒山のような人集りが踵(きびす)について来ることか――して挙句如何様におよそ本領ならざる境地にあることか。故にかようの，フォースターが生身の年代記たる体験は容赦して進ぜ，直ちに大統領官邸へとお連れ致しましょう。

大統領官邸は目にするには立派な館ですが――俚諺を飽くまで地で行くに――足を運ぶにはやたらイタダけぬそれではあります――少なくとも小生に言わせば。当地へは水曜の晩着き，そこへと木曜の朝上院書記官たる我が同姓氏に連れて行かれました。というのも「ジョン・タイラー」が小生を公式拝謁より遙かに光栄と見なされる個人的な会談へ招くよう遣わしていたもので。

大統領官邸

[a]我々は大きな玄関広間に入り，大きな鈴（りん）を――とはその取っ手の大きさから判ずるに――引きました。誰一人応える者がないのでその辺りを勝手にブラブラ，他の一人ならざる殿方の（大方は帽子を被り，ポケットにズッポリ手を突っ込んだなり）やたら悠長にやりこなしている如く歩き回りました。中には同伴の御婦人に建物を案内している者もあれば，椅子やソファでゆったりくつろいでいる者もあれば，欠伸をしては爪楊枝で歯をつついている者もありました。当該集団の大方の者は，そこに人知の及ぶ限り何ら格別な要件がないとあって，他の何をしているというよりむしろ己（おの）が覇権を申し立てていました。中には少数ながらしげしげ，よもや大統領殿（固よりウケが芳しからざるだけに）家具のどいつかクスねるか，作り付けのそいつらを小遣い欲しさに売り払ってはいまいがとばかり，睨め据えている者もありました。

これら手持ち無沙汰な連中がポトマック川と近隣の田園を麗しき一眸の下（もと）に収めるテラスに面す愛らしい客間や，より広々とした――「アシニーアム」の食堂に似ていなくもない――来賓室に散っているのを後目に，我々は階上の別の客間へと向かい，さらば謁見の順を待っている，より覚え目出度き客が一人ならずいました。小生の案内手（あないて）を目にするが早いか，平服と黄色い室内履きの黒人が――音もなくあちこち歩き回り，より焦れったそうな客の耳許で何やらヒソヒソ囁いていたものを——見知り越しの会釈をし，我々のお成りを告げにスルリと姿を消しました。

部屋にはおよそ二十人からの男がいました。一人ははるばる西部からやって来た，のっぽの，筋骨逞しい，痩せぎすの老人で，日に焼けて浅黒く，薄茶けた白帽子と大振りなコウモリごと椅子にすっくと背を伸ばしたなり座り，グイと絨毯宛苦虫を噛みつぶしています——まるで一旦大統領を己が言い分もて「ギャフン」と言わすホゾを固めたからにはテコでも動くものかとばかり。お次の男は身の丈7フィートはあろうかというケンタッキー出の農夫で，脱帽もせず，両手を燕尾の下に突っ込んだなり壁にもたれ，片方の腫で床をゴツンゴツン，まるで「時の翁」の頭を踏みつけ，文字通り奴を「つぶし」にかかってでもいるかのように蹴っています。第三の男は黒々とした光沢のある髪をきっちり刈り込み，頬髭と顎鬚の剃り跡も青々しい卵形の頭の小男で，太手のステッキの握りをしゃぶってはちょくちょく，揆や如何にとばかり，口から引き抜いています。第四の男は口笛を吹き通し吹いています。[a] その他の連中は今や片脚に，今やもう一方の脚に，重心を移しながら巨大な噛みタバコを噛み——それがまた途轍もなく巨大なものですから，一人残らず御尊顔が丹毒で腫れ上がってでもいるかのようでした。して一人残らずひっきりなしに絨毯の上にかくて模様が一変するほど黄色い唾液を吐き，当該気散じに耽らぬ少数派ですら夥しく喀痰しています。

五分かそこらで，黄色い室内履きの黒人が取って返し，我々を上階の——ある種執務室へと請じ入れ，さらばそこにては，茹だるように暑い日だったにもかかわらず紅々と燃え盛るストーブの傍らに大統領その人が独りきり，座っていました——すぐ脇にこの国では不可欠の家具たるどデカい痰壺を据えたなり。目下本状を認めている個人の居間にも御逸品が二つ，それぞれ暖炉の両脇にあります。火格子や炉辺鉄具としっくり来るよう真鍮でこさえられ，デキャンター載せといい対テラついています。——閑話休題。大統領でした。はむ！　大統領は腰を上げるやおっしゃいます。「貴殿がディケンズ殿と？」——「如何にも」とディケンズ殿は返します。「仰せの通りであります」「かほどにお若い方とは存じませんでした」と大統領です。ディケンズ殿は笑みを浮かべ，世辞を返そうかと惟みます――が返しませんでした。と申すのも大統領はゴマをするには見るからにぐったり疲れ，やつれていたもので。「我が国へはるばるお越し頂き市民共々光栄至極に存じます」と大統領はおっしゃいます。ディケンズ殿は礼を述べ，握手を交わします。するともう一方のディケンズ殿が，書記官が，大統領に何卒今晩拙宅へお越しをと声をかけます。さらば大統領は仕事が立て込んでいる所へもって，麻疹（はしか）にかかってでもいなければ喜んで伺うものをと返します。それから大統領と両ディケンズ殿は腰を下ろし，互いに顔を見合わせますが，やがてロンドンのディケンズ殿が定めて大統領は忙しくしておいでのことと存じます，他方のディケンズ殿共々そろそろお暇をと申し上げます。その途端三人（みたり）は腰を上げ，大統領はディケンズ殿（ロンドンの）にまたお越しをと宣い，ディケンズ殿は是非ともと返します。かくて謁見はお開きと相成りました。

大統領官邸から小生は国会議事堂へと向かい，上院下院共を視察しました。というのも恐らく御存じの通り一つ屋根の下（もと）にあるもので。いずれも円形劇場によく似た形状で，たいそう雅やかに設えられ，御婦人専用の，して一般大衆用の広々とした回廊（ギャラリー）があります。両者の内では遙かに小さい上院にて，小生はものの最初の四半時間で誰しもの御高誼に与り――わけてもクレイはついぞお目にかかったためしのないほど好もしい魅惑的な男性の一人に数えられようかと。長身痩軀で，白髪交りの柔らかな髪を長く伸ばし――頭の形はすこぶるつきで――面立ちは洗練され――目は明るく――声は朗とし――物腰はともかく高齢の如何なる男性においても目にしたためしのないほど気さくで魅力的です。小生すっかり虜にされました。他方の院ではジョン・クィンシー・アダムズに大いに興味をそそられました。どことなくロジャーズに似ていますが，さほど老衰してはいません。豊かな教養を具え，絵に画いたような「軍鶏（シャモ）」です。他の面々はざっと見る所，我らが祖国の議員と似たり寄ったり――中にはやたら気難しげな先生もいれば，やたら荒っぽそうな先生も，すこぶる気の好さそうな先生も，やたらがさつそうな先生もいます。小生はどちらがワイズ議員かと尋ねました。というのも先日イングランドがらみで実に猛々しい演説をぶち，同上をぶちながらも，たまたまその場に居合わせたモーペス卿を指差すことに

国会議事堂

て（実に慇懃な情趣と品性を失わぬまま）自説にダメを押していたとの状況が今に記憶に新しいもので。彼らは左頬に大きなアメ玉もどきの煙草を突っ込んだ，猛々しい見てくれの，人相の悪い，どことなくロゥバックに似てはいるものの遙かに蛮人じみた男を指差し，小生は妙に得心したものです。

小生は生憎，三週間ほど前に別の議員に議事規則違犯を注意されるや「こん畜生めが，このオレを違法呼ばわりしようものならきさまの喉を耳から耳まで搔っ裂いてやる」と悪態を吐いた先生にはお目にかかれませんでしたが——そこに居合わさなかったもので——皆は先生が当該めっぽう強かな啖呵を浴びせた相手の先生を指し示してくれたもので，この方を拝眉してもって善しとせねばなりませんでした。

昨日，小生は再びそこへ足を運びました。すると違法行為と選挙妨害の廉で訴えられている，とある郵便局長の免職を巡り討論が行なわれていました。小生の傍聴した論弁は一部，所謂「政治演説（スタンプ・オラトリ）」——即ち例の，西部にて，くだんの自然の演壇より揮われる手合いの雄弁——と一部，芥子粒ほどの論理を芥子粒ほどの小間切れ肉（ミンスミート）にパサパサにして味気なく切り刻むの術より成っていました。我らが祖国のそれと五十歩百歩。とある先生は野党の笑い声に遮られると，子供が別の子供相手の喧嘩においてやろう如く，笑い声を真似てみせ，かく宣いました。「反対党の諸先生には是非ともほどなくもう少々吠えヅラをかかせて差し上げたいものですな」是ぞ小生が二時間の内に耳にした就中際立った所見だったでしょうか。

つい今しがたどこもかしこも痰壺だらけだという点には触れたかと。正しく至る所。病院，牢獄，番小屋，法廷にて――判事席，証人台，陪審員席，傍聴席――駅馬車，汽船，鉄道客車，ホテル，私邸の玄関広間，議員会館にて――男は二人に一つ，当該文明の利器を間に挟んでいます――全くもって無用の長物たるに，というのも御両人，貴兄に話しかけている間（ま）にも絨毯を痰浸（たんびた）しにしているもので。この国のありとあらゆる事物の内，当該習いが小生にとっては何より鼻持ちなりません。不浄にだけは耐えられません。せめて彼らがきれいな唾を吐いてくれさえすれば，小生辺り一面唾だらけの中でとて甘んじて生きてみせましょう。が誰も彼もが口からくだんの疎ましくもこの上なく悍しき唾液と煙草の一緒くたを吐き出すとならば，正しく胸クソが悪くなり，到底辛抱し切れたものではありません。豪壮な公共建造物という公共建造物の大理石の階段や廊下はこれら吐気催いの染みに塗（まみ）れ，天井を支える円柱という円柱の基（もとい）には同上が浴びせかけられ，かくて床は何卒外来者は「煙草唾（タバコ・スピトル）」で穢（けが）さぬようと拝み入る刷り物にもかかわらず，褐色に様変わりしています。是ぞ未だかつて文明の目の当たりにしたためしのないほど猥りがわしく，鼻持ちならぬ，言語道断の習いでありましょう。

一旦アメリカ紳士が洗練されるとなると，蓋し一点の非の打ち所もない紳士たろうかと。かようの英国人の有すありとあらゆる麗しき資質にかてて加えて，心の暖かさとひたむきさを具えているとあって，小生，身も心も委ねざるを得ません。実の所，国民誰しもこよなく情愛濃やかにして大らかな情動に衝き動かされるかのようです。これまでもどこを旅するにせよ道中，愉快なやっこさんがわざわざ一肌脱ぎに乗り出してくれなかったためしがありません。喜んで力を貸してもらったささやかな礼に金を申し出ようものなら，いたく傷つき心証を害さぬ其処いらの男に一人とて出会したためしがありません。女性に対する慇懃と恭順は世の通則です。誰一人として女性を締め出してまで公共の乗り物の自分の席にしがみつこうとする男は，と言おうかもしやほんの幽かでもその気配が窺われようものなら，如何ほど己自身は不都合を蒙ろうと束の間たり席を譲るのを躊躇う男は，いません。誰しも大らかで，持て成し心に篤く，情愛濃やかで，親切です。これまでも行く先々で所定の刻限になると，扉を大きく開け放ち，三百から七，八百の人々を迎えねばなりませんでしたが，ただの一度として不躾な，と言おうか差し出がましい問いをかけられた覚えはありません――唯一英国人による例外をさておけば――して英国人が当地に十年から十二年，腰を据えたが最後，極道以下に成り下がるは必定。

にもかかわらず，ここに二年間とは暮らさぬでしょう――然り，如何なる贈り物を賜ろうと。宜なるかな，馴染みに会いたいと，再び我が家に戻りたいと思うのみならず，小生，貴兄には思いも寄らぬような，我らが祖国の習慣や祖国の流儀への憧憬には已み難いものがあります。書面にては如何なる点においてアメリカが小生の先入主と懸け離れているかおよそお伝え致しかねますが，ここだけの話――他言は無用にて内々に申し上げれば――一刻も早くこの国を去りたくてたまりません，なるほどここにては幾多の人々に深甚なる愛着を覚え，国中至る所かのラファイエットの場合をさておけば其（そ）が目の当たりにしたためしのないほど盛大な公式巡行を果たしているとは申せ。今や小生，「極西部地方」へ向かおうとしています。これまで訪うた町という町にて公式の宴の手筈が整えられて来ましたが，いずれも――唯一の例外をさておけば――固辞せざるを得ませんでした。――小生今や，N.ヨークから2,000マイル離れた――インディアン版図の際の――「極西部地方」の我が愛読者皆に相見ゆべく旅立たんとしています！

同封の便箋（シート）に認（したた）めて以来，大統領からディナーの招待を受けましたが，御指定の日より前にワシントンを発たねばならなかったため，伺候致せませんでした。が妻共々，気が向けばほとんど全ての土地の人間の足を運べる公式接見会へは参りました。黒山のような人集りが出来ているにもかかわらず，屋敷の中であれ外であれ，兵士も，水夫も，巡査も，警官も一人とて警備に当たっていないというに，完璧な秩序が保たれているとは実に目ざましくも感銘深い光景でした。

既に南部へはヴァージニア州リッチモンドまで足を伸ばしました——申すまでもなく奴隷制を目の当たりにするのは何と悍しいことか，所有者は当該「クリオール号」事件故に，イングランドに対するその忿怒において何と常軌を逸していることか。——程遠からずフォースターにお会いになった際にでも，黒人御者が凸凹道を如何様に駆るものかお尋ねを。

してもしや流謫（るたく）の男宛一筆走り書きする暇（いとま）がおありならば，何卒宛先はニューヨーク，ハドソン・スクエア，レイト・ストリート28番地デイヴィッド・コールデン殿気付にてお願い致したく。さらば小生何処にいようと芳牘を転送して下さいましょう。是が非とも小生のこちら岸にては致せぬことを貴兄の側にては為し，郵便料金をお支払い頂かねばなりません——さなくばせっかくの芳牘もお手許に舞い戻ってしまいましょう。

トーリー政権はいつまで続くでしょうか？　六か月とでも。さらば小生の祝福をお受け取り頂きたく。

妻が小生共々令室並びに義姉（あね）上に御鶴声賜るよう申しています。してつゆ変わることなく親愛なるフォンブランク

敬具

チャールズ・ディケンズ

（注）　オールバニ・フォンブランクは『イグザミナー』編集長（『第一巻』原典p. 205脚注，訳書p. 255頁注参照）。『探訪』第八章「ワシントン。立法府。大統領官邸」執筆中，ディケンズは本状をフォンブランクから借り受け，広範にわたって依拠（8月26日付書簡参照）。aaは『探訪』第八章末尾近くのほぼ逐語的引用箇所〔拙訳書123-4頁，125頁参照〕。第二段落「ウケが芳しからざる」大統領についてはフォースター宛書簡（3月15日付）注参照。第六段落大統領の「頭」への言及，その背景にある国会議員全般の「頭部」への頭蓋骨相学的関心に対する揶揄については『探訪』第八章〔拙訳書118頁〕参照。サムエル・ロジャーズについては『第一巻』原典p. 602脚注，訳書755頁注参照。「軍鶏（シャモ）」の形容は七十三歳のアダムズが1月に「合衆国解散」請願提起に対して譴責動議を受けながらも2月7日，反対派の南部奴隷制支持者相手に勝利を収め，下院が停会するまでに二百回近くもの請願を提起した事実を踏まえて。ワイズ（Wyse）は正しくは“Wise”。ヘンリー・アレキサンダー・ワイズ（1806-76）はヴァージニア州選出下院議

員（1833-44）。タイラーの親友・国会における支持者代表。南部諸州奴隷制の擁護者として反奴隷制請願に際してはアダムズと真っ向から敵対。「先日イングランドがらみで実に猛々しい演説をぶち」とは，1月における「合衆国解散」請願を巡る討論でワイズが侮辱的な糾弾においてアダムズをアメリカの慣習を破壊しようとするU. S. Aの英国党員と弾劾した事実を踏まえて。モーペス子爵，後の第七代カーライル伯爵，ジョージ・ウィリアム・フレデリック・ハワードについては『第二巻』原典p. 447脚注，訳書555頁注参照。この折はアメリカとカナダに一年間にわたり滞在中。サムナーの親友としてディケンズの持て成し手（ホスト）の大半に会い，ニューヨークでは公式歓待を受ける。合衆国二十六州の内二十二州を周遊した（レディ・ホランド宛書簡（3月22日付）注参照）。奴隷制を忌み嫌い，合衆国の主立った奴隷制廃止論者に格別な敬意を寄せる。ジョン・アーサー・ロゥバック（1801-79）は急進派・J. S. ミルの友人・バース（後にシェフィールド）選出無所属国会議員。『ウェストミンスター・レヴュー』との関係についてはサムナー宛書簡（3月13日付）参照。第七段落の逸話については『探訪』第八章〔拙訳書119頁〕参照。フォースター執筆「アメリカの新聞文学」（『フォリン・クォータリー・レヴュー』（42年10月号）掲載）によると，悪態を吐いた議員はルイジアナ州ドーソン将軍，相手議員はテネシー州アーノルド氏。フォースターは出典を明記していない所からしてディケンズの日誌を参照した可能性もある。第八段落「とある郵便局長」を巡る討論についてはディケンズが誤解していた可能性も。当日の苛烈な論争の大半はニューヨーク港徴税官の1929-38年における100万ドル着服に対し甚だしき職務怠慢に問われていた財務省一等会計監査人の俸給差止め提案に端を発していた。「公金横領の廉で免職になった然る西部の郵便局長」を巡る抗弁については『マーティン・チャズルウィット』第三十四章〔拙訳書下巻141頁〕参照。〔「政治演説（スタンプ・オラトリ）」の原語 “Stump Oratory” は字義的には「切り株雄弁」。元米国の新開地で切り株が政談の演説台として用いられた習いに因む。そこから「自然の演壇」。〕第十段落末尾「極道以下に成り下がる」はフォースター宛書簡（3月15日付）で再び繰り返される準え。本段落末尾（即ち折り畳まれた四折版紙（クォート・シート）四頁目最後），或いは——可能性は薄いが——前段落末尾で，ディケンズは明らかに書状を締め括らぬまま，一旦脇へ置いたと思われる。インク，筆跡に明らかな変化は認められないものの，以下の段落には12日以降にしか綴れなかったろう内容が含まれている。恐らくディケンズは再びワシントンで手紙の残りを締め括ったと思われる（ワシントンへは20日夕リッチモンドから一時（いちじ）戻り，21日午後ボルティモアへ向けて発つ）。ニューヨークから「2,000マイル」西，「インディアン版図の際」へ向かう決意（初めて日付の明確に記された）についてはフォースター宛書簡（3月21日付）参照。第十一段落「祖国の（流儀）」の原語 “english (manners)” は草稿では小文字に読める。ラファイエット侯爵（1757-1834）はフランスの軍人・政治家。アメリカ独立戦争に従軍，帰国後，大革命に際し国民軍司令官となり，「人権宣言」起草にも関与。四度（よたび）訪米，「新旧両世界の英雄」と称えられた。ディケンズの「ラファイエットこの方例を見ぬ合衆国巡遊」についてはF, III, ii, 210参照。第十二段落冒頭「同封の便箋（シート）に」とある所からして，ディケンズは今や宛名の記された覆い紙（カバーシート）の内側に綴っている模様。ディケンズがワシントンを発ったのは16日。キャサリンと共に出席した「公式接見会」とは15日に催された，その季節（シーズン）最後の謁見の儀（レヴィー）。各省長官，駐米大使，判事，上・下院議員が参列し，ディケンズとアーヴィングは1,500名に上る客人の主賓として持て成された〔詳しくは拙訳書125-7頁参照〕。第十三段落リッチモンド到着は3月17日。奴隷制の「悍しい」光景についてはフォースター宛書簡（3月21日付）参照。「当該『クリオール号』事件」とは前年11月ヴァージニア州ハンプトン水路からニューオーリンズへ向けて出航したアメリカ船「クリオール号」の奴隷が乗組員の統制を逃れ，所有主の一人を殺害，英領ナッソーへ入港，英国側が殺人容疑者を除き全員釈放，容疑者の身柄もアメリカ当局へ引き渡すのを拒んだため大論争が巻き起こった一件。国務長官ウェブスターが英政府宛激しい抗議文を認め，結局英政府は1853年賠償金＄110,000を支払う。「黒人御者」の逸話は3月17日付フォースター宛書簡に綴られているものの，フォースターは『探訪』第九章で既に詳述されているとの理由をもって削除（F, III, iv, 239参照）〔詳しくは拙訳書131-4頁参照〕。第十五段落「トーリー政権」は41年8月組閣ピール政権（46年6月解散）。最終段落「令室」はアイルランド，ミース出身キーン船長の娘。「義姉（あね）上」については不詳。

チャールズ・マリ，ジェイムズ・ホゥバン，フィリップ・エニス宛　1842年3月12日付

【原文は『ナショナル・インテリジェンサー』（42年3月23日付）より】

ワシントン，1842年3月12日

拝復

忝くも身に余る御招待を賜り篤く御礼申し上げます。是非ともお言葉に甘えさせて頂きたかったろうものを，遺憾千万ながら16日に当市を発つ予定にて早，出立の手筈を整え果しているため，変更すること能いません。

御高配に深甚なる謝意を表しつつ，敬具

チャールズ・ディケンズ

（注）　チャールズ・マリは恐らくワシントン在住海軍主計官（43年3月以来）。ジェイムズ・ホゥバン（1809-46）はコロンビア州検察官。アイルランド生まれの大統領官邸建築技師ジェイムズ・ホゥバンの息子。フィリップ・エニスは商工人名録によると，ワシントン在住「肉貯蔵室（ミート・セラー）」。「御招待」はワシントン，フラーズ・ホテルにおける聖パトリック祝日正餐会へのそれ。エニスは副司会者の一人。ジョン・タイラー，J. Q. アダムズも招待を断る。〔アイルランドの守護聖人，聖パトリックの祝日は3月17日。〕

J.G. トトン宛　1842年3月12日付*

ワシントン。1842年3月12日

チャールズ・ディケンズ殿は謹んでトトン大佐に御挨拶致すと共に，忝き芳牘を賜り篤く御礼申し上げます。が誠に遺憾ながら氏自身も夫人も短いワシントン滞在中，日々予定が入っています。より幸運な状況の下ならば心より喜んでトトン大佐の手厚きお招きに応ずるに，「その日を指定」させて頂いていたろうものを。

（注）　ジョウゼフ・ギルバート・トトン大佐（1788-1864）はアメリカ陸軍機関長・ウェストポイント米国陸軍士官学校監督官（1838）・准将（1863）。ニューヨーク港，トトン砦は大佐の名に因む。

ジョージ・ウォタストン宛　1842年3月12日付*

ワシントン，フラーズ・ホテル。1842年3月12日

拝復

興味深き御高著並びに，忝くも身に余るお言葉を賜り篤く御礼申し上げます。ここに深甚なる謝意を表させて頂く次第にて

敬具

チャールズ・ディケンズ

ジョージ・ウォタストン殿

（注）　ジョージ・ウォタストン（1783-1854）はスコットランド系小説家・司書・ジャーナリスト。国会図書館司書（1815-29）・30年から『ワシントン・ナショナル・ジャーナル』編集長・ワシントン国有記念物協会幹事（33-歿年）。「御高著」は恐らく『ワシントン一景』（1840）。

ジョン・フォースター宛　1842年3月13日付

【F, III, iv, 235-7に抜粋あり（3月6日付書簡の続き）。】

ワシントン，1842年3月13日，日曜

こと最後の文章に関せば，親愛なる君，フィラデルフィアでのちょっとした体験を審らかにしなければならない。ぼくの部屋は一週間借りてあったが，ケイトの調子が思わしくないせいで，Q氏と手荷物だけ先へ行かせていた。Q氏はいつも定食で済ませているので，ぼく達のニューヨーク滞在中，部屋は空っぽだった。亭主は部屋の予約してある間(かん)宿泊代の半額を（いたく当然の如く）請求するのみならず，何と同期間のぼくとケイトとアンの賄い代として日に9ドル申し立てて来た――ぼく達は実の所ニューヨークで同額の掛かりで暮らしていたというのに!!!　ぼくはさすがにこの点にかけては物申した。がいたく淡々とこれが習わしだと（とは爾来真っ紅なウソたること信じて疑わぬが）返され，耳を揃えて払わざるを得なかった。外にどうしろというのか？　ぼくは朝5時の汽船で発つことになっていた。して亭主はぼくが勘定書きの一項にでもケチをつけようものなら，どっとばかり新聞の聖なる怒りを買おうとは百も承知だった，何せ一社残らず大文字で果たして「是(これ)」がアメリカが未だかつてラ・ファイエットを措いて他の何人(なんぴと)たり迎えたためしのないやり口で迎えた男の感謝の印かと食ってかかるに違いなかろうから。

ぼくは先週の火曜，フィラデルフィア近郊の東部懲治監(イースタン・ペニテンシャリ)を視察したが，そいつは合衆国で，と言おうか世界中で唯一，刑期の間中，絶望的かつ厳正な揺ぎない独房監禁制に則り運営されている牢獄だ。管理体制は見事だが，実に恐ろしい由々しき場所には違いない。監督官達は，ぼくがフィラデルフィアに着くが早いか，どうか牢で一日過ごし，視察を終えたら，くだんの体制についてどう思うか意見を聞かせて欲しいので食事を御一緒にと言って来た。という訳でぼくは一日がかりで独房から独房を見て回り，囚人と言葉を交わした。ぼくには至れり尽くせり便宜が図られ，囚人も誰一人として思い思いの会話に歯止めを利かされる者はなかった。たといぼくは二十枚からの手紙を綴ろうと，この僅か一日の出来事は到底語り尽くせないだろう。という訳で土産話はいつかまた「ジャック・ストロー亭」のテーブルを――君とぼくとマックの三人して――囲み，ぼくの日誌をめくる幸せな日がやって来るまで取っておくとしよう。ぼくは金輪際あの日の印象を記憶から拭い去れまい。事実やってのけた如くメモを取るなどお笑い種。何せこの脳裡に，つい昨日のことのように，刻みつけられているもので。ぼくはそこに五年，六年，十一年，二年，二か月，二日，閉じ込められている男達に会い，中には刑期がもう直ぐ終わる者もいれば，始まったばかりの者もいた。女囚もまた，同じ色取り取りの状況の下にある。収監される囚人は皆，夜分連れて来られると風呂に入れられ，囚人服を着せられ，それから黒い頭巾を被り，被ったが最後，禁錮期間の果てるまで二度と再びお出ましにはなれぬ独房へと連れて行かれる。ぼくは内幾人（いくたり）かを恰も生き埋めにされたもののまたもや掘り起こされた男を眺めていたろうと同じ畏怖の念を込めて眺めた。

ぼくは牢の中で食事を取り，食事の後で，そこで目にしたものにどれほど大きな衝撃を受けたか，これは何と由々しき懲罰たることか胸の内を明かした。この点にクダクダしく触れたのは，監督官は皆極めて心優しく慈悲深い男ばかりだったにもかかわらず，果たして自分達の為していることの何たるか知るほどには人間の精神に通じていないのではあるまいかと思われるからだ。蓋し，彼らは通じていないはずだ。ぼくは施設の運営の素晴らしさに，同上を目にする誰しも同様，証を立てたが（因みに所長は正しくスタンフィールドその人で，いささか若返った，というだけのことだ），囚人に更生をもたらさぬ限り，かようの懲罰に酌量の余地はなかろうと言い添えた。短い刑期ならば——例えば長くて二年間の——某かの事例における優れた効果について耳にした後では，なるほど有益やもしれぬが，余りに長期にわたれば，苛酷にして不条理に思われるとも。してさらに，軽犯罪に対する彼らの処罰は残忍とまでは行かずとも厳格すぎはしないかと。以上全てを，彼らは真実，他者の忌憚ない意見を求め，誠を尽くしたいと望んでいる男然と受け止めた。してぼく達は互いに得心し切り，こよなく気さくな物腰で別れた。

彼らは朝方迎えに寄越していた馬車でぼくをフィラデルフィアへ連れ戻し，それからぼくはそそくさと着替えをし，ケイトに付いて書店主ケアリの屋敷まで行かなくてはならなかった，そこでパーティが催されたもので。彼はレズリーの姉妹の内一人と連れ添っていた。ここにはレズリー嬢が三人いて，皆たいそう嗜み深く，わけてもお一方は兄の主立った絵を一枚残らず模写し，これら複製が部屋中に所狭しと掛かっている。ここにてぼく達はなるたけとっとと暇を乞い，明くる朝は5時に床を抜けなければならなかった。して午前中，500人からの人々を迎え，握手をした，よってお察しの通りへとへとにくたびれ果てた。実の所，ぼくはせいぜい体に気をつけ，煙草と酒を慎み，早目に床に就き，食べ物には細心の注意を払わなくてはならない。……気候がどれほど鼻持ちならず癪に障るか，は思いも寄らないだろうな。ある日風がそよとも吹かぬ盛夏だったかと思えば，翌日は氷点下20度まで下がり，文字通り身を切るように冷たい風がビュービュー吹き荒ぶ。この手の急変がここでは先週の水曜の晩以来一再ならず出来している。

実は進路を変更し，チャールストンへは行かないことにした。その辺りは，ここからずっと陰気臭い沼地続きだし，途中一晩，時化催いの沿岸を航行しなければならず，赤道直下さながらの強風も吹き荒れている。してクレイが（ところですこぶる気のいい男だが）相談を持ちかけると，後生だから止めてくれと言い張る。あっちは茹だるように暑い上，春先の鬱病もお越しだろうし，所詮見るものは無いに等しい。という訳で今度の水曜の晩リッチモンドへ向かい，木曜に着くことになっている。三日ほど滞在する予定だ。タバコ農園を見て回る腹づもりなもので。それからジェイムズ川伝（づて）ボルティモアへ引き返す。以前素通りしたことはあるが，今度は二日ほど滞在する。そこでいざ，この大陸のいっとうどデカい一帯——アレゲーニー山脈を越え，大草原（プレーリー）を突っ切り——真っ直ぐ西部へと向かう。

（注）「最後の文章」はホテルで法外な料金を請求される習いに関して（フォースター宛前書簡末尾参照）。第二段落「フィラデルフィア近郊の東部懲治監（イースタン・ペニテンシャリ）」についてはコールデン宛書簡（3月10日付）参照。〔「言葉を交わした」囚人の描写は，原典p. 123脚注では『探訪』第六章参照となっているが，「第六章」は未だニューヨーク滞在中。正しくは「第七章」（拙訳書101-4頁参照）。〕「とある男囚——船乗り——」の描写についてはコールデン宛書簡（3月10日付）参照。「ぼくの日誌」については『第二巻』原典p. 388，訳書483頁，フォースター宛書簡（41年9月22日付）参照。日誌は残存していないが，1850年「猫っ可愛がられ囚人」（*Household Words*, I, 100〔拙訳『ディケンズ寄稿集』第四十三稿〕参照）執筆中，J.フィールズ師によるディケンズの懲治鑑描写への批判に注釈・修正を施す上で長い脚注において参照。第三段落「この点にクダクダしく触れた

のは……通じていないのではあるまいかと思われるからだ」の再現としては『探訪』第七章の以下の件（くだり）が挙げられる——「この，脳の神秘の遅々たる日々の愚弄は，如何なる肉体の拷問より遙かに邪ではなかろうか」〔拙訳書99頁参照〕。〔クラークソン・スタンフィールドについては『第一巻』原典p. 553脚注，訳書708頁注参照。〕「長くて二年間」に関し，例えば小規模ながら独房体制の導入されたペントンヴィル監獄（42年12月創設）においては十八か月が囚人が流刑前に職業訓練を受ける最長見習い期間と見なされていた。独房監禁制の「有益」性についてはコールデン宛書簡（3月10日付）参照。ただしディケンズがこの体制に対して常に懐疑的であったことは『探訪』第七章の以下の件（くだり）にも明らかであろう——「小生はいつぞや，仮に『然り』か『否』かと言う権利があれば……或いはほんのわずかなりそれに同意したとの身に覚えのあってなお……夜分安らかに床に就くことも能うまい」〔拙訳書99頁〕。第三段落最後の行（くだり）にある通り，ディケンズが関係者と友好的に別れたことに異論はないが，彼のその折の懲治監批判は看過されたと見え，『探訪』において否定的見解が明るみに出るや，フィラデルフィア体制支持者は少なからず衝撃を受ける。かくてディケンズ批判は収まるどころか辛辣さを増し，例えば『ペンシルヴァニア・ジャーナル』I（1845），48は得られた素材を「担がれ易い賛美者の娯楽のために亡霊や悪戯小鬼（ホブゴブリン）に」仕立て上げる「病んだ空想」を糾弾する。第四段落F.ヘンリー・チャールズ・ケアリ（FではCary。正しくはCarey）は出版社ケアリ＆リー社主（1825–34）・経済学者。国際版権には異を唱えていたものの，英国の著者に逸早く印税を支払ったアメリカ版元の一社。チャールズ・ロバート・レズリーについては『第二巻』原典p. 395脚注，訳書493頁注参照。「姉妹の内一人」はマーサ・レズリー（1847歿）。ケアリとは1819年結婚。「レズリー嬢が三人」とは恐らくケアリ夫人も含めて——レズリーに姉妹は外にもう二人，姉の小説家イライザ（1787–1858）と肖像画家アンしかいなかった。「500人からの人々」との握手についてはゲブラー他宛書簡（2月20日付）脚注参照。第五段落ボルティモアへの途上，一行は20日，ワシントンで一泊。「素通り」についてはコールデン宛書簡（3月10日付）脚注参照。

チャールズ・サムナー宛　1842年3月13日付

ワシントン。1842年3月13日——日曜

親愛なるサムナー

フッドはとある著書の中で二進も三進も行かない男がらみで，其奴はアイルランド十分の一税といい対（たい）気を鎮めること能わなかったと形容しています。小生昨夜，百層倍ありがたき芳牘を受け取った際，正しく当該苦境に陥っていました。恰も筆跡が非難がましく小生を睨め据えるに，悉く反故にされた，一筆認めるとの厳粛な約言を——挙句履行されなかった百もの善意を——思い起こ

さすかのような疚しさに駆られて。が貴兄は定めて御寛恕賜りましょう。小生世の人間の御多分に洩れず，「地獄の舗装工」としては夥しき仕事をこなしていますが，その数あまたに上る誓いを守ってもいます。してこれら誓いを敬虔に（して貴兄から便りを頂きたいばっかりに，独り善がりにも）守っていたでありましょう，もしや暇さえあれば――御逸品，貴国民が小生に賜らぬ数少ない恩恵の端くれではありますが。

貴兄が我々自身や，我々の手紙や，哀れとうに匙を投げるに至った「カレドニア号」のことを気づかっておいでと知り如何ほどありがたく存じていることか，は思いも寄られますまい。船が到着せぬとあって，無論，深い失望に見舞われ，我が家に纏わる便りを空しくも切に焦がれて参りました。我々の幼気なヨチヨチ歩きの内一人がてっきり手紙と思い込んでいる何やら妙ちきりんなインクの滲んだちっぽけな殴り書きが，幾尋もの水底で溺死体や，豪華船の残骸や，然に由々しくもそぐわぬ仲間に紛れて沈んでいると思えば奇しき感懐を覚えずにはいられません。が片や何と我々自身危うくくだんの恐るべき災禍に巻き込まれる所だったことか，何と，然に幾多の友人に恵まれている我々が，ひたすらクリスマス時を祖国で丸ごと楽しまんがため二月まで出立を延ばさなかったとは奇しき巡り合わせもあったものだと思えば，ともかくここにいることでは神に感謝の祈りを捧げ，くだんの紙切れ如きへの思いが――たとい如何に愛と思慕の込められた包みとは言え――気の毒な乗客や然に侘しき期待に駆られている彼らの馴染みや子供達への労しさに紛れるとは内心忸怩たるものがあります。

こと代理人に関せば，男は自らの信心に金を支払われているだけに，小生主教管区司教職を狙っている教会区司祭のそれに劣らずいささかの信も置いていません

未だ，ボストンほど意に染む場所に出会っていません。再び訪えればと存じますが，無理かもしれません。我々は今や奴隷制と，痰壺と，上院議員の領域にいます――これら三者はありとあらゆる国において害毒ですが，痰壺は就中イタダけません。しかもその用途が解しかねます。もしや其が民意への敬意にあるとすらば，少なくとも小生，一個人としては，果たしてくだんの円形の穴

の中に何があるものやらと絶えず想像を逞しゅうせざるを得ずとも済むものなら。まだしも単に種も仕掛けもない一点の家具にして，黙考を誘(いざな)うにすぎぬ砂箱の方が好もしく感じられます。が固より誰も彼もが絨毯を用いるというなら，何故(なにゆえ)いずれにせよ煩わされねばならぬものか，は金輪際得心の行くよう解き明かされ得ぬ謎ではあります。

両院にはたいそう心惹かれる人物が幾人もいますが，正直な所，クレイには強い愛着を覚えます。とにかく気さくないい奴で，小生ぞっこん参っています。——果たしてジョン・クィンシー・アダムズを見てロジャーズに似ているとお思いになったことは？　大統領は貴兄に話しかける段にはクルリと，タルファドその人にしか叶わぬ，と小生には思われる具合に大御脚を引っ込めます。ワイズ殿は「ウェストミンスター・レヴュー」のロゥバックにそっくりでは——と言おうかもしやロムルス流儀で，狼に乳を授けられ，御幼少時ずっと野育ちであったならば然たりしだったろうロゥバックに。

我々は進路を変更し，チャールストンへは参らぬことにしました。ここを水曜の晩に発ち，リッチモンドへ向かい，三日間滞在します。月曜にはジェイムズ川を下ってボルティモアへ行き，二日間滞在します。そこから内部改善路線伝いにピッツバーグまで山脈を越え，そこにて三日間滞在することになろうかと。それからケンタッキー，レクシントン，ルイヴィル等々へ向かい，それから湖を渡って，バッファローへ行き，そこには神の思し召しあらば，4月30日か5月1日に到着予定です。してナイアガラで数日過ごした後(のち)，一気にカナダへ突入。ニューヨークから6月7日，定期船(パケット・シップ)にて出航。——というのが我々の計画です。手紙は一通残らずありがたく拝受の上，礼状を認めさせて頂きたいと存じます。

小生フェルトンに会いたくてたまりません。己(おの)が世界の愉悦の半ばは，とチャールズ・ラムのいみじくも宣う如く，彼と共に去りぬ。小生口癖のように彼が然に夥しき牡蠣を——しかも我が家から遠く離れた地で——食するのを諫めていたものです。いつもフライにして。恐らくそのせいで命拾いをしていたのでしょうが。もしやロンドンのリージェンツ・パーク，ヨーク・ゲイト，デヴォンシャー・テラス1番地に招けるものなら何を惜しみましょう——と申すか惜しまぬことのありましょう。心底，慕わしいだけに。

貴兄はもしやバッファローへお越しになり——我々と共にナイアガラに滞在し——その辺りの愉快な英国人の幾人（いくたり）かに会うべくカナダに罷り入ろうとはお思いになりませんか？　御一考を——是非とも——もちろん例の，よく学びよく遊べの教えを守らなかった（確か彼は弁護士だったかと）若者が挙句どうなったか御存じのはず。然り，絵に画いたようなウスノロに成り下がったでは。くれぐれも後の祭りにならぬよう。何か御自身に出来ることがあればとお尋ねです——ならば正しくこの手では。

つゆ変わることなく親愛なるサムナー

（妻がくれぐれもよろしくお伝えするよう申しています）

心より敬具

チャールズ・ディケンズ

チャールズ・サムナー殿

何卒ヒラード御夫妻，バンクロフト，プレスコットを始め，馴染み方皆に御鶴声賜りますよう。デイヴィス知事夫人はムシが好きません。余りに立派に家政を取り仕切られる上，餓（かつ）えた目をしておいでです。新聞によるとシューアド州知事その他の面々があちらへ伺候なさるとか。もしやお招きに与っているどなたであれお気遣いならば，一筆匿名にて罷り間違っても行かぬよう御忠言のほどを。

（注）〔冒頭「アイルランド十分の一税……能わなかった」は「気を鎮める」の原語“collect himself”の“collect”に「集金」の意を懸けて。〕フッドの引用自体については不詳。〔「地獄の舗装工」の件（くだり）は「地獄の道は善意で敷かれている（“Hell is paved with good intentions”）」の俚諺を踏まえて。〕第三段落「代理人」はキュナード社ボストン代理人。第五段落クィンシー（Quincey）は（他処におけると同様）正しくは“Quincy”。ワイズ（Wyse）も同様に正しくは“Wise”。『ウェスト・ミンスター・レヴュー』初代編集長ジョン・バウァリング（43年7月15日付書簡参照）は急進派の常連寄稿家ロゥバックをその見解の健全さ，表現の明晰さは認めながらも「辛辣で手に余る毒舌家」と評していた。〔「ロムルス」は生後間もなく捨てられ，狼に育てられたと伝えられるローマの建設者（753B.C.）・最初の国王。そこから「ロムルス流儀で」の準え。〕第六段落「内部改善路線」は具体的にはヨークまでのボルティモア－オハイオ鉄道（1830年開通），そこから

ハリスバーグへの街道，さらにメイン・ライン運河（1834年開通）経由での，350マイル真西ピッツバーグへ向かうルート。わけても運河が，船に貨物線でアレゲーニー山脈を越えさせるだけに（フォースター宛書簡（3月28日付）参照），ペンシルヴァニアの内部改善の内最も特筆に値した。第七段落フェルトンとディケンズはニューヨーク滞在中，絶えず行動を共にしていた。「己（おの）が世界の愉悦の半ばは……彼と共に去りぬ」はチャールズ・ラム『エリア随筆』より。ディケンズの同じ件（くだり）の引用については『第二巻』原典p. 250，訳書305-6頁参照。「我が家から」は即ち「ボストンから」。第八段落「御一考」の誘いにもかかわらず，サムナーはディケンズ一行とは合流しなかった。追而書きプレスコットへサムナーは本状を転送。プレスコットは礼状とし「ボズ書状拝受――極めて特徴的にして――辛辣――然るべき箇所にて。ただし痛烈な当てこすりたるP. S.を削除できぬ限りはあまり多くの人に見せぬに如くはなかろうかと」と認（したた）める。ウスターにおけるディケンズ夫妻のジョン・デイヴィス邸滞在についてはフォースター宛書簡（2月17日付）参照。ウィリアム・ヘンリー・シューアド（1801-72）はホイッグ党ニューヨーク州知事（39-42）・リンカーン政権下（か）国務大臣。ディケンズが会った形跡はなし。『探訪』に関する注釈についてはフォースター宛書簡（3月6日付）注参照。末尾「罷り間違っても行かぬよう」の原語六語 "Not to go on any Terms" は強調のため他より大きな文字。

ジョン・バーニィ宛［1842年］3月14日付

【アンダーソン・ギャラリーズ目録（1913年5月）に抜粋あり。日付は「フラーズ・ホテル，3月14日」。】

恐らく月曜の晩にはボルティモアに着きましょう。そこにて二日間滞在致す予定にて。両日とも一時間ほどはわざわざお越し下さる如何なる馴染みとて喜んでお迎えさせて頂きたく。

（注） ジョン・バーニィ（1785-1857）は連邦党国会議員（1825-9）。政界を退いてからは文筆活動に専念。『ボルティモア・ペイトリオット・アンド・コマーシャル・ガゼット』（2月14日付）によると，既にボルティモアにおけるディケンズ歓迎の手筈は公的に整えられ始めていたが，彼は如何なる歓迎会の申し出も断ったと思われる――然る別箇の公式正餐会への招待も断っていた如く（ボルティモア若人方宛書簡（42年2月15日？付）参照。

C. C. フェルトン宛　1842年3月14日付†

【原文はジェイムズ・T.フィールズ「我らが囁きの回廊，第六篇」(『アトランティック・マンスリー』，xxvii (1871)，765) より。】

ワシントン，フラーズ・ホテル，1842年，3月14日，月曜

親愛なるフェルトン

貴兄の待ちに待った芳牘を（去る土曜の晩）拝受致し，言葉に尽くせぬほど喜んでいます。ニューヨークにて我々と牡蠣はいたく貴兄のことを懐かしんでいました。貴兄は我が「新世界」の愉悦と快楽の過半を連れ去ってしまわれただけに。よって再び連れ戻し賜うこと，心より願って已みません。

当地には興味津々たる――無論，すこぶる興味津々たる――人物がいますが，快適な場所ではないのでは？　もしや唾（つばき）に我々の食事の給仕が叶うものなら至れり尽くせり傅かれようものを，くだんの属性は目下の物理学状態においては未だ其に具わっていないもので，我々はこと「世話を焼かれる（ルックト・アーター）」点に関せばむしろ独りぼっちにして孤児（みなしご）めいてはいます。陽気な黒人が我々の到着と同時に格別にして特別な従者として紹介されました。彼は町中で唯一，小生の貴重な時間を侵害するに格別な嗜みを心得えた殿方であります。いざ呼び立てようと思えばいつも大概七度鈴（ななたびりん）を鳴らし，一度（ひとたび）――が脅しつけてやらねばならず，晴れてお越しになったらなったで，何か取りに行き，途中でそいつをコロリと忘れ，忘れたが最後それきり戻って来ません。

我々は「カレドニア号」が到着せぬことでは大いに心を傷め，蓋し心を傷めて参りました。よって昨日ディナーを認めているとパトナムが船は無事だったとの吉報を携えてやって来た際には何と有頂天になったことか，は御想像に難くなかりましょう。事実入港したとの報せを受けるだに，我々と祖国との距離が少なくとも半分方縮まるかのようでした。

して今朝方のこと（未だ，それ故今晩の郵便馬車を心待ちにしている速達便の山は受け取っていないものの）――今朝方のこと不意に，公文書郵袋にて（果たして如何様にそこへ紛れたものか，は神のみぞ知る）我々の幾多のお待ちかねの手紙の内二通が舞い込み，そこにては愛し子（ペット）達の日常の一部始終が微

に入り細にわたって審らかにされているのみならず，チャーリーがマクレディ宅での十二日節前夜祭の子供ばかりのパーティで何と驚くほどませた真似をしたことか事細かに記され，片や女家庭教師（ガヴァネス）の途轍もなき御託宣によらば，ヤツは早くねり書き（ポトフック）と鉤撥ね（ハンガー）を卒業したと思しく，この調子で行けばほどなくいっぱし手紙を書けるのではあるまいかと暗に仄めかされ，そこへもってチャーリーや妹達に纏わる，くだんの巫覡（かんなぎ）のその数あまたに上る八卦が綴られているとあって，あいつらの母親は心から浮かれ，父親のそいつとておよそ落ち込むどころではありませんでした。ばかりか医師の診断書――完全健康証明（クリーン・ビル）――並びに乳母からの報告もあり，後者と来ては如何様にウォルター坊ちゃんが乳離れし果し，八重歯まで生やし，外にもあれこれ，さすがやんごとないお生まれならでは，瞠目的な離れ業をやってのけていることか綴ってあるだけに，正しく胆を抜かれんばかりではありました。詰まる所，我々はたいそう幸せにして感謝の念に包まれ，恰も放蕩パパとママがまたもや我が家に辿り着いたかのような心持ちです。

ところでこの，煽情的な名刺が昨夜戸口に置かれていたことでは如何お思いになりましょう？「G将軍は謹んでディケンズ殿に御挨拶申し上げると共に，二名の女流著述家（リテラリ・レディ）共々訪うた次第にて。二名のL. L.はD殿の個人的な御高誼に与りたがっておいで故，G将軍は是非とも明日拝眉仕るお約束を賜りたく。」小生，我が苦悩にヴェールを下ろさんかな。其の聖ならばこそ。

[a]我々は進路を変更し，チャールストンへは行かぬことにしました。と申すのも小生西部をこの目で見たいと存じ，ふと何もわざわざチャールストンまで足を伸ばさねばならぬ訳ではなく，何故（なにゆえ）そこへ行くべきかも定かでならぬとあらば，己自身の気持ちの赴きに抗う要はなかろうと思い当たった次第にて。小生の進路はクレイ殿の発案で，すこぶる理に適ったそれかと思われます。水曜晩にヴァージニア州リッチモンドへ行き，月曜に二日ほどボルティモアへ戻ります。木曜朝にピッツバーグへ向けて発ち，かくてオハイオ河伝（づて）シンシナティ，ルイヴィル，ケンタッキー，レクシントン，セント・ルイスまで行き，湖を越えてバッファローへと足を伸ばすか，それとも一旦フィラデルフィアへ戻り，ニューヨーク経由でくだんの街へ向かい，いずれにせよ一週間ほど滞在し，そ

れから慌ただしいながらもカナダへ罷り入ろうと存じます。[a] バッファローには，神の思し召しあらば，4月30日に到着予定です。万が一にも彼(か)の地にて郵便局長気付なる貴兄からの便りが届いていなければ，小生祖国より金輪際貴兄宛便りは出しますまい。

然れどげに届いていれば，我が右手には，小生が貴兄の律儀にして弛まぬ文通相手たることを忘れるくらいならいっそ己(おの)が巧(たくみ)を忘れさせてやろうでは。とは申せ，親愛なるフェルトン，小生然に約したからでも，生来筆まめだからでも（とはおよそ事実と相容れぬことに），かの——がお送り下さった情愛濃やかにして優美な賛辞のことで貴兄に心より感謝申し上げていたり，同上を真実誇らかに感じていたりするからでもなく，ただ貴兄こそは我が心に適う人物にして，小生貴兄を心底敬愛しているからというので。して正しく貴兄に抱いている敬愛の念と，貴兄のことを思い浮かべるだに必ずや感じよう悦びと，我が家にて貴兄の筆跡を目にすらば浸ろう幸せにかけて，小生これにて貴兄の認められるに少なくとも劣らぬ幾多の手紙を認める厳粛同盟を結ばせて頂きたく。斯くあれかし(アーメン)。

イングランドへお越しを！　イングランドへお越しを！　我々の牡蠣は，なるほど小さく，貴国民には銅臭いと言われていますが，我々の心は最大級であります。我々はエビにおいては擢んでていると，ロブスターにおいてはおよそ侮り難いと思われ，ヨーロッパタマキビに至っては全世界を向うに回していると目されています。我々の牡蠣は，なるほど小さいやもしれませんが，くだんの魚介類が当該緯度にて奏していると思しき生気回復の功に欠ける訳ではありません。物は試しに，如何なりや。

敬具

チャールズ・ディケンズ

（注）ディケンズのフェルトン宛書簡はフィールズにより『アトランティック・マンスリー』に掲載（『作家との昔日』(1871) にて復刻)。草稿との照合によると，相当数の書簡において，恐らくはジョージーナ・ホガースとの相談の結果であろう，名前の削除・省略の跡が認められる。第一段落最後の件(くだり)については前々書簡注参照。第二段落「——（が脅しつけて)」は恐らくキャサリンの侍女アン・ブラウン。パトナムではないはず，

さなくばMDGHは名前を復原していたろうから（次項参照）。第三段落「パトナム」は『アトランティック・マンスリー』では「H.」と読める。MDGHはこれに依拠しているが，MDGH1882，1893はイニシャルを「パトナム」に恐らくは誤って置換。「H.」は即ちハムレット――パトナムの渾名（フェルトン宛書簡（4月29日付）参照）。第五段落「G将軍」はエドマンド・ペンドルトン・ゲインズ将軍（1777-1849）。ディケンズはフェルトン宛書簡（4月29日付）では“Ganes”と誤記（正しくは“Gaines”）。1812年英軍に対しエリー砦を防護した武勲を称えられ准将に昇進。猛々しく激(げき)し易い気性のため陸軍省との軋轢が絶えなかった。サイラス・チョーク将軍（『マーティン・チャズルウィット』第二十一章。〔拙訳書上巻433-4頁〕）に片鱗が認められる。「女流著述家(リテラリ・レディ)」はマライア・エッジワース『女流著述家(リテラリ・レディ)のための書簡』（1795）から定着した言い回し(フレーズ)。『チャズルウィット』第三十四章で超絶論者(トランセンデンタル)である二人の「女流著述家(リテラリ・レディ)」即ち「L. L.」はホミニー夫人宛にイライジャ・ポーグラムへの紹介依頼状を送りつける〔拙訳書下巻149-50頁参照〕。aaは従来未発表部分。第七段落「我が右手には……忘れさせてやろうでは」は「エルサレムよ，もしもわたしが汝(な)を……わたしの右手がその巧(たくみ)を忘れるように」（『詩篇』137：5）を踏まえて。「かの――が」の省略された名は不詳。末尾「生気回復の巧」とは暗に媚薬としてのそれを指して。ディケンズ作品における牡蠣のくだんの効能に関しては「恋と牡蠣」（『ベルズ・ライフ・イン・ロンドン』（35年10月25日付）掲載。現「ジョン・ダウンス氏の岡惚れ」（『ボズの素描集』所収）参照）。フェルトンが英国のディケンズを訪れるのは53年5月になって初めて。ただしロングフェローは42年秋の訪英以来フェルトンのロンドン牡蠣幻想を解こうとしていた。「彼が言うには」とフェルトンはヘンリー・R.クリーブランド宛書簡（42年11月28日付）に綴る。「ロンドン牡蠣はニューヨーク牡蠣の記憶が口蓋に残っている限り食す可からず」

名宛人不詳　1842年3月14日付

【シカゴ・ブック＆アート・オークション目録2番に言及あり。草稿は2頁。日付は「42年3月14日」。】

ボルティモアにおけるさらなる約束を辞退して。

敬具

チャールズ・ディケンズ

（注）　目録によると「敬具」と署名のみディケンズ，それ以外は恐らくパトナムの筆跡。

ジョン・フォースター宛［1842年3月15日付］

【F, III, iv, 230*n*と237-9に抜粋あり（3月6日に書き始め，13日に仕切り直された手紙の続き）。】

[a]★どんどん読み進めてくれ。ぼく達はとうとう君のありがたい手紙を受け取ったが，仰（のっ）けはきっとまだ受け取っていないと思うだろうな。C. D.[a]

1842年3月15日，依然ワシントンだ。……ぼく達がどれほど天にも昇るようだったことか，はちょっと口では言ってやれない——Q氏が（とんでもなく感傷的な天才だが，ぼく達に関する万事に親身な関心を寄せてくれている）一昨日の日曜皆してディナーに招かれている所までやって来るなり「カレドニア号」到着を伝えるメモを取次ぎに通ずるに及び！　そいつの無事を蓋し得心するや，ぼく達はまるで祖国との距離が少なくとも半分方（がた）縮まったかのような気がした。この辺りではどこもかしこも浮かれ返っている，何せすっかり匙を投げられていたもので，がぼく達の浮かれ返りようと来ては筆紙に余ろう。当該吉報は速達で届いた。君の手紙は昨夜（ゆうべ）受け取った。ぼくはとある倶楽部と会食をしていた（何せその手のディナーは折々断り切れないとあって），するとケイトから9時頃手紙の到着を告げるメモが届いた。ただし彼女はぼくが帰宅するまで——あっぱれ至極にも——封を切らずに待っていた。そいつがおよそ10時半。ぼく達は夜中の2時近くまで読み耽ったさ。

君の手紙に関しては言わぬが花——ただケイトとぼくとはかくてぼくがお株を奪われ戦々兢々とせずばおれぬような結論に達しているという点をさておけば——何せぼく達はおどけた語り口こそ君の十八番であってイギリス共和国の政治家などではないと決めつけるに至っているもので。君の特ダネに関してもまた然り，何せさらば，君はぼく達の近況を知りたがっているというに，愛しい我が子らがらみで幾々頁も割く誘惑におよそ抗いきれるどころではなかろうから。……

ぼくにはこの国の両院の床に立ち現われる特権が与えられ，よって毎日足を運んでいる。両院とも実に広々として立派だ。罵詈雑言も散々飛び交うが，立法府にはその数あまたに上る傑人が揃っている――例えばジョン・クィンシー・アダムズ，クレイ，プレストン，カフーン等々といった。連中とは言うまでもなく，ぼくはとびきり気の置けない間柄にある。アダムズはすこぶる気のいい爺さんで――七十六歳だが，驚くほど元気で，記憶力が好く，勿体らしくなくて，勇み肌だ。クレイはとことん魅力的で，ぞっこんにならずにはいられない。西部出身のあっぱれ至極な奴らもいる。男振りのいい，ちょっとやそっとでは口車に乗らぬ，機を見るに敏な，精気においてはライオン跣，多芸多才においてはクライトン跣，目と仕種の素速さにおいてはインディアン跣，懐っこく大らかな心の趣きにおいては正しく生粋のアメリカ人たる。これらイカした連中の中にはその侠気のいくら口を極めて褒めそやそうとそやし足りない奴らもいる。

クレイが事実今月退く如く退いたら，プレストンがホイッグ党の領袖になるだろう。彼がそれは厳粛に神かけて国際版権は通過するだろうし通過させてみせると請け合うものだから，ぼくはほとんど望みをつなぎ始めている。もしやそうでもした日には，ぼくこそそいつに一役買ったと言っても過言ではないかもな。君にはどれほどその功罪が津々浦々取り沙汰されていることか，と言おうかどれほどぼく自ら一部の人々を革新派に変えたことか，は思いも寄らないだろう。

君もウェブスターの英国で如何様たりしかは覚えていよう。君もせめてこっちで彼の姿を拝ませて頂けるものなら！　せめて先日ぼく達を訪ねて来た時の様子を拝ませて頂けていたなら――国事に凄まじく追われる余り心ここにあらずといった風を装い，憂き世にほとほと倦み果てた男然と額を摩（さす）り，バーリ卿の崇高な戯画（カリカチュア）を地で行ってと。彼はぼくが太平洋のこちら側で目にした唯一とことん現（うつつ）ならざる男だ。それにしても哀れ，大統領よ！　党という党が挙って異を唱え，全くもって見るからに惨めったらしい。今晩大統領官邸の謁見（レヴィー）の儀に行く。金曜のディナーにも招かれているが断らざるを得ない。明日の晩汽船でここを発つもので。

確かこれから二か月はこれきりアメリカ人については書くまいと言ったはずだ。再考は最高の考え。前言は翻さないが，君になら歯に衣着せず言っても構うまい。彼らは気さくで，ひたむきで，持て成し心に篤く，親身で，率直で，間々嗜み深く，存外偏見に囚われず，思いやり深く，熱心で，熱烈だ。皆一様に女性に丁重な点にかけては慇懃で，礼儀正しく，心濃やかで，欲得抜きだ。して男の場合も心底好意を抱くや（敢えてぼく自身について言わせてもらえば），誠心誠意尽くす。ぼくはありとあらゆる地位や階層の幾千もの人々を迎えて来たが，唯の一度として不快ないし無礼な問いをかけられたためしがない——英国人によってをさておけば，何せ連中一旦ここに数年「腰を据える」や，とことん救いようのない極道以下に成り下がるもので。国家はその民（たみ）の親にして，ありとあらゆる貧しき子や，産みの苦しみにある女や，病める者や，囚人（めしうど）に肉親の世話を焼き，暖かく見守る。名もなき庶民は通りで君に手を貸すが，ビター文受け取るを潔しとせぬ。心を尽くしたき願望は普遍的で，ぼくは公共の乗り物で旅をして一度たり，訣れ際に名残を惜しまなかった——して幾多の場合はるばるまたもやぼく達に会いに幾マイルもの道を踏み越えてやって来る——大らかな人間と知り合わなかったためしがない。が国そのものは虫が好かない。ここで暮らすのだけは真っ平だ。端（はな）から性に合わない。きっと君だって。多分どんな英国人だろうとここに住んでなお幸せになろうなど土台，全くもって土台，叶わぬ相談。ぼくには自分が正しいに違いないという確信がある，何せその反対の結論に至らしむ事例は，神のみぞ知る，掃いて捨てるほどあるというに当該結論に否応なく達さざるを得ないからだ。こと謂れに関せば，ここで触れるには山ほどありすぎる。……

アーヴィングを筆頭にアメリカ人作家が名を列ねた国際版権請願書二通の内一通をぼくはこっちまで持参したが，晴れて下院へ提出された。もう一通はぼくがワシントンを去った後で上院へ提出すべくクレイの手許にある。既に提出された請願書は委員会に附託され，下院議長はその委員長としてボルティモア選出議員ケネディ氏を指命した。ケネディ氏というのは彼自身作家で，その手の法に与していることでは知らぬ者がなく，ぼくは委員会報告の作成において彼に力を貸すことになっている。

（注） aaは3月6日付書簡の上部——F, III, iv, 230nによると「宛名と日付の上」——に

記述。6日付書簡冒頭,「未だ君からは何の音沙汰もない」の注(★)とされているが,記されたのは早くとも15日。「一昨日の日曜」ディケンズ夫妻が会食したのはロバート・グリーンハウ邸(J. Q.アダムズ宛書簡(3月10日または11日)注参照)。「到着」したのは厳密には「カレドニア号」の郵袋を積んだ「アカディア号」。「とある倶楽部」はアレガニー倶楽部。ディナーはブーランジェイ邸にて,ジョージ・M. カイム陸軍元帥を司会者,J. Q. アダムズを同じく来賓として開催。列席者二十八名の内八名が下院議員。私的ディナーとして報道はされず。ケイトからの報せを受け取った後(のち)ディケンズがその旨告げて座を辞したのはおよそ午後11時――「かほどに慶ばしき夕べを小生貴国にて過ごしたためしはありません」との謝辞を残して。第二段落「イギリス共和国の政治家」はフォースター著五巻本『イギリス共和国政治家列伝』(1840)を指して。第三段落ディケンズが「毎日」立法府に足を運んでいた3月中旬当時,上院では政府歳出を決済すべく課税率を上げ,倹約を奨励するクレイの提案が,片や下院では歳出配分承認法案が,討議されていた。ジョン・クィンシー・アダムズの“Quincey”は正しくは“Quincy”(F, Ⅲ, iv, 237の綴り違(たが)えはディケンズ自身のそれに倣ったと思われる)。ウィリアム・キャンベル・プレストン(1794-1860)は法律家・雄弁家・「連邦法実施拒否(ナリフィケーション)」支持者・奴隷制擁護者。1833年以来サウス・キャロライナ選出上院議員,42年に上院におけるホイッグ党領袖としてクレイを後継。ジョン・コールドウェル・カフーン(1782-1850)はサウス・キャロライナ選出上院議員・副大統領(1824-5, 1828-32)。第四段落,上院でさらなる支持を得られずしてプレストンが何か事を成し得ると想像するのはいささかディケンズの浅慮か。ディケンズが法案通過に「一役買った」か否かについては,むしろ介入の掻き立てた憤慨により法案通過は遅れたと見る向きもある。ただし42年1月クレイは議案を提出していたものの,仮にディケンズが嘆願書をワシントンまで持って行っていなければ,固よりケネディ委員会(最終段落参照)は設置されていなかったかもしれない。第五段落ダニエル・ウェブスター(1782-1852)は才気縦横の法律家・雄弁家・当代切っての論争派政治家。マサチューセッツ代表ホイッグ党上院議員(1827-41, 1845-50)・国務大臣(1841-3)。アーヴィングにディケンズを自宅でのディナーに招待するよう依頼したが,ここに会食への言及がないことから,ディケンズは応じられなかったと思われる。ウェブスターが家族と共に私人としてイングランドを訪れたのは39年6-10月。熱狂的な歓待を受け,女王,与野党の政治家,主立った文人と面談。ディケンズとは39年6月11日,ジョン・ケニヨン邸のディナーで会談。41年3月以来ウェブスターは英国と戦争を起こしかねないほどの難事三件に対処しなければならなかった――即ち,カナダ人によるアメリカ汽船「キャロライン号」駆逐(『第二巻』原典p. 405脚注,訳書503頁注参照),それに端を発するカナダ人アレキサンダー・マクラウドのニューヨークにおける殺人容疑審理,「クリオール号」事件(フォンブランク宛書簡(3月12日付)注参照)。「憂き世にほとほと倦み果てた男」とはキャシアスが自らに用いた形容(『ジュリアス・シーザー』第四幕第三場94行より)。「バーリ卿」はシェリダン『粗探し屋』に登場する,深遠な思索に耽る余り「口を利く暇(いとま)のない」大臣(『第二巻』原典p. 249脚注,訳書306頁注,並びに『探訪』第一章〔拙訳書7

頁〕参照)。タイラー新内閣と国会との関係は42年を通し事実上膠着状態にあり，彼は前年9月ホイッグ党により公式に除名されていた上，民主党員の信頼も失っていた。失墜は7月10日のJ. M. ボッツによる大統領弾劾ホイッグ党決議案提議（43年1月10日否決）で頂点に達する。大統領官邸における「謁見の儀（レヴィー）」についてはフォンブランク宛書簡（3月12日付）注参照。第六段落「腰を据える（“located”）」を始め，米国語法についてはフォースター宛書簡（2月24日付）参照。「ありとあらゆる貧しき子や……暖かく見守る」は『祈禱書』「嘆願」より。第七段落「アーヴィングを筆頭に……嘆願書二通」についてはフォースター宛書簡（2月27日付）参照。ノース・キャロライナ選出下院議員エドワード・スタンリーにより「下院へ提出」されたのは3月14日。クレイにより3月30日上院へ提出されたものと同一文書。「委員会」は結局国際版権法案に反対（『ナイルズ・ナショナル・レジスター』（42年5月14日付））。如何なる報告書も提出されず，これが恐らく上院における嘆願書への言及の最後。「議長」はケンタッキー選出下院議員ジョン・ホワイト。ジョン・ペンドルトン・ケネディ（1795-1870）はホイッグ党政治家・著述家。ボルティモアに移住した北アイルランド商人の息子。小説，素描，政治小論説等著作多数。ケネディは法案を起草したが，ディケンズは結局尽力しなかった。その理由についてはケネディ宛書簡（4月30日付）参照。上院嘆願書の場合同様，委員会は報告書を提出せず。強い反対が予想されただけでなく，政治的紛糾も伴っていた。固より民主党は如何なる英国贔屓法案にも異を唱えたため，ケネディはホイッグ党員として，過度に強硬な支持により明らかな英国文化崇拝（アングロフィリズム）を明示する余裕がなかった。

ワシントン・アーヴィング宛　1842年3月15日付*

フラーズ。1842年3月15日

親愛なるアーヴィング

我々は明晩ここを発つ予定にて。何卒明日——4時——神かけて独りきり——我々とディナーを共にすべくお越し下さいますよう。よもや，小生を憎からずお思いならば，否とはおっしゃいますまいが。次に会食致せるのは遠い先のことやもしれません。

幸い小生にはその霊を偲んでワイングラスを乾す弟があり——弟はおよそ二十九年前幼くして身罷りました。双子ではありませんが，亡き弟を能う限り悼まねばなりません。

敬具

チャールズ・ディケンズ

ワシントン・アーヴィング殿

（注） 次に二人が会食するのは「遠い先」ではなかった（アーヴィング宛書簡（3月21日付）注参照）。第二段落「弟があり（“have a brother”）」の“a”は“no”を消した上から追記。ディケンズは初め「身罷った弟はいない（“have no brother who has died”）」と書こうとしていたに違いない。「幼くして」亡くなった弟はジョン・ディケンズ夫妻の次男アルフレッド（1813歿）。アーヴィングの七人兄弟の内六人は死去——双子はいなかった。酒盃を「乾す」の件（くだり）は彼ら二人の共通の友人L. G.クラークには双子の兄弟ウィリスがあり，41年6月に亡くなった事実を踏まえてか。

ロバート・ギルモア宛　1842年3月16日付

ワシントン。1842年3月16日

拝啓

小生月曜晩ボルティモアに着き，西部へ向けて出立する前に二日ほどそちらへ滞在致す予定にて——くだんの短い滞在期間中，彼（か）の遠隔の地へ持ち運ぶに相当額の金銀貨を調達頂かねばなりません。片や予めお報せさせて頂けば，クーツ商会は何らかの奇しき手違いにより小生の信用状をかつてこの地に在住し，およそ六年前に亡くなった然る殿方宛送付したため，小生は首都の銀行から50ポンド引き出さざるを得ず，くだんの額の貴兄宛為替手形を商会に届けました。本来ならば調達に関しては一筆認めて然るべき所，昨晩になって初めて今は亡き代理人について問い合わせてはと思いつき（何故（なにゆえ）先方のことを何ら耳にしていなかったものか訝しみつつも）——終に今晩リッチモンドへ向けて当地を発つに至った次第にて。

敬具

チャールズ・ディケンズ

R. ギルモア殿

（注） ロバート・ギルモア（1774-1848）はボルティモアの銀行家・商人。30年にロバート・ギルモア父子商会現役共同出資者のポストを退いて以降は芸術振興，自ら関わる幾多の学会後援に尽力。「クーツ商会」では共同出資者エドワード・マーチバンクスがディケンズに代わって信用貸しを手配していた（『第二巻』原典pp. 442-3，訳書548-9頁

参照)。ディケンズはその折クーツ銀行ニューヨーク代理店宛の£800の信用状を請求。£800はエドワード・チャプマンにより前貸しされ，ディケンズの貸方につけられた(41年12月27日）総額——即ち42年1-5月の五か月間（月極£150にて）支払われるべき額——より£50増(『第二巻』原典p. 372脚注，訳書462-3頁注参照)。帳簿によると42年6月18日ギルモア父子商会へ直接£50及び£400支払いの記載。「およそ六年前に亡くなった然る殿方」については不詳（クーツ嬢宛書簡（3月22日付）参照)。宛名，結びの署名共にギルモア（Gilmour）は正しくは“Gilmor”。

フレデリック・ソーンダーズ宛　1842年3月16日付*

親展　　　　　　　　　　　　　　　　　ワシントン。1842年3月16日

拝復

当地を発つ前にまずは取り急ぎ，芳牘を拝受致し篤く御礼申し上げます。生憎お送り頂いた署名を付け加えるには遅きに失したようです，と申すのも小生数日前に請願書を二通共クレイ殿に委ね，一通は早——下院へ——提出されているもので。

くだんの請願書は，御安心下さい，然る委員会に附託され，委員長には（御自身作家たる）ボルティモア代表ケネディ殿が任ぜられました。氏の報告書からは必ずや好結果がもたらされるに違いなく。

敬具

チャールズ・ディケンズ

F. ソーンダーズ殿

（注）　フレデリック・ソーンダーズ（1807-1902）はロンドンの出版社ソーンダーズ&オトリー社主ウィリアム・ソーンダーズの息子。アメリカにおける剽窃を阻止すべく36年ニューヨークに支社を創設。不首尾に終わるが，国際版権擁護先駆者の立場は揺るがず，国会への幾多の請願書起草に尽力する。アーヴィング，ブライアントとも親交が深かった。第二段落「報告書」についてはフォースター宛書簡（3月15日付）注参照。末尾「好（*good*)」には二重下線。

W. W. シートン宛　1842年3月16日付

【原文は［ジョゼフィーン・シートン］『「ナショナル・インテリジェンサー」編者ウ

ィリアム・ウィンストン・シートン略伝』［ボストン］1871，p. 272より】

ワシントン。1842年3月16日

拝復

忝き芳牘を賜り篤く御礼申し上げます。然に多忙を極めているため，しかしながら，貴兄とお約束を交わす栄誉を自らに禁じざるを得まいかと。お約束を守ろうと思えば不如意千万，お座なりに片づけてしまうが落ちでありましょう。当地の名所についての知見を審らかに致せば，小生が如何にあちこち案内して回られたかお察しになれようかと。

万が一今晩お目にかかった際に失念してはならぬもので，お願いを二つ——と言おうか二項なるお願いを一つ——させて頂いてよろしいでしょうか。

即ち何卒（もしや御異存なければ）当地の我が馴染み方にかの，貴兄には開かれている，して自ら然に巧みに取り仕切っておいでの径路伝（づて），小生は約束を交わせば必ずや守ろう旨，何人（なんぴと）に対してもかようの報せを公にする権限を何ら与えていないというに，劇場へ足を運ぶつもりだと町中に触れ回られれば少なからず居たたまらなく辛い思いをしよう旨，お伝え頂きたく。第二に，目下のような形で旅をする限り，その数あまたに上る片や，如何なる土地であれ一箇所に留まる時間は極限られているとあって，到底馴染み方の訪問に礼を返すこと能うまい旨。

この場を借り改めて身に余る御高配を賜りましたこと，また貴兄並びに御家族の皆様と共に楽しき一時を過ごさせて頂きましたこと，心より篤く御礼申し上げます。末筆ながら妻もくれぐれもよろしくお伝えするよう申しています。

衷心より敬具

チャールズ・ディケンズ

W. W. シートン殿

（注） ウィリアム・ウィンストン・シートン（1785-1866）はヴァージニア州旧家の出，義弟ジョウゼフ・ゲイルズ・ザ・ヤンガーと共に『ナショナル・インテリジェンサー』編者，ワシントン市長（1840-50）。国際版権取得に関してはディケンズの熱烈な支持者となる。第二段落「今晩」はディケンズ一行がリッチモンドへ向け（汽船で）発つ晩。ディケンズ夫妻はその前晩も大統領接見の前にシートン一家と会食していた。『ナショナ

ル・インテリジェンサー』(3月19日付）一頁目の一節はディケンズ夫妻が16日ワシントンを後にした旨伝える上で，ディケンズ依頼の二点を「とある友人」からの要請として報ずる。末尾シートンの妻セアラはノースキャロライナのジェファソン派『ローリ・レジスター』創業者・編集長ジョウゼフ・ゲイルズの娘。シートンとは1809年に結婚，『インテリジェンサー』のためにスペイン語文書を翻訳。ワシントンでは著名な女主人（ホステス）。

ジョン・フォースター宛［1842年］3月17日付

【F, III, iv, 239に抜粋あり（3月6日に書き始められ，13日，15日に仕切り直された手紙のさらなる続き）。】

ヴァージニア州，リッチモンド。3月17日，木曜晩

アーヴィングが昨日ワシントンまでやって来て，別れ際にさめざめと涙をこぼしてくれた。とことん知れば実に気のいい奴で，何はともあれ気に入らずにはいられまい。共に出会した珍妙な出来事をダシに腹の底からゲラゲラ——ぼくの耳を聾さぬばかりのデヴォンシャー-テラス流儀で——笑い転げた。「メリケン」政府は，本人の言うには，ありとあらゆる点でとびきり鷹揚にして気前好く処遇してくれているそうだ。4月7日出航の船でリヴァプールへ向かい，ロンドンで一息吐いたら，その足でパリに行くことになっている。ひょっとして会えるかもな。もしも彼に会うようなら，君こそぼくの親友中の親友だとピンと来て，立ち所に心をそっくり開いてくれるだろう。彼の公使職の秘書，コグルズウェル氏はとびきりの博識家で，大の旅行家にして話上手で，学者と来る。

ワシントンからここへの旅路のあらましを綴ろう，9マイルに及ぶ「ヴァージニィ街道」込みの。そいつに片がついたら，うんと手短にやらなければな，君。……

（注） アーヴィングは2月に駐スペイン公使に任ぜられていた——両国にて好評を博したことに。アーヴィングが渡英したのは「インディペンデンス号」。5月1-22日は主としてロンドン，ウェストミンスター寺院，リトル・クロイスターズに宿泊。ムア，ロジャーズ，レズリーと旧交を暖め，バッキンガム宮殿における謁見（レヴィー）の儀と女王主催仮装舞踏会に出席。パリには5月25日から7月11日まで滞在。ルイフィリップ王に拝謁。7月25日マドリード着。フォースターがアーヴィングに会った形跡はなし。Fのコグルズウェ

ル（Coggleswell）は正しくはコグズウェル（Cogswell）。ジョウゼフ・グリーン・コグズウェル（1786-1871）は教師・司書。1815年から20年まで主にヨーロッパに滞在。ドイツで（1817年ゲッチンゲンにて）学んだ初のアメリカ人の一人。その折ゲーテと知り合う。ハーヴァード大学図書館長（1820-3），『ニューヨーク・レヴュー』編集長・経営者（1839-42）。アーヴィングの秘書に任ぜられたものの，J. J.アスターに彼の図書館基金管財人（次いで図書館長）としてニューヨークに留まるよう説得され，ニューヨーク出身アレキサンダー・ハミルトンが代わりに任命される。ジョージ・ティクノー宛書簡（2月28日付）によると，作家ディケンズには予てより「熱烈な敬意」を抱いて来たが，「人物としてはさほど好印象受けなかった」という。「ポトマック川夜行汽船とヴァージニア街道の黒人御者に纏わるユーモラスな描写」はいずれもこの手紙に綴られていた，とフォースターは語るが（F, III, iv, 239），『探訪』で審らかにされているためここでは省略。1842年7月からアメリカに滞在していたJ. R.ゴドリーによると，「ディケンズによって一躍名を馳せた」正しくその街道を駅馬車で旅した際，くだんの「黒人御者」が主人公役を演じさせられたことでは甚だしく憤慨し，叙述の信憑性を真っ向から否定したという（『アメリカ便り』（1844），II, 192）。片やリッチモンド夕食会（フォースター宛書簡（3月21日付）参照）でのスピーチにおいてディケンズが「くだんのヴァージニア街道」に言及すると会場は笑いと喝采に包まれた。

エマ・モーディカイ嬢宛　1842年3月19日付*

ヴァージニア。リッチモンド。1842年3月19日

親愛なる夢想家へ

南部の花をこよなく嬉々として拝受致しました――誓って，貴女を思い起こすに何一つ要すまいと。今晩は枕許に飾らせて頂きたく，かくて甘美な幻の立ち現われようこと信じて疑わず――貴女の主演たるやもしれぬ。

誓って

（寝ても覚めても）

心より匆々

チャールズ・ディケンズ

エマ・モーディカイ嬢

（注）　エマ・モーディカイ（1812-1906）はヘブライ語学者にして南部初の女子寄宿学校ウォリントン・アカデミー創設者ジェイコブ・モーディカイの十三人の子女の内一人。人生の大半を教育に捧げる。47年までにはリッチモンドのヘブライ人学校長。ディケン

ズはゲイルズ・シートン（W. W.シートン宛書簡（3月16日付）注参照）により紹介されたのやもしれぬ。

ジョン・フォースター宛［1842年］3月21日付

【F, IV, iii, 239-41に抜粋あり（3月6日に書き始められた手紙の続き）。】

再びワシントンにて，3月21日，月曜

ぼく達はリッチモンドからボルティモアへ，ノーフォークという名の場所経由で行くはずだった。が汽船の内一艘が修理中のため，ノーフォークで二日足留めを食いそうな雲行きだった。よってここへ昨日，以前旅した道伝（づて）引き返し，一泊し，ボルティモアへは今日午後4時に向かう。ほんの2時間半の旅程だ。リッチモンドは素晴らしい立地の町だが，奴隷地区の御多分に洩れず（農園主自身認める如く）腐朽と陰鬱の様相を帯び，新参者にとっては目にするだに蓋し憂はしい。ぼく達がそっちへ向かった鉄道の黒人専用車両には（というのも黒人を白人とは同席させぬから），母親と子供達が乗っていた——［所有主？］が男（つまり夫にして父親）を農園に引き留めたまま売りに連れて行く所の。子供達は道中ずっと泣いていた。昨日，汽船では，奴隷所有者と警官二人と乗り合わせた。彼らは前日脱走した黒人二人を追ってここまで来ていた。リッチモンドの橋には，老朽・危険につき減速のお触れが立っている——違反すれば白人には5ドルの罰金，奴隷には十五度（たび）の鞭打ち。晴れてこの忌まわしく疎ましい体制に背を向けつつあると思えば，ぼくの心は恰も大きな閊えが取れたかのように軽くなる。最早これ以上は耐え切れなかったろう。「一件がらみではおとなしくしておけ」と言うのはなるほど結構。だが連中おとなしくさせてくれぬでは。何としてもそいつをどう思うか吹っかけて来る。何としてもまるで是ぞ人類最大の祝福の端くれででもあるかのように奴隷制についてクダクダしくまくし立てにかかる。「人間」と先日とある厳めしい，人相の悪い男が言ってくれるではないか。「人間，奴隷を虐待しても何の得にもなりません。貴殿方がイングランドで耳にしておいでなのはとんだ戯言（たわこと）で」——ぼくは穏やかに返した，人間，酔っ払っても，盗みを働いても，博奕を打っても，他の如何なる悪徳に耽っても，何の得にもなりませんが，にもかかわらず事実そいつに耽るでは。くだんの残虐と，無責任な権力の濫用とは，人間性の悪しき激情の二相であり，両の激情を恣にすることと，身のためか破滅かの問題は何の関係もなかろうかと，して廉直な男は皆，奴隷ですら善き主(あるじ)の下ならば然るべく幸せになれるやもしれぬという事実を認めねばならぬ一方，人間は誰しも悪しき主(あるじ)は，酷き主(あるじ)は，自ら帯びている姿形を辱める主(あるじ)は，その存在の奴隷そのものの存在に劣らず論駁の余地なき史実にして現実たること百も承知でありましょうと。男はさらばいささか面食らったと思しく，貴殿は果たして聖書を信じておいでかと吹っかけて来た。如何にも，とぼくだ，がもしや何者であれ其は奴隷制を是認していると証明し得るなら，これきり信は置きますまい。「はむならば」と男だ。「神かけて，貴殿，黒ん坊というものは抑えつけてやらねばならず，白人は連中を見つければどこであれ奴らを抑えつけて来ましたぞ」「そこがそもそも問題なのでは」とぼくだ。「ああ，して神かけて」と男だ。「英国人は晴れてアシュバートン卿がお見えになっても今のその点がらみでは出しゃばらぬに越したことはなかろうかと，と申すのも今の今ほどこのやつがれ無性に腹の立ったためしもないもので――とは冗談抜きで」ぼくはここリッチモンドで公式夕食会(パブリック・サパー)招待に応じざるを得ず，その折嫌と言うほど思い知らされたことに，これら南部州が国家としての我々に抱いている嫌悪はこの「クリオール号」事件でまたもや煽り立てられ，息を吹き返し，その遣る方なさと来てはいくら大げさに形容しようと形容し足りまい。……ぼく達はリッチモンドではそれはあちこち数知れぬ場所へ行き，それはどっさり訪問客を迎えたものだから，ほとほとくたびれ果てた。この後者の目的にぼく達は毎日概ね二時間ほど充てているが，くだんの折ともなれば，ぼく達の部屋は身動ぎするのも息を吐(つ)くのもままならぬほどギュウギュウ詰めだ。リッチモンドを発つ前に，とある殿方が，こっちは正直ほとんど立っていられないくらい疲れ果てているというに，言って下さるではないか。「やんごとなきお三方」が昨夜訪うた際，目下は疲れているためお会い致せぬが，明日は12時から2時にかけて「面会可」の由告げられてたいそう気を悪くなさったと！　また別の殿方は（定めてこれまたやんごとなきお生まれの方に違いないが），明朝4時に起床するつもりで床に就いて二時間も経った頃手紙を送りつけて来た。御逸品を持参した黒人にはぼくをノックで叩き起こして返事を待てとの指示まで与えて！

ぼくは裏頁に綴じつけた印刷物の発起人諸兄の意を汲み，これきり公式の持て成しには応じぬホゾを反故にしようかと思う。彼らは何とニューヨークから2,000マイルかそれ以上西方のインディアン版図の境界に暮らしているとは！ ぼくがそこで会食するなど考えてもみてくれ！ がそれでいて，神の御心に適えば，祝祭は――恐らく来月12日か［13日］頃――出来しよう。

（注）「以前旅した道伝(づて)」とは即ち，フェデリクスバーグへは鉄道，そこからポトマック入江までは馬車，してワシントンへは汽船による旅路（『探訪』第九章参照）。輝かしきジェイムズ川の上に迫り出した八丘陵なる絶景に恵まれたリッチモンドの「素晴らしい立地」については『探訪』第九章〔拙訳書135頁〕参照。［所有主？］の原語はFでは“steamer（汽船）”と読めるが，明らかに正しくは“owner”。「人間，奴隷を虐待しても何の得にもなりません」の件(くだり)についてはセオドール・D.ウェルド著，反奴隷制小論説『アメリカ奴隷制度の現状：一千人の目撃者の証言』（1839）p. 132の一項「考慮されるべき異議――雇い主の利得。異議第五。――『奴隷を厚遇するのは雇い主の利得のためである』」参照。小冊子は死亡時ディケンズの蔵書にあり，彼は『探訪』第十七章「奴隷制」執筆に際しては論考を逐語的に引用（チャプマン宛書簡（9月16日）注参照）。ディケンズは既に公式正餐会(パブリック・ディナー)への招待を断っていたが，リッチモンド到着翌日代表団が要請を繰り返すに及び，同夕（18日金曜）「親睦夕食会(ソーシャル・サパー)」に出席。会は宿泊先のエクスチェインジ・ホテルにて，『リッチモンド・インクァイアー』編集長トマス・リッチーを司会者に，約100人近くが列席。リッチーは電光石火の如くディケンズの想像力の賜物が広大な大西洋を越えて自国へ届けられることでは報道界に感謝せねばなるまいとむしろ剽窃に与す歓迎の辞を述べる――ニューヨーク正餐会におけるマシューのスピーチと好対照を成すことに（フォースター宛書簡（2月24日付）参照）。奴隷制を巡っての反英感情が夕食会に関する新聞記事等として掲載された形跡はないが，ディケンズは南部全般に顕著な反英感情に無頓着ではいられなかったと思われる。例えば奴隷制擁護主導者J. C.カフーンは40年3月13日上院における演説においてかつての「地上最大の奴隷商人」イングランドの甚だしき偽善を弾劾（後に小冊子として広範に頒布）。その他，ヴァージニア代表H. A.ワイズの苛烈な糾弾についてはフォンブランク宛書簡（3月12日付），「クリオール号」事件に端を発する忿懣についてはブルーム宛書簡（3月22日付）参照。ディケンズが訪れた「数知れぬ場所」の主立ったものとしては州会議事堂，公立図書館，タバコ工場，大農園と農園主の屋敷が挙げられる（『探訪』第九章参照）。彼はさらにゲイルズ・シートンと共にフランス風庭園や（W. W.シートン宛書簡（3月21日付）注参照），『イオニア』観劇にも出かける（タルファド宛書簡（3月22日付）参照）。

書状末尾「裏頁に綴じつけた印刷物」とは自分達の街を訪うようとの，ミズーリ州セントルイスの市民代表による——「彼［ディケンズ］の天稟を称え，深甚なる歓迎の意を表する」（F, III, iv, 241）——一連の決議案。ただし同文書はフォースター・コレクション（V&A）には所蔵されず。「祝祭」は13日開催。ただし正餐会（ディナー）ではなく，舞踏会を兼ねた夜会（ソワレ）（フォースター宛書簡（4月15日付）参照）。［13日］はFでは「15日（“15th”）」と読めるが，“13th”の読み違（たが）え，もしくは誤植。

ロバート・ギルモア宛［1842年］3月21日付

バーナムズ・ホテル。3月21日月曜夕

拝復

忝き芳牘を賜り篤く御礼申し上げます。——本日，もしや当地にいたならば，定めし拝眉仕っていたろうものを。つい今しがた（6時過ぎに）到着したばかりにて。明朝11時にお伺いさせて頂きたく。さぞやこの所の気温の変化にもかかわらず，いよよ御健勝のこととお慶び申し上げつつ。

敬具

チャールズ・ディケンズ

ロバート・ギルモア殿

（注）バーナムズ・ホテルはディケンズにとっては合衆国で滞在したホテルの内最も快適なそれ。『探訪』第九章にては「英国人旅行者はアメリカで初めて，して恐らくはこれが最後，ベッド・カーテンに出会し……およそしごくありきたりならざる状況たるに，洗顔するに十分な水をあてがわれよう」〔拙訳書138頁〕と描写される。「6時過ぎ」とはリッチモンドからの途上，20日ワシントンに一泊した後（のち）の夕刻。ギルモアの綴りは封筒の表の名宛”Gilmor”が正，結びのそれ“Gilmour”は誤。

ワシントン・アーヴィング宛　1842年3月21日付

ワシントン。1842年。3月21日，月曜午後

親愛なるアーヴィング

我々はこの地をまたもや今日——文字通り——素通りしました。お目にかかりに伺わなかったのは，正直な所またもや「さようなら」を言う意気地がなく，

去る水曜日握手を交わした際に言葉には尽くせぬほど胸に迫るものがあったためです。

ボルティモアにはお見えにならぬと？　あの折ほんの訣れをそれだけ愉快にすべく，あちらへお越しやもしれぬとおっしゃったにすぎぬとは思いましたが。

何処へ行かれようと，貴兄に神の御加護のありますよう！　貴兄にお目にかかり，四方山話に花を咲かせ，如何ほど愉しい時を過ごさせて頂いたことか，敢えて口に致そうとは存じません。終生忘れ得ぬ思い出となりましょう。もしやものの一週間，静かに御一緒致せるものなら小生一体何を惜しむことのありましょう！

スペインは物臭な場所で，風土は懶いそれかと。がもしや晴れやかな蒼穹の下(もと)，とある，貴兄を愛し，この世の他の何人(なんぴと)より恐らくは間々霊的な交わりを持つ男のことを思い浮かべる暇(いとま)があり――つまり怠惰の合間なる暇(いとま)が――ロンドンの小生宛一筆賜るようなら――小生蓋し，恭悦至極に存じましょう。

敬具

チャールズ・ディケンズ

ワシントン・アーヴィング殿

（注）第二段落「あの折」とは彼らがディナーを共にした3月16日（アーヴィング宛書簡（3月15日付）参照）。アーヴィングは結局ボルティモアへ足を運び，二度ディケンズと会う。彼らは3月22日，ロバート・ギルモアにより彼の友人ジョナサン・メレディスとの会食へ誘(いざな)われ，23日の晩はミントジュレップを飲みながらディナーを共にする（ガイ宛書簡（3月23日付）参照）。以後の二人の文通についてはディケンズのアーヴィング宛書簡（56年7月5日付）しか知られていない（フォースター宛書簡（2月17日付）注参照）。本状には「ボルティモア3月21日――1842年」の裏書き。恐らくアーヴィングによるディケンズの動静の覚書き。ディケンズがボルティモアに着いたのは21日夕6時30分頃。

W. W. シートン宛　1842年3月21日付*

ワシントン。1842年。3月21日。月曜午後

拝啓

本状は恐らく我々がボルティモアへ着いた頃お手許に届き，我々実は昨夜ワシントンへ一旦戻り，今朝方出立した由お伝え致そうかと。外に何一つ口に致す暇のない折にさよならを言うのは然に辛き務めのため，同上を認めることに致しました。よって其はここに——くれぐれも令室並びに御家族の皆様へよろしくとの気持ちを込めて。皆様のことはいついつまでも記憶に留めようからには。

子息はリッチモンドにて至れり尽くせり心を砕いて下さいました。こと，子息は人見知りするやもしれぬという一点にかけては，貴兄こそ似非預言者であられたかと。我々は立ち所に気の置けぬ仲となりました。

改めて手篤き持て成しと御厚情に衷心より御礼申し上げます。

敬具

チャールズ・ディケンズ

W. W.シートン殿

（注） シートンの長男ゲイルズはリッチモンド到着の翌朝（18日）ディケンズを訪い，父へ宛てた手紙（3月20日付）によるとディケンズの提案でフランス風庭園等散策する。

ブルーム卿宛　1842年3月22日付*

合衆国。ボルティモア。1842年3月22日

親愛なるブルーム卿

忝くも小生の動静に関心をお寄せ下さっているからには，如何ともストーリー判事にお目にかかり，卿から賜った用件を無事果たした由お伝え致さずにはいられなくなりました。してもしや6月7日帰国の途に着く前に仰せつかれることがあれば，何なりと光栄至極にて心より喜んで御用命賜りたく。何かお持ち帰り致せるものは——血が通っていようといまいと——ございませんか？　何か書籍のアメリカ翻刻版をお望みでは？　小生が叶える手立てとなれるやもしれぬ御希望を考え出して頂くことは？　もしや何かこねくり出し，小生宛一筆ニューヨーク，ハドソン・スクエア，レイト・ストリート28番地，デイヴィッド・コールデン殿気付にて賜れば，芳牘は小生何処にいようと，必ずや無

事手許に届けられるに違いなく。

既にお聞き及びかとは存じますが，ここでは小生映えある礼遇を受け，国中を言わば巡幸致さざるを得ません——自らの習いと心の趣きには大いにそぐわぬことに。行く先々の町で公式の歓迎会を催されそうになったものですから，終にニューヨークを発って以降は如何なる祝宴にも応じかねる由公に触れ回らざるを得ませんでした。がとある「極西部」の愛読者諸兄だけは特別扱いすることにしました。彼らはここから2,000マイル離れた，インディアン版図の際のセントルイスという町に住んでいます。小生そこへ——ディナーを呼ばれに——向かう予定にて，明後日出立致します。

南部へはヴァージニア州リッチモンドまで参りましたが，暑さが例年になく早く訪れている上，奴隷制を目にするだに，単に奴隷制の存する町で過ごしているという事実にしてからが，小生にとりては紛うことなき苦痛故，引き返すことに致しました。南部人は「クリオール号」事件を巡る卿の演説なる一件については正しく逆上しています。御自身は，よもや，其を耳にされようと遺憾には思われますまいが。

小生ここまでアメリカ人の羞恥に訴え，対英国際版権法を通過さすべく全力を尽くして参りましたし，今もって尽くしています。クレイ殿退陣後はホイッグ党領袖となろうプレストン殿が然に自信をもって確約して下さるものですから，法案は或いは成立するやもしれぬと期待を抱き始めかねぬほどです。この体制は，現状では，極めて非道にして不埒であります。作家はその労苦の賜物がこの広大な大陸中に散蒔かれているというに，何の報いも受けぬばかりか，付き合う仲間すら選べぬとは。如何なる惨めな半ペニー新聞であれ好き勝手にその著作を印刷に付し——作家を当人の常識にとりては疎ましいばかりの駄作と仲良く並べ，其が絶えず作家を晒す仲間付き合いなる手立てにて広範な読者層の胸中親近感を育み得るとは——作家自身はかようの感情に怖気を奮い，其を避けるためなら如何なる犠牲をも払おうというに。

小生果たしてかほどに素気なく興味に欠ける手紙をお送り致すまでのことがあるか否か良心の呵責を覚えぬでもありませんが，敢えて卿にとって何かのお役に立てるやもしれぬとの疑念の恩恵に浴すと致します。

敬具

チャールズ・ディケンズ

ブルーム卿閣下

（注）「卿から賜った用件」についてはW. W.ストーリー宛書簡（2月4日付）参照。第三段落「『クリオール号』事件を巡る卿の演説」についてはフォンブランク宛書簡（3月12日（並びに21日？）付）参照。2月14日，上院にてブルーム卿は奴隷の申し立てられている所の罪は「アメリカ領土」（船上）にて犯された。よって英国法の下（もと）奴隷の拘禁或いはアメリカ政府への明渡しを規定する条項はないと論じていた。第四段落で吐露されている「新聞」に対する反感，剽窃への忌避感のより激昂した表出についてはオースティン宛書簡（5月1日付）参照。

バーデット・クーツ嬢宛　1842年3月22日付

合衆国。ボルティモア。1842年3月22日

親愛なるクーツ嬢

貴女はとうの昔に小生について或いは抱いて下さっていたやもしれぬ好もしき見解を胸中より追い立て——小生のことを，定めて，怠慢にして移り気な，約束-破りの見下げ果てた男と決めつけておいでに違いありません。

がそれでいて小生，貴女のために持ち帰るよう請われた本のことも——レディ・バーデットのためにナイアガラにて集めることになっている小石のことも——メレディス嬢のために旅行鞄に詰め込むことになっている何かしらお好み次第の代物のことも——未だ忘れてはいません。実の所連中，当地では「時間」をさておけば，何もかも与えてくれます。金輪際そっとしておいてくれようとはしません。旅をしていない間（ま）は毎日500から600人の人々と握手をします。妻も小生も行く先々の町で公式の謁見（レヴィー）の儀を催され，毎日，ディナーのための着替えをしている片や概ね（疲労の余り）気が遠くなります。——詰まる所，我々は敬虔に祖国に思い焦がれ，晴れてニューヨークから，神の思し召しあらば，出帆しよう来る6月7日を心待ちにしています——狂おしいまでに。

新聞を某かお送りしました，恐らく早お手許に届いていようかと。ニューヨークでは舞踏会が催され，3,000もの人々が列席し——ばかりか公式正餐会も

開かれ――ボストンでも――ハートフォードという場所でも――開かれました。外にも，文字通り合衆国の津々浦々正餐会が企画されましたが，小生とうとうほんの生身の人間にして，並の消化力しか具えぬだけに，お招きに与ること能わぬ由公式のお触れを出しました。ただしセントルイスの――インディアン版図の際の「極西部」の町の――とある読者グループだけは特別扱いで，そこへとディナーに――ここからほんの2,000マイルとあって――向かい，明後日出立致します。

小生土産に持ち帰ろう山ほどの逸話や旅模様で然に深き印象を貴女に刻むのを楽しみにしているものですから，およそ同上を――紙上にて――審らかにするを潔しとしません。それにしても如何様に土産話の山をお払い箱に致せるものやら。今の所我ながら帰国の暁にはパトニー・ヒースかリッチモンド・グリーンかどこかその手の荒寥たる原野の田舎家（コティヂ）を借り，一，二か月，少々ほとぼりを冷まし，またもや落ち着きを取り戻すまで専ら独りごちつつ蟄居を極め込まねばなるまいという気が致します。時に八卦見めいた感懐に見舞われれば，さぞや退屈千万な男になって舞い戻ろうとの囁きが聞こえて来ます――。

こちらへの航海ではそれは大変な思いをしたものですから，帰りは帆船に致すつもりです。何かお持ち帰りするに恰好の土産はなかりましょうか？　何であれ「新世界」から持ち帰るよう御用命賜れば，如何ほど恭悦至極に存ぞうことか今更申し上げるまでもなかりましょう。如何なる芳牘とて小生宛一筆，ニューヨーク，ハドソン・スクエア，レイト・ストリート28番地デイヴィッド・コールデン殿気付にて賜れば，拝受の折しも何処にいようと転送されることになっています。

何卒今度マーチバンクス殿にお会いになったら，くれぐれもよろしく申していたと，して数々のお手紙に篤く御礼申し上げると共に，取引先の皆様から身に余る御高配を賜っている由お伝え頂けましょうか――哀れ――ワシントンの――亡くなって六年になろうかという殿方をさておけば。殿方の行方を容易には（さもありなん！）突き止められず，小生消息を問い合わすべくとある銀行へ入って行きました。してたまたまたいそう年配の行員にお尋ねした所，その方はまるで幽霊を目の当たりにでもしたかのようにヨロヨロと床几にへたり込みざま冷や汗をかき始めました。固より衰弱している所へもって衝撃が余りに大きかったため，床に就いてしまわれました――が爾来持ち直されたそうです――夫人や御家族の大いに胸を撫で下ろしておいでのことに。

末筆ながら御健勝と御多幸を心よりお祈り申し上げると共に――メレディス嬢にくれぐれも御鶴声賜りますよう――して然に遠方より然に言葉足らずな手紙しか認められぬことでは内心忸怩たるものの無きにしも有らず，つゆ変わることなく親愛なるクーツ嬢

匆々

チャールズ・ディケンズ

追而　申し上げるのをつい失念していましたが，小生（ここより先の）ワシントンへ参り，またもやその先のヴァージニア州リッチモンドまで足を伸ばしました。が例年になく早々暑くなったばかりか，奴隷を正視するに忍びず当地へ引き返した次第にて。

（注）アンジェラ・ジョージーナ・バーデット・クーツ（後のバーデット-クーツ女男爵については『第一巻』原典p. 559脚注，訳書716頁注参照。レディ・バーデットはクーツ嬢の母親ソフィア・クーツ（1775-1844）。銀行家トマス・クーツの娘三姉妹――「美の三女神」と呼び習わされた――の内一人。結婚生活は不遇に終わり，晩年は病身だった。クーツ嬢の話し相手（コンパニオン），ハンナ・メレディス嬢については『第二巻』原典p. 168脚注，訳書208頁注参照。彼女との約束の記念品については『第二巻』原典p. 444，訳書552頁，並びに実際持ち帰った土産物についてはクーツ嬢宛書簡（42年7月2日付）参照。〔第四段落パトニー・ヒースはテムズ南岸郊外パトニー南端荒原（現公園）。リッチモンド・グリーンはテムズ東岸景勝地リッチモンドの緑地。〕「退屈千万な男」に纏わる――スコットランドからの帰国に際しての同様の――危惧については『第二巻』原典p. 335，訳書411頁参照。第六段落，クーツ銀行社長エドワード・マーチバンクスについては『第一巻』原典p. 527脚注，訳書673頁注参照。「数々のお手紙」は旅先でディケンズへの信用貸を手配するそれ。

ジョージ・ダルメイン宛［1842年3月22日？付］

【次書簡に言及あり。ディケンズはダルメインからの手紙をフィラデルフィアにて3月5-9日に受け取る（フォースター宛書簡（4月1日付）参照）。彼は3月13日までには

西部への旅をピッツバーグにて打ち切る意を決していたが（同日付サムナー宛書簡参照），ダルメインには到着予定がはっきりして初めて返事を認めたと思われる。日付は上記からの推断。】

彼にピッツバーグにて運河船を出迎え，当地のホテルの予約を取るよう依頼して。

（注） ジョージ・ダルメイン（1808?-93）は肖像画家。ディケンズは彼が1840年頃アメリカに移住する以前から面識があったと思われる（フォースター宛書簡（42年4月1日付）参照）。ダルメインは41年までにはピッツバーグに定住，ニューヨークとボストンにて画業に携わる。53-84年ボルティモア在住。

フレデリック・ディケンズ宛　1842年3月22日付*

合衆国。ボルティモア。1842年3月22日

親愛なるフレッド

ぼくの場合はどうか行ないの代わりにその気を受け取り，手紙の長さでお前のそいつらの長さを測らないでくれ。ぼくはありとあらゆる公式の持て成しを断って来たし，いつも断っているものの，ぼく達はほとほとくたびれ果てている。行く先々でズブの謁見(レヴィー)の儀と言おうか接見会を催し，数知れぬ人々を迎える。そこへもって，朝，昼，晩のべつ幕なし予定が入っているものだから（鉄道，駅馬車，汽船で旅をし，そのため朝4時か5時に起床する疲労は言うに及ばず），ぼく達は物も言えぬほどくったくたに疲れ切ることもしょっちゅうで，お蔭でせいぜい，ペンを走らす暇(いとま)など，当たり前，ほとんどないといった態だ。

秘書は相変わらずよくやってくれている——ケイトはもちろん奴のことがお気に召さぬが。なるほど感傷的で——懶げな風情が漂い——バーネットとハートランドを足して二で割ったような男だ。歌も歌えば——これまでの人生がらみで真っ紅なウソをつく——気っ風のその両の点において，お前はだったらたった今ぼくの準えた御両人の片割れそっくりじゃないかとピンと来よう。重宝なことこの上もない。たとい勘定を払い，荷物をまとめるためだけにせよ，鎮静シロップよろしく「真の恵み」に違いない。——こと荷物はと言えば，その量たるや目にするだに鳥肌が立ちそうだ。明後日「極西部」へ行くことになっ

ているが，山脈や森や大草原（プレーリー）を踏み越えねばならないだろうから，目下某かをニューヨークへ送り付け，手回りは最低限の必需品に切り詰めている所だ。アンは陸（おか）ではめっぽう強かな旅人だが，一旦沖へ出たが最後憂はしいことこの上もない。

ぼく達は南部がいつになく早々めっぽう暑くなっているとのことで，チャールストンを旅路から外した。リッチモンドまでは足を伸ばしたが，たといもっと好もしい状況の下であれ，奴隷制を目にするだに先へ行きたいとは思わなかったろう。ホゾを固めながら一件だけ特別扱いし，セントルイスでの公式の持て成しの招待は受けることにした。そこにて連中，会議を開き，フォースター宛送付済みの決議案まで通過させたらしい。町はインディアン版図の際――ここからほんの2,000マイル離れた――にあり，言うなればつい目と鼻の先だ。

お前は小男のジョージ・ダルメインを覚えているか？　オハイオ河沿いの，ピッツバーグという西部の町の肖像画家だ。あっちへは次の日曜に行く予定だが，めっぽう気の利いた手紙を寄越したもので，ぼくからも一筆，ホテルの（どこでも構わないから）部屋を予約し，運河船まで出迎えに来て欲しいと伝えておいた。ぼく達が運河船に乗り込むなんて考えてもみてくれ――憂さを晴らしたくなったらいつでも曳き船道を漫ろ歩き――そいつに四日四晩御厄介になるなんて！　ピッツバーグからはシンシナティへ――それからルイヴィルへ――セントルイスへ行き――ルイヴィルへ引き返し――大草原（プレーリー）越しにシカゴへ行き――それから湖伝いにバッファローへ――鉄道でナイアガラまで足を伸ばし，そこに一週間滞在する。そこからカナダへ突っ込み，かくてニューヨークへ戻る。ニューヨークからは早，6月7日に「ジョージ・ワシントン定期船（パケット・シップ）」にてイングランドへ出航する手筈が万端整えてある。目出度きその日が巡り来るまで指折り数えて待つことになるだろうが。

お前の一通目――「カレドニア号」便――はワシントンで受け取ったが，何と天にも昇るような思いで夜更けまで，そいつと定期船一杯分（パケットフル）に読み耽ったことか，はちょっと口では言ってやれない。二通目は昨夜ここで，フォースターの「オンタリオ号」書籍と仲良くお待ちかねだった。今のその二通目の手紙がどんな具合にお越しになったものやらさっぱりだ。はっきり「アカディア号」

にてと書いたんだろうな──確かに，定期汽船（スチーム・パケット）ではなく？

フォレストが先週の土曜リッチモンドで（というのはヴァージニア州のタバコ工場だらけの町だが）ぼく達と一緒に朝食を取った。めっぽう気のいい男らしく──上さんはすこぶるチャーミングで──ロンドンを訪れた時マクレディにたいそう親切にしてもらったと今更ながらありがたがっていた。ここではありとあらゆる手合いの芝居は落ち目もいい所だ。南部の連中は「クリオール号」事件がらみでは腸を煮えくり返らせている。アシュバートン卿はまだかと持ち切りだ。ぼく達は大統領邸の接見会に招かれ，おまけにディナーにまで誘われたが，待ち切れなかった。ケイトの顔は一日置きに腫れている。ぼくの髪はとんでもなく伸びているが，散髪する気になれない，床屋め（女性愛読者にソデの下を使われて）贈り物用にごっそり摘んでしまわぬかと。といった辺りが近況報告だろうか。ほんの二，三冒険譚をフォースターに垂れ込んでおいたから，その内お前にもバラしてくれるだろう。が取っておきのネタは（手に汗握る逸話，挿絵，擬い物等々込みにて）帰国するまでお預けだ。

[a]どれほどフレッド，お前の手紙を受け取って喜んでいることか，可愛いあいつらの面倒を心濃やかに見てもらってどれほど心底ありがたいと思っていることか，は言葉にならない。がさすが弟ならではの心遣いは金輪際忘れないだろうし，これからもずっとお前がケイトとぼくにとって愛しいものがらみで言ったり為したりする一から十までに全幅の，してつゆ躊躇うことなき信頼を寄せ続けることだろう。[a]

不一

チャールズ・ディケンズ

長い手紙を──長い手紙を──余す所のない，真実の，事細かな報告を──デイヴィッド・コールデン気付で──頼む。彼はまるでそいつらぼく達，ではなく自分宛の手紙ででもあるかのように素速く細心だ。

（注）　第二段落「バーネット」はディケンズの義兄ヘンリー・バーネット（『第一巻』原典p. 342脚注，訳書430頁注，並びにバーネット宛書簡（42年11月25日付）注参照）。H. G.ハートランドはディケンズの報道記者時代の知己（『第一巻』原典p. 10脚注，訳書

13頁注参照)。「片割れ」は即ちプロ歌手バーネット。第四段落ピッツバーグへは「次の日曜」到着のはずだったが，実際は月曜夕刻。ダルメインはエクスチェインジ・ホテルに夫妻の部屋を予約，ピッツバーグ滞在中の三日間ディナーを共にする。シカゴは結局，旅路から外され，一行はシンシナティとコロンブス経由でバッファローへ向かう。第五段落「定期船一杯分（パケットフル）」の原語 “packetful” は草稿では “packetfull” と読める。「オンタリオ号」はロンドン，レッド・スワローテイル社の「オンタリオ1号」——当時最速の大西洋航路定期船。段落末尾ディケンズの疑念は何故「アカディア号」で運ばれたはずの手紙が，同号が自身の郵便物と共に届けた「カレドニア号」郵便物を受け取った3月13日ではなく，一週間後に届いたのかという点にある。が恐らく「アカディア号」は遅延した「カレドニア号」郵便物を優先させたと思われる。第六段落エドウィン・フォレスト（1806-72）はアメリカ生まれの初の主演男優。1820年にフィラデルフィアで初舞台，26年ニューヨークでオセロ役，30年までには第一級の悲劇男優。ロンドン公演（1836-7年）で大成功を収め，ディケンズは（恐らくフレッドと共に）観劇したと思われる。フォレストの「すこぶるチャーミング」な妻は旧姓キャサリン・ノートン・シンクレア，歌手・作曲家ジョン・シンクレア（1791-1857）の娘。37年6月イングランドで挙式，52年に離婚。「ロンドンを訪れた時」に関してはマクレディ宛書簡（3月22日付）注参照。頭髪を巡るディケンズの危惧についてはコールデン夫人宛書簡（2月24日付）注参照。aaの脇の余白には太い波線が引かれている——恐らくはフレッドにより。本状初読の折，或いは（より蓋然性の高いことに）ディケンズが彼の借財への助力を拒んだ57年再読の折。フレッドはその折「昔日の……濃やかな情愛と心遣いへの敬虔な言及」（57年2月5日付）に苦々しく触れる。本状は畳まれた一枚の便箋の二と三分の一頁に綴られ，残りの一と三分の二頁にキャサリンによる同様の感謝と近況報告が添えられ，中にはリッチモンドでは茹だるように暑い日もあり，未だ3月というに桃の木が花盛りを迎えている驚きを伝える愉快な件（くだり）もある。

レディ・ホランド宛　1842年3月22日付†

合衆国。ボルティモア。1842年3月22日

レディ・ホランド

[a]よもや小生の思い違いではなかりましょうが，さぞや小生自身の唇より，お蔭で恙無くやっている由，これきり甘やかされることなく（確かその点をこそ御心配頂いていたかと？）妻共々一刻も早く愛しい懐かしの我が家で馴染みや子供達に囲まれたいとの思いを強くしている由お聞きになりたがっておいでのはず。定めてここまで読み進まれぬ内につい「唇」という言葉を小生が用いているのを前に微笑んでおいでのことと。——が小生のペンは然に長らく声の

後釜に座っているものですから，その表現こそは実にしっくり来ます。[a]

恐らく小生がこの国にてこなさねばならぬある種「巡幸」については某かお聞き及びでありましょう——ニューヨークにて小生のために催された（列席者3,000名に及ぶ）舞踏会や——人々が小生を迎えて来たありとあらゆる手合いの饗宴については某か。公式の持て成しが訪う予定の町という町で申し出られました——がかようの事態にはおよそ耐えられぬ旨公示を出し，企画中の全ての歓迎会を断って参りました——唯一例外をさておけば。当該持て成しの発起人はセントルイスという，インディアン版図に間近い「極西部」の町の住人です。ここからは距離にしてほんの2,000マイル——言うなればつい目と鼻の先にて——小生彼(か)の地へディナーを呼ばれに参ります。出立は明後日。

アーヴィングに相見えたのは小生にとって正しく慶事でありました。心底愛着を覚えずにはいられぬ人物故。来月7日リヴァプールへ向けてここを発つそうです——ここ，とは即ちニューヨークを。もちろんロンドンへも足を伸ばします。共にレディのことを大いに——してありがたくも恭悦至極にて——話題に上せました。とは少なくともあっぱれ至極な嘘偽りなき感懐たるに。

[b]妻もお蔭様でこの苛酷な風土にあって恙無く暮らしています。して小生が暇を乞うた際奥方より賜った忝きお言葉に篤く御礼申している由くれぐれもよろしくお伝えするよう申しています。我々は旅路になき折には毎日，訪問客という訪問客のために接見会を催さねばならず——蓋し，精魂尽き果てています。女王とアルバート殿下ですらよもやかほどにお疲れになることはありますまい。と申すのも我々の公式招待たるや果てしがないもので。我々の王冠もまた，世論においてをさておけば，「黄金の」それではありません。[b]

我々はボストン，ウスター，ハートフォード，ニューヘイヴン，ニューヨーク，フィラデルフィア，ワシントン，ヴァージニア州リッチモンドへ参りました。本来ならば南部へはチャールストンまで足を伸ばすつもりでしたが，例年になく早々暑くなった上，奴隷制を目にするに忍びず，引き返しました。今や西部の森林，山脈，大草原(プレーリー)への途上にありますが，早6月7日にニューヨークを発つイングランド行き帆船の予約を取り終えました。

小生もちろん某か所見は述べて参りました。必ずしも好意的とは限らぬ，と申すのも祖国を発った時よりイングランドのことが愛おしいもので。が正直な所，旅人はアメリカ人の無礼と差し出がましさを事々しく論(あげつら)っているように思われてなりません。屋内であれ屋外であれ，幾千もの人々と相対して来ましたが（して然にその数あまたに上るものですからひっきりなしに握手した挙句右手はほとんど麻痺しかねぬほどです）唯の一度として男にせよ女にせよ子供にせよ，無躾な問いをかけたり無躾な物言いをしたりした者は一人とていません。この国にあって唯一必要かつ最善の旅券(パスポート)は気さくさと上機嫌です。とはゴマをすられたり媚諂われて来た男の私見ではありません。一件の反対の側面について言いたいことは山ほどあります。が人々は生まれながらにして礼儀正しく，人当たりが好く，大らかで，思いやり深く，心濃やかです。というのは事実問題にして私見ではありません。

小生何処へ参ろうと一週間かそこらモーペス卿に遅れを取って参りました。卿は今や南部にお見えで，もしや動静に纏わる風聞が正しければ，依然として西部で，偶然お目にかかれるやもしれぬと期待を抱いてはいます。卿はどこを訪われようと，ありとあらゆる手合いの人々の心を捉えておいでです。皆卿を心から慕い，小生自身卿の人となりに真実敬意を払っているだけに，卿への賛辞を耳にするだに誇らかな悦びを禁じ得ません。

[c]本状は然に遙か遠方の地より奥方へ，レディ・ホランド，お送り致すには言葉足らずな手紙やもしれませんが，単に奥方の心の平穏と，御健勝と，御多幸を祈念するだに我が心は満たされるからというだけにすぎぬとすらば——固より奥方の記憶の中にて生き存えたいとの独り善がりな願いなど抱いていないとすらば——敢えてお目を穢させて頂きたいと存じます。もしや何か，大小にかかわらず御用命賜れば，無論，喜んで御要望に応じさせて頂きたく。ニューヨーク，ハドソン・スクエア，レイト・ストリート28番地デイヴィッド・コールデン殿気付小生宛の如何なる芳牘とて必ずや当方へ転送される手筈にて。

御高誼に深甚なる謝意を表しつつ

匆々

チャールズ・ディケンズ

レディ・ホランド

何卒アレン殿に御鶴声賜りますよう。
我々こちらではマクリースが絵筆を揮った愛し子らの素描を携えています。大いなる［慰め］たるに。旅路にある折は毎晩包みを解き，当［該］ささやかな「一家の守護神」を恰も血が通ってでもいるかのように［愛でて？］います。[c]

（注）　第三代ホランド男爵の妻エリザベス・ヴァサル・フォックスについては『第一巻』原典p. 412脚注，訳書521頁注参照。aa，bb，ccは従来未発表部分。第三段落アーヴィングがディケンズと共にレディ・ホランドを「大いに」話題に上せたのは，先のロンドン滞在中一再ならずホランド・ハウスにて歓待されていたため。アーヴィングは42年5月4日，再びサウス・ストリートにてレディ・ホランドと会食。第五段落，翻意の断りはレディ・ホランドが当初よりディケンズの訪米の主たる目的の一つは「貧しい奴隷の現状を直接その目で確かめる」ことにあると思っていたことを踏まえて（『第二巻』原典p. 447脚注参照）。第六段落ディケンズが「アメリカ人の無礼と差し出がましさ」を経験するのはさらに西部へ行って初めて――例えばハリスバーグからの運河船や（『探訪』第十章参照），エリー湖畔クリーヴランド（フォースター宛書簡（4月26日付）参照）におけるが如く。第七段落モーペス卿はワシントンを発った後（のち），汽船と鉄道にてチャールストンへ，さらに郵便定期船で（3月2–14日）キューバへ向かっていた。船上で卿は以下のように日誌に記す――「ディケンズにとってはこれまで受けた公的な歓迎全てより，私の目にした多種多様な乗組員のほとんど誰しもが彼の小説のいずれかに読み耽っていた事実の方が遙かに誉れ高き表敬かと思われた」。結局ディケンズは西部にても卿と出会うことはなく，セントルイスからの帰路17日に一泊したルイヴィルに，モーペス卿はニューオーリンズから数日後に到着。その後もディケンズが5月初旬までにはカナダへ向かっていた片や，卿は（ディケンズが4月20日には発っている）シンシナティ，セントルイス，五大湖を経由してカナダへ向かう。追而書きジョン・アレン（1771–1843）はエディンバラ大学医学博士（1791）・スペインにてホランド卿の主治医兼秘書（1801–5, 1808–9）。その後もホランド・ハウスに司書として同居する片や1820年からはダリッヂ大学学寮長。歴史にも造詣の深い博識家。レディ・ホランドは自らを「アレン不在の折には陸（おか）へ上がった魚同然」と形容していた。［慰め（comfort）］は封蠟箇所のちぎれにより約七文字の単語が欠損。ただし最後四文字の上部が辛うじて判読可能なため“comfort”がほぼ確実。「当［該］……［愛でて？］」の原文“[? much of t]his”は封蠟箇所に空いた穴のため語間のスペースも含め約十文字の単語が欠損しているが，恐らく推断の通り。

ジェフリー卿宛［1842年3月22日？付］

【コールデン宛書簡（4月4日付）に言及あり。日付は4月2日ボストン発の汽船で輸送

されたことからの推断。ディケンズは本状を祖国の他の友人宛の手紙同様3月22日に認めたと思われる。】

ダニエル・マクリース宛　1842年3月22日付

ボルティモア。1842年3月22日

こよなく親愛なるマック

今しも我々の向かいつつある「極西部」の奥地より——今やいよいよ登らんとしているアレゲーニー山脈の高みより——皆で乗り込む運河船の小さな船室より——未だ過らざる五大湖の水面(みなも)より——間もなく踏み越えよう渺茫たる大草原(プレーリー)の黙(しじま)の直中にて——否ケンタッキーのグレイト・マンモス・ケーブの暗闇より，して由々しきナイアガラの咆哮と水飛沫の遙か高みにて——小生の美術院(アカデミー)への呪詛の声の聞かれんかな。インディアンがその昔漂泊していた，して白人がそこにてグズグズと夕な夕な昔日同様躊躇っている——（おお麗しい，麗しい！）真っ紅な日輪をさておけば何もかも追い立てし僻陬の地よりマーティン・アーチャー・シーの頭(こうべ)へ呪いを喚び起こさんかな。早朝の光輝と深夜の長閑な美の直中にて「緑のテーブル」と神聖ならざる水差しに破門(アナテマ)を宣さんかな。トラファルガー・スクエアに唾を吐き，「会議室」を踵もて踏み躙らんかな。足許の覚束ない高齢の準会員には我が殺伐たる立ち枯れの祟りの下(もと)，萎(な)え窄(すぼ)み窶(やつ)れさせ——王立美術院(R・A)の高位貴顕を痩せ細らさんかな。

してよもや貴兄が——よもや貴兄が，マック——プロイセン王の王冠を戴いた御前にて我々の記憶を失い得るとは？　デヴォンシャー・テラスは君主の威儀にて忘れ去られたと？　して我々が貴兄の記憶より同様に失せるは貴兄の視界から（していやはや君，君は何たる眼(まなこ)をしていることよ）必然的帰結なりしや？　おお，マックよ，マック。「カレドニア号」は貴兄からの如何なる手紙も積んでいないとあって，己(おの)が使命を恥ずる余り押し戻され，正しく大海原にしてからが然なる極悪非道に叛旗を翻せし。小生よりくだんの二通を——してわけても舞踏会献立表とケイトの肖像画同封のそれを——受け取るに及び，何たる心痛に見舞われたに違いなきことよ——何たる燃える炭火(すみび)の汝の頭(こうべ)に積まれしことよ！――さらば深き悔悛に駆られたと。定めし深き悔悛に駆られたに違いなく。

我々かなりの旅をやりこなして来ました。フォースターがいつもながら――取り留めのない覚書きを――預かってくれています。こと「景観」に関せば，実の所末だほとんど目にしていません。明けても暮れても同じ景色の繰り返しにすぎぬもので。鉄道は窪地と沼を縫い，是一つの果てしなき森にして，倒木はここかしこ淀んだ水と腐った植生にて朽ち果て――材木山はありとあらゆる腐朽と全き荒廃の様相を呈しています。ガタゴト揺られながら小生，絵空事のインディアン部族をめかし込ませ，その昔然たりし如く木々の間に散らしてみます――毛布にくるまって眠る者あれば，武器を磨いている者あれば，褐色の幼子をあやす者ありと。が時折，子供らが戸口に佇む丸太小屋や，奴隷小屋や，斧を手に大きな犬を連れた白人に出会すのをさておけば，辺りは長き幾々マイルもに及び人気(ひとけ)にも如何なる手合いの変化にも悉く見限られています。

貴兄は恐らく本状の届くその日に，小生がフォースター宛綴った一から十までに通じられることでしょう。一切合切には瑞々しい目新しさを装わせ，貴兄を繰り返しでうんざり来させぬよう致さねば。そう言えばフォースターが貴兄の「ハムレット」がらみで特ダネを垂れ込んでくれました。一目拝ませて頂けるものなら！　が展覧会が終わらぬ内に神の思し召しあらば，帰国致せましょう。というのがせめてもの慰めかと。

何がなし幾許か夏の乗馬と，夏の散策と，ディナーと，夜歩きと，二流劇場通いと洒落込みたい気はなさらぬと？　何がなし，晴れて帰国の暁には，我々のことをせめて数週間は，「美術院(アカデミー)」よりすらお気に召そうという気はなさらぬと？　こと小生に関せば，もしや陸(おか)へピョンと上がった際リヴァプール埠頭に生身のシーが立っていれば，過ぎたことはそっくり水に流し，ギュッと手を握り締めようかと。如何にも。――定めてギュッと。

思い浮かべてもみて下さい，ケイトと小生が――ある種女王とアルバート殿下たりて――来る日も来る日も（新聞で仰々しく触れ回られた上）謁見(レヴィー)の儀を催しては誰彼となく訪問客を迎えるの図を。思い浮かべてもみて下さい――がその目でしかと見ぬ限り思い浮かべるなど土台叶わぬ相談――何とちょくちょく得も言われぬほどあっけらかんとした生粋の共和国少年が一行に紛れてお越しになるや，縁無し帽を頭に乗っけたまま，暇に飽かせてジロジロ小生に目を凝らすの図を。先日もとある少年が二時間もの長きにわたりデンと居座ったが最後，その間(かん)ほんの退屈凌ぎに時たま鼻を突っついたり，開けっ広げの窓から外を眺めては仲間の小僧共にお前らもこっちへ上がってオレの右に倣えよと嗾けたりするきりだったとは。思い浮かべてもみて下さい，ニューヨークで黒山のような人集りの中，汽船から上陸するや二，三十人からの連中がリージェント・ストリートにて身銭を切った例の値の張る大外套の背(せな)から毛皮をちびりちびり毟り取りにかかるの図を！　思い浮かべてもみて下さい，くだんの公式歓迎会は毎日出来し，こっちはくったくたにくたびれ果てているというに元気潑溂としてお越しになるや，のべつ幕なしまくし立てては矢継ぎ早の質問を吹っかけて来る連中に対し如何様な心持ちのしようことか！　鉄道客車という鉄道客車は是一つのどデカい乗合い馬車。街の駅に着くと必ずや，ワッとばかりグルリに人集りが出来，窓を端から引き下ろし，首を突っ込みざま，小生をしげしげやっては見てくれがらみでああでもないこうでもないと，まるでこっちは大理石像ででもあるかのように平気の平左御託を並べ合いにかかります。君はそいつを何と思う――とはげに，御自身，宣おう如く。

つゆ変わることなく親愛なるマック
（美術院会員ならねど）慎みて不一

チャールズ・ディケンズ

御家族の皆様にくれぐれもよろしくお伝え下さいますよう。

（注）「アレゲーニー（山脈）」の原語“Alleghanny”は正しくは“Allegheny”。グレイト・マンモス・ケーブはケンタッキー南西部の石灰岩大洞窟（1809年発見）。最長の洞窟は7マイル，分岐窟を併せると70マイルにも及ぶ。ディケンズはルイヴィルで二度汽船を乗り替えているものの，臨時に馬車で見学する暇(いとま)はなかったと思われる。サー・マーティン・アーチャー・シーについては『第二巻』原典p. 262脚注，訳書321頁注参照。「（おお麗しい，麗しい！）」は恐らくフォースターをダシにしての，ディケンズ，マクリース，フォースター三者間における内輪のジョーク。マクリース宛書簡（40年11月25日付），『第二巻』原典p. 209脚注，訳書259頁注，フォースター宛書簡（42年3月28日付）参照。「『緑のテーブル』と神聖ならざる水差し」は王立美術院委員会室のそれ

(『第二巻』原典p. 209，訳書258頁参照)。トラファルガー・スクエアは1836-68年の王立美術院所在地（その後はピカデリー，バーリントン・ハウスへ移設。）「萎え窄み窶れ」は『マクベス』第一幕第三場23行魔女1の台詞より。第二段落プロイセン王フレデリックは名付け子プリンス・オブ・ウェールズの洗礼式参列のため1月22日-2月4日英国を公式訪問。1月28日ピール首相と共に国立美術館を訪ね，シーや王立美術院理事達に迎えられる。「君は何たる眼をしていることよ」は内輪のジョーク（マクリース宛書簡（2月27日付）参照)。「ケイトの肖像画」は『エクストラ・ボズ・ヘラルド』掲載の珍妙な板目木版画（マクリース宛書簡（2月27日付）注参照)。〔「燃える炭火の汝の頭に積まれしことよ」は「（恨みに対して徳を行ない）相手を恥じ入らす」の意の慣用句（『ローマ』12：20，『箴言』25：22）を踏まえて。〕マクリースはディケンズに手紙を書きたがっていたものの，結局果たせなかった（マクリース宛書簡（1月30日または31日？付）注参照)。ただしディケンズはその後彼から手紙を受け取る（フォースター宛書簡（5月26日付）参照)。第四段落「貴兄の『ハムレット』」は『「ハムレット」劇中劇』（フォースター宛書簡（3月22-23日付）注参照)。「というのが（せめてもの慰め）かと」の原語“thats”は正しくは“that's”。ディケンズは7月23日に出展作を鑑賞。第六段落「大外套」は「さぞやケンタッキー狩猟家の称賛を掻き立てよう熊か水牛革の毛むくじゃらの外套」(『ウスター・イージス』(2月9日付)，「シベリア白熊の獣皮の三層倍毳立った」(『エクストラ・ボズ・ヘラルド』(2月15日付）と揶揄される——間々“flash（粋な)”と形容されたチョッキとクラヴァットと好対照を成すことに。本状最後，ディケンズの手紙三頁目にはキャサリンのメアリアン・エリー（『第二巻』原典p. 79脚注，訳書95-6頁注参照）や自らの「霊妙な」肖像画に纏わるジョークも交えた添書き。

W. C. マクレディ宛　1842年3月22日付†

ボルティモア。1842年3月22日

親愛なる馴染みよ

申し訳ありませんが——確か貴兄は向う見ずにも早まった結論に飛びつくといったようなことをおっしゃっていたかと。真実，くだんの発言は小生に当てつけてのものだったのでありましょうか？　慌ただしく一筆認める上でうっかり小生宛の手紙に本来ならばどなたか他の方に当てはまる件を紛れ込まされたのでは？　一体いつ小生が誤った結論に飛びついたためしがあったとおっしゃるのでしょう？　しばし返事をお待ち致します。果たして，小生がこれまでブライデン殿を褒めそやしたためしがあったでしょうか？　どころか，貴兄は確かな，より確かな，最も確かな筋から小生があちらは率直な，と言おうか廉直な方ではなく，いつの日か必ずや然にあらざるからというので貴兄の不興を買おうと申し立てているのを耳になされたためしはなかったというのでしょうか？　しばし返事をお待ち致します。

真実，マクレディ殿――して小生，平土間の男さながら厳然と貴兄宛訴えている訳ですが――真実，貴兄はアメリカという国をあるがままのそれではなく間々かつての姿を包みがちな心地好い蜃気楼（ミラージュ）越しに御覧になってはいないでしょうか。真実，貴兄は当地にお見えだった時分，其を顧みている今や感じておいでに劣らず愛でていらしたでしょうか。早春の鳥は，マクレディ殿，事実木立にて，貴兄は新世界の幾多の社交的側面がさしてお気に召さぬことも間々あったと囀っています。鳥を信じて差し支えないと？　またもやしばし返事をお待ち致します。

親愛なるマクレディ，小生然に小生を熱狂的にしてひたぶる歓迎してくれた人々に然にまっとうかつ正直でありたいと願う余り，貴兄宛認めた前回の手紙を火中しました――己自身同然に語りかけよう貴兄に宛てたそれとて――ともかく思慮に欠ける失望の文言らしきものと共に届けられるくらいならいっそ。この点にかけて足を踏み外すくらいならいっそ貴兄に存外等閑（なおざり）な奴と（もしも然に突拍子もない想像を逞しゅうなされるものなら）思われた方がまだ増しと。――がそれでいて詮なきかな。小生蓋し失望しています。これは小生がこの目で確かめにやって来た「共和国」ではありません。これは小生の思い描いていた「共和国」ではありません。遙かに――かようの「政府」に比べれば――自由主義の君主政体の方が――たとい疎ましい「王室関連ニュース」やプロイセン王はつきものとは言え――まだ増しでありましょう。[a]「国民教育」の点をさておけば，ありとあらゆる点において小生，この国には失望しています。[a] その若さと強さを惟みれば惟みるほど，この国は一千もの点においていよよ貧しくいよよちっぽけに映ります。自ら鼻にかけて来た万事において――国民の教育と貧しい子供達の保護をさておけば――この国は小生の期待していた水準を遙かに下回ります。してイングランドは，イングランドですら，さすが古（いにしへ）の国だけあって悪しく，瑕疵はあろうとも，幾百万もの国民は惨めたろうとも，比較の上では優れています。[b]英国国教会を打ち倒せよ，さらば小生イングランドを幸いにも災いにも行末永くこの胸に迎え，何ら良心の呵責も束の間の躊躇いも覚えることなく当該新たな恋人を拒もうでは。[b]

貴兄はここに，マクレディ，住んでおいでと，小生時に貴兄が想像しておいでと耳にして来た如く！　貴兄が！　心より貴兄を慕い，[c]貴兄の気っ風の真実何たるか知らばこそ，[c]小生如何ほど大金を積まれようと，大西洋のこちら側なる一年間の居住の刑を申し渡そうとは存じません。言論の自由ですと！　其は何処？　小生未だかつて如何なる国家も存じ上げたためしのないほど卑しく，さもしく，愚かしく，下劣な報道界を目の当たりにしています——もしやくだんの代物が其の規範ならば，そら御覧じろ。が小生バンクロフトの名を口に致します，さらば口をつぐむよう忠告を受けます，何とならば彼は「持て余し者（ブラック・シープ）——民主党員」だから。小生ブライアントの名を口に致します，さらば口を慎むよう請われます——同じ謂れにて。小生国際版権を話題に上せます，さらば立ち所に身を滅ぼさぬようと説きつけられます。小生マーティノー嬢のことを口に致します，さらばありとあらゆる当事者が——奴隷制支持者も廃止論者も——ホイッグ党員も，タイラー・ホイッグ党員も，民主党員も——彼女宛全き瀑布よろしき痛罵を浴びせかけます。「ですがあの方が一体何をなさったと？　なるほどアメリカを余す所なく褒め称えられたでは！」——「如何にも，ですが我々の欠点を幾許か面と向かっておっしゃり，アメリカ人というのは自らの欠点を面と向かって言われるのに耐えられません。くれぐれもくだんの暗礁に乗り上げられぬよう，ディケンズ殿，くれぐれもアメリカについて書き立てられぬよう——我々はたいそう疑り深いもので」——言論の自由ですと！　マクレディ，仮に小生がこの地に生まれ，この国で本を書き——他の如何なる国からも何ら是認のお墨付きを得られぬまま世に出していたなら——さらば貧しく，人知れず，おまけに「持て余し者（ブラック・シープ）」たりて生き，死んでいたこと心底信じて疑いません。未だかつてかほどに疑いの余地なきこともまたなかったのでは。

人々は情愛濃やかで，心大らかで，包み隠しがなく，持て成し心に篤く，情熱的で，愛嬌好しで，女性に礼儀正しく，ありとあらゆる他処者に気さくで思いやり深く——親身なことこの上もなく——世に触れ回られているより遙かに偏見に囚われず――間々上品で洗練され，めったなことでは無躾でも不快でもありません。ここでは，公共の乗り物においてすら，数知れぬ人々と親しくなり，蓋し後ろ髪を引かれる思いで訣れて参りました。あちこちの街では一人ならざる人物に心底深い愛着を覚えて参りました。例の，旅行者が然に殊更論う貪欲と無作法にはついぞ出会したためしがありません。気さくさには気さくさでもって応じ，その意において無礼ならざる問いには得心が行ってもらえるような答えを返して来ました――して如何なる身の上の男であれ女であれ子供であれ話しかけようと，一人たり訣れぬとうの先から愛着を抱いてくれなかった者を存じません。そっとしておいてもらえないこと，タバコ噛みとタバコ痰にほとほと辟易していることに関せば，小生少なからず心痛を覚えて参りました。ヴァージニア州で奴隷制を目の当たりにし，くだんの一件に纏わる英国人の感情への憎悪に遭遇し，南部の詮なき忿怒の惨めな気配を悟れば，大いに心を傷めて参りました――こと最後の一項にかけては無論，憐れみともおかしみともつかぬものしか催しようがありませんが，他の二項にかけては全き悲嘆を感ずるのみ。が如何ほど当該巨大な料理の素材は気に入っていようと否応なく出発点に立ち返り，料理そのものは固より性に合わぬと，一向気に入らぬと，申さざるを得ません。

御存じの通り，小生真実こだわりのない人間です。大方の男とどっこいどっこい傲りは持ち併さず，誰にやあおいこんな所で出会すなんてと声をかけられても一向気を悪くするどころか。これまで迎えて来た幾千もの人々の就中（小生毎日のように，ほら，新聞という新聞で仰々しく触れ回られた上，ズブの謁見（レヴィー）の儀を催しているもので）ハートフォードの荷馬車御者と一時（ひととき）を共にした折ほど痛快だったためしはありません――連中，正装でめかし込んだ紳士淑女に紛れてブルーの仕事着（フロック）姿のなり一挙お出ましになるや，お頭分共伝（づて）ようこそお越しをと声をかけて下さいましたが。して一人残らず拙著を読み，一人残らず一から十まで呑み込んでいました。小生がこの国を「急進派」として訪い，昔ながらの自説の何ら変化を蒙ることなく帰国する人間は理性，共感，熟考に則り「急進派」にして，一件を躊躇う余地のなきほど徹して篤と惟みた上でのそれに違いないと言う時，念頭にあるのはかようの事共ではありません。

我々はボストン，ウスター，ハートフォード，ニューヘイヴン，ニューヨーク，フィラデルフィア，ボルティモア，ワシントン，フレデリックスバーグ，リッチモンドへ行き，再びワシントンへ帰って参りました。例年になく早々暑くなったため（昨日は日蔭でも80度ありました），してクレイの忠言により——何と貴兄のクレイをお気に召そうことか！——チャールストンへは行かぬことにしました。が一旦リッチモンドへ着いてみれば，何としても引き返すべきだったと今に思います。我々はボルティモアに二日間滞在し（今日が二日目ですが），それからハリスバーグへ参り，それから運河船と鉄道でアレゲーニー山脈を越えてピッツバーグへ参り，それからオハイオ河を下ってシンシナティへ，それからルイヴィルへ，それからセントルイスへと参ります。小生は行く先々の町で公式歓迎会に招かれ，悉く断っています——旅の最西端ということで，セントルイスだけはさておき。彼（か）の地の我が馴染み方は決議案まで通過させ賜うたとあらば。文書は，目下フォースターの手許にありますので，いずれ貴兄にも見て頂けようかと。ルイヴィルから我々は渺茫たる大草原（プレーリー）を越え，遙かシカゴへと向かい，無論カナダへ突っ込み，それから——何卒目出度き文言を大文字にて綴らせ賜え——ひた「祖国」へと針路を取ります。

ケイトも令室へ一筆認めた所です。してこの場で貴兄にもこよなく親愛なる馴染みよ，令室にも，愛し子らの面倒を見て頂き何とありがたく存じていることかお礼申したとて詮なかりましょう，いつも妻共々そのことばかりを話題にしているもので。フォースターはお蔭で我々の陶然となることに「エイシスとガラテイア」の凱旋の模様を審らかにしてくれ——小生かくて「悲劇」の報せを今か今かと待ち受け——フォレストが去る土曜，リッチモンドで我々と朝食を共にしました——彼（か）の地で出演しているためで，折好く誘った訳ですが——ロンドン滞在中に貴兄に御高配賜った由あっぱれ至極にも懐かしそうに話してくれました。

デイヴィッド・コールデンは未だかつてこの世に生を受けたためしのないほど気のいい男で，小生，妻君にぞっこんです。と言おうか我々，家族ぐるみで至れり尽くせりひたぶる心を砕いて頂き，一家丸ごとにすっかりぞっこんです。ところでグリーンハウという男を覚えておいででしょうか，カーツキル山脈のホテルで数日一緒に過ごすようお招きになった？　ワシントンの国務省通訳で——めっぽう愛らしい妻君と——五歳の小さな女の子がいます。我々は一家とディナーを共にし，実に愉快な一日を過ごしました。大統領もディナーにお招き下さいましたが，早，旅の予定が入っていました。私的な拝謁を，しかしながら賜り，ばかりか公式接見会にも列席しました。

さてこの小生が早まった結論に飛びついたとの早まった結論に飛びつかれませぬよう。くれぐれも御用心を。もしや如何でか，小生が如何ほど貴兄へ慕わしい敬意を抱いていることか，ロンドンに到着するや正真正銘貴兄の右手をギュッと握り締めるべく如何ほどしゃにむに駆け出そうことか，推し量られるものなら異は唱えますまい。が当該文言を綴っている慧眼の人間宛如何様に襲いかかっておいでのことかがらみではくれぐれもお気をつけを，と申すのもウィルモットならば「マクレディ殿の例のせっかち」と呼ばおうものにおいて然になさっているように思われてならぬもので——小生のペンは今やお役御免になりつつある故，かく申し上げるためにこそ新の御逸品を手に致しました，親愛なるマクレディ

つゆ変わることなく心より敬具

CD.

（注）　第一段落「小生宛の手紙」とは恐らくマクレディが1月30日に（日誌によるとフォースターが『タイムズ』宛彼のために代筆している片や）綴り，晴れてディケンズがワシントンにて3月13日に受け取った手紙（フォースター宛書簡（3月15日付）参照）。ディケンズが次にマクレディの手紙を受け取るのは4月1日，ピッツバーグにて。「しばし返事をお待ち致します」は『ジュリアス・シーザー』第三幕第二場34行ブルータスの平民達への台詞「さあ，返事を待とう」より。マクレディの業務管理者ブライデン（Briden，即ちBridone）については『第二巻』原典p. 72脚注，訳書87頁注参照。第二段落「当地にお見えだった時分」とは即ち1826-7年の八か月に及ぶ巡業を指して。「早春の鳥」はその折マクレディに頻繁に会っていたコールデン一家を準えて。第三段落「貴兄宛認めた前回の手紙」とは恐らくディケンズが他の祖国の馴染みにも手紙を綴った2月27日付のそれ。「プロイセン王」については前書簡注参照。aa，bb，はMDGHにては省略。アメリカの例外的に優れた点として「国民教育」を挙げる英国人旅行者はディケンズ以外にも少なからずいた。ディケンズ作品においては例えば「教育」に関するマーティンの問いに控え目なビーヴァン医師は「その点ではまずまずですが……それ

でも大したことの言えた柄ではありません。……なるほど，うちだってイギリスに比べればめっぽう分がいいかもしれませんが，お宅の場合はまた格別ですから」と答える（『マーティン・チャズルウィット』第十七章〔拙訳書上巻338頁〕参照）。この時点でディケンズが視察を終えている「貧しい子供達」のための施設は五箇所――㈠ボストンにおける「パーキンズ施設」（フェルトン宛書簡（9月1日付）注参照），㈡ボイルストン校，㈢青少年犯罪者のための矯正院，㈣「勤労院」付属孤児・幼子収容所（『探訪』第三章参照），㈤青年犯罪者更生を目的とするニューヨークの貧窮者保護施設（同第六章参照）。「英国国教会を打ち倒せよ」とは如何なる意味か，マクレディには解せていたと思われる。『日誌』（40年8月20日付）に「ディケンズと大いに語り合う。政治と宗教に関し彼とわたしとは見解を一にしているようだ」の記載あり。両者にとって英国国教会はその国家への依存を通し，政治的には（マクレディの自ら袂を分かつに至った）復古的トーリー党主義と偏狭な信念の稜堡と化していた。〔「幸いにも災いにも行末永くこの胸に迎え」は『祈禱書』聖婚式宣誓の文言より。〕第四段落ccは本状最終段落と同じインクで脱字記号の上に追記――明らかに後からの気づきとして。ディケンズのアメリカ幻滅にもかかわらず，マクレディは二度目の巡業（43年9月-44年10月）においてもアメリカ観を変えず，むしろ『探訪』の文体，内容いずれにも不興を託ち，アラバマ州モビールにて綴られた『日誌』（44年3月12日付）では「ディケンズの誤断は白昼の日輪さながら明々白々としている……哀しいかな！　如何ほど偉大な男とて所詮唯の男にすぎぬとは！」と慨歎する。バンクロフトは民主党主導者としてボストンの友人・縁者――事実上誰しもホイッグ党員たる――と敵対関係にあった。1829年以降『ニューヨーク・イヴニング・ポスト』編集長として，ブライトンは常に民主党員を支持していた。「彼女（宛……浴びせかけます）」の原語“her”は草稿では鉛筆書きにてブラケットに括られ，MDGHでは“me”に置き換えられている。本状からの削除部分にも同様にブラケットの括り。ハリエット・マーティノーは自著『アメリカ社会』（1837），『西部旅行の追想』（1838）においてわけてもアメリカにおける貧困・無筆・卑屈な盲従の欠如，秩序・安全の維持，犯罪者の矯正手段の充実を称賛していた。ディケンズは訪米前に著作を読み，深い感銘を覚えていたに違いない。マーティノーは一方，自らの主義に反する罪としての奴隷制の容認，常軌を逸した責任回避の形を取る「意見への怯え」，アメリカ女性の堕落等へは厳しい批判の目を向け，最終的には果たしてアメリカ人の親切は共和主義に帰せられるのか，して「彼らの共和主義はどこまで最大の欠点――道徳的自立の欠如――の責めを負うべきか」との疑問を呈する。アメリカ人の特性――猜疑心――について例えばフォースターは「サンプソン・ブラス氏の父君の人生の金科玉条『万人を疑え』は今やかの共和国の主たる流儀である」と揶揄する（『フォリン・クォータリー・レヴュー』（42年10月））。同様にマリアットは「名誉毀損は……この国に蔓延する病にして，かくて万人が隣人を疑い怪しむ」（『アメリカ日誌』第二部第一章）と指摘する。「持て余し者」に関し，マーティノーは仮に真に「生粋の天才」がアメリカに出現していたならば，彼は功成り名遂げ，英国書籍の剽窃が第一級の著作の欠如の責めを負わされることもなかったであろうと述懐する。第五段落「（そっとしておいて……辟易している）ことに関せば」の原文“In the respects of”は初め“In respect of”と書かれていたものを，“respect”の前に“the”を割り込ませ，“s”を付け加えた跡。第六段落「ハートフォードの荷馬車御者」に関しては不詳。一切主義主張に「変化を蒙ることなく帰国する」急進派の準えは例えばマーティノーのような人物を想定して。第七段落クレイとはマクレディは既に1827年に会っている。44年ニューオーリンズにて再会した際も『日誌』によると，当然の如く17年前の「快活と大いなる血気」は失せているものの「極めて親身で，上品で，陽気」だったという。〔「アレゲーニー（山脈）」の原語“Alleghany”は正しくは“Allegheny”（前書簡注参照）。〕「祖国」の原語HOMEは大きなゴシック体大文字。第八段落「令室」（旧姓キャサリン・フランシス・アトキンズ）については『第二巻』原典p. 149脚注，訳書183頁注参照。第八段落「エイシスとガラテイア」はヘンデル作曲小夜曲（セレナータ）脚色オペラ（ゲイ台本）。マクレディはドゥルアリー・レーンにて2月5日上演。大海原を浮かび上がらせるスタンフィールドの壮大な書割りもあって，絶賛を博する。〔ギリシア神話でエイシスはシチリア島の羊飼いで，海の精ガラテイアの恋人。ガラテイアに想いを懸ける一眼の食人種巨人ポリュペモスが妬んで大岩で潰すと，ガラテイアは彼の血を川に変える。〕「悲劇」はジェラルド・グリフィン作『ジシパス』（2月23日上演）。40年10月17日にディケンズは他の友人と共にマクレディの朗読を聴いている（『第二巻』原典p. 138，訳書167-8頁参照）。36年10月初めてフォレストに相対した時の第一印象をマクレディは「すこぶる気に入った――気品溢る押し出し，雄々しく，穏やかな，興をそそる立居振舞い」と『日誌』に記す。ただし彼自身のドゥルアリー・レーン出演と同時に同じ役をコヴェント・ガーデンにおいて演ずるに当たっては少なからず苛立ちを覚え，1843-4年の自らのアメリカ巡業においても同じ焦燥を味わうこととなる。第九段落ロバート・グリーンハウ（1800-54）はわけてもフランス語とスペイン語に堪能な国務省通訳（1828-50）。「カーツキル（山脈）」は本状同様，十八世紀，並びにこの地を舞台とするアーヴィング作『リップ・ヴァン・ウィンクル』では“Kaatskill”と綴られていたが，1830年代以降の地図では“Catskill（カッツキル）”。ニューヨークから約100マイル北の低い山脈〔最高峰1,282m〕。グリーンハウの「愛らしい妻君」はメアリランド出身旧姓ローズ・オニール（1864歿）。61年8月-62年5月連合政府密偵として幽閉。自著に『我が幽閉とワシントンにおける奴隷制廃止法規初年』（1863）。

トマス・ミトン宛　1842年3月22日付

合衆国――ボルティモア。1842年3月22日

親愛なる馴染みよ

ぼく達は南部へはヴァージニア州リッチモンドまで行ったが（彼（か）の地では因みにタバコが栽培・生産され，労働は全て奴隷によってやりこなされている）

くだんの緯度にては然に早くも茹だるように暑いものだから，そのままチャールストンまで足を伸ばすのは果たして得策か否か怪しくなって来た。[a]との不測の謂れにて，してリッチモンドとチャールストンとの間の一帯は見渡す限り是ほんの侘しき沼地にすぎぬばかりか，奴隷制たるやその直中にて暮らすにはおよそ陽気な代物でだけはないとあって，ぼくはクレイ殿（この国最高の政治主導者）の忠言に則り進路を変更し，「極西部」へいざ飛び込む前に，ここまで引き返して来た。[a] ぼく達はこの国のくだんの地方へは——山脈越え，湖越え，大草原越えコミにて——明後日朝8時に出立し，一旦西部へ着いたら，そこから4月30日か5月1日までまたもや北方へ向けて旅を続け，かくてナイアガラで一週間ほど，さらにカナダへ足を伸ばす前に滞在する予定だ。祖国へ（かの語に幸あれ）戻るのに早，ニューヨーク発「ジョージ・ワシントン定期船」の予約が取ってある。出帆は6月7日。

ぼくはこれきり公式歓迎会には——行く先々の町で持ちかけられるとあって——応じまいと固めたホゾを最西端の目的地，セントルイスの人々に与しては緩めることにした。くだんの町はここからつい目と鼻の先の——ほんの2,000マイル彼方の！——インディアン版図の際にある。第二の休止地点で到着の日を報せるべく一筆書き送れるだろう。多分4月12日辺りになるだろうが。考えてもみてくれ，このぼくが落日宛そんな遙か彼方までディナーを頂きに旅するなんて！

ぼく達は滞在先の町という町で，たといほんの一日限りであろうと，ズブの謁見の儀と言おうか接見会を催し，ぼくは均して五，六百人の人々と握手し，連中お次はケイトへ回され，そこでまた彼女と握手する。ぼく達の可愛いあいつらを物したマクリースの絵がその間テーブルかサイドボードの上に据えられ，我が「道連れ秘書」が間々その土地の委員会立会いの下人々を然るべく粛々と紹介する。これが毎日二時間，などと考えてもみてくれ——人々はワンサと——ハツラツとして焼き立てホヤホヤのなり，矢継ぎ早の質問を浴びせかけるべくどっと雪崩れ込む——ぼく達二人はくったくたにくたびれ果て，ほとんど立っているのもままならぬというに。ぼくは心底信じて疑わぬことにもしや御婦人を同伴してでもいなければ，定めて彼の国を後にし，とっととイングランドへ取って返さざるを得なかったろう。御婦人がいなければ連中，明け暮れ，断じてぼくを放っておいてはくれまい。が同伴しているだけに，奴隷がちょくちょく夜の黙に手紙ごと遣わされ――返事を待ち受けて寝室の戸口で待ち構えるとは！

リッチモンドではほとんど息も吐けぬほどの暑さで――桃や他の果樹は花盛りだった。明くる日のワシントンでは，ブルブル震えるほどの寒さとは！ が同じ町ですら朝方はシャツ一枚とズボンで過ごしていたものを，夜になると大外套を二枚引っ被るなどというのはザラにある話だ――寒暖計は日の出から日没までの間にしょっちゅう30度からの小旅行をやってのける。

連中ホテルでは蓋しあざとい流儀でベラボウな値を吹っかけて来る！　日毎に料金を取り立てる。よって外食しようとホテルで食事しようとお構いなしだ。先日，ぼくは是々の日に用意しておくようとフィラデルフィアの部屋を手紙で予約した所，予定より一週間長くニューヨークで足留めを食った。フィラデルフィアの宿の亭主と来てはその間丸ごとの部屋代の半額ばかりか，くだんの一週間分のぼくと，ケイトと，アンの賄いまで請求するとは――ぼく達はニューヨークでその同じ一週間，同じ掛かりで事実，食事を取っていたというのに！――とはどう思う？　仮にぼくが異を唱えれば，新聞という新聞の義憤が立ち所に掻き立てられよう。

[b]ぼく達はワシントン滞在中大統領の公式接見会に列席した。ばかりかぼくは私的な拝謁も賜ったし，ディナーにも呼ばれた。生憎都合がつかなかったが。[b]

パーティ――パーティ――パーティ――もちろん毎日，毎晩。だがパーティ漬けではない。牢や，警察や，番小屋や，病院や，救貧院にも足を運んでいる。ニューヨークでは最も名立たる警官の内二名と夜更まで巡回するに――真夜中に繰り出し――市内の白人黒人を問わぬありとあらゆる売春宿，盗人小屋，人殺し納屋，船乗りダンスホール，悪の巣窟へと潜り込んだ。ぼくはミッチェルが今しも一身上築きつつある小さな劇場へもこっそりお忍びで行った。彼はわざわざぼくのために小さな犬を飼っている――その名も「ボズ」という。仔犬は祖国へ連れて帰るつもりだ。――早い話がぼくはどこへもかしこへも行き，キツいと言えばキツい。[c]が酒はほとんど飲まぬよう，タバコに至っては全く吸わぬよう気をつけている。ともかく腹のムシの居所が悪いと見れば必ずや薬箱にお呼びを立て，神よありがたきかな，すこぶる快調だ。[c]

次に君に手紙を書く時はそろそろ，と願いたいものだが，祖国の方へ顔を向け始めているに違いない。とうにどっさり奇矯や気紛れのネタは仕込んでいるつもりだが，いよいよこのとびきり妙ちきりんな国の中でもいっとう風変わりにしてアクの強い辺りへ乗り込もうとしている。

[d]必ずニューヨーク，ハドソン・スクエア，レイト・ストリート28番地デイヴィッド・コールデン殿気付で一筆頼む。君の「カレドニア号」書簡を受け取った時は天にも昇るようだったさ。

ケイトがくれぐれもよろしくとのことだ。[d] でぼくからも変わり映えしないが

［　　］

［チャールズ・ディケンズ］

[e]追而　リッチモンドがぼくの旅路の最南端で，南部には明後日すっかり背を向ける。ブリタニアにこの変更を伝えてくれるか――もし必要なら？[e]

（注） aa，bb，cc，dd，eeはMDGH 1880では印刷に付されているが，以降の版ではNも含め削除。第二段落「2,000」は大きな文字で。第七段落1840年代初頭ニューヨーク警視庁は未だ編成過程にあり，旧来の夜警体制が正規の警官隊に取って代わられつつあった。「悪（の巣窟）」の原語 “(abode of) villainny” は正しくは “villainy”。〔「最も名立たる警官の内二名」との夜回りについては拙訳『探訪』 第六章87-91頁参照。〕「小さな犬」はMDGH, I, 67*n*に照らせば「白いハバナ・スパニエル」だが，フォースターによると「当初はティンバー・ドゥードルなる厳めしい名で呼ばれていた小さな白い毛むくじゃらのテリア」(F, III, viii, 279-80)。犬の名はやがてクラムルズ一座（『ニコラス・ニクルビー』）の男優の一人に因んでスニトル・ティンバリーに変わり（フォースター宛書簡（8月11日付）参照），いずれティンバーに約(つづ)められる。第八段落「このとびきり妙ちきりんな国の中でもいっとう風変わりにしてアクの強い辺り」というのは彼がアーヴィング始め他の東部人に鼓吹されていた西部の一般的イメージ。末尾「不一」と署名は切断――恐らく親筆蒐集家により。追而書き「この変更」は即ちチャールストンまでは行かないというそれ。ブリタニア保険会社と交わした保険証券裏書きによればその点は容認されていた（『第二巻』原典p. 414脚注，訳書513頁注参照）。第七段落「酒」と「タバコ」への言及も「もし必要なら」ブリタニアへ伝えるよう意図されていたのやもしれぬ。

サムエル・ロジャーズ宛　1842年3月22日付

合衆国。ボルティモア。1842年3月22日

親愛なるロジャーズ殿

定めて小生自らの署名の下(もと)，お蔭様で我々二人共健やかにしている由お聞きになれば喜んで頂けることと――なるほど愛しい懐かしき我が家や，馴染みと，愛し子らの下へ戻りたくて矢も楯もたまらぬながら。小生，早お聞き及びやもしれませんが，この国中をある種「巡幸」して回らねばならず，栄誉を称えて催される祝宴に然に辟易するに及び，最早かようの歓迎に応ずる気のなき旨，と言うよりむしろかように苛酷な日々を送る意のなき旨，公に触れ回らざるを得なくなりました。ただし当該法則に唯一例外を設けました，とは「極西部」の――インディアン版図の際なる，セントルイスという名の町の――愛読者諸兄の場合において。彼(か)の地へは（距離にして僅か2,000マイルとあって）ディナーを共にしに出かけます――出立は明後日。

もしや一筆なり，本状をお受け取りになり，併せて恙無くお過ごしの由綴る暇(いとま)がおありならば如何ほど恭悦至極に存じようことか。ニューヨーク，ハドソン・スクエア，レイト・ストリート28番地デイヴィッド・コールデン殿気付にて小生宛賜る如何なる芳牘とて直ちに転送されましょう。

ここにて人々は小生に「時間」をさておけば何もかも与えてくれます。してもしや御逸品を長き持て成しの一覧に付け加えていたならば，小生定めて如何ほどクダクダしきかは神のみぞ知る我々の旅と冒険の詳細にさ迷い込んでいたでありましょう。という訳でむしろ貴兄にとってはもっけの幸いだったやもしれません。

さぞや貴兄にあられてはいつもながらお健やかにして，いつもながら健脚にして，いつもながら弁舌爽やかであられようことと――詰まる所いつもながら一点の非の打ち所もない全きサムエル・ロジャーズであられようことと――とは小生のつゆ疑わぬ如く。当地にては国際版権法のために我ながら精魂傾けて参りましたが，ワシントンの様々な党派の領袖から太鼓判を捺されていることもあり，事実日の目を見るやもしれぬと期待を抱き始めています。

晴れて6月7日ニューヨーク出帆予定の「ジョージ・ワシントン定期船」にて祖国へ戻る手筈が万端整えてあります。こちらへ渡る際にはたいそう難儀な思いをしたため，未来永劫大洋汽船は避けることと致しました。

ブロードステアーズの平穏と静謐が今ほどつくづく素晴らしく思えたためしはありません。いっそ麗しの海水浴客コリンズ嬢を正しくヴィーナスその人さながらギュッと抱き締めたいほどです。

誓って——此処にても何処にても——

心より敬具

チャールズ・ディケンズ

サムエル・ロジャーズ殿

（注）　第三段落「我々の（旅と冒険）」の“our”の後に“wanderings（流離い）”の削除された跡〔原文では一行前の“wandered（さ迷い込んでいた）”との重複を避けたものか〕。第四段落「国際版権法」に関せば，ロジャーズは37年2月上院へ提出された請願書に名を列ねていた。彼はまた4月にディケンズ宛送付される建白書の十二名の署名者の一人となる。第六段落「麗しの海水浴客コリンズ嬢」——ブロードステアーズ軽口——については『第二巻』原典p. 123，訳書150-1頁参照。『エイジ』（42年9月11日付）掲載ブロードステアーズ関連記事では「更衣車を取り仕切る……愛らしく親身なおしゃべり嬢」として言及される。本状三頁目添書きにキャサリンは近況報告旁祖国や子供達へのいとおしさを綴る。

T. N. タルファド　1842年3月22日付*

合衆国，ボルティモア。1842年3月22日

親愛なるタルファド

小生長々しき書状にて貴兄をお煩わせ致そうとは存じませんし，この国の至る所でこなさざるを得ぬ「巡幸」を審らかにすることにて辟易さすつもりも毛頭ありません。その模様ならば早十二分に耳にしておいででしょうから。

小生の心づもりは以下三点に尽きます——まず第一に我々無事恙無く暮らしている旨綴り——第二に時に小生のことを思い起こして頂きますようお願い致し——第三に一筆賜る暇（いとま）があればこの，愛しき懐かしの「祖国」から遠く——

遠く――離れた地にて貴兄の馴染み深い筆跡を目にすらば如何ほど心より幸せに存ぞうことか言い添えるという。ニューヨーク，ハドソン・スクエア，レイト・ストリート28番地デイヴィッド・コールデン殿気付の如何なる芳牘とて小生何処にいようと転送されましょう。

我々南部へはヴァージニア州リッチモンドまで行き，今や「極西部」へ向かわんとしています。リッチモンドで最初に目にしたのが芝居のビラで，「アイオン」と，特大の大文字で綴られていました。ニューヨーク出身のショー夫人という方（たいそう眉目麗しい女性にして名女優）がアイオンを演じ――しかもすこぶる見事に――出し物は割れんばかりの喝采を浴びました。

小生国際版権問題を唱道すべく，諫言，私的声望，公的演説の点では心血を注ぎ，ワシントンにては党派領袖より然に力強い確約を頂戴しているものですから，終に何らかの実を結ぶやもしれぬとの淡い期待を抱き始めています。フォースターが，しかしながら，本件に関しては小生の達ての願いに応じ，早お目にかかっているかと。

明後日，我々は山脈，森林，大草原（プレーリー）へと出立します。して4月末頃五大湖経由でグルリとナイアガラへ向かい――それからカナダへ突っ込み――かくて神の思し召しあらば6月7日，ニューヨーク港発「ジョージ・ワシントン定期船」にて帰国致します。

申すまでもなく，貴兄は小生が祖国を発つに際し最後にお目にかかった馴染みのお一人であるからには，帰国に際しても最初にお目にかかれよう馴染みのお一人に違いなく。妻も小生共々御自身，並びに令室，エリー嬢，フランク，メアリを始めお子達皆にくれぐれもよろしくお伝えするよう申しています。して末筆ながらつゆ変わることなく親愛なるタルファド，心より

敬具

チャールズ・ディケンズ

上級法廷弁護士タルファド殿

（注）　第三段落『アイオン』はタルファド作悲劇（1835年初演）。原語IONは特大の大文字。恐らくタルファドからの手紙は本状と行き違いになったと思われる。というのも4

月30日ディケンズはリー＆ブランチャードに『アイオン』の入手し得る如何なる版であれ全ての版を届けるよう注文するからだ。自作に対するタルファドの自尊は友人の間ではある種軽口の種と見なされていた（ロジャーズ宛書簡（9月26日付）注参照）。「ショー夫人」はイライザ・メアリ・アン・ショー（旧姓トリウォー）。夫トマス・S. ハンブリン（1800–53）はニューヨーク，バワリー劇場支配人。夫人は36年7月ニューヨークにて初舞台，エドウィン・フォレストとも共演，デズデモーナやコーデリア役等を演ずる。ディケンズは2月19日バワリーにて夫人出演の『ラブ・チェイス』を観劇。3月の大半をニューヨークで過ごしていた夫人は短期興行のためリッチモンドを訪れていたと思われる。「割れんばかりの喝采を浴びました」は『マクベス』第五幕第三場53行マクベスの台詞より。引用句中の原語 “echoe” は正しくは “echo”。タルファドはディケンズがフォースターに依頼していた国際版権に関わる建白書に署名していた（フォースター宛書簡（2月24日付）参照）。「令室」については『第一巻』原典p. 315脚注，訳書395頁注参照。メアリアン・エリーは夫人の姪，フランク（1828–62）はタルファドの長男・イートン校生，二人娘の内一人メアリについては『第二巻』原典p. 446，訳書554–5頁参照。

ジョン・フォースター宛［1842年］3月22–23日付

【F, III, iv, 241–2に抜粋あり（3月6日に書き始められ，13日，17日，21日と書き継がれた手紙の最後の追加）。】

ボルティモア。3月22日火曜

ぼくは本人が篤と惟みた一件に関し，マクリースほどの天分の男によって刻まれた如何なる印象にも抗うを潔しとしない。がこと『ハムレット』の王がらみでは君と全く同感だ。ハムレットはと言えば，ぼくは君がリヴァプールで餞（はなむけ）に買ってくれた『シェイクスピア』を肌身離さず大外套のポケットに突っ込んでいる。あの本のお蔭で何たる至福の刻（とき）を過ごしていることか！

君の「オンタリオ号」書簡を今晩ここで受け取った——注意おさおさ怠りなき律儀なコールデンによって転送された——彼は全くもってぼく達に，と言おうかぼく達の要件に関わる一から十までを我が事のように心から親身にやりこなしてくれる。ぼく達は中身を文字通り貪るように読んだ。いやはや，親愛なる君，何とまた君に会いたいことか！　何と再び祖国の地を踏むまでの日数を指折り数えていることか。リヴァプールで訣れたあの日のことを金輪際忘れられようか！――ですらぼく達の訣れに身につまされる余り愉快でにこやかに立ち回っていたあの日のことを！　断じて，断じてあの時のことは忘れまい。ああ！　あの折何とつくづく惟みたことか，爾来何とつくづく幾々度となく惟みて来たことか，ほんの他愛ない些事がらみで親友と諍いを起こすなど何と愚にもつかぬ真似をしたものか！　これまで互いの間でやり交わされた些細な心ない言葉という言葉がぼくの前に非難がましい亡霊さながら立ち現われた。遙か異国の地にあって，ぼくはぼく達の親密な交わりのどんなちっぽけな惨めったらしい中断であれ，たといほんのその刹那しか続かなかったにせよ，ある種ぼく自身への憐れみを込めて振り返っているようだ――まるでこのぼくと来ては誰か別人ででもあるかのように。

ぼくはアコーディオンをもう一台買った。こっちへ渡る途中，旅客係が一つ貸してくれ，ぼくは名演奏でもって御婦人専用船室の面々の憂さを大いに晴らして差し上げたものだ。君にもちょっと思いも寄らないだろうな，どんなにしみじみぼくが夜毎『ホーム・スイート・ホーム』を演奏していることか，と言おうかどんなにお蔭でぼく達は愉快，ながらもしょんぼりすることか。……という訳で君に神の御加護のありますよう。……こいつに封をする前に短い追而を書こうと，余白を空けてあるが，多分これと言って何も書くことはないだろう。愛しい，愛しい，子供達よ！　かほどの手に委ねられていると思えば何たる幸(さきは)いよ。

追而　1842年3月23日。目新しいことは何一つ。皆達者だ。「コロンビア号」が到着したとは耳にしていないが，今か今かと待ち受けられてはいる。ワシントン・アーヴィングが改めて暇を乞いにやって来たから，今日一緒にディナーを食べる。明朝8時半，西部へ出立だ。合衆国ではいっとう名の通った新聞を送る――すこぶるまっとうな版権記事の載った。

（注）本状の日付をディケンズはうっかり「リッチモンド」と綴っていた，にもかかわらずフォースターは『生涯』第一巻の最終校を送達し果すまで間違いに気づかなかったと思われる。というのもジョン・ブラッドベリー宛書状（71年11月12日付）において，ほとんどミスのない（彼自身僅か二箇所の小さな句読点の過ちしか見つけられなかっ

た）見事な印刷を称えながらも以下のように続けているからだ――「三箇所――誤植（エラッタ）ではなく要訂正（コリジェンダ）――があり，誠に申し訳ありませんが，直ちに作業にストップをかけ，訂正して頂かねばなりません。……今の今までディケンズ自身が『ボルティモア』ではなく『リッチモンド』と綴っているのを見落としていました……何とお詫び申したものか！　と申すのもさらにお手数ながら『当該』訂正をアメリカにまで送付賜るようお願い致さねばならぬもので」。『ハムレット』の「王がらみ」については不詳だが，マクリースがフォースターに宛てた以下二通の書簡からこの絵に対しては他の批判もあったことが窺われる――「ぼくはハムレットを美男に仕立て，キーニズムの名残を悉く取っ払ったつもりだ」(42年4月4日？付)，「マクレディが今日やって来て，全くもって御満悦の態だった。彼に言わせば，ヘイマーケットのハムレットの名残は微塵も留めていないとのことだ」(4月5日付)。〔エドマンド・キーン (1787-1833) は英国悲劇俳優。〕第二段落「――ですら」の名はフォースターによって削除のため不詳。「些細な心ない言葉」については『第一巻』原典p. 503，訳書638頁，この時点で記録に留められている口論としては『第二巻』原典p. 116，訳書142-3頁，フォースターに対するディケンズの焦燥の事例としては『第二巻』原典pp. 158-9，訳書195頁参照。第三段落「アコーディオン」をディケンズは「ジョージ・ワシントン号」での帰航途上「ひっきりなしに」演奏した (コールデン夫人宛書簡 (7月15日付) 参照)。他の乗客の中にもヴァイオリンと有鍵ビューグルを奏する者があり，「三人が三人共，船のてんでバラバラの場所で……てんでバラバラの調べを奏でるに及んでは……耳障りなことこの上もなかった」(『探訪』第十六章〔拙訳書226頁〕参照)。「旅客係」は乗客からたいそう信望の篤かった旅客係長オーム氏。『ホーム・スイート・ホーム』はジョン・ハワード・ペイン作オペラ『クラーリ，或いはミラノの乙女』(1823) より。33年4月ベンティンク・ストリートにおけるディケンズの本作上演については『第一巻』原典pp. 18-21，訳書22-26頁参照。「かほどの手」は即ちマクレディのそれ。追而書き「版権記事」はワシントン『ナショナル・インテリジェンサー』(3月19日付) 掲載W. W.シートン執筆ディケンズ擁護の論説。

ウィリアム・［ガイ］宛　1842年3月23日付

バーナムズ・ホテル。1842年3月23日

拝啓

麗しくも芳しきミント・ジュレップをお届け頂き心より篤く御礼申し上げます。幸い，その何たるかは存じていました。一口，味は利いてみましたが，その先の手続きは差しでディナーを共にする予定のワシントン・アーヴィングのお越しまで取っておくことと致します。さらば貴兄への深甚なる謝意を込め，

健康を祝して盃を乾すに存分手を貸してくれましょうから。

敬具

チャールズ・ディケンズ

――ゲイ殿

（注） ウィリアム・ガイ（正しくはGuy，ディケンズの結びの宛名「ゲイ（Gay）」は綴り違（たが）え）はフェイエット・ストリートとモニュメント・スクエアの角のホテル，モニュメント・ハウス経営者。この折のジュレップをディケンズはチャールズ・ランマン宛書簡（68年2月5日付）において「花輪の飾られたとびきり大きなミント・ジュレップ」と形容する。名にし負う銘酒を絶賛する者は多く，例えばマクレディは『日誌』に「未だかつて味わったためしのないほど絶妙に調合されたカクテル。神酒（ネクタール）とてその比ではなく，ジュピターにしてからがこの酒をこそ酌み交わしていたろう」と綴る。「差しで」の原語“tete a tete”は正しくは“tête-à-tête”。ディケンズは，ランマンに伝えた所によると，アーヴィングと深夜までジュレップを飲みながら歓談したという。

名宛人不詳　1842年3月23日付

【原文はグッドスピーズ・ブック・ショップ目録169番より。草稿は1頁。日付は「ボルティモア，42年3月23日」。】

親愛なる若き馴染みよ

お手紙ありがたく拝受致しました。然に喜んで頂けたとは何より。イングランドへ帰国の折には貴兄の愉しみと幸せになお資する所大ならんことを――

敬具

チャールズ・ディケンズ

ジョン・フォースター宛　1842年3月28日付

【F, III, v, 246-51に抜粋あり。】

ピッツバーグ行き。運河船上にて。

1842年，3月28日，月曜

ぼく達は去る24日木曜朝8時半，鉄道でボルティモアを発ち，およそ12時，ヨークという名の町に着いた。そこにてディナーを認め，もう25マイルほど先のハリスバーグ行き駅伝馬車に乗った。当該駅伝はこの世の何かと言えば例の，縁日で見かけるブランコの一つの胴体を四輪の上に乗っけ，屋根を被せた上からグルリを色付き帆布で覆った代物そっくりだ。しかも車内席の乗客が十二人と来る！　ぼくは運好く，御者台に陣取ったが，手荷物は屋根の上で，中には大振りな食卓や，どデカい揺り椅子まで載っていた。そこへもってへべれけの御仁をもう一人拾い，御仁は10マイルの長きにわたりぼくと御者との間に割り込み，また別のへべれけの御仁が後部から這いずり登ったはいいが，1，2マイル行く内スルリとカスリ傷一つ負わぬまま落っこち，固より拾って差し上げていた一杯呑み屋宛ヨロヨロ千鳥足にて御帰館遊ばす様が遙か遠景にて見受けられた。当該陸上（ランド）－方舟（アーク）は無論，四頭立てだが，ぼく達はその夜6時半過ぎて漸う旅をやりこなした。……旅の前半は味も素っ気もなかったが，後半はサスケハナ河の渓谷を縫うそれで（とは正しく綴っているだろうか，手許に例の「アメリカの地誌」がないせいで怪しい限りだが）景色はすこぶる麗しい。……

確かいつぞやこの国の若者がませている話はしたかと思う。この旅すがら，馬を替える際，ぼくは大御脚を伸ばしてやるべく馬車から降り，水割りウィスキーを一杯引っかけついでに大外套の水気を振るい落とした――何せ一晩中篠突くような雨が降り頻り，依然降り頻っていたからだ。またもや席に攀じ登ってみると，馬車の屋根の上に新たなお荷物が載っかっていたが，ぼくはてっきり茶色の袋に突っ込まれた，そこそこ大きなバイオリンなものと思い込んだ。10マイルかそこら行く内，しかしながら，そいつが一方の端にドロ塗れの靴を履き，もう一方の端にテラついた縁無し帽を被っているのに気がついた。してなお篤と御覧じてみれば御逸品，ズッポリ，ポケットに捻じ込むことにて両腕をひたと羽交い締めよろしく脇にくっつけた，嗅ぎ煙草色の上着のチビ助なものと察しがついた。小僧は雨の中，仰向けのなり荷物の天辺に寝そべっているからには，どうやら御者の身内か馴染みに違いなく，たまたま寝返りを打った勢い靴がぼくの帽子にぶち当たったのをさておけば，ぐっすり眠りこけているようだった。さていいか，ハリスバーグのおよそ2マイル手前で馬に水をやるべく停まった際，当該代物はやおら身の丈3フィート8へと起き上がるや，ぼくにじっと，悦に入っているとも，恩を着せているとも，さすがお国柄ならでは独立独歩を地で行っているとも，ありとあらゆる辺境の蛮人から毛唐からを憐れんでいるともつかぬ風情で目を凝らしながらピーピと小鳥の囀りめいた声音で言ってくれるではないか。「やあ，おい他処者のおっさん，こいつあまるで里の昼下がりってえもんじゃねえかい――えっ？」ぼくが胸中よくもヌケヌケとと血腥い思いに駆られたのは言うまでもない。……

翌朝はずっとハリスバーグで過ごした。というのも運河船は午後3時まで出航する予定になかったからだ。朝食をまだ済まさない内から役人達が訪れ，町はペンシルヴァニア立法府所在地とあって，ぼくは州会議事堂へ足を運んだ。わけても哀れインディアンと結ばれた数知れぬ協定にざっと目を通すのは実に興味深かった，というのも彼らの署名は種族がその名に因む生き物もしくは武器の粗削りなスケッチにすぎなかったからだ。してこれら尋常ならざる素描と来ては彼らが如何ほど震えがちな，ぎごちない，不慣れな物腰でペンを握っていたことか示して余りあるだけに，如何せん身につまされた。

ぼくがどれほど我らが下院にほとんど敬意らしい敬意も抱いていないかは先刻御承知。これら地元の州議会と来ては然に鼻持ちならぬほど強大なる立法府の猿真似をしているものだから，目にするだに胸クソが悪くなりそうだ。との謂れをもって，のみならず両院にては黒山のような上院議員や御婦人方が一目比類なき奴（イニミタブル）を拝まして頂こうと手ぐすね引いてお待ちかねにして，早どっとばかり秘書の私室にまで雪崩れ込み始めていたものだから，ぼくはとっととホテルへ取って返した。立法府両院議員は，されど，そこへまでぼくを追いかけて来た，よってぼく達は1時半のディナーの前にお定まりの謁見（レヴィー）の儀を催さざるを得ず，その数あまたに上る諸先生方を迎えた。ほとんど誰も彼もがいつもの伝でペッペと絨毯の上に唾を吐き，とある先生など洟を手鼻にて――しかも絨毯宛――擤んでいた。御逸品，固より我々には旅籠の亭主の妻君の私室が明け渡されているとあって，すこぶる小ざっぱりとしたそいつだった。などということは，しかしながら爾来それはしごくありきたりになっているものだから，今さら口にするまでもなさそうだ。ただし，一言断っておけばくだんの先生は我々の貴族院に当たる（としょっちゅう聞かされている）上院(セナット)の議員ではある。

宿の亭主はこれまでお目にかかったためしのないほど慇懃で，礼儀正しく，親切な人物だった。勘定書きを請求されるや，そんなものはないと答える，誇らしく誉れ高いだけで身に余るほどだからと。ぼくはもちろんこれには聞く耳持たず，Q氏に頼んで人員四名で旅をしているとあらば断じてお言葉に甘える訳には行かぬ旨説明してもらった。

さていよいよ運河船の話だ。いやはや，親愛なる君——せめて君にぼく達が運河船に乗っている所をお目にかけられるものなら！　はてっと，ちょっと待ってくれ，一体昼間の，それとも夜分の何時にいっとうぼく達の姿を見てもらいたいか？　朝の5時から6時にかけてとでも？　はむ！　君は多分ぼくが甲板に突っ立ち，長い鎖で船に括りつけられているブリキの柄杓で運河から泥水を掬い上げ，同上を（これまた同じやり口で括りつけられている）ブリキの盥へぶちまけるや，ゴシゴシ回転式タオルで顔を擦っているの図を拝まして頂きたいと思し召そう。では夜は？　果たして君がほんのぼくがかっきり，広げた時のこの便箋の幅こっきりの（今朝方，物は試しに測ってみたもので）仮初の寝棚に横たわっているの図を拝まして頂くためだけに，夜分船室を覗いてみたいと思し召そうか否かは定かでない。ぼくの上にも下にも客が寝ているが，帽子を被ったが最後ピンと真っ直ぐには立っていられないほど天井の低い船室に客は〆て二十八人。果たして君が朝餉時に覗いてみたいと思し召すか否かも怪しい限りだ，何せさらばくだんの棚はつい今しがた取り外すや片づけられたばかりにして，辺りの空気は宜なるかな，およそ清しいどころではないもので。とは言えテーブルの上には事実紅茶とコーヒー，バタ付パンと，サーモン，ニシン，レバー，ステーキ，ポテト，ピクルス，ハム，プディング，ソーセージが載っている。してグルリには三十三人からの連中が腰を下ろして飲み食いし，すぐ間際の酒場(バー)にはジン，ウィスキー，ブランデー，ラムの芳しき酒瓶が並び，薄汚れたシャツ姿の二十八人の内二十七人までの男がタラタラ，噛みくさしの煙草の黄色い汁を顎の下まで垂らしている。恐らく君がひょいと覗き込むのにいっとう打ってつけの刻限は今——午前11時——だろう。さらば床屋が剃刀を当てにかかり，殿方連中は順番待ちの手持ち無沙汰にストーブのグルリでくつろぎ，一斉にペッペと唾を吐いているのはせいぜい十七人ほど，二，三人は頭上でブラつき（舵取りが「橋だ！」と声を上げる都度荷物の上に腹這いになり），このぼくは殿方専用船室の端くれにしてほんの赤カーテン一枚こっきりで遮られている御婦人専用船室でこいつを書いているもので。実の所，御婦人専用船室は縁日の際の幌馬車の小人(こびと)の私室そっくりで，殿方は是，一人頭(あたま)一ペニー叩いた見物人といった態だ。その場全体はこないだのグリニッヂ-縁日で君とぼくとで潜り込んだ例の幌馬車といい対(たい)小ざっぱりとして洗潔でいい対(たい)広々している。外っ面はリージェンツ-パーク辺りかどこか他処で目にしたことのあるどんな運河船とも似たり寄ったり。

君はよもや夜っぴて咳払いしては唾を吐かれるとは一体どんなものか思いも寄るまい。昨夜は最悪だった。名誉と誓言にかけてぼくは今朝のこと，毛皮のコートを甲板に広げ，そいつから唾の乾上がりくさしをハンカチで拭い取らざるを得ず，しかも唯一皆に呆気に取られたと言えば，ぼくが已むに已まれずせっせと拭っているの図だったとは。ぼくは昨夜床に就く際，そいつを傍らの床几に掛け，そこに御逸品，五人の男からの――三人は向かい，一人は上，また一人は下の――十字砲火(クロス・ファイア)をおとなしく浴び続けていた。ぼくはグチ一つこぼしも，嫌な顔一つ見せもしない。ぼくは夜分めっぽうおどけたヤツで通っている，何せ皆してぐっすり眠りこけるまで近くの誰も彼もと軽口を叩き合っているから。ぼくは朝方はやたら勇み肌の男と目されている，何せシャツをはだけたなり甲板へ駆け登ったと思いきや，5時半までには半ば氷の張った水に頭を突っ込んでいるから。ぼくは活きのいいヤツとして一目置かれている。何せ運河船から曳き船道へひょいと飛び移るや，文字通り朝メシ前に5，6マイル終始，馬に一歩も後れを取るものかは，歩き続けるから。要するに，連中誰しも一介の物書き英国人が然に不自由を物ともせず，然にひたぶる運動に勤しんでいるのを目の当たりに正しく仰天し，くだんの一項がらみでネ掘りハ掘り吹っかけて来る。大方の男共はものの片足もう一方の足の前へ踏み出すくらいならいっそ日がな一日ストーブのグルリに座ってはブルブル身を震わせていようだけに。こと窓を開け放っておくことに関せば，言語道断もいい所だ。

ぼく達は今晩8時から9時にかけてピッツバーグに着く予定で，そこにて君の3月付書簡がどっさりお待ちかねなものと心待ちにしている。金曜の昼下がりをさておけば，日和はすこぶるつきだったが，寒いのは寒い。澄んだ星明かりと月明かりの晩。運河はその大半がサスケハナとイワナタの河畔を流れ，途轍もない邪魔物の間を縫う。昨日ぼく達は山を越えた。鉄道で。……山の上の旅籠で食事を取り，昼休憩にあてがわれる半時間コミにて少なくとも5時間とは言わず当該旅の奇しき道程をやりこなす。北部や「東部沿岸（ダウン・イースト）」の連中には旅路の危険がらみで由々しき口碑があるが，こっちの人々はめっぽう注意深く，無鉄砲な真似は断じてしない。なるほど軌条（レール）のすぐ際に奇妙な絶壁が切り立っていることもあるが，恐らく，かようの難儀とかようの巨大な絡繰の許す限りありとあらゆる予防措置が講じられているに違いない。

辺りの景色は，山に着く前も，山上にある時も，山から下りた後も，実に壮大で素晴らしい。運河は深く，むっつりとした峡谷をウネクネと縫い，くだんの峡谷は月明かりの下（もと）眺めればすこぶる感銘深い――その凄まじさの足許にこれきり及ぶものを未だかつて目にしたためしのないグレンコゥには遠く及ばぬものの。ぼく達は山中でも他処でも，その数あまたに上る新開地や，独りぽつねんと立つ丸太小屋を通りすがったが，そのとことん寄る辺無き惨めったらしい風情は筆紙に余る。窓にヒビ一つ入っていない丸太小屋は六百軒の内六軒もなかったのではあるまいか。壊れたガラスには古帽子から，古着から，古板から，古毛布や古新聞の切れ端からが突っ込まれ，その有り様と来ては悲惨と荒廃を絵に画いたようだ。目にするだに傷ましくも，小麦畑という小麦畑には大木の切り株がゴロゴロ転がり，果てしなき沼や懶い沢地ではどこもかしこも，幾百本とないニレやマツやスズカケノキやログウッドの腐った幹がどっぷり，淀んだ水に浸かり，そこにて夜になるとカエルが然に喧しく鳴き立てるものだから，日が暮れてからはひっきりなしに，恰も鈴（すず）をつけた幾百万ものお化け組み馬（チーム）が遙か彼方の上空を天翔ってでもいるかのような音が辺り一面谺する。これまた気の滅入る状況たるに，だだっ広い焼け跡に出会せば，そこにて入植者は木を焼き払い，奴らの傷ついた図体が危められた人間の骸（むくろ）さながらあちこちに散らばり，片やここかしこどこぞの黒焦げになったススまみれの巨人が，仇敵を呪ってでもいるか，剥き出しの両腕を高々と突き上げている。これまででいっとう愛らしい光景を目にしたのはつい昨日のことで，ぼく達は――身を切るような風を受けながら山の高みに差し掛かっていたが――光と長閑さにすっぽり包まれた谷間（たにあい）を見下ろせば，疎らに散った丸太小屋が垣間見え，子供達は戸口へ駆け寄り，犬共は勢い好く飛び出しざまワンワン吠え立て，豚はその数だけの放蕩息子よろしくとっとと尻に帆かけ，家族は皆して庭で腰を下ろし，雌牛はなまくらにも我関せずとばかりグイと上方を見上げ，シャツ姿の男衆は未だ仕上がらぬ我が家を眺めては明日の算段をつけ――列車は連中の遙か高みにて旋風（つむじ）よろしく掠め飛ぶ。がこいつは蓋し麗しい――実に――実に麗しい！

……果たして君とマックとはグリニッヂ-縁日へ出かけるものやら！　多分二人して今日，何せ復活祭明け月曜（イースター・マンデー）とあって，「王冠と王笏亭」でディナーを取ると――とは神のみぞ知る！　君はきっとポンチに舌鼓を打ったろう，親愛なるフォースター。例のひんやりとした緑のグラスを手にした君を思い描けないとしたら冴えない話もあったものだが。……

確か「フィクス」という語の色取り取りの使い途については話したはずだ。ぼくは汽船に乗っている折，Q氏に朝食はもう直ぐだろうかと尋ねた。すると彼の返して曰く，はい，だと思います，先ほど階下（した）に降りた際旅客係が「テーブルをフィクスして」いたもので――詰まり「クロスを広げて」いたの謂にて。一緒にペンを走らせながら，ぼくが彼に（君は果たして，こんなに時の経ってしまった今や），ぼくの几帳面な習いを少しでも覚えているだろうか？）書類をまとめて欲しいと言うと，彼は答える――「間もなくフィクス致します」。という訳で男は身形を整えていれば己自身を「フィクス」し，君は医師の手に自らを委ねれば，先生はほどなく君を「フィクス」して下さろう。先達ての晩，皆してここで船に乗る前にぼくは温赤葡萄酒（マルド・クラレット）を一瓶注文したが，しばらく待たされた。して御逸品，旅籠の亭主（陸軍中佐）の以下なる詫び諸共テーブルに供せられた――「フィクスが今一つやもしれません」。してここにて土曜の朝，とある西部出の男が朝餉時にQ氏にジャガイモを差し出しながら尋ねて曰く，肉の「フィクシング」に如何です。ぼくは終始，判事よろしくしかつべらしい面（つら）を下げていた。して時に連中がぼくに目を留めている所に出会し，ぼくがちっとも気にかけていないと思い込んでいるものとピンと来る。ここにてこと政治がらみとなると侃々諤々喧しく，強かなことこの上もない。ビラに，摘発に，悪口雑言に，恐喝に，口論等々と。焦眉の急は，果たして次期大統領には誰がなるか。選挙は三年半後にお越しだというに。

（注） フォースターは本状がその最初に当たる紀行書簡の前置きとし『生涯』においては既に『探訪』に採録されている件（くだり）は引用しないとの（早間々破られて来た）「原則（ルール）」に触れる。が再録せぬ困難は想像以上だった。というのも「第一印象の瑞々しさは固より手紙にしか」存在し得ない上，ディケンズが『探訪』のために敷衍した件（くだり）はかくて必ずしもより透逸になっているとは限らなかったからだ。彼はさらに施さねばならぬと感じられた削除について言及し，書簡そのものの草稿に関しては以下のように付言する――「旅籠や街路の耳障りな騒音の直中にて，汽船や運河船の船上にて，丸太小屋の内にて，書面に描写されているがままの精神的動揺，疲労，倦怠の最中（さなか）に綴られているにもかかわらず，書簡にはいささかの抹消の跡もない」(F, III, v, 244-6)。（書簡とは逆に，『探訪』の当該章の草稿には夥しい加筆修正の跡がある。）第一段落「ヨークという名の町」はペンシルヴァニア州，ボルティモアの約60マイル北。ハリスバーグ（Harrisburgh即ちHarrisburg）でディケンズ一行がその夜宿を取ったのはヘンリー・ビューラ経営「イーグル・ホテル」。「陸上（ランド）－方舟（アーク）」は『探訪』第九章ではある種「車輪に乗っかった艀もどき」〔拙訳書140頁〕と形容される。ディケンズが綴りを心配している「サスケハナ（Susquehanah）」は正しくは“Susquehanna”。1844年イタリアへ発つ前にディケンズの作成した蔵書目録には「アメリカ地誌」が一冊，アメリカ旅行案内書が二十七冊記載されている。第三段落ハリスバーグ州会議事堂は1819-22年建設のいささか風変わりながら威風堂々たる，落ち着いた趣きの建造物。ディケンズが閲覧したのは恐らく「ウォーキング・パーチャス」(1737) として知られるデラウェア族領土売却を約す証文。また『探訪』第九章で挙げられている直筆の図柄――「大ウミガメ」，「戦斧（いくさおの）」，「矢」，「頭皮」――からしてディケンズはイロクォイ族盟約書（1736年10月11日締結）も閲覧したと思われる〔拙訳書143頁参照〕。第四段落「ディナーの前」即ち，午前中にディケンズは建設されたばかりの「独房監禁制の模範監獄」(『探訪』第九章) を恐らくフィラデルフィア，東部懲治監（イースタン・ペニテンシャリー）所長サムエル・R.ウッド（「気さくなクエーカー教徒」（フェルトン宛書簡（4月29日付）参照））案内の下（もと）視察した。第五段落「身に余るほどだから」の後にフォースターは「さらばマーティノー嬢はある程度正鵠を射ていたと！」との脚注を付す（F, III, v, 248)。第六段落「（今朝方，物は試しに測ってみたもので）」に関し，フォースターは「かっきり16インチ」（同上）と補足。「プディング（pudding）」は『探訪』第十章では“black-puddings”。〔「黒プディング」即ちブラッド・ソーセージは豚の血と脂肪（スエット）等で作った黒っぽいソーセージ。〕第七段落，船上わけても就寝時の数々の不快，不都合にもかかわらず，ディケンズは「これら諸々の変則」をそれなり「おかしみ」があるとして堪能してもいた（『探訪』第十章〔拙訳書154頁〕参照)。第八段落「イワナタ」は即ちジューニアタ河。「運河」はアレゲーニー山麓ホリデイズバー

グまで大半がこの河畔を流れるペンシルヴァニア運河。昨日越えた「山」はブレアーズ・ギャップ・サミット（標高1,378フィート）。「鉄道で」の後に『探訪』第十章においては36マイルに及ぶ山越えの描写が続く〔拙訳書155頁参照〕。第九段落，運河はジョンズタウンを過ぎてからは172マイルにわたりコニモー川，キスキミネタス川，アレゲーニー川沿いを流れて，ピッツバーグへ至る。〔ログウッドは中米・西インド諸島に産するマメ科小高木。枝には棘があり，小さな黄色の花が咲く。〕フォースターが本状の前置きとして触れている如く（F, Ⅲ, v, 246），この折の体験は『マーティン・チャズルウィット』第二十三章エデン新開地の殺伐たる荒廃の様相に再現される。「麗しい——実に——実に麗しい」は内輪の軽口（マクリース宛書簡（3月22日付）参照）。第十一段落「『フィクス』という語」——アメリカ英語語彙のケイレブ・クォーテム［ジョージ・コールマン・ザ・ヤンガー作笑劇『ザ・レヴュー』に登場するおしゃべりな何でも屋］——については『探訪』第十章〔拙訳書146頁参照〕。「旅籠の亭主（陸軍中佐）」の但書きは即ち，マークが「お国のカカシといい対押（てえ）しくらまんじゅうで」と茶化す国民軍将校（『マーティン・チャズルウィット』第二十一章〔拙訳書上巻412頁〕参照）。「次期大統領」に選ばれたのはホイッグ党候補者クレイを敗ったダークホース，民主党推薦ジェイムズ・K.ポーク。

ジョン・ペンドルトン・ケネディ宛［1842年3月下旬］

【ケネディ宛書簡（42年4月30日付）に言及あり。日付はディケンズによるとピッツバーグより，3月最後の三日間の内いずれかで認められた。】

ケネディの国際版権委員会のための摘要を書こうと幾度となく努めながらも敢えなく断念せざるを得なくなった由伝え，謂れをも審らかにして。

（注） 4月30日付書簡（頭注参照）とは，ケネディ宛前便（即ち，本状）が他の手紙の包みに紛れて英国へ送られたと判明するに及び認められたそれ。

W. C. マクレディ宛　1842年4月1日付

ピッツバーグからシンシナティへ。汽船上にて。

1842年4月1日金曜夜

（故に震えがちな文字）

親愛なるマクレディ。仮に小生常日頃の経験から興奮と刻苦勉励の人生には人間，屈するのではなく，持ち堪えるには持ち前の雄々しさという雄々しさを駆り出し，かくてこの労苦の世で折るべき骨を折り――荒天に，其が何であれ，果敢に立ち向かわねばならぬ時節があると，しかも間々あると，知っていなければ，定めて貴兄の意気阻喪した手紙がらみで諍いを起こす所ではありましょう――くだんの手紙には蓋し憂はしくも，日曜新聞という名の然る忌まわしき罪過と，人間の形と悪魔の心を有す（鬼神じみた能力に仕える）記者という名の某かの忌まわしき生き物とが過分に与っているように思えてならぬだけに。今日も終日，鬱蒼と木の生い茂る丘陵が燦々たる陽射しを浴びるこの麗しきオハイオ河を滑らかに下りながら惟みていました，一体如何でマクレディほどの男がかようの文学のシラミ共のせいでクヨクヨ悩み，煩い，苛立ち得るものか！　貴兄は或いは連中，その卑しさ以外の謂れにても――即ち人々の頭の中に巣食うとの――シラミそっくりだとおっしゃるやもしれません。よもや。小生，連中の影響力を固より，善くも悪しくも，信じていません。連中には一切，善きにつけ悪しきにつけ，信を置いていません。貴兄を目下の旅に限らず，他の全ての旅において己が記憶と思索と結びつけ，かようの折にはいよよ，などということがあり得るとすらば，これまで小生の脳裏にぎっしり刻んで来られた心象や，眼前にまざまざと顕現させて来られた人間の精気と大いなる激情を念頭に置き，実体のない思考に留めて来られた刻印と実体を思い起こすにつけ――幾々度となく訝しんでいます，如何で然にさもしく取るに足らぬ――然に貴兄の心象と縁もゆかりもなく，然に，その万人へ及ぼす影響において，貴兄の天稟の実践と悉く懸け離れた――事共が片時たり貴兄の心の平静を掻き乱し得るものか。結構な言い種では，とおっしゃいましょう――して蓋し，仰せの通り。と申すのも小生とて存じています，これら小人族の矢を次から次へと放たれれば挙句，漠とながら当然の如く何者かの喉を絞め上げたくなるのは。がくだんの願望は，小生もまた然に感ずるからとてそれだけ理に適う訳ではありません。よって誓って，其に打ち勝つよう努めたいと――飽くまで超然として己自身の真価を感じ，連中には勝手にほざくがいいと告げることにて勝利を我が物としたいと――存じます。

劇場は，フォースターの言うには，トントン拍子に行っているそうでは。誰しもの言うにはトントン拍子に。御自身ですらトントン拍子に行っていないとおっしゃっていないでは。ヘラクレスとかの荷馬車御者双方の名にかけて，さらば元気をお出しを！　本務は必ずしも然まで苛酷とは限りますまい。貴兄とて必ずしも然まで気に病まれるとは限りますまい。——或いは貴兄は余りに長らく厚切り肉（チョップ）だけを食しておいでなのでは——然るべく「薔薇色の奴（ロゥジィ）」を飲んでおいでではないのでは——総じて，ボゥ・ティッブズならば胸中，別の意を懸けて「恐ろしくしょぼくれたやり口（ホリッド・ロゥ・ウェイ）」と呼ばおうものに陥っておいでなのでは。——がもしやエリオットソンが小生踏んでいる通りの男ならば（してもしおメガネ違いならば，人類は一人残らず仮面とドミノを纏っているに違いありませんが）とうに肝要な強壮剤を処方して下さっているはず。定めて貴兄は規則正しいディナー・タイムを決めねばならぬと，いや決めて頂こうと，おっしゃっているはず。遙か彼方のディケンズにも力コブを入れ，滋養分の多い食事を，馥郁たる飲料を，水深五尋の健康を説いておいでのはず。劇場に新たな診察室を設え，貞淑極まりなき女性を任じておいでのはず——その務めたるやかっきり正午になると生み立ての卵の黄味をゴールデン・シェリーで程好く割った飲料の入ったタンブラー－グラスを手に舞台へ上り，御逸品がらみでのト書きの「マクレディすすり，舌鼓を打ち，息を吹き返す」なる。

　冗談はさておき，親愛なるマクレディ，食卓をキリスト教徒らしく用いぬ限り，何人（なんぴと）たり心身共に長らく本務を全うすること能いますまい。小生常々くだんの厚切り肉（チョップ）を——くだんの忌まわしきヘミング厚切り肉（チョップ）を——斎物（いみもの）として徹して断（た）って参りました。オールド・パーはついぞディナーを厚切り肉（チョップ）で，と言おうか楽屋で済ますことはなかったかと。厚切り肉（チョップ）と浮かれ気分（チャフルネス）とは水と油。なれど骨付き肉（ジョイント）と陽気（ジョイ）とは切っても切れぬ仲。して赤葡萄酒（ポート）と平穏（ピース）のいと睦まじきかな。何卒次の芳牘にては一筆，週日には指で食事を取るのを止め，またもやナイフ・フォークに馴染んでいる由お報せを。何卒一筆，体調も回復し，御機嫌も麗しき由——が真実然にあらざれば，御放念を。して断じて御自身に心のほんの片隅にてもかの望み，と言おうか思いを二度と抱いたためしがあるとはお認めに（かくて御自身の情愛濃やかな信頼が小生に認める謂れをもお与えに）ならぬよう——片時たり真剣に抱かれれば，「天」にてはさぞや愛娘（まなむすめ）御の「御霊」に苦痛をもたらそうかの思いを。

今朝方貴兄の，して愛しき令室と妹御の芳牘を他の書簡財宝と共に拝受致しました――恰も好し，こよなく幸運にもピッツバーグを発つ直前に。実はここ幾日も首を長くして心待ちにしていました。よってもしやほんの24時間後に届いていたなら，皆してさぞや胸塞がれて旅路に着いていたでありましょう。手紙をもたらした汽船は大変難儀な目に会ったようです。発動機（エンジン）が故障したため帆を張ってやって来ました（とは言え積んでいるのはわずか二枚で，いずれもT. R. D. L.枠張物（フラット）そこそこの――とはつまり対（つい）の片割れの――大きさしかありません）。ヨロヨロとヨロけるようにハリファックスへ入港し，駐留汽船が郵便物と乗客を代わりに運んで参りました。

我々の進路については何も申しますまい。というのもかなり長々とフォースターに書き送ったもので，彼が定めて読んで聞かせてくれましょうから。してケイトに何と物の見事に催眠術をかけ果したかも（同上の謂れにて）申し上げますまい。願わくは向後，幾幾幾度となくお目にかけて進ぜられますよう。

小生この国に――その愚昧，悪徳，嘆かわしき失望に――関する密かな私見を，親愛なるマクレディ，変えていませんし――変えること能いません。フォースターにも言ったことですが，未だかつて「自由の女神の頭（こうべ）」に下されたためしのないほど強かな鉄鎚がその全世界への実例の究極的な蹉跌においてこの国によりて下されるに違いありません。目下如何なる事態と相成っているか。いざ御覧じろ――疲弊した財務省を，麻痺した政府を，自由国民の下劣な成り代わりを，北部と南部との死物狂いの抗争を，共和党員が共和国民によりて共和主義の真実を語るべく送り込まれるくだんの共和議事堂においてすら思う所を述べる者に端から留（と）めては掛（か）けられる鉄の轡（くつわ）と真鍮の銜（はみ）を――正しく上院の屋根の下（もと）にて上院議員同士の間で交わされる突き合いに，撃ち合いに，下卑た血腥い脅し――こよなくさもしく，卑しく，小意地の悪い，卑屈にして卑劣な，コソついた党派根性のありとあらゆる生の営みへの――貧民精神病院への医師の任命にすらの――介入――愚にもつかぬ，涎垂らしの，口さがない，逆しまな，言語道断の党派機関誌を。不問に付そうでは，アシュバートン卿任命を戦々兢々たる政府の懐柔策とする利己は――数知れぬこの種の不条理を指令する，して英国的でだけはない，尊大な虚栄心は。小生この国のその数あまたに上る人々を敬愛して已みません――が「一般大衆」は（とは我らが君主用語を拝借すれば）大事においては惨めったらしいほど自立心に欠ける片や，小事においては惨めったらしいほど自立心旺盛です。というのが紛うことなき「真実」であり，貴兄にも早晩お分かり頂けましょう。国家は頭のない胴体にして，両腕と両脚は胴と，して互い同士啀み合っては，盲滅法打ち身を負わせ合うに余念ありません。

貴兄に神の御加護のありますようこよなく親愛なる馴染みよ。幾々度となく神の御加護のありますよう。我々の愛し子の面倒を見て下さっていることで礼は申しますまい（一体如何で申し上げられましょう！）が誓って永久（とこしへ）に身も心も律儀な友たらん

チャールズ・ディケンズ

追而　アメリカについて語るに愉快な事柄は無論，少なからずあります。よもやでないということのあろうはずが。小生ただ貴兄には独りごつかのように綴っているにすぎません。小生は落胆した「自由の崇拝者」――というだけのことです。本状を彼（か）の地よりボストンへ送るべくシンシナティまで持って行くつもりです。

（注）　第一段落「人間の形（なり）」の原語 “mens' forms”，「人々の頭」の原語 “peoples' head” はそれぞれ正しくは “men's”，“people's”。「日曜新聞という名の……罪過」はドゥルアリー・レーン経営復帰，41年12月27日の華々しき開幕，『エイシスとガラテイア』の大成功（2月5日）にもかかわらず，マクレディが『タイムズ』（1月31日付）へ送った，自らの斬新な道徳的機略（『第二巻』原典p. 454脚注，訳書565頁注参照）を擁護する投書が火種となって2月6日付『サンデー・タイムズ』，『ウィークリー・ディスパッチ』，『サティリスト』等日曜新聞に「道徳的革新者」の仮面を被った「詐欺師」マクレディへの酷評が掲載された事態を踏まえて。日曜新聞紙上における攻撃は翌週，翌々週も衰えを見せなかった。オハイオ河を「この麗しき」と形容する片や，ディケンズは「己（おの）が嗄れっぽい道を行く」運河船上から切り株だらけの痩せた小麦畑や仕事の手を止めて玄翁に寄りかかる入植者の現実を静観する（『探訪』第十一章〔拙訳書（161-2頁）〕参照）。第二段落「薔薇色の奴（ロウジィ）」は俗語で「ワイン」〔『骨董屋』第七章，拙訳書80頁参照〕。「ボゥ・ティッブズ」はゴールドスミス『国際人』に登場する，上流社交界にあこがれるうらぶれ男。「ゴールデン・シェリー」はディケンズ自身，二度目の訪米において公開朗

読の前や合間に愛飲した酒。第三段落「ヘミング厚切り肉（チョップ）」はドゥルアリー・レーン，ブロード・コート22番地（ヘンリー・ヘミング経営）リーキン酒場で出していた厚切り肉（チョップ）。トマス・パー（1483?-1635）はシュロップシャー〔現サロップ州〕，シュルーズベリー近郊生まれの農夫・英国最長寿者〔ウェストミンスター大寺院に葬られる〕。「何卒（*Do*）」には二重下線。マクレディの娘ジョウンは40年11月25日夭逝（『第二巻』原典p. 158，訳書194頁参照）。第四段落「妹御」は兄夫妻と同居していたレティシア・マーガレット・マクレディ（1794-1858）。「大変難儀な目に会った」汽船「コロンビア号」についてはミトン宛書簡（4月4日付）参照。「T. R. D. L」は“Theatre Royal, Druary Lane（王立劇場，ドゥルアリー・レーン）”のイニシャル。「駐留汽船」は「アカディア号」。第六段落アメリカの「究極的な蹉跌」についてはフォースター宛書簡（2月24日付）参照。アメリカ財務省は1841年を通して日常的な出費に支障を来すほど「疲弊」していた。『イグザミナー』（4月23日付）はアメリカの財政は「悲惨な状況にあり，財務省は事実上破産している」由報ずる。下院における悪弊——猿轡規定（ギャグ・ルール）——についてはJ. Q. アダムズ宛書簡（3月10日または11日付）注参照。「鉄の轡（くつわ）と真鍮の銜（はみ）」は『探訪』の一部削除された序章においては「一つ二つの花の下（もと）に偽装された鉄の銜（はみ）」（フォースター宛書簡（9月20日付）参照）。「正しく上院の屋根の下（もと）にて上院議員同士の間で交わされる……脅し」についてはフォンブランク宛書簡（3月12日付），並びに『探訪』第八章参照。治安の乱れ——ナイフや銃を伴う辻喧嘩，選挙中の狙撃，決闘に象徴される——は全ての司法・行政を覆し，獣的な無秩序・失政を招きかねぬほど悪化していた。「コソついた党派根性」の象徴「スポイルズ・システム（猟官制）」が民主党，ホイッグ党いずれの政権の下にも横行していた。〔“spoils system”とは即ち「敵からの強奪は勝利者の権利」の原則の下（もと）選挙で勝利を収めた政党が公職の任免を支配する政治的慣習。〕「貧民精神病院への医師の任命」はニューヨーク，ブラックウェルズ・アイランド精神病院院長への言及か（フォースター宛書簡（3月6日付）注参照）。「党派機関紙」の原語“Party Press”は大きな文字で。ディケンズの「これら恥ずべき刊行物の邪（よこしま）な質（たち）」に関する見解については『探訪』第十八章〔拙訳書251頁〕参照。追而書き「本状」は5月1日ボストン発郵便汽船にて祖国へ届けられたと思われる。

ジョン・フォースター宛　1842年4月1, 2, 3, 4日付

【F, III, v, 251-6に抜粋あり（3月28日に書き始められた手紙の続きと結び）。】

1842年4月1日，ピッツバーグからシンシナティへの汽船上にて。やたら戦慄きがちな汽船，よってぼくの手までつられて震える。今朝のこと，親愛なる馴染みよ，正しく今朝のこと——時は刻々とイングランドから便りをもたらさぬまま流れ，かくてぼく達は（シンシナティとルイヴィル経由で）セントルイ

スへと悲しき心と憂はしき面（おもて）もて向かい，少なくともこの先三週間は然に得も言われず愛しき者達に纏わる報せを何ら受け取らぬまま過ごさねばならなかったろうが——正しく今朝のこと，蓋し麗らかな目出度き朝たりし，「祖国」から，大きな包みが寝室の戸口へと届けられた。何とぼくが君の情愛濃やかな，心暖まる，興味津々たる，おどけた，生真面目な，愉快な，詰まる所とことんフォースターらしいコロンビア書簡を読んでは読み返していることか，は言わずにおこう。それともぼくの第一通目を気に入ってもらってどんなに喜んでいることか，それともぼくの第二通目は然るべく上機嫌で認められていなかったのではないかと危ぶんでいることか，それともぼくの第三通目は確かに上機嫌で認められていたと惟みてまたもや浮かれていることか，それともどんなにぼくの第四通目たる目下の信書でそこそこ面白がってもらえるのではないかとほくそ笑んでいることか，は。以上全て，のみならず，たとい消印押し係に傷を負わすほど鋭い棘を含むまいと，郵便局が如何なる値にせよ届けようとはすまいほどどっさり情愛濃やかにしてひたむきな言葉を——君なら無論口には出さずとも，と言おうか出そうとするまでもなく，分かってくれよう。という訳で然に有頂天になった仰（のっ）けのほとぼりが冷め，甲板を行きつ戻りつし果し，今や船室に腰を据えているからには——ここにてとある一座はチェスに興じ，また別の一座は眠りこけ，またぞろ別の一座はストーブを囲んで四方山話に花を咲かせてはペッペと，どいつもこいつも唾を吐き，片やどデカい蜂よろしきブンブンと唸るような声音の，天下の鼻摘み者を地で行く由々しきニューイングランド男が，せっせとペンを走らせているぼくを後目に，何が何でも傍に腰を下ろし，正しくぼくの耳許で，のべつ幕なしケイトに話しかけようとするが——いざ，仕切り直すとするか。

はてっと。まずもって，ぼく達はこの便箋の天辺で筆を擱いた日の晩方8時から9時にかけてピッツバーグに着き，そこにて数年前ロンドンで知り合った小男（全くもって絵に画いたような小男）に出迎えられた。男は［ジョージ・ダルメイン］なる御芳名に浴し，知り合った当時，株式取引所を父親と合資で営み，ダルストンで悠々自適の生活を送っていた。親子はその後ほどなく事業に失敗し，そこでくだんの小男は，かつては娯楽にして才芸たりしものに活路を見出すに小間物店のためにささやかな画題に絵筆を揮い始めた。かくてぼくは十年近く前に男の消息を失った。がここ，ピッツバーグにて男は肖像画家として眼前に立ち現われるとは！　男は予め一筆寄越していた，してぼくが少なからず身につまされたのは，書面からはある種穏やかな自立と達観が，それでいて祖国から然に遠く離れている孤独感が，気取られたからに外ならない。ぼくはフィラデルフィアで手紙を受け取り，返事を認めた。男はぼく達のピッツバーグ滞在中は（僅か三日だったが）毎日ディナーを共にし，ぼくがさっぱり変わっていないからというので雀躍りせぬばかりに有頂天にして気を好くしていた――君にもちょっと口では言ってやれないくらい。期せずして男をどれほど幸せにしてやれたかと思えば，今宵は感無量だ。

ピッツバーグはバーミンガムによく似ている――少なくとも地元の連中に言わせば。ぼくは敢えて異を唱えなかったが。とある点は，蓋し。煙が濛々と立ち籠めているという。昨日のこと謁見（レヴィー）の儀でぼくはある男の心証をすっかり害してしまった――「これでさぞや故郷に戻った」気がなさるのではと吹っかけて来るものだから，ロンドンがかほどに暗い街だとの思い込みは人口に膾炙した誤謬かとと切り返したばっかりに。ぼく達の歓迎会には実の所，めっぽう風変わりな客が一人ならずいた。わけてもズボンのボタンもろくに留めずにウェストバンドを腿の上までダラリと垂らした御仁など，半開きの扉の蔭に陣取ったが最後，何をどうなだめすかそうといっかなお出ましになろうとはしなかった。かと思えばまた別の片目の御仁と来ては，もう一方の目にグースベリの実をギッチリ嵌め込んだなり，片隅に八日時計よろしく微動だにせず立ち尽くすや，ピッツバーグ人士を丁重に迎えているぼくをじっとり睨め据えて下さるとは。二人の赤毛の兄弟もいて――小僧，というよりチビ大蛇（おろち）といった態だったが――ケイトの周りをヒラつき通しで，いっかな立ち去ろうとはしなかった。三日間というもの，大変な人集り。しかもめっぽう風変わりなそいつだった。

依然同じ船上。1842年4月2日

誕生日お目出度う。まだ朝の8時だが，ディナーの後で君の健康を祝し，満杯を乾すつもりだ。して幾々度もぼく達にリッチモンド正餐会が巡り来たらんことを！　ぼく達専用の船室には（ピッツバーグの旅籠の亭主が船上にまで届けてくれた贈り物の）ワインがある。よってまっとうな趣旨にて呑み口をつけるに，誓って，君にありとあらゆる手合いと類の幸せを，ぼく達自身には同上の御相伴に与れるよう長寿を，祈るとしよう。早，幾度となく首を傾げている，果たして君とマックとは今日を祝してどこかで一緒に食事をするのだろうかと。ぼくは然りと答えているが，ケイトは否と返す。彼女の言うに，君がマックを誘っても，彼は行こうとしないだろうと。彼からは未だ音沙汰なしだ。

ここの船室は「ブリタニア号」の時のそれよりまだしも増しだ。寝棚はずっと広いし，檻には扉が二つついている——一つは御婦人用船室に，もう一つは船の艫の小さな歩廊に通ずる。シンシナティには月曜の朝方着く予定で，目下乗客はおよそ五十人。食事用の船室は舳先から艫までズイと突き抜け，めっぽう長い。ほんの片隅だけが，御婦人方のために磨（すり）ガラスの嵌まった木造りの衝立で仕切られている。朝食は7時半，昼食は1時，夕食は6時。いずれの食事にても，たとい料理がテーブルの上で湯気を立てていようと，誰一人として，御婦人方が姿を見せ，席に着くまで手をつけようとはしない。運河船でもそうだったが。

洗面部門は運河船の時よりいささか文明化されているものの，どう贔屓目に見てもイタダけない。実の所アメリカ人はいざ旅をするとなると，マーティノー嬢もどうやら認めざるを得ぬ如く，やたらだらしない——薄汚いとまでは言わずとも。ぼくに判じ得る限り，御婦人方は大概の状況の下，スズメの涙こっきりの水を手と顔になすりつけてもって善しとする。男性もまた然り。連中，くだんの沐浴のやり口にかてて加えて，そそくさと共同のブラシと櫛を用いる。週に綿シャツ一枚と亜麻布のイカ胸三，四枚で通すのもまたしごくありきたりの習い。アンの垂れ込む所によらば是ぞQ氏お定まりの手続き。して我が肖像画家友人の話では大方のモデルも似たり寄ったり。かくて先達て布を一枚買い求め，お針子にそっくりシャツに——イカ胸ではなく——仕立てるよう注文すると，てっきり気でも狂れたかと思われたそうだ。

昨夜ダシにした馴染みのニューイングランド男だが，あいつほど，この大陸広しといえども鼻持ちならない奴もまずいまい。ブンブンと唸るような声で口を利き，鼻をクンクン鳴らし，詩を物し，ケチな哲学と形而上学の蘊蓄を傾け，天地が引っくり返ってもおとなしくしようとだけはしない。シンシナティで開かれる一大禁酒集会へ向かう所だ——ピッツバーグでちょっと診てもらった医師を道連れに。先生は一から十までニューイングランド男そっくりだが，おまけに骨相学者と来る。ぼくは御両人から船のここかしこ逃げまくっている。ぼくが甲板に姿を見せるや，二人がズンズンこっちへ向かって来るのが目に入る——さらば尻に帆かける。ニューイングランド男は昨夜のことめっぽう御執心だった。ぼくと二人で「磁気感応鎖（マグネティック・チェイン）」をこしらえ，眉にツバしてかかっている乗客皆への御教示がてら，先生に催眠術をかけようではないかと。ぼくが書簡を物す捻り鉢巻の名分に言寄せて断ったのは言うまでもない。

催眠術と言えば，実はこないだの晩ピッツバーグで，Q氏と肖像画家しか居合わさぬものだから，ケイトが笑いながら，物は試しにわたしでどうぞと，腰を下ろした。ぼくは一件がらみで何やら滔々とまくし立て，自分では御逸品をかけられると思うが，これまでやってみたことがないと啖呵を切っていた。ものの六分で，ケイトはヒステリーの発作を起こし，と思いきや眠りに落ちた。ぼくは翌晩もまた試してみたが，今度は二分かそこらでウツラウツラ微睡み始めた。……目を覚ましてやるのはお易い御用だが，正直最初の晩は（そんなにも突然，物の見事にかかるとは思ってもみなかったせいで）いささか胆を冷やしはした。……西部は時に物騒なことがあるものだから，小さな一行には全員「救命具」を持たせ，ぼくはどんな船に乗る時にもやたら勿体らしくそいつらを膨らませ，ちょうどクラッピンズ夫人が民事訴訟裁判所にて身上の雨傘相手にやってのけていた如く，いざとならばいつでもお呼びをかけられるよう用意万端整えておく。……

4月3日，日曜

医師と由々しきニューイングランド男にかてて加えて，船には例のぼくに「二人のLL」がらみで一筆寄越した勇み肌の将軍も乗り合わせている。皺くちゃの面（つら）を下げ，鳩胸の成れの果てを軍服のフロックコートに包んだめっぽう老いぼれた，老いぼれた御仁だ。これ見よがしなまでに殿方風にして軍人めいている。胸は然に凹み，面(つら)には然に深い皺が刻まれているものだから，まるで御当人，鳩パイを地で行くに，大御足だけ外に突き出し，残りはそっくりひた隠しに隠してでもいるかのようだ。この男こそ国中でいっとう手に負えぬ鼻摘み男に違いない。して冗談抜きで言わせてもらうが，世界中の他の国を引っくるめても当該合衆国ほど筋金入りの鼻摘み男が掃いて捨てるほどのさばっている国はまずあるまい。大西洋のこちら側へ渡るまで，何人(なんぴと)たりこの語の真の意味を十全と解(げ)せる者はいなかろう。これら三名の例外をさておけば，船には格別な手合いは乗っていない。実の所ぼくは専用の小さな特等室で読んだり書いたりしているせいで，食事時以外はほとんど乗客と顔を合わせない。……ぼくはこっそり椅子を二脚我らが私室に持ち込み，この手紙も片膝に載せた本の上で書いている。何もかも，もちろん，とびきりきちんと片づいている。ヒゲ剃り用具や，化粧鞄や，ブラシや，本や，書類はまるでこの先一か月船上で過ごす気満々ででもあるかのように，一分の狂いもなく並べてある。神よありがたきかな，そんな気はさらさらないが。

河幅は並べてグリニッヂ辺りのテムズ河よりやや広めだ。あちこち遙かに広々としている箇所もあるが，さらば大概，一面木に覆われた緑の小島が散り，河を真っ二つに劈く。時折数分(すうふん)小さな町，と言おうか村に（いやここでは何もかもが街(シティ)というなら街(シティ)と呼ぶべきか）立ち寄るが，両岸は大方木が鬱蒼と生い茂るばかりで，人気(ひとけ)なく静まり返っている。茂みは因みに，こっちの西部では早新緑で，実に瑞々しい……

以上全てを，ぼくはこうしてペンを走らせている間(ま)も，つい今しがた綴ったくだんの艫-歩廊へ通ずる小さな扉越しに眺めている。日に六度と他の乗客が側(そば)へ寄って来ることはなく，開けっ広げのまま座って一向差し支えないほど暖かいものだから，ここにぼく達は朝から晩まで腰を据え，読んだり書いたりおしゃべりしたりする。何をダシに花を咲かせているか，は言うまでもないだろう。どんなに景色が美しかろうと目新しかろうと，我が家を恋う気持ちに変わりはない。指折り数えては互いに慰め合う。「5月が来れば——いよいよ来月——そしたら時間なんて過ぎてしまったようなものだ。」君が今頃一体何をしているか飽かず想像を膨らます。時差を勘定に入れるなど真っ平で，ロンドンでも今同じ時刻なものと言い張る。そいつがいっとう手っ取り早いし，賢明だ。……昨日も，ぼく達は君の健康と長寿を祝して乾盃した――ディナーの後，ワインで。晩方は小さなミルク入れの水差しになみなみ注いだジン‐ポンチで。それから小さな燭台を据えるのに，ぼくの化粧‐鞄の盆の一つで俄仕立てのテーブルをこさえ，グラつかないよう天辺に錘を乗っけたなり寝棚のマットレスの下にまんまと突っ込み，かくて一点の非の打ち所もなき張出しランプ受けが一丁仕上がるや，ぼく達は是ぞ，神の思し召しあらば，1843年4月2日「星章とガーター亭」にては恰好のジョークたらんと言い合った。もしも君の心の洞のなお上を行くものがあり得るとすれば，誓ってぼく達のこそ一枚上手に違いない。ぼくは時に，祖国が恋しくてやり切れなくなることがある。

ピッツバーグで，ぼくはまた別の独房監禁制牢を視察した――ピッツバーグもペンシルヴァニアにあるもので。その晩，事実目の当たりにした一から十までを思い起こしていると，ふと，とある恐るべき思いが脳裏を過った。もしや幽霊がこれら牢獄の恐怖の端くれだとしたら？　爾来幾度となくつらつら惟みて来た。明けても暮れても全き孤独，幾時間にも及ぶ暗闇，死の沈黙，いつ果てるともなく憂はしきネタで塞ぎ込みこそすれ，何ら慰めを見出せぬ心，時にはやたら忙しない良心の呵責――想像してもみよ，得体の知れぬ黙した人影が絶えずベッドに腰かけているのではないかと，或いは独房の同じ片隅に立っているのではないかと（もしや生身の人間よろしく断じて歩かぬ代物を立っているなどと形容できるものなら）怖気を奮い上げた勇い，独房囚が夜具を頭から引っ被りざま時にこっそり辺りの様子を窺っているの図を。こいつを思い描けば描くほど，これら囚人の少なからぬ連中は（少なくとも幽閉の一時期）夜毎亡霊に祟られようという気がしてならない。ぼくは事実，この最後の牢でとある男によく夢を見るかと問うてみた。男はおよそ徒ならぬ表情を浮かべるや，声を潜め――ポツリと――返した。「いや」……

シンシナティにて。1842年，4月4日

ここへは今朝，確か3時頃着いたらしいが，寝棚でぐっすり眠りこけていた。6時少し過ぎに床を抜け，服を着替え，船の上で朝食を取った。およそ8時半陸へ上がり，ピッツバーグから一筆，部屋の予約の取ってあったホテルへ馬車で向かった。ホテルは埠頭からつい目と鼻の先だ。公式に「面会謝絶」のお触れを出さぬとうの先から判事が二人，住人に成り代わって，市民のための接見会はいつ開くつもりかと尋ねに来た。ぼく達は明朝11時半から1時にかけて開くことにし，正1時，これら殿方御両人と市内見物に繰り出す手筈を整え，さらに晩方には内一人の屋敷における夜会に出席する約束を交わした。水曜の朝，郵便船でルイヴィルまで十四時間がかりで向かい，彼の地からは次に出る恰好の船でセントルイスへ四日がかりで旅をする。今朝のこと我が弁護士友人方から（実に見聞の広い所へもって，人当たりの好い御両人だが）シカゴへの大草原旅行はたいそう難儀なそれにして，五大湖はこの時節ともなると時化催いにして船酔いがちにして安全すぎていけない訳でもない由垂れ込んで頂いたお蔭で，ぼくは船長伝セントルイス宛に一筆（というのもここへとぼく達を乗せて来た船はそちらまで向かうもので）五大湖針路は見合わせ，一旦当地へ戻ることにしたが，大草原へはセントルイスへ着き次第――30マイル足らずとあらば――足を伸ばすつもりだと認めた。……

この頁をめくってからいざ，ぼくは窓辺に向かい，町が如何様な面を下げているものか御覧じた。ホテルは広々とした――馬車道には小さな白い石の，歩道には小さな赤いタイルの敷かれた――街路に面している。民家は大方平屋で，中には木造りのものもあれば小ざっぱりとした白煉瓦造りのものもある。ほとんど一軒残らず窓という窓の外には緑の日除けが下がっている。道の向かいの主立った商店は，掲げられた看板の宣う所によらば，「製パン所」，「製本屋」，「服地商」，「馬車置き場」――殿店舗は因みに，やたらちんちくりんの小売り石炭納屋そっくりではある。ぼく達の窓の下の舗道では黒人がせっせと薪を切り，また別の黒人は豚に（何やら懇ろげに）耳打ちしている。一般食堂は，このホテルでも向かいのホテルでも，つい今しがたディナーに片をつけたばかりだ。腹を膨らせた客は道の両側の舗道でひたぶる爪楊枝を揮っては四方山話に花を咲かせている。汗ばむばかりの陽気とあって，中には椅子を街路まで持ち出している者もある。三脚に載っかっている者あらば，二脚に載っかっている者あらば，重力の既知の法則という法則に真っ向うから挑みかかるに，椅子の三脚並びに身上の二脚を高々と空(くう)に突き上げたなり，御逸品一脚の上にさも居心地好さげに載っかっている者あり。ぼく達の窓の真下でノラクラ油を売っている連中は，明日ここで開かれるはずの一大禁酒集会の話で持ち切りだ。片やぼくをダシに，イングランドをダシに，侃々諤々やっている者もある。サー・ロバート・ピールはところで，ここでは誰も彼もにウケがいい。……

(注) 1日付書簡第一段落「やたら戦慄きがちな汽船」はマーク・トゥエイン（42年当時七歳）がその「壮麗(ゴージャス)な」外輪被いがミシシッピー上流直線流域に姿を現わすのを胸躍らせながら見守った（*Life on the Mississipi*, 1883, p. 4）「メッセンジャー号」。ただしディケンズは（トゥエインも慨嘆する通り）ミシシッピー汽船に敢えて「荘　厳(マグニフィセント)」の形容辞を賜ろうとはしなかった。ディケンズが唯一「水上宮殿」と称えたのはカナダからニューヨークへの帰途一泊した「バーリントン号」（ケネディ宛書簡（6月2日付）注，並びに『探訪』第十五章〔拙訳書218頁〕参照）。「ぼくの第四通目たる目下の信書」にもかかわらず，フォースター宛書簡は1月30日，2月14日，27日，28日，3月22日に締め括られている。従って本状は「第六通目」。「由々しきニューイングランド男」についてはフォースター宛書簡（4月2日付）注参照。第二段落［ジョージ・ダルメイン］はFでは明示を避けて“DG”（フレッド・ディケンズ宛書簡（3月22日付）参照）。〔ダルストンは北東ロンドン，ハクニーの特別区。〕第三段落，3月31日のモナンガヒーラ・ハウスにおける「歓迎会」来訪予定者の中にはアレゲーニー市長ウィリアム・バークレー・フォスター（1779-1855），息子スティーヴン（1826-64）等の名が挙げられていた。ディケンズはピッツバーグ滞在中体調を崩し，スティーヴン・フォスターの後(のち)の岳父アンドルー・N.マックダウアルの診察を受ける。著名なピッツバーグ弁護士チャールズ・B.スカリーは3月29日ディケンズを訪うた際，キャサリンに汽罐爆発の予防措置とし，エヴァンズ安全弁を装備した汽船に乗るよう忠言。「ズボン」の原語“inexpressibles”は*OED*によると1790年初出の口語表現。2日付書簡〔原典p. 178柱「(2 Apr) 1982」は正しくは「1842」〕第一段落冒頭「お誕生日」はフォースター三十歳のそれ。4月2日はディケンズ夫妻の結婚記念日でもあり，三人は例年リッチモンド「星章とガーター亭」で双方を祝すことにしていた。「音沙汰」のないマクリースからディケンズが手紙を受け取るのは唯一5月25日と思われる（フォースター宛書簡（5月26日付）参照）。第二段落「船の艫」に関せば，一行は「能う限り艫にしがみついておくよう，『何せ爆発するのは概ね舳先と決まっているので』とやたらしかつべらしげに忠告を受けていた」（『探訪』第十一章〔拙訳書158頁〕参照）。第三段落「共同のブラシと櫛」は皮膚病が感染する恐れもあるため，英国人旅行者には疎ましい「粗野な」習いに映った。「肖像画家友人」は即ちジョージ・ダルメイン（1日付書簡注参照）。第四段落「シンシナティで開かれる一大禁酒集会」へ向かっている「ニューイングランド男」は或いは禁酒唱道者ウィリアム・H. バーリ（1812-71）か。バーリはシーリア・バーリによると「ディケ

ンズの訪米中，短いながらも愉快な親交を結んでいた」(*Poems by W. H. Burleigh, with a Sketch of his Life*, NY, 1871, p. vii)。「ピッツバーグで……医師」は恐らくアンドルー・マックダウアル (1日付書簡注参照)。第五段落「西部は時に物騒なことがある」のは主として切株等の漂流物との衝突や火災が原因だが (フォースター宛書簡 (1月30日付) 参照)，汽船同士の競走が一時期流行っていた。『ピクウィック・ペーパーズ』第三十四章で「いざとならばいつでもパンッと差し掛けてやろうとばかり，眦を決して [大きな雨傘の] バネに右手の親指を押し当てて」いたのは実はサンダーズ夫人〔拙訳書下巻87頁参照〕。片やクラッピンズ夫人は証人台に立っていた。3日付書簡第一段落「勇み肌の将軍」はゲインズ将軍 (フェルトン宛書簡 (3月14日付) 注参照)。「二人のLL」はゲインズがワシントンでの接見会の翌日ディケンズへの紹介を願い出ていた「文学的御婦人(リテラリ・レディ)」。第三段落「1843年4月2日」ディケンズ夫妻とフォースターは例年通り「星章とガーター亭」で祝宴を張ることになる (ビアード宛書簡 (43年3月31日付) 参照)。第四段落「また別の独房監禁制牢」は同様の設計ながら，東部懲治監(イースタン・ペニテンシャリー)の約三分の一弱の規模の西部懲治監(ウェスタン・ペニテンシャリー)(『探訪』では言及なし)。4日付書簡第一段落「8時半」の原語 “half after eight” の〔“past” ならぬ〕“after” はディケンズが訪米中に馴染んだ米国語法。馬車で向かった「ホテル」はブロードウェー・ホテル。「11時半から1時にかけて」の予定にもかかわらず『シンシナティ・デイリー・リパブリカン』(4月5日付) では「11時から3時まで」と報道される。他の地元紙は夫妻の到着を報じたものの，接見会については触れず。判事の「内一人」はティモシー・ウォーカー弁護士 (フォースター宛書簡 (4月15日付) 注参照)。ウォーカーは日誌 (4月5日付) によると，夫妻の訪問を受けた後(のち)，馬車で市内を巡り，夕刻歓迎会を催した。ディケンズ作品を全て愛読していただけに初対面とは思えなかったが，いざ相対してみるとなお一層好感を持ったという。歓迎会の模様についてはフォースター宛書簡 (4月15日付) 参照。第二段落「豚」に関し，ディケンズはニューヨークにおいては詳述しているものの (『探訪』第六章〔拙訳書84-5頁〕参照)，他の旅行者が善かれ悪しかれ好んで注釈をつけるシンシナティの豚については触れていない。「一大禁酒集会」についてはフォースター宛書簡 (4月15日付) 参照。41年8月メルボーン政権に取って代わったピール内閣は強く親米姿勢を打ち出していた。新外務大臣アバディーン卿は「クリオール号」並びに「キャロライン号」事件で悪化した英米関係の修復に努め，国境論争調停のためのアシュバートン派遣も米国では極めて好意的に受け留められていた。ピールの自由貿易推奨策もまた新政権人気の理由の一つだった。

デイヴィッド・C. コールデン宛　1842年4月4日付*

オハイオ。シンシナティ。1842年4月4日月曜

親愛なる馴染みよ

我々は今朝当地へ無事，恙無く到着し，さほどクタクタにくたびれている訳でもなかろうかと——なるほどピッツバーグ謁見の儀は蓋し苛酷な任務にして，薄気味悪い痩せこけたピッツバーグ人士の中には一旦扉の蔭や接見の間の遙か彼方の物蔭に何時間となくぶっ通しで立ち尽くしたが最後，あの手この手でお出ましになるよう，と言おうか会話に加わるようなだめすかそうと誘いかけようと，いっかな聞き入れて下さらぬ向きもありましたが。令室は（最愛のコールデン夫人，などという形容は憚りながら夫君の保管に委ねて差し支えなければ）ニューヨークを発つに当たり，小生の目にも留まらぬ手先の離れ業にお褒めの言葉を賜りました。今しも小生，腕に縒りをかけていますし，この調子で行くと黒い柄のディナー・ナイフを呑み下しながらもお好み次第で引っ張り出して進ぜられる日もそう遠くはなかりましょう。未だ着せ金具のその先までは行っていませんが，徐々に腕を上げつつあります。「必要」と二叉フォークは発明の母なりとはよく言ったもので。

我々の手紙は，神よありがたきかな，とびきりの，こよなく陽気にして愉快な報せしかもたらしませんでした。我々は貴兄宛，当地の郵便局が如何なる条件にても転送を請け負おうとはすまいほどどっさり親身な口伝や伝言を託っています。劇場はあっぱれ至極に羽振りを利かせていますが，マクレディは過労気味で，体調が思わしくなく，よって意気阻喪した手紙を書いて寄越しました。小生はお越しになったより軽く羽子を打ち返し，当該羽根突き，かくていずれの側にても愉快なケリがつくのではなかりましょうか。

貴兄はこれまで一晩なり運河船にて過ごされたことは？　一朝なり運河船にて過ごされたことは？　ともかく洗面と着替えの肝要な状況の下運河船に乗っていらしたことは？　もしやなければ，小生我ながら遙かに上を行っていようかと。いざ，船に鎖でつながれたブリキの柄杓もて運河の淀んだ水を掬い上げ，かくて同様に船に鎖でつながれたブリキの盥にぶちまけ果すや，ザブンと同上に顔を突っ込み，くだんの回転式タオルにてゴシゴシある種シケてネバついた乾燥状態へと至らしめた肌寒い朝を思い浮かべれば，何がなし気持ち船乗りシンドバッドの風味を添えた，ロビンソン・クルーソーとフィリップ・クォールの合の子じみた気分になり——いっそありきたりの普段着などかなぐり捨て，この先いついつまでも獣皮と毛皮で通そうかとも思っています――両肩にそれぞれ銃を一挺ずつ担い，腰に回したベルトには斧を二本挿したなり。

ところで果たしてセントルイスからシカゴへ向かい，かくて五大湖伝(づて)バッファローへ行くべきか，それとも一旦ピッツバーグへ汽船で戻り，彼(か)の地よりエリーへ，してかくてバッファローへ向かうべきか迷っています。西部の智恵者の中には，大草原(プレーリー)は5月まで降ったり止んだりとあって到底快適な旅は望めまいと宣う者もあれば，また目下の状態は一点の非の打ち所もなき旨垂れ込む者もあります。事ほど左様にその筋の幾人(いくたり)かは大草原(プレーリー)を踏み越えるには四日四晩かかるとの見解に与し，かと思えばまた他の幾人(いくたり)かは誓って旅はものの二十四時間で成し遂げられようと太鼓判を捺します。概ね――セントルイスの人々に相談し果すまで最終的な決断は下さずにおくとしますが――五大湖を避け，船酔いも御免蒙ることになろうかと。ってなの(シッチ)を（とミッグズ嬢なら宣いましょうが）D夫人はお望みで，あたくしめの願いはどこまでも奥サマのお気に召すこと，ならばこの身をもって奥サマに喜んで頂くのがあたくしめの務めでございましょう，いくらしがない亭主にすぎぬとは申せ。

いずれにせよ，我々宛の如何なる手紙を受け取られようと全て――今月24日まではバッファロー郵便局長気付にて転送頂きたく。24日の晩はくだんの町で一泊する予定にして，必ずや到着と同時に郵便局へ遣いを立てたいと存じます。その間(かん)受け取られるものは何であれ何卒，我々がくだんの日に拝受しようことを念頭にバッファローへ送付する時の訪れるまで御自身の会計事務所にて保管賜りますよう。くだんの町から，我々は真っ直ぐナイアガラの英国側のホテルへ向かい，そこにて少なくとも一週間は滞在致す予定のため，その後お手許に届く如何なる至急便とてそちら宛転送頂いて結構かと。があちらへ着き次第改めて一筆認めたく。

こと「ジョージ・ワシントン号」に関せば我々の「特等室」の選択は御一任致します。仮に何か紛うことなき利点を有す広々とした部屋か家族部屋があれば特別料金を払うに吝かではありません。快適でさえあれば文句はないだけに。――もしやかくもありとあらゆるキリスト教徒のこと船舶がらみでの体験と言語道断にして途轍もなく齟齬を来す文言を使って差し支えなければ。要するに，我らが祖国の新聞の広告用語に倣えば「賃金ではなく快適な勤め口こそが主眼」。が貴兄にお任せすれば何一つ間違いはなかろう故，心強い限りにて。

もしや便箋に頰を染めること能うとすれば，目下のそれは定めて，貴兄に御迷惑をかける余り，ニューヨークに着くまでにはバラ色に染まっていましょう。御覧の通り，我々をして貴兄並びに御家族の皆様を愛しき古馴染みの観点より見さしむことにて我が身に何たる禍をもたらされたことか！　何卒この度の悲しき体験をいいクスリに，向後はかのレイト・ストリートの屋敷を鼻持ちならぬ悍しきそれに仕立て上げられますよう。

が内情に通じている我々にとりてはくだんの屋敷を然に仕立てられること能わぬからには，同上に住まう皆様にくれぐれもよろしくお伝え下さいますよう。して親愛なる馴染みよ

つゆ変わることなく心より敬具

チャールズ・ディケンズ

デイヴィッド・C.コールデン殿

追而　2日ボストン発の汽船伝（づて）ジェフリー卿に一筆認めました。

（注）　第一段落「薄気味悪い瘦せこけたピッツバーグ人士」についてはフォースター宛書簡（4月1日付）参照。「二叉フォーク」は英国人にとって「扱いづらいこと極まりなかった」（Fanny Kemble, *Journal*, 1835, II, 267参照）。第三段落「フィリップ・クォール」は〔『ロビンソン・クルーソー』を模して執筆された〕ピーター・ロンヴィル『世捨て人：或いはフィリップ・クォール氏の比類なき受難と瞠目的冒険』（1727）の主人公。クルーソーとの関連におけるクォールの引用については『マーティン・チャズルウィット』第五章，第三十六章〔拙訳書上巻98頁，下巻179頁〕参照。第四段落「バッファロー（Buffaloe）」は正しくは“Buffalo”。セントルイスから唯一「鏡面大草原（プレーリー）」へ行なった遠出についてはフォースター宛書簡（4月16日付）参照。ディケンズ一行は事実「五大湖を避け，船酔いも御免蒙」った。「ミッグズ」はバードン夫人のひねくれ者の年増女中（『バーナビ・ラッジ』第七章，第八十章等参照）。ディケンズはコールデン宛書簡（5月21日付）でも再びミッグズ跣の弁を揮う。予定と異なり，バッファロー着は26日，しかも僅か三時間立ち寄ったのみ。第六段落「ジョージ・ワシントン号」の英国への通常の船賃は「ワイン等酒類別料金にて」$100。

チャールズ・A. デイヴィス宛　1842年4月4日付*

オハイオ。シンシナティ。1842年4月4日，月曜

親愛なるデイヴィス

何卒日々の手控えにいざ立ち返り，小生の名を情の薄い無頓着な「破落戸」として記しておいでのかの頁を拭い去り，代わりに小生の美徳(びとく)や魅惑(びわく)を――粗忽(そこつ)にせよでないにせよ――余す所なく伝える別の記載に差し替えて頂きたく。

三叉フォークを目にして以来然に長らく経っているものですから，ニューヨークに戻った暁には如何に用いたものか戸惑うこと頻りではありましょう。この辺りにては洗面もままならず，こと髭剃りにかけては――が是ぞ弱みというもの，さも当然の如く嗜まれるからとてそれだけ大目に見て頂ける訳でもなかろう故。

恐らくこれまで運河船にて見繕いを整えたためしはおありでないと？　ならば――何卒整えられぬよう。恐らくこれまでカナリアよろしく，止まり木で寝たためしはおありでないと？　かく言う小生はありますが。御逸品にしがみつくは仰(のっ)けの二，三晩を凌げば思ったほど至難の業ではありません。どうか（運河経由にて）ボルティモアからピッツバーグまで旅をし，物は試しに寝て御覧になっては。

我々は今やセントルイスへの途上にあります――と言おうか明後日には途上にあろうかと，して彼(か)の地より大草原(プレーリー)へと一日がかりで旅をします。それから当地へ戻り，二箇所を経由し（一箇所はコロンブス，もう一箇所はサンディスキーのように聞こえる――ひょっとしてポーランドにあるのやもしれませんが）バッファローへ向かう予定です。かくてナイアガラへ。

小生かの貴兄の木綿をパイプに詰め，丹念に燻らせています。発想は実に素晴らしいそれにして，すこぶる印象的に仕立て上げられるやもしれません。果たして然なる巡り合わせと相成るか今一つ定かでありません。未だアメリカやアメリカにおける流離いについて筆を執る意すら決しかねています。じっくり(ヌーク)見てみようでは(ヴローン)。

ジョン・クィンシー・アダムズは恰も御当人の寝室の鏡に映ったジョン・ク

ィンシー・アダムズそっくりであるに劣らず貴兄の素描にそっくりです。何と憎めない奴だことか！　何度か会いました。ある日はあちらでディナーを共にし，またある日は小生をディナーに招待した殿方倶楽部でばったり出会いました。そこにて彼は食べ，飲み，演説をぶち，四方山話に花を咲かせ，小生その記憶力と，若々しさと，壮健と，知性には度胆を抜かれました。貴兄の手紙の大半を届け，宜なるかな，同上を小生に委ねる上で講じて下さった気さくなお膳立てにいたく感謝したものです。我々はワシントンではたいそう愉快な時を過ごしました。ことクレイ殿はと言えば――彼にはぞっこん参っています。

我々はワシントンからリッチモンドへ向かいましたが，時が見る間に失せるのに気づき，クレイ殿の忠言に則るに，それ以上南へは行かず――二日ほどボルティモアへ引き返し――かくてここにいるという訳です。

本状は我ながら全くもって愚にもつかぬ手紙に違いありません。が已むなくお送り致します――最早貴兄に興味を催して頂けそうなことを綴る時を待つこと能わず――そうでもした日には十中八九小生自身，直筆より一足お先にニューヨークに着いてしまいましょうから。

妻が小生共々令室にくれぐれもよろしくお伝えするよう申しています（小生因みに誠に遺憾ながらこの所夢の中にてもお目にかかっていませんが）――併せて令嬢にも御鶴声賜りますよう――してつゆ変わることなく

親愛なるデイヴィス

敬具

チャールズ・ディケンズ

チャールズ・オーガスタス・デイヴィス殿

（注）　第四段落「サンディスキー（Sundisky）」は即ち「サンダスキー（Sundusky）」。第五段落「未だアメリカや……意すら決しかねています」は訪米前に事実上チャプマン&ホールとアメリカ体験記を書く合意が成されていたことに照らせば，いささか誠意に欠ける（『第二巻』原典p. 388，訳書483-4頁参照）。第六段落「貴兄の素描」は恐らく会話または書信の上での。アダムズはデイヴィス『J. ダウニング市長書簡集』（ニューヨーク，1834）には登場しない。「殿方倶楽部」はワシントン，アレゲーニー倶楽部（フォースター宛書簡（3月15日付）参照）。第九段落「令室」はデイヴィス一家が共に暮らしていた，ハリエット・ハウエル夫人の娘（または姪?）。

F. H. ディーン博士宛　1842年4月4日付

オハイオ。シンシナティ。1842年4月4日

拝復

御要望を片時たり蔑ろにしていた訳ではありませんが，今の今まで思いを馳せること能いませんでした。願わくは親しき馴染み方（墓碑銘にてはクリスチャンネームを空白にしています）のお気に召し，かくていささかなり慰めを見出し，またもや幸せになられんことを。小生6月7日に出帆［し］，ニューヨーク，カールトンホテルには1日頃着く予定にて。本［状］がお手許に届いた由お報せ頂ければ幸甚です。

敬具

チャールズ・ディケンズ

F. H.ディーン博士

此なるは
幼子の
墓なり
神のありがたきかな
いと幼くして
輝かしき永遠へと召されし
人皆の情愛にとりて
如何なる形にせよ
死と
折り合うは
難けれど
（して恐らくは就中
当初は
この形なる）
両親は今ですら
信じられよう

終生

して老いて後

白髪の交じるに及んでなお

常に我が子を

天上なる

幼子として

惟みるは

慰めたらんと

═══════

「してキリストは幼子を呼び寄せ

彼らの直中に立たせ賜ふた」

═══════

幼子はＡ　　　＆Ｍ　　　ソーントンの子息

洗礼名チャールズ・アーヴィング

1841年1月20日生

1842年3月12日歿

僅か十三か月と九日の生涯を閉ず。

（注）　フランシス・H.ディーン（1810-70）はカンバーランド州ジュヴェルナ出身医学博士・リッチモンドにて開業医。博士がディケンズと3月18日開催「親睦夕食会」で対面したか，或いは翌日のイクスチェインジ・ホテル来訪者の一人だったかは不詳。クリスチャンネームの空白になっている「親しき馴染み方」はアンソニー・ソーントンとメアリ・ジェイン・ソーントン（旧姓アーヴィング）夫妻。メアリはワシントン・アーヴィングの遠縁の従妹と伝えられる。夫妻の第一子はディケンズのリッチモンド到着直前に亡くなり，広くその死が悼まれた。『リッチモンド・ホイッグ・アンド・パブリック・アドヴァタイザー』（3月18日付）はディケンズの到着予告には僅か四行しか割かなかった片や死亡記事には二十一行割く。カンバーランド郡庁所在地近郊，父方の祖父ウィリアム・ミン・ソーントン大尉の地所「オーク・ヒル」に埋葬される。「本［状］」の原語“this ［let］ter”は便箋の汚れのため文字の一部のみ判読可。墓碑銘が綴られているのは別の便箋。夫妻は大文字と句読点に若干の変更を加え，二語（後述）を差し替えたのみでそのまま用いる。墓碑は「いささか荒寥としてはいるものの，今や州森の一部たる箇所に」立っている。「天上なる（In Heaven）」は他より大きな文字で。「洗礼名（チャー

ルズ・アーヴィング)」の原語 “Christened” は “Called” に,「九(日)」の原語 “nine” は “19” に差し替え。アーヴィング(IRVING)」をN(典拠はMDGH)は “Jerking” と誤読。〔してキリストは……賜ふた」は『マタイ』18:2より。〕

フレデリック・ディケンズ宛　1842年4月4日付*

オハイオ。シンシナティ。1842年4月4日月曜

親愛なるフレッド。ずい分遅れはしたものの(というのも汽船がまたもや大変な目に会ったもので)ぼく達は1日,先週の金曜の朝,一日千秋の思いで待ちに待った手紙の包みをピッツバーグで受け取った——ちょうど,500マイル以上離れたここへ向かう蒸気船に乗り込もうとしたその矢先。お易い御用で想像がつこう,ぼく達が我が家からのお待ちかねの便りをもらってどれほど有頂天になったことか,可愛いあいつらに纏わるお前の特ダネに何と雀躍りせぬばかりに読み耽ったことか。あいつらにそれは会いたくてたまらぬものだから,皆で日に二十度は下らない帰国まで後何日か指折り数えている始末だ。

ここまでやって来た汽船は「メッセンジャー号」という名で,設いは「ブリタニア号」より遥かに増しだ。どデカい「船室(キャビン)」が船体を突っ切り,そこからそれぞれ寝棚の二つずつ設えられた小さな特等室が枝分かれしている。夫婦用の特等室にはそれぞれまた別の,艫の明るい歩廊へと通ずる小さな扉がついている。してここにてぼく達はすこぶるのん気に座ったなり,ぶっ通しで幾々マイルもの間(かん)さっぱり人気(ひとけ)のない河の両岸を眺めて過ごす——ほんのたまさか新たな入植者が想像を絶すほど荒らかな侘しき物腰にて暮らしている丸太小屋に出会しはするものの。それにしてもこの国の河の何たるか考えてもみてくれ! オハイオ河は全長900マイル。概ねグリニッヂ辺りのテムズ河とどっこいどっこいだだっ広く——間々遥かにその上を行く。河口に辿り着いたら,200マイルほどミシシッピ河を上る——地図でセントルイスを探せば分かるだろうが。水曜にここを発ち,ルイヴィルで一泊するつもりだ。——何でも大草原(プレーリー)は一年のこの時節には雨に祟られ,そう易々とは突っ切れないそうだ。事実仰せの通りなら,セントルイスから(多分こっちへやって来たと同じ汽船で)ピッツバーグまで引き返し——そこからエリー経由でバッファローまで行く。それでも

ナイアガラへは24日か25日までには辿り着けるだろう。

船上では一通しか書く暇がなかったので，そいつをフォースター宛送った。中身は彼から教えてもらってくれ。という訳でたとい暇があろうと，運河船その他旅の手立てについては一切触れずにおこう——細かいことは彼に伝えてある。

アルフレッドからは何の便りもないし，こちらからも手紙を出していない，二人とも住所を忘れてしまったもので。お前から出しておいてくれないか。言うまでもないだろうが，ファニーが順調だと聞いてどんなに喜んでいることか，だしまだまだずっとトントン拍子にやって行くこと請け合いと思っていることか。きっとバーネットは今頃はいっぱし上つ方の御身分で——レッスンへ向かうに純血種の猟馬の手綱を取っているんだろうな？

この罫紙を見てさぞやびっくりしていることだろうが，我が「不滅の秘書」が手荷物の面倒を見てやるのに席を外しているせいでホテルの筆記用具を借りる羽目となった。が地球上のこの辺りでは連中当該鼻持ちならない便箋にえらく御執心という訳だ。——ぼくが物の見事にケイトに催眠術をかけたとしたらどう思う？　晴れて帰国した暁には，さぞやお前の度胆を抜いて下さろうさ。

サー・ジョン・ウィルソンはところで，屋敷があんまり陰気臭いもので，家賃がいくらにつこうとベラボウだと思し召してるんじゃなかろうか。壁の奴らにしてからが退屈千万なのもいい加減にしろとあきれているに違いない。はてさて一体ビタービールの奴，胸中とんと飲み口をつけて頂けぬのを何のせいにしているものやら。ところで——6月1日にはサー・ジョンからいかつい男を二人雇い入れ，ゴロゴロ樽を転がし出すや，いつもの場所でウマに立たせておくおスミ付きを頂戴してくれないか？　さもなければ御逸品，せっかくぼく達が御帰館しようと，およそ聞こし召される状態にはなっていないだろう。もちろん葡萄酒蔵の鍵は持っていると？

くれぐれもチャプマン・アンド・ホールによろしく伝えてくれ。二人からは未だ一通も便りをもらっていないが。でビアードにもよろしくと？　ついでにぼくはあれこれ用事が重なって，ともかくぼく達の手続きを審らかにする手紙をせいぜい数通書く暇しかないと——で，もしもわざわざ足を運ぶほど興味があるようなら，フォースターが喜んでくだんの書付けを見せてくれるはずだと。

ぼく達は家(うち)が恋しくてならない。どれほど可愛いあいつらに会いたくてたまらないか到底口では言ってやれない。お前とあいつらに神の御加護のありますよう！

不一
兄より
チャールズ・ディケンズ

（注） 第二段落「ぶっ通しで幾マイルもの間(かん)……丸太小屋に出会しはするものの」とあるが，オハイオ岸のなお索漠として連綿たる孤独と荒寥については『探訪』第十一章〔拙訳書161頁〕参照。全長「900（マイル）」は正確には「981」。「事実仰せの通りなら」は杞憂に終わる（フォースター宛書簡（4月16日付）参照）。第三段落「一通しか書く暇(いとま)が」は事実と異なり，ディケンズはマクレディにも手紙を出している。第四段落アルフレッド・ラマート・ディケンズについては『第一巻』原典p. 44脚注，訳書55頁注，並びに『第二巻』原典p. 223脚注，訳書274頁注参照。バーネット夫妻がマンチェスターの公開コンサートに初出演したのは42年2月。ロッシーニ作曲『ラ・セレナータ』より二重唱を歌う（バーネット宛書簡（11月25日付）注参照）。「上つ方」の形容は1841年までには舞台を降りていたことを踏まえて。「レッスン」はマンチェスターにおける声楽の稽古。第六段落「屋敷」はデヴォンシャー・テラス1番地。〔サー・ジョン・ウィルソンについては『第二巻』原典p. 404脚注，訳書501頁注参照。ビタービールはホップで強い苦味をつけた生ビール。〕本状の畳まれた一頁目余白には，手紙拝受の喜び，子供達が恙無く幸せに暮らしていることへの安堵を綴ったキャサリンからの添え状。

トマス・ミトン宛　1842年4月4日付

まずは取り急ぎ

オハイオ。シンシナティ。1842年4月4日

親愛なる馴染みよ

君からの便りが届いた，ありがたい限りだ。ずい分遅れて，というのも「コロンビア号」が大変な目に会って，途中エンジンが故障してしまったもので。祖国からの手紙を手にしたのは全くもって運のいいことに，正しくピッツバーグを発つその朝，もう二，三時間と経たない内に汽船が出ようかという頃合いだった。あいつらもしもそこでぼく達に追いつき損ねていたら，こっちはひっ

きりなし郵便船の先へ先へ行っているお蔭で，何週間も受け取れていなかったろう。

手紙を受け取った日からこの方，ずっとオハイオ河伝(づて)蒸気船でここまでやって来た。この河は（何と！）全長900マイルで，今の所550マイルほど旅をこなしている，途中それは色んな所に立ち寄りながら。水曜の朝にまたもや旅を仕切り直し，船を乗り換え，多分ルイヴィルに［二日ほど？ 泊］まり，河口に着いたら，ミシシッピ河を200［マイル上］ってセントルイスへ向かう。［ボルティモアを］発って以来［ぼく達は］鉄道と［駅馬車］で100マイル以上，おまけに運河伝(づて)250マイル旅をこなした計算になる。

フォースターがぼく達の冒険譚がらみでは，これら乗り物の中でつける暇(いとま)のある限りせいぜいまっとうな日誌を持っている。喜んで見せるか，読んで聞かせてくれるはずだ。君にもさぞや愉快がってはもらえよう。

ところで君がぼくの第一通目の，子供達のことに触れたくだんの件(くだり)を誤解していたとは残念でならない。あいつをそこへ記したのは，いともしっくり収まったからにすぎない。時化の話を持ち出した自然の成り行きで。がもしや我が子らの恵まれるであろう馴染み達に思いを馳せればせめてもの慰めとなろうと口にする上で，ぼくが片時たり君の姿を，気心の知れた古馴染みよ，かくも計り知れぬ全幅の信頼を寄せている君の姿を，見失っていたと思うとすれば，果たして君は——君自身とそれともぼくの——どちらをいっとう傷つけているものか言ってやれないほどだ。

事務所の方が上手く行っているとは何より——もちろん，ほら，君自身ですらぼくほどそいつの成功に親身な関心を寄せてはいないはずだ。どんな難事に乗り出すにせよ，仰(のっ)けはどうしたって不安が付き纏う。峠を越えれば，径(みち)は坦々として真っ直ぐだ。

いざ帰国したが最後，それはどっさり花を咲かせたりダシにしたりするネタがあるものだから，さぞや天下の「鼻摘み者」たりて祖国の地を踏むのではないかと気が気でならない。がまたもやありがたきかな，我が家に戻れるためならそいつにさえ自若として甘んじよう。

ぼく達は帰国までの日を指折り数え，「我が家」を恋焦れている。ケイトは至って健やかで，君にくれぐれもよろしくとのことだ。アンは旅こそ御手(おて)の物だし，「秘書」は（手当を月20ドルに昇給(リズ)したが）手荷物から何から何までそれは至れり尽くせり面倒を見てくれるものだから，ぼくはありとあらゆる馬車から車両から大型荷馬車から舟から艀からにまるで身上と来てはシャツ一枚こっきりにして，そいつとてポケット［の中］ででもあるかのように乗り込む。

ぼくは実の所我が御尊父が――またもや――「手［許不如意］で」あられると聞いて面食らっている。一体いっぱし一［人前］になるにはどれくらいかかるものやら！

つゆ変わることなく親愛なる馴染みよ

不一

チャールズ・ディケンズ

君は覚えていたろうか，こないだの土曜，一日(ついたち)は，ぼく達の結婚記念日だったと？

（注）日付の上部「まずは取り急ぎ（*In Haste*）」はインクと筆致からして手紙を書き終えた後(のち)綴ったものと思われる。第二段落「［二日ほど？ 泊］まり（stoppi[ng? two days]）」，以下「［マイル上（[miles up the]）」，「［ボルティモアを］……［ぼく達は］（[Baltimore, we have]）」，「［駅馬車（[stage-coach]）」，「［の中（[in]）」，「手［許不如意］で（[is "in trou]ble"）」，「一［人前］（a m[an!]）」は恐らく開封の際に封蠟の箇所で剝がれた，草稿両頁の左右端三角形の欠損部分。補足は字間と内容からの推断。ただしルイヴィル宿泊は一晩――曰く，「街は旅路なる我々を引き留めるに足るほど興味津々たるネタをひけらかしてはいなかったので，我々は翌日，別の汽船『フルトン号』で旅を仕切り直し」（『探訪』第十二章〔拙訳書170頁〕参照。ディケンズがミトンに最後に手紙を出したのはボルティモアからだった〔3月22日付書簡参照〕。第四段落「くだんの件(くだり)」については（恐らくミトンも目にしたと思われる）フォースター宛書簡（1月17日付）冒頭参照。「一途でひたむきな馴染み達」の名をディケンズは草稿では列挙していたが（Fでは省略），ミトンはその中に入っていなかった。ミトンがフォースターに抱いていたに違いない嫉妬についてはミトン宛書簡（7月11日付）注参照。第五段落ミトンはスミスサンとの共同経営関係を絶ち（『第二巻』原典p. 152，訳書185-6頁，並びに原典p. 414，訳書513頁参照），アイズルワースで1842-4年，独自に開業していた。ディケンズの「親身な関心」は一部財政上のそれでもあった（ミトン宛書簡（43年9月17日付）参照）。第六段落「鼻摘み者（Bore）」は大きな文字で。第八段落「手［許不如意］」に関し，またもや財政難に陥っていたジョン・ディケンズは2月12日，マクレデ

ィに£20の貸付けを願い出で，マクレディはフォースターに相談した後，「子息には内密」の条件の下送金。3月24日のクーツ銀行への申し込みは却下。42年1月から6月にかけてディケンズの帳簿に父親への支払いの記載はないが，二度に及ぶバークレー銀行への相当額の払込み——3月29日付£100，7月7日付£175——はディケンズ不在の間，何らかの支給の手筈が整えられていた可能性を暗示する。片やミトンへの9月3日付，10月31日付各£100の振込みはほぼ確実にジョン・ディケンズに関わるそれ。追而書き「こないだの土曜，一日」は正しくは「二日」。

名宛人不詳　1842年［4月4–6日？付］

【バングズ商会目録2341番（1886）に抜粋あり。草稿は1頁。日付は明らかにギルモアに会った3月22日以降。場所は恐らく4月4日から6日にかけて滞在したシンシナティ。】

ボルティモアのギルモア殿が氏の銀行宛振り出す如何なる手形をも正金に引き換える件では貴兄の忠言を仰ぎたき由手紙を託けて下さいました。がその後，同じ趣意にてこの街のとある銀行家宛の手紙をも託けて下さり，故に先の手紙でお時間を頂戴するまでもなくなりました——単なる商用文にして，かくて全く無用となったもので。

（注）サー・チャールズ・ライアルのシンシナティ在住サムナー宛書簡（42年5月25日付）の文面——「当地では御友人ディケンズ殿の噂で持ち切りにして——氏は当地の然る銀行で手形を現金に換える間長らく待たされていらした所……」——に照らせば，「この街」はシンシナティの可能性が高い。

ウィリアム・C. キニー　1842年4月14日付

セントルイス，プランターズ・ハウス。1842年4月14日

拝復

歓迎と祝賀の芳牘を賜り誠に忝く，恭悦至極に存じます。心より篤く御礼申し上げる次第にて

敬具

チャールズ・ディケンズ

（注） ウィリアム・C.キニー（1781-1843）はケンタッキー州生まれ，イリノイ州に定住，大地主となる。無学同然にもかかわらず天稟に恵まれ，バプティスト説教師・政治演説家を経て政治家，イリノイ州副知事（1826-30）。『探訪』に憤慨し，ディケンズと英国を糾弾する小冊子を発刊。プランターズ・ハウスについてはフォースター宛（4月17日付）参照。「芳牘」には何かキニーの著したものが同封されていたと思われる――ディケンズには無視されたが。

ジョン・フォースター宛　1842年4月15，16，［17］日付

【F, III, vi, 257-65に引用あり。】

再び「メッセンジャー号」船上にて
セントルイスからシンシナティへの帰途
1842年，4月15日，金曜

前便最後の日付の後(あと)丸一日シンシナティで過ごし，6日水曜の朝出立。ルイヴィルには同夜真夜中少し過ぎに到着，一泊。明くる日の1時に別の汽船に乗り，10日日曜の夕刻まで旅を続け，およそ9時セントルイスに着いた。翌日は市内観光。明くる12日火曜，ぼくは（〆て十四名の）仲間と共に大草原(プレーリー)見学に繰り出し，13日正午頃セントルイスへ戻り，その夜ぼくに敬意を表して催された――ディナーではなく――舞踏の夕べ(ソワレ)に出席。昨日の午後4時，晴れて祖国へと皆で面(おもて)を向けた。神よありがたきかな！

シンシナティは僅か五十年の歴史しかないが，すこぶる美しい街で，ボストンをさておけば，この国で目にしたどこより愛らしい場所だ。「アラビア夜話」の街さながら森から立ち現われ，整然と地取りされ，郊外にては愛らしい別荘(ヴィラ)に彩られ，わけても，是ぞアメリカにあっては極稀な様相たるだけに，滑(すべ)らかな芝地と手入れの行き届いた庭があちこち散っている。たまたま一大禁酒祭典が催され，行列は早朝よりぼく達の窓の下にて集まり，窓辺を通り過ぎて行った。少なくとも総勢20,000人は下らなかったはずだ。幟の中にはやたら妙ちきりんで風変わりな手合いもあった。船大工は，例えば，旗の表に順風満帆の良船「節制号(テンペランス)」を，裏っ側に木端微塵に吹っ飛んでいる汽船「アルコール号」をひけらかしている。かと思えばアイルランド人は当然の如く，マシュー

神父の肖像を。してワシントンの角張った下顎が（因みに，ワシントンはお世辞にも男前とは言えぬが）行列のここかしこで翻っている。街のとある外れのある種広場(スクエア)で行列は隊毎に別れ，色取り取りの弁士に訴えかけられるが，かほどに味気ない御託はついぞ耳にしたためしがない。正直あいつの後味を高が水ごときでしか漱(すす)げぬとは惟みるだに居たたまらなくなった。

夕方ぼく達はウォーカー判事邸でのパーティに招かれ，少なくとも150人に垂んとす第一級の鼻摘み者共に一人一人箇々に，紹介された。ぼくはその大方の連中にともかく着座し，四方山話(よもやまばなし)に花を咲かすようせっつかれる始末！　夜は夜で（行く先々で概ね与る如く）セレナードの持て成しに与り，なるほど見事な持て成しではあった。がぼく達はほとほとくたびれ果てた。冗談抜きで我が御尊顔はひっきりなしにしこたまうんざりさせられているせいで憂はしい面(つら)に凝り固まっているのではあるまいか。LL御両人はぼくの浮かれ気分をそっくり掻っさらってしまった。顎には（下唇の右側の），前便で縷々綴ったニューイングランド男のせいで皺が一本深々と寄っている。左目の外っ側にはカラスの足跡がくっきり刻まれているが，定めてちっぽけな町また町の文士連中の仕業に違いない。頬からは賢しらな立法者に靨(えくぼ)がふんだくられるのを身に染みて感じたものだ。が片や文字通りニッカリ歯が剝けるのはフィラデルフィアの文芸批評家P. . E. .に負う所大である――文法にも慣用語法にも適った純粋な英語を唯一操れる男――艶やかな髪を真っ直ぐ伸ばし，シャツカラーを折り返したP. . E. .に。彼は我々英国文士に一人残らず刷り物の上にては歯に衣着せずこっぴどい灸を据えるものの，ぼくには同時に，このぼく故に胸中「新紀元が画された」とまで言ってくれた。……

シンシナティからセントルイスまでの船旅の最後の200マイルはミシシッピー河を上(のぼ)ることとなる，というのも君はオハイオ河を河口まで下(くだ)り切るだけに。この，名にし負う「河の父」ミシシッピーに父親似の子供達がいなくてもっけの幸い。かほどに悍しい河はこの世にまたとあるまい。……

この河を夜分（我々が事実昨夜やってのけた如く）時速15マイルで突っ切る愉悦を思ってもみよ――ひっきりなしに漂流木にぶつかっては，ドスンとぶち当たる度終に万事休したかとビクビク怖気を奮いながら。これら汽船の舵手は屋根の上の小さなガラス張りの小屋もどきの中にいる。ミシシッピー河では，別の男が正しく舳先に立ち，一心に耳を欹て，目を凝らしている――耳を欹てているのは連中，たとい闇夜でも何か大きな邪魔物が間近にあれば物音だけで察せられるからだ。この男は操舵室のすぐ際に吊り下がっている大きなベルの紐を握り，男がそいつを引く度，発動機（エンジン）はすぐ様止まり，またもや鳴らすまで微動だにしない手筈になっている。昨夜，このベルが五分毎に少なくとも一度は鳴り，かくて警報の発せられる度，船は勢いベッドから跳ね起きざるを得ぬほど揺れに揺れた。……当該旅模様を綴っている間（ま）にも，ぼく達はくだんの忌まわしき河から，神よありがたきかな，放り出された――金輪際，悪夢をさておけば相見ゆ運命（さだめ）のなかろうことに。ぼく達は今や長閑なオハイオ河に身を委ね，その様変わりたるやこれまで苦痛に喘いでいたのが嘘のように楽になったみたいなものだ。

セントルイスでの謁見（レヴィー）の儀は客でごった返していた。もちろん新聞は派手に書き立ててくれた。万が一ぼくが通りで手紙を落とせば，そいつは明くる日の新聞にデカデカ載り，御逸品，ネタにされたとて誰一人不埒千万とは思うまい。編集長はぼくの髪に縮れようが足らぬと異を唱える。目は御寛恕賜るものの，またもや出立ちにはいささかめかし屋（フォピッシュ）の嫌いがあると，「と言おうかむしろ派手派手しき（フラッシュ）に過ぎよう」と異を唱える――「が是ぞ」と鷹揚に言い添えては下さる。「恐らくはその場に列席している他の殿方が全員黒づくめのせいでいよよ際立つに至った，米国と英国の趣味の相違に違いない」おお，せめて君に他の殿方とやらを一目見せてやれていたなら！……

とあるセントルイス婦人がケイトの声と話し方を褒め賜うに，よもやスコットランド生まれとは，いや英国生まれとすら思わなかったろうと宣った。御婦人は忝くも何処であれ，てっきり米国人かと思う所だったとまで言い添え，彼女（ケイト）がすこぶるありがたき世辞と受け止めていること請け合い。何せアメリカ人こそ英語に目ざましき磨きをかけたとは周知の事実であるによって！　言わずもがな，一度（ひとたび）ボストンとニューヨークを出ればまだるっこい鼻音がどこでもかしこでも大手を振っているが，ついでに言わせてもらえば，一般に通用している文法もまた如何わしいどころではなく，とびきり妙ちきりんな卑俗語法にしてからが歴たる慣用表現にして，奴隷州育ちの女は皆，幼い時分に絶えず黒人乳母と接しているせいで大なり小なり黒人(ニグロ)のような口を利き，とびきり当世風(ファショナブル)にして貴族(アリストクラティック)的な（御両人，あちこちで引っぱりダコの二語に挙げられるが），連中ですら，御出身はどちらでしょうと問う代わり「出はどこで？」と吹っかけて来る!!

アシュバートン卿は先日，四十余日間荒波に揉まれた末アナポリスに入港した。とならばすかさず新聞各紙はとある，「船をグルリと漕いで回った」（そいつがどれほど見るも無慙な姿を晒していたかは御想像に任せるが）特派員の典拠に則り，アメリカはこと「木壁」なる点にかけてはイングランドの優越を懼る勿れと書き立てる。くだんの特派員は英国士官の気さくな物腰が「大いに気に入り」，ジョン・ブルの割に，全くもって垢抜けしていると恩着せがましげに寸評賜る。かようの代物に出会し，どこのどいつが読んだり書いたりするかと思えば，ぼくの顔はハージ・バーバのそいつよろしくガックリ引っくり返り，ぼくの腑はとことん抜ける。……

こと奴隷制にかけては連中いっかなぼくをお役御免にして下さろうとせぬ。昨日セントルイスのとある判事などあんまり度が過ぎるものだから，ぼくは腹に据えかね（御当人を連れて来た男のかくて怖気を奮い上げたことに）思う所を述べさせて頂いた。曰く，ここで一件について私見を審らかにするのは勘弁願いたいし，常に，叶うことなら，発言を慎んで来たつもりだ。が仮に貴兄が奴隷制の真実に関する我々の国民的無知を憐れまれるようなら一言物申さねばならぬ――即ち我々は長年に及ぶ丹念な調査の末，してありとあらゆる手合いの自己犠牲を払った上で入手した論駁の余地なき記録に依拠していると，小生の信ずる所，我々は奴隷制の直中にて育てられた人間より遙かに，その非道と恐怖を公平に判断し得るに違いないと。してなお畳みかけるに，奴隷制は悍しき悪弊だと認めながらも，くだんの邪悪を一掃する手立てを見出せぬと素直に打ち明ける人々には共感を覚えるものの，あろうことか同上をある種祝福として，当然の事として，望ましき事態として口の端にかける人々は常軌を逸していようと，彼らが無知だの偏見だのと論(あげつら)うとすらば，それこそまともに取り合えぬほど言語道断のお笑い種ではなかろうかと。……

未だ六年にもならぬが，正にこのセントルイスのとある奴隷が，（何の廉だったか失念したが）捕えられ，罪科が何であれ公平な裁きを受ける見込みはなかろうと，鞘付片刃猟刀（ボーイーナイフ）で巡査の土手っ腹を掻っ裂いた。乱闘が持ち上がり，破れかぶれの黒人は同じ武器で他の二名の巡査にも突きかかった。どっと群衆が詰め寄せ（中には土地の名士・資産家・有力者も混じっていたが）力づくで男を捻じ伏せ，市外の空地へ引っ立てるや火炙りにした。こいつが，だから，未だ六年も経たぬ白昼の，法廷も弁護士も執達吏も判事も牢も絞首刑執行人も御座る町の中の出来事にして，今の今までくだんの連中の髪の毛一本傷ついていない。して蓋し，これら奴隷を不可欠たらしめ，いずれ他国の忿怒が彼らを自由の身にするまで不可欠たらしめようのは，些事における浅ましく惨めな独立独歩の精神――正直者への正直な奉仕からは後込みしても，商取引きにおけるありとあらゆる瞞着・術数・不埒には一向怯まぬさもしき共和主義――に外ならない。

彼らに言わせば奴隷は主人を慕っているとのことだ。ならばこの愛らしき暈し絵（ヴィネット）（とある新聞の商売道具の端くれ）を御覧じろ，して男共が君の顔をまともに覗き込み，テーブルの上に新聞を広げたなりかようの物語を審らかにするとすれば，如何様な心持ちがしようことか察してみてくれ。全ての奴隷州において脱走者に纏わる広告は，ぼく達における夕べの演劇の宣伝とどっこいどっこい日常茶飯事。哀れ，連中自身は英国民に少なからず敬意を抱いている。彼らのためなら如何なる労をも厭うまい。奴隷解放に関して出来（しゅったい）している一から十まで知り尽くし，無論我々に対する思慕の念は所有者への深甚なる献身に端を発す。ぼくがこの挿絵を切り抜いたのは「奴隷制廃止」なる言語道断にして極悪非道の教義――「神」と「自然」の掟という掟に等しく疎ましきに関する社説の載った新聞だ。「なるほど」と過日同船した（類稀なる博識家）バートレット博士の宣はく。「彼らの，主人に対する思慕の念の何たるか幾許かは存じています。私の住まいはケンタッキーで，誓って断言致せますが，近所では脱走奴隷が再び取り抑えられるや，鞘付片刃猟刀（ボーイーナイフ）を引き抜きざま主人の腸を掻っ裂くなど，貴殿がロンドンにて酔っ払いの取っ組み合いを目になさるに劣らぬほどしごくありきたりかと」

1842年，4月16日，土曜，同じ船上にて

忘れない内に，親愛なるフォースター，後者へ向かう途中，ルイヴィルとセントルイスとの間の船の上で出会した愛らしい小さな一齣について綴らせてくれ。わざわざ取り立てて言うほどのものでもないが，目にするにすこぶる微笑ましく愉快な光景だった。

船には小さな赤子を連れた小さな女が乗っていた。小さな女も赤子も陽気で，器量好しで，明るい目をし，思わず見蕩れるほどだった。小さな女はニューヨークに住む病気の母親の下(もと)で長らく過ごし，セントルイスの我が家はかの，御亭主を心から愛する奥方が然にありたいと願う状態にて発っていた。赤子は母親の屋敷で産声を上げたが，（今やその下(もと)へ帰りつつある）夫とは，連れ添って一，二か月で離れ離れになっていたため，一年もの長きにわたり顔を合わせていなかった。はむ，なるほど，この小さな女ほど希望と，優しさと，愛と，不安で溢れんばかりの小さな女は，この世にまたといなかったろう。日がな一日，ハラハラ気を揉むこと頻り――「あの人」は波止場まで迎えに来てくれるかしら，「あの人」は手紙を受け取ったかしら，もしも誰か外の人に抱いてもらって赤ちゃんを船から下ろしたら，「**あの人**」**は通りでバッタリ出会っても自分の子だと分かるかしら**。とは，生まれてこの方ついぞお目にかかったためしがないというなら，論理的には万に一つもなかったろうが，若き母親にとってはまんざら絵空事でもなさそうだった。女は然に根っから屈託のない小さな女なものだから――然に晴れやかにしてにこやかな期待に胸膨らませているものだから――然に誰憚ることなくこの，胸に近しく纏わりつく気がかりのタネをそっくりバラしているものだから――他の女性客も一人残らず我が事のように親身になった。して（妻君から一部始終垂れ込んで頂いている）船長と来ては，いやはや，とんでもなく狡っこくも，皆して食卓で顔を合わす度，カマをかけたものである――セントルイスへはどなたか迎えに来ることになっておいでですかな，港に着いたその晩にまさか陸(おか)へ上がるおつもりではなかりましょうが等々，同じ手合いの数知れぬ空惚けた軽口を叩きながら――お蔭で傍の皆の，がわけても御婦人方の，腹の皮を縒りに縒り賜うたことに。中に，乾燥リンゴそっくりの皺くちゃ面(づら)の婆さんが乗り合わせ，ついでめかして，かようの

孤独を強いられた世の御亭主なるものの節操に眉にツバしてかかり出した。かと思えば，また別の（小さな愛玩犬（ラップドッグ）を連れた）御婦人は，所詮人間は移り気だ云々講釈を垂れるほどには老いぼれているものの，時に赤子をあやしたり，小さな母親がそいつをパパの名で呼び，つい有頂天な余りパパがらみでありとあらゆる手合いの奇抜な問いを吹っかける段には皆と一緒に笑い転げずにいられるほど未だ老いぼれてはいなかった。目的地まで後20マイル足らずに差し掛かった際，どうしてもこの赤子を寝かしつけねばならなくなったというので，小さな女はさすがに気落ちした。がそれも持ち前の上機嫌で乗り越え，キュッと小さなハンカチを小さな頭に結わえつけるや，皆と一緒に歩廊へ出て来た。さらば，何とこと通過点がらみで小さな女の巫女（めかんなぎ）じみて来たことよ！　何たるおひゃらかしに既婚婦人方の興じたことよ！　何と見るからに未婚婦人方の身につまされたことよ！　して何とコロコロ珠を転がすように（いっそベソをかきたかったろう）小さな女自身，戯れ言という戯れ言に声を立てて笑ったことよ！　とうとうセントルイスの明かりが目に入り――そら，ここなるは波止場にして――あれなるは桟橋階段にして――小さな女は両手に顔を埋（うず）め，いよよコロコロ声を立てて笑いながら，と言おうか笑っている風を装いながら，御当人の船室へと駆け込みざまバタンと戸を閉てる。かくて千々に心を乱した勢い，いともチャーミングながら辻褄の合わぬことに，定めて耳に栓をしていたのではあるまいか――「あの人」が自分の名を呼ぶのが聞こえては大変と。その点ぼくは想像を逞しゅうする外なかったが。それから大勢の人がどっとばかり船に乗り込む――船は未だしっかと繋留されていず，船着き場はどこぞと，他の船の直中をウロつき回っているにもかかわらず。誰も彼もが小さな女の御亭主を探すが，誰一人見つけられぬ。と思いきや，そら，皆のど真ん中にて――如何でそこへお出ましになったものか，は神のみぞ知る――小さな女がひしと，実に凛々しい，男前の，いかつい奴の首に両腕でしがみついているではないか！　してすかさずまたもや，そら，スヤスヤ眠っている坊やを一目見せようと，御亭主を小さな船室の小さな扉から中へ引っ立てているではないか！――万が一くだんの御亭主が姿を見せていなかったらば，我々の然に幾多の者が定めし意気消沈し，鬱々としょぼくれ返っていたに違いない，とは惟みるだに快き哉。

が大草原（プレーリー）はと言えば――そいつは，正直な所，今のその話ほどそれなりすこぶるつきでもないが，そいつについてもそっくり審らかにし，自分で白黒つけてもらうとしよう。12日火曜が当日と定められ，ぼく達は午前5時――かっきり――に出立することになっていた。ぼくは4時に床を抜け，髭を剃り，着替えを済ませ，パンとミルクで腹拵えし，窓を開け放つや，通りを見下ろした。何と，馬車一台見当たらねば，旅籠の誰一人起きている気配もない。5時半まで待ったが，その期に及んでなおさっぱり準備が整えられている風にないものだから，Q氏を見張りに立たすと，またもや床に就いた。して7時まで寝入った所で，お呼びがかかった。……Q氏とぼくをさておけば，一行はぼくの歓迎委員会12名。一人を除いて皆，弁護士だ。その人物はぼくとほぼ同じ歳恰好の，知的で聡明な博識家――地元のユニテリアン派牧師。彼ともう二人の道連れと共にぼくは先頭の馬車に乗り込んだ。……

ぼく達がレバノンで一息吐いた旅籠はそれはすこぶるつきなもので，叶うことなら，夜はそこへ引き返そうということになった。祖国でもかほどに恰好の小ぢんまりとした田舎旅籠にはめったなことではお目にかかれまい。一息入れている間（ま）に，ぼくはフラリと村の中へと散歩に出かけ，いきなりズブの民家が二十頭に垂んとす牡牛に曳かれてキビキビ速歩（トロット）にて坂を駆け下りて来る所に出会した。ぼく達は能う限りとっとと旅を仕切り直し，陽の沈む頃，晴れて鏡面大草原（プレーリー）に到着した。してそいつの水目当てに，独りぽつねんと立つ丸太小屋の側（そば）で馬車を停め，手籠の荷を解き，馬車ごと野営を張るや，ディナーに舌鼓を打った。

さて，大草原（プレーリー）は一見の価値あるが――それそのものの有す崇高さ故というよりむしろ，そいつを事実この目で見たと言えるよう。この国の大なり小なり大方の代物の御多分に洩れず，そいつの噂は大風呂敷を広げて耳にする。バジル・ホールは景観の全般的な特質を軽んずる上で蓋し，正鵠を射ていた。名にし負う「極西部」とてスコットランドかウェールズのいっとうお手柔らかな端くれとすらおよそ比ぶべくもない。大草原（プレーリー）に立てば，果てしなき地平線がグルリに見はるかせる。言わば水の一滴たりない大海原よろしき渺茫たる平原に立っているようなものだ。ぼくは荒らかな心淋しい光景がめっぽう好きで，我ながらそいつに深き感銘を覚えることにかけては人後に落ちぬと思っている。が大草原（プレーリー）には大いなる肩透かしを食った。ソールズベリー草原を過る際に受けるような感銘はこれきり受けなかった。見渡す限り坦々たる平原が広がっているだけに侘しいのは侘しいが，如何せん精彩に欠ける。荘厳は蓋し，そいつの特質ではない。ぼくはそれだけ自分自身の気持ちを分かってやれるよう仲間から離れ，何度も何度も辺りを見渡した。なるほど素晴らしい。馬車を駆るだけのことはある。夕陽は真っ紅に，燦然と沈みつつあり，その場の光景は正しくあの，ぼく達を釘づけにした（君も覚えていよう？）キャトリンの赤熱の夕焼けの素描そっくりだ。ただ観る者と地平線との間に画家が描いたほどの地面が広がっていないだけのことで。が（是ぞ，この国の流儀たる如く）当該景色こそ人生の陸標にして，新たな感動を喚び覚ますなどと嘯くは全き虚言（たわごと）。大草原（プレーリー）をその目で拝めぬ者に一人残らず言ってやりたい――ソールズベリー平原へ，モールバラ丘陵へ，或いはどこであれ海辺のだだっ広く小高い，開けた土地へ行ってみよ。その大半はつゆ劣らず感銘深かろうし，ソールズベリー平原に至っては紛うことなく遙か上を行くと。

バスケットには炙りドリに，水牛のタン，ハム，パン，チーズ，バター，ビスケット，シェリー，シャンパン，ポンチ用のレモンと砂糖に氷がどっさり入っていた。馳走はすこぶるつきで，皆がぼくを有頂天にさせたがっているのは一目瞭然。という訳でぼくはとびきりおどけ返り，（議長席たる）御者台より次から次へと乾盃の音頭を取っては，誰より健啖家振りを発揮し，我ながら，めっぽう気さくにして和気藹々たる一行にとりてすこぶるつきの道連れの面目躍如たるものがあった，と今に信じたい。一時間かそこらで，ぼく達は荷をまとめ，レバノンの旅籠へと引き返した。夕食の準備が整えられている間（かん），ぼくはユニテリアンの馴染みと辺りを漫ろ歩き，夕食後は（紅茶とコーヒー以外，酒は一滴たり飲まなかったが）すぐに床に就いた。司祭とぼくにはぼく達だけのとびきり小ざっぱりとした小部屋があてがわれ，一行の残りは階上にて宿営した。……

ぼく達は正午少し過ぎにセントルイスに戻り，ぼくはその後はずっとおとなしくしていた。夜にはぼく達の旅籠――「農園主の館（プランターズ・ハウス）」――の実に立派な舞踏室で夜会（ソワレ）が催された。客は全員，一人ずつぼく達に紹介され――ぼく達が真夜中頃，喜び勇んで暇を乞うたのは言うまでもない。くったくたにくたびれ果てて。昨日はブラウス一枚，今日は毛皮のコート。この寒暖の差と来ては！

1842年，4月16日，日曜。同じ船にて

世界のくだんの僻陬の地の旅籠がどれほど素晴らしいか，君も一驚を喫しよう。「農園主の館（プランターズ・ハウス）」はミドルセックス病院とどっこいどっこいどデカく，大方我らが病院設計に則り建設されているだけあって，長ずっこい部屋の換気は行き届き，水漆喰の壁は簡素なこと極まりない。連中，朝餉時に水晶よろしく透き通った氷の塊を浮かせた搾り立ての牛乳を大きなコップに入れて部屋へ運ばすことにかけてはゴキゲンな発想を持ち併せている。ぼく達のテーブルには食事の都度全くもってふんだんな馳走が並び，ある日のことケイトとぼくは二人きり個室でディナーを認めながら数えてみれば，テーブルの上には一時（いちどき）に十六皿もの山海の珍味が載っていた。

上流人士はやたらがさつで，鼻持ちならぬほどふんぞり返っている。住人は一人残らず若い。セントルイスでは白髪頭を一つたり見かけなかった。すぐ近くには流血の島（ブラディ・アイランド）と呼ばれる島がある。ここはセントルイスの決闘場で，御芳名はそこで行なわれた最後の悲運の果たし合いに由来する。至近距離でのピストル決闘で，両者とも同時に即死だったという。ぼく達の大草原（プレーリー）仲間の一人（若者）はそこにて数度に及び介添役を務めていた。最後の折は四十歩離れてのライフル銃による果たし合いで，帰途若者は如何様に当事者本人に闘うに緑のリンネルの上着を買い与えたことか審らかにしてくれた――何せウールは通常ライフルによる負傷には致命的とあって。大草原（プレーリー）には（恐らくは洗練哲理に則り）様々な呼び名がある。パラーアラー，パリーアラー，パローアラーと。ここまで，今更ながら，ずい分読みづらかったのではあるまいか。片膝の上で四苦八苦綴って来ただけに。そこへもってエンジンの奴まるで船が丸ごと悪魔に憑かれてでもいるかのようにドクドク動悸を打ってはギョッと身を竦めて下さる。

（注）　15日付書簡第一段落「6日水曜の朝出立」したのは汽船「川魳（パイク）号」——「汽船は郵便物を載せているだけに，我々がピッツバーグからやって来たより格段上等な手合いの定期船だった」（『探訪』第十二章〔拙訳書168頁〕参照）。「川魳（パイク）号」には「たまたまお定まりの退屈な乗客連中の外に，インディアンのチョクトー族の酋長ピチリンという人物が乗り合わせていた」（同上並びにハットン嬢宛書簡（12月23日付）参照）。ルイヴィルで「一泊」した「ゴールト・ハウス」は「素晴らしいホテルで，アレゲーニー山脈から数百マイル西方へ来ているというよりむしろパリに滞在してでもいるかのように豪勢な設いだった」（同上〔拙訳書170頁〕参照）。「別の汽船」は一行がルイヴィル郊外ポートランドで乗船した「フルトン号」。船上で「身の丈7フィート8インチ」はあろうかというケンタッキー生まれの大男と乗り合わせる（同上〔拙訳書171頁〕参照）。セントクレア州，鏡面「大草原（プレーリー）」についてはフォースター宛書簡（4月16日付）参照。『セントルイス・ピープルズ・オーガン』（4月16日付）によると「夕べ（ソワレ）」は午前2時まで続いたが，ディケンズ夫妻は舞踏には加わらず，真夜中頃ひっそり中座したという。第二段落ホテルの「窓の下にて」隊を組み，市内を練り歩いた行列の詳細については『探訪』第十一章参照。シーボルト・マシュー（1790-1856）はアイルランド生まれのカトリック教托鉢修道士。1838年に禁酒の誓いを立てて以降，アイルランド各地，ロンドン（1843），アメリカ主要都市（1849-51）において数々の禁酒大会を主催し，大成功を収める。「ワシントンの角張った下顎」は即ち（1ドル紙幣にも用いられている）ギルバート・スチュアート画「アテナエウムの肖像」（1796）の複製を踏まえて。ワシントンは四十代初頭から義歯を使用せざるを得ず，スチュアートは肖像を手がけるに際し，下顎を目立たなくするよう口に綿を詰めてもらう等工夫したという。第三段落冒頭「夕方」は4月5日のそれ。ティモシー・ウォーカー（1802-56）は法律家。著書『アメリカ法序論』（1837）は十一版を重ねる。「メイフラワー号」で渡米したピルグリム・ファーザーズの指導者ウィリアム・ブルースター長老の末裔。ハーヴァード大学卒業後は1831年よりシンシナティにて弁護士を開業，33年にシンシナティ法学校設立。42年3月巡回裁判官に任ぜられる。ディケンズのウォーカーに対する好感についてはフェルトン宛書簡（4月29日付），ウォーカーのディケンズに対するそれについてはフォースター宛書簡（4月4日付）注参照。とあるうら若き御婦人の回想によると，ディケンズは「パーティ」を辞し，夫人と共に玄関広間で暇を乞いかけていたものの，自分達も含め遅れ馳せの来客の「意を満たす」べく今しばらく着座するようウォーカーに説きつけられていたという（F, III, vi, 258-9*n*）。フォースターは「上記の光景は書面の憂はしき件（くだり）の補遺となると共に状況を解き明かして余りある」と注釈する。「LL」は「文学的御婦人方（リテラリ・レディーズ）」。「賢しらな立法者」は『探訪』第十一章において「高い徳性と素養を具えた紳士」〔拙訳書166頁〕として描かれる判事の一人であろう。「P. . E. .」〔原著F, p. 259では単にPE)〕はEdgar Allan Poe（1809-49）。ここにおけるポーへの言及は彼の書評が「LL」の話題の一つだったことを暗示する。「彼は……こっぴどい灸を据えるものの」は以下の，ポーによる第二の『バーナビ・ラッジ』書評（『グレアムズ・マガジン』（42年2月号）掲載）を踏まえて——チャールズ・ディケンズの英語は「概ね純正」だが，彼（並びにブルワー）は

「“directly（直ちに）” という副詞を “as soon as（するや否や）” と同義に用いるという……過誤を犯す――それ自体下卑た模倣たるものの下卑た模倣，つまりラムの流儀――ラテン語構文に基づく流儀――の謂だが」。ポーはただし第一の『バーナビ』書評（『サタデー・イヴニング・ポスト』（41年5月号）掲載）ではディケンズの著作に「全ての天才の読書に一紀元を画した」として言及していた。第四段落ミシシッピー河――「時速6マイルで泥水を流す巨大な排水溝」――の二日に及ぶ船旅については『探訪』第十二章〔拙訳書174-5頁〕参照。第五段落ディケンズが「放り出された」のはミシシッピー河とオハイオ河の合流点カイロ――『チャズルウィット』の「エデン」。「くだんの忌まわしき河」の往航時の描写については『探訪』第十二章〔拙訳書174頁〕，復航時のそれについては第十四章〔拙訳書191頁〕参照。（並びに『第二巻』原典p. 160脚注，訳書196頁注参照。）「長閑なオハイオ河」とは即ちシンシナティへの帰途を指す。第六段落セントルイス，「農園主の館（プランターズ・ハウス）」にて4月13日催された夜会（ソワレ）に関し，『リパブリカン』（4月15日付）が単に多数の紳士淑女がディケンズ夫妻に表敬すべく列席した旨報ずるに留める一方，『セントルイス・ピープルズ・オーガン』（4月15，16日付）は極めて冷笑的な記事を掲載（前頁注参照）。『マーティン・チャズルウィット』第二十二章において「一躍時の人」となったマーティンは次々講演依頼や無心の手紙を受け取るが，書簡は彼の返信と併せて「かの紳士的感情と社会的信頼の促進に与すあっぱれな仕来りに鑑み，次号の『ウォータートースト・ガゼット』に一挙掲載」される〔拙訳書上巻436-7頁〕。ディケンズの「髪」について，到着翌日取材に当たった『セントルイス・ピープルズ・オーガン』（4月12日付）は「我々は予てより素晴らしいと聞いていたが，さほどでもなく……長く伸ばした光沢のある和毛は紛うことなき頬髭と相俟ってむしろぞっとしない」と揶揄する。一方「目」については「色はブルー，深いブルーで丸く……とても美しい。目鼻立ちの就中際立っている」と評する。同紙によるとディケンズは黒い礼装の下は「派手派手しい斑入りベストに，淡い色合いのパンタロン，極端に磨き上げられたブーツ」の出立ちだった。「が是ぞ……違いない」は『ウスター・イージス』（フォースター宛書簡（2月17日付）注参照）で用いられた「めかし屋（フォピッシュ）」，「けばけばしい（フラッシュ）」を踏まえての『オーガン』からの引用。第七段落「出はどこで？」の原文 “where you ‘hail from’?” の “hail from” *OED* 初出例はG. Catlin, *Letters and Notes on the... North American Indians*, 1841。本来は「どこの港を出た？」の意の海事用語。『チャズルウィット』第二十二章でホミニー夫人にこう問いかけられたマーティンは当初その意が解（げ）せなかった〔拙訳書上巻443頁参照〕。第八段落「先日」は4月2日（フォースター宛書簡（2月27日付）注参照）。〔アナポリスはメリーランド州首都・チェサピーク湾岸港市。「木壁（“wooden walls”）」は即ち「国の守りとしての木造戦艦」。アテネの将軍テミストクレスがアポロの神話に基づきペルシア軍を海戦で撃破した故事に因む。〕ハージ・バーバはJ. J.モーリア著『イスパハンのハージ・バーバの英国冒険譚』（1828）の主人公。第二十一章において「大使の顔は引っくり返り」，第十七章にて「腑はとことん抜ける」。ビアード宛書簡（9月8日付）参照。〔「イスパハン（Ispahan）」はイラン中部都市・元ペルシャ首都イスファハン（Esfahān）の旧名。〕第九段落「セントルイスのとある判事」は恐らくブリーズ判事。彼は自らの法廷の裁判官席にディケンズを招く気はあるかと問われると「よもや！　彼はいざ帰国するや単に我々を虚仮にし悪しざまにコキ下ろすべくペンを揮う例の思い上がった英国人の端くれだ。その他大勢同様入廷するなら構わぬが」と返したという（*Memoirs of Gustav Koerner*, I, 475）。第十段落「セントルイスのとある奴隷」——名をマッキントッシュというフィラデルフィア自由黒人——が逮捕された奴隷を救出し，故に自らが逮捕され，牢へ連行される途上治安官一名を殺害，もう一名に傷を負わせた結果，セントルイス市民に身柄を明け渡された末，森の中で二，三千人の傍観する片や火刑に処せられる事件が出来したのは36年4月28日。詳細については［T. D. Weld], *American Slavery as It Is*, NY, 1839, pp. 156-7参照。第十一段落「この愛らしき暈し絵（ヴィネット）」はディケンズの同封した広告「獄中の脱走奴隷」。イラストの「片隅には主人と奴隷の板目木版画，並びにアーカンサス州チコット郡保安官兼刑務所長ウィルフォード・ガーナーによる所有主への所有物たる旨証明すべく出頭するよう——さなくば——との告示が添えられている」(F, III, vi, 261*n*)。「脱走者に纏わる広告」の『探訪』第十七章における四十四例の引用についてはエドワード・チャプマン宛書簡（9月16日付）注参照。〔「所有者への深甚なる献身」は反語。次頁四行後ろの「主人に対する思慕の念」も同じ。〕イライシャ・バートレット（1804-55）はクエーカー教徒一族出の名立たる著述家・医学博士。ディケンズが初めて出会った（恐らく2月3日）当時はケンタッキー州レキシントン，トランシルヴァニア大学医学教授。両者は1850年，旧交を暖める。

16日付書簡第二段落「小さな女」に纏わる逸話は，フォースター自身認める通り『探訪』第十二章〔拙訳書175-7頁〕にほぼ書簡の文面のまま再録されている。自ら設けた「原則」に反しながらも敢えて引用したのは「現実におけようと虚構におけようと，未だかつて読む者の心を暖めたためしのないほどチャーミングな，個性と情動を琴線に触れるがままに描いた絵の一幅」(F, III, vi, 262）と見なしたからであり，またジェフリー卿が絶賛したことを知っていたからでもあった（フェルトン宛書簡（12月31日付）注参照)。Nは『探訪』における若干の加筆にもかかわらず，逐語的引用ででもあるかのようにこの一節を省略。「御亭主を心から愛する……願う状態」はジョン・ホーム『ダグラス』第一幕第一場より（ディケンズお気に入りの隠喩）。第三段落「大草原（プレーリー）」への旅の詳細については『探訪』第十三章「鏡面大草原（プレーリー）への遠出と帰途」参照。「歓迎委員会」はディケンズをセントルイスへ招待していたそれ。「ユニテリアン派牧師」はウィリアム・グリーンリーフ・エリオット（1811-87)。セントルイス第一会衆派教会司祭（1835-70）・エリオット神学校創設者（1853)。一行は四台の馬車で繰り出し，ミシシッピー河をフェリーで渡ってからは「ひっきりなしにカエルと豚の伴奏に合わせて泥と，泥濘（ぬかるみ）と……茂みと藪を縫い続け，とうとう正午近く，ベルヴィルという名の場所で停まり」(『探訪』第十三章〔拙訳書182頁〕，昼食を取った後（のち），レバノンに午後3時頃到着。第四段落レバノンの「旅籠」はニューイングランドの退役船長ライマン・アダムズ経営「マーメイド・ホテル」。第五段落バジル・ホールは自著『北アメリカ紀行』(1829）において鏡面大草原（プレーリー）を「それなりわけても美しい」(III, 385）と評している所からして，「軽ん」じたのはフォースターも居合わす何かの折の口頭でのことだったと思われる。ジョージ・キャトリン（1796-1872）については『第二巻』原典p. 438脚注，訳書543頁注，並びに『探訪』第十二章〔拙訳書169頁〕参照。ディケンズはフォースターと共に1840年，ピカデリー，エジプト館で展示されたキャトリンの「インディアン画廊」を鑑賞していたに違いない。『探訪』第十三章における日没の描写――太陽が「くだんの格別な宵には……恰も北東に沈んででもいるかのような」（『ベルヴィル・ウィークリー・アドヴォケイト』（42年11月24日付）書評）――からすると，ディケンズの念頭にはその夕刻の大草原（プレーリー）それ自体よりむしろキャトリンの素描の残像が浮かんでいた可能性もある。ただし同誌（42年4月21日付）は大草原（プレーリー）を描写する締め括りの件（くだり）――「容易く忘れられる光景ではないが，さりとて後年，思い出しては懐かしんだり，再び相見えたいと願ったりするそれでは（ともかく小生の目にした限り）なさそうだ」〔拙訳書186頁〕――を「ボズは……くだんの光景に少なからず陶然となったらしい」と好意的に受け止め，かくて両者の齟齬がキニー副知事の『探訪』批判を招いたと思われる（キニー宛書簡（4月14日付）注参照）。第七段落，セントルイスに「戻った」のは別ルート――ドイツ人移民の野営地，インディアン埋葬所，決闘場「流血の島（ブラディ・アイランド）」――伝（づて）（翌日付書簡参照）。「農園主の館（プランターズ・ハウス）」はFでは“Planter's-house”と表記。

16日（日曜）付書簡の日付「16日」は「17日」の誤り。第一段落「農園主の館（プランターズ・ハウス）」は当時ミシシッピー河以西随一と謳われた高級ホテル。ディケンズ夫妻は4月10-14日の間（かん）拠点とする。第二段落「大草原（プレーリー）」の様々な呼び名の内，ディケンズが『チャズルウィット』第三十四章〔拙訳書下巻141頁〕においてイライジャ・ポーグラムに口にさす発音は「ペリーアラーズ（Perearers）」。

スティーブン・コリンズ宛　1842年4月19日付*

シンシナティ。1842年4月19日

拝復

我々はセントルイスまで足を伸ばし，今や当地伝（づて）引き返し，コロンブス経由にてバッファーローへ向かっている所です。

ボルティモアを発って以来こうして――実に初めて――晴れて，忝き芳牘，並びにこよなくありがたくも身に余る同封の玉稿に心より篤く御礼申し上げさせて頂いている次第にて。玉論を拝読するに及んでは蓋し，誓って，満腔の悦びを禁じ得ませんでした。

ロンドンにおける小生の住所はリージェンツ・パーク，ヨーク・ゲイト，デヴォンシャー・テラス1番地であります。いつ何時であれ芳牘を賜れば幸甚にて。

敬具

チャールズ・ディケンズ

スティーブン・コリンズ博士

（注） スティーブン・コリンズ（1797-1871）は医学博士。ワシントン（1823-32），次いでボルティモアにて開業。長老派教会の現役長老として『自伝』を執筆（1872年，死後出版）。「同封の玉稿」は『文集（ミセラニーズ）』（1842）の校正刷りもしくは初期の雑誌掲載分。第一稿（pp. 9-33）は「英国のために文学史上不朽の金字塔を打ち建てんことを」と結ぶ極めて好意的なディケンズ論。

コロンブス，ニール・ハウス経営者宛［1842年4月19日？付］

【草稿はコーネル大学図書館蔵。コロンブス行き馬車がシンシナティを発つのは4月20日水曜午前8時。ディケンズはシンシナティに4月19日火曜午前1時に着いたばかりだった。よって本状は4月19日に急送されたに違いない――ただしディケンズは18日「ベンジャミン・フランクリン号」船上にて下書きした可能性もある。日付は上記からの推断。】

拝啓

チャールズ・ディケンズ殿依頼の下（もと）お報せ致せば，氏は来る水曜朝当市を発つ駅伝馬車にてコロンブスへ向かい，貴兄の町に木曜到着予定にて――貴兄の旅籠にてはくだんの昼夜休らい，かくて金曜朝サンダスキーへ出立致すことになろうかと。

お手数ながら氏のために快適な設いの準備を整えて頂ければ誠に幸甚にて。併せて何卒（一件に関し何らかの問い合わせがあれば）コロンブスにては如何なる訪問客をもお迎えすること能わぬ由お伝え頂きますよう，何とならば短期間の滞在は休息のそれにして，同上を氏も夫人も――この数週間というもの常に旅路にあっただけに――是非とも必要としておいで故。

就いては快適な個室と，隣接する――もしくは差し支えない限り個室に近い――寝室，並びに小生自身のための同上と，ディケンズ夫人のメイドのためのそれとを御用意頂きたく。

（注） ニール・ハウス経営者はR. B.カウルズ。草稿はウィリアム・G.シムズ著『ビーチャム』（全二巻，1842）第一巻の遊び紙に鉛筆で綴られている——恐らくはパトナムのための下書き。二枚目の遊び紙には「アン・ブラウンへ　ニューヨーク，キャサリン・ディケンズより」の宛名書き。一行はシンシナティとコロンブス間で馬車を二度乗り換える。第二段落ニール・ハウスでは「イタリアの邸宅の部屋さながら，光沢のある黒胡桃材の調度のふんだんに設えられ，見事な柱廊玄関と石造りのベランダに臨むすこぶるつきの続きの間（ま）」（『探訪』第十四章〔拙訳書197頁〕）が用意されていた。事前の手筈にもかかわらず，夫妻は結局三十分間の謁見（レヴィー）の儀を催す（次々書簡参照）。

R. S. ニコルズ夫人宛　1842年4月19日付*

シンシナティ。1842年4月19日

親愛なる奥方

ネルの死に纏わる麗しき玉詠をお送り頂き篤く御礼申し上げます。光栄至極にしてたいそう興味深く拝読させて頂きました。

匆々

チャールズ・ディケンズ

R. S.ニコルズ夫人

（注） レベッカ・S.ニコルズ（旧姓リード）（1819-1903）は当時シンシナティ在住の詩人・作詞家。40年代『ニッカーボッカー』，『グレアムズ・マガジン』等中西部雑誌に多数投稿。「麗しき玉詠」は春・夏・秋におけるネルを追悼する三連詩（R. W.グリズウォールド編『アメリカ女流詩人』（1849）所収）。

ジョン・フォースター宛　1842年4月24，26日付

【F, III, vi, 265-71に抜粋あり（4月15，16，［17日］付書簡の続きにして終わり。】

サンダスキー。1842年，4月24日，日曜

ぼく達は先週の日曜の晩ルイヴィルで陸（おか）へ上がり，そこにては二行上で筆を擱いたきり，前回泊まったホテルに宿を取った。「メッセンジャー号」はとんでもなくノロマなもので，ぼく達は明くる朝荷を担ぎ出し，11時にまたもや郵便船「ベンジャミン・フランクリン号」で出立した。こいつは素晴らしい船

で，船室は長さ200フィート以上あり，小さな特等室はそれなり便利に設えられている。シンシナティに夜中の1時までには入港し，真っ暗闇の中陸へ上がるや元のホテルへ向かった。何せ四苦八苦徒で凸凹の石畳を踏み渡るものだから，アンは地面で身の丈を測っている始末——幸いケガはしなかったが。ケイトの難儀は言わぬが花——があいつの無くて七クセなら覚えていよう？　乗り込む馬車という馬車に，船という船に落っこちては這いずり出すもので，大御脚の皮は擦り剝くわ，足には靴擦れの大きな赤剝けだのミミズっ腫れだのこさえるわ，踝を派手に刮げるわ，青アザだらけになるわ。実の所，しかしながら，皆してかくも目新しくかくも疲れのたまる状況の直中なる仰けの試煉を掻い潜り果してからは，ありとあらゆる点においてあっぱれ至極な旅人を地で行っている。ぼくから見ても，さもありなんと思えるような状況の下ついぞ金切り声を上げたためしも怯えた素振りを見せたためしもない。今や一月以上もの間めっぽう荒れた田舎道伝ひっきりなしに旅を続け，時には皆，お易い御用で察しがつこうが，ほとほとくたびれ果てているにもかかわらず，しょぼくれたりぐったりするどころか，いつも一から十まで陽気にして物の見事に折り合いをつけ，お蔭でぼくはめっぽう鼻高々たるに，負けじ魂もかくやと思わす所がある。

シンシナティには19日火曜は日中ずっと，して夜っぴて腰を据え，20日水曜朝8時，郵便駅伝馬車にてコロンブスへと出立した——アンと，ケイトと，Q氏は車内席，ぼくは御者台にて。距離にして120マイル，道はマカダム舗装とあって，アメリカのそいつにしてはすこぶるつきだ。23時間がかりで旅をこなし，夜っぴて馬車に揺られ，コロンブスに着いたのは朝7時。それから朝食を取り，ディナー・タイムまで床に就いた。夜には半時間ほど謁見の儀を催し，連中はいつもの伝でどっと雪崩れ込む——殿方は両腕にそれぞれ御婦人の花を添え——まるで女王陛下万歳の合唱隊よろしく。とは何と言い得て妙なことよと思し召そうに，その目で拝まして頂けるものなら。出立ちも合唱隊の連中そっくり。して——仮にケイトとぼくがフットライトに背を向けたなり舞台中央に立っているとすれば——正しく彼らがシーズン初日の晩に並ぼう如くズラリと並ぶ。アデルフィかヘイマーケットの舞踏会の客の猿真似にて握手し，ぼくの側でどんな剽軽玉を飛ばそうと，恰も「一同腹を抱える」のト書きの下御逸品を受け止め，真っ白いパンタロンとピッカピカのブーツとベルリンの出立ちの殿(しんがり)の殿方諸兄が名残を惜しみ惜しみ踏むが常よりまだ「退場」する上にて大いなる二の足を踏む。

明くる朝，つまり22日金曜きっかり7時，ぼく達は旅を仕切り直した。コロンブスからここまでの駅伝は週に三度しか，しかもその日は，走っていなかったので，ぼくは四頭立て「特別貸切り臨時便(エクスクルーシブ・エクストラ)」を予約し，40ドル，英貨で8ポンド叩いた——馬は通常の駅伝同様，道中換えて行く。旅を然るべくやりこなせるよう業者は御者台に添乗員を手配し，かくてお供と飲食物のぎっしり詰まった手提げバスケットだけを道連れに，ぼく達は出立した。一体どんな手合いの道を揺られたか，君にそこそこ分かってもらおうなど土台叶わぬ相談。せいぜい，荒れ果てた森の直中なる一本道を，枯れ藪の沼だの沢だの湿原だのをウネクネと縫いながら突っ切ったとしか言ってやれない。道の大半は所謂「丸太道路(コーデュロイ・ロード)」で，丸太か木を丸ごと沼地へ放り込み，そのなり勝手に沈むがままにさすことにてでっち上げられている。いやはや！　せめて君にほんの馬車が丸太から丸太へ落っこちるガタつきのいっとうお手柔らかなそいつなり生身で感じてもらえるものなら！　敢えて準えれば，恰も乗合馬車で急な階段を昇るが如しといった所か。今やぼく達は皆してどっさり，馬車の床へ突き落とされたかと思えば，今や屋根にしこたま頭をぶち当てる。今やそいつは片側がズッポリ泥にのめずり込み，ぼく達は反対側に四苦八苦しがみつく。かと思えばそいつは馬の尻尾の上に載っかり，今やまたもや大きく仰け反る。がついぞ，ついぞそいつはぼく達が馬車なるものにおいて馴れ親しんでいる如何なる位置にも，体勢にも，動作の手合いにもなく，ついぞ，ともかく車輪の上に載っかった如何なる類の乗物の踏む手続きに纏わるぼく達の経験にもこれきり歩み寄っては下さらなかった。がそれでいて日和は美しく，風は清しく，ぼく達は水入らずで——タバコ喀痰もなければ，ドルと政治がらみの（とは連中が唯一のべつ幕なし侃々諤々やる，と言おうか侃々諤々やり得る二つこっきりのネタたる）味もそっ気もない延々たる会話でほとほとうんざりさせられることもない。かくて旅を心行くまで堪能し，あっちこっちへ小突き回される羽目をダシに軽口を叩き，すこぶる愉快な時を過ごした。2時頃森の中で馬車を停めるや，手提げバスケットの包みを開き，ディナーに舌鼓を打ちながら，祖国の愛し子や馴染み皆の健康を祝して乾盃した。それからまたもや旅を仕切り直し，夜10時まで馬車に揺られ，漸う出発点から62マイル離れたロゥアー・サンダスキーという名の町に着いた。旅の最後の三時間はお世辞にも心地好いとは言えなかった。何せ稲妻が走り通しだったから——それも凄まじく。閃光はどいつもこいつもやたら鮮烈で，やたら青々として，やたら長く，森は然に鬱蒼と生い茂っているものだから，道の左右の大枝が馬車にガサゴソぶち当たってはボキリと折れるとあって，是ぞ雷雨ともなれば剣呑極まりなき御近所かと思われた。

ぼく達が宿を取った旅籠は粗末な丸太小屋で，家の者は皆床に就いていたので，ノックもて叩き起こさねばならなかった。とんでもなく風変わりな寝室をあてがわれたはいいが，互いに向かい合った二枚の扉はどっちもどっち真っ暗闇の荒れ野に直に面し，如何なる錠もしくは閂の影も形もない。これら両の扉は如何でか，一方を閉てれば必ずや他方が大きく開け放たれる仕組みになっていた——生まれてこの方ついぞお目にかかったためしのなき建築術上の新機軸たるに。一目見せてやりたかったさ，ぼくがシャツ一枚のなり，旅行鞄で御両人を封鎖した上，部屋を小ざっぱり片づけてやろうとひたぶる躍起になっているの図を。が何としても封鎖せねばならなかった，というのもぼくは化粧鞄に金貨にしておよそ250ポンド入れているが，西部にはくだんの貴金属にて中程の数字の額が懐に入るものなら親父の息の根を止めて憚らない奴がごまんといようから。こと当該黄金の貯えに関せば，暇に飽かせてこの国の奇しき事態を考えてもみてくれ。こいつは一銭たり，蓋し一銭たり金を持っていない。銀行券はいっかな通用せず，新聞は物々交換を持ちかける商人（あきんど）の広告で溢れ返り，アメリカ金貨はさっぱり手に入りも買えもしない。ぼくは仰（のっ）けはソヴリン——英貨ソヴリン——を買っていたが，シンシナティにては今日に至るまで一枚こっきり手に入れられないものだから，仏金貨——20フラン金貨——を購入しなければならず，御逸品もて目下旅をしているとは——まるでパリにでもいるかのように！

閑話休題。ロゥアー・サンダスキーにて，だから，Q氏は丸太小屋のどこぞの屋根裏の床に就いてみれば，然にうじゃうじゃナンキンムシの大群に集られたせいで，ものの一時間で音（ね）を上げ，馬車で一夜を明かし……そこにて朝餉時まで忍の一字を極め込まねばならなかった。ぼく達はとある大部屋で御者もひっくるめて朝食を認めた。部屋は壁紙代わりに古新聞のベタベタ貼られた，能う限り貧相なそいつだった。7時30分にまたもや出立し，サンダスキーには昨日の午後6時に着いた。この町はエリー湖畔にあり，バッファローからは汽船で24時間の距離だ。ここにては汽船の影も形もないばかりか，爾来一艘たりお越しになっていない。ぼく達は一切合切，すは，と言われればいつでも出立できるよう荷造りしたなり待っている——遙か彼方に煙がモクとでも上らぬかと一心に目を凝らしながら。

ロゥアー・サンダスキーの「丸太旅籠」にはアメリカ政府に成り代わってインディアンとの交渉に当たる老紳士が宿泊していた。殿方は折しも彼（か）の地のワイアンドット族と翌年どこか，ミシシッピー河以西の彼らのために準備された，セントルイスよりなお気持ち向こうの土地に移る盟約を結んだばかりだった。実に見事に，自分の手がけた交渉と，土地を追われる彼らの不承不承な様子を物語ってくれた。一族は素晴らしい連中だが，零落れ身を貶めている。たといイングランドの競馬場で一族の男であれ女であれ何者か目にしようと，ジプシーと見分けがつくまい。

ぼく達はここでは小さいながらもすこぶる快適な宿に泊まっている。持て成しは至れり尽くせり。この辺りの鄙の人間の物腰は判で捺したように気難しく，不機嫌で，無骨で，疎ましい。この地の表（おもて）でかほどにユーモアも快活も遊び心も持ち併さぬ連中もまたいまい。こいつは嫌でも目につく。冗談抜きで，この六週間というものぼく自身のそいつをさておけば，腹の底からの笑い声を耳にした覚えもなければ，黒人のそいつの上以外，如何なる肩の上にも陽気なツラが乗っかっている所にお目にかかったためしもない。そこいらを懶げにブラついたり，酒場（バールーム）でノラクラ暇をつぶしたり，煙草を吸ったり，唾を吐いたり，店の外の石畳の揺り椅子にぐったり寄っかかったり，といったくらいしか気散じらしい気散じもない。国民的な抜け目のなさは多分，せいぜいヤンキー——つまり東部人——止まり。それ以外の連中は魯鈍で，退屈で，無知だ。当地のぼく達の宿の亭主は東部出身で，男前の所へもって，よく気の利く親身な奴だ。

帽子を被ったまま部屋にやって来ては，四方山話に花を咲かせながら炉に唾を吐き，帽子を脱ごうともせずソファにどっかと腰を下ろすや，新聞を引っぱり出して読み耽る。がこいつにはぼくは一から十まで馴れっこ。やっこさんはむしろ愛嬌を振り撒いているにすぎない——というだけで十分ではないか。

ぼく達は船のお越しを首を長くして待っている。何せバッファローでぼく達宛の手紙が待っているはずだから。今1時半だが，相変わらず船の影も形もない。という訳で早目のディナーを（全くもって不承不承）注文せざるを得ない。

1842年，4月26日，火曜
ナイアガラの滝!!!（英国側にて）

一体全体，もしや汽船がちょうど最後の解読不能の便箋にケリをつけた折しも（おうっ！　それにしてもこの辺りのインクと来ては！）視界に浮かび上がってでもいなければ，親愛なる君よ，サンダスキーから如何ほどクダクダしく綴っていたやもしれぬか，は神のみぞ知る。その途端，ぼくは鞄だの手荷物だの荷を詰め，そそくさと申し訳程度のディナーを搔っ込むや，道連れ一行を大童で乗船させた。船は積載量400トンの，名を「コンスティテューション号」という立派な汽船で，客のほとんど乗っていない代わり，設いはゆったりとして申し分なかった。エリー湖を俎上に上すは結構千万だが，船に酔いがちな人間にとってそいつはイタダけない。ぼく達はみんな船酔いした。ことその点にかけては大西洋とどっこいどっこい質（たち）が悪い。波はやたらひっきりなしに寄せては返す。バッファローには今朝方6時に着き，陸（おか）へ上がるや朝食を認め，直ちに郵便局へ遣いを立て，我らが祖国からの便りを——おお！　如何ほど有頂天にして如何ほど得も言われず雀躍りせぬばかりにか，は何者にも何物にも表（ひょう）し得まいが——受け取った！

日曜の晩はずっと，エリー湖畔のクリーヴランドという名の（しかもなかなか美しい）町で休んだ。月曜の朝6時までには人々がどっと，一目ぼくを見たさに，船上に雪崩れ込み，「殿方」の一団など事実，ぼく達の小さな船室の前に陣取り，ぼくが顔を洗い，ケイトが未だ床に就いている片や扉や窓越しにジロジロ中を覗き込む始末。ぼくはこいつに，してサンダスキーでたまたま目にしていた，くだんの町発行のとある新聞にそれは業を煮やしに煮やしたものだから（因みに御逸品，イングランド相手に命ある限り戦いを挑むに，大ブリテンは「またもやギャフンと言わされ」ねばならぬと宣い，真のアメリカ国民に連中が二年と経たぬ内にハイド・パークにて「ヤンキー・ドゥードル」を，ウェストミンスター法廷にては「ヘイル・コロンビア」を歌うは必定と啖呵を切っていた），市長が，いつもの伝でぼくに拝謁賜るべく乗船するや，面会を平に御容赦願い，Q氏に如何で何故（なにゆえ）か伝えるよう言った。閣下は然なるあしらいをめっぽう淡々と受け止め，埠頭の天辺までどデカいステッキと削りナイフごと引き下がるや，後者をそれはひたぶる（その間（ま）もずっとぼく達の船室の扉を睨め据えたなり）揮いに揮ったものだから，前者は船が港を出ぬとうの先からもののクリベッヂの点取りピンもどきに刮げられてはいた！

ぼくは生まれてこの方バッファローからここへ今朝方やって来た時ほどやたら頭に血の上ったためしもない。汽車に2時間近く揺られて。してひたすら水飛沫に目を凝らし，轟きに耳を欹てていた――まるでリヴァプールに上陸するやリンカンズ-イン-フィールズの妙なる君のほがらかな声に聞き耳を立てようとておよそ詮ないに劣らず，遙か可能性の遠く及ばぬ彼方から。とうとう汽車が停まるや巨大な対（つい）の白雲（しらくも）が地の底より立ち昇るのが目に入った――がそれきりだった。白雲（しらくも）は悠然と，音もなく，厳かに上空へと立ち昇る。ぼくは渡し舟へと通ずる深く泥濘った小径伝（づて）ケイトを引っ立て，アンをもっととっととついて来ないからというのでどやしつけ，かくて汗みずくになりながらも，轟音は耳許でいよよ，いよよ膨れ上がるにつれ，がそれでいて何と霧が濛々と立ち籠めているせいで何一つ見えぬことか，言語には絶せど，肌で感じていた。

イギリス将校が二人，ぼく達と同行していた（ああ！　何たる殿方に，何たる生まれながらの貴人に，映ったことよ），してぼくと一緒に，ケイトとアンを氷の岩山に残したきり，駆け出すや渡し守が舟の仕度を整えている片や，小滝の袂の岩壁をぼくの後から攀じ登って来た。ぼくは肩透かしは食わなかった――が何一つ見えなかった。たちまち，水飛沫に目つぶしを食らい，ずぶ濡れになった。どこか遙か高みから奔流が狂おしく流れ落ちるのは見て取れたが，形状も位置も，漠たる巨大をさておけば，皆目見当がつかなかった。がいざ渡し舟に腰を下ろし，瀑布の正しく袂を過る内——そこで初めてその何たるかを感じ始めた。旅籠で服を着替え果すや否やぼくはまたもや，ケイトを連れて，繰り出し，馬蹄形滝（ホースシュー・フォール）へとセカセカ向かった。正しく滝壺へは，独りきり降りて行った。およそ人間としてそこに佇むほど「神」の間近に佇むことは叶うまい。足許には明るい虹が架かり，そこからつと目を上げた——いやはや！　何たる明るい緑の滝たることか！　広く，深く，巨大な流れは落ちる側（そば）から息絶えるやに思われ，その底無しの墓所よりかの，断じて鎮められることのない，して——恐らくは天地創造以来——この地につゆ変わることなく由々しくも厳かに取り憑いて来た水飛沫と霧の亡霊が蘇る。

ぼく達はここに一週間滞在する予定だ。次の手紙でぼくの受けた印象を某か綴り，そいつがどんなに日々変わっているか伝えることにしよう。目下は到底お手上げだが。ぼくに言えるのはただ，この途轍もなき光景の初っ端の感銘は心の平穏——静謐——永遠の安らいと幸福に纏わる大いなる想念——であり，恐怖は微塵たり紛れていなかったというくらいのものだ。グレンコゥの記憶には戦慄を禁じ得ぬが（親愛なる馴染みよ，神の思し召しあらばいつの日か共にグレンコゥを見ようではないか），ナイアガラを思い浮かべると必ずやその美しさを思い浮かべよう。

この手紙を綴りながらぼくの耳許で谺している轟きを君に聞かせてやれるものなら。両の滝は窓の真下だ。居間と寝室からは真っ直ぐそいつらが見下ろせる。旅籠にはぼく達以外客は人っ子一人いない。もしも君とマックがここにいて，今この時の感懐を分かち合ってくれるなら，ぼくは何を惜しむだろう！ぼくはつい，もしやその亡骸のケンサル-グリーンに眠る愛しい少女が今なお生き存え，ぼく達と一緒にはるばるこんな遠くまで来てくれていたなら，ぼくは何を惜しむだろうと言い添える所だった——が彼女はきっと，あの愛らしき面（おもて）がぼくの現し世なる視界から失せてこの方，幾度となくここを訪うているに違いない。

筆を擱く前に貴重な手紙について一言。新聞に関せば，親愛なる君，君の仰せの通り。人々に関しても（残念ながら）君の仰せの通り。吾の言う通りか？

と魔法使いの宣はく。如何にも！　と桟敷からも平土間からも枡席からも。ぼくは確かに例のネタを当初は不承不承口にしたが，いざ君に包み隠さず話す段になると――はむ――ちょっと待ってくれ――ちょっと――7月の終わりまで。今はこれまでに。

ぼくはこと紀行を物する一件がらみでは本務が目眩く分かたれなお分かたれているのが見て取れる。おお！　手持ちのネタから諧謔の昇華された精髄を抽出できるものなら！……君は我が家の端くれ――肝心要のそいつ――だ，親愛なる馴染みよ，してこのぼくはほとほと倦み果てるまでヅカヅカ，リンカンズ-イン・フィールズ58番地に罷り入ることにて君の不意を討つ様を思い描いている。言葉に尽くせぬほど愛しい我が子らや馴染みが皆健やかにして幸せに暮らしているとは何と神のありがたきかな。がもう一通――ほんのもう一通。……ぼくはこれまでずっとそっけなかったように見えるかもしれぬが，言葉には，ほら，深遠に過ぐ思いというものが事実あるんじゃないか。

（注）24日付書簡第一段落「元のホテル」はブロードウェイ・ホテル。パトニーの述懐によると，所謂「丸太道路（コーデュロイ）」を走る際，馬車の揺れがひどくなるとディケンズは二枚のハンカチの端を扉の支柱に，他方の端を後部座席の夫人の手首に括りつけ，夫人はさらに足をしかと踏んばることにて振動に耐えたという。第二段落「御者台」はディケンズお気に入りの座席。「夜っぴて馬車に揺られ」る途中，一行はマンションハウス・ホテル「メアリアン」で夜食を認める。「女王陛下万歳の合唱隊」とは即ち国歌斉唱のための合唱隊整列の謂。「ベルリン」は上質細毛糸（ベルリン）で編んだ「手袋」の略。第三段落「コロンブスから」の旅の詳細については『探訪』第十四章参照。「恰も乗合馬車で急な階段を昇るが如し」は同章では「乗合馬車にてセント・ポール大聖堂の天辺まで駆け登ろうと振り鉢巻でかかる」〔拙訳書198頁〕と形容。「ロゥアー・サンダスキー」は実はワイアンドット族居留地「アッパー・サンダスキー」（『探訪』では正しい名で記述）。第四段落「とんでもなく風変わりな寝室」は即ち「大きな，天井の低い，薄気味悪い部屋」（『探訪』第十四章〔拙訳書200頁〕）。「金を持っていない」ことに関せば，ペンシルヴァニアは£8,000,000に及ぶ負債を抱え，米国で最も財政難に喘ぐ州だった。第五段落，キャサリンもまたパトナムに「ナンキンムシにガツガツ食べられてしまいそうだった」と告げたという。「馬車で一夜を明かし」たのは「豚共が馴染みの臭いを嗅ぎつけ，馬車を中に何らかの類（たぐい）の肉の詰まったある種パイなものと早トチリし，グルリで然にブーブー悍しく鼻を鳴らしにかかった」〔拙訳書200頁〕ため。ティフィンからサンダスキーへ向かう旅程の最後の四時間は汽車に乗り換えた。第六段落「老紳士」は長年にわたりオハイオ州におけるインディアンとの交渉に当たったジョン・ジョンストン大佐。40年3

月オハイオ州唯一の残留部族ワイアンドット・インディアンとの交渉役に任ぜられていた。「〔愛着のある〕土地を離れることに合意する晩，酋長の幾多の者が涙を流した」（ジョン・ジョンストン著『六十年間の追想』（1915）p. 47）。第七段落「小さいながらもすこぶる快適な宿」は「スティームボート・ホテル」。「揺り椅子」はディケンズのクーツ嬢へのアメリカ土産（7月2日付書簡参照）。「ヤンキー」は元来オランダ語と英語において「ニューイングランド人」の渾名として用いられ，合衆国でも十九世紀を通し一般的に用いられていたが，英国では1784年までに「米国人」を意味するようになっていた。「一から十まで馴れっこ」は『探訪』第十四章では「単にくだんの無くて七クセをお国柄として引き合いに出しているにすぎず，これきりグチをこぼしたり，えらく鼻持ちならなかったとあげつらおうというのではない。……よって小生に亭主の立居振舞いを我らが英国の物差しと規範で計る筋合いは，して正直な所その気もさらになかった」〔拙訳書201-2頁〕として，より詳細かつ坦懐な私見が述べられ，この件（くだり）は『ボストン・クリア』（42年11月15日付）において引用されると共に「上記は率直かつ誠実な真情の開陳であり，未だかつて英国人旅行者によって口にされた如何なる言説とも懸け離れている」との好意的書評が添えられる。26日付書簡冒頭「英国（*English*）」はFによると「単語の下に十本のダッシュ」〔ただし原文“Ten dashes underneath the word”の“Ten”はF, 268*f*では“Pen”と読める〕。第二段落「くだんの町発行のとある新聞」は『クリーヴランド・プレイン・ディーラー』〔「論説を物した才子」については拙訳書203頁参照〕。「市長」は著名な医師ジョシュア・ミルズ。『探訪』第十四章において四方山話に花を咲かす間（ま）にも「樽を刮げに刮げる」のは汽船船長〔拙訳書202頁参照〕。『探訪』第十四章におけるナイアガラの描写は第三段落並びに第四，五段落に少なからず依拠しているが，『探訪』ではテーブル・ロックに佇んで初めて「力強さと威厳を十全と具えた」ナイアガラの威容が現前し，言わば「造物主」の間近で覚えた不変の感銘――心の「平穏」，死者に纏わる長閑な追憶が昂揚した詩的散文で審らかにされる〔拙訳書204-6頁〕。サムナー宛書簡（5月16日付），フォースター宛書簡（9月14日付）参照。第四段落「小滝」即ちアメリカ滝（高さ51 m，幅305 m）は実は二滝の内より高いが狭い。「馬蹄形滝（ホースシュー・フォール）」はカナダ滝（高さ49 m，幅792 m）。第五段落，ナイアガラで一行は十日間クリフトン・ハウス・ホテルに宿泊する。グレンコゥについては『第二巻』原典p. 324，訳書396-7頁参照。第七段落「貴重な手紙」はディケンズが予てより求めていた国際版権に関するそれ。彼はバッファローにて待ち受ける他の手紙と共に落掌（フォースター宛書簡（2月14日付）注，同（24日付），並びにフェルトン宛書簡（4月29日付）注参照）。「当初は不承不承口にした」とは，ディケンズがニューヨーク正餐委員会に対して行なった版権に関する好戦的発言において度を越していたとのフォースターの見解を暗示する（フォースター宛書簡（2月24日付）参照）。「7月（July）」はフォースターによる「6月（June）」の誤読（ディケンズは6月29日ロンドンに到着する）。この時期のディケンズの“e”が“ly”と読めたのは故無しとせぬ（『第二巻』原典p. xiiiの前葉，訳書ix頁，オーウェン宛書簡（41年12月27日付）ファクシミリにおける“Terrace”参照）。第八段落「本務が目眩く分かたれなお分かたれているのが見て取れる」は『オセロ』第一幕第三場181行デズデモーナの台詞より。「言葉には……深遠に過ぐ思い」はワーズワス『不朽の暗示頌(しょう)』最終行より。

トマス・ミトン宛　1842年4月26日付

ナイアガラの滝。(英国側にて)
1842年4月26日(夜)

親愛なる馴染みよ

ぼくはものの六語綴る暇(いとま)しかない。「極西部」での一月(ひとつき)に及ぶ苛酷な旅を終え，ここへ漸う今日来てみれば，「グレイト・ウェスタン号」に乗り遅れたばっかりに，キュナード汽船用に荷造りしなければならない――まるでそいつと来てはほんの紅茶と砂糖か，家庭用石鹸(イエロー・ソープ)か，ともかく他の何であれお茶の子さいさい括り上げざまとっとと送り出せる代物ででもあるかのように。

ぼく達は至って元気で，とびきり上機嫌だ。何せ今や我が家が，[懐かしの？]「我が家」が間近に見え[始めている？]もので。フォースターはぼくの「日誌(ジャーナル)」の端くれを某か持っている[，よって当面仕込んでい？]る手合いのぼく達の手続きの詳細を[その内垂れ込んでくれよう？。]

ここはこ[の世？]でどこより素晴らしく，美しい。[ぼく達はそっ？]くり独り占めしているが，そいつが[らみ]でもっと詳しいことはお次の船ででも。定期船(パケット・シップ)についてはこれきり問い合わせなかった――遙かに安全との折り紙つきだと知っているだけに。今朝方，君の親身な手紙を受け取り次第，大喜びで読み耽った。――まさか6月末の，とある朝未(まだ)きぼくが君の寝室へ駆け込もうと，胆は潰さないだろうが？

ケイトも(自ら旅人の鑑たること証してくれたが)君にくれぐれもよろしくとのことだ。してぼくからは不一，今も，して常に

君の律儀な腹心の馴染みたる
チャールズ・ディケンズ

トマス・ミトン殿

(注)「グレイト・ウェスタン号」はブリストル－ニューヨーク間のグレイト・ウェスタ

ン鉄道の延長として同じI. K.ブルネルによって設計された汽船（1836-7年，ブリストルにて造船）。七箇所（原語では六箇所）の[? sweet], [?, begins], [?, and will give you], h[?im acquainted with], w[?orld. We have it a]ll, [abou]tは——不注意な開封により封蠟近くが裂けたために生じた便箋左右端の三角形の欠損部分。推定判読は欠けた蓋然的文字数に基づく。末尾形容「旅人の鑑」についてはフォースター宛書簡（4月24日付）参照。

アメリカ新聞四社編集長宛　1842年4月27日付

【日付はフォースターの手紙と同封の文書を受け取った翌日の「4月27日」。ただし新聞社へ送付された複写では「4月30日」に変更（注参照）。】

編集長等々

ナイアガラの滝
1842年4月27日

拝啓

バッファローの郵便局にて某かの英国からの手紙が小生を待ち受けていましたが，以下がその複写であります。何卒貴紙寄稿欄に掲載賜りますよう。然なる御高配を仰ぐのは，貴国民に小生が合衆国を訪うて以来，公のありとあらゆる場で国際版権に関して表明して参った所信は単なる小生の私見ではなく，幾多の——その名のこれら文書に署された名立たる文士によりて成り代わられている——英国人作家のいささかたり留保も斟酌も忌憚もなき見解である旨知って頂きたいと存じたからに外なりません。

くだんの見解はまた貴国の作家のそれでもあることを彼ら自身が当該主題に関する立法府への切なる請願書において十全と示しておいでです。

僭越ながらわけてもカーライル殿からの書信に重きを置いて頂きたいと存じます，と申すのは独り書面に綴られている率直かつ雄々しき「真実」は定めし如何なる国においても，がわけても貴国において，注目と敬意を集めるに違いないからのみならず，この点における氏の信条は微塵の斟酌もなく，小生自身のそれにして，小生当該問題を歴たる「善悪」——「理非」——のそれとして以外の観点よりついぞ惟みたためしもなければ金輪際惟みることもなかろうからであります。

敬具

チャールズ・ディケンズ

（注） 宛名「四社」は『ボストン・アドヴァタイザー』,『ニューヨーク・イヴニング・ポスト』,『ニューヨーク・ヘラルド』,『ナショナル・インテリジェンサー』(ワシントン)。ただし他の多紙にも掲載（次書簡参照)。「編集長等々」の原文“To the Editor &c”の大文字の下にはそれぞれその旨の指示のための短い二重下線。書状冒頭「小生を待ち受けて」の原文“awaiting me”の“me”の後に綴られていた“yesterday”は出版用に作成された複写の日付変更のため削除。「複写」は即ち（全てパトナムによる),フォースター宛書簡（2月24日付）にて要請されていた,十二名の英国人作家により署名された国際版権法案建白書,並びに彼らのディケンズ宛連名書簡,カーライルからの私信（原典Appendix A, pp. 621-4参照)。本状はやはりパトナムが写しを取ったディケンズの署名入り添え状。カーライルの私信をフォースターはディケンズに転送する前に複写し,F, III, iii, 226-7に転載。F原文とディケンズのそれとの間には幾多の些細な相違がある（同上p. 623*fn*1参照)。「その名のこれら文書に署された名立たる文士」はブルワー,トマス・キャンベル,テニソン,タルファド,フッド,ハント,ヘンリー・ハラム,シドニー・スミス,ヘンリー・ミルマン,ロジャーズ,フォースター,バリー・コーンウォール,カーライル〔ただし請願書そのものの連署人の中にカーライルの名はない（同上p. 622参照)〕。『ニュー・ワールド』(5月14日付）はこれら署名者について,しかしながら,「その大半は本国においては無名に等しい」と揶揄する。第二段落「立法府への切なる請願書」についてはフォースター宛書簡（2月24日付）注参照。37年2月から42年4月にかけて国際版権法に与する請願書は（異議申し立ての二十通に対し）八通が記録に留められ,上院へはクレイにより,下院には概ね歳入委員会委員長C. C.キャンブレレングにより提起された。第三段落,カーライルはフォースターへディケンズ宛私信を同封する上で,個人的にはディケンズの見解への称賛・支持を惜しまぬものの,国会は恐らく請願を否決するであろうとの悲観的私見を明らかにしていた。「微塵（の斟酌)」の原語“one jot or atom”の“or”の後には“tittle”が抹消された跡〔“not a jot or tittle”で「少しも～ない」の成句〕。本状二頁目署名に続け,ディケンズは自ら公表用に文書を複写。パトナムの写しが四紙のために取られたのはこの複写から。ディケンズは本状原本,並びに自ら取った文書の写しをパトナムに贈呈（添え状・複写文書は1886年パトナムにより売却)。

C. C. フェルトン宛　1842年4月29日付

ナイアガラの滝。クリフトン・ハウス。1842年4月29日

親愛なるフェルトン

まずもって開口一番，これら大いなる「同封文書」が一体何を意味するものか御説明させて頂きたく。よもや――同上がてっきり本状の骨子にして拝読を請うていると思い込み――一度(ひとたび)卒倒されたが最後二度と意識を取り戻されぬことのなきよう。

文書は御覧の通り，同一のそれの写し四部であります。趣旨は一目でお分かりになりましょう。小生の願い信じてもいた如く，英国文士の就中著名な仲間が小生が国際版権なる主題に関し自らと彼らの思う所を述べたからというので批判に晒されていることでは義憤に駆られ，時をかわさず，して心暖まる私信と共に，直ちに投げつけよとばかり当該籠手なる小包を送達して来ました。

さて，まずもって念頭に浮かんだのは――公表が趣旨だけに――一部を某ボストン新聞掲載用に貴兄宛――第二の写しを氏の新聞掲載用にブライアント宛――第三の写しを（発行部数が多いことから）「ニューヨーク・ヘラルド」宛――第四の写しを（彼(か)の地にて御高誼に与った，ワシントンのシートンという名の殿方にしてすこぶる気のいい御仁経営の），名を確か「インテリジェンサー」という，極めて優れた日刊新聞宛送付することでした。次いで「ニッカーボッカー」の名が脳裏を過り――それからふと「ノース・アメリカン・レヴュー」こそが詰まる所，紛うことなく最も誉れ高く高潔にして，「文学の権利」に最も深い関心を寄せているからには最適の「機関誌」ではないかという気がして参りました。

果たして請願書の公表を一紙に留めるべきか，或いは数紙に掲載すべきか，は他処者には然に判断のつきかねる案件故，終にくだんの書類を貴兄宛送付し，御自身に（先日かの名にし負う牡蠣料理店にて当該主題を巡り交わした会話の記憶のなきにしもあらず）代わりに英断を仰ぐ意を決しました。どうか責任重大などと思し召されぬよう，親愛なるフェルトン，と申すのも貴兄の為さることは何であれ必ずや小生の意に染みましょうから。サムナーにお会いになるようなら，彼にも我々の相談に乗って頂きたく。銘記せねばならぬのは二点のみ――まず第一に，仮に文書が数方面にて公表されるとすれば，全紙にて同時に公表されねばなりません。第二に，小生文書を全国民に呈示すべく，委託されています。

かようのお願いをすれば貴兄の友情に軽々ならずおすがりすることになるのではないかと危惧するのみならず，貴兄ならば定めし労を執って下さろうこと信じて疑わぬだけにいよよ危惧の念を強くしています。――恐らく5月11日辺りにモントリオールへ着く予定にて。彼の地にてはマルグレイヴ伯爵気付小生宛一筆賜り，進捗状況をお報せ願えましょうか？

当該話題はここまで。仕事，イの一，愉しみゃあ二の次。ってなあリチャード三世の王さんが，赤子らの首いひねるめえに，ロンドン塔でもう一方の王さんをブスリとやった時の言い種じゃねえがよ。

小生久しく牡蠣にはリューマチの気があるのではと勘繰っています。連中の足と来ては常に湿気，男の腹にては然にジメついた道連れなもので，奴の平穏には一向資すること能うまいかと。――が貴兄の体調不良の謂れが何であれ，その旨お聞き致し我々たいそう心を傷め，気づかっています――してさぞやいよよ心を傷めていることでありましょう，もしやくだんの「お訣れディナー」のお話から察するに，またもや「本復」なされた由拝察してでもいなければ。ロングフェローの手紙は事実受け取りました。サムナーからは梨の飛礫です――それもあって四六時中望遠鏡の照準を「渡し舟」に合わせています。小振りの旅行鞄を引っ提げお越しになるのが見えまいかと。

この素晴らしき地について何か語ろうとて土台詮なかりましょう。其は小生のこよなくお目出度な期待をとて遙かに凌駕しています――脳に刻まれた印象は当初から，「美」と「平穏」以外の何ものでもないながら。水は一滴たり飲んでいません。貴兄のクギを重々心し，ひたすらビールに励んでいます――この旅籠にはズブの「瀑布」並みの備えがあるもので。

チアリブル兄弟のモデルを務めて下さった気高き心根のお一方が亡くなられました。もしやイングランドにいれば，然に「映えある生」を悼み，定めし喪に服していたろうものを。弟御も後を追うように身罷られるやもしれません。聞く所によると，故人の書類に紛れていた備忘録から判ずるに，生前，氏は£600,000即ち300万ドルに上る寄附をなさっていたようです。

小生がモントリオール劇場にて舞台に立つとしたら何とおっしゃいましょ

う？――実は小生その道の玄人跣にして，とある「地元の慈善団体」の寄附興行において駐屯軍将校の仲間入りをさせてもらうことになっています。入りは上々だろうとのこと。「安らけき一夜（ひとよ）」という滑稽な笑劇でスノッビントンという人物の役を演じます。さらば亜麻色の鬘と眉がお入り用にて，小生の睡眠はそれこそ夜毎かようの商い種がカナダにては手に入らぬ幻でいたく掻き乱されています。夜の黙（しじま）にグルリを，揃いも揃ってかようの代物は固より影も形もないだの手に入れるは土台叶わぬ相談だのと宣う絵空事の床屋に取り囲まれ，冷や汗タラタラ目を覚ます始末。もしやハムレットが亜麻色の髪をしていれば必ずや，スズメの涙ぽっきりの袖の下を使って御逸品を剃り落とさせ，御当人から鬘と眉を仕立て上げようものを。

ところで，その目で王子がハリスバーグにてとある気さくなクエーカー教徒を談話室（パーラー）－扉（ドア）でぺしゃんこに拉ぐ所を御覧になっていたなら！――我が人生最大の見物（みもの）ではありました。実は彼に誰一人通してはならぬと申しつけていました――自ら前もって当該正直者のクエーカー教徒には格別お越し願うよう伝えてあったのをコロリと忘れて。クエーカー教徒は門前払いを食うを潔しとせず，ハムレットはテコでも動かぬ構え。御両人に出会してみれば，クエーカー教徒は顔が黒ずみ，ハムレットはこれが最後，止めにギュウギュウ絞り上げているでは。クエーカー教徒は小生が街を後にする段にも依然，さも激しい疼痛に耐えかねてでもいるかのようにチョッキをさすっていました。小生は爾来毎日のように，恐いもの見たさの一心で新聞の死亡記事に目を光らせています。

果たしてゲインズ将軍は御存じでしょうか？　皺だらけの古兵（ふるつはもの）で――早，耄碌しています。将軍とは汽船で乗り合わせました。シンシナティからコロンブスへ向かう馬車の屋上席では，やたら数字を並べたがる大佐が道連れでした。オハイオ河ではニューイングランド生まれの「詩人」がどデカい蜂よろしくブンブン，小生のグルリで唸り通しでした――ルイヴィルでは老いぼれ果てた催眠術博士が小冊子をどっさり賜り――小生詰まる所，難儀な目に――散々難儀な目に――会って参りました。

もしやニューヨークの向うまでどなたかに会いに行けるものなら，定めて（申すまでもなく）外ならぬ貴兄に会うためでありましょう。がカールトンへは5月末日まで辿り着けそうにありませんし――それからコールデン夫妻とどこかノース川岸辺りへ二，三日足を伸ばすことになりましょう。という訳で，ほら，帰航準備の暇(いとま)すらほとんどないほどです。

貴兄とハウ博士には（博士にくれぐれも御鶴声を）是非ともニューヨークへお越し頂かねばなりません。6月6日貴兄方にはカールトンにて我々とディナーを共にするお約束をして頂かねば。してたとい我々が愉快な夕べを過ごすまいと，責めは我々にだけはありますまい。

妻が小生共々令室並びに小さな令嬢にくれぐれもよろしくと申しています。してつゆ変わることなく親愛なるフェルトン

敬具

チャールズ・ディケンズ

シンシナティではウォーカーとずい分会いました。小生彼のことをたいそう気に入っています。彼がまずもって我々のお気に召したのは，風貌が貴兄そっくりのような気がしたからです。――どうぞ御安心下さい，祖国からの便りは終始心強い限り――皆元気で，幸せで，懐っこいばかりです――馴染みのフォースターは最後の手紙で「フェルトンとお近づきになりたい」と言って来ました――ロングフェローに会うのも楽しみにしているそうです。

（注）　第二段落「同一のそれの写し四部」はディケンズの手紙の添えられた，国際版権請願書と同封の書状（前書簡参照）。「心暖まる私信」としてディケンズの返信（4月26日付，5月1日付）を通し知られているのは，フォースターとオースティンからの励ましの便り。「籠手なる小包」に関し，ディケンズはアメリカの友人には自らフォースターに請願書作成を依頼したことを打ち明けていなかった。実際の起草者はブルワー。ただし彼自身は奏功に悲観的だった。第三段落フェルトンは彼宛送られた複写を『ボストン・デイリー・アドヴァタイザー』へ転送。ブライアントの「新聞」は即ち『ニューヨーク・イヴニング・ポスト』。シートンへは別箇に書状を送付（4月30日付書簡参照）。『ニッカーボッカー』に請願書の掲載された形跡はなし。『ノース・アメリカン・レヴュー』は1815年ウィリアム・チューダによりボストンにて隔月刊誌として創刊，1818年季刊誌となる。ハーヴァード大学宗教文学教授J. G.ポールフリ編集長（1836-42）の下(もと)翳りを見せていた。後継者フランシス・ボーインは熱心な国際版権支持者。『レヴュー』に建白書は掲載されなかったが，同誌（7月号）はボストン紙からボストン及びその近辺の市民より国会に提起された国際版権法通過を求める請願書（6月4日付）を転載。

請願は，市民自ら申し立てる所によると，「近来の英国人作家の陳情ではなく」偏に主張そのものの紛うことなき真価故に為されたものだった。第四段落サムナーにも「相談に乗って」頂きたいとの願いをフェルトンは実行に移す（サムナー宛書簡（5月16日付）参照）。その結果シートンも交えた三者の尽力により，請願書と書簡は四紙に5月8日から10日にかけて「同時に」掲載される。追って『ベイ・ステイト・デモクラット』（5月9日付），『ボストン・ウィークリー・メッセンジャー』（5月11日付），『アルヴィオン』（5月14日付）等で賛同的な社説も含め転載される片や，ディケンズ自身の「打算」を批判する新聞・雑誌も少なくなかった。第六段落「仕事，イの一」以下は『ピクウィック・ペーパーズ』第二十五章サム・ウェラーの台詞〔拙訳書上巻404頁参照〕。くだんの「お訣れディナー」は恐らくドイツ出立に際してのロングフェローのためのそれ。「ロングフェローの手紙」は残存せず。「旅行鞄」を提げたサムナー合流に対するディケンズの希望的観測に関してはサムナー宛書簡（3月13日付）参照。第九段落「チアリブル兄弟の……気高き心根のお一方」はウィリアム・グラント（1769?-1842）（『第一巻』原典p. 471脚注，訳書298頁注参照）。ディケンズが『ニコラス・ニクルビー』初版序文（1839）で安易に「チアリブル兄弟は実在する」と語り，かくて爾来，斡旋を求めて著者の下へ舞い込むこととなった「ありとあらゆる類の地方と風土の，ありとあらゆる類の人々からの幾百通とない無心書簡」については廉価版序文（1848）〔拙訳書上巻17-8頁〕参照。「弟」ダニエル・グラント（1780?生）は55年3月12日死亡。兄弟を知るW. H.エリオットによるとディケンズはチャールズ・チアリブルにおいて六十九歳のウィリアムの風貌とダニエルの潑溂たる物言いを綯い交ぜにし，ネッド・チアリブルにはウィリアムの物静かな淡々たる物腰で口を利かせているという（『「チアリブル」グラント兄弟物語』（1906）pp. 221-35）。第十段落モントリオールにおけるディケンズの寄附興行出演についてはフォースター宛書簡（5月12日付，26日付参照）。「亜麻色の鬘と眉」調達についてはウィリアム・ミッチェル宛書簡（4月30日付）参照。「ハムレット」は即ちパトナム。パトナム／ハムレット軽口（フェルトン宛書簡（3月14日付）注参照）は元を正せばフェルトンとの会話において――恐らくディケンズではなくフェルトン自身によって――叩かれたと思われる。というのもフォースターはディケンズの手紙（5月3日付）でパトナムは「ハムレットよろしく」外套を纏うとすげなく告げられるまで準えのことは一切与り知らなかったからだ。第十一段落「気さくなクエーカー教徒」はサムエル・R.ウッド（フォースター宛書簡（3月28日付）注参照）。第十二段落「ゲインズ将軍（General Ganes）」は即ち“General Gaines”（フェルトン宛書簡（3月14日付）注参照）。「汽船で乗り合わせ」た状況についてはフォースター宛書簡（4月3日付）参照。ニューイングランド生まれの「詩人」は恐らくウィリアム・H.バーリ（フォースター宛書簡（4月2日付）注参照）。「催眠術博士」はルイヴィル医科大学初の医学教授チャールズ・コールドウェル（1772-1853）。自然発生説信奉者。催眠術・骨相学を実践。200冊以上の書籍・小冊子を著す。代表的著作に『催眠術に関する考察と実験』（1842）。第十三段落，ディケンズ夫妻とコールデン夫妻は6月2-6日の五日間，共に旅をする（グランヴィル宛書簡（6月2日付）注参照）。第十四段落「ハウ博士」はパーキンズ慈善院長・マサチューセッツ盲学校長サムエル・グリドリー・ハウ（1801-76）〔『探訪』第三章（拙訳書29-40頁）参照〕。「是非とも（*must*）」には二重下線。フェルトンとハウも臨席した，カールトンにおける送別の宴についてはグランヴィル宛書簡（6月2日付）注参照。第十五段落「小さな令嬢」はメアリ・サリヴァン・フェルトン（39年4月30日生）。追而書きティモシー・ウォーカー判事についてはフォースター宛書簡（4月15日付）注参照。

チャールズ・セジウィック夫人宛［1842年4月29日？付］

【次書簡に言及あり。日付は恐らく同日。】

（注）チャールズ・セジウィック夫人は旧姓エリザベス・バックミニスター・ドゥワイト（1801-64）。教育・宗教書を著す。教師・『リンウッド家』の著者キャサリン・M.セジウィック〔『第一巻』原典p. 79脚注，訳書97頁注参照〕の義妹。1828年からマサチューセッツ，レノックスにて女学校を経営。ファニー・ケンブルの友人。

デイヴィッド・C. コールデン宛　1842年4月29日付

ナイアガラの滝，クリフトン・ハウス。1842年4月29日

親愛なる馴染みよ

改めて我々宛の手紙と芳牘に心より篤く御礼申し上げます――お蔭様で我々蓋し，有頂天になった次第にて。祖国からの便りほど陽気で幸せに満ち溢れたものはこの世にまたとなかろうと，我々には不安や哀惜の微塵もないと，聞けば貴兄にもさぞや喜んで頂けるのではなかりましょうか。

ここでは正しく水入らずです――皆して得も言われず快哉を叫んでいることに。滝を独り占めにし，日がな一日そこいらをブラつき，勝手気ままに振舞い，日が暮れればクリベッヂに興じ，ディナーは昼の2時に認め，いっとう古びた服を着たなり，踝までどっぷり泥に浸かって歩き，とことん羽根を伸ばしています。丸太道路（コーデュロイ・ロード）も，高圧蒸気船も，車内客十七名乗り駅伝馬車も，小型二叉干し草用熊手（ピッチ・フォーク）も，刃の両側のまるきり見分けのつかぬ曲がり柄（え）ナイフも，遙か――遙か――後方に打っちゃり。前方ではニューヨークが――その向

こうでは我が家が──待ち受け，して（ブラス氏の言い種ではありませんが）「静かな幽き声は，この胸の内にてコミック・ソングを歌ってくれ，こいつはどこからどこまで幸せでゴキゲンというものでは」。

次の手紙の小包はモントリオールへ，マルグレイヴ伯爵気付にてお送り頂けましょうか？──小生何とモントリオール劇場にて地元の慈善団体の寄附興行とし，伯爵並びに駐屯軍将校方共々舞台に立つことになっています。──とは何と思し召されましょうか？──所望していた台本が手に入らず，それ故いっとう気に入っていたであろう役のいずれも演ずることが叶いません。かくて「安らけき一夜」という名の出し物にて（またとないほど小ぎれいな習いの取り澄ました銀行員）スノッビントン氏の役を演ずる予定です。すこぶる愉快な劇です。皆さん揃ってレイト・ストリートより観劇にお越し願えるものなら小生，喜んで50ポンド叩こうものを。

恐らくカールトンに着くのは早くとも5月30日か31日になろうかと。到着翌日は専らあちこちの表口に名刺を配って回ろうかとも思っています。それから願わくは，貴兄に我々へ出港停止令を布いた上，我々を躱して頂きたいと存じます。是非とも我々の予約を取りつけ──我々への権利を申し立て──広く遍く我々は手に入らぬ由知らしめ──小生がよもや他のどこかへ足を運ぶことにて自らの願望に狼藉を働くよう説得されたり，嵩にかかられたり，ともかく甘言にせよ威嚇にせよその気にさせられることのなきようお取り計らいを。小生に来訪者皆にかく宣う権限をお与え下さいますよう──「先約あり──予約済み──予定が詰まっているため身動きもままならず」──して貼り紙を取り下げ，我々を独り占めなさいますよう，晴れて「ジョージ・ワシントン号」に乗船するまで。小生予てよりチャールズ・セジウィック夫人に拝眉仕るある種誓約の下にありましたが，生憎お会い致せそうにないと，貴兄との先約があるものでと断り状を認めた所です。故に我々そっくり，無条件にて御手に我が身を委ねたく──6月6日月曜をさておけば，その日は是非ともカールトン・ハウスにてディナーを御一緒願わねばならぬもので。デイヴィス御夫妻もお招き致さねば──してケンブリッジのフェルトン教授とボストンのハウ博士も一座に加わって下さいましょう。

エリー湖畔のクリーヴランドにて，我々の汽船は終夜碇泊していました。午前6時，殿方の一団が我々の小さな特等室の向かいに陣取ったが最後（部屋は特等室にしても，やたら窮屈でしたが），小生が折しも洗顔している最中（さなか），ケイトは未だベッドの中というに，扉や窓からジロジロ中を覗き込むではありませんか。余りと言えば余りと，小生肚に据えかね，直ちに床に就き，市長が直々お越しになった際には平に面会を御容赦願いました。閣下は大振りなステッキと削りナイフごと埠頭に立ち尽くすや，門前払いを食ってからというもの，後者の御逸品もて然にせっせと根を詰めにかかったもので，ステッキと来ては仰（のっ）けは義足より気持ち大きかったものを，汽船が出る頃にはクリベッヂの小さな点取りピンほどにも刮げ落とされていました。

我々は受け取った手紙という手紙にて貴兄並びに御家族の皆々様へくれぐれもよろしくとの伝言を託っています。その数あまたに上る挨拶に我々自身のそれをも託し，言葉に尽くせぬ期待に胸膨らませ，再びお目にかかれる日を（我々もまた指折り数えつつ）心待ちに致しています。

つゆ変わることなき友情を込め

敬具

チャールズ・ディケンズ

デイヴィッド・C.コールデン殿

小生がそのためボストンへ送付した文書の発刊により定めて，英国の就中偉大な作家が国際版権なる一件において小生の発言が誤って伝えられている故，義憤に駆られ，小生のそれの上に自ら籠手をあっぱれ千万，投げた由御存じになるに違いありません。

（注）冒頭「我々宛の手紙」はディケンズ一行の旅を通し，コールデンによりニューヨークから転送されていた。第二段落「ブラス氏の言い種」については『骨董屋』第五十七章〔拙訳書530頁〕参照。第三段落「安らけき一夜（グッド・ナイツ・レスト）」についてはフォースター宛書簡（5月12日付，26日付）注参照。第四段落デイヴィス家での正餐会をディケンズは咽頭炎のため辞退せざるを得なかった（デイヴィス宛書簡（2月15日付）参照）。

デイヴィッド・C. コールデン夫人宛　1842年4月29日付

ナイアガラの滝，クリフトン・ハウス。1842年4月29日

我が守護天使へ

万が一本状が彼奴の目に触れようものなら，何卒同上に塵を投げつけられんことを。彼奴の疑念は掻き立てられてはなりません。

彼奴曰く，小生然るD夫人に懸想の形容辞を用いたとか。有らぬ言いがかりもあったものでは。哀しきかな，下種の動機は余りに見え透いていようかと！　胸中，貴女の心証を害し，貴女の――霊妙な性(さが)にかようの文言を用いることを御寛恕賜りますよう――虚栄心を傷つけることにて，我々の間に存する，其（と死）を措いて何ものにも分かち難き絆を断ち切ろうと目論むとは。彼奴は裏切り者なり。貴女は「蠍(さそり)の花嫁」――恰も（つい名を失念致しましたが，如何なる博物誌にとて載っていよう）生き物の如く――奴の毒牙は作り話(テール)に潜み――当該作り話(テール)こそは卑劣かつ中傷的なりと弾該せねばなりません。

して果たして貴女は――が否――否――よもや貴女に限って！

小生我が胸の内を韻文に託してみました。裏面にきちんと清書してある通り。出すぎた真似にお目こぼしを。我ながら何を綴っているものやら。胸には幾多の矢が突き刺さっているというに支離滅裂ならざるは至難の業。同封されているは呻吟一つ。惜しみますまい。手持ちは数知れぬとあらば。

彼奴または彼奴の告げ口は歯牙にもかけられぬよう。小生に誠を尽くされよ，さらば我々は彼奴の恨みつらみなど物ともしますまい。――然にひたと互いに結ばれた二つの心を引き裂かんとする彼奴の空しい目論見を惟みるだに小生，悪魔の如く腹を抱えずばおれません。

はっ！　はっ！　はっ！

CupiD

恋歌

旋律――「ロンドンは今や町外れ」

愛らしき女は捉まえ所なし(カインド)

ある時は慈悲(プロピ)-深い(シャス)かと思えば

ある時は千もの心（マインド）を持ち
ある時はやけに意地–悪い（ウィシャス）。
女性の一際高く，愛しき人は輝く（シャイン）
およそあばずれどころではないものの
「彼女を我が物（マイン）と呼べるなら王冠をも明け渡さん」
――その名もミシス……

═══

――哀れフランケンシュタイン，かの愚か者（フールズ）の王子
何故（なにゆえ）無気味な男の怪物を造りし
寸分違わぬ土くれと道具（トゥールズ）もて
貴婦人をこさえられていたというに！
世俗の動産（イフェクツ）において何と裕福たりしや
仮に然る方を造り売っていたなら
ありとあらゆる点（リスペクツ）において若やかな
チャーミングなミシス……に劣らず！

═══

が詮なき夢想よ！　果たして何者に築け（リア）よう
絞首台にせよ，埠頭にせよ，水杭（スターリン）にせよ
劣らず輝かしき者を，或いは愛しき（ディア）者を
名を伏せられし我が愛しき方（ダーリン）に！
世俗の大通り（ウェイ）の如何なる芸術家とて
未だかつて彫り得たためしも鋳得たためしもない
敢えてコルセット細鋼（ステイ）の紐を締めんとす者を
チャーミングな……夫人の！

═══

（注）　冒頭「彼奴の（HIS）」から署名CupiDのイニシャルCDに至るまで傍点の箇所は全て大きな太い大文字に二重下線。第二段落「霊妙な」の原語 “ethereal” は綴りに躊躇いの跡。ディケンズはまずもって語尾を “ial” と綴った後（のち），“i” を “e” に変えるが，点（ドット）はそのまま。「彼奴は裏切り者なり（HE IS A SERPENT）」についてはポットのウィ

ンクルへの台詞“Serpent!”（『ピクウィック・ペーパーズ』第十八章〔拙訳書上巻291頁〕）参照。〔作り話の原語“Tale”は尻尾の意の“Tail”との懸詞。〕「恋歌」は四つ折の便箋の三頁目に記述。

アズベリー・ディケンズ宛　1842年4月30日付

【アンダーソン・ギャラリーズ目録297番（1904）に抜粋あり。草稿は2頁。日付は「ナイアガラの滝，42年4月30日」。】

我々はこの素晴らしい場所に無事，到着致しました。皆してしょっちゅう貴兄やワシントンでの御高配のことを話題に上せます。如何ほど遠縁にせよ，よもや貴兄が縁者であろうはずは——仮に然たらば，かほどに近しい間柄にはなれなかったでしょうから。

ジョン・ペンドルトン・ケネディ宛　1842年4月30日付*

ナイアガラの滝。1842年4月30日

拝啓

全くもって偶然発覚し，大いに当惑致していることに，一月(ひとつき)前にピッツバーグより貴兄宛出した手紙が他の書状と共に定期船(パケット)にてイングランドへ渡っていたとは！　手違いと来ては余りに馬鹿げているものですから真顔でお詫び申せぬほどです，得も言われず戸惑ってはいるものの。

くだんの書状にては（恐らく近々お手許に届くはずですが）小生改めて篤と惟み，いざ本腰を入れてみれば，貴兄の御報告の件においてともかくお役に立てそうな何一つ書けぬことに気づいた由お伝え致しています。現行の「剽窃」が著述家に加えている蹂躙を——立法者が恰も造物主の至高の賜物の行使は当然の如く人間に重き懲罰を課し，その者を会衆派並びに上院の共感の埒外へ追いやるが如く，作家に働かれるがままにしている言語道断の不当を——然に切実に常々感じて参り，常々感じているものですから，小生固より如何ほど懸命に努めようと当該案件を適否のそれとして論ずることも，国家の損益のそれとして説くことも叶わぬ由。幾度となく貴兄とのお約束に準じ，ペンを執りながらも，幾度となく辟易して，同上を放り出しました。数年前マーティノー嬢がアメリカ立法府へ提起する予定の請願書に署名するよう小生の下へお見えになった折，小生その折，背（せな）の上着に対すに劣らず明々白々たる権利を有すものを慎ましやかに請うことには如何とも打ち勝ち難き嫌悪を催すと，然に長らく恰も其の是正を求める上で彼らの御手なる恩寵を請うてでもいるかのように，かほどに途轍もなき大仕掛けの「不正」を是認して来た一組織に懇願するを潔しとせぬと，申し上げました。がくだんの請願書に署名するよう説きつけられ，かくて署名致しました。爾来悔恨の念に駆られ通しではありますが。していざ，当該主題に関し綴り始めるや，かつての発作に見舞われ，我ながら（カーライルがこの同じ案件において自らを形容している如く）「不都合なほど声高」にならざるを得ません。――貴兄の御報告のために数篇――我々作家が誰しも重々心得ている如く――国際版権法の下（もと）一般書の価格が目下よりいささかたり高くなることはあるまい旨明白に示す草稿を認めました。そこではたと，自分は常々この問題は紛うことなき「善悪」の問題にして，正直な所，他の如何なる「観点」にても考察されるべきではないと訴えて参ったし，訴えようと努めて参ったのではなかったかとの思いが脳裏を過りました。かくて小生のペンは，仮に今しも為していることをそのまま続ければ，晴れて帰国した暁に当該主題について執筆する上で，くだんの見解を繰り返し，独自にそこまで申し立てる訳には参るまいと惟みるだに敢えなく机上へと置かれました。以上全てを，小生は貴兄宛綴り，以上全ては今しもイングランド中をさ迷っているという訳です。

同封書がその写したる文書は一両日前バッファローにて小生を待ち受けていました。御覧の通り文書には英国の当代きっての作家の名が署され，彼らの趣意は（小生がかようの案件に関し誤って報道されていることで義憤に駆られているだけに）「公表」に外なりません。固より他処者であってみれば，果たしてこれら書簡並びに建白書を文芸誌に載せたものか，新聞に載せたものか定かならず，ともかくくだんの文書をボストンの友人数名へ送付し，決定は一任すると，まっとうと判断しよう措置を講じて欲しいと請いました。のみならず，カーライル殿の信条こそは小生のそれたる由――やはり公表を念頭に――認めた，小生自身の行(くだり)も幾許か添えています。

恐らく3月30日か31日，ニューヨークへ到着致す予定にて。――お便りを賜れましょうか？

敬具

チャールズ・ディケンズ

ケネディ――閣下

（注） 第二段落「貴兄の御報告」についてはフォースター宛書簡（3月15日付）最終段落参照。「国家の損益のそれ」とは多くのアメリカ人国際版権支持者によって採られている論拠。ディケンズが署名を求められた「請願書」として唯一想定されるのはハリエット・マーティノー立案英国作家請願書（37年2月2日付）（フォースター宛書簡（2月24日付）注参照）。ただしディケンズの署名は国会へ上程された文書の五十六名の中にも補遺一覧にも認められない。のみならず，彼が36年10月もしくは11月の早い段階でマーティノーの訪問を受けたことに他の箇所で何ら言及がないのはいささか奇異ではある。「不都合なほど声高」はカーライルのフォースター宛書簡（3月26日付）で用いられている表現（アメリカ新聞四社編集長宛書簡（4月27日付）注参照）。従ってバッファローでディケンズの受け取った手紙の中でフォースターが引用したに違いない。末尾「3月（March）」は明らかに「5月（May）」の誤記。

リー＆ブランチャード両氏宛　1842年4月30日付*

ナイアガラの滝。1842年4月30日

拝復

御親切なお言葉に早速甘え，お手数ながら厄介なお願いを致したく。もしや本日より5月末日までの間に諸事お取り計らい頂き，ニューヨークの小生宛同時に，かくて御高配賜る上で負担なされた経費の勘定書をお送り頂ければ誠に幸甚に存じます。

第一に――「フィラデルフィア，C.ビドル刊。L.マッケニー，ジェイムズ・ホール共著『北アメリカインディアン部族史：主要酋長等の伝記的素描，逸話，百二十枚の肖像も交えて』」なる表題の書籍を一冊御購入頂けましょうか？さほど高額でなく，なおかつ入手困難でなければ，二部御手配頂きたく。

第二に。拙著の全集を一揃いお送り頂けましょうか？

第三に。貴社は「ロンドン，ミドル・テンプル在住ジョン・フォースター著『イギリス共和国政治家列伝』」なる表題の英国書籍を再刊なさったでしょうか？――もしや再刊なさっていれば，一部お送り頂けましょうか？

第四に。――タルファド殿の悲劇「アイオン」の，ともかく入手可能な如何なる版であれ全版，お送り頂けましょうか？

さあ――何と控え目なことよ。これですっかり片はつきました。

敬具

チャールズ・ディケンズ

リー・アンド・ブランチャード殿

（注）『北アメリカインディアン部族史』は各巻ふんだんな挿絵入り＄120の二折本（フォリオ）三巻セット（1836-44）。リー＆ブランチャード宛書簡（44年4月2日付）によるとディケンズは一揃い入手。第二の要望に関し，ディケンズの蔵書目録（1844）には「ディケンズ殿の様々なアメリカ版になる十六作品」の記載。恐らく『バーナビ』までの全集。『イギリス共和国政治家列伝』のアメリカにおける初版はニューヨーク，ハーパー社刊（1846）。この時点で知られる唯一のアメリカ版『アイオン』はニューヨーク，ディアボーン社刊（1837）。

ウィリアム・ミッチェル宛　1842年4月30日付*

親展　　　　ナイアガラの滝。1842年4月30日

拝啓

貴兄に達ての願いがあり筆を執りました。――貴兄にとっては正しくお手のものにして，存分裁量を働かせて頂けばありがたい限りにて。

小生近々モントリオールにて素人芝居で現地の将校と共に舞台に立つことになっていますが――就いてはお洒落で，滑稽な，亜麻色の――例えば取り澄ました，小ぎれいな，独り身の銀行員が被りそうな――鬘が入り用です――もしや頬の半ば辺りまで伸びた髯（ひげ）がついていればなお結構。さて生憎，かようの代物がモントリオールにては手に入りそうにありません。が貴兄は例の古帽子を所有しているお蔭で小生の頭のサイズは御存じの上，かようの小道具をどこで手に入れれば好いか百も御承知のはず。してもしやお手数ながら御購入頂き

（叶うことなら，本状を受け取り次第二日以内に）就中速やかな手立てにてモントリオールのマルグレイヴ伯爵気付小生宛，御送付賜れば幸甚に存じます。

5月30もしくは31日にニューヨーク到着の予定にて——申すまでもなくその折経費は全てお支払い致します。

何でも物の見事に「小生を上場」なさっているとか。——さぞや小生貴兄の財布に金を突っ込んでいるのでは？

敬具

チャールズ・ディケンズ

R.ミッチェル殿

（注） ミッチェルは既に相応の鬘を所有していたと思われる。「亜麻色の礼装用鬘と髯 $15」，「ヴェア・クレアヒューより購入」のために作製された勘定書の日付は42年4月4日。封筒の上書きは「ディケンズ。勘定書未納。Wミッチェル」。末尾「小生を上場」とはニューヨーク，オリンピック劇場にて4月11日封切りの諧謔・冷笑的エクストラヴァガンザ『ボズ』を踏まえて。ヘンリー・ホーンカッスルが「大西洋を渡り，可惜うんざり来ている文学名士」ボズ殿を，ミッチェルは「ボズ殿に従者として仕えるべくピクウィック氏より拝借された」サム・ウェラーを役じた。大成功を収め三十四晩の長期興行となるが，『アルヴィオン』劇評（4月30日付）は「不粋」と批判的な見解を下し，ロングフェローもサムナー宛書簡（4月26日付）においてホーンカッスルの演技は称えながらも，劇そのものは「退屈」と形容する。「貴兄の財布に金を突っ込んでいる（“I am putting money in your purse”）」は『オセロ』第一幕第三場338行イアーゴの台詞「財布に金(かね)だぞ（“fill thy purse with money”）」の捩(もじ)り。結びの宛名のイニシャルRは正しくはW。また別のイニシャルの間違い（J. B.）についてはミッチェル宛書簡（2月16日付）参照。

W. W. シートン宛　1842年4月30日付

【原文は［ジョゼフィーヌ・シートン］，『「ナショナル・インテリジェンサー」編集長ウィリアム・ウィンストン・シートン伝』［ボストン］，1871，p. 274より。】

ナイアガラの滝，1842年4月30日

拝啓

かくそそくさとながら，我々この美と驚異の地に恙無く到着したと——西部の大河と丸太道路（コーデュロイ・ロード）を遙か後方へうっちゃったと――晴れて帰国する日を心躍らせ指折り数えて楽しみにしていると――お伝えすれば定めし喜んで頂けるのではなかりましょうか。皆至って健やかにして，長旅にも一向疲れていません。

国際版権に関わる，イングランドのわけても偉大な作家からの文書を受け取りましたが，彼らの訴えるには直ちに公表して欲しいとのことです。小生の発言がかようの案件において誤って伝えられていることに憤慨し，かようの連中にあっては然るべき行動を取ったまでのことですが。

文書は二通の手紙と，ブルワー，ロジャーズ，ハラム，タルファド，シドニー・スミス等の名の署された，アメリカ国民への建白書より成っています。小生固より他処者であってみれば，果たして新聞にて，或いは文芸誌にて公表すべきか定かならず，ボストンの知人数名に判断を委ね，文書を送付致しました。彼らが前者の方策を推めれば，手書きの写しを直ちに貴兄宛お送りするよう依頼してあります。

何かと言えば皆で貴兄と御家族のことを話題に上せ，御親切を多々賜ったことや，共に過ごした愉快な一時（ひととき）をつい昨日のことのように思い起こしています。妻も小生共々令室並びに御家族の皆様にくれぐれもよろしくお伝えするよう申しています。してつゆ変わることなく心より

敬具

チャールズ・ディケンズ

追而　子息の愉快な，とびきりの書状を同封致します。ロンドンにお越しの節は，くだんの街を小生，詮なくもなく「連れ回」させて頂きたくとお伝え下さいますよう――彼（か）の地の名所（ライオン）のそこそこ達者な案内手（ショーマン）であってみれば。

（注）　建白書と手紙は『ナショナル・インテリジェンサー』（5月10日付）に掲載。追而書きからしてシートンはリッチモンドでの初対面を綴った息子ゲールズの手紙（3月20日付）をディケンズに送付していたものと思われる（シートン宛書簡（3月21日付）注参照）。手紙の中でゲールズはディケンズに握手された時「ほとんど部屋の向うへ投げ飛ばされかねない」勢いだったと描写しているが（『W. W. シートン伝』p. 274参照），「投げ飛ばされ（slung）」は恐らく「振り回され（swung）」の誤読（ディケンズ自身の「連れ回（させて）（swing）」参照）。

N. P. ウィリス宛　1842年4月30日付

【H. A. ビアーズ『ナサニエル・パーカー・ウィリス伝』(1885) pp. 264-5に要約あり。日付は「42年4月30日」。】

遺憾ながらオズウィーゴへ会いに来るようとのウィリスの招待に応ずる暇(いとま)のなき由綴って。

(注)〔オズウィーゴはニューヨーク中央部を流れる川。〕

トマス・ビアード宛　1842年5月1日付

ナイアガラの滝(英国側にて)
1842年——5月1日——日曜

親愛なるビアード

この手紙は君の手許に届く頃——仰(のっ)けに君が(この日付を見て)思おうほど——古びたそいつではないはずだ。ぼくは今しもペンを執っている——もしも事実執らなければ，またもやくだんの腹づもりのための暇(いとま)を見つけようとて肩透かしを食いそうなもので。が汽船の都合で，モントリオールまで持って行かなければならない，で投函する前にもう一，二行ぼく達の体調と機嫌の「最新情報」コミで書き加えるつもりだ。

君はさぞやとうの昔にぼくのことを忘れっぽい，無頓着な，礼儀知らずの，友達甲斐のない——してとことん，とまでは言わずとも放蕩癖の捨て鉢な破落戸なものと決めつけているんだろうな。がぼく達はそれは遙か彼方までそれはひっきりなし旅をしているものだから，こう言っては何だが，それは絵に画いたような「パッシャンジャー-マージッツ」を地で行っているものだから——ばかりかそれは有象無象に攻囲されては，待ち伏せられては，急き立てられては，襲いかかられては，小突き回されては，踏みつけられては，押し潰されては，打ち身を負わされては，ボコボコに凹まされているものだから，生まれてこの方これらアメリカ諸州におけるほど自分が誰なものやらさっぱり分からなくなった，と言おうかそれもて糊口を凌いでいる己自身とのくだんの気の置けない「対話」に時間を割けなかったためしもない。がぼく達の陸海路の――馬車と汽船の――荷馬車，鉄道，大平原（プレーリー），湖と河の――旅模様ならもうじきそっくりバラしてやるし，よりによって今の今逐一審らかにすることにてそいつがまんざらイタダけない年代物葡萄酒（ヴィンテージ）でもない一件をダシに，特上酒（ナンバーワン）にて（神の思し召しあらば）何週間と経たない内に上げよう呵々大笑の妙味を殺ぐ気もない。ぼく達は「極西部」へと――「藪」へと――「森」へと――丸太小屋へと――沼へと――「黒窪地（ブラック・ホロウ）」へと――潜り込み――いざ開けた大草原（プレーリー）へと這いずり出した。帰国する時までには，10,000マイルかそこら旅しているに違いない。我ながら定めしズブの「鼻摘み者」になって御帰館遊ばすのではなかろうか――との身も蓋もなき顚末の先を越さぬよう，当該一件がらみではただかく付け加えるに留めよう，即ちぼく達は6月7日火曜ニューヨークから「ジョージ・ワシントン郵便定期船（パケット・シップ）」にて（およそ君達の蒸気船（スティーマー）などではなく）出帆すると。バン――ザア――ア――ア――ア――ア――ア――ア――ア――イッ!!!!!

君は当たり前，薬箱はどうしたと尋ねよう――おお！　サー・ハンフリー・デイヴィ先生に合わす顔がない！――せめて君に一目，ビアード，ぼくが必死で（例の，裸眼には影も形もなき，あり得べからざる天秤と，例の錘でもって）怒濤逆巻く大西洋なる荒天を物ともせず丸薬をこさえるの図を見せてやれていたなら！　せめて君に一目，ぼくが――ケイトもアンも「船酔い」如きに怖気を奮い上げているからというので――ひたすら甘汞（かんこう）なる手立てにて二人を励ますに，心の平穏を取り戻してやるべくくだんのマホガニー製の箱の中のありとあらゆる薬瓶もて色取り取りの調子の鐘を撞くの図を見せてやれていたなら！　アンはとうとう駄々をこね出す始末。これきり丸薬も粉薬も水薬も服用するを平に御容赦願った――「もしや何でこさえられているのかお教え頂けないってなら」。当該条項は二つの謂れにておよそ小生のお気に召すどころではなかった――まずもって是ぞありとあらゆる大いなる治療に不可欠たるかの全幅の信頼と盲信の欠如を暗に仄めかすとあって。お次にぼく自身必ずしも定かならぬとあって。アンはおまけに，それとなくお手当を「上げて（リズ）」頂かなくっちゃとか何とか当てこする——だっておクスリってなお勤めの約束には入ってなかったもんで云々。ぼくはそれ故いきなりひたと手を引いた。が時に彼女もさすがかの，目まぐるしい旅につきものの体調不良に見舞われるや事実おクスリをねだって来る——さらば——さらば——ぼくとしても処方せざるを得まい。手心加えず，効験灼な奴をしこたま。

祖国を発って以来ここへ来て初めて，ぼく達は水入らずで過ごしている。先週火曜に到着し，次の水曜の朝まで滞在する。ぼくは到着するや否や，英国側(がわ)に行きたくて矢も楯もたまらなくなり，どしゃ降りも何のそのわざわざそのため渡し守を狩り出した。もっけの幸い，滝を然るべく眺められる場所は実の所ここしかない。滝はどちらも窓のすぐ下だ。いずれにせよ，ぼくはこっちへ来てはいたろう。英国歩哨の姿を目の当たりにどれほど雀躍りせぬばかりになったことか，ちらと思いも寄るまい——正直，ズボンの裾をブーツの中へたくし込み，どデカい毛帽子を被っているとあって，さほどらしくはないものの。ディナーの後では，いきなりとんでもなくお国思いになり，女王の健康を祝し大盃を——しかもポートをなみなみ注いだ，結構イケる奴だったが——乾した——祖国を経ってこの方初めて口にした逸品の。

ぼくは海を渡るのに五，六日と船酔いに祟られてはいなかった。難儀な航海で——外輪被いは引っぺがされるわ，救命艇はバラバラに砕けるわで——喫水線下に沈んだり，ズブ濡れになったり，割れ目という割れ目から，裂け目という裂け目から水が洩れたりした，それも四六時中。リヴァプールでは代理人が一緒に乗船し，丁重に，船主の側(がわ)として，ぼくに船で一等高級な御婦人専用船室で起居するよう申し入れた。御婦人は〆て四人しかいなかったので，ぼく達はすこぶる快適だった。ぼくはディナーを注文するや，毎日威儀を正して粛々と肉を切り分けた。日が暮れると，いつも皆でラバーをした——ラブ・ポイント制，半クラウン賭(が)けの。判で捺したように医師が仲間に加わり，毎晩10時半になると船長までお越しになるや，皆して温葡萄酒(マルド・ワイン)で浮かれ返った。ぼくは船室にあれこれ模様替えの手を加え，めっぽう小ざっぱりと設え直し，目新しい飲み物を工夫し，ランチに熱々の小間切れ肉(コロップ)を出してはと提案し，詰まる所，ベテラン女性旅客係(スチュワーデス)からすら重宝な助っ人なりとのおスミつきを頂いた。

[a]ぼくは船酔いがらみではとある愉快な成行きしか思い出せない。ある日のこと――一体どうやってそこへ辿り着いたものかはさっぱりだが――気がついてみると甲板に出ていた――船は今や山の天辺に乗り上げているかと思えば，今や深い谷底に突き落とされている。突風が吹き荒れ，ぼくは何かにしがみついていた――一体何かは定かならねど。確かポンプ――か男――か牝牛――だったような気がする。どいつだったか，はっきりとは言ってやれない。ぼくの胃袋は，中身ごと，額の中に居座ってでもいるかのようだった。ぼくにはどっちが海でどっちが空かもさっぱりで，懸命に自分なりの意見，と言おうか考え，と言おうかともかく朧げながらにせよ何か概念らしきものを抱こうとしていた。といきなり目の前に，拡声器を手にした，小さな人影が現われた。人影はまるでそいつとぼくとの間に煙が揺蕩ってでもいるかのようにゆらゆら揺れては，波打っては，来ては去ったが，めっぽう気さくな面を下げている所からして，船長なものとピンと来た。して拡声器を振り，「顎」を動かし，大声で話しかけているのは一目瞭然。ぼくには相手が口の利けない男だったとしても変わらないほどまるきり聞こえなかったが，それでも膝までどっぷり水に浸かって立っていては――事実，無論今に何故かは定かならねど，立っていた如く――風邪を引くぞと教えてくれているのは察しがついた。ぼくは，いいか，必死で微笑もうとした。然り。――ぼくの根っから愛嬌好しの気っ風と来ては然なるものだから，事ここに至ってなお必死で微笑もうとした。が土台叶わぬ相談にして，せいぜいいじけたしゃっくりを上げているにすぎぬとことん得心が行くや，今度は必死で口を利こうと――軽口を叩こうと――ともかく辻褄を合わせようとした。がものの二語しか口を突いて出なかった。折しも履いているブーツの手合いがらみで，即ち――「コルク底（コーク・ソールズ）」との。――して蚊の鳴くような声で，ほとほと寄る辺無くもぐんにゃりふやけたザマにて繰り返した――「コルク底（コーク・ソールズ）」――恐らく百度は下らぬ（何せいっかな歯止めが利かなかったもので，とは船酔いには付き物たるに）――船長はぼくがとんとガキじみている所へもって当座痴れ返っていると見て取るや，寝棚まで連れて下りてくれた。して意識がそこそこ戻ってなお，ぼくは依然血も涙もない心をもホロリとさせていたやもしれぬ声で独りごちていた――「コルク底（コーク・ソールズ）」――「コルク底（コーク・ソールズ）！」

——

その後ほどなく夜分に激しい陣風が吹き荒れた。実の所，あの陣風のお蔭でぼくの船酔いはそっくり吹き飛ばされたものと今に信じて疑わない。とまれ「御婦人専用船室」には（ぼく達の小さな，その大きさと来ては例の扉が後ろについた辻馬車より気持ち小振りの特等室と隣合わせの）ケイトと，アンと，小柄なスコットランド生まれの御婦人がいたが——三人共夜着にして三人共生きた空もなく怖気を奮い上げていた。嵐は凄まじく吹き荒び，船はその都度マストをどっぷり水に浸けては左右に横揺れし，稲妻が由々しくも，天窓越しに走った。ぼくには，もちろん，三人を慰めることしか叶わず，まずもって思い浮かんだのは水割りブランデーだった。さて，この船室にはズイと巨大なソファが据え付けられていた——その一部たるべく，端から端まで走るようにして。三人は当該ソファの端に仲良く身を寄せ合っていた，とそこへぼくはグロッグの入った大型杯（ジョーラム）を片手に近づいた。御逸品を今しも，たまたま生身の塊の天辺にいる御婦人に処方しようとしたその矢先，船は大きく左右に揺れ，ぼくのとんでもなく胆を潰したことに，三人は諸共ゴロゴロ寝椅子の反対端まで転がって行った。ぼくがヨロヨロくだんの端へと辿り着かぬ内，お次の横揺れに見舞われ，三人は諸共ゴロゴロ元の端へ転がり戻った——まるで皆さん外（ほか）には空っぽの乗合い馬車の中にして，巨人二人が両端で代わる代わるそいつを傾けてでもいるかのように。ぼくはただの一度たり取っ捕まえられぬまま，およそ半時間の長きにわたり，三人をヒラリハラリ躱していたろうか——あられなくも，目の粗いズボンと，例のピーターシャムでいつも着ていたブルーのジャケット姿にて。してその折の悲惨の直中にあってなお，今もって超越し難くも我ながらの馬鹿馬鹿しさを身に染みて感じていたとは。[a]

ぼく達は後ほど船長に銀食器（プレート）を贈呈した——あれだけの恩を受けたからには当然の如く。ぼくはボストン劇場の談話室（サルーン）にて贈り——ストーンと嗅煙草入れのことを思い浮かべた——追而書きは裏面へ続く——どうかくれぐれも（馬車や船に乗ったり降りたりする上で記録簿によらば，347度（たび）ズッコケているケイト共々）よろしく伝えてくれ給え，キャサリン始め妹御方に——フランクとウィルに——御両親に。で誓って親愛なるビアード

律儀な古馴染み

チャールズ・ディケンズ

トマス・ビアード殿

（注） トマス・ビアードについては『第一巻』原典p. 3脚注，訳書5頁注参照。第二段落「パッシャンジャー -マージッツ（Pashanger-Marjits）」は即ち「マーゲイトへの乗客（Passengers to Margate）」。ビアード宛書簡で繰り返される軽口。「特上酒（ナンバーワン）」は「デヴォンシャー・テラス1番地」の謂。第三段落「薬箱」は恐らくビアードの弟フランクによって調えられたそれ。サー・ハンフリー・デイヴィは著名な薬剤師。第六，七段落（aa）は『探訪』第二章においていささか語調は抑えられているものの事実上再現されている。ディケンズは執筆に当たり本状をビアードから借り受けたと思われる〔拙訳書15-18頁参照〕。「牝牛」はミルク調達のため船に積まれていた。「例のピーターシャムでいつも着ていた（ブルーのジャケット）」は『探訪』第二章においては「いつぞやテムズ・アット・リッチモンドにては称賛の的たりし」と形容〔拙訳書18頁〕。ディケンズの1836年と39年におけるピーターシャム滞在については『第一巻』参照。第八段落，船長へ贈呈された「銀食器」についてはフォースター宛書簡（1月21日付）注参照。「嗅煙草入れ」はフランク・ストーンにシェイクスピア倶楽部名誉幹事とし――恐らく1839年廃部に伴い――倶楽部員により贈呈された記念品。ケイトが転んだ回数「347回」は次書簡（同日付）では「743回」――即ち数字が逆――となっている。恐らく前者が先に書かれたと思われる。キャサリン・シャーロット・ビアード（1809-93）はビアードの五人の内一番上の妹。「フランク」ことフランシス・カー・ビアードについては『第一巻』原典p. 40脚注，訳書52頁注，「ウィル」ことウィリアム・ビアードについては原典p. 51脚注，訳書62頁注，父ナサニエル・ビアードについては原典p. 50脚注，訳書62頁注参照。「追而書き」については5月12日付書簡参照。

ヘンリー・オースティン宛　1842年5月1日付

ナイアガラの滝。（英国側にて）。1842年5月1日日曜

親愛なるヘンリー

上のような日付を書いているが，こいつは君の手許に届いて仰（のっ）けに目にして思うほど古びた手紙でもないはずだ。手紙をぼくはモントリオールまで携え，そこから，くだんの場所にてカナダの手紙と乗客ごとキュナード船と落ち合うべくハリファックスまで行く汽船で急送するつもりなもので。封をする前に短い追而を認めよう，だったら「最新情報」もついでに仕込んでもらえるという

訳だ。

ぼく達はこの景勝の地でありがたき静謐の合間を堪能している。その束の間を，御明察通り，大いに必要としていただけに，何せ長きにわたる強行軍のせいで，ばかりか人々に四六時中，陸路水路を問わず――駅伝馬車だろうと，鉄道車両だろうと，汽船だろうと――追い駆け回されて来たせいで。とは一体どんなものか，どれほど想像を逞しゅうしようと追っつくまい。今の所，ぼく達はこのホテルを独り占めしている。切り立った高みに聳やぐ大きな四角い館で，庇がスイスの山小屋よろしく大きく張り出し，階毎に広々とした立派な回廊（ギャラリー）が巡らされている。これら柱廊（コロネード）のせいで館と来てはそれは見るからに脆そうなものだから，まるで一揃いのトランプでこさえられてでもいるかと見紛うばかり。よってぼくはどいつか無鉄砲にも屋根の上の小さな物見櫓から這いずり出し，片足をドスンと踏み締めた勢い館を丸ごと圧（へ）し潰してしまわぬかと気が気でならない。

ぼく達の居間は（育児室みたようにだだっ広く，天井が低いが）三階にあり，滝がつい目と鼻の先なもので，窓はいつも水飛沫で濡れて霞んでいる。そこから寝室が二部屋――ぼく達自身のとアンのとが――続いている。――秘書は間近ながら，これら聖域の埒外にて寝泊まりしている。くだんの三部屋から，と言おうか三部屋のどこからでも，日がな一日滝がウネくってはもんどり打ち，哮っては跳ねている様が見はるかせる――明るい虹に我々の眼下100フィートまで妖精じみたアーチを描かせたなり。陽が燦々と降り注げば溶融した金（きん）さながらキラキラ，キラめいては輝き，日和が憂はしければ，雪のように舞い落ちるが――時には巨大な白亜の絶壁の面（おもて）さながらボロボロ崩れ落ちるやに――また時には白霞（しらがすみ）の如く岩肌を揺蕩い下るやに，映る。が陽気たろうと陰鬱たろうと，暗かろうと明るかろうと，日光の下（もと）たろうと月光の下（もと）たろうと，時節を問わず，いずれの滝壺からも必ずや厳かな亡霊じみた雲が立ち昇り，煮え滾つ坩堝を人間の視界より閉ざし，其をその神秘において，途轍もなき深淵に潜む秘密を悉く目の当たりにし得よう百層倍も壮大に仕立て上げる。――一方の滝はヨーク・ゲイトのデボンシャー・テラス1番地に対するが如くつい目と鼻の先だ。もう一方（大きな馬蹄形滝（ホースシュー・フォール））は「クレディんち」までのおよそ半ばも離れているだろうか。御両人がらみではとある状況が，ありとあらゆる風説にてとんでもなく大袈裟に取り立てられている——とは即ちその耳をも聾さぬばかりの音が。昨夜はシンと静まり返っていた。ケイトとぼくとは日没の静かな折しも，1マイルしか離れていないというに辛うじて音が聞き取れるほどだった。というに，仕込んだ風聞を鵜呑みにしていたぼくはバッファローからここへやって来る際，遙か30マイルの彼方から，バレエに出て来る蛮人か追剝ぎよろしく地べたに耳をあてがい始めていたとは！

君のゴキゲンな手紙を受け取り，子供達の近況を報せてもらいありがたい限りだ。子供達にはどんなに朧げながらにせよ口では言ってやれないほど会いたくてたまらない。ぼくは正直，こう言っては何だが，あいつらは全くもって見た目も気っ風もケチのつけようがない奴らだと心底信じている。今朝のこと目が覚めるや思わず声を上げてしまった。「来月」——と言える日をここへ来てからというものずっと指折り数えて待っていたもので。実の所，あのとんでもなくノロマな辻の貸馬車（ハクニー・コーチ）の中でもいっとうノロマなあいつが晴れて——「我が家」——の前で停まるや，一体どうやってドアをノックしたものかさっぱりだ。

君が国際版権がらみでぼくの挑んでいる戦いで胸の透く思いがしているとは何よりだ。もしもどんなに連中がぼくに待ったをかけようと躍起になっているか知れば，もっと興味津々だろうが。イングランドの「最たる文人」がフォースターを介し，ぼくの踏んで来た手続きの一から十までに与する，実に雄々しく付き付きしくも，気概溢る建白書と声明を送ってくれた。ぼくはそいつを公表すべくボストンへ急送し，かくて如何なる嵐が吹き荒れるものか淡々と待ち受けている所だ。が奥の奥の手は藪の中。

言語道断ではないだろうか，この国では破落戸-書店主がその著者たるや発刊の御利益にビター文与らぬ本を何万冊となく売り捌くことにて私腹を肥やしているとは？　逆しまな，下種じみた，悍しき新聞という新聞が——そいつら余りに穢らわしく下卑ているものだから如何なる正直者も水洗トイレの靴拭いのためにせよ一紙たり我が家へ罷り入らすを潔しとすまいが——今のその著作を，いずれ必ずや人々の胸中結びつけられずばおかぬ，またとないほどがさつにして猥りがわしき連中とひたと，肩を並べて活字にし得るとは？　果たして堪忍なろうか――盗まれふんだくられるだけではまだ飽き足らず，著者なるもの如何なる形（なり）であれ――如何なる卑俗な衣を纏ってであれ――如何なる極道の仲間と共であれ――否応なく姿を見せざるを得ぬとは，読者を選ぶ権利もなければ――己自身の歪められた原文に如何なる抑えも利かせぬとは――してほんの著述なる生業で糊口を凌ごうとしているにすぎぬこの国の最も偉大な文士を正道より締め出さねばならぬとは？　ぼくは天地神明にかけて，この血と来てはこれら極悪非道を前にそれは沸々と滾つものだから，そいつらを俎上に上すだに身の丈が20フィートにまで伸び，胴回りも相応に膨れ上がるかのようだ。「おぬしら盗人（ぬすびと）よ」――とガバと立ち上がりざま胸中惟みる――「そらっ！――」

どんな宿に泊まり，どんな道を踏み越え，どんな仲間と付き合い，どんな煙草喀痰に塗れ，どんな妙な習いに従い，どんな荷箱に詰められて旅をし，どんな森や沼や河や大草原（プレーリー）や湖や山を過ったか，はそっくり我が家にての口碑にして物語のネタ。何帖――何連――の紙幅にも収まり切るまい。陸（おか）へ上がったり船に乗ったり，馬車に乗り降りする上で，ケイトはこれまで（記録簿によらば）743回転んでいる。ある時など丸太道路（コーデュロイ・ロード）――沼に丸太を投げ込んでこさえた――をガラガラ揺られている折など，あわや頭を吹っ飛ばされそうになった。それは茹だるように暑い日で，彼女はぐったり，開けっ広げの窓に首をもたせていた――するとド［ス］ン！――ガツン！――そいつは今の今まで一方へ気持ち傾いでいる。アンはひょっとしてアメリカの木一本目にしていないのではあるまいか。ついぞたまたまにせよ景色に目をやらぬ，と言おうか如何なる景観にも微塵たり感動を露にせぬ。ナイアガラには「水ばっかじゃございませんか」というので異を唱え，「おまけにあんなにどっさり」と思し召す!!!

多分ぼくがモントリオール劇場で将校達と舞台に立つのは聞いていると？　笑劇の台本はなかなか手に入らない，よってよりどりみどりという訳に行かないだけに，ぼくは今の所「午前二時」のキーリ役に白羽の矢を立てている。昨日のことニューヨークの男優兼支配人ミッチェルに一筆認め，おどけた鬘を――淡い亜麻色で，小ぢんまりとした揉上げが頬の半ばまで生えている――を送ってくれるよう頼んだ。その上からぼくはナイトキャップを二つ被るつもりだ――一つは飾り房(タッセル)付きの，もう一つはフランネル製の。そこへもってフラノの部屋着に，トビ色ズボンに，室内履きで一丁上がりという訳だ。

商売上がったりとは遺憾千万だが，諺にもある通り，降れば土砂降り。が裏を返せば，劣らず図星たるに蓋し，好天が続かぬ雨降りはない。きっとぼく達が祖国の土を踏まぬとうの先からまた目が回るほど忙しくなっているさ。

ぼく達はここを水曜の朝発つ予定だ。――くれぐれもレティシアと母上によろしく。でブレムナー殿にも御鶴声のほどを。

してつゆ変わることなく

親愛なるヘンリー

不一

チャールズ・ディケンズ

（注）　ディケンズの義弟ヘンリー・オースティンについては『第一巻』原典p. 21脚注，訳書27頁注参照。第二段落「トランプの家」の準えは『探訪』第四章において，ナイアガラの滝ではなくマサチューセッツ，ローウェルのホテルの描写に用いられる〔拙訳書63-4頁参照〕。第三段落aaは『探訪』第十四章最終段落においてほぼ逐語的に再現されている。ディケンズは9月6日『探訪』のナイアガラの滝に纏わる件(くだり)を執筆するに先立ち，オースティンに本状の貸与を願い出る（同日付オースティン宛書簡参照）。「必ずや厳かな亡霊じみた雲が立ち昇り」は『探訪』では「断じて鎮められることなき水飛沫と霧の途轍もなき亡霊が蘇る」と加筆〔拙訳書206頁参照〕。「クレディんち」はディケンズの子供達による「マクレディの家」の呼び名。第四段落「見た目も気っ風もケチのつけようがない」についてはフォースター宛書簡（1月17日付）――マルグレイヴ卿の形容――参照。「来月」は他より大きな文字で。第五段落「奥の奥の手は藪の中」とある所からして，ディケンズは早，英国作家宛書簡（7月7日付）の構想を練っていたと思われる。フェルトン宛書簡（5月16日付）参照。第六段落「私腹を肥やして」いる書籍商としてディケンズの念頭にあったのは恐らくハーパー兄弟商会。特定の「逆しまな，下種じみた，悍しき新聞」については不詳。ただし同様の忿懣やる方なき糾弾についてはブルーム卿宛書簡（3月22日付）参照。「著者なるもの……否応なく姿を見せざるを得ぬ」とは恐らく所謂「巨大(マンモス)」週刊誌『ブラザー・ジョナサン』と『ニュー・ワールド』への当てこすり（英国作家宛書簡（7月7日付）参照）。「この血と来ては……身の丈が20フィートにまで伸び」はフォースター宛書簡（2月24日付）では「身の丈12フィートもあるかのような気がした」。ディケンズはわけても「おぬしら盗人」の内三名――グリズウォールド，ウェルド，グリーリー――が国際版権法未成立に乗じながらも信奉者の風を装い，アーヴィングの請願書に署名さえしていた事実に業を煮やしていた（フォー

スター宛書簡（2月27日付）参照）。第七段落〔一「帖」は二十四または二十五枚，一「連」は二十帖。〕「ド［ス］ン」の原語 “B[um]p” の中央は便箋の畳み目が擦り切れているため判読不能。「水ばっかじゃございませんか」の原文 “its nothing but water” の “its” は正しくは “it's”。第八段落「キーリ役」についてはフォースター宛書簡（5月26日付）注参照。第九段落「商売」とは建築家兼土木技師としての業務。第十段落ディケンズの妹レティシアはオースティンの妻（『第一巻』原典p. 34脚注，訳書44頁注参照）。「ブレムナー殿にも御鶴声のほどを」は恐らく軽口——ピカデリー203番地のパン屋，ジョン・ブレムナー，或いはフェンチャーチ・ストリート148番地の煙草仲介商，ブレムナー＆ティルをダシにしての。本状の追而書きは5月12日付書簡参照。

ジョン・フォースター宛　1842年5月3日付

【F, III, vii, 272-4に抜粋あり。】

ナイアガラの滝。1842年，5月3日，火曜

一体何がイングランド相手の国際版権法通過の二大障壁か言おう。第一に，如何なる取引きと言おうか事務の案件においても男をまんまと「ハメる」ことへの国民的偏愛。第二に，国民的虚栄心。これら両の特質は如何なる他処者にも計り知れぬほど大手を振って罷り通っている。

こと第一の点に関せば，ぼくは冗談抜きで，著者の懐にはビタ一文入らぬことこそ売れスジの英国小説の通読から得られる愉悦の眼目たること信じて疑わない。くだんの条件にてちゃっかり読み物にありつくとはジョナサンもクソ忌々しいほど抜け目ない——何とも目から鼻に抜けるような野郎——ではないか。ヤツは英国人をそれはまんまと手玉に取り果しているものだから，目をキラリと，してやったりとばかり狡っこく，狡っ辛く，得々と瞬（しばた）かせ，クツクツ，正直な身銭を切ったのとはおよそ相容れぬ，縁もゆかりもなき悦に入り様で頁のおかしみに北叟（ほくそ）笑む。ワタリガラスとてクスねた肉片をペロリと平らげる上で，アメリカ人がロハで手に入れた英国小説を読んで浮かれるほど嬉々とすること能うまい。

こと第二の点に関せば，そいつは例の，当該手合いなる満足の高みにある，より上流にして高邁な階層をいともすんなり手懐ける。其奴はアメリカで読まれている！　アメリカ人は其奴を気に入っている！　国民は其奴がここへ来れ

ば一目顔を見たがる！　ワッと群がり，其奴に言う，実に忝い，病の床にあって元気を――健康にあって幾時間もの愉悦を――我が家にては己自身と妻子との間で絶えず交わされる数限りなき幻想的な連想を――賜り！　との一から十まで，奴が金を叩かれている国々でも出来していようとてんでお構いなし。奴は他処にて独力で令名を，おまけに利得まで勝ち得ていようとてんでお構いなし。アメリカ人が奴の本を読んでいる。自由な，蒙の啓かれた，独立独歩のアメリカ人が。して一体それ以上の何を望むというのか？　是ぞ如何なる男にとっても十二分な報いではないか。国民的虚栄心がこの地の表（おもて）なる他のありとあらゆる国家を呑み込み下したが最後，大海原の上に浮かぶはこの国のみ。さて，当該アメリカ流読書の真価に目を留めてみよ。世に文学作品のその数多しといえども，唯の一冊とて，[a]祖国で試煉を掻い潜り，そこにて人気を博すことで何とか彼らの注目を集めるに至らぬ内に[a] 連中相手に人気を博す英国小説の例を挙げてみてくれ――さらばぼくは掟が未来永劫今のままたろうと自若として甘んじよう。いや一つ例外を設けねばなるまい。世には有象無象が御前にて平伏す，上流生活をネタにした甘ったるく感傷的な物語が事実ある。何せ連中と来ては祖国にては発刊されたその日から回覧文庫にすっくり奉られる金箔の仔牛とあらば。

こと彼らに，それでは独自の文学は育つまいと告げることに関せば，判で捺したような答えが（ボストンをさておけば）返って来る。「端（はな）からお入り用ではありません。何故（なにゆえ），そいつをロハで手に入れられるというに身銭を切らねばなりません？　我が国民は，貴殿，詩のことなど頭にありません。ドルに，銀行に，綿花が，貴殿，我々の本です」してなるほど，とある意味においてはさもありなん。何せ他のありとあらゆる話題に関しこの国に存するより低い程度の一般常識を探り当てるは至難の業たろうから。が国際版権がらみでは当座，ここまで。

ひっきりなしに繰り返される所へもって，いつ如何なる急場を凌ぐにも使い勝手のいい，国中でいっとう愉快な決まり文句の一つに挙げられるのが「イエス，サー」だ。例えば，こんな具合に。……こいつは，誓って，冗談でも何でもない。正真正銘のやり取りだ。目下外に何一つ思い浮かばないので，秘書がどんな男か審らかにさせてくれ。いいか？

秘書はおセンチな――とんでもなくおセンチな――気っ風の男で，6月が近づくにつれてアンに言う。祖国に帰っても「皆さん時にはぼくのことを懐かしがって下さるよな」。ハムレットよろしく外套をはおり，そこへもってめっぽう山の高い，大きな，ぐんにゃりした，灰色がかった黒帽子を被っているが，長旅の際にはハーレキンのそいつみたような縁無し帽にすげ替える。……歌好きで，これまでも宿で寝室がぼく達の寝室に近い折など，ぼく達の気を惹こうというので，鍵穴からぶうぶう低音を唸って寄越すのが聞こえて来たものだ。ぼくに改まって歌ってくれと拝み入らせたがっているのは一目瞭然。あの手この手で仕掛けて来るその手管と来ては思わず吹き出さずにはいられない。ハートフォードのぼく達の部屋にはピアノが一台あった（君も覚えているだろう，2月の初めあそこにいたのは？）――で，ある晩のこと，二人きりでいるとカマをかけて来た。「奥様」はピアノはお弾きになると？「ああ，Q君」「おお，それはそれは！　わたしは歌を嗜みます。ですからいつでもちょっとした心の慰めをお求めならば――」難なく瞼に浮かぼう，ぼくが先を続けられてはたまらぬと，実しやかな言い抜けの下（もと），そそくさと部屋を後にしたの図は。

秘書は絵も画く。……どデカい油絵の具の箱は手荷物の最たるものだ。して御逸品もて何時間もぶっ通しで絵筆を揮いに揮う。アンはまんまと，当該画家が運河船の乗客をモデルに（毛皮のコートのぼくコミで）描いた大頭だの，ほてっ腹だのの一枚ならざるスケッチをせしめたが，そいつを思い出すだにぼくの目には今の今ですら涙が滲む。ナイアガラでは見事な滝の絵を物し，目下はひたすらぼくの等身大の肖像画を手がけていると思しい。何せ給仕達の話では部屋係のメイドの間で奴の部屋に毛むくじゃらの絵が据えてあるとは専らの噂とのことだから。とある娘の曰く「ありゃ王様の紋章の初っ端でございます」。がぼくはライオンは外ならぬぼく自身に違いないと踏んではいる。……

そうしょっちゅうではないが時に，秘書は自分から話を切り出す。大概日が暮れてから一緒に甲板を歩いているか，二人きり馬車で揺られている時のことだが。くだんの折々我が家で持ち上がった椿事めかして，とびきり悪名高くも長老めいたジョー・ミラーを飛ばすのが奴の習いだ。馬車で旅している折，秘書はわけても牛や豚の物真似をするのに目がない。して先達てなど，当該離れ業を御披露賜るに及びつい「それこそズブの仔牛」ですなと宣った旅の道連れ氏にあわや果たし合いを挑みかける所だった。片やひっきりなしに，果たして眠くないか，と言おうか御当人の物言いによらば「寝が足らない」か否か尋ねるのが礼儀と気遣いの欠くべからざる粋（すい）と思し召している。よって長旅の後でぼく達が14時間かそこら長らくウトウト微睡もうものなら，必ずや朝方起き抜けに寝室の戸口でぼくをくだんの問いもて待ち伏せする。がお蔭で愉快極まりないのはさておいても，これほどおメガネに適う奴には出会せなかったろう。月極10ドルを20に上げてはいるものの，六か月分，埋め合わすつもりだ。

（注）　第一段落「国民的虚栄心」についてディケンズが初めて私見を明らかにするのはフォースター宛書簡（2月17日付）において。この特質は大半の英国人旅行者に刻まれる印象でもあった。第二段落，雑誌における剽窃に関する限り，アメリカ人作家自身，報酬は皆無に等しかった。1842年――ディケンズ訪米の年――になって初めて寄稿原著者への稿料が通例となる。〔「ジョナサン」は即ち「米国人」(Brother Jonathanの略)。典型的「英国人」を意味する「ジョン・ブル（John Bull)」に当たる。〕第三段落aaの原文“before, by going through the ordeal at home and becoming popular there, it has forced itself on their attention――”は初版に準ずる。F, III, vii, 273では，文意をより明確にするため“by. . .there”のフレーズをダッシュ前へ後置。「祖国で試煉を……連中相手に人気を博」した顕著な例としてはカーライル『衣裳哲学』(1833-4)，テニソンの初期詩集（1830，33）が挙げられる。「上流生活をネタにした甘ったるく感傷的な物語」としてディケンズの念頭にあったのは恐らく『ブラザー・ジョナサン』，『ニュー・ワールド』等で海賊版の出回っていた社交界空想小説（ハイライフ・ロマンス）。ただし著者（主として女流作家）の多くはイングランド，アメリカ両国で広く愛読されていた。〔「金箔の仔牛（gilded calves)」は「黄金」の仔牛（golden calf)」――アロンがシナイの麓で造った金の偶像（『出エジプト記』32）――と懸けてか。〕第五段落において，フォースターの言うには，ディケンズは前便で人物素描をもう一，二書き送ろうと約していた務めを果たす。「例えばこんな具合に」の後，フォースターの括弧付きでの要約によれば，『探訪』第十四章において再現される，サンダスキーへの駅馬車旅行道中「麦ワラ帽」と「褐色帽」との間で交わされるやり取りが続く〔拙訳書193-5頁参照〕。第六段落「ハムレットよろしく外套を」の習いから，パトナムはディケンズの手紙にては間々「ハムレット」或いは「王子」と呼ばれる。第七段落，パトナムは初めてディケンズに秘書として雇われた時，フランシス・アレキサンダーの下で肖像画家としての修業を積んでいた（アレキサンダー宛書簡（1月27日?付）注参照)。パトナム画「スケッチ」も「肖像画」も残存せず。〔「ライオン（Lion)」には「時代の寵児」の含意も想定される。〕第八段落「長老め

いた」の原語“patriarchial”は正しくは“patriarchal”。〔「ジョー・ミラー」は喜劇俳優ジョウゼフ・ミラーに因む「滑稽笑話集」転じて「駄洒落」の意。「ズブの仔牛（a Perfect Calf）」の準えにパトナムが心証を害したのは“calf”に「愚かな青二才」の含意があるためか。〕パトナムが声帯模写を得意としていたのは，アッパー・サンダスキーで凍てつく一夜を馬車で凌いだ後（のち），下働きの黒人に炉を熾してもらおうと雄鶏に似せて刻（とき）を作ったものの，ペテンには嵌まらなかったと述懐している如く。

マルグレイヴ伯爵宛［1842年5月7日付］

【不詳の目録（ロチェスター，イーストゲイト・ハウス）に抜粋あり。日付はディケンズ一行がキングストンに到着した5月7日からの推断。】

水曜午後には［ラシーヌ］に到着予定にて，モントリオールまで御同行願えれば幸いです。「悪口学校」は全劇場ごよみ（シアトリカル・カレンダー）の中でもとびきり扱いづらく，手強い劇です――登場人物は唯一の例外もなく「個性の人（キャラクター）」にして，微妙な役作りが求められるもので。……カナダに着いて以来，伯爵率いるモントリオール素人劇団の令名を間々耳にするに及び，少なからず宜なるかな，畏れ多く存じている次第にて。

（注） 5月4日，一行はナイアガラの滝を後にし，汽船でオンタリオ湖を渡り，同夕トロント着，そこにて二晩宿泊，6日正午再び乗船し，その夜は船上で明かし，7日午前8時キングストンに着いていた。冒頭「ラシーヌ［Lachine］」は典拠目録では「ルシーニ（Luchini）」と誤記。一行は10日午前9時30分，汽船（「ギルダースリーブ号」）でセントローレンス水路を上り，その景観に讃歎しながらも，早瀬を避けるため午後7時，駅馬車に乗り換え，10時に別の汽船に乗り，船上で一泊。翌朝8時駅馬車に乗り換え，正午（セント・ローレンス水路で）別の汽船に乗り，ラシーヌ（モントリオールから9マイル離れた）に11日水曜午後3時到着。モントリオールへの伯爵「同行」についてはフォースター宛書簡（5月12日付）参照。モントリオール滞在中（5月11-30日），伯爵は一行を至れり尽くせり歓待し，ケベック訪問（5月26-7日）へも同行した（『ケベック・マーキュリ』（5月28日付））。

B. J. テイラー宛　1842年5月11日付*

モントリオール。1842年5月11日水曜

拝啓

かくも早々にお手を煩わせ誠に申し訳ありませんが――遣いの方を立て，マルグレイヴ卿邸にて（こちらでは卿がどこにお住まいか知る者のない故）小生宛のさらなる手紙が届いていないかお問い合わせ頂けぬでしょうか？　ただ今拝受した幾多の書状の中に祖国から受け取れると思っていたそれらが見当たらぬせいで，妻はたいそう訝しみ，戸惑いつつも肩を落としている次第にて。

敬具

チャールズ・ディケンズ

テイラー大尉殿

（注）ブルック・ジョン・テイラー（1810–81）は第八十五歩連隊長。41年8月よりモントリオールにてサー・リチャード・ジャクソンの軍事書記官，陸軍大将（1877）。「こちら」――ディケンズの宿――はセントポール・ストリート，ラスコゥズ・ホテル。

ヘンリー・オースティン宛　1842年5月12日付

【5月1日に書き始められた手紙の結び。】

カナダ，モントリオール。1842年5月12日――皆無事だ，とは言え（フレッドからのそいつをさておけば）「カレドニア号」便の手紙は一通たり受け取っていない。カナダでは正しく筆舌に尽くし難い歓待を受けている。誰も彼もの馬車と馬が――誰も彼もの召使いが――政府の船と乗組員がそっくり――意のままだ。ぼく達は20日から25日にかけて舞台に立つことになっている――出し物は「負けず劣らず」――「午前二時」――「かなつんぼ」。

（注）実際の上演は「20日から25日にかけて」ではなく，25日と28日。

トマス・ビアード宛　1842年5月12日付

【5月1日に書き始められた手紙の結び。】

カナダ――モントリオール。1842年5月12日――皆無事で，帰国を楽しみにしている。トロントへ，それからキングストンへ，行ったが，誰も彼もの馬車と馬が——政府の船と，乗組員と，将校と，汽船がそっくり——意のままだ。ダービシャーが（君も覚えていよう？）キングストンでは国会議員になっていて——シドナム卿から贈られた立派な閑職に就き，今では全くもっての大立て者だ。——

（注）「誰も彼もの」の原語 "everybodys" は正しくは "everbody's"。スチュワート・ダービシャー（1797?-1863）はロンドンに生まれ，1821年法廷弁護士（グレイズ・イン）。1838年，ダラム卿随行員としてカナダへ渡り，ユナイテッド・カナダ下院議員（1841-4）。5月9日ディケンズにニムロッド［C. J. アパリ］著『シュロップシャー，ホールストン，故ジョン・ミトン殿の追想』（1835）を謹呈。シドナム男爵，チャールズ・エドワード・ポーリット・トムソン（1799-1841）はカナダ総督（1839-41）。

ジョン・フォースター宛［1842年］5月12日付

【F, III, vii, 274-5に抜粋あり（5月3日に書き始められた手紙の結び）。】

モントリオール，5月12日木曜

こいつはやたらそっけなく愚にもつかぬ手紙になりそうだ，愛しき馴染みよ，何せここでは郵便馬車が思っていたよりずっと早く発ち，いつになく異彩を放ってやらんとのぼくの壮大な腹づもりは空しく瓦解したもので。次のキュナード船で一筆啓上する——残りはそっくりぼく達の待ちに待った目出度き再会まで取っておくとし。

ぼく達はトロントと，キングストンへ立ち寄ったが，そのいずれで受けた歓待も審らかにするは土台叶わぬ相談。トロントの狂おしく過激なトーリー党主義と来ては冗談抜きで，身の毛がよだつ。英国流親愛の情はアメリカ流のそれとは似て非なるものがある。人々はどうぞ御自由にとばかり馬車を馬ごと送って寄越すが，当然の報いとして四六時中鼻先をウロつく権利を申し立てたりはしない。ある折など五台もの馬車がぼく達の御意を待ち受けていた。提督の専用艇と乗組員や，目も綾な政府の汽船は言うに及ばず。こないだの日曜はサー・チャールズ・バゴットとディナーを共にした。マルグレイヴ卿は昨日ラシーヌでぼく達を出迎える予定だったが，強風のためにヨットで身動きならず，港に入って来られなかった，という訳でサー・リチャード・ジャクソンが側近でもある若者二人ごと四頭立て四輪を送り付け，かくてぼく達は威風堂々乗り込むことと相成った。

芝居の演目は（確か，ここのコールドストリーム警備隊の将校達と一緒に舞台に立つよう誘われているのは言ったと思うが），『負けず劣らず』，『午前二時』，それと『若後家』と『かなつんぼ』のどちらかだ。御婦人方（ズブの素人の）も生まれて初めて舞台に立つことになっている。ニューヨークのミッチェルに一筆，スノッビントン氏用の鬘を頼むと認めた所，御逸品やって来てみれば，ケチのつけようがない。もしや連中，仰(のっ)けに申し出られていた通り，『恋，掟，薬』をやっていたなら，ぼくはとうにフレキシブルで「ハマり役」だったろう――何せこの道でメシを食わないとうの先からそいつならお手のものだっただけに。が万が一『若後家』のスプラッシュだとしたら，何卒小粋な仕着せの上着に，テラついた花形帽章(コケイド)付黒帽子に，真っ白な膝丈コール天ズボンに，真っ白なトップ-ブーツに，ブルーのストックタイに，小振りの鞭に，紅らんだ頬と黒々とした眉のぼくを御想像あれかし。もしや当該衣裳を祖国へ持ち帰り，不意にドロンとそいつでもって化けた日には，果たしてトッピングの奴，如何様に思し召そうことか！ ……いやはや，愛しき馴染みよ。ぼく達がいざ港を出る当日，7日，がらみでは何も言ってやれない。土台お手上げのからには。その刻(とき)がかくも迫っている今やどんな心持ちでいることかおよそ言葉には尽くせまい。

（注）第二段落トロントは41年2月の連合までアッパー・カナダ州首都（人口14,000人）。『トロント・ペイトリオット』（5月6日付）によると，「ディケンズ一行には箇々人に能う限りの敬意」が払われた。キングストンはユナイテッド・プロヴィンス・オブ・カナダ初の首都（人口6,000人）。一行が宿泊したのはデイリーズ・ブリティッシュ・アメリカン・ホテル。当地の懲治監，堡塁，造船所を視察し，キングストン製粉所や近隣の田園へも足を伸ばす。わけてもディケンズの讃歎した「ありとあらゆる点において十全として聡明に管理され，規律正しく統制された模範的な牢獄」については『探訪』第十五章〔拙訳書212頁〕参照。一方アメリカの牢獄を視察した際の相異なる印象についてはフォースター宛書簡（3月6日付）注参照。『キングストン・クロニクル＆ガゼット』（5

月11日付）によると，ディケンズは他国に擢んでた懲治監の設備・運営のみならず，カナダの現状と前途，景観の威容と美しさ等にも「カナダ人さながらの熱情と称賛の念を込めて」言及していたという。「狂おしく過激なトーリー党主義」に関し，トロントでは1841年の選挙に際しトーリー党の寡頭政治支持者とフランス人との間の闘争が激化し，『探訪』第十五章によれば，男性（ジェイムズ・ダン）がとある窓からオレンジ党員〔北アイルランドに結成された新教と英国王権擁護の秘密結社の党員〕に射殺される事件まで起きた。ただし『トロント・ヘラルド』（42年11月21日付）はディケンズのこの一節を「単に政治的偏狭に囚われた陰険な風聞，もしくは欲得尽くの党派色濃厚な委託を受けた誣告に依拠しているにすぎぬ」と激しく糾弾する。「英国流親愛の情」を巡るディケンズ評通り，『キングストン・クロニクル』（5月11日付）並びに『モントリオール・トランスクリプト』（5月14日付）には他処とは異なるカナダの「控え目な」歓待を誇る注釈が掲載される。『キングストン・クロニクル＆ガゼット』（5月11日付）に表敬訪問者として名を挙げられているのは堡塁司令官ライト少佐，懲治監所長スミス夫妻，サンダム提督（下記参照），ハーパー船長（下記参照）。「提督」はウィリアム・サンダム（1788?–1858）。英国海軍カナダ湖上艦隊最高司令官（1838–43）・海軍少将（1854）。「目も綾な政府の汽船」は恐らく「トラヴェラー号」（船長ハーパー）。サー・チャールズ・バゴットは1841年以降カナダ総督（『第二巻』原典p. 450脚注，訳書559頁注参照）。サー・リチャード・ダウンズ・ジャクソン中将（1777–1845）は1839年から北米英軍最高司令官・ロゥアーカナダ施政官（39–40）。第三段落括弧内「コールドストリーム警備隊」はディケンズの誤認。モントリオール駐屯軍は第二十三歩兵連隊（ロイヤル・ウェルシュ火打ち石銃（フュージリア）連隊）・第八十五歩兵連隊で構成され，コールドストリーム近衛歩兵連隊はケベックに配備されていた。『午前二時』はエティエン・アーナル作『真夜中過ぎ（パッセ・ミニュイ）』の翻案幕間笑劇。ディケンズが以前は『安らけき一夜（ひとよ）』として言及し，銀行員をスノッビントンと呼んでいる所からして（コールデン宛書簡（4月29日付），フェルトン宛書簡（同日付）参照），翻案は恐らくゴア夫人脚色『安らけき一夜（ひとよ）；或いは午前二時』（39年8月ストランド劇場にて初演）。ただし同劇は5月25日の非公開興行（フォースター宛書簡（5月26日付）参照）ビラでは，『午前二時過ぎ』，28日の公演ビラでは『午前二時』と銘打たれている。『若後家』はJ. T. G.ロドウェル作（1824年初演）。結局『かなつんぼ』が演目となる（フォースター宛書簡（5月26日付）注参照）。素人の「御婦人方」の中にはキャサリンも含まれていた（フォースター宛書簡（5月26日付）参照）。「生まれて初めて」は5月25日の非公開興行にて。『恋，掟，薬』はジェイムズ・ケニー作笑劇（1812年コヴェント・ガーデン劇場にて初演）。ディケンズがフレキシブルを「この道でメシを食わないとうの先から」お手のものとしていた記録は残っていないが，或いはその御贔屓筋の端くれとして「代理人（アターニィ）事務所の下っ端書記」を冷笑的に挙げる「ストランドのキャサリン・ストリートか，シティの貧民窟か，グレイズ・イン・レーンの御近所か，サドラー鉱泉劇場のつい目と鼻の先にある」素人芝居で自らこの役を演じた可能性もある（『ボズの素描集』情景第十三章〔拙訳書〕146–7頁参照）。彼が1827–8年に勤めていたエリス＆ブラックモア法律事務所経営者エドワード・ブラックモアの述懐によると，「〔ディケンズは大の仲良し書記ポッターと共に〕折あるごとに場末の小劇場に足を運び，……間々舞台にも立っていた」らしい（F, I, iii, 46）。「スプラッシュ」は初演ではベンジャミン・レンチが演じた男伊達の従者（ヴァレイ）。

［デイヴィッド・C. コールデン？］宛　1842年5月13日付

【不詳のニューヨーク目録（1939年4月）に抜粋あり。草稿は2頁。日付は「カナダ，モントリオール，42年5月13日」。宛先はまず間違いなくコールデン。ディケンズは彼とニューヨークに戻り次第ノース川遠出に出かける約束を交わしていた（フェルトン宛書簡（4月29日付）参照）。】

貴兄の計画は小生のそれにどこからどこまでぴったりです。わけてもリップ・ヴァン・ウィンクルの九柱戯の舞台を訪ねたくてたまりません。

（注）「九柱戯の舞台」はカーツキル山脈。ディケンズはただしハドソンからレバノン鉱泉へ（コールデン夫妻と共に）向かう道中，山脈が「蒼き彼方にて荘厳な雲よろしく聳やいでいる」のを目にしたにすぎない（『探訪』第十五章〔拙訳書219頁〕参照）。

C. C. フェルトン宛　1842年5月16日付*

モントリオール。1842年5月16日

親愛なるフェルトン

国際版権なる一件では早速，実に親身に御尽力賜り心より篤く御礼申し上げます。かほどに妥当，と申すか賢明な措置は講じられ得なかったろうと存じます。

小生ボストン市民，並びに彼らの建白書を末永く愛おしき記憶に留めることとなりましょう。実は目下，彼らのためにこそ，強かに据えてやる灸を仕込んでいる所です。

末筆ながら令室と我が愛しき幼気な馴染みにケイト共々くれぐれもよろしくお伝え下さいますよう。6日には是非ともハウ博士の腕を小脇に抱え，お越し願いたく。

劇は25日上演。鬘が髯ごと届きました。

[　　　　]
[チャールズ・ディケンズ]

（注）　第一段落フェルトンの「尽力」についてはフェルトン宛書簡（4月29日付）参照。第二段落「愛おしき記憶」は痛烈な皮肉。4月26日ボストンにて――ディケンズによるとアメリカ人作家の請願書によって奏された〔原典p. 238脚注“pryduced”は“produced”の誤植〕「如何なる効をも殺ぐべく――催された」（英国人作家宛書簡（7月7日付）参照）――集会の後（のち）印刷業者，出版社を始め書籍販売関係者代表は，主として輸入書籍への課税方法改善を求めて，国会に国際版権法反対建白書を送達していた。ディケンズがわけても憤慨したのは，ワシントンではこの問題に関し極めて同調的に論じ合っていたサムエル・グッドリッチ（「ピーター・パーリ」）が集会では議長を務め，さらには建白書の異議の一つに仮に国際版権法が認められればアメリカ人編集者は英国書籍を恣意的に翻案出来なくなる点が挙げられていることであった（フッド宛書簡（10月13日付）参照）。建白書は6月13日――フィラデルフィアの印刷業者・書籍商により同様の請願書二通が下院に提出されたと同日――上院に提出される。ただし三通に関しては如何なる決議も下されず。「強かに据えてやる灸」は即ち，ディケンズが帰国と共に英国人作家及び新聞社へ宛てることになる7月7日付廻章。第三段落「我が愛しき幼気な馴染み」はフェルトンの娘メアリ。「6日」の招待はニューヨーク，カールトン・ハウスでの正餐会（グランヴィル宛書簡（6月2日）注参照）。末尾の欠損は恐らく「敬具」と署名のみ。

チャールズ・サムナー宛　1842年5月16日付*

カナダ――モントリオール。1842年5月16日月曜

親愛なるサムナー

先の芳牘はナイアガラにて拝受致しました。彼（か）の地にて我々は一点の非の打ち所もなき九日間を享受し，こよなく快適にして幸福でありました。

鉄道の終着駅に着くや否や小生はセカセカ，恰もスウェット将軍に後を追われてでもいるかのようにケイトを引っ立てつつ，駆け出し――坂を駆け下りるや（どしゃ降りのせいでツルツル滑りましたが）渡し守を狩り出し――舟に乗り込み――かくて真っ直ぐ川を過りました。乗り込む前に，言い忘れましたが，アメリカ滝の下の岩を攀じ登ることにて文字通り濡れネズミになりながら。舟で過りつつも小生，漠とながらその場の壮大さは気取っていましたが，テーブ

ル・ロックに佇んで初めてその何たるか呑み込めました――というのも正しくくだんの時に至るまである種旋風に巻き込まれ，もしやいきなり御尊体のどこが頭で，どこが踵と思し召すやと吹っかけられていたなら途方に暮れ切っていたでしょうから。が当該地点よりしばし，巨大な馬蹄形滝(ホースシュー・フォール)を眺め果すや，その場の光景が十全と呑み込めました。

小生はついぞ片時たり如何なる点においても肩透かしを食いませんでした――ただ途轍もなく誇張され，実の所いつ如何なる時にせよ耳を聾さぬばかりとはおよそ思われなかった「音」をさておけば――して馬蹄形滝(ホースシュー・フォール)の正面の窪地の中にして，川と水平に佇む時をさておけば。その他予てから抱いていた期待は悉く全うされました。当初より，小生の胸に刻まれた印象は「恐怖」の意識のいささかたり入り混じらぬ「美」のそれでした。スコットランドの高地地帯(ハイランズ)のグレンコゥ渓谷にては，時の流れをそっくり失い，その場の途轍もなき陰鬱と戦慄において他の想念という想念の遙か高みにあり，かくて未だかつて味わったためしのないほど壮大な感懐に見舞われました。ナイアガラにては，ついぞ片時たり自分がナイアガラにいることを忘れたためしはありませんでした――なるほどそこでの滞在の終始瀑布を目の当たりにすらば必ずや同じ一連の思考を喚び覚まされはしたものの。してくだんの思考とは常に，煩悶や動揺の微塵も紛れぬ「長閑な永遠」なるものでした。

我々はこの「偉大な地」を上述の如く，九日間――朝な夕な――漫ろ散きました。して恐らく如何なる旅人といえども我々ほど恰好の状況の下(もと)其を眺むこと能わなかったのではなかりましょうか。

小生は如何なる人為をもってしてもなだめすかされ得ぬほど怒り心頭に発しました――「案内人の家」に置かれ，かようの地にて記され，その後保管されるとあらば，我らが性(さが)にとっての恥辱にして堕落に外ならぬ帳簿の悍しき記載のせいで。仮に小生，暴君ならば，これら豚(ホッグ)には死ぬまで四つん這いで生き存えさせ，公費にて賄われよう溝浚い屋(どぶさらいや)によりてそのためわざわざ掻き集められた不浄の中でのたうち回らせてくれましょう。連中の飲み物はさしづめ淀んだ溝(みぞ)にして，食い物は悪臭芬々たる厨芥(ちゅうかい)ということになりましょうか。して毎朝，己(おの)が悍しくも猥りがわしき文言の字数につゆ劣らぬだけ鞭打ちを食らわせてやろうでは。

果たしてジェイムズ・シルク・バッキンガム殿をどう料理したものやら，何せ氏と来てはその場を称えて無韻詩を物し，同上をくだんの部屋にて額に入れた上からガラスを嵌めたなり掲げさせているもので。独房監禁，生温い水割りミルク，じっとりネバついたパン切れ，読み耽るに御当人の高著，を食らえばそこそこクスリが効きましょうか。

我々がここ，カナダにて賜った親切と心配りは筆紙に余りましょう。植民地中の（政府，箇々人を問わぬ所有の）ありとあらゆる馬車，馬，船，ヨット，乗組員，従者がこれまで同様，今もって，我々の意のままです。

改めて心より，フェルトンと国際版権に関し御相談下さったこと篤く御礼申し上げます。かほどに賢明な措置は固より講じられ得なかったでありましょう。

その上お手を煩わすのはたいそう躊躇い憚られます――ボストンにてお預り頂いているくだんの書物等々に関してをさておけば。――我が雑用係（ファクトタム）の申すには織物店には25セントかそこらで古箱が手に入り，内一つを求めれば上述の身上を詰めるに至芸の「傑作」たらんとのこと。かようの包みにて書籍等をニューヨークのカールトン気付小生宛お送り頂けないでしょうか？　して御都合のつく限り早急に？　仮初にも貴兄が小生に意趣を晴らそうなどと思えば，請け負って頂くに五十もの詮ない頼み事をでっち上げようものを，貴兄のために一肌脱いでいる気になりたいばっかりに。

ケイトがくれぐれもよろしくお伝えするよう申しています。して小生からは（馴染み皆への深甚なる御鶴声と共に）

心より敬具
親愛なるサムナー
チャールズ・ディケンズ

ところでロングフェローの出立に寄すヒラードの賦（うた）にすっかり心を奪われています。「調べ」は正しく心のそれにして，我が心に沁みます。

帰国致し次第，御大層な「建白書」と御逸品の言語道断の不実のことでは，ボストン市民をコキ下ろす所存にて。こっぴどい灸を据えんものと，仕込んでいる所です。

（注） 第二段落「鉄道」はバッファロー発，ナイアガラ着。「スウェット将軍」は恐らく義勇軍大佐・ニューイングランド近衛連隊長，サムエル・スウェット（1782-1866）。軽口はバンカー・ヒルからの英軍敗走を描くスウェット著『バンカー・ヒル戦闘記』（1818）を踏まえて。〔バンカー・ヒルはマサチューセッツ州，チャールズタウンにある丘。独立戦争における最初の大戦闘が，隣接するブリーズ・ヒルで繰り広げられた（1775）。〕ディケンズは古戦場を1月30日サムナーと共に訪れている。第三段落グレンコゥ渓谷の「途轍もなき陰鬱と戦慄」については『第二巻』原典p. 324，訳書396-7頁参照。第五段落「案内人の家」はテーブル・ロックのそれ。『探訪』第十五章冒頭において，ディケンズは帳面の「記載」を「未だかつて二本脚のブタがお蔭で浮かれたためしのないほど穢らわしくも猥りがわしき下卑た文言が所狭しと書き列ね」られ……「英語にとっての面汚しにして……英国側にとっての名折れに外ならぬ」と弾劾する〔拙訳書207頁参照〕。第六段落，ジェイムズ・シルク・バッキンガム（1786-1855）は著述家・旅行家・講話者。1818年から28年にかけて『カルカッタ・ジャーナル』，『オリエンタル・ヘラルド&コロニアル・レヴュー』，『スフィンクス』，『アシニーアム』を創設。シェフィールド選出急進派国会議員（1832-7）。禁酒等諸改革を訴えてアメリカを周遊（1837-40）。1842年までにアメリカに関する詳細かつ不偏の著書――『アメリカ：歴史的・統計的・叙景的』全三巻（1841），『アメリカ奴隷州』全二巻（1842），『アメリカ東・西部州』全三巻（1842）――を刊行。ナイアガラに五日間滞在し，『アメリカ』第二巻の一章をその描写と称賛に割き，「付録」に「初めて滝を目の当たりに――1838年8月12日」物された十連より成る詩を添えるが，「無韻詩」ではない。本状末尾括弧内「深甚なる」の原語“cordial”は草稿では“cordiall（またはcordiale）”と読める。追而書き「賦（うた）」は「明日4月23日ニューヨークからアーブルへ向けて出帆する『ヴィル・ドゥ・リヨン号』へ寄す賦（うた）」（『ボストン・デイリー・アドヴァタイザー』（4月23日付）掲載）。〔アーブルはフランス北部セーヌ河口海港。〕出港はただし，逆風のため27日まで延期。ロングフェローの旅はオランダ，マリエンバーグにおける湯治のため。〔ヒラードについてはジョージ・ヒラード夫人宛書簡（1月29日付）注参照。〕

［ヒュー・シバルド］宛　1842年5月17日付

【原文は『余暇』（1876, pp. 63-4），並びにF. P.ヘットによって提供された原文への校訂・追加に基づく（D, XXXIII（1937），162）。】

［親展］　　　　　　　　　　モントリオール，［ラスコゥズ・］ホテル。

1842年，5月17日

拝復

忝き芳牘を賜り篤く御礼申し上げると共に，拙著の記念とし御子息に小生の名を授けて下さったとは恭悦至極に存じます。

御子息が御尊父の願い通りに長じられ，御自身［翻って］より大きな生育の子供らの余暇を紛らすべく小生の努力の賜物より幾許かなり悦びと教えを感じ取って下さるよう衷心より願って已みません。もしや我ながら幸運にも御子息の内に新たな同胞愛と，御自身の共感もて彼らに尽力したいとの切望を目覚めさす手立となったと分かれば，如何ほど慶ばしく［存ずる］ことでありましょう。

敬具

チャールズ・ディケンズ

［アンドルー・ヒューズ殿］

（注） ヒュー・シバルドは第十五歩兵連隊長ウィリアム・シバルドと妻スーザンとの間の十一子の内一人。父親の死後，1835年以降カナダにて教育を受け，48年12月までにはインドに定住，『余暇』1256番（1876），p. 64によれば，ベンガルにて33,000エーカーの農園を造成。ディケンズの訪米中「［彼の］共感を得る」と共に「垂涎の的の直筆書簡を手に入れる妙案を思いついた」時は未だ「十代」だった（D, XXXIII［1937］, 162）。いずれの原文も典拠は一族の史料。『余暇』は匿名，Dはシバルドの甥［或いは姪］の息子F. P.ヘット提供。本状は『余暇』を主典拠とし，適宜ヘット原文を脚注で示す。［親展］は『余暇』にては省略。［ラスコゥズ・］の原語“Rasco's”はヘットが正，『余暇』の“Roscoe's”は誤。「芳牘」には（ヘット原文は『余暇』におけるほど文法的な間違いは散見されぬものの）趣意としては，この度男児を授かり，貴殿〔ディケンズ〕が貧者のために麗しき書物を著していると間々耳にするに及び，憚りながら我が子にチャールズ・ディケンズという名をつけたく，御高配賜れば幸甚にて，妻共々無教養ではあるが息子がいずれ高著を読む日の訪れることを願いつつ御健勝をお祈り申し上げますと綴られている（署名はアンドルー・ヒューズ。メアリ・ヒューズ）。冒頭「授けて」の原語“conferred”はヘットの読み“bestowed”がより正しい可能性も。第二段落［翻って］の原語“turn”は『余暇』では“time”。「小生の努力の賜物」の原語“my endeavours”を『余暇』は“my poor endeavours”と誤読。［存ずる］の原語“gain”は『余暇』では“feel”。結びの宛名［アンドルー・ヒューズ殿］は『余暇』では省略。

デイヴィッド・C. コールデン宛　1842年5月21日付

モントリオール，ラスコゥズ・ホテル
（因みに，広大な世界中で最悪の）
1842年5月21日

拝復

忝き芳牘を昨日拝受致しました。「ジョージ・ワシントン号」の件で御高配賜りましたこと篤く御礼申し上げます。必ずや特等室を二部屋——して仕切りの扉を開けてはとのことですので，是非ともお願い致します。さらばすこぶる快適かつ好都合でありましょう。

我がボストン生まれの雑用係（ファクトタム）はニューヨークへは我々より一日前に，手荷物を——つまり，ケイトではなくトランクを——携えて参る予定にて。彼にはレイト・ストリートの貴兄の下を訪い，我々の動静を前もってお報せするよう申しつけたく。一刻も早くここを引き払いたくてたまりません。

例の，いつぞやG.ウァーゼン夫妻に仕えていた娘が何卒御芳名は当時——「モッグズ」ではなく——ミッグズたりし由お伝えするよう申しています。なるほど我が身はほんのシガない端女にして，身の上は約しく，生まれは卑しかろうと，ともかくかようの肩書きをホ申し立てになれるイカようなだんな様も御当人を別の名で呼ばわる筋合いはお持ちでないと思し召しです。お名前はほんの短いそれではあるものの真っ直ぐ「天国（イヴィンズ）」よりお越しにして，そこにてわざわざ御先祖サマの使い勝手とハクのためにこさえられたものと思し召しです。名前ガラミでこれきり恥ずかしい思いをすることもなければ，名をカタるイハれもないとはほんに目出度きおホシ様の巡り合わせとお考えであると共に，御当人の落ち度のせいでもないのにムラサキを纏うていないにせよいずれシホ満ちれば，にもかかわらず，白かなきんで劣らず天高く舞い上がるやもしれぬハラカラの名を間違えるとは「税の取っ立て人にしてツミビト」には（どうやら共和主義者のことを言っておいでのようですが）とほんでも似つかわしくないとの見解に与しておいでです。

ケイトが皆様にくれぐれもよろしくと申しています。してほどなくお目にか

かれることを楽しみに致しつつ，つゆ変わることなく，親愛なる馴染みよ

敬具

チャールズ・ディケンズ

[a]追而　貴女のために一粒同封致します　親愛なる奥方，幾多の内の一粒を——酷き「運命」の御手によりて小生より絞り出されし。其は願わしいほどには大きくありませんが，意を多としてお受け留め頂きますよう。[a]

（注）　ラスコゥズ・ホテルは1836年創業，42年の時点では150名収容を誇るモントリオール一のホテル。〔第二段落「ケイトではなく」は「手荷物」の原語“baggage”に「やくざ女，あばずれ」の意を懸けて。〕第三段落「ワーゼン（Warsen）」は「ヴァードン（Varden）」〔『バーナビ・ラッジ』に登場する錠前屋〕を故意に訛らせて。「モッグズ」を巡る注釈からして，コールデンは『バーナビ』を知らず，ディケンズの手紙（4月4日付）の「ミッグズ」を読み違（たが）えたと思われる。「我が身はほんのシガない端女にして……卑しかろうと」は『バーナビ』第七十一章ミッグズの台詞「ほう，さいですとも！どうせあたくしめはみじめったらしい奴婢の身の上。朝から晩まで，あくせく，汗みずくでコキ使われて……」〔拙訳書598頁〕参照。〔「税の取っ立て人にしてツミビト」は『マタイ』9：10より。収税吏は残酷な取立てをしたため，新約聖書では罪人と同列に取り扱われている。「税の取っ立て人（Publican）」と「共和主義者（*Re*Publican）」との懸詞。〕aaは恐らくコールデン夫人への追而書き。〔「貴女のために一粒……一粒を」は涙を指差すディケンズ画イラスト中の文言。〕

C. C. フェルトン宛　1842年5月21日付†

モントリオール。1842年5月21日土曜

親愛なるフェルトン

昨日芳牘を拝受致しました。綴られている内容と併せ篤く御礼申し上げます。

カーライルの手紙に対する異議は覚悟していました。書状に格別な注意を惹いたのには三つの謂れがあります。第一に，彼は誰しもが胸中考えていることを果敢に表明したにすぎず，故に雄々しく支持されて然るべきだからであります。第二に，小生自身当該案件に関しては，ともかく公的敬意を払われて当然と自負する，或いは文学上の利に与する主題に関し私見を審らかにする権利をいささかなり有する如何なる者も[a]この地の表(おもて)なる[a]他の如何なる国にても糾弾されまいやり口にて糾弾されて来たと思えてならないからであります。[a]第三に，これら盗人(ぬすびと)をむんずと，その神の御業らしからぬ体軀の喉元をさておけば如何なる部位にて捕らまえようとて詮ないと得心するに足るだけのものを目の当たりにして参ったからであります。して第四に（第四の謂れを付け加えさせて頂けば），晴れて帰国した曉には忿怒の枷を解く所存だけに，貴国にても吐け口の機あらば，同上に大勒銜(たいろくはみ)を嚙ますを潔しとせぬからであります。[a]

これら手続きにお寄せ下さっている親身にして暖かい関心には，親愛なるフェルトン，蓋しお礼の言葉もありません。がくだんの主題をここで深追いするは虚しかろうだけに，不問に付すと致しましょう。

鬘は髯ごと一点の非の打ち所もなき保管状態にあります。劇は来る水曜，25日の晩上演されます。中央枡席の最前列に座っておいでの貴兄にお目にかかれるものなら何を惜しむということのありましょう——眼鏡をキラリと，我が愛しき馴染みピクウィックのそれよろしく光らせ——面(おもて)をニッカリ，しかつべらしい教授殿の能う限り屈託のない笑顔で輝かせ——正しく上着から，チョッキから，肩からに幕が下りるや共に[b]酌み交わそう水割りラム[b]の気配を漂わせた！　もしやほんの日中（12時から3時までのいつなりと），くだんのめっぽう薄暗く埃っぽい「劇場」にフラリと立ち寄り，小生，舞台主任兼総監督が上着をかなぐり捨てたなり派手に立ち回っている様を御覧頂けるものなら某か（大枚ではないにせよ，それでもしこたま）身銭を切ろうでは——手に負えない御婦人方や鼻持ちならぬ紳士方を正しく狂気の際の際まで駆り立て——己自身，如何なる慈悲深き他処者とて問答無用とばかり狂人拘束服(ストレートジャケット)に捻じ込んで宜なるかなと思わすほど大声で喚き立ててはあちこち駆けずり回り——ハムレットをして黒衣(くろご)の本務の何たるかともかく朧げながらにして幽かにせよ無理矢理呑み込まさんものと躍起になり――さぞや貴兄も目にするだにクラクラと目眩を起こしかねまい渦巻よろしき騒音と，塵埃と，喧騒と，混乱と，台詞と仕種の縺れに縺れた絡まり合いの直中にて孤軍奮闘しながら。出し物は「負けず劣らず」――「安らけき一夜(ひとよ)」――「かなつんぼ」。この手の任意の重労働はその昔，我が大いなる愉悦でありました。してかの熱狂に再び見舞われるに及び，今一度，自然の女神は固より小生に国立劇場の「賃借人(レシー)」として白羽の矢を立て賜うていたからには，ペンとインクと紙はとある座元を台無しにしているのではあるまいかとの見解に傾き始めています。

おお！　何と小生逆巻く大海原越しに「我が家」とそのささやかな借地人を見はるかしていることか！　何と忙しなく胸中惟みていることか，本は如何様に映るか，テーブルはどこにあるか，他の調度との関連で，椅子は如何なる位置に据えられているか，我々は果たして夜分，朝方，昼下がりに帰宅しようか――皆の不意を衝けるものか――それともあいつらその手は食わぬと賢しらに目を光らせていようか――可愛い子供らは何と言おうか――どんな風に映ろうか――誰が真っ先に駆け寄りざまギュッと手を握り締めようか――等々！　ほんの貴兄に審らかに致せるものなら，如何ほど小生，正しく晴天の霹靂よろしくフォースターの書斎や（フォースターは我が畏友にして，手紙の締め括りに必ずや「フェルトンによろしく」と綴って来ますが），マクリースのアトリエや，マクレディの劇場主室(ぬし)にいきなり駆け込みたくて矢も楯もたまらぬことか――して如何ほど我々の帰宅の些細な様相と状況を悉く，厨女の縁無し帽の蝶結びの正しく色に至るまで，思い描いていることか――さらばてっきり小生，長男と立場を取っ替え，依然とびきり薄手の生地の半ズボンに大御脚を包(くる)んでいるものと思し召されましょう。小生これら一から十までを――神のみぞ知る，小生連中に何たる愛着を抱いていることか――如何なる血の通ったキュウリにも劣らず冷然として淡々と置き去りに致しましたが，またもやそいつらに出会せば自制心を悉く失い，かのグリマルディが彼なり，ジョージ三世が王なり，範を垂れたに劣らずさぞや（くだんの常套句の通俗の意味おいて）とんだお笑い種に成り下がるに違いありません。

とは当該大陸にて，親愛なるフェルトン，一つならざる暖かな心根を見出し，ひたむきにして心からの情愛の幾分割かを置き去りにしたとあらばいよよ。して架空の望遠鏡をこちらへ向ける度，そいつが仰(のっ)けに遙か認めよう人影は誓って，御逸品をこさえた職人とて見分けがつかぬほど貴兄の眼鏡そっくりの眼鏡をかけ，学生達にしてからがかく叫ぼうほど貴兄の声とウリ二つの声でギリシア語のクラス宛教鞭を執っているに違いありません。「やっ，あれは先生だ！フェルトンに万歳三唱。バン——ザア——ア——ア——ア——ア——イッ！」

——こと貴兄のくだんの関節に関せば——恐らく御自身の勘違いかと。よもや強張っていようなど。いくらイタダけまいと，せいぜいほんのニューヨークの風に事欠くだけでは。何とならば御逸品，昨年の牡蠣の風味を孕んでいるとあって，ありとあらゆる錆びつきの症例において人体を嫋やかにしてしなやかにほぐすにいと効験灼であるからには。

これら文言を綴る間(ま)にもふと，そら恐ろしき思いが脳裏を過りました——地下牡蠣料理店(オイスター・セラー)は——連中は牡蠣が旬でない折は一体何をしているものやら？そこにては酢漬けのサーモンが商われているものか——連中，カニや，エビや，タマキビガイや，ニシンを売っているものか？——牡蠣打ち人は，彼らは一体どうしているものやら？　絶望の余り自ら命を絶つものか，それとも——腕が鈍ってはと——頑固なタンスの引出しや食器戸棚や密封ボトルをコジ開けているものか？　いや，さては連中，旬外れには歯医者でメシを食っていると。でないとも限らぬでは！

[c]ケイトが貴兄，並びに令室，並びに小さな令嬢にくれぐれもよろしくと申しています——して小生からもくれぐれも御鶴声のほどを。つゆ変わることなく親愛なるフェルトン[c]

[　　　]

[チャールズ・ディケンズ]

（注） 冒頭「カーライルの手紙」は国際版権に関するそれ（フェルトン宛書簡（4月29日付）注，並びに原典Appendix A，p. 623参照）。カーライルによる英国書籍のアメリカ人剽窃者とロブ・ロイ率いる家畜泥棒との準えは当然の如くアメリカ各紙の激昂を煽った。aaは従来未発表部分。第二の謂れとは裏腹に，『モントリオール・ガゼット』（5月18，19日付）はアメリカ諸紙へのディケンズの書簡（4月30日付）を建白書，同封の手

紙と共に再刊し，彼の苦闘を全面的に支持したばかりだった。第三段落bb「酌み交わそう水割りラム（“the rum and water we should drink”）」をMDGHは「共に味わおう酒（“what we should take”）」に変更。第四段落〔「如何なる血の通ったキュウリにも劣らず冷然として淡々と（“as cooly and calmly as any animated cucumber”）」は「冷然として（“as cool as a cucumber”）」の慣用句を踏まえて。〕ジョウゼフ・グリマルディは道化役者〔（『第一巻』原典pp. 382-3，訳書481-3頁，『ベントリーズ・ミセラニー』副編集長宛書簡（1838年3月）参照）〕。〔ジョージ三世（1738-1820）はジョージ二世の孫。治世中に米国が独立。晩年発狂し，長男（後のジョージ四世）が摂政を務めた。〕末尾ccは従来未発表部分。「敬具」と署名は切断。

デイヴィッド・C. コールデン宛　1842年5月25日付

【不詳の目録（年数無し。4月4日）に言及あり。日付は「モントリオール，42年5月25日」。】

ジョン・フォースター宛［1842年］5月26日付

【F, III, vii, 275-7に抜粋あり。】

カナダ，モントリオール，［ラスコゥズ・］ホテル，5月26日

この手紙も前便同様，愚にもつかぬそいつになりそうだ，何せケイトもぼくも6月7日が間近に迫っているというのでそれはワクワク胸躍らせているせいで，何一つ手にもつかねば思いも浮かばぬもので。

劇は昨夜上演された。〆て五，六百人からの観客がパーティよろしく招かれた——休憩室（ロビー）兼談話室（サルーン）には軽食の並べられたズブのテーブルが据えられているとあって。オーケストラ席には（駐屯軍の就中腕達者な）第二十三連隊の楽団が腰を下ろし，場内はガス灯の照明が利き，書割りは申し分なく，小道具は全て個人の屋敷から持ち込まれた。サー・チャールズ・バゴットとサー・リチャード・ジャクソンが参謀共々臨席し，観客の内軍人は一人残らず大礼服だけに，全くもっての壮観だった。

ばかりか万事「トントン」拍子——とは言えこと演技に関せばさして見るべきものはなかったが。サー・マーク・チェイス役はすこぶる滑稽な生まれつい

ての変わり者だったが，我らのトリストラム・サピーは当地で如何でか頂戴しているとびきりの評判には遠く及ばなかった。ぼくは，しかしながら，いいかい，伊達や酔狂で舞台主任として触れ回られた訳ではない。誰も彼もが血も涙もない独裁君主制に屈さねばならぬ由告げられ，ぼくは連中相手にマクレディ颪（かぜ）を吹かさなかったろうか？　おいや，まさか。てえんで。あたりき。この十日間というもの，ぼくがどれほど連中相手に四苦八苦骨を折ったことか，どれほどしこたま汗水垂らしたことか，これきり思いも寄らないだろうな。ズブの書割りの出し順を作成させ，小道具の一覧を申し立てさせ，そいつらを台詞つけ役（プロンプター）の椅子の脇に釘で留めさせた。出さねばならない手紙という手紙は書かれ，叩かれねばならない硬貨という硬貨は調達され，何一つ手を抜かれたものはない。ぼくは舞台に立たない時はぼく自身，台詞をつけ，いざ立てば，劇場のズブの台詞つけ役（プロンプター）を後釜に据えた。してついぞ仰（のっ）けの出し物二本ほど絵に画いたような間髪を容れず（タッチ・アンド・ゴー）には未だかつてお目にかかったためしがない。幕間劇の寝室の場面ではヴェストリス顔負けの調度が設えられ，「正真正銘（プラクティカブル）」の炉が狂ったようにメラメラと燃え盛り，何から何までそれなり環っかがつながっている。ぼくは我ながらめっぽう滑稽だったこと信じて疑わない。と言おうか少なくとも己自身にカンラカラ腹を抱えたのは確かだ――くだんの役を君とぼくのよく知っている手合いの人物――Ｔ―と，ハーリと，イェイツと，キーリと，ジェリー・スニークを足して五で割ったような代物――に仕立て上げたことだけは。終始爆笑の渦に包まれ，そろそろこの手紙にもケリをつけるが，連中の今しも垂れ込んでくれた所によれば，ぼくは余りに物の見事に化けの皮を被っていたものだから，サー・チャールズ・バゴットなど，舞台脇特別席（ステージ・ボックス）に座っていたものの，幕が下りるまで一体どいつがスノッビントン氏役だったものかさっぱりだったとのことだ。

それにしてもほんの考えてもみてくれ，ケイトが舞台に立った，しかもお世辞抜きで，やたら堂に入っていたとは！　御婦人方は皆すこぶるつきで，片時たり戸惑いも引っかかりもなかった。それが証拠，幕が開いたのは8時，そいつが下りたのは11時。当地では，それでなくとも怨みがましい町に怨みつらみの種を蒔くこともなかろうと，劇を内輪で演じ終えると必ずや，大っぴらに再演するのが習わしだ。という訳で土曜に（無論，御婦人方の代わりにプロの女優を立てて），身銭を切った観客宛くだんの最初の出し物二本を座元の懐がいくらかでも潤うよう，再演することになっている。……

ビラを同封する，虎(キー)の巻込みの。

まだ言いたいことの半ばも綴っていないが，当該劇がらみでは腹の皮を縒りに縒ってもらえること請け合いだ。マルグレイヴ卿とぼくとが総督を迎えるべく戸口まで出て行くや，ズブの台詞つけ役(プロンプター)が蠟燭を立てた四本ののっぽの燭台を手にアタフタ追っかけて来るなり，何卒前例という前例の顰みに倣い，二本ずつ手にして頂けぬかと悲痛な面持ちで拝み入るなど，クラムルズにこそ付き付きしくはなかったろうか？……

昨日，劇の始まるほんの少し前に届いた手紙のことをまだほとんど口にしていないな。くだんの雄々しき小さな定期船(パケット)の君の愉快な大帆(メーンスル)には感謝の言葉もない。ぼくは何度も何度も読み返し，今朝も朝餉時に一から復習(さら)った。同じ船でタルファド，クーツ嬢，ブルーム，ロジャーズ等々からも便りが届いた。御当人の絵にこれきり引けを取らぬマックからの痛快なそいつも。くれぐれもよろしく伝えてくれ給え。……君に神の御加護のありますよう，愛しき馴染みよ。いよいよその時が迫るにつれ，ぼく達は熱に浮かされたように我が家に恋い焦がれている。……可愛いあいつらにキスを。お互いもう直，神の思し召しあらば，再び顔を合わせ，終生，これまでにも増して幸せで愉快に過ごそうではないか。……おお我が家――我が家――我が家――我が家――我が家――我が家――我が家よ!!!!!!!!!!!

（注）　住所［ラスコゥズ・］ホテルのRasco's はFではピースコゥズ（Peasco's）と読める。ディケンズの風変わりな“R”を馴染みのない単語において読み違(たが)えるのは故無しとせぬ。第二段落「昨夜」上演された劇は5月25日，（キャサリンも含め）アマチュア女優を交えて駐屯軍素人劇団により演じられた三本の出し物。ディケンズは全作に出演し，トマス・モートン作喜劇『負けず劣らず』ではアルフレッド・ハイフライアー役，幕間劇ではスノッビントン氏役（フォースター宛書簡（5月12日付）注参照），ジョン・プール作笑劇『かなつんぼ』ではギャロップ役を務めた（次頁ちらし参照）。「第二十三連隊」はロイヤル・ウェルシュ火打ち石銃(フュージリア)兵連隊。第三段落「サー・マーク・チェイス」は『負けず劣らず』の登場人物。「生まれついての変わり者」は第七十一歩兵連隊中尉

Private Theatricals.

COMMITTEE.

Mrs. TORRENS.
W. C. ERMATINGER, Esq.
Mrs. PERRY.
Captain TORRENS.
THE EARL OF MULGRAVE.

STAGE MANAGER—MR. CHARLES DICKENS.

QUEEN'S THEATRE, MONTREAL.

ON WEDNESDAY EVENING, MAY 25TH, 1842,

WILL BE PERFORMED,

A ROLAND FOR AN OLIVER.

MRS. SELBORNE. —— Mrs Torrens
MARIA DARLINGTON. —— Miss Griffin
MRS. FIXTURE. —— Miss Ermatinger.

MR. SELBORNE. —— Lord Mulgrave
ALFRED HIGHFLYER. —— Mr Charles Dickens
SIR MARK CHASE. —— Honorable Mr Methuen
FIXTURE. —— Captain Willoughby.
GAMEKEEPER. —— Captain Granville

AFTER WHICH, AN INTERLUDE IN ONE SCENE, (FROM THE FRENCH,) CALLED

Past Two o'Clock in the Morning.

THE STRANGER. —— Captain Granville
MR. SNOBBINGTON. —— Mr Charles Dickens

TO CONCLUDE WITH THE FARCE, IN ONE ACT, ENTITLED

DEAF AS A POST.

MRS. PLUMPLEY. —— Mrs Torrens
AMY TEMPLETON. —— Mrs Charles Dickens !!!!!!!!
SOPHY WALTON. —— Mrs Perry.
SALLY MAGGS. —— Miss Griffin

CAPTAIN TEMPLETON. —— Captain Torrens
MR. WALTON. —— Captain Willoughby.
TRISTRAM SAPPY. —— Doctor Griffin
CRUPPER. —— Lord Mulgrave
GALLOP. —— Mr Charles Dickens.

MONTREAL, May 24, 1842. GAZETTE OFFICE,

素人演劇用ちらし
（モントリオール，1942年5月25日）

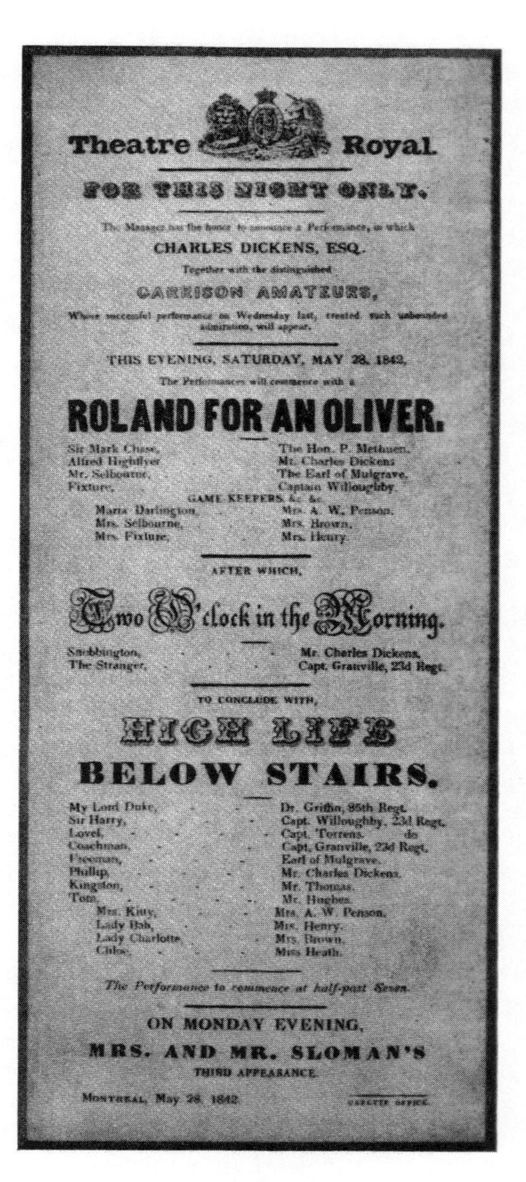

玄人演劇用ちらし
（モントリオール，1942年5月28日）

フレデリック・メシュアン(1818-91)。『モントリオール・ガゼット』(5月30日付)にて格別な賛辞が寄せられる。「トリストラム・サピー」は『かなつんぼ』の登場人物。演じたのは第八十五歩兵連隊軍医ジョージ・グリフィン。『モントリオール・トランスクリプト』によれば「およそ本領が発揮されるどころではなかった」。「いや，まさか。てえんで。あたりき」の原文“Oh, no. By no means. Certainly not”は躱し屋ドジャー(ジャック・ドーキンズ)のフェイギンがらみでの台詞より(『オリヴァー・トゥイスト』第八章〔全集版63頁〕参照)。「何一つ手を抜かれたものはない」証拠，ディケンズは「素人演劇委員会」からの(入場券ならざる)「招待状」草案も作成。マダム・ヴェストリスは「幕間劇」即ち『安らけき一夜(ひとよ)』をチャールズ・マシューズ脚色『午前二時』の名の下(もと)コヴェント・ガーデンにて40年10月3日上演。『モーニング・ポスト』(10月5日付)劇評はわけても「現実さながらの舞台装置」に言及していた。「(何から何まで)それなり環っかがつながって」はゴールドスミス『負けるが勝ち』第一幕より。ディケンズお気に入りのフレーズ(『第二巻』原典p. 62，訳書74頁，ビアード宛書簡(40年4月24日付)参照)。『モントリオール・ガゼット』(5月30日付)は幕間劇を「その宵の珠玉」と称え，ディケンズの演技をある種「故チャールズ・マシューズとバクストン〔共に英国を代表する喜劇役者〕綯い交ぜの名演」と絶賛する。「T —」は明らかにディケンズとフォースター双方に馴染みの，ただし男優ではない何者か。或いはタルファドやもしれず，さらばフォースターが実名を伏せるべく「頭文字も変える」通則に設けた「取るに足らぬ例外」(F, III, ii, 202*n*)の一つか。喜劇男優ジョン・プリット・ハーリについては『第一巻』原典p. 167脚注，訳書210頁注参照。男優兼劇場経営者フレデリック・ヘンリー・イェイツについては『第二巻』原典p. 10脚注，訳書14頁注参照。ロバート・キーリはロンドンの全主要劇場に出演した(1819-42)経験を持つ喜劇俳優。彼の演技に対するディケンズの讃歎の念については『第二巻』原典p. 455，訳書566頁参照。「ジェリー・スニーク」はサムエル・フット作『ギャラットの市長』(1764)の恐妻家主人公。サムエル・ラッセルの嵌まり役。一説にはキーリの「演技術(スタイル)」は総じてその影響下にあったと言われている。サー・チャールズ・バゴットの事例にも明らかな通り，素人演芸ビラにおいて役者名は省略され，かくて『モントリオール・トランスクリプト』はディケンズを「他処者」，グランヴィル隊長をスノッビントン氏として絶賛することとなる。第四段落「御婦人方」に関し，ディケンズは「ロイヤル・ジェネラル演芸基金正餐会」(63年4月4日開催)のスピーチにおいて「御婦人方は一人とて見つからなかったため，若い新兵が狩り出されたが……女性らしい足取りを装わすべく脚を括らざるを得なかった」と述懐する——全くもって奇想天外な着想たるに。28日付演劇プログラムによると，同夜出演した「プロの女優」はA. W.ペンソン，ブラウン夫人，ヘンリー夫人，ヒース嬢(前頁ちらし参照)。第三の出し物『かなつんぼ』の代わりに，その折はジェイムズ・タウンリー作『下男下女部屋なる上流社会』が上演され，ディケンズはフィリップを演ずる。「座元」はロイヤル劇場を借り受けたばかりのヘンリー・タトゥヒル。二か月に及ぶ今シーズン中，50作近い劇を上演した。第五段落「ビラ」は恐らく委員会により内々に発行された25日興行のためのそれ。「虎の巻(キー)」については324頁参照。〔第六段落クラムルズは『ニクルビー』に登場する旅回り一座の座頭。〕第七段落「君の愉快な大帆(メーンスル)」は版権問題関連草稿の小包を「定期船(パケット)」に準えた「添え状」の謂。〔末尾「我が家」の原語“HOME”は四字とも大きな大文字。〕

ジョナサン・チャプマン宛　1842年6月2日付

ニューヨーク，カールトン・ハウス。1842年6月2日

親愛なる馴染みよ

小生休息をかねハドソン川を上る予定にて，月曜まで当地には戻るまいかと。ほとんど暇(いとま)はないものの，心暖まる忝き芳牘に一言お礼申し上げねばなりません。

貴兄が触れておいでのくだんの他方のお手紙は事実拝受致しました。然に認(みと)めるにおよそ吝かどころではありません――筆を執ってはいませんが。他のその数あまたに上る手紙には返事を認(したた)めました。ほんの型通りな代物故。が小生必ずや芳牘は脇へ置き，独りごちます。「こいつは全くもって別物(べつもの)。あの方に旅人の忙しない，しごくありきたりの短信は認(したた)めまい。しばらく待とう」――はむ！　かようの状況の下(もと)，しばらく待つと挙句どういうことになるか？　は御覧の通り。

ばかりか，妻にも口癖のように申しています。「あの方ははるばるニューヨークまでお越しになろう。6日の月曜にはきっとディナーを御一緒下さるに違いない」――して芳牘が持って入られるや然に図星だったからというので（封を切らぬ内から）ツンとそっくり返ります。してさすがに束の間，残念至極と，ガックリ肩を落としました。がかようの心持ちをかようのお手紙と長らく，結びつけるは土台叶わぬ相談。よってほどなくパッと晴れやかに持ち直し，今やすこぶるつきの上機嫌です。

大海原も最早，恰も暗闇が盲人から「天」を締め出すこと能わぬ如く，貴兄と小生を分かつこと能いますまい。たとい二十層倍渺茫たろうと，我々は大海原越しに熱く手を握り締め合えようでは。のみならず，言葉には尽くせねど必ずや，其のこちら側か，あちら側にて再び相見ゆ日の来らんこと確信しています。

貴兄に神の御加護のありますよう。「我が家」の至福に包まれてなお，ただいよよひたすら，心より，懐かしく貴兄を思い起こすばかりでありましょう。いざ再び家庭の守護神達に囲まれて佇むや有頂天な余り如何ほど途轍もなき思いに駆られようことか，と言おうか如何なる途轍もなき真似を致そうことか思いも寄りません。が彼らの直中より逐一，神の思し召しあらば，その折の模様をお報せすると致しましょう。

——今一度，貴兄に神の御加護のありますよう，とは恰も文字に綴れば満ち足りた思いのするかの如く。現し世に存すその数あまたに上る果てしなき暇乞いに思いを馳せたことのある一体誰が，来世の存在を疑ったためしのありましょう！

ついまたもや訣れのくだんの三語を綴りそうです。——がこのまま筆を擱くと致しましょう，貴殿には下記の者が心より名残を惜しんでいる由お分かりとあらば

チャールズ・ディケンズ

ジョナサン・チャプマン市長閣下

何と幾度（いくたび），南ボストンへ連れ立ったあの日，二人きりディナーを認めなかったのを悔やんで参ったことか言葉には尽くせません。して今やその思いは蓋し，胸に重く伸しかかっています。

（注） 冒頭で言及されている二通の手紙は，写しが取られていなかったものか，残存せず。「他方」の書信は恐らくディケンズが苦衷を吐露した書簡（2月22日付）への返信。第三段落ディケンズの期待通り，チャプマンはニューヨークにて夫妻を見送る。片や第四段落「再会」の望みは終に叶えられず。〔末尾「三語」は即ち“God bless you”。〕追而書き「あの日」は南ボストン施設を視察した1月29日。

ジョン・ペンドルトン・ケネディ宛　1842年6月2日付*

まずは取り急ぎ

ニューヨーク，カールトン・ハウス

1842年6月2日

拝復

小生ハドソン川を上る小旅行に出かける予定にて，こちらへは出帆の日まで戻るまいかと。当方へはほんの二，三時間前に到着し，たいそう忝くも興味深き芳牘を拝受した由お礼申し上げる暇（いとま）すらありません。

ロンドンの拙宅の住所はリージェンツ・パーク，ヨーク・ゲイト，デヴォンシャー・テラス1番地です。いつ何時であれ時節であれ，国際版権問題に関して何なりと御用命賜りますよう。誓って小生，およそ人間の梃子の根扱ぎにし得る如何なる石ころとて掘り起こされぬままにはせぬ覚悟であります。ブルワーや，ハラムや，くだんの書信の署名者全員が（他の幾多の支持者共々）心より小生に加勢してくれましょう。御所望のものは何なりと，お申しつけ下さい。イングランドに着き次第，芳牘の内容を彼ら皆にお伝え致します。

小生まずもって合衆国における如何なる新聞の早期校正の販売にも待ったをかける所存であります。さらば連中からともかく目下の「窃盗」のくだんの旨い汁はふんだくってやれようかと。

カーライルの直筆書簡を同封致します。してつゆ変わることなく心より

敬具

チャールズ・ディケンズ

J. P.ケネディ議員閣下

（注） 第一段落の旅程について，ディケンズ一行は5月30日，モントリオールを発ち，汽船でセント・ローレンス水路を渡り，鉄道でセントジョンズ経由にてシャンプレーン湖着。アメリカ船（ディケンズ称する「水上宮殿」）にて一夜を明かし，ホワイトホールで下船。駅伝馬車にてオールバニへ向い，ノース川汽船にてニューヨークに6月2日午前5時着（『探訪』第十五章〔拙訳書217-8頁〕参照）。ヘンリー・ハラム（1777-1859）はホイッグ党歴史学者。テニソンの友人アーサー・ヘンリー・ハラムの父。ブルワーは版権建白書を起草，同上に署名したものの，ディケンズへそれ以上の支援は行なっていない（マリアット宛書簡（43年1月21日付）参照）。ディケンズの廻章（7月7日付）はケネディが議長を務める版権法委員会に言及するのみで，彼の「手紙」には触れていない。第三段落「待ったをかける（*stop*）」には太い下線。上記の企図については英国作家宛書簡（7月7日付）参照。末尾「カーライルの直筆書簡」の写しは原典Appendix A, p. 623参照。

リー＆ブランチャード両氏宛　1842年6月2日付

ニューヨーク，カールトン・ハウス。1842年6月2日

拝復

忝き芳牘，並びに御恵投賜った書籍に心より篤く御礼申し上げます。全て祖国へ持ち帰り，書架への貴社の他の献本と並べて配したいと存じます。

心の趣きは小生を，絹紐もて，フィラデルフィアへと誘（いざな）います。が小生，旅に疲れ，これから火曜が――我が家と祖国へひた向う，我が暦なるかの輝かしき日が――訪れるまで，ノース川の堤なる木蔭にて休らう所存であります。

御機嫌麗しゅう

つゆ変わることなく心より

敬具

チャールズ・ディケンズ

リー・アンド・ブランチャード殿

（注）「他の献本」について，リー＆ブランチャードはディケンズにより4月30日に所望された彼自身の同社刊「全集」に加えて（同日付書簡参照），今や，或いはニューヨーク到着時に（2月13日付書簡参照），ディケンズの1844年蔵書目録に記載されている，以下の同社刊行物の内某かを恵贈したものと思われる――マシュー・ケアリ著『政治経済学試論』（1822），同編『アメリカ博物館』（1787-92），J. P.ケネディ著『スワロー・バーン』（1832）等。

フレデリック・グランヴィル宛　1842年6月2日付*

カールトン・ハウス。1842年6月2日木曜

親愛なるグランヴィル

貴兄とウッドハウス隊長のために「ジョージ・ワシントン号」の特等室を予約しました。ちょうど，揺れの最も少ない船の中央部にあり，我々の特等室の隣です。船は満員どころか，すこぶる快適な旅になろうかと。

我々の身上一切合切は月曜朝九時に積まれる予定にて。妻のメイドとパトナム氏が同行致します。もしや差し支えなければ同時に，貴兄の手荷物の積載も

お任せ頂きたく。御用命があれば何なりとお申しつけ下さいますよう。

小生今しもハドソン川の上手へ小旅行に出立致す所にして，月曜まではまず戻るまいかと。くだんの朝(あした)11時から1時にかけてこの辺りにお見えでしょうか？　未だ貴兄の船賃も小生自身のそれも払っていません。船主が出帆の前日まで払ってくれるなと申すもので。彼らの下(もと)へ連れ立ち，清算致そうでは。

それまでは，どうか我々の居間をお使い頂きますよう。して何卒ウッドハウス隊長には小生の名において，月曜6時，我々とディナーを共にして頂きたき由お伝え下さいますよう。

敬具

チャールズ・ディケンズ

（注）　フレデリック・グランヴィル（1810–85）は第二十三歩兵連隊長。46年に少佐。射撃の名手。モントリオール素人演劇では『負けず劣らず』の猟場番人，『午前二時過ぎ』の他処者を演ずる。わけても後者を『モントリオール・ガゼット』は「全くもっての嵌まり役——その激しやすい，癇癪持ちの，荒々しい気っ風において」ディケンズ演ずる「物静かな，落ち着き払った，控え目な，正面の三階の間(ま)の間借り人と好対照を成す」と絶賛。ロバート・ウッドハウスは第三十八歩兵連隊長。「ジョージ・ワシントン号」は1832年ニューベドフォードで造船された積載量600トンの定期帆船。45年までニューヨーク−リヴァプール間を航行した後(のち)，捕鯨船として改造。ディケンズ帰航時の後部船室乗客は大半がカナダ出身者の僅か十五名。好天に恵まれたこともあり，往航より遙かに快適だった。「未だかつて陸(おか)であれ沖(おき)であれ，互いに和気藹々とやるホゾを固めたためしのないほど陽気で小ぢんまりとした一行」の旅模様について詳しくは『探訪』第十六章〔拙訳書225-8頁〕参照。片や三等船室には「百人近くの乗客が鮨詰め」になり，「貧困の小世界」を成していた。この挿話は後にマーティンとマークのアメリカ三等渡航において再現される（『マーティン・チャズルウィット』第十五章参照）。第三段落ハドソン川を上る「小旅行」については『探訪』第十五章〔拙訳書219頁〕参照。ディケンズ夫妻はコールデン夫妻とウィルクス嬢と共にハドソンまでノース川を上り，そこから貸馬車でレバノン鉱泉へ向かい，プレスコット並びにティクノー夫妻と合流，6月3日の晩を過ごす。翌日訪れた「シェーカー村」では礼拝堂が「向こう一年間大衆に閉鎖」〔拙訳書220頁〕されているため視察が叶わず，彼は「老年シェーカーに対す深甚なる嫌悪と，若年シェーカーに対す深甚なる憐憫と共に」後にする〔拙訳書223頁参照〕。一行は同じルートで引き返し，6月4，5日〔ニューヨークから航行にして四時間ほど手前の〕ウェスト・ポイントにて二泊する。「船主」はニューヨークのグリネル，ミンターン商会。ジャージー・シティから汽船で「ジョージ・ワシントン号」まで彼に同行すべくディケンズのアメリカの友人多数——ジョナサン・チャプマン，コールデン，

ウィルクス博士，フィリップ・ホーン等――を招待，船上にて冷製軽食とシャンパンの後(のち)スピーチと乾盃の宴が張られる。会食後友人一行は汽船に戻り，汽船は「ジョージ・ワシントン号」をサンディー・フック〔ニュージャージー州東部，ニューヨーク湾南方に突出した半島（長さ10km）〕沖まで曳船，そこより「ワシントン号」は出帆。末尾「月曜6時」の正餐会はニューヨーク，カールトン・ハウスにて催され，招待客はディケンズの一覧によると，コールデン夫妻，ウィルクス博士・令嬢，ハウ博士，グランヴィル隊長，ウッドハウス隊長，C. A.デイヴィス夫妻，フェルトン，ハレック，ブライアント。

ウィリアム・ミッチェル宛　1842年6月6日付*

カールトン・ハウス。1842年6月6日。月曜夕

拝復

誠に遺憾ながら，明朝はたいそう予てからの約束に則り，朝餉の会に出かけねばなりません。祖国へ旅立つ間際に，かようの巡り合わせと相成り，思い出の糸を手繰るだに如何ほど心より口惜しく存じていることか難なくお察し頂けようかと。がくだんの約言は思い出したばかりにして，幾多の謂れにて果たさざるを得ません――わけても大西洋のこちら側の選りすぐりの馴染み方のために。

祖国より，神の思し召しあらば，拙著の英国版をお送り致します。もしや小生が恵贈する気構えもてお受け取り頂ければ，オリンピック劇場はいよいよますます隆盛を遂げられようかと。と申すのも貴兄の健勝を心より願って已まぬからには――単に貴兄の（他の追随を許さぬ）物静かにして豊かな，おどけたユーモア故のみならず，共に交わした愉快な書信という書信においてお示し下さった慇懃かつ思いやり深き心根を思い起こせば。

犬はすこぶる元気で早，妻のメイドにすっかり懐いている模様です。

敬具

チャールズ・ディケンズ

（注）　冒頭「明朝」は出立の朝。ただし約束は「たいそう予てから」のそれではなかったはず――フィリップ・ホーンは当日の朝になって初めて招待状を受け取っているだけに。宴の主催者はジェイムズ・G.キング（ニューヨーク正餐委員会メンバー）とその妻。会

場はニューヨーク郊外ハイウッドにある夫妻の田舎の別邸。10時に夫人と共に到着したホーンの日誌によると，その場には「ボズ夫妻」並びにアーチボールド・グレイシー夫妻，ウィルクス博士・令嬢，コールデン夫妻，ジュリア・ウォードが早くも顔を揃えていたという。第二段落「英国版」の恵贈はミッチェルが英国出身者であるため。末尾「犬」についてはミトン宛書簡（3月22日付）参照。

A. H. バロゥズ宛［1842年6月28日？付］

【『ボストン・デイリー・イヴニング・トランスクリプト』（42年7月21日付）に言及あり。ディケンズ一行がリヴァプールに到着するのは6月29日水曜朝。本状の日付は恐らくその前日。】

「ジョージ・ワシントン号」船長宛，乗客の享受した快適な船旅，賜った数々の心遣いへ謝意を表し，乗客全員の署名を添えて。

（注） アンブローズ・ヒリアード・バロゥズ，Jr（1813?–43）はコネチカット州出身「ジョージ・ワシントン号」船長。航海中に亡くなるまでに大西洋を六十六度横断，中国へは二度航海していた。『探訪』第十六章では「正直な，雄々しき心根の船長」〔拙訳書225頁〕と形容される。

オールバニ・フォンブランク宛　1842年7月1日付*

デヴォンシャー・テラス。1842年7月1日

親愛なるフォンブランク

心暖まる芳牘と歓迎のお言葉を賜りありがとう存じます。

もしや早フォースターと宴を張る誓いを立てててでもいなければ，本日喜んでディナーを御一緒させて頂いていたろうものを。その旨昨日の午後一筆認めて然るべきでしたが，今一度我が家へ喜び勇んで駆け込む余り，つい失念致しました。

まずは取り急ぎ

敬具

チャールズ・ディケンズ

オールバニ・フォンブランク殿

（注） ディケンズはロンドンへは予期されているより一日早く到着した――マクレディもフォースターも不意を衝かれたことに（チャプマン宛書簡（8月3日付）参照）。して29日の晩はキャサリンと共にオズナバーグ・ストリート25番地で子供達と共に過ごしたと思われる。当夜の模様を後に長女メイミィ・ディケンズは次のように述懐する――「とある晩，日が暮れてから，私達は門の所まで急き立てられました。辻馬車が乗りつけて来ましたが……停まりきらない内にとある人影が飛び出し，誰かが私を抱き上げ，私は門の桟越しに父にキスをしていました。どのようにしてこのようなこと全てが起きたのか，何故門が締まっていたのか，私には今もって分かりません」。一家は翌日デヴォンシャー・テラス1番地に戻る。

トマス・ロングマン宛［1842年7月1日付］

【原文はMDGH, I, 73より。日付は明らかにロングマンが議長を務めた，6月30日の集会の翌日。】

アシニーアム，金曜午後

拝啓

昨日の集会に出席致せていたなら，是非とも末席を穢させて頂いていたろうものを。生憎一晩中起きて［いた］ため，疲労困憊の余り議事が始まらぬ内にその旨一筆申し上げることすら叶いませんでした。

小生大西洋の向こうにて渾身の力を振り絞って戦（いくさ）を戦い抜き，ついぞ片時たり脇へ打ちやられるを潔しとせず，組み打てば組み打つだにいよよ軒昂と息を吹き返して参ったからには，死ぬまで刃（やいば）を交え，最期まで雄々しく闘い抜く所存であります。

お蔭様で息子はすっかり持ち直しました。すこぶる健やかだったものを，我々がいきなり舞い戻ったせいでびっくりするやら有頂天になるやらで由々しき痙攣（ひきつけ）を起こしたようです。

令室にくれぐれもよろしくお伝え下さいますよう。

敬具

［チャールズ・ディケンズ］

（注） トマス・ロングマンについては『第一巻』原典p. 578脚注，訳書743頁注参照。「昨日の集会」はフリーメイソンズ旅籠にて「英国文学作品の国外における剽窃の厖大

かつ増加の一途を辿る悪弊」を検討し，同上を根絶する措置を講ずるべく開催された，著述家並びに出版業者の公式集会。代表スピーチを行なったG. P. R.ジェイムズ（7月26日付書簡注参照）は「文学作品の版権は全文明国によりて認可されるべきである」との決議案を提議。同様の決議案――大半は相互協定を求める――も提議・賛成表明され，全て政府へ転送される旨議決され，国際版権に与する建白書は商務省宛送達された。「起きて［いた］ため」の原語［had］をMDGHは“have”と誤読。第三段落，チャーリーの「痙攣（ひきつけ）」の詳細についてはプレスコット宛書簡（7月31日付）参照。ロングマン夫人は旧姓ジョージーナ・タウンゼンド。フォースターによると，夫妻はディケンズの「ブロードステアーズ最初期からの馴染みで，常に格別なお気に入り」だった（F, VI, vi, 527）。

バーデット・クーツ嬢宛　1842年7月2日付

デヴォンシャー・テラス。1842年7月2日。土曜夕

親愛なるクーツ嬢

お蔭様で恙無く帰国し――それが証拠，「揺り椅子」をお届け致します。併せてアメリカ詩を幾篇か謹呈すべく，同時に転送させて頂きたく。

メレディス嬢には鷲の羽根をお贈り致します。同上の正規の所有主は昨冬ナイアガラの大瀑布から落ち（というよりむしろ，激しい奔流に掻っ攫われ），数マイル川下にて摘み上げられた際には早縡切れていました。

レディ・バーデットの御要望も抜かるものかは。大いなる一面の滝の背後の洞窟から採集した小岩は目下，不面目極まりなくも税関にて他の輸出入禁制品に紛れて微睡んでいます。櫃が手許に届き次第，誓いを全うさせて頂く所存にて。

匆々

チャールズ・ディケンズ

バーデット・クーツ嬢

（注）「揺り椅子」に関せばディケンズ自身同様の椅子を購入していたと思しい。長男チャーリーの述懐によると「父は確か合衆国から持ち帰っていたアメリカ製揺り椅子に掛け，夕暮れ時などよく自分や二人の妹にコミック・ソングを歌ってくれていたものだ――ベイトマン卿のラブソングといった」。キャサリンの土産は，記念に贈答された「鄙で楽器を奏でる中国人の絵柄の古扇」。「アメリカ詩」は恐らくルーファス・グリズ

ウォルド『アメリカの詩人と詩』(1842)(レディ・ホランド宛書簡(7月11日付)参照)。「鷲の羽根」に関してはクーツ嬢宛書簡(3月22日付),並びにレディ・ホランド宛書簡(7月11日付)参照。末尾ディケンズが「誓いを全う」するのは43年1月13日(同日付レディ・バーネット宛書簡参照)。

チャールズ・マッケイ宛［1842年7月上旬?］

【ウォルポール・ギャラリーズ目録132番に抜粋あり。草稿は2頁。日付は恐らく『火の精(サラマンドリン)』(注参照)の発刊日42年6月30日からほどなく。】

拝復

貴兄の「荒らかな詩」を恭悦至極に拝読致し……

敬具

チャールズ・ディケンズ

(注) チャールズ・マッケイについては『第一巻』原典p. 485脚注,訳書615頁注参照。「荒らかな詩」は『火の精(サラマンドリン);或いは愛と不死』。人間に恋をした火の精を主題とする,変則バラッド律の長詩。序において,マッケイは自作を「荒らかにして幻想的」と形容していた。

ダニエル・マクリース宛　1842年7月4日付

【N, I, 461に言及あり。】

マクレディ夫人宛　1842年7月4日付*

デヴォンシャー・テラス。1842年7月4日。月曜夕

親愛なるマクレディ夫人

我々終生貴女のこよなく親身にして篤き友情に然るべく謝意を表(ひょう)すこと能わぬだけに,何卒同封のささやかな愛の印をお受け取り頂きますよう——せめて目になさる度,如何ほどアメリカから帰国するに及び我々の感謝の気持ちを表現しようとて詮なかりしことか,如何ほど数多をもしや,万感迫る心に言葉を

見出せていたなら，口にしていたろうことか，思い起こして頂けるよう。

匆々

チャールズ・ディケンズ

マクレディ夫人

（注） 冒頭「友情」とはディケンズ夫妻の留守中子供達を預かる重責を担う上でのそれ。「ささやかな愛の印」については不詳。

デイヴィッド・バーンズ宛　1842年7月6日付*

リージェンツ・パーク，ヨーク・ゲイト

デボンシャー・テラス1番地。1842年7月6日水曜

親愛なるバーンズ殿

本年8，9月ブロードステアーズに屋敷を借りる予定故，就いてはお暇な折にでも御一報賜りたく。

叶うことなら高台（テラス）にして——必ずや水洗トイレ付の。

自家用馬車（一頭立て軽四輪（フェートン））を持って行くつもりですが，自宅を他人に預けるのは意に染まぬため，馬丁は屋敷の管理を兼ね街に残して行かねばなりません。果たしてブロードステアーズには厩舎等の設備があるか否か——して如何ほどにてか御教示賜れましょうか——無論，馬の飼料，並びに曳具付馬車の常用のための手入れの掛かりと併せ。

敬具

チャールズ・ディケンズ

バーンズ殿

（注） ブロードステアーズ，アルビオン・ストリート家屋周旋人デイヴィッド・バーンズについては『第二巻』原典p. 77脚注，訳書92頁注参照。

W. ハリソン・エインズワース宛　1842年7月7日付

デヴォンシャー・テラス。1842年7月7日

親愛なるエインズワース

先日マクリースが貴兄が行き過ぎられたと声を張り上げるや否や引き返し——昨日も架空のウィリアム・ハリソンの後を追ってポートランド・プレイスへと引き返しました——いずれの折も不首尾(ノーゴー)に終わりましたが。

来週土曜6時，拙宅にてディナーを御一緒して頂けましょうか？　然に前もってお伺いするのは——客が大勢集まるからでも仰々しい仕度が肝要だからでもなく，偏に御都合がつけばと願ってのことにすぎません。

タチェット夫人並びにバクリー嬢にくれぐれもよろしくお伝え下さいますよう——して令嬢方にも。お三方相手に（今やさぞや大人びておいででしょうから）余りに馴れ馴れしく振舞いはすまいか気が気でありません，さらばツンと頭をそっくり返らせ，一睨みで竦み上がらされぬとも限りませんので。

敬具

チャールズ・ディケンズ

ウィリアム・ハリソン・エインズワース殿

（注）ウィリアム・ハリソン・エインズワースについては『第一巻』原典p. 115脚注，訳書144頁注参照。ディケンズが最後に会ったのは（記録に残っている限りでは）41年5月（『第二巻』原典p. 274，訳書334頁参照）。エインズワースの義理の従姉イライザ・タチェットについては『第一巻』原典p. 277脚注，訳書349頁注参照。タチェット（Touchett）は正しくはTouchet。アン・バクリーはタチェット夫人の妹。エインズワースの三人娘——ファニー（1827-1908），エミリー（1829-85），アン・ブラーンチ（1830-1908）——は41年以降父の下で暮らしていた。

英国作家並びに定期刊行諸誌宛　1842年7月7日付

【原文は印刷された廻章より。】

リージェンツ・パーク，ヨーク・ゲイト

デヴォンシャー・テラス1番地。1842年7月7日

［親愛なる　　　　　］

小生，貴兄も御存じの通り，訪米中機会ある毎に，英国の著作物の大がかりな剽窃に関し，くだんの国における法律の不正にして非道な状態の認識へと人

心を覚醒するよう努めました。

一件を合衆国における世間一般の討論の主題とし果すや，小生はクレイ殿に国会へ上程して頂くべく，国際版権法制定を切に願うアメリカ人作家全員による請願書をワシントンまで持って行きました。同上にはワシントン・アーヴィング，プレスコット殿，クーパー殿を始め，アメリカ文学において擢んでた作家皆の名が署され，爾来下院特別委員会へ付託されています。

くだんの請願書によって奏されるやもしれぬ如何なる功をも阻止すべく，とある集会がボストンにて――御記憶の通り，アメリカ合衆国の「学識と学問」の中枢にして本拠たる――開催され，この点における現況の如何なる変化にも異を唱える建白書が反対投票一票を除き，承認されました。貴兄にはおよそ信じ難いやもしれまいと，事実国会宛転送・受理された当該文書には，万が一英国作家に彼ら自身の著作物の再版に対する権限が委ねられたならば，米国作家には最早それらを（目下の如く）国民の趣味に合うよう改竄することは能うまい旨周到に述べられていたとは！

くだんの建白書は時をかわさず，プレスコット殿によりて応酬されるに，氏は殿方にして文人にあっては宜なるかな，義憤に駆られ，その言語道断の不誠実に関する見解を審らかにしました。注釈の調子と趣意をかく手短に口に致すだに，貴兄には定めし確信して頂けるのではなかりましょうか，英国文学にともかく関わる者皆にとりてはかの，己自身の営為の質(たち)とその広範な有益性の領域が正当な権利として付与するくだんの高邁な立場を取り――かようの教義の信奉者の意気を能う限りの手立てを尽くして挫き――ありとあらゆる廉直な者の道徳観念と高潔な感情が本能的に後込みせざるを得ぬ体制にいささかたり与すを潔しとせぬことこそ付き付きしいと。

小生自身はと言えば，今を限りに金輪際大西洋の彼方へ自ら執筆するやもしれぬ如何なる早期校正をも送達する契約を結ぶまいと――かようの拠よりもたらされる利得を一切顧みまいと――意を決しています。当該指針を敢えて貴兄に強く説こうとは存じませんが，もう一方の行動方針を提案すると共に，其を遵守する必要性には力点を置かせて頂きたいと存じます，同上には如何ほど殊更貴兄の注意を喚起しようとし足りまいもので。

当該問題に関しアメリカの大衆を誤った方向へ導こうと――其を論ずるを封じ込めようと――其に関し，ありとあらゆる手段で真実を隠蔽・歪曲しようと躍起になっている者誰しも（容易にお察しの通り）現行の剽窃と強奪の体制に強い利害関係を有す連中であります。何とならば当該体制の存続する限り，他者の頭脳よりすこぶる快適な生活の資を得られる片や，彼ら自身の頭脳を働かせど糊口を凌ぐだに至難の業たろうからには。これらはほとんど例外なく，人気のある英国著作物の再版に汲々とする新聞諸紙の編集長や経営者であり，その大半が，実に素養の乏しい，評判の如何わしいどころではなき男共です。小生自身間々彼らが英国再刊が瞬く間に幾千部も売り捌かれた由鼻にかけていると同じ紙面にて，正にくだんの書の著者を浅ましくも傲然と批判し，悪口雑言を浴びせるのを目の当たりにして参りました。

故に小生，貴兄が然に密接に関わっておいでの映えある営為の名において，断じてくだんの連中の何者とも書信を交わされぬよう，断じてともかく自由の利く如何なる著作の早期校正の販売の交渉にも入られぬよう，代わりに如何なる場合にもどこか高潔なアメリカの出版社と，してかようの会社とのみ協定を結ばれるよう，切にお願い致す次第であります。

本件における我々共通の利害，並びにヨーロッパ不在の間(かん)自づと呈せられる機という機に乗じ，孤立無援にて本件を唱道して参った労に免じ，僭越ながら私見を述べさせて頂きました。

敬具

チャールズ・ディケンズ

（注）　ディケンズが挨拶と署名を添えて廻章を送った友人知己の中にはレディ・ブレシントン，ハラム（フレッド・ディケンズ宛書簡（8月7日付）参照），モンクトン・ミルンズ，ジョン・マリ，サッカレー等がいる。廻章は『モーニング・クロニクル』（7月14日付），『イグザミナー』，『アシニーアム』，『リテラリ・ガゼット』（いずれも7月16日付）等に掲載。第二段落ジェイムズ・フェニモア・クーパー（1789-1851）はこの時点で著作物中十一小説がベントリーズ・スタンダード・ノヴェルズに所収されていた通り，ディケンズに劣らず国際版権法が成立していないために大きな被害を蒙っている作家の一人だった。ただしディケンズの廻章を巡っては『ニューヨーク・イヴニング・ポスト』（8月11日付掲載）に「ディケンズ殿は国際版権法認可を国会へ請願した作家の一人

として小生の名を挙げているが……その点には誤解がある。……小生はついぞ当該請願書を目にしたためしすらない」との手紙（8月6日付）を書き送る。「下院特別委員会」についてはフォースター宛書簡（2月27日付）注参照。第三段落，ボストンにて開催された「とある集会」についてはフェルトン宛書簡（5月16日付）注参照。唯一の「反対投票」はフランシス・ボウィンのそれ（プレスコット宛書簡（7月31日付）注参照）。彼の建白書への異議――必ずしも相関関係にある訳ではない二様の主題，即ち「アメリカ産業後援」と「国際版権」に及んでいるとの――は長らく論争の対象となった。「建白書」の問題の一文の要旨は以下の通り――「仮に英国人作家が当地における彼らの著作の版権を取得し，我々の市場にそれらが出回れば，我々は同上を我々の要望，慣習，社会状況に適合させる権限を有さぬため，それらをあるがまま流布させねばならぬ」。『アメリカン・トラヴェラー』（8月26日付）はディケンズの廻章を痛烈に批判する上で，翻案は肝要である，何故なら英国著作物は全て「専制君主主義に色濃く染まっている」故と論ずる。第四段落「時をかわさずプレスコット殿によりて応酬され」とはディケンズの誤解。プレスコットは反-建白書筆頭署名者ではあるが，実際に起草したのはボウィン――後に誤解が解ける如く（プレスコット宛書簡（7月31日付）参照）。第五段落「今を限りに……契約を結ぶまい」との決意をディケンズは以降十年間貫くことになる。第六段落「人気のある英国著作物の……新聞諸紙の編集長や経営者」は恐らくパーク・ベンジャミン＆R. W.グリズウォルド経営『ブラザー・ジョナサン』，ベンジャミン編集『ニュー・ワールド』への言及。二誌は所謂「巨大（マンモス）」週刊誌。後者の頁は，例えば，縦約4フィート，横11縦欄（コラム）だった。両誌とも主として英文学再版に依拠していたが，英国小説連載に主眼を置く『ニュー・ワールド』は，自国の寄稿も掲載する『ブラザー・ジョナサン』より遙かにディケンズの忿怒を掻き立てていた。『骨董屋』は40年6月6日から『ニュー・ワールド』，Vol. I に連載，完結後は『バーナビ・ラッジ』と『ピク・ニク・ペーパーズ』がVols. II, IIIにおいて剽窃された。『ニュー・ワールド』が42年5月に公表した「計画」についてはマッケンジー宛書簡（9月1日付）注参照。他社に先駆けて作品の完結版を掲載すべく『ニュー・ワールド』は「臨時増刊（エクストラ）」として発刊。同誌における即時の『探訪』刊行についてはチャプマン宛書簡（10月15日付）注参照。「実に素養の乏しい，評判の如何わしいどころではなき男共」として就中揶揄されているのもパーク・ベンジャミン（フォースター宛書簡（8月30または31日？付）参照）。「正にくだんの書の著者を……悪口雑言を浴びせる」は例えば『ニュー・ワールド』（2月12日付）掲載記事を踏まえて（フォースター宛書簡（2月14日付）注参照）。第七段落ディケンズの要請に関し，サッカレーはチャプマン＆ホール宛書簡（42年7月23日付）追而書きにおいて「ディケンズのかっい（サッキュラー）章拝受。彼が相応と思う如何なるやり口にてもアメリカ人に抗うに吝かでなき」旨認（したた）める。がディケンズ自身は43年1月19日までに唯一の英国人作家の支持も得られていないと思っていた（同日付トロロープ夫人宛書簡参照）。彼はまた自らの「高潔な」版元リー＆ブランチャードとすら交渉を持たないという極端な措置を講ずる（12月28日付書簡参照）――『ニュー・ワールド』（11月19日付）にては志操堅固を称えられることに。末尾「孤立無援にて」という文言からすると，ディケンズはニューヨーク正餐会でのスピーチにおけるコーネリアス・マシューの熱のこもった国際版権請願を失念していると思われる。祖国において廻章は好意的に受け留められ，『イグザミナー』，『リテラリ・ガゼット』，『ニュー・マンスリー』，『アシニーアム』等は全面的に支持し，わけても『モーニング・クロニクル』は非アメリカ的所見を修正するために英国書籍は校訂されるべきであるとのボストン集会の「口実」を「偽善の年譜においても他に類を見ぬ」と酷評する。片やアメリカ諸誌の注釈は概して敵意に満ち，『ニュー・ワールド』は自誌への歴然たる当てこすりに激昂し（フォースター宛書簡（8月30または31日？付）参照），『ボストン・アトラス』（『ニュー・ワールド』（8月13日付）に引用）はディケンズの手紙を「拙劣かつ悪趣味かつ癇性にして，これまで氏の為した何物にも増してディケンズ氏と氏の大義双方を傷つけるに資する所大であろう」と慨嘆する。

［W. C. マクレディ宛］　1842年7月7日付*

【封筒にディケンズの筆跡で「チャールズ・ディケンズの宣誓供述書」の裏書きあり。語調並びにマクレディの『日誌』の記載「ディケンズから実に愉快な手紙」（7月9日付）からも受取り人は夫人ではなくマクレディ。】

ミドルセックス州リージェンツ・パーク，ヨーク・ゲイト，デヴォンシャー・テラス1番地在住 [a]チャールズ・ディケンズ[a] は誓いの上(うえ)宣ふに，当該宣誓証人はここ幾歳(いくとせ)も孤独にして物静かな気っ風の個人並びに，高潔かつ禁欲的な漁師，のみならず静観と隠遁に傾きがちな，一般には「沿岸警備隊」として知られる，憂はしくも物思はしき輩の縄張りたる，とある海辺の浸っては，浴びては，潜る海水浴場――即ちケント州，ブロードステアーズなる港，波止場，村，村落，或いは町――を例年数か月（即ち，8，9，10月）訪うを習いにして仕来りにしています。して当該宣誓証人の宣ふに，くだんの州のくだんのブロードステアーズなる港，波止場，村，村落，或いは町は，疲れ切った知性と弱り果てた気質の選りすぐりの行楽地にして隠栖所でありましたし目下もありますし，当該宣誓証人の判じ信ず限り向後も然たり続けましょう，と申すのも，当該宣誓証人のなお宣ふ如く，当地は忙しなき俗世の景観や喧騒から遙か遠く離れ，大海原の甘美な咳きと安らいに満ち満ちているだけに――くだんの大海原たるや（当該宣誓証人のなお宣ひ申し立てるを憚らぬ如く）森羅万象の就中（陸(おか)へ上がっている限り）素晴らしき様相であるによって。

して当該宣誓証人のなお宣ふに，当人の聞く所によらば，して真実信じてもいることに，俗世を，わけても神の御恩寵によりて信仰の擁護者等々たる仁愛深きヴィクトリア女王の版図をさ迷う者の中には，くだんのブロードステアーズなる港，波止場，村，村落，或いは町のその数あまたに上る素晴らしさと比類なき美しさを愛でること能わぬが故に，事実同上を不埒千万にして異端にも蔑し，事実例年とあるイーストボーンと呼ばる悍しき巣窟にして，窖にして，洞にして，下水溜めへ赴く輩のいる由，彼(か)の地は因みに，当該宣誓証人の聞く所によらば，して真実信じてもいることに，専らカモメや海カモメの住まう，極めて――こと燧石と白亜の点にかけては――地質学的な佗しき僻陬の地であるによって。して当該宣誓証人のなお宣ふに，くだんのイーストボーンと呼ばる悍しき巣窟にして，窖にして，洞にして，下水溜めは，冷酷無比の夫が不承不承にして二の足を踏む妻を放逐するある種英国流セントヘレナ島であり，かつて然たり，また当該宣誓証人の判じ信ず限り向後も然たり続けましょう。のみならず前述のイーストボーンと呼ばる悍しき巣窟にして，窖にして，洞にして，下水溜めの恐怖たるや然に軽々ならずも多岐にわたるとあって，そこに幽閉された者は，さして遠からぬ昔（即ち昨年）当該宣誓証人の観察する所となるのみならずその知識の内にて出来(しゅったい)せしとある事例において（とは即ち，キャサリン・マクレディのそれにおいて）紛うことなく証明された如く絶望に駆られざるを得ません，と申すのもくだんの御婦人はそこにて相応の宿に住まい，のみならず肉，飲料，衣服をあてがわれたにもかかわらず，人生に倦み，狂気に駆られた勢い蓋し，死と自害を覚悟の上で釈放を要求する奇しき手紙を，即ちスウィングめいた脅迫状を夫君宛書き綴り送りつけたもので。して当該宣誓証人のなお宣ふに，当人は前述のキャサリンが以下の如く荒らかに申し立てるのを耳にしたことをまざまざと記憶に留めています――曰く，もしやロンドンへ連れ帰られねば，お呼びがかからずとも自ら参ろうと，してたとい船も，馬車も，他の如何なる乗り物もなかろうと，徒(かち)をも辞すまい云々，その他当該宣誓証人の頭髪を逆立て，傍観者皆の怖気を奮わさずばおかぬ激しくも強かな啖呵を切りつつ。故に当該宣誓証人の宣ふに――前述のイーストボーンと呼ばる悍しき巣窟にして，窖にして，洞にして，下水溜めは，ブロードステアーズなる港，波止場，村，村落，或いは町の比ではなく，如何なるまっとうかつ理に適った人物によりても準えられ得まいかと――彼(か)の地こそ当該宣誓証人の蓋し申し立てるに（スライザのイザンビールへの文言によらば）[b]「象徴と音調」[b]であるによって――永久(とこしへ)に。

チャールズ・ディケンズ

西暦1842年
本7月7日
於ロンドン市長公邸
我を前にて誓われし

市長ジョン・ピリ

（注） aa，bbは他より大きな文字で。第一段落ブロードステアーズはラムズゲイト〔ケント州東部海水浴場〕やマーゲイト〔同海岸保養地〕から2マイル弱しか離れていないにもかかわらず依然，静かな鄙びた村落だった。ディケンズの恒例の避暑については『第一巻』原典p. 303脚注，訳書382頁注参照。第二段落イーストボーンはマクレディ家お気に入りの海岸避暑地〔英南東部イースト・サセックス州南部海港〕。マクレディ自身はただし42年は7月6日から8月6日までの内僅か三度，短期間しか妻子と過ごさなかった。「昨年」即ち1841年，夫人のイーストボーン避暑中マクレディが彼(か)の地へ赴いたのは唯一6月20-23日。「スイングめいた」とは即ち架空の（脅迫状差出し人）キャプテン・スイングに由来する「自棄的な脅し」の謂。『第二巻』原典p. 106，訳書129頁ランドー宛書簡（40年7月26日付）参照。「象徴と音調」はとあるサーザ・サムナー嬢（スライザ（Thryza）は正しくはThyrza）の執拗な求愛を理由に訴訟を起こした原告フレデリック・イザンビールが公開した彼女からの二通目の恋文（『モーニング・クロニクル』（7月1日付）掲載）の中で用いられる文言。起訴は結局却下される。ジョン・ピリ（1781-1851）は商船仲買人・船主。市長在職中にプリンス・オブ・ウェールズが誕生したことをもって42年4月13日准男爵。

レディ・ホランド宛　1842年7月8日付*

私信・親展　　　　　デヴォンシャー・テラス1番地。1842年7月8日

親愛なるレディ・ホランド

定めし，お目にかかる前に一筆認めようと御寛恕賜りましょう。忝き御高配を仰ごうとしている案件は一刻の猶予もならぬとあらば。

早御存じやもしれませんが，（以前はホイッグ党にして近来は保守党の）「クーリア・ニュースペーパー」が今しも息絶え，「グローヴ」と合併したばかりです。もしやその置かれている状況に通じていたなら（生憎ヨーロッパを離れていたため叶いませんでしたが），直ちに自由党の領袖と連絡を取り，彼らに同紙を救い――帆柱（マスト）に真の軍旗を釘付けにし――命ある限り屈強に戦（いくさ）を戦い抜くべく――提案を致していたでありましょう。申すまでもなく，仮に難局に微力ながら我が身を投じ，同紙のために（政治的のみならず文学的記事を）執筆すれば，立ち所に注意を喚起致せよう片や，小生ならば，書籍商や作家に威信の揮えぬでなし，同紙に新たな個性の刻印を捺し，相応の試行期間の後（のち），恰好の宣伝を確保するにほとんど他の何人（なんぴと）にも叶わぬほどの好機を得られましょう。

小生無論，地所や表章等々は今なお処分されねばなるまいと得心しています――してその代わりに是非とも適正な党派にて新たな夕刊紙を設立したいと存じます。が申すまでもなく，もしや賛助を確信致し，前政府の議員もしくは「革新倶楽部」から直接金銭的援助が得られねば，かようの目的を遂行することは到底叶いますまい。そこでふと思い当たったことですが，唯一率直かつ簡潔な手続きは（様々な物件が競売にかけられようとしている今や――とは叶うものなら阻止したい所ですが――迅速こそは肝要故），党派の主立った議員の見解を能う限り早急に確かめる――しかも，もしや貴女に本状の内容を――例えばメルボーン卿やランズダウン卿に――お伝え頂けるものなら，貴女を介し，確かめるそれではなかろうかと。後者と，してスタンリー殿やもう一，二名と，小生自身が連絡を取る所ではありましょう，もしやともかく仲介の労を執って頂けるものなら，一件を全て御手に委ねるに如くはなかろうと感じてでもいなければ。

小生党派のために，貢献度の高い，と同時に，世に知られる前に幾年も苦闘する代わり直ちに然るべき地歩を固めるかけがえのない利に恵まれよう機関誌を創刊する揺ぎない自信を持っています。小生が然に懸命に唱道したいと存じている見解に貴女ならば如何ほど心より共感して下さろうことか知らばこそ，これ以上長々しい申し開きを並べるを潔しとしません――かくも長らく貴重なお時間を頂戴し，辛抱強くお付き合い願った不躾に対してすら。

つゆ変わることなく親愛なるレディ・ホランド
匆々
チャールズ・ディケンズ

レディ・ホランド

（注） 第二段落『クーリア』は政治的には波瀾に満ちていた夕刊紙。1792年創刊時にはホイッグ党を支持するが，その後は概ね政府与党に迎合。1807年から30年までトーリー党に忠義を尽くしたものの，1830年ホイッグ党が政権を握るに及び事実上ブルームの掌中に収められる。熱心なホイッグ派であった編集長（1837-9）S. L.ブランチャードは同紙が保守党を支持すると共に辞職。1842年7月6日付をもって廃刊となる。『グローヴ』は1813年創刊の夕刊紙。30年以来ホイッグ党支持を公言，パーマストンが特別後援者となる。20年代，『トラヴェラー』，『ステイツマン』，『イヴニング・クロニクル』，『ネイション』，『アルゴス』を次々吸収したが，この期に及び『クーリア』を吸収しつつあるさらなる形跡はない。編集長E. R.モランについては『第一巻』原典p. 185脚注，訳書231頁注参照。第三段落「革新倶楽部」は1836年創設。創設時，一人ならざる倶楽部員がホイッグ政権において公職に就いていた。理事にはマルグレイヴ伯爵，ダラム伯爵，リチャード・エリス兄が，委員にはエドワード・スタンリー，ダニエル・オコネルが名を列ねる。メルボーン卿とランズダウン卿はホイッグ野党首領。第三代ランズダウン侯爵，ヘンリー・ペティ-フィッツモーリス（1780-1863）は前内閣の大半を通じ枢密院議長。ディケンズはランズダウン卿とは38年8月12日，初めてホランド・ハウスにて会食した際に，メルボーンとは41年5月22日，サウス・ストリートのレディ・ホランド邸における正餐会にて，会っていた。エドワード・ジョン・スタンリー（1802-69）は後の第二代スタンリー・オブ・オールダリ男爵。前ホイッグ政権（1834-41）では内務省次官。かつてのディケンズへの尽力については『第一巻』原典p. 451，訳書572頁，並びに原典p. 533，訳書680頁参照。スタンリー夫人による正餐会招待については『第二巻』原典p. 284，訳書347頁参照。

サー・ジョン・イーストホープ宛［1842年7月］

【次書簡に言及あり。】

（注） サー・ジョン・イーストホープはディケンズが36年11月に辞めた『モーニング・クロニクル』社主。『第一巻』原典p. 123脚注，訳書154頁注，並びに原典pp. 195-7，訳書244-6頁参照。41年8月，自由党への貢献とシリアにおける交戦政策唱道の功績を称えられて男爵位。

トマス・ビアード宛　1842年7月11日付

デヴォンシャー・テラス。1842年7月11日

親愛なるビアード

アルフレッドが一筆書いて寄越した所によると，目下雇われている鉄道が完成間近なもので，技師長（ここ数年その下で働いている）がロック殿への紹介状を書いてくれたそうだ。ロック殿というのはサザンプトン線や——アーブルールーアン線や——その他あちこちの鉄道建設現場の技師だが。弟は（無理からぬことに）一言サー・ジョン・イーストホープから口添えがあればあっさり片がつくのではないかと思い当たり——男爵へ紹介状を書いてもらえないかと言って来た，という訳でそいつを届けた所だ。

君にも然るべき折に弟に手を貸したり，あいつのことを気に留めたりするようなことがあれば，よろしく頼む。

君もどういう要件でぼくがこないだの土曜「クロニクル」へ行けなかったか知っているはずだ。——ジョージ・クルックシャンクがぼくの一頭立て（フェートン）で逆立ちしたなり御帰館遊ばした——リージェント・ストリートに屯している真夜中のノラクラ者共のやんややんやと囃し立てたことに。最後に見かけられた際には水撒き人足とジンを引っかけていたそうだ。

不一

チャールズ・ディケンズ

トマス・ビアード殿

追而　ブロードステアーズ手筈を整え果したら，ちょうどいい頃合いに報せよう。男爵殿にはどデカい留守の心づもりをさせておいてくれ。ハンパな手は無用だ。

（注）　冒頭「完成間近」の鉄道はウィテカーとバーミンガム間（かん）のバーミンガム—ダービー・ジャンクション線。2月10日に開通したが，貨物駅と支線は未だ完成していなかった。「技師長」はジョン・キャス・バーキンショー（1811-67）。ロバート・スチーブンソンのニューカッスルにおける最初の年季契約付弟子。ロンドン—バーミンガム線やバ

ーミンガムーダービー線等幾多の鉄道工事に携わる。ジョウゼフ・ロック（1805-60）は著名な鉄道技師。1823年にジョージ・スチーブンソンに年季契約で雇用され，マンチェスターーリヴァプール線建設（30年開通）に尽力する。ロンドンーサザンプトン線（1836-40）等大英帝国内の鉄道に留まらず，パリールーアン線（1841-3），ルーアンールアーブル線（1843）や，スペイン及びドイツの鉄道建設にも従事。デヴォン州，ホニトン選出国会議員（1847-60）・土木工学協会会長（1858，59）。イーストホープはロンドンーサウスウェスタン鉄道会社重役――そこからアルフレッドの「紹介状」依頼。第三段落「要件」は7月9日グリニッヂで開かれたフォースター主催ディケンズ帰国祝賀会。三十人近い列席者にはエインズワース，マクリース，スタンフィールド，クルックシャンク，キャタモール，エリオットソン，フッド等が含まれていた。追而書き「どデカい」の原語“enormous”は他より三倍大きな文字。

ジョウゼフ・エリス父子商会宛　1842年7月11日付*

デヴォンシャー・テラス。1842年7月11日

拝啓

昨年度の請求書をお送り下されば，喜んで清算させて頂きたく。

してお手数ですが，スパークリング・シャンパン4ダース，メッテルニヒ・ホック6ダース――黄色の封と赤の封を各3ダース――お届け頂きますよう。土曜に正餐会を開く予定ながら，いずれも切らしています。よって早急に御手配賜れば幸甚にて。

敬具

チャールズ・ディケンズ

エリス父子商会殿

（注）ジョウゼフ父子商会はリッチモンド，ヒル・ストリートの葡萄酒商（「星章とガーター亭」経営者ジョウゼフ・エリスによって1831年創業）。ディケンズの帳簿の商会宛支払い記載――£75.8.8（40年7月），£74.2.11（41年8月），£33.2.6（43年1月），£4（同2月），£104（44年6月）――からして「清算」を要する勘定はなかったと思われる。第二段落「正餐会」にはエインズワース（7月7日付書簡参照），マリアット（7月16日付書簡参照）等が招かれた。〔メッテルニヒ・ホックは著名なライン・ワインの銘柄。〕

レディ・ホランド宛　1842年7月11日付*

デヴォンシャー・テラス。1842年7月11日

親愛なるレディ・ホランド

貴女の忝き御高配を仰いだ案件にかくも親身な関心をお寄せ頂き，如何ほどありがたく存じていることか言葉に尽くせねば，固よりおよそ然るべく謝意を表(ひょう)すこと能いません。

スタンリー殿の仰せの通りではありましょう——がかようの問題において自由党はめったなことでは大胆な側(がわ)にて過ちを犯さぬものだということを忘れてはなりますまい。

かくて敢えてさらなるお願いをさせて頂けば——お口添え賜った方々に再度，お目にかかられることがあればいつなりと，小生の発想は如何なる個人的な利得の絡んだ思いから生まれたものでもなく，小生せいぜいこと金銭的意味においては幾歳(いくとせ)も損失を蒙っていたろう由——他方の営為を絶つ余裕がないだけに，実に由々しき量の知的労働を請け負うは言うに及ばず——改めて（もしや既に御存じなければ）御承知おき頂けないでしょうか。かようの事実を，もしや企画を試みる可能性が残っているなら，仄めかしてはいなかったでありましょうが，可能性の悉く失せた今や，ここまで胸の内を明かそうと自らに尽くして当然の徳義にすぎぬと心得た次第にて。

くだんの新聞の構想は小生自身かつて積んだ研鑽によりて自づと生まれました——数年前には恰も技師が蒸気機関に通じている如く，新聞なるものを如何様に取り捌けば好いか熟知していただけに。して今もって（然に度々ではありませんが）新聞を手にすると必ずや，記者が悉く（スウィフト跣のフォンブランクはさておき）俎上に上さぬままにしている主題こそ読者の関心を惹く，彼らの仕事(ビジネス)と胸(ブザム)に何より関わる問題ではないかとの思いを強くします。

木曜朝には是非ともサウス・ストリートに立ち寄らせて頂きたく。それまでは妻が「くれぐれもレディ・ホランドに忝きお心遣いを賜り忝う存じている由，晴れて我が家へ戻った今や何たる幸せに包まれていることかお伝えするよう」とのことです——子供達は，神よありがたきかな，願ってもないほど健やかで

した。長男は我々の帰宅後ほどなく痙攣(ひきつけ)を起こし——本人曰く「あんまり嬉しすぎて」——その晩は一時危篤に陥りましたが。爾来すっかり快復しています。

親愛なるレディ・ホランド
匆々
チャールズ・ディケンズ

レディ・ホランド

[a]追而　アメリカよりそのため持ち帰ったアメリカ詩の本——わけてもロングフェロー殿の作品の秀逸な——と，ナイアガラの滝の鷲の羽根を同封致します。——衷心より崇敬の念を込め，かくてそれそのものの価値になお華が添えられますよう。[a]

（注）第二段階「スタンリー殿の仰せの通り」とある所からして，彼は『クーリア』が自由党から財政的支援を受けることは難しい旨返答したと思われる（次々書簡追而書き参照）。第四段落ディケンズが「数年前には」その取り捌きを熟知していた「新聞」とは恐らく『モーニング・クロニクル』ではなく，叔父J. H.バロゥが編集し，自ら30年代初頭約四年間記者として勤めていた『ミラー・オブ・パーラメント』。フォンブランクは縦横無尽の冷笑的機智で名を馳せ，『イグザミナー』社説（1841-2）ではピール，穀物法，トーリー党員に対し侮蔑的な毒舌を揮った〔『第一巻』原典p. 205脚注，訳書255頁注参照〕。第五段落「木曜朝」の訪問の後(のち)，ディケンズは（ホランド・ハウス・ディナーブックによると）7月22日正餐会に招かれる。会食者はサザランド男爵夫妻・令嬢，ランズダウン卿，メルボーン卿等。追而書きaaは便箋第一頁住所の上に記述。「アメリカ詩の本」は恐らくルーファス・グリズウォルド編『アメリカの詩と詩人』（1842）。ロングフェロー作「村の鍛冶屋」（1841），「エクセルシオ」（1842）等が所収されている。フォースターによる書評についてはポー宛書簡（3月6日付）注参照。

C. ル・グラン嬢宛　1842年7月11日付

【原文はN, I, 462より。】

ロンドン，リージェンツ・パーク，ヨーク・ゲイト
デヴォンシャー・テラス1番地
1842年7月11日月曜

チャールズ・ディケンズ殿は謹んでル・グラン嬢に御挨拶申し上げると共に，忝き芳牘を賜り恭悦至極に存ずるのみならず，光栄にもお申し出頂いている献題を悦んでお受け致したく。

（注） C.ル・グラン嬢については不詳。

トマス・ミトン宛　1842年7月11日付

デヴォンシャー・テラス。1842年。7月11日月曜

親愛なるミトン

同封の手紙の写しを持っているか？——ぼくは確かに，こいつにとことん具に目を通した訳ではないが，天地が引っくり返っても解(げ)せそうにない。

差し支えなければ，木曜の1時から2時にかけてそっちへ行く。

不一

CD.

トマス・ミトン殿

（裏面へ）

連中「新聞」にはビター文おごってやれないそうだ。一件がらみの手紙を見せてやろう——ブロードステアーズへ発つ前に（もしも君の家政の手筈が万端，都を離れる前に整うようなら）とびきりの二階の間(ま)でチョップに舌鼓を打ちたい。

（注）「同封の手紙」については不詳だが，ミトンがフォースターへ宛てた尋常ならざる手紙（42年7月6日付）に何らかの関連があると思われる。書中，ミトンはわけても深甚なる友情を寄せている然る「人物」を巡ってフォースターに故意に感情を傷つけられた由縷々苦情を綴っていた。ディケンズの事務弁護士として，ミトンは間々フォースターがディケンズの版元との業務上の案件において肝要な役所(やくどころ)を果たしていることに憤りを覚えていたのかもしれない。他の脈絡においても彼が嫉妬や忿怒に駆られ易かったろうことはミトン宛書簡（42年4月4日付）から推し量られるが，今回の激昂の直接的要因は定かでない。本状は（第一段落と追而書きが先の太い鵞ペン，第二段階が細いそれによって書かれている所からして）三回に分けて綴られた可能性もある。

ジョン・オーバーズ宛　1842年7月11日付*

デヴォンシャー・テラス。1842年7月11日

親愛なるオーバーズ

ずい分回復なされた由何よりと存じます。改めてエリオットソン博士が如何ほど心濃やかにして人並み優れた思いやりの方か（当然のこととは言え）得心致せ，同慶の至りであります。

エインズワース殿には必ずや貴兄が氏の実に親身な返信のことを口になさっていた由お伝え致すのみならず，個人的にも小生ありがたく存じている旨言い添えたいと存じます。

小生通常，毎日11時から12時にかけては在宅していますし，日曜は昔ながらにくだんの刻限にはほぼ必ずや面会致せます。お気に召すいつなりと喜んでお目にかかりたく。

敬具

チャールズ・ディケンズ

J. A.オーバーズ殿

（注）　ジョン・A.オーバーズについては『第一巻』原典p. 504脚注，訳書640頁注参照。41年8月ディケンズの依頼を受けたエリオットソンによるオーバーズ治療については『第二巻』原典p. 362，訳書447，8頁，並びに原典p. 369，訳書458頁参照。第二段落，エインズワースの「実に親身な返信」とは恐らくオーバーズの比較的短い玉稿の内某かを掲載したき旨綴った（日付の無い）それ。『エインズワース・マガジン』は42年2月創刊。ただしオーバーズ寄稿掲載の形跡はなし。

H. P. スミス宛　1842年7月11日付*

デヴォンシャー・テラス。1842年7月11日

親愛なるスミス殿

本日貴兄の下へ，本状の持参人たる妻共々お伺い致せるものと存じていました。が目下やり交わさねばならぬ書信が（今しも念頭にて形を成しつつあるやもしれぬ「アメリカ素描」は言うに及ばず）然に途方もなく夥しき量に上るた

めこの陽の燦々と降り注ぐ本日ですらディナー・タイムまで蟄居を極め込まざるを得ません――なるほど正午までには哀れよく学びよく遊べならざる綴り方のジャックよろしく死に物狂いでペンを走らせていたものの。

小生半年以内に帰国致しました。就いては重役会宛，特別割増し金（エクストラ・プレミアム）として支払われた総額の差引残高返済を公式に申請する要がありましょうか――或いは本状のみにて事足りましょうか？

もしやその要があれば，何時であれ貴社を訪わせて頂きたく。

つゆ変わることなく親愛なるスミス殿

敬具

チャールズ・ディケンズ

H. P. スミス殿

（注） ヘンリー・ポーター・スミスはイーグル生命保険会社計理人（『第二巻』原典p. 251脚注，訳書308頁注参照）。42年1月4日に支払われた£30の追加割増し金（プレミアム）をもって「12か月を越えぬ期間」の訪米に係る保険金は相殺されていた。

R. モンクトン・ミルンズ　1842年7月13日付*

デヴォンシャー・テラス。1842年7月13日

親愛なるミルンズ

土曜6時拙宅にてディナーを御一緒して頂けましょうか――それとも他に先約がおありでしょうか？

一言御返事を。

敬具

チャールズ・ディケンズ

リチャード・モンクトン・ミルンズ殿

H. P. スミス宛　1842年7月13日付

【マッグズ兄弟商会目録486番（1926）に抜粋あり。草稿は1頁。日付は「デヴォンシ

ャー・テラス，42年7月13日」。】

小生の地方税並びに国税は皆済されたとあらば，リッチモンドに票を投じさせて頂きたく——単独候補者票（プランパー）。リッチモンドと，鄙びた軽食と，せせらぎに！

小生早，荷馬車馬顔負けに根を詰めにかかっています。びっくりした勢い血の気を失いつつある真っ紅な御尊顔の啞然としていることに。

（注） 第二段落ディケンズは恐らく既に「序章」（スミス宛書簡（7月14日付）注参照）を書き終え，『探訪』第一章に着手していたと思われる——7月19日までには第二章が仕上がっている所からして（同日付ビアード宛書簡参照）。本格的な執筆に取りかかる前にディケンズは紀行が広範に依拠することになろう手紙の返却をフォースターに求めたに違いない。フォースターがくだんの書簡を音読するのを耳にしたり，実際にその目で見た友人は——クラブ・ロビンソン，ドーセイを始め——少なからずいる。「真っ紅な御尊顔」は帰航による日焼けのため。

T. J. トムソン宛　1842年7月13日付

【娘婿ウィルフリッド・メイネルによって作成された，ディケンズのトムソン宛書簡一覧に言及あり。草稿は1頁。「デヴォンシャー・テラスより，42年7月13日」。】

（注） 本状は恐らく1947年アリス・メイネル生誕百年記念展覧会の折に紛失したとして知られるディケンズの書簡の内一通と思われる。アリス・メイネル（旧姓トムソン）（1847-1922）は女流詩人・随筆家。夫ウィルフリッド・メイネルはジャーナリスト。

ブルーム卿宛　1842年7月14日付*

デヴォンシャー・テラス。1842年7月14日

親愛なるブルーム卿

忝き芳牘に御返事させて頂けば小生，来週の土曜，もしくはその次の水曜は予定が入っていません。して申し添えるまでもなく，卿が街を離れられる前に是非とも拝眉仕りたく。——小生自身8月1日には海辺へ赴くもので。

敬具

チャールズ・ディケンズ

ブルーム卿

H. P. スミス宛　1842年7月14日付

デヴォンシャー・テラス。1842年7月14日木曜

親愛なるスミス

小切手を無事落掌致しました。仰せの通り――如何ほどの値につこうと安いというもの。固より造形芸術に目がないとあって，正金(しょうきん)に換えるに忍びありません。よって額に収めガラスを嵌めるよう注文致した所です。

小生の手続き全般に親身な関心をお寄せ頂き篤く御礼申し上げます。次に市内にお越しになる際にはアメリカ紀行の序章を御覧頂きたく。読者に今後際会しようより遙かに夥しき量の殺戮に心の準備をさせているやに見受けられるやもしれませんが，正直かつ真実たることに変わりはありません。故にこの手の怯むものかは。

くれぐれも御鶴声のほどを――「無論」リッチモンド腹づもりへ。

敬具

CD.

H. P.スミス殿

(注)「小切手」はイーグル保険会社への割増し金の払い戻し (7月11日付書簡参照)。スミスは本状をメイミィとジョージーナに貸す際,「額に収めガラスを嵌める」とは小切手に貼られた「芸術作品とも呼べよう」印紙――岩に止まった見るからに獰猛そうな鷲が辺り一面に光線を撒き散らしている図柄――のことだと説明したという (MDGH, I, 54)。「アメリカ紀行の序章」はF, Ⅲ, viii, 284-6に引用があるものの,『探訪』には所収されていない。ディケンズ自身により「第一章。序に代えて。必読を請う」と見出しのつけられた草稿は『探訪』草稿と併せ第一章として装幀され，フォースター・コレクション (V & A) に所蔵。7月29日，ディケンズは同章をマクレディに見せるが，マクレディは『日誌』に「感心しない」と記す。9月14日,『探訪』の結末に近づくにつれ，ディケンズは思い直し始め (同日付フォースター宛書簡参照), 10月におけるフォースターとの会談において不承不承ながら削除に同意する (フォースター宛 (10月10日付) 注参照)。削除による章番号の乱れについてはミトン宛書簡 (9月4日付) 注参照。同章

は「当該頁にかようの見出しをつけたのは，まずもって敢えてその企図と趣意を汲もうとせずして何人(なんぴと)にも拙著に判断を下す，と言おうか其に関する妥当な結論に達す筋合いはなかろうと信ずるからだ」と好戦的に幕を開ける。ディケンズはさらに，本書は徹して政治的要素の微塵も紛れぬ単なる「印象」の記にすぎぬと断りながらも，然に繊細にして傷つき易き性(さが)故如何なる形の「真実」にも耐えられぬ幾多のアメリカ人の心証を害すのは覚悟の上だと述べる。して結びとし，固よりこの国を公平に評するべく海を渡ったのであり，より偏りのない冷静な判断をもって帰国した今や，自ら「真実」と信ずるものを公平に評さねばならぬとの思いを一層強くしているとの矜恃を表明する（フォースター宛書簡（9月20日付）注参照)。「リッチモンド腹づもり」とは即ち7月13日スミスに持ちかけたリッチモンド遠出。

デイヴィッド・C. コールデン夫人宛　1842年7月15日付

1842年7月15日

親愛なるコールデン夫人

常にも増して小生にとりて明々白々たるに，ケイトは貴女がその日輪にして太陽たるくだんの性(せい)の者の能う限りロバの一歩手前のようであります。小生が当該――強硬，ではなく単に言い得て妙なる私見――を審らかにすれば立ち所に，妻は「グレイト・ウェスタン号」は14日に出帆する等々あり得べからざる戯言(たわこと)を綴っていたのを思い起こして頂けましょう――ありとあらゆる理性を具えた存在は当該書状がキュナードの船にて，しかも16が日付の由存じている片や――少なくとも然に小生は思いますし，如何なる小生の印象も，申すまでもなく，事実より遙かに信用が置けようかと。

我々は最後の船にてお便りを出して然るべきだったでしょうし，そのつもり満々でありました。がのべつ幕なし小生を攻囲している山のような要件のせいで蓋し，こと小生に関す限り気持ちの赴く何一つこなす暇(いとま)がありません。して目下ですら，この（小生華々しく異彩を放つ所存の）我らが向後の文通の「序文」と申すか「前口上」においても，気持ちの上では利発たりたいと望めど，退屈たる間(ま)しかありません。

如何に我々，我が家を満喫し，同上に纏［わる］何もかもに浮かれていることか――如何に小生，来る日も来る日も朝［食が］済むや直ちに捩り鉢巻で仕事にかかろうと意を決しながらもくだんのホゾをあっさりマクリースとフォースターと［の］殿方めいた放浪癖の羽目外しや（御両人，因みに，例［の］シェーカー・パイプに感謝感激，ぞっこん参っていますが），庭で子供達と大はしゃぎで興ずるトラップ-バット・アンド・ボールについ懸想めいたが最後，緩めることか――して如何に小生，船上でアコーディオンを奏で（との文言を綴り，貴女はついぞ小生がくだんの楽器を演奏するのを耳になされたためしがないのを思い出すだに，この胸は悲しみで塞(ふた)がれますが）――帰航中ずっとテーブルの下座に選りすぐりの四人組ディナー一座を据えたことか（一座は「流浪連合団」と呼ばれ，その映えある団体の長(おさ)を外ならぬ小生が務めさせて頂きましたが）――は，次便にて審らかに致す所存のネタではあります。目下はただかく付け加えるに留めたく――何分鈴振り(ベルマン)の（郵便局と切っても切れぬ仲にある，外つ国姫よ，英国名物たる）音が聞こえることもあり――叶うことなら貴女に海を渡り，隣にお住まい頂きとう。と申すのも我が心の大方はレイト・ストリートにあり，其なくして生き存えるはいと難儀故。

貴女に――して――然り――「あの方」に――すら，神の御加護のありますよう。して「あの方々」にも，と申すのも如何なる方々をもかほどに愛おしんだためしがないもので。との謂れをもって半ば憂はしく，悉く律儀に

つゆ変わることなく親愛なるコールデン夫人

匆々

チャールズ・ディケンズ

（注）冒頭「16日」にニューヨークへ向けて出帆したのは「グレイト・ウェスタン号」。如何なる「キュナードの船」もその日は出港していない。よってディケンズも勘違い。第二段落「最後の船」即ち「サザナー号」は7月13日，ニューヨークへ向けて出帆。「パルミラ号」と「コロンブス号」はいずれも11日出帆。第三段落4行に及ぶ最後の文字――「纏［わる］(wi[th])」，「朝［食が］(breakfas[t and])」，「と［の］(wit[h])」，「例［の］(th[e])」――は封蠟の裂け目による欠損。「シェーカー・パイプ」は恐らくディケンズがシェーカー村で購入した「シェーカー教徒工芸品」。グランヴィル宛書簡（6月2日付）注，『探訪』第十五章〔拙訳書220-1頁〕参照。「トラップ-バット・アンド・ボール」は靴形の木片(トラップ)で空中に跳ね上がった球をバットで飛ばす昔の球戯。「アコーディオン」の演奏についてはフォースター宛書簡（3月22日付）参照。「帰航」の詳細につ

いてはグランヴィル宛書簡（6月2日付）注，並びに『探訪』第十六章参照。「鈴振り（ベルマン）」は午後遅く，ロンドンの受持ち区域をベルを鳴らしながら，郵便局で投函されるより1ペニー高い値で手紙を収集していた郵便集配人。第四段落「あの方（*Him*）」は大きな文字で。

ジョージ・W. パトナム宛［1842年7月15日付］

【パトナムのチャールズ・サムナー宛書簡（42年8月4日付）に抜粋あり。日付はパトナムによると7月15日。】

*パトナム宛，8月には必ず自分からサムナーに便りを出すそうだと，*皆すこぶる幸せにやっていると。*片時たり手紙を書く暇（いとま）がなく，無音（ぶいん）に打ち過ぎているが，心配には及ばぬ由伝えて欲しいと認めて。帰国してみれば*子供も馴染みもとびきり健やかだった——神よありがたきかな。

（注） ディケンズはサムナーに7月31日，自ら手紙を出す。上記がパトナムがサムナーへ伝えるよう依頼された内容の全てだが，ディケンズは帰国のさらなる詳細を審らかにしていたと思われる。『ボストン・デイリー・イヴニング・トランスクリプト』（8月1日付）には「ボズ帰国。由々しき有頂天の顚末」の見出しの下（もと）「とある友人」（パトナムでなくして誰あろう？）によって提供された，チャーリーの「歓喜」，「譫妄」，「医師の応診……一時は重篤」の記事が掲載される。ディケンズの手づから唯一伝えられるその折の状況についてはプレスコット宛書簡（7月31日付），チャプマン宛書簡（8月3日付）参照。

フレデリック・マリアット　1842年7月16日付

デヴォンシャー・テラス。1842年7月16日

親愛なるマリアット殿

本日必ずや——ディナーに——お越し頂けるものと信じて疑わず。本来ならば念押しに一筆認めるべき所，然るディナー・タイムに「お招き」致しているだけに，念を押すのが憚られました，ひょっとして「お招き」に与られた方はその折御酩酊だったやもしれぬと勘繰っているやに見受けられてはならぬもので！

敬具

チャールズ・ディケンズ

本日，大御脚にはさぞや効験灼たらんホックを御用意致しています。

（注） 16日のディナーにはエインズワースも招かれていた（7月7日付書簡参照)。「お招き」したのは恐らく7月9日開催グリニッヂ正餐会の席。追而書き「ホック」についてはエリス父子商会宛書簡（7月11日付）参照。

トマス・ビアード宛　1842年7月19日付

デヴォンシャー・テラス。1842年7月19日

親愛なるビアード

こんどの日曜5時半の鹿の胸肉（ブレスト・オブ・ヴェニズン）のことを考えている——夕方，フォールスタッフ張りのFに，ちょうど今書き終えたばかりの，ぼく達の往航の模様を読ませてやろうとか——君としてはどう思う？

ケイトが妹御のキャサリンにくれぐれもよろしくとのことだ。是非とも君と一緒に，お目にかかりたいそうだ。一言伝えてもらいたい。

目下「クロフツ・ロンドン・パティキュラー」という名のポート・ワインがある。味を聞いてみるだけのことはありそうだ。

ブロードステアーズ手筈に今や片がついたからには一言，ブロードステアーズの去年の屋敷を8，9月の二か月間借りた旨伝えておこう。相応に君の手筈も整えてくれ。ただし男爵から一週間なんていうケチな木端を刮げないよう。ざっくり一切れ行ってやれ。

不一

チャールズ・ディケンズ

トマス・ビアード殿

（注） フォースターの豊かで旋律的な，抑揚の利いた声による音読の妙は夙に名高かった——飽くまで男優の台詞回しを思わすマクレディのそれと好対照を成すことに。「往航の模様」は『探訪』第二章——ディケンズはフォースターへ宛てた1月17-30日付書簡

を参照しつつ執筆したと思われる。第三段落「ロンドン・パティキュラー（London Particular）」は通常ポートではなくマデイラ・ワイン。またこのフレーズは一般には「ロンドン特有の濃霧」を意味する。第四段落「去年の屋敷」はバーンズ図書館の隣，アルビオン・ストリート37番地の屋敷。

リー・ハント宛　1842年7月19日付

デヴォンシャー・テラス。1842年7月19日

親愛なるハント

小生貴兄の友人を存じ上げません——が小生の信ずる限り書籍商ではなく，よって人間的共感の埒内にお見えかと。

ところで「フィレンチェ伝説」も「乗用馬（ポールフリ）」も御恵贈には与りませんでしたが，いずれも持っています。してかのマトンの脚肉が晴れて外れた暁には（いやはや，それにしても何と長らく御逸品の切断されぬままであることよ！）是非とも我が跡取り息子殿のために御署名賜りたく。

マクローン夫人の本への玉稿は印刷所へ回すよう，コゥルバーン殿宛送付しておきました。コゥルバーン殿は小生の本務を執行するに，自らの極めて文学的な意志と都合に応じ寄稿を受理・却下しました。小生丸一年にわたりコゥルバーン殿における当該，言語道断の不埒に抗いましたが，その期に及び同著は慈善の行為にして，小生マクローン夫人のために彼の金が入用なため恣意に任せよう旨一筆認めました——もしやこれが小生自身の場合ならば，たといパンに事欠こうと断じて致さなかったでありましょうが。小生同時に彼の目を（暗示的かつ解釈的に）呪い，如何なる案件に関せよ彼と向後一切連絡を取ること平に御容赦願いました。

とは申せもしやこの格別な玉稿に関し彼，もしくは奴のお抱え破落度（ミュルミドン）の内何者かに申し入れるようお望みならば，御希望に副わせて頂きたく。我々ランドーの寄稿がらみでは決裂致しましたが，先方，同上を「文学上の友人に言わすとプロテスタント的でない」と宣うもので!!!!!!!!!!

敬具

チャールズ・ディケンズ

リー・ハント殿

（注） ジェイムズ・ヘンリー・リー・ハントについては『第一巻』原典p. 341脚注，訳書428頁注参照。「書籍商」は即ち「出版業者」。第二段落『フィレンチェ伝説』(1840) はコヴェント・ガーデンにて40年2月7日初演。「乗用馬（ポールフリ）」は『乗用馬（ポールフリ）：古（いにしへ）の恋物語』(1842)。第三段落「マクローン夫人の本」はディケンズ編『ピク・ニク・ペーパーズ』（41年8月刊）。コゥルバーン宛「一筆」については『第二巻』原典p. 247，訳書303頁，41年4月1日付書簡参照。第四段落「ランドーの寄稿」こそ4月1日付書簡でディケンズが忿懣を露にした主題だった。

ジュリア・パードゥ嬢宛　1842年7月19日付

リージェンツ・パーク，ヨーク・ゲイト
デヴォンシャー・テラス1番地。1842年7月19日

親愛なるマダム

憚りながら「アメリカ盗賊」に関し恐らく十全とは御理解なさっていないと思しきとある点について御説明させて頂きたいと存じます。

現行の法律の下（もと），彼らは如何なる英国の書籍であれ一切――著者とも他の何人（なんぴと）とも――連絡を取らぬまま再刊致せます。拙著は一冊残らず当該好もしき条件にて再刊されて来ました。が時に彼（か）の地にて発刊前にとある書籍を巡り採算が取れると見れば，某「海賊」出版社は同上の早期校正を手に入れるべく端金を払い，印刷に必然的に費やされる時間の分だけ他社を出し抜こうとするでしょう。書籍は一度（ひとたび）印刷されるや立ち所に共有財産となり，一千度（いっせんたび）再刊されるやもしれません。

小生の廻章は単にこの手の掘出し物に言及しているにすぎません。

して蛇足ながら小生，合衆国が当該不実な点において誠を尽くすとはいささかたり期待していません，故にこれら盗賊に追いつけようとも思っていません――がにもかかわらず「泥棒だあっ」と声を上げても好いではありませんか――わけても連中，さらば竦み上がり，ズキリと胸を疼かそうというなら。

匆々
チャールズ・ディケンズ

パードゥ嬢

（注） ジュリア・パードゥ（1806-62）は広く人々に親しまれた紀行作家・歴史家・小説家。保養のため海外を旅し，物語や小説のみならず，この時点で早ポルトガル，トルコ，ハンガリー，フランスに関する本を五冊上梓（1836-9）していた。第二段落「早期校正を手に入れるべく端金を払い」とは（今やディケンズが「海賊」出版社の範疇に入れていると思しき）リー＆ブランチャードが『オリヴァー・トゥイスト』，『骨董屋』，『バーナビ』に対して踏んだ手続き。恐らくジュリア・パードゥはケアリ＆リーから『ポルトガルの特性と伝統』（1834），『皇帝（サルタン）の都』（1838）等の執筆料を某か受け取っていたため，ディケンズの廻章（7月7日付）への返信とし，その旨伝えていたと思われる。片やハーパー＆ブラザーズ社刊や『ブラザー・ジョナサン』紙上ではパードゥの著作の海賊版が出回っていた。

ホラス・スミス宛　1842年7月19日付*

リージェンツ・パーク，ヨーク・ゲイト
デヴォンシャー・テラス。1842年7月19日

拝復

忝き芳牘を賜り篤く御礼申し上げます。共に人込みの中で「泥棒だあっ」と叫んだお蔭でいよよ御高誼に与るとは幸甚に存じます。

小生ヨーロッパ大陸の追剝ぎ共の息の根を止める望みはあると信じています。アメリカにおける「剽窃」にこの世代で待ったをかける望みは何ら抱いていません。がそれでもなお次世代に資すべく我々の蒙っている不当を申し立てても悪くはなかりましょう。**さぞや**連中擦り剝け，竦み上がろうでは。――というが我々にとってはせめてもの慰め。いや，小生にとりては実に大きなそれではあります。

芳牘の中で文学人生も終焉に近いと述べておいでのかの件（くだり）に出会い，快哉を叫んでいます。と申すのも金持ちに限って金がないと不平を鳴らす如く，是ぞ貴兄のペンよりなお幾多の書の紡がれよう約言に外ならぬと意を強くしたもので。

敬具
チャールズ・ディケンズ

ホラス・スミス殿

（注） ホレイショ・スミス（1779-1845）（通常ホラスの名で親しまれている）はわけても兄ジェイムズとの共著であるパロディー集『反故にされし前口上』（1812）で知られる詩人・小説家。ディケンズは恐らくクーツ嬢もしくはロジャーズを介し知遇を得ていたと思われる。第二段落「ヨーロッパ大陸の追剝ぎ共」に関せば，6月30日の集会は即座に立法には結実しなかったが，1844年の新法令の下（もと）相互版権国際協定にプロイセン（1846）が，1852年法令の下（もと）同上にフランス（1852），ベルギー（1855），スペイン（1857），サルジニア（1861）が調印。イングランドを含む大半のヨーロッパ諸国がベルヌ版権国際協定（1887）を採択。ディケンズの「この世代」に纏わる悲観は強ち杞憂ではなく，その後48年間に及び英国との相互版権を求め，アメリカの著述家・出版社により国会等へ強硬な圧力がかけられたものの，1891年のチェイス版権法令まで制定法は可決されなかった。「（さぞや連中）擦り剝け竦み上がろうでは "(I *know*) it galls them, and they wince")」は『ハムレット』第三幕第二場254行ハムレットの台詞 "let the galled jade winch"（「脛に傷持つ悍馬は蹴りもしよう」即ち「侮辱されたと思う人は怒ってみせろ」）を踏まえて。〔原典p. 275注「第二幕第三場237行」は誤り。〕『反故にされし前口上』は1841年の時点で二十版を重ねていた。スミスは既に十一作の小説を著していたが，42年7月以降も小説を三作，『詩集』（全二巻）等を上梓し，晩年に至るまで健筆を揮う。

チャールズ・スウェイン宛　1842年7月20日付*

ロンドン，リージェンツ・パーク，ヨーク・ゲイト
デヴォンシャー・テラス1番地。1842年7月20日

拝復

麗しき御高著を賜り，心より篤く御礼申し上げます。たいそう楽しく拝読致すと共に，豊饒な頁より幾多の興味深くも教示に満ちた思想を学び取らせて頂きました。

のみならず，芳牘の綴られている正しく尊く忝き文言の大いなる恩恵に浴している次第にて。

敬具
チャールズ・ディケンズ

チャールズ・スウェイン殿

（注） チャールズ・スウェイン（1801-74）は詩人。十五歳にして染物屋の事務員として働き始め，1830年頃からマンチェスターにて彫版師として生計を立てる。著作に『韻文随想』（1827），『精神，その他詩集』（1832）等。「麗しき御高著」は恐らく挿絵入り『精神，その他詩集』（1841）。注も含め300頁を越える大著。「精神」はそれ自体，哲学的な長詩だが，注のみならず，四篇それぞれに「分析」が添えられている。

トマス・ビアード宛　1842年7月21日付

デヴォンシャー・テラス。1842年7月21日

親愛なるビアード

チャリング・クロスのグローヴズ殿にお伺いを立てた所，氏の含蓄に富む頭脳はかくの如き神託を賜った——「ならここのこのすかの胸肉（ウェンソン／むなにく）あポシャったことにして——だんなにゃ次の日曜，食いごろの別のぶっちぎりのヤツうごよおいいたそうじゃ。いってえ」——とグローヴズ殿の畳みかけるに——「そんくれえどうだってんで？」

グローヴズ殿はかく宣いながらピシャリと鹿肉（ベニズン）に平手打ちを食らわし，かくて託宣に劣らず身をもって是ぞお智恵なりと御教示賜った。というのを君はどう思う？——で妹御は？

不一

チャールズ・ディケンズ

もしもこの秋泳がなければ，ぼくは——だが先走りは止そう。

（注） チャリング・クロス33番地トマス・グローヴは魚・鹿肉商〔“Grove” は時に “Groves”〕。第二段落「鹿肉（“venison”）」は草稿では “vension” と読める。

ダニエル・マクリース宛　1842年7月［24日］付*

【1842年7月23日は土曜。第二段落「来週の明日」に照らしても，ディケンズの誤記は日にち。】

デヴォンシャー・テラス。1842年。7月23日日曜

親愛なるマック

つい昨日の夕刻，フォースターから貴兄が依然体調不良とお聞きしたもので，(遅れ馳せながらあっぱれ至極な智恵を絞り)「青鬚」を呼んだ次第にて。――2時から4時にかけてお伺いするお膳立てとし，如何お過ごしか一言お報せ賜りたく。

小生に言わせば「海辺」に限ろうかと。エリオットソンも，もしやお尋ねになれば，そうおっしゃいましょう。来週の明日，我々はロチェスターとカンタベリー経由にて参ります。して是ぞ貴兄の道筋かと，もしや分別がおありならば。

昨日妻共々，展覧会へ足を運びました。「ハムレット」についてはただ一言素晴らしいとしか申し上げられません。貴兄は小生が貴兄の類稀なる天稟を如何様に思っているか御存じのはず――よって小生ですら驚歎したと申せば如何ほど冗談抜きかもお分かり頂けようかと。

不一

CD.

ダニエル・マクリース殿

(注) 42年初頭のマクリースの気鬱と体調不良についてはマクリース宛書簡 (1月30または31日?付) 注参照。「青鬚」は即ちエリオットソン博士 (『第二巻』原典p. 330，訳書405頁，並びに原典p. 331脚注，訳書406頁注参照)。第三段落「昨日」は王立美術院夏期展覧会最終日。「ハムレット」は『イグザミナー』(5月3日付)，『アート・ユニオン』(6月号) 等で「傑作」と絶賛される。『アシニーアム』はやはり讃歎に一縦欄(コラム)以上割くが，唯一の瑕疵は暗殺者の「威嚇的かつ凶運めいた影法師」と指摘する (その点を巡るディケンズ，サッカレー，『ブラックウッズ』の見解についてはサムナー宛書簡 (7月31日付) 参照)。『タイムズ』(5月3日付) は「展示室の花形」と称えながらも，「不自然な配色」，「表情全ての驚くべき類似」，「遠近画法の欠如」を批判し，オフィーリアを「いささか通俗的」と形容する (『ブラックウッズ』(7月号) によればオフィーリアは「酒場の女給と大差ない」)。辛辣な画評――わけてもオフィーリアに関する――を受けて，マクリースは『アート・ジャーナル』のために彫版印刷するに当たり「再度総点検し，オフィーリア像を画き直した」(W. J. O'Driscoll, *Daniel Maclise*, 1871, p. 79*n*)。

レディ・ホランド宛［1842年7月18–25日？付］

【チャールズ・ドゥ・F.バーンズ目録（1883年5月）に抜粋あり。草稿は1頁。日付は目録によると「1842年」。「魔術師」は明らかにドブラーであり，ディケンズは44年4月26日付書簡において彼がロンドンにいた「最後の折」に実演を観たと綴っている点，ドブラーは1843年には訪英していない点を考え合わせると，本状は42年7月18日当日かその直後（注参照），ながら7月25日の42年最終公演の前に認められたと思われる。】

小生，幼気な連中皆に今晩魔術師を観に連れて行ってやろうと約束してしまいました。

（注） ルートヴィヒ・ドブラー（1801–64）は魔術師・ウィーンの彫刻師の息子（ミトン宛書簡（43年2月6日付）末尾に言及あり）。42年4月12日–7月25日，セント・ジェイムジズ劇場にて出演，ウィンザー城でも実演。44年4月再び訪英した際には自らをヴィクトリア女王とアルバート殿下の御前のみならず，「ヨーロッパ各地の宮廷，ウィーン，ペテルブルグ，ベルリンで」実演した経験を有する「プロイセン国王陛下直属自然哲学芸術家」と称した。『モーニング・クロニクル』（42年4月13日付）は「極めてさりげなくも完璧に至芸をこなす」と絶賛。『パンチ』（7月9日付）は「ロウソクの不可思議は……奇術師と魔王との間の密かな諒解の賜物としか思われぬ」と感歎する。47年の引退後は家業を継ぎ，オーストリア，エッシェナウ市長に就任。「今晩」とある所からして，ディケンズは恐らく，レディ・ホランドが7月18日に開催したディナー，もしくは以降のディナー後の表敬訪問への（当日になってからの）誘いを断ったものと思われる。

オクタヴィアン・ブルウィット宛　1842年7月25日付

デヴォンシャー・テラス。1842年7月25日

拝啓

小生是非とも文学基金よりW. A.チャトー殿へ某かの御支援を仰ぎたく。氏は「小口木版の歴史」（チャールズ・ナイト刊）――「スコットランド国境地方散策」――「毛鉤(けばり)釣りの歴史」――その他様々な，研究と弛まぬ調査を要する著作の筆者であります。が一つならざる謂れにて，一時的な窮乏の極みにあり，故に紛うことなく，即刻の救済を受けるに極めて適格かつ相応の対象かと思われます。

上記が実情であるとの小生の個人的保証と確約に加え，氏は書籍商チャプマン・アンド・ホール両氏から委員会への揺ぎない推薦も有しておいでです。と申すのもくだんの版元は氏の苦況を熟知すらばこそ，既に自ら援助の手を差し延べておいでなもので。

何卒本件に関し能う限りの御高配を賜りますよう，衷心よりお願い申し上げます。

敬具

チャールズ・ディケンズ

O. ブルウィット殿

本来ならば早急に委員会宛お願い致して然るべきだったものを，アメリカから帰国したばかり故，果たして開会中か否かも存じ上げません。

（注）　オクタヴィアン・ブルウィットは文学基金協会幹事（『第一巻』原典p. 602脚注，訳書775頁注参照）。ウィリアム・アンドルー・チャトー（1799-1864）はニューカッスル-オン-タイン生まれの雑文家。1830-4年ロンドンで茶を商った後（のち），文筆業に専念。本状に名が挙げられている以外にも『ペイン・フィッシャーによる釣師の思い出』（1835）等多作。『ニュー・スポーティング・マガジン』（1839-41），『パック』（1844）を編集。息子のアンドルーと共に出版社チャトー＆ウィンダスを創業。三作は正式には順に，『小口木版論考，歴史的・実践的』（1839），『ノーサンバランド及びスコットランド国境散策』（1835，筆名はスティーヴン・オリヴァー），『ノーサンバランド，カンバランド，ウェストマランドにおける毛鉤（けばり）釣りの情景と思い出』（1834，筆名はスティーヴン・オリヴァー・ザ・ヤンガー）。チャトーの処女作を出版していたチャプマン＆ホールはその朝ディケンズに彼の窮状を伝えていた。彼らはディケンズの書状を同封した上，著者は最近体調を崩しているため同社近刊最新作を仕上げられなかった旨綴った添え状をブルウィットに送付する。ブルウィットは直ちにチャトーに面会するが，結局は申請せぬ決断を下したことが判明。チャトーは後に1848年の申請後£50，1852年にも再度の給付を受ける。

『モーニング・クロニクル』編集長宛　1842年7月25日付

【原文は『モーニング・クロニクル』（42年7月25日付）より。署名は「B.」。】

1842年，7月25日，月曜朝

拝啓

「鉱山と炭鉱法案」が今晩上院にて付託されよう故，と言おうか換言すらば今晩，炭鉱上院議員閣下のありがたき慈悲によりて，他処の縁者・友人の其が送り返されるに及び面影を探そうとていたく戸惑わずばおれぬほどに歪め傷つけられるが必定のくだんの段階に達しよう故，小生憚りながら本件に関し私見を二，三審らかにさせて頂きたく。法案は初めて公的に注解されて以来，貴兄より然に前向きな共感を得，貴紙において然に力強く雄々しき支援を受けているとあらば，この期に及びかくて貴兄のお時間と紙面に立ち入る詫びを入れるまでもなかりましょう。

幾歳（いくとせ）となくこれら鉱山と鉱山に属する全てが，それ自体暗黒の地下にて視界の埒外に置かれて来た如く，立法府の意識の埒外に打ちやられて来たということは――然に幾歳（いくとせ）となく人間性，機略，社会的美徳，通常の嗜みなる案件は悉く，炭坑の入口にて，上院議員坑夫の一文の得にもならぬ他の肥やし山クズと一緒くたに腐るがまま放置されて来たということは――幾歳（いくとせ）となく，とあるキリスト教国の中枢にして核のくだんの場所にては，もしやサンドイッチ諸島の海員もしくは伝道師によりて発見されていたなら四折二巻本の身上を築き，上院議員席の主教を一人残らず感極まらせ，「外地福音普及協会」を新たにして大規模な事業へと駆り立てていたろう状況が生き存えて来たということは――周知の事実であります。委員によりて得られた証言はその流布の最初の刻限より（宜なるかな）人心に尋常ならざる印象を刻んだとは――証言に基づく法案は全党派の満腔の賛意と全陣営の即座の結束をもって下院を通過したとは――ありとあらゆる階層の人々と，ありとあらゆる階層の彼らの代表は，悪弊を知るや否や矯正策を急遽講じにかかったとは――近来の名立たる事実であります。後はただ上院のみがこの種の制定法は悪しく悍しく全くもって肯んぜられぬ由暴き立てるのみとなりました。如何なる謂れにて，かは以下述べると致しましょう。

当該制定法は労働の権利への干渉である，何となれば女性を鉱山より追い立てようと目論んでいるからなり。其は不十分な証拠に則っている，何とならば証人達は宣誓を怠っていたからなり。証人を審問した副委員達は然るべく審問しなかった。如何(いか)で何故(なにゆえ)か何人(なんぴと)たり知らねど――何者かが然に宣うによって。これら難攻不落の異議では慊らずロンドンデリー卿は（さすがロンドンデリー卿ならでは天真爛漫(ナイヴテ)にも）上院議員閣下の卓上の版画は疎ましいことこの上もないと付言する。それ故，と卿の理詰めに押すに（さすがロンドンデリー卿ならでは論法を振りかざし）同上をでっち上げた輩は筋金入りの偽善者なり。

これら異議の根拠にかてて加えて，坑夫上院議員閣下によりては鉱山には何ら不平も，不快も，悲惨もないと，鉱山で働く者は皆のべつ幕なし歌っては踊り，祭の如く浮かれ返っていると，要するに，然に大はしゃぎのドンチャン騒ぎめいた日々を送っているものだから彼らが地下で働いていてもっけの幸い，さなくば世間は連中のけたたましい歓声で耳を聾されようからと，傲然と申し立てられます。是ぞ滑稽千万ながら，今に始まったことではありません。全く同じことが奴隷制，工場労働，アイルランド窮乏を始めありとあらゆる段階の貧困，疎外，迫害，悲惨について言われて来ました。真実には純然たる，と言おうか徹底的な異議とも呼べようある種異議があります。其は思い留まるということを知らねば，中庸も弁えません。論駁の余地なきまでに，明々白々として紛うことなく，如何なる階層の人々であれ立法の庇護と支援を格別必要としていると審らかにしてみよ，さらばこの種の反対者がすぐ様蜂起するや，貴兄にくだんの階層は比較的裕福だとか，平均的な快楽に浴しているとかではなく，ありとあらゆる地上の位階と境遇の内彼らのそれほど図抜けて，とびきり嫉ましいものはないとの主張をもって論駁しにかかりましょう。さて，幸福の女神は奴隷大農園にて歌ってはふざけ回り，其を黒檀の楽園(エデン)に仕立て上げる。さて，女神は屋根のない丸太小屋に住まい，そこにては週に三度ポテトが，日曜にはバターミルクが，食され，茶の間にはブタが，肥やし山には熱病が，湿気た土間には七人の素っ裸の子供が御座り，女房は御逸品を鼻にかける最寄りの――とは5マイル離れた――小屋から担ぎ込まれた扉の上で八人目を産み落とす。さて，女神は真夜中に，爽やかな蒸気機関の鎮守の森をマンチェスター子供と共に漫ろ歩き，時折コンコン短い棍棒-巻軸もて頭を叩いてやる。して今や海面下1,000フィートの暗がりに腰を下ろし，日がな一日齢六つの小さな通風口開閉係(トラッパー)の脇でのんびり過ごす。もしや私がこの大いなる貴族でなければ，とロンドンデリー卿の宣はく，あの幼気な通風口開閉係（トラッパー）になりたいものだ。もしや私が不幸にも人類の讃歎と称賛のために我が高位にて厳かな物腰を保ち，無垢な戯れの一際高みにて超然たるよう運命づけられた侯爵でなければ，陽気な小さな通風口開閉係（トラッパー）になりたいものだ。おお，通風口開閉係（トラッパー）揺籃期の燃え殻まみれの日々を我に与えんかな！　森の中の赤子達には金持ちの酷たらしい伯父がいた。一体いつ石炭の中の子供達が遺産相続権故に殺されたことがあるというのか？　陽気な，陽気な通風口開閉係（トラッパー）よ！

女性を鉱山から締め出すのは労働の権利への干渉である——裸の男の傍らで——（娘は自らの父親の傍（はた）で働くことも稀ではありませんが）——この上もなく悍しくも疎ましきやり口にて鉄の鎖で荷車に括りつけられたなり——働く女性を。くだんの性（せい）から女らしさのありとあらゆる姿形，刻印，特質を拭い去ることが——その蔑されし子らを胎内に宿されし刻限より，揺るがぬ罪科と苦悩と悲惨と犯罪へと運命づけることが——女性から我が家に纏わる全ての知識を，貧しい小作人の炉端なる約しき領域にて女性らしい感化を及ぼす可能性全てを，奪い去ることが——女性をただ自ら獣的にされ，他者をも獣的にするより速やかにして抗い難き機会と，絞首刑台や牢獄のために身籠もる能力の点をさておけば，その数だけのより弱き男に成り下がらすことが——労働の権利に数えられるのでしょうか？「労働の権利」を口にする時，我々はとある悍しき亡霊が炭坑と鉱山の深みにて不平を鳴らし，チャーティスト主義者の鋭い鋒をこっそり尖らせ，農夫の干し草積み場から忍び去るの図を心眼に彷彿とさせているのでしょうか？　それとも我々は，神によりてアダムの末裔に授けられし程々の理性を具えているからには，これら上院議員閣下が労働の権利と申し立てるものは労働の違法に外ならぬ旨熟知した男なのでしょうか？　当該肝要極まりなき条項への異議は元を正せば彼ら自身公判に付されている，と言っても過言ではなかろう男共によりて——他の如何なる裁きの場においても警戒と不審の念をもって審問されよう，陪審員を務めるは疎かポケットに欠席陪審員の友好的な評決を幾十票となく突っ込むことすら能わぬ男共によりて——唱えられた旨熟知した男なのでしょうか！　より率直に申せば，我々は熟知していないでしょうか，正しく当該条項に異議を唱えている者達の真の首領は男自身，今しも週給にて400人からの女を雇っている，スコットランドのかの最も忌わしき地区の最も杜撰な管理の鉱山の所有主だということを？　果たして当該「労働の権利」という言い回しの中に，女性が最早可惜長らくこなして来た恥ずべき仕事に心身の機能全てを費がなくなるに及んでは男性の側からより高い給金を求める声が上がるのではなかろうかとの怯えを読み取らぬ生身の男が（上院はさておき）一人とているでしょうか？　果たして何者がその面にパンを求めるより大きな叫び声への危惧がまざまざと描かれているのを見て取らぬでしょうか？　炭鉱夫は不平一つ洩らさず，変化の希望の一縷も無きまま，年々歳々，世々代々，身を粉にして働き，己が女性を男性に，子供を悪魔に，変え，以上全てを生き存えるために為さざるを得ません。以上が貴兄の炭鉱上院議員閣下にあっては「労働の権利」とは！

証言は宣誓の上，得られていない故，不十分である。数日前，貴紙にて上記はその提起において救貧法案への異議の根拠とは見なされず，かようの異議が唱えられたのは初めてであるとの卓見が述べられていました。が何故救貧法令と鉱山並びに炭鉱のより健全な統制のためのそれとの間に当該尋常ならざる差異が存するのか？　理由は単に，前者においては資産が貧困に対する保護を求めていたからであり，後者においては貧困が資産に対する保護を求めているからであります。「如何にこの世が回っているか見るに目などいらぬ。汝の耳で見よ。そら，彼方の司法官が彼方の賤しい盗人を叱り飛ばしている。汝の耳で聞けよ。二人が入れ替わった。さあ，握り拳の右か左か，どちらが司法官で，どちらが盗人か？」

副委員の瞞着は極めて実り多き主題にして，日々これら議員閣下の覚え目出度くなりつつあります。さて，副委員は法廷弁護士，外科医，土木技師の中から選りすぐられました。小生彼らの労苦の賜物を微に入り細にわたって調べ，かくて未だかつてかほどに公平かつ，効率的かつ，丹念に進められた調査はなかったものと心底信ずるに至っています。して是ぞ普遍的とも言える通説に違いなく，たとい小生彼らが真実に達すべく注いだ尋常ならざる心血，並びに其を審らかにしている聡明な物腰に対しくだんの殿方へ謝意を表そうと，それはただ人類の友という友と思いを一にしているにすぎません。が彼らは炭鉱上院議員閣下のお気に召すどころではありません。万が一にもお気に召せば，それこそ妙というものでありましょう。法廷弁護士は他の人々ほど易々と虚偽の陳述によって欺かれぬものです。外科医は有害な大気と役畜の重労働が嫋やかな齢（よはい）と体軀の者に及ぼす目下の，して蓋然的な影響に無頓着ではいられません。土木技師は労働者の安全のための予防措置の何ら講じられていぬ杜撰な管理の炭坑に潜む危険ならば嫌というほど知っています。リトルトン卿の従者と，ロンドンデリー卿の執事と，ハミルトン公爵の如何なる執事と言おうか監督であれ，まんまとやってのけていたでありましょう。連中さぞや傑作な委員会に成り済ましていたでありましょう。三人かようの副委員が揃えば（一人で定足数を満たす）炭鉱議員閣下はトントン拍子に行っていたでありましょう。陽気な小さな通風口開閉係（トラッパー）が我々に対しダース単位で引用され，彼らの陽気な小さな宣誓供述書の噂などちらとも耳にされていなかったでありましょう。

如何なる主題に関せよ，曲がりなりにも理性を具えた者がロンドンデリー卿に同意するとは然に目新しい事象故，小生嬉々としてくだんの栄誉に浴させて頂きたいと存じます。上院の卓上の絵はなるほど疎ましい限りであります。版画には正視に耐えぬ状況の同胞が描かれています——国家にとって恥ずべき，共同体にとって剣呑な，ありとあらゆるまっとうな思考の人間にとりて総毛立つほど悍しく疎ましい状況の。がロンドンデリー卿の異議はこの嘆かわしき社会状況の存在そのものに対して唱えられているのではなく，くだんの状況を開陳し，例証する猥りがわしき版画に限られています。「其を鉱山の中に仕舞っておけ」と卿の宣はく。「が卓上に広げるでない。そのまま取っておけ。が描くでない。余は制定法（レジスレーション）にも石版画（リトグラフ）にも等しく異を唱える」事ほど左様に，ホガースの時代の蒸留業者の繊細な感性は「ジン横丁」の版画によりていたく蹂躙され，コヴェント・ガーデン辺りに住まういかつい女家主はほとんど満票にて「売春婦の遍歴」は下品にして猥褻であると決めつけました。

前述の，これら版画は疎ましい，故に同上をでっち上げた殿方は必然的に偽善者なりとの才気煥発たる演繹へとロンドンデリー卿を追うことにて貴重なお時間を頂戴するまでもなく，何卒，結論として，貴紙の読者諸兄にひたすら銘記させて頂きたいと存じます——以上が「鉱山と炭鉱法案」に唱えられている唯一の異議だと，以上が今晩延引動議や他の手段にて法案を正しくそれ本来の姿の亡霊にして幻影に，ほんの馬鹿げた虚構に，成り下がらすまでに皮を剝き，切り刻み，粉々に砕こう男共だと。これら同じ手によりて法案に対し呈せられて来た，炭鉱夫によると称される僅かの請願は不問に付すと致しましょう。如何に署名というものが手に入れられるか難なく察せられる上，ロンドンデリー卿自身数日前の宵，正しくこれら文書の一通を呈するに及び，例の調子で屈託なく，当該救済の見通しのせいで「彼らは熱狂に陥っていた」と認めたとあらば。

当今，貧富の間にはかくも大きな懸隔（けんかく）が広がり，其は善人皆の望もう如く狭まるどころか日々大きくなっているとあらば，ありとあらゆる位階と地位の者が何者の手がその一方は社会の活力と幸福のために，偉大で強力な国家として存続するために，他方に依存している社会のこれら大きな二階層を分かつべく差し延べられているか理解することが極めて肝要でありましょう。それ故であります，小生が是非とも貴紙の読者諸兄に，その生活がせいぜい，危険と苦役と辛苦に満ち溢れざるを得ぬ，薪を切り水を汲む者より成る一大階層の状況と特性の改善をこそ唯一の目的とする当該条令案の命運を具に見守るよう，当該法案の上院における命運を国家による受容，及び下院における進展と引き比べ，今宵の討議に細心の注意を払うよう，切にお願い致すのは。

B.

（注） 7月29日，マクレディは『日誌』に「鉱山と炭鉱に関するディケンズの投書を読み，快哉を叫ぶ」と記す。「投書」は明らかに『モーニング・クロニクル』へのそれ（ディケンズの編集長ジョン・ブラックへの申し出参照）――鉱山と炭鉱に係るアシュリー卿法案を強く支持する論考。署名「B」もまず間違いなく「ボズ」の略。40年6月のクールヴォワジエール審理に関する『クロニクル』投書においても（『第二巻』原典p. 86，訳書103頁，並びに原典p. 90，訳書107頁参照），ディケンズは――恐らくイーストホープの目を欺くためであろう――匿名で執筆。第一段落「鉱山と炭鉱法案」は6月7日，アシュリー卿によって提議された「鉱山と炭鉱における女性と女児の雇用を禁じ，男児雇用を規制し，そこにて働く人々の安全対策を講ずるための法令」。報告が法案に結実した児童雇用調査委員会へのディケンズの支援については『第二巻』原典p. 165，訳書202頁参照。〔「ありがたき慈悲（tender mercies）」は反語で「冷淡」，「非情」の意（『箴言』12：10より）。〕貴紙における「力強く雄々しき支援」は，例えば『モーニング・ク

ロニクル』(6月29日付，7月7日付，14日付）社説において鉱山所有者の側(がわ)での「労働の自由」原則擁護を「全き空念仏」として厳しく糾弾した姿勢を踏まえて。第二段落「視界の埒外に」の原語“out (of sight)”を『クロニクル』は“out out”と表記。ディケンズの本状の誤植への言及についてはマッケイ宛書簡（10月19日付）参照。「サンドイッチ諸島」をディケンズは典型的な遠隔の異境と見なしていたと思われる——アメリカ人伝道師は1819年以来布教活動を行なっていたにもかかわらず。アシュリーの日誌の記載（7月26日付）によると，法案が上院協議会を通過した際「主教は僅か三名しか出席していなかった」。「外地福音普及協会」は1701年創設。1842年5月，委員会の第一回報告が刻んだ「尋常ならざる印象」については『第二巻』原典p. 354脚注，訳書437頁注参照。6月7日，証言を詳述するアシュリーの三時間に及ぶスピーチは多くの議員が感涙に噎ぶほどの劇的功を奏した。法案は下院における第一，二読会（6月7日，15日）は異議なしで通過，第三読会（7月1日）では繰延べの試みが為されたものの7月5日に「歓呼に包まれて」通過。事実上修正は加えられなかったが，鉱山における就業の最低年齢は十三歳から十歳に引き下げられた。鉱山所有主である貴族が優位を占める上院は予想通り法案に敵対的だった。にもかかわらず，第一，二読会（7月7日，14日）では延期の発議を受け，第三読会（8月1日）ではかなりの修正が加えられたものの，8月10日女王裁可を受ける。アシュリーと委員会報告を最も痛烈に批判，一時はアシュリーを絶望の淵にまで追い詰めたのはロンドンデリー卿（後出）。〔卿の攻撃とディケンズの反駁については拙訳『寄稿集』第十五稿参照。〕

第三段落「女性」の賃金損失への懸念は所有主により当然の如く掻き立てられていたが，女性排斥は実は改正案の内最も異議の少なかった事項だった——就中有力な法案反対者自身，女性を雇用していなかったこともあり。第三代ロンドンデリー侯爵，チャールズ・ウィリアム・ヴェイン（1778-1854）はカースルレイ子爵〔第二代侯爵〕の異母弟。ダラム，シーアムに広大な炭田を所有していた。「版画」は鉱山で働く女性や子供の素描——サウスウッド・スミスの指示によりその場で取られたスケッチ（『第二巻』原典p. 165脚注，訳書202-3頁注参照）——を原画とする（間々複製された）版画。委員会報告の挿絵として用いられた。ロンドンデリーは6月24日，版画を「極めて疎ましく猥りがわしき手合いの絵画」と弾劾。7月14日には告発したばかりの偽善の咎はあろうことか「上院議員の卓上の悍しき版画を世に流布」させることで「人心を煽ろうとする者達」にこそ当てはまろうと説明。第四段落「短い棍棒-巻軸」は十九世紀初頭，綿工場の職工と親方との間の論争において子供達に対する残酷な懲罰の道具として俎上に上せられた。鉱山で最も年少の児童は石炭運搬車のための幾多の扉即ち通風口(トラップ)を開閉するため通風口開閉係(トラッパー)として雇われ，暗がりの中で扉の傍に日に12時間かそれ以上独りきり座らされた。〔「森の中の赤ん坊達」の原語“The babes in the wood”は古謡“The children in the wood”より。〕第四段落の典拠は明らかに『モーニング・クロニクル』（6月25日付）に掲載されたロンドンデリーの前日のスピーチ。異議申し立ては——それ自体，公正に報道されているものの——ロンドンデリーによってではなく，卿によって引用されたノーサンバーランドとダラムの炭鉱所有主による法案却下請願において，為されたもの。第五段落「チャーティスト主義者の」の原語“Chartist's”を『クロニクル』は“Chartists'”と誤記。「400人からの女」はディケンズの誤解もしくは誇張か。ロンドンデリー卿は7月25日上院にて自らを「炭鉱主」の代表と称しはしたものの，スコットランドに鉱山は有さず，ダラムの炭鉱でも女性労働者は雇用していなかった。ディケンズはミドロージャン〔スコットランド南東部旧州〕の三箇所の炭鉱で194名の女性（鉱山主の内最多）を雇用していたサー・ジョン・ホープ准男爵（1781-1853）に言及しているのやもしれぬが，ミドロージャン中の炭鉱で働いていた女性・女児の総数は341名。

第六段落『モーニング・クロニクル』（7月21日付）社説には以下の「卓見」が綴られていた――「誓いの立てられていない成人の証言に則り螺子は困窮宛締められた。が固より首尾好き欺瞞の叶わぬ児童による誓いの立てられていない証言は，有産階級螺子が最も寄る辺無き労働者階級宛締められるのを妨げぬというのか」。末尾引用は『リア王』第四幕第六場150-4行リアの台詞より。〔「握り拳の右か左か」はどちらの手に物を持っているかを当て合う遊戯。〕第七段落，二十名の副委員（内十名は鉱山関係者）の中には法廷弁護士三名，医師二名，司祭一名，著述家R. H.ホーンが含まれ，それ以外の大半は恐らく技師だった。「労苦の賜物」とある所からして，サウスウッド・スミスはディケンズに委員会報告と証言の早期の写しを内々に送っていたと思われる（『第二巻』原典p. 353，訳書436-7頁参照）。初代ハザトン男爵，エドワード・ジョン・リトルトン（1791-1863）は法案の第二読会（7月14日）において特別委員会設置を――ウェリントン公爵支持の下――提議すると予告していたにもかかわらず撤回――ロンドンデリーの大いに歯嚙みしたことに。第十代ハミルトン公爵，アレキサンダー・ハミルトン・ダグラス（1767-1852）はスターリンシャー，ポルマントの炭鉱で127名の女性労働者を雇用していた。7月19日のスピーチにおいて，法案を「原則においても詳細においても極めて鼻持ちならぬ」と批判していた。第八段落「ジン横丁」に顕著な，酩酊のみならず，其をもたらす「悲惨な生活状況」へ我々の注意を否応なく喚起するホガース絵画の特質を巡るディケンズの注釈についてはF, VI, iii, 491参照。「女家主」の原語“landladies”を『クロニクル』は“landlady's”と誤記。「売春婦の遍歴」（1732）はホガースの「遍歴」シリーズ第一作。上院は幾多の修正――十一十三歳の男児の隔日就業合意を撤回，機関手としての男児の雇用を認可，現行の年季奉公証文の存続，女性労働者排除を43年3月まで延期等――を加えた。が8月1日，法案は事実上通過。女性と十歳以下の男児の地下での労働禁止，教区年季契約における十八歳の上限，安全規制の義務付け，視察官の任命等の原案は承認される。アシュリー自身にとって修正は不本意極まりなかった――反対派の領袖ウェリントン公爵の見解と大いに齟齬を来すことに。

第九段落，法案に対する幾多の賛否の「請願」が上院に提出されていた。反対「請願」の中には法案の結果，失業・無給が招かれるのを恐れる男女を問わぬ炭鉱労働者からのそれが多数含まれ，女性ではなく男性坑夫を雇用する経費は小規模の炭坑の閉鎖・失業・救貧院にも至りかねぬと指摘する炭鉱主もいた。「これまで」とロンドンデリーは7月14日のスピーチにおいて述べていた。「大半の炭鉱夫は満ち足り，物静かで，幸せだった。がこの法案の首唱者達は彼らの間にある種熱狂を巻き起こそうと躍起になり，くだんの状態は容易には鎮められまい」(『モーニング・クロニクル』(7月15日付）掲載)。第十段落「薪を切り水を汲む者」は『ヨシュア』9：21より。「汲む者」の原語"drawers"は『クロニクル』では"drawars"と読める。「国家による受容」に関し，アルバート殿下はアシュリーが自らの6月7日付スピーチを送付すると，23日親書にて「国中が賛同するものと信じている……とまれ，深い感銘を覚えている女王は賛同するものと……大成功を祈って已まぬ」由返信していた。

フレデリック・ディケンズ宛　1842年7月26日付*

デヴォンシャー・テラス。1842年7月26日

親愛なるフレッド

ふと思い当たったことだが，ミトンは（机にまだ目を通していない親父の書類が某か仕舞ってあるはずだし，目下は当然の如く休みを取っているだろうから）家族に御不幸のあったことを親父に報せて欲しいと思っているかもしれない。お前からその旨一筆書いてもらえないか？

うっかりグローヴズ殿のことを忘れないよう――羽子板は届いた。とびきりの奴らが――ただ，羽子の大きさが今一つだ。

不一

CD.

フレデリック・ディケンズ殿

(注)　ミトン家の「不幸」についてはミトン宛書簡（7月26日付）参照。ディケンズが自らは本状を父親に出そうとしていない所からして，彼が当時如何に（ほとんど仕事に関わりのない要件についても）ジョン・ディケンズと直接連絡を取っていなかったか推し量られる。第二段落「グローヴズ殿」についてはビアード宛書簡（7月21日付）参照。

G. P. R. ジェイムズ宛　1842年7月26日付*

デヴォンシャー・テラス。1842年7月26日

拝復

芳牘を賜り篤く御礼申し上げます。

無論，御指摘通り，書籍の価格においてすら，アメリカ国民は正直に立ち回ることにて（ともかく蒙ったにせよ）微々たる不利益しか蒙らないはずです。して必ずや目下に劣らず廉価な書籍を手にしましょうし，しかも遙かに正確かつ見事に印刷されたそれらを。

こと改悪「本」に関せば，貴兄の場合も，小生の場合も，如何なるかようの事例においても，その危険はほとんどないやに思われます。小生が「海賊共」のくだんの申立てを呈示したのは，小説家の胸の内なる深刻な危惧の謂れというよりむしろ，彼らの道徳観の驚くべき魯鈍の証としてであります。

小生，借財を弁済するか支払いを差し控えるかの単純極まりなき問題においてかくも不埒千万に不正直たること身をもって証して来た国民からこの点においてほとんど何も期待できまいという貴兄のお考えには全くもって同感です。が少なくとも彼らに我々，盗みを働かれた者は彼ら，盗みを働いた者に極めて侮蔑的な嫌悪を催している旨歴然と示せるのではなかりましょうか。さらば，遅々とながら時満ちれば，天地創造の最初の刻限より「最後の審判」の日の最後の刻限に至るまで広く遍く流布していよう，抽象的「正義」のありとあらゆる要件がたとい大挙，嵩にかかったとて叶わぬほど彼らの心を動かせるものと惟みている次第にて。

敬具

チャールズ・ディケンズ

G. P. R.ジェイムズ殿

（注） ジョージ・ペイン・レインズフォード・ジェイムズ（1801-60）は当時絶頂期にあった多作の歴史小説家。1842年末までに91作に及ぶ著述の内43作を世に出していた。ランドー（1840年に彼とディケンズを引き合わせようとしたこともある（『第二巻』原典p. 23脚注，訳書27頁注参照）は親友・第一子の教父。ヨーロッパ大陸における剽窃反対運動（マリアット宛書簡（43年1月21日付）参照）はエインズワースからも公的謝意を博していた。冒頭「芳牘」は明らかにディケンズの英国作家宛廻章（7月7日付）への返信。6月30日開催国際版権集会で主席スピーチを行なったジェイムズは剽窃による最も甚大な危害を蒙っている作家の一人だった（ロングマン宛書簡（7月1日付）注参照）。第二段落「正確（に）」の原語“correctly”は“cheaply（廉価に）”を削除した上に追記。第三段落「改悪」に関し，ディケンズ作品は翻案の危険は免れていたかもしれぬが，例

えば『ブラザー・ジョナサン』(9月24日付) を始めとし，アメリカ人編集長は『探訪』に「改善の筆を加える」におよそ吝かでない意思を表明する。「海賊共のくだんの申し立て」については英国人作家宛廻章 (7月7日付) 参照。第四段落「借財を」の件(くだり)は1837年の金融恐慌とその余波の結果，州政府・法人の中にはロンドンで調達した資本金を未だ返済できないものもあった事象を踏まえて。

チャールズ・マッケイ宛　1842年7月26日付†

【恐らくはマッケイの筆跡で「チャズ・ディケンズ。文学倶楽部設立案に関し」の裏書きあり。】

デヴォンシャー・テラス。1842年7月26日

拝復

芳牘の趣意に，小生心より賛同致します。ただし同上を実行に移して果たして首尾好く行くか否かについてはいささかの疑念を禁じ得ません。この手の実験は再三再四試みられながらも，劣らず再三再四失敗して来ているだけに。

にもかかわらず本件に関し是非ともお話を伺わせて頂きたく。今週御都合の好いいつなり朝方，お目にかかれれば幸甚に存じます。およそ1時頃がかようの目的には通常最も好都合です――が時間を御指定下されば随時合わせられようかと。

[a]在宅か否かお尋ねになるまでもなく，ただ召使いに名刺を渡しなが有無を言わせず，おっしゃって下さいますよう――「ディケンズ殿にこれを取り次ぎ，足を運んだ由お伝えを」。[a]

敬具

チャールズ・ディケンズ

チャールズ・マッケイ殿

(注)　マッケイの企画は執筆室・読書室・図書室を具えた「会館(ユニオン)或いは研究所(イスティテュート)」――基本的には倶楽部というよりむしろ文人の相互支援を目的とする協会――「ミルトン・インスティテュート」――の設立だった。協会の以降の発展についてはマッケイ宛書簡 (42年10月19日付，43年2月17日付) 参照。「失敗」の事例としてディケンズの記憶にあったのは恐らく，同様の趣旨で設立もしくは企図されながらも短命 (或いは無活動) に終わった二様の「実験」――キャンベル創設「リテラリ・ユニオン倶楽部」(31年3

月）と，ジャーダン発起「ナショナル・アソシエーション」(38年5月)。aaは従来未発表部分。

ダニエル・マクリース宛　1842年7月26日付

1842年7月26日

親愛なるマック

調子は如何でしょうか？

我々と（水入らずで）5時――夕べの遠乗りの前に――ディナーを御一緒頂けるほどにはお健やかと？

然らば一言，イエスと。

もしや食餌療法中と？　然らば一言，如何なる。

不一

サザランド

（注）恐らく本状を受け取るに及んでのことであろう，マクリースがフォースター宛以下の如く一筆認めたのは――「ずい分回復したが，本調子とは程遠い――ディケンズの所へ君の招待している〔正しくは「彼の招待している（“he invites”）」か？〕目的のために，這って行くことになりそうだ――5時にしっかり火を入れた（小さな）チョップを二切れ，用意するよう伝えておいたもので。君も立ち寄るはずだと言っておこう」(草稿はフォースター・コレクション(V&A)。日付はないが，黒枠便箋のため1842年)。署名「サザランド」はジョークで，サザランド公爵の謂。公爵はスタフォード・ハウスに厖大な絵画のコレクションを所有する芸術後援者（パトロン）。ディケンズは7月22日，ホランド・ハウスで同席していた。

トマス・ミトン宛　1842年7月26日付

デヴォンシャー・テラス。1842年7月26日

親愛なるミトン

父上が亡くなったとのこと，お労しい限りだ――とは言え如何なる訃報に接しようと，安らかな旅立ちだったと聞けば，大いなる慰めには違いない。ばかりか，父上はここ幾年も何一つ不自由のない幸せな日々を送って来られたと

——固より君の手筈と気遣いがなければ到底叶わなかったろう如く——知っているとは真の幸福でもある。

本来ならば，訃報を受け取るや直ちに一筆認めて然るべきだったろう。が君は当然街を離れている上，気を配らねばならない要件が山ほどあるのは言わずもがな，しばらく間を置くに如くはなかろうと心得た。まずもって，君が望むなら，喜んで葬儀に参列したい旨書こうとしたものの抑えを利かせたのは，しばし頭を冷やすに及び，もしも君自身そうして欲しいなら，躊躇うことなくお呼びをかけていたろうという気がしたからだ。

母上と妹御にくれぐれもよろしく伝えてくれ給え。して誓って，他のありとあらゆる難儀におけると同様，この度の難儀にあって，いつ何時であれ，つゆ変わることなく

不一

律儀な馴染み

チャールズ・ディケンズ

トマス・ミトン殿

（注）「父上」トマス・ミトン（1773?-1842）はかつてロンドン，サフロン-ヒルとバトル・ブリッジで居酒屋を経営し，恐らく一時期ディケンズ家の隣人でもあった（『第一巻』原典p. 35脚注参照）。42年7月22日（息子の住む）アイルワースで卒中のため死去。末尾「妹御」，即ちメアリ・アン・ミトン（1815?-1913）は市場向け菜園経営者ジョン・カートライト・クーパーと結婚，サウスゲイト在住。地元では奇抜な装いで悪名を馳せ，九十代には自らをディケンズの子供時代の——彼自身に「リトル・ドリット」と呼ばれていた——遊び友達と称するに至る。

マクヴェイ・ネイピア宛　1842年7月26日付

デヴォンシャー・テラス。1842年7月26日

拝復

芳牘に御礼申し上げる上で，先の芳牘にも併せて篤く御礼申し上げたく——後者は祖国を発つ少し前に拝受致し，蓋し敬虔に御返事致すつもりでいました。して偏に訪米の一千と一の手筈を整えねばならぬというのでなければ，定めし

御返事致していたろうものを。

お蔭様で妻共々至って健やかにして元気溌溂としています――のみならず，御明察通り，晴れて我が家に戻ったとあって至福の境地でもあります。

この度お便りを賜らぬ内から小生，我々の主題は陳腐にすぎまいか覚束無くなり始めていました。御存じの通り，証言の公表と共に極めて大きく，極めて広範な反響を喚び起こそうと想定する上で間違ってはいませんでした。

小生実はアメリカの旅模様を二巻本にて綴る意を決し，その結果目下多忙を極めています。故に貴誌10月号には何ら寄せられそうにありません。が真実，次号「エディンバラ」にては「打って出」たいと切に願っていますし，恐らく打って出られようかと。本件は徒や忽せにすることなく，念頭に浮かぶやもしれぬ如何なる主題に関せよ，時をかわさず，御連絡させて頂きたく。

妻がくれぐれもよろしくお伝えするよう申しています。して小生からもつゆ変わることなく心より

敬具

チャールズ・ディケンズ

ネイピア教授殿

(注) 冒頭「先の芳牘」は恐らくディケンズのネイピア宛書簡（41年10月21日付）への14頁に及ぶ返信（10月26日付）（『第二巻』原典p. 406脚注，訳書503頁注参照）。第三段落「我々の主題」は「鉱山における児童雇用」――ディケンズは当初，41年1月ネイピアと会談した際，『エディンバラ・レヴュー』への寄稿を約束していた（『第二巻』原典p. 317，訳書384頁参照）。だが42年5月7日「委員会第一回報告」が刊行されて以来，この問題は様々な形で報道されていたため，ネイピアによって提案されていた主題の取り扱い方――「思弁的というより叙景的」（『第二巻』原典p. 354脚注，訳書437頁注参照）――は『エディンバラ』次号の発刊（10月）までにはなるほど「陳腐」になっていたろう。とは言え今や（恐らくはネイピアから改めて寄稿を要請されるに及び）ディケンズはこの主題に関しともかく直ちに何らかの見解を公にする必要を見て取り，それが（雑誌寄稿ではなく）『クロニクル』宛投書（7月25日付）につながったと思われる。その一方で投書掲載の翌日ネイピアに一筆認めながらも，その事実に言及していない点からは一方ならず良心の呵責を覚えていたことが窺われる。第四段落「アメリカの旅模様を二巻本にて綴る」意図はこの時点で既に周知の事実となっていた。T. B.マコーリ〔英国の歴史家・著述家〕は同書がアメリカ国民から前代未聞の反感を買おうとの噂を耳にしているだけに，むしろネイピアに7月25日，書評担当を買って出るが，10月19

日，現に紀行を読み終えるや，「天稟のキラめきにもかかわらず，軽佻浮薄であると同時に退屈である」との理由をもって担当を断る。最終的にネイピアが『探訪』書評を依頼するのはジェイムズ・スペディング（『タイムズ』宛書簡（43年1月15日付）注参照）。ディケンズは結局「如何なる主題」に関しても『エディンバラ』に寄稿する約束を果たさなかった。

レディ・ホランド宛　1842年7月[27日]付*

【42年7月26日は火曜。ディケンズは27日に認めているに違いない。だとすれば，全て日付が「曜日」無しで42年7月26日と記されているここまでの六通もやはり27日に認められた可能性がある。】

デヴォンシャー・テラス。1842年7月26日水曜

親愛なるレディ・ホランド

何卒同封の書籍をお送りする誓いを失念していたなどとは思し召されぬよう。実の所，小生自身の初版本は印をつけたり下線を引く余り，然に見る影もなく染みだらけになっているものですから，レディにとっては全くもっての鼻摘み者と化していたでありましょう。よって別冊を取り寄せ，昨日になって初めて手にした次第にて。

のみならず何卒各巻の索引にては読むに値する詩にのみ印をつけているとも思し召されぬよう。どころかほとんど全ていずれ劣らず秀逸に違いなく。ただ印をつけているのは手始めに繙くに付き付きしかろうとの謂にて。

つゆ変わることなく親愛なるレディ・ホランド

匆々

チャールズ・ディケンズ

レディ・ホランド

（注）　冒頭「同封の書籍」は恐らくロングフェローの最初の二詩集——『夜の声』(1839)と『物語詩他』（バラッド）(1841)。サムエル・ロングフェローは2月4日長兄の朝食会を辞する際ディケンズが「サムナー，雨傘，熊の毛皮の外套，八折版ロングフェロー詩集二冊と共に馬車で立ち去った」と述懐する。「誓い」は恐らく7月14日訪問の際に立てられたそれ（レディ・ホランド宛書簡（7月11日付）参照）。

トマス・ミトン宛　1842年7月29日付

デヴォンシャー・テラス。1842年7月29日。金曜

親愛なるミトン

今晩かっきり8時に寄る。――一日中ペンを走らすことになりそうだ。

（注）　ディケンズは既に長い第三章「ボストン」――恐らく第二章を書き終えた翌日7月20日に取りかかった（ビアード宛書簡（7月19日付）参照）――を書き終え，今や遙かに短い第四章に着手し，7月31日までには仕上げたと思われる（次々書簡注参照）。便箋の残りは切断。不一と署名を除き，ジョン・ディケンズに纏わる某かの件（くだり）が綴られていたと思われる。

デイヴィッド・C. コールデン宛　1842年7月31日付

ロンドン，リージェンツ・パーク，ヨーク・ゲイト
デヴォンシャー・テラス1番地。1842年7月31日

親愛なる馴染みよ

ただ一筆小生なかなか感心な奴で，我が家に戻ったからとて，お蔭様で異国にてすこぶる愉快な時を過ごさせて頂いた方々のことを忘れている訳ではないとお分かり頂きたいばっかりに，認めれば――皆元気で――D夫人は次便にてお便りを出すつもりであります。明朝海辺へ出立するため，小生何一つ（絨毯をさておけば）常の持ち場になきまま，荷造りの苦悶の最中（さなか）本状を認めている次第にて。

貴兄も我々二人してさる――マクリースの――胸像をダシに花を咲かせたのを覚えておいでと，御逸品，例の，誰も彼もをモデル用の椅子に掛けさせる，ハウランド・ストリートの男によりて制作された訳ですが。胸像は本年度の展覧会に出品されていますが，お世辞にも傑作とは言えそうにありません。小生自身，果たしてとある一室にてお見逸れしていなかったか否か覚束無い限りではありますが，王立美術院にては目録（カタログ）を参照せぬ限り蓋し，お見逸れ致しました――しげしげ御尊顔を覗き込みはしたものの。――男の申すには一件にかけ

ては果たしてどうしたものか定かならぬるだけに，御教示賜りたいとのこと。胸像にはそれなり取り柄もあります。もしや小生ならば，転送するよう指示を出そうかと。

「淀みをさておけば何一つ蠢いてはいない。」神よありがたきかな，ピールは相変わらず凄まじく人気がありません。彼の方を始めとし，御家族の皆様へ妻共々御鶴声賜りますよう。

つゆ変わることなく親愛なる馴染みよ

敬具

ブリー・アンド・ミーク

(注) 第二段落「マクリース (*Maclise*)」には二重下線。胸像はコールデン自身のそれ――どことなくマクリースに似ているのをダシにディケンズは以前から軽口を叩いていたと思われる。彫刻師はハウランド・ストリート23番地在住クリストファー・ムア。1821-60年王立美術院にて主として胸像を――ダニエル・オコネル，スタンリー卿，ブルーム卿等をモデルに――130点以上展示。第三段落「淀みをさておけば……いない」は何らかの引用だが，出典は不詳。末尾「彼の方 (HER)」は特大の装飾的大文字。署名「ブリー・アンド・ミーク」は即ちディケンズ自身とキャサリンの謂〔原義は「いじめっ子といじめられっ子」〕。

C. C. フェルトン宛　1842年7月31日付†

ロンドン。リージェンツ・パーク，ヨーク・ゲイト

デヴォンシャー・テラス1番地。1842年7月31日日曜

親愛なるフェルトン

とある不幸な男を攻囲する底無しにして途轍もなき量の営みという営みの内，帰国してこの方の小生の営みこそ就中法外なそれでありましょう。小生が食さねばならなかったディナー，赴かねばならなかった場所，返信せねばならなかった書簡，頭から真っ逆様に飛び込んで参った仕事たる仕事と娯楽たる仕事の大海原は――L. L.の天分を，或いはパトナムのような人物のペンをもってしても審らかにすること能いますまい。

それ故小生，不埒千万なまでにすげなく，やたら無味乾燥な書簡をアメリカ

のダンドーに認めたいと存じます――ところでダンドーが何者か御存じないと？　奴は牡蠣食らいでした，親愛なるフェルトン。いつも無一文で牡蠣店へ罷り入り，カウンターに立つやネイティヴを食いにかかり，挙句牡蠣打ち男は蒼ざめ，ナイフを放り出し，ヨロヨロ仰け返りざま血の気の失せた額をピシャリと平手で打ち，声を上げたものです。「おぬしダンドーと!!!」――一時（いちどき）に20ダース平らげたとは専らの噂で，いっそ40ダースから平らげていたでしょう，もしや真実がパッと店主の脳裏にひらめいてでもいなければ。これら軽犯罪の廉で奴は年がら年中懲治監にぶち込まれていました。して最後にぶち込まれている間（ま）に病に倒れ――どんどん，どんどん容態が悪くなり――とうとう「死に神」の扉にガンガン，ダブル・ノックをくれ始めました。医師は奴の脈に指をあてがったなり，ベッドの傍に立ちました。「御臨終です」――と医師は言います。「目を見れば分かります。がもう一時間生き存えさせられるものがただ一つあり，それは――牡蠣です」かくて御逸品，直ちに持ち込まれ，ダンドーは八つ呑み込み，九つ目を弱々しくつまみました。口の中で弄び，ベッドのグルリを奇しき風情で見回します。「腐っている訳では，えっ？」と医師です。患者は頭（かぶり）を振り，震えがちな手で胃の辺りをさすり，ゴクリと呑み下し，仰け反りました――縡切れたなり。皆は奴を牢の中庭に葬り，墓に牡蠣殻を敷き詰めました。

我が家では皆恙無く，至って健やかに過ごしています。して早くも一体来年のいつ貴兄と令室とハウ博士は三人して海原をお渡りになるものやらと訝しみ始めています。明日我々は海辺へ二か月間出立致します。小生ロングフェローに纏わる報せを心待ちにしているだけに，氏がロンドンと拙宅への途上にあると聞けばさぞや天にも昇るようでありましょう。

目下懸命に海賊版新聞宛，己（おの）が小さな斧につけ得る限り鋭い刃もて打ちかかっています――叶うものなら次の国会会期中にカナダへの侵入に待ったをかけたいと。当該案件に関しては有史以降初めて，英文学信奉者が共に立ち上がろうとしているかのようです。たとい外に何一つ打つ手がなかろうと，ならず者の業を煮やさしてやるとはまんざらでもありませんし，この手で奴らの良心といささかなりズキリと疼かせられるのではなかりましょうか。[a]曲がりなりにも文筆に携わる誰しもへ宛てた廻章において，小生（無論，粗忽にも）ボウィン殿によりて作成された副建白書起草者としてプレスコットの名を挙げてしまいました。機会あり次第早急にボウィン殿へのお詫び旁誤りを訂正させて頂く所存です。[a]

先日，貴兄もグリニッヂにいらしたら如何ほど楽しかったろうことか，そこにては馴染み達が内輪の正餐会を催してくれたもので――公的な正餐会は，小生悉く断っていますが。ジョージ・クルックシャンクと来ては再会の集いにて然に羽目を外し，ありとあらゆる類の狂おしき歌を御披露賜ったと思いきや，宴の掉尾を飾るに（延々6マイル）逆立ちしたなり小生の小さな幌付フェートンにて御帰館遊ばすとは――首都警察の愉快がっているとも怒り心頭に発しているともつかぬことに。我々は全くもって浮かれ返り，小生，由々しきまでの力コブから気合いから入れて貴兄の健康を祝して乾盃の音頭を取ったのは言うまでもありません。

帰国のくだんの船上にて，小生はその他大勢の乗客のめっぽう愉快がったことに，「破落戸連合」と称す倶楽部を結成しました。当該聖なる友愛団体はありとあらゆる手合いの奇態を演じ，いつも他の乗客と離れた帆柱の下，テーブルの端にて色取り取りの厳粛な儀式に則りディナーに舌鼓を打ったものです。沖へ出て三，四日すると船長が体調を崩したため，小生は薬箱を引っ張り出すやコロリと直して差し上げました。その後も病人が数名出たため，毎日粛々と「病室」を診て回りました――巨大な巻物軟膏とどデカい鋏を手にした，恰もベン・アレンとボブ・ソーヤよろしき出立ちなる二名の「破落戸」をお供に。我々は終始，すこぶる陽気に過ごし――リヴァプールにては仲良く朝餉の座を囲み――握手を交わしながら――とことん和気藹々と訣れを告げました。

[b]貴兄に神の御加護のありますよう，親愛なるフェルトン。何卒令室並びに小さな愛らしき令嬢に御鶴声賜りますよう。因みに我が家のチビ達も令嬢にくれぐれもよろしくと申しています。ケイトは――その言伝において如何ほどひたむきか，は言葉に尽くせません。して小生からはつゆ変わることなく心より[b]

敬具

［チャールズ・ディケンズ］

小生「旅日誌（ジャーナル）」に目を通し，アメリカ旅行を二巻本にて出版する意を決しました。帰国以来第一巻のおよそ半ばまで書き進めているもので，10月には世に出せようかと。――是ぞ「特ダネ」にして――どなたであれ垂れ込みたいとお思いやもしれぬ御友人にバラして頂いて結構，親愛なるF。

（注） 第一段落「L. L.」即ち“Literary Lady”についてはフォースター宛書簡（4月3日付）注参照（イニシャルは以前の版にては省略）。「パトナムのような人物」とは「秘書として」の謂（名前は以前の版にては省略）。第二段落「ダンドー」は幾多の俗謡や戯文の主題にもされた牡蠣の食い逃げ常習犯。クラークンウェル牢で獄死。ディケンズは「情景」第十章テムズ河〔拙訳『ボズの素描集』所収〕において，とある船頭を「今は亡き大牡蠣食らいと『ダンドー』なる映えある御芳名を分かち合っている」と形容する〔拙訳書123頁参照〕。〔「ネイティヴ（Native）」の原義は「土着の動植物」わけても「英国近海養殖の牡蠣」。〕「20ダース」の噂に関せば，例えばダンドーは1830年8月，特大級の牡蠣を11ダース無賃で平らげた廉で訴えられるが釈放。ただし牡蠣店主はその後バケツ一杯の水を浴びせ，強かに打ち据えたという（『タイムズ』（8月20日付））。第三段落「令室」は旧姓メアリ・フィトニー。フェルトンと1838年結婚，45年死去。ハウ夫妻は1843年に訪英（ハウ宛書簡（43年5月19日付）参照）。一方，フェルトンは53年まで訪英せず。ロングフェローのロンドン滞在についてはミトン宛書簡（10月6日付）参照。第四段落「海賊版新聞」は例えば『ブラザー・ジョナサン』を始めとするアメリカの「巨大（マンモス）」誌。国際版権修正法令（7月1日可決）――関税・間接税法令（7月9日可決）にて改正――は植民地への海賊版輸入を禁じていたものの，わけてもカナダと西インド諸島は草案に抜け穴を見出し，絶えず法の網を掻い潜っていた。43年3月ロンドン郵政公社は『ブラザー・ジョナサン』，『ニュー・ワールド』両誌に法令の下（もと）密輸出入を宣言。両誌は以降封書（郵便料金支払い）の形でなければ英国国境を越えることを禁じられた（『ナショナル・インテリジェンサー』（43年3月28日付））。国際版権法案（1842）のための国会への箇々の請願者の中にはトマス・アーノルド，カーライル，ワーズワス，フッド等がいた上，英国作家・出版社による連帯請願書も提出された。モンクトン・ミルンズは4月6日，長時間に及ぶ熱弁において法案を支持していた。ロングマン宛書簡（7月1日付），マリ宛書簡（8月2日付）参照。aaは従来未発表部分。「ボウィン殿によって作成された」副建白書については次々書簡（注）参照。第五段落「先日」は7月9日（ビアード宛書簡（7月11日付）参照）。ジョージ・クルックシャンクの名は以前の版にては省略。「狂おしき（歌）」の原語“maniac”をMDGH及び以降の版は“marine”と誤記。〔第六段落ベン・アレンとボブ・ソーヤは『ピクウィック』に登場する医学生。〕第七段落bbは従来未発表部分。署名は切断――それに伴い，外側の宛名冒頭の一部――[By the] Cunard Packet――が欠損。追而書き「第一巻のおよそ半ば」について，ディケンズは第十章「ポトマック川夜行汽船」（現第九章）の最後に，スリップで160枚書

き終えた時点で「第一巻完」と記す。よって今や第四章「アメリカ鉄道。ローウェルとその工場体制」(草稿で78枚目のスリップで終わる）を仕上げたばかりと思われる。一章早く第一巻を終える，その後の決断についてはミトン宛書簡（9月4日付）参照。「特ダネ」とは言え，アメリカの友人の中には，例えばチャニング宛書簡（6月23日付）におけるサムナー，弟トマス宛書簡（6月14日付）におけるファニー・アプルトンのように，ディケンズが「国際版権」と「奴隷制」について執筆予定であることを知っている者もいた。8月初頭，『モーニング・クロニクル』に捏造投書が掲載されると，ディケンズの真意を巡り様々な臆測が働かされ始める（フォースター宛書簡（8月30日または31日付？）参照)。

マルグレイヴ伯爵宛　1842年7月31日付*

【不詳の書店目録に抜粋あり。日付は「42年7月31日」。】

小生のことを何たるならず者と思っておいでに違いないことか！　ことサー・リチャードに関せば司令官が小生の名を情愛の暦よりそっくり抹消されたのは存じています。……いやはや，あの劇の何たる夢のように思えることか。ミスター・レイサムが生身の男だったなどとはほとんど信じられませんし，我々の鬘を被る，防水外套(マッキントッシュ)の誰それ殿に至っては己自身の脳ミソのでっち上げたほんの取り留めのない絵空事と決めつけています。

（注）　サー・リチャードはサー・リチャード・ジャクソン（フォースター宛書簡（5月12日付）参照)。「あの劇」は『負けず劣らず』(フォースター宛書簡（5月26日付）注参照)。ミスター・レイサムは恐らく喜劇役者W. H. レイサム。1834年にロンドンからニューヨークに移住，1840-1年ニューヨーク国立劇場舞台主任，43年ミッチェル経営オリンピック劇場にて出演。恐らくミッチェルの下(もと)からモントリオールへディケンズの鬘を運んだ人物。

W. H. プレスコット宛　1842年7月31日付*

ロンドン。リージェンツ・パーク，ヨーク・ゲイト
デヴォンシャー・テラス1番地。1842年7月31日日曜

親愛なるプレスコット

小生海辺へ赴くべく街を離れる前に（とは明朝）恵まれた束の間に乗じ，一

筆認めさせて頂くに，忝き芳牘を拝受致し，心より篤く御礼申し上げます。芳牘を賜り恭悦至極にて，正しく一心に読み耽った次第にて。

この所，国際版権なる一件において英国作家を鼓舞するのみならず，他の手立ての準備も万端整えつつあります。祖国の全文壇へ宛てた廻章において（恐らく貴兄も目にしておいでのはずですが）小生副－建白書の起草者として御芳名を挙げました。と申すのもフェルトンはナイアガラなる小生の下へボウィン殿の勇猛果敢の詳細を余す所なく書き送ってくれていたものの，小生てっきり，貴兄が自らレバノンにて，くだんの文書の作成者だとおっしゃっているように諒解したからであります。が芳牘を読んで初めて貴兄が筆頭署名者であるためかようの間違いを犯したものと得心致しました。ボウィン殿にお会いになり次第何卒，小生かくの如き粗忽を働き誠に申し訳なく存じているだけに，必ずや御芳名を改めて起草者として挙げさせて頂く所存の由お伝え下さいますよう。

愛し子達は（神よありがたきかな）至って健やかで，我々を目にするや正しく天にも昇らんばかりの喜びようでした。長男のチャーリーは母親に「あんまり嬉しくて」と言ったと思いきや，極めて由々しき痙攣（ひきつけ）を起こし，よってかかりつけの医師を呼ぶのみならず，深夜にエリオットソン博士にまで来て頂きました。博士のおっしゃるには有頂天の余り精神の常態が乱れたのだろうが，ついぞかようの症例は見たためしがないとのことです。幸い病状はものの数時間で快方へ向かい，息子はほどなく持ち直しました。彼――つまり，チャーリー――は予てより大の親友（洗濯女）に両親がマジで帰宅したらきっと「めっちゃ震える」だろうなと言っていたそうです。何とも妙なヤツもいたものですが。

当地では何から何までお定まりの筋道を辿っています。ピールは目も当てられぬほど気受けが悪く，労働階級は生活が苦しい分，いよよ腹の虫の居所も悪いようです。この点に疑いの余地はありません――なるほど彼らの状況は新聞にてはさすが新聞ならでは大仰に報じられていますが。

我ながら，これきり筆を執らぬよりまだしも愚にもつかぬ手紙を認める満足を味わわせて頂きたいと存じます。それ故，親愛なるプレスコット，当該厄介物をせめてその内にては心からの敬意の熱く強かな太鼓判が捺されているものとしてお受け留め頂きますよう。わけても御両親，並びに御家族の皆様に――

して御友人皆に――御鶴声賜りますよう。妻もくれぐれもよろしくお伝えするよう申しています。貴兄への敬愛に召じて，嫉妬なる案件はさておき，同上を転送させて頂きたく。

つゆ変わることなく心より

敬具

チャールズ・ディケンズ

W. H.プレスコット殿

追而　英国にては果たして目下貴兄が何をしておいでか広く遍く津々たる興味が掻き立てられています。――定めし新著に雄々しき筆を揮われていることと。

(注)　第二段落「廻章」(またはその抜粋) は8月6日，幾多のアメリカ新聞に掲載される。フランシス・ボウィン (1811-90) は哲学者・政治経済学者・保護貿易論者・反英主義者。ハーヴァード大講師 (1835)，『ノース・アメリカン・レヴュー』経営者兼編集長 (1843-53)，ハーヴァード大自然宗教学教授 (1853-89)。「英国の道徳，流儀，詩」(『ノース・アメリカン・レヴュー』(44年7月号) 掲載) は「アメリカの詩人と詩」(『フォリン・クォータリー・レヴュー』(44年1月号) 掲載) (ポー宛書簡 (42年3月6日付) 注参照) への応酬論考 (フェルトンと共著)。英国史の就中不名誉な詳細を証拠として広範に引用しながら，英国人気質の「根本的獣性と放埒」に痛烈な批判を加える。フェルトンは冒頭4頁を「未開人と錫と鉛」において実り多き古代ブリテン史に割き，最終12頁では英国民 (「誰しもが剽窃者」たる) における「国」文学の全き欠如を指摘する。フェルトンが「ボウィンの勇猛果敢の詳細」を綴ったのは，ディケンズが5月16日に返信を認めたフェルトンからの手紙において。英国作家宛書簡 (7月7日付) においてディケンズはボウィンのことを「反対投票一票」として言及していた。「レバノン」にてプレスコットとディケンズは最後に顔を合わす (グランヴィル宛書簡 (6月2日付) 注) 参照)。「芳牘」はR.ウォルコット編『W. H.プレスコット書簡集 (1833-47)』(1925) には未収録。プレスコットはサムナー宛書簡 (8月3日付) において，ボウィンの功績が然るべく評価されていないとのディケンズの所見へ遺憾の念を表明する。ディケンズがその後自らの「粗忽」を公的に訂正した形跡はない。第三段落「かかりつけの医師」はF. P. B.ピクソーン (『第一巻』原典p. 390脚注，訳書492頁注参照)。第四段落，1842年を通し社会的にも経済的にも「状況」は悪化。労働階級の怒りは穀物法，工場体制，新救貧法へと向けられ，工業地帯では騒乱が相次ぎ，ピールは言わば重罪犯と見なされていた。ただしピールに「国民の現況の全責任」『モーニング・クロニクル』(7月12日付) を負わそうとする急進派新聞における政府批判は確かに「大仰」な嫌いがあった。〔第五段落末尾「妻もくれぐれも……転送させて頂きたく」の件(くだり)は「くれぐれもよろしく (“adds her love")」,「貴兄への敬愛に召じて("For the love of you")」における"love"の言葉遊び。従って「同上("it")」は「愛("love")」の謂。〕追而書き「新著」は『メキシコ征服史』。プレスコットによるとレバノン鉱泉での最後の会談の際,ディケンズはロンドンで「然るべく取り計らう」旨約束していたという。プレスコット宛書簡(10月15日付)参照。本状に関し,プレスコットはサムナーへ宛てた手紙の中で「何一つ興味深いことが綴ってない,さなくば貴兄に送ろうものを」と記し,さらに「彼は果たして新聞紙上で著者と同定されている論考を事実書いたと思うか? まさか」と問いかける(フォースター宛書簡(8月30日または31日?付)注参照)。プレスコットは本状を42年11月9日T.C.ケアリ夫人に譲る。

チャールズ・サムナー宛 1842年7月31日付

ロンドン,リージェンツ・パーク,ヨーク・ゲイト
デヴォンシャー・テラス1番地。1842年7月31日日曜

親愛なるサムナー

小生晴れて——我が家に戻りました。小生晴れて——懐かしの書斎にて,本とペンとインクと紙に——羽子板と羽子に——バットとボールに——亜鈴(ダンベル)と——犬と——ワタリガラスに——囲まれています。ワタリガラスは,どうやら,気が狂れてしまったかのようです。間欠的に発作を起こし,狂おしく仰け反ったと思いきや,こちとらの羽根をごっそり根扱ぎにしにかかります。かほどにワタリガラスらしくない真似もまたなかろうかと。外のヤツをどいつであれ傷めつけるならさもありなん。が,我と我が身を傷めつけるとは——ほとほと痴れ返っているとしか言ってやれません。

という訳で小生は女王の鳥の世話を任されている獣医に診てもらっています。先生の言うには,もしか天気のせいじゃねえってなら,いってえ何なものやら。下男の言うには,「かんしゃくたま(アゲラウェーション)」じゃあ。獣医の突っ返して曰く,モノの本にゃあそんな病気はのってねえ。小生は毒ではないかと睨んでいます。恨みがましい肉屋が数か月前脅しを吐くのを洩れ聞かれているだけに。奴めかく啖呵を切ったとか——「あすこのウマヤくんだりえ行くたんび脚の肉う食いちぎられんなあこんりんぜえ真っ平だ。んでもしかハコフネからお出ましのズブの今のそのハトが待ったあかけようったって,何が何でもヤツの首いひねってや

っからな」――とは物騒な話もあったものでは？

レディ・ホランドはホランド・ハウスの階下の部屋の何室かを改装し，そこにてはかつてのままにディナーが供されます。が昔の部屋にレディはついぞお入りになりません。小生一週間ほど前にあちらでディナーを頂きましたが，階上ではあちこちの部屋が薄暗く，ガランとした奇しき気配が漂っていました。シドニー・スミスはいささか痛風気味ではありますが，常にも増して壮健です。タルファドはつい最近「1841年のアルプス訪問の思い出」と題する（散文の）ささやかな書を私家版で印刷し，友人達に配っています。献題は以下の通り――中にはやたら愛妻調くさいと皮肉る者もいますが。

彼（か）の女（ひと）へ
捧ぐ
その御姿の
愉しき旅の思い出に華を添える
人生の旅路を
励まし艶（あで）やかに彩る如く
限られた眼（まなこ）にのみ印刷されし
これら「ささやかな他愛なき記録」を
献ずるは
感謝と憧憬に篤き夫

はむ，こうして綴ってみれば，蓋しアダムとイヴめいているでは。

ブルームは至って健やかで機嫌もすこぶるつきです。リンドハーストは体調を崩していましたが，快方へ向かいつつあります。ジェフリーはずい分持ち直し，またもや法廷を司っています。ロジャーズは八か月前より気持ち耳が遠くなっています。トム・ムアは見る間に老けています。ノートン夫人とレディ・シーマは二人共相変わらず見蕩れるばかりです。哀れサウジは医者に匙を投げられています。ランドーは高が一詩人のクセをして鼻息だけは獅子四十頭分の荒さです。ドーセイは執行吏によって自宅に監禁されていますが，気っ風から，健康から，男前から，心意気からいささかたり翳りを見せていません。レディ・ブレシントンはキラびやかに着飾り，依然色香が褪せていません。ブルワーは街を離れているため，未だ会っていません。エドウィン・ランシアはすっかり快復しています。マクレディはドゥルアリ・レーンにて次のシーズンの準備に追われ，ケンブル夫妻もコヴェント・ガーデンにてまた然り。フォースターは今なお我々の帰国のほとぼりが冷めず，叫(おら)びがましいばかりです。その他大勢はいつも通りですが。

「ハムレット」に材を取ったマクリースの絵は途轍もない傑作です。絵の中には，その力強い想念において，小生がこれまで絵画において目にした何ものにも優る点が一つならずあります。画題は御存じでしょうか？――「ハムレット」の劇中劇です。暗殺者は今しも似非「王」の耳に毒を流し込んでいる所です。がこの暗殺者の頭に頭布(フード)を被せるとは，何たる着想であることよ――恰も真の「王」に向かって「汝ならばこの下に如何なる顔が潜んでいるか知っていよう！」とでも言わぬばかりに。くだんの絵画において光線を巧みに操り，かくて背景に――恰も真実の殺人が今しもまたもや亡霊によりて犯されてでもいるかのように――くだんの人物達の巨大な影を浮かび上がらすとは，何たる徒ならぬヤツであることよ！　して小さな舞台の正しく舞台開口部(プロシーニアム)に「罪と血」――初の誘惑――カインとアベル――といった，正しく壁から「人殺し！」と叫んでいる同様の主題の物語を描くとは，通底概念の何たる遂行であることよ。

彼はともかく逸物(いちもつ)にして，貴兄もせめて先方のことを御存じならば。小生，長い手紙を書くつもりでいました，してせめてその旨御存じならば，が叶わぬ相談，というのも侵略者共に呼び立てられているとあらば，とっととペンを擱かねばなりません，さなくば汽船に乗り遅れてしまいましょう。何卒ヒラード夫妻を始め，友人皆に御鶴声のほどを。してケイトからくれぐれもよろしくとの，ありとあらゆる影も形もなき挨拶をお受け取り頂きますよう――して小生からは誓って，つゆ変わることなく

親愛なるサムナー

敬具

チャールズ・ディケンズ

モーペス卿は当方へ一筆賜り，プレスコットを口を極めて褒めそやしておいでです――いくら褒めそやそうとそやし足りますまいが。

（注） 第二段落「女王の鳥の世話を任されている獣医」は一羽目のワタリガラス「グリップ」を看取った鳥獣商ウィリアム・ヘリング（『第二巻』原典p. 231脚注，訳書285頁注参照）。「肉屋」によるワタリガラス毒殺の嫌疑はグリップの死を巡って1841年に認めた数通の書簡の逐語的反復――いささかの潤色はあるせよ。第三段落，ホランド卿の死後，レディ・ホランドは41年4月，9月ホランド・ハウスを束の間訪れていたが，42年6月一階の数室がレディのために改装され，爾来10月下旬まで断続的に滞在し，以前同様客を持て成す。ただし43年4月のジョン・アレン〔『第三巻』原典p. 152脚注参照〕の死去を境に二度とホランド・ハウスに滞在することはなかった。「一週間前」についてはレディ・ホランド宛書簡（7月11日付）注参照。階上の部屋の「ガランとした」気配については41年9月，一階に一週間ほど滞在したレディ自身，耐え難い「静寂」の印象を記す。タルファド著私家版『1841年8-9月におけるアルプス初訪問の思い出』はディケンズの死亡時ギャズヒル蔵書。「彼の女」の原語“HER”は特大の装飾的大文字。タルファド夫人については『第一巻』原典p. 315脚注，訳書395頁注参照。「アダムとイヴ」めいた間柄は例えばタルファドが『アイオン』初演の晩（36年5月26日）の夕食会でのスピーチにおいて，上演の成功に結実した全てを夫人の功績に帰した通り。夫人はマクレディの『日誌』の折々の記載によると，夫の諸事において必ずや考慮に入れねばならず，彼自身は辟易気味だった。第四段落リンドハースト男爵，ジョン・シングルトン・コプリー（1772-1863）は1841-5年に三度目の大法官。サムナーは39年2月ブルーム主催正餐会にて対面。ディケンズも41年12月20日ブルーム邸にて対面していた（『第二巻』原典p. 447脚注，訳書555頁注参照）。ジェフリー卿は41年6月法廷で倒れた後長期療養。42年5月執務を再開するが，判決理由は文書の形で呈示する。同11月民事控訴院第一課へ転属。ジェフリー卿とディケンズ夫妻は恐らく7月7日，卿主催正餐にて会食。その席にノートン夫人とレディ・シーマも臨席。キャロライン・エリザベス・セアラ・ノートンについては『第一巻』原典p. 302脚注，訳書381頁注参照。レディ・シーマはノートン夫人の妹ジェイン・ジョージアナ・シェリダン（1809-84）。1830年に後の第十二代サマセット公爵，エドワード・シーマ卿と結婚。ロバート・サウジ（1774-1843）は桂冠詩人・湖畔詩人。翌年3月，長きにわたる精神障害の末死去。濫費癖のドーセイ伯は1841年にも言わば「自主的幽閉状態」にあった（『第二巻』原典p. 291脚注参照）。ブレシントン伯爵夫人，マーガリートについては『第二巻』原典p. 58脚注，訳書70頁注参照。エドウィン・ヘンリー・ランシア（死亡証明書上はエドウィン・ジョン）（1802-73）は動物画家。ジョン・ランシアの末男・彫刻師トマスと歴史画家チャールズの弟（『第一巻』原典p. 566脚注，訳書725頁注，並びに原典p. 601脚注，訳書773頁注参照）。若年から画才を認められ，1826年（最年少）王立美術院準会員，31年同正会員，1850年まで（41年を除き）毎年出展。ディケンズとは40年5月11日以前に初対面

(『第二巻』原典p. 65, 訳書78頁参照)。ラッセル家と親交を重ね, わけても第六代ベドフォード公爵ジョン夫人ジョージアナには夫君死後39年または翌年に求愛するが拒絶され――恐らくそれが原因で40年, 神経衰弱を来す。40年8-12月, 旧友ジェイコブ・ベルと国外へ旅行, 41年には出展が途絶える。公爵夫人は大いに心を傷めるが, 二人は53年の夫人の死去まで深交を結んでいた。41年秋スコットランドを訪れ画業を再開, 翌年には従来通り出展。女王の寵愛を受け, 肖像を手がけるのみならず, 女王, アルバート殿下双方にエッチングの技法を指導。夫妻より互いの誕生日へのサプライズ・プレゼントをマクリース同様(フェルトン宛書簡(43年9月1日付)参照)私的に委託される。43年には王室夏期別荘(サマー・ハウス)フレスコ壁画担当者として選出(マクリース宛書簡(43年7月6日付)参照)。42年ナイト爵位を申し出られるが, 固辞。ドゥルアリー・レーンのシーズンは10月1日『お気に召すまま』で開幕(マクレディはジェークイズ役, ルイザ・ニズベットがロザリンド役, 書割り担当は(通説通りスタンフィールドではなく)チャールズ・マーシャル)。第二の主たる再上演は『ジョン王』(フォースター宛書簡(9月22日付)参照)。チャールズ・ケンブルはマダム・ヴェストリスからコヴェント・ガーデンを引き継いだばかりで, ベリーニ作『ノルマ』とダグラス・ジェロルド作『ガートルーズ・チェリーズ』を上演予定。にもかかわらず次女アデレイド・ケンブル〔『第二巻』原典p. 431脚注, 訳書534頁注参照〕急病のため開演を9月2日から9日に延期せざるを得なくなる。ディケンズが近況報告がてら, 名前を列挙している友人の内, サムナーが1838-9年訪英時知遇を得ていたのはロジャーズ, ランドー, ドーセイ, レディ・ブレシントン, ブルワー, マクレディ, フォースター, ファニー・ケンブル。第五段落マクリース画「ハムレット」をディケンズが鑑賞したのは7月23日(マクリース宛書簡(7月24日付)参照)。「汝(*You*)」には二重下線。壁上に映し出される「巨大な影」の暗示・隠喩をサッカレー(『エインズワースス・マガジン』(42年6月号)), 『ブラックウッズ』(7月号)美術批評家も絶賛。この絵の「瑕疵と美質」を巡り――とサッカレーは綴る――「論争が喧しく繰り広げられたが」(7月24日付書簡注参照)「この五年間, 展覧会という展覧会で仮にとある一枚の絵の前に人集りが出来るのを目にしたとすれば, それは蓋しマクリース氏のそれの前であった」。かくて彼は『ハムレット』を氏の最高傑作と結論づける。末尾「ヒラード夫妻」の原語“Hillard”は“Hillier”を消した上に訂正。

ジョージ・W. パトナム宛[1842年7月?]

【パトナム宛書簡(42年10月18日付)に言及あり。日付はパトナムにより6月ニューヨークから発送された「大きな梱」が依然, 英国税関に保管されていることからの推断。】

パトナムに訪米時に蒐集した書籍を送付するよう依頼して。

（注）「書籍」をパトナムは既に発送していた（10月18日付書簡参照）。

ジョン・マリ宛　1842年8月2日付*

ブロードステアーズ。1842年8月2日。火曜夕

拝復

ほんの一時間前に当地に到着してみれば（今しも郵便集配時にて）芳牘が届いていました。もしや今晩の郵便馬車以外の何らかの交通機関にてグラッドストーン殿に伺候する代表団に加われる頃合いに街へ戻れるものなら，必ずや末席を穢させて頂いていたろうものを。

とは申せ――たといくだんの郵便馬車の席を確保するためにせよ――到着するや否や，ほとほとくたびれ果てた埃まみれの有り様にてラムズゲイトへと出立していなければならなかったろうからには，已むなく一筆認める外ありません――誓って，もしや幸い日曜に拝眉仕っていたなら，と言おうか芳牘をものの二時間前に拝受していたなら，喜んで如何なる便宜も身体的快楽も然にひたむきな関心を寄せて参り，向後も常に寄せよう名分のこよなく軽い羽毛ほどの端くれのためにせよ，犠牲にしていたでありましょう。

小生受け取ったばかりの手紙と新聞をお送り致します。それらをお読みになれば破落戸共が如何なる手に出ているかお分かり頂けましょうし，グラッドストーン殿に御理解頂くが最も肝要と思われる，瞞着における新たな様相も歴然としようかと。

御都合のつき次第，簡単で結構ですので一筆，果たして代表団とグラッドストーン殿との間で如何なるやり取りが交わされたかお報せ頂ければ幸いです。して向後他の如何なる代表団が派遣されるにせよ，如何なる手合いであれ他の如何なる会合ないし討論が催されるにせよ，何卒御一報賜りますよう，是非とも立ち会わせて頂きたく。

まずは取り急ぎ要件のみにて

敬具

チャールズ・ディケンズ

ジョン・マリ殿

（注）「ほんの一時間前に到着」したばかりとは，ブロードステアーズに予定通り前日到着していたことに照らせば，いささか誠意に欠けよう（コールデン宛書簡（7月31日付）参照）。グラッドストーンは後の首相ウィリアム・ユーアト・グラッドストーン（1809-98）。代表団は明らかに近来の法令によって禁じられた剽窃書籍の植民地への輸入に関わるそれ（フェルトン宛書簡（7月31日付）注参照）。グラッドストーンは商務大臣として法令履行の責めを負うていた。第三段落「手紙と新聞」はジョン・マリ有限会社公文書保管所にはなし。恐らくアメリカから7月29日に入港していた「カレドニア号」に積まれていたと思われる。「最も肝要（*most important*）」には四重下線。第四段落グラッドストーンと代表団との交渉に纏わる「一筆」はたとい認められたとしても所在不明。

ジョナサン・チャプマン宛　1842年8月3日付

【原文は『マサチューセッツ史学会会報』（1922, LIV, 153）より。】

ケント，ブロードステアーズ。1842年8月3日，水曜

拝復

小生本状にとある海辺の小さな漁師町より日付を記しています，と申すのも当地へ一家で（例年の如く）二か月ほど避暑に参っているもので。ここは実に清しい場所で，叶うことならあちこちのんびり漫ろ歩く折しもバッタリ貴兄に浜辺で出会せるものなら。

芳牘を賜り得も言われぬ喜びに浸っています。我々の訣れを思い出して下さっている行（くだり）を――幾度となく――その度新たな興味を寄せ，晴れやかないつの日か大海原のこちら側にて再びお目にかかれようことをいよよ楽しみにしつつ，読み返しています。と申すのもくだんの日が訪れる，しかもほどなく訪れるのを当然の如く考える習い性となっているもので。かようの場合，事実を屈強に想定するに越したことはありません。お蔭で無上に心安かでいられるというなら。

またしても懐かしの我が家に腰を下ろすや，我々は正しく貴兄の想像なされた〔であろう〕如く振舞いました。生まれてこの方，帰宅の晩ほど万感胸に迫ったためしはありません。子供達を存分愛撫し終えると，小生はまずもって，

留守中子供達を預かってくれていたマクレディに会いに駆け出しました。彼は薄暗い部屋の開け放たれた窓辺に座っていましたが，小生がそっと袖に手をかけざま口を利くまで一体何者か思いも寄りませんでした。その後我々の晒した有り様と来ては！　小生はそれからセカセカもう一人の格別近しい友人に会いに飛び出しました。が彼はディナーを食べに出た後でした。そこですかさず友人が食事をしている所まで馬車を飛ばし，給仕に誰か名乗りを上げぬよう重々クギを刺した上，殿方が面会にお見えの由託けを伝えるよう命じました。一体何事かすぐ様ピンと来るや，馴染みは食堂から駆け出しざま馬車に飛び込み，窓を引き上げ，ワッと泣き出しました。2，3マイル揺られて初めて，我々は彼が帽子を忘れて来たのを思い出すとは！

帰国してこの方，一万もの物静かなやり口で思い知らされている情愛や愛着を感ずるためなら，どこへなり——況してや貴兄のような馴染みの得られた彼の地へ赴くまでもなく——出かけるだけのことはあったでしょう。こと我が家の愉悦に関せば，筆紙に余るとはこのことか。

愛し子らは至って健やかで，我々の姿を目にするや雀躍りせぬばかりにはしゃぎ回りました。早床に就いていましたが，もちろん，すぐ様起こしてもらいました。チャーリー（長男）は母親に「あんまり嬉しすぎて」と，さもありなん，言いました。と申すのもほどなく激しい痙攣を起こしたからには。エリオットソン博士が後ほどおっしゃるには，いきなり有頂天になったせいですっかり動顛し，精神の常態が乱れたのではあるまいか，子供にあってかようの症状はついぞ目にしたためしがないとのことでした。神よありがたきかな息子は間もなく持ち直しました。今しも，本状を認めている窓辺から，たいそう小さなシャベルで浜辺の砂を掘り起こしては，全くもって有り得べからざるネコ車に捏ね上げているのが見えます。絶壁は見上げるばかりに聳やぎ，海原はすこぶる冷たく，息子は森羅万象にあってほんのちっぽけなポチかと見紛うばかり。そんな芥子粒もどきに——然に小さいながら——我々，如何ほど数知れぬ期待と情愛を積み上げるやもしれぬものか，驚きを禁じ得ません。

小生アメリカにおける旅模様を綴る意を決し，こうしている今もくだんの本に忙しなく根を詰めています。来る（あわよくば）10月か11月，二巻本で世に出る予定にて。

拙著をお読みになってから賜る第一通目を興味津々首を長くして心待ちに致すことでありましょう。運好くとも次の定期船(パケット)に間に合わぬやもしれぬ故，本状を実にすげない書簡にせざるを得ません。がたとい延々1マイル綴ろうと，申し上げたい何一つ申し上げられなかったろうと思えば，それだけ難なく筆を擱けようかと。妻が貴兄並びに令室にくれぐれもよろしくお伝えするよう申しています。子供達も我々が御夫妻のことを話題にするのを端で聞きながら一心に当該便箋に目を凝らし，母親の右に倣っています。よってメアリーと，ケイティと，ウォルターがくれぐれもよろしくとのことです。して責任をもってチャーリーの言伝も添えさせて頂きたく。

貴兄に神の御加護のありますよう

敬具

チャールズ・ディケンズ

（注） 本状はチャプマンからの，ディケンズの乗った船を視界から消えるまで見送った惜別の思い出を綴った（六連の詩で締め括られる）手紙（7月1日付）への返信。第三段落「なされた〔であろう〕」の原語“you〔would〕have”は原文では“you have”だが，内容からして，*Dickensian* Ⅵ(1910)，214に準ずる。両親の留守中，メイミィによるとディケンズ家の子供達は「さして幸せ」ではなかったという――マクレディ夫妻は自分達には至って優しかったにもかかわらず，我が子らを遙かに厳格に育てていただけに。ディケンズの突然の来訪を受けたマクレディは『日誌』（6月30日付）に以下のように記す――「ソファに寝そべっていると，何者かがいきなり入って来た。わたしは目をやった，フォースターか？――いや。ジョナサン・バックニルか？――いや。親愛なるディケンズでなくして誰あろう――有頂天な余りひしと両腕にわたしを抱き締めている」。「(セカセカ……) 飛び出しました」の原語“hustled”は*Dickensian*では“bustled”。「もう一人の格別近しい友人」は明らかにフォースター。彼に「不意討ち」（F, Ⅲ, viii, 278）を食らわすのはかねてからのディケンズの腹づもりだった（フォースター宛書簡（4月26日）参照）。第六段落「アメリカにおける旅模様を綴る意」は41年9月に決せられ，固より訪米計画の眼目でもあった（『第二巻』原典p. 388，訳書483-4頁参照）。第七段落，本状の返信としチャプマンは新刊書への危惧を表明する（チャプマン宛書簡（10月15日付）注参照）。

ジョン・フォースター宛［1842年8月上旬］

【F, Ⅲ, viii, 279に抜粋あり。フォースターによると，ブロードステアーズから「早々に受け取った便り」の内一通。ただし彼による日付「7月18日」は誤り——ディケンズのブロードステアーズ滞在は8月1日から。本状は恐らくディケンズがブロードステアーズへ出立してほどなく認めた，フォースターからの手紙への返信——「ボストン章」(7月29日以前に仕上げられた（ミトン宛書簡（7月29日）注参照））の校正がほどなく出ることが前提とされている所からして。】

本の初っ端の主題はどうにも頭から突っかかって行けない手合いだ。お蔭で苛立つこと頻り。ワシントンへやって来ればシメたものだが。フィラデルフィアの独房監禁制は，とは言え，恰好のネタだ，というのを当座コロリと忘れていたが。もう「ボストン章」は見たか？ ……コーンウォールには行ったことがない。鉱山はもちろん。視察のための手紙ならサウスウッド・スミスに書いてもらえるだろう。新作は何となく燈台の投光室(ランタン)で幕を開けてやろうかとも思っている！

（注） フォースターは本状の前置きとしてもう一点，ディケンズがブロードステアーズへ行ったのは屋敷を依然サー・ジョン・ウィルソンが借り受けていたためだと説明する上で間違いを犯す（『第二巻』原典p. 404脚注，訳書501頁注参照）。ディケンズは今や第四章（スリップ10枚）同様短い（スリップ11枚）ながらも幾多の詳細な事実報告の盛り込まれた第五章（「ウスター。コネチカット川。ハートフォド。ニューヘイヴンからニューヨークへ」）を執筆し始めていたと思われる。彼が「ニューヨークに辿り着いた」（第六章）のは8月10日（フォースター宛書簡（8月11日付）参照）。コーンウォールは「彼〔ディケンズ〕が海の向こうにいる間(かん)目にしたものへのある種挑戦として」(F, Ⅲ, viii, 278) ディケンズ，マクリース，スタンフィールド，フォースター自身のために計画された帰国祝い旅行の目的地——仲間のほとんど誰も行ったことのない風光明媚な英国田園として白羽の矢が立つ。トマス・サウスウッド・スミスは医師・公衆衛生改革家（『第二巻』原典p. 164脚注，訳書202頁注参照）。ディケンズは10月22日，コーンウォール鉱山視察に際しての助力を仰ぐ（同日付書簡参照）。「新作」の「燈台」構想をディケンズが最終的に断念するのはコーンウォールから戻った後(のち)（フォースター宛書簡（11月12日付）注参照）。

トマス・ビアード宛　1842年8月4日付

ブロードステアーズ。1842年8月4日木曜

親愛なるビアード

アルフレッドの一件にかけては実に思いやり深くも親身に心を砕いてもらってありがたい限りだ。君の手紙をこの便で，弟の所へ送った。

くだんの「一月(ひとつき)」の休暇がらみでの君のテコでも動かぬ先触れを心待ちにしている——何せ一月(ひとつき)は一月(ひとつき)で，男爵なんぞクソ食らえ。ここは目下とびきり麗しい——日和は正しく筆舌に尽くし難いとあって。それにしても何と海水のひんやり気持ちのいいことか——ぼくは昨日早速浸かった。

バラードもすこぶるつきのポート・ワインを調達してくれた——こんな場所にしては全くもって腰を抜かしそうなことに。

皆がよろしくとのことだ

不一

チャールズ・ディケンズ

トマス・ビアード殿

（注）「アルフレッドの一件」についてはビアード宛書簡（7月11日付）参照。ジェイムズ・バラードはアルヴィオン・ホテルの亭主（『第一巻』原典p. 303脚注，訳書383頁注参照）。

ドーセイ伯爵宛　1842年8月5日付*

ケント，ブロードステアーズ。1842年8月5日

親愛なるドーセイ伯爵

御芳名の上なるくだんの致命的所書きに——と言おうかくだんの致命的宛先に——ありがたくも親身な芳牘の返信が込められていようかと。ドゥワーカノート・タゴールというような名の虎がよもやありきたりの四つ脚であろうはずは。果たしてヤツの尾には一摘みの塩を落としてやれましょうか？

何がなしあちこちの街路で人形芝居屋が「ドゥワーカノート・タゴール物

語」なる貼り紙を掲げているのを目にしたことがあるような気が致します——朧げながら，奴がアストリーズで，鮭肉（サーモン）色の手脚をした豹皮に身を包み，演技場（リング）にて宙返りを打ったり，例の不信心者の道化をさておけば誰も彼もをびっくり仰天させずばおかぬ離れ業を御披露賜っているのを目にしたのをうっすら覚えています。奴が大英博物館のエジプト展示室にて踵をぴったりくっつけ，胸に名札を提げたなりちんちくりんの包みに押し込められているのを目にしたものと半ば思い込んでもいます。してまたもや小生の誑（たぶら）かし屋の記憶は奴の彩色の似顔絵が劇の配役表から切り取られ，そのなりペタンと夜の大通りの焼きジャガ屋台のカンテラに貼りつけられていたの図を喚び起こします。

ドゥワーカノート・タゴールですと！　郵便配達夫は奴を何と思し召しましょう——奴の名が乗客名簿に載っているのを目にするや，長丁場駅馬車御者は何と申しましょう——奴の洗濯女は奴のことを馴染みに話す際，何と呼びましょう——奴に彼（か）の名を授けしは誰ぞ——奴には教父と教母がいたのでしょうか——それともどこぞの老いぼれ痴れ者めいた梵天（ブラフマー）もどきが，米の酒精で酔っ払った勢い，でっち上げたと？　時に奴は例の，貴兄がおっしゃっていたハイイログマかと思うこともあります——が思い返してみれば奴はインドではなく，アメリカ生まれだったかと。小生試しにそいつを逆さに綴ってみましたが，どのみちさっぱり埒は明きません。奴こそ生身の象形文字では。小生とうとう匙を投げました。

小生この男にとことんかかずらった挙句，かく申し上げるのが精一杯であります，くれぐれもレディ・ブレシントンとパワー嬢に御鶴声のほどを——何と残念がっていることか——して何と忙しくしていることかお伝え下さいますよう，と申すのも今やアメリカの書の核心へと突入し，日夜，見事掻い潜り果さんものと一意専心しているからには。

親愛なるドーセイ伯爵

敬具

チャールズ・ディケンズ

（注）　冒頭「くだんの致命的宛先」は即ち「ケント，ブロードステアーズ」。ドゥワーカ

ナース・タゴール（正しくは“Dwarkanath”。ディケンズの「ドゥワーカノート（“Dwarkanaught”）は綴り違え）はカルカッタ商人・博愛主義者（1794–1846）。この折初の訪英中。6月9日到着，同16日女王拝謁。ピール，パーマストン，ブルームとも会談。8月23日「我らがインド帝国生粋の商人として」エディンバラ名誉市民権を授与。英国作家の知遇を切望していたこともあり，ディケンズは帰国直前の10月15日，表敬訪問。二度目の訪英中に死去。〔「一摘みの塩」は“drop a pinch of salt on the tail of. . .”「〘鳥を捕えるには尾に一摘みの塩を落とせと戯れに子供に教えることから〙……を造作なく捕える」の慣用句を踏まえて。〕第二段落〔「アストリーズ」の原語“Astleys”は正しくは“Astley's”。〕「（焼き）ジャガ」の原語“potato”は草稿では“potatoe”と読める。第三段落「奴に彼の名を授けしは誰ぞ」は『祈禱書』教義問答より。〔「梵天」はヒンズー教三大神の一つとされ，創造を司る。〕

［ヘンリー・］ハラム宛［1842年8月7日？付］

【次書簡に言及あり。】

（注） ヘンリー・ハラム（1777–1859）は歴史家。

フレデリック・ディケンズ宛　1842年8月7日付*

ブロードステアーズ。1842年8月7日日曜

親愛なるフレッド

多分ほどなく誰かアコーディオンを持って来てくれる人間が見つかるだろう。――ところで，もしもフレッチャーに会うか便りがあるようなら，是非とも当該緯度の地にて会いたがっていると伝えてくれ。

「所得税」関連の記事が手許にあるようなら何でもいい，送ってくれないか――なるたけ早目に。

トッピングに，ハンディサイド殿はいつでも都合の好い時に食堂へ入って構わない旨指示を受けていると伝えて欲しい。でヒューイットが万が一訪ねて来て，名刺を置いて行ったら，直ちに彼に会い，すぐ様ぼくにも一筆くれよな。時をかわさず街へ戻る，何としてもお目にかかりたいもので。

ハラム殿への短信を同封する。例の，送付するつもりだと言っていた小論説の一部に宛名が書いてある。トッピングに持たせてくれ。

それから暇な折にでもストランド街の（聖クレメンテ教会に間近い）例の大きな床敷物工場に立ち寄って，店の者とデヴォンシャー・テラスで落ち合う約束をしてもらえないか。玄関広間の敷物が新たに彩色を施すだけのことがあるかどうか知りたい。もしもあるなら，持ち帰ってきれいにしてもらう。もしもないなら，同じ模様の新品は如何ほどにつくか聞いて欲しい。

マクリースの額縁細工師は小部屋の絵と版画を取りに店の者を寄越したか？まだなら，トッピングに持って行かせてくれ。住所はマクリースが教えてくれるだろう。

もう一つついでに――チャプマン・アンド・ホールに（いつでもお前の都合の好い時に）ガスを玄関広間に引き，広間のランプをそれ用に替えるとしたらどれほどかかりそうか知りたがっていると伝えてもらいたい。版元の配管工が多分，一番の目利きで，経費も言ってくれるだろう。

みんな元気だ――よろしくとのこと

不一

CD.

（注）「アコーディオン」についてはコールデン夫人宛書簡（7月15日付）参照。フレッチャーの1840年におけるブロードステアーズ滞在と彼の奇行に纏われるジョークについては『第二巻』原典pp. 122-3，訳書150-1頁，並びに原典p. 127，訳書155頁，並びに原典p. 129，訳書156-7頁参照。「所得税」はディケンズの訪米中に導入されていた。42年3月11日ピールが三年間の試行期間中，年酬£150以上の収入に対し1ポンドにつき7シリングの課税を発表して以来，『イグザミナー』始め各誌で「言語道断」，「悍しき不正」，「さもしき急場凌ぎ」，「穀物専売の所産」等糾弾が相次いだ。抗議の声は夏中散発的に上がっていたが，今や新たな税金は軽口の種になりつつあった。第三段落ハンディサイド殿はトマス・ハンディサイド父子家具商（『第一巻』原典p. 242脚注，訳書p. 303注参照）。ディケンズの帳簿には42年8月24日£12. 10. 0支払いの記載あり。ヒューイットは「ブリタニア号」船長ジョン・ヒューイット（フレッド・ディケンズ宛書簡1月3日付）参照）。「ブリタニア号」は既に8月5日，ボストンへ向けてリヴァプールを発った後だった。43年2月における船長のデヴォンシャー・テラス滞在についてはフェルトン宛書簡（43年3月2日付）参照。第四段落「小論考」は即ち英国作家宛廻章（7月7日付）。第五段落「例の大きな床敷物工場」はストランド街（北側）253番地の床敷物製造業者ジョン・ウィルソン。同じ北側の聖クレメンテ教会〔原典書面“St. Clements”は誤植，或いは誤記か（脚注“St Clement's”参照）〕は住所氏名録では263番地と

264番地の間に記載。第六段落「マクリースの額縁細工師」は1844年の時点ではチャールズ・ストリート14番地ジョウゼフ・グリーン。第七段落，1802年ウィリアム・マードックによりロンドンで初のガス灯が展示されて以来，ガスは街路や大建築物の照明として急速に利用され始めるが，一般に普及するのは（火口が発明される）40年代になってから。

ジョン・フォースター宛［1842年8月7日付］

【F, III, viii, 280に抜粋あり。日付はフォースターによると8月7日。】

ぼくは朝方ずっと浜辺でテニソンを読んでいた。ちっぽけな興趣の就中，大海原は恰も太古のように乾上がり，海底には男女を問わぬ人魚が挙って立ち現われた――無数の半魚半菌の奇妙な生き物諸共。連中，色取り取りの珊瑚洞窟だの海藻標本温室だのを覗き込んだり，どデカいどんより眼（まなこ）を裂けた隙間や奥まりに端から押し当てたりしてはいたが。しかも，一体外の誰が「麗しき女達の夢」の中の徒ならぬ，ランドーならば「何ともすう晴らしい（ウーンダフル）」と呼ばおう一連の絵に以下の如き結末を喚び起こせるだろう――

真鍮鎧に身を固めた幾艦隊，幾方陣もの兵（つはもの）
絞首台，静けき水面（みなも），様々な悲哀
茫と浮かぶ鉄格子の獄（ひとや）の列なり
密やかな後宮（セラーリオ）！

ぼくはトントン拍子で捗が行っているが，昨日はあんまり辺り一面キラめき渡り，陽が燦々と降り注ぐものだから息抜きせざるを得なかった。

（注） テニソンについてはテニソン宛書簡（43年3月9日付）参照。ディケンズの読み耽っていたのは42年5月14日モクソン社刊『詩集』二巻本。8月までには各誌に好意的な書評が寄せられる等大きな反響を呼び，テニソンは今や第一級の詩人と目され始めていた。フォースターは『イグザミナー』書評（5月28日付）で逸早く激賞。カーライルはテニソン宛書簡（12月7日付）で英国書籍において「真の男の心の脈動を……獅子のそれさながら強かなれど優しく，情愛と調べに満ちた心の――感じたことは絶えて久しくなかった」と綴る。42年版『詩集』には「男人魚（マーマン）」，「女人魚（マーメイド）」（30年初版）が所収されていた。ディケンズの引用は「麗しき女達の夢」（32年初版）第九連。

フレデリック・ディケンズ宛　1842年8月10日付

ブロードステアーズ。1842年8月10日水曜

親愛なるフレッド

アルフレッドからもらった手紙によると，こっちへ月曜の船で来るそうだ。木曜の（つまりこの手紙を受け取った日の）便でバーミンガムのあいつの下へ一筆，トッピングがラムズゲイト行き9時発の船の上でジョージーナの荷物を渡すことになっていると伝えてくれ。でトッピングには「ベル」も一緒に連れて行ってもらう手筈だとも。あの子（ハニー）もこっちに呼び寄せたい。

アコーディオンとケイトの荷物はどちらも無事着いた。

皆がよろしくと言っている。

もう休暇はもらったか？

不一

チャールズ・ディケンズ

フレデリック・ディケンズ殿

（注）　ジョージーナ・ホガースはキャサリンの妹（ロングフェロー宛書簡（12月29日付）注参照）。「ベル」は他処に言及のないペット。

ジョン・フォースター宛［1842年8月11日付］

【F, III, viii, 280に抜粋あり。日付はフォースターによると8月7日の四日後。】

ぼくはこの目出度き日に一言も書いていない。昨日ニューヨークに辿り着いたばかりだが，順調に行ってくれそうだ。……小さな犬コロは見る見る智恵がつき，今では一声かければぼくのステッキを飛び越える。あいつの名前をスニトル・ティンバリーに変えた——もっと朗として勿体らしかろうというので。あいつも皆と一緒にくれぐれも君によろしく伝えて欲しいとのことだ。注意せよ（ノウタ・ビーニ）。マーゲイト劇場は毎晩開いているし，四人のパタゴニア人（ゴールドスミス『随筆集』参照）はラニラで週に三回演技する。

（注）「ニューヨークに辿り着いた」とは『探訪』第六章に取りかかったの謂。「小さな犬コロ」はアメリカでウィリアム・ミッチェルにプレゼントされた犬（ミトン宛書簡（3月22日付）参照）。マーゲイト劇場は「シアター・ロイヤル」。J. S. フォーシット経営（1820-40）の後(のち)閉館し，一年間は礼拝堂として使われていたが，7月23日J. D. ロブソン経営の下再開していた。「四人のパタゴニア人」は「驚くべき芸当を披露する」（『ケント・ヘラルド』（8月4日付））名曲芸師のグループ。ゴールドスミス『随筆集』は「パタゴニアの麗しき巨人」（『世界人』Letter CXIV）への言及。マーゲイト，ピーターズ公園——ティヴォリ公園を模した小型庭園——は「ラニラ」の名で親しまれていた（ミトン宛書簡（9月21日付）注参照）。「パタゴニア人」が去った後は興行目的の利用は停止。

ダニエル・マクリース宛　1842年8月14日付*

【草稿は「親展」。1954年12月プレストウィック航空事故で一部破損する前に確認。断片（aa, bb）はリチャード・ギンベル大佐所蔵。】

ブロードステアーズ。42年8月14日日曜

親愛なるマック

小生が招待状を出すと必ずや貴兄の胸を燃え上がらすやに思われる例の疑り深い忿怒を掻き立てる危険を冒してまで小生，お越しをとお願い，お頼み，お推め致します——[a]当地へ。日和の麗しさが，水浴(みあみ)の濃やかさが，海原の清しさが，金切り姫(スクリーマー)の魅惑が，挙って「お越しを！」と叫んでいます。[a] 彼(か)の方の膨らんだ胸(ブザム)と膨らんだ他のBとが貴兄を麾(さしまね)いています。お越しを！　お越しを！　お越しを！　小生，口を三つにして拝み入りましょう。

果たして祖国ではアイルランド生まれの老婆は埋　葬　地(ベリング・グラウンド)を何と呼ぼうか（目下執筆中の拙著の[b]とある件(くだり)の正確を期し）御教示賜りたいと存じます。[b] 老婆は親族の亡骸の眠るくだんの場所を——埋　葬　地(ベリング・グラウンド)と——礼拝堂境内(チャペル・ヤード)と——それとも何と呼びましょうか。ホール夫人ならば定めしクーシュラ・マ・クリーかマ・ヴーニーンかオベダドサーとでも呼びましょう——が小生，もちろんそんなことを申し上げているのではありません。

是非とも御教示を——してお越しを。

不一

チャールズ・ディケンズ

（注）「お推め（*recommend*）」には二重下線。「金切り姫（スクリーマー）」は恐らくコリンズ嬢かストリヴンズ嬢（『第二巻』原典p. 123，訳書151頁〔『第三巻』原典p. 163，訳書206頁〕参照）。「小生，口を三つにして拝み入りましょう」は『マクベス』第四幕第一場78行マクベスの台詞「耳を三つにして聞くぞ，お前の話を」の捩（もじ）り。ホール夫人はS. C.ホールの妻アンナ・マライア・ホール（『第一巻』原典p. 481脚注，訳書612頁注参照）。「クーシュラ（Cushla）」「マヴーニーン（Mavourneen）」は共に著書『アイルランド生活の光と影』（1838）で愛称語として紹介される。「オベダドサー（Obedadsir）」は明らかにディケンズの造語。「埋葬地」に関し，マクリースは「墓地（"graveyard"）」を推薦したと思われる（『探訪』第六章〔拙訳書80頁〕参照）。

ジョン・ブラック宛　1842年8月15日付

【ジョン・ハイサ目録744番（1927）に抜粋あり。草稿は1頁。日付は「ケント，ブロードステアーズ，1842年8月15日月曜」。】

どうやらロンドンデリー卿が鉱山・炭鉱なる主題に係るアシュリー卿への書簡を公告しているようです。もしも書状の短評をお望みにして，世に出され次第当地へ御送付下さるようなら，喜んで書評を寄せさせて頂きたく。敬具

［チャールズ・ディケンズ］

（注）ジョン・ブラックは『モーニング・クロニクル』編集長（『第一巻』原典p. 83脚注，訳書102頁注参照）。『アシュリー卿への書簡』は『モーニング・クロニクル』（8月13日付）と『タイムズ』（8月15日付）に「近刊予」の広告が出されるが，145頁に及ぶ小論説が実際世に出るのは10月。小論説とディケンズの書評（『クロニクル』掲載）についてはマッケイ宛書簡（10月19日付）注参照。〔「当地」の原語は大文字HERE。〕

W. H. マクスウェル宛［1842年］8月15日付

ブロードステアーズ。8月15日木曜

拝啓

今朝方早くミンスターへ行く用事があり——誠に申し訳ないことに出立の慌ただしさに紛れ，つい一筆お手紙を差し上げるのを失念していました。何卒御寛恕賜りますよう。

明日1時半には在宅予定です。その折お目にかかれなければ，こちらからお

伺いさせて頂きたく。

敬具

チャールズ・ディケンズ

（注） ウィリアム・ハミルトン・マクスウェルは小説家（『第一巻』原典p. 354脚注，訳書445頁注参照）。『ベントリーズ・ミセラニー』への投稿の内二篇におけるディケンズの却下については『第一巻』原典p. 236，訳書295頁，並びに原典p. 307，訳書387頁参照。ディケンズは「アプ・オーウェン大佐のキラーニ湖遠出」は『ピク・ニク・ペーパーズ』（1841）に所収していた。ミンスターはラムズゲイトの4マイル半西，ブロードステアーズの5マイル半南西の村（現在は小さな町）。ディケンズがミンスターまで足を運んだのは恐らく遠出の手筈を整えるため（次書簡参照）。

ジョージ・クルックシャンク宛　1842年8月20日付

ブロードステアーズ，1842年8月20日

親愛なるジョージ

くれぐれも10時をあまり過ぎないよう。何となららば，ミンスター――古びた瀟洒な教会のある――にて遅目のディナーを認めがてら一朝（ひとあさ）浮かれ騒ごうというので。御婦人方には――後から追うべく――12時15分前に一頭立て（フライ）を手配し――片や貴兄と，マクリースと，フォースターと，小生とは直ちに徒（かち）で出立致そうでは。

敬具

ボズ

皆がC夫人にくれぐれもよろしくとのこと――無論小生からも。

（注） フォースターは前日（金曜）夕刻，その週の『イグザミナー』原稿を印刷所へ送り届けた後（のち），恐らくマクリース同伴でやって来ていたと思われる。

ジョン・フォースター宛［1842年8月25日？付］

【F, III, viii, 283に抜粋あり（9月25日付書簡の一部として誤って引用）。『アメリカ探訪』は8月30日「来る10月二巻本にて」刊行の宣伝が『モーニング・クロニクル』

に初めて掲載される。ディケンズは恐らく数日前にフォースターに表題を提案していると思われる。日付はそこからの推断。】

ぼくの表題(タイトル)としてこいつをどう思う――『一般流通用アメリカ手控え』；で次の題辞(モットー)を？

「裁判官からの質問に応え，銀行側(がわ)事務弁護士はかく宣った――この種の手控えは，同上が盗まれ捏造される世界の彼(か)の地にて最も広く遍く流通している。中央刑事裁判所(オールド・ベイリ)判決文。」

(注) 「表題(タイトル)」と「題辞(モットー)」がディケンズの念頭に浮かんだのは「フィラデルフィア章」(8月24日執筆を終える（次々書簡参照)) を手がけている折と思われる――冒頭にその業務停止が「破滅的な結果という結果ごと……フィラデルフィア全体に暗い翳を投」ずる〔拙訳書第七章98頁〕ユナイテッド・ステイツ銀行への言及があることからも。彼は「ワシントン章」に乗り出す直前の8月25日，着想をフォースターに伝えたのではないか。結局用いられることなく終わる「題辞(モットー)」についてフォースターは「異議が唱えられたため，削除された」と記す (F, III, viii, 283) ――彼自身が唱えたことに疑いの余地はなかろうが。〔原題*American Notes for General Circulation*の“Notes”は「手控え」と「紙幣」の両義をかけて。懸詞は“Circulation”(「(書籍の) 普及」と「流通」) にも及ぶ。なお，「題辞(モットー)」は原語でも小さめ。〕

オールバニ・フォンブランク宛　1842年8月26日付

【パーク-バーネット・ギャラリーズ目録 (1941年1月) に要約あり。草稿は1頁。日付は「ケント，ブロードステアーズ，42年8月26日」。消印は「42年8月27日 (明らかに受領日)」。】

その折の情景を再び描写する労を省くため，ワシントンからフォンブランク宛認(したた)めた書簡を一旦拝借できるか否か尋ねて。

(注) フォンブランク宛書簡については42年3月12日付書簡参照。ディケンズは当該要望をフォンブランクに伝えた際，既に「ワシントン章」をスリップで13枚書き上げ，13枚目末尾に鉛筆で印刷所宛「この章続く」の指示を出していた。残るスリップ6枚においてディケンズはフォンブランク宛書簡から大統領官邸の描写，並びに上院における討論の二様の逸話を事実上逐語的に再現する。

ジョン・フォースター宛［1842年8月30日または31日？付］

【F, III, viii, 281に抜粋あり。日付はフォースターによると「9月の初め」だが，捏造投書の報せはディケンズが同上についてフェルトンその他の友人に9月1日手紙を綴るより前に送られたに違いない——のみならず9月1日，ディケンズはロンドンでフォースターに会っているため（フェルトン宛書簡（9月1日付）参照），手紙を書く要はない。ニューヨーク発「エメラルド号」とボストン発「コロンビア号」はいずれも8月29日リヴァプール入港。郵便物は30日または31日にブロードステアーズに着いていたろう。『探訪』第七章校正刷りは8月30日までには届いていたと思われる。】

フィラデルフィア章はなかなかの出来だと思うが，生憎活字にしてみると思っていたほどの頁数に行っていない。……アメリカでは連中ぼくの署名入りで手紙を捏造し，連中の淡々と宣うには『クロニクル』に国際版権廻章と一緒に掲載されたとのことで，書面にてぼくはディナー等々について，君にもお易い御用で想像できよう文言にて私見を審らかにしている。合衆国の津々浦々に触れ回られ，そいつをでっち上げた極道は蓋し「目から鼻に抜けるような」男に違いない。誤解のないよう断っておけば，こいつは悪巫山戯の域を越え，書評等々にて下卑た文言でコキ下ろされている。パーク・ベンジャミン殿はそいつがらみの燈下の労作（ルーキュブレーション）をこれら大文字で書き出している「ディケンズは阿呆にして嘘吐きなり」。……さて，ぼくには惨めな聾唖の小僧の形（なり）をした，新たな被保護者（プロテジェ）が出来た，先日砂浜で半死半生の所を見つけ，ミンスターの救貧区診療所へ（当座）入院させた。それにしてもかわいそうな奴もいたものだ。

（注）『探訪』第七章「フィラデルフィアとその独房監禁制」をジェフリー卿はディケンズへ宛てた手紙の中でついぞ目にしたためしのないほど「哀愁に満ちた力強い筆致の論考」と評し（フェルトン宛書簡（12月31日付）注参照），幾多の英国書評家も称賛の対象として選りすぐった。ただし3月8日，ディケンズの懲治監（ペニテンシャリー）視察に同行し，彼の賛同を得ていると思い込んだ関係者や，牢獄及び監禁制双方を誇りにしている人々にとって，如実な描写は少なからず衝撃的であり，同章は辛辣な批判を浴びる（フォースター宛書簡（3月13日付）注参照）。この時期ディケンズは一週間に一章のペースで執筆していたとの前提に立てば，彼は8月24日第七章を書き終えていたと思われる。第六章は8月10日に書き始められ（フォースター宛書簡（8月11日付）参照），26日には第八章に取り組んでいた（前書簡参照）。アメリカ国民の卑劣，強欲，排他主義を論う，ディケンズ署名捏造書簡全文が掲載されたのは『ニューヨーク・イヴニング・タトラー』（8月11日

付）のみ（原典Appendix B, pp. 625-7参照）。「捏造」は早々に看破されていたにもかかわらず，例えば『ボストン・トランスクリプト』（8月16日付）のように文書の一部を引用し続ける報道も一誌ならずあった。ディケンズ自身は文書の内三段落——『タトラー』（8月2日または3日付）に掲載され，広範に再刷された，原文では第四，六，十段落——しか目にしていなかったと思われる。就中「ぼくはディナー等々について……」は「小生は表敬，ディナー，舞踏会を求めていた訳ではない。どころかその手のものはむしろ押しつけられた」の件（くだり）（第六段落）を踏まえて。パーク・ベンジャミン（1809-64）は『ニュー・ワールド』の創始者・編集長（1839-45）。「巨大（マンモス）」誌の事実上の始祖。39年『ブラザー・ジョナサン』，『イヴニング・タトラー』を（数か月で辞すが）創設。『ニュー・ワールド』におけるディケンズ作品剽窃については英国作家宛廻章（7月7日付）参照。ディケンズが言及していると思われるベンジャミンの『ニュー・ワールド』（8月6日付）論説は実際は捏造書簡ではなく，英国作家宛廻章に関する注釈。同誌は廻章を『リテラリ・ガゼット』から「国際版権熱狂（コピーライト・フィーバー）」の見出しの下（もと）全文引用。「筆者は」と切り出す——「阿呆か，それともならず者か［「嘘吐き（“Liar”）」でも大文字でもなく］。……阿呆でないのは百も承知……ならばならず者に違いない」。〔ディケンズ自身による「ディケンズは阿呆にして嘘吐きなり」の表記は“DICKENS IS A FOOL, AND A LIAR”。〕

トマス・バージ，Jr兄弟商会宛　1842年9月1日付

ロンドン，リージェンツ・パーク。ヨーク・ゲイト
デヴォンシャー・テラス1番地。1842年9月1日

拝復

忝き芳牘並びに（もしやしばらく街を離れていなければ，早急にお返事致していたろうものを）——精巧な同封の品を拝受致しました。

かようの贈り物を賜り恭悦至極に存じます。

敬具

チャールズ・ディケンズ

トマス・バージ，Jr兄弟商会殿

（注）　トマス・バージ，Jr兄弟商会はマンチェスター，ディキンソン・ストリートの商会。

ジョン・ジェイ宛　1842年9月1日付

【原文は『ニューヨーク・インディペンデント』(1879年12月25日付) より。】

ロンドン，リージェンツ・パーク。ヨーク・ゲイト

［親展］　デヴォンシャー・テラス1番地。1842年，9月1日

拝復

芳牘並びに同封の新聞をありがたく拝受致しました。

貴兄もアメリカ報道界の何たるかは御存じのはず。申すまでもなく，わざわざ小生の注意を喚起して下さっている，小生がその筆者とされる，くだんの件(くだり)は我が国の重罪犯が故に絞首刑に処せられるに劣らず事実無根の捏造であります。爾来小生公的に反駁していませんし，今後も反駁するつもりはありません。小生アメリカに数週間と滞在せぬ内に（他処者の御多分に洩れず）これら公的頽廃の手先に得も言われず驚くと共に嫌悪を催しました。連中が如何なる手に出ようと不意は討たれませんし，連中が如何なる虚言を弄そうと片時たり交わりを持とうとは存じません。

敬具

チャールズ・ディケンズ

（注）　ジョン・ジェイ (1817-94) はアメリカの法律家・歴史家・外交官。ニューヨーク市で弁護士を開業 (1839-58)。国際版権法を唱道，奴隷制廃止運動でも主導的立場を取る。ディケンズは彼の小冊子『英領西インド諸島における奴隷解放の進展と結果』(1842) を所蔵。「新聞」は捏造文書の一部の掲載されたそれ——恐らくディケンズ自身目にした最初の報道。

ルイス・ゲイロード・クラーク宛［1842年9月1日？付］

【原文はクラークのロバート・バールマンノ宛書簡［42年10月］(L. W.ダンラップ編『ウィリス・ゲイロード・クラーク／ルイス・ゲイロード・クラーク書簡集』(1940) p. 137) からの引用 (aa)，並びに『ニッカーボッカー・マガジン』(42年10月) xx, 395の抜粋 (bb) との合成。日付は話題と言葉遣いからして前書簡と同じ。】

[a]貴兄もアメリカ新聞の何たるかは御存じのはず。改めて，小生の名の下に出版された件(くだり)は虚言にして捏造なりと申し上げる要がありましょうか？　爾来小生公的に反駁していませんし，目下も反駁するつもりはありません。かようの敵手(てきしゅ)相手に文学の矢来(リスツ)に入るとすらば，小生早「埒(バリア)」の外に矜恃を置き去りにしていようかと。[a]

[b]小生自らの約言も貴兄の忍耐も忘れてはいません。よもやいずれをも忘れましょうぞ。[b]

（注）引用に続き，クラークは「彼の言及は『問題の新聞』についてであり，アメリカ報道界本来(プロパー)ではなくむしろ不相応(インプロパー)なそれにしか該当しない」と注釈する。『ニッカーボッカー』(42年9月号）には「帰国後公開されたディケンズ氏の書状は僅か一通――国際版権法に関するそれ――しかなく，そこにても「巨大(マンモス)」週刊誌に対する自制を欠いた文言による非難をさておけば，筆者は米国滞在中公的に表明した見解を綴っているにすぎぬ」趣旨の記事が掲載される。「約言」は『ニッカーボッカー』寄稿（『第二巻』原典p. 55, 訳書66頁参照)。

C. C. フェルトン宛　1842年9月1日付†

【草稿（不完全）はイェール大学図書館蔵。欠損部分（aa）はハーヴァード大学図書館蔵タイプスクリプトより。】

ロンドン，リージェンツ・パーク。ヨーク・ゲイト
デヴォンシャー・テラス1番地。1842年9月1日

親愛なるフェルトン

もちろん諸紙に掲載されたあの手紙は未だかつて重罪犯がそれ故絞首刑に処されたためしのないほど逆しまな捏造文書です。[b]貴兄もアメリカ報道界の何たるかは御存じのはず。小生に劣らず驚いてはいらっしゃいますまい。[b]

爾来小生公的に反駁していませんし，今後も反駁するつもりはありません。もしや然にこよなく穢らわしき人間のクズ共相手に槍試合を挑むとすらば，蓋し別人で――正しく連中の思うツボの下種で――ありましょう。

貴兄のお言葉をフォースターに伝えた所，お返しにくれぐれもよろしくとの公文書送達箱(ディスパッチ・ボックス)一杯の親身な挨拶が返って来ました。彼は因みに，アメリカに纏

わる拙著の第一巻（書き終えたばかりの）に正しく有頂天にして——口を極めて褒めそやしてくれます。紛うことなく真実であり，天晴(あっぱれ)ではありますが，さすが[b]くだんの鼻持ちならぬ二様の特性を具えているからとてそれだけ連中のお気には召しますまい。[b] 恐らく11月第一便の汽船にて，揃いを，お送り致せようかと。

赤帽と絨毯地鞄の貴兄の描写を拝読すると，定めし根を詰めておいでに違いなき，こよなく豊潤なユーモアの横溢する第一級のおどけた小説が待ち遠しいばかりです。表題は何と？——時に胸中，かようの見出しを思い描くこともあります——

牡　蠣

生(せい)の

ありとあらゆる流儀

或いは

打ち方(オープニング)

なる

作

ヤング・ダンドー

こと，ある種看板としての，頭に荷を載せた男に関せば，御逸品を早速採用させて頂きたく。

本状はロンドンより認めています。と申すのも当地へは一両日，[b]恰も貴兄がニューヨークにて浮気がてら遊び回っている片や，ケンブリッジなる学究の森に令室と愛らしき小さな令嬢を置き去りになさる如く，[b]小生海辺に妻と我が子らを残し——ズブの放蕩癖の，野卑な独り身よろしく，舞い戻っているもので。いやはや！　せめてこうしている今しも，貴兄がここにお見えなら！　調理場ではサーモンとステーキに火が入れられ——雨が降り頻っているせいで炉に火を熾させ——ワインはサイドテーブルにて泡立ち——部屋は屋敷中で唯一敷物を引っ剝がされていないとあってそれだけいよよ居心地好さげで——皿は今か今かとノックの音を待っているフォースターとマクリースのために温(ぬく)められ——我々が皆して街を離れる時をさておけば，断じて敷居を跨がぬ例の馬丁はシャツ姿のまま，不躾千万だなどとは思いも寄らず，ウロウロ歩き回り——堆く積まれた校正刷りはディナーの後で朗々と読み上げられる手ぐすね引いて待っています。せめて貴兄が姿をお見せ下さるものなら，気のいいフェルトン，小生何たる叫び声もろともドスンといっとう座り心地のいい椅子に腰かけさせ——直ちに室内履きを呼び立てようことか！——

ここまで書いた所で，今のその馬丁は——めっぽうチビの（とは流行通り），燃えるような赤毛の（とは流行ならぬ）男ですが——食い入るようにしげしげ小生の顔を覗き込み，同時にグルリをヒラヒラどデカい蝶よろしく舞っていたものを，つと足を止めるや，サム-ウェラー跣の物言いにて切り出します——「あしゃ今朝方クラブへ行きやしたがだんな。手紙はからきし来てやせんでしただんな」——「済まなかったな，トッピング」——「奥方さんはどんなでだんな？」——「お蔭で元気にしているよ，トッピング」——「んりゃ何よりでだんな。あしの奥方ああんましピンシャンしてねえんでだんな」——「まさか！」——「そのまさかがまさかでだんな——じきもういっちょ，だんな，オギャアと行くもんで，何だかピリピリしててよだんな。んで若いおっかあがだからってんでともかく落ち込むとなりゃだんな，そいつあとことん落ち込みやがるってもんでだんな」——との御卓見に，小生如何にもと相づちを打ちます。すると奴は火を掻き熾しながら（まるで我知らず独りごちてでもいるかのように）畳みかけます。「何てえまかふしぎだったらよ！　何てえ妙ちきりんだったらよ，自然の成りゆきってな！」——との諦観を賜りつつ，戸口へとジリジリ向かい，かくて部屋から出て行きます。

この同じ男は帰国後間もないある日のこと，小生にいきなり吹っかけます，サー・ジョン・ウィルソンってな［何］者で。これは小生の馴染みで，我々の[a]アメリカ滞在中，屋敷と召使を，して一切合切そのままに，借り受けてくれた人物です。小生は将校（オフィサー）だと答えました——「何だってえだんな？」——「将校（オフィサー）さ」——そこで，警察官（ポリス・オフィサー）のことかと思ってはいけないと，言い添えます——「軍隊の将校（オフィサー）だよ」。「すまねえがだんな」と奴は帽子に手をかけながら言います。「けんどあっしがいつも馬車で連れてって差し上げたクラブあ，ユナイテッド・サーヴァンツでしたぜ」

この倶楽部の本当の名は陸海空軍(ユナイテッド・サーヴィス)でしたが，きっと奴は「下男下女部屋なる上流社会」風の溜まり場にして，当該殿方こそは御隠居家令か耄碌従僕と思い込んでいたに違いありません。[a]

[c]そら，ノックの音です――して「グレイト・ウェスタン号」は明日，帆を張り――と言おうか蒸気を上げます。ほどなくまたお便り賜りますよう親愛なるフェルトン，して[b]ケイトが御自身並びに令室にくれぐれもよろしくと申しています。小生も心より愛を込めて[b]

敬具

チャールズ・ディケンズ[c]

ハウ博士の求愛に守護天使という守護天使の加護のありますよう！　博士は少なくとも，小生がローラについて述べようことのせいでそれだけ小生をお気に召さなくなることだけはありますまい。

(注)　冒頭「もちろん (*of course*)」は大きな文字で書かれている上，強調的に短いダブルストロークの下線。bbは従来未発表部分。第二段落「今後も反駁するつもりは」ないとの意志は揺ぎなかったが，ディケンズ自身の文言になる否認はホーンにより送付され，アメリカ新聞雑誌に掲載される (9月16日付書簡注参照)。第三段落「第一巻 (書き終えたばかりの)」とはつまり彼は今や第十章「ポトマック川夜行汽船」(刊行された原典では第九章) を書き終え，「第一巻完」と綴ったの謂。同章はかなり早急に仕上げられたに違いない。というのも8月26日，彼は依然前章 (「ワシントン」) を手がけていただけに――とは言えフォンブランク宛書簡 (3月12日付) から付け加える以上ほとんど為すべきことがなかったとあって (8月26日付書簡参照)，書状を待っている片や第十章執筆に取りかかっていたはずである。結局「ワシントン章」で第一巻を終える決断についてはミトン宛書簡 (9月4日付) 参照。第四段落「赤帽と絨毯地鞄」は以下の引用を踏まえて――「フェルトンは［ニューヨーク港碇泊中の］定期船上でたまたま彼自身の絨毯地鞄に出会したが，どうやら御逸品，ディケンズの手荷物(ラゲッジ)に御執心にして，プロヴィデンス汽船に担ぎ込むよう命ぜられていた赤帽を誑(たぶら)かした挙句，ボズ小荷物(バゲッジ)と一緒くたにさせたものと思われる」(サムエル・ウォードのロングフェロー宛書簡 (42年6月15日付) (A.ヒレン編『H. W.ロングフェロー書簡集』II, 455*n*) 参照)。ディケンズ考案「表題」の最終行「ヤング・ダンドー」についてはフェルトン宛書簡 (7月31日付) 参照。第五段落，留守中の屋敷の改装の手筈についてはフレッド・ディケンズ宛書簡 (8月7日付) 参照。「例の馬丁」は次段落でも明らかになる通りトッピング。「朗々と読み上げ」るのは恐らくフォースター (ビアード宛書簡 (7月19日付) 参照)。「もういっちょ

……オギャアと行く」のは即ち娘メアリ・キザイア・トッピング（42年11月2日生）。第七段落「[何]者（[wh]at)」は便箋隅の単語の冒頭が欠損。第八段落「下男下女部屋なる上流社会」はジェイムズ・タウンリー作笑劇（1759）。第九段落ccは草稿第三頁に不詳の筆跡にて「（親筆入手のため切断）」の但書きと共に鉛筆で綴られている。その上にディケンズ直筆の追而書き。第三頁裏に記されたフェルトンへの宛名書きは垂直に二分されている。追而書き「求愛」はハウ博士がいずれ43年2月に婚約し，4月26日に結婚するジュリア・ウォードへのそれ。ローラ・ブリッジマンはパーキンズ慈善院におけるハウ博士の盲目で聾唖の患者の一人。『探訪』の「ボストン章」中，彼女に纏わる描写の大半はハウの年次報告（1841）を典拠とする〔拙訳『探訪』第三章29-44頁参照〕。ディケンズは恐らく視察中に上記小冊子二部の内フォースターに転送する一部の余白に三点覚書きを記し，内二点は『探訪』で再現，利用されなかった一点は以下の内容の逸話——ハウ博士がしばらく前，乗馬中に脚を骨折したため診察ができないことがあった折，ローラはその理由を聞くと，皆が懸念していたように嘆き悲しむ代わり，こう言いながらコロコロ笑い転げたという。「まあ，先生ったら目が見えるのに。先生ったら御自分の前が見えるのに！」締め括りに，ディケンズは「彼女のサインを送る。ぼくがいる間（ま）に書いてくれた」と記す。サインは頁の下に貼りつけられた紙切れに鉛筆書きされ，他方の自分用小冊子は『探訪』で利用する予定の頁を原稿に貼付した上，「印刷所へ」の指示を出す。

T. C. グラトン宛　1842年9月1日付

【パーク-バーネット・ギャラリーズ目録1583番に抜粋あり。草稿は1頁。日付は「ロンドン，42年9月1日」。】

誰しも所得税に悪態を吐いています——お蔭でクチにありつける連中はさておき……恐らく早，小生が国際版権問題にダメを押したことも，アメリカ新聞にては連中，小生の署名の下（もと）投書を捏造したことも，御存じかと——かと言って小生いささかも驚いてはいません。かようの方面からとあらば「正直」と常識以外の何ものにも驚くまいだけに。

（注）「所得税」についてはフレッド・ディケンズ宛書簡（8月7日付）注参照。

ジェイコブ・ハーヴィ宛　1842年9月1日付

【原文はH. B.スミス著私家版『センチメンタル・ライブラリ』(1914), p. 88より。】

ハーヴィの手紙は帰航直前に受け取っていた由告げて。

小生は常々性格を描写する上で，天帝がくだんの流儀にて人格を創造し賜うたままに，「善悪」の混淆を求めています。概ね蒸留酒を飲むのは小生の作中人物の弱点の一つです——正しく是ぞ現実の人間の弱点の一つだからというので。彼らは当該嗜好故にではなく（よもや），にもかかわらず，より善なる性（さが）を介し，好運に恵まれます。小生なるほど禁酒主義は唱道致しかねます，以下なる単純明快な謂れにて——即ち，小生の理性と道徳観は，世には節度の何たるかを知らぬその数あまたに上る人間がいるからというので，固より羽目を外すでも度を越すでもなく酒を嗜める人間が節度をもって酒を嗜む悦びを奪われることにいささかたり肯（がえん）じられぬとの。数知れぬ善性や数知れぬ温情なるもの，善人にあっては一杯の陽気なグラスによりて引き出されます。禁酒は或いは濫用がそれなり然たる如くそれなり不節制かつ不合理やもしれませんし，所謂「絶対禁酒」は，私見では，死ぬまで乗りつぶされた善事——正しく酩酊と同断たるに。……聞く所によるとニューヨーク新聞は小生の署名の下（もと）某かの件（くだり）を捏造しているとか。アメリカ新聞が（たまたま何か正直な，或いは穏当な社会状況に付き付きしきものに出会しでもせぬ限り）為し得る何一つ小生を驚かすこと能いますまい。

（注） ジェイコブ・ハーヴィ（1797-1848）はアイルランド生まれのニューヨーク商人。チャールズ・サムナーの友人・文通相手。

R. シェルトン・マッケンジー宛　1842年9月1日付

【R. S.マッケンジー『ディケンズ伝』〔1870〕, p. 219に抜粋あり。日付は「1842年，9月1日」。】

芳牘並びに同封の，全くもって珍現象たる雑誌を賜り篤く御礼申し上げます。言及しておいでの「予告」は既に目に留まっていました。一つ穴の他の百もの狢（むじな）を目に致しましょうし，あの世へ行くまで目に致し続けようかと。

（注） ロバート・シェルトン・マッケンジーについては『第一巻』原典p. 367脚注，訳書

463頁注参照。同封の「雑誌」はマッケンジーによると，「巨大（マンモス）」誌のいずれか，「恐らく『ニュー・ワールド』もしくは『ブラザー・ジョナサン』」だが，明らかに前者（次項参照）。『ニュー・ワールド』(5月28日付）には「ディケンズ（ボズ）著月間分冊形式になる新作第一分冊は帰国一週間後には世に出るに違いなく，よって7月には我々の下へ届こう」との「予告」が掲載されていた。ディケンズは無論，アメリカを発つ前に目にするか，耳にしていたと思われる。マッケンジーは『ニューヨーク・ユニオン』リヴァプール特派員としてディケンズがアメリカに関する書物を出版する予定であることは否定していたが，今や『モーニング・クロニクル』(8月30日付）とディケンズの書簡を典拠に，ディケンズは事実アメリカに纏わる書を目下ブロードステアーズにて執筆中であり，同書は「極めて冷笑的な」内容となろうと前言を翻す（『ボストン・イヴニング・トランスクリプト」(9月21日付))。

ダニエル・マクリース宛　1842年9月1日付

デヴォンシャー・テラス。1842年9月1日木曜

親愛なるマック

拙宅へ明日3時15分前にお越し願いたく，ジョン・フォースターと下記の者に会うべく

不一

チャールズ・ディケンズ

トマス・ミトン宛　1842年9月4日付

ブロードステアーズ。1842年9月4日。日曜

親愛なるミトン

昨日はコロリと金を持って来るのを忘れていた。同封のものを銀行券に替え，郵送してくれないか？

幸いチャプマン・アンド・ホールと，ブラッドベリー・アンド・エヴァンズは口を揃えてぼくが金の割にやり過ぎていると言っている。という訳で第一巻はワシントンで締め括り，第二巻を黒人御者で始めることにする――だとすればずい分肩の荷が降りる。

不一

CD.

胃の調子が悪く，とんでもない吐き気に祟られている。

（注）「同封のもの」は恐らくディケンズの帳簿に9月7日付で「ハウス」（即ち家政に係る出費）として記載されている£50小切手。出版社と印刷所が「金の割にやり過ぎて」いると考えている巻はこの時点では第十章――「ポトマック川夜行汽船。ヴァージニア街道と黒人御者……」のみならず序に当たる「第一章」（スミス宛書簡（7月14日付）注参照）をも含む――より成っていた。第一巻を「ワシントン」章で締め括る決断に続き（ディケンズは「黒人御者」章の後の同じ文言を削除するのを失念し，草稿ではこの章の下に再び「第一巻完」と記すが），10月には第一章を割愛する意を決したため（フォースター宛書簡（10月10日付）注参照），第一巻は全8章――かくて第一章削除により章番号は自づと混乱を来す。

オールバニ・フォンブランク宛　1842年9月5日付*

ブロードステアーズ。1842年9月5日

親愛なるフォンブランク

同封の書状，誠にありがとうございました。10月初めには拙著をお送り致せようかと。

敬具

親愛なるフォンブランク

チャールズ・ディケンズ

オールバニ・フォンブランク殿

（注）「同封の書状」はフォンブランクから一旦借り受けていたワシントンに関する書状（フォンブランク宛書簡（8月26日付）参照）。

ヘンリー・オースティン宛　1842年9月6日付*

ブロードステアーズ。1842年。9月6日火曜

親愛なるヘンリー

ひょっとしてぼくがナイアガラから書き送った手紙をパサパサの火口めいた

形(なり)にて，手許に取っておいていないだろうか？　多分取っているはずはないだろうが，それでももしも取っているなら貸してくれないか？　ぼくの「航海と旅行」のくだんの箇所に来たら参照したい。

レティシアにくれぐれもよろしく，と端(はた)でケイトも子供達も声を合わせて言っている。

不一

チャールズ・ディケンズ

ヘンリー・オースティン殿

（注）「ナイアガラから書き送った手紙」は42年5月1日付書簡。「もしも（*if*）」には三重下線。『探訪』におけるナイアガラからの手紙の扱いについては併せて，フォースター宛書簡（4月26日）注参照。

ジョン・S. バートレット宛　1842年9月6日付*

親展　　ロンドン，リージェンツ・パーク，ヨーク・ゲイト
デヴォンシャー・テラス1番地。1842年9月6日

拝復

芳牘を賜り篤く御礼申し上げます，貴兄並びに貴兄の統轄しておいでの雑誌(ジャーナル)の経営陣の誉れとなろうだけに。皆様方には何卒，小生の名において謝意を表すと共に改めて心からの崇敬と感謝の念をお伝え頂きますよう。

とは申せ御提案下さっているそれのような協定を自ら結ぶことも，況してや他の英国作家に提起することも叶いません。

お断り致すのは偏に，「掟」が目下の状態のままである（して少なくとも我々の存命中は罷り通ろう）限り，小生自ら筆を執るやもしれぬ如何なる著作の初期校正を大西洋の彼岸へ送達する如何なる交渉にも断じて入らぬとの，公的に表明した決意を飽くまで貫く所存だからであり――アメリカ国民が目下の体制に固執する限り，如何なる拙著を彼らに送達するも，彼らを文学後援者と見なすも，潔しとせぬからであり――天秤の他方の皿に僅か1ペニーの錘でも乗れば定めし拒もう申し出を敢えて為そうとは存ざぬからであります。

我々の最初の文通において表明なされた精神を，さりとて，かくの如くあっぱれ至極に遂行して頂くとは忝い限りであります。

敬具

チャールズ・ディケンズ

バートレット博士

（注） 住所の表記にもかかわらず，本状が実際に認められたのはブロードステアーズ，消印はラムズゲイト。バートレットは『アルビオン』において終始ディケンズの国際版権法に与する立場を支持していた。「芳牘」は恐らくディケンズの英国作家宛廻章への賛同を表明した手紙。第三段落「公的に表明した」は廻章において。

トマス・ビアード宛　1842年9月8日付

ブロードステアーズ。1842年9月8日木曜

親愛なるビアード

一体いつ例の陽気な老いぼれ男爵は（願わくは雄ロバ共が奴の祖父様（じいさま）の墓にデンと居座らんことを！）御帰館遊ばす？　ここにては前代未聞の形（なり）なる水浴（みあみ）あり——とびきり旨いポンチあり——「パタゴニア五人組」と称す曲芸師一家を独り占めしているというのでゴキゲンなラニラ庭園あり——マーゲイトにては開幕の劇場あり——ありとあらゆる手合いのそよ風からさざ波からの清しさ，爽やかさがお待ちかね——というにビアードの影も形もないとは！　もう一度聞く，一体いつ樅の木立（ファー・グローヴ）はダンシネインへと向かって来る——してしばし返事を待とう。

不一

チャールズ・ディケンズ

トマス・ビアード殿

（注）「雄ロバ共が……居座らんことを！」はモリエール『ハージ・バーバ』物（もの）二作でよく用いられる，父親の墓をダシにした呪いの典型。「ラニラ庭園」〔ロンドン南西郊外チェルシーにあった遊園地〕についてはフォースター宛書簡（8月11日付）注参照。「樅の木立（ファー・グローヴ）」はウェイブリッヂに間近いイーストホープ邸の名。〔「ダンシネインへと向かって

来る」は『マクベス』第四幕第一場93行幻影3の台詞「かのバーナムの大森林がダンシネインの丘めがけ攻めて来ぬ限り」を踏まえて。〕

G. L. チェスタトン宛　1842年9月11日付

親展　　　　　　　　ケント，ブロードステアーズ。1842年。9月11日日曜

拝啓

アメリカについての拙著において以下の注をつけようと存じます。何卒一筆，果たして変更もしくは削除を希望される箇所があるか否か（月末までひっそりと羽根を伸ばしている当地宛直接）お報せ下さいますよう。

敬具

チャールズ・ディケンズ

――チェスタトン殿

（注）『探訪』（初版本）第三章においてつけられる以下の脚注〔抄訳〕は廉価版（1850），ライブラリー版（1859）では再び用いられるが，チャールズ・ディケンズ版（1868）及び以降の復刻版では削除。「囚人の有益な労働により上げられる利潤はさておき……ロンドンには小生がアメリカにおいて目にした，或いは耳にしたり読んだりした何ものとも全ての点で同等もしくは何らかの点では明らかに優れた監獄が二つある。一つはA. F. トレイシー英国海軍大尉によりて指揮されているトティル・フィールズ刑務所，もう一つはチェスタトン殿によりて管理されているミドルセックス懲治監である。……両者は聡明かつ優れた人物であり，彼らが堅固な意志，熱意，知性，慈悲をもって全うしている責務により適格な人物を見出すことは，彼らが運営している施設の完璧な秩序と組織を凌ぐに劣らず至難の業であろう」。『第二巻』原典p. 270脚注，訳書330頁注参照。

オーガスタス・トレイシー宛　1842年9月11日付*

親展

ケント，ブロードステアーズ。1842年。9月11日日曜

拝啓

アメリカについての拙著において以下の注をつけようと存じます。何卒一筆，果たして変更もしくは削除を望まれる箇所があるか否か（月末までひっそりと

滞在している当地宛直接）御教示賜りますよう。

敬具

チャールズ・ディケンズ

――トレイシー殿

（注）「注」については前書簡参照。

W. フレデリック・ディケンズ宛　1842年9月12日付

【アメリカン・アート・アソシエーション目録3891番に言及あり。日付は「ブロードステアーズ，42年9月12日」。署名は頭文字。】

W. ハリソン・エインズワース宛　1842年9月14日付

ケント，ブロードステアーズ。1842年9月14日

親愛なるエインズワース

同封のものがデヴォンシャーのとある若き殿方より（くだんの人物に関し小生，時に要望に応じ，著作の内某に目を通し，加筆を提案して参ったという以上には存じませんが）是非とも貴誌に掲載して頂くよう推薦して欲しいとの願い入れの下（もと）送付されて来ました。

私見では実に麗しく，定めて貴兄も然にお思いのことと。が固より「詩」である上，長すぎるやもしれません。

殿方は極めて控え目な青年で，才能に恵まれていることに疑いの余地はありません。

月末帰宅すれば，より頻繁にお目にかかれようかと。無論目下捩り鉢巻にて根を詰めておいでに違いなく。無論小生もまた然り。

ケイトが小生共々，貴兄並びに御家族の皆様に（わけても我が古馴染みタチェット夫人に）よろしくお伝えするよう申しています。つゆ変わることなく

親愛なるエインズワース

敬具

チャールズ・ディケンズ

ウィリアム・ハリソン・エインズワース殿

(注)「デヴォンシャーのとある若き殿方」はR. S.ホレル(42年12月2日付書簡参照)。第四段落『エインズワース・マガジン』編集に携わる片や,エインズワースはこの折いずれも自誌に月刊で連載の二小説——『守銭奴の娘』(42年1月-11月)『ウィンザーの森』(42年7月-43年6月)——を執筆中だった。「タチェット夫人(Mrs. Touchett)」はエインズワース宛書簡(7月7日付)におけると同様綴り違え(正しくはTouchet)。

ジョン・フォースター宛[1842年9月14日付]

【F, III, viii, 281に抜粋あり。日付はフォースターによると9月14日。ブロードステアーズより。】

今日はナイアガラがらみでめっぽう気を好くしている。描写を(然るべく)切り詰めたが,我ながら出来映えは上々だ。この所序章について智恵を絞っているが,ふと各巻頭の白紙頁に次のような件を添えてはと思いついた。拙著をアメリカおける我が友人に捧ぐ,祖国を愛すらばこそ真実を,其が気さくにして真摯に語られれば寛恕賜おうが故。どう思う? 何か異はあるか?

(注) ナイアガラの「描写」をもって『探訪』第十四章は締め括られる。ナイアガラから書き送った二通の手紙の扱いについてはフォースター宛書簡(4月26日付)注,オースティン宛書簡(5月1日付,9月6日付)注参照。同著の中でナイアガラの滝の描写は「わけても高く評価されているものの……」とフォースターはいみじくも述べる。「手紙には最初の鮮やかさが漲る。……即座の印象は蓋し,雄弁な記憶に優る」(F, III, vi, 257)「序章」についてはH. D.スミス宛書簡(7月14日付)注参照。「わたしの返信は」とフォースターは記す——「彼が20日に書き送って来た手紙の文面から推し量られよう」。

エドワード・チャプマン宛 1842年9月16日付

ブロードステアーズ。1842年9月16日

拝復

結構至極。正しく小生の望んでいる手合いの抜粋かと。フォースター殿はど

うやら小生がそれらを別箇の章のために用いるものと，してかようの目的のためには力強さに欠けると思い込んでいるようです（して氏と来ては夥しき頭髪に恵まれているとあって御逸品，一旦叩き込まれたが最後易々とはお出ましになりません）。片や小生としては奴隷制の章のために，奴隷地区における社会状況の例証とし，用いるつもりです。

同封のプレスコット殿からの手紙をお読み下さい。氏がかくも高く評価している本ならば立派な著作に違いないと思われます。如何お考えでしょうか？

夏がまたもややって来たようです。それにしてもこの目出度き9月16日の，何たる日和だことか！

商会はくだんの屋敷に家具を設えるのにさぞや目が回るほど忙しくしているのでは。連中にはくれぐれも石橋を叩いて渡らすよう。と申すのもいざ「新居披露」と相成らば，こと粗探しの点にかけては我々（即ち貴兄と小生とは）情容赦なかろうだけに。

令室は如何お過ごしでしょうか？　小生がくれぐれもよろしく申していると，マグを注文したもので，男のお子かそれとも女のお子用に彫りを入れたものか知りたがっている由お伝え願いたく。小生としては男のお子と踏んでいます。時に双子やもしれぬと思うこともあります，さらば二つ用意致さねばなりませんが。

月末には，恐らく，10月20日刊と予告を出した方が好いかもしれません。くだんの日付なら，神の思し召しあらば，難なく間に合いましょう。

敬具

チャールズ・ディケンズ

エドワード・チャプマン殿

（注）「抜粋」は奴隷所有者――「その人格の奴隷地区において形成され，奴隷習慣によって一層粗暴にされた」（『探訪』第十七章〔拙訳書240頁〕）――によって互いに揮われる暴力行為を報ずる新聞記事の切り抜き。第十七章後半で引用される十二篇の抜粋の内七篇（「由々しき惨事」，「ウィスコンシン惨事」等）は明らかにチャプマンによって提供された記事。転写係の筆跡にて書かれ，ディケンズの草稿の白紙頁に貼付。出典はディケンズにより抹消，斜体にすべき箇所は下線により指示。残る五篇はディケンズの直筆。

抜粋に先立つ四十四件の逃亡奴隷公示は奴隷制廃止協会刊小冊子『アメリカ奴隷制の現状：一千人の目撃者の証言』(フォースター宛書簡 (3月21日付) 注参照) に収められた「逃亡奴隷公示：烙印，不具，銃弾痕」と題される欄から直接引用。第二段落プレスコットからの「手紙」は知人マダム・カールデローン (1804-82) の著作――公使である夫と共に移り住んだメキシコとキューバにおいて，二年間の滞在中に様々な友人に宛てた書簡より成る――の出版についての相談。彼は同著をアメリカと同時にイングランドにおいても刊行すべく信用の置ける出版社へ推薦してもらう前提の下(もと)，草稿をディケンズ宛送付して好いか否か問うていた。チャプマン＆ホールの受諾とプレスコットの本件に係るさらなる手紙についてはプレスコット宛書簡 (10月15日付) 参照。ディケンズが何であれ書籍を版元に推薦するのは稀であったが (『第二巻』原典p. 145，訳書176-7頁，並びに原典p. 420，訳書520-2頁参照) 自分の尊敬するアメリカ人の厚情を宜なるかな，失いたくなかったものと思われる。第四段落「くだんの屋敷」はチャプマン夫妻がその秋引っ越した，オールド・ブロンプトン，クレアヴィル・コティヂ。第五段落チャプマン夫人は11月23日女児を出産 (洗礼名ミータ)。第六段落『探訪』の実際の発刊日は10月19日。

ジョン・フォースター宛［1842年9月16日付］

【F, III, viii, 281とF, III, viii, 279に抜粋あり。日付は前者 (aa) が「月末にならぬ内」，後者 (bb) が「9月16日」。ブロードステアーズより。】

[a]この二，三日今一つ気が乗らないもので，仕事はダレ気味だ。今日なんて二十行と書かない内に (日和もとびきりとあって) 一浴びしに浜辺へ駆け出した。でそいつをやらかしてしまえば，ぼくはこと筆を執る云々にかけては明日まで商売上がったり。小犬は元気一杯で，ケンウィッグズ氏に言わせばひっぎりなし(パーペティヴァリ)飛び跳ねている。「ブリタニア号」でフェルトン，プレスコット，Q氏等々からどいつもこいつもめっぽうひたぶるにして親身な手紙を受け取った。きっと君にもぼくがケベックからモントリオールへ向かう船の上で文字通り，真実目にしたままに哀れ，移民と彼らの習いについて綴った件(くだり)を気に入ってもらえるはずだ。[a]

[b]昨日サネット島競馬でぼくは拝まして頂いた――おお！　誰に言えようありえべからざる極道と下種がらみで何たる夥しき量の個性をか！　こと見世物師や奇術師や指貫き香具師(やし)や流れ乞食全般がらみで新たな妙案すらひらめいた

ほどだ。いっそ新作はコーンウォール海岸のどこか凄まじく侘しい突兀たる岩場で幕を開けてやろうかとも思っている。来月末までにはアメリカ本(ぼん)を仕上げているはずだ，そしたら一緒にくだんの荒寥たる地の果てまで一っ飛びしようじゃないか。[b]

（注） 冒頭「今一つ気が乗らない」のは第十四章（ナイアガラをクライマックスとする）を書き終えた今や，第十五章のためにカナダを主題としなければならなかったからか。aaは9月16日——フィリップ・ホーンとエドワード・チャプマン両者宛，アメリカから着いたばかりの（プレスコットの書信がその一通たる）手紙に言及する日——の書簡の一部に違いない。本状における日和とチャプマン宛書簡（9月16日）におけるそれとの符合からも裏づけ。サネット島競馬（9月14，15日開催）は仕事がらみでは「ダレ気味」のここ二，三日の内一日だったと思われる。Fにおいては，「9月16日付」と明記されている抜粋bbがaaより先に引用されているのは，ディケンズのコーンウォールへの言及（7月18日付）とより密接に結びつける意図の下(もと)。〔日付「7月18日付」の誤りについてはフォースター宛書簡（8月上旬）頭注参照。〕「ひっきりなし(パーペティヴァリ)」の原語は“perpetivally”（ケンウィッグズ流“perpetually”）。ただし氏は“v”を“w”のように発音することはあっても“w”を“v”のように発音することはない。「哀れ，移民と彼らの習いについて綴った件(くだり)」をフォースターは事実「気に入」り，かくて「貧しき者が廉直たるは，富める者が然たるより遙かに困難だ」を趣意とするディケンズの内省を脚注で詳しく引用する（F, III, viii, 282*fn*）。同じくジェフリー卿の『探訪』に対する賞賛についてはフェルトン宛書簡（12月31日付）注参照。第二段落〔サネット島はストゥア川の二支流によって本土から分離されているケント州北東部一地区。デーン人侵入地。〕「指貫き香具師(やし)」は三つの指貫き状の盃を伏せ，そのいずれかに豆を隠し，観客にどの盃に入っているか賭けさせる手品師（『マーティン・チャズルウィット』第三十七章冒頭参照）。コーンウォールで幕を開ける新作の構想についてはフォースター宛書簡（8月上旬）参照。bbのフォースターによる日付（9月16日）が正しいとの前提に立てば，「来月末までには」の件(くだり)は彼が勝手に改竄した可能性もある——ディケンズ自身，チャプマン宛書簡（9月16日付）において『探訪』発刊日を10月20日と想定しているだけに。

フィリップ・ホーン宛　1842年9月16日付

イングランド。ケント，ブロードステアーズ
1842年9月16日

拝復

親身な芳牘を賜り篤く御礼申し上げると共に，恭悦至極に存じます。芳牘は

ロンドンからこの海辺の漁師町へ転送された関係で昨夜，落掌致しました。当地にては家族共々月末までひっそりと羽根を伸ばす予定です。一時間と繰延べにせずして返事を認めますが，本状は晴れて大西洋の向こうまで届けてくれる蒸気定期船(スティーム・パケット)が訪れるまで数日，郵便局にて留置きとなるやもしれません。

言及しておいでの投書は，最初から最後まで，ありとあらゆる単語と音節において，全てのtの横棒と全てのiの点において，この上もなく逆しまにして極悪非道の「捏造」であります。小生，国際版権廻章をさておけば，アメリカに関し如何なる方面にても，唯の一言も一行も公にしていません。してくだんの途轍もなき虚言を弄した縊られ損ないの破落戸は当該事実を小生に劣らず百も承知のはず。

かくて，かようの所業が恐らくは徳義を重んず如何なる男の胸中搔き立てたためしのないほどの苦痛を小生覚え，何者かの喉を絞め上げてやりたき漠たる願望に囚われています。が爾来公的に反駁したことはありません——さらば自らの性(さが)に悖らぬ，と申すか自らを己自身の矜恃において高めることだけはなかろうと存ずるだけに。

来月には拙著「アメリカ探訪」を謹呈致せようかと。それまでは，してつゆ変わることなく，馴染み皆にくれぐれもよろしくお伝え下さいますよう，心より

敬具

チャールズ・ディケンズ

フィリップ・ホーン殿

（注） フィリップ・ホーン（1780-1851）は日記作家。競売業で身上を築いた後(のち)1821年に引退。最も傑出したニューヨーク市民の一人となり，1825-6年市長。37年金融恐慌で大損害を受けたこともあり，保険会社頭取として実業界に復帰。「日誌」（1828-51）（四折判全二十八巻）は当時のニューヨーク社交生活を如実に物語る第一級資料。ディケンズ作品の熱狂的崇拝者でもあり，ニューヨーク正餐会では副司会者を務め，6月7日「ジョージ・ワシントン号」船上でのお訣れ会では乾盃の音頭を取る。ホーンは本状を受け取るに及び投書の「捏造」が定かとなるや第二段落を（最後の一文を除き）『ニューヨーク・アメリカン』へ送付，この一節はさらに『ボストン・デイリー・イヴニング・トランスクリプト』（10月11日付）にて転載。末尾ホーンは献本『探訪』には「極

めて公平かつ公明正大」との高い評価を与えるが，いずれ『チャズルウィット』アメリカ関連章には遺憾の念を表明する（フォースター宛書簡（43年8月15日付）注参照。

ジョン・フォースター宛［1842年9月20日付］

【F, III, viii, 281に抜粋あり。日付はフォースターによると9月20日。ブロードステアーズより。】

献辞でアメリカにおける歓迎に纏わる件（くだり）をどう表現したものか決めかねている。もちろんずっと，後書きは感謝の気持ちを込め，それとなく触れるつもりではいた。むしろ序章で一言触れてはということになれば，そっちへ持って来る。「アメリカにおける我が友人」の後，次のように続けるのはどうだろう。小生を終生，謝意と矜恃と共に記憶に留めざるを得ぬほど暖かく迎えればこそ，忌憚なき判断を我が身に委ね，祖国を愛すらばこそ等々。これでいいなら，そうするが。

（注）　ディケンズ提案の――して今やフォースターが所見を述べ果している――献題については9月14日付書簡注参照。序章は自ら受けた歓待に対する謝意には軽くしか触れぬ片や，むしろ「感謝の念と贔屓の勝ち過ぎる予てからの読者」――その持て成し心に篤い手に「自国製月桂冠を目にこそすれ，断じて花の下に褒された鉄の口輪一つ見出さなかった」アメリカ国民――を詳述する。明らかに序章が廃棄された際に執筆された原典最終行は（フォースター宛書簡（10月10日付）注参照），趣旨としては草案の反復にすぎず，「鉄の口輪にむんずとつかみかかる手ではなく，大らかな手もて」迎え賜うた「以前からの愛読者」へのいささか冷ややかな謝意を表明する（『探訪』第十八章〔拙訳書256頁〕参照）。最終的な献題はディケンズが提案した通りの文言となる〔拙訳書x頁参照〕。

トマス・ミトン宛　1842年9月21日付†

ブロードステアーズ。1842年9月21日

親愛なるミトン

君から便りがあって何より，何せそろそろ君は一体どこにいるものやらと，ひょっとして札入れに大金を突っ込んだなり診てもらいに行ったどこぞの田舎

の開業医に診察室で息の根を止められたのではあるまいかと気を揉み始めていたもので。

[a]君も聞いているだろうが，エマ・ピカン（旧姓）と夫君がこっちに来ている。が［　　］最早。がフレッドはきっと二人に会っているはずだし，ラニラ庭園のハネムーン舞踏会（ホップス）では彼女と踊ったんじゃないか。[a]

ぼくは我ながらトントン拍子だ。来月20日，神の思し召しあらば，発刊の予定だ。新作についてはあちこちで色々取り沙汰されているが，そいつがらみでは何ら手筈を整えていないし，この先整えるつもりもない。とは言え多分こうした要件一切合切において彼らの利害とぼくのそれとは君が思っているより気持ち合致しているようだ。

皆元気一杯だ――今日こっちでは競艇があるもので，色取り取りの旗が賑やかにハタめいている――街へはいつ戻るか教えて欲しい。

不一

チャールズ・ディケンズ

トマス・ミトン殿

（注）aaは従来未発表部分。インクにより（恐らくはジョージーナ・ホガースによって（『第一巻』序原典p. xx，訳書viii-ix頁参照））入念に抹消されているため，赤外線写真によって辛うじて復元。第二文「が（But）」の後は約七行が切断。エレノア・エマ・ピカン（1820?-98）はスコットランドの小説家アンドルー・ピカンの娘。石版師の兄達同様芸術の才に恵まれ，1837年美術協会シルバー・イシス章受賞，王立美術院に肖像画を十点（1843-7），一点（1854）出品。42年9月エドワード・クリスチャンと結婚。ディケンズとの初対面，40年9月ブロードステアーズでの戯れめいた交遊については『第二巻』原典pp. 119-120，訳書146-7頁参照。エドワード・クリスチャンはキャビンボーイ上がりの商船士官，後に南アイルランド地方担当商務省上級官吏。姉はT. J.トムソンの最初の妻。フレッド・ディケンズはエマの友人だったが，いずれT. J.トムソンの二度目の妻クリスティアーナの妹アンナ・ウェラーと連れ添うことで遠縁となる。この年のブロードステアーズ滞在及び，ティヴォリ庭園での舞踏会について，エマ（クリスチャン夫人）は次のように述懐する――「夫の大の仲良しであるフレッドはすぐに私達を見つけ出し，以降はいつも行動を共にしたが，私は彼の兄とはよそよそしく過ごし，フレッド同伴でティヴォリ庭園に行き，たまたまディケンズ夫妻もそこに来ていたとある折に口を利いたにすぎない。確か，記憶違いでなければ……私はフレッドと踊り……ボズは夫人と義妹と代わる代わる誰より楽しそうに踊っていた」（「チャールズ・ディケ

ンズの思い出」(『テンプル・バー』LXXXII〔1884〕p. 343参照)。「ラニラ公園」についてはフォースター宛書簡 (8月11日付) 注参照。恐らくディケンズ一行がエマ夫妻とマーゲイトから半マイル離れたティヴォリ庭園で鉢合わせになったのは本状を認めた後(のち)のことと思われる。第三段落「何ら手筈を整えていない」とは「正式の協定は結んでいない」の謂。「彼ら」は即ち「チャプマン&ホール」。

ジョン・フォースター宛 [1842年9月22日付]

【F, III, viii, 282に抜粋あり。日付はフォースターによると9月最終週だが, 明らかにブロードステアーズ競艇の翌日 (前書簡参照)。】

ナイアガラまでの校正を送る。……今週は遊山気分だ……昨日はここの競艇に大いにクビを突っ込んだりと——すこぶる陽気で賑やかだったが。皆でマクレディの開幕に間に合うよう戻るつもりだ, その時は多分チョップをおごってくれるな。もちろん明くる日は君とマックがうちでディナーを食べてくれるんだろうが?　帰宅してからは奴隷制とアメリカ国民に纏わる二章をさておけば何も書かずに済ませたい。いざとなればものの一週間で仕上げられるだろう。……てっきりブランズウィック公爵をハイカラ掏摸一味の端くれと思い込んだお巡りはすぐ様警部補に昇格させてやらねばなるまい。まずもって怪しいと睨むとは (冗談抜きで) 大した烱眼と見極めの面目躍如というものだ。

(注)　マクレディはドゥルアリー・レーンにおける二シーズン目の初日 (10月1日)『お気に召すまま』でジェークイズを演ずる。フォースターは『イグザミナー』(10月8日付) 劇評において, 上演を「それらにおける心象に美を, 或いはそれらの現実に生命を, 附与するものは何一つ, 如何ほど微細であろうと, 省かれていないかのような絵画の連続」として絶賛する。「二章」は第十七, 八章。故にブロードステアーズでの残り八日間でディケンズは第十六章「帰航」を執筆しなければならなかった。のみならず第十五章——いささか蔑ろにされていた感のある——も仕上げる要があった。9月14日以来, まずもって「ダレ気味」(フォースター宛書簡 (9月16日付) 参照) だった上, 目下の週は「遊山気分」とあらば。第十七章はわけても執筆にあまり時間を要さなかった。というのも内少なからず (結局過半) は新聞の切り抜きで構成され, 少なくともその幾許かは既に手許に置いていただけに (チャプマン宛書簡 (9月16日付) 参照)。仕上げられるのは10月4日深夜 (フォースター宛書簡 (10月5日付) 参照)。ブランズウィック公爵, チャールズ・フレデリック・オーガスト・ウィリアム (1804-73) はジョージ四世の甥。1830年の仏革命の折, 現公爵を退位, 亡命して異郷——主としてパリ——に暮らす。

公爵は9月15日，ランカシャー州プレストンで窃盗容疑の下（誤って）逮捕されていた。『モーニング・クロニクル』（9月20日付）は『とんだお見逸れ――ブランズウィック元公爵，ハイカラ掏摸一味の端くれたる嫌疑で逮捕』の見出しの下，一件を委細洩らさず報道する。「ハイカラ掏摸一味（“swell mob”）」は「警察の目を欺くため上流人士の服装や物腰を装う掏摸集団」を意味する俗語。

ヘンリー・オースティン宛　1842年9月25日付

ブロードステアーズ。1842年9月25日，日曜

親愛なるヘンリー

ナイアガラの手紙を同封する。快く貸してもらってありがたい限りだ。

どうかチャドウィック殿に御高配忝いと，一件の軽々ならざる重要性と意義の点では心から賛同している旨伝えて欲しい――ただし氏一流の話題，「新救貧法」がらみではとことん，意見が食い違おうが。

ぼくはずっとアメリカの方々の町の状況における正しくこの一項に想いを馳せていたし，彼らの目下の瑕疵をアメリカ国民にまざまざと呈示して来たつもりだ。という訳で氏の報告を興味深く入念に読むことになるだろう。

ぼく達は次の土曜の晩戻る。明くる日か，その週のいつであれ，うちでディナーを食べてもらえるようなら是非とも会いたい。

いつ来れそうか，こっちへ一筆頼む。

言わずもがな，だったら，と言おうかいつなりと，「首都圏改善協会」がらみで愉快に花を咲かせられるだろう――レティシアにくれぐれもよろしく，とケイトもチビ助達も言っている。つゆ変わることなく

親愛なるヘンリー

不一

チャールズ・ディケンズ

子供達の目下の名前は以下の通り――

ケイティ（癇癪-っぽい所ありと見て）　黄燐燐寸箱（ルーシファ・ボックス）

メイミィ（物腰からして何がなし）　マイルド・グロスター

チャーリー（マスター・トウビィの転訛とし）　フラスター・フロビィ

ウォルター（出っぱった頬骨に因み） 幼気頭蓋骨（ヤング・スカル）

それぞれ独特の叫（おら）び声もろとも発音される可し——喜んで実地にやってのけて進ぜよう。

(注) 「ナイアガラの手紙」は9月6日ディケンズが一端返却を求めたオースティン宛書簡(5月1日付)。エドウィン・チャドウィックは社会改革家(『第一巻』原典p. 545脚注，訳書697頁注参照)。第二段落チャドウィックはオースティン宛書簡(9月7日付)でディケンズに自著『労働人口の衛生状態に関する報告』(1842)を謹呈するよう依頼していた。新聞でディケンズの『探訪』近刊予告を目にした彼は「報告」の結論がアメリカ各地の町に適応し得るなお有力な論拠（エイ・フォーティオーライ）になると考えた。排水設備と適切な屋外トイレの欠如がアメリカ熱病の原因でもあると指摘する。チャドウィックは1834年には新救貧法委員会幹事を務め，救貧法修正案作成責任者の一人だった。ディケンズの「新救貧法」に対する強い批判・反発については『第一巻』原典p. 231脚注，訳書288頁注参照。第三段落「アメリカ国民にまざまざと呈示して来た」とは言え，ディケンズはこの時点では未だ該当する件（くだり）を執筆していなかった。『探訪』第十八章アメリカ回顧の最終段落に用いられるこの件（くだり）は草稿では紙切れに綴った後（のち），最後から二枚目のスリップに貼りつけられ，そのまま最終スリップ——恐らく10月10日に認められた(同日付フォースター宛書簡参照)，最終三段落〔オクスフォード版では。ただしエヴリマン・ディケンズ版では二段落〕とインク，筆跡共に全く同一の——へと続く。内容は以下の通り——「就中，公共施設において，また全市町村を通し，換気と排水と不浄物撤去の設備は徹底的に改善する必要がある。アメリカ広しといえども，我々の労働者階級の衛生状態に関するチャドウィック氏の優れた報告を研究して大いなる恩恵に浴さぬ地元州議会は一つとてなかろう」〔拙訳書255頁参照〕。第六段落「首都圏改善協会」は42年1月29日，首都圏改善と正確かつ博学の実地踏査計画を趣意として掲げ，C. W.ディルク会長の下（もと）創設。オースティンはいずれ名誉幹事に選出される。第一回臨時委員会メンバー45名の中にはチャドウィック，サウスウッド・スミス，ブルワー，エリオットソン等が名を列ね，ディケンズも42年11月加入。追而書き「子供達の」の原語 “childrens' ” は正しくは “children's”。〔「トウビィ」は翁型ビールジョッキ。〕

ジョン・フォースター宛［1842年9月25日付］

【F, III, viii, 283に抜粋あり。日付はフォースターによると9月22日付書簡の三日後。】

ここ二日ほど北東から疾風が吹き荒れ，巨浪が打ち寄せ，挙句埠頭は水浸しだ。今日など途轍もないと言ったら。当地でこの季節，かほどに海が荒れたためしはついぞなかった。こうしている今の今も12フィートはあろうかという高波が押し寄せて来ている。一体ここがどこなのか分からないほどだ。が土曜の君のディナーの刻限は違(たが)えない。もしもしぶとく同じ風向きのままなら，陸路を取らなければならないかもな。だったら朝6時，隊商に出立の命(めい)を下す。

（注）「ディナー」は「チョップ」のそれ（フォースター宛書簡（9月22日付）参照)。本状に続け，F, III, viii, 283では省略の小点(ドット)の後，ディケンズ提案の『探訪』の表題が（副題と併せ）記されている——が明らかに誤り。この表題の下(もと)新作は既に8月30日に宣伝が出されている（フォースター宛書簡（8月25日？付）参照)。

サムエル・ロジャーズ宛　1842年9月26日付

ブロードステアーズ。1842年9月26日

親愛なるロジャーズ殿

貴兄とモールトビ殿にお目にかかるのを今晩ではなく，明晩にさせて頂いてよろしいでしょうか？　差し支えなければ誓って，今晩8マイルほど歩き，タルファドがマーゲイト劇場にててっきりお忍びで「アテネの囚人(めしうど)」を観ていると（少なくとも小生のお目出度な胸算用では）思い込んでいる不意を衝き，明日お茶の席にて一部始終を御報告させて頂きたいと存じます。

氏を現行犯逮捕するとはまんざらでもありませんし，わざわざ出かけるだけのことはありそうです。ではないでしょうか？

敬具

チャールズ・ディケンズ

サムエル・ロジャーズ殿

（注）ウィリアム・モールトビ（1763-1854）は事務弁護士・書誌学者，ロンドン・インスティテューション司書（1809-34)。ロジャーズの終生の友（原典Appendix A, p. 643脚注参照)。9月26日はマーゲイトでのヘンリー・ベティの新シーズンにおける『アテネの囚人(めしうど)』初演日。ヘイマーケットにおける38年8月4日の本作初演については『第一巻』原典p. 355脚注，訳書446頁参照。次書簡（9月27日付）に何らその旨の言及がない所からして，ディケンズはタルファド「現行犯逮捕」の目論見では肩透かしを食ったと思われる。ただし『オブザーバー』（10月9日付）によるとタルファドは『リオンの貴婦人』，『アテネの囚人(めしうど)』を観劇。タルファドの自作観劇の習いは友人の間である種，軽

口のネタにはなっていた。

ジョン・フォースター宛［1842年9月27日付］

【F, III, viii, 280に抜粋あり。フォースターは本状が8月に書かれたかのように記しているが，このマーゲイト・シーズンにおける『アテネの囚人（めしうど）』のベティ初出演が9月26日であることに照らせば，ディケンズは前書簡で触れられている観劇の翌日，認めたに違いない。】

さて君は冗談抜きで，やって来なくてはならない。百聞は一見に如かず，とはよく言ったもの。たとい御逸品，本人その人だろうと鵜呑みにするには遠く及ばない。ニクルビー夫人にしてからがいつぞや，ほらぼくに吹っかけて来たではないか，ほんとにそんな女性がこの世にいるって信じてらっしゃるの，と。我らが畏友の悲劇についてこれからぼくの言わんとしていることを聞いてなお，ここまで足を運んで自らのために「達ての願いで」再演してもらえぬかと拝み入らぬとすれば，最早ぼくのこともぼくの審らかにする一切合切もこれきり信じるに値しないということだろうな。ぼく達は昨夜芝居を観た，でおうっ！せめて君が一緒にいさえしたら！　二代目ベティは，パッドを詰めた靴型そっくりの大御脚を褪せた黄色のズボン下に包（くる）んだなり，ぼくの助太刀なしでは人間の脳ミソがおよそ思い描けまい真似をやらかして下さるが，主人公。一座の道化は頭を公文書よろしく赤テープで括ったなりすっぽり真っ白なシーツに身を包み，舞台に上がる度ゲラゲラ腹を抱えられるが，神さびた司祭。哀れ，歯抜けの間抜け爺さんは暴君呼ばわりされるとどっと，正しく天井桟敷の連中まで嘲り返るが，仮借なき老王クレオン。でイスメネと来ては『青髯』のファティマなら履きそうな，脛の辺りはやたらダブついているクセをして踝のやたらキチキチのモスリン地にスパンコールだらけのズボンで小粋にめかし込んでいるとあって，お出ましになるや否やよおっ一曲，とお呼びがかかる。と聞いたら，君はもう……？

（注）「ニクルビー夫人」は即ち，そのモデルと言われるディケンズの母親エリザベス（F, VI, vii, 151参照）。ヘンリー・トマス・ベティ（1819-97）は若きロスキウス〔ローマ

の喜劇俳優・キケロの友〕の異名を取ったかつての名子役W. H. W. ベティ（1791-1874）の一人息子。35年10月グレイヴゼンドで初舞台，1838-43年は地方で，1844-54年はロンドンで，活動。〔「赤テープ（“red tape”）」は公文書を結ぶのに用いた赤い紐。そこから「繁文縟礼」の謂にも。〕「神さびた司祭」はジュピターの神殿を司るイフィトス。〔クレオンはオイディプスの義弟。イスメネは後者の娘。ファティマは青髯の七番目（即ち，殺されなかった最後）の妻。〕

ヘンリー・オースティン宛　1842年9月28日付*

ブロードステアーズ。1842年9月28日

親愛なるヘンリー

若きメトセラが5時半かっきりに初っ端の皿を出す手筈だ。

不一

チャールズ・ディケンズ

ヘンリー・オースティン殿

（注）「若きメトセラ」は恐らくスコットランドまでディケンズ夫妻に同行した従僕トム（『第二巻』原典p. 322脚注，訳書394頁注参照）——或いは新たな下男の可能性も。〔メトセラはノア以前のユダヤの族長。969年生きたと言われる伝説の長命者。〕ディナーの招待については9月25日付書簡参照。

ヘンリー・ワーズワス・ロングフェロー宛　1842年9月28日付

ケント，ブロードステアーズ。1842年9月28日

親愛なるロングフェロー

御訪問の手筈は如何様になっているか，と？　以下の如し。——貴兄のベッドは休らって頂くべくお待ちかねにして，扉はお迎えすべく持て成し心に篤き口を大きく開け，小生はロングフェロー拳（ノック）もしくは鈴（リング）の音を聞きつけるが早いか腕を広げてそいつ目がけ駆け出す手ぐすね引いています。要するに扉もベッドも小生も他の機密に通じた誰も彼もがこの一か月というもの貴兄のお越しを今か今かとお待ちしています。

当地へやって来てからこの方——九週間の長きにわたり——それも専ら貴兄

のせいで――耐えて参った心の苦悶は――ひょっとして何の前触れもなくロンドンの我が家の扉にノックをくれ，さらば年がら年中垢まみれの面(つら)を下げている点をさておけば何ら見るべきもののない婆さん以外誰一人，御座らなかったのではあるまいかとの疑心暗鬼は――胸中覚えざるを得ぬ，或いは貴兄は次から次へと，先月一日(ついたち)よりこの方当家の窓の下を過る帰航外国汽船という汽船に乗っておいでなのではあるまいかとの疑心暗鬼は――念頭にふと浮かぶ，貴兄は憂はしき絶望に駆られた勢い御身をキュナード定期船(パケット)に積み込みざまとっととボストンへ取って返されたやもしれぬとの恐るべき忘想は――凄まじき一連の「絵空事」は，芳牘によりて雲散霧消した訳ですが，筆紙に余りましょう。

街の拙宅の住所は（そちらへは，神の思し召しあらば，次の土曜戻る予定ですが）リージェンツ・パーク，ヨーク・ゲイト，デヴォンシャー・テラス1番地です。がもしや一筆，ロンドンへはいつ，如何なる交通手段でお越しか賜ればお迎えに上がります。くだんの手筈に越したことはなかろうかと。よって叶うことなら左様にお取り計らい頂きますよう。叶わねば，拙宅にて準備万端整え，お待ち申し上げます。

くだんの廻章をお送り致します。「文学」に携わる，ともかく英国では名の知れた者皆宛に認めました。こちらでは大きな反響を呼んでいるため，私掠船長共から今後は独占的利得をそっくり剝ぎ取ってやれましょう。フェルトンの言っている捏造文書は小生がロンドンの「モーニング・クロニクル」編集長宛投書し，さらば編集長が自紙に掲載したとの名目の下(もと)ニューヨーク紙に掲載されました。小生当該文書においてはアメリカを蔑し，小生自身の歓待を嘲っています。貴兄はアメリカ報道界の何たるかは御存じですし，恐らくくだんの不埒千万にも小生がほとんど驚かなかったに劣らず驚かれますまい。がそれでもなお小生，忿懣遣る方なく（時に気がめっぽう荒くなるもので），一，二週間というものはどいつか喉を絞めざま揺すぶり上げてやりたき――とは穏やかでありませんが――漠たる願望に駆られてあちこちウロつき回っていました。

小生（早御存じでしょうが？）訪米記を出版することに致しました。貴兄がお越しになるまでには，書き終えているはずです。我ながら極めて正直かつ公平に口を利いていようかと。定めし小生にとって大切なアメリカの人々は拙著故にそれだけ小生のことを気に入ってくれるのではなかりましょうか。その数あまたに上る人々は，まず間違いなく，それ故遙かに小生を疎み，直ちに「人非人」扱いして下さいましょうが。

ロジャーズも当地へ参っていますが，貴兄にくれぐれもよろしくと，小生に違約すらば死ぬまで容赦せぬとの条件の下(もと)貴兄をお越しになり次第すぐ様氏に会いにお連れするよう天地神明にかけて誓いを立てさせた旨お伝えするようとのことです。他にも色々愉しみ事に御一緒致せようと心待ちにしていますが，就中，未だかつて目にされたためしのなきかのシェイクスピアを共に舞台の上にて目に致せようこと太鼓判を捺させて頂きたく。

妻も貴兄にくれぐれもよろしくお伝えするよう申しています。してつゆ変わることなく

親愛なるロングフェロー

敬具

チャールズ・ディケンズ

追而　愛すべきフェルトンからは三度(みたび)，プレスコットからは一度(ひとたび)，便りがありました。残念ながらサムナーは，「ノース・アメリカン」にて，テニソンを辛辣に評しているようです。いやはや何者であれ左様の真似が出来るとは不可思議でなりません——幾多の者はやってのけようと。

（注）冒頭のディケンズの問いかけからして，ロングフェローは前もってデヴォンシャー・テラスへはいつ到着するものと想定しているか尋ねると共に，ドイツのマリエンベルク（9月18日出立）からイングランドへ向かう道中の手紙の宛先を報せていたと思われる。ロングフェローは本状を10月3日，ベルギーのマリーヌ〔オランダ語名メヘレン〕にて受け取り，当日付日誌に明日ロンドンへ発つと記している如く，不意に10月5日デヴォンシャー・テラスを訪い（ミトン宛書簡（10月6日付）参照），20日まで滞在。第五段落「訪米記」をロングフェローはディケンズ邸滞在中に読み，（ディケンズの書斎にて綴られた）サムナー宛書簡（10月16日付）で「愉快で気さくだが，時に極めて辛辣だ。君も楽しく，して大方は相づちを打ちつつ読むことになろう。奴隷制に関しては大いなる章を割き，その他ワシントンにおける喀痰と政略も酷評の俎上に上せられている」旨伝える。他のアメリカの友人の意見——非難や批判も含め——についてはプレスコット宛書簡（10月15日付）注参照。第六段落ロジャーズはロンドンへ戻った明くる10月16日，ディケンズの下を訪い，ロングフェローと半時間ほど歓談。ディケンズとロ

ングフェローは彼と18日に朝食，19日にディナーを共にする。ディケンズは10月6日，ロングフェローを『お気に召すまま』観劇に連れて行き，上演後フォースター，マクリースと共に楽屋のマクレディを訪ねる。追而書き『ノース・アメリカン・レヴュー』掲載テニソン書評についてはフェルトン宛書簡（4月29日付）注参照。ただし評者はサムナーではなくJ. G.ポールフリ。

トマス・ミトン宛書簡　1842年9月28日付*

ブロードステアーズ。1842年9月28日

親愛なるミトン

どうも親父には小切手を渡すに越したことはなさそうだ。――元の田舎家（コティヂ）の隣のそいつに住んでいるらしい，家具付き週12シリングで借り受けて。

月曜にそっちへ行く――4時から5時，それとも7時から8時にかけて。

不一

チャールズ・ディケンズ

トマス・ミトン殿

（注）　9月3日ディケンズは£100――恐らく訪米中父親に支払われた金の返済に充てるべく――ミトンに支払っていた。ディケンズの帳簿（10月31日付）にはさらに£100ミトンへ支払いの記載。父親へのミトンを介した以前からの四半期支給については『第二巻』原典p. 226脚注，訳書277頁注参照。ジョン・ディケンズは早くは41年5月からデヴォンシャーの借家を引き払いたがっていたが（『第二巻』原典p. 289，訳書352頁参照），今や一時的に，やはり女地主パネル夫人の持ち家である隣の田舎家（コティヂ）へ妻とオーガスタスと共に移り住んでいたと思われる（『第一巻』原典pp. 517-19，訳書658-62頁参照）。一家のその後の転居についてはミトン宛書簡（12月7日付），マリアット宛書簡（43年1月21日付）注参照。

ジョン・フォースター宛［1842年9月29日付］

【F, III, viii, 283に抜粋あり。フォースターは互いに相矛盾する日付を記す――本状は「9月25日付」であり，かつ「9月末日に」受け取ったと。正しい日付は恐らく後者。ディケンズはブロードステアーズを去る前日本状を認め，10月1日土曜ではなく9月30日金曜に出立したと思われる。】

君も驚くかもしれないが，海が余りに荒れているため陸伝(づて)帰る外なさそうだ。汽船は一艘もラムズゲイトから出られないし，マーゲイト船など水曜は夜通し乗客を全員乗せたまま沖で碇泊していた。という訳で土曜5時には当てにしてもらって大丈夫だ，というのもここを明日発つことにしたもので，でなければ到底間に合いそうにない。隊商を丸ごと陸上通路(オーバーランド・ルート)で連れ帰るのに乗合い馬車を予約した所だ。……窓も扉も開けられたものじゃない。大御脚はテラスではてんで役立たず。マーゲイト船はハーンベイで客を乗せるのがやっととは！

（注）「陸上通路(オーバーランド・ルート)（overland route）」は一般的には「陸路の意」だが，一義的には「陸上インド通路」即ち，喜望峰を回って行くのに対し，フランスを縦断してマルセイユへ出た後(のち)，地中海を通ってスエズに渡り，そこから紅海を過ってインドへ達する経路。1829年英国海軍トマス・ワグホーン大尉によって初踏破。1841年以降は郵便物のみならず一般旅行者にとっても通常のルートとなっていたが，42年には依然新機軸の観があった。〔ハーンベイはブロードステアーズから約20キロ西方の入江。〕

ジョン・フォースター宛［1842年10月5日付］

【F, III, viii, 283に抜粋あり。日付はフォースターによると10月5日。】

今日，是非とも一緒にドゥルアリー・レーンへ行けるよう家(うち)でディナーを食べに来て欲しい。4時半でどうだろう，さもなければゆっくりくつろぐ暇(いとま)もない。今朝は，本当なら願い下げの，気の滅入るような要件でトテナムコートへ行かなければならない。『エヴリデー・ブック』のホーンが危篤で，昨日クルックシャンクを寄越して，ぼくに一緒に面会に来て欲しいとのことだ。最近ではぼくの本しか読んでいないこともあり，是非とも（ジョージの言うには）「あの世へ行く」前に握手がしたいと。もちろん断る訳には行かない。という訳でトテナムへ，ぼくは今朝方行って来る。昨日は一日中，ばかりか真夜中まで根を詰めて，奴隷章を仕上げた。

（注）ドゥルアリー・レーン劇場へはバイロン作マクレディ主演『マリーノ・ファリエロ』観劇のため。続く出し物はJ. R.プランシェ『一夜(ひとよ)の乱痴気』，J. M.モートン作『屋根裏物語』。ウィリアム・ホーン（1780-1842）は急進派作家・出版業者・書籍商。1819-21年若きジョージ・クルックシャンクとの合作政治諷刺廉価小冊子を発刊。国王・政

府糾弾において如何なる新聞より絶大な影響を及ぼし，かくてクルックシャンクは一躍その名を世に馳せる。やがて政治諷刺から好古的雑録へ転向し，1825-6年『エヴリデー・ブック』(クルックシャンクは挿絵画家の一人)，1827-8年『テーブル・ブック』を刊行，1832-40年『ペイトリオット』副編集長。40年頃から体調を崩し，転居先トテナムにて42年11月6日死去。葬儀の模様についてはフェルトン宛書簡（43年3月2日付）参照。ホーン夫人の日記の記載・息子宛書簡（10月6日付）によると，「ジョージ・クルックシャンクとチャールズ・ディケンズが前日見舞い……パパはたいそう喜び，ジョージの手を終始握っていた」という——15年間の疎遠の後(のち)の和解の証たるに。「奴隷章」は9月30日の帰宅後執筆を開始した第十七章。〔原典p. 338脚注 “his return from London on 30 Sep” は “to London” もしくは “from Broadstairs” の誤りか。〕

トマス・ミトン宛書簡［1842年10月6日付］*

【10月6日木曜，ディケンズは『お気に召すまま』観劇のためロングフェローをドゥルアリー・レーンへ連れて行く。ロングフェローは10月4日ベルギーを発ち，前夜ロンドン着（ロングフェロー宛書簡（9月28日付）注参照）。日付は上記からの推断。】

デヴォンシャー・テラス。木曜朝

親愛なるミトン

全くもって寝耳に水だろうが，てっきり10日にお越しとばかり思っていたアメリカ人教授が昨夜，ひょっこりやって来た。という訳で今日は身動きならない——已むに已むまれぬというのでなければ願い下げもいい所——とは君も難なく察しがつこうが。

不一

CD.

トマス・ミトン殿

ア［ンドルー］・ベ［ル］宛　1842年10月［9日］付*

【宛先は「A. B.」。1842年，日曜に当たるのは10月9日。日付はそこからの推断。】

日曜朝。42年。10月8日

拝復

小生，奴隷所有者によりて享受されている代表の権限における優勢の名分は心得ていました。が元を正せば（祖国にては受けのいい）「資産」に成り代わるとの原理に端を発すとあって，公に申し立てれば，一部の人々にあってはむしろ言い分を弱めることになるのではなかろうかと考えました。

小生御者（ドライヴァー）のことは「コーチマン」と，単に連中さらば業を煮やそうと知らばこそ，して，業を煮やされて当然だからこそ，呼んでいます。

お分かりになろう如く，小生彼らが「鉄の首枷」を巻いて眠ることに関しては一言書き入れています——とは言え御逸品，難なく着けては脱げる，と言おうかしょっちゅう「洗い」に出せるある種メリヤス下着類でないだけに，彼らが枷を身に着けていることそのものに端的に示されてはいますが。

いずれにせよ御教示に篤く御礼申し上げます。

敬具

チャールズ・ディケンズ

A. B.殿

（注） A. B.は明らかにアンドルー・ベル（『第二巻』原典p. 254脚注，訳書311頁注参照）。印刷業者としてブラッドベリー＆エヴァンズの下で働いていた関係で，ディケンズの奴隷章を校正段落で目にしていたと思われる。本状は表にただ「A. B.宛」とだけ記して畳まれ，恐らくディケンズ自身によって次書簡で言及されている校正に貼付されたか，くだんの書簡に同封されたに違いない。ベルはアメリカに一年間滞在し，ディケンズは彼の著作『アメリカの人と物』(1838) を通読し，所見も認（したた）めていた（『第二巻』原典p. 402，訳書499頁参照）。ベルはディケンズが奴隷制維持の砦としての「民意」を激しく糾弾している件（くだり）（『探訪』第十七章〔拙訳書235頁〕参照）について私見を述べたと思われる。ベルは彼自身，自著において奴隷所有者に権限故の追加投票権を与える，奴隷州における「奇しき掟」を俎上に上せていた。第二段落「連中」は即ち奴隷所有者（ただし第九章においてディケンズは事実「黒人御者（ブラック・ドライヴァー）」という文言を用いる)。「当然」の原語“deserve”は草稿では“deseve”と読める。第三段落「『鉄の首枷』を巻いて眠ることに関しては一言書き入れて」は逃亡奴隷広告の内三十一件の後に挿入された一節〔拙訳書239頁参照〕において「昼となく夜となく（鉄の首枷をかけ)」の原文“by day and night”の“and night”が草稿段階で脱字記号の上に追記されていることを指す。

［ウィリアム・ホール？］宛　1842年10月［9日？］付

【ジョン・ウォラー目録142番（1884）に抜粋あり。日付は「42年10月8日」。署名は目録によると「D」だが，恐らく「CD」。宛先は訪問が校正刷り返却を目的とすること，ディナーが予め提案されていたことに照らせば（チャプマン＆ホールの業務全般を担当していた）ウィリアム・ホール（彼との会食への言及については『第二巻』原典p. 50，訳書60頁，並びに原典p. 97，訳書118頁参照）。日付は恐らく10月8日ではなく9日（前書簡参照）。】

アメリカから来た友人が月曜夕刻は外出する予定です。よってディナーを御一緒致せません。がかっきり7時，校正をどっさり抱えて伺います。

敬具

［CD.］

（注）「月曜夕刻」の外出は恐らくマクレディ主演『ハムレット』観劇のため。ロングフェロー宛書簡（9月28日付）注参照〔ただし『ハムレット』への明確な言及はなし〕。

C. ル・グラン嬢　1842年10月9日付

【アメリカン・アート・アソシエーション目録3823番に言及あり。草稿（三人称）は1頁。日付は「ロンドン，42年10月9日」。】

高著拝受を謝し，献題の賛辞に礼を述べて。

名宛人不詳　1842年10月9日付

【S. J.デイヴィ目録6336番（1893）に抜粋あり。草稿は1頁。日付は「42年10月9日」。】

恵投賜った素描をたいそう興味深く拝読致し，忠実な描写と卓越した芸術性にすっかり魅せられています。

ジョン・フォースター宛［1842年10月10日付］

【F, Ⅲ, viii, 283-4に言及あり。】

(注) 「10月10日」とフォースターは記す――「彼から『探訪』の序にするつもりの章を書き終えたので，印刷に付すべきか否か相談に乗って欲しい旨の手紙を受け取った」。実の所，序章は早くも7月には存在していた上 (H. P.スミス宛書簡 (7月14日付) 参照)，ディケンズは『探訪』執筆に取りかかった際最初に手がけていた。『ディケンズの生涯』を三十年近く後（のち）になって執筆し，序章に言及するディケンズからの7月付書簡が手許にないため，フォースターはディケンズの9月14日付，20日付書簡における言及を拠に，同章を最初，ではなく最後に執筆されたものと錯覚。10月における相談の末，両者は印刷には付さぬ結論を出した――ただしディケンズが「如何にも不承不承だった」ため，フォースターは「より相応の機が訪れたら」出版する旨請け合わざるを得なかった――事実『生涯』(1873) 第二巻において公にした如く (F, Ⅲ, viii, 284-6)。かようの序章は直ちにアメリカ人読者の反感を買ったであろうだけに，フォースターの忠言は賢明だったと思われる。マクレディは『日誌』に不快の念を記し (スミス宛書簡 (7月14日付) 注参照)，ディケンズ自身最後まで不安を払拭しきれなかった (フォースター宛書簡 (9月14日付，20日付) 参照)。序章削除を決断するや，ディケンズは (10月10日のフォースターとの会談の席で，或いは直後)『探訪』の締め括りとして，序章に代わる短い三段落〔段落数についてはオースティン宛書簡 (9月25日付) 訳注参照〕を執筆する。

レディ・ブレシントン宛［1842年10月13日付］*

【写真 (ロングフェロー・ハウス所蔵)。日付は手紙に「1842年，10月13日」の裏書きがあり，この日は「木曜」に当たることからの推断。】

デヴォンシャー・テラス。木曜朝

親愛なるレディ・ブレシントン

ロングフェロー教授，アメリカ随一の詩人 (にして歴たる殿方でもある，と付け加えて差し障りなかりましょう) が目下ヨーロッパ大陸から帰国の途上，拙宅に滞在しておいでで，是非ともレディへの御紹介に与りたいとのことです。くだんの目論見の下いつか朝方ゴア・ハウスに教授をお連れしてもよろしいでしょうか？　**教授は因みに断じて鉛筆手控え屋ではあられません**。

何卒パワー嬢並びにドーセイ伯に御鶴声賜りますよう。してつゆ変わることなく

親愛なるレディ・ブレシントン
匆々
チャールズ・ディケンズ

ブレシントン伯爵夫人

（注）「鉛筆手控え屋（Penciller）」は手篤い持て成しを受けながら，「その場で取った鉛筆書きのメモを後ほど記事や本に利用する手合いの人間」の謂。パワー嬢はレディの姪マーガリート・パワー（1815-67）。39年9月以来ゴア・ハウスで同居していた――ドーセイが引っ越した際体裁を繕うべくまずもって整えられた手筈たるに。

トマス・フッド宛　1842年10月13日付*

デヴォンシャー・テラス。1842年10月13日

親愛なるフッド

来週月曜，アメリカ紀行をお届け致せます（しそのつもりです）。火曜夜まで他のどの馴染みの掌中にもなかりましょうが。

月曜正午頃持参致します。してその折，差し支えなければ，（貴兄も玉詠を御覧になったことのあろう）ボストンのロングフェロー教授をお連れ致したく，と申すのも教授は全ての善良にして律儀な人間の御多分に洩れず，お目通り願っておいでなもので。

ピーター・パーリはならず者にして大ウソつきであります。してもしや拙宅の玄関に姿を見せようものなら直ちに，御当人百も承知の通り，街路へ放り出してくれましょう。あやつは，フッド，ワシントンにて勝手に押しかけ，国際強盗に係る論考だの文書だの幾多の憂はしき慨歎だのを担ぎ込み，一件に纏わる私見をまんまとせしめ，小生がざっくばらんに胸襟を開いて口を利くのを耳にしたと思いきやいざ――ボストンへ向かい，[a]掟は変えてはならぬ，何となればもしや変えでもした日にはアメリカの編集長は英国書籍を改竄すること能わなくなる故と宣う決議が通過した例の集会で議長を務めるとは。[a] 小生この

事実を直ちにアメリカのケンブリッジのギリシア語教授にして，合衆国中で誰より気のいい男たるフェルトン殿から聞き及びました。してパーリの卑劣に驚き呆れた勢い（なるほど神かけて，如何にもアメリカ風にして商人(あきんど)根性丸出しではあるものの）フェルトンに返事を認め，事の真偽を確かめて欲しいと伝えました。彼の返事によると，議事に異を唱えるだけの気概を具えた唯一の出席者たる御仁が，徳義にかけて，自分はパーリの右側に立ち，パーリは議長席に着いていた由請け合ったとのことです。という訳で小生この世の果てまでくだんのパーリこそ天下のならず者なりと触れ回ることになりましょう。

グラトンのスピーチは読みました。実に逆しまな日和見主義の男では。くだんの両の性癖で生き存えているとあって侮蔑にしか価しますまい。

帰宅以来，妻は鼻風邪なる手立てにて次第に濾されているようです。某か固体めいた気配の窺われ次第，令室とお近づきになるべくお訪ね致そうかと。恐らく月曜にでも。早いに越したことは，と本人は申しています。して小生も，心より。

親愛なるフッド

敬具

チャールズ・ディケンズ

トマス・フッド殿

（注） 冒頭，フッドは10月12日付書簡にて，『ニュー・マンスリー』書評のため『探訪』を早目に入手したい旨伝えていた。11月号掲載書評についてはフッド宛書簡（11月12日付）注参照。第二段落，この折の訪問におけるフッドの印象をロングフェローは後に「血色の悪い，やつれた感じの痩せぎすな小男で，自らはあまり口を利かず，専らディケンズの話に親しみを込め興味津々聞き入っていた」と述懐する。第三段落ピーター・パーリはペンネーム「ピーター・パーリ」で最もよく知られる，童話作家・出版業者サムエル・グリズウォルド・グッドリッチ（1793-1860）。『アメリカを巡るピーター・パーリ物語』（1827）――自ら執筆または編集したと称す100冊に及ぶパーリ物(もの)の第一作――を出版。『パーリズ・ペニー・ライブラリ』を始め，英米両国において数知れず出回った模作パーリ物(もの)についてはタルファド宛書簡（42年12月30日付）参照。パーリの「勝手」な訪問については不詳。aaは草稿では下線，「例の集会で議長を務めるとは（“*and presided at that Meeting*”）」の部分のみ二重下線。「例の集会」は4月26日開催「書籍商代表会議」（フェルトン宛書簡（42年5月16日付）注参照）。ボストン建白書にお

ける「決議」の件(くだり)については英国作家宛書簡(7月7日付)注参照。ディケンズのフェルトン宛書簡(5月16日付)にはグッドリッチへの言及も如何なる質問も記されていない。また5月20日付書簡からもその間(かん)一件に関する手紙がやり交わされた形跡は窺われない。ディケンズはその後の会話の要旨を語っていると思われる。「唯一の出席者たる御仁」は恐らくボウィン(英国作家宛書簡(7月7日付)注参照)。グッドリッチは自著『とある生涯の思い出』(1857) II, pp. 355-78においてディケンズの訪米と国際版権について詳述。ディケンズの「聖戦」と彼が自ら立案した請願書を厳しく批判し,『探訪』を版権法成立に失敗した意趣返しと見なした。彼自身は一著述家の何らかの補償への申し立ては受け入れながらも,ディケンズによって主張されている「絶対的権利」は却下。全般的に曖昧な立場を取っていた。第四段落「グラトンのスピーチ」は9月1日ニューヨークで催されたアシュバートン卿歓迎正餐会におけるそれ。『タイムズ』(9月26日付)によると,彼は英米の友好関係を主題として選び,国際版権法には単に軽視するためだけに束の間触れたにすぎない。フォースターは『フォリン・クォータリー』(42年10月号)においてグラトンのスピーチをそのアメリカ人への追従と大衆の喝采への媚において「この上もなく忌まわしき悪趣味」と酷評。

フレデリック・マリアット宛　1842年10月13日付

デヴォンシャー・テラス。1842年10月13日

親愛なるマリアット

痛快極まりなき御高著を恵投頂き篤く御礼申し上げます。この丸三日間というもの頁を繰ってはクツクツ笑い,ニタリと歯を剥き,ギュッと拳を固め,我知らず喧嘩っ早くなっています。

実は同時に拙著アメリカ紀行二巻本を謹呈致すべく拝受の礼を引き延ばしていました。がどうやら火曜まで足踏みせねばならぬもので,当該謝意と祝意に満ちた書簡をまずもって急送させて頂く次第にて。

敬具

チャールズ・ディケンズ

スタンフィールドの話では,閣下はこの所,朝方冷水を飲むのに馴染んでおいでとか。実はかく申す小生も。我が家のポンプの一台は早乾上がり,他方も乾上がりかけています,小生が然にガブ飲みするもので。

（注）「痛快極まりなき御高著」は『パーシヴァル・キーン』(42年9月1日刊，三巻本)。ディケンズがすこぶる愉快がり，「喧嘩っ早く」なるのも宜なるかな，主人公は少年時代（花火で暴君じみた校長を吹っ飛ばし，オペラでくしゃみ粉を撒き散らしと）羽目を外しまくり，海軍では縦帆船(スループ)船長として仏軍と戦い，大団円では目出度く貴族の非嫡出の息子として遺産を受け継ぐ。

名宛人不詳　1842年10月13日付

【不詳の典拠に抜粋あり。日付は「42年10月13日」。】

ロングフェローが家(うち)に泊まっている。あちこち一緒に遠出をして——ロチェスターへ，牢獄へ，ミント下宿街の流れ乞食や盗人に紛れてと。

（注）ディケンズとロングフェローとの「遠出」についてはF, Ⅲ, viii, 278-9参照。1868年の訪英中，ロングフェローはフォースターに42年における二度の体験を思い起こさせる。一度目はロチェスターでの一日。二度目はチェスタトンとトレイシー大尉により手配された警察官護衛の下「就中危険な階層の最悪の溜まり場」——ミント〔テムズ河南岸地区〕の貧民窟——を訪れた晩。その後のディケンズの，「遙かに静かで穏やかな」懐かしのミント視察については「フィールド警部補との夜巡り」(『ハウスホールド・ワーズ』(51年6月4日付)〔拙訳『翻刻掌篇集 ホリデー・ロマンス他』所収第十七章〕) 参照。

ヘンリー・オースティン宛　1842年10月14日付*

デヴォンシャー・テラス。42年。10月14日土曜

親愛なるヘンリー

今日5時半，丸々肥えたイワシャコの番(つがい)と煮込みステーキがテーブルに供せられ——御相伴に与るは粘液質の詩人のみ。どうだ，仲間に加わらないか？

不一

CD.

ヘンリー・オースティン殿

ティッシュによろしく

（注） 本状末尾の疑問符は特大。追而書き，ティッシュ（Tish）はオースティンの妻レティシア（Letitia）。

ヘンリー・バーネット夫人宛［1842年10月14日？付］†

【日付は恐らく『探訪』発刊の前週。マンチェスター消印「42年10月15日（受領日）」の封筒（草稿は親展）が恐らく本状のそれ。宛先は「マンチェスター。ハイアー・アードウィック。エルム・テラス3番地。ヘンリー・バーネット夫人」。】

……[a]労働者が暮らしている。本人自身どうやらそう思っているようです……
……姉さん達みんな。[a]

多分火曜までぼくのアメリカ紀行は手に入りそうにありません。火曜の晩，郵便列車で今のその二巻と，「バーナビ」の小包を送ります。ここまでで書籍商からの注文は早スコットの時代以来未だかつてなかったほど殺到し――発刊一週間前にして二日で3,000部捌けたとのこと。

ぼく達からバーネットとお子達にくれぐれもよろしくお伝え下さい。――ハリーは，ひょっとしてとっくに結婚適齢期に差しかかっているとか。

弟より愛を込めて
チャールズ・ディケンズ

どうして手紙に住所を書いて下さらないのでしょう？

（注） 畳んだ便箋の一頁目は表の最後の二行と裏の三語を除き，全て欠損。不詳の（ただし恐らくはF. G.キトンの）筆跡で「この部分完全に復元不可。（バーネットによると）ロウソクに火を灯すために破られた」との鉛筆書きのメモ。aaは従来未発表部分。「本人」は恐らくジョン・ディケンズ。一頁目には父親がアルフィントンを離れた際のロンドンでの借家探しについて手紙がやり交わされた経緯が綴られていたと思われる（ミトン宛書簡（12月7日付）参照）。その前提に立てば，一頁目の破棄は「ロウソクに火を灯す」ためのみならず，ジョン・ディケンズの金銭事情への言及は一切伏せるとの一族の方針に則るためでもあったろう。ハリーはファニーの第一子ヘンリー・オーガスタス（39年11月生）。身体障害を負い，49年1月死去（バーネット夫人宛書簡（43年9月24日付）参照）。

エドワード・ジェシー宛　1842年10月14日付

【サザビーズ目録（1909年7月）に言及あり。草稿は1頁。日付は「42年10月14日」。】

（注）エドワード・ジェシーは王立公園・宮殿監視官（『第二巻』原典p. 430脚注，訳書534頁注参照）。

［トマシーナ・］ロス嬢宛　1842年10月14日付

【N, I, 482に言及あり。】

（注）宛名は明らかに「トマシーナ・ロス」（チャプマン＆ホール宛書簡（10月20日付）参照）。

ジョナサン・チャプマン宛　1842年10月15日付

リージェンツ・パーク，ヨーク・ゲイト
デヴォンシャー・テラス1番地。1842年10月15日

親愛なる馴染みよ

芳牘を載せたキュナード船が入港した際，貴兄の筆跡を目の当たりに小生，有頂天になり，いざ芳牘を拝読するに及んでは蓋し，有頂天になりました——小生への思いやりは御自身のために抱かれよう不安より切実にして然まで図太くはないと改めて得心させて頂いたとあらばいよよますます。

アメリカ国民を（と申すか就中さもしき連中をすら）大衆としてではなく，しばし，一箇の人間とお考え下さい。仮に「一個人」の友情をただ貴兄を御自身の矜恃において高める全てを犠牲にすることによってしか——「真実」を語るのを躊躇うことに——臆病な沈黙を守ることに——胸中事ある毎に恰も金持ちの縁者を相手にする如く，「あの方はこいつをお気に召すだろうか。もしああ言えば御立腹だろうか。逆のことをすれば，ほんの慰み物のオモチャにすぎぬと見破られるだろうか？」と思い悩むことによってしか，保てぬとすれば，

果たして貴兄はくだんの友情を一日たり失わずにいたいとお思いでしょうか？　お見逸れさえしていなければ，「否」。小生とて「否」。して小生がアメリカ国民を愉しませ，かくて愛顧に浴すために為した何事かの謂れをもって――小生の為すべくもない何事かとの関連でではなく――アメリカにて手篤き歓迎を受けたと断言すらばこそ，それ故小生はアメリカ国民について，しかも忌憚なく，筆を執ります。して恰もついぞ昇進の望みや貴顕の幻影によりて，祖国における悪弊を指摘するのを思い留まったためしのない如く，然に如何ほど激しい民意の逆風が吹き荒れようと，仮に自らの判断において国外における悪弊たるものを指摘して然るべきと心得れば，己が趣意から断じて逸らされることはありますまい。たとい正直者だからというので，頭上に気紛れや風見鶏よろしき移り気や，こよなく逆しまな手合いの侮辱を浴びせられるとしても，それが一体小生にとって何だと――或いは貴兄にとって――或いはその名に悖らぬ，してまっとうたらばこそ，連中がしっしと罵る間にも有象無象を見下しながら口笛を吹ける如何なる男にとっても，何だと――いうのでしょう？

一体何が小生の執筆に待ったをかけると？　定めし連中の気に入るまいとの先行きが。して如何様にくだんの先行きは顕現すると？　小生が彼らに対して有している申立ての権利という権利が，どこぞの極道の活字なる命の下，無視され仮借なく脇へ打ちやられる片や，小生を虚言を弄す山師に仕立て上げる中傷が汲々と鵜呑みにされることにて。親愛なるチャプマン，もしも我々がかようの謂れやかくの如き男共に屈すとすらば，ものの五年でこの世から「真実」なるものは失せ，その時を境に，「真実」の大義は望みウスの捨て鉢な思惑に成り下がりましょう。

小生貴兄が心の奥底では，小生と同じように考え感じておいでと確信しています。拙著には貴兄や貴兄のような方が心から賛同なさるまいものの一行とてないと確信しています。いずれ遅々とにせよ時満てば，小生の認めたものが貴国の共同体より正しくその存在をも脅かす悪弊を粛清するに一役買う日の来ようこと信じて疑いません。して自ら認めたものは親身にして気さくに綴られていると――ついぞ，片時たり，つい我知らず性急或いは不公平な表現を，或いはいつ如何なる時であれ悔いることになろうような表現を用いた覚えはないと存じています。誓って，親愛なる馴染みよ，事実は文字通り然たるに変わりなく，然たると分かれば貴兄にもとことん得心頂けましょう。して小生に対す民意における変化の証に出会せば，胸中かく独りごちてもって善しとなさるのではないでしょうか――「もしやあの男は自らくだんの変化をもたらしていなければ，固よりわたしの友人たる男ではなく，何者か皆に蔑されようとこのわたしの平然と聞き流せる別人に違いない」？

ケンブリッジのロングフェローが目下拙宅に滞在し，恐らく次の土曜「グレイト・ウェスタン号」で帰国なさる予定です。教授に拙著をお託け致します。版元には新刊がアメリカへ本状を届けよう汽船にて渡るのを（願わくは）防ごう措置を講じてもらっています。

子供達は皆至って健やかにして，片言交じりにくれぐれもお子達へよろしくと申しています。妻も小生共々貴兄並びに令室に心より御鶴声賜るようとのこと。して小生つゆ変わることなく――しばしお待ちを，つゆとは限らず――条件付きにて――貴兄が向後は一切芳牘の長たらしさを口になさらぬ，と言おうかさようの途轍もなく馬鹿げた真似をなさらぬとの条件付きにて――変わることなく律儀な馴染み

チャールズ・ディケンズ

（注）チャプマンはディケンズからの8月3日付書簡の返事とし，帰国以来彼に投げつけられている「新聞雑誌界の泥」について率直に触れ，彼に対する「大衆感情の変化の証を読むにつけ耳にするにつけ得も言われぬ苦々しさを感じざるを得ぬ」と続ける。かくてアメリカに纏わる新作が自国へもたらされることへの危惧を表明しながらも，既に意は決されている上，本状が手許に届く以前に印刷は終えられていよう故忠言は差し控えたいと結んでいた。第三段落「虚言を弄す山師」は捏造文書への言及（フォースター宛書簡（8月30日または31日？付）参照）。「ものの五年で」の原語“(in five) year's (time)”は正しくは“years”。第四段落〔「心の奥底では（in your heart of hearts”)」は『ハムレット』第三幕第二場78行ハムレットの台詞より。〕第四文「して自ら認(したた)めたものは……表現を用いた覚えはないと存じています」との立場をディケンズは1859年まで一貫して固守していた。『探訪』廉価版（1850）序文においては依然「弁護すべき，或いは言い繕うべきものは何一つない。真実は真実である」〔拙訳書xi頁〕と主張するが，この断言はライブラリー版（1859）（アメリカでの公開朗読旅行を初めて検討している折しも綴られた）では削除され，全体の好戦的調子も抑えられることになる。第五段落「アメ

リカへ本状を届けよう汽船」は10月20日リヴァプール発，11月2日ボストン着「カレドニア号」。ディケンズの予防措置が功を奏し，『探訪』原稿（シート）は「グレイト・ウェスタン号」にて11月6日日曜夕刻到着。『ブラザー・ジョナサン』と『ニュー・ワールド』は翌日（月曜）一巻本の形にて一冊12½セントで販売を開始。わけても後者は24時間以内に24,000部完売。第六段落「令室」は旧姓ルシンダ・ドゥワイト。チャプマンとは32年4月結婚。

W. H. プレスコット宛　1842年10月15日付[†]

ロンドン，リージェンツ・パーク，ヨーク・ゲイト
デヴォンシャー・テラス。1842年10月15日

親愛なるプレスコット

小生の版元，チャプマン・アンド・ホール両氏は，貴兄がおっしゃっている例の書籍を喜んで再版なさりたいそうです――貴兄の御墨付に優る推薦もまたなかろうと。[a]版元は貴兄の新たな歴史書購入に関し是非とも協定を結びたがっておいでです。小生，日々の認識と体験から太鼓判を捺させて頂けば，版元はその取引き全般において徹して清廉潔白な，信頼の置ける，あっぱれ至極な方々です。

恐らく御存じないかもしれませんが――もしや御存じでなければ，知っておかれるべきかと――ベントリーは海のこちら側では，前述の「歴史」の版元として触れ回っています。がもしや何ら権限もなく触れ回っているとすれば御心配には及びません。と申すのも貴兄が早期校正を送られる出版業者は，結局どなたになるにせよ，疑いの余地なく，機先を制し，彼に待ったをかけましょうから。[a]

ロングフェローが拙宅に目下，してしばらく前から，滞在しています。一週間後の今日「グレイト・ウェスタン号」にて帰国の予定ですが。拙著『アメリカ探訪』をお託け致しましょう。定めし貴兄には目をかけて頂けようかと――たとい大衆には然たらずとも。

[b]御両親並びに友人の皆様にくれぐれもよろしくお伝え下さいますよう，つゆ変わることなく親愛なるプレスコット，

敬具

チャールズ・ディケンズ

W. H.プレスコット殿[b]

（注） 冒頭「例の書籍」についてはエドワード・チャプマン宛書簡（9月16日付）注参照。『メキシコでの生活』の表題の下にてのチャプマン＆ホールからの刊行についてはプレスコット宛書簡（43年3月2日付）注参照。aa，bbは従来未発表部分。第二段落ベントリーは『ベントリーズ・アドヴァタイザー』（11月号）にてプレスコット著『メキシコの発見と征服』（三巻本）を「印刷中」として宣伝していた。ややもすれば誤解を招きがちなこの時期尚早の宣伝を出すことで，彼は『フェルナンドとイザベラの治世の歴史』（1838）の英国版出版社として本書においても他の英国出版業者に対し先鞭をつけようと試みたと思われる。プレスコットのベントリー宛書簡（12月31日付）と他の出版社との交渉についてはプレスコット宛書簡（43年3月2日付）参照。〔フェルナンド五世（1452-1516）はコロンブスの航海を援助したスペイン王国創建者。1474-1504年，妻のイザベラ一世と共にカスティリャ王国を治める。〕「出版業者は……待ったをかけましょう」の件（くだり）についてはプレスコット宛書簡（43年11月10日付）参照。第三段落「献本」には「貴兄の馴染みチャールズ・ディケンズより。1842年10月19日」の銘が記されている。ディナは例えば，『探訪』に関し，プレスコット，ロングフェロー等と共にティクノー邸で会食した11月11日の日誌に「誰しもディケンズの新著を愉快で機知に富むと考えている」と記しながらも，最終的には「抽象や普遍化，或いは実の所独自の如何なる演繹或いは考察にであれ差し掛かると標準以下だ。……新著は彼の評判を何ら高めずして人気を落とすだけに終わろう」と辛辣な評を下す。最も深刻で思慮に富む批判は東部懲治監（イースタン・ペニテンシャリ）視察後に執筆されたフィラデルフィア「独房監禁制」の擁護者達により加えられた（フォースター宛書簡（3月13日付）注参照）。『ニューヨーク・ヘラルド』は「未だかつてこの独創的な素晴らしい国家について……筆を執る勇を揮ったためしのないほど下卑た，卑俗な，不遜で，浅薄な」知性の所産であると酷評する。ポーは『サザン・リテラリ・メッセンジャー』（43年1月，IX，60）において，同著を「僅かなり失う評判を有す著者によって未だかつて周到に出版されたためしのないほど自害めいた著作の一つ」と呼んだ。片やディケンズ擁護者が全くいなかった訳ではなく，例えば『ボストン・デイリー・イヴニング・トランスクリプト』（11月10日付）は同書を「鋭敏な観察眼をもって屈託なく執筆された善書」と評価し，さらに12日付論説では著者が新聞等の最悪の部分について忌憚ない私見を審らかにし，我々の些細な短所を正直に嘲笑しているからと言って「愛顧と称賛から全く逆の極端――憎悪と譴責――へ走る」アメリカ国民の半ばの愚昧を指摘する。〔「貴兄には目をかけて（頂けようかと）（“find favor in your eyes”）」は『申命記』24：1より。〕プレスコットの父親ウィリアム・プレスコット判事は独立戦争におけるバンカー・ヒル大戦闘の英雄ウィリアム・プレスコット大佐の息子。妻キャサリンと共にディケンズとは6月にレバノン鉱泉で対面していた。

オーガスタス・トレイシー宛［1842年］10月15日付*

【10月15日が土曜に当たるのは1842年。筆跡によっても裏づけ。】

デヴォンシャー・テラス。10月15日土曜

拝啓

我々の手紙は行き違ったようです。――後生ですから，奇特な小僧に即刻くだんの憂はしき目隠し革をあてがって頂きますよう。

月曜夕刻には四輪貸馬車（ハクニー・コーチ）で御自宅までお送り致し，途中，同じ乗り物に我らが馴染みたる所長をお乗せ致したく。という手筈に越したことはなかろうかと。

敬具

チャールズ・ディケンズ

トレイシー大尉

等々　等々　等々

エドワード・モクソン宛［1842年］10月17日付

【日付は消印「42年10月17日」より。】

デヴォンシャー・テラス。10月17日月曜

拝啓

アメリカ随一の詩人たる（とは無論，御存じの通り）ロングフェロー殿が拙宅に滞在中にして，御自身の詩集再版の件でお目にかかりたいそうです。

明朝はロジャーズ殿のお宅にて朝食を御馳走になるため，辞去した後（のち），もしや差し支えなければ，お伺いさせて頂きたく。

敬具

チャールズ・ディケンズ

エドワード・モクソン殿

（注）　エドワード・モクソンは出版業者（『第二巻』原典p. 64脚注，訳書77頁注参照）。

ロングフェローの「詩集再版」についてはモクソン宛書簡（11月17日付）注参照。

ヘンリー・バーネット夫人宛　1842年10月18日付*

大至急

デヴォンシャー・テラス。42年10月18日

親愛なるファニー

今晩の郵便馬車で本をお送りします。アメリカ本（ぼん）二巻をみすみす明日の船で出帆させぬことにてアメリカ海賊共の裏をかこうと散々骨を折っただけに，くれぐれも木曜までは姉さんとヘンリーだけの秘密にしておいて頂きますよう。

匆々

CD.

（注）「今晩の」の原語 “tonight's” は草稿では “tonights” と読める。「明日の船」は20日出帆「カレドニア号」（チャプマン宛書簡（10月15日付）注参照）。

マルグレイヴ伯爵宛　1842年10月18日付

【不詳の書籍商目録（日付無し）に抜粋あり。日付は「42年10月18日」。】

芳牘を拝受して以来妻がW.パティソンズ・ホテル宛一筆認め，フィッシャー嬢に是非とも当方へお越しの上滞在をとお伝え致しました。……お尋ねのジョー・ミラーは胃弱のカナダ人で，帰航中ずっと船酔いに祟られ，すこぶる元気そうだったと思いきやいきなり甲板のバケツに真っ逆様に飛び込んでは凄まじく嘔吐していたものです。

（注）W.パティソンズ・ホテルは恐らくロンドン，ブルック・ストリート48番地パターソンズ・ホテル。フィッシャー嬢はカナダもしくは「ジョージ・ワシントン号」の船上で知り合った友人（グランヴィル船長宛書簡（10月20日付）参照）。「ジョー・ミラー」は恐らく「ジョージ・ワシントン号」同船客につけられた（『ジョー・ミラー笑話集』に因む）ニックネーム。

ジョージ・W. パトナム宛　1842年10月18日付*

ロンドン，リージェンツ・パーク，ヨーク・ゲイト
デヴォンシャー・テラス1番地。1842年10月18日

親愛なるパトナム殿

貴兄がヒューイット船長に託して小生宛送って下さった包みは無事受け取りました。新聞は常の習いで，包みを開けぬまま火中しました。さりとてお送り頂きましたこと，それだけありがたく思わぬどころではありません，誠心誠意の賜物と存じているだけに。

実を申すと，我々がニューヨークを発つ際，貴兄は小生の望み全ての先を見越して下さっていたもので，詰まる所あの包みを届けて頂くまでもありませんでした。貴兄のお手許の本を御送付頂くよう一筆認めた際，大きな梱は依然税関にあり，その種々雑多な中身を全く存じませんでした。が貴兄の最後の便りが届かぬとうの先から梱は我が家へ届けられ，中には，およそ望み得る限り一切合切が入っていました。

ロングフェロー殿に託して──拙宅に一，二週間泊まっておいでで，「グレイト・ウェスタン号」にて帰国予定故──我々の流離いの記もその一翼を担う，発刊されたばかりの拙著を謹呈致します。ボストンのサムナー殿が拙著を貴兄に，或いは貴兄から受け取るお墨付を頂戴するやもしれぬどなたにであれ，お渡し下さることになろうかと。

本状の宛先をどこにしたら好いか定かでなく，サレムへお送りします──ともかく御友人のどなたか伝(づて)お手許に届こうと。ふと脳裏を過ったことですが，貴兄は定めてローウェルの若き女工方の肖像を物しておいでに違いなく。さらば──くれぐれも御婦人方をすこぶるつきのべっぴんに画いて頂きますよう，ならば飛ぶように売れること請け合い。時には金時計を巧みにあしらうのも御一興。もしや繻子を実物そっくりに模せるものなら，一身上築いたも同然。

もしや小生に同上を築けるものなら，喜んで。と申すのも貴兄のひたむきで律儀な尽力の記憶は時間や距離と共に薄らぐどころではないもので。固よりされど，魔法使いではないとあって，［して］妖精の伯母も祖母も（御伽噺の善人

には付き物の如く）御座(おわ)さぬだけに，大西洋のこちら岸より心から御多幸，御健勝を祈ることしか叶いません。

妻も，当人の申すには心より，くれぐれもよろしくとのことです。アン（花のように愛らしいながら，相変わらず嫁のもらい手のない）もまた然り。して子供達も——至って健やかにしてすこぶるゴキゲンな——口々によろしくと申しています。

ジューリアに，して御家族の皆様に，くれぐれもよろしくお伝え下さいますよう。が誓って，如何ほど散々（稀でもお手柔らかにでもなく）痛罵されている所を御覧になろうと，つゆ変わることなく律儀な

馴染み

チャールズ・ディケンズ

ジョージ・W.パトナム殿

（注） 冒頭ヒューイット船長は9月10日リヴァプールに入港していた「ブリタニア号」船長。第三段落，ロングフェローはパトナムだけでなく，フェルトン，サムナー，デイナ，オールスタン，バンクロフト，ジョナサン・チャプマンへの献本も託る。第四段落〔サレムはマサチューセッツ州北東部海港・工業都市。〕「ローウェルの若き女工方」についてはフォースター宛書簡（2月4日？付）注参照。「繻子を実物そっくりに模せるものなら」とは恰もA. E.シャロンの如く（『第二巻』原典p. 201脚注，訳書248頁注参照）。ローウェルの女工の出立ち——絹衣にスカーフ，ヴェールを纏い，パラソルをかざした——は大半の英国人旅行者の注目を集め，先練された物腰と装いは工場で労働が営まれているというより貴婦人が戯れている雅やかな世界を現出していたという。第五段落「［して（and）］」は畳み目の穴により一語欠損。第七段落「ジューリア」は恐らく，パトナムが44年8月結婚した従妹ジューリア・アマンダ（1813生）。「御家族の皆様」は父親ジョウゼフ（1777-1859），母親マーシー（1779-1859），並びに六人の兄弟姉妹。随筆家・講演者である従弟エドウィン・フィプル（1819-86）とディケンズはいずれ1867-8年ボストンで対面することになる。

チャールズ・マッケイ宛［1842年10月19日付］

【日付はディケンズの書評が『モーニング・クロニクル』（10月20日木曜付）に掲載されることからの推断。】

「MC」本社。水曜夜

拝啓

発刊されたばかりの「ロンドンデリー卿の書簡」の書評――（内密に（サブ・ローザ））書くとお約束していた――を同封致します。何卒ホガースに，小生に成り代わり，校正に丹念に目を通すよう頼んで頂けないでしょうか。印刷工は（旧知の仲にもかかわらず）小生の前回の書簡を外科医顔負けに切り刻んで下さったもので。

この所毎日のように貴兄へミルトン愛好家について一筆認めようとしています。一両日中には認める所存にて。果たして事が上手く運ぶか見極めかねています――それそのものの瑕疵故ではなく，その軋みがちな素材のせいで。

敬具

チャールズ・ディケンズ

チャールズ・マッケイ殿

（注）「内密に（サブ・ローザ）」執筆を約束していた書評についてはブラック宛書簡（8月15日付）注参照。ほぼ二縦欄（コラム）に及ぶ書評はロンドンデリー卿の文体と悪趣味を冷笑的に痛罵し，百四十五頁の内書下ろしは僅か十四頁しかないというなら，くだんの十四頁を極小頁に配し，『新・雅やかな書簡文範，或いはやんごとなき門人の手引き』との書名の下（もと），H. B.画暈し絵（ビネット）を添えた上（うえ）安価に出版しては如何なりやと締め括る。アシュリーと法案に対するロンドンデリーの批判については事実上一切言及していないのは，俎上に上すに足らぬとの暗示か。H. B.は諷刺漫画家ジョン・ドイルの雅号。〔書簡並びに書評の内容について詳しくは拙訳『寄稿集』第十五章「書評：GCBロンドンデリー侯爵C. W.ヴェイン著「『鉱山・炭鉱法案』に係る国会議員アシュリー卿への書簡」参照。〕ホガースは義父ジョージ・ホガース。「旧知の仲」はディケンズが34年9月-36年11月『クロニクル』の報道記者だった経緯を踏まえて（『第一巻』参照）。アシュリー法案に関するディケンズの書簡における誤植については『モーニング・クロニクル』編集長宛書簡（7月25日付）注参照。第二段落「ミルトン愛好家」についてはマッケイ宛書簡（7月26日付）参照。協会支援を約していた作家の中にはジョン・ブリトン，トマス・キャンベル・ジョン・ロバートソン等がいた。

トマス・キャンベル宛　1842年10月

【スタン・ヘンケルズ目録1337番（1923）に言及あり。日付は「デヴォンシャー・テラス，42年10月（明らかにコーンウォールへ発つ前）」。】

（注） 本状は恐らくミルトン協会について（前書簡参照）。

［エドワード・チャプマン宛］ 1842年10月20日付*

【名宛人は明らかにエドワード・チャプマン。9月16日付書簡における夫人の間近い出産への言及参照。】

1842年10月20日。木曜

拝啓

令室への「著者署名入韻文（オートグラフ）」を同封致します――御希望を叶える――「母親にとりての真の祝福」――先行きの。

敬具

CD.

（注） 本状は四つ折の便箋の三頁目に認められ，一頁目にはロングフェロー「攻囲された都」の第八，九連が署名と42年10月20日の日付入りで綴られている。「母親にとりての真の祝福」はバークレー父子薬局調合剤「我が子の生歯（せいし）の疼きを和らげるジョンソン夫人の鎮静シロップ」の広告の謳い文句。

チャプマン＆ホール両氏宛 1842年10月20日付*

デヴォンシャー・テラス。1842年10月20日

拝啓

同封の手紙をお書きになった御婦人に貴兄方への紹介状を差し上げました。女流翻訳家（トランスレイトレス）としての天分に何ら疑いの余地はなく，信任状は，お分かりになろう如く，極上の手合いのそれであります。

もしや御婦人の尽力に与られるようなら，慶ばしい限りにて。と申すのも御婦人は（眉目麗しからずとも）高配に相応しく，全幅の信用が置け，小生としても微力ながらお役に立てたと思えば光栄至極に存ずるもので。との謂れをもってこの度は個人的に筆を執らせて頂きました。真実関心を寄せている由お分かり願えるよう。

敬具

チャールズ・ディケンズ

チャプマン・アンド・ホール殿

（注）「同封の手紙」は恐らくディケンズが10月14日付書簡にて認めるよう勧めたそれ。トマシーナ・ミュア・ロス（1796?-1875）は作家・翻訳家。言語学者・『タイムズ』寄稿家ウィリアム・ロス（1764-1852）の八子の長女。1840-2年『ポリテクニック・ジャーナル』，1848年『ベントリーズ・ミセラニー』に翻訳が多数掲載され，40年代中頃から後半にかけてはフランス語，ドイツ語，スペイン語からの翻訳が五巻出版される。『ハウスワールド・ワーズ』への寄稿等については『書簡集』続巻参照。ディケンズはロス家の皆に「関心」を寄せていた。トマシーナは伯母ジャネット・バロウ（エドワード〔『第一巻』原典p. 49脚注，訳書60頁注参照〕の妻）の姉。その他の弟妹チャールズとジョージーナについては『第一巻』原典p. 7脚注，訳書9頁注），フランシスについては同原典p. 85脚注，訳書105頁注，ジョンについては同原典p. 248脚注，訳書310頁注参照。

チャプマン＆ホール両氏宛　1842年10月20日付

リージェンツ・パーク，ヨーク・ゲイト

デヴォンシャー・テラス1番地。1842年10月20日

拝啓

本状はロス嬢への紹介状にて。その方については既に一筆認めた所です。早速御高配賜れば幸甚に存じます。

敬具

［チャールズ・ディケンズ］

トマシーナ・ロス嬢宛　1842年10月20日付*

デヴォンシャー・テラス。1842年10月20日

親愛なるロス嬢

芳牘を賜って以来たいそう忙しくしていました，さなくばより早急に御返事致していたろうものを。

チャプマン・アンド・ホールには御希望の趣旨にて切なる要望の手紙を一筆認め，小生自身に個人的に関わる案件として是非とも前向きに御検討頂くようお願いしておきました。就いては貴女には同封のような極めて短い紹介状のみお送り致します。小生が個人的に版元へ宛てた手紙は貴女にお渡し致せる如何なる紹介状の五十層倍もの重みを持とうだけに，必ずや趣意に副って手筈を整えて頂けるに違いありません。

もしや，目下にせよ他のいつ何時にせよ何か小生に致せる，と言おうかお役に立てることがあれば，直ちに御要望に応じさせて頂き，かくて心より光栄に存ずることでありましょう。

妻がくれぐれもよろしくお伝えするよう申しています。して小生からはつゆ変わることなく，

匆々

チャールズ・ディケンズ

ロス嬢

（注） 第二段落「同封のような極めて短い紹介状」については前書簡参照。「必ずや趣意に副って」とのディケンズの期待（或いは自信）にもかかわらず，ロス嬢がチャプマン＆ホール刊として何か翻訳した記録は残っていない。

フレデリック・グランヴィル宛　1842年10月20日付*

リージェンツ・パーク，ヨーク・ゲイト

デヴォンシャー・テラス1番地。1842年10月20日

親愛なるグランヴィル

今朝方芳牘を賜り篤く御礼申し上げます。というのもそろそろ大尉は――父祖ゆかりのグースベリの藪の下にて腹一杯どころではなく食い過ぎておいでなものか（とは船上で啖呵を切っていらした如く），それとも無理矢理どなたかウォリックシャー佳人の御亭主にされたものか，気を揉み始めていたもので。

もちろん古きイングランドほど素晴らしい土地はありません。ついぞあったためしもなければ金輪際。曲がりなりにも分別のある男が一体カナダなんぞに

何の用があると？　これっぽっち。「自らを殿方と称す」誰一人――ここにて早夢のようになってしまった我らが「素人芝居」を引用すらば――かようの僻陬の地とは縁もゆかりもなかろうでは。

こと「猟鳥肉（ゲーム）」の点に関せば，何であれ結構。してグランヴィルの形（なり）なる何であれ，また然り――当該緯度にて姿を現わせばいつなりと。

妻がくれぐれもよろしくお伝えするよう申しています。マフィン・メモリの小さなフィッシャー嬢が街にお見えで，拙宅に泊まりにお越しの予定です。マルグレイヴから手厚く面倒を見て差し上げるようとの手紙が来ました。

敬具

チャールズ・ディケンズ

グランヴィル大尉

（注）第一段落「船上で」は即ち，アメリカから帰航した「ジョージ・ワシントン号」にて。ウォリックシャー一族の出のグランヴィルは54年6月ウォリックシャー，シプストン–オン–スタウァ出身イザベル・シェルダンと結婚。第二段落「自らを殿方と称す」は『安らけき一夜（ひとよ）』でディケンズ自身が演じたスノッビントンの台詞――「どうか，貴殿，貴殿はこれを殿方らしい振舞いとお呼びか？　さよう，貴殿，貴殿はこれを殿方らしい振舞いとお呼びか？」――より。末尾「マルグレイヴからの手紙」についてはマルグレイヴ宛書簡（10月18日付）参照。

リー・ハント宛　1842年10月20日付

リージェンツ・パーク，ヨーク・ゲイト

デヴォンシャー・テラス1番地。1842年10月20日

親愛なるハント

芳牘を拝受致しました。「鄙の散策」と「ディナー」は既刊「マンスリー」で目にしていましたし，目にするだに大いなる悦びを感じていたもので，ついぞ読者の誰しもが申し立てるやもしれぬくだんの親しきそれ以上の関わりをいつ何時であれ有したと思ったためしはありません。貴兄はチーズと，サラダと，椅子と，眺めと，散策と，他の全てにおいて小生並びに律儀な者皆に頓呼なさっています。それ以上の何を，小生如きが申し立てられようほどの常人が望む

というのでしょう！

誓って，もしや貴兄に全てがお分かりならば，貴兄の「乗用馬（ポルフリー）」にこそ身銭を切ってでも，アメリカ版図の広しといえども国中を馬なり駆け足（キャンター）にて駆けさせたいとお思いでしょう，御自身彼（か）の地での滞在を堪能なさろうより。

つゆ変わることなく親愛なるハント

敬具

チャールズ・ディケンズ

リー・ハント殿

（注）「散策」と「ディナー」二篇より成るハントの詩は『マンスリー・マガジン』（42年9月，10月号）に掲載されていた。40年5月，ハントが上記の詩を草稿の段階でディケンズに送ったのは，彼を道連れとした現実の散策とディナーを祝して詠んでいたため（『第二巻』原典p. 66，訳書79-80頁参照）。この度彼は恐らく，頓呼に名を挙げることで詩とディケンズとの関係を明瞭にすべきだったかと問う手紙を書き送っていたと思われる（『第二巻』原典p. 66脚注，訳書81頁注参照）。「チーズ」と「サラダ」はわけても詩の中で称えられている馳走。「乗用馬（ポルフリー）」についてはハント宛書簡（7月19日付）注参照。「身銭を切って」とは暗に「剽窃されて」の謂。

フレデリック・サーモン宛　1842年10月22日付*

リージェンツ・パーク，ヨーク・ゲイト

デヴォンシャー・テラス1番地。1842年10月22日

親愛なるサーモン

これら二巻を他の巻と揃いで装幀すべく二，三日手間取りました，さなくばより早急にお届け致せていたろうものを。

貴兄並びに皆様に神の御加護のありますよう。

敬具

チャールズ・ディケンズ

フレデリック・サーモン殿

（注）フレデリック・サーモンは41年10月におけるディケンズの執刀医（『第二巻』原典p. 404脚注，訳書501-2頁注参照）。「これら二巻」は『探訪』。ディケンズは既にサー

モンに『ピクウィック』,『ニクルビー』,『オリヴァー』,『ハンフリー親方の時計』を謹呈している(『第二巻』原典p. 409,訳書506頁,並びに原典p. 456,訳書566頁参照)。献本が遅れたのは「装幀」のせいだけでなく,ディケンズは20日(フォースターと共に)ランドーに会うためバースまでロングフェローに同行し,さらに翌日ブリストルにて彼の「グレイト・ウェスタン号」での出帆を見送っていた。

サウスウッド・スミス博士宛　1842年10月22日付

デヴォンシャー・テラス。1842年,10月22日,土曜

拝啓

早速ながら,御尽力賜りたい遠出を計画しています。コーンウォール海岸の正しくこよなく侘しく荒寥たる辺りを一目見てみたく,来る木曜,友人二,三名と共にセント・マイケルズ・マウントへ出立致す予定にて。御自身御存じの,或いは鉱山調査副委員のどなたか御存じの,次いで荒れ果て索莫とした場所はどこかお教え願えぬでしょうか？　してのみならず,くだんの地方を訪ねている間(かん),どこか鉱山を視察する便宜を図って頂けぬでしょうか？

御迷惑をおかけ致し,本来ならば重々お詫び申し上げるべき所——如何でか,申し上げぬことに致します——のは貴兄の落ち度にして小生のそれではなかりましょう。

つゆ変わることなく律儀な馴染み

チャールズ・ディケンズ

サウスウッド・スミス博士

(注)『ウォルマーズ・エクセター・ガゼット』(42年11月4日付)には「チャールズ・ディケンズ殿はバースのランドー殿を訪ねた後(のち),数名の友人と共に土曜夕刻[10月29日]当市に到着。アルフィントンの尊父を訪問した後(のち)エディスタンとランズ・エンドへの途上プリマスへ出立。恐らく英国風俗を主題とする新著の取材のためと思われる」旨の記事が掲載される。ディケンズの進路についてはフェルトン宛書簡(12月31日付)注参照。「友人二,三名」はフォースター,マクリース,スタンフィールドの三名。〔セント・マイケルズ・マウントはコーンウォール沖合の小島。干潮から中位時にはマラジオン町と地続きになる。〕「鉱山調査副委員」は様々な鉱山の採掘状況を調査すべく,四名の児童雇用調査委員(サウスウッド・スミスはその一員)によって任ぜられたメンバー。チャールズ・バラム医学博士はデヴォンとコーンウォール炭鉱地区を担当していた。コーン

ウォールの鉱業（錫と銅を主とする）が最も隆盛を極めたのは1840年代から80年代にかけて。1842年には200以上の炭鉱が採掘されていた。F, IV, i, 288によると，一行は「セント・マイケルズ・マウントの城の最も高い塔に登ったり，数度にわたり地下に潜って炭鉱を見学したりした」という。フェルトン宛書簡（12月31日付）参照。

トマス・カーライル宛　1842年10月26日付*

デヴォンシャー・テラス。1842年10月26日

親愛なるカーライル

こよなく忝き芳牘を賜り心より篤く御礼申し上げます。誓って，常々貴兄が如何ほど雄々しくも廉直に大いなる天稟を発揮しておいでか満腔の敬意を抱けばこそ，かくて表明されしお褒めの言葉をさまで光栄に存ずる方もまたいらっしゃるまいかと。

近々コーンウォールへ数日参る予定にて，帰宅致し次第チェルシーへ御挨拶に伺わせて頂きたく。と申すのも我々早晩深交を結ぶことになろうだけに（とはいずれによりても先行きの事実として紛うことなく心得られていよう如く）早ければ早いに越したことはないもので。

（注）カーライルが10月19日に謹呈された『探訪』について如何なる文言にて賛辞を送ったかは不詳。

T. L. カイラー宛　1842年10月26日付

【原文はT. L. カイラー著『長き人生の思い出：とある自伝』(1902)，p. 21より。】

リージェンツ・パーク
デヴォンシャー・テラス1番地。1842年10月26日

拝復

気さくにして雄々しき芳牘を賜り篤く御礼申し上げます。常に拙著アメリカ紀行と共に記憶に留めることになりましょう。誓って――楽しくも映えある連想の最前列においてならずば――断じて。

事実然たる如く署名させて頂きたく

つゆ変わることなく律儀な馴染み
チャールズ・ディケンズ

セオドール・レドヤード・カイラー殿

（注） セオドール・レドヤード・カイラー（1822-1909）は後に長老派司祭。1841年プリンストン大学卒業，42年3月フィラデルフィアでディケンズと束の間対面，同年夏ロンドンの彼の下を訪う。48年司祭に叙品。福音伝道者・敬虔な著述家・禁酒唱道者。わけてもディケンズ作品を愛読。デヴォンシャー・テラス訪問の追憶を，しかしながら，ディケンズは禁酒を支持せず，著作においてキリスト教精神を「完全に無視し得た」と締め括る（『長き人生の思い出』pp. 20-22）。「芳牘」においてカイラーは彼自身の述懐（p. 21）によると，『探訪』における「某かの点」について礼を述べつつも，同著を「くだんの瑕疵の多い，軽率な書」と評する。

サウスウッド・スミス博士宛　1842年10月26日付*

デヴォンシャー・テラス。1842年10月26日

親愛なるスミス博士

御親切な芳牘を賜りありがとう存じます。御教示は全てしかと銘記し，迅速かつ律儀に則らせて頂きたく――恰も（天よ禁じ給え！）熱に浮かされてでもいる如く。

敬具
チャールズ・ディケンズ

サウスウッド・スミス博士

（注） サウスウッド・スミスはディケンズの25日付書簡への返信とし，ランズ・エンド辺りの海岸がセント・マイケルズ・マウントより「遙かに荒寥としているが，わけても荒寥たるのは，キャメルフォードに間近いティンタジェル（アーサー王の）城」の由推薦していた。併せて「コーンウォールの土地柄や鉱山という鉱山に精通している」バラム博士への紹介状を同封する（紹介状についてはサウスウッド・スミス宛（11月8日付）参照）。

ジョン・リーチ宛　1842年11月5日付

親展　　　　　　　　　　　　リージェンツ・パーク，ヨーク・ゲイト

デヴォンシャー・テラス1番地

1842年11月5日。土曜夕

拝復

雄々しき芳牘を賜りありがとう存じます。より早急に御返事致すべき所，数日間コーンウォールを旅し，昨日帰宅致したばかりにて。

言及しておいでの状況を悉く失念している上，ついぞ貴兄をいささかたり咎めた覚えはなく，ついぞ数年前にお目にかかったことを忘れたためしも，御健勝を大いなる興味と得心を覚えつつ見守るのを怠ったためしもありません。御成功を心よりお慶び申し上げると共に，御栄達の手立てに目を留めて来たことでは我ながら悦に入っている次第であります。

もしやブラウン殿に表して然るべきと思われるかの敬意と齟齬を来さずして手筈を整え得るなら，小生喜んで新たな「月刊分冊作品」において貴兄の天稟の御尽力を仰ぎたいと存じます。念頭に浮かんだばかりの企画に関しブラウン殿と（能う限り早急に）連絡を取るまで，はっきりしたことは申し上げかねます。が来週中には改めてお手紙を差し上げ，如何様な手筈と相成っているか正確にお伝え致したいと存じます。

それまでは，いずれにせよ，是非とも旧交を暖めると共に，向後二度と消息を失わぬよう努めること誠心誠意誓わせて頂きたく。

敬具

チャールズ・ディケンズ

ジョン・リーチ殿

（注）　ジョン・リーチは漫画家（『第一巻』原典p. 168脚注，訳書211頁注参照）。パーシヴァル・リー『滑稽ラテン文法』，『滑稽英語文法』（共に1840年刊）挿絵で一躍脚光を浴び，『下層階級（モビリティ）の子供達』（1841）（『第二巻』原典p. 201，訳書246-8頁参照）でもリーと共同制作の下（もと）挿絵を担当。最初の『パンチ』用挿絵は41年8月7日掲載，43年3月4日以降同誌の主要諷刺漫画家。『クリスマス・キャロル』挿絵についてはリーチ宛書簡

(43年12月14日付) 参照。「昨日帰宅したばかり」に関し，フォースターは「我々が家路へ顔を向けた時には早，第三週目にかなり食い込んでいた」と誤って記しているが (F, IV, i, 288)，実際に要したのは八-九日。10月27日木曜ロンドンを出立 (サウスウッド・スミス宛書簡 (10月22日付) 参照)，11月3日の帰路エクセターを経由し，恐らく4日帰京。ディケンズ自身の旅模様，マクリースによる後日談についてはフェルトン宛書簡 (12月31日付) 参照。第二段落「ついぞ……咎めた覚え」については不詳だが，或いはリーチがフォースター主催グリニッヂ正餐会 (7月9日) に招かれながらも欠席した経緯を踏まえてか。「数年前に」は恐らく1836年夏 (『第一巻』原典p. 168，訳書211頁参照)。「我ながら悦に入って」とは『パンチ』(41-2年) におけるリーチの活躍を絶えず慶ばしく見守っていたの謂か。第三段落「フィズ」ことハブロゥ・ナイト・ブラウンについては『第一巻』原典p. 163脚注，訳書204頁注参照。ディケンズはこの時点では (『チャズルウィット』広告文 (10月29日付) にて挿絵画家の名を挙げていなかったこともあり) 依然挿絵画家を今一度二名採用するか否か迷っていたが，結局ブラウンが異を唱えたと思われる (リーチ宛書簡 (11月7日付) 参照)。

トマス・バージ, Jr兄弟商会宛　1842年11月5日付*

リージェンツ・パーク，ヨーク・ゲイト
デヴォンシャー・テラス1番地。1842年11月5日

拝復

誠に忝くも贈呈賜った「ニクルビー」調度二点に心より篤く御礼申し上げます。目下，我がいっとう小さき「作品」のために育児室ベッドカーテンに仕立て直している所です――四巻皆のやんややんやと囃し立てずばおかぬことに。

敬具

チャールズ・ディケンズ

トマス・バージ, Jr兄弟商会御中

(注)「四巻皆」とは即ち「四人の子供達」の謂。

トマス・ビアード宛 [1842年] 11月5日付

デヴォンシャー・テラス。11月5日土曜

親愛なるビアード

もしも明日雄豚勲爵士(バロウ・ナイト)の所へ行くか，外にまだしも気の利いた用件でもなければ「食料納戸(パーントリ)」に（5時半食卓へお出ましのはずの）美味なウェールズ産羊の脚肉がお待ちかねだ，とは取り合ってやるだけのことはあるんじゃないか。

不一

チャールズ・ディケンズ

トマス・ビアード殿

（注）「雄豚勲爵士(バロウ・ナイト)（Barrow Knight）」は「准男爵（Baronet）」即ちサー・ジョン・イーストホープ（『第三巻』原典p. 263脚注，訳書346頁注参照）。

ジョン・ヒラード宛　1842年11月5日付*

リージェンツ・パーク，ヨーク・ゲイト

デヴォンシャー・テラス1番地。1842年11月5日

拝復

ここ数日街を離れ，昨日帰宅したばかりにて，さなくば我らが馴染みロングフェローのための同封の10ポンドを無事拝受致した由より早急にお礼申し上げていたろうものを——お気の毒に馴染みはこの二週間というもの例の大海原の就中狂おしきそいつに木の葉の如く揉まれておいでではありましょうが。

敬具

チャールズ・ディケンズ

ジョン・ヒラード殿

（注）ジョン・ヒラードはジョージ・ヒラードの兄弟（ジョージ・ヒラード夫人宛書簡（1月29日付）注参照）。チープサイド，ブレッド・ストリート13番地アメリカ貿易商コーツ商会と取引があった関係で，ロングフェローのヨーロッパからアメリカへの書簡（42年7-11月）はヒラードを通して転送された。大海原の「就中狂おしきそいつ」における「グレイト・ウェスタン号」（11月6日ニューヨーク着）での帰途，ロングフェローは友人フライリッヒラートに宛てた手紙（43年1月6日付）によると「最初の12日間の内12時間と寝棚を離れなかった」にもかかわらず，船上で「奴隷制」に纏わる詩を執筆（ロングフェロー宛書簡（12月29日付）注参照）。

G. ジョイ宛　1842年11月5日付*

リージェンツ・パーク，ヨーク・ゲイト
デヴォンシャー・テラス。1842年11月5日

チャールズ・ディケンズ殿は謹んでジョイ殿に御挨拶申し上げると共に，忝き芳牘を賜り篤く御礼申し上げます。誠に遺憾ながら付言させて頂けば，ジョイ殿が引用しておいでのそれが如き，法律(ロー)と衡平法(エクイティ)の奇しき停止の事例は枚挙に遑がなく——願わくは氏に改正の権限を与え給え。

（注） G.ジョイについては不詳。

ドーセイ伯爵宛　1842年11月7日付*

デヴォンシャー・テラス1番地。1842年11月7日

親愛なるドーセイ伯爵

再来週の日曜（などという遠い日のお願いを致すのはそれだけむんずと容赦なく貴兄を捕らまえんがため）7時にお越しの上ディナーを召し上がって頂ければ誠に幸甚に存じます。もしや差し障りがなく，御快諾願えるようなら，フォンブランクとマクリースと，恐らくエリオットソンにも——定めてお気に召そうだけに——お声をかけたいと存じます。

（注） ドーセイはゴア・ハウスより11月8日，「心より喜んで」お伺いさせて頂きたくとの返信を認める。

ジョン・リーチ宛［1842年］11月7日付

親展

デヴォンシャー・テラス1番地。11月7日月曜

拝啓

先般一筆認めた折胸中思い巡らせていた企図の行く手にはそれは幾多の難儀，

錯綜，紛糾，不可能性が立ちはだかっているものですから，詰まる所実行に移すを断念せざるを得ぬようです。申すまでもなく，公平な機を与えられぬとあらば，貴兄にとりては不如意千万となろう上，小生にとりても実際問題とし，焦燥と心痛の種となりましょう。故に，この度の着想は諦め，当座貴兄のかけがえのない御尽力の恩恵に浴すを断念せざるを得ません。

されど，にもかかわらず，貴兄の密かな個人的スーツの燕尾にほんの僅かなり塩を落としたき願いの已み難く，よって来る日曜5時半内輪のディナー・パーティに加わることにて，せめて塩を落とす手立てなりお与え頂けましょうか？

敬具

チャールズ・ディケンズ

ジョン・リーチ殿

（注） 先般の「一筆」についてはリーチ宛書簡（11月5日付）参照。ブラウンが共同挿絵画家としてのリーチに難色を示したのも故無しとせぬ。彼はキャタモールとの分担は——相手がかなり年長である上，ディケンズが常々卓越した建築学的画題のために白羽の矢を立てていた著名な芸術家であることから——むしろ誇りをもってこなしていた。がリーチの挿絵はブラウン自身の領域を侵犯していたろう——わけても彼は既に『ニュー・マンスリー』挿絵画家としてブラウンの後釜に座り，好敵手と目されて然るべきだったとあらば。〔「鳥の尾に塩を一摘み落とす」の慣用句についてはドーセイ伯爵宛書簡（8月5日付）訳注参照。〕

クラークソン・スタンフィールド宛　1842年11月7日付

デヴォンシャー・テラス。1842年。11月7日月曜

親愛なるスタンフィールド

我々の旅費を精算した所，総経費は£88で，持ち寄り財源（ストック・パース）は£90。かくて残金£2が手許にあり，内四分の一をこれにて同封致します。

つゆ変わることなく親愛なるスタンフィールド

敬具

チャールズ・ディケンズ

クラークソン・スタンフィールド殿

（注）「総経費」はコーンウォール旅費。四人で八日間の遠出にしては高額だが，恐らく早馬・酒宴の収支決算。

ジョージ・アームストロング師宛［1842年11月5日-8日？付］

【ロバート・ヘンダーソン著『バンゴーの元聖職禄所有者，後年はブリストル，ルーインズ-ミード・チャペル司祭の一人故ジョージ・アームストロング師の追憶』（1859）p. 150に言及あり。日付は『追憶』によると「11月初旬」。】

W. E.チャニングについて随筆を書いてはとのアームストロングの提案を断りつつも，彼に寄せる深い関心を述べて。

（注） ジョージ・アームストロング師（1792-1857）はアイルランド出身，ダブリンのトリニティ・カレッジ卒業。1815年英国国教会司祭に任命されるが聖職を辞し，ユニテリアン派擁護者として活動を開始，38年ブリストルに定住。アームストロングはロンドン新聞でチャニングの訃報（11月1日）に接するに及び，ディケンズに『探訪』におけるチャニングに纏わる件（くだり）に感銘を覚えた経緯に触れつつ，是非ともこの機に乗じ，自ら敬愛して已まぬ「かの最も傑出したキリスト教の師」についての論考を物するよう懇請していた。

オールバニ・フォンブランク宛　1842年11月8日付†

デヴォンシャー・テラス。1842年11月8日

親愛なるフォンブランク

[a]再来週の日曜，20日7時に拙宅にてディナーを召し上がって頂けぬでしょうか？　かほどに先の日取りを申し上げているのはドーセイがその折ディナーを御一緒して下さることになっている上，お二人が互いに一方ならぬ好意を抱き合っておいでなのを存じているもので。[a]

『イグザミナー』前号の追記にて不注意な読者（その数あまたに上る）ならば難なく英国新聞とアメリカのそれとの比較と曲解しかねぬ件（くだり）を目に致し誠に遺憾に存じます。我らが新聞雑誌の多くが如何ほど劣悪たろうと，とは神のみぞ

知る，両者を片時たり対照さすこと能わず，「品位」は，大西洋の彼岸の極悪非道を容赦すべく如何なる努力が払われようと与されますまい，同上たるや蓋し筆舌に尽くし難いほど目に余るだけに。

（注） aaは従来未発表部分。フォンブランクは数年来ドーセイ，レディ・ブレシントン双方と懇意にしていた。ディケンズが「遺憾」の念を表明しているのは『イグザミナー』（11月5日付）掲載の「宮廷と貴族」と題する記事。記事は最近新聞紙上を賑わしている，女王付侍女の一人に纏わる「悪質な誹謗の作り話」を事実無根と摘発した後（のち），「我らが報道界は今しもアメリカ国民を中傷業を支持するとして批判しておきながら，正しく当該悪弊が我々自身の共同体に少なからず存する片や，くだんの野卑な悪弊と，こよなく空虚な知性の逆しまな貪婪に飛礫を打ってなお如何なる辻褄を合わせられるというのか」と糾弾する。「筆舌に尽くし難い」極悪非道について，ディケンズは『探訪』第十八章「結び」においてアメリカ大衆紙（「堕落の怪物」）を俎上に上せ，「小生には紙面もなければその気もないほど夥しき量の抜粋を呈示せずして，アメリカの当該恐るべき報道機関について十全と伝えることは叶うまい」と述べ，脚注にて『フォリン・クォータリーレヴュー』（42年10月号）掲載「徹頭徹尾真実の記事」（今ではフォースター執筆たること周知の）への参照を訴える〔拙訳書252頁参照〕。

ウィリアム・ハーネス師宛　1842年11月8日付

デヴォンシャー・テラス，1842年11月8日

親愛なるハーネス

しばらく前に，確か法廷弁護士である御友人の手紙を送って見え，その方のニューカッスルにお住まいの精神障害の甥御から受け取るやもしれぬ如何なる書信であれ御友人宛転送するようおっしゃっていたかと。未知の方々からの可能不可能を問わぬありとあらゆる用件での夥しき書簡が目眩く舞い込む身とあって小生，くだんの殿方のお名前をつい失念してしまいました，朧げながらラッセル・スクエア近くにお住まいだということは記憶しているものの。かようの宛先にて御当人を突き止めるは恐らく，郵便局にとりても至難の業でありましょうから，お手数ですが同封のものを手づからお届けの上，小生がアメリカから戻って受け取った二通目であることをお伝え願えぬでしょうか？　その前の書状は確か決闘への果たし状だったかと。妻共々，妹御にくれぐれもよろし

くお伝え下さいますよう，親愛なるハーネス，

敬具

［チャールズ・ディケンズ］

（注） ウィリアム・ハーネスについては『第二巻』原典p. 178脚注，訳書218頁注参照。「法廷弁護士」はナサニエル・エリソン（同原典p. 202脚注，訳書249頁注参照）。「くだんの殿方」はナサニエル・ベイツ。「果たし状」については同原典p. 202脚注，訳書249頁注，並びにp. 211脚注，訳書260頁注参照。「妹御」はハーネスのために家政を切盛りしていた唯一の妹メアリ（1801生）。

T. J. ウーズリ宛　1842年11月8日付*

デヴォンシャー・テラス。1842年11月8日

拝復

芳牘を賜り篤く御礼申し上げると共に是非とも御要望に応じさせて頂きたく――無事にお届け致す機会あり次第。

「フレイザー書評」の噂は耳に致しましたし，執筆者の心当たりもあります――蛇足ながら，親身に思いやり深く接して参ったつもりの。ほんの因みに。

敬具

チャールズ・ディケンズ

T. J.ウーズリ殿

（注） トマス・ジョン・ウーズリについては『第一巻』原典p. 526，訳書671頁参照。「御要望」は恐らく『探訪』献本。「フレイザー書評」は『フレイザーズ』（42年11月号）掲載『探訪』匿名書評。書評家は終始，他の如何なる書評にも劣らず辛辣かつ攻撃的な論調を崩さず，本作をこれまで出版された英国人による紀行の単なる卑小な「蒸し返し（レショフェ）」にすぎぬと評し，わけても『ブラックウッズ』（42年12月号）掲載書評におけるウォレン同様（フェルトン宛書簡（12月31日付）注参照），イングランドの国会と政体への侮蔑的言及，並びに英国大学とマサチューセッツ州ケンブリッジとの忌まわしき比較を慨歎する。他の英国誌における『探訪』書評についてはフェルトン宛書簡（12月31日付）注参照。フェルトン宛書簡（12月31日付）で「惨めな奴。赤貧洗うが如き失意の男」として言及されている「執筆者」の名をディケンズは終に明かさないが，彼が「親身」に心を砕いた覚えのある人物として考えられる『フレイザー』三文寄稿家はマクリ

ースの義兄P. W. バンクス（『第一巻』原典p. 160脚注，訳書200頁注参照）とE. V. キニーリ（『第一巻』原典p. 337脚注，訳書422頁注参照）の二名か。

チャールズ・バラム宛［1842年11月8日？付］

【次書簡に言及あり。日付は恐らく同日。】

（注） チャールズ・フォースター・バラム（1804-84）はトルアロー在住，王立コーンウォール診療所医師（1837-73）。著書に『トルアロー町における労働階層の衛生状態報告』［1840］。サウスウッド・スミス宛書簡（10月22日，26日付）注参照。

サウスウッド・スミス博士宛　1842年11月8日付

ヨーク・ゲイト。デヴォンシャー・テラス1番地

1842年11月8日

拝啓

小生コーンウォールより戻ったばかりにて。結局，貴兄のお手紙は届けませんでした。スタンフィールドとマクリースと，もう一人友人と一緒だったため，已むを得なくならぬ限り，お届けすまいと心に決めていたもので――お気の毒な博士が恰も四方から攻囲されているような気になられてはと。

小生見たいものは全て見果しましたが，蓋し，素晴らしい海岸に違いなく。バラム博士には小生からも一筆添えて芳牘をお送り致した所です。御高配賜りましたこと，恰も博士に気も狂れんばかりに御迷惑をおかけしたに劣らず篤く御礼申し上げます。

敬具

チャールズ・ディケンズ

サウスウッド・スミス博士

（注） 「もう一人友人と」とフォースターの名を伏せている点は不可解。ディケンズはサウスウッド・スミス宛書簡（10月22日付）でもコーンウォールへ「友人二，三名」と行くとしか説明していない。

ダニエル・マクリース宛　1842年11月9日付*

1842年11月9日。水曜

親愛なるマック

今日は祝日——ロンドン市長就任式日——です。共に祝そうと誓い合ったかと。よもやお忘れでは？　さあ剃刀を当てて。直ちに伺います。

不一

CD.

文学基金協会宛　1842年11月12日付*

リージェンツ・パーク，ヨーク・ゲイト

デヴォンシャー・テラス1番地。1842年11月12日

拝啓

「エヴリデイ・ブック」を始め同様の作風の他の書籍の著者たる故ホーン殿の極貧の寡婦と遺児を支援すべく尽力している諸兄の委員会の一員とし，小生，遺族の苦境に是非とも御高配賜りたく存じます。

無論ホーン殿御自身が一再ならず，諸兄がその業務を司っておいでの映えある協会の支援を受けていらしたのは存じています。にもかかわらず，寡婦と遺児の訴えがくだんの状況によりて御賢察においていささかたり弱められまいことも，諸兄が小生同様，罪無き陽気な「文学」なる宝庫への氏の貢献は御遺族の困窮に喘ぐ身をもって，追懐に価すると感じておいでのことも，重々心得ているつもりであります。

末筆ながら小生自身，並びに本件において小生と共に行動しておいでのくだんの他の殿方に成り代わって申し添えさせて頂けば，忝くもホーン夫人に賜るやもしれぬ如何なる額の寄附であれ最善の使途に用い，その充当においては叶うことなら，寡婦が末永き恩恵と援助に浴せるよう細心の注意を払わせて頂きたく。

敬具

チャールズ・ディケンズ

文学基金協会御中

（注）「文学基金協会」については『第一巻』原典p. 283脚注，訳書356頁注参照。「諸兄の委員会」において，ホーンの昔ながらの親友クルックシャンクがメンバーであったのは確かだが，他の委員については不詳。第二段落ホーンは「映えある協会の支援」を34年2月には£30，40年12月には£40，受けている。「寡婦」旧姓セアラ・ジョンソン(1781-1864)は1800年7月ホーンと結婚，十二子を設け，内九子が存命だった。寡婦は£50支給される（ブルーイット宛書簡（12月15日付）参照）。

オクタヴィアン・ブルウィット宛　1842年11月12日付*

デヴォンシャー・テラス。1842年11月12日

拝啓

同封の書状を次回集会にて委員会に御呈示の上，結果をお報せ頂けましょうか？

敬具

チャールズ・ディケンズ

O. ブルウィット殿

バーデット・クーツ嬢宛　1842年11月12日付

デヴォンシャー・テラス。1842年11月12日

親愛なるクーツ嬢

忝き芳牘を今しも新作の想を練り筋を考える苦悶の最中（さなか）受け取りました。くだんの途轍もなき過程の段階ともなれば，小生常々額を鬱々と叩きながら家中をウロつき回り，然に凄まじく機嫌が悪く，むっつり塞ぎ込んでいるものですから，如何ほど太っ腹な者ですら小生が近づくだに飛んで逃げます。かようの折には郵便配達人にしてからが玄関扉をおずおず弱々しげにノックし，版元は必ずや二人連れ立ってお越しになります，小生が唯一の闖入者に襲いかかりざまその差し出がましき御尊体を危めにかかっては大変と。

もしやかようの状況の下，お目にかかりに伺えば，貴女はせいぜいものの二時間で小生をお払い箱になさりたいとお思いでしょう。が小生忝き御招待のお言葉に甘えたいばっかりに，敢えてくだんの不面目の危険をも冒しましょう，目下は小生必ずやその場に居合わさねばならぬというのでなければ。二十か月間続くことになる作品に取りかかるに当たっては，小生が直接監督に当たらねばならぬ些細な注意事項がそれはその数あまたに上るものですから，小生絶えず見張りに立たねばならず，冗談抜きで付け加えさせて頂けば，書斎に幾日も唯の一語も書けぬまましぶとくむっつり閉じ籠もりでもせぬ限り，緒に就くことすら叶いますまい。

との謂れをもって，意志強固にして有徳のホゾを固め，自らと妻に御提案の大いなる愉悦を禁じざるを得ません。実の所心誘われ，躊躇えばこそ，今の今まで芳牘に御返事致せずにいたほどです。が日一日と経つにつれ，辛抱強く不快を忍ぶ，より強かな謂れが生ずるばかりです——己(おの)が陰鬱と孤独より何か滑稽な（或いは心づもりとしては滑稽な）代物が直ちに立ち現われるよう。

小生が第一分冊を書き終えても依然（さらばすこぶるのん気に筆を走らせていましょうから）目下の隠処にお見えなら妻共々是非とも一日二日お邪魔させて頂きたく。それまでは妻もくれぐれもよろしくお伝えするよう申しています，してもしやケンブル嬢の晩のいつなりコヴェント・ガーデンの枡席をお貸し頂けるなら忝い限りとも。

つゆ変わることなく親愛なるクーツ嬢

匆々

チャールズ・ディケンズ

現況の下(もと)果たしてメレディス嬢と如何に議論を戦わせたものか皆目見当もつきません。

（注） 冒頭「新作」は未だ表題は定まっていなかったものの（次書簡参照），『探訪』初版と『アシニーアム』（10月29日付）にほぼ同じ文言で以下のような広告が掲載されていた——「ディケンズ殿による新作。『ボズ』著英国の生活と風習の新たな物語第一分冊1843年1月1日1冊1シリングにて発刊予定。二十分冊で完結，各号，腐食鋼版刷り二

枚の挿絵入りにて」。「英国の生活と風習」の強調は自づとアメリカの場面への期待を排除することになるが，結局読者は双方を享受する。ディケンズは『探訪』を書き終え（恐らく10月10日。同日付フォースター宛書簡注参照），『チャズルウィット』執筆に取りかかるまでにほとんど一月近い休暇を取っていた。彼は12月8日までには第一分冊を仕上げていない（同日付フォースター宛書簡参照）。アデレイド・ケンブルはその折英語版ロッシーニ作『セミラーミデ』とドメニコ・チマロサ作『秘密の結婚（イル・マトリモニオ・セグレート）』に同時出演していた。追而書きメレディス嬢の「議論」好き——ローザ・ダートル（『コパフィールド』）を彷彿とさす——はクーツ嬢との文通の定番ジョーク（『第二巻』原典p. 168脚注，訳書206頁注参照）。

ジョン・フォースター宛［1842年11月12日付］

【F, IV, i, 290に抜粋あり。日付はフォースターによると11月12日。】

終に，これなるは新作の表題なり。なくさないでくれ，写しを取っていないから。「マーティン・チャズルウィッグの人生と冒険，その一族，友人，敵手。彼の意志，流儀を余す所なく伝える。彼が何を為し，何を為さなかったに纏わる史料込みの。総体としてはチャズルウィッグ家を解き明かす完璧な虎の巻を成す。」

（注）本状がコーンウォールから帰って自分へ宛てた初めての手紙である，とフォースターは記す。「表題と筋立てですら旅行中には依然，くだんのコーンウォールの情景の直中にて幕を開けたいとのためらいがちな願望故に定まっていなかった［（フォースター宛書簡（8月初旬，9月16日付）］。がこの意図は今や最終的に放棄され，読者はコーンウォールの灯台ないし鉱山がウィルトシャーの村の鍛冶場にすげ替えられたからとて何一つ失うものはなかった」（F, IV, i, 290）。ファーストネーム「マーティン」に関しディケンズには当初より何ら迷いはなかったが，姓については小さなスリップにチャズルウィッグ，チャズルボッグ，スウィーズルバック等数候補が走り書きされ，最終的にチャズルウィッグとチャズルウィットに絞られた。『アシニーアム』（11月26日付）以降宣伝文は「チャズルウィッグ」を「チャズルウィット」に変更し，若干の追加を施した上ほぼ原案通りで掲載される。

トマス・フッド宛書簡　1842年11月12日付†

デヴォンシャー・テラス。1842年11月12日

親愛なるフッド

[a]一体如何で「ニュー・マンスリー書評」に歓喜せずにいられましょう？ 一体如何でこと海賊共に関せば，こん畜生らめと，小生の現ナマと小生の才気なら（とは如何ほどのものでもないにせよ）貴兄御提案の協会のお役にいつでも立てて頂きたくと啖呵を切らずにいられましょう？　著述家をさておけば如何なる同士であれかようの組織ならばとうの昔に設立していたろうものを。[a]

はっきりとした数字では（如何様に100万を越えたものかしかと記憶していないだけに）療養所寮母職志願者数（サナトリアム・メイトロンシップ）は申し上げられませんが，もしやお宅の坊やに庭の苗床にて数字を辿るに正面の壁から始め，クリケット場へと下りて行き，またもや壁へ戻り，隣家へと繰り越して頂き，それから熟練会計士に総数を合計させれば，〆て，と学監補佐の宣う如く，お望みの解が得られようかと。――小生（その方の能力を確信すらばこそ）エッジワース嬢の近縁の方を支援する旨誓いを立てたばかりです。さなくば申すまでもなく如何ほど喜んで貴兄の如何なる御要望にとて与していたろうことか。

我々御指定の如何なる夕べにとて是非ともお伺いさせて頂きたく。[b]小生今しも新たな曳き具の苦悶に苛まれている最中（さなか）にして，鬱々と額を叩きながら家中をあちこちウロつき回っています――妻と子供達をびっくり仰天させもすれば，ちんちくりんの小犬の怖気を奮い上げさせてもいることに。[b]

敬具

チャールズ・ディケンズ

トマス・フッド殿

（注）aa，bbは従来未発表部分。フッドは手紙で，先達て『探訪』成功への祝意を表すべくデヴォンシャー・テラスを訪ねたが，いずれにせよN. M. M.書評がお気に召さぬことはあるまいと伝えていた。ディケンズが「歓喜」したのはフッドによる，『ニュー・マンスリー・マガジン（N. M. M.）』掲載『探訪』書評。そこにてフッドは「その心のまっとうな場所にあり，その頭のまっとうならざる場所にはなく，その手の描写に長けた作家」の教示を仰ぎたいと望む読者に，本書は何一つ失望をもたらすまいとの評を寄せていた（『ニュー・マンスリー』LXVI，396-406）。「海賊共」はフッドの「ホリウェル・ストリートから宣伝されているバズ著『アメリカ探訪』は――無論剽窃なり」の件（くだり）を踏まえて。〔ホリウェル・ストリートは古着呼売り商で名高い荒屋横丁。〕「現ナ

マ」の原語 "blunt" は即ち "blunt sword"。俗語で「現金 (ready money)」の意。〔「才気 (sharpness) は "blunt" の原義「鈍い」との懸詞。〕フッドは追而書きで違犯者を直ちに取り締まるべく組織された，著者・書籍商等の寄附による基金――「剽窃抑止文学協会」設立が急務であろうと述べていた。第二段落「お宅の坊や」は当時七歳のトマス。「クリケット場」は〔ロンドン，メリルボーンにある〕ロードクリケット競技場。フッドはセント・ジョンズ・ウッド，エルム・トリー・ロード17番地に住み，クリケット場が眼下に収められた。エッジワース嬢の「近縁の方」は姪ギボンズ夫人（ミトン宛書簡（11月18日付）注参照）。フッドは他に心づもりがなければ，友人医師ウィリアム・エリオットの友人「K夫人」立候補を支援するよう要請していた。第三段落ディケンズ夫妻がエリオット夫妻等々と会うべく招かれていた「夕べ」は12月6日に決定（フッド宛書簡（11月30日付）注参照）。

W. C. マクレディ宛　1842年11月12日付

デヴォンシャー・テラス。1842年11月12日土曜

親愛なるマクレディ

貴兄は毎日，劇場への行き帰りに拙宅を通りすがっておいでのはず。通りがかりにいつか――ほどなく――お立ち寄り頂ければ幸いです，御提案したき一件についてゆっくり検討なされるよう。マーストンの劇について思いを巡らせば巡らすほど，「前口上」――趣旨に適った――は劇そのものに資する所大であろうと感ずるばかりか，初演の晩の如何なる覚束無い点の命運をも左右しようと勝手に決めつけている次第にて。さて小生とある想を（書面で説明するはお易い御用どころではないものの，口頭ならば五語で片のつこう）得ています――さらば前口上から前口上お定まりの衣裳を――悉く――剝ぎ取り，幕を一気呵成に開け――劇を玄翁の強かな振りもて始められようという。もしや熟慮の末，一理あるとお思いならば，誠心誠意「前口上」を執筆させて頂きたいと存じます。

敬具

チャールズ・ディケンズ

W. C.マクレディ殿

（注）　ジョン・ウェストランド・マーストン（1819-90）は詩人・劇作家。1842-69年に上

演された十四作の内七作は韻文悲劇・史劇。「劇」はマクレディに謹呈された処女作五幕物(もの)韻文悲劇『総督の娘』(1841)。42年に上演用改訂増補版が出る。上演に際しマクレディは場面設定が1842年であることからも，劇に「徹して同時代的写実主義(リアリズム)の詳細」を纏わすべく腐心したという。ディケンズはフォースター或いはマクレディから新機軸の試みについて聞き及んでいたのみならず，マーストンに『ジェラルド他詩集』(42年10月刊)を献本されていた。悲劇(マクレディのシーズン初の新作)はドゥルアリー・レーンにて12月10日から43年1月20日まで十一回に及び上演。「劇そのものに資する所大」とは即ち「観客に同時代の設定を予期さすことにて」の意。劇は観客，雑誌双方の好評を博し，わけても『イグザミナー』(12月17日付)掲載(恐らくフォースターによる)劇評は演出，舞台装置，演技と併せ，「観客に自ら足を運んだものの意図と趣意を印象づける」前口上を激賞する。片や『モーニング・ポスト』は劇と「気の抜けた」前口上を共に批判。『マンスリー・マガジン』掲載劇評についてはマクレディ宛書簡(11月25日(午後)付)参照。43年12月エディンバラ，王立劇場(ヘレン・フォーシット主演)で上演された際には大成功を収め，『シアトリカル・ジャーナル』(12月9日)はロンドンでは正当な評価を得なかった旨遺憾の意を表明する。ディケンズの「前口上」執筆の申し出は，クーツ嬢宛書簡(11月12日付)に綴られた現況に照らせば矛盾があるが，最初の草稿は二週間で仕上げられる。〔英雄詩体二行連句(ヒロイック・カプレット)四十八行よりなる「前口上」全文は「ウェストランド・マーストン作『総督の娘』(1842)前口上(マクレディ氏)」(拙訳『ボズの素描滑稽篇他』512-3頁)参照。〕

ペインター夫人宛　1842年11月12日付

リージェンツ・パーク。ヨーク・ゲイト
デヴォンシャー・テラス。1842年11月12日

親愛なるペインター夫人

忝き芳牘並びにＡ卿からの同封の書状を賜り篤く御礼申し上げます。書状は何卒返却させて頂きたく。拙著「探訪」において言及している記念碑はウルフとモンカルム両者のために建立されているそれにして，小生が両大国に付き付きしいと呼んでいるのは仏国民と英国民の寄附によって建てられたからに外なりません。小生拙著にて述べている謂れ故に，カナダの話題に立ち入っていませんし，詳述したいとも存じません。よって御親切にも兄上から入手して下さろう如何なる情報も，たとい如何ほど定めて貴重やもしれまいと，小生にとりては無用でありましょう。

生憎新著のための準備に我が移動力は南京錠を下ろされ，かくて小生しばらく自宅にしっかと閉じ籠もらざるを得まいかと。もしやバースに赴けば，彼（か）の地におけるいつぞやの夕べの然に愉快な思い出と，貴女とペインター嬢に再びお目にかかりたき然にひたむきな願いのあるだけに，必ずやくだんの近寄り難き丘を一気に駆け登りざま，玄関扉につられて通りが端から端までワンワン鳴り響こうほど陽気なダブルノックをくれて進ぜましょう。

妻がくれぐれもよろしくお伝えするよう申しています，併せて小生からも何卒ペインター嬢に御鶴声賜りますよう。

匆々

チャールズ・ディケンズ

（注） ソフィア・ペインターについては『第二巻』原典p. 107脚注，訳書130頁注参照。冒頭「A卿」は第五代エイルマー卿，マシュー・フィトワース-エイルマー（1775-1850）。ペインター夫人の異母兄。カナダ総督（1830-5），歩兵第十八連隊長（1832），陸軍大将（1841）。モンカルム侯爵，ルイ・ジョウゼフ（1712-59）はカナダ軍事指令官。ケベックにてジェイムズ・ウルフ英将軍（1727-59）同様，戦死。「記念碑」はケベック郊外アブラハム高原の戦いを記念して築かれた（『探訪』第十五章〔拙訳書214-5頁〕参照）。「拙著にて述べている謂れ」とは即ち「合衆国の社会的様相とカナダにおける英国領土のそれとの比較」は差し控えたいとのそれ（同上章〔拙訳書207頁参照〕）。ディケンズの概説は確かに簡潔だが，要約において，彼はアメリカ批判に次いで畢竟「比較」たる――カナダの公的感情と私的投機の「健やかにして穏やかな状態」や「公の定期刊行物の品格と徳性」（同上章〔拙訳書217頁参照〕）――に触れずにいられなかったと思われる。片や彼評する所のトロントの「狂おしく過激なトーリー党主義」についてはフォースター宛書簡（5月12日付）参照。第二段落「いつぞやの夕べの然に愉快な思い出」については『第二巻』原典p. 37脚注，訳書41-2頁参照。ペインター嬢については『第二巻』原典p. 106脚注，訳書130頁注参照。「もしやバースに赴けば」との仮定に関し，ディケンズは10月におけるフォースターとの二度に及ぶバース訪問（サーモン宛書簡（10月22日付）注，サウスウッド・スミス宛書簡（同日付）注参照）には敢えて言及していない。末尾「妻がくれぐれも」の件（くだり）からして，キャサリンはペインター家がロンドンを訪うた何らかの機会に夫人と会っていたと思われる（40年2月のバース訪問の際には，ディケンズに同行していないだけに）。

［A. T. ］トムソン夫人宛　1842年11月12日付*

デヴォンシャー・テラス。1842年。11月12日土曜

親愛なるトムソン夫人

定めし，御関心を寄せておいでの御婦人に喜んで一票投じていたろうものを，もしや既にエッジワース嬢の近親の方にして，それ故，配慮と敬意を払って然るべき別の候補者を（その才能を確信すらばこそ）支持する誓いを立ててでもいなければ。

匆々

チャールズ・ディケンズ

トムソン夫人

（注）　トムソン夫人は恐らくキャサリン・トムソン（『第二巻』原典p. 36，訳書45-6頁参照）。

トマス・ビアード宛　1842年11月15日付

デヴォンシャー・テラス。1842年11月15日

親愛なるビアード

もしも早エッジワース嬢の「姪御」のために共感と関心がごっそり動員されてでもいなければ，（言うまでもなく）君のどんな馴染みのためだろうと喜んで一肌脱いでいたろう，がくだんの御婦人の人物証明書は他のどんな候補者のそれより遙かに素晴らしいばかりか，学舎の就中苛酷な学舎にて優しさと辛抱強さを学んでおいでだ。

もしも雄豚勲爵士（バロウ・ナイト）が肩書きに悖らず，君に休暇を与え賜うなら，週末辺り会えるだろうか。

誰も彼もから他の誰も彼もへくれぐれもよろしく。

目下新作に全くもって――煉瓦よろしく――しゃかりきだ。何故かはさっぱりだが，くだんのお馴染みの準えは妙に（傍点）しっくり来る。

不一

チャールズ・ディケンズ

トマス・ビアード殿

(注) ビアードは然るギルベック嬢のために口添えを求めるW. G.グリーンヒルからの書状をディケンズに送っていた。〔末尾「煉瓦よろしく(“like a brick”)」は「猛烈に」の意の常套句。〕

ジョン・ブラック宛　1842年11月15日付

デヴォンシャー・テラス。1842年11月15日

拝啓

もしや「エブリデー・ブック」の今は亡きホーンの寡婦と遺児のためにささやかな寄附を募ろうとする(小生もその一員たる)委員会より「クロニクル」宛広告が届いたならば,何卒,差し障りなければ,貴紙における一行(ひとくだり)にて注意を喚起して頂けないでしょうか？　遺族はたいそう困窮し,故人はおよそ常人どころではありませんでした。

(注)「15日(Fifteen)」は「14日(Fourteen)」の上に書かれた跡。委員会からの広告は『モーニング・クロニクル』,『タイムズ』,(ホーンの勤めたことのある)『ペイトリオット』のいずれにも掲載されなかった。とある寄附についてはアブレット宛書簡(43年1月19日付)参照。

W. P. フリス宛　1842年11月15日付

リージェンツ・パーク。ヨーク・ゲイト
デヴォンシャー・テラス1番地。1842年11月15日

拝啓

もしやささやかな対(つい)の絵——一枚は(早,物の見事に手がけておいでの)ドリー・ヴァードンと,もう一枚はケイト・ニクルビー——を物して頂ければ忝い限りにて。

敬具

チャールズ・ディケンズ

追而　もちろん例のブレスレットのドリーの原画は売れていると？

（注）ウィリアム・パウエル・フリス（1819-1909）は画家。王立美術院専門学校で絵を学び，ブリティッシュ・インスティテューションに1839年，王立美術院に1840年出展。王立美術院準会員（1845），正会員（1853）。ディケンズ作品愛読者で，常々作中人物に画題を求めていた所，終に『バーナビ・ラッジ』のドリー・ヴァードンで想を得，様々なポーズを手がける。41年8月9日，ディケンズ宛に自作二枚――ブレスレットにうっとり見蕩れるドリーと，木にもたれて笑っているドリー――を近々お見せする機を頂けるか否か問う手紙を出す（H. K.ブラウンが強く奨励していたこともあり）。ディケンズがフリスに会った，或いは返事を認めた形跡はない。本状のディケンズからの要望を受け，フリスはマダム・マンタリーニの仕事場で縫い物をする，上の空のケイト・ニクルビーと，森を駆け抜けながら恋人の方を小粋に振り返るドリーを手がける。絵を見に来たディケンズは「胸中思い描いていた通り」と絶賛，数日後キャサリンとジョージーナ同伴で再訪。フリスに£40（帳簿によると43年8月8日になって初めて）支払う。「ケイト・ニクルビー」のみ後に彫版印刷される。追而書きからして，ディケンズは42年11月までに「ブレスレットに見蕩れるドリー」をロンドンのどこかの画廊で，「笑顔のドリー」は版画試刷（しずり）を，目にしていたと思われる（11月7日付書簡参照）。

ダニエル・マクリース宛　1842年11月15日付*

1842年11月15日火曜

親愛なるマック

ジョンが間違いなく届けられるよう，同封のものに番地を記して頂けますか？――小生彼に，ささやかな対（つい）の絵を画いてもらうよう依頼しました。一枚はドリー・ヴァードン。一枚はケイト・ニクルビー。

今日は一日中さっぱり捗が行きません。そこへもってこの日和，イマイマしいほど塞ぎのムシに祟られています。今晩どこか談話室（サルーン）へでも出かけませんか？　御一緒して頂けるなら，7時半頃伺います。

不一

CD.

（注）「彼」はフリス（前書簡参照）。住所はリージェンツ・パーク，オズナバーグ・スト

リート11番地。〔第二段落「イマイマしいほど（“damnably”）」はマンタリーニ氏（『ニクルビー』）お得意の他意なき罵り言葉。〕

トマス・ミトン宛　1842年11月15日付

デヴォンシャー・テラス。1842年11月15日

親愛なるミトン

申し訳ないがスティーヴンズ夫人のお役には立てそうにない。実は別の，断トツ適格の候補者に肩入れしていた，し今もしている。おまけに早，主義として，これまでどこかの慈善施設と寮母（メイトロン）として関わりを持ったことのある，或いは持とうとしたことのある何者を選出することにも大いなる異を唱えて来た。そんなことでもすれば慈善的な援助の遠く及ばない人々を癒し匿う療養所（サナトリウム）の精神と趣意が丸ごと台無しになっていたろう。

目が回るほど忙しい——が木曜の4時頃立ち寄ろう。

不一

チャールズ・ディケンズ

トマス・ミトン殿

水曜。訂正のためもう一度開封する——木曜ではなく金曜。

（注）スティーヴンズ夫人については不詳。〔追而書き「水曜（“*Wednesday*”）」は本状の日付「15日」即ち「火曜」の翌日の謂。〕

ジョージ・クルックシャンク宛　1842年11月17日付

デヴォンシャー・テラス。1842年11月17日

親愛なるジョージ

次にこちらを通りすがられた際，一つお尋ねしたいことがあります。

敬具

チャールズ・ディケンズ

ジョージ・クルックシャンク殿

（注） 要件は恐らくホーンの遺族支援のための寄附（ブラック宛書簡（11月15日付），クルックシャンク宛書簡（11月24日付）参照）。

W. P. フリス宛　1842年11月17日付

デヴォンシャー・テラス。1842年11月17日

拝啓

何卒，小生のささやかな注文の一件においては御随意にお取り計らい下さいますよう。如何様であれ御自身の予約や見通しに適えば小生にとりても何よりです。

二，三か月前にミッチェルの所でドリーの未完成の試刷（しずり）を見ました。その折はすこぶる順調に捗が行っているように見受けられました。完成した曉には是非とも拝見させて頂きたく。

敬具

チャールズ・ディケンズ

H. P. フリス殿

（注）「試刷（しずり）」は恐らくフリス自身唯一，彫刻を施されつつあるとして言及しているドリー肖像――「笑顔のドリー」。ミッチェルは主に50年代に活躍した彫刻師ロバート（1820-73）ではなく，父親の直刻凹版師ジェイムズ・ミッチェル（1791-1852）と思われる。アトリエはボンド・ストリートにあった。結びの宛名イニシャル「H」は正しくは「W」。

エドワード・モクソン宛　1842年11月17日付

【アメリカン・アート・アソシエーション目録（1935年1月）に抜粋あり。草稿は1頁。日付は「デヴォンシャー・テラス，42年11月17日」。】

某アメリカ詩人から提案されている英国での出版に関して。

何卒くだんの詩集の著者にお送り致せるような御返事を賜り，かくて本件における良心への赦免を手に入れさせて頂きますよう。

（注）「某アメリカ詩人」は目録によるとロングフェローだが，恐らく誤推。ポー宛書簡（11月27日付）――彼の詩集出版の提案に対するモクソンからの返信の転送された――を参照。モクソンとロングフェローは10月に仕事の要件で会談しているため，ディケンズが11月モクソンに「良心」の呵責を覚えつつロングフェローへの手紙を求める理由はない。ただし「詩集（volumes）」の複数形が目録の誤りでないとすれば，ポーではなくロングフェローの著書を指す可能性が高い。モクソンは実の所ポーの作品は一冊も出版していない片や，ロングフェローの『バラッド』と『スペイン人学生』（三幕物（もの）韻文喜劇）は250部，1843年の英国出版用にアメリカで印刷させている。

トマス・ビアード宛　1842年11月18日付

デヴォンシャー・テラス。1842年11月18日

親愛なるビアード

昨日（きのう）は明日（あす）先約があるのをコロリと忘れていた。という訳で，監獄視察は君の次の休日まで繰延べにするとしよう。

不一

チャールズ・ディケンズ

トマス・ビアード殿

（注）「監獄視察」は恐らくコールドバース・フィールズまたはトティル・フィールズのそれ。

ネイアム・ケイペン宛　1842年11月18日付

ロンドン，リージェンツ・パーク，ヨーク・ゲイト

デヴォンシャー・テラス1番地。1842年18日

拝復

忝き芳牘を賜り篤く御礼申し上げると共に，そこにて綴られている内容への賛意を表明させて頂きたく。常々機会あらば必ずや一件に関し，公平に私見を述べて参ったのは正しくくだんの問題が俎上に上せて然るべき人間によりて理解されていない，と申すか十分討議されていないと思われるからに外なりません。同時に小生常々，この点における「正義」はたいそう進んだ社会状態にの

み固有にして，よって貴兄と小生が共に身罷って幾歳(いくとせ)も経ってからでなければ施されまいと感じて参りました。

末筆ながら何卒共同出資者に御鶴声賜りますよう。

敬具

チャールズ・ディケンズ

ネイアム・ケイペン殿

（注） ネイアム・ケイペン（1804-86）はボストンの出版社ウィリアム・B.ファウル＆ネイアム・ケイペンの共同出資者。早くから国際版権を支持，国会への請願書数通に署名すると共に，ウェブスターとクレイへ建白書を送付。ヨーロッパ旅行中（1835-6年）に病院，学校，盲人施設等を見学，帰国後，国民教育のために尽力する。「くだんの問題」は即ち国際版権。

フレデリック・ディケンズ宛　1842年11月18日付

デヴォンシャー・テラス。1842年11月18日

親愛なるフレッド

日曜は予定があるので，出来れば火曜に寄ってくれないか。だったらアルフィントン引っ越しがらみでどんなホゾを固めたか言ってやれそうだ。

不一

CD.

フレデリック・ディケンズ殿

（注）「アルフィントン引っ越し」についてはバーネット夫人宛書簡（10月14日？付），ロンドンへの転居計画についてはミトン宛書簡（12月7日付）参照。

L. ホスキンズ宛　1842年11月18日付

【N, I, 490に言及あり。】

（注） ホスキンズについては不詳。

トマス・ミトン宛　1842年11月18日付*

デヴォンシャー・テラス。1842年11月18日

親愛なるミトン

療養所（サナトリウム）での集会は，昨日開かれるはずだったが，今日に延期になった。という訳で（君は明日の午後街を発つことになっているなら）約束は月曜まで繰延べにしよう。

不一

チャールズ・ディケンズ

トマス・ミトン殿

（注）「集会」において100名近い候補者から委員会は満場一致でマライア・エッジワースの姪ギボンズ夫人を選出（トマス・ミトン宛書簡（12月27日付）参照）。

ブラッドベリー＆エヴァンズ両氏宛　1842年11月19日付*

デヴォンシャー・テラス。1842年。11月19日

拝啓

何卒，持参人伝（づて）「チャズルウィット」ちらしを1ダースお届け頂きますよう。

敬具

チャールズ・ディケンズ

ブラッドベリー＆エヴァンズ殿

W.C. マクレディ宛　1842年11月22日付*

デヴォンシャー・テラス。1842年11月22日火曜

親愛なるマクレディ

以下二点について，拙宅の地所宛なまくらな矢を放つ代わり，（邪教ならぬ）キリスト教徒経営者らしく，小生の蒙を啓いて下さいますよう——二点にかけては某か御教示賜らねばならず，さなくば一件に思いを致すこと能いません。

まずもって，如何様な場面を持って来るおつもりでしょう？　次いで，いつそれを示すおつもりでしょう？　前口上における小生の合図（キュー）で，それともアンダーソン登場と共に？　もしや貴兄の玄関（ホール）ケルベロスが訪米中小生のことをすっかり忘れてしまってでもいなければ，自ら足を運び，くだんの問いを吹っかけていたろうものを。然にあらざるからには小生，トップ・ブーツの代理人にてお待ち申し上げ，是非とも直ちに疑念を晴らして頂きたく。

敬具

チャールズ・ディケンズ

W. C.マクレディ殿

（注）「一件」は『総督の娘』前口上（マクレディ宛書簡（11月12日付）参照）。幕開きはリンターン城の書斎。「小生の合図（キュー）」とは即ち「前口上における劇的場面の瞬間」——マクレディは明らかにこちらを選択。ジェイムズ・ロバートソン・アンダーソンについては，『第一巻』原典p. 475脚注，訳書603頁注参照。この時点でディケンズは彼が主人公モードーントを演ずると思っていたらしいが，（原作者）マーストンはマクレディにアンダーソン（彼より遙かに若い）と彼自身の二者択一を求められると，即座にマクレディを選ぶ。アンダーソンは主役のみならず前口上の役まで降ろされたと苦々しく述懐するが，マクレディは片や（『日誌』によると）主役を外されたアンダーソンが前口上役まで拒んだため急遽台詞を覚えざるを得なかったという。「アンダーソン登場と共に」とは即ち，「劇そのものの初めで」の謂。こちらの選択をすれば幕は前口上の最終行「汝ら自身，役者にして，汝らの屋敷こそは舞台」の直後に開いていたろう。この一行が前口上の絶頂（クライマックス）として却下されると，ディケンズは後に「汝らの屋敷こそは舞台。ここにては，汝ら自身こそ役者」と若干の変更を加え，『チャズルウィット』の題辞（モットー）として用いることを思いつき，主人公の名の覚書き（フォースター宛書簡（11月12日付）注参照）のとある頁の下方に走り書きをする。がフォースターの忠言を受け思い止まる（F, IV, ii, 311）。〔「（玄関（ホール））ケルベロス」はギリシア神話で「地獄の門の番犬」。そこから「厳重な門番」の意。〕「トップブーツの代理人」は馬丁トッピング。よって持参人に返答を待たすの謂。

ジョージ・クルックシャンク宛［1842年11月24日付］*

【便箋の上部にクルックシャンクの筆跡で「拝啓。ディケンズ殿から以下の短信をただ今拝受——。敬具。ジョ・クルックシャンク。42年。11月24日。8時。ウェスト博士」のメモ。日付はそこからの推断。】

デヴォンシャー・テラス。木曜夕

親愛なるジョージ

今日の昼下がりに漸うクーツ銀行から返事が来ました，ちょうど貴兄の所へ遣いをやろうとしていた矢先。――喜んで寄附を預かりたいとのことです。

敬具

チャールズ・ディケンズ

ジョージ・クルックシャンク殿

（注）「寄附」はホーン夫人支援基金（ブラック宛書簡（11月15日付）参照）。

ヘンリー・バーネット宛［1842年11月25日付］

【ヘンリー・バーネットのF. G.キトン宛書簡（88年12月19日付）に言及あり。日付はバーネットによる。】

バーネットのために署名した手形を受け取った由伝えて。

（注）バーネットは本状と共に，ディケンズから自分と妻ファニーが受け取った他の手紙をキトンへ『チャールズ・ディケンズ，その生涯，著述，個性』（1902）執筆のため送付する際，その折の状況を以下の如く審らかにしていた――「舞台を下り（『第二巻』原典p. 37脚注，訳書43頁注参照），マンチェスターへ引っ越そうと決断したが，転居と転職には出費が伴い，ディケンズが100ポンド貸してくれることになった。が六か月間の手形〔明らかに，訪米前に作成された日付のない手形〕にサインするのが最適と思い直したようだった」。バーネットは1841年マンチェスターへ移り住み，歌唱教師として新たな人生を歩み始める。ファニーと共に公開音楽会で歌うこともあったが，42年末までにはラッシャム・ロード会衆派教会の信徒となっていた。

W. C. マクレディ宛［1842年11月25日付］*

【日付は明らかに，マクレディから幕開きの場面は何か，「それを示す」のはいつか（マクレディ宛書簡（11月22日付）参照）に対する返信を受け取った後の「金曜」。】

デヴォンシャー・テラス。金曜朝

親愛なるマクレディ

同封のものにおいて某か字句上の変更を加え，「書斎」の顕現の後に新たに三行，最初に書いた三行の代わりに，持って来ました。我ながら，筆を加えた甲斐があったのではなかりましょうか。

「寓意的絵画」の着想に思いを巡らせた後で，貴兄にも再考をお願いしたいと考えるのはいささか遅きに失すでしょうか？　仮に額縁には当初，内側に何かぼんやりとした下地しか描かれていないとすれば，例えば黒い鏡のような——

敬具

CD.

（注）「字句上の変更」は具体的には“Harp”を“song”，“strains”を“chords”への変更，並びに第三十七行目における“breeds”と“engenders”の置換を指す。「書斎」顕現後の三行「『陽気』が然に長らく掲げている書の中に繙けよ／最も瑞々しき人生の花の咲く所にも／最も棘々しきイバラは生い茂ると得心し」は「して『真理』と『虚偽』は手に手を取り／物の怪じみた抱擁の内に，丘上の祭壇を歩む／当世風双面のヤヌスたりて」と書き改められる。

W. C. マクレディ宛［1842年11月25日付］*

【日付は明らかに前書簡と同じ。『日誌』によると，マクレディはディケンズの朝の手紙を受け取るや外出前に返事を認めた（いずれも持参人伝(づて)）。午後の手紙の「ヴェールの掛かった絵画」は午前のそれにおいて「寓意的絵画」の代替として提案されていたものに違いない。次週金曜までには，アンダーソンは最早前口上に関わっていなかった。】

デヴォンシャー・テラス。金曜午後

親愛なるマクレディ

前口上がお気に召して何よりです。のみならずまずもって「ヴェールの掛かった絵画」の着想も。恰好の，謎めいた，ばかりか主題にしっくり来る素朴な代物のように思われます。

「喧騒(クランガー)」の方が遙かに相応しい言葉です。奇しくも今日，そんな気がしていました。

劇場の方へ一，二度（御指定の時間に）伺い，実際の場面を耳にし目にしたいと存じます。その折もしやどの言葉であれ耳障りだったり，アンダーソンに差し障りそうなら，申すまでもなく小生自身ではなく貴兄のお気に召すよう書いているのですから，喜んで変更致します。

マーストンが昨日拙宅へ見え，お尋ねになります。「前口上の著者として小生の名を使って好いかどうか？」——小生はお答えします。「ええ，そうなさりたければ」——彼はするとお尋ねになります。「劇の改訂版と一緒に，前口上を出版して好いかどうか？」そこでまたもや小生は申し上げます。「ええ」——がいずれの案件も貴兄の御意見・御要望次第です，それこそが小生の意見・要望に外ならぬからには。[a]前口上は新鮮なままに，して台本からは外しておき，当日のビラにおいてのみ触れる方が賢明かもしれません？　はて？[a]

敬具

CD.

（注） 前口上三行目「喧騒（クランガー）」の原語“clangour”が恐らくはディケンズの合意を得た後（のち）マクレディにより“clamour”の上に鉛筆でかすかに追記されている——ただし清書においては“clamour”のまま。片や『サンデー・タイムズ』（12月11日付）掲載「前口上」原文（恐らくはマクレディの写しに基づく）では“clangor”の表記。1842年版三版の内初版（初演前日の12月9日刊）においてマーストンはディケンズに「自発的好意」による前口上執筆への謝辞を述べながらも，前口上そのものは印刷されなかった。『マンスリー・マガジン』（43年1月号）は「感傷小説の域を出ない」劇そのものと併せ，「作者ディケンズの後ろ楯風（かぜ）」の窺われる前口上の欠如を手厳しく批判した上で，後者を全文掲載。aaは明らかに後からの気づき（アフター・ソート）として，段落の最後に割り込むような形で記入。

ジョン・フォースター宛［1842年11月25日付］

【F, IV, i, 291に抜粋あり。日付はフォースターによると11月25日。マクリース宛書簡（11月26日付）によっても裏づけ。】

ブラウニングの劇を読んだせいでとことん悲しみに打ち拉がれている。主題には愛らしく，真実の，感銘深きもの以外，こよなく気高き情動と，こよなくひたむきな感情と，こよなく真（まこと）にして優しき関心の源で満ち溢れたもの以外，何物かあると言うは，太陽に光がなく，血潮に熱がないと言うも同然だ。劇には天分と，自然かつ偉大な思想が横溢し，その力強さにおいて深遠，ながら素朴で美しい。ぼくはあの，ミルドレッドの繰り返す台詞「わたしはたいそう若く――わたしには母がいませんでした」ほど胸を打つものを何一つ，これまで繙いた如何なる書においても何一つ，知らない。かようの愛は全く，かようの情熱は全く，かようの，素晴らしきものの着想通りの塑造は全く，知らない。のみならずこの悲劇は何としても上演されねばならぬ，わけてもマクレディによって演じられねばならぬ，ときっぱり言おう。叶うことなら手を加えていたろうものもないではないし（極めて些細な，大半は途切れがちな台詞だが），老僕には舞台の上で昔語りを始めさせ，幕開きと同時に主人によって喉元を絞め上げられるか剣を突きつけられるかさせていたろう。がこの悲劇を金輪際忘れることも，記憶がいささかたり薄れることもあるまい。してもしやブラウニングにぼくが劇を読んだ旨伝える機会があれば，かようの作品を物せる男はこの世に誰一人（あの世にとてさほどは）いまいと心底信じている旨伝えて欲しい。――マクレディは朱を入れた前口上を大いに気に入っている。

（注） 冒頭「ブラウニングの劇」はブラウニング四作目の劇『家紋の名折れ』。マクレディとフォースターは彼の『パラケルスス』(1835) を早くから讃歎していた。ただしマクレディは『日誌』によると，新作悲劇を41年9月に通読したものの，ドゥルアリー・レーン初シーズン (1841-2) のために取り置いていた。ブラウニングは42年4月，フォースターの貸間から，彼に決断を求める手紙を書き，同作は11月までには不承不承にせよ再検討されていた。フォースターは『名折れ』草稿を，恐らくはマクレディの「剣呑な」テーマへの当然の懸念を払拭すべく内々にディケンズ宛送っていたと思われる。ミルドレッドの台詞――「わたしはたいそう若く――あの方をそれは心から愛していました――わたしに母はなく――神はわたしを見捨てられ――かくてわたしは堕ちました」は草稿では四度(よたび)，刊行された原文では三度(みたび)，繰り返される。マクレディは12月13日までには上演を約していた。その後の彼自らの幾多の変更の提案――主演の配役を含め――紆余曲折を経て，初演 (43年2月11日) は大成功を収めるが，その後，観客動員数減少のため15日，17日の二晩の上演をもって打切りとなる。細部に至るまでの様々な意見の食い違いからブラウニングとマクレディの間には亀裂が生ずるものの，ディケンズとフォースタの二人との関係は変わらなかった。ただしディケンズは初演の晩は（恐らく意図的に）観劇せず（フォースター宛書簡 (2月12日付) 参照）。「老僕」はジェラード。第二幕第一場に関するディケンズの提案は（妥当にも）採用されず，原作通り主人

公（トレシャム）が聞きかじりの物語を彼に問い質す。末尾「もしやブラウニングに……」の仮定は実現に至らず，フォースターはマクレディとブラウニングの軋轢の悪化を懸念してか，彼にディケンズの賛辞を伝えなかった――1872年に抜粋を目にしたブラウニングの少なからず憤慨したことに。ただし常々ブラウニングに好意的だったフォースターに他意はなく，ディケンズの賛辞自体1848年，サドラーズ・ウェルズにおけるフェルプス上演劇評で引用された時点で周知となっていた。よってブラウニングの「憤慨」はその後（およそ67年以降）のフォースター自身との不和が主因と思われる。『総督の娘』の「朱を入れた前口上」については前，前々書簡参照。

ウィリアム・マーティン宛　1842年11月25日付

【N, I, 491に目録典拠からの抜粋あり。日付は「42年11月25日」。】

誠に遺憾ながら，アイザックス嬢のために申し出られている御要望に応ずること能いません，のは，誓って，くだんの若き御婦人の立場或いは高潔な努力に無頓着だからというのではなく，ただ小生日々刻々と申しても過言ではなかろう如く，同様の志願者へお断りを返さざるを得ぬからというので――皆様に劣らず，小生にとりて辛き定めたるに。

（注）　ウィリアム・マーティン，アイザック嬢は共に不詳。「御要望」は草稿一読のそれか。

ダニエル・マクリース宛　1842年11月26日付*

【草稿は「親展」（1954年12月プレストウィック航空事故にて破損）。】

1842年11月26日。土曜朝

親愛なるマック

果たしていつデヴォンシャー・テラス1番地をお訪ね頂けるものやら，もしやデヴォンシャー・テラス1番地が貴兄をお訪ねせぬとあらば。

昨日は外食，一昨日は在宅でした。

「愛妻商会」は（恐らく小生が「愛への愛（ラブ・フォア・ラブ）」なる話題を蒸し返さぬのに御立腹で）今晩はマクレディ夫人の密やかな祭壇に贄たる我が身を供することにな

っています。我々は如何致しましょう？　貴兄が拙宅にて5時にディナーを召し上がるか，それとも二人してどこか他処で5時にディナーを認めるか？　ここにお立ち寄り頂けましょうか，それとも小生がそちらへ伺いましょうか？　小生先日貴兄の炉棚飾りの上にくだんのトラファルガー広場の「飲み友達の誼の墓」への今晩の召喚状が載っているのを目に致したと？　それともあれは目の錯覚だったと？　何卒御教示を。御先達を。いざ付き従わん。

ところでチャーミングな絵の捗は如何様に行っているでしょうか？

不一

CD

かく綴るだに思わず喘いでいますが——我々明日はフォンブランクの所へ参ります。まさかあちらで折好く貴兄にお目にかかれるはずは？

[a]追而　こちらは躊躇うことなく申し上げればブラウニングの「悲劇」はこの世の他の何人にも，あの世のごく僅かな者にしか，書き得なかったでありましょう。ついぞ読んだためしのないほど優しい，と同時に凄まじい物語です。読み耽る内にこの眼は然に真っ紅になるやら霞むやらで，もうこれきり（ぁへむ！）キラリと輝かぬのではと，気が気でありません。[a]

（注）　第三段落「愛妻商会」はキャサリン（マクリース宛書簡（42年1月3日付）注参照）とジョージーナ。「愛への愛」はウィリアム・コングリーヴ〔風習喜劇の代表的作家の一人（1690-1729）〕作喜劇，マクレディにより11月19日再演。「（それとも）小生が（そちらへ伺い）ましょうか」の原文“(or) I shall (call there)”は正しくは“shall I”。「くだんのトラファルガー広場の飲み友達の誼の墓」は即ち「王立美術院」。第四段落「チャーミングな絵」は『滝の少女』（ビアード宛書簡（12月18日付）参照）。署名後の一文「喘いで」はさらばフォンブランクがデヴォンシャー・テラスでディナーを共にして一週間しか経っていないからか。aaは畳まれた便箋の二頁目に，中央上部“P. S.”の見出しの下，別箇の縦欄の中にそれのみたいそう短い行で綴られている。

トマス・チャプマン宛　1842年11月27日付*

デヴォンシャー・テラス。1842年11月27日日曜

拝復

御要望に副い殿下(プリンス)と療養所(サナトリウム)に関し，新聞掲載に推薦したき内容の概要をお送り致します。わけても，かようの場合における大いなる必須事項(デジダレイタム)に心を砕いたつもりです——即ち，こと意図に関しては能う限り言葉を控え，こと趣意に関しては能う限り多くを語るとの。

恐らく（鉛筆で印をつけた）二通を掲載すれば事足りようと思われますが，異論があれば遠慮なく御随意になさって下さい。お互い思いは一つ故。

敬具

チャールズ・ディケンズ

トマス・チャプマン殿

（注） トマス・チャプマン（1798-1855）はジョン・チャプマン商会社長・ロイズ船級協会会長・療養所(サナトリウム)設置委員会会長。アルバート殿下はデヴォンシャー・ハウスの療養所(サナトリウム)所長就任を快諾したばかりだった。殿下の承諾の書状（11月22日付）とチャプマンの礼状（11月24日付）を掲載した上，『モーニング・クロニクル』（11月29日付）は（恐らくディケンズによる草稿を基に（チャプマン宛書簡（12月27日付）注参照））療養所(サナトリウム)——慈善団体ではなく「自営施設」たる——の設立趣意，優れた特質，万全の設備を詳述する。

エドガー・アラン・ポー宛　1842年11月27日付

ロンドン，リージェンツ・パーク，ヨーク・ゲイト

デヴォンシャー・テラス1番地。1842年11月27日

拝啓

申し訳ありませんが如何でか（恐らく小生のために取り計らわねばならなかった要件が厖大なためにパトナム殿の側(がわ)にて何らかの手違いがあったに違いありませんが）帰国以来，貴兄がニューヨークにて小生宛認められた芳牘が書籍の中に見当たりません。が小生彼(か)の地にて芳牘を拝読致し，書状にては確かに貴兄が早，口頭にて依頼された要件以外の何事も託されていなかったと信じています。誓って，小生片時たり御依頼のことを忘れたためしはありませんし，晴れて成就さすべく全力を尽くして参りました——誠に遺憾ながら，詮なくも。

本来ならばより早急に同封のモクソン殿からの手紙を転送して然るべき所，

もしや大西洋のこちら側にて［御］高著を出版する何か別の道が開かれるやもしれぬと，転送を遅らせていました。如何なる上首尾も，しかしながら，御報告致すこと能いません。縁故のある出版社に打診致しましたが，敢えて思いきった手に出ようとする社は一社たりありませんでした。未知の作家による如何なる類の掌篇集も，たとい著者が英国人であろうと，目下この大都市ロンドンにては手がける出版社を到底見つけられまいというのが唯一，貴兄にかけられるせめてもの慰めの言葉でしょうか。

何卒片時たり，小生が貴兄のことを愉快な思い出と共ならずして思い浮かべたためしがあるなどとは，叶うことなら祖国にて貴兄の御要望に副えるよういつ何時であれ喜んで尽力させて頂かぬなどとは，思し召されませぬよう。

敬具

チャールズ・ディケンズ

（注）「貴兄が早，口頭にて依頼された」とはフィラデルフィアでの会談において（3月6日付書簡参照）。第二段落「同封のモクソン殿からの手紙」は恐らくディケンズの11月17日付書簡への返信。「［御］高著」は『グロテスクとアラベスクの物語』（1840）。ワイリー＆パトナムは英国版『物語』を45年に出版するが，英国出版社からの刊行は52年になって初めて。

トマス・ミトン宛［1842年］11月28日付

【「1842年」は筆跡からの推断。ミトン宛書簡（12月1日付）におけるグリニッヂへの言及によっても裏づけ。】

デヴォンシャー・テラス。11月28日

親愛なるミトン

たった今，癪だと言ったらタルファドから，コロリと忘れていたが——明日判事室で一緒にディナーを食べる——厳粛なる約束の念押しを受け取った。金曜か土曜ならグリニッヂ遠出の都合がつくか一筆報せてくれないか？

親父から便りがあった——おとなしげな風を装ってはいる。

不一

CD.

トス・ミトン殿

（注） 末尾但書きからして，ジョン・ディケンズはロンドンへ転居を巡るディケンズからの何らかの提案にそれまでは異を唱えていたと思われる。

ドーセイ伯爵宛　1842年11月30日付*

デヴォンシャー・テラス。1842年11月30日

親愛なるドーセイ伯爵

喜んで我々三人共金曜ゴア・ハウスにてディナーを御一緒させて頂きたく。して（刻限をおっしゃっていないからには）当然7時半の開始と諒解致すことに――然ならずと御返信のない限り。

（注）「我々三人共」は即ちフォースター，マクリース，彼自身――マクリース宛書簡（12月27日付）におけるが如く。

トマス・フッド宛　1842年11月30日付

デヴォンシャー・テラス，1842年，11月30日

親愛なるフッド

貴兄並びに令室に火曜（我々と同居している）義妹も連れて行くお許しを乞う上で，なお勝手をお願いさせて頂けば，是非ともその折貴兄の天稟の極めて率直かつ熱烈な崇拝者を同伴させて頂きたく，男は男自身くだんの代物に一方ならず恵まれているのみならず，小生の極めて親しい友人にしてすこぶる気のいい奴であります。要するに，画家のマクリースを。彼は御高誼に与れれば（口癖のように言っている如く）さぞや光栄に存じましょうし，もしも「フッドがぼくに君を連れて来て欲しいそうだ」と言えば，定めて有頂天になりましょう。

小生，貴兄相手ならばざっくばらんに身を処させて頂きたく――貴兄も小生相手ならば必ずや劣らずざっくばらんに身を処し，「親愛なるD.――好都合（コンヴィーニエント）

だ」或いは「親愛なるD.——不-都　合だ」と（巷でよく言うように）その時次第で，おっしゃって下さろうと信ずらばこそ。もちろん彼には一言も言っていません。

敬具

ボズ

（注）フッドのディケンズ夫妻招待については11月12日付書簡注参照。フッドは翌日快諾の由——「客は多ければ多いほど賑やか」だろうし，マクリースにはむしろ自分こそ御高誼に与りたいほどだと——返信する。

ダニエル・マクリース宛　1842年11月30日付*

デヴォンシャー・テラス。1842年11月30日

親愛なるマック

貴兄がお決め下さい。ダリッヂへ行き，絵画的に散策・食事と洒落込みましょうか？　それともリッチモンドへ行き，水棲的に同上と洒落込みましょうか？（いずれの場合も1時にお迎えに上がります。）それとも昼下がりに街路をあちこち思索的に漫ろ歩き，その後でアシニーアム的にディナーを認めましょうか（その場合は2時から3時にかけてお伺い致しますが）？

どうぞお決め下さい。さらばいつでも喜んで。

我が美の女神方には一言も言っていませんし，二人込みの手筈でなければ，この先も。さらば小生，

（注）「絵画的に」とは即ち「ダリッヂ画廊を訪うては」の意。麗しい村の庭園の直中にあるこの画廊はオランダ・フランドル派絵画コレクションで名高いが，ムリリョ〔スペイン画家（1617-82）〕，ベラスケス〔スペイン，バロック派画家（1599-1660）〕，プッサン〔仏歴史風景画家（1594-1665）〕，ゲインズバラ〔英肖像・風景画家（1727-88）〕，レノルズ〔英肖像画家（1723-92）〕の作品も所蔵。ラスキン，ブラウニング，ジョージ・エリオット，隠遁生活に入ってからのピクウィック氏（『ピクウィック・ペーパーズ』第五十七章参照）等が足繁く通った。「水棲的に」とは即ち「星章とガーター亭」にての謂。庭園がテムズ河へと通じていた。「美の女神方」はキャサリンとジョージーナ。本状末尾は切断のため欠損。

トマス・ミトン宛　1842年12月1日付

デヴォンシャー・テラス。1842年12月1日

親愛なるミトン

ぼくは前々から明日，7時半にドーセイの所でディナーを御馳走になる約束がしてある。君とグリニッヂでランチだけ，というのは気に入らないが，もしも明日が格別都合いいなら，11時にそっちへ行く。

もし，ぼくと同じで，それより丸一日一緒に過ごす気なら，次の火曜はどうだ？

不一

CD.

トマス・ミトン殿

アメリカから数えきれないほどどっさり手紙が舞い込んでいる。上流人士の受けはすこぶる好意的だ。

（注）　追而書き，アメリカからの「手紙」の中には『探訪』をロングフェロー伝（づて）受け取った友人からの手紙も含まれていたに違いない（パトナム宛書簡（10月18日付）注参照）。

ジョージ・キャタモール宛　1842年12月2日付*

デヴォンシャー・テラス。1842年12月2日金曜夕

親愛なるキャタモール

今日の仕事の捗がどれほど行くか――どっさりかちっぽけか――見極めがつくまで一筆差し上げるのを控えていました。生憎，願い下げなほどちっぽけです。よって，明日は蟄居を極め込まねばなりません。

皆様にくれぐれもよろしく。

敬具

チャールズ・ディケンズ

ジョージ・キャタモール殿

（注） ジョージ・キャタモールについては『第一巻』原典p. 277脚注，訳書349頁注参照。

R. S. ホレル宛　1842年12月2日付

デヴォンシャー・テラス。1842年12月2日

拝復

まずは取り急ぎ御報告致せば，玉稿二篇を拝受するやエインズワース殿に（予め一件について御連絡した上）送付した所，幸先の好い好意的な返事を賜りました。が以来，氏にお会いしても，玉稿について何ら耳にしてもいません。

恐らく，もしや御異存なければ，玉稿のことはしばらくお忘れになるに如くはなかろうかと――貴兄の御不在の間(かん)は小生が律儀に見守らせて頂きますので心配御無用にて。

より早急にお手紙を差し上げて然るべき所，毎日のように何か貴兄にとりて好い報せが来ぬものか待っていました。

本復なされますよう心より願って已みません。

敬具

チャールズ・ディケンズ

R. S.ホレル殿

（注） ロバート・シドニー・ホレル（筆名S.ハーフォード）は40年10月に初めてディケンズ宛文学的忠言を求めて手紙を出していた（『第二巻』原典p. 135脚注，訳書165頁注参照）。ディケンズの親身な指導・批評については例えば，40年11月25日付書簡（『第二巻』原典pp. 154-7，訳書188-92頁）参照。エインズワースへの「玉稿」送付についてはエインズワース宛書簡（9月14日付）参照。エインズワースに直接「会って」いないにせよ，『エインズワースス・マガジン』（11月号）には『探訪』の極めて好意的書評が「アンクル・サム」（即ちG. P.ペイン（『第一巻』原典p. 247脚注，訳書309頁注参照））の名の下(もと)掲載されていた。第二段落「御不在」はオーストラリアでの療養。ホレルは本状受領後ほどなく結核のため客死(かくし)。

W. C. マクレディ宛　1842年12月4日付*

デヴォンシャー・テラス。1842年12月4日

親愛なるマクレディ

所得税概念を三篇同封致します。二篇については先般申し上げていましたが，一篇については否。何かお役に立てることがあれば，無論，何なりと御用命賜りますよう。

——集め，蓄え，育てられ
確かそう変更なさったかと？

マーストンには前口上の写しを当座(プロウ・テム)火中するよう忠言なさっては如何でしょうか——どこかの新聞社から問い合わせを受けた際，手許にないと断れるよう——貴兄もそうお思いならば，くだんの健やかな良薬をとっとと彼の耳に注ぎ込まれては。

してもしや例の晩に個人の枡席が空いているようなら，真に比類なき(イニミタブル)奴のことをお忘れなく。かく奴は永久(とは)に祈りましょう等々

敬具
CD.

W. C.マクレディ殿

（注） マクレディは『日誌』(7月27日付）に「所得税論考を呑み込もうとしたが，困惑するばかりだ」と記していた。第二段落「集め，蓄え，育てられ（“gather’d, stored, and grown”)」の修正が11月25日彼に送付された写しにマクレディ自身によってメモされているが，後に撤回されたらしきことに，清書は草稿通り「貯え，刈られ，育てられ（“garner’d, reap’d, and grown”)」となっている。前口上は『サンデー・タイムズ』(12月11日付）のみならず『シアトリカル・ジャーナル』(12月17日付）にも全文掲載。『日誌』によると，「火中」についてマクレディはディケンズの提案を失念していたものと思われる。というのもこの時点での彼の最大の関心は結末をハッピーエンドに変更するか否かにあったからだ。フォースターはマクレディ案に同意するが，後ほど——恐らくディケンズが強く反対しているのを知り——彼とマクリースと共に翻意を促しに訪れる。末尾「例の」晩は『総督の娘』初演（12月10日土曜）の晩。

オクタヴィアン・ブルウィット　1842年12月7日付*

デヴォンシャー・テラス。1842年12月7日

拝啓

何卒（一筆）果たして同封の手紙の差出人デイヴィス殿は真実を語っているか否かお教え願えましょうか？　文学基金について触れておいで故，御当人の事情を幾許か御存じやもしれません。

ホーン夫人のことはごく最近まで人伝をさておけば存じませんでした。よって同封の書式に署名した方が好いとはお思いになりませんか（はて）？　恐らく先の手紙も趣旨に適おうかと。

もしや委員諸兄が，小生を招喚する機が訪れるに及び，くだんの機に乗じたいとお望みならば，喜んで今一度文学基金評議会に出席させて頂きたく。

敬具

チャールズ・ディケンズ

オクタヴィアン・ブルウィット殿

（注）「デイヴィス殿」については不詳だが，この時期における文学基金補助金受領者ではない。第二段落「同封の書式」は基金への申し込み用紙。ディケンズは夫人の二名の保証人の一人としては署名しなかった。「先の手紙」は11月12日付書簡。ディケンズは39年3月以降総会メンバーだったが，1842年と43年開催の委員会には一度も出席していない。

リチャード・キング宛　1842年12月7日付

リージェンツ・パーク，ヨーク・ゲイト

デヴォンシャー・テラス。1842年12月7日

拝復

芳牘並びに同封の設立趣意書（プロスペクタス）を賜り篤く御礼申し上げます。蓋し，その目的がそこにて開陳されているそれのような協会の大いなる重要性と価値の認識に深い感銘を覚えた次第にて。が生憎申し添えねばならぬことに，目下会員となること能いません――と申すのも既に然に幾多の協会に名を列ねているため，その半ばから永久（とこしへ）に自由の身となろうとなお夥しきその他大勢の柵（しがらみ）は断てますまいだけに。

敬具

チャールズ・ディケンズ

リチャード・キング殿

（注） リチャード・キング（1811?-76）は北極旅行家・民族学者。サー・ジョージ・バックのグレイト・フィッシュ川遠征（1833-5），フランクリン捜索遠征（1850）における船医。エスキモーやラップランド人に関する論考の外，自ら一時期編集長を務めた『メディカル・タイムズ』への寄稿多数。「設立趣意書（プロスペクタス）」はキングが初代幹事を務める民族学会設立に際し，彼自ら42年7月20日刊行。

ジョン・ディケンズ夫人宛［1842年12月］

【次書簡に言及あり。】

トマス・ミトン宛　1842年12月7日付

デヴォンシャー・テラス。1842年12月7日。水曜夜

親愛なるミトン

今日はそれは目が回るほど忙しくて，それはどっさり込み入った考え事があったものだから，母の所へ直に足を運べなかった。が一筆書いておいたので，例のブラックヒースの小さな屋敷を借りるのに70ポンド申し出てもらうとありがたい。

年金受給者（ペンショナー）のための小切手を同封する――24ポンドの。

昨夜のパーティと熱いポンチ――ぼくの腸の中ではダンスのせいでいよよ熱くなった――が崇って今日は記憶が覚束無い。もし新聞優待券が手に入れば，君は土曜に行きたいと言っていたんだったか，それともどうだったか？

不一

CD.

トマス・ミトン殿

（注） 母親は既にロンドン（恐らくオースティン家）に移り住んでいたと思われる。第二段落ディケンズは「年金受給者（ペンショナー）」即ち父親とは10月末コーンウォールへの途上に会い

(サウスウッド宛書簡(10月22日付)注参照),転居計画がその折話し合われたに違いない。ディケンズが本状において提案している「申し出」は実を結ばなかったと思われる。両親の住所は43年2月,7月においてはルイシャム〔南ロンドン街区〕,荘園領主邸宅(マナー・ハウス)(ミトン宛書簡(43年9月25日付)注参照)。「小切手」の支払い先はいつも通りミトン。帳簿によると,アメリカからの帰国以来ミトンへの支払い(明らかにジョン・ディケンズのための)は£45(7月15日付),£100(9月3日付,10月31日付)。末尾「昨夜のパーティ」はフッド邸におけるそれ(フッド宛書簡(11月30日)付参照)。

T. J. ペティグルー宛　1842年12月7日付

デヴォンシャー・テラス。1842年12月7日

親愛なるペティグルー

是非とも――して然に申し上げるべく今朝自ら,伺うつもりではありました。

敬具

[チャールズ・ディケンズ]

(注)　トマス・ジョウゼフ・ペティグルー(1791-1865)は1835年までチャリング・クロス病院外科医・著名なエジプト学者。一部クルックシャンクが挿絵を手がけた著書『エジプトのミイラ史』(1834)はディケンズの死亡時ギャズヒル蔵書(ペティグルー宛書簡(43年12月22日付)参照)。エインズワースとクルックシャンクと親交があり,ディケンズとも後者を通して知り合ったと思われる。「是非とも」とは12月14日への招待快諾の由(同日付ペティグルー宛書簡参照)。ペティグルーの住まいはピカデリー,サヴィル・ロゥ8番地。

ジョン・フォースター宛[1842年12月8日付]

【F, IV, i, 290に抜粋あり。日付はフォースターによると12月8日。】

『チャズルウィット』の原稿は思ったより嵩があって,これなら早一号分仕上がったも同然。神よありがたきかな!

(注)　ディケンズは第一分冊の冒頭数章を組版に回していたと思われる(第一―三章校正はフォースター・コレクション(V&A)。

サムエル・フィリップス宛［1842年12月8日？付］

【オリファント夫人著『とある出版社の年譜：ウィリアム・ブラックウッドと息子達』(1897)，II，306に抜粋あり。日付は恐らくフィリップスによって受領された日（12月9日）からの推断（注参照）。】

高著を読み始めるに及び，直ちに一筆認めずにはいられなくなりました。物語は実に素晴らしく，大いなる美点を具えているに違いなく。小生来週必ずや改めて御返事申し上げ，より詳細に私見を述べさせて頂きたいと存じます。

（注） サムエル・フィリップス（1814-54）はジャーナリスト・『ブラックウッズ』の被保護者（プロテジェ）。野心的処女作『ケイレブ・ステュークリ』は『ブラックウッズ』に42年2月-43年5月連載，44年三巻本（匿名）にて出版。『ブラックウッズ』とは46年『モーニング・ヘラルド』論説記者，『タイムズ』書評家となるに及び疎遠になる。12月4日，アレキサンダー・ブラックウッドにサムエル・ウォレンによる『アメリカ探訪』書評（フェルトン宛書簡（12月31日付）注）称賛の手紙を書き，ディケンズの作家人生の終焉は「彼の立身が突然かつ驚異的であったに劣らず有意な警告に満ちることになろう」と揶揄していた（『クォータリー』掲載『素描集』，『ピクウィック』書評――「火箭（かせん）さながら打ち上げられ，木切れよろしく舞い落ちよう」（『第一巻』原典p. 316脚注，訳書397頁注参照））。「御高著」は『ケイレブ・ステュークリ』。本状（見知らぬ作家へ，未完の小説に関し，いずれ改めて私見を述べたい由綴られた）は不可解で特異な印象を与えるが，ディケンズの意図はウォレン書評に心証を害していない旨『ブラックウッズ』関係者に示すことにあったのかもしれない。フィリップスは12月4日付書簡に次いで，アレキサンダーに本状の件（くだり）を引用した上，ディケンズから「満更でもない書状を受け取った……前便にてボズに加えた批判を全て撤回しなくてはなるまい」と締め括る。ただしディケンズ作品に対する敵愾心は後々まで衰えなかったと思われる（ビアード宛書簡（47年3月22日付，『第五巻』原典p. 39）参照）。

W. C. マクレディ［1842年12月10日付］†

【本状は明らかに『総督の娘』への上演直前での提案。3日土曜に認められたはずはない，さなくばマクレディ宛書簡（12月4日付）にマクレディの反応への何らかの言及が記されていたろうから。日付は上記からの推断。】

土曜朝

親愛なるマクレディ

遅れ馳せながら，提案を一つ。是非とも第二幕第一場でテーブルの上に何か，ヴェルヴェットのケースか額に入ったメイバルの大きな細密画らしき——ロス画のそれのような——ものを載せ，例の絵と差し替えて頂きますよう。実は小生ある種危機感に取り憑かれています。くだんの幕全体を目前に控えて，くだんの重大な折にクスリと，忍び笑い一つでも洩れれば命取りになりかねません。あの絵はそれ自体イタダけません，美しい部屋への効果においてイタダけません，館との連想全てにおいてイタダけません。もしや手許に一枚もお持ちでないなら，持参人伝（づて）百万層倍増したろう代物をお届け致します。

つゆ変わることなく親愛なるマクレディ

敬具

チャールズ・ディケンズ

今さら申し上げるまでもなく，ケースに納められたかようの絵が優雅な部屋のあちこちに散らばっているの図の何と陳腐なことか，[a]して例の肖像画が如き芸術作品と台座の実生活において何たる悍しき珍現象たろうことか。[a]

（注）「細密画」のディケンズ提案は受け入れられたと思われる。第二幕第一場リンターン城の客間は以下のト書きで始まる——「テーブルに掛けたモードント，メイバルの細密画を一心に見つめる」。ロスはサー・ウィリアム・チャールズ・ロス（1794-1860）。ヴィクトリア朝を代表する細密画家・王立美術院会員（1843）・勲爵士（42年6月）。女王夫妻や皇子皇女の肖像も手がける。「例の絵」はマクレディがヴェールをかけることに同意していた「寓意的絵画」（11月25日午後付書簡参照）。第二幕第一場はモードントとレディ・メイバルの長い会話（互いの愛が明らかとなる）で幕を開ける。メイバルの伯母レディ・リディアが登場し，二人の仲を裂く意図を告げる。追而書きaaは従来未発表部分。「珍現象」の原語“phenomonon”表記はディケンズの常の習い。

T. J. ペティグルー宛　1842年12月14日付

デヴォンシャー・テラス。1842年12月14日

親愛なるペティグルー

遺憾千万ながら今朝方一通ならず手紙を受け取り，内輪の（その質（たち）においてこよなく愉快でだけはない）要件で直ちに鉄道にて街を離れざるを得ず，明日

まで戻って来れそうにありません。

まずは取り急ぎ

敬具

チャールズ・ディケンズ

T. J.ペティグルー殿

（注）「内輪の……要件」はアルフィントンからの転居，並びにジョン・ディケンズによる新たな借財に関してか。ディケンズは12月7日，ペティグルーからの14日の招待を快諾していた。

オクタヴィアン・ブルウィット宛　1842年12月15日付*

デヴォンシャー・テラス。1842年12月15日。木曜夕

拝復

文学基金よりホーン夫人に賜った寄附金£50無事拝受致し，篤く御礼申し上げると共に，何卒惜しみなき篤志への夫人の心よりの謝意を誉れ高き貴協会委員会へお伝え下さいますよう。

敬具

チャールズ・ディケンズ

オクタヴィアン・ブルウィット殿

（注）ホーン夫人は自らブルーイト宛12月19日，「過分な寄附」への礼状を認める。

［トマス・］クック宛　1842年12月15日付

デヴォンシャー・テラス。1842年12月15日。木曜夕

親愛なるクック

この度は御高配賜り心より篤く御礼申し上げます。小生コーンウォールでは幕を開けません，いずれそちらへ参るやもしれまいと。もしや容易く方言集を入手なされるようなら，是非とも拝読させて頂きたく。

妻が令室にくれぐれもよろしくお伝えするよう申しています。小生からも御

鶴声賜りますよう。

敬具

チャールズ・ディケンズ

貴兄の「小さな坊や」のなお御高誼に与りたいと存じます，御住所をお教え願えましょうか。

(注) トマス・クック (1762生) はオクスフォード大学修士 (1786)・グレイズ・イン法学院会員 (1788)・古物愛好家協会員 (1790)。コーンウォールでの「幕開き」についてはフォースター宛書簡 (8月上旬，9月16日付) 参照。「方言集」に関し，マッグズ兄弟商会目録104番 (1896年4月) にT.クックのウィリアム・サンディーズ (方言の権威。サンディーズ宛書簡 (43年6月13日付) 注参照) 宛書簡 (日付無し) の以下の抜粋あり——「ボズが『方言と語彙用語解』をお貸し頂ければさぞや喜びましょう」。よってクックは仲介役を務めていたと思われる。

ジョージ・クルックシャンク宛　1842年12月16日付

デヴォンシャー・テラス。1842年12月16日

親愛なるジョージ

昨夜ありがたいことに文学基金幹事より同封のものを受け取り，委員会に成り代わり，同上を受領する権限を委ねられたどなたにであれお渡し致せる50ポンド手形を持っています。

敬具

[チャールズ・ディケンズ]

ダニエル・マクリース宛 [1842年12月16日？付] *

【日付は筆跡と「1842」の透かし模様の便箋から1842年末と推断。第一分冊は12月8日に「仕上がったも同然」だったが (同日付フォースター宛書簡参照)，執筆時間は9-10日は『総督の娘』のため，14-15日は「内輪の要件」による不慮の旅のため，かなり削減されていたろう。】

デヴォンシャー・テラス。金曜

親愛なるマック

今晩の約束を代わりに明日に延ばして頂けないでしょうか？　今晩は外出を控えたいと存じます，印刷所に明朝仕上げる旨誓いを立てたもので。

不一

CD.

（注）第一分冊を仕上げるや否や，ディケンズは「ペックスニフとピンチの出来映えを確かめたいばっかりに」病気で臥せているフォースターの貸間まで押しかけ，音読して聞かせた（F, IV, i, 291）。

フランシス・トロロープ夫人宛　1842年12月16日付

リージェンツ・パーク，ヨーク・ゲイト

デヴォンシャー・テラス1番地。1842年12月16日

親愛なるトロロープ夫人

小生の「探訪（ノート）」に関し親身な芳牘（ノート）を賜り心より篤く御礼申し上げます。真に慶ばしく光栄に存じます。

アメリカにて小生ついぞ私見を述べるに二の足を踏んだためしのなかった如く，然に貴女に躊躇うことなく私見を述べさせて頂けば，アメリカ社会の幾多の社会的諸相において貴女のもたらされた変革，並びに貴女が彼（か）の国について執筆されて以来閲した歳月を斟酌すらば，貴女の為されたほど，その少なからぬ様相において米国を十全として正確に（付言するまでもなく，愉快に）審らかになされた著者は誰一人いぬこと信じて疑いません。故に貴女からのお褒めの言葉は小生にとりてそれだけかけがえがない訳ですが。

小生未だかつて脆弱な履行に対し，たとい脆弱たるが故にこそ極めて真実と懸け離れていたやもしれまいと，誇張の誇りが加えられるのを耳にしたり目にしたりした覚えがありません。どうやら凡庸な観察者というものは凡庸ならざる観察者の当該瑕疵を咎めるが本質的に当然かつ全くもって不可避のように思われます。定めし貴女もとうの昔に当該見解に——至って心安らかに——与しておいでに違いありませんが。

妻がありがたきお心遣いを賜り忝う存ずると共に，くれぐれもよろしくお伝えするよう申しています。

敬具

チャールズ・ディケンズ

トロロープ夫人

(注) フランシス・トロロープ夫人については『第一巻』原典p. 499脚注，訳書635頁注，並びに『第二巻』原典p. 402，訳書499頁参照。第二段落「彼(か)の国について執筆され」た著書『アメリカ人の自国流儀』——大西洋の両岸で広く読まれ，英国人作家による自国についての他の如何な著作よりアメリカ人を憤慨させた——は出版後10年を閲していた。数名の選りすぐりの友人相手をさておけば，ディケンズは1842年アメリカにおいて「私見を述べるに二の足を踏ん」でいたろう。が後年アメリカ人の多くはトロロープ夫人の著書の掻き立てた忿怒にむしろ驚きを禁じ得なかった。例えばマーク・トゥエインは「率直なトロロープ夫人は気の毒に……真実を語っているにすぎない。……私はくだんの旅行者皆の内デイム・トロロープが最も好きだ。……彼女は主題を熟知し，公明正大に開陳した」と述べる。第三段落トロロープ夫人は「誇張」が自らの商売道具(ストック・イン・トレード)の一端だったとのディケンズの想定を気にかけなかったかもしれない。「誇張」はむしろディケンズ自身がしばしば受けた告発だった。『ニューヨーク・ミラー』(11月19日付)は『探訪』の「主たる長所と欠点」は「とある原則——ユーモラスな誇張——の顕現」であると指摘。エマソンは友人に宛てたとある書中(11月25日付)，ディケンズに「浅薄な，誇張癖の，実のない男」として言及する。

トマス・ビアード宛 [1842年] 12月18日付

【宛先は「待つこと。トマス・ビアード殿。エッジウェア・ロード。ポートマン・プレイス42番地」。】

12月18日。日曜

親愛なるビアード

一つ，善意の欺瞞において力を貸して欲しい——全き善意からなもので，もちろん力を貸してくれるには違いないが。

ぼくは幾多の理由(わけ)ありで，マクリースが目下手がけている小さな絵を手に入れたくてたまらない。ぼくの口からそう言えば，彼はどうしても譲ると言い張るか，到底受け取れないほど途轍もない値をつけようとするに決まっている。

さて，ぼくは買い手と気取られないまま絵を買い取れるんじゃないかないだろうか。でその上で，後ほどぼくに金を返せるようなら，彼はぼくのお見逸れしていたほど（画才は固より折紙付きだが）智恵の回る男ということになるだろう。

ぼくの手筈は以下の通り。

君に一筆彼宛手紙を書いて，サセックスのどこどこの誰それ殿――君の田舎の馴染みの一人――が彼の熱烈なファンで，自作の小さな絵を（大きな絵を買う余裕はないので）欲しがっていると伝えて欲しい。馴染みは君からマクリースに今手許にどんな絵があるか尋ね，どんな画題であれ人物が一人きり描かれた絵を君の権限で，購入して欲しいと言っていると。一件についてぼくに相談した所，こっそり彼は今とある「滝」に佇む少女のとびきりチャーミングな絵を手許に置いていると教えてもらったと。という訳で直ちに「滝の少女」を買いたい。もしも「滝の少女」を売ってくれるようなら，個人的恩義として心から感謝する。してもしや彼のとんでもなく不快なアトリエから少女を救い出す身の代金として如何ほど転送すれば好いか教えてもらえるようなら，「滝の少女」を即金で購入したいと。

100もしくは150ギニーがまずもって妥当な線だろうか。ほんの購入してくれさえすれば，手締めに必要な額を直ちに渡す。150,000の礼コミで。

細かい点はそっくり君に任す。――多分今日は留守で，5時半に家（うち）でディナーは無理――だよな？

不一

CD.

トマス・ビアード殿

（注） 第二段落「目下手がけている小さな絵」はコーンウォールへの小旅行中スケッチしたセント・ナイトンの滝を背景にあしらった「滝に佇む少女」。前景の水差しを肩に載せた少女のモデルはジョージーナ・ホガース。第四段落「一人（*one*）」は他より大きな文字。王立美術院会員リチャード・レッドグレイヴがとある友人に宛てた手紙（『レッドグレイヴ伝』編纂に当たり改竄・脚色の認（みと）められる）に「マクリースのとびきり愉快な物語」として言及している後日談のあらましは以下の通り――マクリースは予めビア

ードから訪問を受けた後(のち)，とある田舎の老紳士から彼の作品への熱狂的な賛辞と共に絵画の価格を問う手紙を受け取る。かくて歓喜した勢い，直ちにディケンズに手紙（恐らく「細かい点」は全て一任されたビアードによって綴られた）を見せ，「安価」で譲りたいと告げるが，ディケンズの説得により翻意する。その後絵画は代金支払いをもって早急に送付される。一，二週間後のクリスマス，ディケンズ邸で盛大なパーティが開かれ，マクリースも呼ばれていたが体調不良のため欠席。ディケンズはいざ絵画のヴェールを剝ぐや，讃歎の目を瞠る友人皆に披露する——マクリースを呆気に取らすことだけは叶わなかったが。「善意の欺瞞」は，経緯はさておき，成功裡に終わり，ディケンズの帳簿（12月24日付）にはビアードへ100ギニー支払いの記載。マクリースの異議についてはマクリース宛書簡（12月下旬？）参照。絵画は43年王立美術院に出展，わけても気品溢る「少女」の容姿は称賛の的となる。ディケンズの死に際し，フォースターが£640.10.0で購入（現在はフォースター・コレクション（V&A））。

ジョージ・キャタモール宛　1842年12月20日付†

デヴォンシャー・テラス。1842年12月20日

親愛なるジョージ

何と心よりくだんの美しい絵に魅了されていることか言葉には尽くせません，と申すのもそこにてはささやかな物語の感情，思索，表現が余す所なく描写され，小生心底我が意を得たりの感を強くし，そこへと昨日その前に腰を下ろすや如何せん驚嘆の目を瞠らざるを得なかった力強さをもって，貴兄生来の瞠目的伎倆が惜しみなく注がれているとあらば。

小生直ちに辻馬車にてマックの所へ担ぎ込み——もしや彼の様子を目にし耳になされていたなら何よりでしたろうに。彼の何と教会なる老人に心を動かされたことか，彼に絵を見せぬ内に，くだんの画題を選んだことでは何と小生誇らしかったことか，は思いも寄られますまい。

貴兄は固より然に変わり者であられ，然に超然としておいでなものですから，小生こと謝意溢る讃歎がらみでは言いたいことの半ばも申し上げられません。よって後は御想像にお任せ致します。

[a]ケイトからの短信を同封致します。唯一言，快諾の由賜れば幸甚にて。[a]つゆ変わることなく

親愛なるキャタモール

敬具

チャールズ・ディケンズ

ジョージ・キャタモール殿

（注）「くだんの美しい絵」はディケンズから委託を受けていた『骨董屋』のキャタモール画挿絵内二枚の水彩画――ただし奇しくも，以降十八か月間ディケンズの帳簿にキャタモールへの支払いの記載はない。一枚はネルの墓，もう一枚は骨董屋店内を描いたもの。板目木版原画に種々の変更――ネルの墓のある教会の側廊（アイル）をノルマン様式からゴシック様式へ変えたり，店内後方の山積みのテーブルにシェイクスピア胸像を据え，扉の上の天井にキリスト頭部を描いたりといった――が加えられている。aaは従来未発表部分。

リー・ハント宛　1842年12月20日付

デヴォンシャー・テラス。1842年12月20日

親愛なるハント

芳牘を拝受致し――拝読するに及びいささか心痛を覚えぬでもありませんでした。神の御名において，もしその者の心を御存じになれば，其を負担ないし不安の種と感ずる謂れの下記の者ほどなく「篤志」をお受け取りになれる者がこの世に存すなど御想像になりませぬよう

律儀な馴染み

チャールズ・ディケンズ

リー・ハント殿

（注）「篤志」は恐らく貸付け――ディケンズの帳簿に記載のない所からして少額の。

トマス・ビアード宛　1842年12月22日付

デヴォンシャー・テラス。1842年12月22日

親愛なるビアード

ケベックからお越しの殿方気取りの鼻摘み男と，急なお触れだが，明日家（うち）で6時15分ディナーに付き合ってもらうのに客を数名招くことになっている。殿

方とは殊遇を賜った御縁だが，程なく出立の予定だ。くだんの刻限に仲間入りして，年代もの（ウィンテージ）の味を利いてみてくれ。

不一

CD.

トマス・ビアード殿

（注）「鼻摘み男」については不詳。

オールバニ・フォンブランク宛［1842年］12月22日付*

【チャールズ・J.ソーヤ目録（1939）に抜粋あり。草稿は1頁。日付は「デヴォンシャー・テラス，12月22日」（1842年の推断はディケンズの寄稿に基づく）。】

未だ例の「万人のための鼾掻き」に手をつける暇（いとま）がなく，明日まで見通しが立ちません。よってフォースターに明日の午後拙宅へ遣いの少年を寄越すよう伝え，そのまま真っ直ぐ印刷所へ届けさすつもりです。

（注）「万人のための鼾掻き」は『イグザミナー』（12月24日付）掲載冷笑的短論考（当初筆者がディケンズとは同定されていなかった）。「十九世紀の大革新」と謳われる「万人のための声楽」の顰に倣い，エクセター・ホールでの指導を提唱する〔拙訳『寄稿集』第十六稿参照〕。

レディ・ホランド宛　1842年12月23日付*

デヴォンシャー・テラス。1842年12月23日

親愛なるレディ・ホランド

本状と併せ，忝くもお貸し下さっていたフランス新聞をお返し致します。同時にコールのロシア帝国についての本と，アラン殿のための奇しき古書——先達ての晩互いの間で話題になっていたこともあり——をお送り致します。

ブルワーについては追って御報告させて頂きたく。つゆ変わることなく

親愛なるレディ・ホランド

匆々
チャールズ・ディケンズ

レディ・ホランド

（注）「フランス新聞」の中にはアンビギュ－コミークにおける感傷的通俗劇風『ニクルビー』上演後の，ジュール・ジャニンによる『ニコラス・ニクルビー』と原作者ディケンズ自身に対する酷評の掲載された『ジャーナル・デ・デバ』(42年1月31日付）も含まれていたと思われる〔デバ (débats) は仏語で “debates (討論)” の意〕。サッカレーは『フレイザーズ』(42年3月号）においてパリでの上演を嘲笑的に概説し，フランス版『ニクルビー』と原作者へのジャニンの「極めて手厳しく猛々しい批判」に徹して冷笑的に応ずる。『フレイザーズ』発刊時ディケンズは訪米中だったが，フォースターが送付したため，レディに当然の如くジャニン評を見たい旨伝えたと思われる（レディによる他のフランス新聞の貸与については43年2月28日付書簡参照)。恐らくサッカレーの応酬こそディケンズを「かつて祖国を遠く離れし折，こよなく幸せにし賜うた」ものだったと思われる（ロジャーズ宛書簡 (43年12月17日付）注参照)。ヨハン・ゲオルグ・コール (1808-78) は著名な紀行作家・地理学者。1841年に『絵とスケッチで見るペテルブルグ；南ロシアの旅』並びに『ロシアとポーランド国内旅行』を出版。『ロシア帝国』はディケンズの死亡時ギャズヒル蔵書。「アラン (Allan)」は正しくは「(ジョン・）アレン (Allen)」。「先達ての晩」は12月21日サウス・ストリート，レディ・ホランド邸において催された正餐会を指して。末尾「ブルワーについて」は恐らく彼と頻繁に手紙のやり取りのあるフォースターに尋ねた後(のち)健康状態について報告したいの意。ブルワーはフォースター宛書簡 (11月10日）において執筆もままならぬほど頭痛等に悩まされている由伝えていた。41年6月における総選挙落選以来，文筆活動の疲労が重なっていたと思われる。

キャサリン・ハットン嬢　1842年12月23日付

【原文はキャサリン・H.ビール『前世紀のとある淑女の追想』(1891)，p. 210より。】

リージェンツ・パーク，ヨーク・ゲイト
デヴォンシャー・テラス1番地。1842年，12月23日

親愛なるハットン嬢

再び芳牘を賜り篤く御礼申し上げると共に，かくて審らかにされている如くお健やかにして潑溂とお過ごしの由心よりお慶び申し上げます。とは申せこと貴女の書法なる一件に関せば同意致しかねるのは，その驚嘆すべき平明さを前

に小生自身のそれと来ては然に頬を紅らめざるを得ぬため，たとい本状がお手許に届く時までに恰も赤インクにて綴られでもしたかのように映ったとて一向不思議はないからであります。

その折少なからず戸惑い，今もってたいそう申し上げ辛いことに，我が馴染みピチ［リン］の名刺は刷り物です。もしや手書きだったならば，お送り致していたろうものを。

小生この世にまたとないほどお粗末な文通相手かと，と申すのも（今朝方の如く）筆を走らせていると，小学坊主よろしく，ペンを放り出したくて矢も楯もたまらなくなるもので。ただしせめて小生が何を言わんとしているか想像を逞しゅうなさり，くだんの忌まわしき絵は（蓋し駄作だった故）火中致したとの太鼓判に力点を置いて下さるようなら，当該すげなき厄介物をも快くお目こぼし賜るのではなかりましょうか。

匆々

チャールズ・ディケンズ

ハットン嬢

（注） キャサリン・ハットンは著述家。1841年に「父の伝記」を，さらに後ほど彼のために編んだ財布（彼女の主たる恩寵の印たる）をディケンズに贈っていた。『第二巻』原典pp. 259-60，訳書318頁，並びに原典p. 451，訳書561頁参照。42年12月24日マクレディも『日誌』に「キャサリンと自署する御婦人から短信と財布を受け取る」と記す。「ピチ［リン］（Pitch[lynn]）」は『追想』では“Pitchgan”と誤読。『探訪』第十二章においてシンシナティからルイヴィルへ向かう汽船上でわざわざディケンズに「名刺を取次ぎに通じた」チョクトー族の酋長として言及される〔拙訳書168頁〕。「刷り物」とはインディアン流儀の象徴（シンボル）によるサインではないの謂。「忌まわしき絵」はピチリンがその後ほどなくディケンズに送った――「実物ほど男前でないにせよ，よく似てはいた。爾来，互いの束の間の誼（よしみ）の思い出に大切に仕舞っている」――石板刷りの肖像画〔拙訳書170頁〕。恐らくキャサリン・ハットンは肖像画と名刺を両方共見たいと綴り，その上ディケンズには返答する暇（いとま）ないし意向のない類の問いをかけていたと思われる。

名宛人不詳　1842年12月23日付

【アンダーソン・ギャラリーズ目録1143番（1915）に言及あり。日付は「デヴォンシ

ャー・テラス，42年12月23日」。署名はイニシャル。】

目下体調を崩しているフォンブランクのために，とある記事を書いている由伝えて。

（注）「とある記事」は「万人のための鼾掻き」（フォンブランク宛書簡（12月22日付）参照）。

トマス・ミトン宛［1842年］12月24日付*

【クリスマス・イヴが土曜に当たるのは1842年。筆跡からも裏づけ。】

Xマス・イヴ土曜朝。9時

親愛なるミトン

そう言えば無言劇（パントマイム）の面倒を見る約束がしてあったせいで，このとんでもない刻限にお呼びがかかった。君が発つ前に会えるとは思うが，クーツ銀行に〆て£20しかない。

不一

CD

（注）「無言劇（パントマイム）」はドゥルアリー・レーンにてマクレディ上演『ハーレキンとウィリアム・テル，或いはリブストン・ピピンの天才』。マクレディの『日誌』によると，ディケンズはその朝下稽古（リハーサル）を観ていた。「面倒を見る（see to）」という表現からして『イグザミナー』（12月31日付）掲載劇評――「ここ何年もなかったほどの出来映え」――はディケンズ担当の可能性もある。12月1日，ディケンズはチャプマン＆ホールから月々の最後の支払い分£150を受領（チャプマン＆ホール宛書簡（1月1日付）注参照）。12月23日には£100（43年1月1日刊『チャズルウィット』をもって満期となる£200の内最初の賦払金）を受領。チャプマン＆ホールとの『チャズルウィット』契約書（41年9月7日署名）（『第二巻』原典Appendix B, p. 478）参照。上記総額がなければ，彼はマクリースの絵の代金100ギニーをビアードに支払えなかったと思われる（ビアード宛書簡（12月18日付）注参照）。

ドーセイ伯爵宛［1842年12月26日付］*

【マクリースは42年12月20日火曜，ドーセイに肖像を画いてもらっていた。ディケンズが綴っているのは翌週の月曜と思われる。日付は上記からの推断。彼はマクリース，フォースターと共に12月28日水曜ゴア・ハウスにて会食（マクリース宛書簡（12月27日付）参照）。】

デヴォンシャー・テラス。月曜夕

親愛なるドーセイ伯爵

マクリースの横顔は格別素晴らしいと思われます。たといグリニッヂ恩給受給者（ペンショナー）の義足か何か他の劣らず思いがけない場所に貼りつけられている所を目にしていたとて，お見逸れだけはしていなかったでありましょう。生き写しであるばかりか，個性に満ち満ちています。

是非とも水曜にはゴア・ハウスにてディナーを御一緒させて頂きたく。季節の御挨拶も兼ね，くれぐれもレディ・ブレシントン並びにパワー嬢方によろしくお伝え下さいますよう——如何せん「パワー姉妹」とは申せません，余りに女学校の門の青い標札じみているもので。

敬具

チャールズ・ディケンズ

妻がたった今入って参り，マクリースの似顔絵を目にするや有頂天になっています。曰く，たとい御自身絵筆を揮ってらしたとて，これほどそっくりにはお画きになれなかったでしょうよ。

（注）「グリニッヂ恩給受給者（ペンショナー）」はロンドンの物乞いの中でも特に悪名高かった。他の不具の物乞いは概ね（銘または挿絵の入った）当て物（パッド）を身に帯びていた。「パワー嬢方」の原語は“the Miss Powers”。標札「パワー姉妹」の原語は“the Misses Power”〔複数形の“s”をいずれにつけるかの違い〕。表記に関しては『ボズの素描集』「物語」第三章「感傷」冒頭に以下の件（くだり）がある——「クランプトン嬢方は，と言おうかハマースミス，ミネルヴァ・ハウスの庭木戸の銘の典拠を引き合いに出さば『クランプトン姉妹』は」〔拙訳『素描集』376頁〕。

トマス・チャプマン宛　1842年12月27日付

【アメリカン・アート・アソシエーション目録（1922年2月）に抜粋あり。草稿は3頁。

日付は「デヴォンシャー・テラス，42年12月27日」。】

療養所（サナトリウム）について。

大半の人々の側（がわ）には狂人と共に或いは近くにいることに当然の如く忌避感があります。……ギボンズ夫人に関せば，夫人はどうやら本件に恰も患者は自然の通常にして揺ぎなき理法に則り，夫人の天敵ででもあるかのように――恰も夫人は御自身折紙付きの鼠捕り上手にして彼らは皆鼠ででもあるかのように――取りかかられたやに見受けられます。

（注） 本状には，目録によると，「[療養所（サナトリウム）] に関する草稿」――明らかにディケンズが11月27日トマス・チャプマンへ送った手紙と（本来は，その添え状ながら）別箇にされたそれ（同日付チャプマン宛書簡参照）――が同封されていた。エミライン・ギボンズ夫人はデヴォンシャー・ハウス，療養所（サナトリウム）の寮母（メイトロン）として選出されたばかり。著名な外科医ジョン・キングとエミライン・エジワースの娘・リッチモンドの医師の未亡人。ディケンズは以前は夫人の適格たること確信していた（ビアード宛書簡（11月15日付），ミトン宛書簡（同日付）参照）。

ダニエル・マクリース宛　1842年12月27日付*

デヴォンシャー・テラス。1842年12月27日

親愛なるマック

今朝方，貴翰拝受。

ドーセイから明日あちらでディナーを共にするよう短信が来ました。文面からは貴兄が既にお招きに与っているのかそれとも小生がお誘いすべきなのか定かでありません。というのもただ「貴兄と，マクリースと，フォースターと，内輪で（アンファミーユ）」としか書いてないもので。事の次第は？　お行きになりますか？　小生は参ります。

不一

CD.

ダニエル・マクリース殿

ジョン・フォースター宛［1842年12月27日？付］*

【筆跡からして日付は恐らく1842年末。「劇評」は『イグザミナー』掲載マクレディ上演「無言劇（パントマイム）」劇評と思われる（ミトン宛書簡（12月24日付）参照）。】

デヴォンシャー・テラス。火曜夕

親愛なるF.

「劇評」を同封する。——明日12時頃そっちへ行く，もしもその時までに校正が届いていれば，朱を入れに。

リンダ・マライア・チャイルド夫人宛　1842年12月28日付*

リージェンツ・パーク，ヨーク・ゲイト
デヴォンシャー・テラス1番地。1842年12月28日

拝復

真摯な興味深い芳牘を賜りありがとう存じます。何卒本状の長さで，かくて味わった愉悦の量を計られませぬよう。と申すのも同上は偏に小生の文通の範囲及び仕事の質（たち）によるにすぎぬ故。

貴女はどうやら小生が実際ほど「節制」の善き馴染みとはお認め下さっていないようです。こと他者が酔っ払うからと言って自らに一杯の陽気なワインを禁ずる一件に関せば，小生然に致す謂れのさらに解（げ）せぬは，世俗的（テンポラル）であれ霊的（スピリチュアル）であれ，他の如何なる商い種におけようと「利用」と「濫用」との逕庭を認めぬ謂れのさらに解（げ）せぬも同然でありましょう。小生「節制」の大いなる馴染みにして「禁酒」の大いなる敵であります。くだんの「禁酒」が今しも厳然と押しつけられれば押しつけられるほど，次世代が「酩酊」において放埒に振舞うは火を見るより明らか。何とならば歴史と体験が挙ってとある荒らかな極端より，その反対が必ずや勃発して来た旨警告しているだけに。

のみならず，夥しき量の無知，愚昧，まやかしの論法がのべつ幕なし禁酒喧伝家によりて吹聴されています。「酩酊」こそは他の全ての激情の原因なりとの命題はこの世にまたとないほど言語道断のそれの一つでありましょう。必ず

と言って好いほどお気づきになりましょうが，他の何らかの激情こそが「酩酊」の原因にして，くだんの悪徳は「悪魔の大伽藍」の大半の天辺の笠石ではあれ――世のモグラ目の「人間性」探求者が我々に信じ込ませようとしている如く，礎石ではありません。金輪際過度に酒を飲まずして酒を飲むこと能わぬ者は，何としても酒を断たさねばなりますまい。が，然ならざる者は放っておくに如くはなかろうかと。たとい小生正直者の直中にてハンカチーフをダラリとポケットから垂れ下がらせたなり歩こうと，連中の行く手に何ら誘い水を向ける責めを負うことにはならずとも，もしや同じ真似を盗人（ぬすびと）の直中にて為せば，蓋し，不埒千万の誹りは免れますまい。

（注） リディア・マライア・チャイルド（旧姓フランシス）（1802-80）は著述家・改革家。『アメリカ人という名のかのアメリカ人階層に与する訴え』（1833）は即刻の奴隷解放を提唱するアメリカ初の書物。彼女の伝記作家ヘレン・G.バエールによると，わけてもファイヴ・ポインツ（『探訪』第六章で言及されるニューヨークのスラム街〔拙訳書87-91頁参照〕）の活写（エクスポゼ）においてディケンズに強い共感を覚えたという（『心（ハート）は恰も天（ヘヴン）の如く』（1964, p. 153））。1841-9年にはニューヨーク週刊誌『ナショナル・アンチ-スレイヴァリ・スタンダード』の編集を夫の助力の下（もと）手がける。本状は畳まれた一枚の便箋の第三-四辺の下三分の一が切断。ただし欠損は恐らく第三辺の匆々，署名，結びの宛名，及び第四辺の宛名書きの三箇所（[By M]ail Steamer | [Mrs. Lydia]M. Child | [Ne]w York | United States.）のみ。第二段落に関し，チャイルド夫人は彼女自身禁酒支持者だけに，恐らくシンシナティにおける「禁酒大会」の描写（『探訪』第十一章）に関し私見を述べていたと思われる。ディケンズの筆致は以下の件（くだり）をさておけば概ね穏便ではある――「演説は，小生にせいぜい聞き取れた端々から判ずらば，なるほどその折につきづきしくはあった。何せ濡れ毛布が申し立てるやもしれぬ程度には冷水と関係なくもなかったからだ」〔拙訳書165-6頁〕。

スティーヴン・コリンズ宛　1842年12月28日付*

リージェンツ・パーク，ヨーク・ゲイト
デヴォンシャー・テラス1番地。1842年12月28日

拝復

芳牘並びに御高著を無事拝受致しました，篤く御礼申し上げます。

妻が（子供達共々至って健やかにして幸せに暮らしていますが）くれぐれも

よろしくお伝えするよう申しています。

敬具

チャールズ・ディケンズ

スティーヴン・コリンズ殿

（注）「御高著」は『雑文録』(1842)（コリンズ宛書簡（4月19日付）注参照）。

リー＆ブランチャード両氏宛　1842年12月28日付

リージェンツ・パーク，ヨーク・ゲイト

デヴォンシャー・テラス。1842年12月28日

拝啓

何卒御安心のほどを，たといアメリカにおける拙著の再版に関し帰国と同時に達した結論に何か個人的或いは私的感情が紛れていようと，其は貴社に与す上で大いなる重みを持つことにしかなりますまい。小生，主義に則り結論を導き出しました。版権に関する「法」の不埒な状況に嫌悪を催し，向後幾年もくだんの「法」が変更される妥当な希望の光明は全くないとの常々抱いている思いを一層強くし，小生かく意を決するに至っています，即ち，小生に関す限りアメリカ国民はその十全たる矜恃，徳義，栄誉，恩恵に浴するべきであり，小生断じてその回避には荷担せぬと，受けのいい立法府の不実な息吹が差し-控えていた横-風によって何ものをも吹きつけられるを潔しとせぬと。

当該略奪とその権限を握っている穢(けが)れた手をいよよ目の当たりにすればするほど，貴兄方も定めし変革の必要性を痛感し，唱道なさるに違いなく。

敬具

チャールズ・ディケンズ

リー・アンド・ブランチャード殿

（注）「帰国と同時に達した結論」については英国作家宛書簡（7月7日付）参照。リー＆ブランチャードは例えばパーク・ベンジャミンのような主犯の一人の剽窃の手口は重々心得ていた。ベンジャミンは41年8月26日『バーナビ・ラッジ』各号の写しを入手するや（『ニュー・ワールド』に挿絵入りで掲載すべく）送付するよう持ちかけていた。

コーネリアス・マシューズ宛　1842年12月28日付†

リージェンツ・パーク，ヨーク・ゲイト
デヴォンシャー・テラス1番地。1842年12月28日

拝復

芳牘を賜ると共に，アメリカに関す拙著の趣意についての御高評を拝読するに及び恭悦至極に存じます。その善意に照らせば御指摘の通りかと思われます。

くれぐれも，とは申せ国際版権の欠如に関す御提案の意を片時たり解しかねたなどとは，御提案なさる上で貴兄には何か与す個人的或いは私的利得があり得ると想像したなどとは，思し召されませぬよう。小生ただ回避により，[a]現存している言語道断の体制[a]（して貴兄と小生の死後も長らく生き存えようそれ）の上手に出る，と言おうか彼らが小生に公明正大に与えようとしない何であれアメリカ国民から受け取ることには根深くも揺ぎない異議があるとお伝えしたかったまでのことです。小生に関す限り，貴国のこよなく知的にして高潔な新聞諸紙は現状の栄誉と利得を余す所なく手になされましょう。していずれ，出版業者方も「略奪法」以外に何か「法」があれば自分達の利に適うとお気づきになる日が訪れるやもしれません。

忝くも小生自身のために「パファー・ホプキンズ」を御恵贈賜り篤く御礼申し上げます。が併せてわざわざお送り下さった同作のくだんの枚葉紙は何らお役に立てさせて頂くこと能うまいかと。もしや既に大西洋のこちら側にて広く遍く知られている名が付されていなければ，ともかくアメリカの書物を再版する気になろう出版業者は一人たり存じません。帰国以来，同じ趣旨の他の委託を履行する上で一再ならず，くだんの目的には最も打ってつけたろうモクソン殿に（如何なる条件であれ）アメリカの書籍を推薦して参りました。が結果はいつも同じであります。

「ブラザー・ジョナサン」の一件に関せば，もしやかくて利得と利点に浴されるなら，是非ともくだんの雑誌を手がけられては如何でしょうか。こと英国人作家の著作を掲載することにかけては事態が現状のままである限り，掲載されて一向差し支えなかりましょうし，せめて公明正大な変化の提唱なる恩は返

せましょう。が片や胸中疑いの余地なきことに，かようの変化の提唱は万が一[b]気受けがすると同時に愛国的な，ベンジャミン殿の自由にして独立独歩の教義[b]に反すれば，くだんの雑誌にとりては百害あって一利なく，販売部数に深刻に差し障ること必定かと。

敬具

チャールズ・ディケンズ

コーネリアス・マシューズ殿

（注） コーネリアス・マシューズ（1817-89）はニューヨーク在住ジャーナリスト・著述家・熱心な純アメリカ文学唱道者。ダイキンクと共に『摂提大角星（アークトゥルス）』を創刊・編集（1840-2）。自ら伝奇小説・戯曲・批評・詩を著す。42年1月国際版権の熱烈な唱道者となり，（崇敬の的である）ディケンズに小冊子『アメリカ著述家及びアメリカ報道界への訴願』を謹呈。ニューヨーク正餐会における版権に関するスピーチについてはフォースター宛書簡（2月24日付）注参照。aa，bb（N, I, 496に目録典拠より転載）以外は従来未発表部分。第二段落「貴国のこよなく知的にして高潔な新聞諸紙」は痛烈な皮肉で，即ち剽窃を本領とする「巨大（マンモス）」紙。第三段落「パファー・ホプキンズ」は『パファー・ホプキンズの人生』（1842）。政治選挙運動と煽動的「巨大（マンモス）」紙を揶揄する長編小説（『摂提大角星（アークトゥルス）』41年6月-42年5月掲載）。モクソンに推薦して来た「アメリカの書籍」は例えばポーの著作（11月27日付書簡参照）。第四段落『ブラザー・ジョナサン』との交渉は結局実を結ばなかった。

フランク・ストーン宛　1842年12月28日付*

ヨーク・ゲイト，デヴォンシャー・テラス1番地

1842年12月28日

親愛なるストーン

拙宅にては十二日節前夜祭，長男が晴れて六歳なる途轍もなき齢（よはい）に達すのを祝し，ありとあらゆる手合いの子供っぽい気散じが催される手筈にて。ふと，数名の年長の少年少女（皆貴兄の御存じの）が御当人方のために祝祭を引き延ばし，ドンチャン愉快な夕べを過ごすのも悪くはなかろうと思い当たりました。何卒，物は試しにお越しを――早々ながら7時から8時にかけて。チャールズ・ランシアにも声をかけています。

敬具

チャールズ・ディケンズ

フランク・ストーン殿

（注） フランク・ストーンは画家（『第一巻』原典p. 487脚注，訳書618頁注参照）。チャールズ・ランシアも画家（『第一巻』原典p. 566脚注，訳書725頁注参照）。〔十二日節はクリスマスから12日目（1月6日）。〕

ヘンリー・ワーズワス・ロングフェロー宛　1842年12月29日付

ロンドン。リージェンツ・パーク，ヨーク・ゲイト
デヴォンシャー・テラス1番地。1842年12月29日

親愛なるロングフェロー

我らが屈強な馴染み方の間に無事到達なされた由お聞き致し慶ばしい限りにして，あれだけ散々冷水浴をなされた挙句（していやはや往復航路を勘定に入れればくだんの半年間に何たる量の水を浴びられたことか！）御自身の快適な部屋にまたもやすっくり健やかにして恙無く腰を下ろしておいでの様を思い浮かべるだに感に堪えません。あの夜ブリストルから帰宅するに及び，貴兄と事実「グレイト・ウェスタン号」の船上で訣れたと，煙筒から煙がモクモク立ち昇っているのを目の当たりにしたと報告致せなかったばっかりに，ぞんざいなあしらいを受けることとなりました。が当該冷遇を……次第に乗り越え，またもや一目置かれてはいるようです。

小生この所新著にひたぶる根を詰めに詰めていますが，第一分冊はほとんど本状をお受け取りになるや否や，海賊旗（ブラック・フラッグ）の下（もと）出版されていましょう。「探訪」の売行きは驚異的で，さぞや「チャズルウィット」も（と当該新生児を呼んでいる訳ですが）先達に劣らず快調に飛ばしてくれるはずです。我々の目の黒い内には国際版権法が通過することはあるまいという点では全くもって貴兄と同感です。常々そう思って参りました。が種を蒔き，生り物の刈り入れは他者に任すと致そうでは。

貴兄の奴隷制の詩（うた）に幸（さち）あれかし！　定めし雄々しく，力強く，怒（いか）った「真

実」に満ち満ちているに違いなく。拝読致す日が待ち遠しくてなりません。ところでエヴァリットがくだんの問題に関して我々の英国社会にては全く定見がないのにはいささか驚いています。彼の，如何なる日和見主義の会計事務所赤帽でも宣おう如く宣うには，「体制の粗を探すのは容易いが，矯正法を提議するのはさまで容易くない」——恰も帽子載せ台以外の何物かに付き付きしい両肩に頭を頂く如何なる男であれかようの場合の如何なる矯正法とて幾年にも及ぶ弾劾を閲して初めて生まれるにすぎぬということを熟知していないかの如く！　が是ぞ彼が成り代わっている不調和な素材のさらなる事例では。彼は連邦政府の公使であり，連邦政府は奴隷制を支持している——故にマサチューセッツの男は窮地に陥り，男と共に「自由」もまた。

こちらでは目新しいものは何もありません。今日（こんにち）の悲劇がドゥルアリー・レーンで上演され，その前口上を小生が書き，マクレディが読み上げました。極めて好もしく受け入れられたものの，さしたる収益にはつながっていません。マクレディは至って達者です。夫人は彼に小さな女の子をプレゼントしたばかりですが，その方のお越しは（早，並みの在庫が充分とあって）それで不都合なければ難なく割愛していたではありましょう。フォースターは懸命に仕事に励んでいると思い込んでいます。がくだんの錯覚に陥って早六年を閲そうとしています。ロジャーズは一名ならざるか弱き御婦人（かつての内縁の妻（コンキュバイン））にどデカい雨傘もて殻竿（からざお）ぶちを食らわした挙句，警察署に立ち現われたとか。タルファドは——貴兄にお目にかかれなかったのをいたく残念がっていますが——前述の悲劇の受けが悪いと判明したせいか，壮健にして上機嫌です。ジョージ・クルックシャンクは先週金曜の晩拙宅にてへべれけに酔っ払い，朝の4時まで御帰館遊ばすのを平に御容赦願い，そこで漸う立ち去りました——どこへか，は定かならねど我が家でだけはなく。ドーセイは昨日ゴア・ハウスで会食した折，全くもって意気軒高にして，レディ・ブレシントンも貴兄はお健やかでらっしてとお気づかいでした。マクリースは次々素晴らしい絵を物しています。してコーンウォール遠出は我が国でも前代未聞の上首尾と相成りました。

貴兄が我々の下（もと）を発たれて以来，チャーリーは妹達と一緒に貴兄に敬意を表し，劇的場面を考案。下稽古（リハーサル）に励み，今なお時折御披露賜っています。場面は身振り手振りも鮮やかな無言劇(パントマイム)で幕を開け，乾盃の音頭の直後に始まります。三つの小さなグラスがそっくり一勢に掲げられるや，三人はじっと互いに目を見つめ合います。するとチャーリーが声を上げます。「ロングフェロー殿！バン――ザ――ア――ア――ア――ア――ア――イッ！」残る二つの甲高い声が仲良く音頭を繰り返し，小さいグラスが一気に飲み干されます。かくて幕はテーブルの激しい連打と，小さな犬――そのため目を覚ます――の上げる総気立つ吠え声をもって下りるという次第。

子供達が皆貴兄によろしくと，してケイトもくれぐれもと懸命に声を揃えて，言っています。普段我々と一緒に暮らしている，今もそうですが，義妹に会って頂けていたなら。貴兄がお見えの折は生憎実家に帰っていましたが。結婚当初はもう一人義妹がいましたが，我が守護天使となって早六歳(むとせ)が経ちます。

つゆ変わることなく親愛なるロングフェロー

敬具

チャールズ・ディケンズ

追而　ブー［ツ］造りのマック・ダウアルと，男子用洋品商のビールと，ズボン仕立て屋のラフィンと，上着裁断師のブラックモアが挙って今はの際にありましたが，徐々に恢復致したようです。医師の一致したお見立てでは，早起きによる疲労が原因とか――くだんの時ならぬ刻限に貴兄に傅かんとの。

（注）冒頭クレイギー・ハウスのロングフェローの娯楽と仕事双方に打ってつけの部屋は友人達もついうたた寝するほど「快適な」ことで知られていた。8月にロングフェローがマリエンベルグからサムエル・ウォードに宛てた手紙によると，彼は日に六度冷水を浴びていたという。「あの夜」は即ちロングフェロー出港前夜（10月21日）。第二段落「『海賊旗(ブラック・フラッグ)』の下(もと)出版されて」は「剽窃されて」の謂。〔“black flag”は通例黒地に頭蓋骨とその下に×字形に組み合わせた二本の人骨を白く染め抜いた旗。〕『探訪』の「売上げ」についてフェルトンはクリーヴランド宛書簡（42年11月28日付）で「恐らく10万部以上売れているはずだ」と伝える。第三段落「奴隷制の詩(うた)」はチャニングに献題された『奴隷制に寄す詩(うた)』（42年12月刊）。予てよりサムナーに反奴隷制詩を書くよう推められていたロングフェローは詩集に収められた八篇の内七篇を42年10月帰航中「グレイト・ウェスタン号」船上で執筆。フォースターは『イグザミナー』（43年4月8日付）掲載書評において著者の「勇気と慈愛」を称えるが，紙幅の大半は南部奴隷所有者の暴虐摘発に割かれている。エヴァリットについてはエドワード・エヴァリット宛書簡（42

年1月1日付）注参照。「体制の粗を探すのは……さまで容易くない」は彼の公的スピーチにおける奴隷制への言及が確認されていない所からすると，会話においてかディケンズの又聞きの言葉。エヴァリットは奴隷制廃止論者からは「妥協策者（コンプロマイザー）」と見なされていた。第四段落「小さな女の子」はリディア・ジェイン（12月26日生）。マクレディの第七子（四女）。フォースターは当時『共和国の政治家列伝』（全五巻）を上梓，1833年以来『イグザミナー』劇評相当，二年前から『フォリン・クォータリー・レヴュー』編集・執筆を手がけていた。ロジャーズは若い時分に誘惑された申し立ての下（もと）複数の女性から執拗な嫌がらせを受け，警察署に苦情を訴えるほどだった。取り囲んだ女達を「雨傘で打ち払おう」としていたとは，庇護を求められた夜警（本来は街頭での物乞いを取り締まる任務）の一人の証言。夜警は直ちに援助を仰ぎ，女達を皆拘留したという。因みにロジャーズの「性懲りもない青春時代」は仲間内での軽口の種だった（『第二巻』原典pp. 140-1，訳書170-1頁（ジョン・オーバーズ宛書簡（40年10月27日付））参照）。タルファドはロングフェローがわけてもイングランドで会えなかったことを残念がった文士――ケニヨン，テニソン，ミルンズ等――の一人。「悲劇の受けが悪い」ことに関し，マクレディは『日誌』（40年9月20日付）に「今ではどんな劇も成功するとは思えなくなってしまった」とのタルファド夫人の率直な慨歎を愉快そうに綴る。クルックシャンクの「深夜の御帰館」についてはビアード宛書簡（42年7月11日付）参照。『ジョージ・クルックシャンク伝』（1882）の著者ブランチャード・ジェロルドによるとクルックシャンクは「約しいながらも愉快な呑み友達」の直中なるかつての溜まり場へ引き返すことも間々あったという。12月28日にディケンズはこれが二度目，ドーセイによる肖像画のモデルを務める（一度目については『第二巻』原典p. 426脚注，訳書528頁注参照）。マクリースは翌夏，王立美術院に自作二点――『男優，著者を迎える――「ジル・ブラース」の一場面』，『滝の少女』（ビアード宛書簡（12月18日付）注参照）――を出展。第六段落「義妹」ジョージーナに関し，フォースター宛書簡（43年12月12日付）におけるディケンズの言及の注釈とし，フォースターは「アメリカからの帰国以来，彼の家庭になくてはならぬ存在になっていた」と記す。マクレディの『日誌』によると7月12日ディケンズが夕べのパーティで義妹と妻に催眠術をかけた折，彼女は既にデヴォンシャー・テラス1番地で起居していた。11月下旬においても一家と同居（フッド宛書簡（11月30日付），マクリース宛書簡（同日付）参照）。「（もう一人義妹が）いました（*was*）」には二重下線。追而書き「ブー［ツ］」の原語“boo[t]”は草稿では“book”と読める。ジョン・マックダウアルはリージェント・ストリート14番地の「女王・ケンブリッジ公爵お抱えブーツ造り」。ジェイムズ・ビールはニュー・ボンド・ストリート131番地の靴下・カラー・手袋商。ラフィン，バトラー＆ラフィンはハノーヴァ・スクエア，プリンシズ・ストリート17番地の仕立て屋。C.ブラックモア商会はバーリントン・ガーデンズ，コーク・ストリート10番地の仕立て屋。帳簿によると，ディケンズ自身マックダウアルとは40年3月，ビールとは41年11月，ラフィンとは40年5月，C.ブラックモアとは43年5月から取引きがあった。フェルトンが友人クリーヴランドに宛てた手紙（11月28日付）によると，「彼〔ロングフェロー〕は英国で持ち衣裳を仕立て直したとあって，出立ちは以前より緩やかで，ブーツも頑丈になっている」。

T. N. タルファド宛［1842年］12月30日付*

【12月30日が金曜に当たるのは1842年。筆跡によっても裏づけ。】

デヴォンシャー・テラス。12月30日金曜晩

親愛なるタルファド

小生の注意は先日，新聞に掲載されたとある広告により，同封の小包の中の書籍に惹かれました。広告には18ペンスにて「パーリーズ・ライブラリー。『骨董屋』と『バーナビ・ラッジ』の出来事を網羅した」是々然々の一巻本が触れ回られています。黄色い小冊子（同じ週刊物）には「アメリカ本」の大量の抜粋が載っています。これら海賊版を出版している男はこの世にビタ一文持ち併せていませんが，もしや差し支えなければ，何か法的に男に急遽待ったをかける手立てがあるか否か御教示賜りますよう。

いつ，どこでお目にかかれるか一筆頂ければ，喜んでお伺い致します。

親愛なるタルファド

敬具

チャールズ・ディケンズ

（注） フッドはディケンズ宛書簡（12月26日付）において「多忙のため気づいていないかもしれないが」と前置きした上で，当日の『ヘラルド』に「パーリーズ・ライブラリー」第一巻の広告が掲載されている由伝えていた。『パーリーズ・ペニー・ライブラリー』は両親が四人の子供に教訓的な逸話や物語を話して聞かすパーリー家の日常を描写する週刊誌。『骨董屋』，『バーナビ・ラッジ』，「街灯点灯夫の物語」が第一巻（41年12月刊）の約四分の一を占めていた――『骨董屋』は極めて巧みに56頁に簡約されているものの，『バーナビ』の要約は第一－三十二章までで80頁にも及び，残りは僅か8頁で掻い摘ままれる。「同じ週刊物」は十二枚折24頁または32頁の週刊誌（単価1ペニー）。およそ三か月毎に一巻にまとめられ，シリーズは43年12月までに九巻で完結，『パーリーズ・イリュミネイティッド・ライブラリー』が後継。42年10-12月号には主として『探訪』冒頭十一章の逐語的要約〆て50頁が掲載。題扉には「フリート－ストリート，シュー－レーン，クリーヴ」（『ロンドン・サティリスト』，『ペニー・マガジン』等出版業者・急進派ジャーナリスト，ジョン・クリーヴ）の名が記されていたが，ディケンズ

の念頭にあった「海賊版を出版している男」は恐らく，『パーリーズ』の大半の印刷を手がけていたR.E.リー（第五一九巻では「リー＆ハドック」）。上記三名及び他の三出版業者に対し『クリスマス・キャロル』の遙かにあざとい剽窃を巡りディケンズが44年1月に起こした訴訟については『第四巻』参照。本状からしてディケンズは（リー申し立てる所の献本）第一巻をこの時点で少なくとも目にはしていたと思われるが，宣誓供述書（44年1月17日付）において当該巻を目にした覚えも読んだ覚えもないと申し立てる背景にはタルファドからの忠言があったと思われる。

C.C. フェルトン　1842年12月31日付†

ロンドン。リージェンツ・パーク，ヨーク・ゲイト
デヴォンシャー・テラス1番地。1842年12月31日

親愛なるフェルトン。貴兄並びに御家族の皆様，新年明けましてお目出度うございます！　これきり不都合ない限り幾多の幸せな子宝に恵まれ（それ以上は御勘弁を），御子女と我が子らとの間に，御夫妻と我々との間に，心優しき運命の三女神がとびきりの心優しさにおいて快く命じ賜う限り幾多の幸せな出会いのもたらされんことを！

アメリカの書は（開口一番），一点の非の打ち所もなき，絵に画いたような成功を収め――今や夥しき四版が売り切られ，金を叩かれ，ありとあらゆる手合いの男から口を極めて褒めそやされています――ただし「フレイザー」の我らが馴染み――惨めな奴，赤貧洗うが如き失意の男，（蛇足ながら）小生が常々親身に思いやり深く接して参ったつもりの――と，「ブラックウッド」のもう一人の馴染み――何を隠そう「年1万ポンド」と題する小説を物せしその名もウォレンという傑人――をさておけば。御両人毒にも薬にもならず，その目論見において，とはもちろん小生に嫌がらせを仕掛けようとの，見事に頓挫を来してはいます。今や小生かようの点における如何なる病んだ好奇心からもすっかり解き放たれ，この種の書評の噂を耳にすらば，断じて読まぬことにしています。かくて常に我ながら（とは思われませんか？）勝利を掌中に収めているものと悦に入っています。こと貴国の奴隷所有者に関せば，御尊顔が御当人方の奴隷に劣らず黒ずむまで叫ぶが好かりましょう。「ディケンズは虚言を

弄している」ディケンズは彼らの満足のために執筆するのではなく，向後も彼らの快適のために釈明は致しますまい。ディケンズはくだんの広告が一から十まで掲載された新聞の名前と日付を一から十まで控えています——とは彼らの百も承知の如く。がディケンズは金輪際，「最後の審判の日」まで，同上を明らかにするを潔しとせず，潔しとはしますまい。[a]ディケンズはまた共和国の自由（にして安易）な新聞諸紙を喜ばすために自ら陥った如何なる些細な局部的過誤をも——単なる誤植にすぎぬブロックの記念碑のそれをすら——訂正することなく，拙著には初めて世に出たがまま瑕疵を全て身に負わせ，何一つ手を加えずにおきましょう。[a]

この所，新作に捩り鉢巻で取り組んでいます，第一分冊が出たばかりですが。例の「幸福」——と「利得」——を他人様の懐を傷めて追及するポール・ジョーンズ共のお蔭で貴兄にも定めて本状をお受け取りになるかならぬか，第一巻をお読み頂けるのではなかりましょうか。お気に召せば何よりです。してわけても，親愛なるフェルトン，然るペックスニフという男と娘達に何卒御高配賜りますよう。小生自身何がなし妙に気に入っているもので。

何と，ロングフェローが立ち去った直後我々の向かったコーンウォールへの旅の素晴らしきかな！「我々」とはフォースター，マクリース，（名立たる海洋画家）スタンフィールド，そして比類なき（イニミタブル）ボズのことですが。まずもって我々は鉄道でデヴォンシャーへと向かい，そこにてありとあらゆるピクウィック案件がらみで愛国的な旅籠の亭主から幌型馬車を借り受け，早馬を仕立てて繰り出しました。時に終夜（よもすがら）旅することもあれば，終日（ひもすがら）旅することもあれば，また昼夜を舎かず旅することもありました。小生が合資財布を預り，ディナーと飲み物は全て注文し，通行料取立門という取立門で料金を叩き，御者と愉快な四方山話に花を咲かせ，旅に拍車をかけたり待ったをかけたりしました。スタンフィールド（古参水兵たる）が道中のありとあらゆる侃々諤々たる難題にかけてはどデカい地図にお伺いを立て，ばかりか携帯羅針盤やその他文明の利器まで駆り出していました。手荷物はフォースターの持ち前にして，マクリースは，手持ち無沙汰に飽かせて専ら歌を口遊んではいました。いやはや！　せめて貴兄に酒瓶の首が——その色取り取りの形（なり）にしてからが狂おしき——馬車の物入(ポケット)れから覗いている所をお目にかけられていたなら！　せめて貴兄が如何ほど左馬騎手が天から我が事そっちのけにして――馬丁が滅多無性に懐っこく――給仕が雀躍りせぬばかりに大はしゃぎだったことか，目の当たりになされていたなら。せめて我々の後について，四人(よったり)で訪うた土臭い古教会へと，憂はしい海岸の不可思議な洞窟へと，炭鉱の奥底へと降り，片や得も言われず碧々(あおあお)とした海原が幾百フィート下方か，は神のみぞ知る逆巻く，目も眩まんばかりの高みの天辺まで登り詰められていたなら！　せめてほんのちらとでも，我々が夜分，とうに夜が更け明け初めてもまだ神さびた旅籠の大部屋でグルリを囲んだ紅々と燃え盛る炉の火照りを目になされていたなら――それともほんのゆらとでも，夜毎どデカい大きな陶器の深鉢にてお越しになる熱々の（例の，親愛なるフェルトン，小生がほんの一口お送りした瞠目的混合酒のように白色ではなく，豊かな，温もりのある，輝かしき褐色の）ポンチの湯烟の香りを嗅げられていたなら！　生まれてこの方，小生，くだんの道中抱えたほど腹を抱えたためしはありません。小生の哄笑を耳になさるだけでも効験灼だったろうものを。道すがらずっと噎せては喘いではストック・タイの後ろの留め金をはち切れさせていました。してスタンフィールドは（恰幅と気っ風は貴兄そっくりなれど，十五歳ほど老けている）それは次から次へと込み行った卒中性発作を起こすものですから，しょっちゅう旅行鞄もて背(せな)を叩かずば息を吹き返らすこと能わぬ始末。冗談はさておき，小生蓋し世にかほどの旅はついぞなかったものと心底信じています。して彼ら，くだんの御両人は，我々が馬車を停めたとびきりロマンティックな場所でそれは見事なスケッチを取るものですから，誓って我々には「戯れの精」ばかりか「美の精」もお供下さっていたと申しても過言ではなかりましょう。――が晴れてイングランドへお越しになるまで待った――旅の土産話はここまでに――。

国債計理人とて十二日節の晩チャーリーの誕生祝いに拙宅へお越しの仰山な子供の数の〆を出すのはお手上げかと，くだんの折のために小生「魔法のランプ」や同じ手合いのその他諸々の途轍もなき絡繰の用意万端整えている訳ですが。が極め付きはフォースターと小生とで奇術師の商売道具を一式――その実践と披露は，専ら小生に委ねられている――買い求めたということでありましょう。していやはや，フェルトン，せめて貴兄に小生が観客皆の時計をあり得べからざる茶筒に変え，硬貨に空を飛ばせ，ハンケチにちらと焦がしもせずに火をつけ——自分の部屋で，誰一人讃歎へ目を瞠る者もなきまま，練習に励んでいる所をお目にかけられていたなら——終生瞼に焼きついて離れますまい。片棒担ぎの必要なくだんの奇術においてはスタンフィールドに（ビクともせぬ上機嫌の謂れをもって）助太刀を頼んでいます，彼は因みに観客皆の得も言われず大喜びすることに——いつも全くお門違いなことをやってのけてくれますが。今晩フォースターの所で少人数が集まることになっています，旧年を送り出し新年を迎え入れるべく。[b]上首尾の[b] 詳細は次便にて審らかに致したく。

どうやら得心せざるを得ぬことに，フォースターは事実貴兄を個人的に存じ上げ，終生存じ上げて参ったと思い込ん［でいる］ようです。余りに真面目くさって貴兄のことを口にするものですから，小生ニタリと笑うことすら憚られ，とことんしかつべらしい面（つら）を下げねばならぬものと観念しています。時に貴兄についてそれはあれこれ御教示賜るものですから——小生に，ほら，質問するのではなく——時折言葉に尽くせぬほどマゴつくこともあり，アメリカへ渡ったのは小生ではなく，彼だったような気すら致し始めます。世の中不思議なことがあるもので。

貴兄宛ロングフェローに託けるつもりだった拙著はそれだけでお送りするには値しません——ほんの「バーナビ」にすぎぬもので。が何か草稿を探し（確か「アメリカ探訪」のそれは完全に揃っているはずですので），包みを長い船旅により値する代物に仕立て上げたく存じます。ことマクリースの絵に関せば，貴兄の印象は全くもって正鵠を射ていますが，彼は（自ら宣う如く）「然に取り留めのない奴」にして然に突拍子もなく気が変わるものですから，腹づもりを漠とながらお伝えすること能いません。次の便にては御期待に副えるよう努めます。

ハウと例のチャーミングな少女のことが気がかりでなりません，是非とも[c]果たして博士が指話（と申すか握り締め言語（スクィージング））まで到達なされたか否かお聞かせ頂きたく。[c] 詳細を余す所なくお願い致します。サムナーにくれぐれもよろしく申していると，ありがたき芳牘を拝受した由お伝え頂けましょうか？　ヒラードにもまた然り――御当人のみならず[d]とびきり聡明な[d] 令室にも御鶴声賜りますよう，令室とはとある晩ささやかながら言葉を交わし，忘れ難き思い出となっている故。ワシントン・オールスタンや，小生のことを気にかけ，拙著後も生き延びている馴染み皆にもまた然り。[e]ケイトが小生共々くれぐれも御自身並びに令室と小さな娘御方によろしくお伝えするよう申しています。チャーリーもまた。メアリもまた。ケイトもまた。ウォルターもまた。[e] つゆ変わることなく親愛なるフェルトン

敬具
チャールズ・ディケンズ

（注） 第二段落「夥しき四版」に関せば，『探訪』は10月27日までに再版が出版され（サウスウッド・スミス宛書簡（10月22日付）注参照），『タイムズ』は11月18日に第三版，11月24日に第四版の広告を掲載していた。「口を極めて褒めそや」している文人の例としてはカーライル（10月26日付書簡参照），トロロープ夫人（12月16日付書簡参照）が挙げられる。ジェフリー卿もまた手紙（10月16日付）で「貴兄は自ら為そうと公言或いは請け負う全てを完遂なされたように思います。未だかつてかほどに誠実かつ写実的な，愉快で心優しき物語がこの世に出たためしはなかりましょう」と絶賛していた（F, III, viii, 286参照）。ディケンズはフォースターからクラブ・ロビンソンがアメリカからのフォースター宛書簡を彼が音読するのを聞いて陶然となったこと，『探訪』自体にも感動していること等聞き及んでいたのかもしれない。この時点までの書評――『タイムズ』（10月25日付），『モーニング・クロニクル』（10月21，22日付）等も――賛辞を惜しまなかった。フォースターは『イグザミナー』（10月22日付）掲載書評において本書の活き活きとした筆致を「それ自体の瑞々しさが主題にたとい月に住まう人々に纏わるそれであったとて旧知の趣きと魅惑的な興味を帯びさせていたろう」と称える（F, III, v, 246にほぼ逐語的に再録）。『フレイザーズ』掲載『探訪』書評についてはウーズリ宛書簡（11月8日付）注参照。サムエル・ウォレン（1807-77）は法律家・作家。エディンバラで医学を専攻（『第一巻』原典p. 410脚注，訳書518頁注参照），37年バリスターの資格取得，56-9年ミドハースト選出トーリー党国会議員。『ブラックウッズ』に記事・書評を多数寄せるが，代表作は『年1万ポンド』（『ブラックウッズ』に39年10月-41年8月連載，41年に三巻本として出版）。ウォレンの書評は筆名「Q. Q. Q.」の下『ブラックウッズ』12月号に掲載。アメリカ下層民の不潔な習慣の詳細や，牢獄と精神病院の描写に不快の念を表し，ナイアガラの滝に纏わる件に至っては愚弄して憚らない（フォースター宛書簡4月26日付注参照）。第二章の往航，第三章のハウ博士とローラ・ブリッジマン，第十一章の貧しい移民については好意的な評価を下すが，全体としては「極めて浅薄な」仕業，政見の押しつけは過誤，文体はぞんざいと酷評する。「ディケンズ

は（くだんの広告が……控えて）います」の原語“Dickens has”は“I have”を抹消した上に訂正。「くだんの広告」は『探訪』第十七章で引用されている脱走奴隷に関するそれ（エドワード・チャプマン宛書簡（9月16日付）注参照）。aaは従来未発表部分。「ブロックの記念碑」はアメリカ戦争（1812）におけるアッパー・カナダ〔元英領カナダの一州。今のオンタリオ州南部〕の英国司令官，陸軍少将サー・アイザック・ブロック（1769-1812）の武勲を称えるそれ。1812年10月13日戦死したクィーンズトン高原に英領州議会により建立されたが，40年カナダ人反逆者により爆破。ディケンズは第十五章において「今や憂はしき成れの果て」と化した墓碑を公費で修復することが急務であろうと訴えていた。記念碑は実は40年7月の大集会で復旧が決議され，£5,000に上る募金により，新しい墓碑と彫像が56年に完成。「局部的過誤」は恐らくブロックは「凱歌を挙げた後（のち）に」戦死したとの文言を指すと思われる。英軍はクィーンズストン高原陥落を試みながらも，ブロックの死と共に撤退。英軍勝利は援軍が到着して初めて。「瑕疵を全て身に負わせ」は『ハムレット』第一幕第五場79行亡霊の台詞より。第三段落「第一分冊」（『マーティン・チャズルウィット』）は12月31日刊。「（ポール・）ジョーンズ共」の原語“Joneses”は草稿では“Jones's”と読める。ジョン・ポール・ジョーンズ（1747-92）は海軍傭兵・密輸業者・略奪者。「他人様の」の原語“other men's”は草稿では“mens'”と読める。「然るペックスニフという男と娘達」に関し，シドニー・スミスはディケンズ宛書簡（43年1月6日付）において「ペックスニフと娘達と，ピンチは素晴らしい――貴兄にしか物せぬような天下一品の絵画――かと」と絶賛する。

第四段落「何と……旅の素晴らしきかな」の原語“such a trip as...”は草稿では“such as a trip as”と読める。ディケンズ一行が後部に名札付の荷物を積んだ馬車に掛けている写生（スケッチ）は一時マクリース画と思われていたが，恐らく描いたのはサッカレー――フォースターによると，「痛快極まりない祝日の記録を……サッカレーもまた『滑稽スケッチ集』の一枚に留めている」（F, IV, i, 289）。F. G.キトンはアン・サッカレー・リッチーにこの絵を見せた所「直ちに父親の筆致」を認めたため，*CD by Pen & Pencil*, 1890-2（III, 67）に「想定サッカレー画」として収録。ディケンズ自身は旅路の詳細を綴っていないが，マクリース（下記参照）と地方紙（サウスウッド・スミス宛書簡（10月22日付）参照）に照らせば以下の進路が推定される。10月29日土曜晩もしくは翌明朝，エクセターからプリマスへ（43マイル），エディストン灯台見学のため出立。そこからセント・マイケルズ・マウント目指しマラザイアンへ向かい（110マイル），さらにランズ・エンド（10マイル）へと足を伸ばし，恐らくセント・ジャスト-イン-ペンウィスに10月31日月曜夜遅く到着。エクセターへの帰路はティンタジェルとセント・ナイトンズ・キーヴの名所巡り迂回を含め，二日間（約160マイル）でやりこなされる――エクセターを11月3日通過している（『ウルマーズ・エクセター・ガゼット』（11月4日付））所からして。一行はランズ・エンド付近の「鉱山」を数箇所視察――内一つは名立たるボタラック鉱山。ディケンズは『御伽英国史』第一章（『ハウスホールド・ワーズ』（51年1月25日付））において「コーンウォールの最も名高い錫鉱床は今なお，海岸の際にある。内一つなど，わたしはこの目で見たことがあるが……海底から抉り出されている。鉱夫の話では……下のそんな深い洞で働いていると，波が頭上で轟き渡るのが聞こえるそうだ」と記憶を蘇らせる〔拙訳『ハンフリー親方の時計／御伽英国史』147頁参照〕。「目も眩まんばかりの高み」の原語“giddy heights”は“precipices（絶壁）”を抹消した後に記述。「熱々の（*hot*）」には二重下線。「小生蓋し世にかほどの旅はついぞなかったものと」信じている追憶の一齣はいずれ「柊亭（『ハウスホールド・ワーズ』クリスマス号（1855）」において語り手が思い出の糸を手繰る様々な旅籠の内一つ「コーンウォールの僻陬の地」にあったそれの描写へと以下の如く結実する――「旅籠で年に一度の大いなる『鉱夫の祭り』が催されている折しも，私と旅の道連れ達は旅籠の前にて松明明かりの下，ダンスを踊っている狂おしき人だかりの直中に姿を見せた。我々は数マイル離れた石ころだらけの沼地の暗がりの中で一頓挫来し，私は晴れがましくも馬具を解いた駅馬の一頭を曳いていた」〔拙訳『クリスマス・ストーリーズ』第六章106-7頁参照〕。コーンウォールでこの時期唯一「鉱夫の祭り」が催されていたのは，ランズ・エンドから約6マイル離れたコーンウォール岬近くの「聖ジュスト亭」。一行が泊まったのもこの旅籠と思われる（フォースターのランズ・エンドから見た「日没」の記述（F, IV, i, 288）とも符合）。二人の画家が「とびきりロマンティックな場所」で取ったスケッチに関せば，マクリースの写生の一枚は後にジョージーナ・ホガースの絵の背景として用いられるセント・ナイトン滝（ビアード宛書簡（12月18日付）注参照），スタンフィールドの写生はフォースターがその天辺に止まり木よろしく座っている，ランズ・エンド，ローガン・ロックと，（恐らく）エディストン灯台（後に55年6月，タヴィストック・ハウスにおける素人芝居『灯台』緞帳の基として用いられる）のそれ。マクリースはフォースター宛書簡（68年10月13日付）においてこの折の模様，わけても彼が「ローガン・ストーンの目の眩むような天辺」や，「セント・マイケルズ・マウント城の最も高い胸壁の遙か高みの揺り籠櫓の天辺の石」に腰かけたスリリングな記憶を蘇らせる。〔本状第四段落はF, IV, i, 288-9に（一部省略はあるが）引用。〕第五段落「奇術師の商売道具を一式」購入したのはハムリー玩具店から（ミトン宛書簡（43年2月6日付）参照）。bbは従来未発表部分。第六段落「思い込ん［でいる］（belie［ves］）」は封蠟の箇所で単語の末尾がちぎれて欠損。第七段落『探訪』の草稿を仮にディケンズが某かフェルトンに送ったとすれば，格別に写しを取ったに違いない――フォースター・コレクション（V&A）の草稿には欠けた所がないだけに。マクリースの「取り留めのない」気っ風についてはほぼ同じ文言の用いられているフェルトン宛書簡（43年3月2日付）参照。第八段落「例のチャーミングな少女」はジュリア・ウォード（フェルトン宛書簡（42年9月1日付）注参照）。cc，dd，eeは従来未発表部分。「果たして博士が……到達なされたか否か」は聾唖者と関わるハウの本務への冗談まじりの言及。一説によると，ディケンズはヒラード夫人のことをこれまで出会った如何なるアメリカ婦人より好もしいと語っていたという。

W. H. プレスコット宛［1842年12月28-31日付］

【プレスコットのディケンズ宛書簡（43年1月30日付）に言及あり。日付はプレスコットにより「先の汽船」――即ち1月4日リヴァプール発，1月25日ボストン着「カレドニア号」――にて拝受の記述からの推断。ディケンズは他のアメリカ宛書簡（12月28-31日付）も同じ汽船での送達を意図していた。】

マダム・カールデイローンの著書出版のための手筈について，またチャプマン&ホールが申し出ている前金の額を述べて。

（注）　プレスコットは本状への返信とし，「先の汽船にて芳牘を拝受致しました，我が被保護者（プロテジェ）のために御尽力賜りありがとう存じます。貴出版社はくだんの著作のためにさほど驚くべき額を融通下さってはいませんが」と綴る。併せてプレスコット宛書簡（43年3月2日付）参照。プレスコットはディケンズ宛書簡（12月15日付）にてマダム・カールデイローンの著作への高配の礼を述べると共に，自著『メキシコ征服』の進捗状況を伝えていた。

ダニエル・マクリース宛［1842年12月下旬？］

【原文はW.ジャスティン・オゥドリスカル著『王立美術院会員ダニエル・マクリース伝』（1871），p. 67。日付は明らかにささやかな「一計」（ビアード宛書簡（12月18日付））がマクリースに明かされてほどなく。換言すれば，12月24日のビアードへの小切手支払いからさほど経っていないものの，一件の言及されていないマクリース宛書簡（12月27日付）以降。〔本状の日付については『第一巻』訳書740-1頁注参照。〕】

何卒お気を悪くなさらぬよう。如何様なお気持ちで小生がお送り致したものを返却なさったかは重々心得ているつもりです，がにもかかわらず是非とも再びお受け取り頂くようお願い致さねばなりません。もしや小生独り善がりにも片時たり然に貴重なお時間と類稀なる天稟を独り占めに致そうなどと目論んでいたなら，よもや（貴兄を存じているからには重々存じていた如く）かのささやかな一計を案ず要はさらになかったでありましょう。小生いつ何時であれ貴兄の賜ろう他の何なりと，手づから賜る如何なる小さな紙切れとて頂戴致しましょう，が何卒本件は御放念賜りますよう。小生喜んで貴兄の芸術の全領域における他の何に対しても債務者とならせて頂きたく――とはいつ何時この身を試煉にかけられようと難なくお分かりになろう如く。

（注）オゥドリスカルによると一件はニクルビー肖像（1839）に纏わるものであり，『第一巻』原典p. 577も同上に準じ，本状並びにマクリースの手紙の日付を「滝の少女」を巡っての二通と見なすフォースター（F, IV, i, 290）の証言に反し，1839年夏と同定した。が爾来チャプマン＆ホールがニクルビー肖像を委託し，ディケンズに贈呈したことが判明。フォースターの主張に与すのが妥当と思われる。フォースターによると，ディケンズは欺瞞発覚の後（のち）マクリースが懸命に返そうとした金を頑に拒んだが（F, IV, i, 290），43年2月にマクリースの描いた彼自身とキャサリンとジョージーナの鉛筆画（フォースター宛書簡（2月12日付）注）参照）と，（フォースターによると四年後）39年のニクルビー肖像と同じ大きさのキャサリンの肖像画（48年王立美術院に出品）は快く受け取ったという。

クラークソン・スタンフィールド宛［1842年？］

【ウォルター・M.ヒル目録50番（1914）に抜粋あり。住所は「デヴォンシャー・テラス」。ディケンズは恐らくコーンウォール旅行中（42年10-11月）に彼が物した『ランズ・エンド』と『ローガン・ロック』の水彩画の一枚（或いは双方）への礼を述べていると思われる（フェルトン宛書簡（12月31日付）注参照）。】

親愛なるスタンフィールド

こよなく麗しき贈り物に篤く御礼申し上げます。早速額に入れて飾り，日々大切に愛でさせて頂きたいと存じます。

妻が令室にくれぐれもよろしくお伝えするよう申しています，さぞや健やかにお過ごしのことと，

（注）〔本状末尾欠損に関する編注は原典になし。〕

ドーセイ伯爵宛　1843年1月2日付*

デヴォンシャー・テラス。1843年1月2日

親愛なるドーセイ伯爵

妻が肖像は「素晴らしい」と申し，同上を目にした他の色取り取りの家庭内権威も然に思し召しています――ただし中には口許辺りは手を入れる余地あり

との見解に傾いている者もありますが。

意見集約のため然に長らく手許に置かせて頂いていた次第にて。

敬具

チャールズ・ディケンズ

ドーセイ伯爵

（注）「肖像」はドーセイによる二枚の肖像の第二作目。第一作目については『第二巻』原典p. 426脚注，訳書528頁注参照。左向きの横顔の鉛筆画には画家のサインと「二枚の内ではこちらがベスト」の裏書き（42年12月28日付）。スザネット・コレクション（1970年ディケンズ・ハウスにて展示）の横顔の「口許辺り」は今なお「手を入れる余地あり」の観が否めない。

フランク・ストーン宛［1843年］1月2日付*

【「1842年」は明らかにディケンズのミス。筆跡によっても裏づけ。】

デヴォンシャー・テラス。1842年1月2日

親愛なるストーン

先日認め，郵送した，来る十二日節前夜祭に纏わる手紙はお手許に届いたでしょうか？ 「然り」なら結構。が「否」なら，くだんの宵は拙宅に早目にお越し下さいますよう。

敬具

チャールズ・ディケンズ

フランク・ストーン殿

（注）「先日認め」た手紙についてはストーン宛書簡（12月28日付）参照。

リー・ハント宛　1843年1月3日付

デヴォンシャー・テラス。1843年1月3日

親愛なるハント

来る金曜——十二日節——は我が跡取り息子殿の誕生日にして，くだんの折，

魔法のランプを始め色取り取りの絡繰が拙宅にて打ち揚げられる手筈にて。

既に長じた（一人残らず貴兄も御存じの）子供達も幾人（いくたり）か，独自にはしゃいで頂くべくお招きしています。もしやお健やかにして，7時30分までにお越し下さるようなら，妻も小生も光栄に存ずると共に，リー・ハントにも（八卦を見らば）何ら差し障りなかろうかと。

敬具

チャールズ・ディケンズ

リー・ハント殿

フレデリック・マリアット宛［1843年］1月3日付

【1月6日が金曜に当たるのは1843年。前書簡並びに次書簡参照。】

デヴォンシャー・テラス。1月3日

親愛なるマリアット

来る金曜——十二日節前夜——は我が跡取り息子の誕生日にして，その折小生魔法のランプを始め強かな絡繰を打ち揚げる手筈にて。

既に長じた（ほぼ全員貴兄も御存じの）子供達も幾人（いくたり）か存分はしゃいで頂くようお招きしています。もしや街にお見えで，7時半かその辺りの早目の刻限にお越し願えるようなら，心より光栄に存じます。

敬具

チャールズ・ディケンズ

フレデリック・マリアット宛　1843年1月3日付*

デヴォンシャー・テラス。1843年1月3日

親愛なるマリアット

我々年老いた少年少女は金曜，我らが身を護るに足るだけの兵力にて応召致す予定にして，貴兄にも必ずや夕食を召し上がって頂けましょう。がお越しに

なる前にディナーをお取り頂くに如くはなかろうと存じます。

我が跡取り息子は（未だ幼気故）こと読書にかけては速歩（はやあし）とは言えず，よって「マスタマン・レディ」を所有していません。が遙か長ずるに及んでは貴兄の贈り物たる御高著をさぞや誇りに致すに違いありません。してもしや頁を繰るだに「愉快」がらぬとすれば，およそ我が子ではなかりましょう――目下は，我が子たること信じて疑いませんが。故にくれぐれもお忘れなきよう。

『アメリカ探訪』に関するくだんの言語道断の手違いを直ちに正させて頂きたく。如何でかようの事態と相成ったか見当もつきませんが，恰も小生自身の落ち度ででもあるかのように内心忸怩たるものがあります。

彼らは小生には例のキリスト教の書も送ってくれました。たまさかの空念仏はさておき，良書のように思われます。

敬具

チャールズ・ディケンズ

マリアット船長

（注） 第二段落マリアット著『マスタマン・レディ』は第三巻発刊（42年12月22日）をもって完結していた。第三段落「くだんの言語道断の手違い」は恐らくチャプマン＆ホールが指示通りマリアットへ献本していなかったことを指すと思われる（マリアット宛書簡（42年10月13日付）参照）。末尾「例のキリスト教の書」については不詳。

バーデット・クーツ宛　1843年1月6日付*

デヴォンシャー・テラス。1843年。1月6日金曜

親愛なるクーツ嬢

来る水曜是非ともディナーを御一緒させて頂きたく――ただし必ずや，この所貴女にお目にかかる機に悉く祟っているやに思われる因縁がくだんの悦びを享受させ賜うほど情け心に篤いと仮定しての話。

匆々

チャールズ・ディケンズ

クーツ嬢

ジョン・フォースター宛［1843年1月8日付］

【F, IV, i, 292に抜粋あり。日付はフォースターによると1月8日。】

今度の号はすこぶるつきの出来映えになりそうだ。ガンガン根を詰めに詰めて，丸一日家にいた。昨日も同前（ディトー）。ただ昼から二時間ほどウィルズデンの荒れ野を雪にズッポリ半フィート方埋（うづ）もれながら四苦八苦歩き回りはしたが。

（注）「今度の号」は『チャズルウィット』第二分冊（次々書簡参照）。〔ウィルズデンは英南東部，元ミドルセックス州都市。〕

［レディ・バーデット］宛　1843年1月13日付*

デヴォンシャー・テラス1番地。1843年1月13日

チャールズ・ディケンズ殿は謹しんで［レディ・バーデット］に御挨拶申し上げると共に，誠に遺憾ながら月曜は早予定があり，それ故［セント・ジェイムジズ・プレイス］にてディナーを御一緒させて頂くこと能わぬ由（［サー・フランシス］に御鶴声賜ると共に）申し上げねばなりません。

ディケンズ殿は何卒，同時に，［レディ・バーデット］へ［レディ］のためにアメリカよりわざわざ持ち帰った，たいそう小さな二つの鉱石を転送させて頂きたく。黄色い方はヴァージニア大理石で，褐色のそれはナイアガラの石です。カナダ滝の後方，遙か高みより流れ落ちる際，瀑布の単なる水飛沫によりてロックに穿たれた洞窟の一部を成す辺りから持ち帰りました。太古より，憂はしき塒にて滝水に浸って参った。

（注）冒頭「［レディ・バーデット］」は切り取られているが，次書簡参照。「［サー・フランシス］」も切断。第一段落の終わりは20字ほど切断。第二段落「ヴァージニア大理石」は少量だがヴァージニア州で発見された大理石。「ナイアガラの石」についてはクーツ嬢宛書簡（42年7月2日付）参照。

ハンナ・メレディス嬢宛　1843年1月13日付

デヴォンシャー・テラス1番地。1843年1月13日

親愛なるメレディス嬢

くれぐれもクーツ嬢に枡席のことでは御高配賜りありがたく存じている由お伝え下さいますよう。

昨日は生憎留守を致し，芳牘に御返事致せず申し訳ありませんでした。小生，ピンチ氏を右手に，ペックスニフ一家を左手に，ハロウ近くの雪原を途轍もなき速度で四苦八苦踏み越えていました。

本日レディ・バーデットにナイアガラの（たいそう小さなそれですが）石と，やはりヴァージニア大理石のちっぽけな欠片をお送り致しました。悪しき星の巡り合わせか，小生月曜は早先約があります。

妻がくれぐれもよろしくお伝えするよう申しています。

つゆ変わることなく

（ほどなくアンダーソンに

（劇的に申して）ぞっこん参られようこと信じて疑わず）

匆々

チャールズ・ディケンズ

メレディス嬢

（注）第二段落「ピンチ氏を右手に，ペックスニフ一家を左手に」はマーティンがペックスニフの弟子として到着する第二分冊（第四−五章）への言及。〔ハロウはロンドン北西部自治区。〕末尾アンダーソンはこの時期ドゥルアリー・レーンで『ジョン王』，『オセロ』，『シンベリン』，『お気に召すまま』に出演していた。

ジョン・トムリン宛　1843年1月13日付

ロンドン，リージェンツ・パーク，ヨーク・ゲイト

デヴォンシャー・テラス1番地。1843年1月13日

拝復

シェリーへ捧ぐこよなく麗しき玉詠を小生に献じて頂き光栄至極に存じます。たいそう愉しく拝読すると共に意に染むこと頻りでした。生憎，しかしながら，どこかロンドンの雑誌への掲載をお取り計らい致す訳には参りません。と申すのも如何なる雑誌とも縁故がない上，常々断じて他の作家のためには編集長宛一筆認めぬを宗としているもので。もしや認めでもした日には連中休らう暇(いとま)もなく，小生は小生で彼らの賜わる恩寵で息が詰まってしまいましょう。

敬具

［チャールズ・ディケンズ］

（注）　ジョン・トムリンはアメリカの親筆蒐集家（『第二巻』原典p. 217脚注，訳書269頁注参照）。「こよなく麗しき玉詠」は十三連詩――ワシントンの『ナショナル・インテリジェンサー』（43年7月22日付）掲載，次いで私家版『シェリーの墓，その他詩集』（1845）に収録，ニューヨークの『ブロードウェイ・ジャーナル』（45年4月12日付）に書評が掲載。ただしディケンズへの献辞は添えられていない。トムリンは英国雑誌に掲載されれば，同じ自由の擁護者としてディケンズに献ずるつもりだったと思われる。

『タイムズ』編集長宛　1843年1月15日付

【原文は『タイムズ』（43年1月16日付）より】

デヴォンシャー・テラス，1番地。1月15日，日曜

拝啓

土曜発刊の貴紙において貴兄は是ぞ似て非なる物同士の途轍もなき準えと存ずる以外小生には何ら関わりのなき，英米の報道界に関する書評家の言説に注釈する目的の下，『エディンバラ・レヴュー』最新号に掲載された拙著『アメリカ探訪』についての論考に言及するが相応と心得られました。

小生是非とも同じ書評家――当人，何者であれ――によりて与えられているまた別の――小生自身にとりて蓋し人身攻撃的な――事実無根の情報に能う限り最大限の公的かつ断定的論駁を加えたいと存じます。よって仮に貴紙紙面をお借りし，くだんの意を全うさせて頂けるなら忝い限りであります。

書評家曰く，「彼の不見識でなければ小生は国際版権なる大義名分における

ある種伝道師として渡米した」。との主張を小生真っ向うから否定致します。書評家は不見識も甚だしく，小生としては英語の最も短く最も強かな文言の一つを用いることによってしか特徴づけ得ぬ情報を，真偽の確認もせぬまま，報じているにすぎません。徳義にかけて，くだんの申し立ては真実の微塵も気配も気色もありません。

いざアメリカを訪うてみればふと，国際版権なる主題に関し，現行の法律——というよりむしろ法律の欠如——について（文学に携わる他の英国人旅行者が小生以前に為して来た如く）私見を審らかにしてはどうかと思い立ちました，のはただ単に祖国にいる間(かん)ついぞその不当を糾弾するに二の足を踏んだためしがないからであり，彼らの言い分が公明正大に訴えられることこそ英国人著述家への本務と心得たからであり，当時アメリカ国民については経験が浅かっただけに，彼らは真実を申し立てることに利害があると思われる者からの真実にすら耳を傾けるに違いないと，たといたまたま彼ら自身の利得と利点なる惨めなまでに近視眼的見解に相反しようと，至極ありきたりの廉直の原則を認識するに最早吝ではあるまいと信じたからにすぎません。

敬具

チャールズ・ディケンズ

（注）「拙著『アメリカ探訪』についての論考」は1月号（CLIV, 497-522）に掲載されたジェイムズ・スペディング（1808-81）による書評。スペディングは元植民省勤務，サッカレー，テニソン，カーライル等と交友があった。1836年以来『エディンバラ・レヴュー』に寄稿。「書評」も「編集長〔ネイピア〕による特別の要請を受け」（自著『書評と討論』（1879）270頁），急遽執筆したという（ネイピア宛書簡（42年7月26日付）注参照）。依頼は恐らくアシュバートン卿の国境使節団秘書としてのアメリカ体験を踏まえて（フォースター宛書簡（42年2月27日付）注参照）。書評はネイピアの想定していた以上に批判的で，辛辣な件(くだり)の中には削除されるものもあったが，論調は終始侮蔑的でせいぜい尊大の域を出なかった。ディケンズの「無教養」，健全な知識の欠如，「常習的誇張」を論う書評はサムエル・ウォレンによりクローカー書評二篇（『クォータリー』（43年3月号），『フレイザーズ』（42年11月号）掲載（ウーズリ宛書簡11月8日付注参照））と併せ，「ディケンズに甚大な打撃を与えよう」（43年3月12日付書簡）と評される。「英米の報道界」の比較において，スペディングは英国報道界特有の中傷と信憑性の欠如により重点を置き，「我々自身の日刊紙の状況は国民の道徳性への朝となく夕となき

反証と見なさざるを得ぬ」と結論づける。『タイムズ』社説（1月14日付）は抗弁の冒頭にこの件（くだり）を引用し，かようの見解が『エディンバラ』に不利に働きかねぬことを暗に指摘していた。ブルーム宛書簡（1月25日付），フェルトン宛書簡（3月2日付）参照。「国際版権法」について，スペディングは「アメリカ見聞が彼〔ディケンズ〕本来の訪米の目的だったとも，彼（か）の地にての主たる要件だったとも思われぬ」と揶揄していた。ディケンズ自身の趣旨は書簡によって明らかに裏づけられるものの，ハートフォド演説における件（くだり）で誤解を招いていたのは確かである（フォースター宛書簡（2月24日付）注参照）。

バーデット・クーツ嬢宛　1843年1月16日付†

デヴォンシャー・テラス。1843年。1月16日月曜

親愛なるクーツ嬢

全くもって遺憾ながら，つい昨日，水曜の約束を交わしてしまいました。その際ですら約束をさして楽しみに待ち受ける気にはなれませんでしたが，今や疎ましいほどです。

ペン殿が「アメリカについて語らうべく」拙宅へ水曜朝お見えになることになっていましたが，どうやら小生その時までには目下の号を仕上げられそうになく，よって繰延べにして頂かねばなりません。ただし先方の住所を存じ上げぬため，もしやメレディス嬢が郵便にて当該託けを小生に成り代わってお伝え下さるようなら――来週ならば御指定の何曜であれ喜んでお目にかかりたくと言い添えて――この御恩は一生忘れますまい。

芳牘を賜った際小生ピンチ氏と一緒にいました。氏はすこぶるのん気で上機嫌のようです――休日をもらっただけに。

つゆ変わることなく親愛なるクーツ嬢

匆々

チャールズ・ディケンズ

クーツ嬢

追而　妻もお伺い致せず残念の由，くれぐれもよろしくお伝えするよう申しています。

（注） リチャード・ペン（1784-1863）は植民省文官・シーマ挿絵『釣師のための金言と指針』（1833）の著者。ウィリアム・ペン〔アメリカでペンシルヴァニア植民地を拓いた英国クエーカー教徒・著述家・政治家（1644-1718）〕の後裔。ピンチ氏の「休日」はトム・ピンチがマーティンを出迎えにソールズベリーへ向かう第五章を踏まえて。〔日付に†が付されているが，原典編注に従来一部未発表部分に関する説明なし。〕

マッキーアン夫人宛　1843年1月16日付*

デヴォンシャー・テラス。1843年。1月16日月曜

親愛なるマッキーアン夫人

忝き芳牘を賜り篤く御礼申し上げると共に，明日は是非ともお伺いさせて頂きたく。

御尊顔もさぞや好くなられたことと。

匆々

チャールズ・ディケンズ

マッキーアン夫人

ヘンリー・オースティン宛　1843年1月17日付*

デヴォンシャー・テラス。1843年。1月17日火曜

親愛なるオースティン

ミトンが今度の金曜，ハムステッドの「ジャック・ストローの城亭」でディナーに付き合ってくれることになっている。ぼくはきっと新しい号をポケットに突っ込んで乗り込もう。君も一緒に来ないか？　オッケーなら，サザンプトン・ビルディングの彼の所で3時に落ち合って，あっちまで馬車に乗っけよう。

レティシアによろしく

不一

CD.

ヘンリー・オースティン殿

R. R. マッキーアン宛　1843年1月17日付*

デヴォンシャー・テラス。1843年1月17日

拝復

然に忝くも御恵贈賜った「写生(スケッチ)」にすっかり虜になっています。いつ如何なる時であれその真実たること誓いを立てられましょうし，手許に置いているだに誇らしく存じます。改めて心より篤く御礼申し上げます。

何やら小生がコーラム・ストリートにお邪魔するに横ヤリを入れる呪(まじな)いでもかけられているかのようでは，と申すのもこれまでお伺い致そうとした二度に及び，拙宅にて雁字搦めになっていたもので。よって御夫妻で逆のヤマを張るに，来る水曜6時かっきり拙宅へお越し下さるよう約束頂けぬでしょうか？というのが我々のディナー－タイムなもので。他の客は全くいないか，たといいたとてごく，ごく，少数かと。

敬具

チャールズ・ディケンズ

R. R.マッキーアン殿

（注）ロバート・ロナルド・マッキーアンは役者兼画家（『第二巻』原典p. 309脚注，訳書377頁注参照）。最後の舞台はエディンバラでの『ロブ・ロイ』ドゥーガル役。高地(ハイランド)地方の歴史絵画の一枚は1843年王立美術院に出展。冒頭「写生(スケッチ)」は恐らくスコットランドを描いたそれ。マッキーアン夫妻の住所はグレイト・コーラム・ストリート9番地。

トマス・ミトン宛［1843年1月17日付］*

【日付は43年1月20日金曜の前の火曜からの推断（注参照）。筆跡によっても裏づけ。】

デヴォンシャー・テラス。火曜朝

親愛なるミトン

金曜でパーベリー要件に遅すぎないようなら，くだんの朝の君の都合のいい時間に約束したい。木曜の方が好ければ，代わりにそっちでも（あまり好都合ではないが）構わない。

不一

CD

トマス・ミトン殿

（注） J. W.パーベリー（東インド代理店パーベリー，サッカー商会共同出資者）は明らかにミトンから『チャズルウィット』版権侵害を阻止すべくカルカッタの法定代理人について相談を受けていたと思われる。パーベリーは「チャプマン＆ホール，或いはスミスサン・アンド・ミトン」宛書簡（1月19日付）において「フィリップ・ピアード」の名を代理人として挙げる。ディケンズはピアードに託す，「版権所有登録済証明書の写し並びに委任権遂行を立証する宣言書」を添えた「証文又は委任状」を作成する必要があった。手数料等の項目の含まれる受領済勘定書（1月20日付）及び証文草案に鉛筆書きされた「ジョージ・パーベリー」の名があることから商会の何者かがディケンズの「宣言書」の真正を確証したと思われる。

［ジョウゼフ・］アブレット宛　1843年1月19日付*

リージェンツ・パーク，ヨーク・ゲイト

デヴォンシャー・テラス1番地。1843年。1月19日

チャールズ・ディケンズ殿は謹んでアブレット殿に御挨拶申し上げると共に，故ホーン殿の寡婦並びに遺児のための寄附金とし2ポンドのロンドン・アンド・ウェストミンスター宛忝き小切手を賜り篤く御礼申し上げます。

（注） ジョウゼフ・アブレット（1848歿）はデンビシャー〔ウェールズ北部旧州〕出身。私家版『文学的な時間：様々な友人による』（1837）の編集を手がける。ランドーとは終生の友。彼は恐らくホーンの死後設置された委員会から私信もしくは廻章を受け取っていたと思われる。文学基金委員会宛書簡（42年11月12日付），ブラック宛書簡（42年11月15日付）参照。

ウィリアム・デイ宛　1843年1月19日付†

親展

リージェンツ・パーク，ヨーク・ゲイト

デヴォンシャー・テラス1番地。1843年1月19日

拝復

小生宛の芳牘の校正刷りをお送り頂き篤く御礼申し上げます。今朝方，お蔭様で，拝受致し，通読するだに光栄至極に存じます。してたとい如何なる条件の下(もと)であれ，がわけてもかの途轍もなき虚言――アメリカ独立宣言――との共存において奴隷制を弾劾するといった取るに足らぬ事を為したことで過分なお褒めに与ろうと，それでもなお賛同と高評を賜り矜恃を禁じ得ません。

敬具

チャールズ・ディケンズ

ウィリアム・デイ殿

（注） ウィリアム・デイはエクセター在住雑文家。『キリスト教徒の友』，『ジャージー・アルゴス』元編集長。自著小冊子『わけても非道極まりなきアメリカにおける奴隷制』(1841) はトマス・クラークソンへ献じられ，ディケンズへも「著者の崇敬の念を込めて」謹呈されていた。ディケンズ宛「芳牘」はエクセター，ニュー・ノース・ロードより，1月17日付にて『ウェスタン・タイムズ』(43年1月28日付) に掲載。『探訪』におけるディケンズの「雄々しき所見」の勇気と自主を称え，同書から詳細な引用を再録。〔日付に†が付されているが，原典編注に従来一部未発表部分に関する説明なし。〕

フランシス・トロロープ夫人宛　1843年1月19日付†

リージェンツ・パーク，ヨーク・ゲイト

デヴォンシャー・テラス。1843年。1月19日

親愛なるトロロープ夫人

是非とも，この世のありとあらゆる生身の薬剤の名にかけて，貴女の尊き文通相手からの小生の手紙をお読み頂きますよう！　して読み果されたならば何卒御返却を。手離すには忍びないもので。

仮に御高著「家庭的流儀」においてかようの事例を想像なされていたなら，書物の繊細な（その耳のスリップスロップ夫人の宣う如く体中でわけても繊細な部位たる）読者は何と言っていたとお考えでしょうか？

一件をお報せ頂き忝い限りにして，小生のことを当該コソつき屋にであれ，文学の海賊旗(ブラック・フラッグ)の下(もと)なる他の如何なるコソつき屋にであれ御随意に言及して頂

ければただただ恭悦至極に存じます。

ただし同時に，然るべく申し上げねばならぬことに，小生未だ海の向こう岸にては早期校正を求められれば売る習いを断つ一般的な意図があるとは寡聞にして存じません。実の所，小生自身をさておけばくだんの結論に達している者を誰一人存じません。

つゆ変わることなく親愛なるトロロープ夫人
匆々
チャールズ・ディケンズ

トロロープ夫人

追而　小生同封の，顧問事務弁護士からの書状をT. J.マーシャル殿に送付致しました。

拝復

我々は顧客ディケンズ殿によりて以下お伝えすべく依頼を受けました——本月13日付氏宛の貴兄の書状をまた別の，貴兄が正しく翌日他処へ宛てられた（同様の目的ながら，たいそう異なる調子で綴られた）書状と引き比べる機に恵まれるに及び，氏は貴兄と書信をやり交わせば我が身を貶めることになろうと判断なされました。

我々はディケンズ殿によりてさらに以下お報せするよう依頼されています——もしや再び氏宛認められるようなら，書状は未開封のまま郵便局へ送り返されようと，して貴兄の13日付書状もこれにて返却していたろうものを，もしやディケンズ殿が向後参照のため必要とするやもしれぬというのでなければ。

サザンプトン・ビルディングズ23番地
スミスサン・アンド・ミトン

（注）冒頭「生身の薬剤」は即ち「チスイヒル」。アメリカ出版業者の他者の膏血（こうけつ）を絞る貪婪な習いを揶揄して。第二段落「スリップスロップ夫人の宣う如く」は『ジョウゼフ・アンドルーズ』第一部第九章スリップスロップ夫人の言葉「人々の耳というものは時に体中でわけても敏感な箇所になることがありますもの」を踏まえて。追而書き

「T. J.マーシャル殿」については不詳。恐らく，トロロープ夫人をもしや『アメリカのバーナビー一家』(『ニュー・マンスリー』に42年4月から43年9月まで連載）または『ジェシー・フィリップス』(42年12月31日月刊第一分冊発刊）の早期校正を提供しなければ意趣を返すと脅していた某アメリカ出版社のロンドン代理人。〔日付に†が付されているが，原典編注に従来一部未発表部分に関する説明なし。〕

サー・ロバート・イングリス宛　1843年1月21日付

【スタン・ヘンケルズ目録1297番（1922）に言及あり。日付は「デヴォンシャー・テラス，43年1月21日」。】

遺憾ながら招待に応じられぬ由伝えて。

（注）サー・ロバート・ハリー・イングリスは政治家（『第二巻』原典p. 167脚注，訳書204頁注参照）。朝食会や懇話会を催し，幾多の著名文士や科学者を招いていた。

フレデリック・マリアット宛　1843年1月21日付*

デヴォンシャー・テラス1番地。1843年。1月21日

親愛なるマリアット

小生常々ブルワーとは親しい間柄にありますが，彼が小生の国際版権廻章を一切意に介さなかったのは心外に存じています。小生いささか荒々しくジョナサンの鼻先に籠手を突きつけたつもりです，よってたとい赤の他人だったとて男爵にまだしも取り合って頂いてもよかったろうものを。

故に文書には署名致しかねます。トランペットを華々しく奏すまでもなく成し遂げられることを成し遂げる気でかかっている旨伝える，ある種無用の見得のように思えるだけになおのこと。

妻と義妹がくれぐれもよろしくお伝えするよう申しています。本日バースへ発ちますが，週の半ばには帰宅する予定にて。

つゆ変わることなく親愛なるマリアット

敬具

チャールズ・ディケンズ

（注） 第二段落「文書」は貸本屋に対し，仮に英国版権書籍の外国復刻版等の仕入れ・貸出しを続ければ，関税・内国消費税法令（7月9日制定）第十七項に抵触しよう旨告げる，ブルワーとG. P. R.ジェイムズ起草告知書（マリアット宛書簡（42年8月2日付）注参照）。ブルワーとジェイムズはマリアットの支援を得ていた。「バース」行きについてはスメイル宛書簡（2月3日付）参照。不測の要件の質（たち）は不詳。42年10月以降その動静の曖昧なジョン・ディケンズに関わるものかもしれない（ミトン宛書簡（42年12月7日付）参照）。帰宅は1月24日（ブルーム宛書簡（1月25日付）参照）。

マクヴィ・ネイピア宛 1843年1月21日付

ロンドン。リージェンツ・パーク，ヨーク・ゲイト
デヴォンシャー・テラス1番地。1843年1月21日

拝復

芳牘を二通賜るに及び，まずは取り急ぎ小生の苦情なる一件においてあっぱれ至極にして公明正大かつ雄々しく身を処されましたこと，忌憚なく心より篤く御礼申し上げます。一件に関しては満腔の謝意並びに変わらぬ友情と崇敬をお受け取り頂きますよう。

わざわざそのためお送り頂いた芳牘を公表するつもりはいささかたりありません——公表すれば，恐らく貴兄が小生宛私的に認められた精神に悖ることになりましょうから。がもしや再考の末，次号における告知によりて，当該事実点に関し「レヴュー」の立場を正すのも得策やもしれぬとお考えなら，是非ともくだんの記事を紙面にて拝見させて頂きたいと存じます。

書評それ自体に関せば（今や，申すまでもなく，貴兄とは全く無関係と得心していますが），当該主張を繰り返すことにて事実，小生の感情をいたく傷つけ，この点において，依然著者にはあるまじきそれのように思われてなりません。その著者の何者たるか，小生には易々見極めがつきますが。男は定めしどこぞの血腥いアメリカ紙において，小生いつ何時であれものの50ドル身銭を切れば胸クソの悪くなりそうな賛辞に変えられていたろうくだんの，してその他諸々の途轍もなき申し立てを目にしていたに違いありません。男は定めしこれら「虚言」を裏づける，己（おの）が「レヴュー」書評は合衆国中に散蒔かれる片や，

小生の反駁は金輪際耳を貸されまいと熟知しているに違いありません。して小生アメリカ人編集長（十中八九，破落戸たる）の申し立てを小生の人品と行動に，とは如何ほどのものでもないながら，対照させようとする如何なる人物の意見も歯牙にもかけまいと，それでもなお小生の正義観は小生を虚偽の口実の下(もと)なる旅人にして失意の策士として全国民の前にかくも傲慢かつ無頓着なやり口でひけらかそうとする不埒には嫌悪を催さざるを得ません。

アメリカを知っていればいるほど，かようの所業はいよよ言語道断にして弁明の余地なかろうかと。と申すのも小生厳粛に断言する（と同時に，彼(か)の国を旅したことのある，くだんの記事の筆者以外の何人(なんぴと)にであれ自説の正しさを裏づけるよう訴えさせて頂く）に，男がイングランドにてまたもや然に前後の見境もなく公にされた「情報」を引いた典拠は，未だかつて大英帝国にて印刷されたためしのないほど劣悪な日曜新聞より遙かに猥りがわしく悍しく獣じみているからであります。「エディンバラ・レヴュー」が「サティリスト」もしくは「社交界の粋人(マン・アバウト・タウン)」を芥子粒ほどの徳義なり，羽毛の重さほどの評判なり具えた男に対す権威として引用する様を思い浮かべてみられよ！

貴兄御自身に関せば，前述の通り，小生心より満腔の謝意を表させて頂くと共に，小生に対しては心優しく大らかな意図以外何ら他意はないものと得心致しています。それが証拠，誓って以前にも増して是非とも「レヴュー」に論考を寄せ，小生と同時に貴兄の意に染む何か話題を見つけられようこと願って已みません。

敬具

チャールズ・ディケンズ

ネイピア教授

（注） ネイピアは明らかにディケンズの『タイムズ』宛書簡（1月16日付）を目にするや一通，して同日彼に一筆認めたスペディングからの手紙を受け取るや再び一通，ディケンズ宛に書状を綴ったと思われる。スペディングはディケンズがかほどに立腹するとは思わなかったと認めながらも執筆した内容を自ら撤回しようとはしなかった。第二段落「告知」は二月の『エディンバラ』号外に掲載され，そこにて『探訪』書評における「国際版権なる大義名分における伝道師として訪米」の件(くだり)の不見識を詫びると共に申し

立てそのものを撤回する。第三段落「その著者の何者たるか……」の件(くだり)にもかかわらず，ディケンズは筆者を（41年秋から一年間北米へ渡っていた）モーペス卿と思い込んでいた（次書簡参照）。ネイピアはスペディングの名を明かさぬまま著者の近年の長期アメリカ滞在に言及していたため，予てからアメリカで卿に会いたがっていた（レディ・ホランド宛書簡（41年12月17日付参照）ディケンズは誤った結論を導くに至ったと思われる。『エディンバラ』出版業者トマス・ロングマンはネイピア宛書簡（43年1月17日）にてディケンズの『タイムズ』宛投書を「気難しい」，「大言壮語」と形容していたものの，本状を見せられると「面目躍如たるものがある。なるほど心根のいい奴だ」（同30日付）と前言を翻したという。

ブルーム卿宛　1843年1月25日付*

リージェンツ・パーク，ヨーク・ゲイト
デヴォンシャー・テラス1番地。1843年1月25日

親愛なるブルーム卿

小生数日バースで過ごし，彼(か)の地より昨夜戻ってみれば，忝き芳牘が届いていました。卿のロンドン邸宛返事を認めさせて頂きます――恐らく，動静についてお報せ下さっている文言からして，早帰途に着いておいでなものと拝察し。

例の，「エディンバラ・レヴュー」の由々しきまでに冷淡にして前後の見境もなき申し立ては（因みに小生いつ何時であれものの1，2ポンド身銭を切ることにて，或いは編集長を迎え入れることにて――とは断じて致すまい如く――黙らせられていたろうアメリカ新聞の就中見下げ果てたそれを典拠としていますが）先々週の土曜，初めて小生の知る所となりました。小生直ちに「タイムズ」宛一筆認め，文言に致せる限り歯に衣着せぬ強かな反駁を加えました。ネイピアには手紙を出しませんでした。何故なら，常々近しい間柄にあるだけに，小生に好意を寄せているのを存じていたからです。してネイピア宛認めることにて，彼とジェフリーの間に何か不和を招くやもしれぬと危惧致しました。ジェフリーもまた，小生への情愛濃やかな敬意から，拙著にたいそう好意的なのを存じていただけに。

が次の便にてネイピア自身から長い，あっぱれ至極な――書評の（筆者名はさておき）全経緯を審らかにすると共に，甚だしき遺憾の念を表明する――手

紙を受け取りました。そこにはさらに第二の，小生が望むなら公表するようと，明々白々として余す所なく主張を撤回する手紙が同封されていました。小生返事を認め，もしやかようの手に出れば彼が筆を執った雄々しき精神に応えることにはなるまいだけに断じて公にはせぬ旨伝えました。ただしもしや「レヴュー」次号の何らかの告知によって書評に修正を加えるのが得策とお考えなら，是非とも紙面にて拝見させて頂きたいとも。

小生書評を執筆したのがモーペス卿たることいささかも疑っていません。微塵たり。

英国報道界は少なからずイタダけません——その大半は，めっぽうイタダけません——がアメリカ新聞雑誌界（ジャーナリズム）と引き比べるべくもないのは恰も銀フォークを片刃猟刀（ボーイ・ナイフ）と，黄金のブレスレットを鉄製手枷と，引き比べるべくもなきが如し。小生心底其の世界史上類を見ぬこと信じて疑いません。して神よ，金輪際類を見ぬよう。

こと祖国の新聞の威力に関す貴兄の評価に長い目（ロングラン）で見れば，全く同感です。が短い目（ショートラン）で——その日限りの速歩（トロット）で——見れば，連中天使にも悪魔にも，気分次第でなれましょう——しかも大いなるモノを言わせて。

敬具

チャールズ・ディケンズ

ブルーム卿

（注） ブルーム卿は1月22日パリからネイピアに宛てディケンズへの共感を表明するに「彼には断じて如何なる類の使命もなかった——貴兄は次号でこの点を修正すべきだ——彼は大いに苛立とうから」と綴り，恐らくディケンズにもほぼ同時に「忝き芳牘」を認めたと思われる。第二段落「アメリカ新聞の就中見下げ果てたそれ」はジェイムズ・ゴードン・ベネットを編集長とする，悪名高き『ニューヨーク・ヘラルド』（フォースター宛書簡（42年2月24日付）（原典p. 84脚注4，p. 89脚注7）参照）。『チャズルウィット』第十六章「ニューヨーク侃々諤々日刊（ラウディー・ジャーナル）」のモデル〔拙訳書315-27頁参照〕。第四段落の誤解発覚についてはレディ・ホランド宛書簡（2月28日付）参照。第五段落ブルームはネイピア宛書中にて，書評家の「英国報道界」に対する酷評を「たとい真実の僅か百分の一たろうと」認める片や，ディケンズのとある瑕疵は「我々自身の目の中の塵を——米国人（ヤンキー）に梁（うつばり）があるからと言って——見ようとしない点にある」と指摘していた。〔原典脚注「塵」の原語 "*moat*" は正しくは "*mote*"。「自分の大きな欠点（梁（うつばり））を忘れて

他人に見出す小さな欠点（塵）」の準えは『マタイ』7：3より。〕

オールバニ・フォンブランク宛　1843年1月25日付

【不詳の目録（ニューヨーク公立図書館），並びにN，Ⅰ，505に言及あり。草稿は1頁。日付は「デヴォンシャー・テラス，43年1月25日」（日付はN）。署名はイニシャル。】

書評を執筆したことでモーペス卿を厳しく批判して。

W. M. サッカレー宛　1843年1月26日付

デヴォンシャー・テラス。1843年1月26日

親愛なるサッカレー

小生，数日バースにいました。――くれぐれも日曜6時きっかりディナーにお越し下さるのをお忘れなく。外に客はいません。

敬具

チャールズ・ディケンズ

（注）　ウィリアム・メイクピース・サッカレーについては『第一巻』原典p. 305脚注，訳書384頁注参照。主として文筆活動で生計を立て，『フレイザーズ』に物語，書評，芸術批評を寄せる傍ら，1842-4年フォースター編集の下『フォリン・クォータリー・レヴュー』に寄稿，1842年6月からは『パンチ』への寄稿も開始。43年初頭当時未だディケンズとの不和の徴候はなかった――『キャサリン』（1839-40）に掲載された『オリヴァー・トゥイスト』への批判的言及にもかかわらず。ディケンズ帰国時にはアイルランドへの途上にあり，遺憾ながら彼を「出迎えられず」。四か月に及ぶ周遊を素材に『アイルランド・スケッチブック』を執筆（1843年5月刊）（サッカレー宛書簡（5月6日-18日付）参照）。コーンウォール遠出の写生についてはフェルトン宛書簡（42年12月31日付）注参照。

リチャード・レーン宛　1843年1月30日付*

1843年。1月30日。月曜朝

拝復

**レーン画ディケンズ
左下はキャタモール**

明日11時小生にとっては好都合です。

着替え中に「マーシー」がお越しだったとは残念でなりません。よって個人的にお近づきになる栄誉に浴せなかったとは。が必ずやほどなく御高誼に与れるものと。

敬具

チャールズ・ディケンズ

リチャード・レーン殿

（注） リチャード・ジェイムズ・レーン（1800-72）は直刻凹版師・石版師・王立美術院準会員（1827）・女王付石版師（1837）。十歳のヴィクトリア女王のそれを含む白墨肖像画で最も名高い。ディケンズとはジョージ・キャタモール邸における酒宴で知り合い，「肖像を物する」霊感を受ける。肖像画は1843年王立美術院出展後キャタモールが購入。

「マーシー」は恐らく誰か，『チャズルウィット』第二章で詳述されるマーシー・ペックスニフに似ていると称される女性。

クラークソン・スタンフィールド宛［1843年］1月30日付

【草稿はチャールズ・J・ソーヤ有限会社所蔵。日付「1843年」は筆跡からの推断。】

神の御恩寵によりて信仰の擁護者ヴィクトリア女王は，忠義な家臣ジョン・フォースター並びにチャールズ・ディケンズへ御挨拶申し上ぐ。

本状はくだんの両名ジョン・フォースター並びにチャールズ・ディケンズに本1月30日正5時半デヴォンシャー・テラス1番地に，王立美術院会員クラークソン・スタンフィールドの身柄を引き受け，くだんのクラークソンがくだんのチャールズ・ディケンズ個人の費用・代価にて調達する然る「肉」を，とは即ちアメリカ産鹿肉の小間切れをたらふく食い上げ，同上を然るアルコール飲料，即ち発酵酒もて胃の腑へ流し込み果すまで無事拘留するよう請い命ずる。

上記をゆめ忽せにすること勿れ

ヴィクトリア

連署

チャールズ・ディケンズ

ジョン・フォースター

リチャード・レーン宛　1843年1月31日付*

デヴォンシャー・テラス。1843年1月31日

拝啓

小生今朝は繰り延べ屋にならざるを得ません。昨日取り急ぎ貴兄に一筆認める上で，とある先約を失念していました，よって本日ではなく明日の同じ刻限の御都合は如何かお尋ね致す次第にて。

敬具

チャールズ・ディケンズ

リチャード・J.レーン殿

アンドルー・ベル殿　1843年2月1日付*

リージェンツ・パーク，ヨーク・ゲイト
デヴォンシャー・テラス1番地。1843年2月1日

拝復

ありがたき芳牘を賜ると共に，同封の素描をお貸し頂き篤く御礼申し上げます。たいそう興味深く拝見しています。小生，石炭担ぎと，貴兄がくだんの論考にて言及しておいでの旅籠ならば幾許か存じています。ミルバンクにはもう一軒——アビンドン・ストリートから程遠からぬ辺り，ヴォクソール橋へ向かって道の左手に——あります。名立たる宿で，一人，常連の石炭担ぎがいます。男は素面の時は陽気な奴ですが，ポットで八，九杯聞こし召すと（いずれか定かでありませんが），やたら涙脆くバイロンじみて来ます。如何なる晩であれ時計が12時を打つと当該状態なる男が，千鳥足にてノーサンバーランド・ハウスの向かいの，ストランド街の大きな街灯柱の前を過りながら「オレはとんでもないツマ弾き者だ！」と鬼哭啾啾たる声を上げる所にお目にかかれましょう。とは紛れもない事実であり，男はそれきりを，以上でも以下でもなく，口にします。いかつい，怒り肩の正直者で，歳の頃五十かそこら。ポーターを引っかけるとやたらメメしくなりますが，引っかけぬ限りは全くもって罪のない奴です。

貴兄がアメリカ国民に手厳しいと思ったことではお詫び申さねばなりません。してくだんの詫びを視界の開け，道理により明るくなった小生よりお受け取り頂きますよう。貴兄のピールへの献題は如何せん小生の喉に引っかかり，てっきり貴兄は共和国が元を正せば自由主義の原則ではなく，とことん依怙地なトーリー主義と，例のツムジのヒネた神授の権威者——ジョージ三世王——の頑迷に根差しているとの事実を見失っておいでなものと（恐らくは依然思っている通り）思っていました。王さえいなければ，共和国は今日（こんにち）全く別の場所となっていたやもしれません。

短信はどうぞ御遠慮なくお使い下さい。お使い頂くにより相応しければばと願うばかりです。如何ほどのものでもないにせよ，お役に立てれば幸いです。

敬具

チャールズ・ディケンズ

アンドルー・ベル殿

（注）「同封の素描」については不詳。ミルバンク（Milbank）は正しくはMillbank。ミルバンクには幾多の居酒屋があり，内四軒は石炭担ぎの波止場に間近かった。第二段落「アメリカ国民に対して手厳しい」はベル著『アメリカの人と物』(1838) を踏まえて（『第二巻』原典p. 402，訳書498頁ベル宛書簡（41年10月12日付）参照）。末尾「短信」は恐らくベルの素描のための出版社もしくは編集長宛執成（とりな）し状。

W. カーペンター宛　1843年2月1日付

【ウォーラー目録124番（1879）に言及あり。日付は「デヴォンシャー・テラス，43年2月1日」。】

文学・演劇基金会長職を辞退して。

（注）ウィリアム・カーペンター（1797-1874）は政治改革に傾倒した雑文家。『レイルウェイ・オブザーバー』(1843)，『ロイズ・ウィークリー・ニューズ』(1844)，『コート・ジャーナル』(1848) 等様々な雑誌編集に携わる。「文学・演劇基金協会」は1842年末に創設された慈善団体。43年6月6日，初代会長ベンジャミン・ボンド・キャベルの下，第一回集会開催。カーペンターは幹事。

ジョン・ドゥ・ゲックス宛　1843年2月1日付

デヴォンシャー・テラス。1843年2月1日

親愛なるドゥ・ゲックス

先日はお目にかかれず残念でなりません。

一か八か賽の目に命をかける意を決せられるとは，全くもって当を得ていたように思われます。申すまでもなく小生投票箱に白玉を力一杯，投ずる所存です。

選挙が投票である限り小生，断じて他者にとある友人のために票を投ずるよう請うも，同じ恩顧を小生に求める他者に応ずるも，潔しとしません，と申すのもかようの案件に関し如何なる交渉を持つことも投票の精神と相容れぬと心得るだけに。がもしや何者かに貴兄を存じ上げているか否か問われれば，貴兄について胸中宿る所を全てお伝え致しましょう。

敬具

チャールズ・ディケンズ

ジョン・ドゥ・ゲックス殿

(注) ジョン・ピーター・ドゥ・ゲックスは法廷弁護士(『第二巻』原典p. 423脚注，訳書525頁注参照)。第二段落「一か八か賽の目に命をかける」は『リチャード三世』第五幕第四場9行リチャード王の台詞より。「投票」は「アシニーアム」もしくは「パルテノン」(『第一巻』原典p. 380脚注，訳書478頁注参照) いずれかの会員選出のそれと思われるが，不詳。

サウスウッド・スミス博士宛　1843年2月1日付

デヴォンシャー・テラス。1843年2月1日

親愛なるスミス博士

小生同封の文書をたいそう丹念に，予め全き「真実」を予見しつつ拝読致しました。

主題を，とは申せ，俎上に上すこと能うまいかと。第一にして主として，目下別の手立てにて同様の趣旨のために一意専心全力を尽くしているもので。第二に本件は祖国の一般諸民の状況なる主題全体に関わるもので。して小生少なからず危惧するに，いずれ政府が正直に，議会が純粋になり，傑人がより慮られなく，凡人がより慮られるようになるまで，当今罷り通っている「労働」の由々しき時間と方法を制限することすら「残酷」でありましょう。「欠乏」が然に普遍であり，「悲惨」が然に甚大であり，「貧困」が然に横暴とあらば——要するに，百万人がともかく生き存えるのが然に困難とあらば——小生には如何で彼らと週給1ファージングとの間に割って入れるものか見当がつきません。

大いなる変革の必要性は紛うことなく見て取れます。がそれでいて如何なる家庭の稼ぎをも減ずるという概念に小生自身との折り合いをつけさすこと能いません――生計の手立てが今や然に乏しく約しいとあらば。

是非とも証言を拝見し，研究させて頂きたく。もしや拙宅宛御送付下されば，岩だらけの地べたの上に落つことだけはなかりましょう。

敬具

チャールズ・ディケンズ

サウスウッド・スミス博士

（注）「児童雇用調査委員会第二報告書」(サウスウッド・スミス宛書簡 (3月6日付) 参照) は1月30日までに仕上がっていたが，2月末まで刊行されなかった。よって本状でディケンズが言及しているのは「報告書」それ自体ではない。サウスウッドは「報告書」発刊後，記事ないし小冊子を物してもらおうとの希望の下(もと)自らの結論を伝えていたと思われる。第二段落ディケンズが「目下……全力を尽くしている」別の手立てが具体的に何を指すのかは不明――主題からして『チャズルウィット』は該当しないだけに。末尾「証言」は厖大な「報告書」付録に収められている。

T. B. L. ベイカー宛　1843年2月3日付*

親展　　ロンドン。リージェンツ・パーク，ヨーク・ゲイト
デヴォンシャー・テラス1番地。1843年2月3日

拝復

たいそう興味深き芳牘を賜り篤く御礼申し上げます。グロスターシャー事実は寡聞にして存じませんでした。ブレントン大尉と施設の悲話は熟知していましたが，何者か情深きサマリア人が胸を悪くした勢いしょげ返り，挙句船長の善行が端緒において息の根を止められてはなるまいと，拙著においては一切触れませんでした。

御高配賜り忝い限りにて。

敬具

チャールズ・ディケンズ

T. B. G.ベイカー殿

（注） トマス・バーウィック・ロイド・ベイカー（1807-86）は感化院体制創設者の一人。グロスター，ハードウィック・コート在住，治安判事・グロスター監獄巡視判事。「興味深き芳牘」においてベイカーは『探訪』における二点に注釈を加えていた。彼はディケンズのボストン州立感化院は「我々がイングランドに導入した……『牢規制』の改善された方式」に則っているという件（くだり）（『探訪』第三章〔拙訳書50頁〕）を引用し，当該方式は既にグロスター新牢獄・感化院（1791年創設）において，グロスター州長官ジョージ・オニシフォラス・ポール（1746-1820）に唱道された改革により先鞭をつけられていたと，またアメリカからの使節が感化院を視察したのが「1810年頃」である所からして，これこそが「アメリカ人が模倣したもの」に違いないと主張。「ブレントン大尉と施設」はベイカーにより，ディケンズの視察したボストンのボイルストン校に匹敵するとして言及される。エドワード・ペラム・ブレントン（1774-1839）は「子供の友（とも）協会」を設立したが，その運営が辛辣に，またベイカーとディケンズの共に認める如く不当に，批判されていた。結びの宛名書きT. B. G.（ベイカー殿）は（封書の宛名同様）正しくはT. B. L.。

H. スメイル宛　1843年2月3日付

【N, I, I, 506に抜粋あり。】

デヴォンシャー・テラス。1843年2月3日

光陰矢の如し。……

……恐らく小生の2月の仕事がその喉を掻っ切られるまで，晴れて貴兄とディナーを御一緒しにお伺い致せそうにありません――くだんのあっぱれ至極な所業を能う限りとっとやってのけたいとは存じますが。

小生1月の余暇の初っ端，不意にバースへ呼び立てられ，爾来線路上に寄せ集められたリューマチ性月桂樹の枝の上にて休らっている次第にて。

（注） ヘンリー・ルイス・スメイルは代訴人・公証人。1812-58年民法博士会館（ドクターズ・コモンズ），ディーンズ・コート3番地で開業。1828年『ミラー・オブ・パーラメント』発足時寄附者の一人として，ディケンズを時に民法博士会館（ドクターズ・コモンズ）教会裁判所での審理取材に起用していた。

クラークソン・スタンフィールド宛　1843年［2月］3日付

【「1月」は明らかに書き損じ。43年2月3日は金曜であり，2月4日がエインズワース

の誕生日。】

デヴォンシャー・テラス。1843年1月3日。金曜朝

親愛なるスタンフィールド

ランシアが我々が十二日節前夜にやってのけた奇術に纏わるそれは手に汗握る大風呂敷を広げてくれたもので，とうとうノートン夫人に月曜，お子達のために実演を披露する約束をせざるを得なくなりました。

小生新たな奇術を仕込んだ上，古いそいつにも磨きをかけています，が同上にはアイヴォリーの側(がわ)なる一分の狂いもなき知識が肝要かと。して何でも貴兄は月曜ノートン夫人のお宅へ行かれるとか，ならば拙宅へ5時に――遅くとも――お越し願えぬでしょうか，事前に奇術を復習(さら)えるよう？　明日はエインズワースの所でディナーと？　然に世にも稀なる幸運に恵まれるようなら，拙宅に**明日**5時にお越し頂けましょうか？

一筆御返事を。

敬具

CD.

クラークソン・スタンフィールド殿

（注）チャールズ・ランシアについてはストーン宛書簡（42年12月28日付）参照。十二日節前夜「奇術」について詳しくはフェルトン宛書簡（42年12月31日付）参照。これが明らかに以降十八番となる「十二日節前夜奇術パーティ」の端緒。メイミィ（当時およそ五歳）は四十年後，魔術師に変装した父親が不思議な袋から小さな人形――魔術師の馴染み――を取り出し，人形の「愉快な物語，奇妙な声色，おどけたしゃべり方，姿を消したり現わしたりの奇行」で子供達をおもしろおかしがらせたと述懐する。ノートン夫人は42年10月，息子達を半年間呼び寄せたいと夫を説得。クリスマス休暇はフランプトンの兄の家で過ごしていた（フォースター宛書簡（42年1月30日）注参照）。第二段落「アイヴォリー」は即ち，スタンフィールド。恐らく，ディケンズが商売道具を購入していた，実在の奇術師の助手の名。

W. ハリソン・エインズワース宛［1843年2月上旬？］

【日付は筆跡からの推断。恐らく2月4日エインズワースに会ってほどなく。】

親愛なるエインズワース

旧知の仲に信を寄せ，御提案と全く同じ手筈を整えていました。夕刻小さな身内のために馬車を送り返させて頂きたく。

「マガジン」に篤く御礼申し上げます。

敬具

CD.

（注）「小さな身内」はジョージーナ。後年，エインズワース邸でのパーティを少女時代の最も楽しかった思い出の一つとして懐かしむ。『エインズワースス・マガジン』(43年2月号）にはアメリカに到着した英国侯爵が「特ダネ漁り屋」に攻囲される様を描く「アンクル・サム」(G. P.ペイン著掌篇）が掲載されていた。

トマス・ミトン宛　1843年2月6日付

デヴォンシャー・テラス。1843年2月6日月曜

親愛なるミトン

車馬一式がらみではいつもながら世話になった，ありがたい限りだ。ぼくの方でも予め馬車造りに馬車の横木（スプリンター・バー）を目一杯頑丈に仕立て，とことんいかつい奴にするよう言っておいた。

君にも喜んでもらえると思うが，母親に改めてイーストホープ・パーク出産へ正式の「お呼び」がかかった!!!

ぼくはほんの一つ二つ簡単な手を加えるだけで例の，ハムリーでも手を焼いた絡繰をとびきりゴキゲンな手品にしてやった。きっと「北国の魔法使い」の上を行くこと請け合いだし，ドブラーにも負けてやしない。

不一

CD.

（注）第二段落イーストホープ邸の描写についてはミトン宛書簡（43年7月6日付）注参照。「お呼び」とはキャサリンやファニーの時同様，スミスサン夫人の助産婦としての。「正式の」とは暗に報酬を指して。出産は3月16日。第三段落ハムリーはハイ・ホゥボーン231番地「ノアの方舟玩具問屋」経営W.ハムリー。ディケンズの帳簿（1月2日付）

には£2.8.0支払の記載あり。「北国の魔法使い」はジョン・ヘンリー・アンダーソン（1815-74）。その折はアデルフィにて出演。スコットランド生まれとあって1837-9年は主にスコットランドを巡業。ロンドン初演は1840年，ストランド及びセント・ジェイムジズ・バザールにて。1841年，43-4年はアデルフィ，ロンドン最終公演は46年コヴェント・ガーデンにて。『イグザミナー』（43年6月17日付）はその離れ業を「名にし負うドブラーその人に勝さるとも劣らぬほど瞠目的」と称える。

ジョージ・スティーヴンソン宛　1843年2月6日付

【『オートグラフ・プライシズ・カーラント』V，1919-21に言及あり。草稿は2頁。日付は「43年2月6日」。署名はイニシャル。】

馬車の修理に言及して。

（注）「スティーヴンソン」はドゥルアリー・レーン，ブラウンロー・ストリート36番地の馬車鍛冶屋ジョージ・スティーヴンズの可能性も。

チャプマン＆ホール両氏宛　1843年2月7日付

デヴォンシャー・テラス。1843年2月7日

拝啓

昨日の朝ブラウン殿に一筆認め，10日までには画題を二つお渡し致すつもりの由伝えました。その間（ま）に第一の挿絵に登場するはずのマークのスケッチを手がけ，小生宛送るようお願いして。

敬具

チャールズ・ディケンズ

チャプマン・アンド・ホール殿

（注）マークは『マーティン・チャズルウィット』月刊分冊3月号第七章第二の挿絵「マーク，まんざらでもない状況の下（もと）にて浮かれ始める」に登場〔あぽろん社刊拙訳書149頁挿絵参照〕（第一の挿絵は「ゴキゲンな折におけるピンチ氏と新入生」）。ただし彼は月刊分冊2月号第五章でも既に詳述されている。

マクリース画
ディケンズ夫妻と義妹ジョージーナ

ジョン・フォースター宛［1843年2月12日付］

【F, IV, i, 292に抜粋あり。日付はフォースターによると2月12日。】

二進も三進も行かない。そっちへ日中いつか，それとも日が暮れてから行く。昨日は一行も書けなかった，と言おうか一言も，捩り鉢巻でかかってみたものの。ある種破れかぶれで，2時半頃我が対（つい）のペティコート共々リッチモンドへ繰り出し，ディナーを食べた！　おお，あの辺りの何とゴキゲンな日和だったことか。

（注）「我が対（つい）のペティコート」は即ちキャサリンとジョージーナ。「遠出の数日後」とフォースターは記す。「マクリースが彼ら三人の横顔を鉛筆でスケッチした……三人共が正しく生き写しだが，この未だ若々しい時分のディケンズ自身の面差しと物腰をかほどに鮮烈に伝えているものは他に類を見ない」(F, IV, i, 293)。スケッチは現在フォースター・コレクション。「リッチモンドへ繰り出し」た11日は『家門の名折れ』初演の晩（フォースター宛書簡（42年11月25日付）注参照）。

ジョン・エリオットソン博士宛　1843年2月13日付*

デヴォンシャー・テラス。1843年2月13日

親愛なるエリオットソン

同封のものをお貸し頂き篤く御礼申し上げます。手紙は，実に女性らしく心濃やかなだけに，わけても興味深く拝読致しました。

が最も非情な犯罪の正しく最後の手段たる，くだんの場所においてこそ，我々は厳然たらねばならぬのではないかと懸念——大いに懸念——致します。

敬具

チャールズ・ディケンズ

エリオットソン博士

（注）「同封のもの」については不詳。恐らく死刑囚のための何らかの訴え。エリオットソンは，因みに，犯罪者の人相学に興味を持っていた。自誌『ゾイスト』に骨相学協会宛書簡（42年11月21日付）——『オリヴァー』序文（1841）におけるナンシーの人間性に纏わるディケンズの所見〔拙訳書12-3頁〕にも言及した——を掲載。

ジョン・フォースター宛［1843年2月14日付］

【F, IV, i, 293に抜粋あり。日付はフォースターによると2月12日の手紙の「二日後」。】

どんな具合か一筆頼む。が今筆を執っているのはそのためじゃなし，ともかく明日しっかりマントに包(くる)まり，どデカい旅行鞄ごと辻の貸馬車でここまでやって来いと頭ごなしに命(めい)を下すためだ。リンカンズ-イン-フィールズの侘しい荒野もどきでより，素早く陽気な奴（商会）の界隈で病を養っている方がずっと増しに決まっていよう。ここなるはこの世でいっとう居心地好い天蓋付(テント-)四柱式寝台(ベッドステッド)に，作業場としての居間に，相方としてのQ＆C——「何もかもそれなり環っかがつながって」いる。それにしても昨夜のグレゴリーの踏んだり蹴ったりの後では人類もまだまだ捨てたもんじゃないという気がして来たが，破落戸を弾劾しないことでは『クロニクル』のお先は真っ暗だ。保守-革新新

聞に載ったぼくの『探訪』がらみの書評を読んだか？

（注）「それは」とフォースターは記す——「わたしにとって病気がちな一年だったが，彼〔ディケンズ〕はいつも親身に何くれとなく気づかってくれた」。ただしディケンズの要請に応じてデヴォンシャー・テラスで静養に努めようとはしなかった。〔「Q＆C」は「素早く陽気な奴（Quick and Cheerful）」の頭文字。「何もかもそれなり環っかがつながって」はディケンズお気に入りの引用句——ゴールドスミス『負けるが勝ち』より。〕バーナード・グレゴリー（1796-1852）はその創刊（1831）から発禁（1849）に至るまで『サティリスト』経営者・編集主幹。絶えず名誉毀損罪で訴えられ，数度にわたって投獄された。「踏んだり蹴ったり」とは（シェイクスピア劇の役者でもあった）彼が前夜（2月13日）ハムレット役でコヴェント・ガーデンに出演した際，散々野次を浴びて舞台を下りざるを得なくなった椿事を指して。「保守-革新新聞」掲載書評に関してはネイピア宛書簡（43年1月21日付）注参照。

ジョン・フォースター宛［1843年2月中旬？］

【F, IV, ii, 311に抜粋あり。日付は恐らく月刊分冊3月号（第六－八章）執筆中。】

ことくだんの登場人物達が立ち現われるやり口に関せば，是ぞ，ぼくにとっては，この種の創意における知性の最も驚嘆すべき過程だ。己の知っていることを与えられると，己の知らないことがいきなり躍り出で，ぼくにはその真実たること恰も重力の法則を天から信じているに劣らずしかと——と言おうかもしもそんなことがあり有るならばなおしかと——信じられる。

（注）フォースターは本状を，その個性が余す所なく作者に顕現するや否や綴られた，『チャズルウィット』における「最も際立った人物二人」に纏わるそれと位置づける。ディケンズにとって「最も際立った人物二人」はその潜在性と相互関係が第六章において「立ち現われる」ペックスニフ氏とピンチであろう。フォースターは同じ節でジョーナスとギャンプ夫人を例証として俎上に上すが，いずれかが意図されていたとすれば，本状は——あり得べからざることに——数か月後（のち）に認められたことになる。

エビニーザ・ジョンストン宛　1843年2月15日付*

デヴォンシャー・テラス。1843年2月15日

拝復

今まで芳牘に御返事致すのを延ばしていたのは，偏に妻が令嬢方にお越し頂いて以来（その時ですら早二，三日床に臥せていましたが）容態が優れず，ここへ来て漸う回復の兆しを見せ始めているにすぎぬからであります。遙かに持ち直したとは言え，妻は夜風に当たるのを躊躇い，小生もまたかようの案件においては物怖じせぬのが常ですが，もう数日は大事を取るに越したことはなかろうと惟みています。

こと小生自身はと言えば，2月特有の――その短さなる謂れをもって暦という暦から抹消されて然るべきではありましょうが――苦悶に苛まれ，もしや妻が金曜お宅へ伺えていたなら，いざ突撃をかけ，同伴していたろうものを，それでもなお妻の在宅によりてもたらされる考慮の機を与えられた今や，「美徳」と「節操」のために意を決し，仕事にケリをつけるべく在宅致す所存であります。

妻がくれぐれも令嬢方によろしくお伝えするよう申しています。してほどなくお返しに訪えよう日が来るのを楽しみに致しているとのことです。

敬具

チャールズ・ディケンズ

エビニーザ・ジョンストン殿

追而　御住所が定かでないため，本状をフェンチャーチ・ストリートの根（ルート・）と枝（アンド・ブランチ）宛送達致します。

（注）　エビニーザ・ジョンストン（1789-1850）はハクニー，グラヴェル・ピット礼拝堂の篤信ユニテリアン派信徒・金物屋組合員。「令嬢方」については，内一人が48年10月まではジョーンズという名の外科医に嫁いでいるという以外不詳。第二段落ディケンズが「仕事にケリをつけ」，3月号を仕上げるのは2月18日土曜（ミトン宛書簡（2月20日付）参照）。追而書き「フェンチャーチ・ストリート」は恐らく誤り。正しくはロバート・ジョンストン商会が63番地で金物卸し業を営んでいたグレイスチャーチ・ストリート。「エビニーザ・ジョンストン」の名は1842年商工人名録には「ロンドン市城壁外ビショップスゲイト7番地金物商」として記載されているが，以降はなし。

チャールズ・マッケイ宛　1843年2月17日付

デヴォンシャー・テラス。1843年2月17日

親愛なるマッケイ

小生果たして貴兄の企画が順調に行くか，むしろ失意の内に終わるのではないかと危惧する然に強かな理由があるものですから，「ちと」——「下男下女部屋なる上流社会」の正直な，して憚りながら言い添えねばならぬことに，やたら血の巡りの悪い下男の宣う如く——「ちと仲間にゃ入れやせん」。これら由々しき論点の某かについては次にお目にかかった折にでも。

敬具

チャールズ・ディケンズ

チャールズ・マッケイ殿

（注）「貴兄の企画」は1842年に検討されていた「ミルトン・インスティテューション」（マッケイ宛書簡（42年7月26日付，10月19日付）参照）から発展していた「英国著作家協会」設立計画。発起人にはマッケイ，ジョン・ロバートソン，G. L.クレイク等。3月19日までにはカーライルに3月21日開催非公式集会への参加を要請し，25日第一回公式集会においてトマス・キャンベル議長の下，決議案が認可。カーライルの受けた印象についてはバビッジ宛書簡（4月27日付）注参照。ディケンズ自身は4月8日までに加入を懇請される（ブリトン宛書簡（3月2日付），ビアード宛書簡（4月7日付）参照）。「ちと仲間にゃ入れやせん」は『下男下女部屋なる上流社会』第二幕トムの台詞。

トマス・ミトン宛　1843年2月17日付

デヴォンシャー・テラス。1843年。2月17日

親愛なるミトン

火曜そっちへ馬車で行くとしたら，何時にしよう？

どこかで思いっきり羽根を伸ばさないか？　ぼくは多分今月号をポケットに突っ込んで行く。

その日まで同封の手紙の差出し人たる，小意地の悪い痴れ者を（せいぜい袖の下を使ってでも）追い払っておいてくれないか？　それとこれが二度目フレ

デリックのそれらしき請求書をぼく宛送りつけて来たグレイズ・イン拱道下のリーヴズとかいう男には書類はぼくの所へは一切来ていないと，何のことだかさっぱりだと伝えて？

まずは取り急ぎ

不一

CD.

（注） 第二段落「今月号」は校正刷りの謂。第三段落「痴れ者」は恐らくジョン・ディケンズの債権者（ミトン宛書簡（2月20日付）参照）。リーヴズはグレイズ・イン・レーン58番地食堂経営チャールズ・リーヴズか。「書類」は恐らく広告。

ブルーム卿宛　1843年2月20日付*

デヴォンシャー・テラス。1843年2月20日

親愛なるブルーム卿

忝き芳牘を賜り篤く御礼申し上げます。小生ネイピアの手紙により誤解に陥っていました。文面からして如何にもモーペス卿を指しているように思われ，実の所，小生惟みるに，小生の下したそれ以外何ら他の解釈の余地を与えていなかったもので。卿をさておけば小生，しかしながらとある友人にしか印象を明かしていません。故にモーペス卿に小生自身の思考の埒外ではほとんど不当を働いてはいまいかと。

今や筆者の名は分かっています。

恐らく，先日の晩コヴェント・ガーデンにて男優として舞台に上った破落戸編集長の事例において如何様に町中の者が意のままに制裁を加えたか記事を御覧になったかと？　庶民が活字による突き傷を如何ほど忌み嫌っていることか，ついぞお目にかかったためしのないほど胸の透く証ではありましょう。

敬具

チャールズ・ディケンズ

ブルーム卿

（注） 第二段落「筆者の名」について，ブルームはモーペスではないことしか告げていなかったが，ディケンズは既に恐らくフォンブランクからその名を報されていたと思われる（フォンブランク宛書簡（1月25日付）参照）。第三段落「先日の晩」の一件に関してはフォースター宛書簡（2月14日付）参照。

エドウィン・ランシア宛　1843年2月20日付*

デヴォンシャー・テラス。1843年。2月20日月曜

親愛なるランシア

来る水曜6時――ちょうど――きっかり――かっきり，拙宅にてディナーを召し上がるより何か気の利いた先約がおありでしょうか？　マッキーアン夫妻と，恐らくもう二名ほど貴兄も御存じの方以外，客はありません。

敬具

チャールズ・ディケンズ

エドウィン・ランシア殿

トマス・ミトン宛　1843年2月20日付

デヴォンシャー・テラス。1843年2月20日

親愛なるミトン

親父に関しては全くもって君と同感だ，何せ「ピクウィック」でサム・ウェラーがどいつかがらみで宣う如く，「我ながらあんまし疚しいせえで気が狂れちまった」としか思えないもので。明けても暮れても頭の中は親父のことで一杯で，正直どうしてやったものかさっぱりだ。こっちが何か手を打てば打つほど，突飛で図々しくなるというのだけは間違いないが。

ひょっとして明日はダリッヂへ行くのに越したことはないんじゃないか，あそこには確か君がこれまでお目にかかったためしのないなかなか気の利いた画廊がある。1時にそっちへ行く。篠突くようなどしゃ降りでもない限り，トッピングを乗合いでやろう――君が（枡席から）馬の妙技を見られるよう。晩方はパーティに行かなくてはならないが，かなり遅くなってからだ。

不一

チャールズ・ディケンズ

トマス・ミトン殿

追而　こないだの土曜の晩，仕上げた。

（注） 冒頭「親父」の原語“my father”は青インクで抹消されているが，赤外線により判読可。「我ながらあんまし疚しいせえで気が狂れちまった」に関し，ディケンズは『あの女，ヤツの女房』第二場リンベリーの台詞「腸が煮えくり返った勢い気が狂れそうだ」〔拙訳『ボズの素描滑稽篇他』466頁参照〕と，『ピクウィック』第二十三章でサム・ウェラーがジョブ・トロッターに言う台詞「今度あ何をまたメソついてやがる——お天道様に顔向けが出来ねえってえか？」〔拙訳書上巻383頁参照〕を混同している感がある。第二段落〔「乗合いで」の原語は“by buss”。“bus”は“omnibus”の略（時に“buss”とも綴る）。〕「パーティ」は恐らく（サッカレーの述懐によると）プロクター邸での舞踏会。

T. プライス宛　1843年2月24日付*

親展　　ロンドン。リージェンツ・パーク

ヨーク・ゲイト。デヴォンシャー・テラス1番地

1843年2月24日

拝復

気さくな芳牘を賜りありがとう存じます。言及しておいでのシートは単に（恐らく）時計の端緒において出版された脇筋の物語の刷り物にすぎず，頁数を減らしてでも削除したのは単に今やくだんの中断抜きでそれぞれの巻において出版されている二篇の長い物語の興を殺ぐと考えたからにすぎません。売れ行きは他と遜色ありませんでしたが，小生の気には入らず，よって後はどうなと打ちやった次第にて。

敬具

チャールズ・ディケンズ

T. プライス殿

（注） プライスは恐らくエインズワースのディケンズ宛書簡（41年2月15日）において『時計』に関する批判的書評を送って来たとして言及されている「プライス殿」（『第二巻』原典p. 212脚注，訳書261頁注参照）。「時計の端緒において出版された脇筋の物語」については『第二巻』原典p. 453脚注参照。

H. P. スミス宛　1843年2月24日付*

デヴォンシャー・テラス。1843年2月24日

親愛なるスミス

とうとう隔離病院を出られたとのこと何よりにて，心よりお慶び申し上げます。

火曜は是非ともディナーを御一緒させて頂きたく。その旨昨日御返事致せていたものを，終日留守をしていました。

敬具

チャールズ・ディケンズ

H. P.スミス殿

クラークソン・スタンフィールド宛　1843年2月27日付*

デヴォンシャー・テラス。1843年。2月27日

親愛なるスタンフィールド

妻の申すにはディナーは5時半ではなく，5時だそうです——さなくば劇場へ息急き切って駆けつけねばならなくなろうからにはと。もちろん貴兄がお見えになるか否かは御都合次第，と心得ています。

敬具

チャールズ・ディケンズ

クラークソン・スタンフィールド殿

（注）「劇場」は恐らくドゥルアリー・レーン——マクレディ上演『ハムレット』観劇のため。

T. E. ウェラー宛　1843年2月27日付*

リージェンツ・パーク，ヨーク・ゲイト
デヴォンシャー・テラス1番地。1843年2月27日

拝復

気さくな芳牘を賜りありがとう存じます。何卒才芸豊かな令嬢へ当該自署と併せ，御鶴声賜りますよう。自署は令嬢，並びに貴兄，並びにウェラー家の面々の御多幸を祈念する御挨拶と受け留めて頂きたく。

敬具
チャールズ・ディケンズ

T. E.ウェラー殿

（注）トマス・エドマンド・ウェラー（1799-1884）はサセックス，メイフィールド出身，地方誌に音楽・演劇批評を寄せる傍ら，チェルテナム・プロテクター石炭会社に書記として勤務。38年にリヴァプールへ転居すると共にダブリン市蒸気定期船会社事務員。仕事柄，ヒューイット船長と面識があり，船長は2月後半デヴォンシャー・テラスに滞在していた関係で（フェルトン宛書簡（3月2日付）参照），ウェラーの手紙をディケンズに手渡し，さらに返事を託ったと思われる。「才芸豊かな令嬢」はウェラーの次女クリスティアーナ・ジェイン（1825-1910）。天才少女の誉れ高く，1834年姉と共にピアノ演奏会に初出演，当時は既にコンサート・ピアニストも務めていた。（44年リヴァプールにおけるディケンズの彼女との出会い，45年T. J.トムソンとの結婚については『書簡集Ⅳ』参照。）三女アンナ・ドゥランシー（1830生）は1849年フレッド・ディケンズと結婚。クリスティアーナは日誌（3月1日付）に「パパがチャールズ・ディケンズからのとってもきれいな手紙を持って帰ってくれた」（感嘆符十九箇）と記す。別の記載によれば『チャズルウィット』を分冊発刊と同時に読み進めていた。「ウェラー家の面々」とある所からして，ウェラーは『ピクウィック』のウェラー父子に冗談まじりで言及していたと思われる。

バーデット・クーツ嬢宛　1843年2月28日付

デヴォンシャー・テラス。1843年2月28日

親愛なるクーツ嬢

果たして御記憶にあるか否か存じませんが，二，三年前「国民演劇」興隆の

ための功績に敬意を表し，マクレディへの記念品を購入するため公の寄附が募られました。が，事実募られ，見事な銘板が設計・作製され，終に翌月中にサセックス公爵によりて贈呈される運びとなりました。

ところがハマースリー銀行が倒産し，かくて寄附金の一部が損失し，二度目の寄附が必要となっています。委員会の一員とし，どなたにお願いしたものか思案する内，小生当然の如く貴女に思い当たりました。第一に，貴女はありとあらゆる娯楽の就中理性的なそれに愛着を抱いておいでと存じているだけに。第二に，威信と高位の人物の間に蔓延している同上に対す由々しきまでの無関心の直中にあって，貴女からの支援は必ずや大義にとりてこよなくかけがえがない，と同時にマクレディ自身にとりてこよなく光栄かつ励みになろうだけに。

それ故，もしや趣意に（「俗世」の浮き滓の思っているより遙かに高尚なそれたる）お力添え頂くに御異存なければ小生是非とも本件における貴女の秘書，と申すか家令を務めさせて頂きたいと存じます。ランズダウン卿は篤志に然るべく対処して下さっている数少ない高位貴顕のお一方です。中には相当額と共に芳名を署しながらも金は処して下さらぬ（その肩書きを聞けば驚かれよう）方々もおいでで，それ故小生勢い，世捨て人か，バイロンか，悪魔じみて来かねません。

恐らく「空騒ぎ」——と「宴楽の神（コーモス）」——はお気に召されたかと，して来る月曜は「ウィルギニウス」観劇へ行かれるものと。もしや去る金曜お気に召さなかったとすらば，小生定めし世捨て人衝動を実行に移すに，何の先触れもなくネック・クロスをかなぐり捨てようでは。

親愛なるクーツ嬢
匆々
チャールズ・ディケンズ

（注）マクレディ表彰のための「委員会」は1839年設立（『第二巻』原典p. 2参照）。銘板（£500相当）の意匠はマクレディが芸術・文芸の女神に囲まれて演劇を学ぶ姿。献呈の銘についてはスティーヴンズ少佐宛書簡（6月12日付）参照。サセックス公爵はジョージ三世王第六男オーガスタス・フレデリック（1773-1843）。献呈式は3月15日挙行予定だったが実現せず，公爵は（病気がちだったこともあり）完全に辞退したものと思われ

る。第四段落『空騒ぎ』と『宴楽の神(コーモス)』は2月24日金曜ドゥルアリー・レーンにて上演。マクレディはベネディックとコーモスの二役を演ずる。十一度に及ぶ興行は大成功を収め，マクレディは喜劇には向かぬとの先入主にもかかわらず劇評も概ね好意的だった。ディケンズ自身による『イグザミナー』(43年3月4日付）掲載劇評について詳しくは拙訳『寄稿集』第十七稿参照。彼は観客を虜にするマクレディの「瑞々しく，際立ち，痛快にして，迫力溢る」演技を称え，わけても「四阿」の場面を「純粋な，或いは高尚な，生粋の喜劇」と絶賛する。『ウィルギニウス』は3月6日月曜マクレディ主演。「ネック・クロスをかなぐり捨て」るとは「バイロンさながら」の謂。

レディ・ホランド宛　1843年2月28日付*

デヴォンシャー・テラス。1843年2月28日

親愛なるレディ・ホランド

フランス新聞をお返し致します，御高配賜りありがとうございました。来月中旬以降お目にかかれれば幸甚にて。目下の心づもりとしては（日々の長目の鄙への散策もしくは遠乗りをさておけば）月の前半は徹して蟄居を極め込みたいと存じます。さらば健康並びに愉しき執筆双方にとりて申し分なかろうと。

併せて「エディンバラ・レヴュー」に纏わる親身なお言葉にも感謝申し上げます。ネイピアから受け取った私信の文面では，然に紛うことなくモーペス卿を指しているように思われたもので，己自身の意図と願望に反し——即ち，卿には善行しか叶わぬと惟みていた，のみならず常々惟みて参ったにもかかわらず——過ちを犯してしまいました。フォンブランク以外には，この疑念を後もう一人の人物にしか打ち明けていません。くだんの人物とはブルーム卿にして，卿は直ちに過ちを指摘し，誤解を解いて下さいましたが。

末筆ながら定めてお健やかに恙無くお過ごしのこととお慶び申し上げます。つゆ変わることなく

親愛なるレディ・ホランド

匆々

チャールズ・ディケンズ

レディ・ホランド

D・M. モイア宛［1843年1–2月］

【トマス・エアド編『デイヴィッド・マクベス・モイア詩集』(1852) p. lxvに引用されている，モイアのエアド宛書簡に言及あり。日付はモイアによると「私家版」(5月18日刊)「序」を書く「数か月前」だが，43年1月以前ではない。】

1843年初頭私家版として配布された「我が家の詩（うた）」の出版を推めて。

(注) デイヴィッド・マクベス・モイアは医師・著述家(『第二巻』原典p. 440脚注，訳書546頁注参照)『我が家の詩（うた）』についてはモイア宛書簡(5月19日付)参照。「私家版」にはモイアの子供の内四人の死を悼む哀歌七篇が所収されていたが，ブラックウッド宛書簡によると，モイアは3月12日までには増補を念頭に「他としっくり来そうな，同じ類の叙情詩」を選ぶことを検討していた。

エドワード・タガート師宛［1842年12月–43年2月？］

【W. J.カールトン氏所蔵，ディケンズ展示会に関する不詳の新聞の切抜きに抜粋あり。日付は明らかにディケンズが初めてタガートの説話を聞く42年11月の少なくとも数週間後だが(フェルトン宛書簡(43年3月2日付)注参照)，語調からして知り合って程なく。「講話」は2月のそれを指すかもしれない(注参照)。】

会衆の一人として，去る日曜の師の雄弁かつ魅力的な講話への一途にしてありがたき思いをつい綴らずにはいられなくなりました。未だかつて拝聴した如何なる法話——師御自身の唇より賜わるそれすら——にも増して深い感銘を覚えた次第にて。

(注) エドワード・タガート(1804–58)はノリッヂ，オクタヴィアン・チャペルを始め，セント・ジェイムジズ・スクエア，ヨーク・ストリート，1833年以降はリトル・ポートランド・ストリートにてユニテリアン派司祭。41年にはユニテリアン派協会幹事。文学，哲学，科学にも造詣が深く，種々の自由主義的活動，慈善事業に協調的だった。幾多の会衆を惹きつけたが，同宗派の中には物腰を冷淡かつ横柄と見なす者もいた。「会衆の一人として」に関してはフェルトン宛書簡(3月2日付)参照。43年2–3月タガートは「宗教改革者についての講話」を繰り返したが，2月19日に行なったのは「ユニテリアン派キリスト教の教義と目下の社会的立場」についてのそれで，ディケンズが言及しているのもこの講話と思われる。「師御自身の唇より賜わる」に関せば，タガートの物腰はゆったりとして落ち着きがあり，声は荘重かつ朗々としていたという。

ジョン・ブリトン宛　1843年3月2日付*

デヴォンシャー・テラス。1843年3月2日。木曜夕

拝復

小生を知る誰一人として，こと文学や文学を専門とする何者かの利害に関わるとならば，小生のことを無精者と思う者はまずいますまい。小生常々文学とその専門家を能う限り奨励する上で本務を全うして参りました。してもしや，仕事上の取引きにおいてその栄誉をさまで慮らず，小生自身の利得をより慮っていたなら，今頃は定めし——貴兄が御想像になっているにつゆ劣らぬほど懐が暖かくなっていたやもしれません。

が御提案の「協会」が文学の振興に与そうか否か覚束無い限りであります。のみならず紛うことなく小生の本領たるかようの案件において個人的判断を下すくだんの権限を，果たして何者より構成され，何を為そうとしているのか判然とするまで行使すること能いません。これら二点に関しそれ自らの議事より然るべき情報を得るまで小生，すこぶるつきの上機嫌にて，それでなくとも連綿たる倶楽部と協会の一覧にもう一項加えるは平に御容赦願わねばなりません。それまでは何卒天職としての「文学の追究」はこの身をもってはせいぜい致し方ないほどにしか誇りを蒙るまいこと御安心下さいますよう。

敬具

チャールズ・ディケンズ

ジョン・ブリトン殿

（注）　ジョン・ブリトン（1775-1857）は古物蒐集家。ディケンズは彼の共著『イングランドとウェールズの景勝』を39年に購入（『第一巻』原典p. 621脚注，訳書800頁注参照）。第二段落，二人は「作家協会」設立趣意書（プロスペクタス）をカーライル，キャンベル，ブルワー，ロバート・ベル，ジョン・ロバートソンと共に検討・改訂する小委員会に加わっていた。

［チャプマン＆ホール両氏］宛　1843年3月2日付*

デヴォンシャー・テラス。1843年3月2日

拝啓

プレスコット殿の手紙を同封致します。

「チャズルウィット」好転の兆しがあれば是非ともお聞かせ願いたく。くれぐれもホガース夫人には毎月，月刊分冊がお手許に届くようお取り計らい下さいますよう。

敬具

チャールズ・ディケンズ

（注）「プレスコット殿の手紙」は1月30日付書簡（プレスコット宛書簡（3月2日付）参照）。本状が『チャズルウィット』の売上げの伸び悩み（僅か20,000部強）への最初期の言及。F, IV, ii, 302の内容も明らかに第一一三分冊販売部数について。フォースター宛書簡（6月28日付）参照。

ルイス・ゲイロード・クラーク宛　1843年3月2日付

ロンドン。リージェンツ・パーク，ヨーク・ゲイト

デヴォンシャー・テラス1番地。1843年3月2日

親愛なるクラーク

例の国際版権問題で賭けをしてみようでは。ワシントンのくだんの正直者共がその俗悪な暴動において哀れ「精神」を微塵も気にかけぬ内に，我々は墓に葬られ，またもや極微の，塵の粒子たりてお出ましになっていようこと，小生一体貴兄の資産の端くれを向うに回し，如何ほど有り得べからざる公算を賭(と)すまいことか？

たとい先般御送付頂いた「ニック」は未だ封を切っていぬ由お伝え致そうと気を悪くはなさるまいと。小生帰航の途上，アメリカについて書こうと意を決した際，自らに聖なる誓いを立てました，断じて拙著に関するアメリカ批評は一篇たり読むまいと。拙著発刊以来，大西洋の向うから数知れぬ新聞が小生の下へ届けられています。御逸品，もしや某か支払わねばならぬもののある場合は郵便局へ送り返され，もしや一銭たりない場合は未開封のまま，火中されて参りました。小生ついぞ固めたホゾがいささかたりグラついたためしはありま

せん。して我ながら賢しらな手に出たものだと，意気軒昂にして上機嫌にて，得心致しています。

これまでの所，よもや「チャズルウィット」がお気に召さなくなってはいまいと。わけてもピンチ氏と，近々登場予定の彼の妹に御愛顧賜りたく。

ああ！　例の，未だ果たされていない約束よ！　もしや「チャズルウィット」の一場面なり早目に貴兄宛お送り致せるよう仕上げていれば――が「地獄の舗道」へこれ以上石ころを敷くのは慎まねば。まずは様子を見るとして（ヌー・ヴェローン）。

妻が貴兄並びに令室にくれぐれもよろしくお伝えするよう申しています。小生からも御鶴声賜りますよう――一年前の先週の木曜，我々貴宅にてディナーを御一緒させて頂いたとは。

敬具

チャールズ・ディケンズ

L.ゲイロード・クラーク殿

（注）　第二段落「先般御送付頂いた『ニック』」とはクラークが編集長を務める『ニッカーボッカー・マガジン』。43年2月号には「イデルベルクにおけるボズ」と題す記事が掲載され，『探訪』についてのさして好意的ならざる短い書評と，42年12月号におけるアメリカ報道界批判の掲載された『フォリン・クォータリー』(10月号)（フォンブランク宛書簡（42年11月8日付）注参照）への注釈も添えられていた。クラークは第二段落の大半を6月号に転載。第三段落ルース・ピンチは四月号第九章で初めて登場する。〔第四段落「『地獄の舗道』へ……慎まねば」は俚諺「地獄の道は善意で敷かれている」を踏まえて。〕第五段落クラーク宅での「ディナー」についてはバートレット宛書簡（42年2月24日付）注参照。『ハーパーズ・ニュー・マンスリー』(62年8月号）において最後の一文を引用する上で，クラークは「追而書き」と称し，「一年前の今日，小生は貴宅にてディナーを御一緒させて頂きました――アメリカで御馳走になった最も愉快なディナーを。あれは何たる一座だったことよ！」と改竄。本状の他の箇所にも要領を得ない歪曲を施し，内一箇所など1849年と誤った日付を記す。

C.C. フェルトン宛　1843年3月2日付†

ロンドン，リージェンツ・パーク，ヨーク・ゲイト

デヴォンシャー・テラス1番地。1843年3月2日

親愛なるフェルトン

どこから始めたものか定かでありませんが，ともかく真っ逆様にザブンと本状へ飛び込んでみます，どこかでは浮かび上がるに違いなかろうと。

バンザーイ！　またもやコルクよろしく浮かび上がりました――「ノース・アメリカン・レヴュー」を片手に。如何にも貴兄らしいでは，親愛なるフェルトン。してたとい便箋の最後まで書き列ねようと褒め言葉にそれ以上は申し上げられますまい。当地で如何ほど注目を集めていることか思いも寄られないでしょう。ブルームが先日くだんの号を手にやって来ましたが（小生が見ていないやもしれぬと思い），たまたま留守をしていたものでメモを残して行きました――記事と，筆者のことを正しくジンと胸に応える文言で綴った。アシュバートン卿も（その随行員の一人が，爾来皆が公的に反駁している「書評」を「エディンバラ」に寄せた訳ですが），やはり玉稿に纏わる忝き芳牘を賜りました。他の幾多の方々もまた。

小生すこぶる意気軒昂，健やかにして，「チャズルウィット」にガンガン打ち込んでいます――ありとあらゆる手合いの面白おかしさが書き進める側（そば）から次々眼前に立ち現われるようで。こと目新しいニュースはと言えば，実の所何一つありませんが，ただフォースターが（生まれてこの方ついぞ体を動かしたためしのない）ここ数週間リューマチで床に臥せていたものを，今や漸う回復しつつあるようです。我が小さな船長――と呼び習わしている訳ですが――つまり例の，小生を海の向うへと連れ出し，例のコルク底の冒険を共に掻い潜った人物――もこの所ロンドンに滞在し，小生の護衛（エスコート）の下あちこちの名所を端から見て回っています。いやはや！　せめて貴兄もその他一人ならざる赤褐色面（マホガニーづら）の男衆（やはり船長）を目になされていたなら，連中いつも朝方，拙宅へ船長を呼びに来ては，船溜まりだの川だのありとあらゆる手合いの妙ちきりんな場所へ連れ出し，そこより船長判で捺したように夜遅く，目には一杯，水割りラムの涙の玉を溜め，口にはポンチっぽい臭いを一緒くたにしたなり御帰館遊ばしていたものです！　船長と来ては我が家にとっては「喜劇」の遙か上を行っていました――ディナー時（どき）にはある種浮かれた具合にドギマギした勢いハンケチを首のグルリに巻き――そこでコロリとそいつをどうしちまったものやら忘れるとんでもない習いに嵌まっているとあって。のみならず調子っ外れに歌を歌ったかと思えば，陸の代物を沖の名で呼んだり，今何時かチンプンカンプンにして真夜中を夕方7時と思い込んだり，どいつもこいつも生一本と，雄々しさと，上機嫌で溢れんばかりの船乗り奇矯を御披露賜るだけに。ドゥルアリー・レーン劇場へ「空騒ぎ」を観に連れて行ったことがありました。が仰けの二場を固唾を呑んで見守っていたと思いきやクルリとケイトの方へ向き直りざまかく吹っかけるとは，一体どういう了見なものか小生皆目見当もつきませんでした！――「これはポーランド物ですかな？」

[a]フォースターには何としてもとっとと回復してもらわねばなりません，何せ来月の今日，4月2日は我々の結婚記念日にして彼の誕生日なもので。くだんの大祭には必ずや，我々はリッチモンドへ（およそ12マイルほど離れたテムズ河畔の風光明媚の地ですが）粛々と向かい，厳かなディナーを認め，御想像通り，グラスを乾します。[a] 4日は小生印刷業者のための公式正餐会で司会を務めることになっています。してもしや貴兄がくだんのテーブルの客人であられたならば，小生肩を力まかせに，ニューヨークのシティ・ホテルにてワシントン・アーヴィングの愛おしき背をピシャリとぶったよりなお強かに叩かないでしょうか！

貴兄は確かマクリースのことを尋ねて――尋ねて，とはゴキゲンな――恰も事実膝を交えてでもいるかのように――いらしたかと。彼はそれは取り留めのない奴にして，それは目一杯変わり者なものですから，頭の中でざっと絵を復習ってみても，そいつら引っくるめて何かとある揺ぎない意図へと向かっているとはお世辞にも言ってやれません。が5月に王立美術院にて年一度の展覧会が催され，さらば彼がどんな男かあらましなりお伝えしたいと存じます。正しく傑人で，何をやってのけても不思議はありません。が傑人の御多分に洩れず思い通りに我を張り，因襲的な壁に思いがけない割れ目でもあれば急にどこかへ飛び去ってしまいます。

貴兄も恐らく，ホーンの「エヴリデー・ブック」は御存じと。ああ！　小生数週間前の彼の葬儀にておかしみとしかつべらしさの入り混じった光景を目の当たりにし，爾来ディナー時になると噎せ返っています。ジョージ・クルックシャンクと小生は会葬者として赴き，彼は哀れ，5マイルほど町外れに住んでいたもので，小生がジョージをそこまで馬車で連れて行きました。それは「自然の女神」の面目のためにも願わくはこの辺り以外ではめったに何処にてもお目にかかれないような日和でした――泥濘み，霧が濛々と立ち籠め，シトシト雨が降り，どんより薄暗く，底冷えがし，ともかくありとあらゆる点においてとことん惨めったらしい。さて，ジョージは馬鹿デカい頰髭を蓄え，御逸品かようの天候ともなればゾロリと喉元を伝い，胸板に一部解(ほぐ)れかけた鳥の巣よろしく突き出します。かくて見てくれと来てはせいぜい奇妙奇天烈ではありますが，よりによって濡れネズミのなり，はしゃぎまくっている所へもって（いつも小生相手となるとやたらはしゃぎまくるもので），とことん真面目くさっているとあらば（行く先は，ほら，葬儀では）奴に抗うは天からお手上げ――わけても人間の脳ミソの能う限りトンチンカンな御託をその気のさらになきままむしろ哲学者然と並べて下さるだけに。小生蓋し，道中ずっと，余りに道連れが滑稽千万なのに抗い切れず声を上げざるを得ませんでしたが，いざ奴が葬儀屋によりて黒マントと床まで届きそうな黒い帽子紐でめかし込まされるに及んでは――葬儀屋のことを，因みに，御当人目に一杯涙を溜めたなり――何せホーンとは旧知の仲だっただけに――耳打ちして曰く「なかなか面白いキャラだ，いっそスケッチでも取りたいが」――小生如何せんその場を辞さざるを得まいと観念したほどです。とは言え我々は葬儀の一行の控える小さな茶の間へ入って行き，さらば神も御存じの如く，惨めなことこの上もありません，と申すのも寡婦と子供達はとある片隅で泣きの涙に掻き暗れ，他の会葬者は皆――単なる葬儀屋の雇われとあって，故人のことなど葬送馬車といい対(たい)これきり気にかけていませんでしたが――別の片隅で至って淡々として無頓着に世間話に花を咲かせ，その対照たるやこれまで目にした何物にも劣らず傷ましく嘆かわしかったからです。その場には帯(バンド)を垂らし，聖書を小脇に抱えた独立教会主義の司祭が居合わせ，我々が腰を下ろすや否や，ジョージにかく，大きな声で話しかけました――「クルックシャンク殿。貴兄は朝刊の配達順路に出回っている，今は亡き我らが友人に纏わる一節を御覧になったと？」――「ええ，神父」とジョージです。「見ました」――その間(ま)もずっと小生の顔を覗き込みながら，と申すのも道すがら，あれは自分の作文だと誇らしげに言っていたからです。「でしたら私と同感でらっしゃいましょうが，クルックシャンク殿，あれは全能の神の僕である私に対する侮辱であるばかりか，私がその僕である全能の神に対する侮辱です」――「それはまたどうして？」とジョージです。「あの一節において，クルックシャンク殿」と司祭です。「書籍商としての仕事に失敗すると，ホーン殿はこの私に聖職に就くよう説きつけられたと述べられていますが，それは偽りにして誤りにして非キリスト教的であり，ある種冒瀆的にしてありとあらゆる点において陋劣であります。さあ祈りましょう」と言ったと思いきや，親愛なるフェルトン――して誓って，時をかわさず――司祭は我々が皆跪いている通り跪き，お粗末極まりなき［戯言］よろしき即興の祈りを唱え始めました。小生真実遺族のことが労しくてなりませんでしたが，ジョージが（跪いたなり，旧友の死を悼んですすり泣きながら）小生に「もしもあいつが牧師でなくて，これが葬儀でなければ，いっそあいつの脳天にパンチをお見舞いしてやるがな」と耳打ちした際には勢いゲラゲラ腹を抱えでもせぬ限りこの身をどうしてやったものか算段がつかぬほどでした。

[b]何卒ロングフェローに例の彼の本は見つからないが，シェイクスピア協会から他に数冊ほど手に入れたもので，ヒラード宛お送りしたものか否か御教示賜るようお伝え下さい。我らがヒラードに，してサムナー始め友人皆にくれぐれもよろしく御鶴声のほどを。令室が体調を崩しておいでとのこと，お労しい限りですが，定めて次の芳牘にては朗報をお聞かせ頂けることと。妻共々御鶴声賜りますよう。次の芳牘にてはチャニング博士の御家族のことも某かお報せ願いたく。実は小生我々の国教会とそのピュージ主義と，常識並びに人間性に日々加えられる蹂躙にほとほと愛想を尽かし，昔ながらの思いつきを実行に移すに，ユニテリアン派信徒となりました，と申すのもくだんの宗派ならば，能うものなら，人類の向上のために何か手を打とうとしましょうし，「慈善」と「寛容」を実践しているだけに。もしや当該風聞が広まれば，トーリー党員はこれまで以上に小生のことがお気に入りましょう。子供達が，神の思し召しあらば，世辞に礼を返してくれようかと！[b]

親愛なるフェルトン

敬具

CD.

（注）　第二段落『ノース・アメリカン・レヴュー』は1月号掲載「チャールズ・ディケンズ，その天稟と文体」。25頁に及ぶ論考の特に後半は『探訪』への好意的な書評に充てられている。ディケンズのアメリカ新聞批判も誇張されてはいるものの妥当と見なし（トロロープ夫人宛書簡（42年12月16日付）参照），描写は独創的芸術家のユーモラスな情景であって，アメリカ文明への皮肉ではなく，文体は自由闊達，写実的，流麗にして全体の調子は雄々しく，率直，誠実であると称える。『エディンバラ』の「書評」については『タイムズ』編集長宛書簡（1月15日付）参照。第三段落「小さな船長」はヒューイット。彼はこの時点で明らかにデヴォンシャー・テラスを去っていたが，再び航海に出るのは4月4日になって初めて。「コルク底の冒険」についてはビアード宛書簡（42年5月1日付）参照。「（浮かれた具合に）ドギマギした」の原語“embarrasment”は正しくは“embarrassment”。ドゥルアリー・レーン劇場での『空騒ぎ』上演は2月24日。第四段落aaは従来未発表部分。「印刷業者のための公式正餐会」はロンドン旅籠で催された印刷業者奨励金協会年祭。ディケンズはスピーチにおいて再び『エディンバラ・レヴュー』における英米報道界に関するスペディングの注釈に言及する。「ニューヨークのシティ・ホテル」は恐らくアーヴィングが司会を務めたディケンズ歓迎ディナーの折を指して（フォースター宛書簡（2月24日付）注参照）。第五段落，王立美術院展覧会におけるマクリースの出品は「セント・ナイトンズ・キーヴの滝」（フェルトン宛書簡（42年12月31日付）参照），並びに「原作者を迎える男優達」。ディケンズはただし，約束通り5月にはフェルトンへ手紙を出していない上，展覧会に行った記録も残していない。第六段落ホーンと，ディケンズの最後の見舞いについてはフォースター宛書簡（42年10月5日付）参照。葬儀が執り行なわれたのは42年11月11日，ストーク・ニューイントン，アブニー公園共同墓地にて。第六段落「独立教会主義の司祭」はトマス・ビニー師（1798-1874）。当代切っての著名な非国教派聖職者。「偉大な非国教派主教」として知られ，国教会を国家的弊害と見なしていた。長身で，印象的な風貌だったこともあり，説教は感銘深かったが，時に奇矯の謗りを免れなかった。「朝刊の……一節」とは『モーニング・ヘラルド』（11月9日付）に掲載されたホーン死亡告示。事業に失敗した後（のち），ビニーと知り合い，説教壇にて実力を試してみるよう説得され，事実，彼が長年司祭を務めるウェイ-ハウス礼拝堂で度々法を説いた旨記されていた。が二日後，「ホーン氏は数年に及びウェイ-ハウス会衆の一人ではあったものの，そこであれ，他の如何なる礼拝堂であれ法を説いたためしはない」との訂正文が挿入される。「（お粗末極まりまき）［戯言］」の原語“jumble”は“j”の点と“m”と“le”のみ判読可。第七段落bbは従来未発表部分。「シェイクスピア協会」（1840年創設）については『第二巻』原典Appendix A, p. 462，参照。ディケンズは4月26日選出，二十一名の協議会新会員五名の内一人になる予定だった（44年脱会）。ロングフェローに送付する手筈の「数冊」は

42年12月31日までの年間出版物七巻と思われる。ジョン・ヒラードはアメリカ貿易商(42年11月5日付書簡参照)。ロングフェローのフォースター宛書簡（2月28日付）によるとフェルトン夫人は出産前に階段から足を踏み外し，一時重篤に陥っていたが45年4月12日までは存命。ピュージ主義に対するディケンズの激しい批判についてはトムソン宛書簡（43年5月26日付）注参照。〔ピュージ主義とはE. B. ピュージがケブル，ニューマン等同志と共に起こした宗教運動。オクスフォード運動の別称。〕ディケンズはアメリカからの帰国後エセックス・ストリート礼拝堂に通い始め，チャニング博士追悼講話が1842年11月20，リトル・ポートランド・ストリートのユニテリアン派礼拝堂にてエドワード・タガート師によって説かれると聞くと，聴聞に出かける。祈禱後，タガートと会談するに及び，宗教的真理について同様の見解を抱いていることを知り，自らと家族のために定めの席を予約。同礼拝堂へは47年まで家族ぐるみで定期的に通い，以降は間々独りで通っていたという。上記に照らせばフェルトン宛書簡（42年12月31日付）に何ら言及がないのは若干不可解ではある。タガート宛書簡（42年12月-43年2月?）参照。

W. H. プレスコット宛　1843年3月2日付

ロンドン，リージェンツ・パーク，ヨーク・ゲイト
デヴォンシャー・テラス1番地。1843年3月2日

親愛なるプレスコット

貴兄はどうやら，国際版権相手に目隠し遊びをなさっているようでは。現行の（ワシントンの連中にこそその手柄の余す所なく認められる）法律の下では早期原稿の如何なる送達も英国にては版権を確保できません。貴兄の手になされるのはただ出版の優先権のみにして，現時点ではそれだけの価値があると見なす何者であれマダム・ドゥ・カールデイローンの本にせよ御自身の高著にせよ，著者にはビタ一文払わずして己自身の利得のために印刷することが可能です。それ故御自身の商い種を売り払う上で考慮せねばならぬのはただ，己の身銭を切る破れかぶれのヤマに，果たして誰がいっとう貴兄宛叩こうか，に尽きましょう。

チャプマン・アンド・ホールはこの同じ定期船(パケット)にて貴兄宛一筆認めることになっています。従って小生は事務的要件は全て版元に任せたいと存じます。当方ではお蔭様で皆恙無く暮らし，くれぐれも貴兄並びに令室によろしくお伝え

するよう申しています。

こと海賊共に関せば，勝手に海賊旗（ブラック・フラッグ）を翻し，その下（もと）に盗みを働き，おまけに剣で突きかからせておこうでは――最後の審判の日の雷鳴まで。小生もしや連中が模範的共和国において小生を下種呼ばわりする権利を買ったと知らばおよそ心安らかではいられますまい。が連中がそいつをクスねている限り，一向文句はありません。よって春よ，万歳！　本状をお受け取りになる頃までには定めて，くだんの好季節がイングランドにてもひた迫っていましょうから。して我々誰しもリー・ハント呼ばおう所の「青葉茂れる緑樹」を天帝が授け賜う上で意図されただけ存分享受致せますよう！

親愛なるプレスコット

敬具

チャールズ・ディケンズ

W. H. プレスコット殿

（注）「マダム・ドゥ・カールデイローンの本」についてはプレスコット宛書簡（42年10月15日付）参照。プレスコットはチャプマン＆ホールへ転送するよう12月中に草稿をディケンズに送付していた。『二年間に及ぶ滞在中のメキシコ生活』は二部構成で1月21日と2月4日に刊行（序はプレスコット執筆）。「御自身の商い種」はプレスコットがディケンズ宛書簡（43年1月30日付）においてマダム・カールデイローンの著作に関して用いた文言――「版権購入は英国出版業者を保護しないのでしょうか？　さらば小生は如何様に自分自身の商い種を売り払えば好いのでしょう」――を踏まえて。第二段落チャプマン＆ホールはプレスコット宛にマダム・カールデイローンへの£25を送金すると共に，彼女からの他の作品送付及びイングランドにおけるプレスコットの著作出版の機を打診する。プレスコットはディケンズの説明にむしろ不安を覚えたものか，その後マリ，ロングマン，ベントリーとさらに交渉を重ねた末，版権は6月ベントリーへ即金£650で売却。自著『征服』出版についてはプレスコット宛書簡（11月10日付）参照。第三段落〔「最後の審判の日の雷鳴まで（“until the crack of doom”）」は『マクベス』第四幕第一場117行マクベスの台詞より。〕「青葉茂れる緑樹」の原語“leafy greenery”はいずれも，わけても“leafy”はハントの著作に特有だが，フレーズとして実際に用いられている箇所はない。

ジョージ・W. パトナム宛　1843年3月2日付*

ロンドン。リージェンツ・パーク，ヨーク・ゲイト
デヴォンシャー・テラス1番地。1843年3月2日

親愛なるパトナム殿

元旦付芳牘を拝受，慶ばしい限りです。と申すのも長らく音信が途絶えているせいで，こちらでは或いは体調が思わしくないのではと気を揉み，もしや然らずば，一体どうなってしまったものやらと訝しみ始めていたからです。貴兄がいずれ肖像画に似非の金(きん)を突っ込むのみならず，御自身のポケットに真正の貴金属を突っ込まれますよう。と申すのも貴兄ならばそれだけのことがあって当然と存じているだけに，順調に身を立てていると耳にするだにさぞや口では言えないくらい慶ばしかりましょうから。

アメリカ新聞のことを書いておいでですが，小生お蔭で芳牘に今一度目をやる側(そば)から思わずまたもや口許を綻ばせている始末。もしや祖国にて我が家の静かな書斎にいる所を御覧になれば，小生がどれほど連中のことを歯牙にもかけていないかお分かり頂けようかと。貴兄は固より連中に目を通さぬ小生の昔ながらのやり口なら覚えておいでと？　はむ！　帰国し，拙著が世に出てこの方，何ブッシェルもの新聞が郵便で届いています。もしや某か料金の必要な場合は，郵便局へ逆戻りし，もしや何もなければ，未開封のまま，火中されますが。して今の今に至るまで連中の筆になる一行(ひとくだり)とて目にせず，さりとてすこぶるつきの健康とすこぶるつきの上機嫌にて，陽気に新たな小説に筆を走らせている次第にて。

妻は至って健やかにして，くれぐれも貴兄によろしくお伝えするようとのことです。アンもまた然り，して貴兄の便りを受け取るやパッと晴れやかになり，も一度，あの海と陸を越えて旅してもちっとも構やしませんと宣っています。ことケイトはと言えば，ことこの点にかけては相変わらずの一点張りですが──とは貴兄も覚えておいでと？　子供達は皆リンゴのような真っ紅な頬で，丸々肥えています。して父さん達はまたアメリカへ行くよと言おうものなら，キャッキャと笑い転げます。

ヒューイット船長が拙宅にしばらくお見えで，名所という名所を案内しました，とは貴兄にも是非ともやって差し上げたい如く。恐らく，近い将来。それまでは，して永久(とこしへ)に，心からの敬意をお受け取り頂きますよう

敬具

チャールズ・ディケンズ

妻が小生「ジュリア」のことを忘れていると申します。が小生の返して曰く。「いや。何せ彼女はラテン語の代名詞と同じで，表(おもて)には出ていなくても諒解されているから」――先日（100マイルかそこら離れた）バースへ，名立たる少年の内一人と共に行き，かくて道中一再ならず貴兄のことを話題に上すこととなりました。

（注）「肖像画に似非の金(きん)を突っ込む」の準えについてはパトナム宛書簡（42年10月18日付）参照。追而書きバースへの遠出についてはマリアット宛書簡（1月21日付）参照。一行は鉄道で帰宅。

レディ・ラヴレイス宛　1843年3月4日付*

デヴォンシャー・テラス。1843年3月4日

チャールズ・ディケンズ殿は謹んでレディ・ラヴレイスに御挨拶申し上げると共に，氏の書状へ忝き返信を賜り篤く御礼申し上げる上で，喜んで火曜朝10時セント・ジェイムジズ・スクエアにお伺いさせて頂きたき旨お報せ致したく。

氏は寄附者一覧が印刷されたとも，その写しが存在するとも，寡聞にして存じません――ただとある弛まぬ徴集係によりて不器用ながらもひたぶる拵えられて来たという点をさておけば。が氏は同上を，如何ほどのものでもないにせよ，手に入れ，火曜には持参致したく。

氏はさらに憚りながら付け加えさせて頂けば，人々の進歩と幸福に関わる万事に寄せるレディの一方ならぬ関心を重々心得ていればこそ，本件に関しレディに単に バイロン卿の令嬢としてのみ訴えようなど考えたこともございません。

くだんの状況を殊更申し立てているのはただ，他の状況の下ならば分不相応な僭越と見なされるやもしれぬ所為の申し開きをするためにすぎません。

（注）　ラヴレイス伯爵夫人エイダ（1815-52）はバイロンの娘，35年にラヴレイス伯爵と結婚。数学・天文学・音楽の造詣が深かったが，晩年は競馬に熱中し，一族の宝石類を質に入れるほど血道を上げた。第二段落「寄附者一覧」は恐らくマクレディ表彰のためのそれ（クーツ嬢宛書簡（43年2月28日付）参照〔原典p. 458脚注3「8日」は誤植〕）。「弛まぬ徴集係によりて不器用ながらもひたぶる拵えられて来た」とは即ち，フォースターに委ねられたディケンズ自身の直筆一覧の謂（『第二巻』原典p. 2脚注参照）。第三段落，レディ・ラヴレイスが母親と夫の博愛主義的関心や貧しい人々の教育への格別な懸念を共有していた記録は残っていないが，ディケンズはその事実を知らず，マクレディの演劇への尽力を人々の「進歩と幸福」につながると考えたと思われる。さらにバイロンの名を出した背景には『ウェルナー』がマクレディの劇の就中大成功を収めた経緯があったからかもしれない。

サウスウッド・スミス博士宛　1843年3月6日付

親展

デヴォンシャー・テラス。1843年。3月6日

親愛なるスミス博士

本日道のこちら側から遣いを立てました，もしや御都合好ければ療養所（サナトリウム）へお越しの際，拙宅へお立ち寄り頂きたく。以下の謂れにて——

御送付賜った青表紙の本によりて小生，それは大きな衝撃を受けたものですから（今月の仕事に片をつけ次第）「貧しき男の子供のために英国民に訴える」と題す——もちろん小生の名前を付した——廉価な小冊子を物し，世に出してはと思い立ちました。就いては是非とも本件に関し御相談に乗って頂き，何であれ御提案を承りたいと存じます。十日かそれくらいの内にいつか晩方お伺い致すとすれば，何時頃が最も御在宅であられましょうか？

まずは取り急ぎ

敬具

チャールズ・ディケンズ

サウスウッド・スミス博士

（注） 第二段落「青表紙の本」は「児童雇用調査委員会第二報告」(二月末刊)。サウスウッド・スミスは四名の委員の内一名。「第一報告」が「鉱山と炭鉱」についてのそれだった一方，わけても「小売商と製造業」に係る報告だが，全児童被雇用者の状況全般にも触れ，「全青少年人口の道徳的状況」に関する結論にはpp. 141-204が充てられていた。世間一般には未だ如何ほど多くの手職において七歳未満の児童が法的保護も受けぬまま働き始め，10-12時間働くか知られていなかった。最も衝撃的かつ傷ましい事例は彼らの身体的状態，無知と全き道徳的・教育的放置のそれだった。2月28日アシュリー卿は労働階層の教育のための上奏文を提出，3月8日工場教育法案が下院に上程され，数か月後宗教教育に係る条項を措いて通過 (ネイピア宛書簡 (9月16日付) 注参照)。

アルフレッド・テニソン宛　1843年3月9日付

デヴォンシャー・テラス。1843年3月9日

親愛なるテニソン

何卒小生が貴兄に御高著が小生の心(こころ)と性(さが)全てをその「真理」と「美」への讃歎に募らさずばおかぬ作家として抱く敬愛の念に免じて，これら拙著を書架に並べて頂きますよう――小生のそれほどひたむきにして心からの臣従の礼は致されまいと信じつつ。

衷心より謝意を込めて

敬具

チャールズ・ディケンズ

アルフレッド・テニソン殿

（注） アルフレッド・テニソン (1809-92) はヴィクトリア朝の代表的詩人。リンカンシャー，サマズビー出身だが，40年代には度々ロンドンでサッカレー，カーライル夫妻等と親交を重ねる。43年財政難と体調不良のため上京は稀になり，いつ初めてディケンズと会ったかも明らかでないが，本状の調子からしてこの時点では未だ個人的な交遊はなく，ディケンズがフォースターもしくはサッカレーを介しテニソンの知遇を得ようとしたのは1842年刊著作への称賛からだったと思われる (フォースター宛書簡 (42年8月7日付) 参照)。トマス・ライト『エドワード・フィッツジェラルド伝』(1904), I, 171によると，43年4月27日ディケンズは彼をサッカレー，フィッツジェラルドと共に遠出の後(のち)，デヴォンシャー・テラスでのディナーに招待している。ディケンズ献本「拙著」はテニソン蔵書残余財産には存在せず。ディケンズの「臣従の礼」は上記フォースター宛書簡のみならずバベッヂ宛書簡 (43年4月27日付) の「ロクスリー・ホール」，『クリ

スマス・キャロル』第二連の「マリアナ」等の共鳴(エコー)において顕著である。

ラヴ殿宛　1843年3月10日付

【サムエル・T.フリーマン商会目録（1917年4月）に言及あり。草稿（三人称）は1頁。日付は「デヴォンシャー・テラス，43年3月10日」。】

（注）ラヴ殿については不詳。

サウスウッド・スミス博士宛　1843年3月10日付

デヴォンシャー・テラス。1843年3月10日

親愛なるスミス博士

くれぐれも驚かれませぬよう，たとい先日一筆認めて以来，くだんの小冊子の発刊を年末まで延ばさねばならぬ一つならざる謂れが出来したと申そうと。目下はそれ以上詳細に立ち入る訳には参りませんが，何卒御安心を——謂れをお知りになり，小生が何を，何処で，如何様に為しているかお分かりになれば，定めて玄翁は当初の着想をとことん突き詰めることにて揮えよう二十層倍——二万層倍——強かに振り下ろされたものとお感じ頂けるに違いありません。つい先日一筆認めた折ですら，今や，神の思し召しあらば，用いよう手立ては念頭にありませんでした。がいざ仄見えたからには，何としてもむんずと捕まえんものと身構えている次第にて——追って御覧に入れよう如く。

もしや我々の差向かい(テイタ・テイト)並びに本件に関し持たれるはずであった会談を依然実行に移させて下さるようなら，今月の仕事の目処がつき次第，改めて一筆認めさせて頂きたく。

敬具

チャールズ・ディケンズ

サウスウッド・スミス博士

（注）「年末」への言及がある所からして，ディケンズは早「貧しき男の子供」のための

訴えを必ずしも虚構の形でないにせよ，クリスマスの時節と結びつける想を暖めていたと思われる。恐らく『チャズルウィット』12月号に小冊子を挿入することを思い立ち，この目論見の主眼は意外性にあるため，サウスウッド・スミスからも伏せようとしたのではなかろうか。結局「着想」は『クリスマス・キャロル』に融合し，「第二報告」への応答はスクルージが「現在のクリスマスの精」の長衣の下(もと)なる二人の惨めな子供——「無知」と「欠乏」——を見せられる第三連の最後に最も顕著に現われる。

T. J. トムソン宛　1843年3月10日付

デヴォンシャー・テラス。1843年3月10日

親愛なるトムソン

貴兄が先日「マクレディ表彰」に如何ほど寄附したか忘れてしまったとおっしゃった際，小生確か5ギニーではとお答え致しました。さて如何で左様に思い込んだものか定かでありませんが——恐らく貴兄がくだんの額を「小劇場基金」に寄附された記憶が朧げながらあったせいでしょう——がいずれにせよ，忌憚なく申せば，寄附者一覧を調べた所，貴兄はいささかたり寄附しておいでありませんでした！

就いては当該落ち度を正すに，既に地獄の舗道に敷かれた石を拾い上げ，貴金属と取り替えて頂けないでしょうか？　日曜日にでも御返事賜れば幸いです。

（注）「小劇場基金」はドゥルアリー・レーンとコヴェント・ガーデンのための特別基金とは別箇の一般劇場基金。

オールバニ・フォンブランク宛　1843年3月13日付*

デヴォンシャー・テラス。1843年3月13日

親愛なるフォンブランク

くだんの体制の扱いようからして，貴兄は紛うことなく保守主義者へ宗旨替えなさりつつあると。余りに長らく余りに一方ならず御自身の体制に忠誠を尽くしておいでとあって。もしや「イグザミナー」を連れてお行きにならぬなら小生にお任せを，さらば小生貴兄の影法師となりましょう——無論幽かながら，

猛々しいことだけは折紙付きの。

来る土曜のためのドゥルアリー・レーン優待券が，うっかり軽はずみな折しも交わされた約束を贖ってくれようかと。としか申し上げずにおきましょう。

この一週間というもの，ずっとお目にかかれるかお便りがあるものと思っていました。フォースターによれば何でもペックスニフの目に塵を見つけられたとか，して小生貴兄の目には知性の光輝しか認められぬものですからくだんの塵を御教示賜りたくてたまらぬ，と申すか是非とも忌憚なく御指摘頂きたいと存じます。

なるほど小生我ながらピュージ主義には凄まじく辛辣になりつつあるようです。いやはや当今にあって果たして司祭は何を身に着けねばならぬか，祈りを捧げる段にはどちらを向かねばならぬかがらみでの，民衆の極めて時宜を得ぬ無知を俎上に上すとは。――わけても後者の問いは可惜長らく論ざぬに如くはなかろうかと，さなくば下種の何とやらを働かすに連中クルリと回れ右をしたが最後，おいそれとは向き直るまいだけに。

敬具

チャールズ・ディケンズ

（注）「御自身の体制に忠誠を尽くし」はトーリー党修辞的文体の常套句。第二段落「ドゥルアリー・レーン優待券」については次書簡参照。ディケンズはビアードに優待券購入を約していたと思われる。来る土曜3月18日の演目は『空騒ぎ』。第三段落ペックスニフは3月号第六，八章に登場。フォンブランクの「塵〔『マタイ』7：3〕」が何かは不明。以降の版に改訂の形跡なし。『イグザミナー』（42年10月13日付）は『モーニング・クロニクル』を引用し，ロンドン主教諭示（ゆし）と「ピール流儀に倣った折衷」――わけても短白衣（サープリス）または聖服（ガウン）を身に着け，右を向くことを巡ってのピュージ主義とのそれを揶揄していた。ディケンズ自身の「辛辣」な批判は「オクスフォード大学に様々な形で関与する人物の状況を調査すべく任ぜられた委員会報告」（『イグザミナー』（43年6月3日付）掲載）に一端が窺える〔拙訳『寄稿集』第十八稿参照〕。トムソン宛書簡（5月26日付）注参照。

トマス・ビアード宛　1843年3月13日付

デヴォンシャー・テラス。1843年3月13日

親愛なるビアード

上手い具合に，のっけの暇な土曜にお越しになるもので，抜かっちゃいなかったドゥルアリー・レーン優待券を送る。

トマス・ミトン宛［1843年3月13日付］

【次書簡に言及あり。】

トマス・ミトン宛　1843年3月14日付

デヴォンシャー・テラス。1843年3月14日，火曜

親愛なるミトン

昨夜君に一筆書いた際，まだ手紙を受け取っていなかった。自由保有不動産計画の「検討を繰延べにする」というのはつまり，C・アンド・Hの決算報告を受け取ってみれば，差引き勘定は相変わらずしこたまぼくの借り方についているものだから，慎重を期したいと思ったまでのことだ。

何か，手付け金の内某か借りるに越したことはなさそうな，ずっと割りのいいものでなくてはならないんじゃ（とは思わないか）？　それとハイゲイトは，どこよりお気に入りの場所だが，高すぎるだろう。がどのみち君の問合わせや忠言のお智恵を是非とも拝借したい。

ハートフォドシャーが――街からリックマンズワース等々の方へおよそ12，3マイル離れた――がぼくの知る限りでは一等安値の界隈だ。

暇ならまた一筆頼む――とはつまりこっちから今晩8時前に行かなければ。

£15の小切手を同封する

不一

CD.

トマス・ミトン殿

（注）　契約書（41年9月7日署名）の下（もと）貸付けられた前金についてはチャプマン＆ホール宛書簡（42年1月1日付）注参照。帳簿によるとディケンズは毎月£200の大半を使って

いた。1842年末近くのディケンズの預金残高状況についてはミトン宛書簡(42年12月24日付)参照。第二段落，この時点でディケンズはフィンチリーの農家の部屋を借りる代わり，郊外の屋敷か田舎家(コティヂ)を購入することを考えていたと思われる(ビアード宛書簡(3月21日付)参照)。末尾「£15の小切手」に関せば，ディケンズは1843年，数度に及びミトンに£6から£50支払っている。

T. J. トムソン宛　1843年3月15日付*

デヴォンシャー・テラス。1843年3月15日

親愛なるトムソン

定めし千里眼——ドナルド何たら譲りの(小生全てお見通し)——例のいっかな綴ること能わぬ峡谷へまたもやまい戻り，己(おの)が帰還の報せを然に広く遍く触れ回りし。

次に貴兄の銀行へ遣いをお立てになる場合は，もしや「マクレディ表彰」のためのクーツ商会払い小切手をお渡しになれば，委員会より心からの謝意と共に寄附が当然の如くもたらそう他の特権並びに満足を余す所なくお受け取りになりましょう。

恐らく来週いつかお目にかかれようかと。

敬具

チャールズ・ディケンズ

T. J.トムソン殿

(注) 第一段落はスコットの詩「ドナルド・ケア舞い戻る」に纏わる朧な記憶か。折返し句の一部は「報せを町や山間(やまあい)で広めよ」。「千里眼」は恐らくディケンズにとってはスコットランド高地人の特色。出典は或いは，19世紀初頭に流行した愛国歌「再び戻りて」の可能性も。歌詞に(千里眼や山間(やまあい)は出て来ないが)「ドナルド」への言及がある。「またもやまい戻り(“bock agen”)」はクルックシャンクの挿絵や『パンチ』にも一再ならず登場する奇抜な文句(キャッチフレーズ)。

フランシス・ロス宛　1843年3月16日付*

デヴォンシャー・テラス。1843年3月16日

親愛なるフランク

またもや先達ての日曜お目にかかれず残念至極でした。よってこれにて一筆お伝えするに，くだんの日のための以前の段取りを変更し，是非とも2時15分前に，この身を背負い投げにして頂きたく。

敬具

チャールズ・ディケンズ

フランシス・ロス殿

（注） フランシス・ロスは議会報道記者（『第一巻』原典p. 85脚注，訳書105頁注，並びに『第二巻』原典p. 436脚注，訳書540頁注参照）。「この身を背負い投げにして（“have me on the hip”）」は『ヴェニスの商人』第四幕第一場330行グラシアーノの台詞より。

サムエル・ロジャーズ宛　1843年3月20日付

デヴォンシャー・テラス。1843年，3月20日

親愛なるロジャーズ殿

もしや来る水曜7時貴宅へ伺わねば，小生をよほどのド阿呆者とお書き下さいますよう。

敬具

チャールズ・ディケンズ

（注）「小生をよほどのド阿呆者とお書き下さい（“write me down an ass”）」は『空騒ぎ』第四幕第二場74-5行ドグベリーの台詞より。〔原典p. 464脚注4「III, v, 80」は誤植。〕

トマス・ビアード宛　1843年3月21日付

デヴォンシャー・テラス。1843年3月21日

親愛なるビアード

一筆矜恃と恥辱の入り混じった気持ちで認める——嘘偽りなき矜持はリージェンツ・パークから5マイル半ほど離れた，フィンチリーに鄙びた農家を見つ

けたことへの。してそこにて，次の日曜，是非ともディナーに御臨席賜ると共に，もしもここへ2時15分前に来てくれるなら，くだんの隠処へとぼく自ら案内役を買って出たい。寝台の用意は敷地内かすぐ近くに万端整っている。

さてお次は苦い，苦い恥辱と行こう。

劇場でこの話をしたかどうかはっきりしないが，フィンチリー郵便配達人が道でばったり，ぼくがアメリカから連れて帰った四つ脚をお供に歩いている所に出会すと，くだんの四つ脚がらみで——早い話がティンバーがらみで——というのも遅かれ早かれヤツの名を書かなければなるまいから——縁組を持ちかけて来た。そいつの成就の一つならざる点にかけて疑念のなきにしもあらず，ぼくははぐらかした（と言おうか実の所，尻に帆かけた）が，昨日のこと，悪運尽きたか，この悪魔じみた配達人に人気(ひとけ)ない小径で出会した。またもや奴は話を蒸し返し，ぼくは奴の面(つら)に何やら酷たらしげな表情が浮かんでいるのがはっきり見て取れたような気がした。挙句，手筈が（恐らくは仔犬が生まれるやもしれぬ先の先まで見越して）整えられ，ティンバーがトッピングによって悪鬼の洞窟へと連れて行かれ，ぼくはその間(かん)近くの鄙びた居酒屋でディナーを認めた。

雌犬はどうやらヤツと同じ犬種で——若さと欲情の真っ盛りで——どこからどう見てもケチのつけようがなさそうだった。

ヤツは1時間半ほど姿を消していた。

ヤツはゲンナリしょぼくれて戻って来た。これきり手を出さぬまま。公報によらば，ヤツは試しにやってはみたものの，腰部が極めて脆弱らしいとのことだった。

ぼくは到底心穏やかでない。時にいっそヤツを葬り去ってやろうかとの恐るべき思いが脳裏を過ることもある。かと思えば，いやほんのヤツの——が先走るのは止そう。神よヤツを救い給え。ヤツは今しもいずれ受けよう格別な類の拷問の決断が下されている片や，書架の天辺の籠の中だ。

鬱々として不一

チャールズ・ディケンズ

（注） フィンチリーの「鄙びた農家」はディケンズが恐らく第二「四半期」の間(かん)部屋を借りたコブリーズ・ファーム。フォースターは彼曰くの田舎家(コティヂ)でディケンズと共に過ごし（ピーショ宛書簡（6月7日付）参照），「真夏の時節が近づくにつれ彼は緑の小径を散策する内」ギャンプ夫人の想を得たと述懐する（F, IV, i, 294）。ギャンプ夫人が初めて登場するのは第十九章（8月号）。第三段落「劇場」についてはフォンブランク宛書簡（3月13日付）参照。

バーデット・クーツ嬢宛　1843年3月21日付

デヴォンシャー・テラス。1843年3月21日

親愛なるクーツ嬢

早風邪は定めて本復なされたものと。と他人事ならず申し上げるのは，妻が喜ばしくもこの六週間というもの同上を患っているのを打ち眺めるのみならず，小生自身悪性の風邪に祟られていたもので。実はフィンチリーに独りぽつねんと立つ農家を見つけ，そこにてこの先少なくとも一か月ほど蟄居を極め込むに，都大路はごくたまさか訪うのみにして——執筆中の小説に没頭致す所存であります。が「心づけ欲しさ」に当地に辿り着くに難儀するほど遠く離れてはいないもので，もしや同封の書状への快諾の御返事に込められようかの忝くもかけがえのない心づけを賜れば光栄に存じます。

マクレディは貴女の賛同と支援にいたく感激している所へもって，固より何者にも媚びぬ代わりかようの奨励は身に染みてありがたく感ずる男だけに，もしや貴女が拙宅にてディナーを召し上がって下さるものなら是非とも紹介させて頂きたく。さぞや，一紳士として，お気に召すに違いありません。

くれぐれもメレディス嬢に御鶴声賜りますよう。

匆々

チャールズ・ディケンズ

クーツ嬢

追而　同封のものを深甚なる謝意を込めてお返し致します。申すまでもなく我々皆にとってたいそう慶ばしいものでした——がわけても主たる当事者にとりては。

(注)「ごくたまさか訪うのみ」のディケンズの願いほどに上京は(主として「著者協会」要件故に)間遠ではなかった。が数週間，コブリーズ・ファームが拠点だったのは確かであり，不意の用務は極力避けられていた(レーン宛書簡(4月2日付)，マリオッティ宛書簡(4月12日付)参照)。「心づけ欲しさに」はスコット著『ナイジェルの身上』(1822)第二十二章，高利貸しトラップボイスお気に入りの言回し(フレーズ)。第二段落「賛同と支援」は彼の表彰寄附におけるそれ。ディケンズ邸での「ディナー」についてはマクレディ宛書簡(4月2日付)参照。

トマス・ミトン宛　1843年3月22日付

デヴォンシャー・テラス。1843年3月22日

親愛なるミトン

勘定書を同封する。版元のどちらかに会っても，執筆がらみで目下ぼくが何を企んでいるかオクビにも出さないでくれ。(そいつがともかく出来するなら)寝耳に水と行きたい。

不一

[チャールズ・ディケンズ]

(注)「目下ぼくが何を企んでいるか」は恐らくマーティンの渡米を指して。この「破れかぶれのホゾ」はディケンズが恐らくは早取りかかっているはずの第十二章(5月号結末)で固められる。実際の渡米は(4月末までには書き終えられている)第十五章。ディケンズはこの時点で早，年末に「玄翁」を振り下ろす計画を練っていたのかもしれない(サウスウッド・スミス宛(3月10日付)参照)。

トマス・ミトン宛　1843年3月28日付

【ホジソン商会目録(1903年5月)に言及あり。日付は「43年3月28日」。】

ジョン・ドゥ・ゲックス宛　1843年3月30日付

【ホジソン商会目録(1914年6月)に抜粋あり。草稿は2頁。日付は「デボンシャー・テラス，1843年3月30日」。】

招待に応じて。もしも悪魔が1シーズンぶっ通しでフリーメイソンズでディナーを食べさせられたら，あの世へ行くこと請け合い。さらばこの世はまたもやまっとうになろうでは。

（注） フリーメイソンズ旅籠であれ他の何処であれ向後二か月間催される幾多の公式正餐会においてドゥ・ゲックスとディケンズが同席した記録等は残存せず。恐らく半ば私的な――ドゥ・ゲックス宛書簡（4月18日付）で言及されているらしきそれと同様の――ディナーと思われる。

E. W. エルトン宛　1843年3月30日付

デヴォンシャー・テラス。1843年3月30日。木曜朝

拝啓

然るべく作成・証明された「基金文書」を同封致します。

敬具

チャールズ・ディケンズ

E. W.エルトン殿

（注） エドワード・ウィリアム・エルトン（1794-1843）についてはクーツ嬢宛書簡（43年7月26日付）参照。マクレディ劇団男優。四旬節（レント）の間（かん）水・金曜にシティ劇場の舞台に立ち，『ジュリアス・シーザー』のブルータス役で大成功を収める。一般演劇基金（1839年創設）会長兼会計係。40年妻の死去に伴い，遺された七子のために基金から援助を申し出られるが断る。小冊子『一般演劇基金規則・規定』（1847）によると6月13日の集会において規則が改正。この修正案が「基金文書」と思われる。ディケンズはタルファド，ベンジャミン・キャベルと共に受託者。

トマス・ビアード宛　1843年3月31日付

フィンチリー。1843年。3月31日金曜

親愛なるビアード

どうやらリッチモンドでの結婚祝いの宴は事実日曜に張れそうだ。という訳で来週の明日，なるたけ早くこっちへ来てくれないか。緑の男が大きく腕を広

げて君を迎えよう。肌色の奴もまた然り。

不一

CD.

目出度いことに，ティンバーが声をかければ部屋の片隅へ駆け込み，おチンチンする。

（注）「結婚祝いの宴」はフォースターの誕生祝いも兼ね，4月2日恒例の行事。「緑の男（“Green Man”）」はフィンチリー共有地，グレイト・ノース・ロードの旅籠。

リチャード・レーン宛　1843年4月2日付†

デヴォンシャー・テラス。1843年。4月2日日曜

拝復

誠に申し訳ありませんが来週はどの日も朝方モデルを務められそうにありません，というのも予定が全て詰まっているもので。予め御要望を察せられていたなら御意向に副えるよう取り計らっていたろうものを。がてっきり（如何で然に思い込んだか，は神のみぞ知る）デッサンは仕上がっているものとばかり思っていました。

敬具

チャールズ・ディケンズ

リチャード・レーン殿

（注）〔日付に†が付されているが，原典編注に従来一部未発表部分に関する説明なし。〕

W. C. マクレディ宛［1843年4月2日付］

【マクレディ『日誌』Ⅱ, 201に言及あり。】

金曜にクーツ嬢と会食する件について。

（注）会食の計画は実行に移されず，クーツ嬢がマクレディと対面するのは1845年にな

って初めて。

オクタヴィアン・ブルウィット宛　1843年4月6日付*

リージェンツ・パーク，ヨーク・ゲイト
デヴォンシャー・テラス。1843年4月6日

拝復

忝くも恒例の正餐会への御招待を賜り篤く御礼申し上げます。小生に成り代わって文学基金副会長方並びに役員諸兄によろしくお伝え下さいますよう。喜んでお言葉に甘えさせて頂きたく。

敬具
チャールズ・ディケンズ

オクタヴィアン・ブルウィット殿

（注） 5月10日開催正餐会報道にディケンズの名前は掲載されていない——中には招待客一覧を載せているものもあったが（リークス宛書簡（5月10日付）参照）。

J. P. ハーリ　1843年4月6日付*

デヴォンシャー・テラス。1843年4月6日

親愛なるハーリ

我らが馴染みの手紙なる一件において御相談頂きありがとうございます。馴染みはどうやらなかなかの変わり者に違いありません，と申すのもこれまでも小生宛事実手紙を寄越し，自著の「詩集（？）」を転送して参ったことがあるもので。小生，丁重に礼状を認めましたが。よって他の「紹介状」は何ら不要と見なして然るべきでありましたろう。本件においては何なりと——御随意にお取り計らい下さい——小生異存ありませんので。

敬具
チャールズ・ディケンズ

J. P.ハーリ殿

（注）「我らが馴染み」については不詳。

ウィリアム・ハーネス師宛　1843年4月6日付*

デヴォンシャー・テラス。1843年4月6日

親愛なるハーネス

くだんの瞠目的かつ途轍もなき廻章の件では御高配賜り，感謝の言葉もございません。その質（たち）において「戯言（たわこと）」それ自体に勝るとも劣らぬほどつゆ褪せぬ恩義を蒙りました。

何卒（令嬢にも）御免蒙り手許に置かせて頂きますよう——ともかく今しばらくは。一件を小耳に挟んで然るべき週刊の諷刺文作家に心当たりがないでもありません。何分傑作な代物故。

敬具

チャールズ・ディケンズ

ウィリアム・ハーネス師

（注）ディケンズは結局「廻章」を『パンチ』へ送付，4月15日付同誌に「パンチ警察。文学的托鉢。——無心書簡」の見出しの下（もと）掲載される。「文学的」物乞いはエドワード・ウェスト。42年12月31日発刊，52週間で完結予定の週刊誌予約購読を募る。ウェスト著『悩み疲れし男の年代記；或いは世渡りと流離い』は1843年刊。『パンチ』（43年5月13日付）によると，ウェストは「水難漁師・海員支援慈善協会」幹事。協会設立趣意書（プロスペクタス）と共に週刊誌の広告を廻覧し続けたという。

マーク・レモン宛　1843年4月6日付*

リージェンツ・パーク，ヨーク・ゲイト

デヴォンシャー・テラス1番地。1843年4月6日

拝啓

くれぐれも来る水曜（儀礼の点において能う限り気兼ねなく）正6時——鈍い半ではなく——開始を期し15分前にディナーを共にして頂く約束をお忘れなきよう。

敬具

チャールズ・ディケンズ

マーク・レモン殿

（注） マーク・レモン（1809-1870）は劇作家・『パンチ』編集長（1841-70）。1834-7年には『ニュー・スポーティング・マガジン』，1837-8年には『ベントリーズ・ミセラニー』に寄稿多数。41年7月ヘンリー・メイヒュー，彫刻家エビニーザ・ランデルズと共に『パンチ』を創刊。42年から単独で編集長を務める傍ら，寄稿に加えて，主に笑劇，喜歌劇，感傷的通俗劇（メロドラマ）等三十作以上の戯曲を執筆。ディケンズとは1843年以前に会った形跡はなく，恐らくジェロルドによって紹介され，ほどなく昵懇の仲となる。レモン脚色『鐘の精』，素人演劇，『デイリー・ニューズ』について詳しくは『書簡集Ⅳ』参照。レモンは1847年版ギャンプ夫人の人物描写（F, VI, i, 462）に「両手をまるでゴシゴシ洗ってでもいるかのように互いに擦り合わせ，やたらかぶりを振っては両肩を揺すぶっている……黒いちぢれ毛と陽気な面構えの太鼓腹の御仁」として登場する。〔「鈍い半ではなく（“not a blunt half after”）」は「正（6時）」の原語 “*sharp*” との懸詞。〕

トマス・ビアード殿　1843年4月7日付

デヴォンシャー・テラス。1843年4月7日。金曜

親愛なるビアード

明日2時，街で開かれる作家集会に出席しなければならない。という訳でどこかでディナーを食べて，その後散歩に繰り出すのはどうだろう？　朝方通りすがりに寄ってくれたら，瞬く間に場所と時間は決められる。

不一

CD.

（注）「作家集会」はディケンズが議長を務めた第二回目のそれ。「設立趣意書（プロスペクタス）」の発行が議決される（マッケイ宛書簡（2月17日付）参照）。

W. C. マクレディ宛　1843年4月7日付*

デヴォンシャー・テラス。1843年4月7日。金曜夕

親愛なるマクレディ

フォースターが家(うち)に来ています。我が家では皆イタリアン・アカデミーズの我らが馴染みの三晩目の観客は如何様な手合いだったかヤキモキ知りたがっています。もしもお宅なら，一筆御返事を。

先日の晩，印刷業者正餐会で，ジェロルドと「パンチ」のレモン殿に（忝くも「宮廷」へお招きに与ったお礼に）来る水曜，正6時開始を期し6時15分前に拙宅でディナーを召し上がって頂くようお願いしました。貴兄も如何でしょう？　お越しになれそうなら——是非とも。あれ以来サールにもお願いしています。

敬具

W. C.マクレディ

裏面へ

（注）「イタリアン・アカデミーズの我らが馴染み」は英国生まれのソプラノ歌手クララ・ノヴェロ，後のジーリウッチ伯爵夫人（1818–1908）。40年7月イタリアにてオペラ歌手としてデビュー。1840–3年ボローニャ，ジェノヴァ，ローマにてオペラ劇場の大半で主役を務め，43年3月イングランドへ帰国。義兄T. J.サール（後出）はドゥルアリー・レーンにて自ら翻訳した『サッフォー』（ジョヴァンニ・パチーニ原作）に出演するよう手配。ただし3月20日のマクレディとの初対面では，前者の『伝記』，後者の『日誌』に照らせば，両者共に好印象を受けなかったと思われる。「イタリアン・アカデミーズの」との但書きは彼女が様々な外国の音楽院出身の肩書きをビラで謳うよう望んだにもかかわらず，マクレディの依頼を受けたディケンズとジェロルドの説得の末翻意した経緯を踏まえて。ディケンズは初演の晩（4月1日）観劇。劇評家からは好評を博すが，マクレディの『日誌』には落胆の記載——「ノヴェロ嬢は出色の出来映え。観客は総数においてはわたしの目算をすら下回り，気質においては野獣の集まりにすぎなかった」——がある。第二段落ダグラス・ウィリアム・ジェロルドについては『第一巻』原典p. 192脚注，訳書240頁注参照。「パンチの王室関連ニュース」（『パンチ』（43年2月25日付）掲載）は「文学・芸術・科学界の著名人が王室饗宴に招待され，チャールズ・ディケンズ殿とウィリアム・チャールズ・マクレディ殿も列席」との架空の報道を伝えていた。「来る水曜」のディナーについてマクレディは『日誌』（4月12日付）に「ディケンズと会食。スタンフィールド，サール，ジェロルド，マーク・レモン，フォースター，ブランチャードと歓談。実に愉快な一日」と記す。トマス・ジェイムズ・サールについては『第一巻』原典p. 355脚注，訳書446頁注，並びに『第二巻』原典p. 151脚注，訳書185頁注参照。「敬具」の後のサイン「W. C.マクレディ」はいつものように左下に記される代わり，本来ならばディケンズの署名の場所に（恐らくは誤って）走り書きされ

ている。「裏面」にはキャサリンからマクレディ夫人へ宛て「水曜には是非とも夫君と共にお越しを」との追而が認められている。

ルイージ・マリオッティ宛　1843年4月12日付*

デヴォンシャー・テラス。1843年4月12日

拝復

小生目下，一意携わっているとある仕事をそれだけ順調に進められるよう街を離れています。本日は拙宅へ僅か数時間ほど戻り，今夕にはまたもや洞(ほら)へと引き籠もる予定にて。が再来週の日曜（来る日曜ではなく）当方にて2時から2時半にかけてならばお目にかかれようかと。して例のほうき星よりはまだしも長らく留まろうと存じます。と申すのもその後は己(おの)が天球層を（仮に当地を本来の軌道とすらば）数か月は離れるつもりがないだけに。

小生無論，呪われし大西洋を共に渡ったあの忌まわしき小舟(クラフト)船上における「愉快な出会い」を忘れてはいません。懐かしき芥子(からし)軟膏を偲び，是非ともお目にかかりたく。

敬具

チャールズ・ディケンズ

——マリオッティ殿

（注）　ルイージ・マリオッティは1833年，作家・イタリア人亡命者アントニオ・カルロ・ナポレオーニ・ガーレンガ（1810-95）の用いた偽名。1836-9年アメリカにてハーヴァードの女学校で教鞭を執り，1839-42年イングランドにてランドー，ロジャーズ，ミルンズ等と出会う。『フォリン・クォータリー』，『メトロポリタン・マガジン』，『ウェストミンスター・レヴュー』へ寄稿。1842年カナダ南東部ノヴァ・スコーシャ州ウィンザーにて現代言語学教授，43年春英国に戻り，1843-8年ロンドンでイタリア語を教える。47年春結婚後は帰化，再び本名を（著作において以外は）使用し始める。「洞(ほら)」はフィンチリーの農家。「例のほうき星」は43年3月16日夕刻イングランド，アメリカその他で目撃された想定上の彗星。「仄暗い楕円形の星雲」としてしか認知されず，「超高速度で遠ざかった」という。第二段落「愉快な出会い」についてはフォースター宛書簡（42年1月17日付）注参照。〔ディケンズとマリオッティのいずれ劣らぬ「船酔い」——それ故の芥子(からし)軟膏——について詳しくは拙訳『探訪』16頁参照。〕1843-4年マリオッティは度々デヴォンシャー・テラスを訪い，ディケンズ夫妻にイタリア語を

教えた。

トマス・ミトン宛　1843年4月13日付*

デヴォンシャー・テラス。1843年4月13日。木曜

親愛なるミトン

明日5時から半にかけてそっちへ行く。今日はチェルシーに行かなくてはならない。

まずは取り急ぎ

不一

チャールズ・ディケンズ

トマス・ミトン殿

（注）「チェルシー」行きはカーライルに会うため（次書簡参照）。

トマス・カーライル宛　1843年4月18日付

デヴォンシャー・テラス。1843年4月18日

親愛なるカーライル

「文学の海賊旗（ブラック・フラッグ）」の下（もと）なる我々の（表沙汰にはならねど）蒙っている権利侵害のその数あまたに上るに及び，ティクノー殿の事例は殊更俎上に上すに価すまいかと。よって御要望通り，地質学者に返却致しました。小生同上を公表すべく手を貸すに二の足を踏むのはワイリー・アンド・パトナムという名の書籍専門窃盗犯が先般色取り取りの同様の申し立てを出版したばかりにして，アシニーアムが同上を公表し――そこにて連中途轍もなき虚言を――狡猾の真のアメリカ流儀に則り――弄しているからでもあります。

敬具

チャールズ・ディケンズ

トマス・カーライル殿

（注） カーライルとディケンズは4月中にフォースターら文学仲間と共にホートン〔ノーサンプトンシャー村〕への遠出を計画していたが，カーライルの体調不良により繰延べになったと思われる。本状の案件において，カーライルは1838年ティクノーと会談し，「地質学者」の講義も聴講していた関係で，当然の如く仲介の労を取ることとなった。「ティクノー殿の事例」は明らかに英国出版業者によるアメリカ著述家への想定上の権利侵害のそれだが，彼の主著『スペイン文学史』出版年，1849年に照らせばティクノー自身の事例か否かは判然としない。「地質学者」は地質学会会長チャールズ・ライアル（1797-1875）。ティクノーの友人。名著『地質学原理』（1830）は1840年六版を重ね，初のアメリカ版はボストンのヒラード，グレイ商会より1842年ライアル是認の下（もと）刊行。『合衆国再訪』（1849）において初めて国際版権名分の有効性について言及するが，43年の時点では現況にほとんど不都合を認めていなかった。ワイリー＆パトナムは『アメリカン・ブック・サーキュラー』を発行し，そこにて剽窃の問責に対してアメリカの出版業者を擁護し，むしろディケンズこそ『ピク・ニク・ペーパーズ』においてジョウゼフ・ニール『チャーコール・スケッチズ』を謝辞なしに剽切しているのではないかと（不当に）指摘していた。さらに『探訪』女流作家版——英国社会批判——も刊行。『イグザミナー』（43年7月8日付）に批判的な書評が掲載されるが，版元はとある賛同の一節を抜粋し，その後の宣伝において恰も作品全体を評しているかのように引用する——『イグザミナー』の抗議を受けることに。

ジョン・ドゥ・ゲックス　1843年4月18日付

デヴォンシャー・テラス。1843年4月18日

親愛なるドゥ・ゲックス

ヴィクトリア劇場で先日観た出し物では殺し屋山賊（高尚な道徳的感情を具えた）がもう一人の殺し屋山賊（低俗な道徳的感情しか持ち併さぬ）にとある子供——劇の筋立てにとっては息の根を止めるが不可欠な——がそれをさておけば何ら——をあの世へ葬り去るよう焚きつけられます。悶々たる道徳的葛藤の末，山賊は「よしやってやろう！」と啖呵を切り——その途端観客はやんややんやと囃し立て，拍手喝采を送ります——小生には何故（なにゆえ）か今一つ定かならねど。小生は山賊の啖呵を繰り返します。さらば小生の観客も劣らず浮かれ返ってくれるやもしれません。

敬具

チャールズ・ディケンズ

ジョン・ドゥ・ゲックス殿

(注) ヴィクトリア劇場(元コゥバーグ劇場)はテムズ南岸ウォータールー・ロードのうらぶれ返った界隈にあり,観客も就中低俗だった。『ボズの素描集』「情景」第二章ではその天井桟敷と「夜毎アンコールのかかる凄まじき斬り結び」が言及される〔拙訳書76頁参照〕。1841年以前は山賊や私掠船を主題とする異国風感傷的通俗劇(メロドラマ)が出し物の主流を占めていたが,1836年以降上演された如何なる劇においても本状で例示される格別な山賊の登場した形跡はない。「小生の観客」が具体的に何を指すかは不明――公式正餐会(ドゥ・ゲックス宛書簡(3月30日付)参照)ではないものの。

トマス・ミトン宛　1843年4月22日付

デヴォンシャー・テラス。1843年4月22日

親愛なるミトン

ここ数日ひどい耳風邪(かぜ)に祟られ,今朝など顔の(耳コミで)片側の神経という神経がとんでもなく疼きまくるせいで目が覚め,当該陽気な発覚以来,ひっきりなしの,居たたまらぬ不安と苦痛に耐え兼ねてウロウロ階段を昇ったり降りたりしている。

と来れば仕事は捗が行くどころじゃない。田舎でディナーを食べるのは火曜じゃなし次の土曜にしてもらえないか?　改めて,報せて欲しい。それまでヘンリーの招待は保留にしておこう。

不一

CD

トマス・ミトン殿

(注) ミトンは5月2日火曜を希望する(オースティン宛書簡(4月28日付)参照)。

バーデット・クーツ宛　1843年4月24日付

デヴォンシャー・テラス。1843年。4月24日

親愛なるクーツ嬢

マーチバンクス殿が今朝方拙宅へ見えましたが,何と貴女の一方ならぬ御親

切・御関心を身に沁みてありがたく存じていることか，は蓋し，言葉に尽くせません。小生まずもって，貴女ではなく，氏に一筆認めました。と申すのも貴女の友情をしかと信ずらばこそ，それだけいよよ，叶うものなら，お手を煩わすのが如何せん躊躇われたもので。

本状にマーチバンクス殿のお話では貴女がお望みとの短信を同封致します。のみならず，この上何か付け加えられるものか否かも定かでありません――ただ相応の勤め口を何処にせよ約す何であれありがたく承る所存であることをさておけば。

メレディス嬢が御病気とはお労しい限りです。実は小生自身ある種顔面神経痛のため医者から外出を禁じられていますが，くだんの疼痛と来ては耳の奥の奥まで忍び込んだが最後，時にはまるで蜜蜂の巣がこんぐらかった脳ミソの中にてひっくり返されでもしたかのように感ずることさえあります。して今朝はあれやこれやのちっぽけな拷問が小生宛加えられることになっているもので，明日は戸外へ解放されるのを楽しみにしています。していざ外出した暁にはいつなりと貴女の戸口へ真っ直ぐ向かい，身をもって御挨拶をさせて頂きたく。

僭越ながら復活祭出し物(イースター・ピース)の大蛇にわけても御留意あれかし。あやつは近代稀に見る滑稽千万な動物かと。泉で酔っ払うに及んでは芸の極致としか言いようがなく，博学のブタとて，奴のいっとう退屈な折ですら，顔色なからしめられましょう。

親愛なるクーツ嬢
匆々
チャールズ・ディケンズ

クーツ嬢

(注) 第二段落「貴女がお望みとの短信」については次書簡参照。第四段落「復活祭出し物(イースター・ピース)」はJ. R.プランシェ原作『フォーチューニオと七人の天才召使い』(ドゥルアリー・レーンにて上演)。「とびきりよりすぐりの大蛇」(『タイムズ』(4月18日付))を演じたのはスティルト。殿方めいた小股歩き，尻尾を雅やかに小脇に抱える妙演が各誌で絶賛される。1855年にはディケンズの子供達が同劇を演ずる(N, II, 158)。「博学のブタ」は1840年代，50年代には依然縁日につきものの見世物。カードや文字や観客の何

者かに鼻を向けることで質問に答えていた。

バーデット・クーツ嬢宛　1843年4月24日付

デヴォンシャー・テラス。1843年4月24日

親愛なるクーツ嬢

目下小生愚弟——成年に達したばかりの——のために適切かつ相応の勤め口を得たいと切に願っています。愚弟は土木技師としての教育を受け，この四年間というもの絶えずとある主要鉄道幹線にて雇用され，技師補佐としての本務を全うし——設計図を作成・施工し——水準測量を行ない——橋を建設等々致し，そのいずれをも工事の端緒より完成に至るまで，上司の大いなる得心の内に果たして参りました，とは推薦状の余す所なく証し，小生自ら誠心誠意誓える如く。

愚弟の携わっていた工事は今や完成し，人手が，恐らく御存じの通り，著しく過剰な故，愚弟は小生の有しているやもしれぬ如何なる縁故なり威信なり利かせてもらえぬかと申し入れて来ました。かくて貴女が小生の如何なる申請ないし企図にもお寄せ下さっている親身な関心を知らばこそ，一筆，本件においてお力添え賜れぬか否かお尋ねすべく認めようと意を決した次第にて。小生愚弟が大いなる活力，勤勉，能力に恵まれているのを存じているだけに，くだんの資質を活かす手立てを，祖国であれ国外であれ，是非とも見つけてやりたいと存じます。

かようの案件に関しお手を煩わす詫びは入れずにおきましょう，と申すのも固より既に御寛恕賜って来たと得心していなければ，そもそもお手を煩わす意を固められてはいなかったでありましょうから。

つゆ変わることなく
親愛なるクーツ嬢
匆々
チャールズ・ディケンズ

バーデット・クーツ嬢

（注）「愚弟」アルフレッドは43年3月21日で満二十一歳。ディケンズは41年3月にも彼の再就職のためにニュージーランド拓植会社に働きかけていた（『第二巻』原典p. 222, 訳書273頁参照）。第二段落「工事」の完成についてはビアード宛書簡（42年7月11日付）参照。アルフレッドは秋の時点で依然職がなかったが（ミトン宛書簡（43年9月28日付）参照），44年までにはヨークで就職，46年5月16日ヘレン・ドブソン（ヨーク近郊ストレンソール出身）とロンドンにて挙式。クーツ嬢は本状を翌日マーチバンクスに転送の上，彼もしくは「ストランド街の自分の友人」の何者かに力添えを仰ぐ。

「芸術家慈善基金」幹事方宛［1843年］4月27日付

【原文はN, II, 23より。年数は宛先からして明らかに1843年。他方の正餐会（注参照）への言及によっても裏づけ。Nでは1847と（無理からぬことに）誤読。】

リージェンツ・パーク，ヨーク・ゲイト
デヴォンシャー・テラス。184[3] 年4月27日

チャールズ・ディケンズ殿は謹んで「芸術家慈善基金」幹事方に御挨拶申し上げると共に，来る正餐会への招待状を賜り恭悦至極に存じます。是非とも御招待に応じさせて頂きたかったろうものを，もしや既に同日シティにて別の公式正餐会に出席致す由誓いを立ててでもいなければ。

（注）「幹事方」にはランズダウン卿，パーマストン卿，ディルク，W. J.リントン等が名を列ねていた。書記はジョン・マーティン。「来る正餐会」は43年5月6日フリーメイソンズ・ホールにて開催予定のそれ（議長はジョン・ラッセル卿）。ただし正餐会は，王立美術院正餐会が5月6日に変更となったため，5月20日に延期。ディケンズは38年5月12日には幹事を，58年には議長を務める。「別の公式正餐会」は5月6日ロンドン旅籠にて開催の第二回肺結核及び肺病専門病院正餐会。アランデル・アンド・サリー伯爵が議長を務め，ディケンズは乾盃の音頭を取る。

チャールズ・バビッジ宛　1843年4月27日付

デヴォンシャー・テラス。1843年4月27日

拝復

昨夜の芳牘に内々に御返事申し上げます。何故（なにゆえ）か，は本状の趣意よりお察し頂けようかと。

貴兄のお受け取りになった活字の書状に小生の名がある所からして定めて小生は企画中の協会に好意的なものと思われたことと。が断固反対であります。実は先日，足を運び，議長席に着いたのはたいそう請われた末のことで，一旦着かされたからには議事を開始するに当たり，集会に対し小生，理論上企図には賛成だが，実践上其は前途多難と思われると告げました。貴兄には申し上げて――彼らには申さなかったものの――好かりましょうが，集会の質(たち)と，出席者の幾多の特性と立場が小生の耳許でトランペットの舌もて「失敗」を高らかに訴えます。テニソンから一節を引けば，たとい其が世界にまたとないほどまっとうな協会たろうと，其の中の幾許かの性(さが)の浅ましさが協会を引きずり下ろす重さを有そう，とでも申しましょうか。

御送付賜った「注釈」にて説いておいでの全ての叡智には，それらを「理論」の言説と受け取れば小生，諸手を上げて賛同致します。が実践上，著述家が別人に変貌するまで，目下の出版体制は覆され得まいと確信しています。講ずべき第一の措置は，版権問題において一丸となって行動し――現行の法律を施行し――より大いなる成果を上げようと努めることではなかりましょうか。そのためには，著述家と出版業者が一致団結せねばなりますまい，後者の資産，実務-習慣，縁故がかようの目的には極めて肝要だけに。ロングマン社とマリはかようの提携を提案する上では小生に与しています。かようの提携ならば小生支援致しましょう。がコックスパー・ストリート協会を事実目の当たりに致したからには，その打ち勝ち難き絶望を恰も「運命の書」に天上の筆法によりて綴られているが如くしかと確信しています。

敬具

チャールズ・ディケンズ

チャールズ・バビッジ殿

(注) 第二段落，設立趣意書(プロスペクタス)草案の同封されたロバートソンの「書状」は残存せず。ただし，ディケンズを議長とする4月8日開催集会に言及する書簡（5月3日付）と同様の内容と思われる。先日ディケンズの着いた「議長席」についてはビアード宛書簡（4月7日付）注参照。カーライルは43年4月7日付書状にて委員会を脱会し，5月1日付書状で再び委員を固辞していた。「トランペットの舌もて」は『マクベス』第一幕第七場19行

マクベスの台詞より。「性の浅ましさが……引きずり下ろす重さを有そう」は「ロクスリー・ホール」(『詩集』(1842) 所収) の一節「汝は道化と睦み，彼の性の浅ましさは汝を引きずり下ろす重さを有そう」より。「浅ましき性」としてディケンズはサムエル・カーター・ホールとジェイムズ・シルク・バッキンガムを念頭に置いていたに違いない。第三段落「注釈」においてバビッジは著述家と出版業者のより親密な協力を始めとし，協会における様々な改善点を提案していたと思われる。本件に関しミルンズやチャールズ・ライアル等他の友人にも手紙を出し，ライアルからは5月10日返信を受け取る。

サー・エドワード・リットン・ブルワー宛　1843年4月27日付

デヴォンシャー・テラス。1843年4月27日

親愛なるサー・エドワード

例の，コックスパー・ストリートの英国喫茶店なる「一孵りの雛」がらみで御相談に乗って頂きたく。連中なるほど小生の名を空しく記しているからには，恐らく貴兄の御芳名も記しているのでは。ロングマン社とマリから受け取った書信の趣意もお伝え致したいと存じます。今朝方何時頃御在宅でしょうか——もしやお会い頂くに差し支えなければ？

敬具

チャールズ・ディケンズ

サー・エドワード・リットン・ブルワー

(注)「コックスパー・ストリートの英国喫茶店」は著述家協会。4月29日，H. F.ケアリ司会の下再び集会し，規約を検討すべく臨時委員会を選出する。この時点でブルワーは依然委員。5月3日ロバートソンは設立趣意書校正を回覧し，さらに5月13日集会が持たれるが，その時までには協会は早翳りを見せていた。ロングマン社とマリからの「書信」についてはロングマン宛書簡 (5月17日付) 参照。

ヘンリー・オースティン宛　1843年4月28日付*

デヴォンシャー・テラス。1843年4月28日

親愛なるヘンリー

ミトンが次の火曜，ぼくと田舎でディナーを食べることになっている。君も

一つどうだ？　で12時にサザンプトン・ビルディングズで落ち合うというのは？　つまり，朝方この界隈にやって来て，家(うち)へ11時半に立ち寄るのでなければ。

レティシアによろしく
不一
チャールズ・ディケンズ

ヘンリー・オースティン殿

（注）「次の火曜」についてはミトン宛書簡（4月22日付）参照。

ブラッドベリー＆エヴァンズ両氏宛　1843年4月28日付*

デヴォンシャー・テラス。1843年4月28日

拝啓

何卒月曜朝，次号の原稿を受け取りに遣いを寄越し，一括活字に組み次第，校正をブラウン殿とフォースター殿へお届け下さいますよう。第四分冊108頁に甚だしき誤植があります，そちらの手違いに違いありませんが。「何でまたテーブルをへたらさなきゃなんねえんで？」と組版のベイリーは尋ねますが，「何でまたテーブル・ビールをへたらさなきゃなんねえんで」と小生のベイリーは尋ねます。

敬具
チャールズ・ディケンズ

ブラッドベリー＆エヴァンズ殿

（注）「次号」は6月号。ディケンズは恐らくマーティンをアメリカへ渡らせる新たな着想を得たため，かなり拍車がかかっていたと思われる。「ビール（BEER）」は特大の文字。誤植は第九章（4月号）では修正されず，1844年初版最終号正誤表にて明示。最終的に誤植が訂正されるのは廉価版（1852）以降。〔問題の件(くだり)については拙訳『チャズルウィット』上巻181頁参照。〕

フレデリック・ディケンズ宛　1843年5月2日付

デヴォンシャー・テラス。1843年5月2日

親愛なるフレデリック

お前がここから姿を消すのはいつも自分からだ。是非とも顔が見たい。これまでもいつだってそうだったが。

ミトンとぼくは今日のことどこか田舎でディナーを食べることになっている。もし気が向いて，都合もつくようなら——一緒にどうだ。一か八か，12時半にトッピングをそっちへやる。ぼくは大蔵省の玄関先の馬車の中だ。

（注）フレデリック「不在」の理由は不明だが，2月17日にディケンズ宛送付された勘定書きと何らかの関連があるかもしれない（同日付ミトン宛書簡参照）。

トマス・ロングマン宛　1843年5月2日付

【ウォルター・T.スペンサー目録104番（1901）に抜粋あり。草稿は1頁。日付は「デヴォンシャー・テラス，43年5月2日」。】

サー・エドワード・リットンが昨日拙宅に見えました。我々の見解を説明した所，一件に関しては同感のようで，再来週の土曜ならば（その間（かん）街を離れる御予定故）会議に出席なさりたいとのことです。

（注）「会議」は5月17日水曜ロングマン社にて開催。

ジョン・フォースター宛［1843年5月3日付］

【F, IV, i, 95に抜粋あり。日付はフォースターによると43年5月3日。】

ブラックが気の毒でならない。心底残念だ。居所が分かるものなら，こうしてる今だって慰めに行きたいが。

（注）ブラックはサー・ジョン・イーストホープにより，未来の娘婿アンドルー・ドイル

を着任さす意図の下『モーニング・クロニクル』編集長の座を降ろされる。フォースターは注釈とし，以下のように続ける――「彼は事実ブラックの居所を突き止めた。のみならずディケンズを始め我々馴染み数名は5月20日グリニッヂ正餐会を催すことにて，極めて英国的流儀に倣いこの名編集長を慰めた」。列席者はシール，サッカレー，フォンブランク，マクレディ，マクリース等。ただし宴は5月20日ではなく（マクレディ宛書簡（5月16日付）参照），後日張られた模様。

ダグラス・ジェロルド宛　1843年5月3日付

デヴォンシャー・テラス。1843年5月3日

親愛なるジェロルド

御高著を賜り篤く御礼申し上げます――面々自体のためだけでなく（して全くもって興味津々拝読したばかりか）かくて我々の間に結ばれている友情を記憶に留めて下さっているこよなくありがたくも心暖まる太鼓判が捺されたからというので――外ならぬくだんの観点より御高著を尊び重んじても好かろうと心得ればこそ。

「イリュミネイティッド」の巻頭随想を大いに堪能させて頂いています。実に聡明にして秀逸かと――貴兄のくだんの鉄のペンのいっとう尖った先端もて綴られ――機智に富み，今こそ必要とされ，「真実」で溢れんばかりの。天地神明にかけて小生には「社交界のオウム」たるやその「猛禽」よりなお鼻持ちならず，有害のように思われます。万が一小生自ら命を絶つとすらば，くだんの極悪非道の忌まわしくも古き善き時代が口を極めて褒めそやされるのを耳にする苦々しさ余ってのことでありましょう。いつぞや，正しくこの目下の内閣が政権を取った折に催された公式正餐会へ足を運んだばっかりに狂気の発作に見舞われた勢い，小生フォンブランクのために，同封の捩り詩文（パロディ）を物しました。憤り以外何一つ綴られていませんが，健やかではありましょう――よって御送付致します。

小生今しも長男のためにささやかな英国史を書いています。息子のために印刷され次第お送り致します――御子息方には稚拙に過ぐるやもしれませんが。全くもって奇しきことに，小生息子の胆に外ならぬ玉稿の精神を（恐らく貴兄

と同時に筆を走らせながら）銘じようと努めて参ったようです。と申すのも，もしや息子が何か保守的なと申すか高教会派の観念を取っ捕まえでもした日には，果たしてどうしたものか算段がつかぬからであり，かようの由々しき結果を未然に防ぐ最善の方法は恐らくオウムの首を息子の正しく揺り籠にて絞めることなりと思われるからであります。

おおいやはや，もしも去る月曜「病院正餐会（ホスピタル・ディナー）」に小生と共に出席なされていたなら！　会には人士が——貴兄のシティ貴族が——列席し，如何なるそこそこ学のあるゴミ浚い屋とて思いつくだに燃え殻まみれの箒越しに頬を紅らめていたろうスピーチをぶち，所信を表明してくれました。艶（つや）やかな，涎垂らしの，ほてっ腹の，たらふく餌を食い上げた，卒中性の，鼻嵐ばかり吹き上げる畜生ども——そこへもって聴衆は雀躍りせぬばかりに有頂天になるとは！　小生目と耳を具えてこの方，「財布の力」を然にまざまざと見せつけられたためしは，と言おうか其を目の当たりにすることにて然に貶め卑しめられたような気がしためしはありません。くだんの代物の馬鹿馬鹿しさたるや嘲笑するにも悍しすぎようかと。愚の骨頂とはこのこと。がもしや貴兄ならば感じていたろう如く感じていたろう何者かと共に御相伴に与れていたなら，全く別の様相を帯びていたでありましょう——或いは少なくとも，「古典的」仮面同様（おおくだんの語の忌まわしきかな！）その憂はしき面立ちを相殺するとあるこっけいな側面は有していたでありましょう。

仮に五十家族が——貴兄一家と小生一家と，後四十八家族が——ありとあらゆる肝要な主題に関する意見の一致故に，して「常識の植民地」を建設する決意故に，選りすぐられた——北アメリカの荒野へ移り住むことになろうと。何と瞬く間に，例えば上陸したその日——か翌日——かの悪魔「空念仏」が彼らの直中にあれこれ姿を変えて立ち現われようことか？

あれは『アラビア夜話』の大きな瑕疵（小生の知る限りほとんど唯一のそれ）かと——逸話において王女は黄金の水をパラパラ振りかけることにて人々を元通り美しい姿に戻すというなら。かようの洗礼によらば彼らを怪物に仕立て上げていたろうのは火を見るより明らか。

妻が令嬢が御病気とはお労しい限りにして，御当人と令室にくれぐれもよろしくお伝えするよう申しています――ただし何卒わけても令室におかれては儀礼にこだわらず御返事等放念下さいますようとのことです。

親愛なるジェロルド

敬具

チャールズ・ディケンズ

ダグラス・ジェロルド殿

（注）　冒頭「御高著」の中には『ケーキとエール』二巻本（1842）――1844年作成ディケンズ蔵書目録に記載あり――が含まれていたと思われる。第二段落「『イリュミネイティッド』の巻頭随想」は『イリュミネイティッド・マガジン』（43年5月）創刊号掲載「エリザベスとヴィクトリア」――「古き善き時代」の冷笑的論考。『イリュミネイティッド』は赤・青・金彩色の題扉のついた挿絵入り大版月刊誌（64頁，単価1シリング）。『イラストレイティッド・ロンドン・ニューズ』のハーバート・イングラムが経営，ジェロルドは編集長（ジョージ・ホダーが副編集長）。『イグザミナー』（43年8月5日付）には「お粗末な創刊号，さらにイタダけぬ第二号」に比し格段の進歩の認められる第三号への好意的書評が掲載される（ジェロルド宛書簡（6月13日付）参照）。ジェロルドは44年10月編集長を辞し，雑誌そのものは45年廃刊。ディケンズは「社交界のオウム」と「猛禽」の修辞を43年10月5日マンチェスターにて開催のアシニーアム夜会（ソワレ）におけるスピーチでも用い，「小生時に果たして社交界のオウムはその利害にとって猛禽より有害ではないか否か疑わしくなることがある」と述べる。「捩り詩文（パロディ）」は「古き善き英国紳士」（匿名にて『イグザミナー』（41年8月7日付）掲載）。『第二巻』原典p. 357脚注，訳書442頁注〔拙訳『ボズの素描滑稽篇他』所収「詩」507-8頁〕参照。古き時代の恐怖，苦闘が強調されてはいるものの，ジェロルド論考との顕著な類似は認められない。第三段落「ささやかな英国史」について，『御伽英国史』が『ハウスホールド・ワーズ』に連載されるのは1851-3年。早期の草稿との関連は不詳。第四段落「病院正餐会（ホスピタル・ディナー）」は5月1日アルビオン旅籠にて開催されたチャーターハウス・スクエア診療所の第七回年例正餐会。作品におけるディケンズ描く所の慈善正餐会については「公式正餐会」（『ボズの素描集』「情景」第十九章）参照。「聴衆は雀躍りせぬばかりに有頂天になるとは！」の次に「銀行家，州長官，市参事会員」がディケンズ自身により濃く抹消された跡。「古典的（"classical"）」という語を巡り，ディケンズは『骨董屋』第二十七章でロウ人形はパンチより面白いのかと問うネルに対するジャージー夫人の回答――「てんで面白くも何ともないさ――そいつは物静かで――またまた何てったっけ――口うるさい（クリティカル）？――いや――古めかしい（クラシカル）。ああ，そいつだとも。……だから物静かで古めかしい（クラシカル）のさ」――において個人的な軽口を暗示する方法で「古典的」という語を揶揄する〔拙訳書261頁参照〕。最終段落ジェロルドにはジェイン・マティルダ（1825年8月29日生）とメアリ・アン（1831年9月21日生）の二人娘がいた。

クラークソン・スタンフィールド宛　1843年5月5日付

デヴォンシャー・テラス。1843年5月5日

親愛なるスタンフィールド

マック（つまり，マクレディではなくマクリース）から今日のパーティのことを聞きました。して喜んで仲間に加わらせて頂いていたろうものを，もしや妻共々「ドゥーリ・レーン」へ行くお膳立てとし，フォースターとディナーを共にする約束をしてでもいなければ。そこにて，されど，二重の意味において貴兄にお目にかかれるのでは——まずもって貴兄御自らに，次いで貴兄の不朽の書割りにおいて。その双方へありとあらゆる愛と名誉と栄光のあれかし，目下のみならず永久(とこしへ)に。アーメン。

チャールズ・ディケンズ

（注）「今日のパーティ」は観劇前の，アシニーアムにおけるそれ——会食者は外にエドウィン・ランシア，イーストレイク，マクレディ。「ドゥーリ〔ドゥルアリー〕・レーン」でこの折上演されていたのは『エイシスとガラテイア』，『コーモス』，『フォーチューニオ』（クーツ嬢宛書簡（4月24日付）参照）。スタンフィールドは前二作の書割りを担当。〔「書割り」の原語 “screenery”（正しくは “scenery”）はディケンズ一流の造語 “screen+ery” か。〕

ジョージ・ホガース夫人宛　1843年5月8日付

デヴォンシャー・テラス，1843年，5月8日

親愛なるホガース夫人

昨日の朝教会へ行くために着替えをしていると——六年前のあの時のことを，たいそう心悲しく思い起こしながら——義母(はは)上の忝き芳牘と同封の包みが届きました。未だかつて物されたためしのないほど見事な肖像画とてあの，我々が胸中に秘めている褪せることなき絵画に比べれば，義母(はは)上にとりても小生にとりてもほとんど価値がなかりましょうし，似ても似つかぬ肖像に至っては（——の作が蓋し，それではありますが）ただ小生の眼にては，絵筆の揮われる片や，彼女が生と美に溢れんばかりにして，傍らに座っていた代物たる以上

に何ら興味がありません。くだんの観点にて小生，お送り頂いた複製を重んじ，義母(はは)上の情愛の印とし，申すまでもなく大切に致したいと存じます。あの愛しき面(おもて)の名残としては全く詮なかろうと。

幾多の点において彼女の心象とジョージーナの面立ちとには紛うことなき似通いが認められ——時には然に奇しいものですから，ジョージーナとケイトと小生と三人して座っている折などふと，事実出来したことはほんの憂はしき夢にして，小生折しも目を覚ましつつあるにすぎぬかのような気がすることすらあります。彼女が如何様たりしかその完璧な似姿は二度と再び蘇りますまいが，彼女の精神が少なからずこの妹御より輝き出づるせいで，過ぎ去りし日々が折々舞い戻り，現在と分かち得ぬほどです。

彼女が亡くなって以来，何か月も——恐らく一年の大半——毎晩夢を見ました——時には霊魂として，時には血の通った存在として——ついぞ真の悲しみの辛さはいささかたり伴わず，必ずやある種静かな幸せと共に——かくて然に心安らぐものですから，夜分床に就く段には必ずや幻影が何らかの形で蘇ればと願ったものです。して事実蘇りました。ヨークシャーへ赴いた折のこと，見知らぬ土地の不馴れなベッドの中にても依然幻影が立ち現われるに及び，如何せんくだんの状況を我が家のケイト宛，手紙に綴らずにはいられませんでした。その刻(とき)を境に，一度たり彼女の夢を見なくなりました——たといいつ何時であれ（がわけても事が首尾好く運び，何処にても順風満帆な折に限って）姿が然に瞼に彷彿とするものですから，彼女の思い出こそは己(おの)が生存にとりて必要不可欠にして，心臓の鼓動に劣らず自らの存在と分かち難かろうと。

匆々

［チャールズ・ディケンズ］

（注）「六年前」のメアリ・ホガースの急死については『第一巻』原典p. 65脚注，訳書81頁注参照。死後物されたとして唯一知られる「肖像画」はハブロゥ・K.ブラウンによるそれ〔訳書323頁参照〕。第三段落「その刻(とき)を境に，一度たり彼女の夢を見なく」なった奇しき巡り合わせについては『第一巻』原典p. 366，訳書461頁参照。本状末尾「いつ何時であれ……分かち難かろうと」はF, XI, iii, 841に引用。ただし「順風満帆な（“prospered”）」の前に「至って（“greatly”）」が付け加えられている。

ウィリアム・ブラウン宛　1843年5月10日付

【『アメリカン・ブック・プライシズ・カーラント』(1938-9) に言及あり。草稿は1頁。日付は「43年5月10日」。】

本の恵投に心より謝意を表して。

（注） ウィリアム・ブラウンは恐らく，44年12月19日メレディス嬢と結婚したウィリアム・ブラウン博士。

デイヴィッド・ディクソン宛　1843年5月10日付

【原文はMDGH, I, 89より。】

リージェンツ・パーク，ヨーク・ゲイト
デヴォンシャー・テラス，1番地。1843年，5月10日

拝復

芳牘への御返事とし憚りながら申し上げさせて頂けば，貴兄は例の，心証を害された「ピクウィック・ペーパーズ」の件（くだり）の意を（恐らく小生の落ち度故に）理解しておいでではないようです。「牧師（シェパード）」並びに彼へのこの，して他の全ての言及の意図は，如何に聖なる物事はしごくありきたりの物事すら教えること全く能わぬ人間がかようの神秘について詳しく説く務めを我が身に負うや品位を貶められ，卑俗化し，不条理に逸するものか，如何に神の御言葉を単なる流行り文句に仕立てる上で，かようの連中はそれらが端を発す精神を見失っているものか，審らかにすることにあります。小生これまでもこの手の代物がイングランドの至る所で幅を利かせているのを目の当たりにして参りましたが，ついぞ慈善ないし功徳に至ったとは寡聞にして存じません。

果たして造物主と，御手にてそのかたちの如くに創りたまえり被造物とが，貴兄の信じておいでの如く相異なるか否か，は我々の間で論じたとてほとんど詮なかろう問題です。いずれにせよ貴兄の芳牘の嘘偽りなき率直さは実に好もしく，改めて篤く御礼申し上げます。天を求める者は誰しも造り主（ぬし）の善き思い

において生まれ変わらねばならぬとは，小生信じて疑いません。がやくざ犬は誰しも何ら善き意味を附与せぬ信心ぶった形ばかりの文言にて然に宣うが時宜に適っているとは，小生断じて信じません。よって我々の間に何ら意見の齟齬はあるまいかと。

敬具

［チャールズ・ディケンズ］

（注） デイヴィッド・ディクソンは神学博士・著述家・エディンバラ，セント・カスバート教会牧師。MDGHによると本状は『ピクウィック』における「牧師（シェパード）」［即ちスティギンズ］は再生という崇高な教義への中傷のように思われると指摘するディクソンへの返信。この種の批判が少なからず寄せられていたろうことは，ディケンズが『ピクウィック』初版（1837）序文ではこの点に触れていなかったものの，廉価版（1847）序文において「宗教と実しやかな空念仏」との明確な差異を主張し，「忙しなく口の端に掛けられ，取り留めもなく胸中に蟠っている，聖なるものへの猥りがわしい馴れ馴れしさ」へ異議を唱えていることからも窺われる〔拙訳書下巻448頁参照〕。「例の……件（くだり）」は，具体的には第二十二章，牧師（シェパード）の感化を受け始めた妻を評するウェラー氏の以下の繰り言を指す――「あいつは何やらええ年くった大人を生まれ変わらす特許もんを手に入れてしもうて――リンネとか何とか言うたとは思うが。わしは……げに継母ちゃんが生まれ変わるところにお目にかかりたいものよの。なら，すぐさま里子に出してやるに！」〔拙訳書上巻358頁参照〕。〔第二段落「そのかたちの如くに創りたまえり」は『創世記』1：27より。〕

J. H. フリズウェル宛　1843年5月10日付

【バングズ商会目録（1902年6月）に言及あり。草稿（三人称）は1頁。日付は「43年5月10日」。】

（注） ジェイムズ・ハイン・フリズウェル（1825-78）は作家。この時点では金銀彫版師ジョン・ラムリーに年季契約奉公，47年ラムリーの娘と結婚。娘ローラの述懐によると，サッカレーとディケンズの熱狂的な愛読者。

エドワード・F. リークス宛　1843年5月10日付

デヴォンシャー・テラス。1843年5月10日

拝復

誠に申し訳ありませんが，如何ともし難い状況により，して今夕他処に赴かねばならぬため，当初予定していた如く貴協会の恒例正餐会に出席すること能いません。

敬具

チャールズ・ディケンズ

エドワード・F.リークス殿

（注） エドワード・フレデリック・リークスは事務弁護士。「正餐会」はリークスが幹事を務める「孤児か否かにかかわらず，かつて裕福たりし児童の教育・衣服・扶養のための」セント・アン協会年祭。ディケンズがやはり既に受諾していた（ブルウィット宛書簡（4月6日付）参照）文学基金正餐会と同じ5月10日，モーペス卿を司会者として開催。ディケンズは文学基金年祭も欠席。同日の二正餐会の招待に応じていた遺漏が原因と思われる。

［トマス・ロングマン？］宛　1843年5月10日付*

【名宛人は文面からの推断。】

デヴォンシャー・テラス。1843年5月10日

拝復

お送り頂いた書類を拝読致しましたが，全くもって正鵠を射ているように思われます。

マリ宛送ると約束していたことは昨日，失念してはいませんでしたが，一体何を書いたものか，ただ通常の歴史に立ち入るという点をさておけば，皆目見当もつきませんでした。今もってつきません――もしや裏面にてお送りする極めて短い一節でないとすれば。くだんの一節は貴兄の例の書状が掲載される箇所に差し挟んで頂いて結構です。

敬具

CD.

（注）「書類」は恐らく5月13日もしくは17日の集会関連書類。マリは出版業者ジョン・

マリ。「裏面」は本状の一部としては残存せず。「貴兄の例の書状」は恐らくブルワー宛書簡（5月14日付）で言及されている「ロングマンの廻章」。

トマス・ミトン宛　1843年5月10日付

デヴォンシャー・テラス。1843年5月10日

親愛なるミトン

もし明日5時で差し支えなければ（一筆，不都合の由（よし）来ない限り「諾」と受け取ろう通り），くだんの刻限に署名・封印・送達する。もし予定が入っているようなら，金曜か土曜の何時頃都合がつきそうか教えて欲しい。

不一

チャールズ・ディケンズ

トマス・ミトン殿

（注）「明日」即ち5月11日は如何なる既知の契約書の日付でもないことから，「署名」等は両親の新たな借地契約書類のそれと思われる（ショーバール宛書簡（5月19日付）で言及されている波瀾含みの家庭事情参照）。ディケンズの帳簿（5月16日付）ミトン宛£30支払いの記載も恐らく本件に関連する。

チャールズ・スミスサン宛　1843年5月10日付

【原文はN, I, 519より。】

リージェンツ・パーク，ヨーク・ゲイト

デヴォンシャー・テラス1番地。1843年5月10日

親愛なるスミスサン

もしや洗礼盤にて小生の成り代わりを務めて頂けるものなら，小生喜んで花のように愛らしき娘御のためにありとあらゆる手合いのあり得べからざる約束をしているものと御諒解頂きたく。娘御の権限にて貴兄並びに令室に心よりお慶び申し上げるからには。してウィリアム・テイラー殿が手練れの海員として仕える船の船長が，男装にてテイラー殿を船上まで追いし御婦人がらみで宣っ

た如く，然に小生も令室がらみで申し上げる次第にて――「よくぞやったわい」ただし小生の奥方はこれきり金輪際よくぞやられませぬよう。

閑話休題。実は我が家ではブロードステアーズへ行く少し前に――くだんの当世風転地は大概8月1日に執り行なわれる訳ですが――貴宅を侵略しようかと話し合っています。のみならず小生スコットランドへ行く無謀な誓いまで立てていますが，果たしていずれの計画であれ実行に移すか否かは当面，時と月刊分冊の濛々たる霧の中に包まれています。

貴兄がヨークシャーへ引き籠もられて以来閲した幾歳(いくとせ)もの間(かん)に，拙宅にては大いなる変化が出来しています。小生は白髪に，ケイトは禿に，なり，チャールズは（ほら，小さな少年だったのを覚えておいでては？）数年前にチャーミングな（前途洋々ならぬざる）娘と連れ添い，つい先達てエジプト軽気球官設視察官に任ぜられたばかりです，とはすこぶる実入りのいい勤め口ですが。メアリの二番目の夫は，哀れ！　最初の夫にはさすが見劣りしますが，ボゥ・ストリートの主席治安判事の主席事務官の職にて――くだんの重責を小生御存じの通り十年近く担っている訳ですが――常に側にいてくれます，とは人生の黄昏にあって実に心強いことに。

ミトン殿は，見る間に救貧院へ近づきつつあるとの妄想の下(もと)，ここ数年固茹で卵ばかり食していたと思うと，唯一の馴染み――初めてサザンプトン・ビルディングズを出た際雇い入れた老いぼれ家政婦――と連れ添いました。何でも上さん，御亭主をしこたま引っぱたいているとか。といった辺りが，ほら，時の翁によりてもたらされた様変わりのほんの端くれと言った所でしょうか！

御家族の皆様にくれぐれもよろしくお伝え下さいますよう――ボーティアス・ビラもお忘れなく――して我が名付け子の頭(こうべ)に能う限り十二使徒らしく，小生の代わりに手を載せ給いますよう。

つゆ変わることなく親愛なるスミスサン

敬具

チャールズ・ディケンズ

（注）「ウィリアム・テイラー」はJ. B.バクストン作海洋戯画化喜歌劇(バーレスク・バーレッタ)『ビリー・テイラ

ー，或いは陽気な若僧』（1829年初演）に登場するビリー・テイラーを主人公とする俗謡より。ビリー・テイラーの麗しの恋人は男装して後をつけ，彼が不実だったと知ると銃で撃ち，「船長はそいつを耳にするや，よくぞやったと褒めちぎる」。「よくぞやった（“wery much applauded”）」の“wery”はNでは省略（サザビーズ目録（1932年6月）の抜粋より補足）。第二段落「侵略」についてはマクリース宛書簡（43年7月6日付）参照。第三段落「（前途洋々ならざる（“with no prospects”））」の“prospects”は目録抜粋では「身上（“property”）」と読める。〔最終段落ボーティアス・ビラについてはチャールズ・スミスサン夫人宛書簡（42年1月1日付）注参照。〕

W. C. マクレディ宛　1843年5月11日付*

デヴォンシャー・テラス。1843年5月11日

親愛なるマクレディ

小生，来週の土曜正6時，気の毒なブラックのための正餐会をグリニッヂ（先日皆で会食した旅籠）にて催す予定です。御都合如何でしょうか？　差し支えなければ，馬車でお迎えに上がり帰りもお連れ致します。

敬具

CD.

（注）「ブラックのための正餐会」についてはフォースター宛書簡（5月3日付）参照。「先日」は，スタンフィールド，エインズワース，マクリース，フォースター等と共に会食した5月8日。

バーデット・クーツ嬢宛　1843年5月12日付*

デヴォンシャー・テラス。1843年5月12日

親愛なるクーツ嬢

忝き御高配を賜り篤く御礼申し上げます，親身なお心遣いに感謝の言葉もございません。

弟には早速，昨日賜った芳牘の趣旨に則り身を処さすよう取り計らいたいと存じます。叶うものなら，何か他の勤め口をあてがうが得策とまずもって気づかされたのは，正しくこと鉄道建設に関し芳牘にて述べられている全ての紛う

ことなき真実を予め存じていたからであります。して依然としてもしや何かより恰好の活動範囲へと——例えばインドのような——送り出せるものなら，弟には，行動力のある知的な青年として，我ながら最善が尽くしてやれるものと存じます。たとい弟が何を得ようと，得られまいと，小生かほどに心より感謝申し上げること能いますまい。

先日お伺い致しましたが，生憎，婚礼が未だ終わっていなかったようです。風向きがとうとう，南へ変わったとあらば，メレディス嬢もさぞや，して願わくは，見る間に回復なされていることと。必ずや回復なさるに違いなき由，御鶴声共々お伝え頂きますよう。

匆々

チャールズ・ディケンズ

クーツ嬢

（注）「婚礼」はエドワード・マーチバンクス，Jrとメアリアン・フェネラ・ロクスとのそれ。5月3日，ハノーヴァ・スクエア，セント・ジョージズ教会にて挙式。

マクヴェイ・ネイピア宛　1843年5月12日付

リージェンツ・パーク，ヨーク・ゲイト

デヴォンシャー・テラス1番地。1843年5月12日

拝啓

来週何曜なりと，もしや朝食或いはディナーを御一緒頂けるなら幸甚にて。他の客人（まろうど）でお煩わせ致すことはありません。その点は誓って。他にどなたも見えねば，定めし心安らいで頂けようこと百も承知とあらば。御都合の好い時間をお報せ下さい。

がもしや既に御予定がおありなら，くれぐれも御無理なさらぬよう。御無理は禁物。ただし，その場合，こちらへ次にお越しの節は必ずや早目にお報せ下さるようお約束頂かねばなりませんが。

敬具

チャールズ・ディケンズ

ネイピア教授

（注） ネイピアは5月の最初の二，三週間はロンドンに滞在していた。

ジョン・ウィルソン宛　1843年5月13日付

【原文はN, I, 521より。】

リージェンツ・パーク，ヨーク・ゲイト

親展　　　　デヴォンシャー・テラス1番地。1843年5月13日

拝啓

「モーニング・クロニクル」の編集長であった（して貴兄とは同郷でもある）ブラック殿の友人数名が，来る土曜20日正6時開始を期し6時15分前にグリニッヂのトラファルガー・タヴァンにて厳密に内輪の正餐会を催す予定にて。会食者は氏の個人的友人たる数名の信望の篤い私人ばかりであり，数にしてせいぜい十五名ほどかと。

小生末席を穢す身にして，この度は会場まで貴兄を来賓としてお連れさせて頂けるものか否かお尋ねすべく一筆認めている次第にて。一座の大半は既に御存じの方々であり——然ならざる方々ともさぞや和気藹々と楽しく過ごして頂けるものと存じます。片や，してより独り善がりな立場より，率直に申し上げねばならぬことに，かようの場合スコットランド生まれの御老体をものの歌声一つでまたもや故郷へ連れ帰れる貴兄のような国民的歌手の臨席ほど我々皆にとって付き付きしくも愉快な何一つ思い浮かべること能いません。

かようのお願いを致す詫びを入れるにしても，ただ貴兄のお時間が如何ほどかけがえがなく，お約束が如何ほどその数あまたに上るか重々承知の上とのお断りをもって代えさせて頂くしかありません。

その折は是非とも会場へ御案内致すと共に御自宅までお連れさせて頂きたく。御都合のつき次第一筆賜れば幸甚に存じます。

敬具

［チャールズ・ディケンズ］

（注） ジョン・ウィルソンは（N, Ⅰ, 512*n*で注釈されている如く）ウィルソン教授ではなく，スコットランド生まれのテノール歌手（『第一巻』原典p. 418，訳書528頁参照）。

ロバート・ウッド宛［1843年5月13日付］

【N, I, 521に言及あり。】

（注） ロバート・ウッドについては不詳。

サー・エドワード・リットン・ブルワー宛　1843年5月14日付

デヴォンシャー・テラス。1843年5月14日

親愛なるサー・エドワード

今時分は早ロングマンの廻章をお受け取りになっているに違いなく。何卒御臨席の上，我々果たして何かまっとうな手が打てるかどうか見てみようでは。

敬具

チャールズ・ディケンズ

サー・エドワード・リットン・ブルワー
　等々　等々　等々

（注） ロングマンの廻章は残存せず。「臨席」は5月17日開催著述家・出版業者集会へのそれ。

トマス・ミトン宛　1843年5月14日付

デヴォンシャー・テラス。1843年5月14日。日曜夕

親愛なるミトン

今の所算段のつく限りを送る。これで足りればいいが。

むっつり屋（ムーディ）に会ったら，全額受け取りたければぼくから£7の小切手を手に入れようと伝えてくれ。答えが然り（イエス）ならそいつは君宛別箇に送ろう。この手紙に同封するのは「君と校長との間」だけのこととして。

不一

CD.

トマス・ミトン殿

（注） 冒頭の一文についてはミトン宛書簡（5月10日付）注参照。「むっつり屋（ムーディ）」については不詳だが，帳簿に「むっつり屋（ムーディ）」へ£15.18.6（43年2月10日），£15.18.0（44年1月27日）支払いの記載あり。「『君と校長との間』だけのこととして（"between you and Schoolmaster"）」は1830年以降流布した「ここだけの話 "between you and me (and the post〔gatepost, bedpost〕)"」の異形。「校長」の文言からして支払いはエクセターの現実の校長（ミトン宛書簡（42年1月3日付）注参照）に関わるそれだったと思われる。

ヘンリー・コールマン師宛　1843年5月16日付

リージェンツ・パーク，ヨーク・ゲイト

デヴォンシャー・テラス1番地。1843年5月16日

拝啓

昨日は雨のためお約束通りの刻限に伺えず，貴兄は小生が間借り先へ着いた際にはお出かけになった後でした。お目にかかれなかったのは残念至極ではあるものの，貴兄が儀式張らず，小生を約言通りにお受け止めになったのはむしろ幸いでした。

金曜（が生憎，先約のない初めての日なもので）5時半，内輪のディナーにお越し頂けましょうか？　客は外にどなたもいらっしゃいません。

もしもそれまでに小生が貴兄のために檻を開け放てる名士（ライオン）がいれば，何卒御用命賜りますよう。去る日曜，上記のみならずなおあれやこれや御報告致そうと，してこの一週間というもの忙しなくしていました，さなくばフェルトンのためにより早急にお訪ね致していたろうものをと申し上げるべく伺いました。が残念ながらお留守でした。

明日は11時半から12時半にかけては在宅予定です。それ以外の日は，大概午後3時15分前に仕事を終え，3時に外出致します。

敬具

チャールズ・ディケンズ

ヘンリー・コールマン師

（注） ヘンリー・コールマン（1785-1849）はボストン出身ユニテリアン派司祭・著述家。1843-6年は農業の現状調査のためヨーロッパ各地を視察。友人に宛てた書簡によると，ディケンズとは5月29日のしばらく前にディナーを共にし，カーライル邸は5月27日に訪問。

W. J. フォックス師宛　1843年5月16日付

【カーネギー・ブック・ショップ目録157番に抜粋あり。草稿は1頁。日付は「[ロンドン]，43年5月16日」。親展。】

ブラック殿への気さくにして内輪の正餐会の延期に関して。

（注） ウィリアム・ジョンソン・フォックスは説教師・ジャーナリスト（『第一巻』原典 p. 387脚注，訳書488頁注参照）。フォースター，マクレディとは旧知の仲，『モーニング・クロニクル』でブラックの同僚（やはり，およそこの時期辞職）――客としての招待は故無しとせぬ。

W. C. マクレディ宛　1843年5月16日付*

デヴォンシャー・テラス。1843年5月16日

親愛なるマクレディ

シールとフォンブランクと小生とである種国策会議（ダイヴァン）を開き，ブラックのための正餐会は当座繰延べにするに如くはなかろうということになりました――彼とイーストホープとの間の交渉が（彼の復職とは，さりとて，何ら関係ないものの）未決の限りは。して正餐会は，如何ほど内輪にして馴染み同士のそれとは言え，後者の，その病んだ魂が株式取引所なる揺り籠にてあやされ，ロンバード・ストリートを独走した大立者の不興を買うやもしれぬとあらば。

という訳で正餐会は当面，中止致します。してもしや男が「男」となり，「自然の女神」の高位貴顕が准男爵となるまで出来せぬというなら，神よ儲けを当てにしている旅籠の亭主を救い給え。

敬具

チャールズ・ディケンズ

W. C.マクレディ殿

(注) リチャード・レイラ・シール(1791-1851)は劇作家・国会議員・マクレディの友人。「交渉」に関せば，ブラックが『モーニング・クロニクル』を去らねばならなくなった時，友人達は『ロンドン・ガゼット』への斡旋を図ったが，不首尾に終わる。イーストホープが容喙した可能性も。「ロンバード・ストリートを独走した」は何らかの引用と思われるが，出典は不詳〔ロンバードはロンドンの金融中心街〕。

トマス・ロングマン宛　1843年5月17日付*

デヴォンシャー・テラス。1843年。5月17日水曜

拝啓

小生が伺う前に貴兄とマリが同席なさるようなら，何卒ディルクが議事の開始にして端緒に提議するつもりだと言っている「二原則」について御検討頂きたく。

一. 協会の趣意は世界中で国際版権大義を唱道することにある。

二. 協会は剽窃されるに異を唱える如く，剽窃するにも劣らず異を唱え，故に[a]全会員をもって誓いを立てる，[a]何者であれ外国人作家の資産に文書による許可のない限り荒らかな手はかけぬ由。

小生に関す限りこれら二項いずれにも異論ありません。と言おうか実にあっぱれ至極にして公明正大であり，協会に誉高き声望を附与するもののように思われます。

まずは取り急ぎ

敬具

チャールズ・ディケンズ

トマス・ロングマン殿

(注) チャールズ・ウェントワース・ディルクは批評家(『第一巻』原典p. 127脚注，訳書159頁注参照)。ロングマン社における会合の模様は『アシニーアム』(5月20日付)

に編集主幹ディルクによる短評「文学擁護協会」として掲載。ディケンズが司会を務める。概要は設立趣意・寄附者一覧・決議事項。委員会メンバーはブルワー，G. P. R.ジェイムズ，ディケンズ，マリアット，ディルク及び九名の出版業者。寄附者一覧にはフォースター，ブラッドベリー＆エヴァンズ，チャプマン＆ホール，ロックハート等の名が挙げられる。第二項aa「全会員をもって誓いを立てる」の原文“pledges itself by all its Members, not”は畳まれた便箋の三頁目に記され，インクで下線。「列席の印刷業者並びに出版業者も同様の意を表明」の一文が不詳の筆跡にて見開きの二頁目に追記。

W. M. サッカレー宛［1843年5月6–18日付］

【サッカレーの母親カーマイケル・スミス夫人宛書簡（5月20日付）に言及――「ボズから祝意の手紙が届く」――あり。】

（注）「祝意」は『アイルランド・スケッチ・ブック』（5月5日刊）へのそれ。当時財政難にあったサッカレーは殊の外本著の売行きに腐心し，複数の友人に書評を依頼。『エインズワース・マガジン』（ブランチャード筆），『イグザミナー』（5月13日付）（フォースター筆），『イリュミネイティッド・マガジン』（ジェロルド筆）等に好意的書評が掲載され，彼の小説としては初めて再版が出る。

S. G. ハウ博士宛　1843年5月19日付

【アンダーソン・ギャラリーズ目録（1917年12月）に言及あり。草稿は2頁。日付は「デヴォンシャー・テラス，43年5月19日」。】

挨拶と正餐会への招待の懇篤な手紙。

（注）ハウはジュリア・ウォードと4月26日挙式，5月初頭に「ブリタニア号」でヨーロッパへ新婚旅行。到着と同時に脚部炎症のため外出不可となる。サムナー宛書簡（5月25日付）によると，知人数名に手紙を出した所「ディケンズは私のカードを受け取るが早いか真心のこもった返信をくれ，翌日には令室が訪れ，正餐会に招待してくれたが，彼自身は四日間は見舞いに来なかった」という。新婚夫妻はロジャーズ主催正餐会・アメリカ大使エドワード・エヴァレット主催正餐会にてディケンズと会食。

D. M. モイア宛　1843年5月19日付

リージェンツ・パーク，ヨーク・ゲイト

デヴォンシャー・テラス1番地。1843年5月19日

拝復

麗しき御高著，並びに心暖まる芳牘を賜り篤く御礼申し上げます。嘘偽りなく申し上げられることに，未だかつて貴兄が言及しておいでの典拠から，御高著の如何なる一篇より，芳牘の如何なる一行(ひとくだり)より，賜った慶びの半ばの苦痛も覚えたためしはありません。小生内に悪魔の強かな気味(スパイス)を秘めていると思しく，小生にしてみれば故無く，或いは不当に批判されるや赤熱の忿怒が雄々しく，全てを水に流し果すまで試煉を掻い潜らせてくれます。

小生とて初めて執筆し始めた折には書評を読むだに少なからず懊悩しました。して終に自らと厳粛な契りを結びました——今後はたまたま耳に入るやもしれぬ概括的な世評からしか同上とは取り合うまいと。五年間というもの当該「鉄則」を一度たり破ったためしはありません。それだけいよよ幸せたること論を俟たず——蓋し，「叡智」をいささかたり失ってはいません。

概して，ことこの点にかけては小生恐らくは如何なる男にも劣らず託ち言の種がないのでは。芳牘をこの半年間で耳にした如何ほど辛辣な評と引き比べようと，勝ち目はどうやら小生にあるようです。

ジェフリーのことをお報せ頂き慶ばしい限りです。彼は常に心暖かな，熱意溢る，親身な心根の馴染みであり，小生敬愛して已みません。玉詠の優しさと哀愁にかほどに真実，心より感じ入れる者はまたといますまい。

貴兄並びに御家族の皆様に神の御加護のありますよう！　妻が小生共々令室にくれぐれもよろしくと申しています。つゆ変わることなく

親愛なるモイア

(と申すのもここにては断じて再び「サー」とは呼ばぬ所存故)

敬具

チャールズ・ディケンズ

D. M.モイア殿

(注)「麗しき御高著」は『我が家の詩(うた)』(モイア宛書簡(43年1月-2月?)参照)。他の哀歌多篇と併せ5月18日ブラックウッドにより出版。「言及しておいでの典拠」は『探

訪』を巡る辛辣な書評――モイアはディケンズへの共感を表明していたと思われる。第二段落「五年間というもの」とは『クォータリー・レヴュー』(37年10月号) 以来の謂と思われるが〔『第一巻』原典p. 316脚注，訳書397頁注参照〕，いささか誇張の嫌いがある。第三段落「如何ほど辛辣な評」の例として，フェルトン宛書簡 (42年12月31日付) においては『ブラックウッズ』と『フレイザーズ』掲載書評が言及されているが，この時点では『エディンバラ・レヴュー』も含まれよう。第四段落ジェフリーと，ディケンズは5月25日シドニー・スミスと会食した際に再会する。〔末尾括弧内「親愛なるモイア (My Dear Moir)」についての但書きは書出しの挨拶「拝復 (My Dear Sir)」を踏まえて。〕

J. C. プリンス宛　1843年5月19日付

【サザビーズ目録 (1929年7月) に抜粋あり。草稿は1頁。日付は「デヴォンシャー・テラス，43年5月19日」。】

サウジーへの手向けは実に素晴らしいと存じます。今朝方拝読し，深い感銘を覚えました。

(注)　ジョン・クリッチリー・プリンスは詩人 (『第二巻』原典p. 246脚注，訳書300頁注参照)。1845-51年『エインシャント・シェパーズ・クォータリー・マガジン』編集に携わる。ロバート・サウジー〔湖畔詩人の一人 (1774-1843)〕は3月21日死去。プリンスの弔詞「桂冠詩人ロバート・サウジーの死を悼みて」は『夢と現実』(1847) 所収。ディケンズは雑誌または新聞で目にしたと思われるが，プリンスがこの時期寄稿していた『ブラッドショーズ・ジャーナル』にも『オッドフェローズ・マガジン』にも掲載の形跡なし。

ウィリアム・ショーバール宛　1843年5月19日付*

リージェンツ・パーク，ヨーク・ゲイト
デヴォンシャー・テラス1番地。1843年5月19日

拝復

芳牘を賜りありがとう存じます――お訪ね頂いたいずれの折も遺憾千万ながら留守をしていました。小生この所絶えず然る家庭の事情の調停に追われ，かくて通常の仕事や気散じに少なからず支障を来しています。

小生「編集」には怖気を奮わずにいられぬ所へもって，数多の用務を抱えています。それ故，芳牘にて言及されている企図に思いを致すこと能いません。

無論御要望通り，本件に関しては他言は無用とのこと重々心致します。

敬具

チャールズ・ディケンズ

ウィリアム・ショーバール殿

（注） ウィリアム・ショーバールは出版業者（『第二巻』原典p. 244脚注，訳書299頁注参照）。「然る家庭の事情」についてはミトン宛書簡（5月10日付）参照。第二段落「企図」については不詳。

T. N. タルファド宛 1843年5月20日付†

デヴォンシャー・テラス。1843年。5月20日土曜夜

親愛なるタルファド

[a]小生口では申し上げられぬほど当惑していますが，先達ての晩は火曜の由々しき先約をうっかり失念していました。して今日になって初めてはったと気づいた次第にて。[a]

小生，正しくくだんの夕べに開催される聾唖者慈善組合正餐会の幹事を務めています。その点は別に構いませんが，不都合極まりなきことに，とあるハウという名の――ボストンの聾唖にして盲目の少女ローラ・ブリッジマンとの手話法を考案したアメリカの――博士が，よりによってお呼びでない時に，わざわざくだんの正餐会へ（4,000マイルの遙か彼方にて交わされた突拍子もない約言を守るべく）小生によりて連れ行かれる目的の下ロンドンへ来ています。くだんの腹づもりさえなければ，もう一週間リヴァプールに留まっていたでありましょうに――とは小生の心底敬虔に願わずにいられぬ如く。

[b]我々は最後に御一緒した先達ての晩，この手の諸事が如何に厄介千万か話題に上せたかと。実は小生，それに先立ち，最早連中にはかかずらわぬ誓いを立てていました。が今や，[b] 連中を「疫病」よろしく避け，この小生にとって今年三回目の公式正餐会をもってロンドン旅籠の舞台に立つのは最後にする旨

断言致します。

もしや相応の頃合いに中座致せたら，お邪魔させて頂けましょうか？

[c]親愛なるタルファド

敬具

チャールズ・ディケンズ[c]

追而　一体いつ例の告白されざる暗々裡の「悲劇」の秘密を垂れ込んで頂けると？

（注）aa，bb，ccは従来未発表部分。第二段落「聾啞者慈善組合正餐会」は5月23日開催「老衰・虚弱聾啞者のための慈善共済組合」によるそれ。ディケンズは会長ダドリー・クーツ・スチュアート卿の健康を祝して乾盃の音頭を取る。「正しくくだんの夕べ」即ち5月23日，マクレディとフォースターはタルファドの判事室にて会食――例年は5月22日，息子フランクとの合同祝賀会を催すタルファドの誕生祝い。43年春は妻の病気のため自宅で宴を張ることは稀だった。ハウは正餐会でスピーチを行なう予定だったが，「発熱と悪寒」のせいで松葉杖を突いてすら出席が叶わず断念。第三段落「今年三回目」に関し，「二回目」の正餐会については「芸術家慈善基金」幹事方宛書簡（4月27日付）注参照。追而書き「悲劇」は『カスティリャ人』。少なくとも1840年に執筆開始，50年に至ってもなお完成せず，死の前年（53年）出版されるが，上演には至らなかった。

W. C. マクレディ宛［1843年5月25日付］

【マクレディ『日誌』II, 208に言及あり。日付はマクレディの記載（5月25日付）「ディケンズから短信」による。】

（注）ディケンズは翌日マクレディ邸にて――スタンフィールド，マクリース，クイン，フォースター，ヘレン・フォーシット――と会食。

ジョン・オーバーズ宛　1843年5月25日付*

デヴォンシャー・テラス。1843年，5月25日

親愛なるオーバーズ

小生善良かつ正直な心づもりの価値は然に重々心得ているものですから，くだんのお墨付きに値すると確信するや其を早為された行ないと見なす習い性となっています。それ故何卒数日前に認(したた)められた一件において何か不備があるなどとはお思いになりませぬよう。小生の得心の升目は恰もテーブルの上に記憶の印が載ってでもいるかのように満々と湛えられています。

令室は定めて快方へ向かわれていることと。前途には好季節が待ち受けています。さながら小作人が冬に備えて薪や炭を蓄える如く，健康をどっさり溜め込んでおいでに違いなく。

敬具

チャールズ・ディケンズ

オーバーズ殿

クラークソン・スタンフィールド宛　1843年5月25日付

デヴォンシャー・テラス。1843年5月25日

親愛なるスタンフィールド

いや——いや——いや——人殺し，人殺し！　正気の沙汰では，心得違いも甚だしい——くだんの画題の全て，ではなく——どれ一つであれとは。おおいやはや明けの明星よ，一体全体小生が何でこさえられているとお思いで——何人(なんぴと)の側(がわ)にてであれ，かようの豚-頭の，仔牛-目の，驢馬-耳の，小鬼-蹄のお願いを致すとは！

馴染みの，小生に吹っかけて曰く，「貴兄の馴染みのスタンフィールド殿にお尋ね頂けまいか，くだんの大きさのささやかな絵ならば如何ほどにつくか——我ながら奮発したいと存ずるもので——もしや懐具合に見合えば」——小生の返して曰く，「かしこまりました」。馴染みの曰く，「それとなく，くだんの画題のどれか一つにして頂きたいとお伝え頂けまいか？」小生の返して曰く，「かしこまりました」。

小生今しも扉にガンガン，悲嘆と狂気に駆られ，頭をぶち当てています，してぶち当て続けることでありましょう，御返事を頂くまで。

令室は妻から何か手紙を受け取られたかと？

敬具

甚だしき誤解を受けし者

（注）「1843年」をMDGH, I, 205とN, II, 115は「1849年」と誤記。「おおいやはや明けの明星よ」はフェルトン宛書簡（42年12月31日付）でも用いられる感嘆詞。第二段落「馴染み」は或いはT. J.トムソン——唯一スタンフィールドに絵を依頼したことのあるディケンズの友人（トムソン宛書簡（44年2月15日付）参照）——か。その一方で彼がスタンフィールドの値ですら「懐具合」を気にしたとは考え難い。最後の一文に関し，マクレディは『日誌』によると，5月28日スタンフィールド邸を訪れると「ディケンズ夫妻」が来ていたという。同夕ディケンズ，スタンフィールド，マクリース，フォースターと会食。

T. J. ワトソン宛　1843年5月25日付

【サザビーズ目録（1924年12月）に抜粋あり。草稿は1頁。日付は「ヨーク・ゲイト，デヴォンシャー・テラス1番地，43年5月25日」。】

何卒拙宅にて来る土曜ディナーを御一緒頂く約束をお忘れなきよう。内輪の集いにして，刻限は6時半。

（注）T. J.ワトソンは『タイムズ』（5月1日付）掲載「老衰・虚弱聾唖者のための共済組合」恒例正餐会（5月23日）広告に幹事として名前が挙げられている。「内輪の集い」はハウ夫妻歓迎ディナー。他の客はフォースターのみ。

ジョウゼフ・ソウル宛　1843年5月26日付

リージェンツ・パーク，ヨーク・ゲイト

デヴォンシャー・テラス1番地。1843年5月26日

拝復

アブディ殿には忝くも小生のことを親身に御記憶頂いていますこと，また貴兄には氏の御記憶のありがたき印をお伝え頂きましたこと，篤く御礼申し上げます。小生無論，「労働学校」のことを忘れてはいませんが，小生自身の私立

「労働学校」に然に絶えず携わり，そこにては教師兼学徒の身とあって，未だ貴校をお訪ねするに至っていません。

敬具

［チャールズ・ディケンズ］

（注） ジョウゼフ・ソウル（1805-81）は「孤児労働学校」幹事（1840-76）。「アブディ殿」はサザック，セント・ジョン教会司祭ジョン・チャニング・アブディ師，もしくはアメリカ関連の著述家エドワード・ストラット・アブディ（1791-1846）。「労働学校」はエドワード・ピカード師によって1758年，ホクストンに創設された施設。当初は二十名の男児を，後には二十名の女児も収容可となる。孤児や困窮児童に有益な手職を身につけさす目的の下（もと）パン焼き・醸造・洗濯等の作業場や設備が整えられていた。ディケンズは1844年5ギニーの寄附により終身理事。

サザランド公爵夫人宛　1843年5月26日付*

デヴォンシャー・テラス1番地。1843年5月26日

チャールズ・ディケンズ殿は謹んでサザランド公爵夫人に御挨拶申し上げると共に，今夕は然る，軽々に打ちやれぬ，して恐らくは夜分遅くまでかかろう先約があるため，晴れがましくも忝きサザランド公爵夫人のお招きに応じさせて頂くこと能わず誠に遺憾に存じます。付言致すまでもなかりましょうがもしや先約を顧みずとも済むものなら，喜んでお断り致していたろうものを。

（注） サザランド公爵夫人はハリエット・エリザベス・ジョージアナ・レヴィソン-ガウアー（1806-68）。第六代カーライル伯爵ジョージ・ハワードの三女・ノートン夫人（サムナー宛書簡（42年7月31日付）注参照）の友人。

T. J. トムソン宛　1843年5月26日付

デヴォンシャー・テラス。1843年5月26日

親愛なるトムソン

同封のものをお読みの上，これでよろしいか御返事頂けましょうか？

敬具

反ピュージ

（注）「1843年」をN, II, 25は「1847年」と誤記。「同封のもの」は「オクスフォード大学に様々な形で関与する人物の状況を調査すべく任ぜられた委員会報告」（『イグザミナー』（6月3日付）社説）の草稿もしくは校正〔拙訳『寄稿集』第十八稿参照〕。5月14日オクスフォード大学クライスト・チャーチにて全学生対象に説かれたピュージの聖体拝領に纏わる法話は副総長宛告発されるばかりか，『モーニング・クロニクル』（5月24日付）でも「煽動（センセーション）」として報じられていた。

バーデット・クーツ嬢宛　1843年5月28日付*

デヴォンシャー・テラス。1843年5月28日

親愛なるクーツ嬢

昨日は忝き芳牘を賜り篤く御礼申し上げます。必ずやフィツロイ船長を訪い，御指定の時間に弟を連れて参りたいと存じます。がお送り頂いたパーキンソン殿からのお手紙の文面からして，船長のお手を煩わせても詮ないやもしれぬという気は致しています。

メレディス嬢が本復なさりつつあるとのことお慶び申し上げます。何卒祝意と併せ御鶴声賜りますよう。万が一，たとい十二分の一インチにせよ，ぶり返されようものなら，彼（か）の方への小生の信頼は潰え，我が情愛は――狂おしくも捨て鉢になった勢い――レディ・セールへと委ねられましょう。

もしやお許し頂けるなら――とは否の御返事のない限り当然のこととさせて頂こう如く――水曜2時頃，フィツロイ船長にお目にかかった後（のち）お伺ね致したく。

親愛なるクーツ嬢
匆々
チャールズ・ディケンズ

クーツ嬢

（注）ロバート・フィツロイ船長（1805-65）は水界地理学者・気象学者・後に海軍中尉。ダラム選出国会議員（1841），マージ川管理委員（1842-3），43年3月31日ニュージーランド総督に任命される。ニュージーランドにおけるアルフレッドの就職先について相談

を受けていたと思われる。「パーキンソン殿」はロイズ船級協会の「ジェイムズ・パーキンソン」か。第二段落「レディ・セール」はジョージ・ウィンドの娘フローレンシア（1790? 生）。アフガニスタンにおいて英国軍を統率したサー・ロバート・ヘンリー・セール（1782-1845）の妻。自著のアフガニスタン体験記（43年4月刊）においてオークランド卿を批判している点がディケンズの反感を買ったものか。社交界でも不相応に持て囃される傾向にあった。

バーデット・クーツ嬢宛　1843年6月2日付

デヴォンシャー・テラス。1843年6月2日

親愛なるクーツ嬢

目下の所は，感謝の点でこれ以上申し上げることにてお煩わせ致しますまい。マーチバンクス殿の御提案に則り認（したた）めた書状を同封致します。今更ながら，如何ほど御提案のありがたみと氏の御親切を身に染みて感じていることか付け加えるまでもなかりましょう。

レディ・セールとは小生，永久（とは）に袂を分かつ所存にして，ここにてレディを向後は魚の目よりなお冷ややかにして鈍き眼（まなこ）もて見つめる誓いを記したく。また夫君をも——犬をも——小間使いをも——レディの有す何であれ嫉みますまい——今は亡き娘婿殿の記憶をさておけば。彼（か）の方は目出度き救済を得られたに違いなく。今頃は定めし類稀なる「平和」の状態にあられるのでは。もしや妻君が御母堂譲りならば，小生ついぞ信じたためしのないほどしかと弾丸（たま）に当たるも当たらぬも運命（さだめ）と，雀一羽落つにも格別な神慮ありと，信じざるを得ません。

もしやメレディス嬢が来る日曜，貴女のおっしゃっているくだんの「詩人」の間（ま）にて小生をお迎え下さるようなら，是非ともお伺い致したく。小生最も打ってつけの刻限をあれこれ惟みています。何物かが胸中3時を指しているようではあります。がもしや今のその何物かが英国陸軍総司令部に照らせば誤っているなら，かように愉快な場合，いつ何時であれ小生にとりては一つこと，明日中に郵便にて拝受する匿名の数字は完璧に諒解され，ありがたく留意されましょう。

『クォータリー』最新号にはセオドール・フックに纏わる傷ましき記事が掲載されています，見事に——内的証拠からして恐らくロックハートによりて——物された。小生長らくかほどに感銘深きものを目にした覚えがありません。かくて深い悲哀と悲嘆に暮れています。人は皆これまでも悍しき牢壁や他の奇しき錨に鎖で繋がれて来ましたが，ペンに縛られる者ほど折に触れて，由々しき苦悩や苦悶を味わって参った者はほとんどいなかろうかと。と思えば，正しく当該鵞ペンを終日(ひねもす)用いている者にとりてはせめてもの慰めでは！

今一度心より篤く御礼申し上げます

匆々

チャールズ・ディケンズ

クーツ嬢

（注）「マーチバンクス殿の（御提案）」の原語 “Mr. Marjoribank's (suggestion)” は正しくは “Marjoribanks”。第二段落「レディの有す何であれ嫉みますまい」はモーセの第十戒の捩(もじ)り。「今は亡き娘婿殿」は英国陸軍工兵隊大尉J. D. L.スタート。1841年結婚，翌年カブール〔アフガニスタン首都〕にて客死。〔「弾丸(たま)に当たるも当たらぬも運命(さだめ)（“every bullet has its billet”）」はお馴染みの俚諺。〕「雀一羽落つにも格別な神慮あり」は『ハムレット』第五幕第二場232行ハムレットの台詞。第三段落「くだんの『詩人』の間(ま)」は書斎正餐会の謂。「3（時）」は特大の文字にて。〔ホワイトホールにある「英国陸軍総司令部」兵舎入口の角櫓の時計はロンドンっ子の間では正確無比で通っていた。〕第四段落『クォータリー・レヴュー』（43年5月号）にはロックハートによる（41年大負債を抱えて死去した）フック回顧——故人に共感は示しながらも金銭問題や常習的不節制を詳述した——が掲載されていた。『第二巻』原典p. 396脚注，訳書494頁注参照。

ジョージ・フレッチャー宛　1843年6月2日付

【カーネギー・ブック・ショップ目録119番（1944）に抜粋あり。草稿は1頁。日付は「デヴォンシャー・テラス，43年6月2日」。】

書籍をお送り頂き篤く御礼申し上げます……既に興味深く拝読するとある謂れはありますが，定めてそれそのものの真価によりてもう一つの謂れを与えられるに違いなく。

（注）　ジョージ・フレッチャーについては『第二巻』原典p. 416脚注，訳書516頁注参照。雑誌等に寄稿は多数あったが，著作が一巻本として出版されるのは1857年。

W. C. マクレディ宛　1843年6月2日付*

デヴォンシャー・テラス。1843年6月2日

親愛なるマクレディ

療養所（サナトリウム）にとりては「死活問題」です——同上は多大な功徳を施して来ましたが，ここで難局を切り抜けられればなお甚大な功徳を施せようかと。我々は正餐会を（恐らくランズダウン卿司会の下）催す予定にして——皆是非とも貴兄に幹事を務めて頂きたがっています，その趣旨の影響の直接及ぶ大いなる階層の傑出した領袖たるだけに。同様の謂れにて，彼の場合はさほど強かではないにせよ，マクリースにも声をかけています。よって，「聡明な慈愛」と「教会ネズミ」の名にかけて——療養所（サナトリウム）が前者の，小生が——たいそう貧しいだけに——後者の成り代わりですが，何卒御芳名を記させて頂きますよう。他の如何なる施設のためにも御無理はお願い致さぬでしょうが。

正餐会は本月——6月——最後の水曜もしくは木曜開催の予定にて。

敬具

CD.

（注）「死活問題」に関せば，ディケンズは5月29日開催恒例集会において他の慈善団体も療養所（サナトリウム）に協力すべく招待される可しとの決議案を提出していた。「正餐会」は6月29日木曜，アシュリー卿司会の下ロンドン旅籠にて開催。ディケンズは卿の健康を祝して乾盃の音頭を取る。「幹事」はマクレディの外にブラウニング，フォースター，ランズダウン卿，マクリース，サウスウッド・スミス博士等。

トマス・ミトン宛　1843年6月7日付

デヴォンシャー・テラス。1843年6月7日。水曜夕

親愛なるミトン

君の仰（のっ）けの手紙は然るべく受け取ったが，ぼくは数え切れないほどどっさり

厄介な用件を背負い込んでいる所へもって，「チャズルウィット」のアメリカ挿話に振り［鉢巻］でかからなければならないとあって，（君は思いも寄っていないみたいだが），やたら急いてはヤキモキ気を揉んでいる。何せヤツの一行一行にいつもならスンナリ問屋が［卸して］くれ［よう］少なくとも［二層］倍手こずっているもので。

明日の晩［方］8時にそっちへなる［たけ］行くつもりだ。幾晩も幾晩もにして初っ端。とは言えいつも日が暮れると明日の夕方こそはと，ホゾを固めて来たものの。

不一

CD.

トマス・ミトン殿

（注）「厄介な用件」は具体的には，ハウ夫妻接待とマクレディ表彰記念品贈呈に関する交渉。「アメリカ挿話」は第十六—七章（7月号）。草稿中央の狭い裂け目のため欠損した文字——「振り［鉢巻］（wo[rk]）」，「問屋が［卸して］くれ［よう］（[as t]he ordinary current of [it w]ill）」，「［二層］倍（[twic]e）」，「晩［方］（ev[eni]ng）」，「なる［たけ］（try [to]）」——は推断。

アメイデー・ピーショ宛　1843年6月7日付

【原文〔仏語〕は『ぼくの伯母の甥』〔仏訳『デイヴィット・コパフィールド』第三版（1851）〕I, viii–ix より。恐らくピーショ自身の仏訳。ディケンズのピーショ宛書簡の内『ぼくの伯母の甥』所収のそれらのみ仏語。】

リージェンツ・パーク，ヨーク・ゲイト

デヴォンシャー・テラス。1843年6月7日

拝復

是非とも貴兄並びに芳牘にて言及しておいでの，広く遍く「オールド・ニック」として知らる殿方にお訪ね頂きたく。来る月曜正午お越しの上，御高誼に与れれば（それまでしばらく鄙へ赴くもので）誠に幸甚に存じます。

『警鐘』並びに心暖まる忝きお言葉に改めて篤く御礼申し上げます。

敬具

チャールズ・ディケンズ

アメイデー・ピーショ殿

（注） アメイデー・ピーショ（1795-1877）は1839年から『レヴュ・ブリタニーク』編集長。幾多の英国人作家の翻訳を手がけ，英国関連書籍を著す。サッカレーの友人。「広く遍く『オールド・ニック』として知らる殿方」はポール＝エミール・ドランド＝フォルグ（1813-83）。「オールド・ニック〔悪魔〕」の筆名の下に『ル・コメルス』で文学・演劇評論を担当。『レヴュ・ブリタニーク』常連寄稿家，43年4月には同誌にディケンズ論を寄せる。「鄙」は（他の書簡では言及されていないものの）恐らくフィンチリー。ディケンズはフォースターと共に滞在し，6月9日金曜，日返りで上京。ピーショとフォルグが訪問した折，ディケンズは自著よりむしろ子供達について話したがったが，翻訳に関しても――『ニクルビー』と『オリヴァー』の独訳をさておけば――概ね丁重な賛意を込めて語り，催眠術にも触れたという。この折訪仏の意図を仄めかした所からして，フォースター宛書簡（11月1日，2日付）で言及されている構想は熱烈なフランス人崇拝者の訪問が契機となった可能性も。第二段落『警鐘』はピーショ訳『バーナビ・ラッジ』の仏題（42年10-12月『レヴュ・ブリタニーク』連載）。ピーショは後に『クリスマス・ブックス』も翻訳。

ロスチャイルド男爵夫人宛［1843年6月7日付］

【クーツ嬢宛書簡（43年6月9日付）に言及あり。】

（注） シャーロット（1884歿）は銀行家・博愛主義者・初のユダヤ人議員ライオネル・ネイサン・ロスチャイルド（1808-79）の妻（にして従妹）。様々な慈善活動に積極的に関わり，死去に際しては£120,000を浄財として遺贈。〔原典p. 502脚注4ロスチャイルドの歿年「71」は誤植。〕

［オーガスタス・トレイシー宛］ 1843年6月7日付*

【宛先は明らかにトティル・フィールズ懲治監所長トレイシー大尉。】

リージェンツ・パーク，ヨーク・ゲイト

デヴォンシャー・テラス1番地。1843年6月7日

所長殿

利いた風な口利くんじゃねえ――もしかきさまの今のその乾パンのどいつかこっちの方へ投げつけようってなら，そいつがお越しになったと変わんねえ力いっぺえ羽根が打ち返されて来ようぜ。いってえどいつがきさまの懲治監（ブライドウェル）雨がさがお入りだってんで？　ひと様あきさまをクビにしなくたって，ねじけた柄（え）をてめえに見繕ってやれねえとでも？　いってえどこのどいつがきさまの雨がさあ見たって？　オレは見てねえぜ。粥の中あ探してみちゃどうだ，んでそこになけりゃあ，スープう覗き込んじゃ。まさかきさまの庭あ敷き詰める牛の頭ん中に3と6ペンスぽっきりのギンガムの奴うめっけられねえほど濃かあるめえ。ああ。おう。イエス。ノー。きさまあ所長半分がたあこしゃくすぎんのさ。ってえこったぜ。そいつう踏み車の上でてめえから一月（ひとつき）がかりの苦役で叩き出してやっちゃどうだい。そんでもラチが明かねえってなら，今のそのラッパ銃のどいつか納屋できさまのどてっ腹え向けてぶっ放してやるがいい。そいつしかきさまのタタリに効くクスリゃあねえってな。

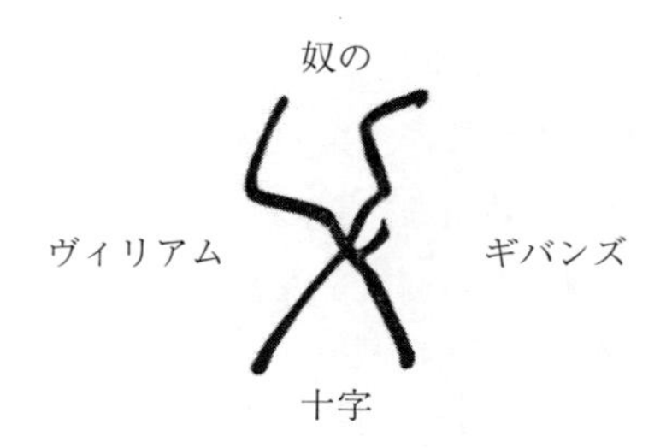

教戒師によりて添えられた手控え

追而　不幸な男は申し忘れていましたが，雨傘は上記を認めている間（ま）にも所持品の中に見つかり――惨めな女房はお蔭様で恙無く暮らし，義妹もまた然り――男はハウ殿のために所長殿にセント・ジャイルズの名所（ライオン）見物切符を御手配頂かぬことに致し（くだんの博士はことその点にかけては厄介やもしれぬもので）所長の忝き御提案に則りクリー殿に御相談致しました。よって所長殿にはいつの晩か決まり次第お報せ致したく。

（注）「乾パン（“toke”）」は牢俗語。「ギンガム（“ginghum”）」は即ち「雨傘」の意。イラストの十字は無筆の人の署名代わり。名前「ヴィリアム・ギバンズ」が実在の囚人の名（ウィリアム・ギボンズ）であれば面白味はなお増そうが。トティル・フィールズ懲治監教戒師はジョージ・ヘンリー・ハイン師。「追而（P. S.）」の後に「小生失念していました（“I forgot”）」が抹消された跡。セント・ジャイルズ〔西ロンドンの悪名高きスラム街〕視察は6月5日ハウがディケンズ夫妻，マン夫妻と共に懲治監を訪問した際，「盗人の巣窟」を見聞すべく願い出たのかもしれない。「クリー殿」は獄吏長（トレイシー宛書簡（6月9日付）参照）。“Crea”は，ただし，トレイシー宛書簡（47年6月10日付）では“Cree”として言及されている。

バーデット・クーツ嬢宛　1843年6月9日付*

デヴォンシャー・テラス。1843年6月9日金曜

親愛なるクーツ嬢

忝き芳牘への御返事と致し取り急ぎ御報告申し上げれば，ロスチャイルド男爵夫人には水曜晩に本日3時半お訪ね致したき旨一筆認めました。それ以前の日を定められなかったのは火・水曜は男爵夫人に御予定があり，昨日は小生自身が9時から5時まで蟄居せざるを得なかったからであります。

メレディス嬢の御回復になかなか本復の兆しが見られぬとはお労しい限りです——御当人にあっては全く新たな愁訴だけになおのこと。がメレディス嬢にとりても貴女にとりても遅々たる回復を説明する外的謂れには蓋し，事欠かぬとはせめてもの慰めに違いありません。かくも延々たる長雨が続く限りリューマチをお払い箱にするは土台叶わぬ相談かと。

お話ししていた小冊子を同封致します——男爵夫人にお目にかかり次第，追って進捗状況を御報告させて頂きたく。

匆々

チャールズ・ディケンズ

クーツ嬢

（注）第二段落末尾「長雨」に関せば，「延々たる悪天候」（七週間に及ぶ降雨）が『イグザミナー』（6月17日付）で取り上げられる。末尾「小冊子」は恐らく療養所（サナトリウム）関連のそれ。

オーガスタス・トレイシー宛　1843年6月9日付*

デヴォンシャー・テラス。1843年6月9日

拝復

何卒不寝(ねず)の番なるクリーに（奴と来ては拙宅にお越しになると必ずや扉にひたと，本能故か，恰もそいつに錠を下ろしざま鍵を預る気満々ででもあるかのような面(つら)を下げますが）今晩11時半馬車が——恐らくはブルームが——セント・ジャイルズ教会の傍(はた)で待っていようと，してくだんの謎めいた乗り物にてはハウ博士と博士の馴染みが切に御当人を待ち受けていよう旨お伝え頂きたく。

彼は冷血漢で——あのハウという人物は——ズブのアメリカ人で——もしや芳牘を賜らねば小生，貴兄の馴染み思いの御厚意をすらわざわざ当該試煉にかけるを潔しとすまいものを。

（注）　畳まれた便箋の二枚目下方が切断されているが，欠損は恐らく「敬具」と署名のみ。

S. G. ハウ博士宛　1843年6月9日付

1843年6月9日

親愛なるハウ

今晩セント・ジャイルジズ教会まで馬車でお越しを。11時半には到着——してお待ち下さい。トレイシーの看守の一人がヴェネチア風の謎めいた流儀にて馬車から頭を突っ込み，御芳名を囁きましょう。男のことはとことん信じて頂いて結構。

よって目下はこれまでに。

覆面(マスク)

（注）　この折の遠出の記録は残存せず。

W. C. マクレディ宛［1843年6月9日？付］*

【43年6月は筆跡からの推断。恐らく6月14日最終公演の前。『日誌』によるとマクレディは6月9日ディケンズを訪う（注参照）。】

親愛なるマクレディ

貴兄が拙宅へお越し頂けましょうか，もしや外出なさるようなら？――正午過ぎ，早ければ早いほど結構ですが。小生からお伺いすべき所，昨夜はとある男へ拙宅へ来るよう伝えたのを失念していました。

タルファドは昨晩――とんでもなく羽目を外し――正しくほうき星が如き気紛れを地で行っていました。

敬具

CD.

（注） マクレディがディケンズを訪うと，19日月曜1時開催を期し正午，記念品贈呈のケンブリッジ公爵による申し出を告げられる。『日誌』（6月6日，7日付）にはディケンズとフォースターが打合わせのため来訪の記載。

［サー・フランシス＆レディ・バーデット］宛　1843年6月10日付*

デヴォンシャー・テラス。1843年6月10日

チャールズ・ディケンズ殿は水曜の［サー・フランシス＆レディ・バーデットの］忝き御招待のお言葉に甘えさせて頂くこと能わず誠に遺憾に存じます。がくだんの夕べ畏友マクレディ殿がドゥルアリー・レーン劇場指揮を，してしばらくは祖国の舞台をも辞すとあって，氏が然に一方ならぬ関心と無念を覚える折だけに，何としても臨席致す所存にて。

（注） 書中名前が切り取られているが「サー・フランシス＆レディ・バーデットの（Sir Francis & Lady Burdett's）」が空隙に収まり，なおかつ本状がバーデット家文書に所蔵されている点からも，推断は裏づけが得られよう。［レディ・バーデット］宛書簡（43年1月13日付）参照。6月14日水曜，ディケンズはドゥルアリー・レーンにおける最終公演（『マクベス』）――12日月曜女王御前上演（『お気に召すまま』）のため延期されて

いた——を観劇。公演はマクレディによる告別の辞で締め括られる。マクレディがマクベスとして登場すると，退陣の理由の説明を求める観衆は大歓声と共に彼を迎える。マクレディは『日誌』によると，「かほどに感極まったためしはなく……我ながらついぞかほどにマクベスを見事に演じ切ったためしもない……スピーチを終えて舞台を降りる段には再び劣らず熱狂的な喝采を浴びた」という。告別の辞からはマクレディ自身シェイクスピア上演の反響に不服を覚えていた訳ではなく，退陣の背景にはむしろ老朽著しい劇場の法外な賃貸料に端的に示されるように，演劇に無頓着な経営者側の特許権独占態勢の歪みがあったことが窺われる。マクレディの秋の訪米予定が正式に発表されるのは『タイムズ』(43年7月5日付)。マクレディの同日付『日誌』は「ディケンズ，H.スミス，フォースター，スタンフィールド，サールが楽屋へやって来たが，スピーチにさして感銘を覚えている風にはなかった」と締め括られる。

ジョージ・ラヴァル・チェスタトン宛［1843年6月12日付］

【『レヴュ・ブリタニーク』(1843年6月号) に言及あり。日付はピーショとフォルグのディケンズ訪問の折 (ピーショ宛書簡 (43年6月7日付) 注参照。】

アメイデー・ピーショとエミール・フォルグをミドルセックス懲治監所長に紹介して。

(注) 『レヴュ・ブリタニーク』掲載ロンドン通信 (6月19日付) において記者は二人は当日牢を視察することになっている旨伝える。フォルグは後にその時の模様を「彼〔ディケンズ〕の貴重な推薦状のお蔭で，我々は恰もアルバート殿下その人が同行して下さってでもいるかのように下にも置かず迎えられた」と述懐する。

W. C. マクレディ宛　1843年6月12日付*

1843年6月12日

親愛なるマクレディ。ムアは劇場への貴兄の招待状を受け取ればさぞや喜びましょうが，果たして同上を利用なされるか否かは怪しい限りです。住所はサックヴィル・ストリート31番地にて。

敬具

CD.

(注) トマス・ムア (1779-1852) は『アイルランド歌謡』(1807-34)，叙事詩『ララ・ル

ーク』(1817) 等で知られるアイルランド生まれの詩人。ディケンズは1838年ベントリーが時の文士を招いて催した正餐会で初めて会ったと思われる(『第一巻』原典p. 460脚注，訳書585頁注参照)。二人は共にシドンズ委員会メンバー(1840-1)。人の気を逸らさぬ会話と歌上手で知られるムアはわけても1843年3月及び6-7月のロンドン滞在中は高位貴顕や文人との会食で客を魅了した。「招待状」は御前公演後マクレディにより催される宴へのそれ。招待客はスタンフィールド，ランシア兄弟，マクリース，ディケンズ等。ムアの住所はレディ・エリザベス・フィールディングが彼に度々貸していた屋敷。

H. S. スティーヴンズ［少佐］宛　1843年6月12日付

デヴォンシャー・テラス1番地。1843年6月12日

拝啓

小生殿下が忝くも御提案下さっている日時をマクレディ殿への表彰贈呈式に定めさせて頂きました。して殿下の御免蒙って，表彰に関してお知りになりたいやもしれぬ事実を転送させて頂きます。小生の記憶する限り，今は亡きサセックス公爵殿下がわけても力点を置かれ，重んじていらした点も徒や疎かにされてはいまいと。

リンカンズ・イン・フィールズ，デューク・ストリート12番地在住スミス殿が委託を受けている銀細工師にて，細工師の屋敷に表彰は小生の先の書状にて申し上げた日以降預けられ，この間(ま)も完成に肝要な過程を経つつあります。

もしや殿下がお許し下さるならば，殿下御指定のいつ何時であれ意匠の選択において委員会の抱いている見解を御説明すべく彼方(あちら)にて伺候させて頂きたく。

敬具

チャールズ・ディケンズ

H. S.スティーブンズ大尉

(注)　ヘンリー・サイクス・スティーヴンズ少佐はケンブリッジ公爵の十三名の侍従武官の内一人。1843年用皇室要覧二冊子の第一冊子には「大尉」と誤記。「殿下」はケンブリッジ公爵アドルファス・フレデリック(1774-1850)。公共慈善団体支援並びに芸術擁護で名高い。「表彰贈呈」についてはクーツ嬢宛書簡(2月28日付)参照。ドゥルアリー・レーン勅許劇場関係者諸兄宛ケンブリッジ公爵による贈呈式(於セント・ジェイム

ジズ，キング・ストリート，ウィリシズ・ルームズ）出席を促す，ディケンズによる告示（6月10日付）が廻覧または場内に掲示された。「今は亡きサセックス公爵」は本来ならば記念品を贈呈する予定だったが43年4月21日死去。記念品の表には劇場経営のみならず，シェイクスピア劇の原文の復活，登場人物との一体化，史実と詩的創作の顕現により演劇年代史に一新紀元を拓いた功績を称える銘が刻まれ，台座の裏には『トロイラスとクレシダ』第三幕第三場115–23行が刻字される。

ジェイムズ・シルク・バッキンガム宛　1843年6月13日付

デヴォンシャー・テラス。1843年6月13日

拝復

「ブリティッシュ・アンド・フォリン・インスティテュート」設立趣意書をお送り頂き篤く御礼申し上げます——目下如何なる新たな協会にも加わること能わずとも，満腔の謝意を表したく。

敬具

チャールズ・ディケンズ

ジェイムズ・S.バッキンガム殿

（注）バッキンガムは「インスティテュート」創設の構想を1825年暖めていたが，賛同が得られず一旦は挫折。43年4月再び計画を立て直し，5月31日予備集会開催後，文学・科学界著名人宛廻章を配布。本状はそれに対する返信。会員が100名に達した時点で正規の趣意書が作成され，「世界各国の殿方の私的交流並びに創設者の終の栖の確保」の二大眼目が明らかにされる。ミルンズとシェルトン・マッケンジーは委員会に名を列ねるが（ミルンズ宛書簡（8月6日付）参照），文人はほとんど参画せず，44年2月2日正式開設の運びとなるものの固より杜撰，未消化，不定見な企画である上，財政難に陥り，46年活動を停止。

サー・エドワード・リットン・ブルワー宛　1843年6月13日付

デヴォンシャー・テラス。1843年6月13日

親愛なるサー・エドワード

公爵は2時開始を期し1時，ではなく1時開始を期し12時と御指定です。

名誉幹事——「などというものはありません」。くだんの名の然る亡霊はい

つぞやクーツ銀行にて帳簿の間をヒラついていましたが，姿を消して久しく，オーブリの幽霊共とは異なることに，後に如何なる「旋律豊かな弦の音（トゥワング）」も残していません。

昨晩ドゥルアリー・レーンの書割りの奥処にて腰の座らぬ男が二，三人ウロついているものですから，同数だけのギニーを分捕ってやりました。連中物心つくかつかぬか「表彰」の噂を耳にし，てっきり愉快な絵空事と思い込んだとのこと。内一人の神さびた聖（ひじり）は，憂はしげに申すに，かつて「審美委員会」のメンバーだったそうです。

敬具

チャールズ・ディケンズ

サー・エドワード・リットン・ブルワー

（注）「1843年」をN, Ⅱ, 156では「1849年」と誤記。第二段落「などというものはありません」は『マクベス』第二幕第一場47行マクベスの台詞より。〔原典p. 508脚注3「第一幕第二場」は誤植。〕1842年マクレディにより解雇された業務管理者ウィリアム・ブライドンは1840年におけるマクレディ表彰では「名誉幹事」を務めていた。「旋律豊かな弦の音（トゥワング）」はジョン・オーブリ『雑録』(1696)，p. 67より。「審美委員会」は公共記念碑に関わる様々な「審美委員会」に倣って，銘板を選択するために結成された委員会。

ダグラス・ジェロルド宛　1843年6月13日付

デヴォンシャー・テラス。1843年6月13日

親愛なるジェロルド

如何にも。貴兄は小生の御執心の先を見越しておいでのようです。チャズルウィットなんぞくたばってしまえ——本格喜劇（ハイ・コメディ）と500ポンドで頭の中は一杯です。題は「唯一必要なもの」或いは「端くれは丸ごとより増し」。登場人物は以下の如し。

オールド・フェブライル　—　ファレン殿
ヤング・フェブライル（同上の息子）　—　ホーン殿
ジャック・ヘシアンズ（同上の友人）　—　W.レイシー殿

チョークス（地主）	— ゴフ殿
ハリー・スタガーズ閣下	— メロン殿
サー・トマス・ティップ	— バクストン殿
スウィッグ	— ウェブスター殿
リーズ公爵	— クーツ殿
サー・スミヴィン・グラウラー	— マクレディ殿

召使い，賭博師，訪問客等々

フェブライル夫人	— ギャロット夫人
レディ・ティップ	— ハンビー夫人
サウァ夫人	— W.クリフォード夫人
ファニー	— A. スミス嬢

とある場面で，オールド・フェブライルがレディ・ティップの横腹を擽り，と思いきや帽子を阿弥陀に，ステッキを前に，目をひたと平土間に凝らしたなりステップを踏み踏み退場すれば観客を笑いの渦に巻き込むこと請け合い。また別の落ちとしては——オールド・フェブライルがスウィッグへの種明かしの締め括りにガバと腰を上げざま「はてさて，言うてくれ，わしの芝居はなかなかのものじゃったと？」とカマをかけ——するとスウィッグが「はむフェブライル殿！　旦那は下手な芝居を打ったことがおありで！」と来れば話はついたようなもの。

ハーン湾。はむ。目下の日和ならば如何なる他処とも五十歩百歩——がげにやたら水っぽい——のでは？　小生の心眼にて，海原はのべつ幕なし天然痘を患い，白亜はタラタラ町のミルクよろしく坂を下っています。とは言え「清(すが)しい場所」で仕事に取りかかり，己自身に敬虔な目論見を提案し，早寝早起きに徹してはあちこち独りきり歩き回る，より花も実もある御利益に与る愉悦ならば百も承知。もしや晴れ間が覗けば，是非とも貴兄よりどんじりの至福をふんだくるに，しこたま長らく散策した仕上げに，居酒屋に立ち寄るや，そこにてありつける馳走に舌鼓を打ちたいものです。が晴れた日は潰えた，ような気が小生には致します。当該日和なるロンドンの由々しき悲惨たるや——カツを入れる炉にすら見限られた——目も当てられません。

が小生にはそいつ宛天翔る我が「喜劇」があります。唯一の慰めたる！　して夜毎劇場の裏の通りを行きつ戻りつしては楽屋窓からひょいと首を突っ込んでいます——晴れて「ディキ——インズ」が頭に血の上った幾百もの観客に呼び立てられ，というにお出ましにならぬの図を思い浮かべながら——挙句ウェブスター殿が（半ばスウィッグにして半ば御当人たる）更衣室より舞台に上り，万雷の喝采を鎮めるににこやかな笑みを浮かべつつ，くだんの奇術師に，もしや場内に御座（おわ）すならば（ここにてつと小生の枡席を見上げ），何卒観客の祝意を納め，一目，金銭（マネー）にして500ポンド，栄誉（ローレル）にして如何ほどか，は神のみぞ知るだけ掌中に収めた男を見させてやって欲しいと請うまで。そこでいざ小生はしゃしゃり出で，深々とお辞儀をし——一度——二度——三度——さらば讃歎のどよめきが——ブレイボー——ブラボー——バンゼエ——バンザイ——バンザーイ——も一つおまけにバンザアーイ——沸き起こり，そこでウェブスターを拙宅での夕食に招待しつつ，くだんの公共心旺盛な御仁に永久（とは）の友情を誓おうでは——さらば同上をタルファド（悪玉（ヴァイス））が全身全霊を賭し目に一杯涙を溜めたなり，繰り返しましょう——一点の非の打ち所もなき朗たる声にしてすかさず，かく言い添えながら——「ありゃじつにみじめったらしい奴だが，どのみちマクウィーディよりはまだ増しかと，と申すのも奴と来てはせっかく申し出られたというにアイオンを上演しようとしなかっただけに」——と思いきやくだんのマクウィーディの健康を祝して赤熱の弁を揮って乾盃の音頭を取りましょう。

連中未だ「イラストレイティッド・マガジン」を送ってくれていません。とはどういう了見と？——令嬢が快方へ向かっておいでの由おっしゃって下さっていません，故につまりはすっかり本復なさっていると。妻がくれぐれもよろしくお伝えするよう申しています。

つゆ変わることなく親愛なるジェロルド
敬具
十九世紀のコングリーヴ
（と，日曜新聞にては呼ばわれよう所存の）

追而　小生喜劇をウェブスターにかく切り出しつつ献呈致したく──「謹啓。貴兄が初めて祖国の微睡める演劇的才能にカツを入れようと申し出られた際，小生よもや」──等々──等々──等々。

[a]追而　マクリースへの御用向きは果たしました。くれぐれもよろしくお伝えするよう，篤く御礼申し上げますとのことです。[a]

（注）　本状冒頭はジェロルドのディケンズ宛書簡（6月8日付）の以下の文面──「無論『チャズルウィット』はそっくり風にくれてやり，喜劇に根を詰めておいでと。……何でも貴兄はヘイマーケットの戸口辺りでウェブスターを呼び立て，最高の英国喜劇に500ポンドを！　と叫んでいらしたそうだが」──を踏まえて。「ファレン殿」は十九歳で老け役を演じて以来半世紀近くも並ぶ者のなかったと伝えられる名優。配役は「クーツ殿」と「ホーン殿」（不詳）を除いて，その多くがマクレディ劇団に所属或いはかつて所属していた著名な男女優。第二段落，ジェロルドの書状は「目下，潮騒が聞こえぬばかりのツタとスイカズラの絡まる小さな丸太小屋から一筆認めています。当地へ妻と娘を連れて来ていますが，二人とも鄙の外気，波の音，美しい景色のお蔭でほどなく元気になることでしょう」と切り出されていた。〔ハーン湾はわけてもヴィクトリア朝後期に人気を博したケント州海浜行楽地。〕第三段落「ディキ──インズ」の“Ins”は大きな文字で。ベンジャミン・ウェブスター（1797-1882）は男優・劇作家・ヘイマーケット劇場賃借人（『第二巻』原典p. 71脚注，訳書86頁注参照）。劇場を大改装し，ガス灯照明を利かせ，華々しい興行（シーズン）を当て込んでいたが，上質の演劇は稀で，新たな劇作家を物色していた。マクレディはいささかの繰延べはあったものの36年5月『アイオン』を上演。ディケンズは『アテネの囚人（めしうど）』と混同している模様。後者はマクレディにより却下され，ウェブスターが上演することになる（『第一巻』原典p. 355，訳書446頁参照）。第四段落「イラストレイティッド・マガジン」は『イリュミネイティッド』の書き違（たが）え。6月号は送付されているかとの問いへの答え。追而aaは便箋1頁目の天辺，住所と日付の上に追記。「マクリースへの御用向き」はジェロルドが「画家には恰好の主題」と思われ，昨夏フランスで切り抜き，転送を依頼していた『タイムズ』掲載記事。

ウィリアム・ルーシー宛　1843年6月13日付

デヴォンシャー・テラス。1843年6月13日

チャールズ・ディケンズ殿は謹んでウィリアム・ルーシー殿に御挨拶申し上げると共に，芳牘への御返事と致し，ベイリー二世（ジュニア）はペックスニフ姉妹より惜しみなき心付けを頂戴しているだけに，筒型紙箱を拉がせ，手荷物を台無しに

しかけたのは偏に元気横溢の為せる業たる由お断りさせて頂きたく。

（注） 1844年版住所氏名録に唯一掲載されているウィリアム・ルーシーはブリストル，モンタギュー・パレード10番地在住ウィリアム・ルーシー師。『チャズルウィット』第十一章（5月号）においてペックスニフ姉妹は「トジャーズ館」を去るに及び，ベイリーに請われるまま「惜しみなき」心付けを賜る。読者は果たして彼が手荷物に八つ当たりしたのはチップが足らないと思ったからかと尋ねていたと思われる〔拙訳書上巻233頁参照〕。

ウィリアム・サンディズ宛［1843年］6月13日付

【原文はMDGH, I, 178-9より。「1843年」は住所デヴォンシャー・テラスとコーンウォールへの言及から裏づけ。MDGHの「1847年」は無理からぬ誤読。】

デヴォンシャー・テラス，1番地，184[3] 年，6月13日

拝復

芳牘を賜り篤く御礼申し上げます。街へ戻り次第お目にかかりたく，目下は10月まで（来月の短い合間はさておき）留守を致す予定ですが。コーンウォール人の逸話はたいそう興味深く，もしや脳天が最も近しい友人達にすら見えぬほど諸事に没頭してでもいなければ，是非とも皆様とお近づきになる労を執って頂こうものを。新たな対話は追って拝見させて頂きたく。当座，コーンウォールにて立坑を掘る考えは放棄しています。

貴兄のシェイクスピア抜粋をコリアに送っておきました。くだんの詩人に関しては未知の部分が大きい，とは小生にしてみれば，大いなる慰めのように思われます。素晴らしき神秘にして，日々何か発覚せぬかとハラハラ気を揉んでいます。もしや彼にボズウェルのような人物がいたなら，社会は彼の墓を崇める代わり，頭蓋骨を骨相学的陳列窓（ウィンドー）に淡々とひけらかしてもって善しとしていたでありましょう。

敬具

［チャールズ・ディケンズ］

（注） ウィリアム・サンディズはロンドン，サージャンツ・インでチャールズ・パーソン

と共に開業していた事務弁護士。著書に『古今クリスマス・キャロル選集』(1833)。序では各地のクリスマス習慣が審らかにされ，ディケンズが『キャロル』を執筆する某かの契機となった可能性もある。「10月まで」留守をする予定はいささか誇張の嫌いがあるが，ヨークシャー出立前に再びフィンチリーに滞在していたのかもしれない。「新たな対話」についてはクック宛書簡（42年12月15日付）注参照。方言での対話はサンディズ著『ジャン・トリーヌードル伯父貴によるコーンウォール方言の適例』で取り上げられる。コーンウォールを舞台とする小説の執筆断念についてはフォースター宛書簡（42年11月12日付）参照。ただしディケンズは『キャロル』第三連において事実上コーンウォールに立ち返り，ランズ・エンド近郊セント・ジャストの光景——「巨人の墓所ででもあるかのように，物の怪じみた原石の巨塊が辺り一面散らばる荒野……一条，真っ紅な光線を残しつつ沈み行く日輪……一家が炉を囲み，古びたクリスマス・ソングを歌う鉱夫の小屋……荒らかな年がら年中，波がぶち当たっては砕け散る水底(みなそこ)の憂はしき岩礁の上にぽつんと立つ孤独な灯台」——を蘇らせる〔拙訳『クリスマス・ブックス』65頁参照〕。第二段落「シェイクスピア抜粋」は「コーンウォール方言に例証されるシェイクスピア」の表題の下『シェイクスピア協会論集』第三巻（1847）に所収。ジョン・ペイン・コリアはシェイクスピア批評家・編者（『第一巻』原典p. 31脚注，訳書40頁注参照）。シェイクスピア協会会員としては主に出版物に関わる業務を担当。〔ボズウェルは文豪サムエル・ジョンソンの伝記作家。転じて「（自分の崇拝する同時代著名人の伝記執筆のために一身を捧げるボズウェル流）忠実な伝記作家」の意。〕

リチャード・モンクトン・ミルンズ宛　1843年6月17日付

パルテノン倶楽部。1843年6月17日

親愛なるミルンズ

ケンブリッジ公爵が月曜1時開始を期し12時，ウィリシズ・ルームズにてマクレディへ「表彰」を贈呈なさる予定にて。何卒，委員会メンバーとし，正念場のホゾを固めて頂きますよう。

敬具

チャールズ・ディケンズ

リチャード・モンクトン・ミルンズ殿

W. C. マクレディ宛［1843年6月19日付］

【日付は明らかに贈呈式当日。】

牢の礼拝堂より。月曜朝

不幸な男よ。

然り。汝の惨めな状態にては，辞世の言葉を――例えば劇場において為せし，して為そうと試みし事にまで――及ばせても構うまい。が何であれ汝自身にとりてわけても心安らかにして心地好きものこそ取るべき最善の道であろう。

12時半が絞首刑台に登る定めの刻限。まずは委員会控室を尋ね当てられよ――と申すか執行吏との面会を求められよ。

何か未だ告白せざるも，気がかりなことがあれば，今こそ全てを打ち明け，良心より重荷を下ろす刻(とき)なり。

愁傷にて

教誨師

（注） マクレディはスピーチを5月25日に準備し始め，19日の朝も「意気阻喪し，狼狽し，絶望しつつ」下稽古をしていた。委員会控室で公爵と歓談した後(のち)，二人は1時に大広間に姿を見せる。会場は満席で，女性客も少なからず臨席していたという。公爵は衰退著しかった劇場を復活させた功績に謝意を表し，次いでマクレディは「しばし感極まって躊躇っているかのようだった」(『タイムズ』(6月20日付)，アシニーアム（6月24日付）)が，いずれ正劇への高尚な趣味を蘇生さす決意を表明する。ただし『日誌』によると，スピーチは我ながら失敗だったと悲観し，「暗澹と家路に着いた」。

ジョージ・ホガース宛　1843年6月20日付*

リージェンツ・パーク，ヨーク・ゲイト

デヴォンシャー・テラス1番地。1843年6月20日

親愛なるホガース

昨日は早朝より「マクレディ表彰」贈呈の手筈を整えるべく外出せねばならず，かくてお越し頂いた際お目にかかれませんでした。

何卒ドイル殿には小生氏に不利に働く何一つ耳にしたためしはなく，どころか至る所で，「クロニクル編集」業務においてはこよなく思いやり深くも雄々しく身を処して来られたと聞き及んでいる由お伝え下さいますよう。初めてブラック辞職の噂を小耳に挟んだ折，とある朝アシニーアムにて，何くれとなく

話に花を咲かす内，相応に著名な人物に尋ねました。「ドイル殿は彼と親しかったと？」——つまりブラックと。小生かく何気なく，してほんの参考までに尋ねたにすぎません——その折は事実，互いに如何様な間柄にあるか存じていなかっただけに。仮にこのことがドイル殿の耳に入り（とはさもありなん），それ故小生が「何か誤った印象の下にある」とお思いのようなら，是非とも誤解を解くに，小生からということで，全くの思い違いだとお伝え下さいますよう。

ドイル殿にいささかたり責めを負わせているなどと思われたくない一心で，小生馴染み数名がブラックのために企画していた然る内輪の正餐会を繰延べにする書状を認めた際も改めて，正餐会は単に個人的崇敬の印にして，他の如何なる「業務」ないし「個人」とも関わりのなき旨きっぱり断りを入れたほどです。貴兄は小生のブラックに対する昔ながらの崇敬の念を御存じだけに，これが嘘偽りなき事実たること重々お察し頂けましょう。もしや彼に対する好意的な感情が如何なる人物によってであれ彼の後継者ないし他の何者かに対する好もしからざる感情を伴うと思われるだに小生甚だ心外にして全くもって遺憾に存じます。如何なるかようの解釈も言語道断にして荒唐無稽にして，徹頭徹尾，事実無根であります。

敬具

チャールズ・ディケンズ

ジョージ・ホガース殿

（注） 第二段落「ドイル殿」は事務弁護士アンドルー・ドイル（1809-88)。1842年秋から『モーニング・クロニクル』記者，1843-8年編集長。43年8月22日イーストホープの三女ルイーザと結婚。第三段落「正餐会」企画と延期についてはフォースター宛書簡（5月3日付)，マクレディ宛書簡（5月16日付）参照。

ジョージ・クルックシャンク宛　1843年6月22日付

デヴォンシャー・テラス。1843年6月22日

親愛なるジョージ

日曜6時かっきり，拙宅にてディナーを御一緒頂けましょうか，と申すか下さいましょうか？　客は然るまっとうな手合いのアメリカ人と——マクリースと——恐らく後もう二人ほど。だけかと。日曜にせざるを得ぬのはほどなく街を離れる予定にして，その準備に追われ，他にディナーにお招き致せる日がないもので。

敬具

チャールズ・ディケンズ

くれぐれもC夫人に妻共々よろしくお伝え下さいますよう。

（注）「まっとうな手合いのアメリカ人」はトマス・ゴールド・アップルトン（1812-84）。ボストン出身随筆家・詩人・芸術家。チャニングの会衆の一人・エマソンの友人。当時ロングフェローの妹ファニーと婚約したばかりで，彼の紹介状を携え，ロンドンを訪れていた。ロングフェローのフォースター宛書簡にはわけてもテニソンとクルックシャンクに会いたがっている由，またディケンズと共に手厚く持て成して欲しい旨認めてあった。

T. B. ブリンドリー宛　1843年6月26日付*

リージェンツ・パーク，ヨーク・ゲイト

デヴォンシャー・テラス1番地。1843年6月26日

拝復

御高著並びに忝き芳牘は版元宛送付されていたため（そこにて小生への小包は開封するに文字通り巨大な山と化すまで積み上げられる訳ですが）つい今しがた落掌致しました。申すまでもなく映えある献題を賜ったお礼がかくも遅れたのはくだんの謂れ故に外なりません。

我が謙遜はかくて頰を紅らめ，全くもってバラ色に染まりましょうが，ひたむきにして熱意溢る賛辞に心より篤く御礼申し上げます。お言葉が真意にして本意と得心すらばこそ，過分なお褒めに与るせめてもの慰めと致したく。

御要望は徒や疎かにすることなく，喜んで応じさせて頂きたいと存じます。版元が二巻併せて転送致す手立てを講じよう故，何卒ささやかなお礼の印とし，

書架に並べて頂きますよう。

敬具

チャールズ・ディケンズ

T. B.ブリンドリー殿

（注） トマス・バーデル・ブリンドリーはスタウアブリッジ出身著述家・催眠術師。エリオットソンとタウンゼンドに勧められ，44年1月から『ゾイスト』〔エリオットソン編集骨相学・催眠術専門誌〕へ治療の詳細を報告。「映えある献題」が寄せられているのは『「天帝の全能」他詩集』第三版（1843）。第三段落「二巻」の内一冊は『バーナビ・ラッジ』――「チャールズ・ディケンズ，1843年12月14日」の銘が記されている。献本が遅れたのは恐らく装幀師の所で手間取ったため。

フレデリック・ディケンズ宛［1843年6月27日付］

【アメリカン・アート・アソシエーション目録（1923年11月）に抜粋あり。草稿は1頁。日付は「デヴォンシャー・テラス，火曜朝」。恐らく43年7月1日土曜の前の火曜日（注参照）。】

お前の友人の詩――哀れ，最後の航海へ旅立つスコットを見送るに際して――はあっぱれ至極な心意気で物され，作者の誉れとなろう。ぼくがそう言っていたと知れば喜んでもらえるようなら，その旨伝えてくれ。

（注） 本状は目録によるとフレデリックの「クリス・ダウソン」宛書簡（43年7月1日付）に同封。書簡には兄の短信を同封すると共に，前夜ドゥルアリー・レーンへ付き合ってもらえず残念だった由認められている。クリストファー・ダウソン，Jr（1807-48）はダウソン父子造船業者・船主共同出資者。ブラウニングの親友，彼同様「口語体詩人」の一人。「詩」はやはり「口語体詩人」である弟ジョウゼフによる「憂はしき老衰にてスコットランドへ旅立つサー・W.スコットを見送るに際して（1832年7月）」。クリスが妹へ宛てた手紙（32年7月13日付）によると二紙に掲載。

ジョン・フォースター宛［1843年6月28日付］

【F, IV, ii, 303に抜粋あり。日付はフォースターによると6月28日。】

ぼくは昨日伝えた件でそれは苛ついている所へもって，粗塩を瞼のいっとうヤワな所にそれは力まかせにすり込まれているものだから，頭の中ではイタダけない手合いの熱が火照り上がっている。この調子じゃとても書けそうにない。がどうにかやってみてはいる。もしも首尾好く行って，今朝方そっちへ行かなければ，ディナーの後で倶楽部かどこか他処で会えないか？　ぼくはどうしても金を払いたい。で誰かと交渉に入らない内に君にぼくからということで一つブラッドベリー・アンド・エヴァンズの意向を聞いておいてもらいたい。クラウズが仮にぼく自身計画を変更するようなことでもあれば是非とも言い分を聞いて欲しいと一筆寄越して以来少なくとも一年半は経つ。印刷業者の方が出版業者よりまだ増しだし，ぼくと手を組めばそいつの懐にトントンは（それ以上ではないにせよ）入るはずだ。がそいつが誰にせよ何者にせよチャプマン・アンド・ホールには即金で支払いたい。で叩き果したら，ホールに思いの丈をぶちまけてやらなきゃな。

（注）　日付は書状後半（ミトン宛書簡（7月22日付）同様の）財政難への言及，並びにチャプマン＆ホールが行なうであろう半年の決算に間近いことからも裏づけ。ただしフォースターの『チャズルウィット』月刊分冊への言及（pp. 302-3）には若干の混乱が見られ，本状が「第七分冊刊行直前に認められた」のは確かであろうが，「ギャンプ夫人の初登場することになる」との付言は正確でない。第七分冊（7月号）は初の全アメリカ分冊（6月号は航海で締め括られ，マーティン渡米の意図は5月号で明かされていた）。『チャズルウィット』契約書（41年9月7日署名）（『第二巻』原典Appendix B, pp. 478-81参照）但書きの下（もと），刊行開始五か月の収支計算により完結後一か月以内に前金弁済の目途が立ちそうにない場合，出版業者は著作者への通常の支払い分£200から各号£80差し引けることになっていた。第七分冊刊行を待たずしてウィリアム・ホールは当該条項の効力を発生さす可能性に軽率にも言及した――それ故のディケンズの「苛つ」き。『チャズルウィット』が最も売行きの芳しかった号ですら23,000部止まりだった要因としてフォースターは第一に前二作が「週刊分冊」へ切り変わっていたこと（即ち，読者の側（がわ）での惰性），第二に短期間ながら，刊行前の訪米に伴う不在を挙げる（F, Ⅳ, ii, 302）。ディケンズはこの折ヨークシャー休日を控え，第八分冊（第十八―二十章）を早目に仕上げようとしていた。ギャンプ夫人が登場する第十九章は7月5日までに校正段階に入っている（フォースター宛書簡（7月6-7日付）参照）。ブラッドベリー・アンド・エヴァンズについては『第一巻』原典p. 397脚注，訳書501頁注参照。版元として最初に手がけるディケンズ作品は『鐘の精』（1844）。ディケンズは後に格別な手筈として言及する（G. H. リューイス宛書簡（48年2月17日付）参照）。「ブラッドベリー・アンド・エヴァンズの意向」とは具体的にはディケンズの新作の印刷，出版双方を手がけることにつ

いてのそれ。フォースターによると彼らは企画に消極的だったが（F, IV, ii, 303），以降も交渉は続けられる（フォースター宛書簡（43年11月1日付，2日付）参照）。ウィリアム・クラウズ（1779-1847）はデューク・ストリートの大印刷会社創業者。初の蒸気印刷機を導入。1841年ディケンズに交渉を持ちかけた形跡はなく，その後の唯一の関わりもチャールズ・ディケンズ版印刷業者二社の内一社としてのみ。ディケンズは帳簿によると，7月1日に£100，24日に£70受領。〔「即金で支払いたい」は暗に初期作品版権買い戻しを指して（F, 303）。〕

J. スパンティン宛　1843年6月30日付

【N, I, 527に言及あり。】

（注）　スパンティンについては不詳。

フレデリック・ウィルキンソン宛　1843年6月30日付†

ロンドン，リージェンツ・パーク，ヨーク・ゲイト
デヴォンシャー・テラス1番地。1843年6月30日

拝復

芳牘の内容を読み違（たが）え誠に申し訳なく存じます。過ちは偏に小生のそれに違いなく。

何卒誤解なさらぬよう，小生[a]恰も数知れぬ翻訳を申し出られたに劣らず丁重な芳牘に感謝致している由。[a]

敬具

チャールズ・ディケンズ

フレデリック・ウィルキンソン殿

（注）　フレデリック・ウィルキンソンは恐らくリンカンズ・イン，ストーン・ビルディングズ1番地法廷弁護士。aaの趣意はN, II, 31にて要約されている通り。ただし日付「47年6月13日」は誤り。

ジョン・マイルズ宛［1843年6月30日または7月1日付］

【N, I, 527に目録典拠より抜粋あり。日付は「デヴォンシャー・テラス，1843年6月」。ディケンズは6月30日には依然ロンドン（前書簡参照）。ビアード宛書簡（7月18日付）において彼はヨークシャーから「丸一月の滞在」後帰京。日付は上記からの推断。】

本日予定がなければ是非ともお伺いしていたろうものを。今夕，予てより訪問を約していたヨークシャーへ赴く予定にて

（注）「マイルズ」姓はその数あまたに上るが，最も可能性が高いのはジョン・マイルズ（1813-86）。シンプキン＆マーシャル社長・書籍商共済組合副会長。「今夕」とは言え，ディケンズはマクリースへ忠言している通り，朝方出立したと思われる（次々書簡参照）。〔本文，以降は欠損。ただし原典に何ら編注なし。〕

ブレシントン伯爵夫人宛　1843年7月5日付*

イーストホープ・パーク。1843年7月5日

親愛なるレディ・ブレシントン

若気の過ちがここへ来て（くだんの往古の約束を交わせし折，未だ全くの小僧だったもので）小生宛由々しく叛旗を翻しています。

もしや何か，たといほんの押韻詩の端くれなり思いつけば，週末までに御送付致したく。何卒小生を慈悲深く寛大な御記憶に留めて頂きますよう。

新刊の御高著「メレディス」の件では御高配賜り篤く御礼申し上げます。果たして何に纏わるものか訝しむこと頻りにして，早くも頁をめくりたくて矢も楯もたまりません。

くれぐれもドーセイ伯爵——並びに姪御方——に御鶴声賜りますよう。して心より

匆々

チャールズ・ディケンズ

ブレシントン伯爵夫人

（注）「くだんの往古の約束」については『第二巻』原典p. 425，訳書527頁，レディ・ブレシントン宛書簡（41年11月23日付）参照。第三段落『メレディス』は43年7月上旬三巻本にてロングマンズ社より発刊。ディケンズは陰謀がテーマである同著にイタリアが舞台となる数章を除けば感興を催さなかったであろう。イングランドでの売行きは捗々しくなかったが，リー＆ブランチャードは早期草稿に£50支払い，アメリカでは好評を博した。「果たして何に纏わるものか」の原語“(what) its (about)”は正しくは“it's”。

ダニエル・マクリース宛　1843年7月6日付*

ヨークシャー。モールトン近郊，イーストホープ・パーク
1843年7月6日

親愛なるマック

なるほどスミスサンは（小生ほど貴兄を存じ上げぬだけに）貴兄は外ならぬ御当人に会いにやって来るものとの錯覚に陥っているようです。さて，もしや思い込みが事実錯覚ならば何卒貴兄から然に一筆その旨認めて頂けぬでしょうか。がもしや錯覚でなければ，是非ともげに然たる由お伝えして頂きたいと存じます。と申すのも冗談抜きで，ここは祖国広しといえどもこの大きさにしてはどこより素晴らしく，どこより美しい屋敷にして，もしや一目見る機を失えば（彼らは一家で来る秋には引っ越す予定だけに）御自身にとりて必ずやこよなく示唆的かつ愉快であったろう代物を見逃すことになりましょうから。してこと遠乗りに関せば――しかもすこぶるつきの馬がお待ちかねとあって――正しく筆舌に尽くし難いとはこのことか。

晴れてお越しになる暁にはただ，ヨーク目指し，バーミンガム線にて朝9時15分前に出立し――当方へ一筆，いつの日かお報せ頂けば事足りようかと。目下小生としては来週の土曜帰宅致すつもりですが，もしやお越しになるなら，喜んで滞在を延ばしたく。

果たして宮殿にては如何様にお過ごしにして，早ナイト爵に叙せられたか否かお報せ下さいますよう。ケイトとジョージィがくれぐれもよろしくお伝えするよう申しています。

つゆ変わることなく親愛なるマック
不一
CD

ダニエル・マクリース殿

(注) ディケンズ一家の滞在先は十八世紀後半に建てられた中振りの瀟洒な館。「来る秋」に引っ越すのはオールド・モールトン・アベイ。ディケンズはここから44年4月6日キャサリンへ宛て手紙を認める(『第四巻』原典p. 96参照)。第二段落「帰宅」は7月17-18日(月または火曜)になって初めて。オーバーズ宛書簡(7月15日付),ビアード宛書簡(7月18日付)参照。ディケンズからの誘いに関し,マクリースはフォースター宛書簡において「ディックからヨークへ来いとの手紙が来た——が哀しいかな,叶わなかった」と認める。第三段落「宮殿」について,フレスコ画実験奨励のため43年4月,アルバート殿下はバッキンガム宮殿敷地内の小さな四阿(パヴィリオン)を装飾すべく芸術家を数名招いていた。中央丸天井の八角形の部屋はマクリース,スタンフィールド,ランシア等八名の画家による『コーモス』挿絵で彩られることになっていた。壁画が着手されるのは43年5月,当時マクリースは毎日のように宮殿に赴いていた。彼の描いた原画「呪(まじな)われた貴婦人」の複製は『コーモス一場面』と題して1844年王立美術院展に出品。フレスコ画はその後湿気による損傷が激しく,四阿(パヴィリオン)は1928年取り壊される。

ジョン・フォースター宛[1843年7月6日または7日付]

【F, IV, i, 294に抜粋あり。日付はフォースターによると「1843年7月」,「ヨークシャーより」。レディ・ブレシントン宛書簡(7月5日付)における言及からの推断。】

ギャンプ夫人をどう思うか聞かせて欲しい。夫人の会話の無数の誤植を掻い潜るのはお易い御用ではなかろうが,すぐ様意見を聞かせてくれ。君はもうぼくの意見なら大方御承知と。いよいよ夫人で打って出るつもりだ。

レディ・ブレシントンから,君もそうだろうが,手紙が来た。レディのために今朝,同封の詩を物した。だがただ言い抜けがてら物したにすぎない。まさかレディのお気に召すはずはなかろうから。君の所へ『イグ』用に送り返して来るのが関の山だろう。

(注) ギャンプ夫人は第十九章(8月号)で初登場,よって今や明らかに校正段階。モデルはF, IV, i, 294によると「然る貴婦人——彼〔ディケンズ〕自身の著名な友人——が

彼女のごく近しい病人の看病のために雇った付添い婦」。明らかに，「友人」と「病人」は1842-3年の後者の病気の間(かん)のクーツ嬢とメレディス嬢。看護婦にはのっぽの炉格子の天辺伝(づて)鼻をこすりつける（ギャンプ夫人的）奇癖があったという（クーツ嬢宛書簡（46年10月5日付）参照）。第二段落ディケンズの予想とは裏腹にレディ・ブレシントンは押韻詩を「季節の一言」の表題の下『キープセイク』に掲載，フォースターは機智と諷刺に富む韻文寓話としてF, IV, i, 294*n*に転載。わけても「獣的無知と苦役と欠乏の国」に言及する第三連は，児童雇用検討委員会第二報告書に続く論議へのディケンズ自らの見解が反映されている（ネイピア宛書簡（43年9月16日付）参照）。

W. C. マクレディ宛　1843年7月8日付*

イーストホープ・パーク。1843年7月8日土曜
まずは取り急ぎ

親愛なるマクレディ

もちろん，小生が街を離れる前日貴兄の御要望を失念していたとはお思いでないでしょうが，それは忙しなくしていたものですから，真夜中まで仕事に追われ，全くもって疲労困憊の態にて床に就きました。当地へ参ってからというもの，ありとあらゆる手合いの田野を駆け回り，古代廃墟の直中を漫ろ歩き，食べて飲んで寝てばかりいます。

芳牘をちょうどスカーバラへ出かけようとしていた矢先拝受しました。が一時間ほど余裕があるため，取り急ぎ貴兄がおっしゃるに如くはなかろうと思われるあらましを綴ります。御自身の見解に飽くまで与し，めったなことでは小生自身のそれと派手に結びつけられそうだと思われる場合をさておけば脇へ逸れていないつもりです。

ケイトが小生共々，令室並びに御家族の皆様にくれぐれもよろしくお伝えするよう申しています。恐らく来週の今日，帰宅致す予定にて。

つゆ変わることなく親愛なるマクレディ
敬具
チャールズ・ディケンズ

W. C.マクレディ殿

（注）「貴兄の御要望」は即ち，劇場規制のための新法案に盛り込まれた条項――官許は如何なる勅許劇場であれその5マイル以内でシェイクスピア劇を上演する認可証とは見なされぬ旨宣する――に異を唱えるマクレディの国会への請願書の草稿作成。マクレディは『日誌』によると，7月24日内務省にてマナーズ・サットンと会談，請願書は8月8日ボーモント卿により上程，条項は8月14日削除――マクレディ申し立ての勝利。「街を離れる前日」についてはマイルズ宛書簡（6月30日または7月1日付）頭注参照。スミスサン宛書簡（9月20日付）によると，ディケンズはカッスル・ハワード〔ヨークの40km北，元ハワード家邸宅〕も訪れる。〔第二段落スカーバラはノース・ヨークシャー州東部港市・保養地。〕

ジョン・ボゥリング宛　1843年7月15日付*

ヨークシャー。モールトン近郊
イーストホープ・パーク。1843年7月15日

拝復

ここ数週間というもの当地に参っている関係で，忝き芳牘をつい今しがた落掌致しました。在京ならば，是非とも気さくな御招待のお言葉に甘えさせて頂いていたろうものを。

敬具
チャールズ・ディケンズ

ボゥリング博士

（注）ジョン・ボゥリング（1792-1872）はベンサム学派急進党員・『ウェストミンスター・レヴュー』初代編集長。1841年からボールトン選出国会議員・穀物法廃止連盟創設者。勲爵士（1854）。

マルグレイヴ伯爵宛　1843年7月15日付*

モールトン近郊，イーストホープ・パーク
1843年7月15日

親愛なるマルグレイヴ卿

我々は去る日曜午後マルグレイヴを訪いました。そこにては我々を迎えるべ

くこよなく手厚く惜しみなき手筈が整えられていました――誰しも我々のために心を砕き――誰一人，我々が少なくとも二日間は滞在すべく参ったものと信じて疑わず――何もかも貴兄の我々を思っての親身なお取り計らいのお蔭にて。

とは申せ貴兄に一筆認めた際，かようのことは夢にも思っていませんでした。小生としてはただ敷地をあちこち散策し，屋敷の中を見て回らせて頂ければそれで充分でした。して彼(か)の地にてはほんの渡り鳥にすぎぬ所へもって，もう二人ほど（妻と義妹の外に）馴染みを同伴していたこともあり，マルグレイヴへ赴くに念頭には当該目論見しかありませんでした。よって床は就かれぬままにして，ディナーは賞味されぬままにして，ワインは舌鼓を打たれぬままにして，明くる朝今はの際なる雄鹿は見看られぬままにして，小生ヤツが非業の死を遂げつつあった折しも十中八九，フィトビー線にて当地へ引き返している最中(さなか)だったかと。

何卒身に余る御高配への心からの謝意をお受け取り下さいますよう。我々マルグレイヴに陶然となること頻りでした，ついぞ目にしたためしのないほど願はしくも麗しき館だったもので。小生くだんの森ならば馬で駆け，くだんの段庭からならば海を眺め，くだんの書斎でならば筆を走らせられましょう――いつ果てることなく。来週帰宅致し次第，改めて詳細をお伝えさせて頂きたく。がまずは郵便にて握手を交わし，如何ほどありがたく存じていることか申し上げずにいられませんでした。

敬具

チャールズ・ディケンズ

マルグレイヴ伯爵

（注） 第二段落〔フィトビーはスカーバラの約152マイル北，ノース・ヨークシャー州北東部港市・行楽地。〕フィトビー線はイーストホープから14マイル離れたピカリングから走っていた。マルグレイヴは1735年，バッキンガム公爵夫人のために建てられた初期ジョージ王朝建築様式の館。この折ディケンズは敷地内の十四世紀に遡る城址と，名立たる荒野と海原の絶景を目にしたと思われる。

ジョン・オーバーズ宛　1843年7月15日付*

ヨークシャー，モールトン近郊
イーストホープ・パーク。1843年，7月15日

親愛なるオーバーズ殿

芳牘はつい今しがた当地の小生の下へ転送されたばかりにて。ここ数週間ほどヨークシャーに参っています。

貴兄の所為の然に芳しからぬ御説明を拝受し，誠に遺憾に存じます――新聞諸紙の点における小生の威信は極めて取るに足らぬ上，立場上飽くまで超然たるが付き付きしいと思われるだけになおのこと。がふと，博士の御尽力があれば貴兄の心づもりのお役に立てるやもしれぬと思い当たりました。よって帰京致し次第本件に関し博士にお目通り願うつもりです。

帰京は来週早々になろうかと。遅くとも水曜もしくは木曜，改めて御連絡申し上げます。

敬具
チャールズ・ディケンズ

J. A.オーバーズ殿

（注）　第二段落「博士」は恐らくエリオットソン。

トマス・ビアード宛　1843年7月18日付

デヴォンシャー・テラス。1843年7月18日

親愛なるビアード

今月はずっとヨークシャーにいたもので，君の手紙をつい今しがた受け取ったばかりだ。きっともう今頃は無事，恙無く塒に戻っているだろうと，古屋敷の方へ返事を出す。一体どいつがいつも君の病気をコロリと直してやって来たか，は知っての通り，で今のその名医が8，9月の間はどこに御座すか，も知っての通り。ケイトも相づちを打っている，君の治療を完璧にするにはくだん

の傑人とブロードステアーズで八週間のんびり過ごすに越したことはなかろうと。さて，是非ともこいつを考えてみてくれ。渚(みぎわ)でだって社のために出来ることはどっさりある──国会報道を要約したり等々──閉会期に肝要な諸々。去年使ってもらった寝室はいつでもお待ちかねだ。更衣車は砂浜で──そいつの木造りの指もて麾き(さしまねき)──つと，とんでもない眼(まなこ)もて秋波を送る。波は，いざ突き進めよとばかり打ち寄せる。ディックははしゃぎまくり，北方でこんがり焼いたせいで真っ黒な顔をしている。マックは啖呵を切る。「ヤツはその気でかかればグドウィン・サンズまでだって泳ぎきれようさ──そら！」フォースターの勿体らしい力コブを入れて宣はく。「是ぞほらビアードが我と我が身にカツを入れるに打ってつけの代物じゃないか」ティンバーはくだんのゴ託に太鼓判を捺すに目一杯イヌ様らしくない真似をする。トッピングはサリー動物園の「コンサミアス山」のことすら（というのが奴の目下御執心のネタだが）コロリと忘れ，今その侃々諤々を小耳に挟むやぼくにこっそり頬を染めて耳打ちする。「ビアードのだんなもちょいと塩漬け(ピクルス)にでもなりゃ，いつぞや皆して何たら──とはつまりピーターシャム──へ行った時みてえにまたピンシャンおなりになろうじゃ」早い話が，何もかもが誰も彼もがこと一件にかけてはテコでも動かぬ構えだ。という訳で君の旅行鞄からサセックス荷札を剝ぎ取り，新たにパシャンガーマージット札を貼りつけてやってくれ。

ところでもう戻っているのか？　もしも戻っているなら，日曜に遠乗りに出て，その後ここでディナーを食べないか？　イエスと言ってくれ。だったら2時半に迎えに行く。

あんまりブロードステアーズと君に来てもらうことで頭の中が一杯なものだから，ブラックバーン殿にはくれぐれもよろしくと，我々は拙著に関する限り新たな法律の施行のため早インド各地に委任状を送達したと，一件をくだんの手立てにて他者へ委ねたからには，協定の如何なる申し出も考慮致しかねる由伝える以上の隙間がなさそうだ。がもしも彼が明確な申し出をしたいというなら，その件に関し版元と相談するに吝かではない。

皆から皆へくれぐれもよろしく
つゆ変わることなく親愛なるビアード

CD.

トマス・ビアード殿

（注）〔グドウィン・サンズは英南東部，ドーヴァー海峡の北入口にある砂洲・航海の難所。〕「コンサミアス山」は即ち，ヴェスヴィアス山の花火ディスプレー。「ピーターシャム」滞在は39年6月のエルム・コティヂ（『第一巻』原典p. 552，訳書706頁，並びに原典p. 557，訳書712-4頁参照）。「サセックス荷札」はディケンズの手紙が転送されていた，ビアードの滞在先リューイス〔イースト・サセックス州首都〕を指して。〔パシャンガーマージットの原語“Pashangermarjit”は恐らく“passenger (to) Margate（マーゲイト行き乗客）”のディケンズ流「鞄語」。マーゲイトはブロードステアーズのやや北東海岸保養地。即ち「ともかく行く先を書き替え，ブロードステアーズへ来い」の謂。〕第三段落J. ブラックバーンについては『第二巻』原著p. 46脚注，訳書54頁注参照。「委任状」についてはミトン宛書簡（43年1月17日付）参照。ブラックバーンはカルカッタ週刊誌『イングリッシュマン』英代理店からの問い合わせを受け，ビアード宛書簡（6月24日付）においてディケンズには著作翻刻許諾の意図があるか否か尋ねていた。

マーガレット・ギリス嬢宛　1843年7月21日付*

デヴォンシャー・テラス。1843年7月21日

チャールズ・ディケンズ殿は謹んでギリス嬢に御挨拶申し上げると共に，是非とも来る火曜12時，モデルを務めさせて頂きたいと存じます。

（注）マーガレット・ギリス（1803-87）は細密画家・水彩画家。ディケンズ肖像を手がけることになったのは親友サウスウッド・スミスの紹介による。ディケンズは六，七回モデルを務め，ギリスの述懐によると内数回はマクリースも立ち会ったという。ただしこれは10月23日以降（同日付ギリス嬢宛書簡参照）。細密画は44年5月王立美術院出品，ホーン〔『第一巻』原典p. 500，訳書635頁参照〕の著書『新時代精神』（44年4月刊）のために彫版が制作される。新著はこの時点で既に企画され（パウェル宛書簡（43年10月9日付）），ディケンズは出版について聞き及んでいた可能性もある。

トマス・ミトン宛　1843年7月22日付

デヴォンシャー・テラス。1843年。7月22日土曜

親愛なるミトン

ギリス嬢画ディケンズ肖像

9月1日まで，金の要件で力になって欲しい。というのもあれやこれやどっと一時(いちどき)に押し寄せて来ている所へもって，外のいつ何時であれクーツ銀行の預金を過振りするのは構わないが，ちょうど今クーツ嬢にアルフレッドのことで御腐心頂いているだけにどうにもくだんの手を打つのは気が引ける。どうしてC・アンド・Hの引き下げられた月々の6ペンスたり越えたくないかは言うまでもないだろう。

という訳で君が君の銀行に預けている例の為替手形を内金代わりに——ぼくのために——£70引き出し，［そいつ］をクーツ銀行に振り込んでもらえないか。かと言ってとんだトバッチリは［かか］らないはずだ，何せ君は早連中とは肝要な諒解に達しているだけに。9月1日には，だから，金を返す——もちろん五，六週間の貸付けに銀行が請求するだけの利子をつけて。

不一

CD.

目下大蛇（ドラゴン）並みに根を詰めている。

（注） 帳簿によると，ディケンズは7月5日，現金で£20引き出していた。月の残りの支出金は約£60に上り，これには7月31日のヘンリー・バーネットへの支払い£12も含まれる。第一段落最後の一文「どうして……言うまでもないだろう」は明らかに後から（アフター・ソート）の気づき。頁の裾に割り込ます形で追記する上で，ディケンズは「月々の（"monthly"）」の後の「支払い（"payments"）」を書き忘れたと思われる（Nは "mouths" と読み違（たが）え）。本状は裂け目や染みが多く，中央の畳み目の穴のため第二段落の二文字――［そいつ（it）］――が欠損。さらに次行，二文字――［かか］ら（[pu]t）――も欠損。ただし "t" は判読可。ミトンは9月5日£70受領。追而書き「根を詰めている」のは第二十章（8月号最終章）。次書簡参照。

ブラッドベリー＆エヴァンズ両氏宛　1843年7月24日付

デヴォンシャー・テラス。1843年7月24日月曜

拝啓

何卒同封のものの校正を今夕正7時，リージェント・ストリートのパルテノン倶楽部にお届け頂きたく。フォースター殿と小生，同席する予定にて，遣いの少年に待って頂けばその間（ま）に校正致します。

敬具

C.D.

ブラッドベリー＆エヴァンズ殿

（注）「同封のもの」は第二十章原稿か，それとも第十九章の追加校正。ギャンプ夫人の会話には「無数の誤植」があった（フォースター宛書簡（7月6日または7日付）参照）。

ジョン・ドゥ・ゲックス宛　1843年7月24日付

デヴォンシャー・テラス。1843年7月24日

親愛なるドゥ・ゲックス

誠に申し訳ありませんが，慈善団体のための「声明文」を執筆せぬまま，同封の書類をお返し致さねばなりません。目下多忙を極めている上，他の施設からもそのためペンを走らすよう然に身動きならぬほど攻囲されているものですから，蓋し致し方ありません。誓って，もしや何か然るべき手立てにて然に致せるものなら，お役に立てさせて頂こうものを。

敬具

チャールズ・ディケンズ

ジョン・ドゥ・ゲックス殿

（注）「慈善団体」については不詳。ドゥ・ゲックスが何か特定の慈善団体に関わっていた記録は残っていない。

トマス・ミトン宛　1843年7月24日付

【サザビーズ目録（1949年5月）に抜粋あり。草稿は2頁。日付は「デヴォンシャー・テラス，43年7月24日」。】

土曜に仕上げた――毎朝8時に取りかかっていた甲斐あって。筋の展開には自信があるし，つい今しがたそいつがらみでシドニー・スミスから入念に認められた途轍もない賛辞を受け取ったばかりだ。あれほどの権威からともなれば頂戴するだけのことはあるんじゃないか。

（注）「賛辞」は残存せず。ただしフォースター宛書簡（7月28日付）注参照。スミスは7月1日ディケンズに宛てて以下の如く書き送っていた――「素晴らしい！　これ以上のものはあり得ますまい！　貴兄は能う限りアメリカ人と話をつけなければならぬやもしれませんが，小生とは無関係です。ただ今月号は機智と，ユーモアと，描写力に満ち溢れていると折紙をつければ事足りましょうから」。

ジョン・オーバーズ宛　1843年7月24日付*

デヴォンシャー・テラス。1843年7月24日

親愛なるオーバーズ殿

街へ戻り次第，約言を果たし，先の芳牘の内容に関し博士にお会い致しました。博士も小生同様，名前を挙げた新聞社主との関係で，固より小生より懇意とあって，或いは何かお力になれるやもしれぬとお考えのようです。早速お目にかかろうとのこと。今の所新たに御報告致せることはなく，ひたすら結果の御連絡を待ち受けている次第にて。

敬具

チャールズ・ディケンズ

（注）「新聞社主」についてはオーバーズ宛書簡（8月3日付）参照。

バーデット・クーツ嬢宛　1843年7月26日付

デヴォンシャー・テラス。1843年7月26日

親愛なるクーツ嬢

果たして今朝の朝刊の広告――小生の署名入りの，「ペガサス号」にて溺死した男優エルトン殿の遺児に関わる――を御覧になったか否かは存じません。が昨夜小生，氏の遺児支援のための委員会の長（おさ）を務めることに同意致しました。遺児の置かれている状況は蓋し，筆舌に尽くし難いまでに憂はしくも侘しい限りであります。

氏は終生生活難に喘ぎ――常に赤貧洗うが如く，ついぞ放蕩に耽ったためしがありません。妻君は今を遡ること三年，狂死し，七人の子供を抱えて鰥夫（やもお）の身となりました――がその子供達は父親のノックがドアにくれられるのを今か今かと待ち受けている折しも，とある馴染みが恐るべき訃報を携えて到着したとは。

もしや広く遍き慈善活動において未だ空隙を埋める壁龕（ニッチ）を残しておいでなら，是ぞ同上に収め得る限り傷ましい事例に違いありません。もしや全て埋まっていれば，定めてその旨遠慮なくおっしゃって頂けるものと。

何卒返事は御放念下さいますよう。本日1時から2時にかけてお伺い致します。去る日曜にもメレディス嬢の御機嫌を伺うべく立ち寄りましたが，戸口に

貴女の馬車が横づけになっていたものですから，名刺を置いて参りました。――ところで――街角で不審な男がウロウロしながらお宅をしげしげ眺めていました。よもやダン殿ではありますまいが。

親愛なるクーツ嬢
匆々
チャールズ・ディケンズ

クーツ嬢

（注） エドワード・ウィリアム・エルト（通称エルトン）（1794-1843）は事務弁護士としての教育を受けるが，1823年男優になる。37年コヴェント・ガーデン，41年ドゥルアリー・レーンと契約を結ぶが，43年6月14日後者閉館に伴いエディンバラ王立劇場にて活動。ハル〔英北東部ハンバーサイド州首都・海港〕へ帰航中，7月19日「ペガサス号」がホリー島〔英北東部ノーサンバーランド州小島〕付近で坐礁，溺死。ディケンズはエルトンとは演劇基金会長・幹事（エルトン宛書簡（43年3月30日付）参照），及びレイマン・ブランチャード，ダグラス・ジェロルドの友人として親交があった。ディケンズはフリーメイソンズ旅籠における集会にて満場一致で議長に選出され，実践的・実務的な采配の下（もと）数々の決議案が起草される。7月26日，議長チャールズ・ディケンズによる初の広告が新聞各紙に掲載。故W.エルトン殿の七名の遺児のため寄附興行を打つべく委員会が結成され，随時寄附金を受けつける由告げられる。第二段落エルトンは二度の結婚により六女一男（末子当時八歳）を儲けていた。「7月22日土曜，娘達は父の帰りを待ち侘び部屋を花で飾っていた」（『ブリタニア』（7月29日付））という。訃報が届くのは明くる日曜。第四段落リチャード・ダン（1890歿）のクーツ嬢への執拗な嫌がらせについては『第二巻』原典p. 207脚注，訳書256頁注参照。

サー・エドワード・リットン・ブルワー宛　1843年7月26日付

デヴォンシャー・テラス。1843年7月26日

親愛なるサー・エドワード

小生この度然る委員会の議長を務めさせて頂くことになり，その趣旨は「ペガサス号」にて溺死した哀れエルトン（貴兄のボーサーント）の困窮に喘ぐ七名の遺児を救済すべく「寄附」を募り，寄附興行を企画することにあります。委員会は是非とも御芳名の大いなる援助を仰ぎたく。もしや「委員会」の一員として名宣りを上げて下さるようなら，定めし，極めて憂はしくも傷ましき大

義にとりて大いなる一助となりましょう。

敬具

チャールズ・ディケンズ

サー・エドワード・リットン・ブルワー

（注）〔ボーサーント（Beauseant）はブルワー作『リオンの貴婦人』に登場する侯爵。〕エルトンは『リシュリュー』（1839）でルイ十三世役も演じていた。当初フランソワ役に予定されていたが，ブルワーが然るべく若々しくないとの理由で更迭。「如何様にでも鬘をつけさせろ」とマクレディに伝えていたという。7月28日に発表された「委員会」メンバーにはエインズワース，クルックシャンク，ジェロルド，フォースター，マクリース等三十余名の名が列ねられていたが，ディケンズの手紙が残存している人物の内ブルワーの名のみ欠けている。

ジョージ・クルックシャンク宛　1843年7月26日付

デヴォンシャー・テラス。1843年7月26日

親愛なるクルックシャンク

小生この度然る委員会の議長を務めさせて頂くことになり，その趣旨は「ペガサス号」にて溺死した男優，哀れエルトンの困窮に喘ぐ七名の遺児を救済すべく「寄附」を募り，寄附興行を企画することにあります。委員会は是非とも御芳名の大いなる援助を仰ぎたく。もしや委員会の一員として名宣りを上げて下さるようなら，定めし，極めて憂はしくも傷ましき大義にとりて大いなる一助となりましょう。

敬具

チャールズ・ディケンズ

[a]委員会は今晩8時，フリーメイソンズ旅籠にて開催されます。[a]

（注）aaはN，Ⅰ，530にては省略。

J. P. ハーリ宛　1843年7月26日付*

デヴォンシャー・テラス1番地。1843年7月26日

親愛なるハーリ

小生この度然る委員会の議長を務めさせて頂くことになり，その趣旨は哀れエルトンの七名の遺児を救済すべく「寄附」を募り，寄附興行を企画することにあります。委員会は是非とも御芳名の大いなる援助を仰ぎたく。快諾賜れば幸甚にて。

我々今晩8時，フリーメイソンズ旅籠に集うことになっています。

敬具

チャールズ・ディケンズ

J. P.ハーリ殿

トマス・フッド宛　1843年7月26日付*

デヴォンシャー・テラス1番地。1843年7月26日

親愛なるフッド

小生この度然る委員会の議長を務めさせて頂くことになり，その趣旨は「ペガサス号」にて溺死した男優，哀れエルトンの困窮に喘ぐ（母亡き）七名の遺児を救済すべく「寄附」を募り，寄附興行を企画することにあります。委員会は是非とも御芳名の大いなる援助を仰ぎたく。もしや委員会の一員として名宣りを上げて下さるようなら，定めし，極めて憂はしくも傷ましき大義にとりて大いなる一助となりましょう。

敬具

チャールズ・ディケンズ

今晩8時我々，フリーメイソンズ旅籠に集う予定にて。

（注）フッドは直ちに名を列ねたき由——ただし財布は目下空(から)にてお役に立てて頂けぬがとの断りの下——返事を認める。『マガジン』原稿に追われているため当夜の集会への

欠礼と併せ。一両日後，ジェイン・フッドはディケンズに宛て，夫が果たして寄附興行のための彼自身による詩的声明が何か役に立ちそうか否か問い合わすよう申していますと伝える。

ダニエル・マクリース宛　1843年7月26日付*

デヴォンシャー・テラス1番地。1843年7月26日

親愛なるマック

小生この度然る委員会の議長を務めさせて頂くことになり，委員会の趣旨は哀れエルトンの遺児救済のために「寄附」を募り，「寄附興行」を企画することにあります。委員会は是非とも委員会の一員として御芳名を賜りたく。何卒お名前を列ねさせて頂きますよう。

不一

CD.

ダニエル・マクリース殿

W. C. マクレディ宛　1843年7月26日付*

デヴォンシャー・テラス。1843年7月26日

親愛なるマクレディ

小生昨夜かの哀れ故人，エルトンの不幸な遺児のために為し得る最善を尽くすための委員会の議長を務めることに同意致しました。二時間ほどで会は順調に滑り出し，今朝思い浮かべられる限りの方々に一筆認めた所です。

ラムリーは「歌手」による力添えは致しかねるとのことです――が「寄附」として5ギニー送って来ました。さて，貴兄は如何お考えでしょうか？　是非とも御教示賜りたく。たとい歌手抜きでも，敢えてドゥルアリー・レーンを開館なさいましょうか，無料で借り切れるというなら――それともウェブスターより為されている，ヘイマーケット並びに「照明」の申し出をお受け入れになりましょうか？

敬具

CD

W. C.マクレディ殿

（注） 第二段落ベンジャミン・ラムリー（1811-75）は1842年から女王陛下劇場にてイタリア歌劇演出家。集会においてウェブスターから劇場の申し出が為されていた。ウェブスターへの謝辞の決議は可決（クルックシャンク宛書簡（7月31日付）注参照）。

サムエル・ロジャーズ宛　1843年7月26日付*

デヴォンシャー・テラス1番地。1843年7月26日

親愛なるロジャーズ殿

小生この度然る委員会の議長を務めさせて頂くことになり，委員会の趣旨は，「ペガサス号」にて溺死した哀れ男優エルトン殿の困窮に喘ぐ（というのも母亡き身とあって）七名の遺児を救済すべく「寄附」を募り，寄附興行を企画することにあります。委員会は是非とも御芳名の大いなる援助を仰ぎたく。してもしや「委員会」の一員として名宣りを上げて下さるようなら，定めし，極めて憂はしくも傷ましき大義にとりて大いなる一助となりましょう。

敬具

チャールズ・ディケンズ

サムエル・ロジャーズ殿

クラークソン・スタンフィールド宛　1843年7月26日付

デヴォンシャー・テラス1番地。1843年7月26日

親愛なるスタンフィールド

小生この度然る委員会の議長を務めさせて頂くことになり，委員会の趣旨は，「ペガサス号」にて溺死した，哀れ男優エルトンの困窮に喘ぐ七名の遺児を救済すべく「寄附」を募り，寄附興行を企画することにあります。委員会は是非とも御芳名の大いなる援助を仰ぎたく。してもしや委員会の一員として名宣りを上げて下さるようなら，定めし，極めて憂はしくも傷ましき大義にとりてか

けがえのない一助となりましょう。

敬具

チャールズ・ディケンズ

委員会は今晩8時，フリーメイソンズにて開催されます。

名宛人不詳［1843年］7月26日付

【原文はN, II, 44に目録典拠より収録。日付は「デヴォンシャー・テラス，47年7月26日」。「47年」は明らかに「43年」の誤読。】

小生この度然る委員会の議長を務めさせて頂くことになり，委員会の趣旨は「ペガサス号」にて溺死した哀れ男優エルトンの困窮に喘ぐ七名の遺児を救済すべく「寄附」を募り，寄附興行を企画することにあります。委員会は是非とも御芳［名］の大いなる援助を仰ぎたく。してもしや委員会の一員として名宣りを上げて下さるようなら，定めし，極めて憂はしくも傷ましき大義にとりてかけがえのない一助となりましょう。

（注） 本状は文面が同一なことから，（追而の省略された）クルックシャンクまたはスタンフィールド宛書簡やもしれぬ。ただしディケンズは残存するよりなお幾多の要請状を認めていたに違いない。Nは「是非とも……たく（“are exceedingly”）」を“all exceedingly”と，「御芳［名］」（“your ［name］”）」を“hands”と，誤読。

W. C. マクレディ宛　1843年7月26日付*

デヴォンシャー・テラス。43年7月26日。水曜夕

親愛なるマクレディ

今日フォースターの所へ立ち寄ってみると，プロクターと共にグリニッヂへ行く前に折しも，貴兄宛一筆認めている所でした。何を書いているか聞くが早いか，小生その内容なら直接，能う限り歯に衣着せず申し上げることにて，先を続ける手間を省こうと請け合いました。

彼は朝からずっと貴兄がエルトンの遺児のために演ずるのを断った件について思いを巡らせ——一件を遺児ではなく偏に貴兄との関連において熟々惟みていました。して申すには，もしや貴兄はくだんの寄附興行において舞台に立たねば，立場上，御自身の誉れに取り返しのつかぬ傷を負わせ，さらば貴兄を目の敵にする連中は，我が意を得たりとばかり，如何様な逆捩じを食わせにかからぬとも限るまい。

本件に関し小生，私見を申し上げるに二の足を踏んでいました，と申すのも私見は単なる独断やもしれぬという気が致したもので。がフォースターもくだんの見解に然に与し，強く傾いているのを知り——小生自身，昨夜貴兄が断られた由耳にした途端，貴兄ほどの方の講じ得る最も無謀にして軽率な措置のような気がしたのを思い起こすにつけ——仮に腹蔵なく——フォースターと共に——貴兄は過ちを犯しておいで故何としても再考頂きたいとお願いせねば，貴兄への敬愛の念が当然の如く命ず本務に悖ることになりましょう。

親愛なるマクレディ貴兄が演じないい理由として挙げておいでの一から十までが，貴兄が演ずるべき所以にして，演技の恩寵がそれだけいよよ計り知れぬほど貴ばれる所以でありましょう。貴兄は確かに，過っておいでです。

是非とも再考をお願い致したく。して8時15分前までに御返事賜れば幸いです，集会を司るべく家を出るもので。

敬具

CD

W. C.マクレディ殿

（注） ブライアン・ウォラー・プロクターは著述家・法律家（『第一巻』原典p. 314脚注，訳書394頁注参照）。43年2月までにはセント・ジョンズ・ウッドからアッパー・ハーリ・ストリート13番地へ転居。瀟洒な屋敷に多くの客人を招いていたという。ディケンズが2月21日に訪うたのもこの手の集いだったと思われる（ミトン宛書簡（2月20日付）注参照）。本状にはマクレディによる裏書き——「1843年。7月26日。ディケンズ。エルトンの遺児寄附興行。辞退」——あり。彼は8月2日ヘイマーケットにおける興行には出演しなかった。『日誌』にこの件に関する記載はないが，辞退の背景には告別公演後程ない竜頭蛇尾（アンチクライマクス）への懸念があったと思われる。

ジョン［・ポゥヴィ］宛　1843年7月［27日または28日付］

【S. J.デイヴィズ目録42番に抜粋あり。草稿は1頁。日付は目録によると「1843年7月13日」だが，恐らくエルトン委員会早期集会後ほどなく。宛名は目録では「ペイヴィ（Pavey）」――明らかに「ポゥヴィ（Povey）」の誤読。】

故エルトンのための御尽力の忝き申し出に我々一同心より篤く御礼申し上げます。芳牘は幹事代理サールにお送り致しました――元い，直ちにお送り致したく。

（注）　ジョン・ポゥヴィ（1799-1867）は男優・支配人兼代理人。恐らくマクレディが『日誌』において43年アメリカ滞在中に言及している「ポゥヴィ」。

バーデット・クーツ嬢　1843年7月28日付

デヴォンシャー・テラス1番地。1843年7月28日

親愛なるクーツ嬢

昨晩芳牘を拝受した際，如何様な心持ちに見舞われたことか，は敢えて言わずにおきましょう。

小生必ずや貴女の篤志の律儀な管財人とならせて頂きたく，してこの現し世の広しといえども，貴女からのかようの預り物ほど矜恃と幸福と共に拝受致そうそれはなかりましょう。

以下包み隠しなく申し上げねば内心忸怩たるもののありましょう――芳牘を昨夜折しも委員会の開かれているフリーメイソンズにて落掌したため，委員の面々に内容を伝えてしまいました，くれぐれも内密にとの貴女の御命まで読み進まぬ内に。が臨席の殿方諸兄は小生の審らかにした内容にそれは深い感銘を覚えたものですから，よもや貴女の信頼を裏切るようなことだけはなかりましょう。その点は何卒御安心下さい。

チャーリーはお約束の刻限には用意万端整えていましょう，と申すか早，時計が時を刻むのを数えている次第にて。

つゆ変わることなく親愛なるクーツ嬢

匆々
チャールズ・ディケンズ

クーツ嬢

（注）『タイムズ』（8月1日付）はクーツ嬢が多額の寄附を転送し，併せてエルトン家の子供達が入学するに相応しい年齢に達しているやもしれぬ如何なる公立学校へであれ大いなる後援の申し出をした由報道する。第三段落「委員会」は第二回目のそれ。その結果，紆余曲折を経て実現に至るエディンバラにおける寄附興行についてはW. H.マリ宛書簡（43年8月29日付）参照。

ジョン・フォースター宛［1843年7月28日付］

【F, IV, ii, 308に抜粋あり。日付はフォースターによると43年7月28日。】

一日中根を詰めているもので，取り急ぎ一筆認める。おまけに気持ちの上では物語の他の筋立てに熱中しているというのに，アメリカに引き返さなければならないとはいたく癇に障るもので，ノロノロとしか筆が進まない。シドニーのお気に入りでもってとことん練り上げるすこぶるつきの名案がひらめいた。奴にまた振り鉢巻でかかりたい。

（注）ディケンズは全てアメリカを舞台とする9月号（第二十一―三章）に取りかかったばかり。場面転換は唐突で，8月号最終章（第二十章）はペックスニフの玄関扉にくれられる大きなノックの音で締め括られる片や，第二十一章は当該ノックは「全速力で飛ばしているアメリカの鉄道汽車の騒音とは似ても似つかなかったとの「ざっくばらん」な断りで幕を開ける〔拙訳書上巻410頁参照〕。「シドニーのお気に入り」はアンソニー・チャズルウィットの律儀な老僕チャフィー。シドニー・スミスは彼が5月号で初めて登場した際，「チャフィーは素晴らしい。未だかつてこれほど見事な件（くだり）を読んだためしがない。極めて哀愁的かつ感銘深い」と書き送っていた（恐らくミトン宛書簡（7月24日付）で言及されている手紙の一節。故にフォースターによる脚注「4月初旬」は誤り）。チャフィーは10月号最終章（第二十六章）で再登場し，マーシー・ペックスニフへの密かな憧憬が仄めかされるが，本状は筋立ての遙か先まで見越す特筆すべき事例かと思われる，というのもチャフィーがジョーナス陰謀のスッパ抜きを演ずる「すこぶるつきの名案」は最終合併号まで成就されないからだ。

フッド夫人宛［1843年7月28日？付］*

【草稿（断片）はグレアム・ストーリー夫人所蔵。日付は筆跡から「1843年6-7月」。恐らくフッド夫人からの手紙（7月27日？付）への返信（フッド宛書簡（7月26日付）注参照）。】

来週一筆賜るか，お目にかかれれば幸甚にて。

つゆ変わることなく親愛なるフッド夫人

匆々

チャールズ・ディケンズ

（注）　ジェイン・フッド（1792-1846）はキーツとラムの友人ジョン・ハミルトン・レイノルズの妹。フッドとは1825年結婚。

ジョージ・クルックシャンク宛　1843年7月31日付*

デヴォンシャー・テラス。1843年7月31日

親愛なるジョージ

心暖まる芳牘を然るべく拝受致しました。して幹事に今日中に貴兄宛廻章数通と寄附者一覧をお送りするようお願いしておきました。募って頂ける如何なる寄附とてありがたく拝受致したく。

願ってもないほど順調に事が運んでいるようですが，結果は寄附興行如何（いかん）かと思われます。一，二度打てば，はっきりした状況がつかめようかと。

まずは取り急ぎ

敬具

チャールズ・ディケンズ

ジョージ・クルックシャンク殿

（注）　寄附興行は8月2日のヘイマーケットを皮切りに，サリー劇場，サドラーズ・ウェルズ，アストリー等で続々と打たれ始める。

T. P. クック宛　1843年8月3日付

【アンダーソン・ギャラリーズ目録1272番（1917）に言及あり。草稿は1頁。日付は「ロンドン，43年8月3日」。】

エルトンの遺児への寄附に謝意を表して。

（注）　トマス・ポター・クック（1786-1864）は男優。1796-1802年海軍服務，1804年から主として感傷的通俗劇（メロドラマ）で舞台に立つ。43年9-11月はサリー劇場に出演，大成功を収める。基金へは3ギニーの寄附。

モーペス子爵宛　1843年8月3日付

リージェンツ・パーク，ヨーク・ゲイト
デヴォンシャー・テラス1番地。1843年8月3日

親愛なるモーペス卿

故エルトン殿の遺児のための忝き寄附を無事落掌致し篤く御礼申し上げる上で，何卒こよなく忝き芳牘にて綴られている全てに心より賛同致している能う限り揺ぎなき証とし，敢えて儀式張ることなく御返事させて頂きたいと存じます。卿には予てより崇敬の念を抱きながらもひたすら遙か彼方から敬服して参りました。いつの日かより近しき御高誼に与らせ頂ければ満腔の栄誉にして至福でありましょう。

敬具
チャールズ・ディケンズ

モーペス子爵

（注）　子爵の寄附金は£2。

ジョン・オーバーズ宛　1843年8月3日付*

デヴォンシャー・テラス。1843年。8月3日木曜

親愛なるオーバーズ殿

博士が小生の貴兄宛綴った一件に関しては多大の御尽力を賜り，かくて「サン新聞」のヤング殿が来る土曜夕刻6時貴兄にお越し頂きたいそうです。事務所はストランド街にて，同封の名刺を取次ぎに通じて下さいますよう。

何卒能う限り率直に，して社主と貴兄御自身の前途において陽気に身を処されますよう。貴兄の著作の内既に出版されているものをお伝えし，是非ともお役に立ちたがっているとの印象を御自身抱いておいでの限り刻まれんことを。もしや社主のために何か力を尽くされるとすれば，くれぐれもお気をつけ下さい——断じて険のある言葉は用いぬよう——穏やかな言葉こそ貴兄の利に与そうというなら。

返事はブロードステアーズ宛お願い致します。進捗状況をお報せ願いたく。いつ何時であれ，社主のために何かお書きになる場合はもしや暇(いとま)が許せば，是非とも「草稿」を拝見させて頂きますよう。

まずは取り急ぎ

敬具

CD

J. A.オーバーズ殿

（注） マードゥ・ヤングは編集長兼社主（『第二巻』原典p. 444，訳書552頁参照）。

ウィリアム・プルフォード宛　1843年8月6日付†

ケント，ブロードステアーズ。1843年8月6日

拝復

お尋ねに答えて申し上げれば，故エルトン殿の遺児のために我々の行なっているのは単に以下に尽きます——即ち，能う限り寄付を募ること。何卒貴兄にも御高配賜りたく。就いては幹事に未記入の寄附一覧を郵送するよう伝えました。

果たしてウェルチ殿に何か御提案致せるか否かは覚束無い限りであります。

我々のために募って頂けるものは何なりと喜んで拝受致します。が本職の歌手をブライトンまで送る手立てもなければ，彼の地にて音楽会であれ他の如何なる余興であれ催す上で何らかの危険を冒すのも躊躇われます。が必ずやウェルチ殿の忝き御尽力の申し出は来週月曜再び開かれる委員会にて御報告致します。さらば委員会一同定めて御高配に篤く御礼申し上げるに違いなく。

敬具

チャールズ・ディケンズ

ウィリアム・プルフォード殿

（注） 8月25日に公表された寄附一覧には「W.プルフォード並びに友人一同，£2.10」の記載あり。第二段落「ウェルチ殿」はブライトン劇場関係者と思われるが，ブライトン人名録には載っていない。プルフォードと同じ一覧に「T.ウェルチ，£3」の記載。8月11日ブライトン劇場にて開催された寄附興行では£45の収益が上げられる。〔日付に†が付されているが，原典編注に従来一部未発表部分に関する説明なし。〕

リチャード・モンクトン・ミルンズ宛　1843年8月6日付*

ケント，ブロードステアーズ。1843年8月6日

親愛なるミルンズ殿

本状の日付を見よ。しておっしゃって下さい――当地にいながらにして，忝き芳牘をつい今朝方拝受したとあらば――如何で昨日朝食を御一緒致せたでありましょう？

何卒このカードに小生のために裏書きをお願い致したく。ジェロルド殿が（小生の友人にして，類稀なる天稟に恵まれた方ですが），「ブリティッシュ・アンド・フォリン・インスティテュート」に加入したがっておいでで，発足時からの正会員の裏書き署名があれば，無投票にて会員になれる手筈だったかと。それ故当該小さなボール紙に御署名の上，折返し郵送して頂ければ誠に幸甚に存じます。

親愛なるミルンズ

敬具

チャールズ・ディケンズ

R. M.ミルンズ殿

(注) ディケンズは恐らくブロードステアーズに8月1日もしくは2日に出立し，3日の晩一旦帰京したと思われる（クーツ嬢宛書簡（8月7日付）参照）。8月2日に開催された「インスティテュート」集会後，『タイムズ』(8月3日付）には（ミルンズもその一人たる）正会員には新会員を無投票で紹介する特権が委ねられている由募集記事が掲載され，申し込みには専用カードがあった。ジェロルドは自らの要望で選出されたにもかかわらず，「インスティテュート」が公約とは異なる運営の下にあるとの理由をもって入会を辞退する。

R. W. ホナー宛　1843年8月6日付

【サザビーズ目録（1912年7月）に抜粋あり。草稿は1頁。日付は「43年8月6日」。】

故エルトン殿の遺児のためのサリー劇場における寄附興行が大成功を収められた由心よりお慶び申し上げます――来週月曜開催予定の委員会もさぞやありがたく存ずるに違いなく。

(注) ロバート・ウィリアム・ホナー（1809-52）は男優兼劇場支配人（夫人については『第一巻』原典p. 388脚注，訳書490頁注参照）。1842年までサドラーズ・ウェルズ借地人，45年にはシティ劇場。基金委員として8月3日，その折舞台主任を務めていたサリー劇場での寄附興行に先立ちレマン・リードによる前口上を読み上げる。興行収益は£140.18.0に上った。

アンブローズ・ウィリアムズ宛　1843年8月6日付*

ケント，ブロードステアーズ。1843年8月6日

拝復

何卒故エルトン殿の遺児のための貴兄の「声明」に対する委員会の満腔の謝意をお受け止め下さいますよう。実に付き付きしく，謙虚にして哀愁に満ちているとあって，小生たいそう好もしい印象を受けました。

御存じやもしれませんが，既に別の方からのお申し出があったため，御厚意

に甘えさせて頂くこと能いません。がいずれにせよ御温情に改めて篤く御礼申し上げます。

敬具

チャールズ・ディケンズ

アンブローズ・ウィリアムズ殿

（注） アンブローズ・ウィリアムズについては不詳。「別の方からのお申し出」は恐らくヘイマーケットにおけるフッドの声明（フッド宛書簡（7月26日付）注参照）。

バーデット・クーツ嬢宛　1843年8月7日付

ケント，ブロードステアーズ。1843年8月7日月曜

親愛なるクーツ嬢

去る木曜故エルトン殿の遺児のための委員会にて議長を務めるべく上京致しましたが，明くる朝当地へ戻ったため，お伺い致しそびれました。

チャールズ・マシューズ殿と御令室のあるまじき所業故に，ヘイマーケットにてはハーリも，キーリ夫妻も，ニズベット夫人も，スターリン夫人も出演致せませんでした――全員予め，ウェブスター殿の余す所なき賛同の下，公表されていたにもかかわらず。その結果，間際になって恰好のプログラムを変更せざるを得ず，出し物はいずれも駄作ばかりとなりました。がさぞやお喜び頂けようことに，収益は£280――天井桟敷まで大入り満員の時ですらせいぜい£300分しか収容し切れぬ劇場にあっては，正しく巨額――に上りました。くだんの額を含め，我々木曜の晩には1,000ポンド近い現金を手にしました。して爾来サリーにおける（今の所唯一の収益たる）寄附興行ではさらにもう140ポンドの収益があり，加えて個人的寄附も少なからず寄せられています。

遺児の不幸の直中にあって，一家の週極の出費が如何ほどか曲がりなりにも正確に割り出すのは至難の業と観念し，去る木曜，小生£10――貴女のお送り下さった――をとある，遺児のことをよく御存じの上，必ずや詳細な報告を賜ろう御婦人の手に委ね，次にお会いする時（来る月曜）までには使途を御説明の上，平均的な請求額の見積もりをお教え頂くよう頼んでおきました。くだん

の一件に関し拝眉致す前に，小生自ら遺児を訪うつもりです。と申すのもわけても長女と話をし，貴女の支援が長女の知る限り徹して信頼の置ける，して彼らのためをこそ思うような人物をさておけば如何なる身内ないし友人の恣意にも委ねられぬよう取り計らいたいと存ずるもので。実は早，当該予防措置を不可欠とする，かすかな気配や徴候が見て取れるような気が致すだけに。

当該小さな保養地は実に明るく美しく――せめて今朝その様を貴女と貴女の患者嬢に一目見て頂けるものなら。当地に小生，この六年というもの参っていますが，ついぞ隣家にピアノの据えられたためしはありませんでした。がかようの幸運の長らく続こうものかは。今や小生のペンを走らせている部屋の小さな張出し窓の間際には一台デンと据えられ，御逸品，溜め息よろしく洩らす音という音に六年分もの苦悶を背負(しょ)い込んでいるようではあります。よって既に，屋敷の反対側に難を逃れるを余儀なくされていますが，そちらがまた「一頭立て(フライ)」が客を待ち，数知れぬロバや御者の屯する通りに面しているとは。連中の「調べ」と来ては他方のそれといい対(たい)イタダけず，双方の間(はざま)にて小生去る土曜など然に捨て鉢な気分に駆られたものですからいっそ尻に帆かけ，家族を置き去りにせねばとホゾを固めかけたほどです。事態はトマス・ダンカム殿のバン殿の人品並びに学識への賛辞の掲載された新聞が届いたからとておよそ好くなるどころの騒ぎではありません。かくて小生（御両人，なるほど互いの友情にはいたく相応しかろうと）忿懣遣る方なくなるに及び，燃けつくような白亜を10マイル歩き通し歩いて漸う曲がりなりにも平静を取り戻しました。

チャーリーと250人のおチビさん達は木製シャベルでもって砂浜に砦を築いたり，貝や海草を掘り起こしたりしています。長男は今なお先達て貴女のお宅にお邪魔した時のことで頭の中は一杯で，朝餉時に何かお伝えすることはないかと尋ねると，磨き上げた赤銅よろしく真っ紅に頬を染めていました。もしや父さんがよろしく(ラヴ)の一言で**大丈夫**と思うなら（とあいつの申すには）御逸品を転送して欲しいそうです。よって然るべき体裁にてお伝えしようと約束しました。小生漠とながら息子のために御伽英国史を書く想を暖めています――「戦争」と「殺人」に心優しい概念を抱き，誤った英雄に憧れぬよう，と言おうか「栄光」の剣(つるぎ)の明るい側(がわ)だけを見て，錆びついたそれを一切知らぬということのないよう。目出度く仕上げた暁には，いつかとある雨降りの日にでも繙いて頂ければ幸いです。

この日和ではメレディス嬢もさぞや閉口しておいでのことと——実の所，妻も含め病床にある者皆にとって然たる如く。妻は末筆ながら，くれぐれもよろしくお伝えするよう申しています。メレディス嬢が自室から出られた由お聞きすれば我々一同何と悦ばしく存じようことか，とは申せ小生個人的には，もしや炙り鶏の三分二を平らげ，ワインを三杯聞こし召したと一度（ひとたび）お聞きすれば，後はそっくり「御自身」と「幸運」とに任せてもって善しと致したく。くれぐれもよろしく御鶴声賜りますよう，してつゆ変わることなく親愛なるクーツ嬢

匆々

チャールズ・ディケンズ

クーツ嬢

（注）　第二段落チャールズ・ジェイムズ・マシューズは男優兼劇作家（『第二巻』原典p. 385脚注，訳書479頁注参照）。基金委員会メンバーだが，他の劇場から俳優を狩り出すことには異を唱えた。『モーニング・ヘラルド』（8月1日付）には8月2日上演予定「恰好のプログラム」——ドゥルアリー・レーンとヘイマーケット切っての錚々たる男女優によるシェリダン作『好敵手』，並びにキーリ夫妻出演「幕間劇」等——が予告されていた。片や取って代わった「駄作」はウェブスター作『小悪魔』，モートン作『ダブルベッド付寝室』等，その折のヘイマーケット常連演目ばかりだった。フッドの「声明」を読み上げたのはウォーナー夫人。「サリーにおける……寄附興行」については前々書簡参照。第三段落「とある……御婦人」は幹事の妻としてのマッキーアン夫人，もしくは孤児への篤志で知られるS. C.ホール夫人。「長女」は『モーニング・ヘラルド』によるとエスタ（二十歳）。「身内ないし友人」に関せば，エルトンは彼自身の両親のみならず義母も扶養し，さらに『シアトリカル・ジャーナル』によれば兄弟が二人いた。第四段落トマス・スリングズビ・ダンカム（1796-1861）はフィンズベリー選出国会議員，42年5月チャーティスト請願書を提出。活動的な政治家・人気のある能弁家・小冊子や新聞雑誌への投書多数。『ボズの素描集』「情景」第十八章「国会素描」に彼を物した以下の件（くだり）がある——「あの，ドーセイ帽をめっぽう小粋に被った，ヴェルヴェットの見返しとカフスの黒い上着の，見るからにイカした奴は，首都圏（メトロポリタン）代表の『正直トム』である」〔拙訳書184頁参照〕。アルフレッド・バンは劇場経営者（『第一巻』原典p. 317脚注，訳書398頁注参照）。ドゥルアリー・レーン借地人になったばかり。8月3日その報せを耳にしたマクレディは「是ぞ委員会の側（がわ）での名折れ——芸術，俳優，大衆にとって」と『日誌』に記す。『モーニング・クロニクル』（8月5日付）は劇場規制法案討論を

報ずる上で，ダンカムのバン賛辞——「ドゥルアリー・レーン劇場は当該法案提起の結果，演劇に関する経験が豊富であると共に演劇文学の造詣も極めて深い殿方，即ちバン殿に譲り受けられる運びとなった」を掲載していた。第五段落「御伽英国史」についてはジェロルド宛書簡（5月3日付）参照。第六段落「妻も含め」はフランシス・ジェフリー（44年1月15日生）妊娠を暗に仄めかして。

トマス・ミトン宛　1843年8月10日付

ケント，ブロードステアーズ。1843年8月10日

親愛なるミトン

郵便馬車が出る前にもうちょっとの間（ま）しかない——日がな一日根を詰めていたもので。

もしも保険証券がチャプマン・アンド・ホール用でない（傍点）なら，忘れてくれ。がもしも連中のものなら，書き替えた方が好さそうだ——勘定が当てにしていたほど償却されていないだけに。もしもぼくのものなら——断固否（ノー）だが。

月曜，エルトン委員会の集まりのために上京して，明くる朝引き返す。もっとはっきりした予定が立ったら，そっちへ寄る時刻を知らせよう——多分ここからの日曜夜行便で。手許におよそ£1,500ある。

次号は前号ほどぼく（傍点）のお気には召さないが——またもやアメリカなもので——せいぜい頑張ってみるとしよう。

不一

CD.

（注）　チャプマン＆ホールはディケンズのブリタニアとの生命保険証券の一通を41年7月31日以来，他の二通を42年1月以来，所有していた（チャプマン＆ホール宛書簡（42年1月1日付）参照）。最終段落「次号」は第二十一－三章。

ブラッドベリー＆エヴァンズ両氏宛　1843年8月13日付

【サザビーズ目録（1932年7月）に抜粋あり。草稿は1頁。日付は「ブロードステアー

ズ，43年8月13日」。】

明日，一泊の予定で上京し，フォースター殿と5時に食事を致します。その時までに同封の草稿の校正をお届け下されるようなら，是非ともお願い致したく。……パンチはいつも以上に傑作で

（注）「同封の草稿」は恐らく第二十一，二章——第二十三章は8月18日までに書き上げられるため（同日付ブラッドベリー＆エヴァンズ宛書簡参照）。『パンチ』（8月12日号）にはシャドー・ダンスを舞うオンディーヌ〔水の精霊〕を模したオコネルの絶妙の時事諷刺漫画（カートゥーン）と，滑稽な劇場関連記事二つ——内一つは劇場規制法案をダシにした戯文（スキット）——が掲載されていた。〔本文，以降は欠損。ただし原典に何ら編注なし。〕

ジョン・フォースター宛［1843年8月13日付］＊

【日付は明らかに前書簡と同日。】

ブロードステアーズ。日曜

親愛なるフォースター

「令名号（フェイム）」で上京する。かっきり5時半にディナーを食べよう——もちろんその前に君の所へ行けるはずだが。

バラムとスタニーからは「イエス」が来た。トムソンは国外だろう。ストーンは明日の晩まで分からない。エドウィン・ランシアも，怪しい。

フォックスにはもう聞いたか？

不一

CD.

ジョン・フォースター殿

（注）　本状で整えられているのはマクレディお別れディナー（8月26日開催）の手筈。名を挙げられている客の内トムソンのみ欠席（クルー宛書簡（8月24日付）参照）。

トマス・ミトン宛［1843年8月13日付］＊

【日付は明らかに前書簡と同日。】

ブロードステアーズ。日曜

親愛なるミトン

明日「令名号（フェイム）」で上京し，その足で立ち寄ろう――文字通り立ち寄るだけで申し訳ない。がまた近い内にやって来る。

我ながらアメリカの号でやってのけたことで死ぬほど笑い転げた。――そいつが「真実」たることについての自分の知識にどれほどのおかしみがあるかは分からないが。連中のおしゃべりがまたしても聞こえて来るようだ。

不一

CD

トマス・ミトン殿

（注） 第二十一章ではラ・ファイエット・ケトル氏，チョーク将軍，『ウォーター・トースト協会』が，第二十二章ではホミニー夫妻が，導入される。片やエデン到着（第二十三章）は滑稽味には欠ける。第二十一章は43年夏，わけても時宜に適っていた――ディケンズ自ら「ウォーター・トースト協会」は荒唐無稽との批判に対し，廉価版序文において以下の如く断る通り――「かのマーティン・チャズルウィットのアメリカ体験の箇所は1843年6，7月――とはおよそ小生が拙著のくだんの箇所を執筆していた時期に当たるが――『タイムズ紙』に掲載された，合衆国の公式議事録（わけても某「ブランデーワイン協会」なるものの手続き）に関する記事を逐語敷衍したにすぎない」〔拙訳書上巻12頁参照〕。

バーデット・クーツ嬢宛　1843年8月15日付*

ブロードステアーズ。1843年8月15日

親愛なるクーツ嬢

小生得心の行くよう確かめた所，エルトン遺児の週極の出費は能う限りほぼ3ポンド――それ以上ではなかろう――とのことです。小生また寄附金の1ファージングたり彼らの支援という眼目にして唯一の目的以外の何ものにも充当されぬよう，如何なる男も，女も，子供もその消費に断じて介入させぬよう，細心の注意を払って参りました。して遺児には，たとい百眼の巨人（アルゴス）の目がそっくり一つきりの目に溶け合わされたとて敵わぬほどおさおさ怠りなき厳重な目

を光らせ，貴女が彼らのために委ねて下さったシリングというシリングの使途の説明を得心の行くよう受ける所存です。

さぞやお喜び頂けましょうが，寄附と興行収益とを併せると2,000ポンドに上りそうです。

来週金曜，子供達に会うために上京し，もしや外に御用事がなければ翌朝1時頃お伺い致したいと存じます。メレディス嬢の御回復を心より願って已みません。今や定めし遙かに快方へ向かっておいでに違いなく。

つゆ変わることなく親愛なるクーツ嬢

匆々

チャールズ・ディケンズ

クーツ嬢

（注） 第二段落，43年11月25日までの総収益は「出費を除き£2,380」（『タイムズ』掲載ディケンズ最終報告）。約半額は寄附興行による――ヘイマーケットにおける£281.17.0が最高額。

ジョン・フォースター宛［1843年8月15日付］

【F, IV, ii, 309に抜粋あり。日付はフォースターによると8月15日。ただし「彼の第八分冊の第二章」が同封されていたの「第八」は正しくは「第九」。】

今朝方受け取った手紙からしてどうやらマーティンは海の向うの連中皆を正真正銘，純然たる，全き狂気に駆らせているらしい。ちょっと考えてみてくれ。そろそろ正面切って言ってやってもいいんじゃないか，ぼくが合衆国で受けた手合いの公的接待は海を渡る前か，到着後一週間目に応じられたにすぎず，彼の国とお近づきになり始めるが早いか，心の平穏と安らぎを大いに掻き乱して余りあることに，無理矢理押しつけられるそいつをさておけば如何なる公的表敬にもソッポを向き――かくて本音を包み隠さず明らかにしていたはずだと。

（注） リヴァプールに8月11日入港した「ロスキウス号」は7月25日までのアメリカ各紙をもたらす。「カレドニア号」は8月13日入港。第七分冊（第十六－七章）は7月19日後ほどなくニューヨーク，ハーパーズ社より発刊。月末前には辛辣な書評――ディケンズ

の「悪意と全き憎悪」,「事実の歪曲の意図」を糾弾するパーク・ベンジャミンの『ブラザー・ジョナサン』(7月29日付) を始めとし——が掲載される。従来ディケンズに好意的だったフィリップ・ホーンもマーティン到着を審らかにする章——「彼がこの異教徒と蛮民と無神論者の国で何を見聞きし,行ない,苦しんだか」——を読むや「日誌」(7月29日付) に遺憾の念を綴る。英国内では賛否両論分かれ,慨嘆を表明するマクレディ (『日誌』II, 215, 217, 218-9) に対し,カーライルはフォースター宛書簡 (7月3日付) において最新号を絶賛。シドニー・スミスは7月号については賛辞を惜しまなかったものの (ミトン宛書簡 (7月24日付) 参照), レディ・カーライル宛書簡 (9月17日付) においては「ディケンズの小説の見せた転換は実に嘆かわしい」と胸の内を明かす。アメリカ書評ではかつての持て成し手達に対する忘恩の誹りが顕著であり,ディケンズが耳にしたのもこの種の批判だったと思われる。

H. K. ブラウン宛 [1843年8月15-18日?付]

【日付は恐らく (彼がブロードステアーズへ戻った) 8月15日と9月号の仕上がる18日との間。】

第二の画題

第一の画題は地図の上でのエデン新開地でしたが,第二のそれは現実のエデンです。マーティンとマークはありとあらゆる腐朽の段階なるいじけた材木ばかりのとことんぬっぺらぼうの泥濘った惨めったらしい森の中の惨めったらしい丸太小屋の借地人として描かれています (丸太小屋の雛型はチャプマン・アンド・ホールより届けられる暈し絵参照)。戸口の前には淀んだ川が流れ,他の惨めな丸太小屋も木々の間に見え隠れし,中でもとびきりうらぶれ果てた荒屋は「銀行。ナショナル・クレジット・オフィス」と銘打たれています。戸口の外には,常の習いで,粗造りの長腰掛け或いは食器戸棚が据えられ,上にはポット,やかん等々——どいつもこいつもとびきりありきたりの類(たぐい)の——が載っかっています。小屋の外っ面の,扉の片側には「チャズルウィット商会。建築家・測量技師」なる手書きの看板が吊り下げられ,丸太小屋の前の,肉屋の肉切り台(ブロック)よろしき切り株の上にはマーティンの道具——錆だらけのコンパス等々——が並べられています。当該肉切り台(ブロック)の傍らの三脚床几に,シャツ姿の

現実に顕現せし新興都市「エデン」

マーティンが髪を蓬々に伸ばし，頬杖を突いたなり，絵に画いたようなお先真っ暗の悲惨たりて，川にじっと，祖国へ向かっているのを侘しく思い出しつつ，目を凝らしています。がタプリー氏は膝までどっぷり不浄と茂みに浸かりながらも，手斧もてあり得るべからざる妙技を御披露賜ろうと躍起になる間(ま)にも御主人様の方をすこぶる上機嫌な面(つら)を下げたなり打ち眺め，御自身とことん浮かれ返っている由咲呵を切ります。マークこそは唯一せめてもの慰め。その他何もかもが憂はしく，惨めったらしく，むさ苦しく，健やかならず，ほとほと望みウスと――病み，餓(かつ)え，萎(しお)れていると――いうに。

今しも茹だるように暑く，御両人ほんの申し訳程度にしか身に着けていません。

（注） 頭注「日付」は，本状で述べられている情景は第二十三章結末のそれだが，想は早目に練られていたはずである上，このような情景にブラウンは可能な限り時間を必要としたろうことからの推断。見出し——「第二の画題（2nd Subject）」——はディケンズの筆跡。別の，ブラウンではない筆跡でその上に“Martin Chuzzelwit（正しくはChuzzlewit）”，ブラウンの筆跡で右側に“Martin Chuzzlewit”。〔第一の画題については〔拙訳書〕上巻427頁挿絵参照。〕本状便箋末尾に別の筆跡で「下絵二枚と共に」と記され，ブラウンは鉛筆で「この眺望を……1マイル以下に収めるのは難しい」と綴る。ブラウンの下絵は切り株（地面から生えてはいない）がより大きく，チャズルウィット看板は別の箇所に掛かり，他方の看板には「銀行」とのみ書かれている点を除けばほぼ仕上がりの挿絵〔前頁参照〕通り。ブラウン原画の下には肉切り台（ブロック）の幅を示す二本の垂直線に加え「広すぎる——マーティンの看板を扉の反対側に移し，マークを木ごと前方へ持って来ることで狭められないか質問（qy）彼の頭の上のあれは帽子か」，「切り株は土の中に埋まっていなくてはならない実の所木は下から2フィートの所で伐られている［略画］」の走り書き〔よって読点は無し。“qy”即ち“query”は印刷用語で「疑問符」と同義〕。筆跡はディケンズのそれでもブラウンのそれでもないが，指示は内容からしてディケンズのそれ。恐らく8月24-26日再び上京した際，印刷所で職工の何者かに口述したと思われる。帽子は図版そっくりだが，他は要望通りの変更が加えられている。

ブラッドベリー＆エヴァンズ両氏宛　1843年8月18日付*

【草稿はフォースター・コレクション（V&A）。宛先は明らかにブラッドベリー＆エヴァンズ（8月13日付書簡参照）。】

ブロードステアーズ。1843年8月18日金曜

拝啓

大至急校正を

敬具

CD.

（注） 本状（鉛筆書き）が認められているのは『チャズルウィット』第九分冊草稿最終頁。

バーデット・クーツ嬢宛　1843年8月20日付*

ブロードステアーズ。1843年8月20日

親愛なるクーツ嬢

郵便馬車が発つ間際に一筆認めさせて頂きたく――つい今しがた忝き芳牘を受け取りましたが，貴女の読み違えか小生の書き違えに違いありません。小生としては来週の土曜――つまり来る土曜――と申したつもりです。約束を忘れていたとお思いにならぬよう，念のため。

メレディス嬢が快方へ向かっておいでとのこと何よりです。これで本復かと。チャーリーがくれぐれもよろしくお伝えするよう申しています。

ピアノは金曜立ち去ります。どいつか外の「楽器」が後釜に座るのではないかと早くも気を揉んでいます。とある男――夕暮になるとよく人気ない崖の下でフルートを吹いているのが聞こえる――が，貼り紙を見ている所に出会したもので。

親愛なるクーツ嬢
匆々
チャールズ・ディケンズ

クーツ嬢

（注）「来週の土曜」はディケンズの記憶通り（クーツ嬢宛書簡（8月15日付）参照）。

クーパー殿宛　1843年8月21日付

【N, I, 533に言及あり。】

（注）クーパーについては不詳。

フランシス・クルー宛［1843年8月24日付］

【S. F.ヘンケルズ目録1492番に言及あり。草稿は2頁。日付は「デヴォンシャー・テ

ラス，木曜夜」――明らかに8月26日開催マクレディ正餐会の前の木曜。】

拝啓

アメリカへの出立に際しマクレディ殿のためにお別れ正餐会を催す趣旨の下(もと)土曜4時，リッチモンド，「星章とガーター亭」に馴染み数名が集う予定にて。ブロードステアーズから上京する途上ふと，貴兄に御臨席賜れば我々一同如何ほど慶ばしかろうかと思い当たりました。かく御招待致すとは正直な所，いささか独り善がりの嫌いはあるものの，それでもなお御自身かようの集いにてはさぞや楽しい一時を過ごして頂けるのではなかりましょうか。小生常々素晴らしい歌声，のみならず典雅な趣味に如何ほど魅せられていることかお気づきに［ならずにいられ］ますまいが，是非ともその場に居合わせよう友人達にも両者の端くれなり堪能させたいと存じます。が御臨席賜りたき謂れはさておき，何卒お越し下さいますよう。さらば如何ほど下記の者の幸甚に存ずることか

敬具

チャールズ・ディケンズ

（注） フランシス・クルーはコンデュイット・ストリート，ラムズ27番地書店主・文具商。アマチュアながら美声で名高いテノール歌手。ディケンズは友人とは言え36年11月27日？付書簡にては“Crewe（正しくはCrew）”と綴っていた（『第一巻』原典p. 199，訳書249頁参照）。列席者はフォースター，マクリース，ランシア，スタンフィールド等。ディケンズはマクレディの健康を祝して乾盃の音頭を取るが，一座皆が感涙を催すほど敬愛に満ちた熱弁を揮う――マクレディにくれぐれも名は挙げずにとクギを刺した上，アメリカについての私見を審らかにするユーモアも交えて（マクレディ宛書簡（9月1日付）参照）。マクレディは『日誌』によると，涙が込み上げ，満足に礼を返せなかったという。クルーは「モリー・ブララガーン」等数曲披露した。「お気づきに［ならずにいられ］ますまい（“You [cannot] but be aware”）」の“cannot”は草稿では“can”と読める。

株式取引所御中　1843年8月28日付

リージェンツ・パーク，ヨーク・ゲイト

デヴォンシャー・テラス1番地。1843年8月28日

拝啓

既にお気づきのことと存じますが，「ペガサス号」の傷ましき難破にて溺死した故エルトン殿の七名の遺児——一名を除き全て女児——のために公の寄附が募られています。母親は数年前に狂死し，遺児は父親の急死以来，馴染みに恵まれてでもいなければ困窮の極みにて，寄る辺無なき身の上にありましょう。

基金は三名の受託者——エドワード・マーチバンクス殿，タルファド上級法廷弁護士，して小生——の管理に委ねられることになろうかと。五名の委員会——皆エルトン殿と生前親しく付き合い，庶民にも名の知れた——が受託者と提携し，能う限りの手段を講じ，くだんの遺児の福利並びに寄附者の慈悲深き篤志を促進致す所存であります。

これまで御挨拶を差し控えていたのは偏に我々の計画をかほどにまで実際的な成果へと推し進めた上で初めて本件についてお煩わせして然るべきと心得たからに外なりません。とは申せもしや常にその「慈悲」と「寛大」の令名を馳せ，その最善の様相において常にこの大いなる都市の「富」にかくも気高く成り代わっておいでの組合員諸兄の御尽力を仰がずして寄附を打留めにするならば，小生当該基金委員会の議長としての本務をおよそ十全と全うしたことにはなるまいという気がしてなりません。

誓って，諸兄，もしやかくも言葉足らずながら説明させて頂いた，して自ら深く心にかけている趣旨に御賛同頂けるなら，御高配に断じて悖るまい者共に救いの手を差し延べられることになりましょうし，浄財の1ファージングというう1ファージングが諸兄御自身ですら望み得ぬほど細心の，して同時に心優しくも付き付きしき用途に充てられるものと，全幅の信頼を寄せて頂いて差し支えありますまい。

敬具

チャールズ・ディケンズ

株式取引所御中

(注) 公表された寄附者一覧には株式取引所そのものではなく，ケイパル三氏等株式仲買人の個人名が記載されている（マーチバンクス宛書簡（9月8日付）参照）。

W. H. マリ宛　1843年8月29日付†

ケント，ブロードステアーズ。1843年8月29日

拝啓

ギリス司祭の御住所を知らぬ上，故エルトンの遺児の一人の今後に纏わるくだんの牧師の忝き申し出は貴兄を介して為された故，もしや当該書信の趣意を貴兄からお伝え頂ければ誠に幸甚に存じます。

遺児の窮状を直ちに検討する権限の委ねられた小委員会は，ギリス司祭のお申し出に満腔の謝意を表しつつ能う限り綿密な考察を加えさせて頂きました。が当委員会は，さらば遺児の一人は必然的にローマカトリック宗旨の教育を受けざるを得ぬからには，忝き御提案をお断り致すに如くはなかろうとの結論に達した次第にて。

上記の見解に達する上で，当委員会は自らの如何なる宗教的見解ないし懸念にも左右されるを潔しとせず，検討の対象を厳正に以下三点に絞りました――第一に，父親は仮に幸い存命ならばかようの提案を如何様に受け止めていたろうか――第二に，くだんの提案を年長の子供達は彼らの間で如何様に惟みようか――第三に小委員会はどの程度まで，かくも困難な問題を独力で判ずるには余りに幼気な者達の間に信仰の相違や見解の分裂をもたらして然るべきであろうか。結論は，上に述べた通りであります。

小委員会は，さりとて，司教に心より篤く御礼申し上げると共に，深甚なる敬意を表させて頂きたく。

敬具

チャールズ・ディケンズ

M. H.マリ殿

（注）　ウィリアム・ヘンリー・マリは俳優・劇場支配人（『第二巻』原典p. 311脚注，訳書379頁注参照）。エディンバラ劇場基金創設者・管理者。エディンバラとグラスゴーでエルトン遺児支援のための寄附興行を企画（クーツ嬢宛書簡（7月28日付）参照），収益は寄附金と併せ£322.18.1に上る。ジェイムズ・ギリス司教（1802-64）は東部地区代牧補佐（1837）を経て38年7月司教に任ぜられる。ギリス（Gillies）はディケンズの綴り

違(たが)えで，正しくはGillis。〔日付に†が付されているが，原典編注に従来一部未発表部分に関する説明なし。〕

ジョン・フォースター宛［1843年8月29日？付］

【F, IV, i, 296に抜粋あり。日付はフォースターによると「8月の終わり」，ブロードステアーズより。フェルトン宛書簡（9月1日付）の「数日前」。ただしディケンズがロンドンから引き返して丸一日は経っている所からして，8月29日以前ではない。】

ぼくは丸一日焼けつくような日射しの下(もと)，時間相手に，里程標にして18マイルを4時間半で踏み越える正気の沙汰どころではない歩きっ競(くら)をやってのけた。昨夜は一睡もできず，ひょっとして熱でも出やしないかと，冗談抜きで気が気じゃなくなった。今日は一体どんな物書き-状態にあるかは推して知る可し。何をダシにせよペンを走らすよりいっそ崖にカジリつく方がまだしもお易い御用というものだ。

（注） フォースターはリー・ハント宛書簡（8月19日）の文面——「昨日ディケンズに来週ブロードステアーズに行くと伝えました」——に照らせば，つい最近までブロードステアーズに滞在していたと思われる。〔「昨夜は一睡もできず」の「昨夜」の後，F, IV, i, 296では（手紙はその翌朝に書かれている）——"... I could get" (he is writing next morning) "no sleep at night..." ——の但書きが添えられている。〕

C. C. フェルトン宛　1843年9月1日付

ケント，ブロードステアーズ。1843年9月1日

親愛なるフェルトン。もしや道理上，貴兄と小生とが然る，フォースターによれば貴兄が一家言お持ちとかのチャズルウィット案件がらみで書面にて合意に達し得ると思われるなら，小生時をかわさず同上に頭から突っかかって行こうものを。が土台叶わぬ相談というなら——無駄ボネは折りますまい。以下の如き八卦を見てもって善しとし——即ち，いずれ近い将来貴兄はかく綴るか，面と向かっておっしゃいましょう。「親愛なるディケンズ君は荒っぽいながらもまっとうで，山ほど善行を積んだ，たといそのせいでとことん疎まれよう

と」さらば小生かく返します。「親愛なるフェルトン，小生遙か彼方を，直ぐ鼻先ではなく，見据えていました，[a]して彼らの憎しみを，固より憎む習い性（せい）たるだけに重んじましょう――恰も彼らの愛を，固より愛す習い性（せい）たるだけに尊んだ如く。実の所，気持ちなおいよよ，と申すのも自然の女神は彼らをその情愛において一向ひたむきならずとも，その偏見においては極めてひたむきに造り賜うたからには」[a]との所感に，貴兄はカンラカラ腹を抱え，小生もカンラカラ腹を抱え，そこで（と申すのも，以上はそっくり祖国イングランドにて出来（しゅったい）するものと踏んでいるだけに）我々はポーターをジョッキでもう一杯に，牡蠣を2，3ダース呼び立てましょう。

さて貴兄は御自身の魂の心底[b]――かの，フェルトン私室のいっとう奥の奥の間（ま）にて――[b]かくも長らく無音に打ち過ぎていることでは小生相手に喧嘩を吹っかけておいででは？　がよもや，小生が我と我が身相手に喧嘩を吹っかけているその半ばも。もしや小生が絵空事の中で貴兄宛認めている手紙の半ばでもお読みになれるものなら，小生の筆まめの鑑たること信じて疑われますまい。実を申すと，朝方の仕事にケリがつくや，ひたと小生のペンは下へ置かれ，その刻（とき）を限りにそいつを再び手にするは，挙句架空の肉屋とパン屋が挙って机へと手招きするまで天からお手上げと観念のホゾを固めます。小生ウロウロ，手紙や，おどけた件（くだり）や，ジンと来る寸言や，哀愁に満ちた友情で溢れんばかりのなり歩き回ります，がいっかな，天地が引っくり返ろうとこの身のコルクをポンと抜くこと能いません。郵便局は小生にとりては前方の暗礁。毎日書かねばならぬ手紙は均して少なくとも1ダースは下るまいかと。して生身の第十三通目より一体小生何を気持ちの上では貴兄宛綴っているかお察し頂けぬは，恰も帽子より一体小生の頭の中では何が繰り広げられているか判ぜられぬ，と言おうかフラノのチョッキの外っ面にて小生の心までは読み取れぬが如し。

ここは小さな釣場で，辺りはシンと死んだように静まり返り，聳やかな――ちっぽけな半円の入江のど真ん中の――絶壁の天辺に我々の屋敷は立ち，窓の下では海が逆巻いては打ち寄せています。7マイル沖にはグドウィン・サンズがあり（グドウィン・サンズのことは聞いたことがおありと？）そこから浮標灯が日が暮れてからはひっきりなしにパチパチ，まるで召使い共と密か事に耽ってでもいるかのように目交ぜを送って寄越します。かと思えば，村の裏手の丘にはノース・フォアランドという名の大きな灯台も――しかつべらしい教区牧師然たる明かりも――あり，目の眩んだクチバシの黄色い浮標灯の奴らに灸を据えてはグイと遙か沖合へ睨みを利かせています。絶壁の下にはとびきりの砂浜が広がり，そこにて子供達は皆，日が昇る度集まっては，あり得べからざる砦をでっち上げ，御逸品を潮が満ちるや大海原がペシャンコに拉がせて下さいます。老いぼれた殿方とヨボヨボの御婦人方は両の読書室や青空の下(もと)あちこちに散ったその数あまたに上る椅子の上にて御当人方なりのやり口にて戯れ，他の老いぼれ紳士の中にはまた日がな一日望遠鏡で遙か彼方を見はるかしては何一つ目にせぬ御仁方もいます。とある二階の張出し窓に9時から1時まで掛けているのはネック・クロスも着けぬいささか長髪の殿方で，殿方は我ながらめっぽう傑作な剽軽玉を飛ばしてでもいるかのようにペンを走らせてはニヤニヤ笑い――名を，因みにボズと言います。1時になると姿を消し，ほどなく更衣車からぬっと現われ――ある種サーモンピンクのイルカたりて――バシャバシャ水飛沫を上げている様が見受けられるやもしれません。と思いきや一階のまた別の張出し窓にてしこたまランチを掻っ込み，と思いきや12マイルかそこら歩くか，砂地で仰向けに寝そべったなり本を読んでいる様が見受けられるやもしれません。誰一人として，話しかけられたがっているとピンと来ぬ限り邪魔をする者はいません。何でも，殿方は絵に画いたような極楽トンボを極め込んでいるとか。こんがり小麦色に焼け，連中の蓋し言うには，ビールと冷ポンチを商う旅籠の亭主にとってはささやかながら一身上なりとのこと。がこいつは単なる風聞。時に（8マイルかそこら離れた）ロンドンへ舞い戻り，さらば何でも，リンカンズ・イン・フィールズにては夜分，男同士がゲラゲラ腹を抱える声がナイフ・フォークとワイン-グラスのガシャつき諸共轟き渡るとか。

互いに「ジョージ・ワシントン号」の船上にて訣れを告げてこの方，小生来る火曜ほど貴兄に近づくことはなかりましょう。フォースターと，マクリースと小生は――して恐らくスタンフィールドも――さらばリヴァプールにて「キュナード汽船」に乗り込むことになっているもので――マクレディに暇を告げ，妻君を連れ帰るべく。いたく辛い訣れにはなりましょう。無論貴兄は彼に会い，お近づきになられましょうが。先週の土曜，我々はリッチモンドにて盛大な宴を張り，その折小生いつもながら二つ返事で会を司らせて頂きました。彼はこの世にまたとないほどあっぱれ至極な男の一人で，小生もしや貴兄と隣同士の席で彼がウィルギニウスにせよリアにせよウェルナーにせよ——そのいずれもが彼の高邁な芸術の達し得る至高の極致の最も偉大なる具現というなら——一体何を惜しむでしょう。彼のマクベス，わけても最終幕，は途轍もなき迫真の演技です。がそれを言うなら彼の演ずる何もかも。恐らく覚えておいででしょうが，彼は我々の訪米中子供を預かってくれていました。彼のことは心から敬愛して已みません。[c]この度小生からの手紙は一通たり携えていません，貴兄宛のそれですら。たとい下手な累が及んではというので，一通たり託けていないと言おうとてどうかお笑いにならぬよう。と申すのも如何ほどその数あまたに上る寄生虫共の頭が叶うものなら，ほんの間接的であれ，小生の崇める人物へと憎しみを吐き出したいばっかりにその人物の心に食い入ろうことか存じているだけに。が何卒サムナーや，ティクノーや，小生が尊敬しているとは百も御承知のくだんの馴染み方に，如何なる称賛と情愛に満ちた崇敬の念を込めて小生が貴兄伝彼のことを口にしていたかお伝え頂きますよう。もしや「ニクルビー」の献題を取り下げられるなら，彼がアメリカから戻るまで喜んで然に致そうものを。[c]

いつぞや，確かマクリースのことをお尋ねになっていたかと。彼はそれは御当人の画題がらみでは然に気まぐれな奴なもので，彼に関し貴兄の考えておいでのような論考を物するのは至難の業かと。漠とながら，彼の「天稟」の何たるかお分かり頂けるものなら。近々，全頁，初めから終わりまで彼による挿絵入りの，とある書物が——ムアの『アイルランド民謡集』が——発刊される予定にて。晴れて上梓された暁には是非とも御送付させて頂きたく。さらば彼のことを何がなしお分かり頂けるやもしれません。女王陛下の大のお気に入りにして，殿下の誕生日の朝，女王が夫君のテーブルにお飾りになる秘密の絵画——といった手合い——を物します。がもしや御当人に頓着があれば宮殿の壁よりまだしも持ちのいい代物の上に×印を残しましょうに。

だからロングフェローは連れ添ったと。お相手のことはよく覚えているだけに，肖像を――文言にて――生き写しに描けようかと。たいそう眉目麗しく心嫋やかな娘御――詩人に実に付き付きしきお相手。くれぐれもよろしく，祝意をお伝え下さいますよう。お二人は我々が朝食を取ったあの屋敷に住んでおいでと？ [d]してロングフェローには冷水が独り身に劣らず所帯持ちにもなお必要不可欠と。その点，是非とも蒙を啓いて頂きたいものです。何卒――こっそりお尋ねを。こと牡蠣はと申せば――が当該話題を追えば，誤解されかねません。[d]

小生しょっちゅうまたもやアメリカにいる夢を見ます，が奇しくも貴兄の夢は断じて見ません。いつも身を窶して帰国しようと躍起になりながらも，祖国は遙か彼方なりとの侘しき感懐に見舞われます。夢に関せば，もしや虚構を物する者が自ら創造した者達の夢を断じて見ないとすれば，奇しきことではなかりましょうか――恐らく，彼らの夢においてすら登場人物は真の存在を有さぬことを思い起こせば？　小生はついぞ己自身の登場人物の誰一人夢を見たためしがありません，して夢を見るなど土台叶わぬ相談と固よりサジを投げているものですから，スコットはついぞ彼の登場人物の夢を，如何ほど実在たろうと見たためしのなきこと賭けても構いません。一晩か二晩か前，妙な思い込みに取り憑かれ，何者かが亡くなっている夢を見ました。何者か，は分かりません。が，それはさておき。私人にして格別な友人です。して訃報が三角帽と，トップ・ブーツと，経帷子の――ただそれきりの――殿方によりて（たいそう心濃やかに）もたらされると心底動顛しました。「いやはや」と小生です。「彼が亡くなったと！」「ええ」と殿方です。「鋲釘（ドアネイル）といい対（たい）。が我々誰しもディケンズ殿――早晩――あの世へ行かねばならぬのでは」――「ああ！」と小生です。「如何にも。なるほど。仰せの通り。ですが死因は？」殿方はいきなりよよと泣き崩れるや，感極まった途切れがちな声で返します。「あの方は末子に，御主人，パン焼きフォークもて洗礼を施してしまわれました」小生は生まれてこの方，馴染みがかくの如き病を患っていたと耳にした時ほど大きな衝撃を覚えたためしはありません。咄嗟に，断じて持ち直せなかったろうとことん得心しました。この世にまたとないほど興味深くも致命的な病気だと知っていたからです。よって思わずギュッと殿方の手を恭しき崇敬の念を込めて握り締めました——というのもかくも包み隠しなく審らかにするとは知的にも心的にも面目躍如たるものがあるように思われたからです！

ギャンプ夫人を如何お思いでしょう？　して葬儀屋は如何に？　何となく御両人，お気に召しそうな気が致しますが。おお去る7月，くだんの箇所に片をつけつつあった折しもヨークシャーにて漫ろ歩いた鬱蒼たる木立よ！　何日も何週間も，我々は緑々とした大枝越しをさておけば天穹をついぞ仰いだためしがなく，日がな一日小生は馬なり駆け足にて然に柔らかな苔や芝の上，手綱を取ったものですから馬の蹄は物音一つ立てぬほどでした。祖国のかの辺りには（モーペス卿の父上が豪奢に暮らしておいでのハワード城に間近い——実の所，父上の庭園の中には）無類に愉快な友人が住まい，大きな古屋敷のエール・セラーと来ては並みの教会より気持ち大き目にして，何もかもがゴールドスミスの熊踊りよろしく「それなり環っかがつながって」います。貴兄に打ってつけの場所では，フェルトン！　我々はそこにて外せるだけの羽目を外しました——罰金遊びやピク-ニックや鄙のゲームに打ち興じたかと思えば，月の皓々と照る夜分，古色蒼然たる修道院をあちこち見て回ったりと——定めて貴兄の胸にならばジンと応え，ばかりかウェラー氏の宣う如く，「あっちいブスリと行っちまって」いたでありましょう。

[e]令室についても縷々申し上げるつもりでいました，イングランドへお越しになればさぞや楽しまれましょう等々，がケイトがこの同じ郵便船にてお便りを出すそうです——その方が遙かに喜ばれようことに。我が家のニュースはちっぽけですが軽々ならず。来るべき椿事はその影を前方に投ず，と申します。小生時に，第五子の幻を見ることがあります。[e]

何卒程なく御返事賜りますよう親愛なるフェルトン，してたとい小生願わしいほどには筆まめならずとも，我が情愛溢る心は常に貴兄と共にある由お信じ頂くと共に，馴染み方皆にくれぐれもよろしくお伝え下さいますよう，敬具チャールズ・ディケンズ

[f]追而　ハムレットより先の定期船にて便りがありました。どうやらヤワな鬱病に祟られているようで。がすこぶる気のいい奴で，およそ人間の能う限り心

底，我が事そっちのけで小生に懐いてくれていました。懸想のお相手を一目御覧になれていたなら。全くもって質の悪い冗談，であられたかと。[f]

（注） aa，bb，cc，dd，ee，ffは従来未発表部分〔ただし原典日付には従来一部未発表書簡であることを示す†が付されていない〕。第四段落冒頭「『キュナード汽船』に乗り込む」の件はマリアットから手紙を受け取る前に綴られたと思われる（次書簡並びにマリアット宛書簡（9月6日付）参照）。ただし段落末尾の文面からすると既に「乗船」は賢明でなかろうとの判断を下しつつあったことも窺われる。言及されている四役の内，リア王を除く三役をマクレディはボストンにて演ずる。「小生からの手紙」に関し，マクレディ夫人は8月19日ジェイン・カーライルを訪い，夫が私的な推薦の何ら託されぬまま単に役者として渡米するに忍びない由伝え，カーライルは追ってエマソン宛紹介状を認める。マクレディは11月16日，同上をハリエット・マーティノーによる紹介状と共に呈する。ディケンズの抱いていた彼自身故のマクレディへの反感の懸念は故無しとしなかった。アメリカから帰ったばかりの某記者は『シアトリカル・ジャーナル』（43年11月11日付）において，合衆国ではマクレディはディケンズの友人であるだけに相応の待遇をすべしとの風潮すら広まっていると報ずる。ただしマクレディ興行は大成功を収め，全ては杞憂に終わる。マクレディは『日誌』によると，フェルトンとサムナーにはボストンで度々会い，ティクノーにも一度会うことになる。第五段落マクリースの「画題」はこの時期，風俗画，劇中場面，肖像，書籍挿絵，歴史画等多岐にわたっていたが，フレスコ画創作は緒に就いたばかりにして（マクリース宛書簡（7月6日付）参照），後の叙事詩的・寓意的画題への傾倒は未だほとんど予見されていなかった。ムアの『アイルランド民謡集』は1845年ロングマン社刊。マクリースは社主より図案製作の委託を受けていた。ムアは「序」において，「我らが祖国の古の竪琴に然るべく臣従の礼を致す上で，とあるアイルランドの画筆がとあるアイルランドのペンに尽力賜った」と格別な悦びを表明する。マクリースは7月，フォースター宛書簡において四阿（マクリース宛書簡（7月6日付）注参照）に言及する上で，目下「さらにもう一，二枚」注文を受けている由伝える。内一枚は『ウンディーネ』――女王のアルバート殿下への誕生祝い（8月26日贈）。〔ウンディーネ（Undine）は四大精霊の内，水を司る精霊。仏名：オンディーヌ（Ondine）。〕第六段落，ロングフェローは7月13日挙式。彼はディケンズには6月15日「数週間後に結婚する」由報せていた。朝食を取った「屋敷」についてはフォースター宛書簡（42年1月30日付）注参照。第八段落「去る7月」片をつけつつあったのは恐らく校正刷り（フォースター宛書簡（7月6日または7日付）参照）。〔「それなり環っかがつながって」はゴールドスミス『負けるが勝ち』第一幕より。〕「あっちいブスリと行っちまって」は『ピクウィック・ペーパーズ』第十六章サム・ウェラーの台詞――「だんなのヤワな心の臓なら，だんな」とウェラー氏は仕切り直した。「グサリと来て，あっちいブスリと行っちまうくれえのよ」――より〔拙訳書上巻262頁参照〕。第九段落，キャサリンの名宛人不詳の書簡（43年9月2日付）――「チャールズ

が御主人様にはお手紙を差し上げているはずです。子供達はお蔭様で皆元気一杯で……ロングフェロー様が御結婚なさったとは何よりです」――はフェルトン夫人宛に違いない。追而書き「ハムレット」はジョージ・パトナム（フェルトン宛書簡（42年4月29日付）注参照)。「先の『定期船（パケット）』」は恐らく，8月9日ボストン発，8月25日着「インディペンデンス号」。

W.C. マクレディ宛　1843年9月1日付

ブロードステアーズ。1843年9月1日

親愛なるマクレディ

小生この所，果たして貴兄を汽船の船上にて見送ったものか否か大いに悩んでいました。一年のこの時節ともなれば，船はアメリカ人でごった返し，連中誓って，貴兄が想像しておいでの手合いの国民ではありません。もしや船上まで付き添えば，最新号「チャズルウィット」の後では，貴兄の御成功に致命的とならぬとも限るまいと，必ずやありとあらゆる類の侮辱や無礼が貴兄に浴びせられるに違いあるまいと然に一方ならず感ずらばこそ，胸中ずっと，自分独りホテルに留まり，亭主には自分がそこにいることを伏せておくよう命ずる意を決して参りました。

ところが今朝方マリアットから――スタンフィールドがたまたま我々のリヴァプール計画を口にしたらしく――便りがありました。してそれは力コブを入れて懸命に，貴兄のためを思えばこそ，小生にリヴァプールにすら行かぬようとクギを刺すものですから，即座に貴兄に神の御加護を祈る最後の仲間に加わる喜びを断念することに致しました。と申すのも彼（か）の国を熟知している人物が小生の危惧を裏づけるとあらば，くだんの危惧は「真実」に根差しこそすれ，およそ妄想よろしく膨れ上がってなどいないと，恰も己自身がこの世にあること信じて疑わぬ如く信じて疑わぬからであります。

もしやほんの，キャサリンにすら加えられた悪意，言語道断の虚偽，獣じみた攻撃の百分の一なり――小生が彼（か）の地にいる間（ま）にも，単にアメリカには失望したとの告白に則り――国民について一言とて綴らぬ内から内輪の社交の場で小生より無理矢理引き出された告白に則り――アメリカ全土に触れ回られた

――御存じになれるものなら，以上全てに小生に劣らずほとんど疑念を抱かれますまい。本状をお受け取りになるや程なく，小生握手を交わすべくクレアランス・テラスにお伺い致したく。

して今や親愛なるマクレディ，達てのお願いを致さねばなりません――その忽せにならぬに疑いの余地なきこと恰も壁上に炎で記されているが如く，まざまざと眼前に顕現している。何を小生について述べられているのを目にしようと耳にしようと――何が貴兄に，或いは貴兄の御前の他の何人（なんぴと）に向けて言われようと――断じて反駁されぬよう，断じて心証を害されぬよう，断じて小生を貴兄の友人として申し立てたり，如何なる点においても小生を擁護したりなさらぬよう。小生如何なるかようの務めからも貴兄を赦免するのみならず，かようの話題に関し沈黙を守ることこそ貴兄にとりてこよなく近しく愛しき方々への本務と心得て頂くよう是が非でもお願い致します。小生にとりては貴兄に祖国を離れている間（かん），胸中留めておいて頂けばそれで十分であります。唇に上せて頂きたいとはつゆ存じません。況してや小生を蔑しての如何なる不埒千万な申し立ても虚偽だとおっしゃって頂きたいなど微塵も。それらの――小生を御存じとあらば――虚偽たること御存じたればこそ。小生の胸中，気がかりは悉く正反対の方へ向いています。

のみならず――くれぐれも小生宛郵便はお出しにならず，小生への如何なる手紙も何か他の手紙に同封し，くだんの手立てにてお届け下さいますよう。して何卒御自身の気持ちの趣きや他の何ものによりても一旦決した意を揺るがせられませぬよう。と申すのも小生しかと**存じて**いるもので。かようの予防措置の肝要たること――なるほどもしやマリアットがひたぶる懸命に忠言賜ってでもいなければ，きっぱり然に申し上げる勇気はなかったやもしれまいと。氏はここ数か月小生自身に取り憑いて来た懸念という懸念を正しく悶々たる文言にて審らかにしておいで故。

つゆ変わることなく親愛なるマクレディ

敬具

チャールズ・ディケンズ

せめて「ニクルビー」献題を御帰国まで取り下げられるものなら。

（注）「致命的（*fatal*）」には二重下線。第二，五段落マリアット（Marryatt）は正しくは"Marryat"。マリアットは既にロンドンにいたのやもしれぬ。フォースター宛書簡（8月24日付）にて8月28日ロンドンで会いたい旨伝え，9月3日にはマクレディを訪ねている。マクレディの『日誌』(9月1日付）には「ディナーの席でフォースターから聞いた所によると，彼はディケンズ宛，汽船までわたしに付き添うのを思い留まらす長い手紙を書いたそうだ」の記載あり。さらに翌9月2日，本状を受け取ると，以下のように記す――「実に大らかかな，情愛に満ちた，極めて気さくな手紙だったが，彼は何故忠言したのはフォースターであるはずが，マリアットだと言っているのか？」。マクレディは訝しむまでもなく，単にフォースターの忠言と「リヴァプールにすら行かぬよう」とのマリアットのそれとを混同しているにすぎない。第三段落キャサリンへの「悪意」を明かす記録は残っていない。マクレディ『日誌』によると，ディケンズは事実翌日，クレアランス・テラスを訪う。第四段落ディケンズ「擁護」に関し，マクレディは『チャズルウィット』を正当化してはいなかったろう。9月号を読んだばかりの上，『日誌』に「力強いに劣らず辛辣だ……頁をめくるだに気が滅入る」と綴る。アメリカにおける記載も彼の友人の幾多に会っているにもかかわらずディケンズへの言及は稀である。

ジョン・フォースター宛［1843年9月3日？付］

【F, IV, i, 296に抜粋あり。日付はフォースターによると「ブロードステアーズより」。恐らく9月2日ロンドンで会った翌日。】

マリアットの判断を疑う君の眼目にして筆頭の謂れなら，ぼくは直ちに論破してみせられよう。そいつは何度も念頭に浮かんでいた。ケイトにも一再ならず口にして来たし，ラドリーにぼくが旅籠にいることは伏せておくよう口留めした上，船には乗るまいと心に決めていた。胸中蟠っている懸念を一切口にしなかったのはただ，そうでもすれば，ぼく自身の行動に余りに重きを置いているように見えるからにすぎない。がマリアットが後押ししてくれている今や，躊躇うことなくきっぱり言いたい，確かに彼の言う通りだと。ぼくは『ニクルビー』献題がマクレディに累を及ぼすのではないかと気が気じゃない。マリアットはアメリカ版には印刷されていないと思っている点では間違っている，何せぼくはこの目であちこちの街の本屋のウィンドーに飾ってあるのを見ているもので。万が一ぼくが彼と共に乗船しようものなら必ずや，その事実は彼がボストンで剃刀も当て果さぬとうの先から，ニューヨーク中にデカデカ触れ回られていること請け合いだ。してアメリカにはほんの彼がぼくの馴染みだと公言するのを耳にしただけで彼宛喧嘩を吹っかけよう連中がゴマンといること，ぼくは自分の存在に劣らず信じて疑わない。君がマリアットの言葉を信じられないのは偏に彼らをそこにて目の当たりにしていない誰一人彼らの祖国にて何たるか推し量ること能わぬからにすぎない。

（注） 明らかにフォースターは，マリアットの懸念を誇張と見なし，ディケンズに遠出そのものまで思い留まらせたくなかったと思われる。が結局スタンフィールドとマクリースも辞退し，フォースターは9月4日マクレディとリヴァプールで落ち合い，彼の妻と妹を交えてディナーを共にし，翌5日独り「カレドニア号」に乗船する。〔ラドリーはリヴァプール，「アデルフィ-ホテル」経営者。『ニクルビー』献題については全集版『ニコラス・ニクルビー』上巻iii頁参照。〕

バーデット・クーツ嬢宛　1843年9月5日付

【宛先は「バーデット・クーツ嬢。（ドゥ・グレイ卿邸）。パトニー」。】

ブロードステアーズ。1843年9月5日

親愛なるクーツ嬢

先日いきなりふと，もしや小生マクレディと共にリヴァプールまで行けば連中ニューヨークにて彼の首をギュッと，舞台の上にて一言も発せられぬほど締め上げたが最後――とっとと国外へ追い立てようと思い当たりました。との絵空事が抽象概念とし当たっているか否か，と言おうかデニス（例の，フランス国家をダシに諷刺詩を物したばっかりに，遙か彼方にフランス船の姿を認めるが早いかてっきり御当人を引っ捕えざま連れ去るべく送って寄越されたに違いないと思し召し，アタフタ英国海岸より尻に帆かけた）の二の舞を演じているのではあるまいか思いを巡らせていた折しも，郵便配達夫がマリアットからの，何卒行かぬよう，さなくばマクレディは「一巻の終わり」たろうと告げる短信をもたらしました。彼は徳高きアメリカ人を熟知している上，小生も我ながら存じ上げていようだけに，小生直ちに見送りを断念し，かくて「チャズルウィット」におとなしく腰を据え，今やその真っ直中にいるという次第です。他の状況の下ならば今週，貧民学校（ラギッド・スクール）に関して御報告していたろうものを。

どうやら学舎は日曜と木曜しか開いていないようです。来週の木曜夕刻，サフロン・ヒルのハタめく襤褸の直中にて着席致したいと存じます。もしやその折今月号を仕上げ，翌日も街に留まれるようなら，パトニーへお伺い致します。たとい金曜朝こちらへ引き返さざるを得まいと，追って然るべく学校，生徒，教師，さらには彼らに纏わる一部始終を細大洩らさず，御報告申し上げたく。

チャーリーも妹達も貴女にくれぐれもよろしくお伝えするよう申しています。ピアノは姿を消し，フルートの音（ね）も聞こえません——ドーヴァーにては。が手回し風琴と，猿と，紙芝居（パンチ）と，ジム・クロウと，一時（いちどき）に二十からの楽器を奏しながらそのいずれにてもまともな音一つ醸し出せぬ男が界隈をウロつき回ってはいます。してその昔「海戦」に狩り出されていた，目の見えぬ男がフラジョレットで賛美歌第百番を御披露賜り果すやいざ「合戦」の一齣を審らかにしにかかります。

チャーリーは漁師仲間にめっぽうウケがいいもので，小生ロビンソン・クルーソー，及び奥地に住まう付き付きしさに思いを巡らせ始めています。昨日も望遠鏡をあてがってみれば，何と幾々マイルも沖合にて巨大な魚釣（うおつり）帆船の舵を——防水合羽に身を包んだ七名のイカつい相棒方のヤンヤヤンヤと囃し立てる中——取っているではありませんか。ケイティはどうやらとあるめっぽう幼気な（余りに幼気なるが故ノッカーに手が届かず，同上を蹴り上げることにて扉に注意喚起なさった）殿方が先達ての夕べ謎めいた，というよりむしろ感傷的通俗劇（メロドラマ）風要望において，「乳母」と口を利いたというので得々とそっくり返ったなり，御当人曰くの「あの子に上げるって約束した」，活きのいいヤドカリを引っ張り出す程度にまでは，契りを交わしているようです。

メレディス嬢は定めし鶏-段階を経て，今や牛肉へ向かっておいでのことと。何卒御鶴声賜りますよう。

親愛なるクーツ嬢

匆々

チャールズ・ディケンズ

（注） 本状の宛先（Lord De Grey's）に関し，アイルランド総督ドゥ・グレイ卿はパトニー〔ロンドン南西部郊外・テムズ河南岸住宅地区〕に邸宅を有し，ロンドンを離れている際にはクーツ嬢に貸していた。第一段落「諷刺詩」は戯曲『申し立てられし自由』（1704）。逸話はシバー『伝記』，並びにスウィフト「様々な主題に思う」で紹介されている。ディケンズのクーツ嬢宛書簡の中で貧民学校（ラギッド・スクール）が言及されているのは本状が初めて。サウスウッド・スミス宛書簡（3月6日付）に照らせば，ディケンズは当時からこの問題全般に関心を寄せ，5月にマクヴィ・ネイピアと会談した際にも関連の論考執筆を検討していた可能性もある（ネイピア宛書簡（9月12日付）参照）。貧民学校設立の動きは幾年も前から始まっていたが"Ragged School"の呼称を初めて用いたのはフィールド-レーン貧民学校（ラギッド・スクール）（1841年創立）会計係S. R.ステアリ（1904歿）。彼は『タイムズ』（2月18日付）に広告を載せ，追ってクーツ嬢にも支援を求める手紙を出す（ステアリ宛書簡（9月12日付）参照）。〔ディケンズのおよそ十年後の「再訪」については『寄稿集』第五十六稿「ハッと夢から目覚める如く」参照。〕第二段落「来週（*week*）」には二重下線。〔サフロン・ヒルはフィールド-レーンに間近いいずれ劣らぬ悪名高き貧民窟。〕ディケンズの視察した「一部始終」についてはクーツ嬢宛書簡（9月16日付）参照。〔第三段落「ジム・クロウ」は30年代トマス・D.ライスがニューヨークの舞台で演じた「ジャンプ，ジム・クロウ」の登場人物。広くは題名の折返し句のある黒人ミンストレル・ソングで親しまれる。〕

ジョン・オーバーズ宛　1843年9月5日付

ケント，ブロードステアーズ。1843年9月5日

親愛なるオーバーズ殿

今朝方無事，貴兄の5ポンド紙幣を落掌致しました。もしやお返し下さる余裕がなければ，よもや小生宛送ろうなど夢にも思われまいと得心しつつ。

是非ともヤング殿と何か相応の手筈が整っているかお聞かせ願いたく。それとなく，あちらの雑誌に独創的な記事を寄せられそうだというようなことをおっしゃってみては如何でしょうか？　ロンドンの労働者に広く読まれているようです。何か彼らにとって（して故に鷹揚な見解の他の人々にとっても）興味深い主題を考え出し，ヤング殿に持ちかけてみることはできないでしょうか？　小生――厳密にここだけの話ですが――貴兄が市庁舎に足を運ぼうと一つならざる点において可惜詮ない結果に終わるような気がしてなりません。何卒能う限り辛抱なさいますよう，と申すのもくだんの手立てにて（即ち新聞なる）相

応の報酬を保持する困難は同上をつかみ取る困難に比べれば物の数ではなかりましょうから。

敬具

チャールズ・ディケンズ

先日何と血色が好くなられたような気がしたことか，つい申しそびれてしまいました。

（注）「市庁舎へ足を運ぶ」のは恐らく刑事裁判報道の何らかの職を得ようとして。市庁舎では定期的に警察裁判が開かれるだけでなく，折々市議会も開催されていた。

フレデリック・マリアット宛　1843年9月6日付

ケント，ブロードステアーズ。1843年9月6日

親愛なるマリアット

忝き芳牘，並びに持て成し心に篤き御招待――してマクレディ－リヴァプール案件における真に気さくな御教示――に心より篤く御礼申し上げます。同じ思いは小生の脳裏をも過っていましたが，「我らが祖国を知らぬ」人々には然に不合理に思われるのではあるまいかと，言明する意気地がありませんでした。事実おっしゃって下さったことを耳にするや否や，危うきに近寄らぬ意を，無論，決し――蓋し，近寄りませんでした。

くだんの擽りがお気に召して何よりです。片をつける前にもう一度打って出るに，ワシに止めの一突きをくれてやる所存です。

生憎ランガムの愉悦に浸るに10月の第三週より前にははっきりしたことが申せそうにありませんが，神の思し召しあらば19日か，20日には準備万端整えたいと存じます。予定はマクリースとフォースターにも伝え，よって我々一同，時満つれば貴兄宛脅迫状を一筆認めようかと。

ケイト（即ち愚妻）が御高配賜りましたことくれぐれもよろしくお伝えするよう申しています，して是非とも令嬢とお近づきにならせて頂きたいそうです。ただし長旅には向かぬのではあるまいかと。来る椿事がその影を前方に投じて

いるだけに。が依然大文字の「ノー」と申す踏んぎりがつかぬようではあります。

親愛なるマリアット
敬具
チャールズ・ディケンズ

（注） 第一段落「我らが祖国を知らぬ」は『チャズルウィット』第二十一章（発刊されたばかりの9月号）のチョーク将軍の台詞――「英国からはるばる海を渡って来られたばかりで，我が国のことは何も御存じないのですから」――の捩り（もじり）〔拙訳書上巻420頁参照〕。第二段落に関し，第三十三―四章（1月号）ではハンニバル・チョロップ（「我々はすぐ様トサカに来ましてな。我々はベタ褒めされねば立ち所にトサカに来て，唸り上げましょうぞ」〔拙訳書下巻128頁〕），イライジャ・ポーグラム，二人の文学的御婦人（リテラリ・レディ）が導入される。白頭鷲〔1782年以来米国紋章〕への「止めの一突き」は具体的には以下，マーク描く所の白頭鷲像に集約されよう――「そいつう目先が利かねえってことじゃあコウモリみてえに，ふんぞりけえってるってことじゃあチャボみてえに，ウソ八百並べやがるってことじゃあカササギみてえに，見栄ばかし張りやがるってことじゃあクジャクみてえに，頭隠してシリ隠さずってことじゃあダチョウみてえにしてやんなきゃ」（第三十四章〔拙訳書下巻155頁〕）。〔「止めの一突きをくれてやる（“give (the Eagle) a final poke under his fifth rib”）」は「人の心臓を刺す（“smite a person under the fifth rib”）」（『サムエル第二』2：23）より。〕第三段落マリアットはノーフォーク，ブレイクニー近郊ランガムに小農園を有し，1843年に定住。田舎家（コティヂ）は草葺き屋根と切妻造りのエリザベス朝様式。食堂の壁には一面スタンフィールドによるチャールズ・ディブディン『哀れなジャック』の挿絵が飾られていた。マリアットはフォースター，ランシア，マクリース，スタンフィールドも招待していたが誰一人行った形跡はなし。最終段落「令嬢」は長女ブランチ。「ノー（*No*）」は特大の文字で。

フレデリック・ディケンズ宛　1843年9月7日付

ブロードステアーズ。1843年9月7日

親愛なるフレッド

まずは取り急ぎ一筆，皆達者だ。金（かね）を同封する。愉快なイーストホープの皆にくれぐれもよろしく。

無事受け取った由一筆頼む。

不一

CD.

フレデリック・ディケンズ殿

ケイパル殿［1843年9月8日付］

【次書簡に言及あり。】

エルトン基金への株式仲買人組合寄附に謝意を表して。

（注） ケイパルは恐らくエドワード・マーチバンクスの甥デイヴィッドが共同出資者であるクーツ銀行仲介商ジェイムズ・ケイパル商会の一員。

［エドワード・マーチバンクス宛］1843年9月8日付*

【宛先は銀行家であると同時にエルトン基金共同受託者であることからの推断。】

ケント，ブロードステアーズ。1843年。9月8日

拝啓

株式仲買人組合寄附金は，全てを勘案すらば，素晴らしいそれかと。20ポンドで極めて得心の行く成果と思っていたでありましょう。御提案は全くもってありがたい限りでした。

この同じ便にてケイパル殿に一筆認めた所です。あちらの御芳名は全員帳簿に載せた方がよろしいかと。「株式仲買人組合」と括弧で括っては？　一覧をお返し致します。

ふと旧姓ケイ博士は芳名を何か別名に鋳掛けし直す上で，肩書きをこれきり外されたやもしれぬと思い当たりました。が先方にお会いした当時，くだんの肩書きを記しておいででした。よって同上に勝手に大鋏をあてがうのが憚られた次第にて。

芳牘の調子からして，貴兄はひょっとして野党「チャズルウィット」を立ち上げるおつもりではと気を揉み始めています。もしや早ホゾを固めておいでなら，小生が思い留まって頂くべく何を申し上げようとこれきり信じては頂けま

すまい。が誓って其は実にお粗末な——銀行業とは似ても似つかぬ——生業に違いなく。

敬具

チャールズ・ディケンズ

N. B.（ノウタ・ビーニ） 本家本元のボズ。他は全て擬い物にて。

（注） 第三段落「ケイ博士」はジェイムズ・フィリップス・ケイ-シャトルワース医学博士（1804-77）。42年2月24日ロバート・シャトルワースの娘ジャネットとの結婚に伴い改姓。教育改革者としての活動は1841年より。ディケンズは46年3月28日，貧民学校（ラギッド・スクール）に関して手紙を出す（『第四巻』参照）。第四段落，マーチバンクスに何ら出版の形跡はなし。

名宛人不詳　1843年9月8日付*

ケント，ブロードステアーズ。1843年9月8日

拝啓

忝き芳牘を賜り篤く御礼申し上げると共に，「チャズルウィット」は「ピクウィック」と「ニクルビー」同様二十分冊で完結する由御返事させて頂きたく。

敬具

チャールズ・ディケンズ

（注） 名宛人の名は左下に記されているが，便箋が細く切断されているため欠損。二，三文字の最上部のみ残存。『チャズルウィット』は発刊前には「二十分冊で完結」と広告されていたが，1843年中の宣伝にはその旨言及がない上，表紙にも記されていなかった。『アシニーアム』（44年1月2日付）に「二十分冊で完結予定」との広告が掲載されるのは同様の質問を一再ならず受けてのことであろう。

マダム・サラ宛［1843年8-9月？］

【G. A.サラ『わたしの見たもの，付き合った人々』（1894），Ⅰ，59に「ブロードステアーズか，ブライトンか，どこか他の海水浴場より」として言及あり。日付はサラがジョージ（下記参照）が「十五歳の頃」かつ『パンチ』〔41年創刊〕が「二年ほど前

に」刊行され始めていたと述べている所からして43年。ディケンズがブロードステアーズに滞在し，時折上京していた折。】

サラと彼の母親にとある所定の朝10時，ユーストン・ホテルの自分の下を訪ねるよう約束を交わす和やかな手紙。

（注） ヘンリエッタ・キャサリン・フロレンティーナ・サイモン・サラは歌手・女優（『第一巻』原典p. 302脚注，訳書381頁注参照）。43年9月11日にはブライトン市公会堂で歌っていた。述懐によると，ディケンズに手紙を書き，画家として身を立てたがっている息子に会って欲しいと伝える。ジョージ・オーガスタス（1828-96）は末息子。早熟の天分を認められ，パリで修業を積んでいた。ディケンズはサラの要望に応じ『パンチ』編集長マーク・レモンへの紹介状を託すが，『パンチ』挿絵画家としては採用されず。

マクヴィ・ネイピア宛　1843年9月12日付

【宛先は「トマス・フッド殿に託して。ネイピア教授。エディンバラ。カッスル・ストリート」。】

ケント，ブロードステアーズ。1843年9月12日

拝啓

これなるフッド殿——小生の敬愛して已まぬ私的友人にして，貴兄の小生つゆ疑うべくもなく早，公的友人たる——を紹介する詑びは入れずにおくと致しましょう。もしや氏の著作が小生の予め求め得ぬほど大いなる恩寵を貴兄の眼（まなこ）に見出していないとすらば，さらば小生こそエディンバラ市民の就中心得違いも甚だしき者でありましょう。

一，二週間後には貴兄が先般ロンドンにお見えの際相談に乗って頂いた主題に関し，お便りを差し上げられようかと，と申すのも一件についてはとある想が時折念頭に浮かんでいるもので——とは申せ是非ともありがたき御教示を賜らねばなりますまいが。——その折まで，妻が小生共々くれぐれも御自身並びに令嬢によろしくお伝えするよう申しています。

敬具

チャールズ・ディケンズ

ネイピア教授

（注）〔第一段落「恩寵を貴兄の眼（まなこ）に見出して」は「人に目をかけられて（“find favor in a person’s eyes”）」『申命記』24：1より。〕第二段落「先般ロンドンにお見えの際」についてはネイピア宛書簡（5月12日付）参照。「令嬢」は恐らく三人娘の長女（“Miss Napier”）（『第二巻』原典p. 354，訳書437頁参照）。

トマス・フッド宛　1843年9月12日付

ケント，ブロードステアーズ。1843年9月12日

親愛なるフッド

最初の芳牘を賜って以来，「チャズルウィット」にがむしゃらに打ち込んでいます。かくて貴兄の追而めいた短信を拝読するや馴染みが二度に及び玄関扉をノックせねば誰も顔を出さぬ際に見舞われよう胸の疼きを覚えました。

徳義を重んず如何なる男の胸中におけようと貴兄が契約書に署名なされた状況はことコゥルバーン殿に関す限りこよなく恥ずべき手合いのそれたること疑いの余地ありません。彼が貴兄の仮初の立場にまんまと金貸しにして，手形ブローカーにして，ユダヤ人-洗濯物攫いにして，土曜の晩-質屋よろしく付け込んだこと疑いの余地ありません。大方のペテン書付けよろしく，当該傑作な文書はほんの愚の骨頂にして，ショーバール殿ならば穢らわしい嗅煙草を包（くる）むやもしれぬ単なる反故の端くれにすぎぬこと（正しく貴兄審らかにする所の全状況をそっくりそのまま予め垂れ込んでくれていたフォースターから聞き及んでいる如く）ほとんど疑いの余地ありません。が貴兄が――コゥルバーンがらみでよりまっとうな立場にあって一向不思議はないと後智恵ながら顧みるだに――「マガジン」編集長の座を打ちやられたとは残念でなりません。賽は折悪しく投げられ，全てが徒労に終わったような気が致すだけに。

一旦事が為されるや，忠言を呈そうと詮なかりましょう――小生のそれが貴兄によりて却下され得るに劣らず気さくに却下され得る時ですら。が貴兄は1シートにつき30ギニーの申し出を却下するホゾをとことん固めておいでと？もしやいずれそうしたい気になられようとかようの協定を結ぶことを御自身の

権限の埒外に置かれた，と言おうか置く意を決せられたと？　誓って小生ならば，意を決す前にしばし立ち止まりましょう——してもしや，それでもなお，断じて揺るがぬ意を決すらば，ベントリーと連絡を取り，くだんの「マガジン」を手がけようとしてみましょう。何者にとりても，其が何者であれ，相応の条件にての月刊誌「編集長」の座はその金銭的重要性と確実性において取るに足らぬとして打ちやるには由々しきに過ぐる案件であります。少なくとも，小生にとりては。

ジェフリーとネイピアのために手紙をお送りします。前者はたといエディンバラにいまいと，街から3，4マイルと離れていない田舎の邸宅，クレイグクルックにお見えのはずです。ウィルソンにお会いになったら，くれぐれも小生がよろしく申していたとお伝え下さい。してもしやブラックウッド兄弟にお会いになろうと，彼らの言葉は一言とて鵜呑みになさらぬよう。モイア（連中のデルタ星）は実に気のいい男で，さぞやお気に召そうかと。もしや貴兄がエディンバラと知ったら，十中八九会いにお見えになるに違いありません。

愉しき旅と愉しき御帰国を！　妻も小生共々令室にくれぐれもよろしくお伝えするよう申しています。

つゆ変わることなく親愛なるフッド

敬具

チャールズ・ディケンズ

トマス・フッド殿

追而　この辺りでコゥルバーン殿の御尊顔の光輝は小生には降り注がれていません。願わくはグルリの闇に包まれたままたらんことを！

（注）「貴兄の追而めいた短信」は即ち9月11日付書簡。フッドは『チャズルウィット』書評を『ニュー・マンスリー』でも『アシニーアム』でもなく，恐らく『エディンバラ』に寄せようと伝えていた。書評は結局掲載されず。本状はフッドの「第一通目」——コゥルバーンが『ニュー・マンスリー・マガジン』編集に係る「契約」（41年9月署名）と呼ばおうとするものの不当な条件に対する苦情の綴られた9月5日付書簡——への返信と思われる。フッドはわけてもコゥルバーンとショーバールの容喙を不服とし，8月に編集長職を辞していた。第三段落「30ギニー」について，交渉の仲介役に当たっ

ていたフォースターは8月14日コゥルバーンと「不如意千万」な会談を持ち，そこにてコゥルバーンはフッドが寄稿を続けるつもりならば1シートにつき30ギニーの稿料を申し出ていた——他誌への寄稿に介入はせぬがコゥルバーンが全版権を有す条件の下。フッドはブラッドベリーと『パンチ』寄稿の契約を交わしていたが，定酬を必要としていた。フッドは『エインズワース・マガジン』版元カニンガム＆モーティマーに交渉を持ちかけるが，1シートにつき稿料10ギニーとの返答を（ディケンズから編集長を辞したと聞かされていた）エインズワースより受け驚愕する。追って10月21日『ベントリーズ』編集を申し入れるが，主幹は「ワイルド殿」と告げられる。第四段落フッドは9月11日付書簡にて，わけても「ジェフリーとネイピア」の消息を尋ねていた。「クレイグクルック（Craigcrooch）」は正しくは“Craigcrook”。フッドはクレイグクルックにてジェフリーと会食，モイアとも「実に愉快な夕べ」を過ごすが，ウィルソンとネイピアは不在だった。ブラックウッド兄弟——アレキサンダーとロバート——については『第二巻』原典p. 317脚注，訳書386頁注参照。ディケンズはウォレンによる『探訪』書評に関し同誌に不満を抱いていた。追而書きはフッドの軽口——「ハースト〔出版業者〕によるとコゥルバーンは先日ブロードステアーズを気に入らないからというので去ったそうです。ひょっとして散歩中貴兄に出会したのでは」——を踏まえて。

T. J. サール宛　1843年9月12日付

ブロードステアーズ。1843年9月12日

親愛なるサール

明日夕刻，無論，お目にかかりたく。エルトン嬢に同封のものをお届け頂けましょうか？　本来ならば先週金曜受け取っておいでのはずが，御住所を控えていませんでした。

敬具

チャールズ・ディケンズ

T. J.サール殿

S. R. ステアリ宛　1843年9月12日付

ケント，ブロードステアーズ。1843年9月12日

拝啓

貧民学校（ラギッド・スクール）の広告に大いなる興味を掻き立てられると共に，企図の大いなる慈

悲と重要性に深い感銘を覚えた次第にて。のみならず，貴兄が既に支援の願い出をなされている，信望の篤い資産家にも貴校の生徒に会い，機会あらば学舎を見学する所存の由約束致しました。よもや小生の訪問を興味本位とはお思いになりますまいが，単に後者の状況は関心をお寄せになるやもしれぬそれとして審らかにさせて頂きたく。木曜には上京の予定であり，もしやくだんの夕べ何時頃学舎を訪い，その通常の様相を拝見させて頂いて差し支えなかろうか一筆（街の拙宅宛）お報せ頂ければ刻限通りお伺い致します——お許し頂けるなら二名，もしくはせいぜい三名友人を同伴の上。

敬具

チャールズ・ディケンズ

サムエル・R.ステアリ殿

（注）貧民学校（ラギッド・スクール）についてはクーツ嬢宛書簡（9月5日付）参照。『タイムズ』にも『モーニング・クロニクル』にも2月18日以降広告が掲載された形跡はない。ただし43年12月30日掲載広告同様（ステアリ宛書簡（12月29日付）注参照），幹事のオーウェンからマクドナルドへの変更が告げられている所からして明らかに18日以降の（「1843年2月」の日付のある）別箇の広告が出されていた。新たな広告では平均就学者数の五十名から七十名への増加，月曜夕休校，寄附金・教員応募要請等が伝えられている。本状末尾ディケンズのスタンフィールドを「同伴」での視察についてはクーツ嬢宛書簡（9月16日付）参照。

ジョン・フォースター宛［1843年9月14日？付］

【F, IV, iii, 323に抜粋あり。日付はフォースターによると44年2月18日だが，周辺の抜粋にも他の日付誤記が認められる上，ベッツィー・プリッグが登場するのは43年10月・11月号と44年6月号。この時期唯一貧民学校（ラギッド・スクール）を（恐らく「二名，もしくはせいぜい三名」の友人と，確かにスタンフィールドと，共に）視察した記録が残っているのは43年9月14日。】

スタンフィールドとマックがやって来て，これからハムステッドまでディナーを食べに行く所だ。君も知っての通りベッツィー・プリッグを置き去りにしたまま，よって君もハリス夫人を置き去りにする云々では二の足を踏むまでもない。ぼく達は君が追っつけるようゆっくり歩いて行く。ディナーは4時「ジャック・ストロー亭」のテーブルに供せられよう……まさか（いや，まさかのまさか？）やって来れないようなら，皆で8時15分前にそっちへ押しかける——貧民学校（ラギッド・スクール）へ繰り出すお膳立てに。

（注）「ハリス夫人を置き去りにする」とはフォースターの如何なる口実も「虚言」に違いないの意か，或いは既に軽口のダシにされるほど時間を要している「ゴールドスミス伝」（1848）への言及か。

バーデット・クーツ嬢宛　1843年9月16日付

ブロードステアーズ。1843年9月16日

親愛なるクーツ嬢

金曜には是非ともパトニーへ伺い，忝き御招待のお言葉に甘え，その晩は一泊させて頂いていたろうものを。木曜上京した際には依然として未だ仕上がっていない次号が手にも心にもずっしり伸しかかっていました。よって昨日またもや当地へ引き返しました——郵便には遅きに過ぎ。さなくば便に間に合うよう，取り急ぎ一筆認めていたでありましょう。メレディス嬢に御鶴声賜ると共に，次号第二章は御当人の体験を念頭に執筆した由お伝え頂きますよう。実の所，わけても同上に訴えかけているもので。

木曜晩，小生貧民学校（ラギッド・スクール）へ行きましたが，それは由々しき光景です。「オリヴァー・トゥイスト」を典拠として引用するだに赤面致しますが，学舎はくだんの界隈にあり，正しくユダヤ人が住まっていた場所そのものです。授業は崩れかけた廃屋の二階のまたとないほど惨めったらしい三部屋で行なわれ，そこなる床板から，材木から，煉瓦から，木舞（こまい）から，漆喰からは，どいつもこいつもこちらが歩くにつれてミシミシ軋みます。一部屋は女生徒用，二部屋は男生徒用。女生徒の方が遙かに器量好しです——お世辞にも，身形が好いとは言えませんが。と申すのも七十名の生徒に身形などというものは皆無にして，蓋し彼ら皆の出立ちを接ぎ合わせても三つ揃い一着仕立てるべくもなかろうだけに。未だかつてロンドンその他で目の当たりにして来たありとあらゆる奇しく恐るべき代物の内，くだんの子供達に顕現する心身共の凄まじき等閑（なおざり）ほど衝撃的な

ものを小生ほとんど目の当たりにしたためしがありません。なるほど祖国イングランドの有象無象の途轍もなき悲惨と無知に，その確実な破滅の種は蒔かれているということは存じていますし，未だ出来せぬ何事であれ世の人が確信を持ち得る限りにおいてしかと確信致しているつもりですが，小生ついぞくだんの「真実」が当該学舎の四つ壁より睨め据えているほど絶望的な文字にてまざまざとこちらを睨め据えているのを目の当たりにしたためしがありません。牢獄の子供達は我が子にほとんど劣らず小生にとりて至極ありきたりの光景ですが，くだんの子供達はなおイタダけません。というのも未だ牢獄へ到達していないながらも，「墓」へ向かっているに劣らず紛うことなく確実にそちらへ向かっているだけに。

教師は極めて物静かにして，廉直にして，善良な人物ばかりです。ともかくそこにいようと思えば，然たらざるを得まいとは難なくお察し頂けようかと。そこへ辿り着くだけで心臓が張り裂けそうになります――その後で子供達の心に辿り着くは言うに及ばず。彼らはスコットランドの――グラスゴーの――初等教育体制の素養を――実に素晴らしいそれですが――しっかり身につけ，少年達に優しさで近づこうと努めています。如何なる方法によろうと彼らの注意を喚起するのは全くもって至難の業。彼ら自身の状況が然に荒んでいるとあらば，「神」の概念をすら植えつけるは途轍もない労苦となりましょう。固より如何なる手合いの情愛も，気づかいも，夢も，優しさも一切知らぬ者達の内に，何か訴え得るものを見出そうと思えば，当初は賢者の石を探し求めるようなもの。してこの点においてこそであります，かように惨めな存在に教育を施す上で信条や礼式に固執することの逆しまさが最もまざまざと見て取れるのは。くだんの子供達に教義問答や，目に見える外の徴(しるし)や，内なる霊の恵みについて語るは，彼らを目の当たりにせし如何なる痴れ者とて為すまい所業でありましょう。産声を上げた刻(とき)を境に全生涯が是一つの絶え間なき懲罰たる者達に「死者」の審判と，彼らの罪故(ゆえ)の死後の懲罰の状態をすら信じさすには，「一体系」それそのものをも要します。

教師は，しかしながら，上記の点について生徒を試問し，彼らは実に見事に――時に大声で一斉に，時にとある少年が一人きり，時に半ダースからの少年が──答えていました。小生は彼らの返答について，改めてどっさり問いをかけ，さらばそれらにも生徒は実に見事に回答します。中にとある少年が──街頭で終日黄燐マッチを売っていた──チャーリーとどっこいどっこい幼い──頭陀袋の切れ端に身を包んだ──蓋し聡明な，しかも愛らしい面立ちの──いましたが，実に素晴らしい返答を寄越して来ました──無論，たいそう耳馴れぬ文言にてなれど。彼らの内ほとんど誰一人未だ文字が読めません。というのも教師は彼らの胸にまずもって正邪の（会話にて伝えられる）何らかの差異を刻むことこそ最も肝要と心得ているだけに。小生，全くもって同感たることに。彼らは終日街頭でちっぽけな代物を売るか，物を乞うか（中には，恐らく，クスねるか）した挙句，ここへ夜分くったくたにくたびれ果ててやって来るとあって，如何なる知識とて実にノロノロとしか身につきません。彼らがともかく事実やって来ることこそ，小生には，「勝利」という気が致します。

彼らは「救い主」と，「最後の審判の日」については知っていました。幼気なマッチ売りの少年は教えてくれました，神は偏ることをせず，もし自分（マッチ売りの少年）が「ほんとにそのつもりで」祈りを捧げ，悪い少年達と付き合わず，悪態も吐かず，お酒も飲まなければ，「天国」では女王陛下と変わらないすんなり許して頂けるはずと。彼らは「神格」は何処にも宿り，何もかも御存じで，自分達の中には何か，召された後彼の方に説明せねばならぬ，目に清かならず手も触れられぬものがあることを理解していました。教師がささやかな祈りを唱える間，たいそうおとなしく，お行儀好くしていました。して皆して散り散りになる前に短い賛美歌を歌いました。賛美歌の大いなる御褒美たること火を見るより明らかで，マッチ売りの少年は震音と低音ごとすこぶる強かに打って出ました。

我ながら，小生まずもって大ウケにウケました──わけても白ズボンと馬鹿デカいブーツを履いているせいで。後者の御逸品，待ってましたとばかり，ゲラゲラ腹を抱えて頂きましたが。同伴のスタンフィールド殿は──小さな部屋にしてはやたらいかつくほてっ腹なもので──やんややんやの喝采を浴び，というにいきなり，如何せん辺りがむっと息詰まる所へもってこの調子では発疹チフスにかかりはせぬかと，姿を消すや，みんながっかりもいい所でした。子供達は小生がとことん真面目で，自分達の返答に興味を持っていると見て取るや，おとなしくなり，本腰でかかってくれました。して小生が教師の前で脱帽して立つのを目にするやいよよお行儀が好くなり（とは言えとある少年がぜったい床屋さんじゃないや，さもなきゃ髪をツんでたろうから，との私見を審らかにするのは聞こえましたが），こと彼らの立居振舞いに関する限り，いつ何時であれ，ものの五分で行儀好くさせてみせる我ながらの能力に――と言おうかまっとうなやり口で事に当たる他の何人（なんぴと）のそれにも――これきり眉にツバしてかかりますまい。

学舎は，申すまでもなく，とことん貧しく，教師自身によって維持されていると言っても過言ではなかりましょう。まだしもまっとうな部屋があれば（彼らの働いている家は悍しき悪夢のようです）――わけても何らかの洗面設備があれば，遙かに便利になりましょう。教師の道徳的勇気はいくら口を極めて褒めそやそうとそやし足りぬほどです。想像し得る限りありとあらゆる逆境に，ありとあらゆる気の滅入るような状況に，取り囲まれているとあって。彼らの任務は使徒にも相応しかりましょう。

くだんの光景に罷り入ると，小生然に意気阻喪するもので，それらが変わる様を目にする希望を失いかけるほどです。果たして当該努力が報われるか否か，は見当もつきません。が目下の状態では自ら為していることの責任すら問われ得ぬ幾千とない人の子の直中にて，まっとうな緒に就かれた，大いなるそれたること劣らず疑うべくもありません。ともかく広範な奨励に恵まれるには余りにむさ苦しくそら恐ろしいのではあるまいかと，危惧の念を禁じ得ません。世には，かようの事象の存在にはつゆ動じぬながらも，それらを聞き知るや夥しく動顚する繊細な感性というものがあり，くだんの感性は貧民門人（ラギッド・スカラー）がその戸外学習において一点の非の打ち所もなくなるまで貧民学校（ラギッド・スクール）に目をつむる気ではなかりましょうか――さらば無欠の衣裳に禍あれかし。

改めて申し上げるまでもなかりましょうが，是ぞ貴女の慈悲深き御手にこよなく付き付きしき試みかと。広く遍き支援を得られぬやもしれぬと危惧すればこそ，貴女には定めし関心を寄せて頂けるものと得心致しています。ここ英国から中国に至るまで，ありとあらゆる「紳士淑女録」のありとあらゆる寄贈者とは遙か，遙か懸け離れておいでと存じているだけに。

果たして本件に関し承れることがあるか否かお報せ下されば，是非とも御用命に応じさせて頂きたく——学舎を必ずや再び訪れる所存故。と申すのも肝要な案件が一つならず脳裏を過り，同上に関し教師方に進言申し上げたいもので。

来月2日，街に戻ります。5日，「アシニーアム」再開の会——列席予定者およそ2,000名に上る——を司るべくマンチェスターへ数日赴きますが，3日もしくは4日，パトニーにお見えならば拝眉仕りたく。

メレディス嬢——並びにヤング殿に，もしやくだんの名で知られる渡り鳥が依然御一緒ならば——くれぐれも御鶴声賜りますよう。つゆ変わることなく親愛なるクーツ嬢

匆々

チャールズ・ディケンズ

クーツ嬢

（注）「次号第二章」は第二十五章「一部，そのスジ絡みの。読者諸兄に病室の遣り繰りを巡ってありがたき蘊蓄，傾けらる」。フォースター宛書簡（7月6日または7日付）注参照。第二段落「木曜晩」の貧民学校(ラギッド・スクール)視察の模様は後に『デイリー・ニューズ』編集長宛書簡（46年2月4日付），並びに『ハウスワールド・ワーズ』（52年3月13日付）においても取り上げられる。〔クーツ嬢宛書簡（9月5日付）注参照。〕『オリヴァー・トゥイスト』第八章でオリヴァーは躱し屋(ドジャー)にフィールド・レーンに間近いサフロン・ヒルのフェイギンの隠処に連れて行かれる。「牢獄の子供達」については次書簡参照。『イグザミナー』（43年9月16日付）社説「首都における未成年収監」——この二年というもの首都の牢という牢に投獄され，挙句オモチャを盗んだ廉で重罪の判決を下される，読み書きのできない九歳の少年の事例を概嘆する——は恐らくディケンズ執筆。第三段落「初等教育体制」はデイヴィッド・ストウ（1793-1864）により1826年，27年，グラスゴーにおいて開設された幼児学校と教員養成学校において導入された方式。ケイ博士〔マーチバンクス宛書簡（9月8日付）注参照〕は視察後，1841年政府補助金継続を推奨。〔「目に見える外の徴(しるし)や，内なる霊の恵み」は「内なる霊の恵みの目に見える外の徴(しるし)」即ち「秘跡（“sacrament”）」を踏まえて（『祈禱書』「教義問答」より）〕。第五段落「神は偏(かたよ)ることをせず」は『使徒行伝』10：34より。〕第十一段落「『アシニーアム』再開の会」についてはクーツ嬢宛書簡（10月13日付）参照。最終段落チャールズ・メイン・ヤングは男優（『第一巻』原典p. 592脚注，訳書761頁注参照）。ディケンズは息子ジュリアンとは46年5月29日クーツ嬢邸にて対面。

マクヴィ・ネイピア宛　1843年9月16日付

親展

ケント，ブロードステアーズ。1843年9月16日

拝啓

先日フッド殿にお渡しした貴兄への紹介状にて「エディンバラ」のための主題に関し思いを巡らせている旨お伝え致しました。

さて，果たして専ら英国国教会の原則に排他的に則った教育体制に強かに叛旗を翻したならば，「レヴュー」の意に適いましょうか？　もしや適うようなら，小生何故(なにゆえ)「教義問答」のような代物は目下巷に蔓延っている無知の状態には全くもってそぐわぬか，何故(なにゆえ)大いなる宗教哲理において全ての信条を包括するほど鷹揚なそれを措いて如何なる体制も社会の「危険な階層」の欠乏と知力に応ずること能わぬか証してみせたいと存じます。

上記が唯一小生，かようの主題に関して感じ惟みることと齟齬を来さぬ限りにおいて取り得る広範な立場であります。がくだんの立場を取る上で，目下ロンドンに存在している貧民学校(ラギッド・スクール)という名の，篤志家による教育の場や――牢獄内の学校や――かようの場で呈せられる無学を審らかに致すことは可能であり，さらば少なからず際立った論考とはなりましょう――仮にわけても排他的な教会指導を寄附によりて維持しようとする運動と真っ向うから引き比べられれば。小生くだんの人々が然に惨めにして然に顧みられぬ状態にあるものですから，彼らの正しく本性が如何ほど素朴な宗教にすら抗う様を――「正邪」の差異の如何なる体系の如何ほど幽かな輪郭をすら伝えるはそれ自体，其を前にしては「神秘」も「形式のための口論」も白旗を掲げざるを得ぬ「巨人」の労苦たる様を――証してみせられましょう。などという論考は「レヴュー」には深刻に過ぎましょうか？　是非とも御意見をお聞かせ願いたく。

敬具

チャールズ・ディケンズ

ネイピア教授

追而　いずれにせよ論考を引っ掛ける言わば釘を見つけねばなりません。——恐らく何かお心当たりがあるのでは。

（注）　企画されていた『エディンバラ・レヴュー』のための「主題」は数度延期され，結局執筆されなかった。第三段落「牢獄内の学校」について，ディケンズは『ボズの素描集』「情景」第二十五章「ニューゲイト視察」(35年11月執筆）において獄内の「学舎」に言及している〔拙訳書239頁参照〕。一方トティル・フィールズでは教戒師に託された少年少女のための学校が35年11月，国民教育体制に則り開設。チェスタトンもコールドバース・フィールズにて同様の学校を運営。ただし『イグザミナー』(9月16日付）掲載関連記事はいずれにおいてもさしたる効果は期待できないと指摘する。ディケンズの実際の見聞については『デイリー・ニューズ』編集長宛書簡（46年2月4日付）参照。英国国教会原則における貧民教育促進国立協会の大々的な広告が『タイムズ』(43年8月15日付）において四縦欄（コラム）にわたり掲載されていた。追而書き「釘」即ち「きっかけ」についてはネイピア宛書簡（10月24日付）参照。

A. ヴァン・リー宛　1843年9月16日付

【草稿は署名を除き，恐らくアルフレッド・ディケンズのそれと思われる別人の筆跡（ミトン宛書簡（9月28日付）注参照）。】

リージェンツ・パーク——ヨーク・ゲイト
デヴォンシャー・テラス1番地。1843年9月16日

拝復

忝き芳牘を賜ると共に，其の表（ひょう）されている御丁寧なお言葉に篤く御礼申し上げます。

付言致さねばならぬことに，されど，小生自ら国外における翻訳を念頭に，拙著の早期校正を送達する契約を結ぶこと能いません——版元に何か明確な申し出の為されぬ限り——さらば通常の事務手続き上，彼ら自身何らかの評価を下し，一件に関す小生の私見を考慮する上で，同上を小生に伝えられましょうから。

かようの手筈には，版元にとって某かの収益が見込まれぬ限り，必ずや困難と異議が伴おうかと。

敬具

チャールズ・ディケンズ

アムステルダム。M.アヴァン・リー

（注） A.ヴァン・リーは1845年，48年に出版された芸術と印刷に関わる書籍の著者。全てアムステルダムにて出版された1852年のヴィーネ編仏作家選集の翻訳家。第二段落ディケンズの小説は早くからオランダ語に翻訳されていたが，1843-4年に『マーティン・チャズルウィット』の匿名の翻訳が刊行される。結びの宛名「アヴァン・リー」は正しくは「A.ヴァン・リー」。

トマス・ミトン宛　1843年9月17日付*

ケント，ブロードステアーズ。1843年9月17日

親愛なるミトン

スミスサンの手紙を受け取り次第，然るべきやり口で返事を認めるつもりだ。彼が君の提案にそんなにも快く応じてくれたとは何よりだし，正直，彼はこの件に関しては終始実に男らしく身を処して来たと認めざるを得ない。

君がイーストホープですこぶる愉快に過ごしたとは，さもありなん，何せあそこはとびきりゴキゲンな土地柄だから。ぼくはこれまでフィトビー線におけるほど色取り取りの光景があんなにもちっぽけな空間に押し込められている所にお目にかかったためしがない。デヴォンシャーからスコットランド高地地方に至るまでのありとあらゆる度合と多様性があそこにはギュッと詰め込まれている。

連中はマンチェスターから「10月6日，木曜」と書いて来ているが，木曜は5日だ。多分，けれど，曜日ではなく日にちを間違えているのだろうから，木曜ということにして，ぼく達は水曜に出かけて（ファニーの所に泊まり）金曜に戻って来ようじゃ。

こっちは日和はすこぶるつきだが，茹だるように暑い。D夫人以外は皆元気一杯。彼女は今回はずい分調子が悪くて大変みたいだ。

来月号は，これまでのどいつもこいつもの遥か上を行く！

不一

CD.

トマス・ミトン殿

（注）「然るべきやり口」での返信についてはスミスサン宛書簡（9月20日付），ミトン宛書簡（9月28日付）参照。「この件」に関し，ディケンズは44年5月31日付書簡においてミトンに「ぼくはスミスサンの契約書の下（もと）負担額に相当する君の生命保険証券を預ることになっていたはずだ」と確認する。ここで言う「契約」はミトンが業務を買い取る41年10月より少し前に結ばれていた。ディケンズの「担保」として必要な「アルゴス保険証券」はミトン宛書簡（41年10月29日付）に言及あり（『第二巻』原典p. 414，訳書513頁参照）。契約書は恐らく43年9月満期になり，スミスサンは更新に同意していたと思われる。第二段落「フィトビー線」についてはマルグレイヴ卿宛書簡（7月15日付）参照。第三段落で言及されているアシニーアム夜会（ソワレ）は10月5日木曜開催。ディケンズとミトンは10月4-6日バーネット宅に滞在。末尾「来月号」はジョーナスとマーシーの結婚，ギャンプ夫人，「アングロ・ベンガル低利貸付・生命保険会社」の詳述される第二十四―六章。〔ただし「アングロ・ベンガル低利貸付・生命保険会社」が初登場するのは次号第二十七章。〕

ジョン・シンクレア師宛［1843年9月17日？付］

【次書簡に言及あり。】

（注） ジョン・シンクレア（1797?-1875）はロンドン主教補佐司祭（チャプレン），ケンジントン助任司祭を経て，43年11月ミドルセックス大助祭。貧民教育促進協会会計係として，付属学校及び教員養成所の責任者も務める。エスタ・エルトンは1845年，同養成所にて課程を修了。

T. J. サール宛［1843年9月17日？付］

【日付は，明らかにエルトン姉妹への言及であることから1843年。ディケンズは10月2日帰京するため9月。9月17日が最も該当しよう日付（サール宛書簡（9月12日付，24日付）参照）。】

ブロードステアーズ。日曜

親愛なるサール

同封のものを書いたのはジョン・シンクレア師です。小生一筆返事を認め，もしや小生が来月街へ戻る前に本件において何か進捗があるようなら，委員の何者かが御連絡する旨お伝え致しました。何卒心優しきクリスチャンらしく――御自身一肌脱ぐか，それともかのより心優しきクリスチャン，令室伝(づて)――姉妹にくだんの「切抜き」の内容を報せて頂けないでしょうか？　してもしやいずれかがいつでも行く心の準備が出来ているなら，マクベスの客人(まろうど)同様，直ちに行くに如くはなかろうかと――ではないでしょうか？

敬具

チャールズ・ディケンズ

T. J.サール殿

（注）　頭注「1843年」に関し，N, II, 237は「1850年」と誤記。「マクベスの……直ちに行く」は『マクベス』第三幕第四場118-9行マクベス夫人の台詞より。

チャールズ・スミスサン宛　1843年9月20日付*

ブロードステアーズ。1843年。9月20日

親愛なるスミスサン

あの男はこの世にまたとないほど途轍もない奴では。果たしてどうしてやったものか。街を離れる直前のこと，この身の血がごっそり沸き返らんばかりのチョッキ姿で――黒い目そっくりの――つまり生まれつきの，ではなく喧嘩で食らった黒アザそっくりの――ボタンのズラリと並んだ花柄のチョッキ姿で――お出ましになるではありませんか。のみならず人間の性(さが)は背き，理性は抗わずばおれぬ，海草色の上着を着込み，ズボンは（わけても膝の辺りにては）人気(ひとけ)なき場所では巨万の富を積まれたとて出会すは平に御容赦願わねばならぬ見物(みもの)であります。クラヴァットに至ってはホリウェル・ストリートにおいてすらさも見下したように鼻であしらわれること請け合い。そこそこ智恵の回る如何なる治安判事であれ（などという代物がこの世に御座すならば）宝石類を確たる証に，踏み車行きを命ずる所であります。奴の指の内一本（いつも拗(ねじ)くれているそいつらの内の。恐らく薬指）には水腫症にかかったテントウムシそっ

くりの指輪が嵌まっていますが，目にするだにいっそ一思いに御当人をグサリとやってやりたい衝動に駆られます。果たして如何様な顚末と相成るものやら。何か由々しき惨事が出来するには違いありませんが。

小生5日，アシニーアムにおける一大饗宴の会を司るべくマンチェスターへ赴く予定にて。宴にはその数あまたに上る人々が集うことになっています。馴染みが同行したがるもので，小生「ああ（イエス）」と返しました。故に心は千々に乱れ，よって本状が支離滅裂たろうと御寛恕賜りますよう。時にあの男を梱にて，時に鞄にて，連れ込めぬものか思案に暮れることもあれば，時に鉄道にコネを利かせて，お門違いな列車に乗り込ませ，スコットランドへ追いやろうかと思うこともあります。恐らくマンチェスターの連中はロンドンからお越しの小生の名立たる友人として，あの男を演壇に登らせましょう。奴がそこに立っている様がまざまざと瞼に浮かぶようです。そら，くだんのブーツが（おお何たるブーツだことよ！）片割れの上に交差され，片手が例の酷たらしい時計鎖を弄び，もう片方の手の拗（ねじ）くれた指が例の，チョロチョロ流れるせせらぎよろしき頬髭とくっついた，鳥の巣もどきの髪を掻き上げている様が。そら，奴の御尊顔が頭の中で家具を値踏みし，長椅子に「一脚につき4と半——つまりせいぜいそれぽっきり」と合印をつけている間（ま）にもニタリと，競売人の抜け目なさげな表情に捩（よじ）くれ上がっている様が。小生さらば絹を裂くが如き金切り声を上げざまどうど床に倒れ込み，そこにて遣る瀬無き妻と四人の幼子によりて今にも気が狂れんばかりの所を見つけられます。

イーストホープの皆様にくれぐれも小生より，我々皆より，よろしくお伝え下さいますよう。我が家ではしょっちゅう貴兄のことを話題に上せます。仮初にチョンガーたる時を惟みます。絨毯地鞄を引っ提げ修道院の一階の窓の一つからひょいと中を覗き込み，トムソン嬢の怖気をあの男ならば青天のヘキレキと呼ばおうもので奮い上げさせましょう——おうっ！——どうやら小生，断じて出来せぬ幾多の絵空事を惟みているようです。いやはや貴兄の何と瑞々しくあられるに違いなきことよ！　ではなくグルリの田野の——くだんの素晴らしき青葉の——ハワード城庭園の。ほら，小生の何と支離滅裂たることか。が何故（なにゆえ）かは申し上げた通り。よって哀れと思し召されますよう。

トムソンがここへお越しになるのをずっと，して今もって，首を長くして待っています。あの方の小さな犬を預かっています，と申すのもティンバーとの縁組みを目論んでいるもので。がどうやらソリが今一つ合わないようです。果たして気性なのか趣味なのか，はいざ知らず。あれはめっぽういいヤツで，決まって日に二度——一度は朝食後，一度はお八つ後——逃げ出します——必ずやお巡りに連れ戻されますが。目下当地には蓋しお巡りがいます。A. I.制服を着た。が（法的に任命されていないとあって）何ら権限を有さぬ化けの皮が剝がれ，よっていかつい宿無し共がやって来ます——引っ捕らえられるものなら引っ捕らえてみろとばかり。わざっとお越しになるというなら，お巡りめ百害あって一利なしでは。

似たり寄ったりのお招きの就中，今朝方ブルーム卿よりマンチェスターを訪うた折には是非あちらまで足を伸ばし，誰であれ同伴者を連れて来るようとの手紙が届きました。御両人を互いに引き合わせましょうか？　もしや令室が然り（イエス）とおっしゃれば——致します。ええい畜生。——そら！

書類を同封致します。つゆ変わることなく親愛なるスミスサン

敬具

チャールズ・ディケンズ

（注）　冒頭「あの男」は第五段落ブルームへの言及，並びにバーネット夫人宛書簡（9月24日付）の文面からして即ち，トマス・ミトン。派手な出立ちは『チャズルウィット』第二十六章において紹介されたばかりのモンタギュー・ティッグ——「金やブルーや，緑や真紅の花があちこちチョッキに散り……指にはごってり目も綾な指輪が嵌められている」——のそれを彷彿とさす〔第二十六章は正しくは第二十七章。拙訳書下巻13頁参照。〕ミトンのチョッキは恐らく9月4日ジョン・クーパーと祝言を挙げた妹メアリ・アンの結婚式用に購入したもの（ミトン宛書簡（7月26日付）参照）。〔ホリウェル・ストリートは古着の呼売りで名高い，ストランド街近くの荒屋の立て込んだ小路。〕第三段落「あの男（HE）」は特大の装飾体大文字。「ハワード城庭園」についてはフェルトン宛書簡（9月1日付）参照。第四段落，ケント州警察隊は州警察設立を規定する「任意法令」通過十八年後の1857年まで組織されなかった。〔「あれはめっぽういいヤツで」の原文“Its an uncommon nice dog”の“Its”は正しくは“It's”。恐らく誤植ではなくディケンズの（常習的）ミス。「A. I.」は「臨時に」，「仮に」の意の“ad interim”の頭文字。〕第六段落「同封」の書類についてはミトン宛書簡（9月17日付）参照。

J. C. プリンス宛　1843年9月22日付

【N, I, 541に言及あり。日付は「ブロードステアーズ，43年9月22日」。】

ディケンズはマンチェスターに行った際，プリンスに会いたき由伝える。

（注）　当時ブラックバーン〔マンチェスター北西ランカシャー州中部綿織物工業都市〕で働いていたプリンスはアシニーアム夜会(ソワレ)に出席。『マンチェスター・ガーディアン』（10月7日付）によると，ディケンズの要望で休憩時間に紹介される。

ジェイムズ・クィルター宛　1843年9月22日付*

ケント——ブロードステアーズ。1843年9月22日

チャールズ・ディケンズ殿は謹んでクィルター殿に御挨拶申し上げると共に，忝き芳牘を賜り篤く御礼申し上げます。とは申せリンカーンのお気の毒な駅馬御者の事例がくだんの大いなる権威御両人の説と齟齬を来すとは肯(がえん)ぜられません——御者は通常の自然死ではなく非業の死を遂げられただけに。

（注）　ジェイムズ・クィルターはリンカーン市治安判事書記。ディケンズ宛書簡（9月20日付）に，駅馬御者は不死身であるとの貴兄の「御友人」ウェラー殿とソーヤ殿の申し立てが誤謬であることを証すべくネトラム——リンカーンから3マイル離れた村落——の共同墓地のとある墓碑銘——駅馬御者トマス・ガーディナーが1732年1月3日齢十九歳にして惨殺された由告げる——の写しを同封していた。『ピクウィック・ペーパーズ』第五十一章において，サム・ウェラーはボブ・ソーヤに「やっこさん〔御者〕の墓石のある境内も知らなけりゃあ，やっこさんのホトケにもお目にかかったことがねえと？」とカマをかけた後(のち)，「どこぞのお偉い先生方みてえにやっこさんとロバたあどっちも不死身だなんざ言い張るつもりゃあねえが」と断りつつも何故(なにゆえ)誰一人ホトケの御者もロバも目にしたためしがないか蘊蓄を傾ける〔拙訳書下巻346頁参照〕。本状はA. ヴァン・リー宛書簡（9月16日付）と同じ，恐らくアルフレッド・ディケンズの筆跡。

ブルーム卿宛　1843年9月24日付*

ケント，ブロードステアーズ。1843年9月24日

親愛なるブルーム卿

忝き芳牘を賜り篤く御礼申し上げます。はるばるマンチェスターまで赴くからには，いっそカンバーランドへ足を伸ばせるものなら――かほどに意に染むこともまたなかろうだけに――が誠に遺憾ながら会合の翌日街へ戻らねばなりません――当地に二か月ほど，その前はヨークシャーに，滞在していたもので。

拝眉仕って以来，ロンドンの牢獄や場末をあちこち訪ね，なるほど馴染み深い光景ばかりとは言え，広く遍く蔓延る「無知」と「悲惨」についぞなかったほど驚愕しています。先般「教育」なる主題に関す御芳名の下なる新論考の予告を目にし，改めて本件が念頭に浮かんだ次第にて。

叶うことなら小生警察判事となり，当該問題を然なる有利地点よりその最も低く最も惨めな末端にて取り上げ，検討致せるものならと存じます。ごく日常的に彼らの権限内に入る手合いの人々を熟知しているからには，我ながら実に優れた判事たれましょうし，全階層に所謂「社会の危険な構成員」を大胆かつ包括的な哲理に則り教育することが如何ほど急務となっているか身をもって示すにおよそ吝かどころではありません。胸中常々かようの願望を暖めて参りましたが，今ほど切に抱いたためしはありません。

忝き御高配に改めて篤く御礼申し上げると共に，くれぐれもレディ・ブルームに御鶴声賜りますよう

つゆ変わることなく親愛なるブルーム卿

敬具

チャールズ・ディケンズ

ブルーム卿

（注）「カンバーランドへ赴く」はペンリス〔カンバーランド州市場町〕に間近いブルーム・ホールを指して。「会合の翌日」街へ戻る予定についてはエインズワース宛書簡（10月13日付）注参照。第二段落「予告」らしきものの掲載された形跡はなし。ディケンズの念頭にあったのは恐らく有益な知識普及協会によって7月に刊行された，ブルーム卿ヘンリー著『政治倫理学』第二部，もしくはチャプマン＆ホール刊『政治家の歴史的素描』（緒言10月1日付）。第三段落「警察判事」の職に就くことをディケンズはかなり真剣に考えていたと思われる（モーペス卿宛書簡（46年6月20日付）参照）。1840年の法令により管轄区域を拡張し，臨時判事を任命する権限が与えられていたが，判事は七

年の職歴を有す法廷弁護士でなければならなかった。第四段落レディ・ブルーム（1786-1865）はジョン・スポールディング未亡人メアリ・アン。1819年結婚。

ヘンリー・バーネット夫人宛　1843年9月24日付*

ブロードステアーズ。1843年。9月24日日曜

親愛なるファニー

ぼくはリヴァプールとマンチェスター中のあちこちの人の屋敷への招待を悉く断り（返事を書くだけで一仕事ですが），もちろん姉さんとの約束を飽くまで守り通すつもりです。連中はブルーム卿も招待しましたが，卿は出席できないもので，逆にぼくに一筆，カンバーランドの屋敷へ来て，ゆっくりし――で誰であれ同伴の友人を連れて来るようおっしゃって下さっています。ぼくはあれからというものミトンを連れて行き，二人を引き合わせてやってはと，内心北叟笑むこと頻りです。

水曜の朝街を発ち，真っ直ぐ姉さんの所へ行きます。道中食事を取るのに越したことはないと？　で（できれば）アードウィクで停まるか，それとも先へ行くか？　親父も連れて行きましょうか？　どうか次の土曜か日曜の便で，デヴォンシャー・テラス宛一筆お願いします。来週月曜の晩には戻っています。

どうかミトンにはソファの上に寝てもらおうなんて思わず，間近の居酒屋かどこかそこそこ気の利いた旅籠にでも一台見繕ってやって下さい。あいつもきっと，迷惑かけてると思うだけで肩身が狭いでしょうから。

ケイトが姉さんと，バーネットと，子供達皆にくれぐれもよろしくとのこと――ぼくからもみんなに一言お願いします。ハリーは相変わらずゴキゲンと？またいつも通り一緒におどけ返りたいものです。

（注）「（あちこちの）人の屋敷」の原語 “peoples’ houses” は正しくは “people’s”。第二段落「アードウィク」はバーネット一家の住んでいたマンチェスター郊外。ディケンズは明らかに馬車で行く予定。第四段落ケイト（Kate）は草稿では “Kates” と読める。ヘンリー・バーネットは息子「ハリー」を「とびきり幸せで明るく……何一つ見逃さないかのようだった。客のいる部屋に連れて入られると，絶えず忙しない叔父貴顔負けに，皆の顔や衣服に端から目を留めた。……母親が亡くなって三か月後，九歳で身罷ったが」

と述懐する（Kitton, *CD by Pen and Pencil*, I, 136）。〔ファニーは48年歿。〕末尾「匆々」と署名が切断のため欠損。

バーデット・クーツ嬢　1843年9月24日付

ブロードステアーズ。1843年9月24日

親愛なるクーツ嬢

是非ともリトル・ネルについて御相談させて頂きたく。小生，街へ戻った翌日の，3日火曜午後パトニーへお伺い致します。が次号が然るべき手続きを踏まずして読まれることには厳粛な異を唱えさせて頂かねば――わけても第一章はやたらクダクダしい訳ではないとあらば。仮にメレディス嬢が何かかように不適切かつ不当な手続きに訴えられるなら，ピンチはその刻（とき）を限りに一巻の終わりかと。

本日より，晴れて拝眉仕る日までの間に，貧民学校（ラギッド・スクール）に関して忝くも御存じになりたがっておいでの事柄を確認したいと存じます。少女は少年より少ないものの，御想像より多く，ずっと行儀が好いようです――なるほど惨めなことこの上もありませんが。如何ほど身形は「みすぼらしい（ラギッド）」とは言え，女性の方が男性より遙かに善性が具わっています。世の人々はむしろ逆のように考えがちです，女性の外見上の堕落は男性における如何ほどの悍しさより強く印象づけられるからというので。せいぜいほんのそれしきの謂れしか持ち併せていませんが。

ロジャーズ殿が古くからの学友モールトビ殿と共にこちらにお見えです。我々は互いに何やら侘しい手合いの茶会を催しています――祝宴を張る度（たび）同じ話題が何度も何度も蒸し返されるもので。が実の所ロジャーズは全くもって瞠目的なやり口であちこち歩き回っています。小さなステッキを小脇に抱えたなり，およそ近寄り難き絶壁の天辺にて外気に当たっているかと思えば，クイと小首を傾げ，顎をチョッキに埋（うづ）めたなり，中年訪問客はまず分け入るまい深淵だの裂け目だのをヒョコヒョコ小走りに駆け下りたりして。時には砂浜で物乞いに集られたり，一連みの宿無しに雄々しく立ち向かったりしているのを目に

することもあります。して家の中に籠もったら籠もったで，ひっきりなし「記憶の愉悦」に朱を入れてはまたもや掻っ消しています。「誰も彼もが書き急ぎでは」というのが口癖で，然に惟みるのが人生最大の生き甲斐のようです。

チャーリーが，して妹達も，くれぐれもよろしくお伝えするよう申しています。未だ知られざる者も（「より偉大なる知られざる者」同様ウォルターという名ですが）兄姉上（あにあねうえ）らの証言を鵜呑みにすらば，また然り。

メレディス嬢がそれでなくとも体調が優れぬとあらば，さぞやこの暑さでは参っておいでかと。当地の誰も彼もが，同上の謂れにてゲンナリ来ています。

つゆ変わることなく親愛なるクーツ嬢

匆々

チャールズ・ディケンズ

クーツ嬢

（注） 冒頭「リトル・ネル」については不詳。エドガー・ジョンソンが*Letters from CD to Angela Burdett-Coutts*, 1955, p. 54*n*において主張している如く「エスタ・エルトン」ではない。10月号第一章（第二十四章）は主としてトム・ピンチに纏わる全十三頁。第三段落「こちらにお見えです」の原文“is down here”の“is”は草稿では“in”と読める。ウィリアム・モールトビは事務弁護士・書誌学者（『第二巻』原典p. 132脚注，訳書161頁注参照）。『記憶の愉悦』は1792年初版。1843年12月『イタリア』と共に改訂版が発刊。他作家の「書き急ぎ」はロジャーズの常習的な苦情。この年，後ほどディケンズを訪ねた際，彼が『キャロル』を執筆しているのを目にし，「当今では何一つ丹念に書かれない」と不平を鳴らしたという。第四段落「より偉大なる知られざる者（Greater Unknown）」は「偉大なる匿名作家（Great Unknown）」〔実名が知れるまで「ウェイヴァリ小説」の作者サー・ウォルター・スコットに与えられた名〕の捩（もじ）り。クーツ嬢はウォルター・ランドー・ディケンズ（1841生）にまだ会ったことがなかった。

ジョン・フォースター宛［1843年9月24日付］

【F, IV, i, 298に抜粋あり（aa）。日付はフォースターによると9月24日。F, IV, i, 298に抜粋あり（bb）。日付はフォースターによると「その年の終わり」だが誤記。（クーツ嬢宛「鉄鎚解説（スレッジハンマー・アカウント）」とネイピアへの寄稿提案は共に9月16日に認められている。ディケンズは両者について同一の書簡の中でフォースターに報告しているに違いない。）】

[a]ぼくはクーツ嬢に貧民学校（ラギッド・スクール）に纏わる鉄鎚解説（スレッジハンマー・アカウント）を送った。して聖職者教育寄附金一覧に200ポンドとして名前が記されているのを目にしたものだから，ぼくなり懸命に宗教の秘儀ややこしい信条はあの手の生徒達には役立たずだと噛んで含めて申し上げた。だけじゃなし，何はさておき彼らの体を洗ってやるのが火急の要件だとも。早速折返し，大きな風通しの好い屋敷を借りるとしたら家賃は如何ほどで，日常的な入浴と言おうか沐浴の場を設えるとすれば費用は如何ほどかお尋ね下さっている。いずれの点についても目下そのスジの連中に問い合わせ中だ。この件でお願いすれば何だって叶えて下さるに違いない。神かけて，またとないほど素晴らしい方で，ぼくは心から敬愛している。[a]

[b]ネイピアにはもしも『レヴュー』がこと無学の若者の教育がらみで敢えて教会教義問答やその他単なる決まり文句や精妙な教えに真っ向うから抗う立場を取る気があるなら，教育についての論考において彼らのことを取り上げようと伝えた。まず，そこまで危ない橋を渡ろうとするとは考えられないが。[b]

（注）「鉄鎚解説（スレッジハンマー・アカウント）」についてはクーツ嬢宛書簡（9月16日付）参照。「聖職者教育寄附金一覧」についてはネイピア宛書簡（9月16日付）参照。bb抜粋後のフォースターの注釈――「懸念は故無しとしなかった」――に照らせば，彼は結局何故（なぜ）論考が執筆されなかったか失念していたと思われる。

G. カー・グリン宛　1843年9月24日付

【サザビーズ目録（1904年3月）に言及あり。草稿は1頁。日付は「43年9月24日」。】

ディケンズの弟に関して。

（注）　ジョージ・カー・グリン（1797-1873）は後に初代ウルヴァトン男爵・銀行家・鉄道会社取締役。1837年より，ロンドン＆ノース・ウェスタン線として他会社と合併（1844年）したロンドン＆バーミンガム線頭取。文面は明らかにアルフレッドの新たな就職先について。

T. J. サール宛　1843年9月24日付

ケント，ブロードステアーズ。1843年9月24日

親愛なるサール

当該グリフィスス殿に，我々互いに同意した如く，小生丁重なお断りの手紙を認めました。さらば，研ぎ上げたばかりの干し草用股鍬を手にした魔神もかくやとばかりしぶとく同封の短信，並びに金箔師の薄皮を小生宛送りつけて来ました。もしも我々の見解を変更する筋合いはさらにないとお考えなら，何卒貴兄から一筆（幹事として）改めてお断りの書状を出して頂けないでしょうか。先方が己自身のためにエルトン姉妹のことを触れ回りたがっているのは火を見るより明らかなもので。

敬具

チャールズ・ディケンズ

（注）　グリフィスス姓の彫り師・箔置き師商会は三店——内一つはドゥルアリー・レーン27番地に——あった。ディケンズは恐らく「エルトン殿の死を悼みて」——最後はグレイスチャーチ・ストリートの仕立て屋L.ハイアムの悪趣味な誇大広告に収斂する韻文——を引用・批判する「死神と仕立て屋」（『パンチ』（9月9日付）掲載）を目にしていたと思われる。

S. R. ステアリ宛　1843年9月24日付

ケント，ブロードステアーズ。1843年9月24日

拝啓

早速ながら貴兄の携わっておいでのかのこよなく気高き企図に関し何点かお尋ねさせて頂きたく——申すまでもなく其の促進とより広範な有益性を念頭に。当座くだんの質問は，差し支えなければ，内密に呈せられているものとお考え頂きますよう。とは申せ貴兄と共にサフロン・ヒルの貧民学校（ラギッド・スクール）の運営に当たっておいでの殿方諸兄にはお含みおき頂ければ幸甚にて。

先般お邪魔させて頂いた際ふと，もしや可能ならば，少年は勉学に励む前に

身を清める機に恵まれることこそ肝要ではないかと思い当たりました。

とは貴兄にも御賛同頂けましょうか？　もしや頂けるようなら，如何ほどの経費で沐浴の場——例えば十分な給水と，石鹸と，タオルの整った，大きな槽(ふね)と申すか桶(おけ)——を設えられるかお確かめ頂けましょうか？　またくだんの設備を管理し，少年達が秩序正しく利用するよう取り計らうべく何者か雇わねばならぬとお考えなら，かようの係の者の手当も経費に加えて頂きますよう。

くだんの界隈でどこか（もしも余裕があれば）学舎に向いているそれとして契約を交わしたいような場所を見かけたことがおありか，御存じでは——一，二，広々とした屋根裏か部屋のような。もしや心当たりがおありなら，賃借料は如何ほどにして，いつからお借り致せるか？

晴れてこれら大いなる改善の手を加える基金を確保致せた暁には，往訪者（つまり往訪教員——何者であれ有志の——）には殊の外質問と指導を，徳義の問題とし，学舎にて御自身や僚友諸兄によりて教えられている大らかな真理に限って頂くことに何か御異存はおありでしょうか？　当該問題を忽せに致せぬのは，何人(なんびと)といえども，如何ほど善意とは言え，こよなく利点に恵まれた若者とて十二分には理解できぬ宗教的「秘儀」にてこれら不遇の子らの精神を戸惑わさぬことこそ肝要と思われるからに外なりません。先般お訪ねした晩，とある女性視察者が「神の仔羊」に関し，小生ならば断じて誰にも我が子らにかけてもらいたくないような質問を提起しているのを耳にしました——似たり寄ったりの浅薄な公教要理尋問によりて小生自身の幼年期に示唆された厖大な不条理の記憶にないでなし。

来月2日月曜，街へ戻ります。それ以前にお手紙を下さるようなら当方宛に，それ以降ならば街の拙宅宛，お願い致します。

貴兄の大いなるキリスト教的労苦に深甚なる共感を覚えつつ

敬具

チャールズ・ディケンズ

R.ステアリ殿

（注）「貧民学校(ラギッド・スクール)の運営に携わっておいでの殿方諸兄」として広告に名が挙げられている

のは，P.ロリマー師，W. D.オーウェン，P.マクドナルド。第五段落〔「神の仔羊」は即ち，キリスト（『ヨハネ』1：29等）。〕ディケンズ自身幼年期に「厖大な不条理」を教え込まれたのは「熱弁揮いの」説教師ボアネルゲの法話を聴くべく引っ立てられた教会（『逍遥の旅人』第九章「ロンドン・シティの教会」〔拙訳書90頁〕もしくは姉と共に通ったチャタム，ローム・レーンのデーム・スクール（F, I, i, 4）。

チャプマン＆ホール両氏宛　1843年9月27日付*

ブロードステアーズ。1843年9月27日

拝啓

もしや「困窮の下なる知識の探求」の所収された「愉快な知識文庫」全巻を入手の上，御送付頂ければ幸甚にて。

敬具

チャールズ・ディケンズ

チャプマン＆ホール殿

（注）G. L.クレイク著『文庫』は1830-1年匿名で刊行，1844年ディケンズ蔵書目録にあり。著作そのものは予てより知っていた（『ピクウィック』第三十三章において，サムが恋文（ヴァレンタイン）を綴っている片やウェラー父によってそれとなく「困った時の紙だのみ（the pursuit of knowlege）でもあるまいに」と言及される通り）〔拙訳書下巻60頁参照〕。この度はマンチェスター講演で著名な独学者の名を挙げる際に必要だったと思われる。

トマス・ミトン宛　1843年9月28日付*

ブロードステアーズ。1843年9月28日

親愛なるミトン

親父はまたやるに決まっている。君が首尾好く気を利かせてくれた通り，金を払うしかなかった。がまたやるに決まっている。

今ですら，親父がどんな男かあんなに大枚叩いて嫌というほど思い知らされているはずが，恩知らずにも程があろうと呆れて物も言えない。親父だけじゃなし，どいつもこいつもぼくのことを何か，我が身可愛さで好き放題羽根を毟ってズタズタに引き裂いても構わない代物だくらいにしか思ってないんじゃな

いか。ぼくっていう人間をそれ以外の目で見てもいなけりゃ気にかけてもいやしない。あいつらのこと思い浮かべただけで胸クソが悪くなりそうだ。

今の所アルフレッドはお先真っ暗——というか真っ暗みたいだ。当座あいつをどうしたものか思案に暮れた挙句，差し当たり週1ポンドと往復の船賃を渡して，「秘書」として働いてもらうことに決めていた。こっちでもくだんの役所(やくどころ)で試しているが，なかなかの腕前だ。すこぶる手際はいいし字も上手いとあって。今日のこと腹づもりを伝えようかと思っていたが，親父の手紙が——神かけて，脅迫状が！——よりによって息子への！——舞い込んだせいで，ここまで出かかっていた言葉が喉でつっかえた。

君はこいつをどう思う？　もしもぼくにできるのはせいぜいそこまでで，我が私心なくとびきり息子思いの御尊父に会ってくれようというなら，一言，ぼくはあの手紙には正直，口では言えないくらいうんざり来ていると，この新たな大きなお荷物を背負い込む上で，親父が何を欲しようと望もうと脅そうとやってのけようとやってのけまいと，そいつとは一切，セント・ポール大聖堂の釣鐘ともチャリング・クロスの騎馬像とも関係ないのといい対(たい)縁もゆかりもないと伝えてもらえないか？

こうしたあれやこれやほどぼくを惨めったらしくする，と言おうか本来ならばやってのけなければならない仕事をお手上げにさせてくれるものもまたない。ぼく自身の手にはそれは全く負えないし，それは遙か力の及ばない所にあるし，人生のそれは途轍もない足手纏いなものだから，ぼくは当座ほとほと意気地が失せ返った勢い，押し潰されそうだ。

火曜には約束通り行く。それまで多分，一筆もらえるだろうか。

不一

チャールズ・ディケンズ

スミスサンから手紙が来たので，折返し返事を出しておいた。

（注）　ディケンズの父親はまたもやクビが回らなくなっていたと思われる。帳簿（10月16日付）にミトンへ£15.9.6支払いの記載（フォースター宛書簡（11月17日？付）参照）。ジョンはそれ以前（7月9日）にもチャプマン＆ホール宛親展で5ギニー等の無心をして

いた。第三段落アルフレッドの職探しについてはクーツ嬢宛書簡（4月24日付）参照。帳簿に「アルフレッド殿」へ10月20日，30日に£5，12月11日に£7支払いの記載。「船賃」に関せば，グリニッヂ汽船を利用するのが通常の手立てだった。A.ヴァン・リー宛書簡（9月16日付）とクィルター宛書簡（9月22日付）は恐らく「秘書」見習いアルフレッドの筆跡。

エドワード・ワトキン・アンド・ピーター・バーリン宛［1843年10月2日?付］

【エドワード・ウィリアム・ワトキン著『マンチェスター市参事会員コブデン』（1891）p. 123に言及あり。日付はディケンズが10月2日月曜アードウィクから連絡があるまで手紙を書くのを差し控えていたであろうことからの推断（バーネット夫人宛書簡（9月24日付）参照）。】

会合の手筈を整えるべく，10月4日水曜夜9時頃，面談を希望して。

（注）　エドワード・ウィリアム・ワトキン（1819-1901）は1843年アシニーアム理事に就任，以降三年間夜会（ソワレ）の手筈を整える。『マンチェスター・イグザミナー』創刊者の一人，64年国会議員，68年ナイト爵。ピーター・バーリンと共に慈善市（バザール）委員会名誉幹事を務める。10月4日二人はサムエル・ジャイルズ（ウィリアムの兄弟）と共にバーネット宅にディケンズを訪う。翌日再び訪問し，さらに歓談。アシニーアム夜会（ソワレ）の模様についてはクーツ嬢宛書簡（10月13日付）参照。

ジョージ・ラヴジョイ宛　1843年10月4日付

【サザビーズ目録（1930年12月）に要約あり。草稿は1頁半。日付は「デヴォンシャー・テラス1番地，43年10月4日」。】

遺憾ながら「文学・科学インスティテューション」新校舎落成記念式典に出席致せぬ由伝えて。

（注）　ラヴジョイはレディング自由党選挙事務局長（『第二巻』原典p. 288脚注，訳書351頁注参照）。ディケンズは10月24日開催大公会堂開館記念正餐会へ招かれたと思われる。『イグザミナー』（10月28日付）はタルファドがスピーチにおいて「万能の天才」ディケンズの欠席に口惜しく触れた旨報ずる。

ウィリアム・ジャーダン宛　1843年10月9日付

【アンダーソン・ギャラリーズ目録2298番に抜粋あり。草稿は1頁。日付は「ロンドン，43年10月9日」。】

心暖まる忝き芳牘を賜り篤く御礼申し上げます。街を離れていたため，つい昨日拝受致しました。是ぞ弱々しい励ましではなく，本腰の励まし，強かな励まし，心の励まし，願ってもない励まし，であります。およそ言葉には尽くせぬほど光栄に存じます。親愛なるジャーダン，敬具

［チャールズ・ディケンズ］

（注）　ウィリアム・ジャーダンは『リテラリ・ガゼット』編集長（『第一巻』原典p. 207脚注，訳書258頁注参照）。〔原典p. 577脚注3「Vol. II」は誤植。〕恐らく『チャズルウィット』10月号絶賛の手紙を送ったと思われる。ただし『リテラリ・ガゼット』に書評は掲載されず。

トマス・パウエル宛　1843年10月9日付

デヴォンシャー・テラス。1843年10月9日

拝復

妻が御高配並びに優雅な贈り物を賜りたいそう忝う存じ，小生よりくれぐれもよろしくお伝えするよう申しています。本来ならばより早急に御礼申し上げるべき所，我々しばらく街を離れ，小生昨日帰宅したばかりにて。

ホーンには必ずや注意おさおさ怠りなく目を光らせておきたいと存じます。奴め，せいぜい気をつけるがいい！　もしやいささかたり心証を害されようものなら小生，彼の青少年労働に纏わる報告を称えて至る所で述べて参った一から十まで撤回致そうでは。一筋縄では行きますまいが，意趣は根深く，ディケンズは倦むことを知りません。

敬具

チャールズ・ディケンズ

トマス・パウエル殿

（注） トマス・パウエル（1809-87）は雑文家，横領・捏造常習者。1846年トマス・チャプマン〔『第一巻』原典p. 229，訳書286頁参照〕事務所における委託金着服が発覚するまで幾多の著名文士に取り入っていた。42年7月27日チャプマン主催の会合にディケンズと共に招かれているが，二人はそれ以前にサウスウッド・スミス或いはタルファドを介し会っていた可能性もある。オーガスタスのチャプマン事務所就職については『第四巻』参照。第二段落リチャード・ヘンリー（「ヘンジスト」）・ホーンは詩人・ジャーナリスト（『第一巻』原典p. 500脚注，訳書635頁注参照）。児童雇用調査委員会第二報告のための証言を集め終えた後（のち），11月代表作叙事詩『オリオン』執筆に取りかかる（43年6月刊）。数か月前から（『新時代精神』として出版されることになる）同時代著名人に関する随筆集を計画，（対象も執筆者も極秘の内に進められていたが）ディケンズも対象として選ばれていることをパウエルが内々に伝えたと思われる。ホーンによると「ディケンズに関する論考は自ら単独で」執筆したということだが，ホーン宛書簡（11月13日付）に照らせばパウエルが彼のために資料を集めた形跡が窺われる。『新時代精神』はホーンの体調不良もあって刊行が予定より遅れるが，12月までには大半が校正段階に入っていた。「青少年労働に纏わる報告」についてはサウスウッド・スミス宛書簡（3月6日付）参照。

ベルンハルト・タウホニッツ宛　1843年10月9日付

【カート・オットー『出版業者ベルンハルト・タウホニッツ伝（1837-1912）』（1912）に抜粋あり。】

ロンドン。リージェンツ・パーク，ヨーク・ゲイト
デヴォンシャー・テラス，1番地。1843年，10月9日

芳牘にお答えさせて頂くに，もしや何か明確な御提案を賜れば……喜んで直ちに検討させて頂きたく。

（注） ライプチヒ，ベルンハルト・タウホニッツ出版社は1837年創業。41年9月からイギリス人作家著作集の刊行を開始。42年末までには『ピクウィック』，『オリヴァー』，『探訪』を，43年6月には『ニクルビー』を発刊。43年夏ロンドンを訪れ，7月にはブルワー等数名の作家と原著者の許可の下（もと）翻訳を継続的に出版する協定を結び，ディケンズも彼らに忠言を受けていたと思われる。ライプチヒ版『クリスマス・キャロル』は「原著者裁可版」として43年12月8日広告が出され，ロンドン版と同時に12月23日から27日かけて刊行。『マーティン・チャズルウィット』は44年二巻本にて出版。本状はタウホニッツからの初めての交渉への返信（F, XI, ii, 807*n*）。

エドワード・ワトキン・アンド・ピーター・バーリン宛　1843年10月10日付

ロンドン。リージェンツ・パーク，ヨーク・ゲイト
デヴォンシャー・テラス。1843年10月10日

拝復

我々のアシニーアム展望に纏わる然に芳しき御報告を賜り恭悦至極に存じます。定めて，次のお便りにては万事貴兄方の御期待通りに運んでいる由お報せ頂けるに違いなく。

くれぐれも「御婦人委員会」並びに「慈善市委員会」の皆様に小生を然に忝くも御親切に思い起こして頂き如何ほど光栄に存じていることかお伝え頂きますよう。

併せてマンチェスター新聞を御送付下さり篤く御礼申し上げます――先日の晩の手続きが実に見事に報道されているだけに。もしや報道界のために出席なされた殿方のどなたかにお会いになるか先方を御存じならば，くれぐれもその旨，通常の徳義に照らし，御鶴声賜れば幸甚にて。

敬具

チャールズ・ディケンズ

エドワード・ワトキンズ殿
ピーター・バーリン殿

（注）『マンチェスター・ガーディアン』(10月11日付）によると，慈善市，夜会，寄附金の総収益は£1,820。市公会堂における慈善市は一週間開催。第三段落「見事」な報道として挙げられるのは『ガーディアン』(10月7日付）（クーツ嬢宛書簡（10月17日付）参照)。『イグザミナー』(10月14日付）掲載詳細記事は『マンチェスター・タイムズ』からの引用。〔結びの宛名ワトキンズ（Watkins）はディケンズの書き違えか。〕

ハリソン・エインズワース宛　1843年10月13日付

デヴォンシャー・テラス。1843年10月13日

親愛なるエインズワース

久しくお目にかかっていないだけに，是非ともお会い致したく。ただし目下——どうやら先日ズブ濡れになったリヴァプールにて引いたと思しき——とんでもない悪性の風邪のせいで，耳は聞こえぬ，喉は嗄れる，鼻は紅い，顎下は蒼ざめる，目は潤む，節々は引き攣る，腹の虫の居所は悪い，の為体（ていたらく）ではあります。が今晩，思いつく限りありとあらゆる治療法に訴えることにて，本復すべく正真正銘捩り鉢巻でかかる所存にて。してもしや明日まだしも鼻を摘まれずとも済むほど首尾好く行けば6時に，我が家の女性同伴にてお伺い致したく。

敬具

チャールズ・ディケンズ

ウィリアム・ハリソン・エインズワース殿

（注） ディケンズは10月6日金曜マンチェスターを発ち，8日帰京。何故リヴァプールに立ち寄ったかは不明。或いはT. J.トムソンまたは今やチェシャー州シークーム・ハウスにて学校を営んでいるウィリアム・ジャイルズに会うためか。

バーデット・クーツ嬢宛　1843年10月13日付

デヴォンシャー・テラス。1843年10月13日

親愛なるクーツ嬢

「貧民（ラギッド）」教師は全くもって真っ正直な人物ばかりでは。同封の手紙から推し量るに，彼らは詰まる所首尾好く行かぬやもしれぬと懸念し，寄附という一時的支援をさておけば，個人の篤志に与るに二の足を踏んでいるようです。がこの点は小生の思い過ごしやもしれません。よって今月の（お蔭で痙攣（ひきつけ）でも起こさぬばかりの）仕事に片をつけ次第，差出し人に会い，より詰めた話をしてみたいと存じます。恐らく，再来週早々にでも。

ネルのことが気がかりでなりません。果たして彼女に何か習わせたいとお望みでしょうか？　その点については今一つ，解（げ）しかねます——つまり，何か職を身につけさせるか，それとも所謂「書物」を学ばせるのか。

未だかつて見舞われたためしのないほどひどい風邪に祟られています。スク

ィアーズ嬢のようにこうして書きながらもひっきりなしギャアギャアわめいている訳ではありませんが，“s”で始まり“g”で終わる別の手合いの妙技を御披露賜っています――のべつ幕なし。

マンチェスター集会は全党派の人々より成っていましたが蓋し，盛会裡に終わりました。一千枚の入場券が捌かれ，大半は二名――多くは三名――入れました。全スピーチの構成された地元紙をお送りしたき誘惑に駆られましたが，謙譲（著作家にあっては得てして陥り易き罪過たる）に待ったをかけられました。

メレディス嬢にとりては御当人よりずい分前に――即ち余りにとっとと――快方へ向かっていた我が他方のリューマチ友人がちょうどあの方がすっかり好くなられつつある今しもまたもやそっくりぶり返しているとお聞きになればせめてもの慰めとなろうかと。お手数ですがあちらに小生の髪は今や伸びかけていると，して金輪際あのような真似はすまいとお伝え頂けましょうか？

チャーリーと妹達が片言まじりどころではなき熱烈な言伝（ことづて）諸共，くれぐれもよろしくお伝えするよう申しています。妻がもしや来週いつか上演の晩のドゥルアリー・レーン枡席を御手配頂けるようなら誠に幸甚にてと申しています。

つゆ変わることなく親愛なるクーツ嬢

匆々

チャールズ・ディケンズ

モーリア殿は実に愉快な方でした。

（注）「同封の手紙」はディケンズの要請を受け（ステアリ宛書簡（9月24日付）参照），貧民学校（ラギッド・スクール）のために借り受けられそうな新たな物件を探したステアリの結果報告（10月10日付）。書中，ステアリは教育諮問委員会に改築に必要な助成金を申請する最善の方法についてディケンズの忠言を仰いでいた。「再来週」に予定されていた面談はステアリ宛書簡（10月17日付）とステアリの返信をもってその要がなくなったと思われる。第三段落「スクィアーズ嬢のように」は『ニコラス・ニクルビー』第十五章ラルフ・ニクルビーに手紙を書いているファニーの描写より〔拙訳書上巻219-20頁参照〕。〔「“s”で始まり“g”で終わる別の手合いの妙技」とは恐らく「くしゃみをする（“sneezing”）」もしくは「洟をすする（“snivelling”）」。「ギャアギャアわめいて（“screaming”）」との言葉遊び。〕第四段落「マンチェスター集会」――「夜会（ソワレ）」――は近来不景気により債

務を負うているアシニーアム基金を募るのが目的だった。9月6日ディケンズ司会が予告されると，入場券は飛ぶように売れ，会場も倶楽部室ではなく自由貿易会館（フリー・トレード・ホール）へ変更。ディケンズはスピーチにおいて全党派代表者の列席に象徴される派閥意識の超脱に言及した上で，フォースターの指摘する通り（F, IV, i, 297），（わけても『キャロル』の「無知」と「欠乏」の亡霊の構想を暖めていたこともあり）「常に最も深い関心を寄せている主題――困窮者の教育――を主体に」自説を開陳，さらには金言「学問の生噛りは禍の元」〔Pope, *An Essay on Criticism*〕を批判した。〔括弧内「得てして陥り易き罪過」は『ヘブル書』12：1より。〕第五段落「我が他方のリューマチ友人」は恐らくフォースター。フッドのディケンズ宛書簡（10月19日付）によると「彼の疾患はリューマチ」とのこと。その後二か月は完治していなかった（フォースター宛書簡（11月10日）注参照）。或いはやはりリューマチを患っていたジェロルドの可能性も（ハーノール夫人宛書簡（11月2日付）参照）。「髪」は9月中旬には長かった（クーツ嬢宛書簡（9月16日付）参照）。恐らくマンチェスター訪問のため散髪したと思われる。第六段落ドゥルアリー・レーンでは10月18日ガエターノ・ドニゼッティ作オペラ『ラ・ファヴォリータ』，J. M.モートン作笑劇『妻がやって来た』が開幕。『イグザミナー』（10月21日付）前者劇評は（病気のフォースターに代わり）ディケンズが担当したと思われる――第四幕は「自然で，素朴で，感銘深い」と評価しながらも，最初の三幕は「実に重々しく，実に寒々とし，実に騒々しい」と酷評する。追而書き「モーリア殿」は旅行家・小説家・『ハージ・バーバ』の著者ジェイムズ・ジャスティアン・モーリア（1780?-1849），もしくは彼のロンドン在住の二兄弟――元外交官勤務ジョン・フィリップ（1776-1853），英国海軍大佐ウィリアム（1790-1864）――のいずれか。

バーデット・クーツ嬢宛　1843年10月17日付*

デヴォンシャー・テラス。1843年10月17日

親愛なるクーツ嬢

謙譲の猖狂熱に浮かされつつ，二紙お送り致します。両者の内では「ガーディアン」の記事が概して，優れているかと。

確かにネルには何か手に職をつけさせたいと存じます。とは言え如何なる職か申すのは至難の業でありましょう。絶えず留意し，然るべき方面で問い合わせた後（のち），来週には結果を御報告致します。

なるほどもしや貧民学校（ラギッド・スクール）が政府の支援を受けられれば，願ってもないことでありましょう。かようの場合小生自身は如何なる政府にも楽観的な希望を抱いていませんが，サンダン卿はサフロン・ヒルのために関心を惹くに恰好の篤志

家にして，定めて然に幾多の悲惨を伴う如何なる問題にも関心をお寄せ下さるに違いありません。貴女に間に入って頂ければこれ以上のことはなかりましょう。

広告をお送り致します。忝き御寄附金は追って然るべく転送致します。

匆々

チャールズ・ディケンズ

クーツ嬢

追而　何卒メレディス嬢に（御鶴声賜ると共に）我が他方のリューマチ友人は男性の由お伝え下さいますよう。が小生内心彼の疾患は相応に治療されているにもかかわらず，詰まる所リューマチではないのではなかろうかと穿った懸念を覚えています。マンチェスター紙はお目にかかるまでお手許に置いておいて頂けましょうか？

（注）　第三段落サンダン卿は第二代ハロウビィ伯爵ダドリー・ライダー（1798-1882）。クーツ嬢の従姉妹レディ・フランシス・スチュアートの夫。博愛主義者で，アシュリー卿の工場環境改善計画に関心を寄せる。国立協会後援者であり，教育諮問委員会に属してはいないが，会員にはトーリー党有力議員として名を知られていた。「サフロン・ヒルの（ために）」の原語“Saffron Hill's”は草稿では“Saffron's Hill”と読める。本状末尾「広告」についてはクーツ嬢宛書簡（9月5日付）参照。

マクヴィ・ネイピア宛　1843年10月17日付

デヴォンシャー・テラス。1843年10月17日

拝復

一件については貴兄のお考えに同感です。如何なる過敏な箇所におけようと徒に教会の気持ちを逆撫でするのは得策どころではなかりましょうし，かようの手に出る気持ちも毛頭ありません。

くだんの期限に関しては定かでないだけに，1月号を小生とは無関係に御準備頂くに越したことはなかろうかと。がくだんの月の内に論考をお届け致します。さらばこと拙論にかけては不安と言おうかよもや失望を味わわれることも

なかりましょう。

せいぜい十二頁ほどの寄稿となるはずです。それで長すぎはしないでしょうが？

妻がくれぐれもよろしくお伝えするよう申しています。この所ヨークシャーとケントに滞在していましたが，今や漸うロンドンに腰を据えた所です——来夏までは。

敬具

チャールズ・ディケンズ

ネイピア教授

（注） 第一段落に関し，『エディンバラ・レヴュー』（10月号）に掲載されたモンティーグル卿（トマス・スプリング-ライス）による「内閣と前会期」に関する論考において，教会，政府，非国教徒に顕著な「排他主義と狂信的特質」は批判されていたものの，ディケンズがネイピア宛書簡（9月16日付）で提案していたような類の宗教教育酷評，国立協会批判は窺われなかった。

S. R. ステアリ宛　1843年10月17日付*

リージェンツ・パーク，ヨーク・ゲイト

デヴォンシャー・テラス。1843年10月17日

拝復

小生が先の書状にてそれとなく申し上げた目的を遂行することが貴兄並びに僚友諸兄の手には思いの外負いかねるとは誠に遺憾に存じます。小生貴兄の案件を教育諮問委員会に諮るべく精一杯働きかけています。して結果についてはさほど楽観的でないものの，必ずやそこにて検討して頂けるものと存じます。

バーデット・クーツ嬢からの寄附金10ポンドを預っています。郵送は憚られるもので，もしや拙宅にて留置きにさせて頂ければ幸甚にて。貴兄宛封書にして用意しておきます。

敬具

チャールズ・ディケンズ

R. S. ステアリ殿

追而　どなたか遣いを立てられる場合には受領書を御送付頂きますよう。

（注）　教育諮問委員会（枢密院委員会（1839年設置））の議事録（1843年）に貧民学校（ラギッド・スクール）への言及はなし。『デイリー・ニューズ』編集長宛書簡（46年2月4日付）において，ディケンズは自らの「これらの施設に政府の注意を喚起しようとする試み」に触れるが，「くだんの刻（とき）を境に一件については何ら耳にしなかった」と述べる。

マーガレット・ギリス嬢宛　1843年10月23日付

デヴォンシャー・テラス。1843年。10月23日月曜

親愛なるギリス嬢

明日火曜3時，お約束通り伺候致したく。今や晴れて厄介な風邪を（ほぼ）お払い箱にし果したもので——御逸品我が造作を散々踏みつけ（ラフ・ショッド）にして——とはお気に入りの新聞慣用句を拝借すらば——下さいましたが。

モデルを務めさせて頂いている片や，マクリースに立ち寄ってもらうようお願い致しましょうか？　小生の顔ならとことん知り抜いている上，写真に撮った貴女の肖像の「精神」に深い感銘を覚えたと申していました。「ほんのちょっと手を加えさえすれば」と彼の何やら［競売人の要？］領で，空（くう）で手を振り，同時［に］クイと捻りを利かせながら宣はく。「傑-作になること請け合いだ」

匆々

チャールズ・ディケンズ

ギリス嬢

（注）　第二段落ディケンズは既に肖像がホーン『新時代精神』に予定されていることを知っていたに違いない——そこからの「精神」。1843年までに肖像画家や細密画家の中にはモデル着座の回数を減らすべく写真を用い始める者もあり，ディケンズは所定のポーズで写真を撮られていたと思われる。「［競売人の要？］領で（[?like an auc]tioneer)」，「同時［に］（[at] the same time)」は大きなインクの滲みのため判然とせず。

T. ボーイズ宛　1843年10月24日付

【パーク-バーネット・ギャラリーズ目録1535番（1954）に言及あり。草稿は1頁。日付は「43年10月24日」。】

（注）　ボーイズはスタンフィールドの作品の石版画を手がけ，『ロンドンありのまま』（1842）を刊行した画家トマス・ショター・ボーイズ（1803-74），もしくはT. S.ボーイズの作品も出版した版画商トマス・ボーイズ。

マクヴィ・ネイピア宛　1843年10月24日付

デヴォンシャー・テラス。1843年10月24日

拝復

小生の提案で御迷惑をおかけしているとは遺憾千万に存じますが，責めは実の所，小生にはありません。小生の手紙への返信で，貴兄は目下ありとあらゆる手合いの，して（宜なるかな）様々な名立たる典拠からの寄稿で手一杯ではあるものの——1月号には拙論を掲載するよう「努める」とおっしゃっていました。小生直ちにかようの労をお執り頂くまでもなく，拙稿は折を見て執筆し，次号用に送付する意を決しました——蓋し，御都合を慮り，小生理解する所の貴兄の意に適うよう。して繰延べは，女王開院式勅語（クィーンズ・スピーチ）にて主題が言及されるにせよ削除されるにせよ，同様に改めて取り上げる恰好の謂れとなろうからには，むしろ有利に働くように思われました。よって，小生の最初の手紙と貴兄の返信との間に経過した合間に，予てより未定になっていたささやかな企図に一意専心し，画家にも同上に取り組ませ，片や「エディンバラ」主題はクリスマスが過ぎるまで完全に棚上げと致しました。くだんの着想を遂行すると同時に，「チャズルウィット」も期日を違（たが）えまいと思えばクリスマス休暇までは寸暇を惜しまず根を詰めねばなりますまい。

如何でかようの事態と相成ったか，して小生はただ専ら芳牘に則り身を処したにすぎぬということは容易にお分かり頂けようかと。

言伝はフッドにしかと伝え，さらば篤く御礼申すと共に，お目にかかれずた

いそう残念だったとのことです。

敬具

チャールズ・ディケンズ

ネイピア教授

（注）「小生の手紙」についてはネイピア宛書簡（9月16日付）参照。44年2月における「女王開院式勅語（クィーンズ・スピーチ）」で一件は取り上げられず。「ささやかな企図」は『クリスマス・キャロル』への最初の明らかな言及。フォースターによると「想を得たのはマンチェスターにおいて。執筆は帰京から一週間後」(F, IV, i, 299) 開始された。ただしこの点についてはサウスウッド・スミス宛書簡（43年3月）注参照。「画家」は唯一の挿絵画家ジョン・リーチ。『キャロル』が仕上がるのは12月2日。末尾，ネイピアはフッドのエディンバラ訪問中は不在だった。

クロウ夫人宛　1843年10月26日付†

ロンドン。リージェンツ・パーク，ヨーク・ゲイト
デヴォンシャー・テラス1番地。1843年10月26日

親愛なるクロウ夫人

土台叶わぬ相談かと。世の著作家が満場一致でかかれば叶うやもしれません。くだんの状況は恐らく「最後の審判」の前日の午後出来しましょうから，貴女も小生も目の黒い内は際会致せまいかと。

貴女の悩みを抱えておいでなのはお一人ではなく，また大いなる成功といえどもかようの刑罰を一切免除されてはいません。もしや拙著が他者に何をもたらし，小生自身に何をもたらして来たか御存じになれば，定めし，流行り唄の宣う如く，

目を開けた勢い
仰天して綷切れよう

[a]——よって申し上げますまい——わけてもとっとと御自身の粗探しは止し，とびきり健やかにして陽気になって頂きたいからにはなおのこと。

匆々

チャールズ・ディケンズ

クロウ夫人[a]

（注） キャサリン・クロウはエディンバラ在住小説家（『第二巻』原典p. 256脚注，訳書313頁注参照）。代表作『スーザン・ホプリー』(1841)，『自然界の夜の側（がわ）』(1848)〔『寄稿集』第二十二稿書評参照〕。『ハウスホールド・ワーズ』(50年4月20日付）にも寄稿。クロウ夫人は恐らく『スーザン・ホプリー』に纏わる悩みを相談し，企画中の文学保護協会の支援を仰げるか否か問うていたと思われる。『スーザン・ホプリー』は1841年ソーンダーズ&オトリー社より三巻本にて出版，翌年エディンバラのウィリアム・テイトにより週刊，月刊分冊，3シリング本にて発刊。ソーンダーズ&オトリー社は版権を購入，テイトに売却または賃貸，よってクロウ夫人には自著の人気にもかかわらずほとんど収益がもたらされなかった。「目を開けた勢い／仰天して縡切れよう」はサムエル・ラヴァー作「モリー・カルー」(『歌と俗謡』(1839)，pp. 99-102）より。aaは従来未発表部分。

ジョン・フォースター宛［1843年11月1日付］

【原文はF, IV, ii, 304-5より。日付はフォースターによると11月1日。】

どうかぼくの計画が突飛で大がかりだからというのでびっくりしないでくれ。このぼく自身仰（のっ）けはどっちもどっちに面食らったが，今ではその賢明にして肝要たること請け合いだ。雑誌には如何せん二の足を踏む――当面。時宜を得ているとも機が熟しているとも思えない。街中の人間にぼくは『チャズルウィット』ほどお蔭で精根尽き果てた本を仕上げたと思ったら，がむしゃらに，形振り構わずパンのために，筆を執っている姿を晒したくない。果たして己に誠を尽くしてなお，そんな真似ができるものやら。仰（のっ）けは互いに何と言おうと，新たな雑誌は，と言おうか新たな何であれ，それはしっかと目玉の読み物で突っ支いをあてがってやる要があろうから，ぼくは自分を古い鋳型に（『時計』の時みたように）嵌めざるを得まい。ブラッドベリー・アンド・エヴァンズはぼくの本の，と言おうかそのどいつであれ，早々，廉価版を押しつけて来そうだ。そんなことにほんのちょっとの間（ま）でもなれば，ぼくもぼくの身上も途轍もない傷手を蒙るに決まっている。連中がそれを望むのも無理からない。が事実望むからこそ，彼らが一か八かの投機において外のどいつであれ見なすのとは異なる観点からぼくを見ることはまずないだろう。と君も得心しているはずだし，だったら，チャプマン・アンド・ホールと手を切ってどんな割のいいことがあるというのか。もしもぼくは一身上築いていたら，文句なく一年ほど公衆の面前から姿を消し，ぼくにとっては目新しい国々——この目で見ることが何より肝要な，して今見ておかなければ，家族が増えるにつれてこれきり拝めなくなってしまおう国々——を目の当たりにすることで描写と観察のネタをどっさり仕込む所だ。しばらく前から早ぼくはこの望みと腹づもりを眼前に据えて来ているし，なるほどまだ一身上築いてはいないものの，そいつを実行に移せる立場にあるのは分かる，と言おうかそんな気がする。で，以下がぼくが眼前に据えている手続きだ。『チャズルウィット』が完結した所で（その時までには借金はかなり減っていようから）チャプマン・アンド・ホール予約購読代金のぼくの割り前を引き出す——手形であれ現金であれどちらでも構やしないから。彼らにきっぱり言うつもりだ，一年間は何もしないだろうと，その間（かん）誰ともどんな契約も結ばず，我々の業務は現状（イン・スタチュ・クォ）のままだと。同じことをブラッドベリー・アンド・エヴァンズにも言う。叶うことなら屋敷を貸し，叶わなければ貸し家のままにする。家族を皆，で召使いを二人——せいぜい三人——どこか予め格安のおスミ付きの，ノルマンディかブルターニュのすこぶる気候のいい場所へ連れて行く。ぼくがまずもって渡り，六か月か八か月屋敷を借りる手筈を整える。その間（かん）ぼくはスイスを歩き回り，アルプスを越え，フランスとイタリアを旅して回り——ケイトを多分ローマとヴェニスへ，ただしそこへだけ，連れて行き——詰まる所，見ておくべきものを端からこの目で見る。君には折々，ちょうどアメリカでやったみたいに，旅模様を書き送り，だったら君は果たしてそんな地歩で，新たにして魅力的な本が書けないかどうか見極めをつけられよう。同時に，念頭にある物語にあれこれ思いを巡らすことができ，そいつはひょっとしてまずもってパリで出版したら，大いにモノを言って下さるかもしれない——がその話はまたの折にでも。もちろんぼくはまだ何か紀行か，それともこいつが仰（のっ）けかも決めていない。「如何にも結構」と君は言う。「金さえ十分あればな」はむ，がもしやどんな形にせよのっぴきならない羽目にならず，利子を払ったり例の「イーグル社」の5,000ポンドのそれ以外どんな担保も与えずして，先立つものの目途が立てば，君もくだんの苦情を取り下げるんじゃないか。ぼくはどんな書籍商にも，印刷業者にも，金貸しにも，銀行家にも，後ろ楯にも言質を与えず，断固，読者との立場をさもなきゃ一雫一雫，やってしまおう如く脆弱にする代わり，確乎たるものにするつもりだ。ではないだろうか？　ぼくの前途は紛うことなく，こいつではないか？　定めて君は事実，ぼくの仰(のっ)けにひらめいたことはまっとうなそいつではないと思っていると？　自分でもだろうと言った通り，ぼくはぼく自身の計画をやたらお粗末にしか打ち明けてない。が待ったをかける先入主――例えば祖国，我が家，友人，大切な何もかもを置き去りにするといった――を向うに回してもこいつの大きな利点は揺ぎない。是ぞ，いざとなったらぼくをまっとうな立場に置くに打つべき手のように思えてならない。ぼくのイタリア語教師マリオッティ先生と彼の生徒に祝福あれかし！――まだ息も絶え絶えでないなら，トッピングに一言，どんな調子か頼む。

（注）「チャプマン・アンド・ホールと手を切」る一件に関してはフォースター宛書簡（6月28日付）参照。フォースターによると彼は出版社変更に係る手続きを10月まで延ばすようディケンズを説きつけていた。フォースターからディケンズの提案を伝えられるとブラッドベリー＆エヴァンズは不意を衝かれ，事実上出版・印刷双方の請負いへの自信の無さを呈することに，ディケンズ作品の廉価版再版，並びに彼の編集の下なる雑誌等定期刊行物出版企画への投資を申し出た。本状はそれを受けての「突飛」な計画の相談。ディケンズの状況判断は的を射ていたと思われる。1842年の不景気が依然長引いていた上，一作家の全集廉価版再版は当時としては稀だった。「予約購読代金」は44年7月一巻本にて刊行予定の『チャズルウィット』に対する書店のそれ。「旅模様を書き送り」は後に『イタリア小景』(1846) となって結実する書簡への初の言及。「念頭にある物語」は，仮にヨーロッパ大陸を舞台とする小説だとすれば結局実を結ばなかったが，或いは『ドンビー父子』の構想が早くも胸中芽生えていた可能性もある。「まずもってパリで」は大陸版からの収益を見込んで。「イーグル社」の担保は41年11月18日加入の生命保険。（ブリタニア生命保険はチャプマン＆ホールのための担保として利用された。）〔ルイージ・マリオッティ（1810-95）はディケンズと共に「ブリタニア号」で渡米し，その後英米でのイタリア語教師を経て，47年英国に帰化したイタリア生まれの文人。〕

T. J. サール宛　1843年11月1日付*

デヴォンシャー・テラス1番地。1843年11月1日

親愛なるサール

拙宅にて土曜正7時半，エルトン委員会として集おうでは。

敬具

チャールズ・ディケンズ

T. J.サール殿

バーデット・クーツ嬢宛　1843年11月2日付

デヴォンシャー・テラス。1843年11月2日

親愛なるクーツ嬢

昨日パトニーへ赴いた所，メレディス嬢は庭園用腰掛けにてブライトンへ真っ直ぐ発たれた後だったものでびっくり致しました。が定めて快方へ向かっておいでのことと。して貴女の「瘧（おこり）」も彼（か）の地にて腰を据えるべく，オランダへ渡ったものと。

貧民学校長（ラギッド・スクールマスター）から受け取った手紙を同封致します。果たしてサンダン卿に何とおっしゃったやもしれぬか，卿にお見せになりたいか否かは存じませんが，一先ずお送り致します。

ネルについては悩ましい限りです。生憎あの手の少女が手に職をつける専門学校は（小生の知る限り，と申すか少なくとも見つけられる限り）ありません。さらば職業の選択を迫られます。そこで小生，刺繍はどうかと思い浮かべ——それからコルセット造りは——それから靴の縁取りは——それから出来合いリンネル縫いは——それから婦人装身具業は——それから麦藁ボネット造りは——それからブラウンリッグ夫人は——それから過剰労働は——それから頭をズキズキ疼かせながら，サジを投げます。

という訳でこうしては如何でしょう——まずもって，少女自身，どんな風に考えているか探り出し，それから例えば貴女の召使いの中に誰か，少女にしっ

くり来るようなささやかながら人品卑しからざる生業を営んでいる馴染みか身内はいないか，もしくは馴染みか身内を知っている者はいないか尋ねるというのは？　先行き明るそうかどうかは小生，直に探りを入れるだけで，訳なく突き止められました。我が家に以前いた女中の内，如何なる職に就いた者もいません――ただ一人，拙宅より（貸馬車――74号にて）嫁いだ，何でも「万屋稼業」で景気好く店を切り盛りしているとかの，実に嗜みのある厨女をさておけば。ただし万屋稼業には何一つ身につけるものはなかりましょう，ただコショウを小さな小さな包みに分けたり，石鹸を細かい塊に砕いたりといった手仕事をさておけば――してほんのそれしき少女は早お手のものでは。

トテナム・コート・ロードに出来そくないのボネット屋もどきがあり，ウィンドーにはこんな文言にて広告が貼り出されています――「ワリ増すカネつきおなご丁稚どん求ム」。これでは何ともイタダけますまい？

来週の今日，エルトン遺児には貴女から預かっている全額を手渡す予定にて。遺憾千万にも少女の内一人はたいそう容態が思わしくなく，肺を患っているようです。ところで瓶の酷い悪巫山戯は御覧になったでしょうか？　我々の手許には瓶の中に捻じ込まれた紙切れがありますが，（皆の話によると）彼の筆跡でもなければ似ても似つかぬとのこと。かように言語道断の残忍な真似で悦に入れるとは何と常軌を逸した心根であることか――かようの悪業故に，悪業故だけにでも，もしや小生の意のままになるなら，教会の正面扉にて鞭打ちを食らわせたいものです。「プレジデント号」が沈没してからというものパワー夫人の下にはほとんど毎日のように，夫君はアイルランドに上陸し，今では差出し人の屋敷で起居していると宣う何か新たな手紙が舞い込んだというではありませんか！

親愛なるクーツ嬢
匆々
チャールズ・ディケンズ

バーデット・クーツ嬢

（注）　宛先「ピカデリー。ストラットン・ストリート」は不詳の筆跡にて「ブライトン。

イースタン・テラス2番地」と書き改められている。メレディス嬢の「ブライトン」行きには恋人ブラウン博士〔ウィリアム・ブラウン宛書簡（5月10日付）参照〕も同行していたと思われる。第二段落「同封」の手紙（10月18日付）においてステアリはディケンズの10月17日付書簡への礼を述べると共にクーツ嬢の寄附金並びに教育諮問委員会への上程に謝意を表していた。その折彼はステアリ宛書簡（9月24日付）にて提案されているような転居には至らぬものの，約£90で300から400名の生徒を収容する教室に改築可能な，「ウェスト・ストリートの大きな差掛け小屋」の家主と交渉中だった。第三段落「刺繡……麦藁ボネット造り」は当時少女が年季奉公に出される典型的な職種。エリザベス・ブラウンリッグは奉公人の少女内一人を死に至らしめた廉で1767年タイバーンで絞首刑に処せられた助産師。第四段落「実に嗜みのある厨女」については不詳。「万屋稼業」は例えば『鐘の精』第四点鐘におけるチキンストーカー夫人のそれのような〔拙訳『クリスマス・ブックス』189頁参照〕。「小さな小さな」の原語“infinitesimal”は草稿では“infinitessimal”と読める。〔第五段落，「求人広告」の原文“Wonted a feamail Prentis with a premum”は正しくは“Wanted a female Prentice wih a premium”。〕第六段落「少女の内一人」はエルトンの六人の娘の内誰かは不明。恐らくエスタでもローザでもなく，（ディケンズによりニースへ里子に出されたと伝えられる）異母姉。「瓶の酷い悪巫山戯」は『オブザーバー』（10月22日付）掲載記事――「数日前ノーフォーク海岸ワボーンに瓶が漂着し，中には以下の，恐らくは名の署されし殿方によりて今はの際に綴られたと思しき紙切れが入っていた――『ペガサス――神よ我らを救い給え！今や沈没するのみ！！　瓶は空（から）故，海原を漂おう，我々もまた永久（とこしへ）へと！　いざ，さらば！――エルトン』」。パワー夫人はタイロン・パワー未亡人（『第二巻』原典p. 104脚注，訳書127頁注参照）。

ジョン・フォースター宛［1843年11月2日付］

【原文はF, IV, ii, 305-6より。日付はフォースターによると11月2日。】

びっくりするだろうとは思っていたさ。もしもぼく自身この，外国旅行の計画を数か月前に思いついた際びっくりしたとすれば，寝耳に水の――ほんの数時間前に聞かされた――君はどれほど遙かにびっくりするに違いないことか！それでもなお，ぼくはテコでも動かぬ構えだ――全くもってテコでも。国外での出費はせいぜい国内での出費の半ばだろうし，それに引き換えぼくの頂戴する様変わりと自然の御利益は計り知れない。君も，ぼくといい対（たい）知っているな――ぼく自身『チャズルウィット』が百もの点においてこれまでの作品の中では群を抜いて傑作だと思っていることくらい――今やぼくが自分の力量をこれまでなかったほど実感していることくらい——これまでなかったほど己自身に自信があるということくらい——健康でさえあれば，たといいきなり明日五十人からの作家が立ち現われようと，ぼくは思索的な人間の胸中確乎たる地歩を保てようと知っているということくらい。がどれほど幾多の読者が思索的でないことか！　どれほど多くの連中があいつは早書きしすぎる，と言おうかとことんやりすぎるとの，破落戸や痴れ者共の言葉を鵜呑みにすることか！　正しくこの本にしてからがどんなに何か月もの間（あいだ），挙句売上げはとんと伸し上がらぬまま人々の評価において伸し上がるまで，寒々とやっていたことか！　仮にぼくが四万人のフォースターのために，或いはぼくは書かずにいられないからこそ書くと知っている四万人の読者のために筆を執っているなら，舞台を去る要はないだろう。が正しくこの本にしてからが説きつける，もしもしばらくそいつを去れるものなら，そうするに越したことはなかろうし，そうすべきだと。またもや，そいつはさておき，この物語の後ではより長らく休みを取るのが賢明のような気がする。君はぼくがこの八年間というもの片時たり気を抜いたためしがないのを見つけているだけに，二，三か月ではどうかと言う。がそれでは骨休めにならない。そんな調子で永遠に脳ミソをコキ使うなんてお手上げだ。事をやってのける上での正しくその心意気が，いざやってのけられるや由々しき意気沮喪を置き去りにする——かくもほどなく仕切り直され，かくもめったなことでは放っておかれない精神にとっては百害あって一利なきことに。哀れスコットが自らの自由意志で若者たりて，海を渡れていたなら，一体何を惜しんだというのだろう——その惨めな耄碌なる，涎垂らしたりて，這い蹲うように外つ国へ渡る代わり！　ぼくはぼく自身，君への手紙で——君が問いかけようことの先を見越して——言ったはずだ，問題はまずもって何で打って出るかだと。紀行なら，もしやともかくやってのけられるものなら，ほとんど骨は折れないだろうし，いつ世に出ようと，掛かりを相当賄ってくれること請け合いだ。赤ん坊のことは，してその子を義母の所へ預けて行く話は，ついている。子供達をフランスへ連れて行くことに関せば，通常の物事の成り行きからすれば，あいつらにとってプラスでしかないはずだ。して問題は，いざ連れて行くとなると，子供達の生きる糧にとってどうなるか，だろう——子供達自身にとってどうなるか，ではなく。その点をぼくはB・アンド・E交渉においては失念していたが，彼らは確かに再版の，或いはともかく内何作かの，即時の出版を持ちかけて来た。ならば無論ぼくは入り用のものは自力で賄える，と君も指摘している通り，自分でも分かっている。とは一件を明確に取引きの問題として位置づけ，事実そう感じていることを意味する。彼らにせよ他の何者相手にせよ，取引きの問題として，ぼくと読者との間の取引きの問題として，見なせば，これから一年後の方がその間に見聞を広めた箔を頂戴しているとあって，事はトントン拍子に運ばないか？　この計画が君の気に入らない理由――そんなにも長い間離れ離れになっていなければならない――というのはなるほどぼくにも劣らず大いにモノを言って下さる。ほとんど悦びらしい悦びも見出せない，くだんの偉大な光景に囲まれてみたい当然の欲望をさておけば。海を渡った所で味気ないに決まっていよう。ぼくは一件を本務の問題として捉え始めているだけだ。外に一千もの謂れはあるが，追っつけそっちへ行く。

（注）冒頭にある通り，フォースターは「息も絶え絶えに」ディケンズの計画に異を唱え，「なお慎重に熟考する」よう説くと共に（F, IV, ii, 305），B＆E提案の廉価版からより多くの収益が上がるまで待つよう忠言したと思われる。「数か月前」は恐らく「6月」（ピーショ宛書簡（6月7日付）参照。『チャズルウィット』の「売上げ」についてはフォースター宛書簡（6月28日付）注参照。「八年間」は1835年の『素描集』執筆以来を意味しようが，フォースターがディケンズに初めて会うのは1836-7年冬。スコットは二度目の卒中後，1831年10月療養のため国外に赴き，翌年7月帰国，9月死去。「赤ん坊」は1月出産予定。「B・アンド・E交渉」により，「即時の出版」に反するものとして廉価版の支払いが遅れたと思われる。

ハーノール夫人宛　1843年11月2日付

【エドウィン・A.デナム目録XII番（1902）に抜粋あり。】

「羽根の物語」（貴女も宜なるかな御推称賜っている）は大いなる天稟に恵まれた作家ジェロルド殿の著作ですが，氏はこの所慢性関節リューマチのため床に臥していたものの，急速に快方へ向かっているとのことです。

（注）　ハーノール夫人については不詳だが，『第二巻』原典p. 263脚注，訳書322頁注参照。ジェロルドの「物語」は病気のため折々中断を伴いつつも『パンチ』に43年1月5日-12月16日連載。

J. C. プリンス宛　1843年11月2日付

リージェンツ・パーク，ヨーク・ゲイト
デヴォンシャー・テラス1番地。1843年11月2日

拝復

小生もマンチェスターにて初めて御高誼に与った際もっとゆっくりお話し致せず残念至極に存じます。

恐らくロンドンの雑誌と稿料付寄稿家として契約を結ぶ機は十二分にあると思われます。玉稿を一，二，「ブラックウッズ・マガジン」編集長宛短信を添えて御送付なさっては如何でしょうか，して氏の「マガジン」に掲載して頂くようエインズワース殿にも一，二篇御送付なされては。くだんの殿方はマンチェスター出身故，定めて貴兄に関心をお寄せ下さるに違いなく。万が一ブラックウッズが「否（ノー）」と言った場合はテイトが「諾（イエス）」と返すか試してみられては。

敬具
チャールズ・ディケンズ

J. C.プリンス殿

追而　小生自身は如何なる雑誌とも関わりがありません，さなくば喜んでお力添え致そうものを。

（注）　第一段落に関してはプリンス宛書簡（9月22日付）参照。本状で言及されている雑誌への寄稿掲載の形跡はないが，プリンス作詩は『ピクトーリアル・タイムズ』（43年11月25日付，44年2月24日付）に掲載。次作『夢（ゆめ）と現（うつつ）』（1847）には『ブラッドショーズ・マガジン』，『レジャー・アワー』，『オッドフェロゥズ・マガジン』寄稿詩が所収されている。

オクタヴィアン・ブルウィット宛　1843年11月6日付

リージェンツ・パーク，ヨーク・ゲイト
デヴォンシャー・テラス1番地。1843年11月6日

拝啓

たいそう傷ましいことに，チャールズ・ホワイトヘッド殿より，文芸基金に支援を仰がねばならなくなった由連絡がありました。小生知る所の氏の人品に証を立てて欲しいとのことです。

氏は紛うことなく極めて大いなる素養と小説作家としての極めて高邁な独創性を具えた殿方であります。小生常々，氏のことは類稀なる天稟に恵まれた著者と見なし，著作を興味津々拝読し，その素晴らしさをよもや小生の手づからかようの力添えを必要となさろうなど夢にも思わぬ幾多の折々，証明して参りました。

小生然るべく存じていることに，氏はその困窮にあって矜恃に満ち，ついぞ我が身の苦境に崇拝者の注意を更殊向けたためしはありません。固より然にあっぱれ至極にして高潔な気概に溢れているものですから，よほどの窮境にでも陥らぬ限り文芸基金に訴えられることはまずなかりましょう。よって小生，氏の事例を良心に照らし懸命に推挙させて頂く次第であります。

もしや小生にあってはなお氏のために口添え致せようと，或いは委員会に何か別の形にて進言する方が望ましとお考えならば，御教示賜りますよう。

敬具
チャールズ・ディケンズ

O. ブルウィット殿

（注）　チャールズ・ホワイトヘッドは小説家・劇作家・詩人（『第一巻』原典p. 207脚注，訳書258頁注参照）。五度の補助金申請の三度目において「大いなる窮乏状態」を詳述していた。彼はこの半年間妻共々家具の競売による収益と姉妹二人の援助で細々暮らしていたが，今や債権者から拘引に訴える由脅されていた。代表作は『ベントリーズ』1841-2年連載『リチャード・サヴィッジ』（1842年9月刊）。著者自身により脚色され，サリー劇場にて43年1月上演，好評を博した。

R. W. オズバルディスタン宛　1843年11月8日付

【ペリー宛書簡（11月10日付）に言及あり。】

（注）　R. W.オズバルディスタンはヴィクトリア劇場支配人。恐らくエルトン遺児寄附興行収益の送付が遅れていたものと思われる。基金についての最終的な記事は『タイムズ』（11月25日付）掲載。

P. B. テンプルトン宛　1843年11月8日付*

ロンドン――リージェンツ・パーク，ヨーク・ゲイト
デヴォンシャー・テラス1番地。1843年11月8日

拝復

「獣じみた無知によりて押さえつけられ，幾歳月もにわたるこの最も邪な金言によりて堅固な巌よろしく雁字搦めにされ」――如何にも。この邪な金言，つまり生噛りの学問は大怪我のもととの。

「速記術」に纏わる御高著に目を通しました。実に優れたそれのように思われます――蓋し，身をもって見事な「報道」において証しておいでの如く。とは申せ，誠に遺憾ながら，くれぐれも当該私見は公になさらぬよう。恰も己（おの）が不可謬を申し立ててでもいるかのようにこの手の代物が活字になっている所を目にするに大いなる異議があるだけに。してもしやかようの要望の二十分の一になり応じていた日には，如何ほど熱烈な我が愛読者といえども小生の名を目の当たりにするだに嫌気を催しましょう，小生自身催そう如く。

敬具
チャールズ・ディケンズ

P. B.テンプルトン殿

（注）　P. B.テンプルトンは（『アドヴァタイザー』同様）『マンチェスター・タイムズ』速記報道記者・速記術に関する著述家（ワトキンズ・アンド・バーリン宛書簡（10月10日付）参照）。テイラー速記法の手引きである『速記術六課』二版は1840年刊行。アイザック・ピトマン新速記法を批判し，長期にわたり論争を展開した。冒頭の「金言」につ

いてはクーツ嬢宛書簡（10月13日付）注参照。

エドワード・ワトキン・アンド・ピーター・バーリン宛　1843年11月8日付*

デヴォンシャー・テラス。1843年11月8日

拝復

アシニーアムが然に順調に運営されているとお聞き致し同慶の至りであります。善行の褒賞としての卸売商人による半給日と会員資格の贈り物は核心を成す眼目かと。わけても後者は，マンチェスターの殿方諸兄にとりて大いなる誉れとなりましょう。

然るべく拝受した優美な贈り物への礼状を同封致します。手づからお届け頂ければ忝い限りにて。

敬具

チャールズ・ディケンズ

エドワード・ワトキン殿

ピーター・バーリン殿

（注）　ワトキンの示唆により，週極半休日が卸売店員に認められたばかりだった。11月4日委員会は謝意票決を採用すべく集会を催し，一店が青年従業員の多くにアシニーアム年間会員資格贈呈を決定すると，他も先例に倣った（『マンチェスター・ガーディアン』（11月8日付，11日付））。第二段落「優美な贈り物」は――「極めて優美な意匠の，高雅な彫りの施された金箔の額縁に収められた……美しい浮出し模様の仔牛革製」（『マンチェスター・ガーディアン』（11月11日付））終身会員証明書。「礼状」は次書簡参照。『ガーディアン』（10月11日付）によると「遺漏により」ディケンズは10月6日，会員にならぬまま出立，よって証書は急送されることになっていた。

P.E. ペンバーグ宛　1843年11月8日付

デヴォンシャー・テラス。1843年11月8日

拝啓

この度はマンチェスター・アシニーアム終身会員資格なる贈り物，並びに御芳名の署せられた優美な証書においては身に余る真摯なお言葉を賜り，篤く御礼申し上げます。かようの協会の繁栄にこれまで以上に深甚なる関心を寄すこと能わねば，何ものも同上のとある祝祭において司会を務めさせて頂いた思い出に抱く悦びをなお募らすこと能いますまい。がこの，理事諸兄より賜った崇敬と賛同の印は恭悦至極にして，末永く大切にさせて頂きたいと存じます——誓って。

心より深甚なる謝意を込めて
敬具
チャールズ・ディケンズ

（注） ペンバーグはアシニーアム理事会会長（ただし，報道において夜会（ソワレ）出席者としては名が挙げられていない）。

ジョン・フォースター宛［1843年11月10日付］

【F, IV, ii, 306-7に抜粋あり。日付はフォースターによると11月10日。】

日がな一日『チャズルウィット』苦悶にどっぷり浸かっていた——ただ思いを巡らすだけの。明日は何としてもモノにしたい。家（うち）に6時に来てくれるか？『キャロル』の表紙と広告のことで一言二言，話があるのと，筋立ての微妙な点がらみでも相談に乗って欲しい。出来はすこぶるつきだとは思うが。マックがそのすぐ後来るだろうから，だったら三人してブルワーの所へ行こう。で，いいかい，後生だから改めてチャプマン・アンド・ホールがらみで智恵を絞り，ぼくとしては**賽は投げられた**ものと思ってくれ。連中に会いたくなければ，ぼくから一筆書かなくてはならない。

（注） 『チャズルウィット』苦悶とは第三十一二章——トム・ピンチにペックスニフの正体が明かされる——を巡って。チャプマン＆ホールは委託を受けてディケンズのために『キャロル』を出版。装幀費は£180。初版は「畝の細かい布上製，表紙は空押しと金の型押し，背は金……全小口金」。「広告」についてはミトン宛書簡（12月4日付）注参照。「だったら三人してブルワーの所へ行こう」の件（くだり）が本状の一部だとすれば，計画は実行

不可能だったろう。フォースターは12月20日（ブルワーの母親が亡くなった翌日）ブルワーへ宛て，久しく会っていないが「小生，重い長患いから回復したばかりにして，そのせいでここ三か月ほど自宅と寝台に囚われていました」と綴る。ブルワー宛書簡（44年1月25日付）〔『第四巻』原典p. 29〕に照らしても上記の意図の可能性は抹消される。「賽は投げられた」についてはフォースター宛書簡（11月1日付）参照。フォースターは『キャロル』故に難色を示した――「わたしにはかようの折，絶対的な必然性なくして，版元と完全に手を切る意図を明かせばこの短篇に無用の累を及ぼすことになるように思われた」(F, IV, ii, 307)。

R. B.［ペリー］宛　1843年11月10日付

【アンダーソン・ギャラリーズ目録2273番（1928）に抜粋あり。日付は「デヴォンシャー・テラス，1843年11月10日」。】

寄附金の清算書を同封致します。差額はクーツ銀行に振込む予定にて。オズバルディスタン殿には一昨日一筆認めましたが，まだ返事がありません。

（注）目録抜粋では宛名“Perry”は“Terry”と読めるが，R. B.ペリーはエルトン基金会計係。ディケンズの帳簿には11月11日エルトン基金に8ギニー支払いの記載。7月28日には恐らく彼自身の寄附として，「ペリー殿」へ£5支払っていた。

W. H. プレスコット宛　1843年11月10日付*

ロンドン。リージェンツ・パーク，ヨーク・ゲイト
デヴォンシャー・テラス1番地。1843年11月10日

親愛なるプレスコット殿

今朝，まずは取り急ぎ，貴兄の先の忝き芳牘を賜りましたこと篤く御礼申し上げます。長い返信を認める暇（いとま）が出来るまで繰延べに致しかね，と申すのも晴れてかようの事態と相成るまで果たして幾艘の船が大西洋を往き来するものか，は神のみぞ知るだけに。

御高著はリッチ殿を介し拝受致しました。数日前に落掌。早半ばまで読み進め，愉悦に浸りきって――夢に見ては，話題に上せては，思いを巡らせてばかり――います。如何ほど熱烈な崇拝者の如何ほど熱烈な期待をも凌ぐに違いあ

りません。

貴兄がベントリーと契約を結ばれたとは一驚を喫しています！　彼には，御存じの通り，アメリカで高著が出版された一瞬後には版権がありません。貴兄は現行の法の下では，せいぜいそれきりしか手になされなかったでありましょうし，遙かにそれ以下だとしても一向不思議はなかったでありましょう。ばかりか，くだんの「追剝ぎ」は事実高著を立派な体裁で世に出し，面目を施しているでは。それ故小生，己自身とあの男とのかつての交渉の間先方の頭にかけた七十万もの呪詛の内一千は取り下げ，後は勝手にほんの残りの六十九万九千を己の善行によりて拭い去らすがままに致します。

ギリシア語教授の就中思いやり深いあの方は妙に寡黙になっておいでです。小生便箋四辺にびっしり和やかな私信を認めた，というにあちらはとある友人を（手紙受領後）ものの四行で紹介して来るだけとは！　間もなく「チャズルウィット」にて己自身の二の舞を演じぬとも限りますまい。せいぜい小生牡蠣一つで縁を切って差し上げようでは。

ところで令室の目を見くびられるとは貴兄こそ何たる人デナシのならず者であられることよ。かの件を読むだに鳥肌が立ちました。批評眼から推し量るに令室の知的眼は定めてダイアモンドより明るいに違いありません。片や物理的視覚器官に寄せて小生，ソネットを物しました。次便にてお手許に届こうかと――たいそう退屈故，貨物扱いにて。

妻がくれぐれもよろしくお伝えするよう申しています。恐らく我々新年を新たな子宝を授かることにて寿ぐことになりましょう。小生常々御伽噺の王様の逆を行き，神様にどうかお構いのうとお願いしています――目下賜っているもので十分満足しているだけに。が神々と来ては一旦お気に召したが最後，然に気前が好いとは！

ロングフェローはさすが，あっぱれ至極な手に出てくれるでは。彼に，してボストンの古馴染み皆に，くれぐれもよろしくお伝え下さいますよう。

つゆ変わることなく親愛なるプレスコット

敬具

チャールズ・ディケンズ

W. H.プレスコット殿

（注） 第二段落「御高著」は『メキシコ征服史』。43年10月28日ベントリー社より三巻本にて刊行。10月15日付書信にてプレスコットは十二部の内一部ディケンズに届けるよう依頼していた。レッド・ライオン・スクエアのジェイムズ・リッチは彼の書籍商。ディケンズへの献本は死亡時ギャズヒル蔵書。作品に対するディケンズの高い評価は広く共有され，新著は主要な歴史書としてのみならず一般読者をも堪能さす写実的物語として直ちに不朽の名声を得る。第三段落「版権」購入についてはプレスコット宛書簡（43年3月2日付）注参照。ベントリーの支払い額£650はアメリカにおける出版（実際は12月6日）の少なくとも二週間前刊行を許されることを条件としていた。ディケンズが想定するプレスコットの希望額よりいささか高額だったが，『ファーディナンド・アンド・イザベラ』に対するベントリーからの最終的な受領額をかなり下回っていた。プレスコットはベントリーと良好な関係を保っていたが，56年8月誤解が原因で版元をラウトリッジに切り替える。プレスコットは『征服』にも『ファーディナンド・アンド・イザベラ』に劣らぬ装幀を要望し，わけても肖像，地図，文献に腐心していた。「かつての交渉の間（かん）」は即ち1837-40年。第四段落「とある友人」は恐らく43年9月渡英したセオドール・パーカー。ディケンズはフェルトン宛書簡（44年1月2日付）において彼に会った由伝える。第五段落「令室の目」の逸話については不詳。

サー・ウィリアム・アラン宛　1843年11月13日付

【原文はサー・セオドール・マーティン著『ヘレナ・フォーシット（レディ・マーティン）』(1900)，p. 117より。】

リージェンツ・パーク，ヨーク・ゲイト
デヴォンシャー・テラス。1843年11月13日

親愛なるアラン

お手数ですがヘレン・フォーシット嬢のために労を執って頂ければ誠に幸甚に存じます。我々の選りすぐりの若き馴染みにして，小生常々類稀なる天分に崇敬の念を抱いている方です。この度マリとの約束を果たすべくエディンバラへ赴かれる予定にて。貴兄と令嬢が個人的にお近づきになれるものなら定めてお互い真に楽しき一時を過ごされましょうし，小生をあちらの美質を買い被ったからというのでお責めになることだけはありますまい。小生あの方のことが「とても気に入って」います，というのが確か――してエディンバラ市民とし

ては知っていて当然の如く——歴たるスコットランド低地地方語かと。

ケイトも相槌を打ちつつ，くれぐれも令嬢並びに御自身によろしくお伝えするよう申しています。

つゆ変わることなく親愛なるアラン

敬具

チャールズ・ディケンズ

（注） サー・ウィリアム・アランは歴史画家（『第二巻』原典p. 65脚注，訳書79頁注参照）。「1843年」をF. G. Kitton, *CD by Pen and Pencil*, II, 159とN, II, 128では「1848年」と誤読。ヘレン（後にヘレナ）・サヴィル・フォーシット（1817-98）は美貌と才芸に恵まれるのみならず極めて繊細かつ知的な女優。後に（レディ・マーティンとして）『シェイクスピア女性登場人物考』（1885）を著す。ロンドン初舞台はノウルズ『せむし』（1836）ジュリア役。シェイクスピア劇で人気を博し，1836-8年にはコヴェント・ガーデンにおいて，1839年，41年にはヘイマーケットにおいて，マクレディの主演女優を務める。ディケンズは1842-3年マクレディのドゥルアリー・レーン・シーズンで彼女出演の『総督の娘』，『ジョン王』，『コーモス』，（して恐らく）『シンベリン』を観劇。予てからの友人マッキーアンも彼女のためにエディンバラへ手紙を送付し，彼の書状と本状がきっかけとなってセオドール・マーティンは初めてフォーシットに引き合わされる（二人は1851年結婚）。11月14日『リオンの貴婦人』で遅いスタートを切ったエディンバラ・シーズンは大成功を収める。「アラン嬢」即ちアランの姪については『第二巻』原典p. 309脚注，訳書377頁注，並びに原典p. 321，訳書390頁参照。「とても気に入って」の原語“say (fond)”をマーティンは“very”と誤読。キトンとNの“say”——“so”の意のスコットランド語“sae”——の読みが正しい。「知って（*know*）」はキトンとNによる（マーティンは“know”）。

R. H. ホーン宛　1843年11月13日付

デヴォンシャー・テラス，1843年11月13日

何卒あの酒気朦朧たる——にオペラは勝手に影の薄い本来の身の上へ成り下がるがままにさすようお伝え下さい。小生同上を遙か昔ハラのために忌ま——しいほどお人好しにも物し，ハラはハラですこぶる気の利いた曲をつけてくれました。小生ただセント・ジェイムジズ劇場の誰しもが言ったり為したりしたがる，して連中ならば誰より上手く言ったり為したり致せようことを誰しもの

ために書き下ろしたにすぎず，かくて爾来一方ならぬ悔恨に駆られて参ったという次第にて。笑劇もまたある種質(たち)の悪いジョークとして，長年付き合いのあるハーリのために書き下ろしました。滑稽な――「グレイト・ウィングルベリーの果たし合い」という題名のとある既刊の素描を脚色した――作品で，版元はチャプマン・アンド・ホールです。が今や原稿は手許にありませんし，恐らく版元とて。がこれら両作が何ら評判を狙ったり慮ったりせぬまま物されたのは確かです。

各々にたとい1,000ポンド叩かれようと再現するつもりは毛頭ないどころか，諸共忘却の彼方へ葬り去られるよう心底敬虔に願って已みません。この点を――の蠟よろしく軟弱な心に刻んで頂ければ忝い限りにて。

敬具

[チャールズ・ディケンズ]

（注） 冒頭のディケンズの要請にもかかわらず，ホーンは『新時代精神』(1844) において以下の如く述べる――「ディケンズ殿がいつぞやオペラを物したと知る者はほとんどいまい……ハラによりて愛らしき曲のつけられた……が如何でか虚空に消え失せし，とは言え今なお埃まみれの古びた本屋台にて3ペンスの正札を提げている [様が時に見受けられるやもしれぬ]」。『村の婀娜娘』はベントリーにより36年12月出版（『第一巻』原典p. 172脚注，訳書216頁注参照）。「酒気朦朧たる――」は暗にトマス・パウェルを指して。彼はディケンズ試論はホーンと共著の由申し立てていた。「笑劇」は『見知らぬ殿方』。ホーンは「同作はハーリに雲の天辺にて両手を揉みしだかせたなり，『雲散霧消』した」と揶揄する。

チャールズ・スミスサン宛　1843年11月14日付

デヴォンシャー・テラス。1843年，11月14日，火曜。

親愛なるスミスサン

事実を一，二，して私見を一，二審らかにさせて頂きたく，くだんの点に関し（ミトンからお互いのやり取りについて聞き及んでいる内容から判ずる限りにおいて）誤解を解きたいと当然の如く存ずるもので。

くれぐれも耳になさる一から十までを鵜呑みになさらぬよう。わけてもリュイシャムとブラックヒース・ヒルがらみで広まっている根も葉もなき風聞は。

£2,000以上の金——実の所「チャズルウィット」完結においてもなお存在しよう借財の全額——はチャプマン・アンド・ホールによりて「オリヴァー・トゥイスト」版権をベントリーより力尽くで奪い，小生を「マガジン」から解放すべく，融通されたものです。くだんの金は小生の利得のためというよりむしろ彼らのそれのために融通されました。というのも版元には，ベントリーが街中に「オリヴァー」を分冊形式で溢れ返らすことにて軽々ならざる傷手を蒙っていたろう資産があっただけに——小生にはその折進行中の作品からもたらされる収入しかない片や。「時計」は，『タイムズ』のそれの五層倍に匹敵するどころではない販売部数に恵まれながらも，なるほどさして実入りのいい請負いではありませんでした。が契約書における如何なる偏りからでもなく，ただチャプマン・アンド・ホール（自らの業務の全ての眼目に言語道断なほど通じていない）によって弾かれた算盤という算盤が誤っていたため，一件はその値ではさして引き合うべくもなかったからというので。「オリヴァー」契約書は小生自身が作成し，「ピクウィック」契約書もまた然り。これら拙著の厖大な利得が小生自身ではなく他者の掌中に収められるのは，小生の成功の驚異的な速度と小生の令名の着実な高まりの当然の成り行きでした。常にそうしたものと相場は決まっていますし（功成り名を遂げた作家の人生について己の知る所に照らしても），よもや自分独りありとあらゆる「文学の修道士」の身に降り懸かる呪いを免れられようなど思ってもいません。

「ニクルビー」契約書は蓋を開けてみれば由々しき過誤と判明しました，その折小生の成功が確乎たるものか否か定かでなかったものの。が其は小生が主たる当事者にして，その責めの主として小生に帰せられる過誤であります。

ここでお断り致せば，ブラッドベリー・アンド・エヴァンズは明朝£3,000拙宅へ持って参ります。が小生受け取りませんし，今後も受け取るつもりはありません，ただ単に「同業者」の力添えではなく，己自身の努力によって枷を解かれたいからには。

貴兄に私事を打ち明ける目論見に心から賛同したのは，こうした事柄を知って頂くのに躊躇いを覚えねばならぬ謂れがさらにない片や，貴兄はともかく投資なさるだけの金を持ち併せていれば，他の如何なる方法で用いられように劣らず快くくだんの金を，その活力と道義に信を寄せられる者にこそ短期間融通なさるに違いないと信ずる謂れがあったからに外なりません。もしや余分な金をお持ちでなければ――固よりお送り頂くまでもありません。

が小生誤った根拠にてお力添え頂くを潔しとしなかったであろう如く，して貴兄が小生の立場に関わる何事についてであれ誤解なさっている片や，如何なる条件にても金を手にするを潔しとしなかったであろう如く，然によもや一件を如何なる誤解の内に取り決めたいとも存じません。故に一筆認めさせて頂いた次第にて。

親愛なるスミスサン

敬具

チャールズ・ディケンズ

チャールズ・スミスサン殿

（注） 第二段落「リュイシャムと……根も葉もなき風聞」とは即ち両親からのそれ（ミトン宛書簡（42年12月7日付，43年9月28日付）参照)。43年12月から44年7月にかけてディケンズの帳簿には「ジョン・ディケンズ夫人」と「リュイシャム」への幾度とない支払いが記載されている。両親の要求を抑制すべく彼は自らの財政難を誇張し，風聞がフレッドを介しスミスサンにまで伝わっていたものと思われる。第三段落「街中に『オリヴァー』を分冊形式で溢れ返らす」のが果たしてベントリーの腹づもりだったか否かは定かでない（『第一巻』原典Appendix C, pp. 647-8）参照)。第四段落「過誤」とは恐らくチャプマン＆ホールに五年間£3,000（各分冊につき£150）で版権を譲ったことを指す。契約書については『第一巻』原典Appendix C, pp. 655-62, 681, 並びに『第二巻』原典Appendix B, pp. 464-81参照。第五段落ブラッドベリー＆エヴァンズが「£3,000」持って来るのは「仮に彼が彼らのためにチャプマン＆ホールと手を切り，廉価版早期発刊に同意したとすれば」の謂。

ジョン・フォースター宛［1843年11月17日？付］

【F, IV, ii, 307に言及あり。日付はフォースターによるとディケンズの11月10日付書簡から「数日後」。11月19日付書簡はフォースターの返事への「翌日」の返信。】

性懲りもない家族の財政的要求に苦々しく触れて。

（注）「要求」は即ち「身内方面からの——不条理かつ不当だからとて易々とは断り切れぬ——幾多の，飽くことを知らぬ，絶え間なく繰り返される要求」(F, IV, ii, 307)。

ジョン・フォースター宛［1843年11月19日付］

【F, IV, ii, 307-8に抜粋あり。日付はフォースターによると11月19日。】

ぼくはしばらく腹のムシの居所がめっぽう悪かった。何せそいつに取り組もうと早起きして，根を詰めなくてはならないネタのことで頭の中は一杯だったからだ。が君に一筆認め，お蔭でムシの奴も漸う収まり，それから部屋の中を一，二度行きつ戻りつすると，またもやそいつに本腰を入れ，あっという間にそれは脇目を振るどころではなくなったものだから昨夜(ゆうべ)は9時までしゃかりきに根を詰めに詰めた——ほんのディナーのために10分息を抜いたきり！　多分昨日は『チャズルウィット』を刷り物にして八頁方(がた)書いたはずだ。お蔭で今日はその気になれば仕上げられようが，のん気に構え，我ながら腹を抱えること頻りだ。

（注）ディケンズはこの折（11月18日），第三十一章の後半を仕上げ，第三十二章（五頁の短いトジャーズ章）を残すのみとなっていた。「腹を抱えること頻り」なのは恐らくオーガスタス・モドル〔トジャーズ館下宿人〕のせいか。

ジョン・フォースター宛［1843年11月20日付］

【F, IV, ii, 308に抜粋あり。日付はフォースターによると前書簡の翌日。】

大真面目にして素面も素面もいい所言っておくが，ぼくは我が見世物動物園(メナジャリ)を丸ごと三年間イタリアに閉じ込めておこうと冗談抜きで考えている。

（注）「不幸にも正しく翌日」とフォースターは記す。「彼自身の下(もと)へより大仰な文言になる同様の難儀の蒸し返しが，わたしの下(もと)へは次第に揺るがぬ決意へと固まりつつある腹づもりを改めて思い知らされることとなる短信が，舞い込んだ」。

ジョージ・クルックシャンク宛　1843年11月21日付*

デヴォンシャー・テラス。1843年11月21日

親愛なるジョージ

「年鑑（オールマナク）」をありがたく拝受致しました――そこにて貴兄の何たる異彩を放っておいでのことか。

明日はこの辺りに御座さぬやもしれません，よって一筆。と申すのもクリスマスのためのささやかな書を仕上げつつあり，長閑に然に致すべく高飛びを目論んでいるもので。片をつけ次第，お報せ致します。さらば共にグロッグの盃を傾けようでは。小生早白髪になってこの方お目にかかっていないだけに。

敬具

チャールズ・ディケンズ

ジョージ・クルックシャンク殿

（注）「年鑑（オールマナク）」は（11月18日までには出版されていた）クルックシャンクの1844年用『コミック・オールマナック』。ディケンズがわけても感歎しているのは諷刺的「貧民の子供達の処遇についての報告」（3月）と「ガイ・フォークスの未公開ポンチ絵」か。

ジョン・ウィルソン宛　1843年11月24日付*

デヴォンシャー・テラス。1843年11月24日。金曜夕

拝復

憚りながら今朝小生宛スコットランド出身請願者の推薦状をお出しになったでしょうか？　もしやお出しになったとすれば，誠に遺憾ながら小生の資力は毎日のように舞い込むその数あまたに上る同様の訴えにはおよそ見合わず，たとい収入が四層倍にして血縁‐請願者が六分の一だったとて見合うどころではありますまい。この不幸な人物の事情について何か手紙に綴られていること以上に御存じでしょうか？　して其を如何で御存じになったと？

敬具

チャールズ・ディケンズ

ジョン・ウィルソン殿

（注） ウィルソンはウィルソン教授でも声楽家ジョン・ウィルソン（ウィルソン宛書簡（5月13日付）参照）でもなく，明らかに見知らぬ人物。或いはディケンズの近所，デヴォンシャー・ストリート16番地とチェスター・テラス41番地に住んでいたジョン・ウィルソン家の何者か。「六」は即ち両親，弟，姉ファニーの六人。

トマス・ミトン宛　1843年11月25日付*

1843年11月25日

親愛なるミトン

手形は全て「指図人無し」と記して送り返し，返事はかようの人物の心当たりは君の事務所にては一切なし，としてくれ。

その後で彼にはそいつらを買い取る金を渡し，事実買い取るのを確かめなければならない。さもなければくだんの手には出まいから。その後は，さてどうなるものやら。全くもって暗澹たる気分だ。

月曜夕刻にはそっちへ行く。君の手紙はドンチャン騒ぎのクリスマス場面酣（たけなわ）の所へ舞い込んだ！

不一

CD

（注） 第二段落「彼」は恐らくジョン・ディケンズ。第三段落，日付からして「クリスマス場面」〔『クリスマス・キャロル』〕の内最も「ドンチャン騒ぎ」めいている第二連フェジウィグ舞踏会には遅すぎる。言及されているのは第三連クラチット家のクリスマス・ディナーか甥の屋敷でのパーティ。第四・五連は草稿で十六頁に及ぶ。

メアリアン・エリー嬢宛［1843年11月29日付］*

【住所がデヴォンシャー・テラスである所からして該当するクリスマスの書は『キャロル』か『こおろぎ』のみだが，1845年までにエリー嬢はディケンズが「演ずる」所を見ていたはず。水曜は，恐らくディケンズが『キャロル』を仕上げつつある11月29日，言及されているのは12月2日のディナー（注参照）。】

デヴォンシャー・テラス。水曜朝

親愛なるエリー嬢

忝きお手紙になかなか御返事致せず申し訳ありませんでした。がささやかな「クリスマスの書」に朝から晩までかかりっきりで，事実外の何一つ考える暇(いとま)がありませんでした。

妹御が小生のことを覚えていて下さったとは光栄至極にして，もしや今晩「劇場」へ参れるものなら（今やいよいよ仕上げつつあるだけに，是非ともとは存じますが）——必ずや参ります。と申すのも小生「素人演芸」の形(なり)なる何であれ然に目がないもので——ああ！　そう言えば貴女は小生が演ずる所を未だ御覧になっていないと！——ハリス夫人以外のどなたにも叶わぬ如く。

拙宅にては土曜，ディナーを予定しています——ケイトがくれぐれもタルファド夫人に御鶴声賜ると共に——7時15分前の由お伝えするよう申しています。

親愛なるエリー嬢

匆々

チャールズ・ディケンズ

エリー嬢

（注）第二段落，メアリアンには少なくとも三人の妹——レイチェル，ヘレン，ジェイン——と兄弟が三人いた。「劇場」はタルファド邸。46年1月13日ブラウニングは友人宛書状にて「フランク・タルファド素人演芸へ出向き，ディケンズ一行に会った」由伝える。謎の「ハリス夫人」は『チャズルウィット』第二十五章（10月号）で初登場していた。第三段落「ディナー」はバラムの日誌（12月2日付）に記載あり。外にシドニー・スミス，フォンブランク，マクリース，フォースター等が集ったという。

ジョン・W. ボーデン宛　1843年12月2日付*

リージェンツ・パーク，ヨーク・ゲイト

デヴォンシャー・テラス1番地。1843年12月2日

拝復

芳牘にて言及されている人間であるからには，喜んで直筆の御要望に応じさせて頂きたく——如何なる場合であれ応じさせて頂こう如く。

敬具

チャールズ・ディケンズ

ジョン・ボーデン殿

（注） ボーデンは1826-7年ウェリントン・ハウス時代のディケンズの学友。71年12月21日『デイリー・ニューズ』宛彼の追憶を送付。如何に二人で短篇を物しては他の少年に読ませたり，時にはおどけた広告や特ダネの載ったミニ朝刊を配ったりしていたことか回顧する。さらに本状に自分からの書状と併せ，言及。

チャールズ・マーティン宛 1843年12月2日付*

デヴォンシャー・テラス。1843年12月2日

拝啓

昨日お見えになった際，生憎留守をしていました。

是非とも明日（日曜）2時，もしくは月曜12時半お目にかかりたく。

敬具

チャールズ・ディケンズ

チャールズ・マーティン殿

（注） チャールズ・マーティン（1820-1906）は肖像画家・画家ジョン・マーティンの息子。1834年王立美術院初出展（最後の出展は96年）。1849-53年のアメリカ滞在中，幾多のクレヨン肖像画を手がけると共にロングフェロー，アーヴィングらと親交を結ぶ。ディケンズは1836年クルックシャンク邸にて父ジョンと兄レパードとは会っていたものの，チャールズとはこの折が初対面だったと思われる。ヘンリー・ヴィジテリは自らの新たな定期刊行物『ピクトーリアル・タイムズ』用「当代文士」肖像画シリーズをマーティンに依頼。一人目サムエル・ラバーの肖像は44年3月30日，二人目ディケンズのそれは4月20日掲載される。ディケンズ肖像（ハンティントン図書館所蔵）は等身大，肘掛け椅子でくつろぐポーズ。

チャプマン＆ホール宛［1843年12月2-4日付］

【次書簡に言及あり。日付は12月2日ブラッドベリーに会った後（のち）。】

トマス・ミトン宛［1843年］12月4日付*

【日付は『キャロル』への言及，並びに1843年12月4日は月曜であることからの推断。】

デヴォンシャー・テラス。12月4日月曜

親愛なるミトン

ちょうど今，君の所へ行こうと思っていた矢先，レディ・ホランドから遣いの者が短信を届け，今日あちらでディナーを御一緒するよう，で朝方レディに忠言を——一体何についてか，は神のみぞ知る——賜るよう来て欲しいとのことだ。という訳で御尊顔を東ではなく西へ向けなくてはならない。が三つの理由（わけ）ありで一筆認める。一つ，あれから何か持ち上がったかどうか教えてもらえないか。二つ，明日何時にそっちへ行けばいっとう都合がいいか。三つ，これから明日までの間にどうやって£200クーツ銀行に預ければいっとういいか智恵を絞っておいて欲しい。というのも今朝のことこの六週間で初めて一件を篤と惟みてみれば，早くも預金を過振（かぶり）しているのに（我ながら冷や汗もいい所）気づいたからだ。今月の金はイーグル社に払った。来月の金も予定がある。という訳で今のその額だけクリスマス物（もの）の先を越さなければならない。だったらいっぱし楽にやって行けようが。

もしも今のその額の分だけディクソンの所で手形を崩すと君にトバッチリと言おうか迷惑がかかりそうなら，三か月間の為替引受け済み手形をぼくに渡してもらい，ぼくから連中にはクーツ銀行で割引き買入れをして欲しいと伝えては。というのを君はどう思う？　すぐ様その手に出なくてはならないのは，何としても手形過振（かぶ）りの警告を受けない内に——というのが肝心要だろうから——片をつけておきたいからだ。

もちろん，C・アンド・Hからあっと言う間に金を二層倍にしてみせられていたろう。が連中に途轍もない手紙を書かざるを得ず，断じて返事を寄越しも，ぼくに一歩たり近づきもするな，ただ命じられたままにせよと啖呵を切ったばかりだ。信じられるか，ブラックウッズをさておけば，「キャロル」の広告がただの一誌にも出ていないとは！　ブラッドベリーは，先週の土曜ぼくがそう言ってやってもいっかな信じようとはしなかった。で言うには，伸るか反るかの攻勢でもかけない限りそんな致命的な怠慢は償えまい。かくて，ぼくはストランド宛一筆言ってやった——こうしろ——ああしろ——そうしろ——おれに近づくな——畜生。

ぼくは本を考え方も気っ風も似ても似つかぬ二，三人の「目利き」に見せた。未だかつて個人的にも精神的にも互いに相異なる男同士がかくも口を揃えて同じ先行きを占い，かくも熱っぽく賛辞を賜る所にお目にかかったためしがない。

今日ディナーの前——4時か5時にはそっちへ行ける。持参人に一言頼む。已むに已まれぬというのでなければ，金のことで煩わせたりはしないんだが。あんまり忙しくしていたせいで，土壇場まで放っておいてしまった。3月かそれくらいには，神の思し召しあらば，ぼくは（めっぽうお手柔らかな）ユダヤ人顔負けに懐が温（ぬく）いはずだ。

不一

CD.

（注） 冒頭ホランド・ハウス・ディナーブックによるとディケンズはシドニー・スミス，チャールズ・グレヴィル等十二名の招待客の一人。「過振（かぶ）り」はただし僅か数ポンド。帳簿によるとディケンズは12月4日イーグル社に£124.11.8支払うが，12月1日にはチャプマン＆ホールより£100受領していた。第二段落「（かかり）そうなら」の原語“would”は明らかに“will”を訂正した跡。「ディクソン」はチャンサリー・レーン25番地の銀行ディクソン，ブルックス＆ディクソン。クーツ銀行帳簿（12月5日付）には「T.ミトン宛£200手形割引」の記載。第三段落『キャロル』の広告は11月18日の『イグザミナー』を皮切りに11月25日，他の週刊誌にも掲載されていたが，月刊誌における遺漏はそれ以降発刊前に掲載する機は早，失せていただけに，深刻だった。第四段落「目利き」は恐らく12月2日の客人の幾人（いくたり）か（エリー嬢宛書簡（11月29日？付）注参照）。

トマス・ミトン宛［1843年12月6日付］

【日付はクーツ銀行が12月5日手形割引買入れをしていたことからの推断（前書簡注参照）。】

デヴォンシャー・テラス。水曜

親愛なるミトン

君が「キャロル」にジンと来てくれたとは何より。何せ我ながら本腰で傑作を物している気だったもので。であいつみたような小ぢんまりとした丸ごとがぼくにとって気がかりな人達にどんな感銘を与えるものか見れば，本がそっくり仕上がった段には感銘がどれほどのものかは太鼓判だ。というのは間違いない。

ブラッドベリーがどんな先を見越しているのか，は神のみぞ知る。どのみちぼくは大いなる御利益に与れるはずだし，本の売行きもすこぶるつきだろう。

本扉は大幅に手を入れた。あいつらいつも仰けは見場が悪い。

クーツからは昨日の午後連絡があって，喜んで手形割引をさせてもらった——通常銀行家か大商会の引受け済み手形がなければ応ずる習いにはないものの——とのことだ。

不一

CD.

（注） 冒頭『キャロル』の校正をディケンズは12月4日または5日ミトンに貸したものと思われる。草稿は何らかの段階で表紙に「トマス・ミトン」の銘の入った赤いモロッコ革装幀にて謹呈される——恐らくはキトンの指摘通り貸付けへの謝意，もしくは剽窃者を相手取った大法官庁訴訟における尽力への返礼として。第三段落「本扉」に加えられた変更は恐らく赤と緑から赤と青へのそれ。発刊前の献本は全て本扉が赤と青，見返しが黄色。リーチ宛書簡（12月14日付）注参照。

W. ハリソン・エインズワース宛　1843年12月7日付*

デヴォンシャー・テラス。1843年12月7日

親愛なるエインズワース

5時半。ジャック・シェパード並みに鋭く，ジョリー・ノーズ並みに明るく。皆様に御鶴声のほどを。

敬具

チャールズ・ディケンズ

ウィリアム・ハリソン・エインズワース殿

（注）『ジャック・シェパード』第二部第五章の酒盛り歌は「ジョリー・ノーズ！ 汝の先っちょを飾る明るいルビー」の文言で始まる。〔「鋭く」の原語 “Sharp” は「（刻限）かっきり」とかけて。〕

ジョージ・クルックシャンク宛　1843年12月7日付

デヴォンシャー・テラス。1843年12月7日

親愛なるジョージ

エインズワースとサッカレーとマクリースとフォースター――と多分もう一人二人――とで拙宅にて，急ではありますが，次の土曜5時半きっかりに会食致す予定にて。我が腕に来れよ！

敬具

チャールズ・ディケンズ

ジョージ・クルックシャンク殿

トマス・フッド宛　1843年12月7日付*

デヴォンシャー・テラス。1843年12月7日

親愛なるフッド

お便りがないからと言って，全く驚いてはいませんでした。目下如何ほど御多忙を極めておいでか知らぬでなし，固よりお便りを頂けようとは思っていませんでした。

我ながら御提案をC・アンド・Hに持ちかけなくて何より。貴兄の俗謡はともかくまずもって御自身の「マガジン」に掲載されるに如くはなかろうこと火を見るより明らか。

新刊案内（プロスペクタス）は実に素晴らしく，四方八方から唯一の見解しか耳にしていません。いずれにせよ，早く出されるに越したことはなかりましょう。善は急げで，緒に就かれますよう！

敬具

チャールズ・ディケンズ

トマス・フッド殿

（注） 第二段落「マガジン」に関しフッドは（恐らく12月4日の「月曜」）以下のように認めていた――「わたしから便りがないので訝しんでいらしたやもしれませんが，実の所チャプマン＆ホールがらみでの貴兄の手紙を拝受するや，我が『マガジン』の手筈が整い次第，新たな俗謡は小誌に載せるべきではないかと思い当たりました」。第三段落，書状（12月4日？付）同封の「新刊案内（プロスペクタス）」では軽妙な娯楽の趣意が強調される片や，党派心並びに政治・宗教問題への注釈放棄が宣せられていた。

ファウンテン殿宛 1843年12月12日付*

リージェンツ・パーク，ヨーク・ゲイト
デヴォンシャー・テラス1番地。1843年12月12日

拝復
誠に遺憾ながら目下のお仕事柄，何か職を見繕う手立てが目下ございません。が機はいずれ訪れるやもしれません，よって必ずや芳牘を心に留めさせて頂きたく。して何卒，軽々ならざる所用に忙殺される余り，言葉足らずな礼しか返せぬからとて，徒や御要望を疎かにしているとは思し召されませぬよう。

（注） ファウンテンについては不詳。

W. M. サッカレー宛［1843年12月12–13日？付］

【サッカレーのエインズワース宛書簡［43年12月］に言及あり。】

ディナー赦免を請うて。

（注） サッカレーのディナーはディケンズが12月9日に催したディナーへの返礼として18日，計画されていた。サッカレーは「水曜」（12月13日？）マクリースにも「エインズワースとボズは欠席，繰延べを願い出る」旨認める。

ジョン・リーチ宛　1843年12月14日付

デヴォンシャー・テラス。1843年12月14日

拝復

恐らく貴兄は我知らず色着け師達によって働かれた狼藉を誇張されているようです。晴れて小ぢんまりとした本となった暁には如何ほど見映えが好くなろうことか思いも寄られますまい。が小生C・アンド・Hには歯に衣着せぬ速達を一筆認めたもので，追って返事のあり次第お報せ致します。その点，肝心要たることでは全くもって同感故(ゆえ)。

敬具

CD

ジョン・リーチ殿

（注）リーチ画八枚の挿絵の内四枚は鋼に食刻された後(のち)，手業(てわざ)で彩色された。マクリースはフォースター宛書簡（44年10-11月）において『キャロル』を「正しく図版布置(ミザン・プラーンシュ)における卑俗の極致」と呼ぶ——恐らくは彩色，或いはわけても赤と青の活字の本扉に言及して。「歯に衣着せぬ速達」は即ち，12月2-4日付「途轍もない手紙」（ミトン宛書簡（12月4日付）参照）。

ダニエル・マクリース宛　1843年12月17日付*

デヴォンシャー・テラス。1843年12月17日

親愛なるマック

今日2時15分前にエインズワースの所へ同封のものの彼の一部を届けに行きたいと存じます。御一緒に如何ですか？　小生，明け方3時まで書いていました。

不一

CD

（注）「同封のもの」は『キャロル』（次書簡参照）。「書いていた」のは『チャズルウィット』第三十三－五章（アメリカ最終分冊）。

サムエル・ロジャーズ宛　1843年12月17日付

デヴォンシャー・テラス。1843年12月17日

親愛なるロジャーズ殿

もしや同封のささやかな書を読む気分と忍耐をお持ちなら，其の体現する幽かな幻想(ファンシー)をお気に召して頂けようかと。がお持ちであろうとなかろうと

貴兄の馴染みにして崇拝者

チャールズ・ディケンズ

サムエル・ロジャーズ殿

(注)　ディケンズは『キャロル』を12月19日の発刊前に少なくとも十部——エインズワース，カーライル，クーツ嬢，フォンブランク，フォースター，ランドー，タガート，タルファド，サッカレー，タチェット夫人——に謹呈(内多くは残存)。サッカレーへの献本には「W. M.サッカレーへチャールズ・ディケンズより(かつて祖国を遠く離れし折，こよなく幸せにし賜うた)」の献題。言及は恐らく『フレイザーズ』(42年3月号)掲載サッカレー執筆「フランスにおけるディケンズ」へのそれ(レディ・ホランド宛書簡(42年12月23日付)注参照)。ロジャーズは『キャロル』を事実読んだが，甥ヘンリー・シャープによると，その後ほどなくブロードステアーズにおける会話で話題になるとディケンズの文体を大いに批判し，登場人物皆に誤った文法を口にさせるとは愚の骨頂だと告げたという。

アンドルー・ベル宛　1843年12月19日付*

デヴォンシャー・テラス。1843年，12月19日。火曜午後

拝復

小生つい今しがた「チャズルウィット」今月号より起き上がったばかりにして，さなくばより早急に御返信致していたろうものを。

木曜朝11時，もしくは金曜朝11時には必ずや在宅していましょうから，是非ともいずれかの日にお目にかかりたく。両日共御都合悪ければ，その旨お報せ下さい，別の日をお伝え致します。

小生ブラッドベリー・アンド・エヴァンズには深甚なる敬意を抱いている故，彼らについてのお言葉は心外であります。六か月後には定めて御自身彼らのこ

とをより鷹揚に考えておいでに違いありません。がいずれにせよ，願わくは避けたい話題であります。

敬具

チャールズ・ディケンズ

アンドルー・ベル殿

追而　「キャロル」にかくも御高評賜り忝い限りにて。小生自身興味が尽きせませんでした。

（注）　ベルは恐らく半年後の転職を念頭に，ディケンズに相談に乗ってもらおうとしたが，片やディケンズはこの期に及びブラッドベリー＆エヴァンズに対する苦情の内容の相談相手になるを潔しとしなかったであろう。追而書きベルが「高評」を賜ったのは『キャロル』の校正もしくは早期初版。

チャールズ・マッケイ宛　1843年12月19日付

リージェンツ・パーク，ヨーク・ゲイト

デヴォンシャー・テラス1番地。1843年12月19日

親愛なるマッケイ

誓って，然にひたむきにして自づと表明された「キャロル」讃辞を賜り心より光栄に存じます。貴兄が真に感じ入って下さっていること，称賛のお言葉は蓋し雄々しく鷹揚なだけに，真実賜るに相応しきこと，疑うべくもありません。改めて篤く御礼申し上げます。

小生自身ささやかな著書には書き進める内にも様々な点で少なからず感銘を覚え，着想に興味を抱く余り片時たり傍へ打ちやれぬほどでした。かの仮借なきリズムのやかんに言及なさっているからには申し述べておけば，予約購読は厖大にして，需要は計り知れません。

貴兄の書評を小生軽々には忘れられますまい。

敬具

チャールズ・ディケンズ

チャールズ・マッケイ殿

（注） マッケイは『モーニング・クロニクル』副編集長。12月19日掲載書評を担当したと思われる。書評は原文を広範に引用すると共に，『キャロル』の「趣意（メッセージ）」に熱弁を揮う。第二段落，売上げについてはミトン宛書簡（12月27日付）参照。

T. N. タルファド宛［1843年12月20日？付］*

【日付は筆跡からして1843-4年。恐らく12月26日火曜のマクレディ夫人邸でのパーティへの言及。】

貴兄の判事室にて。水曜午後

親愛なるタルファド

改めて考え直すに及び，令室に――土曜貴宅を後にする際，致そうと予告していた如く――マクレディ夫人邸へお越し頂くよう再び拝み入らぬに如くはなかろうと心得ました。令室が懇ろに受け留められまいとか，小生の達ての願いを諾われぬやもしれぬとか，いささかたり懸念を覚えたからというのではなく，ただ令室にとって不快と申すか厄介な何事にであれ自ら関わるを潔しとせぬからというので――と申し上げ，私見について御教示賜るべく伺候致しましたが，お留守故，書き置きをさせて頂きます。

敬具 CD.

フレデリック・ディケンズ宛［1843年12月20日または27日？付］

【日付は筆跡からして1843-4年。「カドリール」の言及により時節はクリスマス。12月23日と30日が集いには頃合いの土曜か。】

アシニーアム。水曜

親愛なるフレッド

モーゼはこの世にまたとないほど不埒千万な下種で，モーゼの息子もまた然り。

土曜エインズワースの小さなお嬢さん方にカドリールを振舞うつもりだ。外に客はいない。あちらの一家と家（うち）のみんなとで5時半ディナーを食べるのはどうだ？

不一

CD

フレデリック・ディケンズ殿

（注） E.モーゼ父子商会はミナリズ154-7番地とオールドゲイト83-6番地に店舗を構える仕立て屋・装身具商。韻文広告で名高かった。ディケンズに取引きはなかったが，フレデリックには取引きがあり，支払いを迫られていたと思われる。シャツ縫い子への不当な低賃金が明るみに出たばかりだった。

ウィリアム・ハーネス師宛　1843年12月22日付

デヴォンシャー・テラス。1843年12月22日金曜

親愛なるハーネス

「キャロル」が引っぱりダコ故(ゆえ)手許に一冊もなくなるとは。さなくばより早急にお送り致していたろうものを。

愛らしき姪御のお名前を失念してしまいました。お手数ですが，ささやかな書をお読みになり次第くだんの御教示ごとお返し頂きますよう。さらば本扉に御芳名を記させて頂きたく。

敬具

チャールズ・ディケンズ

ウィリアム・ハーネス師

（注） 他に発刊後ほどなく『キャロル』を献本されたのは，12月21日のジェフリーとエリオットソン，22日の妹レティシア，年明けのフェルトン，ジェロルド，マクレディ，シドニー・スミス。第二段落「愛らしき姪御」は海軍大佐であるハーネスの兄弟の娘。フォースターによると，夫アーチボールドと共にデヴォンシャー・テラスでの最後数年間の常連客の一人だったという（F, VI, vi, 529）。

ジョン・ノーブル宛　1843年12月22日付

【『オートグラフ・プライシズ・カーラント』V, 1919-21に言及あり。草稿は1頁。日

付は「43年12月22日」。】

招待を断って。

（注） ジョン・ノーブルについては『第一巻』原典p. 493脚注，訳書626頁注参照。

T. J. ペティグルー宛　1843年12月22日付*

リージェンツ・パーク，ヨーク・ゲイト
デヴォンシャー・テラス1番地。1843年12月22日

拝復

先日忝くも小生のために取り置いて下さった独創的かつ興味深き高著を賜り篤く御礼申し上げます（もしや小生の名を署して下さっていたならなお光栄至極に存じていたでありましょうが）たいそう堪能させて頂きました。より早急にお礼申し上げなかった責めは某か自らに負うものの，片をつけねばならぬ幾多の要件に忙殺されていました。

同封のささやかな書は令室に申し上げていたものです。然に小さいだけに，小生ならば二度と見つけられぬやもしれません。

敬具
チャールズ・ディケンズ

T. J.ペティグルー殿

（注）「高著」は恐らく『内外科……に纏わる迷信について』(1844)。43年11月発刊と共に，各誌に書評が掲載されていた。第二段落「然に小さい」書はシュロスの『珠玉年鑑』（『第二巻』原典p. 386脚注，訳書480頁注参照）のような極小本か〔原典p. 611脚注5 “p. 356*n*” は誤植〕。

ダニエル・マクリース宛　1843年12月25日付*

デヴォンシャー・テラス。1843年クリスマスの日

城の背信者

当該由々しき日，宴の刻限は，角櫓の組み鐘が5時半を告げる折なり。もしや，聖なる習いに準じボズ勲爵士とディナーを食すなら，くれぐれも時間厳守にて。もしや皇族に付き合うならば，腹を空かせて浮かれ給え——貴兄の女王食卓にては，サー・ペインターよ，奇しき資質ながら！

キャロル

（注）「皇族に付き合うならば」についてはマクリース宛書簡（43年7月6日付）参照。女王はその折ウィンザー城にいた——軽口のダメ押したるに。

ウィリアム・ベンズ宛　1843年12月26日付

【「月曜」はディケンズの誤記。1843年12月26日は火曜。】

デヴォンシャー・テラス。1843年。12月26日月曜

拝啓

今朝は在宅致さねばなりません。妻の容態が至って悪く，目下医師をお待ちしている所です。約束を明日の同じ刻限に延ばして頂けましょうか？

敬具

チャールズ・ディケンズ

W.ベンズ殿

（注）ウィリアム・ベンズは彫刻家（『第一巻』原典p. 537脚注，訳書686頁注参照）。当時ドーセイに胸像制作を指導していた。ディケンズは，1839年におけると同様，胸像のモデルを務めていたと思われるが，以後の経緯は定かでなく，王立美術院にも展示された形跡なし。ベンズは赤貧の内に死亡，作品も散逸していたという。

ダニエル・マクリース宛　1843年12月26日付*

デヴォンシャー・テラス。1843年12月26日

親愛なるマック

今日の調子は如何に？　好くなられたと？　ならば，マクレディの所へ行くお膳立てに，拙宅にて4時半にディナーを認められては？

不一

CD

（注）「マクレディの所」は「マクレディ夫人宅」（次書簡参照）。

バーデット・クーツ嬢宛　1843年12月27日付

デヴォンシャー・テラス。1843年12月27日

親愛なるクーツ嬢

貴女に巡り来るクリスマスというクリスマス毎，小生の然たれかしと願う半ばなり幸せにして陽気であられるなら，貴女は定めしこの世で誰より幸せにして陽気であられましょう。本来ならば季節の寿ぎをお送り致すべき所，（貴女からお便りがなかったこともあり）レディ・バーデットが依然重篤であられるのではと思い，貴女のお手紙によって危惧が裏づけられてはと躊躇われました。

妻がありがたきお心遣いに小生より礼をお伝えすると共に，是非とも今晩枡席を使わせて頂きたくと申しています。容態が芳しくない故，無言劇（パントマイム）か他の何であれ気を晴らして頂ければ幸いです。

チャーリーは元気一杯で，妹達と口を揃えてくれぐれもよろしくお伝えするよう申しています。子供達は皆，我々と一緒に，昨夜マクレディ夫人宅におけるお友達会へ行き，やたら華々しくやってのけ――わけてもチャーリーはチビ助共を（舞台の上の「青年貴族」よろしく）端から洗礼名で呼び，雅やかな羽目をどっさり外してくれました。かく申す小生はドブラーのとびきりのトリック込みにて，奇術師の七つ道具もて大ウケにウケ，昨夜は帽子の中にてプラム・プディングをこさえ，ワイン・ボトルからハンカチーフを引っ張り出したとあらば，さすが生まれてこの方ついぞなかったほどやんややんやの拍手喝采を浴びました。くだんの手立てにては貴女の覚えもいよよ目出度くなろうこと請け合いかと。

マクレディは相変わらず能う限りの成功を博しています。すこぶる健やかで，あちらの人々のことも気に入っているとか――というのは大いなる慰めに違い

ありません。

エルトン遺児の件では着実に捗っています。病気の子もすっかり快復しました。

メレディス嬢が曲がるに然に長らく手間取っていらしたくだんの角をすっかり視界の彼方へ打ちやられたとは何よりです。くれぐれもよろしくお伝え下さいますよう。

「チャズルウィット」を仕上げる前に貴女に要望――と申すより嘆願――を致すことになりましょう――拙著に小生自身にとりて新たな興趣を添えようだけに，実に独り善がりなそれではありますが。ただし願い事と，貴女のために問い合わせた慈善活動に関する問題は全てかようの主題に心を配る暇がお出来になるまで繰延べに致すとします。神さびた本年はさぞや貴女にとりて艱難に満ちたそれだったに違いありません，してかようの営為はそれ自体の報償たるというのでなければ，定めしお疲れだったろうことと存じます。

御多幸をお祈りしつつ

親愛なるクーツ嬢

匆々

チャールズ・ディケンズ

クーツ嬢

貴女にもさぞや喜んで頂けることと，小生の「キャロル」は前代未聞の大成功を収めています。

（注）レディ・バーデットは44年1月12日死去。第二段落「今晩」の枡席はバルフ作『ボヘミアの少女』と無言劇『ハーレキンとペピン王』観劇のため。第三段落「マクレディ夫人宅」の原語“Mrs. Macreadys”は正しくは“Mrs. Macready's”。「お友達会」はニーナ・マクレディの誕生会。第四段落アメリカ公演で自信を得たマクレディは『日誌』によると11月3日には夏までの滞在を検討し始め，事実44年9月まで滞在。アメリカ国民については『日誌』(11月21日付）に「出会うほとんど全ての人々が気に入った」の記載あり。大成功は英国各誌でも報道され，例えば『イグザミナー』(43年11月18日付）はフィラデルフィアにおける「大好評」を報ずる『モーニング・クロニクル』と『タイムズ』を，さらに同12月16日付は「衰えを見せぬ大成功」を伝えるボストン誌報道を引用。第五段落「エルトン遺児」の原語“the Elton's”は正しくは“the Eltons”。第七段落『チャズルウィット』はクーツ嬢に献題される。

A. ドゥ・ゴイ殿宛　1843年12月27日付*

デヴォンシャー・テラス。1843年12月27日

チャールズ・ディケンズ殿は謹んでA.ドゥ・ゴイ殿に御挨拶申し上げると共に，お断りさせて頂けば，目下生憎街と鄙の友人との約束が立て込んでいるため，まずもってお時間を頂かずしてお約束を致すこと能わず，さらば不都合かつ煩雑とお思いになるやもしれません。がストランド186番地の版元チャプマン・アンド・ホール両氏ならばいつ何時であれ喜んで貴兄をお迎え致すばかりか，業務における全権を有しておいでです。いずれにせよ忝き芳牘を賜りましたこと改めて篤く御礼申し上げます。

（注） アンドレ・ドゥ・ゴイは二流文士・翻訳家。1850年ディケンズの『クリスマス・ブックス』の内三篇のゴイによる翻訳がパリで出版される――「炉端のこおろぎ」と「憑かれた男」で一巻，「人生の戦い」は別巻にて。56年4月には他の翻訳家と共にディケンズに会った可能性もある。本状からして，1843-4年『キャロル』の翻訳を意図していたと思われるが，刊行に至った形跡はない。

トマス・ミトン宛　1843年，12月27日付

デヴォンシャー・テラス。1843年12月27日

親愛なるミトン

君もさぞかし喜んでくれるだろうが，ぼくはC・アンド・Hから24日「キャロル」が早6,000部に達した旨報せを受けた。街からも地方からも続々注文が舞い込んでいるもので，すぐにでも再版を出さなければならないそうだ。こないだ子供達に会ってもらったのは何より，みんなそりゃゴキゲンだったさ。先週金曜の君の手紙がらみでは言いたいことが山ほどあるが，フランスがもっと近づいてからにするに越したことはなさそうだ。一両日中に会いたい。

不一

[チャールズ・ディケンズ]

（注）フォースター（F, IV, ii, 314-5）によると初版は6,000部。ただし「発刊当日完売」の記述は信憑性に欠ける——片や「さらに2,000部，年内に売り切れた」のは事実であろう。「フランスがもっと近づいて」についてはフォースター宛書簡（11月1日付）参照。

S. R. ステアリ宛　1843年12月29日付*

リージェンツ・パーク，ヨーク・ゲイト
デヴォンシャー・テラス1番地。1843年12月29日

拝復

誠に遺憾ながら一つならざる要件が重なり，フィールド・レーン学校のための集会を司ること能いません。のみならずより早急にお報せ頂けなかった上，指揮官がわざわざ拙宅までお越しになりながら何か要件の御説明となる名刺なりメモなり残して行かれなかったとは残念でなりません。さらば直ちにお約束を交わせていたろうものを。

貴兄が小生学校を訪い，かようの施設の必要不可欠たること強く印象づけられた由（御希望通り）おっしゃって頂くのに何ら異存はありません。と申すか既に大衆の注目をくだんの施設に向け，その当然の申し立てを能う限り強く訴える措置を講じてもいます。

クーツ嬢の寄附を公言なさることにも何ら異存ありません。

サンダン卿に未だお目にかかっていないだけに（依然街を離れておいでに違いなく）政府の補助金を得たいと望んでおいでのことや，成就の期待をかけておいでのことについてはただ申請が個人の伝手（つて）にて為されている由触れるに留められるに如くはなかりましょう。

敬具
チャールズ・ディケンズ

サムエル・ロバート・ステアリ殿

（注）「集会」は44年1月3日開催第二回定例集会。『タイムズ』（12月30日付）に広告は掲載されたが，結果の報道はなし。「指揮官」はアンドルー・プロヴァン。第二段落「措置」は恐らく『エディンバラ』に予定している寄稿への言及。

フレデリック・ディケンズ宛　1843年12月30日付*

デヴォンシャー・テラス。1843年12月30日

親愛なるフレデリック

一階のぼくの化粧室に寝台がある。扉は掛け金だけ，門は開けたままで，玄関に明りを灯しておこう。玄関の鍵を同封する。

お前が金についての要望をこんなに手遅れになるまで先延ばしにしていた上，ぼくはお前の言っていた刻限を過ぎるまで帰宅しなかったので，一体どうしたものやらさっぱりだ。この手紙と一緒に届ける訳にも行かない——こんな奇妙な手紙はいつ封を切られても不思議はないだろうから。郵便為替にはもう間(ま)がない。という訳でその件にはお前が一切触れないなら，ぼくも送らないに越したことはあるまい。もちろんこっちへ来たら渡せるが。

ケイトとジョージィがみんなにくれぐれもよろしくと言っている。ケイトは具合が思わしくなくて，ずっと家(うち)に籠もりっきりだ。モールトン詰め籠の噂が流れていたはずが，もしも事実，送られたのなら，どいつか人間サマの形(なり)をした悪魔がかっぱらったか。こっちには届いてないもので。

「キャロル」は前代未聞の売行きだ。

まずは取り急ぎ，不一

CD.

（注）　第三段落「詰め籠」はヨーク，モールトン在住スミスサン家からの贈り物の謂。

H. G. アトキンソン宛　1843年

【サザビーズ目録（1935年12月）に言及あり。草稿は1頁。日付は「デヴォンシャー・テラス，1843年」。】

忝き心遣いに礼を述べて。

（注）　アトキンソンについては不詳。

ジョン・ブラッドフォード宛　1843年

【アンダーソン・ギャラリーズ目録617番（1908）に抜粋あり。草稿は1頁。日付は「デヴォンシャー・テラス，1843年」。】

喜んで頂けたとは何よりです

（注）　ジョン・ブラッドフォードは二流文士（『第二巻』原典p. 426脚注，訳書529頁注参照）。

名宛人不詳　1843年

【ジョージ・D. スミス目録（1901）に抜粋あり。草稿は1頁。日付は「ロンドン，1843年」。】

万が一明日お見えになってはと。日曜日の常の習いに反し，外出致そう由まずは取り急ぎ一筆。

ダニエル・マクリース宛［1843年］*

【日付は筆跡からして「1843年」。】

親愛なるマック

本日アシニーアムでディナーを認める点に関しては如何と？　4時頃拙宅にお越し頂けましょうか？

不一

CD.

水曜朝

訳者あとがき

我が家の仏間には数十年間ピアノが眠っていた。「眠っていた」というのは誰も弾かないから。母はその昔（昭和四十年当時）としては珍しい「ピアノの先生」。近所の子供達を集めてレッスンしていた。連れ添うと間もなく「お前はピアノが弾けるからタイプ（ライター）を習え」と英文学者の父に決めつけられたらしい。ディケンズ研究の伴侶としての「宿命」はその時点で早，決まっていたのかもしれない。

そのピアノをこの度，譲り受けてくれる友人が現われた。勢い，辺り一面，原稿や拙訳書等の詰まった段ボールだらけの「身辺整理」をする内，以下のような珍妙なメモ（母の手を引いて通った眼科の領収書の裏書き）が見つかった。

母との会話

「近々，学生からインタビューを受けるかもしれん。趣味はと聞かれたら？」「たくさんありすぎて分からん」「でも何か一つと言われたら？」「あははっ！　ビールかね？」「（むむむ）次は？」「あははっ！　お酒かね？」「（むむむっ）次は？」「あははっ！　お刺身かね」「（むむむむっ）次は？」「ビールとお酒とお刺身があったら何もいらんでしょ」

認知症の相当進んでいる（けれど娘に関しては妙に正鵠を射ている）八十八歳（2015年）の母とのやりとり。

こんな他愛もない逸話を紹介するのは，処女訳『互いの友』に纏わる気がかりがここへ来て再燃したからである。尾張の米問屋の娘の母の広島弁は可愛いもの。ところが本家本元の訳者は拙訳書において（ここぞとばかり）広島弁を駆使してしまった（さすが発刊と同時に賛否両論喧しかったはずだ)。実は全集第三回配本を巡り，萌書房社主白石氏の構想には『互いの友』『書簡集Ⅲ』があった。それを「唯一の邦訳・絶版」を建前に『ニクルビー』に（社主自身にも真の理由を告げず）替えて頂いたのは，広島弁を含めて訳の稚拙さ故である。最後に立ちはだかる関所。母の愛器との訣別に事寄せて，緒に就いたばかりの全集刊行の遙かバックストレッチへと思いを馳せてみた。

生まれ変われるものなら，「趣味は？」と聞かれたら，「ピアノです」と答えよう。

二〇二一年　早春

『書簡集Ⅲ』テキスト最終頁に満を持して日付を入れた――「2024. 8. 14」。辺りには仲間？ らしき面々も散っている。中でも異彩を放つのが「2021.4. 24 Saturday 772 !!　ヤッホー」のメモ。訳者数える所の全772通を一通り訳し終えたの謂。テキスト一頁目にやはり手書きのメモ――「2020. 3. 7。65歳のお誕生日」。一年余りしか要していないことになる。今のわたしからすれば，途轍もないハイペース。他人事みたいだが。片や，その四年余りの内に，全集版で五点上梓したことになる。とは，輪をかけて雲をつかむような話。下手の考え休むに似たり。とまれ「百里を行く者は九十里を半ばとする」の俚諺に照らせば，『第三巻』とて道半ば。「先達」編集長の弛まぬ御教示の下（もと），旅程を全うしたい。

二〇二四年盆　『第三巻』初校を終え

ピアノを譲り受けてくれた友人とは，何を隠そう，チェリスト－山男，萌書房白石徳浩社主。仕事の合間にスタインウェイで愛器の音程を確かめるとは贅沢な話もあったものでは。この度も数々の貴重な御助言を賜った。識して感謝申し上げたい。

二〇二四年　晩秋

田辺 洋子

名宛人索引

ア　行

カ　行

サ　行

タ　行

ナ　行

ハ　行

マ　行

ヤ　行

ラ　行

ワ　行

■訳者略歴

田辺洋子（たなべ　ようこ）

1955年　広島県に生まれる（現在，広島経済大学教授）
1999年　広島大学より博士（文学）号授与

著　書

『「大いなる遺産」研究』（広島経済大学研究双書第12冊，1994年）
『ディケンズ後期四作品研究』（こびあん書房，1999年）

訳　書（チャールズ・ディケンズの全主要作品）

『互いの友』上・下（こびあん書房，1996年），『ドンビー父子』上・下（同，2000年：本全集版2021年，2022年），『ニコラス・ニクルビー』上・下（同，2001年），『ピクウィック・ペーパーズ』上・下（あぽろん社，2002年），『リトル・ドリット』上・下（同，2004年），『デイヴィッド・コパフィールド』上・下（同，2006年），『荒涼館』上・下（同，2007年），『骨董屋』（同，2008年），『大いなる遺産』（渓水社，2011年），『クリスマス・ストーリーズ』（同，2011年），『クリスマス・ブックス』（同，2012年），『逍遥の旅人』（同，2013年）等

本訳書の中には，当時としては一般的であるものの，今日の価値観に照らせば，差別や偏見を暗示すると思われる表現が含まれている箇所があります。それらについては，当時の社会や時代背景の一端を表現するものとして，語句の忠実な意味に即して訳出していますが，訳者自身に差別・偏見の意図がないことをご理解賜れば幸いです。

ディケンズ全集　書簡集Ⅲ 1842-1843年

2025年1月31日　初版第1刷発行

訳　者　田辺洋子
発行者　白石徳浩
発行所　有限会社 萌（きざす）書房
〒630-1242　奈良市大柳生町3619-1
TEL（0742）93-2234 / FAX 93-2235
［URL］http://www3.kcn.ne.jp/~kizasu-s
振替　00940-7-53629

印刷・製本　共同印刷工業㈱・新生製本㈱

ISBN978-4-86065-171-8